Ju Honisch

Das Obsidianherz

origin

Autor: Ju Honisch
Lektorat: Oliver Hoffmann
Korrektorat: Angela Voelkel und Thomas Russow
Art Director und Satz: Oliver Graute
Umschlaggestaltung: Oliver Graute

1. Auflage 2008
ISBN 978-3-86762-028-4

Feder&Schwert im Internet: http://www.feder-und-schwert.com

Mein Dank gilt

Bär für Geduld und Hilfe bei der Recherche, Alex, Alexa, Anke, Christine, Debora und Tanya fürs Lesen und ihre Meinung sowie dem exzellenten Meister Brum für die Entdeckung einer wundersam neuen, alten Welt und Tanja und Holger für Entdeckungsfahrten darin.

Europa 1865

München: Hauptstadt des Königreichs Bayern.

Dies ist kein historischer Roman, auch wenn der Hintergrund stimmt und einige der erwähnten Personen wirklich damals dort lebten, wie König Ludwig II. ganz zu Anfang seiner Regentschaft oder sein Ministerpräsident Ludwig von der Pfordten.

Manches unterscheidet sich aber von der uns überlieferten Historie. Magie ist möglich und wenn auch nicht alltäglich, so doch etwas, das es gibt und womit man bisweilen rechnen muß. Normalerweise ist man besser beraten, in Sachen Magie nicht allzu naseweis zu sein. Nur zu gerne ignorieren die Menschen im Alltag die Existenz magischer Kräfte. Man spricht nicht davon. Es läßt sich zu dieser Zeit etwa so leicht darüber plaudern wie über Sexualität.

Auch Fabelwesen sind real. Man nennt sie Fey oder Sí. Über ihre Talente und Fähigkeiten ist fast nichts bekannt, noch weniger über ihre Loyalitäten und Ziele. Woher sie kommen, weiß niemand. Vielleicht waren sie schon immer da?

Manche von ihnen sind den Menschen wohlgesonnen oder stehen ihnen indifferent gegenüber, andere feindselig. Am besten meidet man sie. Ihre Seltenheit beläßt die Menschen in dem Glauben, sie seien nur Aberglaube, der durch das Zeitalter der Vernunft bis zu den Tagen der Industrialisierung überdauerte. Es fällt leicht, nicht an sie zu glauben.

Politik ist eine komplexe Angelegenheit, bleibt jedoch zumeist von Magie unberührt. Dafür sind diese Kräfte nach der Auffassung von Menschen, für die Ehre noch ein hohes Gut darstellt, auch wenn ihr starrer, bisweilen unbarmherziger Ehrenkodex für uns heute schwer nachzuvollziehen ist, zu unheimlich, zu unzuverlässig, zu unvorhersehbar und wohl auch zu unredlich.

Es ist ein Zeitalter der Entdeckungen und des Imperialismus. Unkritisch sieht sich der zivilisierte Europäer der Oberschicht als Krone der Schöpfung. Das wiederum kann er nur, solange er nicht an die

Existenz von Geschöpfen glaubt, deren Möglichkeiten die seinen bei weitem übertreffen.

Es ist ein schwärmerisches Zeitalter, doch auch eines männlicher Vorherrschaft und weltweiter Ausbeutung. Es ist ein Zeitalter äußeren Ansehens, in dem der bloße Schein eines wohlgefälligen Lebens wichtiger ist als ein offener Verstand oder gar ein soziales Gewissen.

Die Menschen haben wie zu allen Zeiten ihre eigenen Probleme und Ziele und kämpfen sich durchs Leben, wobei sie weitestgehend alles außer acht lassen, was sie nicht sehen wollen. Sie sind damit beschäftigt, ihrer Arbeit nachzugehen, sich zu verlieben oder vorteilhaft zu heiraten.

Nur manchmal, wenn sie großes Pech haben, finden sie sich in Dinge verstrickt, die sie sehr viel lieber nicht als Teil ihrer Wirklichkeit anerkennen möchten.

Schließlich sind sie nicht viel anders als wir.

Handelnde Personen

- **König Ludwig II. von Bayern** – Bayerischer König, geb. am 25. August 1845 im Schloß Nymphenburg, der Sommerresidenz des bayerischen Königshauses. Starb im Juni 1886
- **Ludwig Freiherr von der Pfordten** – erst königlich-bayerischer Außenminister, später Ministerpräsident (1849-1859 und 1864-1866)
- **Der Bischof von München-Freising** – Oberhirte eines Bistums, das ein altes katholisches Machtzentrum in Bayern ist.
- **Lord Garingham** – britischer Botschafter in München
- **Pater Emanuele** – ein römischer Priester und Angehöriger der „Bruderschaft des Lichts“ (Fraternitas Lucis)
- **Graf Arpad** – ungarischer Adliger, Sí oder Feyon
- **Herr Müller** – ein Agent
- **Herr András** – ein ungarischer Freiheitskämpfer
- **Herr Székely** – ebenfalls ein ungarischer Freiheitskämpfer
- **Corrisande Anthea Jarrencourt** – eine junge Dame auf der Suche nach einem passenden Ehemann
- **Mrs. Eliza Parslow** – Miss Jarrencourts Anstandsdame und Gesellschafterin
- **Marie-Jeannette Bouchard** – Miss Jarrencourts Zofe
- **Joseph „Sepp“ Hinterhuber** – ein Hilfsportier
- **Cérise Denglot** – eine berühmte Opernsängerin
- **Mme. de Rhins-Epitué** – eine einflußreiche französische Dame
- **Leutnant Udolf von Görenczy** – ein Offizier im Königlich Bayerischen 3. Chevaulegers-Regiment „Herzog Karl-Theodor“
- **Leutnant Asko von Orven** – ein Offizier im Königlich Bayerischen 1. Jäger-Bataillon „König“
- **Colonel Delacroix** – ein Offizier eines britischen Kavallerieregiments, Agent für besondere Aufgaben

- **Wiatruschod** – ein außergewöhnlicher Feyon
- **Alexander Vonderbrück** – ein Meister des Arkanen
- **Dr. Steinberg** – ein Arzt
- **Mr. Aengus McMullen** – ein Brite und Meister des Arkanen
- **Freiherr von Perfall** – der „Hofmusikintendant", Generalintendant der Münchner Theater, später wirklicher Hoftheaterintendant, ab 1872 Generalintendant aller königlich-bayerischen Hoftheater
- **Creszenz** – eine Wäscherin
- **Sir Desmond Jarrencourt** – Miss Jarrencourts Vater
- **Mr. Javrau, auch bekannt als „der König"** – das Oberhaupt einer länderübergreifend arbeitenden Schmugglerbande
- **Hugo de Lacy** – ein französischer Gentleman, ehemals Miss Jarrencourts Verlobter
- **Herr Dupont** – Mr. Javraus Repräsentant in München
- **Herr Obermair** – der Inhaber eines Magieausstatters
- **Franz Nachbaur** – ein Tenor an der Münchner Oper
- **Bruder Giuseppe** – ein Mönch, Angehöriger der Bruderschaft des Lichts
- **Bruder Michael** – ein Mönch, Angehöriger der Bruderschaft des Lichts und Meister des Arkanen
- **Sir Charles Fairchild** – ein ehemaliger Kapitän, nun Reeder und Life-Peer
- **Herr Grotian** – der Vater einer erkrankten Tochter

Einleitung

Fünf Männer saßen um den Tisch, als seien sie nur zu einer Herrenrunde auf ein Gläschen Wein zusammengekommen. Einer von ihnen war ein junger König, der aussah wie man sich eben einen König vorstellt: dunkelhaarig, helläugig, romantisch und sehr jugendlich. Ebenfalls anwesend war sein Ministerpräsident Ludwig von der Pfordten, ein trockener, pflichtbewußter Mann Mitte fünfzig. Ein Bischof saß auch mit am Tisch, der Bischof von München-Freising. Diese drei waren Bayern. Sie saßen dem britischen Botschafter Lord Garingham und einem Mann in schwarzer Soutane gegenüber.

„Majestät, Exzellenzen, meine Herren", begann der Mann in Schwarz mit italienischem Akzent, „die Angelegenheit ist entschieden zu wichtig, um darüber uneins zu verbleiben. Jemand hat das Manuskript entwendet. Man sagt, es sei möglich, mit seiner Hilfe eine Verbindung zur Unterwelt zu öffnen, die dem Bösen Eintritt in unsere Welt gewährt. Wir haben Grund zu der Annahme, daß es sich hierbei um mehr als nur eine Legende handelt. Diese Handschrift bedroht unsere Welt. Wir müssen sie finden. Sind wir uns da einig?"

König Ludwig nickte, ebenso sein Ministerpräsident und der Bischof. Nur Garingham runzelte die Stirn und unterbrach: „Mein lieber, ah, Padre. Vierhundert Jahre lang wurde diese Handschrift in England bewacht. Es ist klar, daß sie wieder dort hingehört. Wir wissen, wie gefährlich sie ist. Es ist jedoch unsere Aufgabe, also die Aufgabe Englands, sie wiederzuerlangen. Tatsächlich wissen wir, wo sie sich befindet. Sie wird bald wieder in unseren Händen sein. Verlassen Sie sich darauf ..."

König Ludwig unterbrach: „Sie haben einen Spion in unser Land geschickt?" Bei diesen Worten sah er den Botschafter eher neugierig denn verstimmt an.

Der wand sich ein wenig. Seine hellblauen Augen wanderten von dem jungen Herrscher zu von der Pfordten.

„Keinen Spion. Er ist Experte im Aufdecken übler Machenschaften und ähnlicher Unannehmlichkeiten. Seine Vorgeschichte macht ihn geeignet für eine solche Aufgabe."

Der Mann in Schwarz lächelte. Sein Lächeln war indes eher dazu angetan, die Anwesenden zu verunsichern denn sie zu beruhigen.

„Ich weiß. Ich kenne ihn. Sie mögen sich dessen nicht bewußt sein, doch wir haben für einen erheblichen Teil seiner Ausbildung gesorgt. Es war ein schwarzer Tag, als er uns verließ."

Garingham war verärgert. Er hatte nicht damit gerechnet, daß die Maßnahmen seines Landes bekannt waren. Er selbst war erst wenige Stunden zuvor darüber informiert worden, daß das Jahr 1865 eventuell das letzte der Weltgeschichte sein würde. Man hatte ihn auf das Schlimmste vorbereitet, nicht jedoch auf päpstliche Spionage.

„Sie sind außerordentlich gut unterrichtet, Padre", kommentierte er eisig.

„Das ist die Hauptaufgabe meines Lebens", erwiderte der Mann in Schwarz und vermittelte den Eindruck, absolut alles über jeden der Anwesenden zu wissen. Peinliche Stille senkte sich über den Raum.

Der Ministerpräsident beugte sich vor.

„Das mag sein, wie es will. Ihr Agent kann so gut sein, wie er mag, doch wir sind hier in Bayern, und wir werden diese Angelegenheit nicht in ausländischen Händen lassen. Ich habe zwei Offiziere abgestellt, die Erfahrung in der Bewältigung außerordentlicher Aufgaben haben. Sie werden Lord Garinghams Mann assistieren. Die beiden kennen ihn bereits, da sollte die Zusammenarbeit nicht schwerfallen."

„Vergessen Sie die Sängerin nicht", warf der König ein wenig verträumt ein und lächelte in die Ferne. „Ich habe sie gebeten, in dieser Sache behilflich zu sein."

Die vier anderen blickten verärgert drein. Das Faible des jungen Königs für die Oper trübte sein Urteilsvermögen. Der Ministerpräsident hoffte inständig, dieser besondere Charakterzug seines Herrschers werde mit zunehmendem Alter nachlassen.

„Doch nicht ... sie, Eure Majestät?“ fragte von der Pfordten unglücklich und vermied dabei vorsichtig die Nennung eines Namens. Seine Umsicht erwies sich allerdings als gänzlich überflüssig. Jeder am Tisch schien genau zu wissen, von wem hier die Rede war: Mademoiselle Cérise Denglot, Stern der Opernbühne.

„Ich weiß nicht“, schalt der Bischof, „eine Frau wie diese. Bei allem Respekt, Majestät, ich kann diese Wahl nicht gutheißen.“

„Warum nicht?“ fragte Ludwig. „Sie ist sehr charmant und engagiert. Jedenfalls bin ich überzeugt, daß sie uns helfen kann. Sie verfügt über einige Erfahrung – in diesen Dingen. Sie hat mir selbst erzählt, daß sie schon früher in einem spektakulären Fall einem ‚Experten im Aufdecken übler Machenschaften und ähnlicher Unannehmlichkeiten‘ zur Seite gestanden hat. Ihrem Experten, Lord Garingham?“

„Möglich“, gab der Botschafter verdrießlich zu.

„Na also. Zudem ist sie ganz reizend. So empfindsam und künstlerisch.“

Die anderen vier Herren versanken in Schweigen und hielten ihre spitzen Bemerkungen in der königlichen Gegenwart eisern zurück, obgleich jeder von ihnen eine bestimmte Vorstellung davon hatte, welche guten Dienste eine Sängerin einem Spezialagenten wohl leisten mochte. Eventuell die gleichen wie einem allzu enthusiastischen jungen Monarchen.

Sie hatten unrecht, zumindest zum Teil.

Nach einer Weile meldete sich der schwarzgewandete Geistliche wieder zu Wort.

„Ich denke immer noch, wenn ich so sagen darf, daß Sie die Gefahr unterschätzen. Die dunkle Seite der okkulten Welt wird ein starkes Interesse daran haben, sich der Handschrift zu bemächtigen. Wir wissen nicht, was oder wer sich alles einmischen wird. Aber sie werden kommen. Die Gruppe, die Sie ausschicken, ist kein Gegner für etwelche magischen Fähigkeiten, mit denen sie sich konfrontiert sehen wird. Niemand aus der Gruppe hat die geringste Veranlagung zum Arkanen."

„Daran ist gedacht", sagte der Ministerpräsident selbstzufrieden. „Ich schicke einen Fachmann mit. Einen Meister des Arkanen. Keinen Logenmeister. Wir wollen ja nicht, daß die Angelegenheit Teil irgendeines Logenarchivs wird. Der Mann wird aber auf alle Fälle mit seinem Fachwissen helfen können, falls so etwas tatsächlich notwendig werden sollte. Sie sehen, wir haben alles arrangiert, Padre. Ihr Eingreifen ist gänzlich unerforderlich."

Der Mann in Schwarz verbeugte sich und lächelte höflich. Sein Blick jedoch war ernst und kritisch. Seine Selbstgefälligkeit war verschwunden, und ein Glitzern in den Augen versteckte sich nur unvollkommen hinter einem gesenkten Blick christlicher Ergebenheit.

Lord Garingham bemerkte das Glitzern und war sicher, diesem Mann nicht einen Daumenbreit über den Weg trauen zu können. Der Bischof von München-Freising schwor sich, in Zukunft die Finger von kirchenpolitischen Dingen zu lassen und fühlte sich schuldig, weil er den Padre als päpstlichen Sonderlegaten vorgestellt hatte, ein Rang, der ihm keinesfalls zukam. Der Ministerpräsident hoffte inständig, bei dem Balanceakt, einerseits ein guter Katholik zu sein, andererseits aber auch die Einflußnahme einer bestimmten Faktion der Kirche einzudämmen, das richtige Maß gefunden zu haben. Der König schließlich fragte sich, ob es angebracht wäre, einen Sondergesandten seiner Heiligkeit in die Oper einzuladen.

Kapitel 1

Der Mann mit den schwarzen Augen lehnte mit dem Rücken an der Wand und tat an sich nichts Besonderes. Trotzdem beherrschte er den Raum. Er war wie die meisten seiner Art von schlankem, schmalem Wuchs. Sein feingeschnittenes Gesicht war ein wenig zu ebenmäßig und wohlgeformt, doch es war keinesfalls offensichtlich, was er war. Er sah einfach nur etwas zu gut aus, wirkte wie ein Don Juan, ein aristokratischer Adonis.

„András", wandte er sich einem Mann zu, der gerade gesprochen hatte und sah, wie der ob seiner dunklen Stimme zusammenzuckte, „Sie mischen sich da in Dinge ein, deren Tragweite Sie nicht im entferntesten ermessen können. Hätten Sie mich vorher konsultiert, ich hätte Ihnen davon abgeraten. Sie können sich nicht annähernd ein Bild davon machen, was diese Schrift in den falschen Händen anrichten kann. Es war nicht Ihre Aufgabe, damit herumzupfuschen."

Das Zimmer im Nymphenburger Hotel zu München war voll. Zwei Herren saßen auf dem Bett. Zwei weitere hockten auf den kleinen Polsterstühlen. Die vier beobachteten den Dunklen mit deutlicher Besorgnis. Nach einigen Augenblicken des Schweigens nahm einer von ihnen, ein ergrauender Mittfünfziger, das Gespräch wieder auf.

„Begreifen Sie denn nicht, Graf Arpad? Die Vorteile überwogen die Risiken bei weitem! Wir mußten nur die letzte Botschaft an den Briten abfangen, um ihn aufzuhalten. Dann haben wir versucht, die Schriftrolle in unsere Hände zu bekommen, und genau das sollten wir immer noch tun."

Der Mann an der Wand beugte sich etwas vor. Sein schwarzes Haar fiel bei der Bewegung nach vorn und gab den Blick auf ein ganz leicht spitz zulaufendes Ohr frei. Wie Kaninchen die Schlange starrten die vier Sterblichen den Mann an. Keiner von ihnen rührte sich, als könne eine plötzliche Bewegung ihr Unbehagen verraten. Sie versuchten, sich normal zu verhalten, wirkten jedoch nur angespannt.

Graf Arpad lächelte mit geschlossenen Lippen. Sie konnten sich nicht daran gewöhnen. Die Idee, einen Feyon zu ihrer Organisation zählen zu können, hatten sie aufregend gefunden, und sie erwarteten von ihm weit mehr magische Unterstützung, als er beizusteuern vermocht hätte – oder auch nur willens war zu geben.

Politik war ein unterhaltsames Spiel. Zur Zeit war er Patriot. Sein Ziel war ein freies Königreich Ungarn, frei von der Umklammerung der Habsburger. Die gesamte Politik dieses allzu christlich-katholischen Reiches war nicht nach seinem Gusto. Die Kirche hatte entschieden zuviel Einfluß in Österreich. Vom spanischen Hof durch dynastische Bande beeinflußt, war alles zu erstarrt und unbeweglich. Zudem gab es Teile der Kirche, die als frommen Ritus seinesgleichen jagten. Je eher sich Ungarn von der Habsburger Monarchie befreite, desto besser.

Zu diesem einzigen Zweck waren die vier Herren und er vereint. Die Liebe zu ihrem Land war so groß, daß die Menschen ihre Furcht und ihr Mißtrauen ihm gegenüber in Schach hielten. Nur fühlten sie sich in seiner Gegenwart nie wohl.

Vielleicht dachten sie, er merke es nicht. Er war jedoch äußerst empfänglich für die Gedanken und Emotionen anderer. Alle von seiner Art waren das. Er konnte die Gefühle der Menschen mit einer Genauigkeit riechen, die sie von neuem erschreckt hätte, hätte er es ihnen geschildert.

Also sagte er es ihnen nicht. Mit seiner schmalen Hand strich er sein Haar zurück und verdeckte damit die verräterischen Ohren. Zwar konnte er die Männer seine Abstammung vergessen lassen, doch er wußte, daß einer von ihnen ein Schutzamulett gegen Manipulation trug. Er spürte es, konnte mit den Fingerspitzen die arkane Ausströmung in der Sphäre berühren. Immerhin hatte er die Gefährten so weit unter Kontrolle, daß sie sich von einem Treffen zum nächsten kaum daran erinnerten, was er war. Es waren eben nur Menschen.

Auch er schien nichts weiter als ein Mensch zu sein. Er kleidete sich gut, geschmackvoll und à la mode, um sich perfekt in eine Gesellschaft einzupassen, die sich um vieles wohler fühlte, wenn sie Wesen wie ihn ignorieren oder schlicht für Märchen halten konnte. Für die meisten Sterblichen war er ohnehin nur ein alter Aberglaube, ein Teil der Schauerliteratur. Es gab so wenige von seiner Art. Die meisten Menschen begegneten niemals einem Abkömmling der Na Daoine-maithe, egal ob er der Menschheit nun wohl oder übel gesonnen sein mochte. Graf Arpads Art war so selten, daß Menschen, von jeher Meister der Verdrängung, sie ohne Schwierigkeiten ignorieren konnten, und das wiederum machte es ihm leicht, nicht aufzufallen.

Doch es gab Unterschiede. Zum einen war da seine Lebensspanne, zum anderen sein intuitives Wissen um arkane Dinge. Patriot hin oder her, er war anders.

Der Mann sah ihn beleidigt an. Sie alle taten das. Schließlich sprach ein anderer, mit nervöser Stimme und leicht streitsüchtig. Arpad nahm sich vor, auf diese Stimmung gut achtzugeben. Auf Dauer konnte und durfte er Feindseligkeiten bei seinen Gefährten nicht dulden. Zu riskant. Furcht machte Menschen unberechenbar.

„Graf Arpad, ich gestehe gerne ein, daß die Sache Gefahren in sich birgt, doch bitte unterschätzen Sie nicht unsere Entschlossenheit. Für die Freiheit unseres Landes würden wir alles tun. Das Manuskript hätte uns eine Waffe an die Hand gegeben, die unser Land in kürzester Zeit vom österreichischen Joch befreit hätte. Dagegen hätten sie sich nicht wehren können."

„Wehren können – wogegen denn?" fragte Graf Arpad, trat dabei geringfügig nach vorne und vermerkte den sorgfältig verborgenen Drang seiner Kameraden, auf ihren Sitzen nach hinten zu rutschen. „Was, meine Herren, läßt Sie glauben, die Mächte, die Sie so unschuldig-nichtswissend beschworen hätten, würden an unserer Landesgrenze höflich haltmachen? Ich kann Ihnen versichern, das würden sie nicht."

Die Männer sahen pikiert drein.

„Wir hätten sie doch nicht eingesetzt, Graf Arpad", beschwichtigte einer. „Wir hätten nur damit gedroht. Die Österreicher hätten sicher auf die Stimme der Vernunft gehört."

„Die Stimme der Vernunft?" fragte Graf Arpad und wunderte sich einmal mehr über die menschliche Eigenart, den Einsatz exzessiver Gewalt als Vernunft zu bezeichnen. „Der Vernunft? Das nennen Sie Vernunft? Eine Waffe schwingen, die Sie nicht beherrschen und mit der Sie sich selbst vernichten? Wo liegt da die Vernunft, bitte?" Er spürte, wie sie sich unter seinem schwarzen Blick wanden. „Ich bin nicht zimperlich, da können Sie sich sicher sein", sie schienen noch ein wenig weiter zurückzuweichen, „doch was Sie da versucht haben, ist jenseits aller Vernunft. Es ist Wahnsinn. Sie hätten uns alle vernichten können."

Er stand nun in der Raummitte, roch ihre wachsende Angst. Bewußt trat er etwas zurück, erlaubte ihnen, sich etwas von seiner Präsenz zu erholen. Er wollte nicht, daß sie Angst vor ihm hatten. Ihre Angst war nutzlos. Es wäre ihm hundertmal lieber gewesen, sie hätten ihm vertraut. Er mochte es, wenn Sterbliche ihm trauten.

„Sie berichten mir besser genau, was vorgefallen ist", forderte er sie auf und gab sich Mühe, beruhigend zu klingen.

Die vier sahen einander an. Nach einer Weile sprach der Dritte.

„Wir gingen gestern nacht in Herrn Müllers Zimmer. Wir waren bewaffnet und forderten ihn auf, uns das Manuskript zu übergeben. Er hatte es in diesem Augenblick sogar in der Hand. Er weigerte sich und begann, Zeichen in die Luft zu malen. Da merkten wir, daß er ein Meister des Arkanen war. Székely hier hat ihm eins aufs Kinn verpaßt, bevor er uns irgend etwas anhexen konnte."

Székely feixte applausheischend, doch seine Hochstimmung bröselte unter Graf Arpads dunklem Blick.

„Sei's drum, der Mann fiel ohnmächtig zu Boden. Da entdeckten wir, daß er in einer Art Kreis gestanden hatte, der auf den Boden gezeichnet war. Dann ging alles ganz schnell."

Der Sprecher hielt inne, blickte besorgt wie ein Schuljunge, der ein Gedicht aufsagen sollte. Offenbar gefiel er sich in dieser Rolle nicht im mindesten.

„Fahren Sie fort“, drängte Arpad. Er fühlte sich unendlich alt, obgleich er jünger aussah als die meisten hier. Tatsächlich war er viele Male älter als selbst der älteste der vier Kameraden. Doch das mußten sie nicht wissen.

„Müller fiel, schlug sich außerhalb des Kreises den Kopf an einem Tisch an, die Handschrift flog ihm aus den Händen, und ganz plötzlich war da so was wie ein schmieriger Schatten, das Furchtbarste, was ich je gesehen habe.“

Der Mann hielt inne und rang nach Worten für etwas jenseits seiner Begriffswelt. Wo es Sterblichen an Worten fehlte, kamen sie schnell an die Grenzen ihrer Erkenntnis. „Der Schatten griff nach der Schriftrolle, doch die flog zur Tür. Da schwebte sie, wirbelte umher und wurde dabei immer durchsichtiger. Es sah aus, als wolle Müller sie aus der Reichweite des Schattens bringen.“ Wieder machte er eine Pause, versuchte, sich die Dinge klarzumachen. „Da lebte er noch.“

„Das erscheint logisch“, merkte Graf Arpad trocken an.

Der Mann hielt wieder inne, sah sich gehetzt um. Er schwitzte. Arpad widerstand der Versuchung, dem Denken des Mannes einen mentalen Stoß zu geben. Hätte er gewollt, er hätte sie alle zum Reden bringen können. Zum Singen. Zum Springen. Doch gab er acht, solche Mittel möglichst nicht gegen sie einzusetzen, denn auch ohne daß er ihren Geist verbog, waren sie fahrig genug. Sie hätten es allerdings kaum bemerkt. Er beruhigte die Gedanken des Mannes etwas. Nur ein kleines bißchen.

„Ich weiß nicht, was zuerst geschah. Alles schien gleichzeitig zu passieren. Die Tür ging auf. Plötzlich war da noch ein Mann, der auch die Hände nach der Schriftrolle ausstreckte. Er begann zu leuchten, ich konnte ihn gar nicht erkennen, er war von einem fremdartigen Licht umgeben.“

„Überirdisches Licht“, fügte ein anderer Verschwörer etwas naiv hinzu. Arpad winkte ab, und der Mann verstummte.

„Der Schatten flitzte heran und versuchte, sich um die Schriftrolle zu wickeln. Da löste sich die Rolle auf."

„Was soll das heißen?"

„Das soll heißen, sie verschwand einfach. Mit einem Donnerschlag schloß sich die Tür. Der Schatten war nirgends zu sehen. Wir standen im Zimmer mit einem toten Herrn Müller."

„Dann haben Sie, wenn ich richtig verstehe, den Tatort flugs verlassen?"

Die vier Vaterlandsfreunde schwiegen betreten.

„Nun", sagte der Graf nach einer Weile. „Ich weiß nicht, was davon zu halten ist. Das einzige, was mir klar scheint, ist, daß mehr als ein Jäger hinter der Schriftrolle her ist. Wir wissen nicht, wer die beiden Rivalen sind, die da um sie gekämpft haben. Wir wissen nicht, wo sie sich befindet. Wir wissen auch nicht, wer sich sonst noch dafür interessiert."

Die vier Freiheitshelden blickten schuldbewußt, beklommen und ein wenig gekränkt drein. Der Mann vor ihnen schien zu jung, um so enorme Autorität über sie zu haben.

„Im Moment können wir davon ausgehen, daß sich die Schriftrolle außerhalb der Reichweite welcher Mächte auch immer befindet."

„Glauben Sie?" fragte András hoffnungsvoll. „Woraus schließen Sie das?"

„Weil, Herr András, die Welt, wie wir sie kennen, ansonsten möglicherweise bereits Vergangenheit wäre." Arpad lächelte freundlich mit einem Hauch Spott. „Meine Herren, ich gratuliere Ihnen zu Ihrem außerordentlichen patriotischen Eifer, doch Sie sind zu weit gegangen."

Der Jüngste von ihnen sprang auf, stellte sich atemlos gegen den geheimnisvollen Mitstreiter. Ein Aufrührer, der die fragile Hierarchie brach, die sich etabliert hatte. Seine Tapferkeit war anerkennenswert, fand Arpad, doch fehl am Platz.

„Ich weiß ja nicht, wie es mit Ihnen ist, Graf", rief er fast zornig. „Ich jedenfalls bin bereit, alles für die Freiheit meines Landes zu wagen! Alles!"

Der Graf bedachte ihn mit einem undurchdringlichen Blick und faltete sacht die Hände mit den schmalen, spitzen Fingernägeln.

„Sie mögen Ihr Leben für Ihr Land geben. Ihre Liebe, Ihre Zukunft, Ihre Träume, Ihr Wohlbefinden, Ihren Einfluß oder Ihren Glauben, doch niemals – alles. Niemals." Er lächelte kalt. „Aber wer bin ich, Ihnen Moral zu predigen? Freut euch, ihr lieben Christen, freut euch von Herzen sehr!"

Sie wanden sich unter seinem spöttischen Blick. Er spürte die Wut, die er in ihnen entfacht hatte. Er mußte aufpassen. Wenn er zu weit ging, würde einer von ihnen sich schließlich gegen ihn wenden. Das Unbekannte war Menschen immer schnell ein Feind. Es verlangte ihn nicht danach, seine eigene Gruppe von Widerstandskämpfern zu eliminieren.

Er mußte sein Interesse an Politik überdenken. Was für eine zutiefst menschliche Zeitverschwendung. Er hätte sich nie darauf einlassen sollen.

„Was sollen wir tun?" fragte einer von ihnen.

„Nichts", antwortete Arpad. „Gar nichts. Sie sollten alle so schnell wie möglich abreisen. Sie wollen doch nicht die Aufmerksamkeit der örtlichen Behörden auf sich – auf uns – lenken. Bayern ist zu eng mit Österreich verbunden. Ich selbst werde bleiben."

Damit verstummte er. Eine Magieblockade lag über dem Hotel und verhinderte, daß etwas Magisches den Ort verließ. Das betraf auch ihn.

Diese Blockade mochte zwar unangenehm sein, bedeutete jedoch andererseits etwas sehr Wichtiges: Die Handschrift befand sich höchstwahrscheinlich noch im Hotel in Reichweite.

Es gab jedoch noch einen völlig anderen Grund für sein Bleiben, und auch den brauchten seine Patrioten keinesfalls zu erfahren.

Kapitel 2

Der Vollmond warf sein bleiches Licht auf die Stuckfassade des Nymphenburger Hotels. Corrisande Jarrencourt von Jarrencourt Hall in England stand auf dem engen, schmiedeeisernen Balkon vor ihrem Salon. Sie sah hinab auf den weiten Platz unter ihr. Ihre Suite lag im dritten Stock. Sie hätte Räume auf der Rückseite des Hauses bevorzugt. An Häuserrückseiten konnte man unauffälliger entlangklettern, und zudem wäre es dann tagsüber viel ruhiger gewesen. Wer von der Oper und der Residenz zum Augsburger Bahnhof wollte, ließ sich diesen zugegebenermaßen wundervollen Boulevard entlangfahren, und die Rufe der Kutscher und das Geklapper der harten Räder auf dem Kopfsteinpflaster machten viel Lärm.

Doch das war im Augenblick schon alles, was sie zu bemäkeln hatte. Tatsächlich war sie halbwegs glücklich. München gefiel ihr. Das Nymphenburger Hotel war das Beste in der Stadt und lag angenehm nah an der Residenz, wo König Ludwig II. seinen Staatsgeschäften nachging. Ein paar Schritte weiter fand man den Hofgarten, der öffentlich zugänglich war. Dort traf man auf Münchens gehobene Gesellschaft. Die Reichen, die Berühmten und die, die es gerne wären, promenierten hier und zeigten sich und den neuesten Stil ihrer Garderobe einer kritisch beobachtenden Öffentlichkeit aus Reichen, Berühmten und solchen, die es gerne wären.

Dann war da das Café Tombosi, ein behagliches Restaurant der Oberklasse, an das die vornehmen Münchner sich soweit gewöhnt hatten, daß man als Mädchen fast ohne Anstandsdame hingehen konnte, zumindest nachmittags. Draußen, entlang der breiten, prächtigen Ludwigstraße, standen Kutschen und Diener warteten auf die erlesenen Fahrgäste, um sie nach Hause zu ihren Anwesen zu bringen.

München war eine wirklich glanzvolle Stadt und bot viele Möglichkeiten. Fast schon zu viele. Sie würde sorgfältig planen müssen. Es war wichtig, sich hier gut einzupassen. Ihre Begleiterin und Anstandsdame, Mrs. Eliza Parslow, hatte bereits unmißverständlich ihren Unmut bezüglich der Garderobe, die sie zuletzt in Paris gekauft hatte, kundgetan. Sie hielt nichts von Kleidern, die zu elegant und erwachsen waren für eine junge Dame, die eben in die Gesellschaft eingeführt werden sollte. Einige Kleider waren zu tief ausgeschnitten, andere sogar ein klein wenig skandalös. Nichts, was ein vornehm und anständig erzogenes Mädchen von achtzehn Jahren während der Münchner Saison, jener Folge von Bällen und erlesenen Festlichkeiten, die den Hintergrund für vorteilhafte Eheanbahnung in den besten Kreisen bot, tragen sollte.

Tatsächlich war Corrisande schon vierundzwanzig, doch sie sah jünger aus. Wenn sie es darauf anlegte, konnte sie für sechzehn oder siebzehn durchgehen, denn sie war feingliedrig, wirkte unschuldig und hatte einen gewissen natürlichen Liebreiz an sich. Doch achtzehn war ein ausgezeichnetes Alter, alt genug, um auf dem Heiratsmarkt ernstgenommen zu werden und jung genug, um nicht als altes Mädchen zu gelten. Kaum einer wußte, wie alt Corrisande wirklich war, und so hatte sie beschlossen, daß sie jedes Alter, das ihr gefiel, für sich beanspruchen konnte.

„Corrisande", rief Mrs. Parslows kultivierte Stimme aus dem Zimmer hinter ihr. „Komm wieder herein. Da draußen fällst du zu sehr auf."

„Einen Augenblick noch. Es ist so schön hier draußen. Ein Spaziergang wäre jetzt das richtige."

„Gewiß nicht! Es ist mitten in der Nacht. Vielleicht sind die Sitten in München ja lockerer als daheim in England, aber ich bezweifle sehr, daß sich junge, unverheiratete Damen hier zu einsamen, mitternächtlichen Spaziergängen aufzumachen pflegen."

Ihre Gesellschafterin hatte recht. Corrisande holte tief Luft und seufzte. Die mondbeschienene Vorfrühlingsnacht war so schön. Sie hatten München um die Mittagszeit erreicht und sich kaum im Hotel angekommen schlafen gelegt, um sich von der äußerst strapaziösen Reise auszuruhen. Rechtzeitig zum Dinner waren sie wieder aufgestanden. Die wenigen Gäste im luxuriösen Speisesaal hatten sie allerdings enttäuscht. Sie hatten Besseres erwartet. Die Ballsaison hatte längst begonnen, und zumindest das sollte die hohe Gesellschaft herbeigelockt haben.

Natürlich konnte man nie sicher sein. Von den eher stattlichen, gesetzteren Herren mochten einige durchaus geeignet sein. Sie verfügten augenscheinlich über die Mittel, hier zu wohnen, und das war an und für sich schon eine Empfehlung. Doch die Herren rochen nach Handel, entschied Eliza, die über einen untrüglichen Instinkt in solchen Dingen verfügte. Reiche Kaufleute oder Fabrikanten zählten nicht zu Corrisandes bevorzugten Kandidaten für eine lukrative Hochzeit. Sie waren oft zu sparsam oder einfach zu schlau und für gewöhnlich auch spießiger und prüder als Männer vornehmerer Herkunft.

Nicht, daß spießig und prüde etwas Schlechtes war. Corrisande konnte so spießig und prüde sein wie nur irgend jemand sonst, und Eliza mochte sich, was diese Eigenschaften anbetraf, besondere Auszeichnungen verdient haben.

Corrisande hörte, wie sich die Tür des neben ihrem liegenden Balkons öffnete. Ein junger Mann trat heraus. Ein Offizier. Er trug eine fesche Chevauleger-Leutnantsuniform und rauchte eine Zigarre. Seine Stiefel klackten auf dem eisernen Balkon.

Sie betrachtete ihn aus den Augenwinkeln, ohne sich umzudrehen. Auf eine schroffe, forsche Art sah er gut aus. Er war vielleicht fünfundzwanzig. Eine Strähne seines dunklen Haars war mit einem Stück Zündschnur zusammengeflochten, eine affektierte Eigenheit, zu der Angehörige schicker Kavallerieregimenter bisweilen tendierten. Junge Mädchen, die wagemutige, kühne Krieger anhimmelten, waren ganz versessen darauf. Tatsächlich verlieh der schwarze Schnurrbart dem Soldaten etwas Abenteuerliches. Es war etwas zutiefst Maskulines an ihm, das Corrisande mochte, ohne genau zu hinterfragen warum.

Auf jeden Fall aber sah er nicht wie jemand aus, dessen Bekanntschaft sich lohnen mochte, und so wandte sie sich ihm nicht zu, vielmehr senkte sie den Blick und beschloß, leicht zu erröten. Es war gut, nicht aus der Übung zu kommen. Die Fähigkeit, im rechten Moment rot oder blaß zu werden, war eine hohe Kunst, und man brauchte sehr viel Disziplin dafür.

Sie spürte seinen Blick und sein beifälliges Begutachten. Offenbar gefiel ihm, was er sah. Corrisande war keine klassische Schönheit, doch anmutig und liebenswert, fast wie eine zierliche Porzellanpuppe. Sie war klein und schmal, zart wie eine Elfe, und ihre großen, tiefblauen Augen beherrschten ein argloses, ehrliches Gesicht, das eine Fülle hellbrauner Locken umrahmte. Sie wirkte sensibel und immer ein wenig auf der Suche nach Beistand.

Es war eine gute Art sich zu geben, und Corrisande übte diese Ausstrahlung vor dem Spiegel oder unter dem kritischen Auge Mrs. Parslows. Männer mochten hilflose Frauen. Sie hatte nie wirklich verstanden warum. Vielleicht gab es ihnen ein Gefühl überlegener Stärke, das ihnen sonst fehlte?

Nun fühlte sie seinen Blick mehr als nur flüchtig. Es wurde Zeit, dies zu beenden.

Sie wandte den Kopf. Der Ausdruck eines scheuen Rehs huschte über ihre Augen, als sie für den Bruchteil eines Augenblickes in die seinen sah. Dann senkte sie bescheiden den Blick, schenkte ihm die Andeutung eines schüchternen Lächelns, errötete über ihre eigene Unschicklichkeit und floh in ihr Zimmer. Dabei achtete sie darauf, daß ihr weiter Reifrock mit der Bewegung schwang und ihre Knöchel für eine kurze Sekunde zu erspähen waren. Das würde bei einem hartgesottenen Kempen wie dem Offizier von nebenan seine Wirkung nicht verfehlen.

Mrs. Parslow schloß die Balkontür und zog die Vorhänge zu. Sie war eine würdevolle Frau, gekleidet in elegante Grautöne, die zu ihrem Haar paßten.

„Du schaust wie eine Katze, die den Sahnetopf entdeckt hat, meine Liebe. Gibt es etwas Interessantes dort draußen?“ fragte sie.

Corrisande lächelte und sank auf eines der Fauteuils in dem kleinen Salon nieder, den sie zusammen mit zwei angrenzenden Schlafkammern gebucht hatten.

„Nein. Nur einen Chevauleger-Leutnant. Völlig nebensächlich für unsere Absichten. Ich frage mich, warum er hier wohnt. Die Kasernen sind doch gleich in der Nähe. Dies ist kaum die passende Umgebung für Seinesgleichen. Er wirkte nicht begütert genug. Zu leger, obwohl man das bei diesen Uniformen nie wissen kann. Herren werden schließlich aus den unterschiedlichsten Gründen Offiziere."

„Schon", antwortete Mrs. Parslow abfällig, „aber meist, weil sie jüngere Söhne ohne sonstige Möglichkeiten sind. Hierzulande ist es noch ärger, seit man die Offizierslaufbahn praktisch jedem geöffnet hat. Man kann nicht einmal mit Sicherheit davon ausgehen, daß dieser Mann von guter Herkunft ist, und Kavalleristen sind meist ohnehin zu wild."

Corrisande lächelte entrückt.

„Er sah wirklich irgendwie wild aus. Man konnte sich fast vorstellen, wie er voller Angriffslust einem Feind entgegenprescht." Sie seufzte.

Mrs. Parslow setzte sich ihr gegenüber.

„Ich wünschte, du würdest dies hier etwas ernster nehmen. Du darfst auf keinen Fall vergessen, wieviel Schaden ein Mann wie er jemandem wie dir zufügen kann. Ich rate dir also dringend, deine romantische Veranlagung hintanzustellen, bis wir erreicht haben, weswegen wir gekommen sind."

„Natürlich, Eliza. Du solltest mich wirklich besser kennen als anzunehmen, ich ließe mich durch ein paar kräftige Schultern und forsche Manieren vom Ziel abbringen."

Mrs. Parslow rümpfte die Nase und nahm ihre Stickerei auf. Für eine Weile senkte sich Stille über den Raum.

„Überhaupt", begann Corrisande die Unterhaltung erneut, „haben wir noch nicht endgültig beschlossen, was wir tun werden. Ich gedenke beileibe nicht, meine sorgfältig einstudierten Kenntnisse an einen dukatenstrotzenden Dampfmaschinenhersteller zu vergeuden. Das ist nicht die Art Gemahl, die mir vorschwebt – immerhin muß ich den Rest meines Lebens mit ihm verbringen. Ich muß sagen, ich habe mit einer geeigneteren Klientel gerechnet."

Mrs. Parslow lächelte.

„Das stimmt, meine Liebe. Was wir bisher gesehen haben, ist nicht gerade ermutigend. Doch wir sind erst angekommen, und die Saison dauert noch eine Weile. Ich bin sicher, jetzt, wo wir gut untergebracht sind, werden wir Freunde in den richtigen Kreisen finden."

„Die Oper hier soll sehr gut sein", überlegte Corrisande laut. Sie hörte gern gute Musik. „Vielleicht könnten wir eine Loge mieten?"

Mrs. Parslow wirkte nicht überzeugt. Sie schätzte die Oper nicht, obgleich sie ihre Nützlichkeit als Einrichtung zum kommunikativen Austausch mit anderen Angehörigen der guten Gesellschaft durchaus anerkannte. Wo jemand saß, wer mit wem in den Pausen sprach, aus all diesen Beobachtungen ließen sich viele Rückschlüsse ziehen. Tatsächlich hätte sie die Oper genießen können, wäre da nicht diese Musik gewesen – und natürlich die Libretti, die ihr oftmals schlichtweg zu vulgär waren.

„Vielleicht müßten wir die Loge für eine ganze Spielzeit mieten, und das wäre wahre Geldverschwendung."

„Wir haben genug Geld. Hugo hat einen ganzen Batzen hingelegt, um mich loszuwerden."

Mrs. Parslow rümpfte die Nase.

„Liebes, ich wünschte, du würdest dich nicht solcher umgangssprachlicher Ausdrücke befleißigen. Sie sind so uncharmant. Ich hoffe außerdem, du läßt diese katastrophale Affäre unerwähnt. Ich war noch nie in meinem Leben so enttäuscht! Er hatte kein Recht, so zu handeln. Kein wahrer Ehrenmann hätte sich so benommen. Eine Verlobung so zu lösen ist schlichtweg *dégoûtant*. Ich hätte nicht geglaubt, daß ein Comte de Lacy so wenig Zucht besitzt, wo er doch so viel Geld hat. Er ist in meiner Achtung tief gesunken."

Corrisande warf ihrer spröden Reisebegleitung einen amüsierten Blick zu. Eliza war möglicherweise die vollkommenste Anstandsdame, die man für Geld haben konnte. Sie zahlte ihr auch genug, um genau das zu sein.

„Ach Eliza, was macht denn das für einen Unterschied? Hugo ist tot, so oder so – Gott hab ihn selig –, und wir sind reich genug, daß wir, bis sich wieder etwas ergibt, ein ausgesprochen gutes Leben führen können. Gott sei Dank hatten wir das Verlöbnis noch nicht bekanntgegeben. Niemand weiß etwas."

Mrs. Parslow schaute besorgt drein.

„In der Tat, das kann man nur hoffen. Ich muß sagen, du hast gut daran getan, die Briefe abzufangen, in denen er seiner Familie und seinen Freunden die Angelegenheiten deiner Familie schildern wollte. Du – wir alle – wären sonst gänzlich ruiniert. Ich kann nur hoffen, du hast wirklich alle Briefe vernichtet und keinen übersehen."

„Das wäre ziemlich unangenehm, Eliza. Ich bin aber sicher, alle Briefe gefunden zu haben. Außerdem entschlief der Arme noch in derselben Nacht. Traurig genug. Ich habe Papa gewiß niemals gebeten, Hugo zum Schweigen zu bringen. Sein plötzlicher Tod hat einigen Staub aufgewirbelt. Papa ist manchmal sehr forsch in seinen Aktionen."

Mrs. Parslow senkte ihre Stickerei, beugte sich vor und sah ihren Schützling ernst an.

„Vertrau mir, Liebes, dein Vater weiß, was für dich das Beste ist. Was der Comte über deine Familie wußte, würde jetzt wie ein Damoklesschwert über dir und deinem Papa schweben. Vergiß, daß er dir versprochen hat, dich davonkommen zu lassen. Er hat schließlich auch versprochen, dich zu heiraten und hat sein Wort gebrochen. Er hätte uns alle verfolgen und ausfindig machen lassen, und das wäre das Ende gewesen. Du kannst von deinem Vater nicht erwarten, daß er ein solches Risiko eingeht."

Corrisande seufzte. Einen Vater zu haben, der ein Doppelleben führte, machte das Leben nicht leichter. Manchmal wünschte sie, ihr Vater sei nur der wohlerzogene britische Aristokrat, der er von Geburt war, und sonst nichts.

„Ich bin sicher, du hast recht, Eliza. Dennoch ist es schade. Es war dumm von Hugo, unser kleines Familiengeheimnis derart zu mißbilligen. Ich bin schließlich eine Jarrencourt von Jarrencourt Hall, und Papa ist wahrhaftig Sir Desmond Jarrencourt – es ist doch unwichtig, was er sonst noch sein mag. An unserer Abstammung ist nichts auszusetzen, guter britischer Landadel, und Mama – möge sie in Frieden ruhen – stammt aus einer sehr edlen franko-normannischen Familie. Ich bin sicher, daß es mir gelungen wäre, dem fünftreichsten Mann Frankreichs eine gute und liebende Gattin zu sein. Ich bin ja weder dumm noch häßlich. Außerdem hat er gesagt, er liebe mich, und zwar recht leidenschaftlich. Das war er wirklich, weißt du."

Mrs. Parslow sah bestürzt auf und ließ beinahe ihre Handarbeit fallen.

„Meine Liebe, ganz sicher weiß ich das nicht. Noch wünsche ich es zu wissen, und du solltest nicht so offen über etwaige Ausrutscher sprechen. Es ist für uns alle das Beste, wenn wir das Ganze vergessen." Sie machte eine Pause, sah aus, als kaue sie auf einigen unangenehmen Worten. „Du hast doch nicht ... ich will sagen, er hat doch nicht etwa ... da ist nicht noch etwas, das du mir erzählen solltest, oder?" fragte sie.

Corrisande lachte.

„Keine Sorge. Du solltest mich wirklich besser kennen. Er hat mich nur im Arm gehalten und geküßt. Einmal. Das war alles. Doch ich muß sagen, dieser Kuß war eine spannende Erfah..."

„Corrisande! Ich bitte dich, jede weitere Bemerkung zu dieser Sache zu unterlassen. Je weniger man darüber redet, desto besser. Wenn es etwas Sinnvolles aus dieser Erfahrung zu lernen gibt, dann lerne es bitte im stillen und denke nicht mehr daran. Es könnte deine unschuldige Ausstrahlung ganz verderben."

Corrisande runzelte die Stirn über die Zurechtweisung und stand auf.

„Ach Eliza, manchmal wünschte ich, du wärst nicht ganz so steif und strikt, wenn wir *entre nous* sind. Ich bin schließlich kein Kind mehr. Man könnte meinen, dir sei jegliche Leidenschaft fremd. Dabei warst du verheiratet. Mehr als einmal, wenn ich mich recht entsinne."

Mrs. Parslow stand ebenfalls auf und legte ärgerlich ihre Stikkerei weg.

„Mein Engel, ich denke, für uns ist es höchste Zeit, uns zurückzuziehen. Es ist spät, und wir müssen morgen gut aussehen. Ich will diese frivole Unterhaltung nicht fortsetzen. Versteh mich richtig, meine Liebe. Ich habe keine Hemmungen, über heikle Dinge zu sprechen, wenn es hilfreich oder geraten scheint, aber ich gehe nie leichtfertig mit derartigen Themen um, und gewiß erachte ich sie als ungeeignet für eine höfliche Konversation vor dem Zubettgehen."

Sie steuerte auf die Tür ihres Schlafzimmers zu, das an den kleinen Salon grenzte. Corrisandes Zimmer lag gegenüber. Ein leises Klopfen an der Tür ließ sie innehalten. Der Rhythmus des Klopfens jedoch verriet ihr, daß kein Fremder im Hotelgang auf Einlaß wartete, und wirklich, kaum daß Corrisande „Herein" zu sagen begann, wurde die Tür geöffnet, ein überaus schönes junges Mädchen trat ein und schloß sie leise hinter sich.

Kapitel 3

Marie-Jeannette Bouchard war Corrisandes Zofe. Sie war ein ausnehmend anmutiges Mädchen von siebzehn Jahren. Tizianrote Locken spitzten rebellisch unter ihrem Zofenhäubchen hervor, und ein Paar leicht schrägstehender, hellgrüner Augen luden scheinbar zur Ergründung eines süßen und rätselhaften Geheimnisses ein. Um ihren Mund spielte ein immerwährendes Lächeln.

Das lebhafte, intelligente Mädchen war die Tochter einer in Paris nicht unbekannten Lebedame, die in ihren jüngeren Jahren die intime Freundin so manch eines äußerst begüterten und einflußreichen Herren gewesen war. Da sie offiziell nie älter geworden war als neunundzwanzig, bedeutete eine erwachsene Tochter für sie eher eine Belastung als einen Segen.

Also hatte Mme. Bouchard, die auch unter dem Beinamen „la Grande Beautée“ bekannt war, ihr Kind der Liebe nicht als Tochter, sondern zur perfekten Zofe erzogen. Es konnte nicht viele Frauen auf der Welt geben, die mehr über die gewinnende Gestaltung von Frisur und Kleidung wußten als sie und die zudem das Talent hatten, selbst das unauffälligste Mauerblümchen noch schön und begehrenswert zu machen. Doch strebte sie ein anderes Leben an als das einer einfachen Zofe, und so war sie für einige Zeit in Corrisandes Dienst getreten, die ihr vereinbarungsgemäß erstklassiges Benehmen, die gesellschaftlichen Regeln der Oberschicht sowie mindestens eine Fremdsprache beibringen sollte. Irgendwann wollte Marie-Jeannette Karriere in den Pariser Salons machen und ihre wenig mütterliche Mutter an Beliebtheit schlagen.

Es war deshalb nur allzu natürlich, daß Marie-Jeannette ihre eigenen Gründe hatte, zuverlässig, eifrig und gewissenhaft zu sein – und das war sie auch. Nachdem sie es den Damen in der gemieteten Suite bequem gemacht hatte, war sie zu einer Exkursion durch das Hotel aufgebrochen. Ihre mangelnden Deutschkenntnisse hatten sie dabei nicht übermäßig behindert. In guten Hotels sprach man Französisch oder Englisch – und sie hatte innerhalb eines Jahres erstaunlich gut Englisch gelernt und beherrschte es inzwischen beinahe so flüssig wie ihre Muttersprache.

Der Hotelportier hatte sich als unzugänglich herausgestellt. Doch sein junger Gehilfe war Wachs in ihren Händen. Ein Lächeln, ein einladender Hüftschwung und ein kleines bißchen Unterschenkel – und er zappelte wie ein Fisch an der Angel. Sie fragte ihn aus, und er bemerkte es nicht. Er hatte das Mädchen ins Büro gezogen, um wenigstens ein Küßchen erhaschen zu können. Er bekam seinen Kuß und vielleicht sogar ein wenig mehr – und Marie-Jeannette bekam einen Blick ins Gästebuch und vielleicht sogar ein wenig mehr, als man ihn plötzlich fortrief.

Jetzt kam sie mit triumphierendem Gesichtsausdruck zurück in die Suite ihrer Arbeitgeberin. Sie schloß die Tür hinter sich, knickste mit spöttischer Übertreibung, ließ sich dann breitbeinig auf einen der Sessel fallen und streckte die Beine von sich.

Mrs. Parslow rümpfte pikiert die Nase.

„Na und?“ fragte Marie-Jeannette etwas anmaßend. „Es sieht mich doch keiner.“

Mrs. Parslow warf ihr einen abfälligen Blick zu.

„Wir hatten diese Diskussion schon. Ich werde meine Zeit mitnichten darauf verschwenden, mich zu wiederholen.“

„Oh, gut.“ Marie-Jeannette war nicht in der Stimmung für Schelte. „Ich weiß. Wenn jetzt jemand hereinkäme, fände er es merkwürdig, die Dienerschaft im Sessel lungern zu sehen.“

Mrs. Parslow entschied sich, hoheitsvoll auf eine Antwort zu verzichten.

„Ich bin ziemlich müde. Während Sie ein ausgedehntes Schläfchen gemacht haben, war ich in unserer Sache unterwegs. Ganz emsig. Herr Hinterhuber erwies sich als recht nützlich.“ Sie lächelte konspirativ.

„Wer“, fragte Mrs. Parslow, die ein solches Benehmen durch hoheitsvolles Schweigen mit Nichtachtung hatte strafen wollen und nun doch zu neugierig war, um diese Taktik durchzuhalten, „ist Herr Hinterhuber?“

Corrisande unterbrach sie: „Bevor du uns weiter berichtest, setz dich bitte erst einmal anständig hin. Anständiges Benehmen muß man leben, nicht gelegentlich spielen, oder du wirst Fehler machen, und das willst du doch nicht, oder?“

Marie-Jeannette richtete sich auf, stellte ihre Füße ordentlich nebeneinander, hielt ihr Kinn hocherhoben. Die Hände faltete sie brav im Schoß, während ihre Füße und die anmutigen Fußknöchel unter dem Rocksaum verschwanden. Plötzlich schien das bescheidene Zofengewand an ihr nicht mehr passend zu sein.

„Joseph Hinterhuber, der sich gerne Sepp nennen läßt, ist der Assistent des Portiers und ein wahrer Brunnen an Information. Oder heißt das Quell? Egal. Ich habe mir Notizen gemacht.“

Sie griff in ihr wohlgefülltes Dekolleté und zog ein zerknittertes Stück Papier hervor, das sie vor sich auf dem Tischchen glattstrich. Mrs. Parslow nahm es spitzfingrig auf und begann, laut vorzulesen, eine ganze Litanei von Namen und Titeln, die meisten davon deutsch, jedoch nicht alle.

„Ich glaube nicht, daß ich auch nur einen einzigen davon kenne“, seufzte sie, als sie die Liste fertig vorgelesen hatte.

„Wer weiß, ob man dafür nicht dankbar sein sollte“, murmelte Marie-Jeannette, ohne jedoch eine Antwort zu erhalten.

„Ich schon“, sagte Corrisande. „Cérise Denglot. Sie ist eine weltbekannte Opernsängerin. Ich habe sie in der Pariser Oper gesehen. Du im übrigen auch, Eliza. Die üppige Blondine mit der ausgezeichneten Sopranstimme. Ich glaube, sogar du warst nicht ganz so gelangweilt wie sonst in der Oper.“

Corrisande nahm das Blatt auf und studierte es noch einmal eingehend.

„Seht nur“, sagte sie nach einer Weile. „Mme. de Rhins-Epitué ist auch da. Ich frage mich, ob sie länger bleibt. Sie kann uns unter Umständen nützlich sein. Ich habe sie ein- oder zweimal getroffen und mit ihr geplaudert und weiß, daß man mich ihr auf irgendeinem Ball persönlich vorgestellt hat. Sie könnte mir gewiß Zugang zu den höhergestellten Damen und Herren der Gesellschaft verschaffen. Ich bin sicher, daß sie nur in den höchsten Kreisen verkehrt. Sie entstammt einem uralten Adelsgeschlecht und ist reich wie Krösus. Das macht sie natürlich zum Teil des *haut ton,* wo immer sie auch sein mag, selbst wenn sie sich nach der Mode von vorgestern kleidet und eine grauenhafte Vorliebe für Turbane hat. Wahrscheinlich trägt sie die nur, weil sie ihr mehr Platz lassen, ihre vielen Diamanten, Rubine, Saphire und Smaragde irgendwo festzustecken." Corrisande hielt inne, ein Glitzern in den Augen. „Eine wirklich unglaubliche Verschwendung erstklassiger Edelsteine. Vielleicht sollten wir ..."

Mrs. Parslow unterbrach sie: „Nein, Kind. Bestimmt nicht. Wir sollten uns diese Option nur als absolut letzte Möglichkeit zugestehen. Du wolltest doch damit aufhören, nicht wahr? Wenn du die Dame kennst, sollten wir dafür sorgen, daß du eure Bekanntschaft erneuern kannst. Sie könnte uns als Schlüssel zur allerhöchsten Gesellschaft dienen. Ihr Auftauchen mag ein wirklicher *coup de chance* sein. Natürlich wäre eine Blutsverwandte noch besser. Doch deine gänzlich erfundene Großtante Amelie in Possenhofen wird uns kaum eine Hilfe sein. Ich habe von Anfang an gehofft, ohne sie auskommen zu können. Wir werden dafür Sorge tragen, daß wir beim Frühstück einen Tisch neben dem Mme. de Rhins-Epitués bekommen. Marie-Jeannette könnte das organisieren – vielleicht mit Hilfe des bezaubernden Herrn Hinterhuber?"

Die hübsche Zofe schüttelte nur den Kopf.

„Heute nicht mehr. Ich muß mit meinen Zugeständnissen sparsam sein, sonst wirken sie nicht mehr so gut. Für heute hat er seinen Kuß und gerade so viel Streicheleinheiten, daß er von mehr träumen kann, schon bekommen. Morgen wieder."

Corrisande lächelte verschmitzt.

„Ich bin sicher, das kannst du am besten beurteilen. Schließlich ist es deine Spezialität. Wir werden es auch ohne dich zuwege bringen. Vielleicht reagiert Herr Hinterhuber ja auch auf einen flehenden Blick aus blauen Augen, selbst wenn ich keine Konkurrenz für deine hervorstechenderen *accessoires de beauté* bin."

„Paßt auf, daß ihr keinen Skandal auslöst", tadelte Mrs. Parslow mit wohlgeübter Herablassung. „Ich muß sagen, manchmal nehmt ihr – und da schließe ich dich sehr wohl mit ein, Corrisande – unsere Risiken wahrlich nicht ernst genug. Unser guter Name ist unser Kapital. Es gibt schließlich einen guten Grund dafür, daß dein Vater seine Tätigkeit unter Pseudonym ausübt." Sie erhob sich und wandte sich erneut ihrem Schlafzimmer zu. „Jetzt sollten wir uns besser zurückziehen. Wir müssen morgen frisch und munter aussehen."

In diesem Moment fühlte Corrisande, wie ihr mit einem Mal die Haare im Nacken zu Berge standen. Ihr war, als hörte ihr Herz zu schlagen auf, als ein Gefühl schwarzer Vorahnung sie überkam wie eine Woge eiskalten Wassers. Schwärze breitete sich vor ihren Augen aus, hüllte sie ein und nahm Besitz von ihr, riß sie aus der Welt. Sie sprang abrupt auf, drehte sich zur Wand hinter ihr und fiel dann bewußtlos zu Boden.

Ein dunkler Fleck, nicht größer als eine Blütenknospe, entsproß der Rosentapete, wuchs rasch zu einem schwarzen Schemen, sprang von der Wand, flog, streckte sich schlangenförmig durch den Raum, traf auf die gegenüberliegende Wand, wurde wieder zum Fleck und verschwand im Nichts.

Kapitel 4

Leutnant Udolf von Görenczy vom Königlich Bayerischen 3. Chevaulegers-Regiment Herzog Karl-Theodor und Leutnant Asko von Orven vom Königlich Bayerischen 1. Jägerbataillon König rannten den Hotelkorridor entlang und passierten just das Zimmer mit der Nummer 312, als lautes Schreien anhub. Sie hörten zwei schrille Frauenstimmen, deren Intensität und Lautstärke die dicke Hoteltür nur unwesentlich dämpfte. Sie hielten abrupt inne, wobei ihr Schwung sie fast zu weit trug.

„Großer Gott“, kommentierte von Orven und hob die Hand, um höflich zu klopfen, während sein weniger geduldiger Landsmann einfach den Türknauf drehte, die Tür aufwarf und eintrat.

„Warte!“ rief Leutnant von Orven ihm nach und hätte gern hinzugefügt, man dürfe nicht einfach unangemeldet in das Zimmer einer Dame eindringen. Eventuell würde man die Damen inkommodieren oder gar ängstigen. Es blieb ihm jedoch keine Zeit, diesen noblen Gedanken auszusprechen und seinen Freund von einem Bruch der Etikette abzuhalten, denn dieser war bereits mit wehendem Haar ins Zimmer gestürmt. Nicht einmal seinen Kragen hatte er vorher geschlossen oder seinen Uniformrock ordentlich zugeknöpft.

Es war gewiß ganz und gar keine Art, ins Zimmer einer Dame einzudringen, und das noch uneingeladen und des Nachts. Das gehörte sich nicht.

Somit erstaunte es von Orven auch nicht im mindesten, als die Schreie anstatt zu verstummen nur lauter, höher und spitzer wurden. Er klopfte brav an der inzwischen offenen Tür, überprüfte kurz den tadellosen Sitz seiner Uniform und betrat nun ebenfalls das Zimmer.

Hier herrschte Chaos. Udolf von Görenczy stand in der Mitte des Raumes und sah sich hilflos um. Eine adrett und formell gekleidete Dame Mitte vierzig stand auf der einen Seite des Zimmers, den Mund zu einem Schrei geöffnet, der offenbar keine Atempause benötigte. Zwei Schritte weiter schrie ein betörend schönes, junges Dienstmädchen ebenfalls mit aller ihr zur Verfügung stehenden Intensität und stürzte hilfesuchend auf den Chevauleger zu, während eine dritte weibliche Person regungslos auf dem Boden lag. Ihre Position machte deutlich, daß sie sich in tiefster Ohmacht befand.

Leutnant von Orven blickte sich verunsichert um.

„Guten Abend“, wünschte er gesittet. Es war wahrscheinlich nicht der intelligenteste Ansatz, doch er konnte nicht wirklich falsch sein. „Bitte verzeihen Sie unser plötzliches unangemeldetes Eindringen, aber wir haben Schreie gehört, und da wir gerade mit der Verfolgung eines ... eines ...“ Er hielt kurz inne und suchte nach einem passenden, möglichst unverfänglichen Ausdruck. „Eines Phänomens beschäftigt waren, dachten wir, Sie hätten es möglicherweise ...“

„Es ist durch jene Wand gekommen“, unterbrach ihn die Dame, und von Orven registrierte, daß sie mit britischem Akzent sprach, „und durch den Raum geflogen, und dort ist es wieder in der Wand verschwunden.“ Sie wies auf die Wand hinter sich, erkannte dann, daß sie dieser Wand recht nahe war und tat einige Schritte in die Raummitte, während sie hektisch um sich blickte.

Unterdessen hatte auch das Dienstmädchen Udolf erreicht und sich in dessen starke Beschützerarme geworfen. Er gab ihr sogleich allen Schutz, den er spontan aufbringen konnte, und vergaß im gleichen Moment seine Umwelt. Sein linker Arm legte sich um ihre schmale Taille, seine rechte Hand an ihr entzückendes Gesichtchen, wo er sanft eine ängstliche Träne abwischte.

Von Orven seufzte. Chevaulegers waren schlichtweg hoffnungslos. Er machte eine ordentliche Verbeugung und schritt dann behutsam auf die englische Lady zu.

„Sie müssen uns für sehr ungezogen halten, daß wir in so unverzeihlicher Manier bei Ihnen eindringen, Madam“, sagte er und wechselte ins Englische. Er lächelte zurückhaltend. „Tatsächlich wollten wir Ihnen nur zu Hilfe eilen. Ich hoffe, Sie werden mir diese unorthodoxe Art verzeihen, aber ich würde mich Ihnen gerne vorstellen.“ Erneut verneigte er sich. „Leutnant Asko von Orven, und mein Freund hier ist Leutnant Udolf von Görenczy. Wenn Sie mir gestatten, den Nebenraum zu betreten, will ich gerne überprüfen, ob er für Sie sicher ist.“

Als sie nickte, begab er sich zur Seitentür, und ihm wurde peinlich bewußt, daß er dabei war, ihr Schlafzimmer zu betreten. Er errötete, als er die Tür öffnete. Er zog an der Gaslichtkordel. Das schmale Schlafgemach lag vor ihm, ein weißes Nachthemd lag auf dem Bett bereit, ein Paar Pantoffel stand darunter. Er ignorierte diese persönlichen Dinge tunlichst. Das Fenster war geschlossen. Die Wände zeigten keine Anzeichen etwelcher seltsamen Phänomene. Was immer durch die Wand gekommen war hatte sich in Nichts aufgelöst.

Nach einem letzten Blick verließ er den Raum wieder.

„Wenn Sie wünschen, werde ich Ihren Schrank entsprechend überprüfen“, bot er an. „Ich glaube freilich, Sie sind jetzt in Sicherheit. Was immer auch in so rüder Manier durch das Hotel flog, scheint nun endgültig fort zu sein.“

Die Dame hatte sich bislang nicht vorgestellt, was er aufgrund der ungewöhnlichen Situation nicht verwunderlich fand. Sie nickte nun dankbar und trat dann zu der am Boden liegenden Gestalt. Von Orven kam ihr nach und musterte das leblose Wesen. Er sah braune Locken und eine zarte, zierliche Figur. Wie eine zerbrochene Puppe lag die Ohnmächtige mit dem Gesicht nach unten auf dem Teppich. Ein Musselinkleid in Himmelblau mit aufgestickten Blümchen deutete darauf hin, daß es sich um eine weit jüngere Dame handelte als die, die sich jetzt über sie beugte. Der Rock hatte sich beim Sturz verheddert und gab den Blick frei auf zwei sehr hübsche Füßchen und Waden, die aus einer großen Menge weißer Spitze der besser unerwähnten Unterkleidung hervorlugten. Asko gab sich Mühe, nichts davon zu registrieren.

„Wenn Sie mir gestatten, Ihnen zu helfen, so könnte ich Ihre Freundin aufheben, damit wir sie aufs Sofa betten können.“

Er sah, daß sein Vorschlag nicht die sofortige Zustimmung der britischen Dame nach sich zog, die sich jetzt neben die Ohnmächtige kniete.

„Corrisande, wach auf! Du bist in Sicherheit. Corrisande!"

Sie versuchte, die junge Dame in Himmelblau umzudrehen, doch es gelang ihr nicht, denn das erschlaffte Mädchen war ihr zu schwer. So beschränkte sie sich darauf, die Röcke wieder über die Beine ihrer Schutzbefohlenen zu ziehen. Dann wandte sie sich an Asko.

„Danke für Ihre Unterstützung, Herr Leutnant. Ich wäre Ihnen in der Tat verbunden, wenn Sie mir helfen könnten, meine Nichte auf das Sofa zu betten. Sie scheint in einer tiefen Ohnmacht gefangen zu sein. Ich muß sagen, ich bin tief beunruhigt."

Von Orven beugte sich zu dem zarten Wesen hinunter und drehte es vorsichtig um. Vor seinen Augen erschien das bezauberndste Gesichtchen, das er je gesehen hatte. Die Dame war noch sehr jung, vielleicht siebzehn, höchstens achtzehn Jahre alt, und ihre extreme Blässe unterstrich noch den fragilen, edlen Eindruck, den sie machte.

Ein Schatten fiel über sie. Von Görenczy lehnte sich von der Seite her über das Mädchen und musterte sie, die Zofe immer noch im Arm. Der Kopf des Dienstmädchens ruhte an seiner Schulter.

„Völlig weggetreten", bemerkte er in einer Weise, die Asko als besonders herzlos empfand. „Diese Ohnmacht ist nicht gespielt, Asko. Ich habe zu viele falsche gesehen. Ich kenne den Unterschied. Wird eine Weile dauern, sie wach zu bekommen."

Asko blickte seinen Freund strafend an und wünschte wie schon so oft, der Kavallerist würde gelegentlich von der guten Erziehung profitieren, die man ihm als Edelmann mit Sicherheit hatte angedeihen lassen und von der, wie Asko meinte, zumeist kaum etwas zu bemerken war.

Die ältere Dame in Grau bedachte von Görenczy mit einem abfälligen Blick und ignorierte ihn fürderhin. Sie sprach ihre Angestellte an.

„Marie-Jeannette, bitte hole mein Riechfläschchen und überprüfe Miss Jarrencourts Schlafgemach und alle Schränke. Jetzt. Sofort."

Marie-Jeannette antwortete mit einem so unverschämten Blick, daß Asko ihre baldige Entlassung fast ahnte, und löste sich dann aus dem Schutz von Görenczys, der plötzlich weit mehr Arme zu besitzen schien als unbedingt nötig.

Vorsichtig faßte Asko der jungen Dame unter Schultern und Beine. Dann hob er sie hoch. Es war erstaunlich, wie leicht sie war. Eine besonders zarte Last. Sie roch nach wilden Blüten.

Ihr Kopf fiel zurück, als er sie anhob, und er stützte ihn in seiner Armbeuge ab. Er legte sie aufs Sofa und schob ihr ein Kissen unter den Kopf. Ihre Lippen waren leicht geöffnet. Mit einem Mal mußte er sich zurückhalten, sie nicht sanft zu küssen wie der Prinz Dornröschen.

Doch so etwas war undenkbar. Er trat vom Diwan zurück und spürte fast so etwas wie einen kleinen Trennungsschmerz.

„Danke, Herr Leutnant", sagte die Dame. „Ich sollte mich wohl vorstellen. Meine Güte, wie peinlich das alles ist. Ich bin Mrs. Parslow. Wir sind zu Besuch in München. Wir haben Verwandte hier in der Nähe. Ich begleite meine Nichte. Sie waren sehr hilfsbereit und freundlich."

Von Orven verstand dies als die Entlassung und höfliche Verabschiedung, als die der Satz gemeint war, und verbeugte sich.

„Ich freue mich, daß ich helfen konnte. Ich stehe jederzeit zu Diensten. Zögern Sie nicht, meine Hilfe in Anspruch zu nehmen."

Er zückte ein graviertes silbernes Visitenkartenetui und reichte ihr eine Karte.

„Wir wohnen nebenan und sind somit nahe genug, um sofort zu Hilfe eilen zu können, falls Sie uns benötigen. Verfügen Sie über uns. Ehe wir Sie nun verlassen, würde ich Sie Ihr Verständnis vorraussetzend gerne noch dazu befragen, was Sie denn eigentlich genau gesehen haben. Vielleicht helfen uns Ihre Beobachtungen ja, dem Spuk ein Ende zu machen, damit er niemanden mehr ängstigen kann."

An dieser Stelle schaltete sich Udolf in die Diskussion ein.

„Sie müssen verstehen", sagte er und ignorierte die warnenden Blicke seines Kameraden, „wir glauben, die Erscheinung hat eventuell mit dem gestrigen Mord zu tun."

Mrs. Parslow erhob sich und wurde deutlich blasser.

„Mord?" wiederholte sie erschrocken und fassungslos. „Was für ein Hotel ist dies hier? Wird man hier in seinen Betten ermordet? Ich muß sagen, ich bin sehr ungehalten, daß der Portier uns nicht über diesen Vorfall informiert hat. Wir wären keinesfalls hier abgestiegen, wenn wir gewußt hätten, daß wir uns einer solchen Gefahr aussetzen."

„Nun, genau deshalb hat er es Ihnen vermutlich nicht gesagt, nicht wahr?" antwortete der Chevauleger. „Man versucht, es geheimzuhalten. Sie wissen doch, wie Hotels sind. Egal, was passiert, der Skandal wird erst einmal vertuscht."

Asko überlegte sich, ob es wohl möglich wäre, seinen Freund kräftig zu treten, ohne daß Mrs. Parslow dies bemerkte, mußte sich jedoch diesen Versuch versagen. Er versprach sich, den Tritt in privaterer Atmosphäre nachzuholen, denn Udolf hatte ihn sich redlich verdient. Definitiv.

Marie-Jeannette brachte das Riechfläschchen aus dem Nebenzimmer und trat zur Eingangstür, die immer noch offenstand. Jedoch schloß sie sie nicht, als sie dort ankam, sondern gab einen kleinen Schreckenslaut von sich und wich so rasch zurück, daß sie fast über den Sessel fiel.

Im Türrahmen stand ein auffällig großer, breit gebauter Mann. Seine kurzen, dunklen Locken waren etwas wirr und ließen keine modische Frisur erkennen, seine Bekleidung war offensichtlich teuer, doch eher nachlässig getragen, als machte er nicht viel Aufhebens um sein Aussehen. Sein Teint war südländisch, die Haut sonnengebräunt und verwittert wie die eines Globetrotters. Sein starkknochiges Antlitz trug einen strengen, forschen Ausdruck, der Mund war hart und entschlossen, und ein leicht bissiges Lächeln machte ihn nicht weicher. Dunkle, sehr gerade Brauen ließen ihn finster aussehen. In der Hand hielt er eine Pistole. Das Auffallendste an ihm waren jedoch seine Augen, denn sie waren bernsteinfarben wie die eines Wolfs oder eines Löwen, viel zu blaß, um noch als braun zu gelten und zu gelb, als daß man sie hätte grün heißen können. Sie wirkten seltsam hell in dem dunklen Antlitz und funkelten vor Intensität.

Mrs. Parslow öffnete den Mund, um zu schreien, brachte jedoch keinen Ton über die Lippen. Sie stand nur absolut reglos da, die Augen weit, die Hand nach dem Riechfläschchen ausgestreckt. Der Mörder hatte sie gefunden. Dessen war sie sich sicher.

Kapitel 5

Der furchterregende Fremde trat ins Zimmer, als sei es sein eigenes. Er sah sich um, suchte mit den Augen die Wände ab. Erst dann ließ er die Waffe sinken.

„Bitte beunruhigen Sie sich nicht, Madam", sagte Asko und klang ein wenig peinlich berührt und entschuldigend. „Das ist ein Freund. Mrs. Parslow, darf ich Ihnen Colonel Delacroix vorstellen. Er sucht wie wir den Mörder ..."

Der Colonel sah ihn ungehalten an und war augenscheinlich nicht erbaut von Askos freizügigem Umgang mit vertraulichen Informationen. Asko stockte. Betretenes Schweigen senkte sich über den Raum.

„Haben Sie es gesehen?" fragte Udolf in die Stille. Er klang fast ein wenig begeistert.

„Es kam früher als erwartet", antwortete der Colonel, und Mrs. Parslow meinte, einen winzigen harten Akzent in seinem sonst perfekten Englisch auszumachen, den sie aber nicht zuordnen konnte. „Vonderbrücks Berechnungen waren falsch. Ich war im Weinkeller. Es ist genau vor mir aufgetaucht und sofort durch die Decke geschossen. Ich bin die Treppen hochgerannt in der Hoffnung, noch eine Spur zu finden."

„Es kam durch den Boden in mein Zimmer", antwortete von Görenczy. „Asko war auf ein Gläschen Bordeaux gekommen. Wir wollten dann gemeinsam zu Ihnen. Es kam direkt aus dem Teppich, drehte sich wie eine Spirale und schoß durch die Wand in die benachbarten Räume. Wir mußten nur dem Kreischen folgen."

„Es hat gekreischt?" fragte Delacroix, während er versuchte, seine Pistole unter seinem Gehrock zu verstecken.

„Ah ... nein ... es ist in die Gemächer der Damen gekommen, und sie ..."

„… sie waren verständlicherweise beunruhigt“, beendete von Orven den Satz seines Freundes, wie immer bemüht, das unüberlegte Benehmen seines Kameraden eben noch rechtzeitig geradezubiegen. Von Görenczy besaß ein besonderes Talent für Fettnäpfchen jeder Couleur.

An dieser Stelle fand Mrs. Parslow ihre Fassung wieder, wenn auch in angeschlagenem Zustand. Sie holte tief Luft, fast starr vor Empörung.

„Meine Herren!“ verkündete sie frostig. „Es ist spät. Ich danke Ihnen aufrichtig für Ihre Hilfe, doch es ist schon nach Mitternacht, und ich muß Sie bitten, Ihren Spuk jetzt andernorts zu suchen. Sie werden sicher verstehen, daß wir als Damen allein nicht gut einer Gruppe Herren, die uns gänzlich unbekannt sind, mitten in der Nacht Gastfreundschaft in unserem Zimmer gewähren können. Dafür hätte niemand Verständnis. Wir werden uns an Sie wenden, wenn wir Hilfe benötigen. Sie werden begreifen, daß im Moment meine erste Priorität ist, meiner Nichte zu helfen. Sollte sie erwachen, während unser Zimmer voller fremder und zudem auch noch bewaffneter Männer ist, so fürchte ich, hätte sie jedes Recht, gleich wieder in Ohnmacht zu sinken.“

Ohne eine Reaktion abzuwarten, setzte sie sich demonstrativ neben das ohnmächtige Mädchen, träufelte etwas Flüssigkeit aus ihrem Riechfläschchen auf ein Tüchlein und hielt es der Bewußtlosen unter die Nase.

„Corrisande! Wach auf. Du bist in Sicherheit“, befahl sie und klang dabei eher ärgerlich denn besorgt.

Corrisande jedoch lag weiterhin reglos und weiß wie die Wand auf der Couch.

Asko von Orven wandte sich höflich zur Tür, um zu gehen, der Colonel jedoch schlug den entgegengesetzten Weg ein und kniete sich gänzlich unaufgefordert neben die Couch. Er nahm Corrisandes Handgelenk in seine Pranke, um ihren Puls zu fühlen, und ignorierte Mrs. Parslows entrüstete Kommentare zur Gänze. Dann legte er Corrisande die Hand auf die Stirn.

„Sie ist eiskalt. Ihr Riechfläschchen wird hier nichts ausrichten.“ Er gab Marie-Jeannette, die auf wundersame Weise wieder in die Arme des Chevaulegers gefunden hatte, ein Zeichen. „Du! Hol eine Decke. Görenczy! Ich weiß, Sie haben stets ein gewisses Fläschchen bei sich. Das brauche ich jetzt.“

„Es ist in meinem Zimmer.“ Udolf war nicht erbaut darüber, seinen privaten Notvorrat an Cognac an andere vergeudet zu sehen. Man wußte nie, wann man ihn brauchte.

„Holen Sie ihn. Jetzt. Sofort.“ Er wandte sich an Mrs. Parslow. „Es tut mir leid, daß wir Ihnen Ungelegenheiten machen, aber das hier ist wichtig. Hat der Schatten sie berührt, als er das Zimmer durchquerte? Oder ist sie aus Angst ohnmächtig geworden, als sie das Phänomen sah?“

Mrs. Parslow starrte ihn empört an und wußte offenbar nicht, ob sie ihn gleich aus dem Zimmer werfen oder ihm vorher noch eine Lektion in gutem Benehmen erteilen sollte. Doch sie räumte in einer Art widerwilligem Rückzug den Platz neben Corrisande. Auf der einen Seite wollte sie dem Mädchen nicht von der Seite weichen, auf der anderen nahm der Fremde so viel Raum neben dem Sofa ein, daß seine rein physische Präsenz sie verdrängte, bevor sie noch groß darüber nachdenken konnte. Das machte sie keineswegs glücklicher, und so antwortete sie ihm zunächst gar nicht, sondern zerbrach sich lediglich den Kopf darüber, wie sie endlich die ungewollten nächtlichen Besucher wieder loswerden konnte.

Marie-Jeannette, die mit der Decke aus dem Nebenzimmer zurückkam, antwortete für sie.

„Bitte, Sir. Sie hat das Ding nicht gesehen. Sie sprang auf und wurde ohnmächtig, da war es noch gar nicht da. Als es durch die Wand kam, lag sie schon auf dem Boden. Es hat sie nicht berührt.“ Sie knickste vor dem Colonel, der ihr die Decke abnahm und sie über Corrisande breitete.

„Aber“, begann Leutnant von Orven, der nun endlich die Tür zum Korridor geschlossen hatte, „das würde ja bedeuten, daß sie das Wesen kommen spürte ...“

„... bevor es überhaupt da war", ergänzte von Görenczy, der gerade wieder eingetreten war und eine kleine, silberne Reiseflasche in der Hand hielt. „Das würde bedeuten ..."

„Das würde bedeuten, Miss Corrisande hat ein Talent, das außer ihr hier niemand besitzt", bestätigte Delacroix. „Vielleicht können wir das ja ausnutzen."

„Colonel!" Mrs. Parslow richtete sich zu ihrer ganzen Würde auf. „Darf ich Sie daran erinnern, daß Sie sich hier im Zimmer einer Dame befinden? Uneingeladen, füge ich hinzu. Sie werden meine Nichte in keiner Weise ‚ausnutzen'. Sie ist ein zartes junges Mädchen und nicht an Herrengesellschaft gewöhnt, ganz egal, ob die ‚Herren' Mördern nachjagen, Gespenstern oder Abenteuern. Ich muß Sie jetzt dringend ersuchen, uns zu verlassen, sonst sehe ich mich gezwungen, in der Sache die Leitung des Hotels um Hilfe zu bitten!"

Der Colonel nickte ihr zu und signalisierte dann Leutnant von Orven mit einer Kopfbewegung, sich der diplomatischen Aufgabe zu widmen, die aufgebrachte Anstandsdame zu beruhigen.

Mit leicht geröteten Wangen trat Asko vor Mrs. Parslow, als wolle er vor ihr salutieren.

„Mrs. Parslow. Wir bitten in aller Form um Nachsicht für unser unglaubliches Verhalten. Doch diese Angelegenheit ist von höchster Bedeutung, und zwar für sehr viele Menschen. Bitte seien Sie versichert, daß wir Ihrer Nichte keinesfalls zu nahe treten oder sie gefährden werden. Mein persönliches Ehrenwort darauf. Colonel Delacroix mag Ihnen ungewöhnlich erscheinen, aber ich bitte Sie inständig, mir zu glauben, daß er ein Mann von großer Integrität und Erfahrung ist und mit Sicherheit immer ganz genau weiß, was er tut. Großer Gott, Delacroix! Sie können doch dem Mädchen nicht den ganzen Weinbrand einflößen. Sie wird ersticken!"

Die letzte Äußerung war nicht dazu angetan, Mrs. Parslows Bedenken zu zerstreuen. Sie trat vor, fand jedoch ihren Weg durch den weniger diplomatischen Udolf blockiert, der schelmisch lächelte und fragte, ob sie nicht solange Platz nehmen wolle. Es gäbe keinen Grund, sich aufzuregen.

Mrs. Parslow teilte diese Meinung nicht. Sie holte tief Luft für eine längere Rede, als es an der Tür klopfte. Für eine Sekunde rührte sich niemand. Ehe jedoch noch einer der Anwesenden etwas sagen konnte, hatte Marie-Jeannette die Tür bereits geöffnet, in der Hoffnung – wie sie später der erbosten Mrs. Parslow erklärte – dort einen Angestellten des Hotels vorzufinden, der ihr helfen würde, ihren Salon von unerwünschten Männern zu befreien.

Allerdings erfüllte sich diese Hoffnung, sollte sie sie tatsächlich gehegt haben, nicht. Eine junge, außergewöhnlich schöne Frau stand in der Tür, gekleidet in einen exquisiten, mit Paradiesvögeln gemusterten Brokatmorgenmantel. Langes, goldblondes Haar fiel ihr über die Schultern bis zur Taille, bedeckt von einem zauberhaften Hauch von Nachthäubchen aus Brüsseler Spitze.

Mrs. Parslow benötigte einige Sekunden, um das klassisch geschnittene, ausnehmend schöne Gesicht einzuordnen. Sie hatte diese Frau schon auf der Bühne gesehen. Dies war Cérise Denglot, die Opernsängerin.

„Guten Abend", wünschte die schöne blonde Frau mit melodiöser Stimme und einem winzigen französischen Akzent. „Ich will Sie gewiß nicht stören, aber ich habe Stimmen gehört und dachte ..."

„Das fehlte noch", murmelte Mrs. Parslow, sank in einen Sessel und hob die Hände in einer ungewollt dramatischen Geste an ihr Gesicht. Eine Strähne ergrauten Haars war dem strikten Dutt entkommen, den sie als Frisur bevorzugte. Sie schob sie ärgerlich zurück, ungehalten darüber, daß das Chaos um sie herum nun auch ihre Person erreicht hatte.

Udolf drehte ihr unverhohlen den Rücken zu und ging auf die Sängerin zu. Dabei lächelte er spöttisch.

„Hübscher Morgenrock", kommentierte er, „aber völlig überflüssig, meine Liebe. Die Aufregung ist vorbei, und Sie haben sie schon wieder verpaßt. Sie hätten sich nicht so viel Zeit nehmen sollen, Ihren Auftritt vorzubereiten. Am besten gehen Sie einfach wieder ins Bett."

„Darf ich Sie daran erinnern, Görenczy, daß ich nicht ‚Ihre Liebe' bin, daß ich ins Bett gehe, wann ich es für richtig halte und daß es bei dem Lärm, den Sie hier alle machen, wirklich *miraculeux* ist, daß Sie nicht das gesamte Hotel aufgeweckt haben? Ich meine mich zu erinnern, daß man uns gebeten hat, diskret vorzugehen. Aber ‚diskret' war nie Ihre persönliche Stärke, *n'est-ce pas*?"

„Nun, das Diskreteste, was Sie im Moment tun können, wäre, zurück in Ihr Zimmer zu gehen. Statt dessen posaunen Sie Ihre charmante Entrüstung mit Ihrer geschulten Sopranstimme lauthals durch die offene Tür. Wir haben alles unter Kontrolle. In jeder Beziehung."

Die Diskussion hörte sich so sehr nach einem Streit unter Liebenden an, daß Marie-Jeannette, die einen ausgesprochenen Sinn für die kleinen Boshaftigkeiten des Lebens hatte, diesen Augenblick wählte, um sich zurück in die starken und schützenden Arme des Leutnants zu begeben. Es tat gut, von einem feschen, kühnen Chevauleger beschützt zu werden, und es tat auch gut, eine von allen Zeitungen gepriesene Schönheit wie Mlle. Cérise Denglot auszustechen, die Göttin, wie das opernverrückte Publikum sie nannte.

„In der Tat", bemerkte die Göttin frostig und drehte auf dem Absatz um. „Da bin ich wohl *de trop. Je suis désolée.* Ich wollte nur helfen."

Mit einem Knall schloß sie die Tür hinter sich.

„Mußte das sein?" flüsterte Asko Udolf zu, in der Hoffnung, daß ihn Mrs. Parslow nicht hörte. „Mußt du immerzu mit ihr streiten? Jetzt wird sie bestimmt beleidigt sein."

Von Görenczy zuckte die Achseln und kniff Marie-Jeannette zart in die Wange.

„Laß sie doch", antwortete er nur. In seiner Stimme schwang eine gewisse Befriedigung mit.

Das Intermezzo hatte Mrs. Parslow kurzfristig von Corrisande abgelenkt. Sie hatte somit völlig versäumt, was der Colonel gerade mit ihrer ‚Nichte' anstellte.

Er saß neben ihr auf dem Diwan, ihr zugewandt, hatte einen Arm um ihre Schultern gelegt, sie aufgerichtet und an sich gezogen. Ihren Kopf stützte er mit seiner großen, sehnigen Hand. Mit der anderen Hand hatte er ihr den gesamten Inhalt der Vorratsflasche von Görenczys in den Mund geschüttet.

Ihr Körper zuckte, und sie begann zu husten und nach Luft zu ringen. Delacroix hielt sie fest im Arm.

Kapitel 6

Cérise schritt zurück in ihr Zimmer, während die Empörung noch in ihr loderte. Die Art, wie der unverschämte Soldat sie behandelt hatte, war jenseits des Erträglichen. Natürlich waren sie nicht die besten Freunde, seit sie seine Werbung abgewiesen hatte. Aber wer hatte er denn gedacht, daß er sei?

Er konnte doch nicht wirklich angenommen haben, sie werde ihn heiraten, ihr Leben in Glanz und Ruhm aufgeben, um als Gattin eines unterbezahlten jungen Offiziers dahinzuvegetieren, der pausenlos in Schulden steckte. Es war absurd gewesen, sie auch nur zu fragen. Natürlich hatte sie mit ihm geflirtet, aber nicht mehr als mit den meisten anderen Männern auch. Na ja, vielleicht ein bißchen mehr. Jedenfalls hatte sie ihm absolut keinen Grund gegeben anzunehmen, er habe in irgendeiner Weise ihr Herz erobert. Jedenfalls keinen sehr großen. Oder zumindest nicht sehr lange.

Aber, *mon Dieu*, konnte man als Frau keine Affäre mehr haben, ohne daß man danach von einem traumverlorenen Möchtegernbräutigam verfolgt wurde? Chevaulegers waren gemeinhin nicht die Sorte Männer, die ans Heiraten dachten. Wer hätte geahnt, daß eine Nacht romantischer Leidenschaft einen Mann wie ihn dazu brachte, die Dinge so ernst zu nehmen?

Was Delacroix anging – sie würde überhaupt nicht über Delacroix nachdenken. Es war sinnlos, auch nur einen einzigen Gedanken an ihn zu verschwenden. Abscheulicher, nachtragender Kerl. Höchstwahrscheinlich hatte er sie nie geliebt. Er hatte sie jedenfalls nicht so angebetet, wie andere Männer es zu tun pflegten. Er hatte ihr viel weniger Komplimente gemacht als andere und auch weniger Geschenke. Er hatte ihr keine Gedichte geschrieben und sie nicht mit einer Göttin verglichen. Je länger sie darüber nachdachte, desto besser schien es ihr, ihn los zu sein. Sie würde keinen weiteren Gedanken an ihn verschwenden. Nie wieder. Schlimm genug, daß sie ihn bei der Erfüllung ihrer Aufgabe wiedersehen mußte. Aber das war Pflicht. Alles andere gab es nicht mehr in ihren Gedanken. Er war von dort getilgt. Jawohl.

Sie betrat ihr Zimmer und zog die Tür hinter sich zu. Ein kalter Luftzug traf sie. Sie konnte sich nicht erinnern, die Balkontür offengelassen zu haben. Je länger sie darüber nachdachte, desto sicherer war sie, die Tür vor einigen Minuten erst selbst geschlossen zu haben. Bestimmt hatte sie das.

Sie nahm ihr Réticule zur Hand, öffnete es und holte einen kleinen Derringer hervor. Sie hatte ihn eigens anfertigen lassen, und er war einer ihrer geschätztesten Preziosen, klein, elegant und tödlich. Natürlich hätte sie die Herren von nebenan zu Hilfe holen können. Doch die waren so beschäftigt mit diesen Damen gewesen ... sie schmunzelte. *Certainement* brauchte sie sie nicht. Sie war schließlich kein kleines Mädchen, das beim ersten Tumult in Ohnmacht fiel. Sie war eine mutige, selbständige Frau. Mit Kühnheit, Talent und einem geladenen Derringer.

Sie sah sich im Salon um. Sie war allein. Das beruhigte sie freilich nicht, denn das hieß, daß der Eindringling in ihrem angrenzenden Schlafzimmer sein mußte. Sie schätzte Eindringlinge in ihrem Schlafzimmer nicht. Sie war äußerst sicher, daß sie die einzige sein wollte, die über mögliche Besucher in ihrem Schlafzimmer entschied.

Vorsichtig schlich sie zur Tür. Ihr Brokatmorgenmantel raschelte viel zu laut. Sie war nicht für Besucher angezogen. Doch das war egal. Diebe sahen höchstwahrscheinlich dauernd Damen in Morgenmänteln, wenn auch vermutlich nicht in so exquisiten und teuren. Schließlich hatte man ja Geschmack.

Sie stieß die Tür auf und stürmte mit vorgehaltener Pistole in den Raum.

„Hände hoch, oder ich schieße!“ rief sie.

Der Raum war leer. Nur die Vorhänge wehten in der kalten Frühlingsluft. Auch dieses Fenster hatte sie geschlossen. Dessen war sie sicher. Sehr sicher. Sie sah sich im Zimmer um. Auf ihrem Bett lag eine einzelne, schneeweiße Orchidee.

„Oh“, flüsterte sie lächelnd. Er war wieder da. Der mysteriöse Mann, der ihr von Zeit zu Zeit Orchideen sandte. Er hatte Stil. Natürlich war es falsch von ihm, einfach in ihr Schlafgemach einzudringen, um dort Orchideen zu deponieren. Aber die Kühnheit inspirierte sie. Sie hatte ihn nie kommen oder gehen sehen und verging fast vor Neugier, wer der Mann sein mochte.

Höchstwahrscheinlich war er alt und häßlich, ermahnte sie sich selbst. Extravagante Anbeter gab es schließlich in allen Alters- und Gewichtsklassen. Vermutlich bestach er einfach einen Hotelangestellten, damit der eine Orchidee auf ihr Bett legte und den Eindruck erweckte, es gäbe einen Verehrer, der sogar senkrechte Wände erklomm, um ihr Blumen zu bringen.

Cérise hatte viele Bewunderer. Immerhin war sie eine der populärsten Opernsängerinnen ihrer Zeit. Die besten Opernhäuser in Europa zahlten viel Geld, um sie für eine Saison zu verpflichten. Sie war reich und prominent. Zu Recht, wie sie fand. Man versicherte ihr das oft genug. Sie glaubte es ohne irgendeinen Zweifel. Sie lebte in einem Zeitalter des Enthusiasmus und genoß es, so gut sie nur konnte.

Sie mochte ihr Leben, so wie es war. Von einem Erfolg zum nächsten zu reisen war über alle Maßen befriedigend, und seit Delacroix sie in die Geheimnisse des Detektivhandwerks eingeweiht hatte, war das Leben nicht mehr nur befriedigend, sondern auch prickelnd und aufregend. Wahrscheinlich tat es ihm längst leid. Sie brauchte es ja auch nicht zu tun, hatte sich nie bewußt entschlossen, dieser Nebenbeschäftigung nachzugehen. Delacroix hatte Hilfe gebraucht, und sie war dagewesen. So hatte es angefangen. Sie war gut, viel zu talentiert, um jetzt einfach aufzuhören und nur noch zu singen. Mitwisserin interessanter Geheimnisse zu sein war gut für das Selbstvertrauen und die Ausstrahlung, für die Aura des Geheimnisvollen, die Frauen noch begehrenswerter machte. Sie genoß es, neben ihrem öffentlichen Dasein auch noch Teil eines Spiels zu sein, das undurchsichtig und fast unsichtbar für andere Menschen war. Es verlieh ihr ein Gefühl zusätzlicher Bedeutung.

Natürlich hätte sie aufhören sollen. Sie schuldete es ihrer Zuhörerschaft, sich nicht in Gefahr zu bringen. Sie hatte sich geschworen, sich nicht mehr in solche Affären verwickeln zu lassen, doch es war anders gekommen. Sie war nur nach München gereist, um zu singen, und nun war sie wieder eingespannt in einem Team, das aus zwei ehemaligen Liebhabern und einem übermoralischen Perfektionisten bestand. Außerdem war da noch dieser Magier, den man ihnen aufgedrängt hatte.

Sie hätte sich gar nicht darauf eingelassen, wenn Seine Majestät der König sie nicht höchstselbst in einem persönlichen Brief darum gebeten hätte. Man konnte nicht gut „Nein, Danke" zu einem König sagen. Noch dazu zu einem so charmanten, jungen König. Sie hatte einen zauberhaften Abend mit ihm verlebt, und man konnte nicht wissen, wie viele zauberhafte Abende man mit ihm noch erleben würde, wenn er vielleicht erst ein wenig älter und weniger schwärmerisch und zugleich melancholisch war. Wenn es nach ihr gegangen wäre, hätte er für Schwermut überhaupt keinen Grund gehabt.

Sie schloß das Fenster und legte ihren Derringer auf den Nachttisch. Dann ging sie zurück in den Salon.

„Guten Abend", grüßte eine melodische Stimme vom Balkon her. Sie konnte eine dunkle, undeutliche Gestalt gleich hinter der Balkontür ausmachen. „Tut mir leid, daß ich Sie gestört habe. Ich wollte Ihnen nur Ihre Blume bringen – meiner Orchidee eine Orchidee. Sie sind zu früh heimgekehrt. Ich hoffe, ich habe Sie nicht beunruhigt."

„Natürlich nicht", antwortete sie mit fester Stimme und wünschte, sie hätte ihre Pistole nicht im anderen Raum gelassen. Einen Moment lang überlegte sie, ob sie fliehen sollte, dann schalt sie sich für ihre Ängstlichkeit. Der Mann wirkte nicht gefährlich. Schließlich war er ein Verehrer.

„Ich bewundere Sie schon lange“, sprach die Stimme aus der Dunkelheit. „Es ist vielleicht an der Zeit, daß ich mich vorstelle. Darf ich eintreten?“

„Das ist weder passend noch korrekt, Monsieur“, erwiderte sie so herablassend wie möglich. Sie wünschte, sie könne sein Gesicht sehen, doch es lag vollständig im Schatten. Sie konnte nur eine schmale, dunkle Gestalt ausmachen. Jedenfalls wirkte er nicht alt.

Er lachte, und seine Stimme klang weich und tief, hatte einen so sonoren Klang, daß sie ihn spontan mochte.

„Da haben Sie recht. Aber ist es so nicht viel interessanter? Was meinen Sie?“

Sie lächelte und sprach: „Treten Sie ein. Immerhin waren Sie ja schon in meinen Räumen. Sie werden sich benehmen, nicht wahr? Ich habe nämlich keine Geduld mit Menschen, die das nicht tun.“

Der Mann trat ein und verneigte sich. Er sah ausnehmend gut aus, schwarzhaarig und schmalhüftig. Er bewegte sich mit der Grazie eines Tänzers. Seine großen, dunklen Augen suchten die ihren, und einen Moment lang hatte sie das Gefühl, darin zu versinken.

Dann stand er vor ihr, lächelte und beugte sich über ihre Hand, die er mit einem Mal in seiner Rechten hielt.

„Wie wunderschön du bist“, sagte er, und sie wußte, daß er es von ganzem Herzen meinte. Sie war absolut sicher, überzeugt ohne jeden Zweifel, und ihr war nicht aufgefallen, daß er sie duzte. Sie holte tief Luft. Es war, als hätte sie für einige Zeit vergessen zu atmen.

„Nun“, sagte sie und kratzte die Reste von Besonnenheit zusammen, die wie eine Schar Vögel auf einmal auf und davon fliegen wollten. Sie versuchte, sich zu konzentrieren. Es sah ihr nicht ähnlich, wegen eines Mannes so vollständig den Kopf zu verlieren. Sie fühlte sich ein bißchen backfischhaft und dümmlich. Sie war kein Backfisch, und sie kam sich nicht gern dumm vor. „Danke für das Kompliment. Wollten Sie sich nicht vorstellen?“

„Graf Arpad.“ Er verneigte sich erneut, diesmal sehr formell. „Zu Ihren Diensten. Immer. Ewig.“

Wieder dieses Bewußtsein uneingeschränkter Ehrlichkeit seinerseits. Es durchdrang sie, machte sie sicher. Sie lächelte, setzte sich und lud ihn mit einer Geste ein, neben ihr Platz zu nehmen.

„Nun denn, Graf Arpad. Was läßt Sie Damen weiße Orchideen bringen – auf so außerordentliche Art und Weise?“ fragte sie leichthin, und er lächelte sie mit geschlossenen Lippen an.

„Nur einer Dame.“ Er nahm ihre Hand. Im nächsten Moment glitt er vom Diwan, kniete vor ihr und küßte erst ihre Hand, dann ihr Handgelenk und ihren Puls. „Meine Orchidee.“

Sie sah in sein leidenschaftliches Antlitz, dessen schwarze Augen ihren Blick festhielten. Seine Züge waren gleichmäßig und edel, mehr als nur attraktiv – fesselnd, atemberaubend. Er schien perfekt. Kein Fehler war an ihm auszumachen, er war groß, anstellig, wohlgestalt. Sein Lächeln war ansteckend, offen und direkt.

Plötzlich sah sie seine Ohren. Leicht spitzig. Er war ein Sí, ein Feyon. Ach du liebe Zeit! Sie war allein mit einem Abkömmling der Fey! Sie wußte schon seit geraumer Zeit, daß diese mythischen Kreaturen tatsächlich existierten, daß sie mehr waren als alte Märchen und Legenden. Doch bislang hatte sie das Glück gehabt, nie einem zu begegnen. Sie waren so anders. Oder?

Noch nie hatte ein Feyon sie bewundert, umworben und geliebt. Was auch immer.

Sie hatte das seltsame Gefühl, er spüre, was ihr durch den Kopf ging, denn er begann zu lächeln.

„Jetzt, meine Blumenkönigin, mußt du mir alles über dich erzählen. Mein Herz brennt darauf, dich in- und auswendig zu kennen, jeden Teil von dir.“

Der Doppelsinn seiner Aussage ging an ihr vorbei. Sie sah nur seine Augen, fühlte sich seltsam berauscht, bis ins Innerste bewegt und berührt. Sie begann zu sprechen, berichtete ihm alles, was er wissen wollte, hielt seine Hand dabei fest und genoß die Innigkeit dieser Verbindung. Immer weiter glitt sie in seinen dunklen Blick, verlor sich wie in einem Labyrinth.

Später fand sie sich wieder, stehend, in seinen Armen. Er küßte ihre Stirn mit so viel Zärtlichkeit, daß ihr Herz sich vor Sehnsucht krümmte.

„Du beflügelst mich", flüsterte er. Seine Lippen glitten über die Haut ihrer Wange bis zu ihrem Mund.

Es war nur ein kleiner, zarter Kuß, fast nur das Versprechen auf mehr, und doch schien er etwas außer Atem zu sein. Er ließ sie abrupt los.

„Ich muß fort", sagte er, hatte plötzlich einen gehetzten Blick. „Au revoir, ma belle." Im nächsten Augenblick stand er auf dem Balkon, und schon war er mit der Dunkelheit verschmolzen, verschwunden, als wäre er nie dagewesen.

Cérise sah ihm nach. Dann schloß sie die Balkontür. Es war zu kalt, sie offenzulassen.

Sie trat in ihr Schlafzimmer, ihre Gefühle wirbelten durcheinander. Eine weiße Orchidee lag auf ihrem Bett. Cérise lächelte. Sie war unsagbar glücklich. Ihr geheimer Verehrer war wieder da. Irgendwann würde sie ihn wirklich einmal gerne persönlich kennenlernen.

Kapitel 7

Corrisande fühlte, wie flüssige Glut sie von innen her verbrannte. Eben noch hatte sie in einem Reich von Eis und schneidendem Frost gelegen. Ihre gefrorene Seele war orientierungslos durch die Finsternis getrudelt, ohne eine Verbindung zu ihrem Verstand finden zu können. Die Flammenhölle umfing sie ohne Vorwarnung, durchdrang und versengte sie qualvoll.

Sie rang nach Luft, Tränen liefen ihr über die Wangen, Glut floß durch ihren Körper, selbst in die Nase, und brannte und schmerzte. Sie prustete, würgte, rang verzweifelt nach Luft.

Sie starb. Sie war sicher, daß sie im Sterben lag. Dies war das Ende. Es war die Strafe für ihre Sünden und für die ihres Vaters, die sie mit zu büßen hatte. Sie war in der Hölle. Sie hatte den letzten Abgrund, aus dem es kein Entkommen mehr gab, erreicht.

Sie ächzte. Die Angst verbot ihr, die Augen zu öffnen, denn sie fürchtete sich davor, das Unausweichliche zu sehen, die furchtbaren Zerrbilder, denen sie ausgesetzt sein würde. Was war geschehen? Was konnte nur passiert sein? Sie erinnerte sich an die Eiseskälte, die sie gleichzeitig mit einer schwarzen Ahnung getroffen hatte. Das Böse hatte sie gespürt, einen Moment lang, drohend und unabwendbar, ehe sie in den Abgrund grenzenloser und schwärzester Verzweiflung fiel. Das Böse kam, nahte, schlich sich an – und dann nur noch Schwärze. Gefangen ohne Fluchtmöglichkeit. Es gab keinen Ausweg.

Von weit her hörte sie eine fürsorgliche Männerstimme.

„Sie kommt zu sich."

Eine weitere, tiefere, barschere Stimme erklang direkt vor ihrem Gesicht.

„Machen Sie die Augen auf. Jetzt." Ihre Knochen schlugen aneinander wie Murmeln in einem Beutel. Irgend jemand schüttelte sie grob. Sie war sich sicher, daß er das nicht tun sollte, brachte aber doch nicht den Mut auf nachzusehen, wer so dreist war, sie wie einen Sack Kartoffeln durcheinanderzuschleudern. Die Realität schwappte in wilden Wogen um sie herum, und sie fühlte sich seekrank.

„Wachen Sie auf! Machen Sie die Augen auf! Sie können das", sagte die Stimme wieder in einem befehlsgewohnten Ton, dem ganz gewiß nie jemand widersprach.

Sie öffnete die Augen und nahm zunächst nur verschwommene Silhouetten wahr. Es dauerte eine Weile, bis ihre Sicht wieder scharf wurde. Sie sah direkt ins Gesicht eines Fremden, dessen gelbliche Augen aussahen wie die eines Wolfs. Der Mann blickte unfreundlich und kritisch, und etwas in diesen Bernsteinaugen, eine Art glühender Intensität, ängstigte sie. Einen Moment lang glaubte sie, tatsächlich in der Hölle zu sein. Dann erkannte sie ihre Umgebung, ihr Hotelzimmer. Der Mann wirkte finster, Teint und Haare waren dunkler als allgemein üblich. Sie bemerkte, daß er den linken Arm um ihre Schultern gelegt hatte und sie festhielt, während seine Rechte ihr kleine, schmerzlich forsche Klapse auf die Wange verabreichte. Dazu konnte er kein Recht haben!

„Hören Sie augenblicklich auf!"

Diese Stimme kannte sie. Das war Eliza, und sie klang nicht begeistert. Fast wirkte ihre Stimme ein wenig hysterisch. Es mußte schon viel geschehen, um Eliza so aus der Ruhe zu bringen. Selbstbeherrschung war Elizas größte Stärke.

Corrisande hob die linke Hand und griff nach dem Handgelenk des Mannes. Es war kräftig und grobknochig, und ihre Finger konnten es nicht umschließen. Doch er hörte sogleich auf, ihr weh zu tun. Einen Augenblick lang ruhte seine große, warme Hand an ihrem Gesicht. Dann war sie fort.

„Können Sie sich aufsetzen?" fragte er. Als sie versuchte, sich auf der Couch zurückzulehnen, fuhr er fort: „Nein, nicht wieder hinlegen. Setzen Sie sich. Konzentrieren Sie sich. Lassen Sie die Augen offen!"

Er half ihr, sich aufzusetzen, dann stand er auf und trat zurück. Für einen kurzen Moment kam sie sich ohne ihn verloren vor und wünschte sich seinen Arm zurück um ihre Schulter, wünschte, sie könnte seine Stärke und die physische Wärme, die er ausstrahlte, zurückhaben.

Der Moment verging.

Sie sah sich um. Das Zimmer wirkte auf seltsame Weise überfüllt. Eliza stand da und war so rot im Gesicht, daß ein Arzt sie mit Sicherheit sofort zur Ader gelassen hätte, um der Gefahr eines Schlaganfalls vorzubeugen. Sie kam händeringend auf sie zu.

Marie-Jeannette war auch anwesend und lehnte in den Armen des gutaussehenden jungen Chevauleger-Offiziers, den sie zuvor vom Balkon aus gesehen hatte. Wieviel Zeit seither vergangen war, wußte sie nicht. Der Mann hielt ihre Zofe wie ein Geliebter. Das konnte keinesfalls richtig sein.

Ein weiterer junger Offizier in bayerischer Uniform stand auch da und wirkte makellos adrett, aufmerksam und besorgt. Er sah auch gut aus, fand sie, sein blondes Haar war wie mit dem Lineal seitlich gescheitelt, seine blaßblauen Augen waren voller Sorge. Er schien sie mit seinem Blick einzuhüllen, und seine Hände zuckten ein wenig nervös.

Dann war da noch dieser außergewöhnlich große Gentleman, gekleidet in eine nonchalant zusammengeworfene Kombination von Zivilkleidung. Seine Krawatte saß ein wenig schief, und die Vorderseite seines Gehrocks war feucht und fleckig, und ihr wurde bewußt, daß sie ihn vermutlich angehustet und naßgeweint hatte.

Wie unendlich unangenehm.

Alle starrten sie an, als warteten sie darauf, daß sie etwas sagte oder tat, doch sie wußte nicht, was. Sie hatte das alptraumhafte Gefühl, sich plötzlich auf der Bühne in einem Stück wiederzufinden, ohne ihren Text zu kennen.

„Oh", sagte sie. Seltsamerweise schien das alle zu freuen. Sie holte tief Luft. Sie mußte herausfinden, was geschehen war, wer all diese Menschen waren und warum Eliza so äußerst echauffiert war.

Doch das Wichtigste zuerst.

„Sir“, sagte sie zu dem selbstgenügsam grinsenden Chevauleger und bemerkte dabei, daß ihr Hals sich noch rauh und roh anfühlte. „Lassen Sie meine Zofe los. Ihre allzu liebenswürdige Haltung ist gänzlich unpassend.“

Irgendwie brach diese Ermahnung den Bann. Eliza drehte sich um und warf Marie-Jeannette einen vernichtenden Blick zu. Der Chevauleger sah verdutzt aus, der andere Offizier peinlich berührt. Der seltsame Zivilist begann zu lachen, und sein strenges Antlitz veränderte sich. Humor funkelte in den auffälligen Augen, und die ernsten Züge lösten sich in diesem Moment.

Corrisande mußte husten. Sie hatte einen widerlichen Geschmack im Mund, ihr Magen brannte. Der blonde Offizier stürzte los und goß ihr aus der Karaffe, die auf einem der Beistelltischchen stand, ein Glas Wasser ein. Er brachte ihr das Glas und ließ sich vor ihr auf einem Knie nieder, um es ihr zu reichen. Seine Geste rührte sie. Er hatte ein angenehmes Lächeln, enthusiastisch und doch gleichzeitig zurückhaltend. Sein Blick traf den Ihren, und sie las darin Besorgnis, aber auch Freundlichkeit. Augenscheinlich ein wirklich netter Herr.

„Ich danke Ihnen. Sehr aufmerksam.“ Sie nahm einen Schluck. „Aber vielleicht ...“ Sie sah Eliza fragend an.

Mrs. Parslow nickte.

„Meine Herren“, begann sie, und ihr Ton klang so ärgerlich, daß man ihn fast als unhöflich hätte bezeichnen können. „Ich danke Ihnen für die freundliche Unterstützung. Es ist spät. Meine Nichte sollte sich jetzt unverzüglich zurückziehen, um sich von ihrer Bewußtlosigkeit zu erholen. Es gibt nun wirklich keinen Grund für Ihr weiteres Verbleiben in unseren Räumlichkeiten. Seien Sie versichert, wir können nun sehr gut ohne Sie auskommen. Ich bitte Sie herzlich ...“

Der junge Offizier, der vor Corrisande kniete, errötete und stand auf.

„Einen Moment!“ unterbrach der Zivilist. „Tut mir leid, doch bevor wir Sie verlassen, müssen wir noch einige Fragen stellen. Wirklich, Madam“, wandte er sich Mrs. Parslow zu, die kurz davor war, ihm barsch ins Wort zu fallen, wobei ihr Unwille nur allzu deutlich wurde. „Sie müssen uns noch ein paar Minuten gönnen. Diese Angelegenheit darf man nicht auf die leichte Schulter nehmen, und – Ihre Ansichten gutes Benehmen und Etikette betreffend in allen Ehren – dies hier hat Vorrang. Corrisande“, er drehte sich wieder zu ihr um und war etwas erstaunt, als sie ihn unterbrach.

„Ich weiß nicht, woher Sie das Recht nehmen, mich beim Vornamen zu nennen. Ich bin sicher, wir sind nicht verwandt.“

Er atmete tief durch. Fast vernahm sie eine Art Zischen dabei.

„Zum Teufel, ich nenne Sie Corrisande, weil ich keinen anderen Namen weiß. Was für einen Unterschied macht das denn jetzt?“ Seine Augen glitzerten vor kaum gezügelter Wildheit. Das Lachen war aus ihnen verschwunden.

Bedauerlicherweise.

Der junge Offizier, der ihr das Glas Wasser gereicht hatte, intervenierte. Mit einer eindringlichen, aber höflichen Stimme begann er zu erklären: „Natürlich hätten wir uns Ihnen gleich vorstellen müssen. Bitte lassen Sie mich das nachholen, wenngleich die Situation ein wenig unorthodox ist und ich mir nichts sehnlicher wünschte, als Sie unter anderen Umständen kennengelernt zu haben. Mein Freund hier ist Leutnant von Görenczy, der Herr, der Sie wiederbelebt hat, ist Colonel Delacroix, ein Landsmann von Ihnen, und ich bin Leutnant Asko von Orven.“ Es schien ihm wichtig, ihr all dies zu erläutern, so als ob diese Erklärung ihre Anwesenheit in ihrem Zimmer in irgendeiner Weise rechtfertige. Vielleicht tat sie das ja. Er fuhr fort:

„Wir sind in Ihre Suite gekommen, weil ein ... ich nenne es mal Spukphänomen sie durchquert hat und Ihre Tante und auch ihre Zofe in einiger Aufregung waren. Wir sind uns durchaus bewußt, daß wir Ihre Großzügigkeit ausnutzen, aber was immer das Zimmer durchquert hat, scheint auf irgendeine Art und Weise mit einem Verbrechen in Zusammenhang zu stehen, das letzte Nacht hier im Hotel verübt wurde. Man hat uns gebeten, bei der Aufklärung behilflich zu sein.“

„Ist das eine höfliche Umschreibung dafür“, Corrisande fühlte sich mit einem Mal viel zu müde, um ihre Worte mädchenhaft zurückhaltend zu wählen oder auch nur entsprechend hilflos dreinzublicken, „daß Sie, meine Herren, im Verdacht stehen, dieses Verbrechen begangen zu haben?“

„Großer Gott, nein!“ rief Leutnant von Orven schockiert.

„Das nun wirklich nicht“, grinste Leutnant von Görenczy.

„Eine bemerkenswerte Schlußfolgerung, aber völlig falsch“, sagte der Colonel, und um seinen Mund zuckte für eine Sekunde ein halbes Lächeln. „Man hat uns gebeten, weil wir einige Erfahrung in solchen Dingen haben. Da die Angelegenheit recht knifflig ist, sind Hotel und Polizei übereingekommen, unsere Unterstützung anzufordern. Sehen Sie, mein Kind ...“

„Jarrencourt“, rügte Corrisande schroff, „Corrisande Jarrencourt. Für Sie Miss Jarrencourt. Wenn Sie sich daran bitte halten würden? Ich bin weder ‚Ihr Kind‘ noch ‚Ihr Mädchen‘, Sir.“

„Miss Jarrencourt, Sie verloren das Bewußtsein, ehe sich das Phänomen überhaupt in Ihrem Zimmer materialisierte. Wir müssen wissen warum. Was hat Ihnen die Sinne geraubt?“

Corrisande starrte Delacroix verärgert an. Auf einer Unterredung zu beharren, obgleich man zum Verlassen des Raumes aufgefordert worden war, war mehr als nur unverschämt. Sein Mangel an Zartgefühl war bedauerlich. Kein Funkeln in seinen Augen wog das auf. Er war gewiß nicht die Art Gentleman, deren Bekanntschaft zu machen sie sich vorgestellt hatte, und die beiden jungen Offiziere ebensowenig. Vielleicht gerade noch Leutnant von Orven. Er schien zumindest über anständiges Benehmen zu verfügen und machte den Eindruck, als gefiele sie ihm. Man würde seinen Hintergrund prüfen müssen, aber ihre Hoffnungen waren nicht sehr hoch. Bedauerlich. Er war nett und besorgt.

Aus dem Augenwinkel sah sie, daß Mrs. Parslow bereit war, den Herren eine weitere eisige Abfuhr zu erteilen. Doch Corrisande war todmüde, erschöpft und fühlte sich nicht danach, eine weitere Runde an Unerfreulichkeiten durchzustehen. Es war besser, dies schnell zu beenden.

Sie schauderte demonstrativ. Von Orven bückte sich und hob die Decke auf, die vom Sofa auf den Boden gerutscht war. Er hielt sie ihr hin, doch sie schüttelte nur den Kopf, klimperte mit den Wimpern und bedachte ihn und den Colonel mit einem perfekten Augenaufschlag. Sie mußte sich konzentrieren, wenn sie überzeugend sein wollte.

„Ich weiß nicht, Colonel", sagte sie und war sich bewußt, daß sie schon bessere Vorstellungen des ‚schutzsuchenden jungen Mädchens' gegeben hatte. Normalerweise war sie unschlagbar darin. „Ich wünschte, ich könnte es Ihnen erklären. Aber das kann ich nicht. Es wurde mit einem Mal sehr kalt. Ich wurde ... ich kann es nicht beschreiben, und an mehr erinnere ich mich nicht."

Sie wollte sich auch gar nicht entsinnen. In ihren Erinnerungen zu stöbern wäre gewesen, wie in einer offenen Wunde zu stochern.

„Versuchen Sie es!" Das war keine Bitte, sondern ein Befehl. Delacroix zog sich einen Stuhl heran, setzte sich gänzlich uneingeladen ihr gegenüber und blickte ihr aus beinahe gleicher Höhe in die Augen. Er beugte sich zu ihr vor, die Arme auf die Knie gestützt. Seine Präsenz war außergewöhnlich. „Sie müssen es versuchen! Auch wenn es unangenehm ist. Es mangelt Ihnen offenbar nicht an Courage. Sie müssen uns alles sagen. Versetzen Sie sich zurück!"

Sich zurückversetzen war das letzte, was sie wollte. Sie war ganz sicher, daß sie diese Gefühle nicht noch einmal durchleben wollte, nicht einmal als Erinnerung. Nie mehr.

Es mußte eine Möglichkeit geben, sich da herauszuwinden. Sie setzte ihre verletzlichste Miene auf, hob eine bebende Hand an die Schläfe und sprach mit ersterbender Stimme: „Bitte glauben Sie mir, ich würde Ihnen wirklich gerne helfen, aber ich fühle mich so schwach ..."

„Geschwätz. Ich glaube Ihnen kein Wort." Die fremdartigen Augen bohrten sich buchstäblich in ihren Blick, unnachgiebig und streng.

„Colonel!" Der Angesprochene unterbrach den schockierten Ausruf Leutnant von Orvens mit einer rüden Handbewegung.

„Mein liebes Ki... liebe Miss Jarrencourt. Bitte seien Sie versichert, ich bin gänzlich unempfänglich für waidwunde Blicke und ach so zartes Getue. Ich brauche diese Informationen, und ich gedenke sie zu bekommen, und wenn ich sie aus Ihnen herausschütteln muß."

„Sir!" riefen Mrs. Parslow und von Orven schockiert aus. Er ignorierte sie.

„Colonel! Ich muß darauf bestehen ..."

„Nicht jetzt." Er löste den Blick keine Sekunde von ihr, während er den Offizier mit einer Handbewegung zum Schweigen brachte. „Bestehen Sie hinterher, worauf Sie wollen."

Eine erneute laute Auseinandersetzung bahnte sich an, Corrisande ahnte schon die Kakophonie lauten Streits. Sie seufzte und gab auf. Sie wollte nur, daß dies so schnell wie möglich vorbei war. Die Situation zerrte an ihren Nerven, kratzte tiefe Furchen in ihre Fassung. Vielleicht würden die Herren endlich gehen, wenn sie ihnen alles sagte. Manchmal, sagte ihr Vater immer, konnte man Dinge nur umgehen, indem man mitten durch sie hindurchpreschte.

Dennoch, sie wollte nicht daran denken, geschweige denn Worte finden für die seelenzerreißenden Visionen, die sie überkommen hatten. Es war, als wehre sich ihr eigener Geist dagegen und versuche, sie aus ihrem Gedächtnis zu verbannen.

Doch es gab kein Entrinnen. Sie sah in das entschlossene Gesicht des massigen Mannes und wußte, daß er sie so lange traktieren würde, bis sie redete. Sie schloß die Augen und begann zu sprechen, ohne Diskussion, ohne Einleitung. Ihre eigene Stimme klang ihr fremd in den Ohren.

„Jäh standen mir die Haare zu Berge. Mir wurde schlagartig kalt. Es geschah alles sehr schnell. Es fühlte sich an, als überspüle mich der äußerste Rand einer kreisförmigen Welle." Sie war nicht sicher, ob das, was sie sagte, für ihre Zuhörer Sinn ergab. „Verstehen Sie? Als hätte jemand einen Stein in schwarzes Wasser geworfen, und die Wellen kräuselten sich zu mir hin und berührten mich. Es war ein Gefühl", sie begann zu zittern und mußte diese Reaktion nicht einmal spielen, „... ein Gefühl von Todesnähe und Sterben. Kälte umfing und durchbohrte mich. Es war ... furchtbar. Ich hatte Angst. Es tat so weh. Ich fiel in schwarzes Nichts. Nein, ich wurde dorthin geschleudert. Ich dachte, ich sei tot. Gestorben. Ich spürte meinen Kö... meine physische Existenz nicht mehr." Sie merkte, wie ihr eine Träne übers Gesicht lief. Sie verabscheute diese Reaktion. Zu persönlich. Sie gab zuviel von sich preis. „Ich war allein in völliger Dunkelheit, eingefroren in schwarzem Eis. Es schmerzte ..."

Sie unterdrückte ein Schluchzen. Schluchzen gehörte sich nicht. Männer mochten es nicht, wenn man sich gehenließ. Sie tat so etwas nie, war nicht der Typ für Weinkrämpfe. Sie hielt die Augen geschlossen, konnte den Anblick all der Leute, die ihr tränennasses Gesicht jetzt sahen, nicht ertragen. In ihrer Erinnerung fühlte sie wieder die Agonie, das Grausen, die völlige Hoffnungslosigkeit und drückende Schuld.

Sie zwang sich weiterzusprechen, schluckte, holte tief Luft und versuchte mit Gewalt, ihre Stimme fest klingen zu lassen. Mit einer ärgerlichen Bewegung wischte sie sich die Tränen aus dem Gesicht.

„Dann fing ich Feuer, begann zu brennen und dachte, ich sei in der Hölle, in der Unterwelt. Ich hatte zuviel Angst, um die Augen zu öffnen und nachzusehen."

Sie fühlte, wie sich Eliza neben ihr niederließ, ihre Hand nahm und in einer Weise tätschelte, die wohl beruhigend wirken sollte.

„Bitte", sagte Mrs. Parslow, „sehen Sie denn nicht, daß Sie ihr weh tun?"

„Noch eine Frage, Miss Jarrencourt." Corrisande meinte, eine Spur von Mitgefühl in der Stimme des Colonels ausmachen zu können. Doch er schonte sie nicht. „Was warf den Stein ins Wasser?" Er stellte die Frage mit unmerklichem Drängen. „Versuchen Sie, sich zu erinnern!"

Corrisande sah in die fremdartigen Augen, die so voller Intensität waren. Sie konnte die Frage nicht beantworten, wußte nicht wie. Er wollte Auskünfte, die sie ihm gar nicht geben konnte.

Mit einem Mal war das Wissen in ihr. Sie hatte es wie ein widerliches Souvenir aus jener Hölle mitgebracht. Die plötzliche Erkenntnis überspülte sie erneut wie eine kalte Woge. Sie rang nach Luft, stieß Elizas wenig hilfreiche Hände von sich und sprang blind vor Angst auf.

„Das Böse“, schrie sie. „Dunkelster, bösester Feyonzauber, und Sie können nichts dagegen ausrichten.“

Erst nachdem sie die Worte gesprochen hatte, wurde ihr selbst bewußt, was sie da gesagt hatte. Sie wußte nicht, woher diese plötzliche Gewißheit kam. Das ängstigte sie noch mehr. Feyonzauber. Sie glaubte nicht an die Fey, nicht an die mythischen Sí, nicht an Märchengestalten. Bis zu dieser Nacht hatte sie an das Übernatürliche keinen Gedanken verschwendet. Das Leben war kompliziert genug, ohne daß man es mit Geisterglauben befrachtete.

Sie wußte nicht, woher sie den Gedanken hatte, daß die drei Männer machtlos dagegen sein würden. Die Erkenntnis war plötzlich dagewesen, als hätte sie jemand in ihren Kopf gepflanzt. Sie taumelte auf die Tür zu ihrem Schlafzimmer zu, ohne darüber nachzudenken, was für einen Eindruck sie im Moment machte.

Sie schlug die Tür hinter sich zu. „Gar nichts können sie ausrichten“, murmelte sie vor sich hin und spürte lähmende Angst in sich. Gleichzeitig fühlte sie sich auch dumm und hysterisch. Sie haßte es, ängstlich zu sein. Doch noch mehr haßte sie es, dümmlich und hysterisch zu wirken.

Was mochte er nur von ihr denken? Sie. Was mochten sie nur von ihr denken?

Kapitel 8

Bleiern und glatt liegt die Landschaft da. Klüfte springen auf, durchpflügen den Boden. Schwarze Zickzacklinien entstehen, platzen auf, spalten sich in immer mehr schwarze Zickzacklinien auf. Ein unruhiges, vieleckiges Netzmuster, wie das ausgetrocknete Bett eines grauen Flusses, der sich von einem Moment zum nächsten in eine raumgreifende Wüste verwandelt hat. Das schwarze Netz spinnt die Nachahmung der Realität, ohne ihr anheimzufallen. Alle Bewegung ist zweidimensional. Wird dreidimensional, und plötzlich wirbeln die Dimensionen und tanzen in dem Bemühen, Leben zu schaffen, es zu gestalten und zu formen. Doch hier gibt es kein Leben. Hier definiert sich Existenz aus einem schwarzen Mangel an Leben.

So ruht Er, während Seine Welt tanzt, wächst und sich pausenlos verändert. Die endlose Ebene erstreckt sich sowohl unter als auch über einem engen, bleiernen Himmel und irgendwo dazwischen. Ganz und gar leblos. Bisweilen bewegt sich die Idee eines schwarzen Vogels über das Infirmament, fliegt in völlig gerader Linie wie ein gläserner, schwarzer Stein, gleitet dahin auf nichts als Seinem Willen.

Kein Flügel schlägt. Kein Flügelschlag ist notwendig, denn Er hat keinen Sinn für Details. Statt dessen hat Er den Willen, das immerstarke Begehren, das existiert, solange Er existiert, als integraler Bestandteil Seiner selbst.

Vielleicht fliegt der Vogel gar nicht. Vielleicht sitzt er still auf seinem Achsenpunkt, an der Stelle, an der er geschaffen ward. Statt dessen dreht sich die Welt um ihn herum. Er ist die Welt, und für Ihn würde die Unterscheidung keinen Unterschied machen. Der Vogel weiß davon nichts, fühlt nichts, lebt nicht.

Was heißt Bewegung? Erst an einem Ort zu sein, dann an einem anderen? Oder definiert sie den Weg zwischen einem Punkt und einem anderen in einer unvollkommen gesponnenen Wirklichkeit?

Die Ebene wölbt sich endlos, versagt der dunkler werdenden Welt einen flachen Horizont. Niemand braucht hier einen Horizont, denn keine Sonne geht auf oder unter. Nur manchmal, wenn Ihm langweilig ist, läßt Er irgendwo weit weg ein rundes Licht durch das nebelverhangene Grau blinken. Diffus. Außerhalb des Konzeptes vergehender Zeit.

Dies ist Seine Sphäre, Seine Ebene. Sie ist die Welt, in der Er hungrig, zeitlos einer Gelegenheit harrt, sich in eine Welt voller Leben zu stürzen.

Die schwarzen Klüfte lassen den Boden aufplatzen, brechen mit ihm die nachgemachte Realität in immer kleiner werdende Teilchen. Reine Schwärze breitet sich aus und verwandelt sich in schimmernden Obsidian. Dann beginnt die Ebene erneut, sich zu bewegen, diesmal vertikal. Entlang der Klüfte heben sich säulengleich die ausgeschnittenen Bodenstücke, wachsen zu Pfeilern empor, um sich schließlich im Zentrum der Hohlkugel zu treffen und miteinander zu verschmelzen. Darauf wartet Er im Mittelpunkt Seiner Sphäre, auf das Aufeinandertreffen und die entstehende Öffnung, das graue Tor, das Ihn hinausläßt in eine Realität jenseits Seiner eigenen.

In eine Welt der Farben. Er verabscheut Farben, denn Farben greifen Sein innerstes Wesen an, und Er ist wenig anderes denn ebendies, ein innerstes Wesen. Farben sind so quälend vielfältig. Doch Er erträgt sie, denn Er giert nach Leben, das Er nach Seinem Wunsch zu formen gedenkt, nach Seiner grauschwarzen Vorstellung, Seiner dunklen Sehnsucht, Seiner schroffen Begierde, Seinem düsteren Streben.

Plötzlich erlebt Er Zeit, die fließt, sich bewegt wie ein ewiger Fluß, eine Sekunde an die andere setzt, kleinste Einheiten der Ewigkeit, die an einem Anfang beginnen und einem unerreichbaren Ende entgegenstreben, und Er hat so wenig davon, so wenig Zeit, das zu tun, was er will und wünscht. Eine Hülle muß Er finden, ein sicheres Heim, von dem aus Er in dieser viel zu bunten

Wirklichkeit wirken kann; eine Zuflucht, die Er für sich umdefinieren kann, wie Er sie braucht.

Er platzt von Seiner Wirklichkeit in die nächste, die nicht Seine ist, mächtig meist, konfus bisweilen, um Orientierung ringend. Hier sind Wände nur Luft und Raum, angefüllt von Klängen. Süße Gesänge von Bedeutung durchdringen Ihn und hinterlassen Spuren von Wissen in Ihm, das Er dazu verwendet, Seine Pläne weiterzuspinnen. Er nimmt sie auf und sammelt sie, speichert sie in Seinem graubraunen Nichts, webt sie aus nichts zu etwas und sieht Leben in lebendigen Einheiten, größeren und kleineren, lauteren und leiseren. Manche sind bedeutsam und brauchbar für Seine Pläne, andere irrelevant, kaum existent. Bisweilen, sehr, sehr selten, sieht Er Geschwister, Kreaturen der Anderwelt, die gelernt haben, im erschreckend bunten Chaos zu leben, sich dort als außerweltliche Fremde zu integrieren. Fey, die wie Er sind und doch nicht wie Er. Denn niemand ist genau wie Er.

In dieser Einsicht begreift Er Seine Einsamkeit. Er ist allein; das definiert Ihn, und doch sehnt Er sich nach einer Gefährtin, nach einem Wesen, das sich der Obsidianschwärze seines Reiches unterwirft und Ihm Nachkommen schaffen kann, die so durch und durch lichtlos pechschwarz sind wie Er.

Dann wieder will Er lieber die Welt selbst ändern, möchte Seine eigene Realität mit diesem seltsamen Ort der Farben verweben, sie zu dem machen, was Er gerne hätte, zu Seinem Revier. Die Oberwelt und die Unterwelt will Er zu einem Ganzen verbinden, sie verknüpfen mit Seinem eigenen grauen Zwischenreich, in dem Er zu Hause ist und das Ihm doch nie genügt.

Er hat sie fast gefunden, die Lösung, die Ihm die Freiheit geben wird, in dieser Welt länger als nur die kurze Zeit zu verweilen, die Ihm zur Verfügung steht, um einen passenden Leib zu finden, ein physisches Heim. Er hat sie fast in der Hand, spürt ihre Nähe. Doch die Lösung entzieht sich Seinem Zugriff, in ihre eigene Realität.

Er ist nicht daran gewöhnt, daß Dinge – daß etwas außer Ihm einen Willen hat. Das wird Er ändern, sobald die Welt ihm gehört. Mit einem einzigen grauen Befehl wird Er diese Möglichkeit Gewißheit werden lassen.

Doch zuerst muß Er sie finden, die Lösung, die Verkörperung aller Möglichkeiten, den Freibrief zur Freiheit, auf allen Ebenen simultan zu existieren. Das Artefakt, das es Ihm möglich macht, die Welt der Farben in seiner schwarzen Obsidianwelt aufgehen zu lassen.

Kapitel 9

Asko von Orven hatte sich und von Görenczy ein frühes Frühstück aufs Zimmer bestellt. Er hatte kein Verlangen nach höflicher Gesellschaft im Speisesaal, wollte niemandem begegnen, besonders nicht Mrs. Parslow oder Delacroix, sofern diese schon auf waren. Von Görenczy war die einzige, unvermeidbare Ausnahme, die er duldete. Er hatte dunkle Augenringe. Er hatte nicht geschlafen.

Nach Miss Jarrencourts schmerzvoller Flucht aus dem Zimmer hatten die beiden bayerischen Offiziere und der britische Colonel die Suite der Damen rasch verlassen. Es war an der Zeit, das fünfte Mitglied des Teams zu konsultieren, das sein Zimmer gegenüber dem Mlle. Denglots hatte.

Noch ehe sie die Zimmertür von Herrn Vonderbrück erreichten, war bereits eine hitzige Debatte zwischen Asko und Delacroix darüber im Gang, wie man sich Damen gegenüber zu benehmen hatte und welche grundlegenden Anstandsregeln selbst in Ausnahmesituationen einzuhalten seien. Der Colonel zeigte wenig Verständnis für die Vorwürfe des jüngeren Kameraden und ging taktloserweise sogar so weit, ihn einen treuherzigen jungen Tor zu nennen, obgleich er vermutlich nicht viel älter war als zehn oder bestenfalls fünfzehn Jahre. Seltsamerweise war es ausgerechnet Udolf, der sie daran erinnerte, daß sie zu so später Stunde mit ihrem Streit die Hotelgäste aus dem Schlaf reißen würden. Tatsächlich fand der Disput jedoch erst ein Ende, als sie Herrn Vonderbrücks Räumlichkeiten betraten und dieser sich verbat, Zwietracht in seine Sphäre zu tragen.

Die Situation war heikel. Die beiden bayerischen Offiziere waren zum Sondereinsatz abgestellt, und man hatte ihnen befohlen, den Colonel zu unterstützen. Dieser war seit Jahren als Agent und Ermittler tätig und hatte auf dem Gebiet größere Erfahrung als die beiden jüngeren Männer. Dennoch befand er sich nicht auf britischem Terrain und unterstand somit formell den bayerischen Offizieren, obgleich sein Rang weit höher war. Cérise wiederum, die es schick fand, von Zeit zu Zeit, wenn es ihre Sängerkarriere zuließ, als elegante Hilfsdetektivin zu fungieren, sah sich selbst als Zentrum und Scheitelpunkt der Aktion. Die Männer waren einhellig nicht dieser Meinung, auch wenn es Seine Majestät König Ludwig II. von Bayern persönlich gewesen war, der sie mit dieser Aufgabe betraut hatte. Die Tatsache, daß es sowohl zwischen ihr und Udolf als auch zwischen ihr und Delacroix Spannungen gab, machte die Angelegenheit nicht einfacher, und Asko war sich sicher, daß er ganz und gar nicht wissen wollte, was genau zwischen ihr und den beiden Offizieren vorgefallen war.

Alexander Vonderbrück war Meister der arkanen Künste. Er arbeitete als freier Berater auf diesem Gebiet, und man zog ihn, so hatte er ihnen offenbart, nur selten zu offiziellen Aufgaben heran. Keiner der vier anderen hatte ihn je zuvor gesehen. Er war nach dem Mord zu der Gruppe gestoßen, um deren magisches Defizit abzudecken. Von Anfang an hatte er sich in seinem Zimmer verschanzt, um von dort aus einen Zauberbann auf das Gebäude zu wirken, der alles Magische und jeden Feyon darin festhielt. Alle paar Stunden mußte er diese Magie auffrischen, und ansonsten beschäftigte er sich damit, Ort und Zeitpunkt des Erscheinens des Spukphänomens zu berechnen. Man nahm an, das Wesen erscheine in gewissen Abständen aus dem Nichts, um aus dem Hotel zu entkommen, sobald es eine Möglichkeit sah, den Bann zu durchbrechen.

Dann begannen die Männer, es zu jagen. Sie hofften entgegen jede Vernunft, es werde ihnen gelingen, es zu fangen oder es werde sie zumindest zu dem verlorenen Manuskript führen, das der ermordete Gast Delacroix hätte aushändigen sollen und das, wie man ihnen eingeschärft hatte, eine Gefahr für die ganze Welt bedeutete. Eigentlich jagten sie das Manuskript. Der Spuk war laut Vonderbrück nur ihr unfreiwilliger Führer zu dessen Versteck. Sie mußten das Manuskript finden und wieder in Sicherheit bringen.

Bisher hatten sie allerdings keine Spur davon gefunden. Sie waren dem Spuk durch das ganze Haus hinterhergestürmt, in der vagen Hoffnung, es möge sich um einen Trick eines weiteren Magiers handeln, der dieses nebelhafte Gedankengebilde benutzte, um seine eigene Suche oder Flucht zu bewerkstelligen. Ein Mensch, selbst einer mit außergewöhnlichen arkanen Kenntnissen, würde schließlich doch gezwungen sein, diese besondere Hilfserscheinung aufzugeben, und sei es nur aus reiner Erschöpfung.

Doch sie jagten keinen Menschen. Corrisande hatte diese Möglichkeit unwahrscheinlich werden lassen, und es kam ihnen nicht in den Sinn, ihr Wort anzuzweifeln. Sie hatte äußerst sicher gewirkt. Sie jagten einem Feyon hinterher, wußten nicht einmal, was für einem, und was die Erschöpfung anging, so war es weitaus wahrscheinlicher, daß das Team mitsamt Meister lange vor dem gejagten Wesen zusammenbrechen würde.

In den vergangenen vierundzwanzig Stunden hatten sie so gut wie gar nicht geschlafen. Statt dessen hatten sie nur abwechselnd ein wenig geruht. Sie hatten versucht, in den Intervallen, in denen die Erscheinung laut Vonderbrück inaktiv war, so viele Nachforschungen wie möglich anzustellen.

Asko von Orven knabberte lustlos an seinem Frühstückstoast. Er war zu müde, um hungrig zu sein. Er sah Udolf zu, wie dieser mit Gusto in die neueste Errungenschaft bajuwarischer Cuisine biß, eine Weißwurst mit süßem Senf, und schloß daraus einmal mehr, daß Chevaulegers ein sehr eigener Menschenschlag waren.

„Wir sollten alle Zimmer noch mal kontrollieren. Vielleicht ist er ganz normal als Gast abgestiegen. Er sitzt möglicherweise ganz ruhig in der Wand über seinem Gepäck, und wir schlagen uns die verdammten Nächte mit überflüssigem Gerenne um die Ohren", beschwerte sich Udolf.

„Vonderbrück hält das für ausgeschlossen. Zudem hat man uns gebeten, kein Aufsehen zu erregen. Die Hotelgäste würden sich sehr zu Recht beschweren, wenn zwei bayerische Offiziere, ein ungehobelter Ausländer, eine Operndiva und ein zweitklassiger Zauberkünstler, der eine solche Aktion überdies für sinnlos hält, einfach jedermanns Gepäck durchwühlten. Außerdem hat die Polizei die Gäste schon überprüft. Sie hat nichts Verdächtiges gefunden."

„Die Polizei weiß nicht, worum es geht. Das ist doch absurd!"

„Nicht unbedingt. Die Polizei hat ihre Aufgaben und Möglichkeiten, und unsere Aufgabe ist eine andere." Von Orven trank ein paar Schlucke Tee. „Gott, bin ich todmüde. Ich glaube, ich könnte eine Woche lang schlafen."

Von Görenczy feixte.

„Darauf wette ich, und ich weiß auch, von wem du träumen würdest."

Asko wurde rot vor Ärger.

„Meine Träume sind hier nicht Diskussionsgegenstand. Sie sind, wenn ich das mal so sagen darf, weit weniger auffällig als deine."

Udolf lehnte sich zurück.

„Was soll's? Diese französische Zofe ist wahrscheinlich das hübscheste Mädchen, das mir je unter die Augen gekommen ist – und so gar nicht schüchtern."

„Offenbar nicht. Wahrscheinlich säumen gebrochene Herzen ihren Pfad von hier bis Paris. Oder glaubst du, sie hat ihr ganzes Leben darauf gewartet, von einem bayerischen Chevauleger geküßt zu werden?"

„Was soll's – ich habe sie nochmals auf dem Gang getroffen, als sie zu Bett ging. Frisch, unternehmungslustig und kein bißchen ängstlich bezüglich der Vorkommnisse. Ein erstaunliches Mädchen. Sie hat mir alles über Corrisande erzählt."

„Ach?" bemerkte Asko in entmutigendem Tonfall.

„Ja", antwortete Udolf leichthin, biß herzhaft in die nächste Weißwurst und wischte sich seinen Zwirbelschnurrbart an der steif gestärkten Serviette ab.

Einen Moment lang war es still.

„Was hat sie dir denn erzählt?" fragte Asko schließlich und schalt sich zugleich für seine Neugier.

Udolf feixte. Er erfreute sich an dem moralischen Zwiespalt, in dem sich sein wohlanständiger Freund befand. Asko nahm immer alles viel zu ernst.

„Die ehrenwerte Miss Corrisande Anthea Jarrencourt ist die einzige Tochter Sir Desmond Jarrencourts von Jarrencourt Hall. Das liegt in Kent, einer Grafschaft in der Nähe von London. Der edle Herr ist kränklich und lebt deshalb zurückgezogen in Nordfrankreich, auf den Gütern seiner verstorbenen Gattin in der Normandie. Er geht nie aus. Wie es scheint, ist die Familie ziemlich betucht. Die entzückende Miss Jarrencourt bereist Bayern, um eine alte Tante in Possenhofen zu besuchen, eine gute Bekannte der Wittelsbacher. Der Possenhofener Wittelsbacher. Die süße Miss Jarrencourt wird dabei argwöhnisch von ihrer Tante oder älteren Cousine oder so was, Mrs. Parslow, bewacht, die gut darauf achtgibt, daß die kleine Unschuld nicht etwa irgendwelche Bekanntschaften der unerwünschten Art macht."

„Da war sie gestern nicht sehr erfolgreich", brummte Asko unglücklich.

„Aber sie hat sich wacker geschlagen."

Ein Klopfzeichen ertönte von der Tür her, und Delacroix trat ein. Er wirkte abgespannt, sein wirres Haar hätte einen Kamm vertragen können, sein Kragen stand halb offen, und seine Krawatte saß schon wieder schief. Er trug immer noch den schmutzigen Rock.

„Ich freue mich zu sehen, daß Sie es so gemütlich haben, meine Herren", bemerkte er mit sanftem Sarkasmus. Die beiden sprangen auf und vergaßen für einen Moment, daß er nicht ihr Vorgesetzter war. „Wenn ich Ihre Aufmerksamkeit von den Feinheiten der lokalen Küche auf dringendere Aufgaben lenken darf: Die Jagd geht weiter. Vonderbrück glaubt, der Spuk werde sich in Kürze auf dem Dachboden materialisieren. Wir sollten los."

„Wird Cérise mitkommen?" fragte Udolf und benutzte den Vornamen der Sängerin ein wenig ostentativ.

„Mlle. Denglot pflegt nie so früh aufzustehen. Frühes Aufstehen ist schlecht für ihre Stimme und noch schlechter für ihre Laune", gab Delacroix allzu wissend zurück. Von Görenczy warf ihm einen sauren Blick zu, weil er es wußte, Leutnant Asko von Orven einen ebenso sauren dafür, daß er dies Wissen offenbarte.

Die beiden Offiziere überprüften ihre Pistolen und steckten sie dann in ihre Uniformröcke. Von Görenczy holte einen Rosenkranz hervor und küßte ihn. Von Orven griff nach dem kleinen Weihwassergefäß neben der Tür und bekreuzigte sich.

Delacroix schob einen eisernen Dolch in seinen linken Ärmel, nahm ein ebensolches Kästchen auf, das auf der Kommode neben der Tür stand, und reichte es von Görenczy.

„Fertig und bereit?“ fragte Asko.

„Waren wir das je?“ gab Udolf zurück.

„Dann los. Finden wir's, fangen wir's!“ sagte Delacroix.

Die Chancen darauf waren verschwindend gering, dachte von Orven bei sich und fing einen entsprechenden Blick von seinem Kameraden auf.

Sie liefen den Flur entlang auf die große Haupttreppe zu und von dort aus nach oben. Im Dachgeschoß reihte sich eine Tür an die andere. Sie führten zu den winzigen Stuben des Gesindes und der Bediensteten der Gäste. Delacroix holte einen Schlüssel aus der Tasche und schloß die Tür zum Speicher auf.

„Dann mal los“, murmelte er und ging voraus. Sie hasteten die enge Holztreppe empor und befanden sich alsbald direkt unter dem Dach. Der Raum war sehr lang, erstreckte sich über die gesamte Gebäudelänge, war jedoch verhältnismäßig eng. Außerdem war er niedrig. Die drei Männer konnten nur in der Mitte, direkt unter dem Giebel, aufrecht stehen.

Delacroix drehte sich um und stieß sich heftig den Kopf. Er fluchte in einer fremden Sprache, die in den Ohren seiner Begleiter unerklärlich italienisch und äußerst eindrucksvoll klang.

Mitten in seiner Tirade erblühte ein Schatten direkt vor den Männern und breitete sich innerhalb weniger Sekunden von einem winzigen Fleck zu einer riesigen, dunklen Gestalt aus. Diese hatte kein erkennbares Gesicht, doch schien sie sie direkt anzublicken. Anders als bei früheren Begegnungen suchte sie nicht das Weite, sondern stand den Männern still gegenüber. Passiv. Lauernd.

„Oh-oh", bemerkte Udolf und fand somit das einzige Wort, das die Situation treffend beschrieb.

Die drei Männer hoben die Waffen. Die Kreatur zog sich auseinander, wurde dünn, durchsichtig, durchlässig, bis sie nicht mehr sicher sein konnten, daß sie tatsächlich noch da war. Sie blickten sich wild um. Wo war sie? Noch da? Oder waren die geheimnisvollen Zwischenräume zwischen dem ausgelagerten Gerümpel ganz normale Schatten? Die Männer blieben reglos stehen, ließen ihre Blicke über alte Koffer, Zinkbadewannen, unreparierte Möbelstücke und allerlei nutzlosen Kram wandern.

Delacroix trat einen Schritt nach vorne. Von Görenczy hielt sich auf seiner Höhe. Asko blieb zurück, ließ ihre Position somit zu einer Art strategischem Dreieck werden.

„Vielleicht sollten wir uns verteilen, um es zu suchen", flüsterte Asko.

„Verteilen. Wie verteilen?" flüsterte Udolf zurück. „Es hat sich selbst schon besser verteilt, als wir das je könnten. Es ist wahrscheinlich längst durch den Boden in den Keller gesunken und spielt dort Fangen mit den Mäusen, und wir stehen hier dumm herum."

„Wir brauchen die süße, kleine Miss, um das Wesen auszumachen", konstatierte Delacroix, während er vorsichtig mit seinem grauen Messer in den Schatten herumstocherte.

„Zum Teufel, nein! Das nächste Mal bringt es sie vielleicht um", widersprach Asko aufgebracht. Er hatte nicht vor, das zuzulassen. Er hatte sein Ehrenwort gegeben.

„Unsinn."

„Wie können Sie nur so gänzlich ohne jedes menschliche Mitgefühl sein?"

„Wie können Sie nur wegen eines Paares hübscher blauer Augen und einer gekonnten Theatervorstellung modischer Hilflosigkeit jeden Sinn für das Notwendige verlieren?"

„Wie können Sie es wagen ..."

„Meine Herren, könnten Sie bitte mitten in einem Einsatz aufhören zu streiten?“ unterbrach von Görenczy die Diskussion. „Ich bin hier der Chevauleger. Es steht somit traditionell einzig und allein mir zu, mitten in der größten Gefahr unpassende Risiken einzugehen.“

Die beiden anderen fixierten einander zornig.

„Holen Sie sie her!“ befahl Delacroix Leutnant von Görenczy nach einer Weile.

„Wage es ja nicht, Miss Jarrencourt hier mit hineinzuziehen!“ rief Leutnant von Orven.

„Werde ich nicht“, antwortete Udolf. „Das Wagnis überlasse ich gerne Delacroix. Ich habe keine Lust, mich von ihrer Anstandsdame zum Frühstück verspeisen zu lassen.“

Die drei Männer starrten einander an.

Direkt hinter Delacroix zog sich ein Schatten zusammen, wurde zur langen, dünnen Linie, wand sich, schlängelte sich lautlos zwischen dem staubigen Gerümpel hindurch. Dann bäumte er sich auf wie eine Schlange.

„Passen Sie auf!“ rief von Orven. Delacroix drehte sich um.

Eine Schattenlanze stach zu, tauchte in seinen linken Unterarm, wand sich mit einem ekelhaften Geräusch in sein Fleisch. Er schrie. Ein runder Blutfleck erschien auf seinem Ärmel und wurde schnell größer.

Er sank auf die Knie. In der Rechten hielt er noch immer seinen Dolch. Er drehte ihn mit fliegenden Fingern um und rammte ihn blitzschnell in seine eigene linke Schulter, ehe die beiden Offiziere noch gänzlich begriffen hatten, was geschah.

Sein Schrei verdoppelte sich, teilte sich in zwei Stimmen, die aus seinem Mund erklangen. Blut spritzte, floß aus seiner Schulter und aus seinem Unterarm, und schwarzer Schatten troff aus ihm heraus wie heißer Morast.

Udolf schlug mit dem Rosenkranz danach, und die Masse waberte von dem blutenden Mann fort. Wieder streckte sie sich, wurde dünn, gab ein zischendes Geräusch von sich und verschmolz mit den Schatten des Dachbodens. Für einen Moment sah es so aus, als sinke etwas durch den Boden.

„Hinterher!" schnappte Delacroix. „Es ist erschöpft. Jetzt ist die Gelegenheit!"

Dann kippte er seitwärts um und biß sich auf die Lippen. Sein Atem ging stoßweise

„Zur Hölle mit der Gelegenheit!" fluchte von Görenczy. „Wo sollen wir es denn suchen? Es kann genausogut hier sein wie anderswo."

Er kniete sich neben Delacroix und untersuchte die Verletzung. Der Dolch stak noch in der Schulter des Colonels. Er war nicht ganz bis zum Griff eingedrungen, aber doch weit genug, um höllisch weh zu tun.

„Wir müssen Sie hier rausbringen und etwas gegen die Blutung tun." Er griff nach dem Heft des Messers.

„Nicht!" intervenierte Asko. „Wir ziehen es erst heraus, wenn wir etwas zum Verbinden haben. Kommen Sie, wir helfen Ihnen auf."

Die beiden Offiziere stellten Delacroix auf die Füße. Er zischte und klang dabei selbst fast wie ein Reptil. Asko legte sich Delacroix' rechten Arm um die Schultern und versuchte, ihn so gut wie möglich zu stabilisieren. Udolf stützte ihn von links und hielt zugleich den verletzten Arm.

Zu dritt schritten sie zur Treppe, und von dort an wurde es schwierig. Schritt für Schritt bewegten die beiden jüngeren Männer den großen, massigen Briten voran. Weder sie noch er selbst konnten dabei auf seine Schmerzen Rücksicht nehmen, und so kämpften sie sich mit sturer Entschlossenheit weiter. Am Fuße der Treppe wäre Delacroix beinahe gefallen, als ihm plötzlich die Knie weich wurden. Doch er focht mit eisernem Willen gegen das Schwindelgefühl an und gegen die Versuchung, sich einfach in die verführerische Schwärze sinken zu lassen.

Eine Blutspur markierte seinen Weg.

„Wir müssen ihn schnell versorgen. Er verliert zuviel Blut", drängte Asko und rang nach Atem.

„Dann sollten wir ihn nicht vier Etagen nach unten ins Büro bringen. Vielleicht kann Vonderbrück etwas tun."

„Er braucht einen Mediziner und keinen Zauberer."

„Bist du dir da sicher?"

Delacroix' Stimme klang seltsam gepreßt, als er sie unterbrach.

„Bringen Sie mich in eines der Gesindezimmer. Ich habe einen Passepartout. Der sollte jede Tür aufschließen – und reden sie nicht über mich, als sei ich nicht da. Ich bin noch nicht tot."

„Halt ihn einen Moment!" bat Udolf und begann, Delacroix' Taschen zu durchsuchen, während Asko seine Stiefel in den Boden rammte, um den Verwundeten zu stützen, der mit über einem Meter neunzig gut einen halben Kopf größer war als er selbst und mit jeder Sekunde schwerer zu werden schien.

„Hier ist er", rief Udolf und hastete zur nächstgelegenen Tür, um sie aufzuschließen.

„Klopf wenigstens an!" mahnte Asko, doch es war schon wieder zu spät. Der Chevauleger hatte die Tür weit aufgestoßen, und sie blickten in einen kleinen, düsteren Raum mit einem schmalen Bett, neben dem eine verdutzte, aber dennoch unglaublich schöne, französische Zofe stand, nur in rüschenbesetzter Unterwäsche, einen schwarzen Strumpf halb über ihr nacktes Bein gezogen.

„Hübsch", bemerkte Delacroix.

Dann verlor er das Bewußtsein.

Kapitel 10

Corrisande saß im Morgenmantel barfuß am Fenster und betrachtete sich im Spiegel.

„Ich sehe abscheulich aus“, klagte sie. „Entsetzlich. Ich frage mich, ob Marie-Jeannette etwas dagegen tun kann. Ich kann nicht hinunter in den Frühstücksraum gehen und aussehen wie etwas, das die Katze angeschleppt hat. Richtig verlottert bin ich.“

„Aber nein, Liebes, du bist nicht verlottert. Du siehst ein bißchen müde aus und hast leichte Augenringe. Du solltest einfach noch mal ins Bett gehen und noch ein wenig schlafen. Es ist noch sehr früh. Mir selbst wird es auch guttun, noch ein Stündchen zu dösen.“

Corrisande schüttelte den Kopf.

„Ich kann nicht schlafen. Ich habe schreckliche Alpträume.“ Sie unterdrückte ein Zittern. Die abscheuliche Vision, die sie während ihrer Bewußtlosigkeit heimgesucht hatte, hatte einen dunklen Fleck auf ihrer Seele hinterlassen. Wie eine Wunde in ihrem Herzen spürte sie die Schwärze in sich lauern. Es bedurfte einiger Charakterstärke, ihre Ängste im Griff zu halten und sich nicht einfach gehenzulassen.

„Ich habe schreckliche Angst, die Augen zu schließen. Du kennst mich. Ich bin kein Angsthase. Aber ich fürchte mich, wieder im schwarzen Eis zu versinken. Allein bei dem Gedanken daran stülpt sich mir der Magen um.“

„Corrisande! So etwas sagt man nicht. Stülpt sich der ... also wirklich. Ich weiß nicht, woher du diese grauenhafte Ausdrucksweise hast! Ich kann deine Ressentiments durchaus verstehen“, antwortete Mrs. Parslow und versuchte, beruhigend zu klingen. „Aber wir sind doch gerade erst angekommen. Was macht denn das für einen Eindruck, wenn wir jetzt gleich wieder abreisen? Wegen Alpträumen! Denk doch an unsere Pläne! Ich bin sicher, du bist außer Gefahr. Schließlich jagen die drei Herren ja den Spuk, oder was immer es sein mag, und sie schienen mir durchaus entschlossen. Brutal entschlossen, das haben wir beide gesehen. Ein exzellentes Hotel wie dieses würde doch nie etwas riskieren, was seine Gäste in Gefahr bringen könnte. Denk nur, was für einen Skandal das gäbe. Also vertrau mir. Du bist hier sicher. Du brauchst nur ein bißchen mehr Schlaf."

„Ein bißchen mehr Schlaf", wiederholte Corrisande mit dramatischem Unterton und lächelte säuerlich. „‚Schlafen. Vielleicht auch träumen. Ja, da liegt's. Was in dem Schlaf für Träume kommen mögen, wenn wir den Drang des Ird'schen abgeschüttelt, das zwingt uns stillzustehen!'"

„Zitiere bitte nicht Shakespeare. Das ist unmädchenhaft. Herren können das bedenkenlos tun. Doch für tugendhafte junge Damen ist Shakespeare zu anstößig. Wenn es nach mir ginge, würden diese unsäglichen Stücke bei der Erziehung junger Mädchen gar nicht erst erwähnt." Manchmal vergaß Eliza, daß ihre Schutzbefohlene nicht gerade erst der Obhut einer Gouvernante entfleucht war, sondern bereits seit einigen Jahren nur noch das tat, was sie selbst für richtig – oder doch zumindest sinnvoll – hielt. „Der amoralische Unterton dieser Literatur ist im höchsten Maße fragwürdig. Ich habe nie verstanden, was Menschen – selbst solche der höchsten Gesellschafts- und Bildungsschicht – an diesen anzüglichen Versen finden."

„Eliza! Ich muß schon sagen! Manchmal gehst du in deiner Tugendhaftigkeit wirklich zu weit!"

„Manchmal aber auch nicht weit genug. Doch jetzt solltest du all das aus deinen Gedanken verbannen. Wenn du tatsächlich nicht mehr schlafen willst, dann sollten wir uns besser fertigmachen und unseren Tag planen. Wo bleibt Marie-Jeannette?"

Sie klang ärgerlich und gereizt.

„Ich verstehe nicht, warum sie nicht hier ist", fuhr Mrs. Parslow fort. „Sie ist viel zu unabhängig für jemanden in ihrer Stellung. Du solltest ihr einmal die Meinung sagen. Ich weiß, ihr habt diese ‚Vereinbarung', aber im Moment ist sie nun mal deine Zofe – und wo ist sie, wenn man sie braucht? Sie wird ja wohl kaum erwarten, daß wir im Morgenmantel in die Gesindequartiere kommen und ihr ein Morgenlied singen. Jede andere Bedienstete wäre für ein solches Verhalten längst auf der Straße gelandet. Denk nur an gestern. Die Art, wie sie mit diesem Husaren geflirtet hat, war jenseits von Gut und Böse. Jenseits jeglichen guten Benehmens. Ich will gar nicht darüber nachdenken, was für einen Eindruck das auf die Herren gemacht haben mag. Ich kann nur hoffen, daß man uns nicht nach dem empörenden Gebaren unseres Dienstmädchens beurteilt. Ich würde mich nicht wundern, wenn sie Männer in ihr Zimmer ließe. Wir hätten sie hier auf der Couch unterbringen sollen. Sie ist viel zu kokett."

Corrisande schmunzelte. „Sie muß für das Leben, das sie gewählt hat, üben, genauso wie ich für das meine alles Wichtige lernen mußte."

„Also wirklich! Was sagst du da nur!" tadelte Mrs. Parslow. Ihr sonst so unerschütterliches Gesicht zeigte einige ärgerliche Linien. „Du hast eine erstklassige, standesgemäße Erziehung genossen. Du bist eine gute Partie und ein anständiges Mädchen, das jede Möglichkeit hätte, eine sehr vorteilhafte Ehe mit einem noblen, wohlsituierten Herrn einzugehen, wenn da nicht die besonderen Umstände deines Vaters wären, die so nachhaltig in dein Leben eingegriffen haben. Niemand kann an deiner Abkunft das Geringste aussetzen. Dein Betragen ist ohne Frage exzellent, deine Kenntnisse, was Sprachen, Kunst und Musik angeht, sind beachtlich, und du siehst wirklich hübsch aus – selbst wenn du ein wenig *fatiguée* bist."

Corrisande rümpfte die Nase.

„Oh ja, und ich kann auch nobel und erstklassig Messer werfen und beachtenswerte Juwelen den Besitzer wechseln lassen." Sie hielt inne und lächelte in Mrs. Parslows entrüstetes Gesicht. „Weißt du, ich frage mich, ob dieser seltsame Colonel das gesehen hat, als er sagte, er sei völlig unempfänglich für waidwunde Blicke und ach so zartes Getue. Er hat mir einen richtigen Schock versetzt."

„Du hättest ihm nicht nachgeben dürfen. Er hatte kein Recht, von dir Antworten zu erpressen. Ich hoffe, er wird sich in Zukunft von dir fernhalten. Er ist keinesfalls die Art Mann, die man treffen möchte."

„Sicher nicht. Dafür, daß er ein Offizier ist, ist sehr wenig von einem Gentleman an ihm. Dennoch, er ..." Sie ließ den Satz unbeendet und sprach dann weiter. „Aber immerhin könnte Leutnant von Orven interessant sein. Wir werden Vaters Münchner Repräsentanten fragen. Er kann uns sicher mehr zu den pekuniären und gesellschaftlichen Hintergründen des Herrn sagen."

„Ein Leutnant!"

„Ja. Ein General wäre natürlich viel besser, oder ein Admiral – falls es in Bayern überhaupt eine Marine gibt. Doch wenn er wirklich gut darin ist, Spukgestalten zu jagen, können wir ja immerhin hoffen, daß er bald befördert wird." Corrisande lächelte.

„Ich wünschte, du würdest diese Angelegenheit etwas ernster nehmen. Ich muß sagen, es würde mich erstaunen, wenn der junge Mann mehr als ein paar Groschen auf der hohen Kante hätte. Ich kenne den Typ. Zu romantisch, um etwas Vernünftiges zu erreichen."

„Nun, vielleicht entstammt er ja einer äußerst begüterten Familie", lächelte Corrisande. „Oder er hat einen einsamen alten Onkel, der nur einen Schritt vom Grabe entfernt plötzlich den Wunsch hegt, seinen Neffen mit all dem schnöden Mammon zu versorgen, den er nicht auf die Reise ins Jenseits mitnehmen kann."

„Jetzt werde nicht frivol, mein Engel."

Mrs. Parslow ging zum Klingelstrang neben der Tür und läutete nach einem Bediensteten.

„Stell dir das vor! Da kommen wir mit unserer eigenen Zofe hierher, und jetzt müssen wir nach einem Hausdiener läuten, damit er sie herbeiholt. Das ist unglaublich."

Sie wandte sich wieder Corrisande zu.

„Wenn ich noch einmal darüber nachdenke, ist es vielleicht gar nicht so schlecht, heute früh aufzustehen. Wenn wir lange genug im Frühstücksraum verweilen, haben wir eventuell die Chance, Mme. de Rhins-Epitué zu treffen, und du kannst deine Bekanntschaft mit ihr erneuern. Wenn du heute nicht ganz so fröhlich bist wie sonst, macht das gar nichts. Schließlich sind wir gestern erst angekommen, und eine solche Reise kann ein zartes, junges Mädchen schon mitnehmen. Wir sagen, du littest an Reisekrankheit, und am Nachmittag können wir dann wie geplant einkaufen gehen. Ein paar hübsche Kleider und Accessoires werden dich schon auf andere Gedanken bringen."

Es klopfte. Mrs. Parslow öffnete die Tür einen Spalt und befahl, Marie-Jeannette schleunigst und auf der Stelle zu holen. Der Page murmelte: „Sehr wohl!" und eilte los, um ihren Auftrag auszuführen.

Als Mrs. Parslow sich wieder zu ihrer Schutzbefohlenen umdrehte, erstarb ihr jedes weitere Wort auf den Lippen.

Corrisande war aufgesprungen. Ihr Gesicht war kreidebleich. Sie taumelte wimmernd rückwärts, griff mit fliegenden Händen nach dem Knauf der Balkontür. Rückwärts floh sie auf den Balkon bis zur schmiedeeisernen Balustrade, schwang erst ein Bein darüber, dann das zweite, ohne auch nur einen Moment zu zögern. Ihre Hände hielten das Geländer von außen umklammert, nur ihre nackten Fußspitzen trugen noch ihr Gewicht auf dem schmalen Grat des Balkonrandes. So hing sie an Zehen und Fingern drei Stockwerke über einer belebten Münchner Straße und stöhnte leise.

„Du lieber Himmel!" rief Mrs. Parslow entsetzt und sah sie im Geiste bereits fallen.

Für einen Moment verdunkelte sich das Zimmer, als sinke ein düsterer Schleier durch es hindurch. Dann war es wieder hell, und die Morgensonne schien durch die Fenster, als sei nichts geschehen.

Corrisande wurde mit einem Schlag klar, wo sie war. Sie blickte hinunter auf die Straße. Ein tiefer Fall, ein weiter Weg. Ihre Hände hielten das Geländer immer noch umklammert.

Sie sah wieder hoch.

Auf dem Balkon zu ihrer Rechten stand eine blonde Dame in einem kostspieligen, äußerst bunten Morgenmantel und starrte sie offenen Mundes an. Corrisande erkannte das Gesicht. Es war Cérise Denglot, die Sängerin.

Vorsichtig schwang Corrisande ihr rechtes Bein über das Balkongeländer und versuchte, dabei wie eine Reiterin auszusehen und nicht wie eine Kletterin. Einen Moment lang hing sie zwischen Abgrund und Zuflucht. Dann verlagerte sie ihr Gewicht und holte auch das andere Bein auf den sicheren Boden.

„Geht es Ihnen gut?" kam eine Stimme vom anderen Balkon. Sie klang ruhig und gleichmütig.

Corrisande nickte und lächelte verlegen. Dann glitt sie wieder ins Zimmer. Sie zitterte am ganzen Leib.

„Es ist zurückgekommen!" Sie ließ sich auf die Couch fallen. „Es ist zurückgekommen!" Die Panik trieb ihr Tränen in die Augen. „Sie haben es noch nicht gefangen. Es ist mir nicht nach draußen gefolgt. Sonst wäre ich gesprungen! Bestimmt." Sie wischte sich mit einer ärgerlichen Geste eine Träne aus dem Gesicht, als wolle sie sich ihre eigene Reaktion nicht zugestehen. „Es hatte mich fast. Großer Gott! Es hatte mich fast!"

Mrs. Parslow starrte sie mit offenem Mund an. Dann schluckte sie ein-, zweimal und begann zu schimpfen.

„Corrisande! Daß du mir das nie, nie wieder tust! Egal, wie oder warum! Im Morgenmantel ins Freie zu gehen! Noch dazu barfuß! Wenn dich nun jemand so gesehen hat? Hast du denn jeden Sinn für Anstand und Benimm verloren?"

Kapitel 11

Delacroix spürte seinen Körper. Der durchdringende Schmerz in seiner Schulter loderte wie ein Signalfeuer. Das schwarze Eis umfing ihn, nahm ihm den Atem, doch es konnte ihn nicht halten. Es schmolz durch den brennenden Schmerz in seinem Fleisch. Er holte seine zappelnde Seele ein wie ein Fischer sein Netz. Wie an einer Rettungsleine hielt er sich an seinem Schmerz fest, während er versuchte, sich auf das zu konzentrieren, was er wahrnahm, statt sich darin zu verlieren. Doch die Schwärze wich ihm aus. Es gab keine Perspektive. Alles war zu nah und zugleich unerreichbar fern. Eisige Furcht ließ ihm das Blut gefrieren. Sein Innerstes schien davonflattern, sich in Panik flüchten zu wollen. Er rang mit aller Macht darum, seine Gefühle bei sich zu halten – und erwachte.

Er lag auf einem schmalen Bett. Die beiden Offiziere standen neben ihm, das Mädchen nur halb angezogen hinter ihnen. Sie und Leutnant von Görenczy rissen eilig ein Bettuch in Streifen. Einen dieser Streifen rollte von Orven gerade zu einem festen Bausch. Seine Miene war sehr ernst. Doch das war sie meist.

Jemand hatte sein Hemd aufgerissen und sowohl Rock- als auch Hemdsärmel abgeschnitten. Eine behelfsmäßige Bandage verhüllte die Eintrittswunde, die die Kreatur hinterlassen hatte. Blut quoll durch den Stoff. Alles erschien ihm irreal. Er sah das Messer in seiner Schulter stecken, es war leicht geneigt, und er drehte den Kopf zur Seite, um es nicht ansehen zu müssen. Es weckte mühevoll verdrängte Erinnerungen der schlimmsten Art.

„Sie sind wach“, bemerkte von Orven. „Pech. Das wird weh tun.“

Delacroix nickte. Der Schmerz war sein Freund. Gott sei Dank kein enger.

„Udolf, du ziehst das Messer heraus, ich drücke die Kompresse auf die Wunde."

Beide Männer beugten sich über ihn. Sie schauten ungewohnt besorgt. Besorgnis auf von Görenczys Gesicht zu sehen war neu. Es war kaum das Gefühl, das der Mann normalerweise zeigte.

„Bei drei." Von Görenczys Gesicht erschien direkt über Delacroix', seine braunen Augen blickten entschlossen. Er drückte mit der Linken gegen Delacroix' Brustbein und faßte den Dolch mit der Rechten.

„Eins – zwei – drei."

Das herausglitschende Messer machte ein abscheulich schmatzendes Geräusch. Der Verletzte gab einen Laut irgendwo zwischen einem Fauchen und einem Grunzen von sich.

Dann war der Stahl nicht mehr in seinem Fleisch. Blut quoll hervor, einen Moment später drückte von Orven den Verband fest auf die Wunde. Nun war es sein Gesicht, das mit einem Ausdruck sturer Pflichterfüllung über seinem erschien. Er preßte den zusammengerollten Stoffbausch kräftig auf die Wunde.

Delacroix zischte. Er war Soldat und hatte schon so manche Blessur davongetragen. Aber an Schmerz gewöhnte man sich nie.

Von Orven hielt die Stoffkompresse fest auf der Wunde und preßte sie mit beiden Händen gegen die Schulter. Bis jetzt hatte die Blutung nicht aufgehört. Er war beunruhigt, wußte nicht, ob er alles richtig machte. Er war kein Mediziner. Doch es war erforderlich gewesen, schnell zu reagieren, und so hatte er diesen Part übernommen, für den er keine hinlängliche Befähigung mitbrachte.

Eine Stimme kam von der Tür her.

„Fräulein, Ihre Damen warten dringend auf Sie. Oh! Jesses Marandjoseph!"

Asko drehte sich ein wenig herum und sah einen jungen, blonden Pagen, der mit schockiertem Blick in das blutverschmierte Zimmer starrte.

„Ich muß weg." Marie-Jeannette griff nach ihrem Rock.

„Nein. Wir brauchen Sie hier“, hörte Asko sich sagen und stellte fest, daß man seinen Wunsch, halbangezogene Mädchen bei sich zu behalten, mißverstehen könnte. Es war schwierig zu entscheiden, was im Sinne des Anstands richtig war. Doch die Prioritäten ergaben sich von selbst.

Marie-Jeannette nickte nur. Ihre grünen Augen blickten entschlossen.

„Richte ihnen aus, ich komme gleich“, befahl sie dem Burschen in einem Ton, als gehörte sie nicht selbst auch zum Personal. „Sag ihnen, wir haben einen Notfall, und dann lauf zu Herrn Hinterhuber und bitte ihn um Verbandszeug – und er soll einen Arzt holen. Gibt es einen Arzt im Hause?“

Udolf schmunzelte. Er mochte Mädchen, die keine Zicken machten, ihren Kopf beieinander hatten und so aussahen wie dieses hier. In modisch kurzer Unterwäsche.

Der Page wandte sich zum Gehen, aber von Orven hielt ihn zurück.

„Warte. Du gehst zuerst zu Herrn Hinterhuber und bittest ihn, Verbandszeug hochzuschicken – und frag nach einem Arzt. Dann wirst du den Damen Bescheid geben. Sie müssen eben ein paar Minuten warten. Wir werden es ihnen erklären.“

Ein verkrampftes Grinsen machte sich auf Delacroix’ Gesicht breit.

„Wer hätte gedacht, daß Sie so praktisch veranlagt sein können?“ brummelte er mit einem flachen Keuchen, während Asko den Verband weiter fest gegen seine Wunde drückte.

Der Bursche rannte los.

„Nun, wenn Sie bereits wieder Witze über mich reißen können, bin ich sicher, daß Sie dies hier wohl doch überleben werden“, antwortete Asko steif. „Da uns Ihr plötzliches Ende ausgesprochen inkommodieren würde, werde ich Ihren Spott gerne klaglos ertragen.“ Er klang etwas ungnädig.

Das ungewöhnliche Mädchen lachte. Sie gab ihm eine neue Rolle Verband und drehte sich dann von ihm weg, um erneut nach ihrem Rock zu greifen.

„Es ist jetzt natürlich auch schon egal", sagte sie, „aber es wäre sehr nett von Ihnen, wenn Sie mir nicht beim Anziehen zusähen."

Von Orven errötete und drehte den Kopf weg. Von Görenczy zuckte die Achseln und wandte sich der Wand zu, an der ein kleiner Spiegel hing. Delacroix schloß die Augen.

Er sah Schwärze lauern. Diesmal gab die Dunkelheit Details preis. Obsidianstatuen mit rätselhaften Augen. Schwarze Wogen einer runden See überspülten ihn, und er begriff, daß er sich innerhalb einer Kugelwelt befand. Alles um ihn herum war geschlossen, ohne Horizont, ohne Ausweg. Ein Lichtpunkt schaukelte irgendwo. Er versuchte, klarer zu sehen. Corrisande lag auf nadelspitzen Stalagmiten, die auf fast obszöne Weise in ihren zarten Körper drangen. Er sah, wie die spitzen Enden in sie stachen und sie durchbohrten, ihr Fleisch zerfetzten. Schwarzes Blut breitete sich auf ihrem blauen Kleid aus, bis der letzte Farbtupfer verschwunden war, ertränkt in nichts als lichtloser Schwärze. Von irgendwoher troff eine einzelne warme Träne von ihr in seine Hand.

Er rang nach Luft und öffnete die Augen.

„Sie ist in Gefahr", murmelte er.

„Wer?" fragte von Görenczy.

„Corrisande. Miss Jarrencourt."

Von Orven ließ beinahe den Druckverband los.

„Jetzt im Augenblick?" fragte er gehetzt.

Asko nahm sein ganzes Pflichtgefühl zusammen, um nicht loszupreschen und die junge Dame zu beschützen. Er fühlte sich zerrissen. Die Pflicht war eine harte Meisterin.

„Ich weiß nicht. Wahrscheinlich nicht. Ich hatte plötzlich das Gefühl ..."

„Ist vielleicht nur der Blutverlust", beschwichtigte von Görenczy. „Läßt einen die fremdartigsten Dinge sehen. Vor einigen Monaten war ich verletzt – ein Duell –, und da sah ich eine wunderschöne Tänzerin, auf einem Tisch, ganz ohne Kleider ... völlig ... Sie wissen schon."

„Nein. Das wollen wir auch gar nicht wissen", entgegnete Asko frostig. „Es hat aufgehört zu bluten. Ich denke, wir können es jetzt normal verbinden."

Sie schnitten ihm die Reste von Jacke und Hemd vom Leib und begannen, Verbände um Delacroix' Schulter und Oberkörper zu wickeln. Er fluchte leise. Es klang italienisch. Eine seltsame Sprachwahl für einen britischen Offizier.

Als sie fertig waren, ließ er sich wieder in die Kissen sinken, versuchte, zu Atem zu kommen und schloß die Augen.

Nur für einen Augenblick.

Dann riß er sie wieder auf, holte tief Luft, schloß sie nochmals. Nichts. Kein Eis, keine schwarze Hölle, keine dunklen Erinnerungen, kein sterbendes Fräulein. Er sah nichts als das, was man eben sah, wenn man die Augen schloß. Er lächelte seufzend.

„Geht es Ihnen gut?" fragte Asko.

„Ja", entgegnete er. „Danke. Es geht mir vorzüglich." Seine Stimme klang gepreßt und strafte seine Aussage Lügen. „Sie beide, oder genauer gesagt, Sie drei, haben gute Arbeit geleistet. Ich habe mich eben entschlossen, noch etwas weiterzuleben – und Sie, von Orven, möchte ich bitten, dem hilfsbereiten jungen Mädchen hier ein neues Zimmer zuweisen zu lassen. Ich fürchte, ich habe Ihr Bett vollgeblutet, Mademoiselle."

„Das macht nichts", versicherte Marie-Jeannette großzügig.

„Mir schon", widersprach Delacroix und grinste sie schief an.

Marie-Jeannette sah ihn an und musterte dann das blutverschmierte Durcheinander um ihn herum.

„Wissen Sie", begann sie mit einem kessen Lächeln, „das kann ich mir schon vorstellen. Mir würde es auch etwas ausmachen, wenn jemand einfach ein großes, häßliches Messer in mich reinstäche." Sie wandte sich an die beiden Offiziere. „Wer von Ihnen war das eigentlich?"

Die beiden Männer sahen sie schockiert an.

„Das waren wir nicht!" rief Udolf. „Das war ..."

„... ein Unfall", ergänzte Asko rasch.

„Komischer Unfall", kommentierte das Mädchen.

„Komisch? Ich habe schon besser gelacht", brummte Delacroix aus dem Hintergrund.

„Marie-Jeannette", sagte von Görenczy mit gespielter Ernsthaftigkeit, ergriff ihre Hand und führte sie an sein Herz. „Ich kann nicht für meinen Freund hier sprechen, aber ich möchte Ihnen versichern, daß, hätte ich Colonel Delacroix ein Messer in den Körper gerammt, er mit Sicherheit jetzt mausetot wäre. Das sind Leute immer, wenn ich sie erstechen will."

„Mademoiselle", begann nun Leutnant von Orven. „Ich möchte Ihnen dringend raten, nicht auf das zu hören, was mein Kamerad Ihnen erzählt, einerlei, ob es ums Erstechen geht oder um etwas anderes."

„Das war jetzt", konstatierte von Görenczy, „ein wahrer Dolchstoß in den Rücken."

Marie-Jeannette kicherte.

„Sie sind lustig", sagte sie, und der Satz klang gleichermaßen weise und charmant aus ihrem hübschen Mund. „Aber ich muß gehen. Die Damen warten schon darauf, daß ich sie in Schönheiten verwandle."

„In diesem Fall", antwortete der einzige perfekte Gentleman im Raum, „haben Sie wenig zu tun. Bitte richten Sie den Damen unsere Grüße aus und sagen Sie Ihnen, wir werden sie noch selbst aufsuchen, um uns dafür zu entschuldigen, daß sie unseretwegen auf Sie warten mußten. Sollten sie irgend etwas brauchen – oder in Gefahr sein –, dann richten Sie ihnen bitte aus, daß sie sich immer auf unsere Unterstützung verlassen können. Immer. Bei allem, was sie benötigen – und vielleicht sollten Sie das mit der Gefahr doch nicht sagen. Es würde sie vielleicht nur beunruhigen."

„Ich sage am besten gar nichts", entgegnete das Mädchen. „Sie würden sich doch nur wieder aufregen."

Marie-Jeannette warf den Männern eine Kußhand zu, verschwand durch die Tür und schloß sie hinter sich. Es wurde still im Zimmer. Für einige Zeit sprach niemand.

Doch Udolf war nicht der Mann für beredtes Schweigen.

„Verdammt“, begann er. „Das war knapp. Ich dachte, Sie seien verrückt geworden, als Sie sich das Messer reinrammten. Schien aber zu helfen.“ Er nahm den Dolch auf und studierte die schmale, blutverschmierte Klinge. „Eigenartige Waffe. Gewiß nicht die Art von Gerät, die ich gerne in mich hineinstechen würde, ganz ehrlich. Ich hatte ja nur eine Pistole, und ich kann Ihnen versichern, daß ich nicht die Absicht habe, sie je gegen mich selbst zu richten.“

„Es würde auch nichts nützen“, entgegnete Delacroix, und seine Stimme klang matt und etwas dünn. „Blei hilft nicht gegen Sí. Kalteisen schon.“

„Ah. Wirklich? Gut, daß Sie so was zur Hand hatten – und wieviel besser, wenn wir alle so etwas hätten.“

„Kalteisenwaffen sind schwer zu bekommen und recht wertvoll. Ich wußte nicht, ob es wirken würde. Ich wußte allerdings auch nicht, daß die Kreatur zu einem so direkten Angriff fähig sein würde.“

„Da bin ich aber beruhigt“, fuhr Udolf fort, „denn wenn Sie es gewußt und uns nicht informiert hätten, würde ich Ihnen einen Tritt versetzen, der Sie von hier bis ins Erdgeschoß befördert, sobald es Ihre werte Gesundheit zuläßt. Stört es Sie, wenn ich rauche?“

Delacroix schüttelte den Kopf.

„Sie können mir auch eine anbieten, Leutnant.“

Udolf entnahm einem silbernen Etui zwei dünne Zigarillos und zündete beide an. Einen reichte er Delacroix, der ihn in seiner rechten Hand hielt, die ein ganz klein wenig zitterte.

„Wir waren nicht sehr erfolgreich bis jetzt“, kommentierte der Brite müde.

Asko von Orven sah ihn verstört an und stand dann vor ihm stramm, wie zum Rapport.

„Sir“, begann er steif, „ich möchte, daß Sie wissen, daß ich mir die Schuld dafür gebe, daß Sie verwundet worden sind. Wenn wir nicht gestritten hätten, anstatt achtzugeben, wäre dies eventuell nicht passiert. Bitte akzeptieren Sie meine Entschuldigung.“ Er verbeugte sich förmlich. „Allerdings“, sprach er dann weiter, „hat sich meine Meinung bezüglich des Inhaltes unseres Disputs nicht geändert. Mehr denn je bin ich der Auffassung, wir würden Miss Jarrencourt in unverantwortlicher Weise gefährden, wenn wir Sie in unsere Ermittlungen integrieren wollten.“

„Oh Gott“, stöhnte Udolf, „nicht schon wieder!“

Die beiden Kameraden ignorierten ihn.

„Wissen Sie“, antwortete Delacroix Asko, „wir werden nicht umhin kommen, Vonderbrück in dieser Sache zu konsultieren. Doch möglicherweise haben Sie recht. Sollte allerdings – und im Grunde bezweifele ich das nicht – die Kreatur in der Lage sein, menschliche Sprache zu verstehen, dann weiß sie jetzt um die Fähigkeiten der jungen Dame, und Sie, Leutnant, haben ihren Namen preisgegeben.“

Alle Farbe wich aus Askos Gesicht.

„Oh mein Gott!“ rief er aus. Dann wandte er sich um und rannte aus dem Raum.

Kapitel 12

Cérise hatte die Tür zum Flur ein Stück offengelassen, um nicht zu versäumen, wenn jemand vorbeikäme. Sie hatte Marie-Jeannette in die nächste Suite gehen sehen, und jetzt sah sie Leutnant von Orven in ganz untypischer Hast den Gang entlangrennen.

Sie trat aus dem Zimmer und ihm in den Weg.

„Guten Morgen, Herr Leutnant“, grüßte sie ihn, und er beantwortete ihren Gruß, wenngleich auch etwas atemlos und ungeduldig.

„Ich bitte Sie, kurz zu mir hereinzuschauen. Ich wüßte wirklich gern, was gerade geschieht. Sie erinnern sich doch, daß ich dies wissen muß? Es ist meine Pflicht, *n'est-ce pas*? Mein – ‚königliches‘ Privileg?“

Von Orven lief rot an. Er fühlte sich immer ein wenig unbehaglich in der Gesellschaft dieser forschen jungen Frau, die manchmal wie ein Dragoner beim Angriff loszog und damit ihre männlichen Kameraden schon fast beschämte und sich zu anderen Gelegenheiten wie ein verwöhnter, eitler Backfisch aufführte, der ständig selbst in allem einen Angriff sah. Auch fand er, daß er zu dieser frühen Stunde nichts im Zimmer einer Dame verloren hatte – und was diese besondere Dame anging, auch nicht zu irgendeiner anderen Zeit. Es gehörte sich nicht. Man konnte vermutlich keinen Anstoß daran nehmen, wenn sie alle beisammen waren und sich berieten, doch allein mit ihr in ihrem Zimmer zu sein gehörte nicht zu den Dingen, auf die er Wert legte.

„Mlle. Denglot, bitte verzeihen Sie, aber ich habe es wirklich eilig ...“

„Das sehe ich, mein lieber von Orven. Es ist über alle Maßen deutlich. Sie können weiterlaufen, sobald Sie mir über die Neuigkeiten, die unseren Fall betreffen, berichtet haben. Görenczys Benehmen gestern abend war so gänzlich *incroyable*, daß ich davon

Abstand genommen habe, Sie abermals aufzusuchen. Jetzt aber muß ich wissen, was geschehen ist. Also. *S'il vous plaît*!"

Sie lotste ihn in ihr Zimmer und blieb dabei hinter ihm, so daß er schon Gewalt hätte anwenden müssen, um an ihr vorbeizukommen. Sie wußte, daß er so ein Betragen einer Dame gegenüber nie an den Tag gelegt hätte.

Es ärgerte ihn, daß sie das wußte. Einen Augenblick lang wünschte er sich Delacroix' Grobheit. Diese war zwar grundsätzlich beklagenswert, erleichterte einem aber das Leben sicher nicht unerheblich.

Sie schloß die Tür und führte ihn zu einigen Armsesseln. Er stellte erleichtert fest, daß dies ein kleiner Salon war und nicht ihr Schlafzimmer.

„*Alors*", sagte sie und sah ihn aufmunternd an.

Er nahm Platz, nachdem er ihr den Sessel zurechtgeschoben hatte.

„Nun", eröffnete er. „Wir haben es noch nicht gefangen. Vonderbrück erhält den Zauber aufrecht. Die Erscheinung hat sich im Dachboden materialisiert und Delacroix angegriffen. Er ist verletzt. Der Schatten kann sich augenscheinlich in eine schlangenartige Kreatur verwandeln, einen anspringen und sich in den Leib eines menschlichen Opfers hineinschlängeln." Er stolperte ein wenig über das Wort Leib. Kein Wort, das er normalerweise in Gegenwart einer ledigen Dame ausgesprochen hätte. „Delacroix hat sich selbst einen Kalteisendolch in die Schulter gestoßen. Das hat die Kreatur aus ihm vertrieben. Es war", er überprüfte ihr Gesicht nach Anzeichen nahender Ohnmacht, doch sie wirkte nicht einmal besonders beunruhigt, „kein schöner Anblick."

„Ist er schwer verletzt?" fragte Cérise.

„Ich denke nicht. Die Klinge war sehr schmal. Er hat jedoch viel Blut verloren. Natürlich wissen wir nicht, welchen üblen Sí-Zauber man eventuell als Nebenwirkung erwarten muß. Wir wollten Vonderbrück befragen. Nur um sicherzugehen."

„Sie sind aber gerade an seinem Zimmer vorbeigegangen, Leutnant. War er nicht Ihr Ziel?"

Er verwünschte sie für ihre Aufmerksamkeit, gleich danach sich selbst dafür, daß er Vonderbrück tatsächlich noch nicht ins Bild gesetzt hatte und sie beide schließlich dafür, daß er Miss Jarrencourt noch immer nicht zu Hilfe geeilt war.

„Mein lieber Leutnant, Sie sehen ganz *dérangé* aus. Was ist denn? Möchten Sie vielleicht einen kleinen Sherry?"

Nur Cérise konnte auf den Gedanken kommen, einem Offizier im Dienst in ihrem Zimmer am frühen Morgen alkoholische Getränke anzubieten.

„Ich danke Ihnen, Mademoiselle, aber das wird nicht vonnöten sein", erwiderte er. „Ich bin tatsächlich sehr besorgt. Miss Jarrencourt, die junge Dame, der wir gestern zu Hilfe kamen, als unser Lärm Sie unverzeihlicherweise belästigt hat, ist in großer Gefahr. Sie hat anscheinend das seltene Talent, das Nahen der Spukerscheinung schon vorauszuahnen."

„Wie ungemein praktisch", kommentierte Mlle. Denglot, fand sich aber weitgehend ignoriert.

„Leider ist dieses Talent nun wahrscheinlich auch dem Wesen bekannt. Durch meine Unachtsamkeit." Er sprang auf. „Wenn ihr durch meine Schuld etwas passiert, werde ich mir das nie verzeihen." Er eilte zur Tür. „Ich muß sie warnen."

„Warten Sie!" rief Cérise ihm nach. „Ihre Zofe ist gerade erst gekommen. Das heißt, sie ist sicher noch mit der Morgentoilette beschäftigt. Sie wird Sie jetzt kaum empfangen. Zudem glaube ich, daß sie dem Schemen heute schon einmal ausgewichen ist, wenn ich das Geschehene richtig deute. Ihre ausnehmend schnelle Reaktion wurde letztlich nur übertroffen von ihrem außerordentlichen athletischen Können."

Askos hellblaue Augen weiteten sich.

„Bitte?" fragte er und sah dabei so irritiert aus, daß die Sängerin ein Lächeln nicht unterdrücken konnte.

„Miss Jarrencourt kletterte über das Balkongeländer und hielt sich von außen daran fest. Sie kann ausnehmend gut klettern. Sie zauderte nicht, sie fiel nicht, sie wurde bei einem Blick nach unten nicht hysterisch, und sie rief auch nicht um Hilfe. Es war erstaunlich."

„Oh Gott!" rief Asko. „Es hat sie in Panik nach draußen gejagt. Sie hätte sich zu Tode stürzen können!"

„Hätte sie", sagte Cérise. „Hat sie aber nicht. Panik mag sie über das Geländer getrieben haben, aber sie kletterte zurück, ohne auch nur mit einem Wort um Hilfe zu bitten. Sie sah eher peinlich berührt aus als hilflos."

Leutnant Asko von Orven starrte sie mit großen Augen ungläubig an.

„Ich mache Ihnen einen Vorschlag, Herr Leutnant." Sie lächelte ihn mit ihrem süßesten und unschuldigsten Bühnenlächeln an und wußte, daß sie dabei hinreißend aussah. „Sie gehen zu Vonderbrück und erzählen ihm, was Delacroix widerfahren ist, und ich selbst werde mich um Miss Jarrencourt bemühen. Ich denke, meine Chancen, um diese frühe Stunde bei ihr Einlaß zu erhalten, sind größer als die Ihren. Zudem machen Sie der jungen Dame mit Ihrer allzu großen Besorgnis vielleicht nur Angst, und das wollen Sie doch sicher nicht."

„Mademoiselle, ich versichere Ihnen ..."

„Natürlich tun Sie das, mein lieber, lieber Herr Leutnant, und ich verstehe sehr wohl, daß Sie das hübsche Mädchen lieber selbst sehen möchten. Aber glauben Sie mir, die Gute wird einer anderen Dame gegenüber mit Sicherheit viel zugänglicher sein."

Asko glaubte nicht, daß eine Opernsängerin Mrs. Parslows Definition von Dame vollends entsprach, doch höflich wie er war, sagte er nichts dazu. Cérise Denglot fuhr fort: „Jetzt gehen Sie zu Vonderbrück. Wir brauchen seinen Rat. Delacroix mag ein gefühlloser Sohn einer *cocotte* sein, aber ich möchte doch nicht, daß er sich plötzlich in ein schleimiges Monster verwandelt. Er ist ja so schon schwer genug zu ertragen."

Dazu schwieg Leutnant Asko von Orven weise.

Kapitel 15

Delacroix' Gedanken wirbelten durcheinander. Er hatte Schmerzen und war zutiefst verärgert. Er fühlte sich schwach und hilflos, und das machte ihn rasend. Er verabscheute es, anderen etwas schuldig zu sein. Er haßte es, sich auf die Hilfe anderer verlassen zu müssen. Hauptsächlich aber konnte er den Gedanken nicht ertragen, daß ihn das unnatürliche Monster berührt hatte – und schon gar nicht konnte er sich damit abfinden zu verlieren.

Diese Schlacht hatte er haushoch verloren, und mit ihr die Gewißheit, daß sie die Kreatur überhaupt würden fangen können. Sie waren ihr nicht gewachsen, soviel war klar. Vonderbrück, der immerhin ihr Berater und Spezialist war, was alles Okkulte anging, hatte die Kreatur unterschätzt. Die Gruppe hatte sich auf seine Einschätzung verlassen. Eine Eisenschatulle hatte er ihnen gegeben und ihnen erklärt, sie müßten das Schattenwesen nur finden, solange es noch klein war, es dann in das Kästchen bekommen und den Deckel zuriegeln. Ganz einfach. Sei das Monster erst einmal gefangen, so Vonderbrücks Worte, würde er schon einen Weg finden, den Zauber zu brechen, der das Manuskript dem Zugriff entzog. Dann würden sie es finden.

Das Schattenwesen fangen, solange es noch klein war. Wie sollte man etwas fangen, das einem wie eine Lanze aus Eis in den Leib schießen und einem aus dem eigenen Schlund entgegenschreien konnte? Er schluckte, atmete tief durch. Das Letzte, was er wollte, war, sich vor von Görenczys Augen zu übergeben. Er war wild entschlossen, dem jüngeren Mann nichts von seinen Zweifeln und seiner Besorgtheit zu zeigen. Von Orven mochte sie verstehen, doch von Görenczy würde sie für Schwäche halten.

Delacroix haßte Schwäche. Er war ein Kämpfer. Nichts brachte ihn aus der Ruhe, doch dieses Erlebnis hatte ihn tief getroffen, im wahrsten Sinne des Wortes.

Er spürte eine Bewegung neben sich und öffnete die Augen. Es war Udolf.

„Geht es Ihnen gut?“ fragte der. „Möchten Sie noch einen Zigarillo? Oder ein Glas Wasser?“

„Wasser wäre gut. Danke.“ Er nahm das Glas entgegen und konzentrierte sich darauf, ruhig und sicher zuzugreifen. „Wir müssen unsere Taktik überdenken“, sagte er dann nüchtern. „Ich habe Zweifel, ob wir dieses Stehaufmännchen niederzwingen können. Vonderbrück scheint mir dessen strategische Möglichkeiten unterschätzt zu haben. Möglicherweise müssen wir Verstärkung anfordern.“

Von Görenczy nickte und zündete sich noch einen Zigarillo an.

„Habe ich auch schon gedacht. Wir werden vielleicht nie nah genug dran sein, wenn es noch so klein ist, daß es in die verdammte Schachtel paßt, und in voller Größe ist es ein ziemlich ekelhaftes Ding. Ich habe noch nie von einem mythischen Wesen gehört, das ... so was ... kann.“

Es klopfte.

„Herein!“ rief Udolf, ehe Delacroix ihn noch auffordern konnte, den Besucher zuerst einmal zu überprüfen. Vielleicht war es besser so. Wer wußte schon, als was der Chevauleger seine Vorsicht verstanden hätte.

Ein Herr in dunklem Anzug trat ein, nahm seinen Zylinderhut ab und verbeugte sich. Er trug eine Arzttasche, die mit einer Messingschließe verschlossen war. Er sah für einen Mediziner ausnehmend jung aus, schmalgliedrig und blond. Sein dichtes, lockiges Haar fiel ihm nach amerikanischer Manier fast bis auf die Schultern. Sein hoher Kragen zwang ihn zu einer steifen Haltung, die sein liebenswürdiges, offenes Gesicht allerdings Lügen strafte.

„Meine Herren“, sagte er und schenkte ihnen ein strahlendes Lächeln, „guten Morgen. Ich habe gehört, es hat einen Unfall gegeben? Ich bin Dr. Steinberg. Die Hotelleitung hat mich konsultiert. Meine Praxis liegt nur ein paar Häuser weiter. Lassen Sie mal sehen.“

Er stellte seine Tasche ab und öffnete sie mit einem lauten Klakken der Schließe, während von Görenczy sich selbst und Delacroix vorstellte. Dann wandte er sich seinem Patienten zu.

„Also“, fragte er und lächelte höflich, „was ist passiert? Wenn ich mir diesen Raum so ansehe, schließe ich daraus, daß ich Sie nicht mehr zur Ader lassen muß.“

Ein Grinsen glitt über Delacroix' Züge.

„Sollten Sie mich bluten lassen wollen, Herr Doktor“, antwortete er, „werden Sie feststellen, daß ich immer noch ein würdiger Gegner bin.“ Er gestikulierte mit der rechten Hand. „Irgendein gottverdammtes schlängelndes Fey-Monster ist mir hier in den Arm geschossen. Ich habe es aufgehalten, indem ich mir meinen Kalteisendolch in die Schulter gestochen habe.“

Der Mediziner schnalzte mit der Zunge und sah ausgesprochen fasziniert aus.

„Das sollte es wirklich schnell aufgehalten haben. Eine sehr klarsichtige Reaktion, wenn Sie mir das Lob erlauben.“ Er verbeugte sich noch einmal und schälte den Verband von Delacroix' linkem Unterarm, um die Eintrittswunde zu studieren.

Auch Delacroix tat das zum ersten Mal. Kurz unterhalb der Armbeuge befand sich in seinem Arm ein kreisrundes Loch mit einem schwarzen Rand. Es blutete nicht. Doch es sah ebenso ekelhaft wie bedrohlich aus. Er schluckte, biß sich mit den unteren Zähnen auf die Oberlippe.

„Ach du lieber Himmel“, bemerkte der Mediziner und klang trotz seines konstanten Lächelns ein wenig besorgt. „Können Sie mir die Kreatur beschreiben?“

Von Görenczy übernahm.

„Es materialisierte sich als Schatten, verteilte sich über eine weite Fläche und wurde unsichtbar. Dann zog es sich zu einer Schlangenform zusammen. Es stieß wie ein Speer in ... auf ...“ Die Worte gingen ihm aus. „Wir wissen nicht, was es sein könnte. Wir jagen dieses Wesen bereits seit gestern. Bislang ging es uns aus dem Wege. Verschwand einfach irgendwo in einer Wand, und zwischen einem Auftauchen und dem nächsten lagen immer ein paar Stunden."

Der junge Mediziner nickte.

„Ich habe schon bemerkt, daß ein Bann auf dem Hotel liegt. Jemand versucht, etwas drinnen zu halten. Ich habe mich ein wenig mit den arkanen Wissenschaften beschäftigt, wissen Sie."

„Oh, gut." Von Görenczy blies eine Tabakwolke aus. „Wir haben eben darüber geredet, ob wir einen weiteren Spezialisten zu Rate ziehen sollten, als Sie klopften. So ein Zufall."

„Ein ganz außergewöhnlicher Zufall", bemerkte Delacroix trokken. Ein Fünkchen Argwohn begann in seinen Gedanken zu glühen. Er hätte zu gern gewußt, was von dem jungen Mann zu halten war, der so rasch an seiner Bettstatt erschienen war.

Steinberg holte nun ein in Holz eingefaßtes Vergrößerungsglas aus seiner Tasche und inspizierte die Eintrittswunde sorgfältig. Die Verletzung in der Schulter hatte er bislang noch nicht angesehen. Delacroix fand das seltsam.

„Das ist ...", der junge Mann zögerte einen Moment, „wirklich interessant. Ausnehmend interessant. Bedauerlicherweise kann ich Sie nicht mit in die Universität nehmen, um Sie dort den medizinischen Koryphäen mit ihrem rein materialistischen Denken vorzuführen. Sie würden ein ziemliches Aufsehen erregen. Aber", er bohrte mit dem Daumen an der Wunde, was Delacroix ein erschrecktes Aufbrüllen entlockte, „wir sollten lieber etwas dagegen tun."

Er wandte sich wieder seiner Tasche zu und nestelte darin herum, während er weiter fröhlich vor sich hin redete, als sei er Gast bei einem informellen Essen.

„Wissen Sie, Mr. Delacroix", sagte er und zog ein Paar dicker Lederhandschuhe an, „Sie hatten wirklich Glück. Geradezu unverschämtes Glück. Das Geschöpf, das in Ihren Arm eingedrungen ist, ist äußerst selten. Über alle Maßen selten und recht gefährlich. Es ist so extrem selten, daß die arkanen Wissenschaften und viele ihrer Spezialisten für die Fey meist nicht einmal zugeben, daß es überhaupt existiert. Ich habe eine Abhandlung darüber geschrieben. Man hat sie sehr kontrovers diskutiert. Allerdings hätte ich nie zu hoffen gewagt, einem tatsächlichen Fall zu begegnen. Quasi actualiter."

„Ja, ich war schon immer vom Glück verfolgt", antwortete Delacroix bissig. „Ich bin ein großer Verehrer des Raren und Außergewöhnlichen."

Der junge Arzt lachte und wirkte dabei noch jünger.

„Freut mich, daß Sie Ihren Sinn für Humor nicht verloren haben. Ich werde Ihnen wohl etwas weh tun müssen."

Er holte ein Fläschchen Spiritus und einen kleinen Brenner aus der Tasche und entzündete ihn. Einem dickwandigen Holzkasten entnahm er ein Gerät, das wie ein großer Schraubenzieher mit einem langen Porzellangriff aussah und in einem grauen Metallstempel endete.

„Die Kreatur, der Sie auf so unerfreuliche Weise nahegekommen sind, ist – wenn ich mich nicht sehr irre – ein Wiatruschod, ein Sí-Ungeheuer, von dem die Legende berichtet, es lebe in der östlichen russischen Tundra. Genau weiß man es nicht. Es kann in einen menschlichen Körper eindringen und diesen dann übernehmen. Es ist ein Fabelwesen, und da es kaum Aufzeichnungen darüber gibt, gilt es als Märchen – aber das tun sie ja alle. Ich weiß nicht mal, ob mehr als dieses eine Exemplar existiert. Wenn es übrigens erst einmal einen menschlichen Körper übernommen hat, kann es darin eine Weile leben, so lange, wie er noch funktioniert, also noch nicht zu weit verwest ist. Sehen Sie, die ursprünglichen Besitzer der Körper überleben den Befall meist nicht lange. Gott sei Dank kann das Wesen nicht einfach jeden Leib übernehmen."

Er hielt das graue Metallstück an seinem ausgesteckten Arm in die Flamme und wirkte dabei, als habe er Angst, sich zu verbrennen. „Sie fragen sich vielleicht, warum es überhaupt Menschengestalt annehmen sollte, wo es doch als Schatten viel mehr Bewegungsfreiheit hat und selbst durch Mauern dringen kann. Aber sehen Sie, wenn es erst einmal in einem menschlichen Leib ist, kann man es nicht mehr als Sí erkennen. Es könnte dann seelenruhig – wenn ich mal so sagen darf – hier aus dem Gebäude spazieren, ganz egal, was für ein Bann darauf liegt. Niemand würde etwas merken."

Er gab Delacroix ein Stück Holz.

„Mr. Delacroix, vielleicht möchten Sie hier draufbeißen", sagte er und preßte ohne weitere Vorwarnung das glühende Ende seines Stabes auf die Blessur.

Der Schmerz kam so plötzlich, daß Delacroix nicht einmal mehr Zeit zum Aufschreien hatte. Statt dessen rang er nach Atem und begann zu fluchen.

„Gut so", sagte Steinberg mit einem glücklichen Lächeln. „Viel besser. Sehen sie, ich mußte die Rückstände daran hindern, in Ihren Leib einzudringen. Die arkanen Wissenschaften sind sich uneins über deren Wirkung, doch sie ist auf keinen Fall angenehm, weshalb man die Wunde behandeln muß. Sonst sterben Sie womöglich an dem Gift. Oder werden wahnsinnig, je nach Auslegung. Obwohl es auch Spezialisten gibt, die behaupten, es mache einen hellsichtig und danach wahnsinnig. Das hätten wir jetzt empirisch untersuchen können, wo wir Sie schon einmal als Musterexemplar haben. Allerdings hätten Sie das wohl nicht gemocht, und so sehr ich auch die Wissenschaften liebe, ich bin doch in erster Linie Arzt und dem hippokratischen Eid verpflichtet."

Er seufzte, räumte sein bizarres Werkzeug vorsichtig wieder in das Holzkästchen und verschloß es.

„Dann wollen wir mal die andere Verletzung ansehen." Er schnitt die provisorische Bandage auf. „Sauberer Schnitt – und gut versorgt, wenn ich so sagen darf. Ihre Freunde haben das ausgezeichnet gemacht." Er tupfte etwas Salbe auf die Blessur und verband sie neu. „Das wird schnell heilen. Ich lasse Ihnen ein Stärkungselixier da. Trinken Sie viel und gönnen Sie sich Ruhe. Gefährlich ist es nicht. Allerdings sollten Sie die Verletzungen später noch einmal nachsehen lassen, damit man den Heilungsprozeß überprüfen kann. Wenn Sie gestatten, werde ich Sie noch einmal aufsuchen, solange Sie in München sind."

Er packte seine Tasche zusammen und ließ nur ein Fläschchen draußen stehen. Dann nahm er einen Zettel und schrieb ein paar Wörter darauf.

„Wenn Sie das dem Hotelportier geben, wird er Ihnen eine Brandsalbe vom Apotheker holen lassen. Die ist für Ihre Armwunde – und versuchen Sie auf alle Fälle ein wenig auszuspannen. Ich schlage vor, Sie fixieren den Arm mit einer Schlinge, damit er sich nicht allzusehr bewegen kann."

Er bedachte die beiden Offiziere mit einem charmanten Lächeln.

„Ich an Ihrer Stelle würde mir zweimal überlegen, ob ich dieses Lebewesen wirklich jagen will. Doch ich begreife natürlich den Reiz, den so ein seltenes Wesen ausübt. Obgleich es sein kann, daß man es gar nicht fangen kann. Dazu gibt es in Fachkreisen verschiedenste Theorien."

„Tatsächlich", entgegnete Delacroix trocken und stellte fest, daß es ihm auf einmal viel besser ging, obgleich der Schmerz in Arm und Schulter noch nicht abgeklungen war. Er war dankbar, denn er wußte, daß er nicht viel Zeit haben würde, sich zu erholen. Zeit war ein Luxus, den sie im Moment nicht genießen konnten.

„Ja." Wieder lächelte Steinberg sie fröhlich an. „Eine Meinung ist, man könne es gar nicht fangen. Andere gehen davon aus, man könne es in einer Kalteisenschatulle fangen, während es sich noch formt. Ich denke, das könnte zutreffen. Allerdings müßte man es fangen, bevor es gefährlich wird. Dazu müßte man genau wissen, wo es das nächste Mal auftaucht."

„Unser Magier scheint eine ganz gute Einschätzung zu haben, wann und wo es jeweils materialisiert. Zumindest ungefähr", sagte von Görenczy, ehe Delacroix ihn davon abhalten konnte.

„Ach ja? Interessant. Ich würde den Herrn wirklich gerne kennenlernen. Sein Fachwissen ist bemerkenswert."

Er wandte sich zum Gehen.

„Noch eine Frage bitte", hielt ihn von Görenczy zurück. „Wenn dieses Wiatra-dings einfach in einen menschlichen Körper fahren und das Hotel verlassen kann, warum ist es dann nicht schon weg?"

Der Arzt strahlte.

„Warum? Gute Frage, Herr Leutnant! Sehen Sie, es kann nicht jeden übernehmen. Es braucht jemanden, der schon einmal ein sehr extremes magisches Erlebnis hatte. Ich will Ihnen nicht zu nahe treten, Sir", er verneigte sich vor Delacroix, „doch ich nehme an, daß dies nicht Ihre erste große Konfrontation mit Magie war. Das Arkane muß Sie schon einmal sehr intensiv berührt haben. Das macht Sie zum idealen Opfer. Sie und jeden mit ähnlichen Erfahrungen. Man kann davon ausgehen, daß solche Erfahrungen überaus selten sind, deshalb sind die meisten Menschen in diesem Hotel wohl nicht in Gefahr. Sie dagegen schon. Ihr Magier wohl auch, obgleich ich annehme, daß er weiß, wie er sich zu schützen hat, wenn er so gut ist, wie Sie sagen. Dennoch sollten Sie ihn vielleicht darauf aufmerksam machen. Vielleicht weiß er ja nicht, womit er es zu tun hat."

„Was ist mit Ihnen? Sind Sie in Gefahr?" erkundigte sich von Görenczy.

„Kaum. Meine Kenntnisse des Arkanen sind rein theoretischer Natur. Ich übe keine magischen Künste aus. Ich bin Gelehrter, kein Magier."

Er lächelte erneut freundlich.

„Ich sende meine Rechnung an die Rezeption. Gute Besserung und ... Waidmannsheil! Guten Tag, die Herren."

Er verließ den Raum und schloß die Tür hinter sich.

Von Görenczy drückte seinen Zigarillo aus.

„Da soll mich doch der Teufel holen ...", murmelte er und zwirbelte seinen Schnurrbart.

„Langfristig durchaus möglich", unterbrach Delacroix und setzte sich vorsichtig auf. „Folgen Sie ihm. Ich möchte zu gern wissen, ob er das Hotel verlassen kann, während der Bann noch darauf liegt. Aber lassen Sie sich nicht erwischen!"

„Ich bin doch kein Idiot!" erwiderte der Bayer und überprüfte seine Pistole.

Kapitel 14

„Es kennt also meinen Namen“, wiederholte Corrisande zum fünften Male und drehte fahrig eine Scheibe Toast mit dem Buttermesser von einer Seite auf die andere. Sie saß mit Mrs. Parslow im Frühstücksraum, nur wenige Meter entfernt von Mme. de Rhins-Epitués Tisch. Trotz dieses unerwartet glücklichen Umstandes hatten sie freilich nun doch nicht mit der Dame gesprochen.

Statt dessen starrten sie Cérise an, die mit an ihrem Tisch saß und ein gutes Frühstück, bestehend aus Croissants, Kaffee und Früchten aus dem Botanischen Garten, zu sich nahm. Die Sängerin hatte sie auf dem Korridor angesprochen, als seien sie alte Bekannte. Sie hatte sich nach Corrisandes Wohlbefinden erkundigt. Mrs. Parslows Versuch, der skandalösen Person, wie sie die Opernsängerin insgeheim nannte, eine kalte Abfuhr zu erteilen, scheiterte gänzlich. Cérise hatte schon entsprechende Präliminarien mit einem Lächeln abgetan und vorgeschlagen, gemeinsam zu frühstücken, denn ein gutes Frühstück wirke bekanntlich Wunder bei Gemütsverstimmungen und gereizter Milz. Es schien gerade so, als habe die Sopranistin die Empfindsamkeit eines Burgwalls.

Während sie neben ihnen her zum Frühstücksraum gegangen war, hatte sie auf harmlos-charmante Weise geplaudert. Jeder Zeuge der Konversation hätte sie für nichts als höfliches Geplänkel gehalten. Ein konzentrierterer Zuhörer allerdings hätte den fröhlichen Worten entnommen, daß die Kreatur, der die Damen abends zuvor begegnet waren, offenbar doch gefährlicher war als zunächst angenommen und daß das Wesen nun über einen riskanten Feind informiert war, nämlich Miss Jarrencourt.

„Es kennt also meinen Namen“, sagte Corrisande erneut und ließ aus Versehen ihr Messer fallen.

„Ja, Miss Jarrencourt – oder vielleicht sollte ich Sie ja anders nennen, falls es gerade zuhört, *n'est-ce pas*? Darf ich Sie beim Vornamen nennen? Sie müßten ihn mir nur verraten." Cérise lächelte und zerlegte geschickt eine sündhaft teure Tropenfrucht.

Corrisande sah sich panisch um, konnte jedoch keinen Schatten auf dem Weg durch den Raum erkennen.

„Corrisande", sagte sie. Mrs. Parslow, die keinen Wert darauf legte, einer Person der Bretter, die die Halbwelt bedeuteten, gesellschaftlich näherzukommen, unterbrach:

„Das ist doch völlig irrelevant. Wir werden unverzüglich packen und ausziehen. Das ‚Zur Sonne' soll auch sehr nett sein. Etwas weiter entfernt zwar von der Residenz und näher am Bahnhof, aber was macht das schon? Oh, sieh nur, Corrisande, da ist unsere gute Freundin, Mme. de Rhins-Epitué! Welch angenehme Überraschung, hier eine alte Bekannte zu treffen. Warum gehst du nicht zu ihr und sagst guten Tag? Am besten jetzt gleich – und dann kannst du ihr auch noch mitteilen, daß wir in die ‚Sonne' umziehen. Wir könnten uns doch mit ihr auf einen Mokka im Café Tombosi treffen! Es soll dort sehr nett sein. Corrisande, Liebes? Hörst du mir zu?"

Corrisande hörte augenscheinlich nicht zu. Ganz plötzlich schien ihr die Möglichkeit, durch Mme. de Rhins-Epitués Intervention genau die richtigen Leute zu treffen, nicht mehr der Zenit ihres Glücks zu sein. Sie ignorierte ihre angebliche Anstandsdame und starrte mit großen Augen Cérise an, die sich gerade darüber beschwerte, daß die Feigen *vraiment* sehr zu wünschen übrig ließen und daß sie weit bessere exotische Früchte in Mailand genossen hatte, als sie dort zuletzt an der Scala gesungen hatte.

„Mademoiselle Denglot", unterbrach Corrisande Cérise, „Sie haben gesagt, einer der Herren sei verletzt. Welcher?"

„Machen Sie sich keine Sorgen", antwortete die Sängerin und versuchte ihr Glück bei einer Orange, die, wie sich alsbald herausstellte, auch unerträglich war. „Es ist Delacroix. Aber der ist unerschütterlich wie eine Eiche. Wahrscheinlich ist es ohnehin nur eine Schramme. Sie wissen ja, wie Männer sind. Jammern zu gerne über gar nichts."

Sie schenkte Corrisande ein entzückendes Lächeln und dachte so bei sich, sie selbst sei doch um einiges ansehnlicher als die kleine braunhaarige Miss.

Corrisande spürte einen winzigen Stich im Herzen, als sie die Information vernahm. Sie wußte nicht, warum sie beunruhigt war, aber sie war es nun einmal.

Mrs. Parslow, die in diesem Moment jede weitere Hoffnung aufgab, Mme. de Rhins-Epitué während des Frühstücks noch zu kontaktieren, da die formidable Dame gerade einem schwerfälligen Segelschiff gleich aus dem Raum rauschte, brauchte einige Augenblicke, um sich wieder zu fassen. Dann sprach sie Cérise an.

„Was ist mit den beiden jungen Offizieren? Sind sie unverletzt?"

Cérise nickte und besaß die Unverfrorenheit, der Anstandsdame zuzuzwinkern.

„Aber sicher. Von Orven ist gänzlich unversehrt, und Leutnant von Görenczy ebenfalls, falls das irgend jemandem wichtig sein sollte."

Mrs. Parslow erstarrte empört.

„Ist der Colonel schwer verletzt?" fragte Corrisande und erinnerte sich plötzlich an den starken Arm, der sie gehalten hatte.

„Nein, meine Liebe. Gewiß nicht. Machen Sie sich keine Gedanken. Am besten überlassen Sie es uns, für Ihren Schutz zu sorgen. Ihre Tante und Sie müssen doch nicht das Hotel verlassen! Ich meine", sie beugte sich konspirativ vor, „es wäre doch ein richtiges kleines Abenteuer, wenn Sie uns dabei helfen könnten, das Gespenst zu jagen. Ihr besonderes Talent, es schon von weitem zu spüren, wäre eine ungeheure Bereicherung. Stellen Sie sich vor! Sie könnten die bekannteste kleine Heldin der Stadt werden. Jeder würde Sie bewundern, und jeder würde Sie dann kennen!"

„Wir werden sofort abreisen!" bestimmte Mrs. Parslow knapp. Sie stand auf, ihr Mund war vor Ärger schmal wie eine Klinge. „Ich werde Marie-Jeannette anweisen, uns unsere Mäntel, Hüte und Réticules herunterzubringen. Sie kann dann in aller Ruhe packen, wenn wir weg sind, und uns die Sachen in die ‚Sonne' nachbringen. Komm, Corrisande. Wir sind schon länger geblieben als nötig." Sie winkte einem Ober und gab ihm einige Anweisungen.

Corrisande stand ebenfalls auf und lächelte die Sängerin unsicher an, wobei sie ihre beste air d'innocence an den Tag legte.

„Es tut mir so leid, Mlle. Denglot, aber ich fürchte, ich habe kein Talent zur Heldin. Ich bin wahrscheinlich nicht wagemutig genug, und ich möchte das Gespenst nicht noch einmal treffen. Wirklich nicht. Es hat mich fürchterlich erschreckt. Ich bin ganz sicher, daß meine Tante die richtige Entscheidung getroffen hat. Es war sehr nett von Ihnen, uns über die Gefahr, in der wir schweben, zu informieren. Ich wünsche Ihnen und den ... Gentlemen ... viel Erfolg dabei, das gräßliche Ungeheuer zu erlegen. Richten Sie den Herren mein Bedauern aus. Ich bin sicher, Sie werden mich verstehen."

Sie hielt einen Moment inne und dachte darüber nach, ob sie versprechen sollte, für das gute Gelingen und die Gesundheit der Herren zu beten, fand dann aber doch, so viel Engelhaftigkeit hätte ein wenig übertrieben gewirkt.

Cérise Denglot stand ebenfalls auf und trat dem Mädchen auf unverfrorene Weise in den Weg.

„Corrisande, meine Liebe", sagte sie und lächelte katzensanft, „es fällt mir schwer, mir vorzustellen, daß Sie gar so ängstlich sind, wie Sie mich glauben machen wollen. Als ich Sie heute morgen über das Balkongeländer klettern sah, schienen Sie weitaus bessere Nerven zu haben."

Corrisande senkte den Blick und errötete gekonnt bis ins Mark.

„Mlle. Denglot, es tut mir unendlich leid, daß Sie Zeugin dieses meines Fehltrittes geworden sind. Das Wesen hatte mich aus dem Raum getrieben, und ich versichere Ihnen, ich wußte gar nicht, was ich tat. Sonst wäre ich gewiß nie über dieses Geländer geklettert."

„Das glaube ich gern", antwortete Cérise. „Aber als die Gefahr vorüber war, wußten Sie sehr wohl, was Sie taten, und ich habe nicht einmal einen Hauch von Panik an Ihnen bemerkt."

„Natürlich nicht!" antwortete Corrisande, kniff die Augen zusammen und bemühte sich, wenigstens eine unschuldige Träne auf den Weg zu schicken. „Stellen Sie sich vor, ich hätte meiner Angst nachgegeben und wäre abgestürzt! Ich wäre vor Scham gestorben, wenn ich nur in Nachthemd und Morgenmantel auf der Straße gelegen hätte!"

„Leben Sie wohl, Mlle. Denglot!“ fügte Corrisande noch hinzu und folgte dann Mrs. Parslow gehorsam und brav aus dem Raum.

Kapitel 15

Herr Vonderbrück war ein hochgewachsener Mann um die Fünfzig. Sein weißes, mähnenartiges Haar ließ ihn jedoch älter erscheinen. Seine gemeißelten Züge dominierte eine große Hakennase, die ihn sehr viel gestrenger wirken ließ, als man ihn bei einem Gespräch einschätzte. Er war ein ernster Mann, und nur manchmal, wenn ein winziges, schiefes Lächeln über seine Züge glitt, wurde seine Miene etwas zugänglicher, wenn auch nur für einen kurzen Moment.

Leutnant Asko von Orven fühlte sich unwohl. Er mochte den Magier nicht besonders, obgleich er dem älteren Mann ohne Zögern die größere Erfahrung und zudem noch ein erstaunliches Wissen, was die arkanen Künste betraf, zugestand. Es war ja nicht so, als hätte man ständig wirkliche Magier treffen können. Sie waren selten und ganz und gar nicht alltäglich. Die meisten Experten der sogenannten arkanen Künste waren nichts weiter als Trickbetrüger und Zirkuszauberkünstler. Sie lebten in der wunderbaren, hübsch bequemen Welt halbwissenschaftlicher Salons und Einladungen zum Souper. Sie führten ihre Kunststückchen gelangweilten Damen eines gewissen Alters vor. Sie riefen verstorbene Verwandte herbei und sandten Grüße von verblichenen Gemahlen. Sie lebten dabei in Saus und Braus und erlangten oft genug ein so tiefes Vertrauen bei ihren Kunden und Kundinnen, daß sie die arglosen Menschen wie Schachfiguren auf ihrem Brett herumschoben.

Asko hatte Grund genug, die gesamte Sippschaft zu hassen. Seine Mutter hatte ohne jeden Zweifel an einen Abkömmling dieser Zunft geglaubt. Sie hatte nach dem Ableben von Askos Vater nicht nur die Familie finanziell fast in den Ruin getrieben, sondern zudem auch noch ihre Gesundheit zugrunde gerichtet. Alles, was der skrupellose Mensch von ihr verlangt hatte, hatte sie getan, und Asko war der festen Überzeugung, daß die magischen Heilwässerchen, die sie in großen Mengen für ihre Gesundheit und ihre Schönheit zu sich genommen hatte sowie auch die wiederkehrenden Magnetismus- und Hypnosesitzungen daran Schuld waren, daß sie jetzt so gebrechlich war.

Als Asko volljährig geworden und die Verwaltung des angeschlagenen Familienvermögens in seine Hände übergegangen war, war der Mann ohne ein weiteres Wort verschwunden. Es war eine schwere Zeit für Asko gewesen. Sein Studium der Physik und des Ingenieurwesens hatte er abbrechen müssen. Statt dessen war er zum Militär gegangen, wo er rasch ein seinem Rang angemessenes Salär verdiente.

Offizier zu werden war nicht sein Herzenswunsch gewesen. Er interessierte sich mehr für Technik als für Kriegsführung. Er hatte davon geträumt, die schöne, neue Welt des technischen Fortschritts mit zu formen. Er liebte die Physik, weil sie eine exakte Wissenschaft war. Was nicht zu beweisen war, gab es nicht. Jede Ursache hatte eine Wirkung, und wenn man tief genug bohrte, konnte man jede Wirkung auf ihre Ursache zurückführen. Es war eine akkurate Welt. Auf schwammigen Halbweisheiten ließen sich keine Maschinen bauen. Maschinen funktionierten oder sie funktionierten nicht. Es war kein persönliches Element in der Sache enthalten; sie liefen, weil sie liefen – oder eben nicht.

Er war ein ausgezeichneter Student gewesen. Doch sein angeborener Sinn für Verantwortung hatte ihm nicht erlaubt, seinen Träumen nachzuhängen, während seine Familie in einer Krise steckte. Seine Schwester brauchte eine anständige Mitgift, um eine gute Partie zu sein. Dafür hatte er zu sorgen gehabt – und für seine Mutter, deren schwindender gesunder Menschenverstand sie in einer Welt voller Wölfe immer mehr zu einem hilflosen Opfer machte.

Freilich war Asko nicht so naiv oder borniert, die tatsächliche Existenz von übernatürlichen Dingen zu leugnen. Er hatte schon wirkliche Magie gesehen. Er fand es allerdings sehr beklagenswert, daß die Motive jener, denen eine solche Macht zur Verfügung stand, so wenig transparent waren. Sie waren ein undurchsichtiger Haufen, und ihre so gänzlich individuelle Kunst war genauso opak. Nicht, daß sie keine Gesetze hatten, doch es schien, als habe jede Loge andere. Sie spielten viel zu leichtsinnig mit Ursache und Wirkung. So durfte es nicht sein. Sicher konnte Magie in einigen Dingen vielleicht von Nutzen sein, aber er mochte sie dennoch nicht. Die Welt, dachte er, wäre ohne sie reiner und redlicher gewesen. Eine Welt, die nur nach rein logischen, physikalischen Gesetzmäßigkeiten ablief, hätte er leichter akzeptieren können.

Deshalb mochte er Dampf. Ein Fest von Ursache und Wirkung. Eine Lokomotive in Aktion zu sehen war, als sähe man ein Kunstwerk auf Rädern. Es war keine Kraft, die man anzweifeln konnte, weder physisch noch metaphysisch. Dampf hatte die Welt in unglaublich kurzer Zeit verändert, viel mehr, als das den arkanen Geheimlogen über Jahrhunderte gelungen war.

Teil dieser Fortschrittswelt zu sein hätte ihm viel bedeutet. Zukunftsweisende Pläne zu schmieden, kühne Entwürfe zu formulieren, technische Träume zu realisieren. Viadukte zu bauen, die sich über weite Täler spannten. Stollen, die ganze Berge durchhöhlten, Maschinen, die den Menschen harte oder gefährliche Arbeit abnahmen.

All das gehörte der Vergangenheit an. Er war jetzt Offizier. Seinen Vater hätte das gefreut. Er war ein strenger Mann gewesen, selbst Offizier, wie auch sein Großvater vor ihm, welcher es noch erlebt hatte, wie Bayern vom Herzogtum zum Königreich wurde.

Von Orven war nicht unglücklich. Er hatte seine Nische in der Welt gefunden, und er war in ihr durchaus erfolgreich. Der finanzielle Engpaß seiner Familie war überwunden. Seine Mutter war versorgt; eine zuverlässige und gänzlich unromantische Gesellschafterin betreute sie. Seine Schwester hatte einen königlich-bayerischen Richter geehelicht, der in der Lage war, sie gut zu versorgen, und ihm selbst ging es auch nicht schlecht. Seine neuen Aufträge außerhalb des normalen Kasernendiensts waren durchaus lukrativ und trugen ihm mehr ein, als er gedacht hatte. Er lebte mit aller Muße und hatte sich sogar ein robustes altes Haus mit einem kleinen Grundstück ringsherum kaufen können. Dort konnte er nach Herzenslust seinen Privatforschungen nachgehen und experimentieren. Wenn er Zeit hatte – was selten der Fall war.

Dennoch. Er war in gewisser Weise freier als je zuvor, frei genug, um langfristig über sein Leben nachzudenken und entsprechende Entscheidungen zu treffen. Zu heiraten zum Beispiel. Der Gedanke kam ganz plötzlich, und er sah verunsichert auf, als Vonderbrück genau in diesem Moment einen Namen aussprach.

„... Miss Jarrencourt." Der Magier sah ihn an und grinste schief. „Haben Sie überhaupt zugehört, Herr Leutnant? Es hat nicht den Anschein. Nun, Sie sind höchstwahrscheinlich sehr müde. Wir sind – alle – müde. Ich habe auch kaum geschlafen. Den Bann um das Hotel so lange aufrechtzuerhalten ist keine leichte Aufgabe. Geradezu monumental. Ich schlug gerade vor, daß Sie mich Miss Jarrencourt einmal vorstellen. Ich sollte mit ihr reden. Unsere Erfolgsaussichten wären weitaus größer, wenn sie sich entschlösse, uns zu unterstützen. Allerdings darf man die Gefahr nicht außer acht lassen."

Asko schluckte ein ärgerliches Widerwort. Nur mit Mühe antwortete er mit der angemessenen Ruhe.

„Ich denke, wir haben kein Recht, ihr eine solche Bürde aufzuerlegen. Warum sollte man sie in einer Angelegenheit um Hilfe bitten, die offensichtlich die unsere und keinesfalls die ihre ist? Wir sind besser darauf vorbereitet, einer Gefahr entgegenzutreten als so ein junges Mädchen, und wir wissen bereits, daß sie in der Gegenwart der Spukerscheinung extrem leidet." Asko von Orven versuchte, nicht ärgerlich zu klingen, doch es gelang ihm nicht besonders gut.

„Ah, ich sehe", antwortete der Magier und lächelte dünn. „Sie bedauern inzwischen, mir überhaupt davon erzählt zu haben. Aber glauben Sie mir, ich habe nicht die Absicht, der Dame ein Leid anzutun. Vielleicht sollte sie das Hotel besser verlassen."

„Das ist ganz genau, was ich ihr raten werde", sagte Asko.

„Trotzdem, mein lieber junger Freund“, fuhr Vonderbrück fort und merkte offenbar nicht, daß dem lieben jungen Freund diese unverdiente Vertraulichkeit zuwider war, „Sie haben ganz richtig daran getan, mir davon zu berichten. Schließlich sind wir ein ‚Team‘. Eine Einheit. Eine gemeinsame Einsatztruppe gegen das Böse. Wir müssen offen miteinander umgehen.“

„Was das angeht“, antwortete von Orven kaum noch in der Lage, seinen aufkeimenden Ärger zu unterdrücken, „so wollte ich Sie doch gerne fragen, warum Sie uns vor dem gefährlichen Talent unseres ‚Jagdwildes‘ – nämlich sich in den Leib eines Verfolgers zu winden – nicht gewarnt haben. Colonel Delacroix hätte sterben können. Wir hätten alle sterben können, und ich will gar nicht von einem Hotel voller Gäste sprechen, die noch nicht einmal wissen, in welcher Gefahr sie schweben.“

Der Zauberer schenkte ihm einen müden Blick, der zu undurchschaubar war, als daß man ihn hätte deuten können.

„Ich versichere Ihnen, Herr Leutnant, hätte ich von dieser Fähigkeit der Kreatur gewußt, hätte ich Sie davor gewarnt. Allerdings sehen Sie mich genauso erstaunt und schockiert, wie Sie es selbst sind. Was immer es ist, es sollte so etwas nicht können. Diese Fähigkeit beunruhigt mich zutiefst. Ich habe bisher nur von einem einzigen Wesen gehört, dem man eine solche Fähigkeit zuschreibt, und das ist nicht mehr als ein Mythos. Ein altes Märchen. Bis heute hätte ich jeden Eid geschworen, daß kein einziges Lebewesen auf Erden zu einem solchen Angriff fähig ist.“

„Nun, in diesem Fall hätten Sie einen Meineid geleistet. Wir müssen also dankbar sein, daß Sie Ihre unsterbliche Seele nicht mit einem Schwur belastet haben.“ Asko merkte, daß er den älteren Mann nicht mit dem nötigen Respekt behandelte. Tatsächlich stellte er zu seinem Erschaudern fest, daß er klang wie Delacroix.

Er verbeugte sich leicht und entschuldigte sich.

„Bitte verzeihen Sie meine unüberlegten Worte. Ich möchte Sie bitten, sie meiner Müdigkeit zuzuschreiben. Dieser ganze Fall beunruhigt mich zutiefst, und ich muß sagen, wenn ich alle Fakten betrachte, bin ich immer weniger der Meinung, daß wir in der

Lage sein werden, die Kreatur zu fangen. In der Tat, ginge es nicht auch um die Sicherheit jedes Einzelnen in diesem Gebäude, so würde ich dazu neigen, unser Vorgehen grundsätzlich noch einmal zu überdenken. Was wir tun, mag gänzlich unlogisch sein! Unsere Hauptaufgabe besteht, wenn ich mich recht erinnere, darin, ein verlorenes Manuskript sicherzustellen. Bis jetzt hat mir niemand gesagt, was dieses Manuskript genau für eine Gefahr birgt, aber die Notwendigkeit, es nicht in falsche Hände fallen zu lassen, hat man uns doch sehr, sehr deutlich gemacht."

Der Zauberer nickte kurz.

„Das Manuskript muß unser Primärziel sein, da haben Sie recht. Aber wie ich durchaus bereits ausgeführt habe, scheint die Erscheinung meinen arkanen Messungen nach in der Lage gewesen zu sein, es magisch zu verbergen. Natürlich besteht auch die Möglichkeit, daß es längst aus dem Gebäude verschwunden ist. Sollte das der Fall sein, so wäre das sehr schlimm, denn wir hätten keinen Anhaltspunkt, wo wir danach suchen sollten. Höchstwahrscheinlich müßten wir es verloren geben. So ist meines Erachtens nach das Finden und Fangen der Kreatur die einzige Chance, das Schriftstück zu finden, wiederzuerlangen und an seinen angestammten Platz zurückzubringen."

Asko runzelte die Stirn. Die Chancen auf Erfolg schienen ihm allzu gering, fast nicht existent.

„Selbst wenn wir es fangen sollten, vorausgesetzt, das ist überhaupt möglich, wie wollen Sie einen eingesperrten Schatten in einer Schachtel befragen? Vielmehr noch ihn dazu bringen, Ihnen etwas zu geben, das er Ihnen gewiß nicht geben will? Ich mag nicht die arkane Erfahrung haben zu begreifen, was das Biest letztlich will oder plant – schließlich weiß ich ja auch nichts über den Inhalt der Schriftrolle, außer daß sie auf irgendeine Weise gefährlich ist –, aber ich muß schon sagen, daß ich mir rein gar nicht vorstellen kann, wie so eine Schattenschlange überhaupt befragt oder zur Kooperation gezwungen werden kann."

Asko wußte nicht, was er von alledem halten sollte. Die Angelegenheit ging seinem geradlinig-logischen Verstand gegen den

Strich. Nicht zum ersten Mal in seinem Leben wünschte er sich die völlige Nichtexistenz aller Magie. Doch die Realität war anders. Gleichwohl war er nicht überzeugt, daß es ihnen half, wenn sie weiter nutzlos hinter einem gefährlichen Spuk herliefen. Allerdings konnte er auch mit keiner Alternative aufwarten.

Es klopfte.

„Ah. Das ist unsere schöne Mlle. Denglot", wußte der Magier und antwortete ohne Zögern: „Herein!"

Cérise Denglot trat ein und trug eines ihrer besten und zweckdienlichsten Lächeln zur Schau.

„*Mon Dieu*", sagte sie, „was für ein ausgesucht abscheuliches Frühstück! Die Feigen waren ungenießbar, und die Orange war sauer. Ich weiß nicht, warum man in diesem Land kein anständiges Obst anbauen kann! Das kann doch nicht so schwierig sein. Schließlich haben sie ja dieses riesige Glashaus mitten in der Stadt."

Sie setzte sich adrett hin und glättete den Seidenrock ihres Kleides.

Die beiden Männer starrten sie erwartungsvoll an.

„Ja und?" fragte Asko schließlich, um herauszufinden, was geschehen war.

„Das heißt", fuhr sie fort, „daß ich jetzt auf nüchternen Magen zu meiner Probe gehen muß. Sie können sich gewiß kaum vorstellen, wie es ist, auf nüchternen Magen singen zu müssen, und Sie haben nicht die entfernteste Vorstellung davon, wie es ist, auf nüchternen Magen Wagner singen zu müssen. Es ist *vraiment* quasi unmöglich. Ich bin sicher, Herr Wagner schreibt seine Arien ausschließlich für volle Mägen. Sie haben alle so ein Knödel-und-Sauerkraut-Timbre. Viel zu schwer, viel zu sauer. Aber Seine Majestät scheint diesen Stil zu schätzen, und er ist ein ganz entzückender Herrscher. Ich meine, wie viele Monarchen gibt es in Europa schon, die so gut aussehen und so charmant sind – und so jung? Also singen wir Wagner ..."

In Asko stieg das uncharmante Verlangen auf, der Sängerin den Hals umzudrehen. Gott sei Dank war Mlle. Denglot nicht empfänglich für seine momentanen Schwingungen, sonst wäre sie ob der unerwarteten Heftigkeit seiner Gefühle sicherlich erstaunt gewesen.

„Mademoiselle! Die Damen! Miss Jarrencourt! Sie hatten versprochen, mit ihnen zu reden!"

„Das habe ich", erwiderte Cérise, „natürlich habe ich das. Wir haben gemeinsam gefrühstückt, und ihnen hat es offensichtlich auch nicht besonders geschmeckt. Dabei hatten sie nicht einmal Südfrüchte, was wahrscheinlich eine gute Entscheidung war."

„Ja und?"

„Jetzt sind sie vermutlich auch noch hungrig." Sie lächelte Asko an, als dessen Verärgerung sie nun doch erreichte. „Aber sie können ja ein zweites Frühstück in der ‚Sonne' zu sich nehmen. Dahin wollten sie, als ich sie verließ. Machten auf dem Absatz kehrt und rannten davon wie die Hasen. Oder wie ein Häschen und ein Hütehund. Sie haben nicht mal mehr gepackt, sondern nur ihre Zofe angewiesen, ihnen Hüte und Mäntel zu bringen. Als ich nach oben ging, standen sie im Foyer und warteten darauf. Wenn Sie noch förmlich Abschied nehmen wollen, sollten Sie sich beeilen. Obwohl sie vermutlich längst weg sind. Ich habe mich etwas vertrödelt. Da war dieser zauberhafte junge Mann an der Treppe, der mich an der Scala gehört hatte. Ein netter, zuvorkommender Herr."

„Sie reisen also ab?" fragte Asko und mußte an sich halten, um nicht aus der Tür und die Treppe hinunterzustürzen.

„Habe ich das nicht gesagt? Natürlich habe ich das gesagt. Warum hört mir eigentlich nie jemand zu? Es kann ja wohl nicht an meinem mangelnden Stimmvolumen liegen. In der Oper trägt meine Stimme ja auch bis zu den hintersten Rängen. Also: Ich habe das kleine Häschen zu überreden versucht, dazubleiben und einmal ein richtiges Abenteuer zu erleben. Nur so zum Zeitvertreib. Doch sie sagte, sie sei nicht der Typ für Abenteuer. Das mag stimmen. Muß aber nicht. Ergründen werden wir das jetzt leider nicht mehr."

Von Orven war ärgerlich. Er war in der Tat so wütend, daß man es ihm durch die höfliche Fassade hindurch beinahe ansehen konnte.

„Mlle. Denglot, ich danke Ihnen herzlich für Ihre Unterstützung in der Angelegenheit“, preßte er durch ein eingefrorenes Lächeln hervor. „Sie hatten allerdings absolut kein Recht, Miss Jarrencourt aufzufordern zu bleiben und sich einer Gefahr auszusetzen. Ich meine mich deutlich zu erinnern, Sie gebeten zu haben, darauf hinzuwirken, daß die Damen abreisen.“

„Natürlich haben Sie das, lieber Herr Leutnant. Aber sehen Sie, ich hielt sie für kühner. Ich glaube nicht an diese großäugige, unschuldige Porzellanpuppenmanier. Sie ist zu *parfait*, um wahr zu sein. Ich weiß nicht, was ich von der kleinen Miss halten soll. Sie ist so ein perfektes Klischee. Glauben Sie mir, ich kenne mich aus mit Frauen.“

Asko schluckte die Antwort hinunter, daß selbst im biblischen Sinne ihre Erkenntnisse das männliche Geschlecht betreffend vermutlich ihr Wissen über Frauen weit übersteigen mochten. Er kaute auf der Antwort. Sie schien unverdaulich. Doch seine gute Erziehung obsiegte. Eine ganze Weile sagte er nichts, versuchte nur, die schöne, blonde Frau nicht anzusehen, die im Zimmer saß, als sei es ihr Audienzraum. Statt dessen blickte er den Meister des Arkanen an, doch dieser drehte Asko den Rücken zu, und der Offizier war sich nicht sicher, ob er das aus Ungeduld tat oder um seine Erheiterung zu verbergen. Asko entschloß sich, es nicht wissen zu wollen.

„Mademoiselle Denglot, ich bitte Sie, Miss Jarrencourt nicht als ‚Häschen‘ oder ‚Porzellanpuppe‘ zu bezeichnen. Sie ist kein Spielzeug“, sagte er, sobald er seine Stimme wieder in seiner Gewalt hatte.

„Schade, *n'est-ce pas*?“ Die unmögliche Frau hatte die Frechheit, ihm zuzuzwinkern. Asko von Orven konnte mit einem Mal nicht mehr verstehen, daß er die Dame jemals auch nur im entferntesten attraktiv gefunden hatte. Sie war ganz offensichtlich eine Xanthippe der übelsten Art.

Herr Vonderbrück wandte sich ihnen zu und blickte doch ernster drein, als der Leutnant befürchtet hatte.

„Das bringt uns nicht weiter“, sagte er. „Wir sollten alle etwas ruhen. Wenn meine Berechnungen stimmen, so wird sich der Spuk in circa dreieinhalb Stunden wieder zeigen. Wahrscheinlich auf dieser Etage. Vielleicht auch direkt darunter. Wir sollten auf die Auseinandersetzung vorbereitet sein. Leider kann ich diesen Raum nicht verlassen, da ich ihn zum Zentrum meiner Magie gemacht habe. Vielleicht sind Sie so nett, Colonel Delacroix auszurichten, er sei willkommen, bei mir vorbeizuschauen, falls seine Wunden einer magischen Behandlung bedürfen. Allerdings nicht innerhalb der nächsten Stunde, denn da werde ich absolute, vollkommene Ruhe brauchen, um mich zu konzentrieren.“

Cérise erhob sich anmutig.

„Du lieber Himmel“, klagte sie. „In der Zeit werde ich leider auf der Probe in der Oper sein. Welch ein Pech. Ich werde die ganze Aufregung verpassen. *Si triste*.“

Sie lächelte.

Asko verneigte sich erst vor der Sängerin, dann vor dem Magier.

„Wenn Sie mich bitte entschuldigen“, sagte er und fühlte, wie sein höfliches Lächeln ein grimassenhaftes Eigenleben annahm, „ich werde Leutnant von Görenczy und Colonel Delacroix entsprechend informieren.“

Kapitel 16

Delacroix hätte lieber in seinem eigenen Bett im dritten Stock gelegen. Die Decke, auf der er lag, roch nach Blut – seinem Blut –, und er fühlte sich unwohl in einem Zimmer, das allzu offensichtlich mit weiblichen Accessoires und Paraphernalien randvoll gestopft war.

Doch Hemd und Rock waren ruiniert, und er konnte nicht gut halbnackt durch die Hotelgänge laufen, mit nichts um seinen Oberkörper als einem Verband. Man wäre schockiert gewesen.

Man war so leicht schockiert. Zumindest die Menschen einer gewissen Gesellschaftsschicht. Er selbst war im finstersten Elendsviertel von Syrakus aufgewachsen. Dort hatten die Leute andere Sorgen, als sich über die unpassende Kleidung anderer aufzuregen. Doch er hegte nicht den Wunsch, dorthin zurückzukehren. Einige Teile seiner frühen Jugend waren zu grauenhaft, als daß er sich allzu genau daran erinnern mochte.

Der Angriff, den er gerade überstanden hatte, hatte ihn an jene Zeiten erinnert. Die Zeiten, als – wie hatte es dieser allzu eifrige Arzt noch ausgedrückt – das Arkane ihn schon einmal sehr nachhaltig berührt hatte.

Er wollte nicht daran denken. Meist versuchte er, die Erinnerung daran auszublenden, war genau daraufhin erzogen und trainiert worden. Solange er wach war, gelang ihm das im allgemeinen auch. Doch wenn er träumte, kamen die Erinnerungen bisweilen zurück, weckten ihn in schwärzester Nacht und raubten ihm mit ihrem Grauen den Atem.

Ein Waisenkind war er gewesen, einer der vielen schmutzigen, zerlumpten Jungen, die ihre bittere Armut nur dadurch überlebten, daß sie sich in einer von einem Erwachsenen geführten Bande zusammenschlossen, der die rattengleiche Kinderarmee zu Einbrechern, Ganoven und Dieben ausbildete. Delacroix hatte damals auf einen anderen Namen gehört. Doch den gab es nicht mehr. Der Knabe, dem jener Name gehört hatte, war sozusagen gestorben.

Er war ziemlich erfolgreich gewesen. Von Natur aus klein, dürr und beweglich, war er als Taschendieb und als Einbrecher gleichermaßen gut einsetzbar gewesen. Im Alter von zehn Jahren hatte er es, was seine Messerkünste anging, mit jedem Erwachsenen aufnehmen können. Er hatte weder lesen noch schreiben können, doch er war schlau und aufgeweckt gewesen und hatte alles Neue schnell gelernt. Er hatte damals gewußt, daß er es in seinem Gewerbe weit bringen würde, und davon geträumt, eines Tages genauso ein Beschützer für eine Bande von Kindern zu werden, wie das sein eigener Padrone ihm gegenüber war. Nur netter.

Er war ehrgeizig gewesen, immer darauf bedacht, neue Beute auszubaldowern, neue Möglichkeiten auszuloten, und so war er eines Tages in der Erwartung, dort viele nette Dinge zu finden, die sich in klingende Münze umwandeln ließen, in ein großes, reich aussehendes Anwesen eingestiegen.

Statt dessen hatte er sich in einer Magierloge wiedergefunden, einer, die die schwarze Kunst pflegte. Sie hatten ihre Schutzzauber gegen Eindringlinge und hatten ihn geschnappt, bevor er noch bemerkt hatte, in welcher Gefahr er sich befand. Die Gruppierung war sowohl Geheimbund als auch religiöse Sekte und praktizierte unbehelligt einen Glauben, der dem Anschein nach schon seit dem Fall von Karthago ausgestorben war.

Die Opferung von Kindern war in Syrakus so undenkbar wie überall. Doch Kinder aus den Elendsvierteln verschwanden andauernd, ohne daß irgend jemand sie intensiver suchte oder auch nur vermißte. So konnte der Magierorden seine Religion ungehindert praktizieren. Er achtete darauf, nur Kinder auszuwählen, die niemand vermissen würde.

Delacroix war ideal für ihre Zwecke, obgleich sie bereits ein Opfer gefangen hatten. Die Magier hatten den kleinen Dieb mit einem anderen Jungen in einen Raum gesperrt. Delacroix versuchte sogleich, das Schloß zu knacken – was ihm normalerweise keinerlei Schwierigkeiten bereitete – doch dieses Schloß war magisch verstärkt.

Der andere Junge war älter als er selbst, blond und trug die Kleidung eines Schiffsjungen. Er sprach kein Italienisch, und Delacroix kannte seine Sprache nicht. Der fremde Junge fürchtete sich augenfällig sehr.

Dazu hatte er auch allen Grund. Noch in der gleichen Nacht brachte man beide Jungen in einen großen Raum, in dem mehr Kerzen brannten, als Delacroix bis dahin in seinem Leben je auf einem Haufen gesehen hatte. Die Flammen erhitzten die Luft. Den beiden Kindern gab man etwas zu trinken. Es schmeckte köstlich süß, und Delacroix fühlte sich fröhlich und gelöst. Er wartete auf eine gute Gelegenheit zur Flucht. Aber das hatte Zeit, meinte er. Kein Grund, etwas zu überstürzen.

Der andere Knabe empfand das anders. Er begann, sich zu wehren und zu treten, und es gelang ihm fast, den Männern zu entkommen. Delacroix sah ihn das Seil hochklettern, an dem man den Kandelaber hochziehen konnte. Er kletterte gut, aber nicht gut genug. Einer der Männer am Boden streckte die Hand nach ihm aus, und obgleich er keinesfalls nah genug stand, um ihn zu berühren, fiel der Junge im gleichen Augenblick und schlug auf dem Steinboden auf. Delacroix sah ihn mit gebrochenem Genick dort liegen und hörte, wie die Männer ärgerlich untereinander debattierten. Tot war der Knabe nutzlos.

Sie wandten sich Delacroix zu und dankten wahrscheinlich ihren wie auch immer gearteten Göttern für den überraschenden Ersatz. Ehe er reagieren konnte, war er schon durch einen Zauber gelähmt. Diesmal gingen die Magier kein Risiko ein.

Sie hoben ihn auf eine Art Steinaltar. Große Hände hielten ihn nieder. Das Universum drehte sich um ihn, wirbelte, um dann an einem neuen Fluchtpunkt der Realität fixiert zu werden. Die Männer sangen. Weite Kapuzen verhüllten ihre Gesichter.

Er spürte die Zeit nicht vergehen, konnte nicht einmal annähernd bestimmen, wie lange er dort lag. Er lauschte nur. Die Gesänge tönten immer weiter. Er hätte sich vor dem langen Dolch wohl fürchten sollen, den einer der Kapuzenträger über ihn hielt. Doch er empfand keine Furcht, nur Unbehagen. Er verstand nicht. Die Schneide glänzte schwarzsteinern im Kerzenlicht und sah schön und kostbar aus wie ein exquisites Spielzeug.

Dann berührte die Spitze ihn über dem Herzen, drang in seine Haut, bis Blut kam. Das tat nicht weh, doch er fühlte sich mit einem Mal in scharfe Kälte eingehüllt. Er wollte schreien, merkte jedoch, daß er es nicht konnte. Er konnte nur reglos auf dem Stein liegen, von dem er plötzlich wußte, daß er tief in die Erde ragte. Eine Verbindung formte sich von weit unter ihm, von der Tiefe in den Stein und durch ihn hindurch bis hin zu dem Messer, das sich in sein Fleisch bohrte.

Plötzlich wußte er, daß er nur ein dummes, kleines Kind war, das gleich sterben würde. Diese Einsicht ergoß sich gleichsam von außen in seinen Geist, dehnte diesen wie eine Wolke aus, um faßbar zu werden. Er wurde eins mit den neuen Gedanken, verstand die Mysterien der Welt und verachtete sie, war hungrig auf Leben, gierig nach Macht. Wie eine Säule aus dem Zentrum der Erde schwoll das Sehnen und Wollen an, fuhr durch das Denken seines unbedeutenden Knabenhirns hindurch, griff nach dem schwarzen Dolch und zog ihn mit lüsternem Begehren nach unten.

Die Zeit verrann zähflüssig, wurde immer langsamer, während er fühlte, wie die Spitze des Dolches Stück für winziges Stück in seinen Körper schnitt. Er konnte das Antlitz über ihm erkennen, reglos, von einer Kapuze beschattet: sein Diener. Er wußte, daß die Essenz seines Seins in den kalten Grund gesogen würde, während sein warmes Blut über den Stein strömte.

Er fühlte sich euphorisch, versunken in einer Vereinigung mit einem Geist, der nicht der seine war. Über sich sah er ein Wolfsgesicht, das sich im Kerzenlicht formte. Gelbliche Augen. Sie verschmolzen mit seinen eigenen dunklen, die zu nichts verbrannten. Er wurde Teil seiner eigenen Vision, fühlte sich eintauchen in ein finsteres und zugleich feuriges Wesen, spürte sich heranwachsen zu einem gigantischen Schatten.

Dann sah er die Kugel. Für ihn flog sie so langsam, daß er ihr Herannahen beobachten konnte, während ihn die Erwartung von Frustration und Verlust zerriß. Das Geschoß erreichte den Hals des Vermummten über ihm, bohrte sich hinein, ließ bedächtige Blutstropfen aus der Wunde schweben und trat dann zerfetzend zur anderen Seite wieder aus.

Die Gestalt brach zusammen. Der Dolch fiel und fiel. Äonen später hörte er, wie die Waffe lang anhaltend klappernd auf dem Boden aufschlug, und dann war da ein großer blonder Mann in einer Seemannsuniform, der über dem anderen Jungen kniete und dessen Namen rief, eine Unendlichkeit lang. Wieder ein anderer, mit einem Kruzifix um den Hals, erschien und hob Delacroix von dem Stein.

Die Verbindung brach ab.

Die Trennung stürzte ihn in tiefe Ohnmacht. Als er erwachte, gab es keine Tempelräume, keine magisch verschlossenen Zimmer, keine Gesänge und fast keine Erinnerung daran. Diese kehrte erst mit der Zeit zurück, nach und nach aus der Tiefe durch seine Alpträume zu ihm gesandt.

Er erwachte zu einem neuen Leben. Er war gerettet.

Es klopfte. Delacroix schrak aus seinen Tagträumen hoch und zuckte bei der hastigen Bewegung schmerzhaft zusammen.

„Herein“, rief er und lächelte schief, als von Orven mit seinem Hemd und Gehrock unterm Arm eintrat.

„Guter Mann“, lobte er. „Ich wußte doch, daß man sich auf Sie verlassen konnte und Sie mir ein paar Kleidungsstücke bringen. In blutverschmierten Fetzen durch das beste Hotel am Platze zu spazieren wäre selbst für mich ein zu großer Bruch der Etikette gewesen.“ Er stemmte sich hoch und stand langsam auf. „Da hätte ich mit Sicherheit die Damen erschreckt.“

Leutnant von Orven ignorierte die Vorlage.

„Brauchen Sie Hilfe beim Anziehen?“ fragte er den Colonel, der den Kopf schüttelte und nach seiner Kleidung griff.

„Ich denke, ich kann mich allein anziehen. Ich wäre Ihnen allerdings dankbar, wenn Sie mir nachher behilflich sein könnten, meinen Arm in eine Schlinge zu hängen. Der Arzt hat empfohlen, ihn eine Weile ruhigzustellen."

„Natürlich", erwiderte Asko. „Ich freue mich zu hören, daß ein Arzt die Sache untersucht hat. Vonderbrück hat seine Dienste auch angeboten, sollten Sie sie in Anspruch nehmen wollen. Er behauptet, er hätte nichts von der Fähigkeit der Kreatur gewußt, sich in ..." Er stockte, fand nicht die richtigen Worte, das Erlebnis auf höfliche Weise zu umschreiben. „Jedenfalls hat er uns geraten zu ruhen, da die Kreatur in etwas mehr als drei Stunden wieder unterwegs sein wird. Wenn Sie erlauben, werde ich Sie zu Ihrem Zimmer geleiten."

„Danke. Ich weiß Ihre Aufmerksamkeit zu schätzen. Aber übertreiben Sie es nicht. Es ist nur eine Schramme."

„Ich war sicher, daß Sie das sagen würden", kommentierte Leutnant von Orven trocken, „und zwar genau in diesem Wortlaut. Ich werde Sie dennoch begleiten."

Delacroix war verblüfft. Er hatte bislang bei dem Leutnant keine große Tendenz zum Sarkasmus bemerkt. Vielleicht hatte er den Mann doch unterschätzt. Wie auch immer – es gab Dringenderes, worüber sie reden mußten.

„Wegen Miss Jarrencourt", begann er, aber der junge Offizier unterbrach ihn sofort: „Miss Jarrencourt und Miss Parslow haben das Hotel verlassen. Ihre Zofe packt zur Zeit ihre Sachen."

Delacroix sah verärgert aus.

„Da haben Sie Ihre Zeit ja gut genutzt", bemerkte er säuerlich.

„Eigentlich nicht", entgegnete Asko. „Meine Eingreifen war gänzlich überflüssig. Mlle. Denglot scheint ihren gefühlvollsten Charme eingesetzt zu haben, um die Damen zum Bleiben zu überreden."

„Kein Wunder, daß sie davongelaufen sind", konstatierte Delacroix. Zum ersten Mal seit vielen Stunden grinsten die beiden Männer einander an. „Nun, dann haben Sie Glück gehabt. Hätte sie versucht, sie zur Abreise zu überreden, wären die Damen sicher noch hier. Wir sollten Mademoiselle in die nächste Jagd integrieren. Vielleicht bringt sie die Kreatur dazu, etwas fürchterlich Dummes anzustellen."

„Mademoiselle hat mich informiert, daß sie zu einer Probe muß und zur gegebenen Zeit nicht anwesend sein wird."

„Glückliche Cérise!"

„Sie gab ihrer Enttäuschung darüber Ausdruck."

„Natürlich. Ich hoffe, sie muß Wagner singen. Sie haßt Wagner."

„Es ist Wagner."

„Gut."

Nicht zum ersten Mal machte sich von Orven darüber Gedanken, was zwischen Delacroix und der Sopranistin vorgefallen sein mochte, daß sie einander so spinnefeind waren. Selbstverständlich ging ihn das nichts an. Gott sei Dank – und so war es besser, er wußte es nicht. Statt dessen sagte er nur: „Gestatten Sie", und half dem Colonel die Hemdknöpfe zu schließen. Dann half er ihm in Weste und Rock und band akribisch seine Krawatte.

„Danke", sagte Delacroix, ohne sonderlich dankbar zu klingen. „Ich hätte das schon geschafft."

„Bestimmt. Aber wir haben nicht viel Zeit. Wir sollten nach unten gehen. Ich frage mich, wo Görenczy ist."

„Ich habe ihn diesem unglaublich wohlinformierten Arzt hinterhergeschickt, der mich behandeln kam. Er hat uns einige Einzelheiten über die Kreatur erzählt. Sie könnten stimmen – oder auch nicht."

Leutnant Asko von Orven, der gerade dabei war, Colonel Delacroix' linken Arm in die Schlinge zu legen, sah erstaunt auf.

„Ich erzähle es Ihnen auf dem Weg nach unten", versprach Delacroix. „Sehe ich jetzt wieder ordentlich und zivilisiert aus?"

„Nicht ordentlicher und zivilisierter als sonst auch, Sir", erwiderte der junge Mann mit steinernem Gesichtsausdruck und öffnete die Tür.

Kapitel 17

Von Görenczy rannte den Gang entlang. Es war unglaublich, mit welcher Behendigkeit der junge Arzt ihm entglitten war. Von Görenczy war schnell. Doch als er den Raum verlassen hatte, war der Doktor bereits verschwunden gewesen, und er konnte ihn nirgends erspähen.

Er rannte zur Treppe und von dort hinunter. Während er um die Ecke hastete, meinte er, den blonden Mann auf dem darunter gelegenen Stockwerk zu sehen, wie er gerade aus seinem Sichtbereich trat.

Er lief schneller, hetzte die Treppe hinunter, stolperte und schaffte es gerade noch, sich am Geländer festzuhalten, bevor er die gesamte Treppe hinuntergepurzelt wäre. Das Manöver kostete ihn wertvolle Sekunden. Er kam wieder auf die Beine und rannte weiter. Er bot ein Bild unzivilisierter Eile. Die Schöße seines Uniformrocks flogen, und er überrannte fast zwei ältere Herren, die ihm plötzlich im Weg waren.

Für eine Entschuldigung nahm er sich keine Zeit. Er erreichte die nächste Etage. Kein Zeichen von dem Arzt. Er fluchte und erschreckte damit zwei Damen, die gerade aus ihren Zimmern kamen. Sie blickten ihn bestürzt an. Er lächelte entschuldigend und murmelte etwas. Das Lächeln fiel wohl mißverständlich aus, denn sie wichen mit einem kleinen Aufschrei zurück in ihre Zimmer.

Aus dem Augenwinkel sah er einen hellen Haarschopf am anderen Ende des Korridors. Er hastete weiter. „Personal" stand auf der Tür. Er öffnete sie. Sie führte zu einer engen, hölzernen Hintertreppe. Die Gesindestiege.

Er hörte schnelle Schritte, die nach unten liefen. Er lief hinterher, nahm zwei, drei Stufen auf einmal, flog fast die sich eng windende Treppe hinab. Der Mann konnte doch unmöglich so schnell sein!

Er erreichte das Parterre. Kein Lebenszeichen von dem Mann, den er verfolgte. Vier Türen führten von dem Flur weg. Er wußte nicht, welche er nehmen sollte. Inzwischen war er der Überzeugung, jemanden zu jagen, der weitaus trickreicher war, als er vermutet hatte. Er kontrollierte abermals seine Pistole.

Welche Tür sollte er nehmen? Er entschied sich für die, die der Treppe am nächsten war, hob die Waffe und stieß die Tür auf.

Er fand sich hinter dem Empfang in der Hotelhalle wieder und blickte in das verblüffte Gesicht eines jungen Mannes in Portieruniform, der ihn mit runden Augen anglotzte. Fast konnte er sehen, wie sich ein Schrei in der Kehle des mit offenem Mund dastehenden Angestellten formte.

„Haben Sie einen blonden Mann mit Arzttasche gesehen?" fragte er.

Der Mann holte tief Luft und schluckte seinen Schrei hinunter, fand jedoch keine Worte, die in umgekehrter Richtung seinen Mund hätten verlassen können.

„Herr Portier! Ist hier jemand durchgekommen?" fragte er noch einmal drängend.

Der Mann starrte auf seine Pistole.

„Ga..." war alles, was er sagte.

Von Görenczy senkte die Waffe und trat auf den Mann zu. Mit der Linken packte er ihn an der Schulter und schüttelte ihn.

„Ist hier jemand durchgekommen?"

Der Mann schüttelte den Kopf. Udolf ließ ihn stehen und hastete zurück zur Hintertreppe. Während er die Tür hinter sich schloß, vernahm er die Stimme des Portiers.

„Herr Leutnant, das ist die Gesindetreppe. Gäste werden gebeten, nicht ..."

Noch drei Türen zur Auswahl. Der Doktor war inzwischen bestimmt fort. Von Görenczy war wütend. Er hatte wenig Lust, seinen Kameraden erklären zu müssen, daß seine Zielperson ihn ausmanövriert hatte.

Er öffnete die nächste Tür, die Pistole schußbereit. Ein vielstimmiger Schrei einer Gruppe Frauen schnitt durch sein Gehör. Er befand sich in der Waschküche. In den Dampfschwaden machte er eine ganze Anzahl kräftiger weiblicher Wesen aus, die in großen Töpfen und Zubern voller heißem Seifenwasser rührten. Beziehungsweise bis eben gerührt hatten. Nun standen sie alle reglos da, zu Tode erschreckt von seinem plötzlichen, wilden, bewaffneten Erscheinen.

„Verzeihen Sie, meine Damen", begann er in der Hoffnung, diese Anrede würde ihnen schmeicheln, doch er konnte sich durch das Gekreische kein Gehör verschaffen.

„Entschuldigung", hob er erneut an, ein wenig lauter diesmal, und fand sich plötzlich konfrontiert mit einer robusten Matrone, die einen gigantischen hölzernen Wäscherührer wie eine Keule schwang.

„Raus!" schrie sie und ließ ihre Waffe in seine Richtung sausen.

Gerade konnte er sich noch ducken. Er entging dem Strafgericht so knapp, daß er den Luftzug über seinem Kopf spürte. Die bayerische Amazone ließ ihm keine Zeit, sich zu erholen. Die Kelle schwang sofort zurück. Er wich aus, trat falsch auf, fiel und setzte sich in ausgesprochen schmachvoller Weise auf den Hosenboden. Beim Aufprall drückte er versehentlich ab.

Ein ohrenbetäubender Knall hallte durch den Raum. Von der Decke rieselte Kalk auf die Wäscherinnen und ihre Zuber.

Wenigstens hatte er keine der Frauen getroffen. Der Schuß war in die Decke gegangen.

Einen Moment lang war es still. In die Stille hinein hörte er seine eigene Stimme sagen: „Ah, verzeihen Sie, meine Damen ..."

Die Matrone mit der Wäschekeule stand drohend über ihm. Für eine Sekunde dachte er über die Schmach nach, wenn Leutnant Udolf von Görenczy vom Königlich Bayerischen Chevaulegers-Regiment ein unrühmliches Ende durch die überlegene Kampfkraft einer erzürnten Waschfrau fände. Von all den Peinlichkeiten, mit denen er seine Familie in den letzten Jahren belastet hatte, wäre dies jedenfalls die peinlichste.

Doch die Frau schien ihre Fassung wiederzuerlangen.

„Herr Schwalangscher“, schalt sie ihn mit einer Stimme, deren bayerische Klangfärbung sie krampfhaft zu unterdrücken suchte, was die Strafpredigt weniger eindrucksvoll machte, als das beabsichtigt war. „Raus itzt, und nehmen's Ihr Gewehr mit.“

Eine weitere weibliche Stimme erklang etwas schüchterner, ja beinahe ehrfurchtsvoll hinter ihr: „Bittschön, Frau Aufwärterin, das ist kein Gewehr. Das ist eine fünfschüssige Robbins & Lawrence-Pepperbox-Selbstladepistole vom Kaliber .31 mit ringförmigen Abzug und gezogenem Lauf.“

Von Görenczy glotzte ungläubig das rundliche Mädchen an, das beinahe verträumt auf die Schußwaffe in seiner Hand sah.

„Du gehst zurück an dein' Bottich. Keiner hat dich was gefragt. Hast du keine Arbeit? Päppabox, wo komm' ma' denn dahin? Schäm dich, Creszenz. Ein anständiges Mädel sollt' so was nicht wissen.“

Die Matrone drehte ihm den Rücken zu, war sie doch völlig damit beschäftigt, die wohlinformierte junge Frau auszuschimpfen. Leise stand Udolf auf und schlich zur Tür.

„Sie hat aber recht“, murmelte er in den Raum und zog die Tür hinter sich zu.

Zwei Türen noch. Es war höchstwahrscheinlich viel zu spät, doch er mußte es probieren.

Vorsichtig öffnete er die nächste Tür, hielt dabei immer noch seine Waffe in der Hand, während er zugleich versuchte, sie irgendwie harmlos aussehen zu lassen. Es gelang ihm nicht.

Treppenstufen. Sie führten in einen dunklen Keller. Einige Handlaternen und Zündhölzer waren akkurat oben an der Stiege aufgereiht. Ein gepflegtes Hotel. Er zündete eine Laterne an und stieg hinab in die Dunkelheit. Er konnte sich schließlich nicht blind nach unten tasten, und schleichen war nun auch überflüssig. Mit der Laterne in der Hand war er nur allzu sichtbar. Er würde ein gutes Ziel abgeben, wenn jetzt wirklich jemand aus der Dunkelheit auf ihn feuern wollte. Doch es nützte nichts, das Leben eines Chevaulegers war gefährlich. Waschfrauen konnten überall lauern.

Ein großer Keller öffnete sich vor ihm. Er fragte sich, ob dies der Raum war, in dem Delacroix in der vergangenen Nacht die Kreatur gesehen hatte. Dann verwarf er den Gedanken. Delacroix wäre mit Sicherheit der Verwesungsgeruch nicht entgangen, und auch die Leiche, die mitten auf dem Boden lag und mit glasigen Augen an die Decke starrte, konnte man nur schwerlich übersehen.

Von Görenczy kniete sich hin und legte Laterne und Pistole neben dem toten Körper ab. Der Mann war kalt. Er war kein Fachmann, aber frisch war die Leiche nicht. Mehr als einen Tag alt, schätzte er, suchte nach einer Verletzung und wünschte, er hätte Handschuhe dabei. Alte Leichname anzufassen war kein Spaß. Doch nach seinem Versagen bei der Verfolgung des Arztes wollte er nicht ohne irgendwelche Informationen zurückkehren.

Er fand, was er suchte: eine weiche, eingedrückte Stelle am Schädel des Toten. Der Knochen war gebrochen. Die Haut war nicht angekratzt. Dafür war er dankbar. Was er eigentlich erwartet hatte, war ein kreisrundes, schwarzes Loch, das irgendwo in den Mann hineinführte. Natürlich mochte er das immer noch finden, wenn er die Leiche komplett untersuchte. Vielleicht hatte der Mann sich ja beim Sturz den Kopf eingeschlagen, als das Wesen ihn verließ? Er mochte gar nicht darüber nachdenken.

Er fühlte sich ein wenig unwohl und schalt sich wegen seines Mangels an Kaltblütigkeit. Er war kein Feigling. Er war stolz darauf, genauso zu sein, wie Chevaulegers sein sollten, mannbar und waghalsig. Doch dieser Tote machte ihm zu schaffen.

Er kramte ein Taschentuch hervor und wischte sich die Hände ab. Aus dem Augenwinkel nahm er eine Bewegung wahr. Er griff nach seiner Pistole, erreichte sie aber nicht mehr. Etwas knallte gegen seinen Kopf. Schwärze machte sich in seinem Denken breit, geschmückt mit hellen Sternen, die er voller Erstaunen sah, während sein Bewußtsein schwand. Sein letzter Gedanke war, daß er genau auf die Leiche fiel und daß seine Kameraden ihn nun genauso mausetot finden würden. Erschlagen mit einem stumpfen Gegenstand.

Kapitel 18

Corrisande saß auf dem Bett und versuchte, nicht zu weinen. Weinen war nutzlos, es ließ einen nur häßlich und aufgedunsen aussehen. Sie war stolz darauf, nur Tränen zu vergießen, wenn sie dadurch ein bestimmtes Ziel erreichen konnte. Sonst weinte sie nie. Außer unter ganz besonderen Umständen.

Am Vorabend hatten besondere Umstände geherrscht, und an diesem Tag waren sie nicht minder schlimm. Doch sie wollte nicht weinen. Sie verabscheute Hysterie und gestattete sich nie, darin zu versinken. Tränenreiche Erschütterung war etwas, was man gegebenenfalls bei entsprechendem Anlaß gut inszenieren mußte, dem man sich aber wenn möglich nicht einfach hingab. Also weinte sie nicht. Im Grunde war ihr auch mehr danach, laut zu kreischen. Doch auch das hatte man in einer zivilisierten Umgebung tunlichst zu unterlassen.

Sie hatte Eliza aus dem Zimmer komplimentiert. Sie wollte sich nicht noch weitere Hypothesen und Pläne anhören, oder was immer es war, das ihre Begleiterin gerade zu sagen hatte. Sie wollte einfach, daß alles vorbei wäre.

Sie hatte sich auf die Münchner Ballsaison gefreut. Nach dem Desaster vor einigen Monaten in Paris schien sie einen Neuanfang wert. Armer Hugo. Sie hatte ihn gemocht. Er war nett und freundlich gewesen, und was konnte man von einer guten Partie sonst schon verlangen? Liebe und Leidenschaft waren etwas für französische Schundromane und hatten nichts mit dem normalen Leben zu tun.

Es war eine unglückliche Fügung, daß er auf ihr Familiengeheimnis stieß. Üblicherweise fand man nur heraus, was man herausfinden sollte. Die Jarrencourts waren eine intelligente Familie. Die Hintergrundgeschichte war gut durchkonstruiert und hielt einigen Nachforschungen stand. Ihr Vater war ein kränkelnder

Invalide, der nie Gäste empfing. Kontakt konnte nur durch Briefwechsel erfolgen.

Die Leute glaubten das, bedauerten sie ab und zu dafür, daß so ein junges Mädchen nur mit ihrer Tante in die Gesellschaft ging und nicht mit dem einzigen verbleibenden Elternteil. Hugo hatte es auch geglaubt. Anfangs. Es war ja auch keine besonders ausgefallene Geschichte. Das Leben war so. Menschen erkrankten und gingen nicht mehr in Gesellschaft. Das konnte jederzeit passieren.

Aus Hugos Sicht war es freilich allzu sorglos gewesen, sie mit seinen Erkenntnissen zu konfrontieren, anstatt diese einfach nur bekanntzumachen. Sie erinnerte sich noch gut an den Abend, als er sie besuchen kam, seine Miene voll bitterer, wütender Entrüstung. Er stürmte in ihren Salon, warf ihr drei dicke Geldbündel zu Füßen. Für ihre Dienste, erklärte er, und er habe nicht vor, in eine Bande von Räubern und Mördern einzuheiraten und denke gar nicht daran, sich mit einem Schwiegervater abzufinden, der fern davon, ein hilfloser Invalide zu sein, die wildeste Spielhölle in Paris leitete, wenn auch unter Pseudonym. Er habe nicht die Absicht, eine Braut zum Altar zu führen, die in übel beleumundeten Häusern aufgewachsen und deren einziges Ziel sein Geld sei. Wenn Geld ihr ganzes Anliegen sei, da könne er helfen. Da habe sie Geld, Geld genug, und sie solle glücklich damit werden. Er plane nicht, sich ein paar Wochen nach der Hochzeit in seinem Ehebett ermorden zu lassen, nur um die Welt um eine extrem wohlhabende Witwe reicher zu machen.

Der letzte Kommentar war besonders grob. Corrisande hegte keine solchen Pläne. Sie hoffte vielmehr auf ein beschauliches Eheleben in einer sicheren, geordneten Umgebung. Sie liebte ihren Vater im gleichen Maße, wie sie ihn fürchtete. Freilich war ihre Jugend etwas ungewöhnlich gewesen, doch ihre Ausbildung hatte alle Fertigkeiten und Qualitäten beinhaltet, die eine Dame von Stand erwerben mußte, denn ebendies war sie. Sie hatte nur darüber hinaus noch mehr gelernt. Doch ihr Vater hatte nie darauf bestanden, daß sie sein ungewöhnliches Leben teilte. Er hatte ihr die Wahl gelassen, und sie hatte sich schließlich entschieden, gut zu heiraten. Hugo zu heiraten.

Sie hatte gefleht und gebettelt. Sie hatte ergreifende Kullertränen vergossen. Sie hatte die Hände gerungen. Sie hatte ihn gebeten, sie von einem Leben zu erretten, das sie nicht ertragen könne. Sie war erblaßt. Sie war errötet. Nichts hatte geholfen.

Er sei nur gekommen, um das Verlöbnis aufzukündigen. Das schulde er seiner guten Erziehung. Er habe Briefe an seine Familie und die Behörden geschrieben, sagte er, die die Machenschaften einiger besonders übler Verbrecher aufdecken sollten. Er hatte sie noch nicht aufgegeben. Doch sie solle wissen, daß er das jederzeit tun könne. Er gebe ihr nur die Chance, das Land vorher zu verlassen. Nicht weil er glaube, ihr irgend etwas schuldig zu sein, sondern weil er ein Gentleman sei und der Gedanke, daß seine ihm Angelobte in Ketten gelegt und in den Kerker geworfen würde, ihm deshalb nicht behagte. Vermutlich, hatte er hinzugefügt, sei er viel zu großzügig und sie solle sich sehr schnell aus dem Land, ja aus dem Erdteil entfernen. Noch in der gleichen Nacht. Er schlug Amerika vor, oder Indien. Oder China. Dann ging er.

Er kam nie zu Hause an.

In der gleichen Nacht hatte sich Corrisande als Jüngling verkleidet und war zu seinem Haus gegangen. Es war leicht gewesen, dort einzubrechen. Die Briefe hatten auf seinem Sekretär gelegen, fein säuberlich zur weiteren Verwendung gestapelt. Sie hatte sie an sich genommen und verbrannt. Das Unheil war abgewendet gewesen, zumindest soweit es sie und ihren Vater betroffen hatte.

Nun waren sie also nach München gekommen, um hier nach einer passenden Partie zu suchen. Eliza begleitete sie wie immer, um ihren Ruf tadellos zu halten und zudem, weil Corrisande ihr im Erfolgsfalle einen hohen Bonus versprochen hatte. Eine Beteiligung, die um so höher ausfiel, je besser die Verbindung wäre, die Corrisande einging. Wenn die Dinge anders gelaufen wären, hätte sich Eliza diese Beteiligung bereits verdient. Aber es hatte nicht sein sollen, und nun fingen sie wieder von vorn an. Eine neue

Saison. Eine neue Residenz. Doch nichts war bislang eingetroffen wie erhofft, und nun saß sie fest.

Unangenehm war es gewesen, unendlich unangenehm. Mrs. Parslow und Corrisande waren aus dem Hoteleingang getreten, und plötzlich hatte Corrisande keinen einzigen Schritt mehr tun können. Sie hatte das Geländer am Eingang umfaßt, als ginge es um ihr Leben, hatte es nicht loslassen können. Kaum hatte sie atmen können. Sie hatte sich verzweifelt umgesehen, in der Erwartung, der Spuk werde nun gleich über sie kommen, um sie mitzunehmen in jene schwarzeisigen Gefilde der Hoffnungslosigkeit. Doch nichts dergleichen war geschehen. Allerdings hatte eine überwältigende Macht sie daran gehindert, von dem Hotel zu lassen. Sie hatte keinen Schritt mehr tun, ihre Hand nicht vom Geländer nehmen, sich nicht zur Droschke weiterbewegen können. Es war gewesen, als sei sie gegen eine Wand gelaufen.

Magie, hatte sie gefolgert. Es mußte Zauberei sein. Was sonst? Heißer Zorn war in ihr aufgestiegen. Irgend jemand hatte es ihr unmöglich gemacht, das Hotel zu verlassen.

Sie war zurückgestolpert, fast durch die Flügeltüren in das Gebäude hineingefallen. Ein Portier hatte sie aufgefangen. Er hatte ihr zu einer Couch in der Lobby geholfen, und sie war zitternd darauf niedergesunken.

Der alte Portier hatte sie merkwürdig angesehen, als sähe er sie zum ersten Mal. Es war eher ein mißtrauischer denn ein mitleidiger Blick gewesen, den sie nicht hatte deuten können.

Eliza hatte sich eingefunden und sie leise dafür gescholten, daß sie sie einfach draußen hatte stehenlassen. Sie hatte sie aufgefordert mitzukommen. Die Droschke warte.

Eventuell hätte Corrisande es erneut versucht, wenn nicht inzwischen eine Reihe hilfsbereiter Menschen herbeigeeilt gewesen wären, die sich für den Schwächeanfall der jungen Dame interessierten.

Es hatte keine Wahl gegeben. Sie hatten zurück auf ihre Zimmer gemußt. Eliza hatte es gehaßt, die eben getroffenen Arrangements wieder umzuwerfen. Sie hatte Corrisande töricht und albern geheißen. Schließlich müsse sie nur die Stufen hinuntergehen und das Geländer loslassen.

Doch Corrisande wußte, daß sie das nicht vermochte.

Inzwischen konnte sie sich vorstellen, was geschehen sein mochte. Sicher war es dieser Delacroix gewesen. Bestimmt war er ein Zauberkünstler oder so etwas. Das würde zumindest seine fremdartigen Augen erklären. Er hatte die Türen verzaubert, damit sie nicht abreisen konnte. Er dachte wohl immer noch, er könne sie dazu bringen, ihm bei der Verfolgung der Gespenstererscheinung zu helfen. Er hatte kein Recht dazu. Sie war erbost.

Dem würde sie es zeigen. Jawohl. Ganz bestimmt.

Sie erhob sich und ging in den Salon. Dort gab es ein Schreibpult. Sie nahm Papier und Feder zur Hand.

„Eliza“, fragte sie ihre Gesellschafterin, „wie gut sind deine Kenntnisse bezüglich arkaner Angelegenheiten?“

„So gut wie nicht existent, fürchte ich“, antwortete die Dame und klang immer noch etwas beleidigt. „Was willst du wissen?“

„Endet ein Zauberspruch mit dem Tod dessen, der ihn ausgesprochen hat?“

Eliza sah sie verblüfft an. Langsam schien sich ein Gedanke in ihrem Sinn zu formen. Sie lächelte ziemlich unangenehm.

„Ich könnte es mir vorstellen. Was hast du vor?“

Corrisande tauchte die Feder ins Tintenfaß.

„Ich denke“, sagte sie, „ich werde Papas Repräsentanten in München einen Brief schreiben.“ Sie lächelte unangenehm. „Ja, ich glaube, das werde ich tun. Schließlich hat Papa uns ja jede erdenkliche Unterstützung versprochen.“

„Wenn du es für nötig hältst, dann solltest du das tun, meine Liebe.“

Eliza nahm ihre Stickerei wieder auf.

Corrisande begann zu schreiben.

„Sehr geehrter Herr“, schrieb sie. *„Im begründeten Vertrauen auf Monsieur J.s Vorausblick und Sorgfalt bin ich mir sicher, man hat Sie bereits informiert, daß ich in München bin und unter seinem besonderen Schutz stehe. Ich möchte Sie bitten, mir in einer sehr*

unangenehmen Angelegenheit behilflich zu sein. Ich befinde mich im Nymphenburger Hotel, das ich auf Grund der Machenschaften eines Colonel Delacroix, dessen magische Fähigkeiten ich nicht bezweifle, nicht verlassen kann. Augenscheinlich hat er mich mit einer Art Zauberspruch belegt, der mich an das Gebäude bindet. Ich wäre Ihnen für entsprechende Unterstützung außerordentlich dankbar, denn ich will diesen Ort dringend noch heute verlassen. Soweit ich hörte, überlebt ein Zauber nicht den Hexenmeister, der ihn wirkte.“

Sie unterzeichnete den Brief nicht, sondern zog ihren Ring vom Finger und öffnete den Stein. Unter ihm war ein Wappen zu sehen, eine Nixe, die ein Herz hielt. Sie sah den Stein zaudernd an. Das Wappen der Jarrencourts. Eine noble, alte Familie.

Sie ergriff das Schreiben, riß es entzwei und zerknüllte es. Einen Moment lang saß sie nur da, zornig, daß sie nicht wie ihr Vater sein konnte. Dann änderte sich ihre Wut, richtete sich gegen sie selbst, und sie verstand nicht, wie sie auch nur hatte erwägen können, einen Mord in Auftrag zu geben. Sie erinnerte sich wieder an die gelblichen Augen, die von so nah in ihr Gesicht geblickt hatten.

Der Mann war unmöglich. Gewiß. Doch sie wollte und konnte nicht seine Mörderin sein.

Langsam stand sie auf und ging in ihr Schlafzimmer. Sie schloß die Tür leise und vorsichtig hinter sich und besiegte heldenhaft den Impuls, sie einfach nur wütend ins Schloß zu werfen. Sie setzte sich wieder aufs Bett. Es mußte eine andere Lösung her. Irgend etwas mußte ihr einfallen.

Im Salon schritt Eliza zum Sekretär und holte den zerknüllten Brief aus dem Papierkorb. Sie nahm Feder, Papier und den Siegelring zur Hand. Auf ihrem Gesicht lag ein fast mütterliches Lächeln.

Kapitel 17

Marie-Jeannette lief durch die Straßen Münchens. Von Dienstboten erwartete man eine gewisse Beflissenheit. Besonders von Dienstbotinnen. Frauen der Gesindeschicht, die auf der Straße trödelten, vermittelten schnell den Eindruck, ihre persönlichen Dienstleistungen jedem x-beliebigen anzubieten.

Doch so leicht war sie nicht zu haben. Sie war gar nicht zu haben. Nicht jetzt. Nicht zu dieser Zeit.

Allerdings waren es keine moralischen Skrupel, die sie von einem Fehltritt abhielten. Sie bereitete sich auf eine Karriere vor, die ihr Zutritt zu den besseren Kreisen verschaffen würde. Es war ihr früh klargeworden, daß sie dieses Ziel nicht erreichen würde, solange sie als Schönheitsdienerin bei ihrer wenig mütterlichen Mutter blieb.

Corrisande war ein Glücksfall. Keine andere distinguierte Arbeitgeberin hätte eine solche Vereinbarung akzeptiert: Marie-Jeannettes enormes Zofentalent gegen eine gesellschaftliche Ausbildung, die ihr in ihrer Jugend verwehrt geblieben war. Zudem bekam sie Lohn. Erstes Ziel war, Corrisande vorteilhaft an einen reichen, passenden Gatten zu verheiraten. Auch dafür sollte es eine Gratifikation in Form von entsprechender „Aussteuer“ für Marie-Jeannette geben. Danach wollte sie ihre eigene Karriere vorantreiben. Als hochdotierte Edelkurtisane.

Irgendwann würde sie nicht mehr sittsam gebeugten Hauptes für andere durch die Straßen eilen.

Es war nicht weit, doch es schien ihr so. Man hatte ihr den Weg gut erklärt, und es war leicht gewesen, die Sendlingerstraße zu finden. Sie war weitaus weniger eindrucksvoll als der Boulevard vor dem Hotel oder an der Residenz. Trotzdem gab es hier viele Läden.

Doch an Geschäften war sie augenblicklich nicht interessiert. Sie hatte ein Schreiben zu überbringen und war sich nicht sicher, ob sie wirklich das Richtige tat.

Mrs. Parslow hatte es ihr gegeben, mit den Worten: „Miss Jarrencourt läßt dich bitten, dies Schreiben sofort dem Empfänger zu überbringen. Bitte gib es nur dem Adressaten persönlich, spiel nicht damit herum und verlier es nicht, wenn ich bitten darf!"

Auf dem Umschlag stand eine Adresse. Doch die Handschrift war nicht die Corrisandes. Dessen war sie sich sicher. Zuerst hatte sie nicht weiter darüber nachgedacht. Sie hatte das Schreiben genommen, sich den Weg erklären lassen und sich aufgemacht. Nach der Szene zwischen ihr und Mrs. Parslow vor dem Frühstück und der zwischen Mrs. Parslow und Corrisande nach dem Frühstück hatte sie nicht die geringste Lust verspürt, die Sache zu diskutieren.

Ihre Arbeitgeberin tat ihr leid. Ein so unangenehmes Erlebnis, auch wenn sie nicht genau verstanden hatte, was wirklich geschehen war. Sie hatte nur begriffen, daß sie wieder auspacken sollte, nachdem sie gerade eben erst alles eingepackt hatte. Das, was sie am Tag zuvor erst ausgepackt hatte, nachdem sie in Paris gepackt hatte. Zwei Tage war das her.

Sie wünschte inständig, die Damen würden sich endlich entscheiden. Normalerweise war Corrisande außergewöhnlich einsichtig und nüchtern. Wenn sie in Ohnmacht fiel, konnte man seine Unterwäsche darauf verwetten, daß sie es tat, um ein bestimmtes Ziel zu erreichen. Wenn sie weinte, konnte man sicher sein, daß sie es mit Stil und Anmut tat, perfekt zeitlich abgestimmt und nie mit mehr als einigen wenigen glitzernden Zähren, die aus ihren Augen fielen wie Tau von einer Blüte. Nie vergoß sie so viele Tränen, daß ihre Lider anschwollen oder ihre Augen rot unterlaufen waren. Marie-Jeannette beneidete sie um diese Befähigung. Sie übte fleißig vor dem Spiegel, schaffte jedoch nie mehr als nur einen recht guten Anschein von Weinen. Corrisandes Perfektion erreichte man schlichtweg nicht.

Diesmal war es anders gewesen. Ihre Ohnmacht am Abend zuvor war echt gewesen, und die Tränen, die ihre Arbeitgeberin diesen Vormittag vergossen hatte, waren weder taktisch klug, noch rasch getrocknet. Es waren Tränen der Angst, der Frustration und des Zorns, ziemlich großen Zorns.

Sie fand die kleine Seitenstraße und bog nach links. Es ging leicht bergab. Sie musterte die Holztüren und las die Hausnummern. Hier war es, Nummer drei. Am Eingang war kein Klopfer, also drückte sie einfach die Klinke herunter und stemmte sich gegen die schwere Tür. Die schwang auf und brachte sie auf einen dunklen Flur, der im Hinterhof endete. An der einen Wand war eine Türöffnung, die zu einer Holztreppe führte. Langsam stieg sie sie empor.

Das Treppenhaus war dunkel, und im Flur roch es modrig. Zu viele Katzen, zuviel Staub und zu wenig Reinlichkeit. Ihre Schritte hallten auf den Stufen. Mit einer Hand hielt sie ihre Röcke um sich herum, damit sie nicht schmutzig wurden.

Im ersten Stock gab es eine Wohnungstür. Auf einem Schild daneben stand „Die Sterne lügen nicht“ und darunter „2x läuten“. Ihre rudimentären Deutschkenntnisse reichten nicht dazu aus, die Botschaft zu verstehen, aber auf dem Brief war das erste Stockwerk angegeben.

Sie zog an der Klingelschnur.

Keine Antwort. Nach einiger Zeit läutete sie abermals, diesmal zweimal hintereinander.

Wieder verstrich Zeit, dann hörte sie, daß sich Schritte näherten.

„Wer da?“ fragte eine vorsichtige Stimme von der anderen Seite der Tür.

Einen Moment lang wußte sie nicht, was sie darauf erwidern sollte, dann entschloß sie sich, Französisch statt Englisch zu sprechen. Javrau war der Befehlshaber und arbeitete von Frankreich aus. Diese Leute konnten gewiß Französisch.

Plötzlich bekam sie Angst. Der dunkle Treppenaufgang, der muffige Geruch, die allgemeine Stimmung von Düsterkeit und Dreck besiegten ihren sonst so sonnigen Optimismus. Es konnte gut sein, daß sie in Gefahr schwebte. Immerhin waren dies Kriminelle. Man kannte sie hier nicht, wußte nicht, daß sie auf gewisse

Weise „zur Familie gehörte", und wenn sie niemanden fand, mit dem sie auf Englisch oder auf Französisch sprechen konnte, war es nur allzu möglich, daß sie in Schwierigkeiten geraten würde.

Es war das erste Mal in ihrem Leben, daß sie sich wünschte, sie wäre nicht so attraktiv. Ihr war klar, was ein Freudenhaus war, und sie wußte auch, daß viele junge Frauen dort nicht aus eigenem Antrieb arbeiteten. Sie hatte davon gehört, daß Mädchen verschleppt wurden, um sie zu genau solcher Tätigkeit in fremde Länder zu verkaufen.

Jetzt war es wohl zu spät, um noch davonzulaufen.

„Verzeihung", sagte sie durch die geschlossene Tür. „Ich bringe ein Schreiben. Es ist äußerst wichtig." Dann sprach sie die Worte aus, die Mrs. Parslow ihr beigebracht hatte. „Paris ist eine schöne Stadt."

Die Tür öffnete sich einen Spalt weit.

„Was willst du?" fragte ein Mann auf Französisch. Er hatte einen starken deutschen Akzent.

„Ich bringe Monsieur Dupont ein Schreiben. Persönlich."

„Er ist nicht da."

„Es ist wirklich eilig."

Ein Männerkopf linste um die Tür herum und musterte sie begehrlich.

„Komm besser rein", sagte er. „Du kannst mit mir sprechen. Ich bin sein Partner."

Sie hatte keine Lust, die Wohnung zu betreten, doch sie hatte keine Wahl. Sie war froh, daß sie immer ein Messer in ihrem Strumpfband trug, wenn sie ausging. Sie würde es auch zu benutzen wissen, falls es nötig würde. Sie konnte zwar nicht besonders gut damit umgehen, nicht so wie Corrisande, die ihr beigebracht hatte, wie man es handhabte und die selbst immer ein wenig peinlich berührt ob dieser besonderen Fertigkeit war.

Der Mann vor ihr sah nicht freundlich aus. Er sah auch ganz und gar nicht gut aus. Er sah ihr noch einmal ins Gesicht und senkte seinen Blick dann auf ihren Busen, von wo er nicht mehr wich.

Marie-Jeannette wünschte, Mrs. Parslow hätte das Schreiben selbst befördert. Doch die Dame hatte ein ausgesprochenes Talent, ein bequemes Leben zu führen und alle unbequemen Aufgaben auf andere zu verteilen.

„Ich habe einen Brief", wiederholte sie und war sich nicht sicher, ob sie dem Mann sagen sollte, von wem das Schreiben kam, „und man hat mich angewiesen sicherzustellen, daß gleich etwas deswegen unternommen wird."

„Ach ja?" grinste der Mann höhnisch. „Wer zum Teufel glaubt denn, uns einfach so rumkommandieren zu können?"

„Ich bin sicher, Monsieur Dupont wird wissen, was zu tun ist", sagte sie und hoffte, die Auskunft, er sei außer Haus, sei gelogen gewesen. „Wenn Sie mich nur zu ihm lassen, muß ich Sie nicht weiter belästigen."

Der Mann leckte sich die Lippen. Er war häßlich, und zwar auf eine unverschämt feixende Weise, und obwohl seine Bekleidung sauber und nicht billig aussah, machte er dennoch einen schmierigen Eindruck. Marie-Jeannette konstatierte, daß es wohl seine verschlagenen Gesichtszüge sein mußten, die diesen Anschein erweckten.

„Gib ihn mir", befahl er. Ehe sie noch darüber diskutieren konnte, hatte er ihr den Brief schon aus der Hand gerissen. Er trat einige Schritte beiseite und riß ihn auf.

Während er ihn las, wurde sein Gesicht noch spöttischer.

„So. Die Prinzessin braucht unseren Beistand. Wie charmant. Wer ist dieser Delacroix? Ein lästiger Verehrer?"

Marie-Jeannette wußte nicht, was sie darauf erwidern sollte. Sie kannte den Inhalt des Schreibens nicht, und bei der Art, wie der gräßliche Kerl den Namen des Colonels aussprach, überkam sie ein äußerst schlechtes Gefühl. Sie hätte das Schreiben gar nicht überbringen sollen. Schließlich hatte sie gewußt, daß Corrisande es nicht selbst verfaßt hatte. Das Szenario erinnerte sie auf ungute Weise an die Nacht, in der der Comte de Lacy sein plötzliches Ende gefunden hatte. Damals hatte sie auch einen Brief in der Handschrift Mrs. Parslows überbracht.

„Das weiß ich nicht", sagte sie so neutral wie möglich.

„Egal. Dupont ist beschäftigt, und du hättest dir den Weg sparen können; er ist nämlich genau im Nymphenburger Hotel. Ich nehme allerdings an, er hat nicht die Muße, der holden Prinzessin die üblichen drei Wünsche zu erfüllen. Aber", sein Lächeln erreichte neue Gefilde der Unanständigkeit, „wir helfen selbstverständlich immer gerne. Ich werde mich selbst darum kümmern."

„Ah", antwortete Marie-Jeannette, „gut. Ich werde es ihr gleich ausrichten."

Sie wandte sich ab, und wie erwartet trat er hinter sie, umfaßte sie mit den Armen und kniff ihr in die Brüste.

„Das hat doch noch zehn Minuten Zeit", sagte er und leckte ihr Ohr ab. „Du wirst das mögen. Ich weiß, was deinesgleichen mag."

Sie kämpfte gegen ihren Ekel an. Er hielt sie mit einiger Kraft, und sie wußte, daß sie ihn im Ringkampf nicht besiegen konnte.

„Wissen Sie", sagte sie, während sie versuchte, die fummelnden Hände zu ignorieren, die sich in ihre Kleidung geschummelt hatten und ihr die Röcke hochzogen. „Die Prinzessin wird das nicht mögen. Der König auch nicht", fügte sie hinzu und benutzte den Beinamen, mit dem Javraus Leute normalerweise ihren Befehlshaber bezeichneten. „Er ist ein sehr leidenschaftlicher Mann. Sehr leidenschaftlich, glauben Sie mir. Ich frage mich, ob er es mögen wird, mich mit Ihnen teilen zu müssen."

Der Mann ließ sie los, als sei sie aus rotglühendem Eisen. Sie atmete auf, erleichtert, daß er ihr die Geschichte abgenommen hatte. Tatsächlich starrte er sie auf eine Weise an, die vermuten ließ, daß er den möglichen Wahrheitsgehalt der Aussage gerade noch einmal überdachte.

Sie verlor keine Zeit, drehte sich um und rannte aus der Wohnung und die Stiege hinab. Seine Stimme kam ihr nach.

„Sag der Prinzessin, ich werde mich persönlich darum bemühen."

Ein kalter Schauer rann ihr über den Rücken. Sie zweifelte nicht daran, daß sie soeben einen Mörder gedungen hatte.

Kapitel 20

Die sogenannten Herren der Schöpfung waren einfach zu unpraktisch, dachte Cérise. Sie wußte wirklich nicht, wie ihnen je etwas ohne weibliche Hilfe gelang. Da warteten sie auf das Monster, das in zwei, drei Stunden erneut erscheinen sollte, und keiner von ihnen hatte daran gedacht, einmal das Hotel zu verlassen und ein wenig einkaufen zu gehen. Nein. Natürlich mußte sie das tun. Als habe sie alle Zeit der Welt!

Nichts hätte falscher sein können. Freiherr von Perfall, das derzeitige Oberhaupt aller Münchner Bühnen, erwartete sie in wenigen Minuten zur Probe, und er würde es sicher nicht schätzen, wenn sie sich verspätete. Er galt als übergenauer Mensch. Für einen Künstler, und dafür hielt er sich, hatte er eine durch und durch geschäftsmäßige Art, seine Angelegenheiten zu handhaben. Allerdings war er nicht nur Künstler. Er war auch Rechtsgelehrter.

Genauso klangen seine Bühnenwerke. Sie hatte sie gehört und war sicher, daß die Werke nicht überdauern würden. Wagners Opern schon, seine nicht. Nicht, daß sie Wagner lieber mochte, und das immerhin war eine Meinung, die sie mit von Perfall teilte. Freilich blieb ihm nichts anderes übrig als sie zu mögen, denn Wagneropern waren des Königs Lieblingsmusik, und als Bayerischer Hofmusikdirektor mußte er wohl oder übel die Meinung seines Königs teilen. Im Zuge dieses Pflichtbewußtseins nahm er auch aktiv Anteil an den verschiedenen Inszenierungen und Proben. Vielleicht hätte er nicht Jura studieren sollen, ehe er Musiker wurde. Das konnte einen musikalisch nur verderben. Cérise mochte keine Anwälte.

Doch das war jetzt egal. Sie war früher als nötig vom Hotel aufgebrochen. Nicht etwa, damit sie auf alle Fälle einer Begegnung mit dem Monster entging – keinesfalls. Doch es war ihr in den

Sinn gekommen, daß die Herren Offiziere höchstwahrscheinlich wieder nicht die richtigen Schlüsse aus den Ereignissen der letzten Stunden gezogen hatten und auf das Naheliegendste zuletzt kommen würden.

Das war typisch. Sie hätte ihnen natürlich auch einfach sagen können, was zu tun war, doch sie hatte sich entschlossen, die Sache auf eigene Faust anzugehen. Eine Frau konnte viel mehr erreichen als ein Mann. Zumindest meistens.

Statt direkt zur Oper zu gehen, überquerte sie am Opernplatz die Maximilianstraße und steuerte in Richtung einer der kleinen Seitenstraßen. Der Laden, den sie suchte, war genau dort. „Obermair – magische Ausrüstung" war auf einem Schild über der Tür zu lesen, und der Portier hatte ihr versichert, dies sei die beste Quelle für arkane Hilfsmittel. Ein guter Hotelportier mußte selbst die ausgefallensten Dinge wissen.

Sie verabscheute Zauberkunst. Es hörte sich immer alles so großartig, so berauschend an, doch wurde man damit konfrontiert, dann mangelte es an Wirkung. Man mußte sich nur Vonderbrück anschauen. Da kam er mit der allerhöchsten Empfehlung, und was machte er? Saß in seinem Zimmer und schickte sie sinnlos durch die Gegend. Und immer diese Miene leidend gelangweilter Konzentration.

Also mußte sie selbst etwas unternehmen. Sie lugte durch das Fenster in den kleinen, dunklen Laden. Jetzt schwand ihre Selbstsicherheit ein wenig. Vielleicht sollte sie doch erst nach der Probe zurückkommen?

Nichts da. Sie war Cérise Denglot, und sie weigerte sich kategorisch, sich vor einem Geschäft zu fürchten. Entschlossen öffnete sie die Tür und trat ein. Ein falsch klingender Glockendreiklang bimmelte. Sie erschrak, doch dies hatte nichts mit Zauberkunst zu tun. Die Glöckchen hingen einfach von der Decke, und die sich öffnende Tür stieß sie an.

Ganz simpel. Nichts Ungewöhnliches dabei.

Aus einer Türöffnung auf der anderen Ladenseite trat ein ganz in Schwarz gekleideter Mann mittleren Alters. Er machte einen mürrischen Eindruck.

„Ja, bitte", begrüßte er sie und wiederholte dann: „Ja, bitte?"

Anscheinend war das die magische Art, einen guten Morgen zu wünschen.

Sie nickte ihm zu und lächelte. Letzteres konnte sie gut. Ein Lächeln erhellte ihr Gesicht wie die Strahlen der Morgensonne in all ihrer Herrlichkeit. Das hatte von Görenczy einmal in einem nicht ganz gelungenen Versuch, poetisch zu sein, gesagt. Sie war gerührt gewesen. Damals.

„Guten Morgen", grüßte sie zurück. „Ich frage mich, ob sie mir helfen können."

Der Mann sah sie erwartungsvoll an, und plötzlich wurden seine Augen rund und sein Blick enthusiastisch.

„Mademoiselle Denglot", hauchte er begeistert und faltete die Hände, als wolle er sie anbeten. „Welche Ehre! Welch Glücksgefühl! Welch Ruhm in meinem bescheidenen Hause! Ich habe Sie singen gehört. Sie sind großartig! So großartig. Ich war zu Tränen gerührt."

Er streckte die Hände nach ihr aus, merkte aber dann, daß er die Grenze höflichen Benehmens zu überschreiten drohte.

„Sie müssen mein Verhalten verzeihen. Meine Begeisterung hat mich fortgerissen. Ich bin so geehrt. Wie kann ich Ihnen helfen?"

Cérise lächelte ihn erneut an und ignorierte, daß sein dünner Zwirbelbart an den Enden vor Entzücken zitterte wie die Barthaare eines überängstlichen Nagetiers. Nicht zum ersten Mal fragte sie sich, warum Bewunderer nicht praktischerweise alle jung und gutaussehend sein konnten.

„Monsieur", sagte sie, „mein Begehr ist *probablement* etwas ungewöhnlich, aber hätten Sie vielleicht Kalteisenwaffen in Ihrem Sortiment?"

Sein Antlitz wurde ernst. Er fuhr sich unverzeihlicherweise mit der Hand durch das spärliche Haar.

„Du lieber Himmel", stammelte er. „Du lieber Himmel."

„Ich weiß natürlich, es ist ein wenig außergewöhnlich, sich nach solchen Gegenständen zu erkundigen, aber wir ... ich benötige so etwas außerordentlich dringend." Sie schenkte ihm ein noch strahlenderes Lächeln, und sein Mauseschnurrbart zitterte um so erregter.

„Du lieber Himmel", wiederholte er. „Gute Güte."

Dann riß er sich zusammen.

„Bitte verzeihen Sie vielmals meine Impertinenz, wenn ich mir erlaube, Ihnen einen Rat zu erteilen, obgleich ich – das weiß ich sehr wohl – dazu nicht das geringste Recht habe, doch sollten Sie sich in einer Gefahr, die von einem Feyon ausgeht, befinden, so wäre es für Sie auf alle Fälle richtiger – und auch sicherer –, einen entsprechenden Spezialisten, der in diesen Dingen bewandert ist und der Ihnen in dieser besonderen Lage sicherlich gerne behilflich sein wird, zu konsultieren, Mademoiselle."

Cérise benötigte einen Moment, um den Satz in seiner Komplexität zu begreifen.

„Ah", sagte sie schließlich. Dann arbeitete sie an einem noch zauberhafteren Lächeln. „Die Waffe ist gar nicht für mich. Ich hatte noch nie mit einem Feyon zu tun. Gewiß nicht."

Er sah sie skeptisch an.

„Bestimmt nicht?" fragte er. „Als ich Sie eintreten sah, vermeinte ich, eine gewisse Aura zu ..."

Sie sah ihn streng an.

„Wahrscheinlich habe ich mich geirrt. Sicher waren es nur Ihre Schönheit und Ihr Glanz, die mich betörten." Er lächelte sie einen dankenswert kurzen Moment lang entrückt an. „Sie wissen ja, Kalteisen ist sehr, sehr selten. Dieser Laden", er verneigte sich ohne ersichtlichen Grund, „hat sich auf arkane Materialien für professionelle Meister des Arkanen spezialisiert. Wir sind stolz darauf, die verschiedensten Logen zu beliefern. Allerdings verkaufen wir grundsätzlich nicht an Amateure ... ich meine Laien. Die Utensilien sind zu gefährlich. Ich hoffe, Sie verstehen das."

Cérise nickte verständnisvoll. Sie holte in dem Bewußtsein, daß ihr Dekolleté dadurch noch ein wenig wirkungsvoller wurde, tief Luft, und in der Tat verirrte sich der Blick des zaudernden Zauberlieferanten eine Sekunde lang in dem ihm dargebotenen Garten der Lüste.

„Ich verstehe", hauchte sie und gab sich Mühe, verzagt und hilflos zu klingen. „Sie können mir nicht helfen – und ich hatte doch so auf Ihre Hilfe gebaut! Was soll ich denn nur tun?" Sie hob die Hand in einer dramatischen Geste an die Schläfe. „Aber Sie müssen natürlich Ihren Grundsätzen treu bleiben. Das sehe ich ein. Oh. Das begreife ich nur zu gut. Nur ..." Sie ließ den Satz unbeendet in der Luft hängen und schmückte ihn mit einem weiteren tiefen Seufzer.

Der Ladeninhaber war nun deutlich beunruhigt. Er trat von einem Fuß auf den anderen und rang die Hände. Langsam wird er reif, dachte Cérise Denglot bei sich. Sie trat dicht an den Ladentisch, stützte ihre linke Hand darauf und lehnte sich bei dieser Bewegung leicht vor. Sie wußte, daß der Mann nun ihre gesamte Präsenz sehr deutlich spüren würde, von der besseren Aussicht auf ihr Dekolleté ganz zu schweigen.

„Eventuell", sagte sie, „können Sie einmal eine Ausnahme machen? Nur für mich? Ich darf Ihnen die Hintergründe nicht offenbaren, doch", sie hielt inne, ließ eine effektvolle Sekunde verstreichen und nahm dann seine Hand, „Sie würden Leben retten. Möglicherweise sogar meines."

Sie wußte, sie hatte gewonnen. Der Mann sah ihr mit schmelzendem Blick in die Augen. Ohne sie loszulassen, griff er mit der anderen Hand unter den Ladentisch und holte ein massives Holzkästchen hervor.

„Ich habe nur dieses eine Artefakt", sagte er und öffnete den Behälter. Ein zierliches Messerchen lag darin auf Samt gebettet. Es war nicht größer als ein Brieföffner.

„Bitte unterschätzen Sie es nicht", ermahnte er sie. „Dies ist absolut tödlich für jeden Sí, und sollten Sie einen treffen, verraten Sie nicht, daß Sie es von mir haben. Keinesfalls!"

Cérise versprach es.

Dann zahlte sie den außerordentlich hohen Preis für den kleinen Schatz und schenkte dem Mann noch ein Lächeln, zusammen mit einer Freikarte für „Tristan und Isolde“, der nächsten Oper, in der sie singen würde.

„Können Sie es mir ins Hotel schicken?“ bat sie und schrieb die Adresse auf. „Bitte adressieren Sie es an ...“ Sie zögerte, da sie mit einem Mal sehr sicher war, daß weder Delacroix noch Udolf ein Geschenk von ihr verdienten, „... an Leutnant Asko von Orven. Lassen Sie es gleich zustellen. Der Herr braucht es dringend.“

Sie verließ das Geschäft und trat ins Freie. Ihr war etwas schwindlig. Die Atmosphäre in dem Laden war doch sehr drückend gewesen. Ihr war, als hebe sich ein grauer Schleier von ihrer Seele, und aus irgendeinem unerfindlichen Grund war sie froh, daß sie das Kästchen nicht selbst überbringen mußte.

Nicht, daß sie dazu noch Zeit gehabt hätte. Ihre Probe fing in wenigen Minuten an. Sie mußte sich beeilen.

Kapitel 21

Corrisande fand den Dienstbotentrakt problemlos. Sie hatte keine Lust auf eine weitere Auseinandersetzung mit Eliza verspürt. Ehe sie Eliza wieder unter die Augen trat, wollte sie einen Ausweg aus ihrem Dilemma gefunden haben.

Sie konnte Elizas Ungeduld sogar verstehen. Für ihre Begleiterin stand sehr viel auf dem Spiel. Drei Ehen hatten nicht dazu ausgereicht, sie zu einer reichen Witwe zu machen, da sie ein Talent dafür hatte, Herren der besten Kreise zu ehelichen, deren Glück in der Liebe größer war als das im Spiel. Es war ein wahres Glück, daß alle drei verstorben waren, ehe sie ihre Gattin gänzlich ruiniert hatten. Dennoch, im Alter von fünfundvierzig war eine weitere eheliche Verbindung unwahrscheinlich geworden, egal aus welchen Kreisen.

Sir Desmond Jarrencourt hatte die englische Lady in seinen Haushalt aufgenommen, nachdem der letzte ihrer Gemahle das Zeitliche gesegnet hatte. Er hatte sie als „Tante" seiner Tochter in der Gesellschaft installiert. Sie konnte ausgesprochen charmant sein, hatte ausgezeichnete Manieren und war intelligent und zielstrebig, ohne in irgendeiner Weise zimperlich zu sein. Das machte sie zur idealen Gesellschafterin für seine unverheiratete Tochter, die einen zuverlässigen und wohlanständigen Hintergrund für ihre eigenen Pläne bis hin zu einer Heirat benötigte. Ihre Aufgabe war es gewesen, ein achtbares Umfeld für Corrisande zu schaffen und gleichzeitig bei der Eheanbahnung behilflich zu sein.

Für Eliza war das Verhalten des Comte de Lacy wahrhaftig eine Enttäuschung gewesen. Manchmal glaubte Corrisande, Elizas Enttäuschung sei weit größer gewesen als ihre eigene, denn diese Eheschließung hätte es Eliza ermöglicht, sich wohlversorgt und ohne Zukunftsängste ihren eigenen Zielen zu widmen, sobald ihr „Patenkind" unter der gutsituierten Haube war.

Corrisande hatte nun schon mehrere Jahre in Gesellschaft Elizas verbracht. Sie vertrugen sich gut, waren einander in ihren gemeinschaftlichen Zielen und dem geteilten Wissen um allzu viele gefährliche Geheimnisse verbunden. Corrisande wußte, daß sie sich jederzeit auf die Witwe verlassen konnte. Nicht, weil Eliza sonderlich selbstlos veranlagt war, sondern weil sie genau wußte, wo der Goldtopf am Ende des Regenbogens vergraben lag.

Sie lächelte. Der letzte Gedanke hätte Eliza schockiert, denn sie verabscheute umgangssprachliche Ausdrücke. Doch im Moment wäre Eliza nur im Weg gewesen. Auch hätte sie sich nie dazu herbeigelassen, die Dienstbotentreppe hinunterzusteigen, außer vielleicht wenn es um ihr Leben gegangen wäre.

Corrisande kannte keine solche Arroganz. Sie wollte nur die Hinterausgänge nach möglichen Fluchtwegen absuchen. Vielleicht würde der Dienstboteneingang ihr ja nicht verschlossen sein. Sie eilte die Stufen hinab und landete schließlich im Erdgeschoß. Von dort führten vier Türen weiter.

Vorsichtig trat sie zur ersten. Sie legte ihr Ohr ans Holz und lauschte. Die Hotellobby. Das mußte der Hintereingang zur Rezeption sein. Das würde ihr nicht helfen. Sie verspürte nicht den Drang, dem Hotelportier nochmals zu begegnen oder einen seiner kritischen Blicke zu ernten.

Durch die nächste Tür hörte sie Frauenstimmen. Es roch nach Waschmittel und Dampf. Wahrscheinlich die Tür zur Waschküche. Wenn nötig, konnte sie später herausfinden, ob die Waschküche einen Ausgang nach draußen hatte.

Die dritte Tür war verschlossen. Sie hätte das Schloß knacken können. Wenn es erforderlich wurde, würde sie es auch tun. Später.

Die vierte Tür brachte sie auf einen Treppenabsatz. Von dort ging es zwei Treppenstufen nach unten zu einer weiteren Pforte. Sie stand halb offen und führte auf eine Seitengasse oder Einfahrt. Es roch leicht nach Pferden. Die Stallungen des Hotels waren vermutlich gleich in der Nähe.

Sie hatte den Hinterausgang gefunden.

Vorsichtig näherte sie sich ihrem Ziel. Ein Schritt. Noch einer. Dann hatte sie ihn erreicht. Sie zog die Tür ganz auf und achtete darauf, dabei noch mit dem ganzen Körper im Hotel zu stehen. Sie streckte eine Hand nach draußen. Nichts.

Dieser Ausgang schien nicht magisch beeinflußt zu sein. Sie sprang durch die Türöffnung und prallte gegen eine unsichtbare Mauer, die sie zurückstieß wie ein Tennisschläger einen Ball. Die Wucht des Abpralls warf sie brutal zu Boden.

Sie fiel hart auf die Fliesen. Einen Augenblick lang lag sie benommen da. Ihr Arm schmerzte. Sie schluckte einen ärgerlichen Ausruf hinunter und rappelte sich auf. Ihr Kleid war ein wenig staubig, doch ansonsten hatten weder es noch sie schlimmere Blessuren davongetragen.

Sie hätte jetzt aufgeben können. Aber sie weigerte sich kategorisch, sich auf eine so hinterlistige Weise besiegen zu lassen. Verhext wegen etwas, das sie gar nichts anging. Ihr Vater hätte gewiß nicht kapituliert. Doch ihr Vater hätte auch ohne Skrupel die Ursache der Störung aus dem Weg geräumt. In vielen Dingen war sie nicht wie er.

Sie näherte sich wieder der Pforte. Vielleicht würde es ja gehen, wenn sie sich ganz vorsichtig und langsam aus dem Haus schlich?

Sie berührte den Türrahmen mit der Linken, glitt daran entlang, tat einen kleinen Schritt nach draußen, erst mit einem Fuß, dann mit dem anderen. Beide Füße standen nun auf der Straße, ihr Körper war im Winkel gebeugt, ihr Gesicht nach hinten der Tür zugewandt. Sie versuchte rückwärts einen weiteren Schritt auf die Straße zu tun. Ein Gefühl völliger Desorientierung überkam sie. Ihre Linke schien mit dem Türrahmen verschmolzen. Sie versuchte, sie zu bewegen, doch ihre Finger versagten ihr den Dienst.

Sie drehte den Kopf und sah hinter sich in das Gäßchen. Es war menschenleer. Höchstwahrscheinlich war es nur die Privatzufahrt zum Lieferanteneingang. Niemand war zu sehen. Sie hob ihr rechtes Bein und setzte den Fuß gegen den Türrahmen, um sich damit abzustoßen und sich rückwärts in die Gasse zu katapultieren.

„Bitte nicht!" drängte eine Stimme von drinnen. „Kommen Sie wieder herein. Sie werden sich nur sehr weh tun. Das wissen Sie doch."

Ein großer, schmalgliedriger Mann mit blonden Locken kam die Treppenstufen herab und hielt inne, bevor er den Ausgang erreichte.

Sie verspürte plötzlich heftige Schmerzen in ihrer Hand. Sie versuchte noch einmal, sie vom Rahmen zu lösen und stöhnte auf, als der Schmerz blitzartig durch ihren ganzen Körper fuhr.

Mit weichen Knien stolperte sie rückwärts nach drinnen. Der junge Mann fing sie auf. Sekundenlang kämpfte sie gegen ein starkes Schwindelgefühl an, dann bemerkte sie, daß er seine Arme um sie geschlungen hatte, und begann sich zu wehren.

Er ließ sie los.

„Haben Sie sich weh getan?" fragte er einfühlsam. „Verzeihen Sie, wenn ich Ihnen zu nahe getreten sein sollte, aber ich hatte Angst, Sie würden fallen." Er verneigte sich. „Dr. Steinberg. Kann ich Ihnen helfen?"

„Das möchte ich bezweifeln", entgegnete sie, setzte sich dann etwas abrupt auf die unterste Stufe, rang nach Luft und hielt ihre brennende Hand. Hoffentlich verschwand er bald. Grundsätzlich hatte sie nichts gegen zuvorkommende Herren, schon gar nicht, wenn sie sich ihr gegenüber als Beschützer fühlten. In dieser Rolle waren sie leicht zu manipulieren. Doch genau jetzt wäre sie nur zu gern allein gewesen.

Anstatt aber zu gehen setzte der junge Mann sich neben sie und fuhr fort: „Sie sind weiter gekommen, als ich das für möglich gehalten habe. Ich könnte es nicht so weit schaffen."

Sie starrte ihn verblüfft an.

„Sie können auch nicht raus?" fragte sie.

„Natürlich nicht. Wie Sie bin auch ich zum Teil ein Sí." Er schob sein dichtes Blondhaar beiseite, und Corrisande konnte leicht spitze Ohren erkennen. Sie starrte ihn voller Schrecken an.

Sie hatte vor dem Vortage noch nie einen Feyon gesehen oder getroffen, und gleich zwei Begegnungen an ebenso vielen Tagen schienen ihr mehr als ausreichend zu sein. Sie wollte nichts mit ihnen zu tun haben. Man wußte nie, woran man bei so etwas war. Je weniger man mit übernatürlichen Dingen zu tun hatte, desto besser.

Dann verstand sie, was er gesagt hatte.

„Ich bin keine Sí!“ protestierte sie empört. Was bildete der Mann sich ein? „Mein Vater ist ein Mensch, und meine Mutter war das auch. Ich finde Ihre Andeutung ...“

Er besaß die Frechheit, sie einfach zu unterbrechen.

„Denkbar“, sagte er. „Viel Feyon-Blut ist nicht in Ihnen. Das spüre ich.“ Ohne um Erlaubnis zu bitten griff er ihr ins Haar und schob es hinter ihre absolut runden Ohren. Er lächelte geduldig und freundlich, und das Lächeln ärgerte sie so sehr, daß sie ihn am liebsten geohrfeigt hätte. Ihre gute Erziehung ließ sie sich diese Reaktion versagen.

„Dennoch“, fuhr er fort, „irgendwo in Ihrer Ahnenreihe war einmal ein Feyon dazwischen. Ich spüre das, und Sie auch, sonst hätten Sie ja durch diese Tür gehen können.“

Sie starrte ihn an.

„Es liegt ein Feyon-Bann darauf, verstehen Sie?“ sagte er so nachsichtig, als erkläre er einem Dorftrottel das Stricken.

„Da müssen Sie sich irren!“ antwortete sie kalt. „Das war dieser dreiste Colonel. Er hat mich behext, damit ich nicht aufbrechen kann.“

Er musterte sie mit neuem Interesse.

„Colonel Delacroix?“ fragte er, und Corrisande merkte, daß sie schon zuviel gesagt hatte. Sie schwieg. Er machte ohnehin den Eindruck, als wisse er mehr, als gut war.

„Das würde er nicht tun“, fuhr er fort, „selbst wenn er es könnte. Was nicht der Fall ist, da bin ich sicher. Er hat keine Kenntnisse der arkanen Künste, und im Moment wäre er außerdem zu schwach. Nein. Der Bann hat nichts mit Ihnen zu tun, Miss. Sie sind nur eine unschuldige Zuschauerin, die unvermutet in ein Machtgerangel gestolpert ist."

Sein Lächeln war so freudestrahlend, daß sie ihn ärgerlich anstarrte.

„Wie komme ich jetzt hier raus?" fragte sie.

„Sie müssen einfach warten, bis der Bann wieder aufgehoben ist. Das ist unangenehm, aber unumgänglich. Versuchen Sie nicht noch einmal, sich durch den Zauber zu katapultieren. Sie könnten sich schwer verletzen." Er beugte sich zu ihr herüber. „Lassen Sie mich mal Ihre Hand sehen!"

Sie reichte ihm ihre Linke und schalt sich im nächsten Moment dafür. Sie wollte nicht, daß ein unnatürliches Wesen sie anfaßte. Oder ein teilweise unnatürliches Wesen. Oder was auch immer.

Doch seine Hände waren kühl, und das half.

„Es hört gewiß gleich auf weh zu tun", tröstete er sie.

Dann stand er auf.

„Ich werde Sie zu Ihrem Zimmer geleiten", sagte er und reichte ihr den Arm.

Sie ignorierte die Geste.

„Nein danke", antwortete sie. Sie wollte nicht von einem solchen Lebewesen begleitet werden.

Er schien ihre Gefühle zu durchschauen, denn er verneigte sich steif und wandte sich ohne ein weiteres Wort zum Gehen.

„Warten Sie", rief sie. „Dr. Steinberg, bitte verzeihen Sie mir mein schlechtes Benehmen. Ich bin sonst nicht so unhöflich." Sie rang nach Worten. „Aber Sie müssen begreifen, daß mich Ihre Worte sehr verwirrt haben." Sie mußte ihre Angst nicht spielen. „Sie scheinen mehr darüber zu wissen. Wie kann ich von den Sí abstammen, wenn das sonst niemand in meiner Familie tut?"

Er ließ sich wieder neben ihr nieder und sah sich nervös um.

„Das weiß ich nicht", sagte er. „Doch ich könnte es herausfinden. Wir sollten uns dazu aber an einen weniger öffentlichen Ort begeben. Hier kann jederzeit jemand vorbeikommen, und ich nehme an, daß sie nicht dabei überrascht werden möchten, wie Sie mit einem Mann auf der Hintertreppe sitzen."

„Das stimmt", antwortete Corrisande. „Aber wohin könnten wir gehen?"

„Ich würde ja mein Zimmer vorschlagen, doch ich kann mir nicht vorstellen, daß eine junge Dame wie Sie ..."

„Ganz gewiß nicht!" unterbrach Corrisande.

„Natürlich nicht", sagte er, verbeugte sich und schmunzelte. Das Haar war ihm wieder über die Ohren gefallen, und er sah absolut menschlich aus. „Ich kann ja mal sehen, was ich hier auf die Schnelle erreichen kann. Wenn ich der Sache jetzt nicht auf den Grund gehen kann, dann schlage ich vor, Sie beehren mich in meinen Praxisräumen, sobald wir diesen Ort wieder verlassen können. Hier ist meine Karte." Er reichte ihr eine einfache Visitenkarte, die ihn als Arzt auswies. Dann streckte er die Hände aus. „Gestatten Sie?"

Ohne auf die Antwort zu warten, berührte er ihre Schläfen mit den Händen, und Corrisande empfand das überwältigende Gefühl, jemand sei in ihre Seele eingetaucht. Es schmerzte – ihr Kopf dröhnte.

Dann schwamm sie. Sie spürte das kalte Meer auf ihrer nackten Haut, wirbelte mit einer Woge im Kreis, fühlte die Freiheit des Seins sie durchdringen, fühlte sich wirklicher als je zuvor und tauchte hoch statt tief, hinauf zu den Sternen, während glitzernde Wasserperlen streichelnd an ihren Schenkeln hinabliefen.

Im nächsten Moment saß sie wieder auf der Steintreppe und rang nach Luft.

„Nereide", konstatierte Steinberg.

„Bitte?"

„Nereide. Wissen Sie nicht, was das ist? Eine Meeresnymphe? Wenn deren Erbgut erst einmal in der Familie ist, kann es Jahrhunderte später wieder an die Oberfläche kommen."

Sie stierte ihn an. Das Wappen. Der Ring. Sie hatte ihn oben liegengelassen, fiel ihr jetzt ein.

In der Nähe krachte Holz, und etwas Schweres schlug auf Stein. Man hörte geräuschvolles Fluchen. Es kam vom Treppenabsatz vor der Bedienstetentreppe und klang, als bräche jemand eine Tür auf.

„Ich muß gehen“, sagte Steinberg und verschwand plötzlich. Von einem Augenblick zum nächsten konnte Corrisande ihn nicht mehr sehen. Sie war verunsichert. Sie spürte, wie ein stechender Kopfschmerz sich in ihr Gehirn bohrte. Auf der einen Seite war sie froh, daß der furchterregende Mann fort war. Auf der anderen waren da noch so viele Fragen, auf die sie gerne eine Antwort gewußt hätte.

Die Tür über ihr öffnete sich. Ein Kopf linste durch den Spalt. Er gehörte von Görenczy. Seine fesche Uniform hatte gelitten. Er hielt die Tür mit der Rechten auf, während er mit der Linken ein Taschentuch an seinen Kopf drückte.

„Oh“, sagte er und dann: „Ach.“

Corrisande sah zu ihm hoch und wünschte ihn sonstwohin. Sie hatte noch nicht alles erfahren, was sie wissen wollte, doch immerhin waren ihre Kopfschmerzen wieder verschwunden. Sie war durcheinander. Sie fühlte sich völlig verunsichert und zermarterte sich zudem das Gehirn nach einer glaubhaften Erklärung dafür, daß sie hier auf den Treppen am Lieferanteneingang saß.

Doch er nahm sie kaum wahr, murmelte nur „Guten Morgen, Miss Jarrencourt!“ und rannte dann die Stufen hinunter und an ihr vorbei. Keine magische Barriere hielt ihn auf, als er zu Corrisandes neidischem Mißvergnügen in die Gasse sprang und sich umsah.

Offenbar fand er nicht, was er gesucht hatte.

„Zu spät!“ sagte er, als könne das irgend etwas erklären. „Dachte ich mir schon. Mußte es aber zumindest versuchen.“

„Ah“, entgegnete Corrisande, die nicht verstand, was er meinte. Doch sie mußte es auch nicht begreifen, denn es war nicht ihre Angelegenheit, weshalb sie auch nicht nachfragte. Zudem war es wichtiger, dieser Situation unbeschadet zu entkommen.

Er setzte sich nicht neben sie, das konnte man ihm nicht vorwerfen. Aber er setzte sich immerhin auch auf die Stiege, nahm sein Taschentuch vom Kopf und inspizierte es. Es war blutig, und

Corrisande war außer sich darüber, daß er sie mit diesem Anblick belastete. Kurzzeitig überlegte sie sich, ob sie nun angesichts seiner Verwundung passenderweise in Ohnmacht fallen sollte, entschied sich dann jedoch dagegen. Er war nicht der Typ, an den man einen gut inszenierten Ohnmachtsanfall verschwenden sollte. Verlorene Liebesmühe, da war sie sich sicher. Er wußte wahrscheinlich nicht einmal, wie er sie auf höfliche Weise wieder wecken müßte.

Einen Augenblick lang schien es ihr, als spürte sie Colonel Delacroix' kräftige Hände wieder, die sie schüttelten. Keine Erfahrung, die sie nochmals machen wollte. Dagegen hatte sich die Art, wie er kurz seine Hand an ihre Wange gelegt hatte, auf eine ganz andere Weise in ihr Gedächtnis eingeprägt. Dafür gab es keinen plausiblen Grund.

Ihre Empörung schien den Offizier nun doch erreicht zu haben. Er steckte das Taschentuch ein und verbeugte sich, wobei er entschuldigend lächelte.

„Tut mir leid", sagte er, „aber jemand hat mir eins auf den Kopf gegeben."

„Tatsächlich?" erwiderte Corrisande und hätte gerne hinzugefügt, daß er es vermutlich verdient hatte. Statt dessen sagte sie: „Ich hoffe, Sie sind nicht schwer verletzt? Soll ich Hilfe holen?"

„Nein, nicht nötig. Ich habe einen harten Schädel. Da hat nicht zum ersten Mal jemand draufgehauen."

„Gewiß nicht", kommentierte Corrisande trocken.

Er ignorierte das und sprach weiter: „Meist schlage ich zurück, aber diesmal hat man mich von hinten erwischt. Was meinen Sie mit ‚gewiß nicht'?" Er sah sie mißtrauisch an, als könnte er nicht ganz glauben, daß ein Mädchen ihres Alters und Standes eventuell etwas Abfälliges über ihn gesagt haben mochte.

„Ich meine", beeilte sich Corrisande zu versichern, während sie ihm ein süßes, unschuldiges Lächeln schenkte, „daß mutige Männer wie Sie, die sich schrecklichen Feinden der grauenhaftesten Sorte ohne Zögern entgegenstellen, vermutlich öfters dabei verwundet werden. Ist das nicht so?"

„Ah.“ Er klang beruhigt. „Ja. Passiert immer wieder. Unangenehme Sache. Aber da muß man durch. Ist nur ein Kratzer.“ Er schenkte ihr ein schmissiges Lächeln. „Pflicht vor Tod, Miss Jarrencourt.“

Sie lächelte zurück und erhob sich.

„Ich muß jetzt gehen“, sagte sie, senkte scheu den Blick und verschwendete ein sanftes Erröten an ihn. „Meine Tante wartet auf mich. Ich sollte gar nicht hiersein.“

„Das habe ich mit Verlaub auch schon gedacht“, entgegnete er und stand ebenfalls auf, um einer Dame gegenüber nicht unhöflich zu erscheinen. „Was tun Sie hier eigentlich?“

Sie lächelte entschuldigend und etwas hilflos.

„Nun, ich war auf dem Weg zum Empfang, und da überkam mich eine plötzliche Schwäche. Ich dachte, vielleicht ein bißchen frische Luft ...“ Sie ließ den Satz unbeendet und bemühte sich erfolgreich um ein noch etwas zarteres Aussehen. Sie war sich sicher, daß ihn das ablenken würde.

Er nickte mitfühlend.

„Nächstes Mal sollten Sie sich auf die Terrasse setzen“, riet er. „Bessere Aussicht und auch viel bequemer. Sitzgelegenheiten, Sie verstehen? Nebenbei, haben Sie einen Mann das Haus verlassen sehen?“

„Einen Mann?“ Einen Augenblick lang befürchtete Corrisande, er bezichtige sie eines heimlichen Treffens mit einem Vertreter des anderen Geschlechts. Dann wurde ihr klar, daß ihre Heimlichkeiten ihn nicht einmal interessiert hätten, wenn sie den Stellvertreter Christi persönlich zum Abendessen getroffen hätte.

„Groß“, ergänzte er, „schmal, hellblonde Locken ...“

„Nein“, antwortete sie wahrheitsgetreu. „Ich habe keinen solchen Herrn durch die Tür gehen sehen. Hat er Sie geschlagen?“

„Weiß ich nicht“, sagte er. „Habe meinen Widersacher nicht gesehen. Könnte er gewesen sein ... oder auch nicht.“ Er hielt ihr die Innentür auf, und sie betraten beide das Gesindetreppenhaus. „Wenn Sie mir gestatten, werde ich Sie zu Ihrer Tante geleiten. Nur falls Sie wieder eine plötzliche Schwäche ...“

„Oh“, lächelte Corrisande und wünschte ihn ans andere Ende der Welt. „Außerordentlich zuvorkommend, Sir.“

„Schon in Ordnung“, antwortete er mannhaft. „Ist mir ein Vergnügen.“

„Dennoch, Sir“, wandte sie ein, „es mag ein wenig eigentümlich aussehen, wenn man uns gemeinsam aus dem Dienertrakt kommen sähe. Möglicherweise würde das einen sehr unerwünschten Eindruck hinterlassen.“

Er starrte sie an und verarbeitete augenscheinlich etwas mühevoll ihre Bedenken.

„Miss Jarrencourt“, sagte er nach einer Weile, stand dabei kerzengrade und vermittelte zumindest den Abklatsch von Leutnant von Orvens militärisch-exakter Haltung. „Ich weiß natürlich, Sie haben keinen Grund, mir zu trauen, aber bitte akzeptieren Sie mein Wort als Offizier, daß Sie bei mir in völliger Sicherheit sind.“

Corrisande lächelte unschuldig und sah ihn mit großen, runden, himmelblauen Augen an.

„Das habe ich nie bezweifelt, Herr Leutnant“, versicherte sie. „Schließlich ist meine Zofe ja auch viel attraktiver, nicht wahr?“

Er blieb stehen und sah sie überrascht an. Sie begann, die Stufen der Dienertreppe zu erklimmen.

Dann hörte sie seine Schritte hinter sich und drehte sich um.

„Leutnant von Görenczy, ich muß darauf bestehen, daß Sie mich nicht verfolgen, selbst wenn es nett gemeint ist. Bitte begreifen Sie, daß ich nicht den Eindruck erwecken möchte, ich würde mich heimlich mit Herren des hiesigen Offizierskorps treffen.“

„Ich folge Ihnen doch gar nicht. Ich gehe nur zurück zu unseren Zimmern, um meine Begleiter zu treffen. Wenn Sie sich entsinnen wollen: Wir haben das Zimmer neben dem Ihren.“

Sie errötete.

„Zudem“, fuhr er gnadenlos fort, „sind wir mitten in einer Kampagne. Zeit für meinen Report. Über die jüngsten Begebenheiten.“ Er hatte sie wieder erreicht und stieg freudig lächelnd neben ihr die Stiege hinan.

„Ah", bemerkte Corrisande kühl. „Der Schlag auf den Kopf?"

„Das", entgegnete er, „und die Sache mit dem verschwundenen Toten."

Corrisande blieb stehen und blickte ihn an.

„Toten? Ist noch jemand verstorben? Du liebe Güte! Wie furchtbar!"

Er sah sie peinlich berührt an.

„Nein", versuchte er, sie zu beruhigen. „Sie haben mich mißverstanden. Wir suchen einen ... Roten. Wein. Er ist verlorengegangen. Im ganzen Hotel gibt es keinen ..."

Er war ein furchtbar schlechter Lügner.

„Roten?" fragte Corrisande.

„Genau. Burgunder ... und so." Seine Schnurrbart-Enden bebten.

„Er ist einfach verschwunden? Hat das mit dem Mord von vorgestern zu tun?"

„Ja. Nein. Wir wissen es noch nicht."

Corrisande sah ihn strafend an.

„Ich bin voller Zuversicht, Leutnant von Görenczy", sagte sie, „daß ein Mann Ihrer herausragenden Qualitäten jederzeit in der Lage ist, Rotwein zu finden, wann immer ihm danach zumute sein sollte."

Dann machte sie auf dem Absatz kehrt und betrat den Gästeteil des Hotels durch die Dienertür. Auf dem Flur war niemand zu sehen. Sie schloß die Tür hinter sich und dem Chevauleger direkt vor der Nase. Sie hoffte, er möge Takt und Intelligenz genug besitzen, um ein wenig zu warten, bevor er ihr durch die gleiche Tür nachfolgte.

Aber im Grunde bezweifelte sie das.

Kapitel 22

Colonel Delacroix hatte gerade seinen lebensrettenden Dolch gesäubert und dessen rasiermesserscharfe, schmale Klinge inspiziert, als es an der Türe klopfte. Rasch ließ er das Messer in der Armschlinge verschwinden.

„Herein!"

Die Tür öffnete sich, und ein drahtiger Herr in einer schwarzen Soutane betrat sein Zimmer. Er segnete es mit einer raschen Geste, die er dann großzügig auf den Colonel ausdehnte.

Die Gesichtszüge des Offiziers wurden mit einem Schlag hart und kalt.

„Padre Emanuele", sagte er und fuhr auf Italienisch fort: „Natürlich. Ich hätte wissen müssen, daß Sie hier auftauchen würden."

„Das hättest du in der Tat", entgegnete der Priester, „wenn du alles bedacht hättest. Die Frage ist, hast du alles bedacht?"

Der Diener Gottes ließ sich auf einem der Sessel nieder, ohne eine Einladung abzuwarten.

„Bitte nehmen Sie doch Platz", kommentierte Delacroix beißend, „wenn Sie denn glauben, es lohnt sich für die kurze Zeit Ihres Aufenthaltes hier. Die sehr kurze Zeit."

„Ah, Felipe ..."

„Nennen Sie mich nicht so!" unterbrach ihn der Colonel und stand plötzlich mit einem einzigen wütenden Schritt vor dem Priester. „So heiße ich nicht."

„Nein. Natürlich nicht. Wir haben dich ja Delacroix getauft. Ich erinnere mich. Getauft, nachdem wir dir dein Leben und deine unsterbliche Seele gerettet hatten. Ich dachte, das wäre dir vielleicht entfallen, nachdem du der Kirche den Rücken gekehrt hast."

Delacroix blickte ihn erbost an.

„So wie Sie das sagen, klingt es, als sei ich Mönch oder Priester in Ihrem Orden gewesen und hätte mein Gelübde gebrochen. Ich meine mich jedoch zu erinnern, daß ich gerade mal ein vierzehnjähriger Junge war, der sich dafür entschied, mit seinem Adoptivvater mitzugehen."

„Oh ja. Dieser plötzliche, unerwartete Adoptivvater. Nicht einmal ein Katholik. Ein Häretiker."

„Anglikaner."

„Was ist mit dir? Bist du jetzt auch ‚Anglikaner'?"

Delacroix fummelte mühsam mit einer Hand einen Zigarillo aus seinem Silberetui und zündete ihn an.

„Natürlich. Das wissen Sie doch. Was sonst sollte ich als britischer Offizier sein?"

Der Diener Gottes lachte bitter auf.

„Ja, was sonst? In einem Land, das Katholiken als Menschen zweiter Klasse behandelt, hätte es dir natürlich die Karriere verbaut, wenn du dem wahren Glauben treu geblieben wärst. Einem Glauben, den dir nahezubringen wir mit sehr viel Sorgfalt versucht haben."

„Ja", antwortete Delacroix, „mit sehr viel Sorgfalt und sehr nahe. Ich trage noch so manche Narbe davon. Fast alle, um genau zu sein. Jedoch", fuhr er mit beißendem Spott fort, „sehe ich natürlich gerne ein, daß die kurze Zeit, die Ihnen zur Verfügung stand, mich zu einem gehorsamen Sohn der Kirche zu machen, Stock und Peitsche unerläßlich machten, um mir den wahren Glauben tief genug unter die Haut zu treiben und in den Kopf zu prügeln."

„Schläge bilden den Charakter", antwortete der Priester. „Dich hatte eine wirklich außergewöhnlich böse Macht berührt. Es war unsere Aufgabe sicherzustellen, daß nichts von diesem Bösen an und in dir zurückblieb, und du mußt doch zugeben, daß du in den wenigen Jahren wirklich viel gelernt hast, Lesen, Schreiben, Latein, Französisch, Englisch, Geschichte, Strategie, Kriegskunst und Moral – die fromme Denkungsart. Ich gebe allerdings zu, daß wir im letzten Unterrichtsfach nicht ganz so erfolgreich waren."

„Sie vergessen da etwas", fügte Delacroix hinzu, „Sie haben mir auch beigebracht, wie man spioniert, Menschen verrät, Schmerzen zufügt, glaubhaft lügt und betrügt ..."

Der Pater unterbrach ihn.

„Aber nein, mein Sohn", sagte er und lächelte in das erboste Gesicht seines Gegenübers. „Das mußten wir dich nicht lehren. All diese Kenntnisse hattest du schon. Deine frühe Jugend war schließlich von beklagenswerter Kriminalität bestimmt. Wir wollten nur dein spezielles Wissen für einen guten Zweck einsetzen, die Mittel gleichermaßen heiligen. Du wärst ein Agent Christi gewesen. Ein Spion Gottes."

„Auf diese besondere Ehre verzichte ich."

„Das ist schade, und ich hoffe, Gott wird es dir vergeben. Insbesondere, da deine derzeitige Karriere nicht anders verläuft. Du bist britischer Spion."

Der Priester lächelte giftig.

„Ich bin britischer Offizier im diplomatischen Dienst. Nicht mehr."

„Keine Wortgefechte, mein Sohn. Es gibt keine Disputatio, bei der ich dich nicht schlagen würde."

Delacroix atmete tief durch. Er war todmüde und gereizt.

„Was soll das, Padre?" fragte er. „Sie sind doch nicht gekommen, um über die Vergangenheit zu plauschen. Was wollen Sie?"

Der Priester lehnte sich vor.

„Das Manuskript. Ich will das Manuskript. Es muß zerstört werden, und nur wir können dafür sorgen, daß das in angemessener, sicherer Form geschieht."

„Ich habe es nicht. Ich weiß auch nicht, wo es ist, und sollte ich es herausfinden, werden Sie die allerletzte Person sein, der ich es sagen würde. Ihre Clique ist so machtbesessen, daß ich Sie ganz und gar nicht für die passenden Hüter eines solchen Gegenstandes halte."

„Treib keine Spielchen mit uns. Du weißt, wir sind sehr gründlich und äußerst erfolgreich. Du hast guten Grund, uns dafür dankbar zu sein. Du beschwerst dich, weil wir bei deiner Erziehung ein wenig hart zu dir waren? Aber du warst nicht mehr der kleine Felipe. Dieses Teufelswesen hat dich nicht nur berührt, fast hätte es dich gänzlich übernommen. Du hast noch seine Augen – und wahrscheinlich seinen Körperbau, denn – mein lieber Sohn – es gibt wahrlich nicht allzu viele sizilianische Straßenbälger, die fast zwei Meter groß werden und muskelbepackt sind wie ein Ochse."

„Ein Stier, Padre, ein Stier!"

„Untersteh dich, darüber Witze zu reißen!" fauchte der Priester.

Delacroix zwang sich, nicht darauf einzugehen. Jede weitere Diskussion war sinnlos und viel zu ermüdend. Er mußte seine Kräfte für die Jagd aufsparen.

„Padre, sagen Sie, was zu sagen Sie gekommen sind, und dann gehen Sie!" befahl er barsch.

Der Priester erhob sich.

„Ich biete dir Hilfe an. Du hast keine Chance, das Manuskript ohne unser Geheimwissen zu finden. Du weißt noch nicht einmal, womit du es zu tun hast. Du rennst durch das Hotel, hin und her und rauf und runter, ohne klare Strategie oder einen Plan. Ja. Natürlich wissen wir das. Ohne uns kannst du nur scheitern. Oder sterben. Die Kreatur, die ihr so erfolglos jagt, ist extrem gefährlich. Für dich noch mehr als für alle anderen."

Delacroix lächelte. Der Priester schien nicht zu wissen, daß er diese widerliche Erfahrung bereits gemacht hatte. Es geschah nicht oft, daß Pater Emanuele etwas nicht wußte.

„Ihre Hilfe, so schätze ich mal, kostet uns dann das Manuskript?"

„Sicher."

„Was hätten wir davon? Was ist für uns drin, wenn wir – für Sie – das Manuskript jagen?"

„Euer Leben. Ihr erhaltet von uns die Aussicht, dies zu überleben. Das sollte doch etwas wert sein, oder nicht?"

„Eventuell." Delacroix benötigte seine gesamte Willenskraft, um sein Lächeln aufrecht zu erhalten. „Doch vielleicht kommen wir auch ohne Sie ganz gut zurecht."

„Schiebe die Entscheidung nicht auf. Ein zweites Mal hebe ich dich nicht vom Opferstein – und jetzt knie nieder!"

Zu seinem großen Mißbehagen gehorchten Delacroix' Beine dieser Aufforderung, ehe er es verhindern konnte. Er kniete. Er verfluchte sich für die automatische Reaktion, doch er kniete.

Der Pater nahm ein dunkles Eisenkruzifix aus der Tasche und drückte es auf Delacroix' Stirn. Der Colonel wartete auf einen plötzlichen Schmerz, doch es kam keiner.

„Du bist rein", sagte der Priester ein wenig überrascht. „Denk darüber nach."

Dann segnete er seinen einstigen Lehrling und wandte sich zur Tür. „Sei vorsichtig, mein Sohn!" sagte er.

„Äußerst vorsichtig", antwortete Delacroix, während er wieder aufstand. „Ganz besonders vorsichtig."

„Eins noch", sagte der Padre und drehte sich an der Tür noch einmal um. „Warum gebrauchst du eigentlich nicht deinen Adoptivnamen? Delacroix – man könnte fast meinen, der Name, auf den wir dich getauft haben, bedeute dir doch etwas."

„Er bedeutet, daß ich nicht zulassen werde, daß ich mich noch einmal für die Zwecke eines anderen opfern lasse. Niemals. Von absolut niemanden."

Die Tür schloß sich hinter dem Priester.

Kapitel 23

Asko von Orven sah den Priester aus Delacroix' Zimmer kommen und eilte beunruhigt zur Tür. Er klopfte und befürchtete schon fast das Schlimmste. Lag der Colonel nun doch im Sterben und hatte die letzte Ölung empfangen?

Er wartete kaum das „Herein!" ab und stürmte atemlos in den Raum. In seinen Händen trug er ein Holzkästchen.

„Geht es Ihnen gut, Sir?" fragte er Delacroix, der an einem Tisch lehnte und rauchte.

„Danke, ja", antwortete der Colonel lächelnd und sah dabei mit einem Mal noch gefährlicher aus als bisher.

„Ich habe den Priester weggehen sehen, und da habe ich ..." Er beendete den Satz nicht.

„Seien Sie versichert, Herr Leutnant, ich habe mich noch nicht der letzten Ölung unterzogen. Ich habe vor, noch ein wenig am Leben zu bleiben. Haben Sie sich ausgeruht?"

Asko nickte.

„Jawohl, Colonel, aber dann habe ich diese Lieferung bekommen und mir gedacht, Sie sollten sich das einmal ansehen. Es ist von einem Laden namens „Obermair – Magische Ausrüstung" gekommen, mit einem Grußwort von Mlle. Denglot."

Er stellte den Kasten auf den Tisch.

„Ei, ei, Herr Leutnant, kann es sein, daß Sie das Herz unserer schönen Sängerin erobert haben?" fragte Delacroix spöttisch und wandte sich dem Kästchen zu. „Typisch, sie schickt Ihnen ein verschlossenes Kästchen, aber nicht den Schlüssel dazu." Delacroix nahm sein Messer aus der Armschlinge und entfernte diese dann ganz.

„Sind Sie sicher, daß Sie das tun sollten?" fragte Leutnant von Orven, der die Anspielung an Cérise Denglots Gefühle ihm gegenüber geflissentlich überhört hatte.

„Höchstwahrscheinlich nicht, doch ich brauche hierfür zwei Hände." Er grinste Asko an. „Oder sind Sie gut im Schlösser knacken?"

„Natürlich nicht", lautete die empörte Antwort. „Das ist wohl kaum Lehrstoff bei der Erziehung eines Mannes von Stand."

Delacroix lächelte.

„Stimmt", sagte er. „Wir wollen also dankbar sein, daß die Erziehung eines Mannes von Stand nicht die einzige war, die ich genoß."

Einem kleinen Lederetui entnahm er einige dünne, gebogene Metallteile, die Asko für Dietriche hielt.

„Schauen wir doch mal", sagte er und führte vorsichtig eins davon in das Schlüsselloch ein. Die Schatulle sprang auf.

Von Orven war sich nicht sicher, ob er diese Fertigkeit bewundern oder verdammen sollte. Er war auch nicht sicher, ob es höflich wäre zu fragen, wo man so etwas lernte. Er war nur sicher, daß es ihn nicht erstaunte, daß der Brite diese Technik beherrschte.

Delacroix hob den Deckel an. Ein zierlicher dunkelgrauer Eisendolch lag auf einem Samtkissen.

„Sieh an", konstatierte der Colonel, „Cérise hat Sie mit einer neuen Waffe ausgerüstet. Sie hat immer die ungewöhnlichsten Einfälle."

Von Orven hob das Messerchen auf und wog es in der Hand. Es war kleiner als ein Obstmesser und ebenso dünn.

„Ist es das, was ich denke?" fragte er.

Delacroix zuckte die Achseln und dann vor Schmerz zusammen. Vorsichtig verstaute er seinen Arm wieder in der Schlinge.

„Ich weiß nicht", sagte er. „Sieht aus wie Kalteisen. Aber ich kann mir kaum vorstellen, daß jemand so fahrlässig ist, ein solches Artefakt an eine am Ort gastierende Sopranistin zu verhökern. Was heißt, daß es wahrscheinlich eine Nachbildung ist." Er hielt inne. „Der Priester hätte Ihnen darüber genauer Auskunft geben können. Doch er hätte es wahrscheinlich nicht ohne Gegenleistung getan. Und die Gegenleistung hätte den Preis, den das teure Spielzeug Cérise gekostet hat, um einiges übertroffen."

Asko sah ihn zweifelnd an.

„Was mache ich jetzt damit?" fragte er.

„Stecken Sie's ein. Tragen Sie es bei sich. Aber verlassen Sie sich nicht darauf, daß es Ihnen hilft. Es ist nicht alles Gold, was glänzt. Ein typisches Geschenk von jemandem wie Mlle. Denglot."

Von Orven ignorierte den letzten Kommentar in der Absicht, Gentleman genug zu sein, ihn nicht zu hören, wenn Delacroix schon nicht Gentleman genug war, ihn sich zu verkneifen.

Delacroix, der die Gedanken seines Freundes nicht ahnte, wühlte in seinem Reisenecessaire. Er förderte ein Medaillon an einer Silberkette zutage, auf dem einige unleserliche Buchstaben zu sehen waren. Er hängte es sich um, öffnete seinen Kragen und versteckte das Schmuckstück unter seinem Oberhemd.

„Das soll gegen übles Hexenwerk helfen", erklärte er lakonisch.

„Dann hätten Sie es besser schon heute morgen tragen sollen", erwiderte Asko.

„Ich glaube, es hätte mir nicht geholfen, aber wer weiß? Ich trage es nicht gerne. Es bereitet mir Unbehagen. Deshalb hatte ich es gestern nacht abgenommen."

„Unbehagen ist allemal besser als Tod", gab Asko zurück.

Ein weiteres Klopfen ertönte. Es war Udolf.

„Entschuldigen Sie die Verspätung", begann er, „aber mir hat jemand auf den Kopf geschlagen. Mußte mich erst wieder auf Vordermann bringen."

Die beiden blickten ihn konsterniert an.

„War dabei, Steinberg zu verfolgen", fuhr er fort. „Habe ihn verloren. Leider. Keine Ahnung, wo der Bursche abgeblieben sein könnte. Verflucht schnell, der Mann. Hätte nicht so schnell sein dürfen. Es war, als jagte ich einem Phantom hinterher."

„Er hat dich auf den Kopf geschlagen?" fragte Asko.

„Das weiß ich nicht. Jemand hat mir eins draufgegeben. Von hinten. Konnte nicht sehen, wer's war. War gerade mit dem Leichnam beschäftigt, den ich gefunden hatte."

„Leichnam?“ fragte Delacroix und wünschte sich, der junge Offizier wäre etwas stringenter in seiner Berichterstattung.

„Ja. Leichnam. Ziemlich tot, und nicht erst seit eben, würde ich mal sagen. Bin ja kein Fachmann, aber der Herr im Keller war nicht mehr taufrisch.“

„Welcher Keller?“ fragte Delacroix.

„Neben der Waschküche. Ach, apropos Waschküche. Da habe ich die wirklich unglaublichsten Frauen getroffen …“

„Natürlich“, bemerkte Delacroix trocken.

„Tust du doch immer“, sagte Asko.

„Nein! Das meine ich nicht ...“

„Können wir zu dem Leichnam zurückkommen? Bitte?“

„Also. Ich bin in den Keller runter, weil ich dachte, der Bursche hätte sich vielleicht da versteckt.“

„Der Leichnam?“

„Nein. Steinberg – und dann war da dieser Tote. Schädel eingeschlagen. Stumpfer Gegenstand vermutlich, und dann schlug mir auch jemand auf den Kopf. Als ich wieder zu mir kam, war der Leichnam weg und meine Pistole auch. Hatte sie gerade erst erworben. Hat ein Vermögen gekostet. Es war eine Pepper...“

Delacroix unterbrach ihn: „Unwichtig. Ist Ihnen der Leichnam noch einmal untergekommen?“

„Nein“, entgegnete Udolf. „Aber apropos untergekommen. Raten Sie mal, wen ich getroffen …“

„Noch eine unglaubliche Frau wahrscheinlich“, bemerkte Asko trocken.

„Ja, und gerade du …“

„Auch das ist jetzt nebensächlich“, unterbrach Delacroix. „Meine Herren. Wir müssen uns fertigmachen. Es ist Zeit, dieses Stockwerk zu patrouillieren.“

„Kann mir jemand eine Pistole leihen?“ fragte Udolf mit einem verschämten Grinsen. „Meine ist weg.“

Delacroix wies auf den Nachttisch.

„Nehmen Sie meine“, sagte er, „obwohl ich nicht glaube, daß man damit viel gegen das Monster ausrichten kann.“

„Schon klar“, antwortete von Görenczy, „aber ich fühle mich ohne so nackt. Mitten auf einem Feldzug.“ Er nahm die Schußwaffe und überprüfte sie.

„Weißt du, Asko, du wirst mir vermutlich den Kopf abreißen, aber meinst du nicht doch, daß unsere Chancen größer wären, wenn wir die kleine Miss Jarrencourt dazunähmen?“ fragte er.

„Miss Jarrencourt und ihre Tante haben das Hotel verlassen“, sagte Asko.

„Ach? Na, da waren sie aber schnell. Verdammt schnell sogar.“

Er folgte seinen Kameraden aus dem Zimmer und ließ die Tür hinter sich offen.

Kapitel 24

Pater Emanuele ging zurück zu seinen Räumen im ersten Stock. Er war unglücklich über den Ausgang seiner Diskussion mit seinem ehemaligen Schützling, aber, so fand er, im großen und ganzen war sie so gelaufen, wie er das erwartet hatte. Die meisten Dinge liefen genau so.

Seine Ordensbrüder, die mit ihm zusammen im Hotel abgestiegen waren, erwarteten ihn in seinem Salon. Da war zum einen Bruder Michael, dessen dunkle Laienbekleidung ihn eher aussehen ließ wie einen ernsthaften Wissenschaftler Mitte dreißig, und zum anderen der kräftige, junge Bruder Giuseppe, der fanatische Verfolger aller gottlosen Geschöpfe. Er sah aus wie ein allzu enthusiastischer Künstler, und das, obgleich er sein dunkles Ordensgewand trug.

Sie sahen ihn erwartungsvoll an.

„Wie war es?" fragte Bruder Michael.

„Wie ich es erwartet habe", antwortete der Pater. „Er will nicht kooperieren. Aber er wird. Am Ende wird er. Er hat keine andere Wahl. Seine Suche läuft schlecht, und er ist verletzt ..."

„Hat die Bestie ihn verletzt?" fragte Giuseppe, und seine Augen funkelten, übervoll von frommem Enthusiasmus.

„Ich denke nein. Ich habe ihn mit Kalteisen berührt. Er war rein. Doch schließlich wissen wir ja, daß das Geschöpf noch frei ist."

Giuseppe nickte eifrig.

„Dem Herrn sei Dank für sein gnadenreiches Geschenk des Eisens", betete er. „Möge es uns helfen, jede Sündenkreatur und jeden Feyon auf Gottes Erdboden und alle, die sich mit der Hölle verschwören, auszumerzen."

Der Priester blickte ihn trocken an. Giuseppe war ein guter Mann, wenn auch ein wenig einfältig in seiner allzu großen Einseitigkeit. Er war jedoch genau der richtige Mann, wenn es darum ging, sündige Kreaturen zu jagen oder ihnen Geständnisse abzuringen, was ihre Sündhaftigkeit, ihre dunklen Pläne oder üblen Machenschaften anging. Sie gestanden immer recht schnell. Giuseppe hatte die besondere, sehr seltene Eigenheit, beinahe immun gegen Magie zu sein, eine teils natürliche Veranlagung, die man mit harscher Vehemenz gefördert hatte. Wenn es darum ging, das Unheilige von der Welt zu tilgen, konnte man auf ihn bauen. Barmherzigkeit war ein Wort, das in seinem Wortschatz nicht vorkam, und Gnade war etwas, das er von Gott erwartete, selbst aber nicht praktizierte. Damit hätte sich der Pater ohne größere Schwierigkeiten abfinden können, wenn Bruder Giuseppe seine oft so bittere Arbeit nicht mit so viel geradezu körperlichem Genuß verrichtet hätte.

Doch jede Veranlagung verlor ihre Gottlosigkeit, wenn sie für einen guten Zweck eingesetzt wurde, und letztlich dienten sie alle dem guten Zweck, der die Mittel heiligte. Ihr Orden war von der Kirche anerkannt, wenngleich auch weithin verleugnet. Er baute dabei auf eine langsam schwindende Machtposition, die das Schicksal von Menschen und ganzen Nationen zu manipulieren wußte – zu deren eigenem Guten selbstverständlich. Sie hatten viele Namen, die Emanuele freilich nie gebrauchte. Giuseppe schon, denn er nannte sich Inquisitor und bezog sich damit auf den blutroten geschichtlichen Ursprung der geheimen Bruderschaft.

Michael war anders. Zum einen war er kein Italiener, sondern Ire. Zum anderen hatte er keine Angst, sich mit den arkanen Künsten zu befassen, wenngleich auch nur zu einem guten Zweck. Die Kirche akzeptierte Magie nicht als Teil des christlichen Konzepts, verschloß jedoch die Augen vor ihrem Gebrauch, wenn er dem Guten diente – und niemand etwas darüber wußte. Bruder Michaels Magie war somit fromme Magie und zudem außerordentlich stark.

„Sie denken wirklich, er wird uns das Manuskript aushändigen?" fragte Bruder Michael zweifelnd.

„Möglich, wenn wir es möglich machen – und ihn dazu zwingen. Vorausgesetzt, er kann es überhaupt finden. Bislang waren sie nicht sehr erfolgreich. Ich weiß ja nicht, was ihr kleiner Zauberkünstler da treibt, aber besonders effektiv ist es nicht. Oder was meinen Sie?"

Bruder Michael zuckte die Achseln.

„Der Feyon-Bann besteht und ist recht stark. Allerdings habe ich meine eigenen Sicherungsmaßnahmen dazugewoben. Den Energielinien nach zu urteilen, die ich vermessen konnte, würde ich sagen, daß der Wiatruschod nicht der einzige Grund für das Verschwinden des Manuskriptes ist. Ich spüre mindestens drei verschiedene Machtsignaturen, die gegeneinander statt miteinander wirken. Man könnte fast annehmen, jede Kraft versucht, das Manuskript vor den beiden jeweils anderen zu verbergen. Es ist schwer zu ergründen. Wenn sie die Kreatur fangen und aus dem Rennen nehmen, besteht die Chance – aber nur die Chance –, an die Schrift heranzukommen. Es ist allerdings keinesfalls so einfach, wie die Herren Offiziere sich das vorstellen."

„Wir sollten selbst die gottlose Kreatur jagen und erlegen", unterbrach Bruder Giuseppe mit glänzenden Augen. Er mochte keine Unterhaltungen über Magie.

„Das haben wir doch schon erörtert, Bruder", erwiderte der fromme Magier. „Wenn sie das Manuskript aufspüren, können wir es ihnen ohne Probleme abnehmen. Es steht keinesfalls dafür, das Risiko einer direkten Konfrontation mit der Kreatur einzugehen, wenn wir doch Freiwillige haben, die das für uns erledigen. Die einzige Sorge, die ich habe, ist, daß wir vielleicht selbst noch nicht verstanden haben, was hier im einzelnen abläuft. Welche Rolle spielt die junge Dame, die mit ihrer Tante und ihrer Zofe hier abgestiegen ist? Ist sie in die Sache involviert?"

„Das möchte ich bezweifeln", erwiderte der Pater. „Sie könnten einfach normale Hotelgäste sein, unschuldige Zuschauer, die irgendwie in die Sache verwickelt wurden. Schließlich sind die Hauptakteure drei Herren in heiratsfähigem Alter. Es mag sündig sein, aber nicht unnatürlich, daß sie sich für ein hübsches, junges Mädchen interessieren."

„Ich glaube nicht an unschuldige Zuschauer", sagte Giuseppe. „Allzuoft sind sie vom Bösen durchdrungen."

„Da könnte er zur Abwechslung mal recht haben", stimmte Bruder Michael bei. „Ich bin nicht so argwöhnisch wie Bruder Giuseppe, doch der Portier hat mich informiert, daß die junge Dame heute abreisen wollte, jedoch nicht in der Lage war, das Hotel zu verlassen. Der Feyon-Bann? Vielleicht ist ja mehr an der Sache als zuerst angenommen."

„Wir müssen sie beseitigen", rief Giuseppe aus. „Das Sündenweib legt seine Fallen aus, um Christenmenschen zu bezaubern und ins Verderben zu ziehen. Wir werden ihr das schwarze Herz aus dem Leib reißen und verbrennen."

„Später", sagte der Priester. „Nicht jetzt. Das Verbrennen von Damenherzen in erstklassigen Hotels ist etwas, dessen wir uns enthalten sollten. Es ist etwas auffällig und würde gewiß mißverstanden. Also übe dich in Geduld. Geduld ist eine Tugend. Du solltest darum beten."

„Das werde ich, Hochwürden", versprach der Inquisitor ernsthaft, „und ich werde auch darum beten, daß der Allmächtige mir die Möglichkeit geben möge, jene zu bestrafen, die keine Dankbarkeit kennen und vom wahren Glauben abgefallen sind."

„Bruder Giuseppe." Pater Emanueles Lächeln schien eine Schneide zu haben wie ein Messer. „Ich ermahne dich ausdrücklich, Delacroix nicht anzugreifen. Wir brauchen ihn noch."

„Bedauerlich, daß er Ihnen nicht mehr gehorcht", beklagte Bruder Michael.

„Ein wenig Macht habe ich immer noch über ihn. Wie ein Ministrant hat er vor mir gekniet, als ich ihn dies hieß. Das hat ihm mißfallen. Sehr mißfallen. Nicht alles an seiner Erziehung und Konditionierung war umsonst. Schließlich war es eine ausgesprochen intensive Erziehung."

„Schon möglich", antwortete der christliche Magier. „Dennoch hat er Sie verlassen, und Sie konnten nichts dagegen tun."

„Ein sehr unglücklicher Umstand. Der britische Kapitän, der uns damals behilflich war, jene Loge zu erstürmen, indem er mit seinen Männern an unserer Seite gekämpft hat, hatte ihn nominell adoptiert. Ich fand das eine gute Idee, hatte ihn dazu überredet – mit Hilfe der Überzeugungskraft Bruder Matteos, Ihres arkan begabten Vorgängers. Sein Sohn hatte im Tempel den Tod gefunden. Wahrscheinlich fühlte er sich schuldig an seinem eigenen Verlust. Auf meinen Vorschlag hin nahm er den überlebenden Knaben inoffiziell an, wobei er es uns überließ, ihn großzuziehen und auszubilden. Wir haben das akzeptiert, denn er hat doch tatsächlich Schulgeld bezahlt. Ich hatte gehofft, die Verbindung würde uns irgendwann eine Ausgangsbasis in seinem gottlosen Land verschaffen. Jedenfalls habe ich nicht erwartet, daß er den Burschen vier Jahre später zu sich holen würde. Reiche britische Schiffseigner verschwenden gemeinhin keinen zweiten Gedanken an sizilianische Straßenbengel. Solange man Wohlfahrt durch pekuniäre Zuwendungen erledigen kann, ist es eher unüblich, sich persönlich mit den Niederungen des menschlichen Daseins zu befassen."

Er zuckte die Achseln.

„Wer weiß? Irgendwann ist es sicher einmal von Nutzen, ihn dort zu haben, wo er jetzt ist. Die Wege des Herrn sind unergründlich."

„Amen", sagte Bruder Giuseppe.

Kapitel 25

„Haben wir einen Plan?“ fragte Udolf hoffnungsvoll.

„Nein“, sagte Delacroix und gab ihm das Eisenkästchen, in dem sie das Wesen fangen sollten. „Hier. Ich bin mit dieser verdammten Schulter etwas behindert.“ Er hielt sein Messer in der Rechten. „Ich schätze, auf dieser Etage brauchen wir keine weiteren Gäste zu erwarten. Jetzt, wo die Damen Jarrencourt und Parslow abgereist sind, haben wir den Korridor ganz für uns.“

„Es wäre besser, wenn wir mehr wären als nur drei Leute“, sagte von Orven. „Wenn wir es diesmal wieder nicht fangen, müssen wir wohl Verstärkung anfordern. Zudem bin ich der Meinung, wir sollten das Hotel räumen lassen. Die Gäste sind unnötig in Gefahr.“

„Zu auffällig“, antwortete Delacroix. „Aber es wird ja schnell leerer. Sie nehmen keine neuen Gäste mehr auf.“

Die drei schritten langsam den Korridor entlang, öffneten eine Tür nach der anderen und blickten in die leeren Räume.

„Wissen Sie“, sagte Udolf, „ich bin verdammt froh, daß Cérise nicht da ist.“

Delacroix schenkte ihm einen ironischen Blick.

„Ihre liebenswürdige Fürsorge ehrt Sie“, lobte er. „Ich bin auch froh darüber. Es wäre schade, wenn der Welt eine solche Stimme verlorenginge.“

„Das auch“, entgegnete Udolf. „Aber sie wäre auch im Weg.“

„Zweifellos“, bestätigte Delacroix.

Langsam schritten sie weiter, Delacroix in der Mitte, Udolf mit dem offenen Kästchen in der einen und der geliehenen Pistole in der anderen Hand. Er suchte die Wände ab, ließ den Blick über Decke und Fußboden schweifen. Asko bildete die Nachhut, achtete darauf, was hinter ihnen geschah und hielt dabei seine

Handfeuerwaffe in der Rechten und das kleine Obstmesser in der Linken.

Jeder Schatten auf dem Teppich, jeder Sonnenstrahl, der durch das Treppenhausfenster fiel und Muster malte, jeder winzige Fleck auf den Seidentapeten ließ sie anhalten und besorgt nach einem Feind Ausschau halten, der möglicherweise plötzlich hinter ihnen aufgetaucht sein könnte.

„Großer Gott!" fluchte Udolf, „hoffentlich schieße ich nicht sämtliche Spinnen ab und habe dann keine Munition mehr, wenn die Bestie auftaucht."

Die anderen wußten, was er meinte.

Sie hatten Angst. Keiner von ihnen hätte das je zugegeben, doch Angst hatte sich hinterrücks in ihre wackren Herzen geschlichen. Von Orven hoffte inständig, die Auskunft, das Wesen könne nur über Menschen mit magisch berührter Vergangenheit herfallen, wäre richtig. Von Görenczy seinerseits hoffte, nie ein magisches Abenteuer erlebt zu haben, an das er sich etwa nach einer durchzechten Nacht nicht mehr entsann. Delacroix fühlte einen Klumpen Eis in der Magengrube bei der Vorstellung, das Wesen könne ihn erneut auf die gleiche Weise anfallen. Er spürte noch, wie sich die Kälte durch seinen Körper geschlängelt hatte, nachdem das Monster in ihn eingedrungen war, und er spürte noch das Messer auf dem Weg in sein Fleisch und die heftigen Schmerzen, die ihn fast gelähmt hatten. Er schob diese Gedanken fort, doch das Bild der schwarzen Eiswelt ohne Ausweg und das des sterbenden Mädchens befielen ungewollt immer wieder seine Gedanken.

Er ließ fast das Messer fallen, als ein Schrei durch die Stille schnitt. Er kam aus der Zimmerflucht, die die Jarrencourt-Damen bewohnt, den Räumen, die sie als leer erachtet hatten.

Die Tür flog auf und krachte an die Wand. Mit wehendem Kleid rauschte Corrisande Jarrencourt aus dem Zimmer und rannte wie ein Hase davon. Sie hastete den Flur entlang, entfernte sich dabei von ihnen.

Die drei Männer schrien fast gleichzeitig.

„Was zum T...", fluchte Asko.

„Es ist hinter ihr her. Wir müssen es kriegen!" schrie Delacroix.

„Gottverflucht!" rief Udolf.

Sie brauchten einen Moment, um zu durchschauen, was da geschah. Alle drei reagierten falsch. Statt in die Richtung zu laufen, aus der das Mädchen geflohen war, rannten sie hinter ihm her, um es zu schützen.

Nur ein, zwei Sekunden, und sie erkannten ihren Fehler und drehten sich dem entgegen, was die Quelle von Miss Jarrencourts Panik gewesen war. Diese Sekunden jedoch waren entscheidend.

Wie eine sich schlängelnde Lanze schoß die Kreatur aus der offenen Tür, dem Mädchen hinterher. Mit einem kühnen Sprung warf sich von Görenczy ihr in den Weg und versuchte, das Wesen mit der offenen Box aufzuhalten und es in dieser zu fangen. Doch das Monster war zu groß und zu schnell. Der Aufprall warf ihn um, und er purzelte Hals über Kopf taumelnd und rollend über den Boden, ohne sich sofort fangen zu können. Er fühlte eine eiskalte Berührung am Hals. Wie eine Schlange wand sich Kälte um seinen Kehlkopf und drückte zu. Er ließ Waffe und Eisenschachtel fallen und griff mit beiden Händen nach dem Feind, der ihn im frostklirrenden Würgegriff hatte. Doch er fand nur seinen eigenen schmerzenden Hals. Das Geschöpf war schon wieder fort.

Er versuchte, sich abzurollen, um wieder auf die Beine zu kommen und geriet dabei genau in den Weg Leutnant von Orvens, der in Richtung der schreienden jungen Frau rannte, über ihn stolperte und nun ebenfalls der Länge nach auf den Boden fiel. Dabei verlor er sein Messer und feuerte beim Aufschlag seine ungesicherte Pistole ab. Er schlug mit dem Kopf hart gegen ein Möbelstück, das an der Wand stand.

Delacroix sprang über die beiden hinweg und umklammerte sein Messer mit finsterer Entschlossenheit. Er sah Corrisande am Ende des Ganges am Boden kauern. Auf den Knien lag sie, gleichsam zusammengeklappt, den Oberkörper auf die Schenkel gedrückt, die Hände im Nacken gefaltet, während sie versuchte, mit Armen und Ellenbogen ihren Kopf zu schützen. Der Schatten ließ ihr hellgelbes Kleid bräunlich und fleckig wirken. Er umspann sie wie in einem Kokon, schlierte und waberte an ihr entlang, als suche er Einlaß. Sie hatte zu schreien aufgehört und zitterte so sehr, daß Delacroix es schon aus einigen Metern Entfernung sehen konnte. Wie ein Bündel grauer Schleier streichelte Dunkelheit ihren bebenden Körper, liebkoste ihn mit ekelerregender, widerlicher Lust. Schattenfinger rieben sich an ihr, schlüpften ihr ins Dekolleté und die Beine hoch. Ein ganzes Schlangennest begann sich unter der gelben Seide zu winden und an ihrer Haut entlangzukriechen.

Sie sah zu ihm auf. Ihre himmelblauen Augen waren aufgerissen vor Entsetzen, ihr Gesicht totenbleich. Ein schlängelndes Tentakel aus Schatten flutete über ihr Antlitz und versuchte, ihr die Lippen zu öffnen.

Er stand jetzt dicht neben ihr und erwartete den Ansturm auf ihn selbst.

„Laß sie in Ruhe", befahl er heiser, kniete sich neben sie und beugte sich über ihre schmale Gestalt. Die Hand mit dem Messer zitterte leicht – vor Entschlossenheit? „Du willst doch gar nicht sie. Du willst mich. Weißt du nicht mehr? Ich bin derjenige, den du übernehmen kannst."

Der Schatten erstarrte zu schwarzem Glas. Innerhalb weniger Sekunden wurde das kauernde Mädchen zu einer obsidianschwarzen Skulptur. Sie war in sich selbst eingeschlossen, wurde zu spiegelndem, dunklem Kristall. Eine schwarze Träne sah er auf ihrer Wange, eingefroren auf dem Weg von ihrem Auge nach unten.

Delacroix brüllte vor Enttäuschung auf und stach mit seinem Kalteisendolch zu.

Das Mädchen zerschmolz, nahm lebende Gestalt an, als der Schatten sich teilte. Delacroix warf sich herum, bevor sein Messer die junge Frau vor ihm treffen konnte. Es glitt an der Wand entlang, schnitt und kratzte nur wenige Zentimeter von Corrisandes Halsschlagader durch die Seidentapete. Er überprüfte sie mit einem kurzen Blick. Unversehrt.

Sie stöhnte schmerzerfüllt und rang nach Atem, verkroch sich noch tiefer unter seiner Waffe. Ihr weißes Gesicht sah mit riesigen, entsetzten Augen zu ihm auf.

„Bitte nicht!“ bettelte sie, doch er hatte keine Zeit mehr für sie, sah sich aufgeregt nach dem Monster um. Wo war es?

Es war noch da. Dunkle Schattenschleier wogten in etwas Abstand um sie beide, lauernd, abwartend. Er drehte sich um, blickte von ihr fort, kniete vor ihr, um sie mit seinem Körper abzuschirmen, während seine Hand die Luft um ihn herum zerschnitt, in dem rasenden Versuch, die Kreatur, die niemals dort war, wohin er sich auch noch so schnell bewegte, mit der Waffe zu berühren.

Das Wesen kam näher, und er kroch auf den Knien weiter zurück, klemmte die junge Frau zwischen sich und der Wand ein. Er spürte ihren bebenden Körper an seinem Rücken.

Dann stieß das Wesen zu, abermals wie eine Schlangenlanze, spitz, tödlich zielte es auf sein Herz. Er brüllte das Monster an und stach mit dem Messer danach. Wie ein Fechtmeister wich es aus. Die alte Narbe über seinem Herzen schien in weißglühendem Feuer aufzuflammen, und er spürte, wie sich sein Amulett in die Haut brannte.

Noch einmal stieß er einen Kampfschrei aus und hackte mit seinem Messer wild um sich, ohne noch genau zu wissen, ob das Böse schon in ihn eingedrungen war oder nicht.

Dann sah er Asko von Orven in einem langen Sprung auf sich zustürzen. Er schwang dieses sinnlose kleine Obstmesser. Zwei dunkle Klingen trafen sich beinahe im Schwung, und der Schatten bäumte sich auf, wurde dünn – und schien verschwunden.

Kapitel 26

Mrs. Parslow war entschlossen, den Tag zu genießen. Es war ihr nichts anderes übriggeblieben, als allein auszugehen, nachdem Corrisande nachhaltig behauptet hatte, sie könne das Haus nicht verlassen. Eliza wußte nicht, ob sie das glauben sollte. Es erschien ihr sonderbar. Doch als gesittete Dame aus gutem Hause wußte sie so gut wie nichts über etwas so degoutantes wie Magie. Das gesamte Konzept war ihr fremd, und sie war sich sicher, daß sie es auch gar nicht begreifen wollte.

Corrisande und sie stritten nicht oft. Im Grunde mochte sie die junge Frau. Vielleicht hätte sie ihr etwas mehr Verständnis entgegenbringen sollen. Doch immerhin hatte sie Schritte unternommen, um diese Farce zu beenden. Sie hatte es Corrisande noch nicht gesagt, wollte keine Diskussion heraufbeschwören. Marie-Jeannette würde früh genug zuviel erzählen. Wenn man Corrisandes außergewöhnlichen Lebensweg und ihre bisherige Karriere kannte, war es schwer zu begreifen, wie ungemein zimperlich sie in manchen Dingen sein konnte.

Eliza hatte immer ein ordentliches Leben geführt, über jeden Zweifel erhaben. Sie tat, was man eben tat, und wich dabei nicht einen Zentimeter breit vom Pfad der Tugend ab. Sie hatte nie gelernt, mit einem Messer umzugehen – oder mit einer anderen Waffe. So etwas war undamenhaft und unnötig. Sie war nicht verkleidet als Straßenjunge in Häuser eingebrochen, was Corrisande zu ihren wildesten Zeiten regelmäßig getan hatte, als sie sich noch nicht entschieden hatte, was sie mit ihrem zweigeteilten Leben letztlich anfangen wollte.

Dennoch hatte es das Mädchen wieder nicht geschafft, das wirklich Notwendige zu tun. Nicht wie Eliza, die immer das Notwendige getan hatte – für sich selbst, aber auch für Corrisande. Schließlich waren ihre Schicksale eng verknüpft. Sie würde ihre

Begleiterin sein, als Anstandsdame beziehungsweise Tante fungieren, bis Corrisande einen gutsituierten Gatten gefunden hatte. So lautete die Abmachung, und man brach keine Abmachung mit dem „König". Es war alles andere als zuträglich.

Natürlich freute sich Eliza auf die Zeit, wenn sie wieder ganz ihre eigene Herrin sein würde und ihr Leben nach ihren eigenen Wünschen würde ausrichten können. Doch dafür brauchte man Geld, viel Geld, wenn man sich ein Leben in den Kreisen leisten wollte, in denen sie sich gerne bewegte. Das hieß, Corrisande mußte eine lukrative Verbindung eingehen.

Sie hatte sich das leichter vorgestellt. Freilich war Corrisande etwas älter, als Debütantinnen gemeinhin waren, etwas zu alt für den alljährlichen Jahrmarkt der Eitelkeiten, aber sie sah jung genug aus. Sie war anmutig und hatte gute Manieren. Sie würde eine äußerst anständige Mitgift von ihrem mysteriösen „invaliden" Vater erhalten, und zudem war sie selbst nicht gerade arm. De Lacy hatte ihr damals eine nette Summe vor die Füße geworfen, und die kurze Zeit, in der sie sich als Sammlerin anderer Leute Juwelen betätigt hatte, hatte ihre Ressourcen in beachtliche Höhen anwachsen lassen. Wenn sie gewollt hätte, hätte sie vielleicht nicht im größten Luxus, aber doch bequem gänzlich ohne einen Ehemann leben können.

In manchen Dingen jedoch war sie erstaunlich brav und tugendhaft. Seltsam, wenn man ihre Abstammung bedachte – aber vielleicht auch nicht. Eventuell waren es ja gerade diese außergewöhnlichen Umstände, die sie sich nach einem ruhigen, normalen Leben sehnen ließen, nach einem liebenden Gatten, nach einem geordneten Heim.

Eliza selbst war dreimal verheiratet gewesen, doch sie hatte immer gewußt, daß sie sich nur auf sich selbst verlassen konnte. Männer waren zu unbeständig. Natürlich war es angenehm, einen Gatten zu haben. In einer Gesellschaft, in der Männer das Sagen hatten, erleichterte es das Leben überaus. Eine unverheiratete junge Frau war nichts. Als Witwe eines gewissen Alters genoß sie jetzt weitaus mehr Freiheit, als sie in ihrer Jugend je gehabt hatte. Heiraten würde sie nicht mehr. Es war nicht mehr notwendig.

Liebe? Liebe wurde überschätzt, das hatte sie immer gefunden. Natürlich war da der körperliche Aspekt. Männer waren Tiere. Doch sie gab durchaus zu, daß sie die intime Zweisamkeit mit einem Mann bisweilen vermißte. Manches davon war recht angenehm. Sie würde zum richtigen Zeitpunkt wieder eine Affäre eingehen. Aber nicht jetzt. Nicht als Corrisandes Anstandsdame. Es war unmöglich.

Auch das war ein Grund, warum sie hoffte, daß sie in München reüssieren würden. Wenn das Mädchen erst einmal verheiratet war, konnte sie ihren Stil wieder verändern, vielleicht ihr Haar blondieren. Sie war sicher, daß sie einen Verehrer finden würde. Reiche Witwen fanden immer Verehrer. Natürlich nicht die Sorte, die man heiraten sollte, aber doch die Sorte, die einem das Dasein angenehm gestalten konnte.

Sie lächelte und nippte an ihrem Getränk. Das Tombosi kredenzte sehr guten Kaffee. Sie knabberte an einem Stück Apfeltorte. Sie war ebenfalls exzellent. Es war schade, daß Corrisande nicht dabei war. Die Gäste im Café gehörten der besten Gesellschaft an, man sah es an ihrem Stil, und sie paßte ausgezeichnet in dieses Umfeld.

Corrisande war schrecklicher Laune gewesen, als sie zurück in den Salon gekommen war. Ihr gelbes Kleid war staubig gewesen, aber sie hatte keine Erklärung dazu abgegeben. Sie war direkt an das Schreibpult getreten und hatte ihren Ring genommen, den sie dort liegengelassen hatte. Viel hatte sie nicht gesagt. Nur daß sie die Hintertür ausprobiert hatte und auch nicht weitergekommen war. Dann hatte sie sich erkundigt, ob Eliza vorhabe auszugehen, und sie gebeten, an einem Buchladen vorbeizuschauen und ihr ein Buch mitzubringen, das Dinge erklärte.

Was für Dinge, hatte Eliza ihr Protegé gefragt. Magische Dinge, hatte sie entgegnet. Sachen über die Fey und Zauber und so, und sie habe sich entschlossen, mehr über dieses Thema zu erfahren. Eliza war schockiert gewesen. Wenn irgend möglich sprach man über so etwas nicht. Je weniger man darüber wußte, desto besser. Aberglaube, Irrglaube der niederen Klassen. Auch glaubte sie nicht, daß die Lektüre eines Buches über „Magie und die Fey“ Corrisande in die Lage versetzen würde, einen Zauberspruch zu konterkarieren, der von einem professionellen Magier ausgesprochen worden war. So einfach konnte es nicht sein.

Doch Corrisande war nicht in der Laune gewesen, ihre Literaturauswahl zu überdenken. Sie hatte nur stumm und mürrisch dagesessen und ihren Ring in den Fingern gedreht. Irgend etwas hatte sie auf dem Herzen gehabt, und Eliza hätte zu gern gewußt, was es war.

Ihr Schützling jedoch hatte geschwiegen wie ein Grab. Also hatte Eliza sich entschlossen auszugehen, die Geschäfte und die Umgebung zu erkunden und sich einen netten Nachmittag zu machen. Allein. Daß sie Mme. de Rhins-Epitué in dem Etablissement getroffen hatte, war ein Extrabonus gewesen. Sie hatte sich nicht einmal anstrengen müssen. Mme. de Rhins-Epitué war von ganz allein auf sie zugekommen, hatte sie gefragt, ob es richtig war, daß sie sie mit Miss Jarrencourt zusammen gesehen hatte. Offenbar war es Corrisande im vergangenen Winter gelungen, einen ausnehmend guten Eindruck auf die Dame zu machen.

Ja, hatte sie geantwortet, sie sei die Tante der jungen Dame. Sie wären zur Ballsaison angereist und um eine ältere Verwandte zu besuchen, die in Possenhofen lebe. Der Name des Örtchens hatte einen guten Klang. Die Seitenlinie des Wittelsbacher-Geschlechtes lebte dort, die Eltern und Geschwister der Kaiserin Elisabeth von Österreich. Eliza prahlte ausdrücklich nicht damit, die erlauchte Familie persönlich zu kennen, und Mme. de Rhins-Epitué, die selbsternannte Meisterin der Interpretation, war beeindruckt ob so viel offensichtlicher Bescheidenheit.

Ob sie denn schon Einladungen für den Frühlingsball hätten, hatte die Dame gefragt. Er fände immer im Nymphenburger Schloß statt, der Sommerresidenz des Königs. In ein paar Tagen sei es wieder soweit.

Unglücklicherweise nein, hatte Mrs. Parslow geseufzt. Corrisandes Verwandte in Possenhofen habe sich darum kümmern wollen, doch sie sei in letzter Zeit recht leidend gewesen. Nun werde Corrisande wohl auf dieses erlauchte Vergnügen verzichten müssen. Traurig natürlich, vor allem für so ein junges Mädchen wie Miss Jarrencourt, aber man könne die alte Dame nicht so inkommodieren. Es werde noch genug Bälle geben.

Mme. de Rhins-Epitué war erfreulich hilfsbereit gewesen. Sie werde ihren Einfluß entsprechend geltend machen, hatte sie versprochen und sich dann von ihrer neuen Freundin verabschiedet. So ein hübsches und wohlerzogenes Mädchen wie Miss Jarrencourt dürfe bei einem solchen Anlaß nicht fehlen, hatte sie abschließend erklärt.

So lächelte Eliza glücklich, als sie ihren Kaffee trank. Ein wohlgenutzter Tag. Sie würde sich nun die exquisiteste Schneiderei aussuchen und ein neues Ballkleid bestellen. Irgend etwas Würdevolles und doch Subtiles.

Endlich fingen die Dinge an, so zu laufen, wie sie sollten.

Kapitel 27

Die drei Männer sahen sich hastig nach Anzeichen der Kreatur um, doch in diesem Augenblick war nichts von ihr zu sehen. Delacroix, immer noch auf einem Knie, hielt seinen Dolch von sich gestreckt. Seine Augen suchten gehetzt den Flur ab. Asko von Orven war sofort wieder aufgesprungen und schwang drohend sein Spielzeugmesser. Von Görenczy trat auf sie zu, nachdem er die Eisenschachtel wieder an sich genommen hatte.

Die leere Eisenschachtel.

Delacroix hoffte, er würde in der Lage sein, ohne sichtbares Zittern aufzustehen. Er fühlte, wie sein Amulett Spuren in seine Brust sengte, viel zu heiß, um erträglich zu sein. Langsam begann es sich abzukühlen. Dennoch war er keinesfalls sicher, ob die Gefahr schon vorbei war, und er würde sich nicht noch einmal von dem plötzlich aus dem Nichts erscheinenden Spuk überrumpeln lassen.

„Großer Gott, Delacroix", rief Udolf bewundernd, „Sie haben vielleicht Nerven, sich diesem Ungeheuer selbst anzubieten! Kompliment. Ich salutiere vor Ihrer Kaltblütigkeit."

Von Orven kniete sich nun auch hin und versuchte, der jungen Frau zu helfen, die immer noch wie ein Häufchen Elend hinter Delacroix kauerte.

„Geht es Ihnen gut, Miss Jarrencourt?" fragte er und streckte die Hände nach ihr aus.

Sie schrie auf und preßte sich, so das überhaupt möglich war, noch weiter gegen die Wand, von ihm fort.

„Reichen Sie Ihr Messer von Görenczy", befahl Delacroix. „Wir wollen die junge Dame nicht noch mehr erschrecken."

Von Orven lief rot an und tat wie ihm geheißen. Dann wußte er nicht mehr weiter. Das Mädchen verschwand fast völlig hinter dem breit gebauten britischen Offizier.

„Sir, wenn Sie vielleicht Ihren …“, schlug er vor.

Delacroix konzentrierte sich und stand auf. Er spannte seine Muskeln an und schüttelte die Beine aus, um ja nicht steif und nervös zu wirken. Er sah sich um, erwartete immer noch einen erneuten Angriff.

Von Orven beugte sich zu der Wolke aus gelber Seide direkt vor ihm nieder.

„Wenn Sie mir gestatten, Miss“, begann er, doch er erhielt keine Antwort.

„Gottverdammich, helfen Sie ihr einfach hoch, von Orven. Sie ist kaum in dem Zustand für gesittete Konversation.“

Ein wenig ungeschickt, gerade so als wüßte er nicht genau, wie er die junge Dame höflicherweise anfassen sollte, nahm Asko ihre Oberarme und zog sie hoch. Er hatte Angst, sie würde in Ohnmacht fallen, doch sie stand einfach nur da, die Augen weit und ohne Fokus. Er spürte, wie eiskalt sie war, fühlte sie in seinen Händen zittern. Er überlegte, wie er sie um Erlaubnis fragen sollte, ihr behilflich zu sein, dann unterließ er die Frage. Eventuell hatte Delacroix recht, und dies war nicht die Zeit für ritterliche Zurückhaltung.

Er hob sie auf, nahm sie in die Arme und fühlte sich ein wenig albern bei der Sache, irgendwie operettenhaft. Ihr Kopf lehnte an seiner Schulter. Zum zweiten Mal innerhalb von vierundzwanzig Stunden hielt er Miss Jarrencourt in den Armen, und er hielt sie gerne in den Armen, stellte er fest. Nur hätte er sich andere Umstände gewünscht. Sie über die Schwelle in sein Haus zu tragen zum Beispiel.

Doch dies war nicht der richtige Augenblick für solche Gedanken. Er hielt sie fest und sicher und ging den Flur zurück auf ihr Zimmer zu.

Delacroix und von Görenczy sahen den beiden nach. Dann begannen sie, sich in die gleiche Richtung zu bewegen.

„Das war …“, von Görenczy suchte nach Worten, „… außergewöhnlich“.

Delacroix sah ihn kritisch an. „Verdammt knapp wäre ein passenderer Ausdruck", sagte er.

„Ja, war's wohl. Es ist mir an den Hals gegangen. Kann nicht behaupten, daß ich das mochte. Abscheulichster Angriff, den ich je erlebt habe. Das arme Kind. Hoffe nur, sie hat noch alle Tassen im Schrank nach dem – Erlebnis. Oder wie immer man das nennen soll."

„Versuchte Vergewaltigung wäre ein geeigneter Begriff", murmelte Delacroix.

Udolf hielt unvermittelt an.

„Versuchte Ver...", rief er entgeistert.

„Pst! Leise!" unterbrach ihn Delacroix.

„Aber wie soll das denn gehen? Ich meine, sind Sie sicher?"

Delacroix hielt vor der Suite an und wandte sich Udolf zu.

„Wie soll ich sicher sein? Ich weiß so wenig wie Sie. Aber so sah es aus. Ich werde gewiß nie den Ausdruck auf ihrem Gesicht vergessen, als die Bestie versuchte, ihr in den Mund zu kriechen. Ich hoffe nur ..." Er ließ den Satz unvollendet.

„Meinen Sie ...", begann Udolf, war dann aber auch nicht in der Lage, den Verdacht in Worte zu fassen. Die Männer starrten einander an, Ekel auf den Gesichtern.

„Wir sollten jetzt hineingehen", sagte Delacroix schließlich, „und uns mit Mrs. Parslow auseinandersetzen."

Doch Mrs. Parslow war nicht da. Statt dessen kroch Marie-Jeannette hinter einem Ohrensessel hervor. Sie sah etwas zerzaust aus.

„Keine Angst, Mädchen", sagte von Görenczy mit gespielter Fröhlichkeit. „Die Retter sind da."

Asko hatte Corrisande auf der Couch abgesetzt. Sie saß dort wie eine Puppe, bewegungslos und aufrecht. Ihre Hände umfaßten den Sofarand neben ihren Röcken.

Er sah sie besorgt an.

„Miss Jarrencourt!" sprach er sie an. „Bitte sagen Sie mir, daß es Ihnen gutgeht."

Er kniete seitlich vor ihr, hätte sie gerne in die Arme genommen und festgehalten. Doch das war kein angemessenes Betragen und hätte zudem so ausgelegt werden können, als versuche er, eine Situation für sich auszunutzen, die kein anständiger Mann je ausnutzen würde.

Also kniete er nur da, blickte besorgt und suchte nach Anzeichen auf ihren Zügen, die ihm verraten würden, wie ihr zu helfen sei.

Delacroix war weniger zartfühlend. Er hockte sich auch vor sie und nahm ihr Gesicht in seine große rechte Hand. Ihre Haut war eisig.

„Miss Jarrencourt!“ rief er ihr aus unmittelbarer Nähe direkt in Gesicht. „Sie müssen den Schreck jetzt hinter sich lassen. Sie müssen den Willen haben, zu uns zurückzukommen. Ich weiß, das ist schwer, aber ich weiß auch, Sie können das. Sie wollen doch nicht, daß ich Ihnen wieder den Inhalt von Leutnant von Górenczys Taschenflasche einflöße, oder?“

Corrisandes blauer Blick fand langsam seinen Weg in den gelben direkt vor ihr.

„Braves Mädchen!“ sagte Delacroix und streichelte ihr mit dem Daumen über die Wange. Asko fletschte hinter geschlossenen Lippen die Zähne.

Corrisande holte tief Luft. Ihr war eiskalt. Sie fühlte sich schmutzig. Sie wußte nicht, wie sie den anwesenden Herren auch nur näherungsweise klarmachen sollte, wie furchtbar, wie unaussprechlich, wie absolut widerlich alles gewesen war. Die kaltglitschige Kreatur war in ihre Kleidung eingedrungen, an ihrer Haut entlanggeschleimt und hatte sie an Stellen berührt, die noch nie jemand zuvor berührt hatte. Fangarme waren in ihr Dekolleté gekrochen, hatten sich einen Weg in ihr Mieder gebahnt, ihren Leib erforscht und sich an ihren Beinen hochgewunden. Sie wollte nicht wissen, was sie noch getan hätten. Delacroix hatte es verhindert. Sie hörte seine Stimme noch in ihrem Kopf.

Die Stimme des Mannes, den sie fast hätte ermorden lassen.

„Oh Gott“, sagte sie, blickte dann zu von Górenczy und streckte den Arm aus. Ihre Hand bebte heftig.

„Leutnant von Görenczy“, sagte sie ruhig. „Ihre Flasche bitte.“

Bestürztes Schweigen traf sie. Das war keine mädchenhafte Reaktion. Mit Sicherheit war es nicht das, was die Herren erwartet hatten, und Eliza hätte vermutlich nervöse Zuckungen davon bekommen. Zum Teufel damit.

Sie ließ die kleine Silberflasche fast fallen, als man sie ihr reichte, und schaffte es dann nicht, sie mit ihren bebenden Händen zu entkorken. Jemand tat es für sie. Von Orven.

Sie nahm einen tiefen Zug und begann zu husten. Doch das beißende Gefühl tat gut. Wie das Ausbrennen einer Wunde schien es sie zu reinigen. Sie nahm noch einen Schluck, hustete nochmals und merkte, daß der starke Alkohol ihr die Tränen in die Augen trieb.

Gut. Ihr war nach Weinen, sie sehnte sich nach der Katharsis der Tränen. Weinen hätte geholfen, wenn sie nur gewußt hätte, wie das ging. Normalerweise konnte sie gut weinen, beherrschte die lakrimose Kunst mit Akribie. Nur jetzt schien es utopisch. Sie war dort draußen zu Stein erstarrt. Steine konnten nicht weinen. Sie konnten bestenfalls bersten.

Sie nahm noch einen Schluck. Es hieß, Cognac ließe einen vergessen. Sie fragte sich, wieviel man davon trinken mußte, bis dieser Effekt einsetzte. Möglicherweise würde sie es ja bald entdecken.

Jemand nahm ihr die Flasche weg. Von Orven. Er saß inzwischen neben ihr, und sie bemerkte, daß er schützend seinen Arm um sie gelegt hatte. Er wirkte etwas schüchtern dabei, und sie hätte es ihm keinesfalls gestatten sollen. Es war an der Zeit, ihn für dieses Verhalten zu kritisieren. Das sollte sie jetzt tun. Absolut. Sie hatte ihm solche Freiheiten nicht eingeräumt.

Aber er war warm. Er fühlte sich lebendig an, und es war gut, beschützt zu werden. Sie hätte es nicht tun sollen, doch sie lehnte sich an ihn, und er hielt sie behutsam.

„Das sieht ja schon viel besser aus“, bemerkte Colonel Delacroix mit einem schiefen Lächeln. „Wenn Sie sich besser fühlen, sollten wir jetzt darüber sprechen, was genau passiert ist. Tut mir leid, ich kann Ihnen das nicht ersparen, und wir werden offen und klar sein müssen, auch wenn das für Sie nicht angenehm ist. Selbst wenn es über das hinausgeht, was Sie sonst mit einem Mann oder mit überhaupt jemandem bereden wollten."

Sie merkte, daß der junge Mann, der sie stützte, verunsichert war und beinahe etwas gesagt hätte. Sie sah, daß die Sache auch dem Chevauleger sehr peinlich war, ein Gefühl, das ihn wohl nicht oft ankam, und sie blickte wieder in die seltsamen Bernsteinaugen des Colonels und wußte, was er sie gleich fragen würde.

Sie lief dunkelrot an, ohne irgend etwas dazu tun zu müssen.

„Nein", sagte sie und versuchte, ihn ohne Worte zum Begreifen zu zwingen, daß dies ihre Antwort auf die Frage war, die sie nicht hören wollte. „Nein."

Er sah zunächst aus, als wolle er weiterfragen, doch dann las sie in seinen Augen, daß er zu verstehen begann.

„Sind Sie verletzt?" fragte er klinisch neutral.

„Nein, Sir", entgegnete sie und versuchte, so unsentimental und zurückhaltend wie möglich zu bleiben. „Ich denke nicht." Sie stand auf, ihre Knie bebten heftig. „Wenn Sie mich einen kurzen Moment entschuldigen möchten, ich glaube, ich werde mich gleich ziemlich unwohl fühlen. Marie-Jeannette!"

Sie stürzte wie blind ihrem Schlafzimmer entgegen, verbot sich, in Gegenwart der Herren zu würgen. Von Orven war ebenfalls aufgesprungen, als wollte er ihr folgen, doch Delacroix hielt ihn zurück.

„Sir", rief er aufgebracht, „sie braucht Hilfe!"

Von Görenczy antwortete: „Asko, laß sie in Ruhe. Wenn ihr schlecht wird, ist sie dabei sicher lieber allein."

Die Tür schloß sich hinter den beiden Mädchen. Die drei Männer standen im Salon. Von Görenczy nahm einen Schluck aus seiner Silberflasche und reichte diese dann Delacroix. Der trank ebenfalls und reichte seinerseits die Flasche weiter an von Orven. Der blonde Offizier lehnte zunächst ab, doch dann sagte er: „Ach, zum Teufel!" und nahm auch einen Schluck.

„Lieber nicht", antwortete Delacroix.

Kapitel 28

Das Hotel war verhältnismäßig neu. Es war auf dem neuesten Stand, und das hieß, daß sie ihren eigenen Wasservorrat im Schlafzimmer hatte. Corrisande war dafür dankbar. Es stand immer ein zusätzlicher Krug mit Wasser da. Sie wusch ihr erhitztes Gesicht. Ihr war danach, sich noch einmal zu erbrechen, doch ihr Magen war inzwischen völlig leer.

Ihre Kehle brannte. Sie gurgelte mit Pfefferminz-Lavendel-Lösung. Die Flüssigkeit milderte etwas den schrecklichen Geschmack in ihrem Mund.

„Hilf mir aus dem Kleid“, befahl sie Marie-Jeannette. „Schnell. Ich kann es keinen Moment länger ertragen. Mach schon!“

„Hör auf zu zappeln. So kriege ich die Häkchen nicht auf.“ Marie-Jeannette war es im Moment einerlei, ob jemand hörte, daß sie ihre Arbeitgeberin duzte.

Corrisande kämpfte gegen das Kleid wie gegen einen Feind. Seide ging in Fetzen.

„Du machst es kaputt!“ schalt Marie-Jeannette.

„Egal. Ich ziehe es nie wieder an. Verbrenn alles, was ich anhabe. Ich will nichts mehr davon sehen.“

Marie-Jeannette war bestürzt.

„Aber du mußt doch nicht …“

„Tu, was ich dir sage!“ befahl Corrisande zu erschöpft, um freundlich zu sein.

Sie warf das Kleid von sich, danach ihr Unterkleid, das Korsett, die Petticoats, die Krinoline, den Unterrock, die Halbstiefel, die spitzenbesetzten Unerwähnbaren und die Seidenstrümpfe.

Marie-Jeannette wandte sich ab, war es nicht gewöhnt, daß sich ihre Arbeitgeberin völlig vor ihr entblößte. Doch Corrisande hatte diesmal andere Prioritäten. Sie schleuderte ihre Kleidung von sich und wiederholte dabei: „Daß du sie mir auch wirklich verbrennst. Ich will, daß sie fort sind. Ich werde nichts davon je wieder anziehen."

Sie stellte sich dann nackt hinter ihren Paravent und befahl Marie-Jeannette, die auf der anderen Seite stand: „Geh hinaus zu den Herren. Sag ihnen, es wird noch eine Weile dauern, aber ich würde gerne noch mit ihnen sprechen, ehe sie gehen. Bitte sie zu warten. Laß ihnen Erfrischungen aus der Küche kommen, und dann komm gleich wieder. Ich brauche dich hier. Du mußt mir beim Ankleiden helfen, und wenn ich hier fertig bin, laß alles sauber und frisch machen."

Marie-Jeannette verschwand aus dem Zimmer.

Corrisandes Hände fuhren durch ihr Haar, zogen Haarspangen, Zierkamm und Bänder heraus. Voller Ekel warf sie alles von sich. Sie wollte nichts an sich haben, was dieses Geschöpf angefaßt hatte. Ihr langes, seidiges Haar fiel ihr über den Rücken. Sie schüttelte es aus. Dann nahm sie einen Waschlappen und ein Stück Seife und begann, sich zu waschen, methodisch, sorgfältig, ohne auch nur einen Zoll ihres Körpers auszulassen. Nach einer Weile legte sie den Lappen weg und nahm die Nagelbürste, schabte und kratzte damit kräftig über ihre Haut und ignorierte die Tatsache, daß es weh tat. Sie kämmte ihr Haar mit der nassen Bürste.

Dann stand sie vor dem Spiegel und musterte ihren nackten Leib. So etwas tat man nicht. Eine zivilisierte Dame spazierte nicht im Evaskostüm vor einem Spiegel herum.

Aber sie mußte es wissen. Sie suchte nach Malen auf der Haut, Spuren, die der Schatten eventuell hinterlassen hatte. Es war nichts zu sehen, nur die Kratzer und blauen Flecke, die sie sich selbst mit der Nagelbürste zugefügt hatte. Eine einzige rote Linie lief über ihren Hals. Sie sah aus wie eine Verbrennung und schmerzte. Doch das war das einzig Ungewöhnliche, was sie feststellte.

Irgendwie hatte sie Fischschuppen erwartet. Als sie gespürt hatte, daß das Wesen sich ihr durch den Boden näherte, war sie gerannt. Sie wollte nicht noch einmal in einem schwarzen Ohnmachtsanfall gefangen sein und hatte Angst, weil es ihren Namen kannte und ihr irgendwie weh tun konnte. Doch als es sie am Ende des Korridors überwältigt hatte, war das zuerst nicht schmerzhaft gewesen, hatte nicht so weh getan, wie sie befürchtet hatte. Das Geschöpf hatte sie liebkost. Mehr als das. Es hatte sie auf eine ekelerregende, körperliche Art umworben, und plötzlich hatte sie verstanden, daß es etwas Ähnliches, etwas Verwandtes in ihr sah. Eine Freundin, eine verwandte Seele, sofern die Fey Seelen hatten.

Das hatte alles noch schlimmer gemacht, und es war etwas, das sie den Männern dort draußen, die so tapfer und entschlossen darum gerungen hatten, sie zu befreien, nicht anvertrauen konnte. Sie war nicht einmal sicher gewesen, ob sie begriffen hatten, was ihr da passiert war. Delacroix hatte es verstanden. Ein wenig haßte sie ihn dafür.

Sie mußte sich überlegen, was sie ihnen sagen wollte. Niemand durfte erfahren, daß auch in ihren Adern Feyon-Blut floß. Daß sie Feyon genug war, um das Nahen des Monsters vorauszuspüren, bevor es sich noch materialisierte, und daß sie nicht durch den Feyon-Bann treten konnte und somit gezwungen war, als umworbenes Weibchen einer mit Fangarmen versehenen Kreatur, die direkt aus der Hölle kommen mußte, hier auszuharren.

Das Ding mußte sterben. Man mußte es töten, selbst wenn das hieß, daß sie bei der Jagd helfen und ihm erneut gegenübertreten mußte. Selbst wenn das hieß, daß es sie vielleicht wieder in schwarzem Glas erstarren ließ, daß sie wieder tot sein würde, denn das war sie gewesen, ein lebloses Stück Stein. Sie hatte gespürt, wie ihre Haut, ihre Adern sich in einer einzigen Sekunde verfestigt hatten. Ihr Blut war erstarrt. Ihr Herz gefroren. Die Schmerzen waren entsetzlich gewesen, kaum auszuhalten, und sie hatte instinktiv gewußt, daß dies nur der Anfang einer Metamorphose war, die noch weitaus grauenhafter werden würde.

Ihre Knie wurden weich, und sie wankte, krallte sich an der Wand fest. Nur nicht fallen. Sie weigerte sich, ihren Augen nachzugeben, die sich schließen und dem Schwarz ergeben wollten. Sie wollte nicht schutzlos einem weiteren Angriff ausgeliefert sein. Jeden Moment konnte es zurückkehren.

Doch dann wußte sie plötzlich genau, daß das Wesen vor dem Abend nicht zurückkommen würde. Sie wußte nicht, woher sie dieses Wissen hatte. Es war einfach da. Die plötzliche Gewißheit ließ ihren Magen erneut rebellieren. Übelkeit stieg in ihr auf, und sie kämpfte mühsam dagegen an, blickte zweifelnd nach dem Eimer.

Sie nahm frische Unterkleidung aus dem Schrank und begann, sich anzuziehen. Sie hatte versucht, das, was der blonde Arzt ihr eröffnet hatte, als Hirngespinst abzutun. Doch es stimmte. Es mußte stimmen. Nereide hatte er sie genannt. Meeresnymphe.

Sie versuchte, sich daran zu erinnern, ob es etwas in ihrer Familiengeschichte gab, das ein Hinweis auf ihre Abstammung hätte sein können. Nichts. Doch als sie jetzt darüber nachdachte, fiel ihr auf, daß die Jarrencourts immer Söhne gehabt hatten, nie Töchter. Daß Vermögen und Titel vom Vater auf den Sohn übergingen, war alltäglich. Daß es jedoch nie etwas anderes gegeben hatte als Söhne, war abnorm. Sie war die erste Tochter der Jarrencourts.

Vielleicht trat das Fey-Erbe ja nur in der weiblichen Linie auf? Vielleicht hatte es deshalb niemand bemerkt? Sie mußte mehr darüber lesen, doch jetzt war die falsche Zeit. Im Moment war nur eines wichtig: das Geheimnis zu wahren. Es durfte nicht ans Licht kommen. Niemand durfte Bescheid wissen. Nicht einmal ihr Vater, dem alles Arkane sehr suspekt war, der aber vermutlich schnell willens sein würde, irgendwelche bizarren und unnatürlichen Talente, sollte sie solche besitzen, für sich einzusetzen. Bizarr und unnatürlich waren die Worte, die sie gesucht hatte. Sie war ein bizarres Monstrum.

Marie-Jeannette kam zurück.

„Die Herren haben sich nach deinem Wohlbefinden erkundigt. Sie trinken jetzt Kaffee. Mit Keksen. Der blonde Leutnant sieht aus, als würde er am liebsten hereinkommen und dir beim Anziehen helfen."

Corrisande zwang sich zu einem Lächeln.

„Denkbar. Doch er würde es nie tun. Er ist ein perfekter Kavalier."

Marie-Jeannette grinste.

„Wenn du mich fragst, ich würde ja ..."

„Aber ich frage dich nicht, Marie-Jeannette, und es tut im Moment auch nichts zur Sache. Hilf mir lieber ins Korsett und schnür es nicht zu eng. Das wäre meinem gegenwärtigen Befinden nicht zuträglich. Ich werde das grüne Kleid anziehen."

„Grün steht dir doch nicht. Es macht dich bleich."

„Damit ist es nicht allein. Andere Dinge machen mich auch bleich."

„Aber du siehst in dem blaßlila Musselinkleid so viel besser aus ..."

„Dies ist kein Empfang. Was immer für den Rest des Tages geschieht, es wird nicht durch die Farbe meines Kleides beeinflußt. Das Grüne ist weit und bequem, und das brauche ich jetzt."

Es war still im Zimmer. Marie-Jeannette biß sich auf die Lippen. Sie schien etwas auf dem Herzen zu haben.

„Ähm ...", sagte sie schließlich, „ich bin nicht sicher, aber dieses Schreiben, das ich für dich ..."

„Welches Schreiben?" fragte Corrisande.

„Das an den Repräsentanten des ‚Königs'. Über Colonel Delacroix ..."

Corrisande setzte sich hastig, als ihre Knie nachgaben.

„Was?" fragte sie bestürzt.

„Mrs. Parslow gab mir ein Schreiben für Herrn Dupont. Nur war er nicht da. Er soll hier im Hotel sein. Wer weiß warum. Seine Nummer Zwei hat mir versprochen, sich sofort um den Fall zu kümmern."

Corrisande fragte nicht, welcher Fall gemeint sein konnte. Sie verbarg ihr Gesicht in den Händen und saß reglos und erstarrt da.

„Oh Gott", rief sie. „Wir müssen ihn warnen. Wenn er unseretwegen umkäme, würde ich mir das nie verzeihen. Du mußt ihn warnen!"

„Wie denn?" fragte Marie-Jeannette. „Wir können nicht zu ihm gehen und ihm beichten, daß wir leider aus Versehen einen

Mörder auf ihn angesetzt haben. Er würde uns nicht glauben, und wenn doch, würde er Fragen stellen – und was dann?"

„Dann mußt du diesen Mörder finden. Er muß ja hier herkommen. Sag ihm, es war alles ein Mißverständnis."

Marie-Jeannette sah unglücklich aus. Sie wollte dem Banditen nicht noch einmal begegnen. Wahrscheinlich würde sie ihn nicht einmal finden.

„Er ist bestimmt ein geübter Meuchelmörder. Da paßt er sicher auf, daß ihn keiner sieht", warf sie ein.

Die beiden saßen schweigend da.

„Eine anonyme Warnung?" fragte Marie-Jeannette nach einer Weile.

Corrisande sprang auf.

„Genau. Das ist es. Ein Bleistift liegt auf meinem Nachttisch. Haben wir Papier?"

„Nur Lockenpapier. Der Schreibblock ist im Salon." Marie-Jeannette gab ihr einige dünne Streifen braunen Papiers, das sie normalerweise dazu benutzte, um ihrer Arbeitgeberin Löckchen zu drehen.

„Das muß reichen. Er ist ein Mann. Er hat höchstwahrscheinlich keine Ahnung, was Lockenpapier ist."

Corrisande kniete sich neben ihr Nachtschränkchen.

„Sir", schrieb sie in steilen Versalien, bemüht, ihre Schrift zu verstellen, *„dies ist eine Warnung. Ein Meuchelmörder ist hinter Ihnen her. Er wird heute noch zuschlagen."* Sie unterzeichnete mit *„Ein Freund."*

Sie faltete den Papierschnipsel sorgfältig.

„Soll ich ihn in sein Zimmer schmuggeln?" fragte Marie-Jeannette.

„Nein", entgegnete Corrisande. „Wir wissen nicht, wann er dorthin zurückkehrt. Ich werde ihn in seiner Rocktasche deponieren. Da findet er ihn zweifellos."

Marie-Jeannette nickte. Ihre Brotherrin war, wie sie wußte, eine geschulte Taschendiebin. Hätte sie es gewollt, sie hätte ihren Lebensunterhalt damit verdienen können.

Sie waren mit dem Anziehen fertig.

Corrisande musterte sich im Spiegel. Sie war bleich. Das Grün stand ihr nicht. Es ließ sie alt aussehen, fast so alt, wie sie war, und das Dekolleté war zu groß und zeigte mehr, als ein junges Mädchen zeigen sollte.

„Es ist zu tief ausgeschnitten", sagte sie, doch Marie-Jeannette kam schon mit einem schwarzen Spitzenfichu, das sie über den Ausschnitt drapierte. Grüne Seide und schwarze Spitze. Nicht gerade das, was man von einem achtzehnjährigen Fräulein erwartete. Egal.

„Was machen wir mit deinem Haar?" fragte Marie-Jeannette „Es ist noch feucht."

„Wir lassen es offen. Keine Zeit für eine Frisur. Steck es an den Seiten zurück."

Marie-Jeannette holte zwei Haarspangen und schob sie in Corrisandes Haar. Dann musterte sie sie kritisch.

„Nicht dein Stil", sagte sie unglücklich. Sie war stolz auf ihre Verschönerungsfähigkeiten, und ihre Arbeitgeberin sah nicht aus, wie sie sollte.

„Ich pfeife auf Stil", antwortete Corrisande in einer Ausdrucksweise, die sie sonst tunlichst vermied. Marie-Jeannette sah sie erstaunt an.

Kapitel 29

Cérise war mehr als ungehalten. Ihre Probe war abgebrochen und schließlich abgesagt worden, denn der Startenor hatte eine Nachricht gesandt, er sei indisponiert. Eine Erkältung, hatte er verlautbaren lassen. Er müsse sich erst erholen, um seine Gesundheit nicht ernsthaft zu riskieren.

Der Korrepetitor hatte also nur zwei Arien mit ihr geübt, dann hatte Freiherr von Perfall alle weiteren Proben auf den folgenden Tag verschoben. So etwas kam vor, und es war im Grunde auch nicht wichtig genug, um ihr die Laune zu verderben. Doch diese war bereits seit dem Moment, da sie das Opernhaus betreten hatte, schlecht.

Sie fühlte sich nicht geschätzt. Als sie um das Bauwerk herumlief, um den in Richtung Marstall liegenden Bühneneingang zu finden, war ihr der Gedanke gekommen, daß man sie als den neuen Stern am Münchner Opernhimmel eigentlich hätte abholen können. Doch man hatte nicht einmal nachgefragt, ob sie eine Begleitung brauchte. Nicht, daß sie eine akzeptiert hätte. Schließlich konnte sie auf sich selbst aufpassen. Dennoch war die Gedankenlosigkeit unverschämt. Sie war immerhin eine Primadonna.

In dieser Laune erreichte sie den neuen Pförtner am Bühneneingang. Er besaß die Frechheit, sie nicht zu erkennen. Statt dessen hatte er sie – wie sie fand herablassend – informiert, daß, falls sie wegen Autogrammen von den Sängern gekommen war, sie diese nur nach der Vorstellung bekommen könnte.

Diese Aussage hatte sie erbost. Sie hatte dem Pförtner eine wohlformulierte und äußerst wortreiche Erweiterung seines Horizonts angedeihen lassen und sogar vergessen, diese mit den üblichen französischen Worteinschüben zu verzieren, die in ihre Konversation einzuflechten sie sich angewöhnt hatte. Der Mann war weitaus weniger zerknirscht gewesen, als sie das gerne gesehen hätte.

Auf jeden Fall sorgte der Vorfall dafür, daß sie zu spät kam, und Freiherr von Perfall war offenbar nicht der Meinung, das akademische Viertelstündchen sei etwas, das man seiner Primadonna kommentarlos zugestehen sollte. Andere Theaterdirektoren gaben sich im allgemeinen sehr viel Mühe, ihre Publikumsmagneten nicht zu verärgern. Er hatte sie trocken dazu aufgefordert, in Zukunft pünktlicher zu sein, da hier niemand gerne warte.

Auch ihm hätte sie daraufhin gerne eine wohlformulierte, äußerst wortreiche Erweiterung seines Horizonts angedeihen lassen – mit oder ohne Französisch –, aber sie wußte, daß dies ein Fehler gewesen wäre. Sie war eine gute Sängerin, doch sie war nicht die einzige auf der Welt, und München war auf dem besten Wege, sich von einem mittelmäßigen Opernstandort in ein Zentrum der Opernkunst zu wandeln. Sie konnte und wollte es sich nicht leisten, es sich mit dem Mann zu verderben, der nicht nur die Besetzungsliste zusammenstellte, sondern unter den höherstehenden Opernliebhabern auch als besonders kompetent galt, und diese schlossen immerhin seine Majestät König Ludwig II. ein.

Also hatte sie sich entschuldigt und sich beschwert, der Pförtner habe sie nicht erkannt und somit auch nicht eingelassen. Sie hatte erwartet, dieser Affront werde bei den anderen Sängern und Sängerinnen Empörung auslösen. Statt dessen fanden diese die Begebenheit witzig. Sie hörte sie in den Kulissen kichern.

Das hatte sie nicht heiterer gestimmt, und als man sie dann schließlich informierte, Herr Franz Nachbaur, der Tenor, werde nicht kommen und sie solle mit dem Pianisten und einem Ersatzmann aus dem Chor üben, erreichte ihre Entrüstung den Höhepunkt.

Zwar hätte sie auf die Probe an diesem Tag gut verzichten können, und im Grunde wäre ihr eine Verschiebung des Termins nur allzu lieb gewesen, doch die Umstände waren unmöglich. Die Probe zu verschieben oder stattfinden zu lassen hätte ihre Entscheidung sein sollen.

Allerdings war es eine kurze Probe gewesen, und sie hatte alsbald die Muße, ins Hotel zurückzukehren. Was sie denn auch tat.

Nur nicht sofort. Zwischen der Oper und dem Hotel lag die Schwabinger Straße mit ihren feinen Läden, und einen davon hatte sie aufgesucht und nach einem Parfüm gestöbert. Sie hatte schließlich eines mit dem Namen „Weiße Orchidee" erworben. Sie mochte den zarten Wohlgeruch, er erinnerte sie an die Blume, die sie am Abend zuvor auf ihrem Bett gefunden hatte.

Sie fragte sich, ob sie wieder eine finden würde und wer der Mann sein mochte, der sie ihr brachte. Sie konnte sich ihn fast vorstellen. In ihrer Phantasie war er schmalgliedrig, dunkel und aufregend mysteriös.

Doch ihre Phantasie ging mit ihr durch, oder sie hatte ein Talent zum Hellsehen, das bis jetzt noch niemand gewürdigt hatte. Wie so viele ihrer Talente – alle zu wenig gewürdigt. Man schätzte sie nicht hoch genug, nicht so, wie es sein sollte. Sie würde daran arbeiten müssen, ihren Wert und ihre Begabungen anderen Menschen deutlicher darzustellen.

Sie schlenderte gemächlich auf das Hotel zu. Sie hatte es nicht eilig, und keinesfalls verbummelte sie Zeit, um das Auftauchen des Monsters zu versäumen. Es war vermutlich längst weg, und vielleicht hatten die Männer es ja sogar gefangen.

Das wäre freilich ein wenig peinlich gewesen. Sie wäre schon gerne dabeigewesen, wenn es darum ging, den Ruhm und die Anerkennung für den Auftrag zu ernten, den man ihnen, aber vor allem auch ihr erteilt hatte. Immerhin hatte seine Majestät sie höchstpersönlich um Mithilfe gebeten.

Die Wertschätzung, die sie durch das Team erfahren hatte, war auch nicht so, wie sie hätte sein sollen. Sie verdiente mehr Anerkennung. Möglicherweise war ja wenigstens ihr Kalteisengeschenk eine zweckmäßige Erwerbung gewesen. Es war zu dumm von den Herren, nicht daran gedacht zu haben, so etwas zu besorgen.

Im Hotel klopfte sie zuerst an Askos Tür, dann an von Görenczys und schließlich an Delacroix'. Keiner der Herren war in seinem Zimmer. Sie waren fort, gerade so, als wollten sie nichts mit ihr zu tun haben. Sie hinterließ beim Pagen eine Nachricht, daß sie zurück war und daß, sollten die Herren nach ihr fragen, sie sich in ihrer Suite befand.

Dann ging sie auf ihr Zimmer. Der Salon lag im Halbdunkel. Jemand hatte die Gardinen zugezogen. Mitten am Tag – was für ein Unsinn! Draußen schien die Sonne. Es war ein herrlicher Frühlingstag.

Sie ging zum Fenster.

„Bitte", sagte eine wohltönende Stimme, die nur ihr Innerstes wiedererkannte, „laß sie zu. Dunkelheit ist viel angenehmer, findest du nicht?"

Sie sah die dunkle Gestalt in ihrem Salon, erinnerte sich ganz plötzlich an ihren neuen Freund, den Besucher vom gestrigen Abend. Der Mann, der ihr Orchideen brachte.

Er ruhte lässig auf ihrem Sofa. Er sah elegant aus und sehr anziehend.

„Bitte, Sir", sagte sie ziemlich irritiert, „was machen Sie in meinem Zimmer?"

Er beugte sich vor, blickte ihr über den Rand einer Brille mit dunkel gefärbten Gläsern in die Augen.

Seine Hand machte eine einladende Geste, und sie ging zu ihm und setzte sich neben ihn. Dabei überlegte sie sich, daß er als Mann von Welt eigentlich hätte aufstehen müssen. So ein Benehmen hätte sie im Grunde wütend machen müssen, und sie wäre auch sehr erbost gewesen, wenn es jemand anderes gewesen wäre.

Doch er war ein Feyon. Genau. Er war anders.

Gleichwohl mußte sie ihn für sein keckes Betragen tadeln. Sie konnte nicht zulassen, daß Männer so mir nichts, dir nichts in ihren Räumen auftauchten und sie duzten. Nicht einmal attraktive Männer. Nicht einmal außergewöhnlich attraktive Männer. Also würde sie ihn ausschimpfen. Nur ein wenig. Nur um ihn zu lehren, daß er sie ernst zu nehmen hatte. Sie legte Wert auf Respekt.

Sie öffnete den Mund, um ihn zu kritisieren, und seine Lippen waren auf den ihren. Sie fühlten sich vertraut an. Er küßte sie innig, und die Zeit stand still.

Als er aufhörte, war sie außer Atem. Irgend etwas hatte sie tun wollen, irgend etwas sagen. Sie konnte sich nicht erinnern. Sie stellte fest, daß sie nicht mehr neben ihm saß, sondern halb über ihm lag. Ihr Hinterkopf ruhte in seinem Schoß. Er hielt sie mit einem Arm. Sie spürte sein Bein unter ihrer Schulter.

Es war eine eigenartige Situation, sich plötzlich in dieser Position zu finden. Doch sie wehrte sich nicht. Seine linke Hand streichelte ihre Kehle, und sie spürte scharfe Fingernägel auf der Haut, die zart, behutsam und sehr vorsichtig über ihren Hals strichen. Sie musterte die schmale Hand. Sie hatte lange, dünne Finger, die in scharfen Nägeln endeten. Etwas zu lang und zu schmal für einen Mann von Welt. Sie erinnerten an Klauen, waren leicht gebogen und liefen beinahe spitz zu. Sie musterte sie mit einem Gefühl wachsender Irritation.

Er bemerkte ihren Blick und lächelte. Sie vergaß. Er hielt jetzt ihre Hand, faltete ihrer beide Hände ineinander.

„Ich liebe dich", sagte er, „und ich wünschte, du wärst jetzt nicht gekommen."

Die Logik dieser Aussage begriff sie nicht. Sie war ein wenig beunruhigt ob des Ernstes, mit dem er sie getroffen hatte.

Er hob sie an den Schultern hoch und küßte sie nochmals, und Cérise wußte, daß sie sich danach sehnte, von ihm geliebt zu werden. Sie war eine leidenschaftliche Frau. Sie war kein Kind mehr. Sie hatte einige Liebhaber gehabt, doch niemand hatte die Saiten ihrer Seele so zum Klingen gebracht wie dieser Mann. Sie vibrierten wie die einer Harfe, auf der jemand ein Arpeggio gespielt hatte. Fast konnte sie den Klang hören.

Sie konnte sich nicht erinnern, wann sie ihr Kleid abgelegt hatte. Es lag unordentlich in einem Haufen auf dem Boden, und der Mann streichelte ihre nackten Schultern und küßte ihre Arme.

„Graf Arpad", sagte sie, weil sie irgend etwas sagen wollte und sich nicht erinnern konnte, was es war.

„Gut“, entgegnete er, „du weißt meinen Namen noch. Sehr gut.“

Er küßte die Innenseite ihres Handgelenkes, und plötzlich schrak sie zusammen, als ein winziger, scharfer Schmerz sie durchzuckte. Seine Zähne hatten sich tief in ihr Fleisch gebohrt. Sie hatte Angst, ohne zu wissen wovor. Sie fühlte, wie sich der Strom ihres Blutes umkehrte, es schien von ihr wegzufließen. Sie keuchte, als die schlagende Empörung ihres Herzens sie mit einem Ruck durchfuhr.

Einen Moment später liebte sie das Gefühl, ging darin auf und versank darin, hoffte, es würde ewig andauern. Doch er hatte schon wieder aufgehört. Er leckte ihr Handgelenk, und sie sah, wie sich die kleinen Löcher darin schlossen und von ihnen fast nichts übrigblieb, so gut wie keine Spur.

Er hielt sie in den Armen.

„Ich muß fort“, sagte er schwer atmend. „Es wäre zu leicht, dich zu morden. Ich will dich nicht verlieren.“ Er sah ihr reuig und sehnsüchtig zugleich ins Gesicht. „Ich komme wieder, wenn ich auf der Jagd war. Sobald ich hier herauskann.“

Wieder versuchte sie, die Logik seiner Worte zu erfassen, und lehnte sich dann zurück, während er sie oberhalb ihres Untergewandes zwischen die Brüste küßte.

„Erinnere dich daran, daß ich dich liebe“, sagte er. Sie lag auf ihrer Couch unter einer Decke, die sorgfältig über sie gebreitet war. Er nahm seinen Spazierstock zur Hand und fügte noch hinzu: „Erinnere dich auch daran, daß du mich liebst.“

Daran erinnerte sie sich. Es war das einzige, an das sie sich erinnerte.

Kapitel 30

Als Corrisande in den Salon trat, wirkte sie eisern gefaßt.

Die beiden Leutnants sprangen auf, und Asko kam ihr entgegen und bot ihr seinen Arm. Sie nahm ihn und ließ sich zu einem der Sessel führen, auf dem sie sich dann niederließ. Nun sah sie auch, warum Delacroix nicht ebenfalls aufgestanden war. Er lehnte schlafend in seinem Sessel. Sein Kopf hing nach hinten gegen die Lehne, sein Mund war leicht geöffnet und gab den Blick auf eine beeindruckende Reihe weißer Zähne frei. Er schnarchte leise. Friedlich sah er aus ...

Sie konnte ein Lächeln nicht unterdrücken. Von Orven jedoch schien die Situation nicht lustig zu finden. Seine Miene zeigte, wie unangenehm sie ihm war.

„Verzeihen Sie", bat er und klang äußerst peinlich berührt. „Wir hatten wenig Schlaf, und der Colonel ist bei dem Zusammenstoß heute morgen verwundet worden."

„Er muß sehr müde sein", erwiderte sie mitfühlend.

„Nicht nur er", brummte von Görenczy.

Von Orven schüttelte den Colonel an seiner rechten Schulter. Er erwachte sofort.

„Verzeihen Sie", sagte er, stand auf und verneigte sich. „Ich muß kurz eingenickt sein. Furchtbares Benehmen." Seine bernsteinfarbenen Augen funkelten amüsiert.

Corrisande mußte lächeln.

„Nun, Sir", entgegnete sie taktvoll, „wir haben beide heute einiges durchlitten. Ich habe vollstes Verständnis für Ihre Müdigkeit."

„Das freut mich", entgegnete er. „Wie geht es Ihnen, Miss Jarrencourt? Haben Sie sich etwas erholen können von Ihrem ... Abenteuer?"

Sie errötete und haßte ihn dafür.

„Etwas“, gab sie zurück. Sie fühlte die Blicke aller drei Herren auf sich gerichtet und konnte deren Gefühle so klar lesen, als sprächen sie sie aus. Keiner von ihnen war im Moment besonders gut darin, seine Gefühle zu verbergen, und sie hatte von jeher einen guten Instinkt für Männer gehabt.

Von Görenczy war nicht sonderlich von ihr fasziniert, machte jedoch einen beunruhigten Eindruck. Von Orven war damit beschäftigt festzustellen, wie schön ihr offenes Haar aussah, das ihr in ungezügelter Pracht den Rücken hinunterfiel, und Delacroix stellte kritisch fest, daß sie älter wirkte als das junge Mädchen von zuvor.

Sie hätte auf Marie-Jeannette hören sollen, schließlich bezahlte sie das Mädchen für Ratschläge, was Wirkung und Stil anging.

Sie setzte sich tugendhaft in ihrem Sessel zurecht und gab den Herren ein Zeichen, ebenfalls Platz zu nehmen.

„Sie sehen anders aus“, sagte Delacroix, und sie wußte nicht, ob er ihr Kleid oder ihren Gesamteindruck meinte. „Sie werden mich für unverschämt halten, Miss Jarrencourt, aber sind sie ... hat es Sie ...“

„Ich bin unversehrt, danke der Nachfrage“, unterbrach sie ihn kurz. Sie hatte keine Absicht, über die verzweifelte Hektik zu sprechen, mit der sie ihren Körper begutachtet hatte, oder auch nur daran zu denken.

„Gott sei Dank“, sagte von Orven. „Es hätte auch anders ausgehen können. Sie hätten ...“

„Ich will nicht darüber reden“, unterbrach sie ihn, wußte jedoch, daß er hatte sagen wollen, sie hätte getötet werden können und nicht – etwas anderes.

Er errötete und verbeugte sich. Sie begriff, daß er die Gefahr, die Delacroix so deutlich erfaßt hatte, selbst nie wahrgenommen hatte. Um ihr Leben hatte er sich Sorgen gemacht, nicht um ihre Tugend. In seiner prononcierten Wohlanständigkeit war ihm ein anderer Gedanke wahrscheinlich gar nicht gekommen, und vermutlich hatte er das Ganze auch nicht so deutlich gesehen.

„Miss Jarrencourt", begann Delacroix wieder, „wir wußten nicht, daß Sie noch hier sind. Mlle. Denglot berichtete uns, Sie wollten das Hotel verlassen. Wir dachten, Sie seien längst fort."

Das wäre sie auch allzu gerne gewesen. Doch sie konnte nicht weg. Sie war sich sicher, daß die in ihrem Salon anwesenden Herren von dem Feyon-Bann wußten, also mußte sie aufpassen, was sie sagte.

„Wir haben uns umentschieden", erklärte sie. „Meine Tante hat erfahren, daß die ‚Sonne' ausgebucht ist, und ich war auch noch sehr müde von den Ereignissen der letzten Nacht. Also entschlossen wir uns zu bleiben, bis wir eine angemessene Ersatzunterbringung finden."

Das klang einleuchtend, aber dennoch glaubte Delacroix es nicht. Er wußte nicht warum, doch es klang wie eine Ausflucht.

Nur – weshalb sollte sie lügen? Nun, es ging ihn nichts an. Sie mochte private Gründe haben, die sie zum Bleiben bewegten, und die hatten höchstwahrscheinlich nichts mit alldem hier zu tun. Familienangelegenheiten? Ein Verehrer? Sie war ein putziges kleines Ding. Wirklich süß.

„Diese Entscheidung hat uns einigermaßen erstaunt", sagte von Orven. „Nach allem, was Mlle. Denglot uns erzählte, schienen Sie doch sehr erpicht darauf, sofort abzureisen. Verständlich und – wie ich meine – auch richtig. Sie sollten es immer noch tun."

„Wie auch immer", wandte Delacroix ein. „Wo ist sie jetzt? Mrs. Parslow, meine ich?"

„Sie ist spazierengegangen und wollte sich das eine oder andere Geschäft ansehen."

„Sie hat Sie alleingelassen?" fragte von Orven. „Ich hätte nie gedacht, daß sie ihre Pflichten Ihnen gegenüber so vernachlässigen würde. Natürlich", er errötete, „steht es mir nicht an, sie zu kritisieren."

„In der Tat", pflichtete Corrisande ihm bei. „Mir war nicht nach einem Spaziergang. Also blieb ich hier. Das ist alles. Außerdem war ich ja nicht allein. Meine Zofe war bei mir. Sie ist auch jetzt noch da, auch wenn ich gerne gestehen will, daß sie natürlich kein ausreichender Schutz ist. Doch man erwartet ja auch nicht, daß man in seinem eigenen Zimmer angegriffen wird."

„Aber ...", begann von Orven wieder, der ihr zwar glaubte, dem es aber offenbar widerstrebte, eine so zarte, junge Dame schutzlos allein zu lassen.

„Du hast's doch gehört", unterbrach ihn Udolf. „Ihr war nicht nach einem Spaziergang. Also ist sie hier geblieben. Das ist alles."

„Danke, Herr Leutnant", sagte Delacroix. „Es ist außerdem im Moment egal." Er beugte sich vor, stützte seinen rechten Ellenbogen auf dem Knie ab. Sein linker Arm hing immer noch in der Schlinge. „Wir haben es wieder nicht geschafft, das Wesen zu fangen, doch wir waren diesmal näher dran als je zuvor. Leutnant von Orven, Mlle. Denglots kleines Geschenk ist offenbar echt. Kalteisen."

Corrisande erinnerte sich an das Messer. Was die Minuten nach dem Kampf anging, so konnte sie sich nur an das Messer erinnern. Es hatte hell geglüht, ganz so wie das Delacroix', und hatte ihr in seiner unerklärlichen Bedrohlichkeit fast den Atem genommen. Sie hatte maßlose Angst davor, war sich unwillkürlich bewußt, daß es tödlicher war als alles andere.

„Kalteisen", erklärte er, „besitzt die Fähigkeit, einen Feyon zu töten. Es kann ihm schaden, wo normale Waffen versagen." Er wandte sich wieder den Männern zu. „Wir haben jetzt zwei solcher Klingen. Drei wären besser, aber ich bezweifle, daß es im ganzen Königreich Bayern noch eine dritte gibt, die wir bekommen könnten. Ich kann kaum glauben, daß Cérise diese Klinge ergattert hat. Ich frage mich, was sie dafür hingelegt hat."

„Das fragt man besser nicht", brummte von Görenczy, und von Orven funkelte ihn strafend an, sagte aber nichts.

„Wir müssen mit Vonderbrück reden", konstatierte Delacroix. „Er wird wissen, wann der Feyon wieder umgeht, und diesmal werden wir ihn zur Strecke bringen."

Er sah sie an.

„Sie wissen, was das heißt, Miss Jarrencourt?"

Sie nickte nur, schluckte und verstand nicht, wie seine Stimme so ruhig und beiläufig klingen konnte, während er ein solches Opfer von ihr verlangte.

Es war Asko, der empört auffuhr.

„Sie können Miss Jarrencourt nicht einer solchen Gefahr aussetzen!“ rief er. „Das nächste Mal bringt die Bestie sie vielleicht um. Das hat sie diesmal schon beinahe getan.“

Nein, dachte Corrisande. Sie zu ermorden war nicht ihr Ziel.

„Es hat sie aber nicht getötet“, widersprach der Colonel, „und wir werden bei ihr sein, wenn es kommt. Sie wird uns sagen können, wo genau es sich materialisiert.“

„Reisen Sie ab!“ bat von Orven, ging vor ihr in die Hocke und sah ihr ernst ins Gesicht. „Weder der Colonel noch Leutnant von Görenczy oder ich selbst können für Ihre Sicherheit garantieren. Wir haben kein Recht, das von Ihnen zu verlangen. Ich kann nicht erlauben, daß Sie sich so in Gefahr bringen.“

„Sie haben auch nicht das Recht, mir etwas zu erlauben oder zu verbieten, Herr Leutnant“, sagte sie und lächelte müde. „Aber ich danke Ihnen für Ihre Fürsorge. Ich weiß zu schätzen, daß Sie mich beschützen möchten. Doch ich habe diesen Teufel auf meiner Haut gespürt“, sie sah, daß den artigen jungen Mann diese allzu physische Aussage etwas konsternierte, „und ich will, daß er vernichtet wird. Colonel Delacroix“, sie löste ihren Blick von dem des Leutnants vor ihr und sah in die seltsam gelblichen Augen seines Kameraden, „ich werde für Sie den Lockvogel spielen.“

„Oh Gott“, murmelte von Orven und sprang auf.

„Wackeres Mädchen“, lobte Delacroix und lächelte, etwas, das er nicht oft tat. Sein Antlitz veränderte sich für einen Augenblick, und sie lächelte unwillkürlich zurück, bevor sie auch nur darüber nachdenken konnte.

„Gratuliere“, sagte Udolf. „Sie haben Mut.“

„Nun aber, meine Herren“, sprach sie, erhob sich so majestätisch wie möglich und zwang somit die Herren, auch aufzustehen, „würde ich mich gerne zurückziehen und ausruhen. Ich gehe davon aus, daß Sie mich informieren, wenn Sie mich brauchen.“

Sie verbeugten sich und wandten sich zum Gehen. Sie warf Delacroix einen Blick zu, der ihn zurückhielt, als die anderen beiden den Raum verließen.

„Colonel", flüsterte sie, trat dicht an ihn heran und blickte in sein südländisch-dunkles Gesicht. „Ich will, daß Sie mir etwas versprechen. Sie dürfen nicht zulassen, daß es mich ... daß es ..." Sie verhaspelte sich und bebte ein wenig. Er umfing sie mit einem Arm, hielt sie.

„Ich werde es nicht zulassen", versprach er. Dann ging er.

Corrisande schloß die Tür hinter ihm. Der Zettel war jetzt in seiner Tasche. Das war aber auch das einzige, worüber sie sich freuen konnte. Ihr Können als Taschendiebin war immer noch so gut wie früher.

Auf dem Korridor stand der Colonel und zerbrach sich den Kopf. Er griff in die Tasche und holte einen Zettel hervor. Warum hatte sie das getan – und wie? Er hatte es kaum gespürt. Nur ein professioneller Langfinger, wie er einer gewesen war, konnte so etwas bemerken. Sie war geschickter und unauffälliger als eine Reihe berufsmäßiger Beutelschneider, die er persönlich gekannt hatte.

Mit einer Hand faltete er das Papier auf und las die Warnung.

Miss Jarrencourt war weitaus interessanter, als man meinen mochte, dachte er grimmig.

Kapitel 31

Vonderbrück war beunruhigt. Er hörte sich an, was die drei Offiziere zu berichten hatten, und schnalzte dabei sorgenvoll mit der Zunge.

„Du liebe Zeit! Du liebe Zeit!“ sagte er nicht zum ersten Mal. „Glauben Sie wirklich, das ist eine gute Idee? Miss Jarrencourt scheint ja wirklich außerordentlich mutig zu sein. Aber was tun Sie, wenn ihr etwas passiert? Wie sollen wir die Notwendigkeit erklären, eine so junge Dame in eine Untersuchung mit einzubeziehen, die augenscheinlich eine Sache für professionelle Ermittler ist?“

Er schüttelte sein weißes Haupt bekümmert. Die Idee gefiel ihm nicht – das war klar. Er saß in seinem Sessel, der in einem Kreis weißen Pulvers stand. Er hatte dies nicht erklärt, doch die Männer nahmen an, diese Barriere sollte das Monster von ihm fernhalten. Einen vergleichbaren Kreis hatten sie im Zimmer des Mordopfers gefunden. Freilich hatte der Ermordete außerhalb des Kreises gelegen. Vonderbrück hatte wohl nicht vor, den gleichen Fehler zu begehen.

„Das denke ich auch“, pflichtete ihm Asko bei. „Wir können sie nicht mit hineinziehen. Sie vertraut darauf, daß wir sie unbeschadet aus der Sache herausbringen, aber ich weiß nicht, wie wir das garantieren sollen. Ich mache mir große Sorgen um sie. Sie ist so jung, und vielleicht versteht sie gar nicht, in welcher Gefahr sie schwebt.“

Delacroix sah ihn kritisch an. Von Orven stand stocksteif an der Tür. Er sah aus, als sei es schon zuviel von ihm verlangt, sich zu ihnen zu setzen. In seinem Antlitz spiegelte sich seine gesamte Ablehnung der Situation und ihrer Handhabung wider.

„Ihre Bedenken in allen Ehren“, antwortete Delacroix. „Die Dame weiß, worauf sie sich einläßt. Seien Sie sich dessen sicher.

Sie war höchstwahrscheinlich in ihrem ganzen Leben noch in keiner schlimmeren Lage als heute. Sie hat sehr gelitten. Aber es war ihre eigene Entscheidung, uns zu helfen. Ihr Martyrium wird ihr gezeigt haben – ihr noch mehr als uns –, wie notwendig es ist, das Wesen unschädlich zu machen."

Udolf mischte sich ein. Er saß lässig auf dem kleinen Sofa und rauchte einen Zigarillo, trotz der Tatsache, daß Vonderbrück den Rauch in seinem Zimmer nicht mochte.

„Wenn das Ding versucht hätte, das mit mir zu machen, was es mit ihr vorhatte, würde ich auch dafür sorgen, daß man ihm den Garaus macht", kommentierte er.

Asko sah ihn irritiert an. Delacroix ignorierte den Kommentar des Chevaulegers. Es war ihm klar, daß von Orvens Proteste nur noch heftiger ausfallen würden, wenn er erst wüßte, daß das Schicksal, das das Mädchen im schlimmsten Fall erwartete, eines war, das man im Volksmund als „schlimmer als der Tod" bezeichnete, und obgleich Delacroix' moralische Grundeinstellung im allgemeinen nicht besagte, vor- oder außereheliche Beziehungen von Frauen mit dem anderen Geschlecht seien notwendigerweise „schlimmer als der Tod", so war er doch der Auffassung, daß man das Klischee in diesem Fall wörtlich nehmen mußte.

„Herr Vonderbrück", begann er. „Ich bin nicht aus Granit. Das Leiden und die Furcht des Mädchens lassen mich nicht kalt. Doch ich sehe nicht, wie wir verantworten können, nicht jede Option, die sich uns bietet, zu versuchen. Wir wissen, worum es geht. Wenn Sie uns keinen besseren Plan anbieten können – und ich meine einen wirklich besseren Plan –, dann haben wir überhaupt keine Wahl als es zu probieren."

Vonderbrück sah bedrückt aus. Er fuhr sich durchs Haar und schüttelte den Kopf.

„Du liebe Zeit! Du liebe Zeit!" klagte er. „Wahrscheinlich haben Sie recht, Colonel Delacroix. Ich hoffe, die Dame weiß, worauf sie sich einläßt. Stellen Sie sich vor, Sie müßten ihrem Vater – ihren Eltern, meine ich – erklären, daß sie verletzt oder – da sei Gott vor – tot ist."

„Jedenfalls“, unterbrach Asko und sah plötzlich aus wie ein schiffbrüchiger Schwimmer, der einen Strohhalm als Halt in den Wellen gefunden hatte, „ist sie zu jung, das selbst zu entscheiden. Sie ist augenscheinlich noch nicht volljährig, und wir müssen ihre Tante um Erlaubnis fragen. Ich bezweifle ernsthaft, daß die Gute uns dreien gestatten wird, einfach ihre junge Nichte zu einem solchen Abenteuer mitzunehmen.“

Die Männer schwiegen. Irgendwie war es ihnen gelungen, Mrs. Parslow aus ihrem Gedächtnis zu verdrängen.

„Da fällt uns schon was ein. Laßt mich mal machen“, grinste von Görenczy. „Ich kann gut mit älteren Damen. Wenn's sein muß.“

Delacroix lächelte.

„Von Görenczy“, sagte er, „sollten Sie den Nerv haben, Mrs. Parslow als ältere Dame anzureden, wird sie Sie mit ihrem Strickzeug niederstechen. So alt ist sie nicht. Nichts läge mir ferner, als Ihr Talent mit Damen gleich welchen Alters anzuzweifeln, doch ich wette, da beißen Sie auf Granit. Die Dame ist aus diesem Material gemacht.“

„Du liebe Zeit!“ wiederholte Vonderbrück und faltete die Hände über der Brust.

Delacroix warf ihm einen vernichtenden Blick aus glitzernden, gelblichen Augen zu.

„Herr Vonderbrück“, sagte er leise, „wenn Sie eine bessere Idee haben, dann wäre jetzt der Augenblick, sie uns kundzutun. Wenn nicht, dann ersuche ich Sie, die schicksalsträchtige Anrufung der ‚lieben Zeit‘ zu beenden. Ich denke, Sie könnten ruhig etwas hilfreicher sein. Man hat Sie uns von höchster Stelle zugewiesen, um uns magischen Beistand zu leisten. Ich muß aber feststellen, daß ich Sie bei unseren Auseinandersetzungen mit der magischen Kreatur bislang schmerzlich vermißt habe.“

Der Magier sah ihn empört an.

„Sir“, beschwerte er sich, „ich halte Ihnen Ihre Ignoranz und Ahnungslosigkeit zugute. Woher sollen Sie auch wissen, wieviel Kraft es kostet, den Feyon-Bann aufrechtzuerhalten? Die Berechnungen für das Auftauchen der Erscheinung sind extrem zeitintensiv! Ich weigere mich, mich von Ihnen beleidigen zu lassen! Man hat mich hierher gesandt, um Sie bei der Übernahme des Manuskripts zu unterstützen. Herrn Müllers Ableben konnte niemand voraussehen, genausowenig wie das Verschwinden des Manuskripts. Ich habe den Ministerpräsidenten bereits um Verstärkung ersucht, bin jedoch abgewiesen worden. Man ist der Meinung, Diskretion sei von entscheidender Bedeutung und jeder weitere Mann würde mehr Aufmerksamkeit auf die Sache lenken. Denken Sie an die Panik!“

Von Orven versuchte, den Magier wieder zu beruhigen, und fand somit zurück zu seiner angestammten Aufgabe, nämlich mit gutem und höflichem Benehmen die Atmosphäre friedlich und zivilisiert zu halten.

„Ich bin sicher, Sir, daß Sie unter diesen Umständen alles mögliche tun. Ich weiß, das Hotel nimmt inzwischen keine Gäste mehr auf. Aber man weigert sich auch, die schon vor dem Mord anwesenden Gäste ohne plausiblen Grund aus dem Haus zu schikken.“

„Das ist auch richtig“, fügte Delacroix hinzu. „Vielleicht ist Müllers Mörder noch hier. Das wissen wir nicht. Vielleicht versucht er ja auch, das Manuskript in die Hände zu bekommen. Es ist nur eine Hypothese unsererseits, daß das Schattenwesen mit dem Mord zu tun hat. Es spricht nicht viel dafür. Schatten brauchen keine stumpfen Gegenstände.“

„Richtig“, pflichtete von Görenczy bei, „und da wäre dann noch die andere Leiche im Keller. Der hat auch einer den Schädel eingeschlagen, und mir fast auch.“

„Ich frage mich, wer der Tote war“, sinnierte Vonderbrück. „Hatte er irgend etwas bei sich?“

„Weiß nicht. Jemand schlug mir auf den Kopf, ehe ich den Toten durchsuchen konnte. Er war etwa fünfzig, denke ich, wirkte etwas gebrechlich. Aber schließlich war er ja tot. Da hat noch keiner gut ausgesehen.“

„Mehr wissen wir nicht", sagte Delacroix, „und das läßt sich auch nicht ändern. Wir können froh sein, daß der Schläger Sie nicht auch ermordet hat."

„Ich frage mich, warum nicht", murmelte Asko nachdenklich.

Von Görenczy blickte ihn empört an, und sein Kamerad erklärte etwas genauer.

„Ich meine, selbst wenn er dich mit dem ersten Schlag nicht getötet hat, warum hat er dich nicht getötet, als du bewußtlos warst? Wenn man einmal davon ausgeht, daß es sich um den gleichen Täter handelt, der möglicherweise schon zwei Menschen auf dem Gewissen hat, dann muß es doch einen Grund geben, warum ausgerechnet du noch lebst. Es erscheint mir absurd."

„Herzlichen Dank. Wie nett, daß du es absurd findest, mich am Leben zu lassen", antwortete Udolf säuerlich, und die Spitzen seines gezwirbelten Schnurrbartes bebten vor Entrüstung. „Verdammt! Deine Gefühllosigkeit, was meine Beinahe-Ermordung angeht, ist unglaublich. Hast du deine gesamten mitmenschlichen Gefühle ausschließlich auf das Wohl und Wehe der putzigen Miss Jarrencourt gerichtet?"

„Meine Sorge um Miss Jarrencourt, lieber Udolf, ist das passende und angemessene Gefühl eines Soldaten, dessen Beruf es ist, König, Vaterland und unschuldige Zivilisten zu verteidigen. Du bist ein Soldat im Einsatz. Natürlich würde ich deinen Verlust schmerzlich beklagen, wenn du in unserem Kampf fielest. Aber dein Tod in Ausübung deiner Pflicht wäre – Soldatenschicksal. Das gilt nicht für Miss Jarrencourt, deren Wohl als Zivilperson zum einen und als junge, unerfahrene Angehörige des schwächeren Geschlechts zum anderen uns am Herzen liegen sollte."

Delacroix intervenierte.

„Meine Herren", sagte er, „wir haben keine Zeit für Streitereien. Ich bin sicher, daß wir alle froh sind, daß Leutnant von Görenczy den Angriff überlebt hat. Auch wenn wir im Moment nicht wissen, warum das so ist. Vielleicht braucht der Angreifer ihn noch. Vielleicht hat er einfach nicht nachgesehen und ihn für tot gehalten. Vielleicht hatte er es eilig, oder es war ihm egal. Schließlich war der Tote verschwunden, als Sie zu sich kamen, Herr Leutnant, und wenn er so tot war, wie Sie sagen – und ich bezweifele Ihre Expertise keineswegs –, kann er nicht auf zwei Beinen aus dem Keller gelaufen sein. Jemand muß ihn abtransportiert haben."

Askos analytischer Verstand warf sich auf die neue Frage.

„Warum?" warf er ein. „Warum einen Leichnam verschwinden lassen, der schon entdeckt ist? Warum so ein Risiko eingehen? Einen Toten am hellichten Tag aus dem Hotel zu bringen, muß schwer gewesen sein."

„Geht so", antwortete Udolf. „Der Lieferanteneingang ist gleich in der Nähe. Man könnte einen Komplizen mit einem Karren haben, der, sagen wir mal, irgendwelches Zeug vom Hotel abholt. Nicht schwer, die Leiche aus dem Keller in das Seitengäßchen zu bringen. Es ist ein privater Zugang, keine öffentliche Straße. Sehr einsam. Die Stallungen liegen dort hinten. Also: Leiche in den Sack und dann auf den Abfallkarren damit. Ganz leicht."

„Aber man würde doch gesehen?" fragte Vonderbrück.

„Nicht unbedingt. Als ich mich dort umsah, war alles leer. Da waren die Frauen in der Wäscherei, aber auf dem Flur habe ich keinen getroffen. Ich habe außer Miss Jarrencourt überhaupt niemanden getroffen."

„Miss Jarrencourt?" fragten die anderen drei Männer, und Vonderbrück fügte hinzu: „Die junge Dame scheint überall da aufzutauchen, wo man sie am wenigsten erwartet."

„Was hat sie nur an der Dienstbotentreppe gemacht?"

„Nun, sie hat gesagt, sie sei im Foyer gewesen und ihr sei schwindlig geworden. Sie saß gegenüber der offenen Hintertür. Auf der Treppe. Wegen der Frischluft. Wenn ich mir das so überlege, schon seltsam. Warum hat sie sich nicht einfach an die Rezeption gesetzt? Oder auf die Terrasse?"

Von Orven sah wütend aus.

„Das ist doch völlig einleuchtend", verteidigte er Corrisande. Dann schwieg er einen Moment. „Sicher gibt es eine logische Erklärung dafür. Wenn man genauer darüber nachdenkt."

„Ach ja? Hast du denn genauer darüber nachgedacht?" frotzelte Udolf, der die mangelnde Wertschätzung seines Freundes noch nicht verwunden hatte.

„Mir fällt keine Erklärung ein", sagte Delacroix. „Miss Jarrencourt ist ein bißchen rätselhaft. Ich habe hier auch noch ein Rätsel."

An dieser Stelle sah Vonderbrück die Männer etwas herablassend an und unterbrach: „Meine Herren, Sie klingen, als könne man von so einer jungen Frau logisch verständliches Benehmen erwarten. Sie wissen doch, wie Frauen sind. Wenn Sie hier nach Logik suchen, werden Sie in zwei Wochen noch nicht damit fertig sein, Rätselhaftes in jeder Ecke zu finden."

Diese Aussage schien die Männer etwas zu beruhigen.

Nur Delacroix fand das Verhalten der jungen Dame dennoch ein wenig seltsam.

„Weibliches Benehmen mag sich von unserem fundamental unterscheiden, aber dennoch gibt es bei dieser besonderen jungen Dame ein paar Ungereimtheiten. Schauen Sie", sagte er und fischte in seiner Tasche nach der anonymen Nachricht.

Doch Vonderbrück unterbrach ihn: „Meine Berechnungen bezüglich der nächsten Erscheinung des Wesens deuten auf heute abend hin. Sie sollten sich ausruhen. Genaue Zeitangaben folgen, sobald meine Feinauswertung fertig ist."

Er stand auf, streckte die Arme mit den Handflächen nach oben aus.

„Nun, meine Herren, möchte ich Sie bitten, sich daran zu erinnern, daß ich mich konzentrieren muß. Wenn ich bitten darf?"

Die Offiziere erhoben sich und verneigten sich zum Abschied. Dann verließen sie sein Zimmer.

Auf dem Korridor sagte Asko: „Ich weiß nicht. Irgendwie werde ich das Gefühl nicht los, daß wir immer die falschen Fragen stellen." Er ging zu seinem Zimmer. „Ich glaube, ich werde eine Liste mit Fragen und Antworten anfertigen. Vielleicht ergeben einige Dinge ja mehr Sinn, wenn man sie Schwarz auf Weiß sieht. Ich arbeite gerne alles schriftlich aus. Ich finde, es zwingt einen, seine Gedanken zu ordnen."

Von Görenczy drückte seinen Zigarillo an einer der Ziervasen aus, die den Flur schmückten.

„Mach das", sagte er. „Ich für meinen Teil werde was essen und dann etwas Schlaf nachholen. Wenn wir heute abend wieder auf der Jagd sind, sollten wir ausgeruht sein." Er wandte sich Delacroix zu. „Vor allem Sie. Ihre Verletzung ist vielleicht nicht gefährlich, aber übertreiben Sie es nicht. Sie sind uns keine Hilfe, wenn Sie heute abend mittendrin schlappmachen. Wenn ich das mal so sagen darf." Er lächelte. „Ich weiß, Sie haben was Besseres zu tun, als sich ausgerechnet meine Ratschläge anzuhören, aber ich bin für meine unverblümte Art weithin bekannt."

Delacroix schmunzelte: „Auch wenn mich Ihr Ruf in dieser Sache noch nicht ereilt hat, ist Ihre Direktheit nicht unbemerkt geblieben. Machen Sie sich nichts draus. Ich mag Leute, die sagen, was sie meinen und meinen, was sie sagen."

Die beiden Offiziere waren bereits in ihren Zimmern, als sich Delacroix auf das Stück Papier besann, das er immer noch in der Faust hielt. Er hätte sie davon informieren sollen. Warum er es nicht getan hatte, wußte er nicht. Doch es war noch Zeit. Erst einmal wollte er sich selbst kurz hinlegen. Er ging in sein Zimmer.

Kapitel 32

Cérise erwachte. Ihr war kalt, und sie merkte, daß ihre Decke von der Couch gerutscht war. Als sie sich hinabbeugte, um sie wieder über sich zu ziehen, wurde ihr ihre Lage klar. Sie lag in Unterkleidung auf dem kleinen Sofa in ihrem Salon, und obgleich die Vorhänge vor die Fenster gezogen waren, konnte sie doch sehen, daß es mitten am Tag war.

Sie versuchte, sich daran zu erinnern, was geschehen war. Sie war in der Oper gewesen. Man hatte sich ihr gegenüber grauenvoll benommen, und sie war nach einer kurzen Probe gegangen. Sie hatte etwas gekauft.

Ihr Blick fiel auf das Parfum. Weiße Orchidee.

Sie lächelte. Er liebte sie.

Der Gedanke schoß ihr durch den Kopf, und sie wußte nichts damit anzufangen. Was hatte sie da gedacht? Wer liebte sie?

Sie setzte sich auf und stellte fest, daß sie durstig war. Auf der Anrichte stand eine Karaffe. Sie goß sich ein Glas Wasser ein. Ihre Hand zitterte. Hoffentlich wurde sie nicht krank. Wenn sie jetzt einen Schnupfen bekam, wäre das eine Katastrophe für ihre Stimme und schlecht für ihre Karriere.

Sie fühlte sich jedoch nicht, als bekäme sie eine Erkältung. Sie fühlte sich nur etwas desorientiert, aber recht glücklich. Ausgesprochen glücklich. Sie prüfte argwöhnisch ihre eigene Stimmungslage.

Sie fühlte sich verliebt. Schmetterlinge im Bauch und das fremdartige Gefühl, tanzen, singen, rufen, herumhopsen und jedem davon erzählen zu wollen. Nur wovon? Eine namenlose Sehnsucht zehrte an ihr. Sehnsucht und Verlangen, brennend und unbändig. Die Art Verlangen, die man bei einer sehr leidenschaftlichen Liebe spürte.

Das fühlte sich nicht nach Grippe an. Das fühlte sich nach einem Mann an.

Abermals blickte sie auf das Parfumfläschchen. Weiße Orchidee.

Es hatte etwas mit dem Parfum zu tun, da war sie sicher. Nur was?

Sie zermarterte sich das Gehirn. Irgendwo im Bodensatz ihres Erinnerungsvermögens schien ein Bild zu sein von einem Mann, schmal und geheimnisvoll. Doch ehe sie ihn festhalten konnte, war das Gefühl zerronnen.

Wie konnte man einen Mann vergessen, den man liebte?

Sie liebte ihn. Sie war sich sicher. Sie mußte ihn wiedersehen. Sie wollte mit ihm zusammensein, bei ihm liegen, ihn lieben – in jedem Sinn des Wortes.

Plötzlich fürchtete sie sich ob ihrer Gefühle. All das war zu merkwürdig, um ohne Argwohn einfach nur genossen werden zu können.

Sie zog ihr Kleid an. Sie hätte ihre Zofe kommen lassen können, entschied sich aber dagegen. Es ging auch so.

Jemand war mit ihr im Zimmer gewesen, hatte sie zumindest zum Teil entkleidet und – sie wußte nicht, was er getan hatte, aber eine diffuse Erinnerung gaukelte ihr vor, daß sie es gemocht hatte.

Dennoch. Das war zu bizarr. Sie mußte mit jemandem darüber sprechen. Vielleicht konnte Vonderbrück ihr erklären, was sie da heimgesucht hatte. Schließlich war er Meister der arkanen Künste.

Dann wurde ihr klar, daß sie ihn nicht fragen konnte, ohne zuzugeben, möglicherweise eine Indiskretion begangen zu haben. Sie kannte den Mann keinesfalls gut genug, um ihm ihre Gefühle und Geheimnisse anzuvertrauen.

Aber mit irgend jemandem mußte sie sprechen. Mit jemandem, der wenigstens rudimentäre Einblicke in arkane Dinge hatte.

Delacroix. Sie wußte, daß Delacroix in der Vergangenheit ein abscheuliches Erlebnis der magischen Art gehabt hatte. Vielleicht würde er ihr Rätsel lösen können. Rätsel lösen gehörte zu seinem Arbeitsgebiet.

Auf der anderen Seite würde sie ihm von ihren Empfindungen berichten müssen. Von ihrem Verlangen. Davon würde er nichts wissen wollen. Immerhin hatte er sie verlassen, weil er sie für untreu hielt.

Nicht daß sie ihm je untreu gewesen war. Nicht wirklich. In einem gewissen Sinn vielleicht. Doch es hatte nichts bedeutet. Ihr hatte es nichts bedeutet. Nur eine flüchtige Affäre mit einem schmissigen, jungen, forschen Verehrer. Es war schließlich nicht ihre Schuld, daß Delacroix früher als erwartet von einem Auftrag zurückgekommen war. Viel früher. Um sie zu sehen. Um sie zu lieben. Er war die Nacht durchgeritten, um sie schnell zu erreichen. In gestrecktem Galopp durch die Finsternis – wie ein verdammter Ritter aus einem blöden Heldenepos. Er war gerade rechtzeitig eingetroffen, um zu sehen, wie der andere sie am Morgen verließ.

Er hatte keine Szene gemacht. Sie hatte Angst gehabt, er würde den jungen Mann fordern, was mit ziemlicher Sicherheit dessen vorzeitiges Ende bedeutet hätte. Doch das hatte er nicht. Er hatte ihn weder zur Rede gestellt noch ihm die Schuld gegeben. Er hatte nur gewartet, bis der andere gegangen war. Hätte er sie gefragt, wie ernst diese Angelegenheit gewesen war, so hätte sie ihm sagen können, daß sie nichts bedeutet hatte. Aber er hatte nie gefragt. Er hatte nur Abschied genommen, ohne ihr die Möglichkeit zu geben, irgend etwas zu erklären.

Eine dumme Geschichte. Sie war zornig auf ihn. Er war wirklich der letzte Mensch, mit dem sie gerne über ihr seltsames Erlebnis gesprochen hätte.

Dennoch war er vermutlich der einzige, bei dem das Geheimnis wirklich sicher war. Er würde nicht entrüstet sein, weil sie eine körperlich leidenschaftliche Frau war – schließlich wußte er das –, und er würde ihr zuhören, ohne in tugendhafte Empörung auszubrechen.

Seinen bitteren Spott würde sie ertragen müssen, und sie wollte sich gar nicht erst vorstellen, wie es sein würde. Er war ein leidenschaftlicher Mann, der seine hitzigen, wilden Gefühle zumeist hinter einer Fassade eiserner Gefaßtheit verbarg. Manchmal fanden sie jedoch Ausdruck in seinen Worten, mit denen er zuschlagen konnte wie mit schweren Säbeln.

Sie grübelte darüber nach, wovor sie mehr Ressentiments hatte: von einem Phantom geliebt zu werden oder vom bitteren Zynismus eines Mannes erschlagen zu werden, den sie einst betrogen hatte. Nun, nicht betrogen. Nicht als solches. Sie hatte es selbst nicht als Betrug gesehen. Er hatte es so gesehen. Er hatte sich entschieden, es so zu sehen.

Sie hakte ihr Kleid zu, so gut es ohne Hilfe ging. Dann stand sie unentschlossen mitten im Zimmer. Sie fühlte sich jäh sehr angreifbar. Ein beängstigendes Gefühl. So etwas kannte sie sonst nicht.

Nun, sie würde sehen, was geschehen würde. Wenn Delacroix in einer seiner unerfreulicheren Stimmungen war, konnte sie immer noch gehen. Er würde sie nicht gleich töten. Da war sie sicher.

Beinahe sicher.

Sie verließ ihr Zimmer und ging den Flur hinunter. Dann stand sie vor seiner Tür, hielt ihre Hand ausgestreckt, ohne zu klopfen, versuchte ihren Mut dafür zusammenzunehmen. Es war schon ungewöhnlich, einen ehemaligen Liebhaber zu bitten, ein erotisches Erlebnis der unheimlichen Art zu beurteilen. Vielleicht sollte sie es doch lassen.

Sie stand eine Weile reglos da und dachte darüber nach. Warum sollte sie sich der Peinlichkeit aussetzen? Sie war unversehrt. Ihr war nichts geschehen. Sie war glücklich. Sie war verliebt. Sie sollte möglicherweise einfach in ihr Zimmer zurückgehen. Manche Probleme lösten sich von selbst, wenn man sie lange genug ignorierte, und sie war gut darin, Probleme zu ignorieren.

Ein lautes Geräusch wie von umstürzenden Möbeln drang durch die Tür. Möglicherweise war Delacroix in einer seiner Launen. Allerdings ergab es wenig Sinn, mit nur einem Arm Möbel umzuwerfen, und es sah ihm auch nicht ähnlich. Sie hatte ihn in schlimmer Verfassung erlebt, in den schwärzesten und gefährlichsten aller Launen. Wenn er meinte, seine Wut nicht mehr zügeln zu können, ritt er aus oder ging fechten oder boxen. Er zerbrach nicht die Möbel. Das war seltsam.

Cérise war stolz auf ihre weibliche Intuition. Dieser Instinkt ließ sie mitunter spontan und ohne langes Nachdenken reagieren, ein Charakterzug, der Delacroix zum Wahnsinn getrieben hatte, wenn sie gemeinsam an einem Fall arbeiteten. Doch so war sie eben. Ab und zu hatte sie das Falsche getan. Aber oft genug hatte sich ihre Eingebung als glückliche Fügung erwiesen.

Also öffnete sie leise die Tür, ohne anzuklopfen. Vorsichtig linste sie in den Raum.

Ein Mann im karierten Anzug wandte ihr den Rücken zu. Er stand hinter Delacroix, der rücklings vor ihm kniete und heftig mit seinem einen gesunden Arm hinter sich schlug. Der Mann strangulierte ihn.

Cérise unterdrückte ein „*Mon Dieu*!"

Mit einer raschen Bewegung ergriff sie den Holzkasten, in dem ihr Ex-Geliebter seine Pistolen aufhob und den er auf der kleinen Anrichte neben der Tür deponiert hatte. Ein, zwei Schritte nach vorne, und sie schlug ihn so fest sie konnte dem Angreifer auf den Kopf.

Der brach jedoch nicht zusammen, sondern ließ Delacroix los und drehte sich zu ihr. Mit der entgegengesetzten Bewegung, diesmal von unten her, schwang sie den Behälter ein zweites Mal und traf sein Kinn.

Er stolperte gegen den Tisch, fiel dabei fast über Delacroix. Doch er hatte Glück. Er fiel so günstig, daß es ihm gelang, Delacroix' Messer vom Tisch zu nehmen. Er schnappte es sich und sprang wortlos auf sie zu.

Sie wollte schreien, doch ihre Stimme versagte. Sie sah ihn auf sich zustürzen, das Messer stoßbereit in der Hand. Er war unendlich schnell, und sie stand nur da, klammerte sich an dem Holzkasten fest, überlegte, ob sie Zeit genug hätte, ihn zu öffnen und eine Waffe zu entnehmen. Sie war eine gute Schützin. Aber waren die Waffen geladen?

All das huschte in dem Bruchteil einer Sekunde, den sie dazu hätte verwenden können wegzulaufen, aus dem Zimmer zu rennen, sich in Sicherheit zu bringen und um Hilfe zu rufen, durch ihr Hirn. Schon war er da, in einem einzigen Satz, und stach blitzschnell mit dem Messer von unten her nach ihrem Herzen.

Er traf sie nicht.

Delacroix hatte ihn gepackt, umklammerte ihn von hinten in einer unnachgiebigen Umarmung. Seine große Hand bog und verdrehte die des Widersachers, der den Dolch fallen ließ und sich aus dem Clinch wand. Mit nur einem Arm war Delacroix seinem behenden Gegner gegenüber im Nachteil. Der Mann im karierten Anzug entschlüpfte seinem Griff und versuchte zur Tür zu gelangen. Doch Cérise stand dort noch und hielt immer noch den Holzkasten in den Händen.

Sie schwang ihn erneut gegen seinen Kopf, und diesmal fiel der Angreifer. Als er auf dem Boden aufschlug, machte er ein fremdartiges Geräusch, zitterte und stand nicht wieder auf.

Delacroix und Cérise starrten ihn an. Der Mann lag bewegungslos da.

„Zurück!“ befahl der Colonel mit einer kaum hörbaren, heiseren Stimme. Mit seinem Fuß drehte er den Gefallenen um.

Der Mörder war in das Messer gestürzt, und es hatte ihn durchbohrt. Er war tot. Unzweifelhaft nicht mehr am Leben. Seine Augen starrten blind zur Decke, und auf seiner Brust wuchs ein roter Blutfleck.

„Verflucht!“ murmelte Delacroix. „Jetzt erfahren wir nicht, wer ihn geschickt hat.“

Er schwankte und tat Cérise leid. Sie beging allerdings nicht den Fehler, ihm Hilfe anzubieten. Sie ignorierte es. Versuchte, es zu ignorieren. Scheiterte.

„Bist du schlimm verletzt?“ fragte sie, und er maß sie mit strafendem Blick, als hätte sie ihn gekränkt. Sie hielt dem Blick stand. Grüne Augen blitzen gelblichen entgegen. Seine wütenden Augen sollten nicht mehr die Macht haben, sie aus der Fassung zu bringen. Nie mehr.

„Hätte schlimmer kommen können", gab er schließlich verdrießlich zu. Auf den nächsten, unverdaulichen Worten kaute er herum: „Danke. Du hast mich wahrscheinlich gerettet."

Er bückte sich und hob einen Gegenstand auf, der aussah wie eine Klaviersaite mit Holzgriffen.

„Einfach, lautlos und todbringend", fügte er wie nebenbei an. „Hast du mir den Kerl geschickt?"

Cérise warf ihm einen erbosten Blick zu.

„Vielleicht hätte ich das tun sollen, aber nein. Ich war es nicht, und du brauchst mich wirklich nicht zur Feindin. Du machst dir genug eigene. Höchstwahrscheinlich werden es stündlich mehr."

Er schnaubte. Kein gesittetes Gebaren gegenüber einer Dame. Dann kniete er sich neben den Toten und untersuchte ihn.

„Ich habe den Burschen noch nie gesehen. Ich frage mich, wie er in diese Sache paßt. Warum mich töten? Wenn ich unser Scheitern zum Ziel hätte, würde ich Vonderbrück ermorden. Mich zu beseitigen hat keinen Sinn. Sofern er nicht uns alle erledigen wollte."

Eine böse Ahnung zeichnete sein Antlitz.

„Wir müssen nach den Leutnants sehen. Falls er sie im Schlaf erwischt hat, wäre das ... schlecht." Er sah sie ironisch an. „Vielleicht willst du ihren Schlummer überprüfen? Einer von ihnen weiß immerhin schon, wie es ist, neben dir aufzuwachen."

Sie knallte den flachen Holzkasten mit soviel Empörung auf die Anrichte, daß es klang wie ein Schuß.

„Das war unnötig, Delacroix", zischte sie, „*absolument* unnötig. Dies ist nicht der richtige Zeitpunkt für einen Streit. Ich bin nicht zum Streiten gekommen. Ich wollte um Hilfe bitten. Nicht, daß ich noch bitten müßte. Ich habe sie mir gerade verdient. Also sei so gut und mäßige deine Ausdrucksweise. Ich habe kein Interesse an einer Szene."

Er grinste spöttisch.

„Szenen haben mich nie interessiert. Die Zeit für Szenen zwischen uns ist vorbei."

Da flog die Tür auf, und Leutnant Udolf von Görenczy brach ins Zimmer, den Degen in der Hand.

Er brauchte einige Sekunden, um festzustellen, daß niemand in Gefahr war.

„Ich habe einen Schuß gehört", sagte er, senkte die Waffe und versuchte, die Anwesenheit der Sängerin in Delacroix' Zimmer zu ignorieren.

Delacroix setzte sich aufs Bett.

„Falsch", sagte er. „Er kam, um mich zu erdrosseln, und ist an einem Messer in der Brust verschieden. Ein gedungener Mörder. Hat mich fast erwischt."

Er öffnete den zerdrückten Kragen, und eine dünne rote Linie zeichnete sich deutlich um seinen Hals ab. Er berührte sie vorsichtig und atmete zischend ein.

„Nicht mein Tag", erklärte er und lehnte sich zurück. „Sie könnten mir einen Gefallen tun und das da mit Ihrer Königlich Bayerischen Gendarmerie abklären. Ich glaube, ich hätte gern etwas Ruhe. Dieser Tag hat mir mehr Spaß beschert, als ich unbedingt zu meinem Wohlbefinden brauche."

Von Görenczy nickte.

„Ich schaffe ihn weg", sagte er und beugte sich hinunter, um den Toten hochzuheben.

„Halt. Nein", unterbrach Delacroix. „Warten Sie, bis die Polizei kommt. Wir wollen doch nicht, daß Mrs. Parslow über seine Leiche klettern muß, wenn sie von ihrer Promenade zurückkommt."

„Wenn es dir nichts ausmacht", sagte Cérise, „komme ich später noch einmal zu einem Gespräch vorbei. Ich teile nicht gerne einen Raum mit einem toten Mann."

Delacroix öffnete den Mund, um eine beißende Bemerkung zu machen, schluckte sie dann aber mit offensichtlicher Mühe hinunter. Er blickte von Görenczy an, der immer noch vergeblich versuchte, die Frau in seinem Zimmer nicht zu sehen, und deshalb eisern schwieg.

Kapitel 35

Udolf beantwortete der Polizei alle notwendigen Fragen. Kannte er den Mann? Hatte er ihn schon einmal gesehen? Könnte er sich einen Grund vorstellen, warum der Bösewicht Delacroix angegriffen hatte?

Routine. Die Polizisten waren höflich. Offenbar hatte man sie informiert, daß das Team im Hotel direkt seiner Majestät unterstand. Ihr Wissensdurst zerfraß sie fast. Von Görenczy war jedoch weder in der Laune, ihnen etwas über ihren Einsatz zu erzählen, noch hatte er die Genehmigung dazu. Also sprach er nur von dem „allerhöchsten Auftrag“, in der Hoffnung, sie würden das als Erklärung hinnehmen.

Es erklärte im Grunde nichts. Nach einiger Fragerei war die Polizei dann aber doch gegangen und hatte den Leichnam mitgenommen. Die Gendarmen trugen ihn auf einer abgedeckten Bahre die Bedienstetentreppe hinunter. Ehe sie endgültig gingen, wandte sich der einzige Nicht-Unformierte – vermutlich der Vorgesetzte – dienstfertig von Görenczy zu und sagte: „Ich hege einen vagen Verdacht, wer das sein könnte, Leutnant. Wenn ich richtig vermute, könnte er zu den Oberschurken Münchens gehören. Raub und Schmuggel. Einer der Männer des ‚Königs‘.“

Von Görenczy blickte ihn ungläubig an.

„Des Königs?“ fragte er und konnte nicht fassen, daß ein königlich bayerischer Beamter eine solche Majestätsbeleidigung von sich gab.

„Das sagt Ihnen höchstwahrscheinlich nichts“, antwortete der Beamte und lächelte eifrig. „Wir haben Grund zu der Annahme, daß er zu einer Bande gehört, die ihre Untaten in mehreren europäischen Ländern begehen. Ein wohlorganisierter Haufen. Landesgrenzen bedeuten ihm nicht viel. Bis jetzt konnten wir ihm nie etwas beweisen, und wir wissen auch nicht, wer hinter der

Sache steckt. Wir wissen nur, daß der Kopf der Bande sich ‚der König' nennt. Es kann beinahe jeder sein. Überall. Die Behörden in mehreren Ländern versuchen seit Jahren, mehr über die Bande herauszufinden. Aber sie läßt sich schlichtweg nicht fangen. Sie ist furchtbar gut organisiert. Ich hoffe, Ihr Freund hat sie sich nicht zum Feind gemacht. Sie ist gefährlich."

Der Polizist hob die Hand und salutierte. Es sah seltsam aus, da er nicht in Uniform war.

„Ich komme später wieder, Herr Leutnant", versicherte er, als entsönne er sich plötzlich wieder der eigentlichen Rangordnung. „Ich muß Colonel Delacroix befragen. Das kann ich ihm nicht ersparen. Vielleicht kann er ja Licht in die Sache bringen."

Dann wandten die Polizisten sich zum Gehen. Udolf stoppte sie.

„Eins noch", sagte er. „Vielleicht suchen Sie besser noch einmal das Hotel ab. Man hat mich heute im Keller unter der Gesindetreppe angegriffen, als ich einen Leichnam entdeckte. Leider war er fort, als ich wieder zu mir kam."

„Fort?"

„Weg. Jemand hat mir von hinten eins übergezogen. War eine Weile weggetreten. In der Zeit muß man den Toten fortgebracht haben. Höchstwahrscheinlich ist er längst nicht mehr im Hotel." Er gab einen kurzen Report und beschrieb den Toten so gut wie möglich.

„Herr Leutnant", sagte der Polizist, „wir haben Befehl, bei diesem Fall so unauffällig wie möglich zu sein. Aber wir tun, was wir können."

Dann ging er.

Von Görenczy ging nicht gleich wieder nach oben in sein Zimmer. Er begab sich ins Herrenzimmer, steckte sich einen Zigarillo an und ließ sich ein großes Glas Cognac kommen. Genau, was er jetzt brauchte. Durch einen vermeintlichen Schuß von nebenan aus dem wohlverdienten Schlummer zu schrecken war so eine Sache.

Natürlich hatte er den Säbel gezogen und war losgestürmt. Cérise in Delacroix' Zimmer zu finden hatte er jedoch weiß Gott nicht erwartet, und es hatte ihn zutiefst verstimmt. Wenn möglich, sprach er nicht mit ihr, und das Verhalten des Colonels legte zumindest nahe, daß er der Frau ähnliche Gefühle entgegenbrachte. Beide waren abgelegte Liebhaber der wunderschönen Sängerin.

Von Görenczys Romanze mit ihr war nur von kurzer Dauer gewesen, doch er hatte sie leidenschaftlich geliebt. Er liebte immer leidenschaftlich. Wie sonst? Nur dieses Mal hatte es für ihn mehr bedeutet als nur eine Affäre. Affären hatte er dauernd. Sie bedeuteten ihm nichts. Junge Frauen, oft genug aus der Unterschicht, die seine adrette Uniform und seine schneidige Art unwiderstehlich fanden. Er akzeptierte ihre Bewunderung als selbstverständlich. Daß sie ihn liebten, nahm er als süßen Zeitvertreib, daß sie sich ihm hingaben als das ihm als Helden zustehende Eroberungsrecht.

Er war jung, sah gut aus und war forsch. Natürlich mochten sie ihn. Er benahm sich, wie man es allen Chevaulegers nachsagte. Selbstbewußt und verführerisch zu sein war Teil des Truppencharakters. Man warnte Mädchen vor ihnen.

Die jungen Damen, die nicht auf ihre Mamas hörten, taten es wider besseres Wissen und mußten somit die Konsequenzen selbst tragen. Er hatte nie darüber nachgedacht. Er war ein Mann mit Bedürfnissen und Begierden, und er fand, es sei nicht seine Aufgabe, stellvertretend für andere über die Moral junger Frauen zu wachen. Das war Aufgabe der Eltern – und die der Mädchen war es, sich so zu benehmen, daß sie keinen Schaden nahmen. Von ihm konnte man das nicht verlangen. Chevaulegers waren dafür bekannt, eine Spur gebrochener Mädchenherzen hinter sich zu lassen. Die Kavallerie liebte und zog weiter. So war es eben.

Er hatte nicht damit gerechnet, daß etwas Vergleichbares auch ihm passieren könnte. Frauen konnten nicht so sein, hatte er gedacht. Frauen waren sanft und nachgiebig, naiv und romantisch, willig und oft leichtgläubig.

Natürlich wußte jeder, daß die Mädels von der Oper oder vom Ballett ein wenig freizügiger waren, und das war gut so. Sie verdienten eigenes Geld und lebten zumeist außerhalb des Schutzes, den eine Familie oder ein Ehemann bot. Folglich waren sie nur sich selbst verantwortlich.

Cérise hatte es ihm keinesfalls leichtgemacht. Sie hatte ihn lange hingehalten, hatte es verstanden, ihn immer verliebter zu machen. Wunderschön und kapriziös war sie. Sie hatte mit ihm gespielt, seine Werbung abwechselnd mit Wohlwollen oder Gleichgültigkeit bedacht, hatte ihm ihr süßes Lächeln geschenkt und trotzdem gewußt, ihn auf Abstand zu halten. Wie ein Verhungernder war er sich in ihrer Umgebung vorgekommen. Ganz wirr hatte sie ihn gemacht, bis er kaum noch gewußt hatte, wohin mit seiner gottverdammten Anbetung, und dann, in einer mondbeschienenen Nacht, hatte sie seinem Werben nachgegeben. Sie hatte ihn mit in ihr Zimmer genommen und sich ihm hingegeben, und ihm war gewesen, als verstünde er zum ersten Mal, was Liebe war. Er ging auf in ihrer Leidenschaft, verlor sich darin.

Verlor sich und war verloren, denn als er um ihre Hand anhielt, lachte sie. Sie wies ihn ab. Sie brauche ihn nicht. Sie hätten eine Affäre gehabt, nicht mehr. Er solle sich nicht lächerlich machen und sie wolle ja seine Gefühle nicht verletzen, aber er müsse doch begreifen, daß das ganz und gar unmöglich sei.

Das Schmerzhafteste daran war, daß ihre Argumente dieselben waren, die er selbst schon manchem verliebten Mädchen gesagt hatte, das sich ihm in die Arme geworfen hatte. Seine Wut war somit doppelt bitter.

Er versuchte, nicht daran zu denken. Sinnlos, länger über derlei nachzugrübeln. Es war einfach Pech, daß ihm die Frau immer wieder über den Weg lief. Er würde sich daran gewöhnen. Sie war nur eine Sängerin. Rangmäßig stand sie unter ihm, wenn man es kühl betrachtete. Hätte er sie geheiratet, seine Familie wäre entsetzt gewesen.

Also war es gut, daß er sie nicht geheiratet hatte. Sein Vater hätte ihn womöglich enterbt, wenn Udolf als der älteste Sohn ihm eine Schwiegertochter von der Bühne angeschleppt hätte. Jedenfalls wäre es schwierig geworden. Es war besser, wie es war. Cérise konnte nicht einem allein gehören. Sie war zu schön, zu berühmt, überall liebten und bewunderten Menschen sie. Viele Menschen. Viele Männer.

Aber was hatte sie in Delacroix' Zimmer zu suchen gehabt? Sie hatte kein Recht, dort zu sein. Delacroix war ein Kampfgefährte, ein Kamerad. Er sollte keinen Besuch von ihr haben.

Es hatte nicht einmal entfernt nach einem Tête-à-tête ausgesehen. Die Leiche zwischen ihnen hatte gestört.

Sie hatte ihm das Leben gerettet. Das hatte Delacroix gesagt, bevor die Polizei kam und nachdem Cérise gegangen war. Er wäre ohne sie jetzt tot.

Udolf hatte dazu nur genickt. Er wollte es nicht wissen. Jemandem das Leben zu retten war etwas so Persönliches, daß es schon fast intim war. Es schuf eine Verbindung, ein lebenslanges Band.

Udolf war froh, daß Delacroix überlebt hatte. Er wäre noch froher gewesen, wenn er ihn gerettet hätte.

Verfluchte Frauenzimmer. Er stürzte den Rest Cognac hinunter und erhob sich. Es war an der Zeit, Delacroix die Informationen der Gendarmerie weiterzugeben. Ihm und Asko, dessen Talent für logische Folgerungen so gut war und der es liebte, Rätsel zu lösen.

Er selbst wußte nichts damit anzufangen. Eine Bande von Schmugglern, die länderübergreifend operierte – was konnte das mit dem Manuskript und dem Monster zu tun haben? Welches Interesse konnten sie daran haben, die Welt zu zerstören, und warum hatten sie einen Mörder zu Delacroix geschickt? Hatte es überhaupt mit dem Fall zu tun? Oder hatte Delacroix vielleicht alte Feinde aus früheren Fällen, die ihm nun folgten, um ihn zu liquidieren?

Sie wußten viel zu wenig. Sie standen vor einer nahezu unlösbaren Aufgabe. Udolf war kein Feigling, doch die Erkenntnis, daß das Schicksal der Welt von ihrem Tun abhing, war zuviel für ihn. Er mochte Feinde, die man sehen konnte, Männer mit scharfen

Waffen, die einem im offenen Kampf gegenübertraten. Jemanden, den man Auge um Auge, Zahn um Zahn bekämpfen konnte. Mann gegen Mann oder auch gegen mehrere Männer, wenn es sein mußte. Davor fürchtete er sich nicht. Er hatte keine Angst vor dem Tod auf dem Feld der Ehre. Er hatte keine Furcht, für König und Vaterland zu sterben.

Doch dies hier beunruhigte ihn auf beinahe erniedrigende Weise. Er sah vor seinem geistigen Auge wieder Miss Jarrencourt, wie sie starr vor Angst auf dem Boden gekauert hatte, während das Wesen sie eingehüllt und – sollte Delacroix recht haben – zu schänden versucht hatte.

Er richtete sich zu voller Größe auf. Er war ein Chevauleger. Furcht? Man warf das Herz über die Hürde und sprang hinterher. Egal wohin, Pflicht war Pflicht. Selbst die Kleine hatte bei der Suche nach dem ekligen Ding ihre Pflicht nicht gescheut, und sie mußte weitaus mehr Angst haben als sie alle zusammen. Tapfer. Asko hatte manchmal doch Geschmack.

Natürlich konnte man nicht wissen, ob sie nicht doch noch ihre Meinung ändern und fliehen würde, und der Anstandsdrache hatte sicher eine eigene Meinung zu der Angelegenheit. Trotzdem, die Kleine schien mehr eigenen Willen zu besitzen, als es zunächst den Anschein gehabt hatte. Ihre Fassung war respekteinflößend.

Er drückte seinen Zigarillo aus und machte sich daran, die Stufen zum dritten Stock zu ersteigen. Verfluchter Spuk. Verfluchter Zauberkram, und verfluchte Cérise.

Kapitel 34

Er war heißhungrig, raubgierig und hielt sich an dem Bewußtsein fest, daß seine Gedanken nur noch um die Befriedigung seines Hungers kreisten. Er war gefährlich, wenn er so war, gefährlicher, als er gerne sein wollte, doch sein rationales Denken trat hinter sein Verlangen zurück, hinter die physische Gier.

Er hatte gehofft, der Bann werde bald brechen. Er wußte, wie schwer es für einen Menschen war, eine solche Barriere aufrechtzuerhalten. Man brauchte einen oder mehrere gut ausgebildete Magier, um den Bann undurchlässig zu halten. Doch sie war noch da. Er sah die Luft um das Hotel flimmern, sah den kristallenen Schimmer arkaner Macht, den nur die Fey erkennen konnten.

Graf Arpad saß fest. Er verfluchte sich dafür, daß er zwei Nächte zuvor nicht jagen gegangen war, doch in der einen war er angereist, in der anderen hatte er sich auf das Treffen mit seinen Patrioten vorbereitet, und jetzt konnte er nicht hinaus, saß in einer Falle, die – da war er sich sicher – gar nicht ihm galt. Aber das war egal. Natürlich hatte er nicht ahnen können, daß dies geschehen würde. Doch er hätte mehr auf seine Bedürfnisse achten müssen. Seine Bedürfnisse machten ihn aus, unablässig und ohne Unterlaß.

In seinem langen Leben hatte er es sich zur Regel gemacht, nicht dort zu jagen, wo er schlief. Doch als die Stunden vorüberschlichen, wußte er, daß er eine Ausnahme machen mußte. Er würde im Hotel jagen müssen, und zwar solange er noch so weit an sich halten konnte, daß er eine Spur nüchternen Denkens behielt. Wenn ihn der Hunger übermannte, würde er nicht nur zur Gefahr für seine Beute, sondern auch für sich selbst werden.

Er versuchte gemeinhin, nicht zu töten. Er mußte nicht töten, um satt zu werden. Er empfand Achtung vor dem Leben, obwohl er nicht altruistisch war. Aber er schätzte die Vielfalt des Lebens und dessen zähe Ausdauer und Beharrlichkeit. Er brauchte Blut zum Überleben. Es mußte kein Menschenblut sein, doch das zog er vor. Er liebte den Geschmack und genoß die Befriedigung, wenn er es trank. Lust und Hunger waren eins für seinesgleichen.

Die Menschen nannten ihn Vampir, ein hohles Wort, das sie mit einem noch hohleren Konzept verbanden. Ihm hing kein Grabgeruch an. Er lebte. Er fühlte sich lebendiger als seine Opfer, erlebte alles intensiver. Seine Sinne waren geschärft von der Jagd in hunderttausend strahlenden, blutwarmen Nächten.

Die Nacht war sein Revier. In den Abertausenden von Grautönen sah er seine Farben. Wo Menschen hilflos und blind waren, konnte er jedes Detail seiner Umwelt ausmachen, konnte in finstre Fernen blicken und die Körperwärme der von ihm Auserwählten wahrnehmen, ihr pulsierendes Leben, ihren lauten Herzschlag, der ihn wie eine Mittagsglocke zum Mahl rief.

Seine Sinne wurden schärfer, wenn er Hunger hatte oder darbte. Nur ein schmaler Grat trennte seine erhöhte Wahrnehmung von dem Verlust an Vorsicht und Sorgsamkeit, an freiem Willen und geplantem Vorgehen. Lust und Begierde drohten ihn dann zu übernehmen, trieben ihn den gefährlichen Weg rückhaltloser Befriedigung entlang, der zwar seinen eigenen süßen Jägerlohn bot, doch auch Gefahr bedeutete und bisweilen sogar Reue.

Menschen waren fragil. Es war so leicht zu töten. Im allgemeinen bemühte er sich, es nicht zu tun. Eine Spur leergetrunkener Leichen würde nur zu unangenehmen Fragen führen, zur verrückten Hatz auf ihn. Er war sterblich. Man konnte ihn töten, so man wußte wie.

Holzpflöcke ängstigten ihn nicht. Warum auch? All die Klischees, die Menschen aus Angst gebaren, aus der Ahnung, es könne so etwas wie ihn geben. Aberglauben zu sammeln war ihm Zeitvertreib. Manche Vorstellungen waren bar jeder Realität, andere kamen der Wirklichkeit nahe.

Eines Tages, dachte er, würde er ein Buch über Vampire schreiben und dabei jeden Aberglauben nennen, den er je gehört und gesammelt hatte. Ein Buch der Leidenschaft, mit Liebe und Gefahr, finsteren Burgruinen, Kruzifixen, stinkendem Knoblauch und blutunterlaufenen Augen. Es wäre amüsant, so etwas zu schreiben oder schreiben zu lassen. Doch im Moment hatte er nicht die Muße, sich mit derlei zu befassen.

Er mußte trinken. Er konnte sich nicht mit Planereien belasten. Er mußte jagen, mußte hier im Hotel eine Person finden, die allein war. Ein Mädchen oder eine Frau schwebten ihm vor. Es konnte aber auch ein Mann sein. An einem Ort mußte er sie finden, an dem er ungestört wäre. Keine leichte Angelegenheit.

Noch war es nicht Nacht. Er hatte die Vorhänge zugezogen, draußen im Flur jedoch fiel allzu helles Tageslicht durchs Fenster. Er haßte helles Licht, es blendete ihn, beeinträchtigte seine Sehkraft, so wie Dunkelheit die Menschen blind machte. Sonnenlicht verbrannte seine Haut, also mied er es. Ein heiterer Sommertag schwächte ihn nachhaltig. Ein bedeckter Frühlingsnachmittag wie dieser machte ihn fiebrig und beeinträchtigte seine Sinne. Doch er würde sich zurechtfinden.

Er setzte seine dunkle Brille auf. Fortschritt war praktisch. Die Sonnenbrille war seine Lieblingserfindung. Dennoch mußte er wachsam sein. Sehr sogar. Er hatte einen Mönch in Kutte durch das Hotel spazieren sehen, die Züge voller sauren Argwohns. Mönche stiegen nicht in teuren Hotels ab. Er kannte nur eine Sorte, die da aus bestimmten Gründen eine Ausnahme machte. Das hieß, sie waren hier. Seine Gegner. Die Gegner aller Fey, aller Sí.

Sie versuchten, die Erde von ihm und seinen Geschwistern zu läutern, strebten eine ärmere Version der Welt an, eine nur für Menschen, die sie Gotteskinder nannten. Über die Jahrhunderte hatten sie viele seiner Art zerstört, und das Wissen und Können der Gruppe war Jahrzehnt um Jahrzehnt gewachsen. Langsam, aber sicher hatten sie die Ausmerzung allen intelligenten, nichthumanoiden Lebens perfektioniert, sie in eine finstre Kunstform umgewandelt, die sie unter der Ägide der Kirche praktizierten, die ihrem Treiben leidenschaftslos und nachsichtig zusah, ohne ihre Existenz jemals zuzugeben.

Was die Kirche und ihr Dogma anging, so existierte er nicht einmal. Dennoch gab es die Bruderschaft, eigens gegründet, um Wesen wie ihn zu jagen. Er verstand Religion nicht, hatte keinen Sinn für religiöse Mystik und ihre irdische Konsequenz. Doch ihm war klar, daß es besser war, sich von den Jägern fernzuhalten.

Es hatte eine Zeit gegeben, da hätte er sie nicht fürchten müssen. Aber sie hatten viel gelernt. Er wußte, sie verfügten über Erkenntnisse, mit deren Hilfe sie ihn oder seinesgleichen letztlich doch vernichten konnten. Doch er mußte sich nur selten Sorgen um sie machen. Ihre Ära war vorbei, und sie waren in diesem Jahrhundert nur noch ein kleines Häufchen Männer in einer großen, aufgeklärten und wenig abergläubischen Welt. Er fragte sich, was sie hier taten. Ihre Präsenz beunruhigte ihn, doch die Bedürfnisse seines Körpers ließen ihn den Gedanken nicht zu Ende denken. Die Ziele der Bruderschaft waren weniger eminent als seine eigenen.

Er öffnete die Tür seines Zimmers und spähte hinaus. Nur wenige Menschen waren auf dem Flur. Sie sahen ungefährlich aus. Frauen konnte er vernachlässigen. Nur Männer konnten zur Bruderschaft gehören. Sie waren nicht gezwungen, die Zeichen ihres Ordens sichtbar zu tragen, und sie tauchten selten irgendwo allein auf. Sicher war nicht nur einer von ihnen hier.

Er konzentrierte sich, spürte die Energielinien der Umgebung. Zauber, jemand manipulierte die Feinabstimmungen der Realität. Er spürte es in seinen Fingerspitzen. Doch es gelang ihm nicht, den Ort des Geschehens zu lokalisieren. Das hieß, daß es mehr als eine Quelle gab. Mehr als ein Meister des Arkanen war am Werk. Das war ihm aber längst klar gewesen.

Er hätte sie bekämpfen können, das wußte er, doch eventuell hätte er den Kampf verloren, und er hatte keine Priorität. Die hatte seine Jagd und sonst nichts. Er zog seine ausufernden Gedanken in sich zusammen in der Absicht, normal zu erscheinen, selbst keinen Zauber zu wirken, keinen Geist zu manipulieren. Das fiel ihm schwer, denn die Wahrnehmung anderer zu dem zu biegen und zu formen, was er sie denken, fühlen und sehen lassen wollte, war Teil seines Naturells. Er tat es unablässig, seit langer Zeit. Wenn er satt und rational war, war es einfach, seinem Geist Einhalt zu gebieten, doch im Moment kostete es ihn Überwindung und Kraft.

Er trat auf den Flur, schloß die Tür hinter sich ab. Zwei Damen liefen vorbei. Die Jüngere erwiderte sein Lächeln. Er zwang sich, den Blick von ihrer Kehle zu nehmen, zog die Fänge ein. Nicht jetzt. Nicht hier. Nicht sie. Obwohl es bedauerlich war. Er sog ihren Wohlgeruch ein, der sein Verlangen aufblühen ließ. Mühsam wandte er seine Schritte in die entgegengesetzte Richtung, fühlte die Präsenz des Mädchens direkt auf seiner Haut. Sein Körper reagierte, wuchs ihr entgegen in dem physischen Verlangen, das sie mit der Liebkosung eines Lächelns ausgelöst hatte.

Er ging zur Gesindetreppe, schlüpfte ungesehen in den Teil des Hotels, der für Gäste nicht zugänglich war. Die Treppe hinab. Vorbei an Wäscheschränken und Teewagen. So sauber und seifig roch hier alles, daß es für ihn fast unerträglich war. Er mochte keine intensiven Gerüche. Seine überempfindsame Nase empfand sie als erdrückend.

Er fand, was er suchte. Eine junge Wäscherin trat aus einem Raum. Sie war rundlich mit einem kräftigen Körper und bewegte sich zielsicher. Seine Lippen öffneten sich. Er folgte ihr, sog den Duft ihrer Haut ein, selbst auf die Distanz, selbst durch die seifige Luft des Treppenhauses. Lustvoll nahm er Witterung auf.

Sie hielt inne und drehte sich um, wirkte alarmiert. Doch sie sah ihn nicht. Ohne darüber nachdenken zu müssen hatte er sich in den Hintergrund aus Schatten eingefügt. Sie sah an ihm vorbei, drehte sich wieder um und setzte ihren Weg fort.

Er fragte sich, wo sie die Wäsche hinbringen würde, und hoffte, es wäre ein einsamer Ort. Als sie eine Tür öffnete, glitt er hinter ihr in den Raum. Wäscheleinen waren hier gespannt, und einige Laken hingen bereits zum Trocknen darauf. Sie nahmen die Sicht zum Ausgang.

Lautlos bewegte er sich zwischen den aufgespannten Stoffen, dann hatte er sie erreicht. Sie erschrak, als er vor ihr auftauchte, öffnete den Mund, um zu schreien, seufzte jedoch nur, als seine Gedanken die ihren ergriffen und hielten. Sie war keine Schönheit, nicht einmal hübsch, doch im Moment war er nicht wählerisch. Er zog sie an sich, preßte seinen geschmeidigen Körper an den ihren, legte seinen linken Arm um ihren Rücken. Sie musterte seine Eckzähne, ohne zu verstehen, was vor sich ging.

Seine Rechte streichelte zart ihre runden Brüste und wanderte zu ihrer Kehle, dann zu ihrem Kinn, das er sanft nach hinten schob und somit präzise den Ort an ihrem Hals freigab, den er anstrebte, den er erobern wollte und mußte. Sie lächelte irritiert und erwartungsvoll, und das machte sie beinahe schön. Ihre Brüste hoben und senkten sich mit ihrer Atmung, und er beugte sein Gesicht hinunter zu ihr, zur Quelle, zu seiner Erfüllung. Seine Zähne gruben sich in ihre Ader, und er sog ihr warmes Blut gierig ein.

Sie stöhnte, gab sich ihm hin wie einem Liebhaber, und er trank, lüstern und triebbesessen, hielt sie dabei fest in seinem Arm.

Nach einiger Zeit verlor sie das Bewußtsein, erschlaffte in seiner Umarmung, und er raffte seinen Rest von Vernunft und Entscheidungskraft zusammen, um sich von ihr zu lösen. Er war noch nicht satt, noch nicht befriedigt.

Doch er wollte sie nicht umbringen und wußte, daß nicht mehr viel dazu fehlte. Wenn er weitertrank, würde er sie töten. Er legte sie auf den Boden, drapierte sie auf eine Weise, die vermuten ließ, sie sei gestolpert und gestürzt. Noch einmal beugte er sich über sie, doch nur, um ihre Wunden zu lecken und so zu verschließen. Die kleinen Löchlein in ihrem Hals schlossen sich ordentlich und sahen wie zwei Mückenstiche aus. Sie würde schwach sein. Aber sie würde leben. Ziemlich sicher.

Zwei, drei Schritte brachten ihn zur Tür. Er brauchte mehr Blut, doch er mußte jetzt anderswo jagen, oder es würde auffallen, und er mußte sich schnell bewegen, konnte nirgends lang verweilen, wenn er nicht Gefahr laufen wollte, den Männern, die seine Art auszurotten suchten, den Weg zu ihm zu weisen.

Er war keine Sekunde zu spät, duckte sich hinter die sich öffnende Tür. Eine Matrone trat ein und rief: „Creszenz?“

Er glitt hinter ihr durch die Tür, und sie bemerkte ihn nicht. Nach oben, unters Dach zu den Gesinderäumen. Sie versprachen eine gute Jagd. Oder vielleicht sollte er doch versuchen, die junge Frau wiederzufinden, die im Korridor an ihm vorbeigegangen war? Sie hatte ihm zugelächelt.

Vielleicht war sie inzwischen allein in ihrem Zimmer. Er würde sie finden, mußte nur ihrem Duft folgen. Wenn sie allein war, würde er sie nehmen, wie er sie immer nahm, zärtlich und unbezwingbar. Der Vorgeschmack ihres Körpers und ihres warmen Blutes ließ ihn nach Atem ringen.

Jetzt fühlte er sich besser. Er war noch hungrig, doch Lust und Gier trieben ihn nicht mehr so absolut wie zuvor. Er brauchte einen klaren Kopf. Für das, was er vorhatte, mußte er seine Leidenschaft im Griff haben.

Kapitel 35

Corrisande freute sich nicht auf die drohende Auseinandersetzung mit Mrs. Parslow. Sie freute sich auch nicht auf das, was danach kommen würde. Sie freute sich auf gar nichts. Sie hatte sich zum Ausruhen aufs Bett gelegt, aber bald gemerkt, daß sie nicht schlafen konnte. Angst hielt sie in eisigem Griff, irgendwo zwischen ihrem Herzen und ihrer Magengegend. Wie körperlicher Schmerz saß die Furcht in ihr und quälte sie. Also lag sie nur da, halb angezogen, unglücklich und von innerer Unsicherheit zerrissen. Der Nachmittag verrann zäh und doch viel zu schnell.

Kurz hatte sie sich überlegt, wieder zu versuchen, durch einen der Ausgänge zu entkommen. Dann hatte sie sich dagegen entschieden. Sie wußte nicht, wie viele Menschen über den Feyon-Bann informiert waren, und sie wollte deren Aufmerksamkeit auf keinen Fall erregen. Wenn man sie für andersartig, fremd und unheimlich hielt, würde das ihre Chancen und ihre Zukunft eher ruinieren, als ein Skandal mit einem Mann das vermochte.

Niemand durfte es erfahren. Sie hatte Marie-Jeannette instruiert, keinem Menschen zu erzählen, daß sie das Hotel nicht verlassen konnte und ihr eingehämmert, ja nicht Mrs. Parslow über die Vorkommnisse in deren Abwesenheit zu berichten. Sie würde ihrer „Anstandsdame" auch nicht von dem Abenteuer erzählen, das ihr noch bevorstand. Eliza hätte doch nur wieder darauf bestanden, „sofort abzureisen und kein Aufhebens zu machen". Sie begriff nicht, daß Corrisandes Problem nicht durch ein bißchen Entschlossenheit und festen Willen gelöst werden könnte.

Doch sie kannte auch nicht den Grund dafür, und Corrisande würde ihn ihr nie anvertrauen. Niemandem konnte sie es sagen. Soweit sie das sah, brachte ihre zweifelhafte Abstammung ihr keinerlei Vor-, sondern nur Nachteile. Sie verfügte über keine übernatürlichen Begabungen, wenn man einmal davon absah, daß sie das nahende Monster spüren konnte. Sie war nicht hellsichtig, zeichnete sich durch kein besonderes Glück aus, war kein bißchen mysteriös – nicht daß letzteres irgendwie geholfen hätte.

Nereide hatte er gesagt. Wasser hatte sie immer gerngehabt. Doch was für ein Argument war das? Vielleicht war ihr jugendliches Aussehen ein Hinweis? Diese Kreaturen, so hieß es, lebten sehr lange oder waren gar unsterblich. Sie wußte es nicht. Unsterblich konnten sie nicht sein. Sie hatte davon gehört, daß es Menschen gab, die übersinnliche Wesen jagten und töteten. Die meisten Menschen allerdings hielten diese Berichte für reine Erfindung. Sie selbst hatte sie auch für Fiktion gehalten, und im Grunde hatte sich ihr Standpunkt dazu auch nicht geändert. Nichts hatte sich geändert in ihrer Meinung über die fantastischeren Elemente des Lebens.

Sie ließ sich das, was sie über ihre Familie wußte, durch den Kopf gehen. Die Anverwandten und Ahnen, die nicht in Kriegen gefallen oder Duellen erschossen worden waren, waren in der Tat recht langlebig. Ihr Urgroßvater väterlicherseits hatte das hohe Alter von hundertvier Jahren erreicht. Sie hatte ihn noch kennengelernt. Er hatte mit ihr und ihrer Mutter auf Jarrencourt Hall gelebt. Ihr Opa war in China gestorben, während der Opiumkriege. Damals war ihr Vater noch ein junger Mann gewesen.

Ihr Vater hatte nach dem Tod ihrer Mutter sein ganzes Leben umgestülpt, war nun „der König“. Außergewöhnlich war das und ungesetzlich zudem. Aber es hatte nichts mit ihrem angeblichen Fey-Erbe zu tun. Nichts wies darauf hin.

Sie hatte nie gefragt, was ihn zu dem gemacht hatte, das er heute war. Hatte es mit dem frühen Tod ihrer Mutter zu tun? Er hatte ihr nie eine Erklärung dazu gegeben. In anderen Dingen war er zugänglicher gewesen. Seine Stellung in der Unterwelt hatte er ihr nicht verschwiegen. Er war ein guter Vater. Sie konnte nicht klagen. Er hatte ihr eine gute Erziehung angedeihen lassen und sie nie zu etwas gezwungen, das sie lieber nicht tun wollte. Er hatte sie beschützt und tat es noch.

Doch er hatte ihr nichts über einen Sí in der Ahnenreihe gesagt, und sie war sicher, hätte er es gewußt, er hätte sie informiert.

Sie hörte, wie sich die Salontür öffnete. Eliza war zurück. Corrisande versuchte ein Lächeln. Nicht überzeugend, doch es würde reichen müssen.

Zögernd stand sie auf, zog ihr Kleid zurecht, rückte ihr Fichu gerade. Sie würde Marie-Jeannette rufen müssen, damit die ihr Haar ordnete. Welche Frisur trug man, wenn man seiner Nenntante eine Menge Lügen auftischen mußte und was war der passende Stil für einen Köder, den man einem brunftigen Ungeheuer vorwarf? Gab es etwas Spezielles, das Jungfrauen trugen, die man einem Drachen opferte?

Sie zitterte, ließ sich wieder aufs Bett fallen. Das mußte besser werden. Sie mußte an ihrer Fassung arbeiten. Brave Mädchen lächelten gemeinhin süß und blickten fröhlich und voller Vertrauen in die Welt.

Die Erinnerung an glitschige Tentakel, die ihre Schenkel hochkrochen, überfiel sie, und sie würgte vor Angst und Ekel. Wieder wurde ihr bewußt, wie knapp die Rettung durch den Colonel gewesen war.

Ein seltsamer Mann. Die eigenartigen Augen irritierten sie, machten ihr ein bißchen Angst, solange kein Lächeln in ihnen zu sehen war. Doch er hatte etwas, eine besondere Art und Weise, eine Qualität, die sie nicht beschreiben konnte, die sie aber doch berührte, sie ergriff und hielt. Dabei hatte er ihr nicht einmal Avancen gemacht.

Wo von Orven sie am liebsten sofort von der Gefahr weggebracht hätte, hatte der Colonel keinen Moment gezögert, sie einem geilen Monster als Lotsin und Lockvogel vorzusetzen. Ein Gentleman hätte das sicher nicht getan. Dennoch war sie sich sicher, daß sie bei Gefahr lieber den Schutz des Colonels als den Askos genießen würde. Er strahlte eine Entschlossenheit aus, die klarmachte, daß er nicht lange fackelte, wenn es galt, Dinge zu erledigen. Er war nicht der Typ, der sich von Überlegungen, wie die Welt sein sollte, davon abhalten ließ, sie so zu sehen wie sie war. Er würde Gefahren sehen, erkennen und bekämpfen, wann immer es nötig war.

Ein gefährlicher Mann. Sie mußte wachsam sein. Die Männer hatten gesagt, sie suchten einen Mörder. Damit war er vermutlich so etwas Ähnliches wie ein Polizist und zudem auch noch aus ihrem Heimatland. Mit der englischen Polizei wollte sie nichts zu tun haben. Sie konnte es nicht riskieren. Die Position ihres Vaters, aber auch ihre eigene war dazu zu prekär. Letztlich hatte auch sie kein einwandfreies Leben geführt. Sie hatte niemanden getötet, obwohl man ihr die Kunst der Selbstverteidigung beigebracht hatte. Doch sie hatte gestohlen. In England konnte man schon für den Diebstahl eines Apfels deportiert werden, und Äpfel waren es nicht gewesen, die sie für sich und für ihren Vater den Besitzer hatte wechseln lassen.

Es klopfte, dann erklang Elizas Stimme: „Bist du da drin, meine Liebe?"

„Ja", antwortete sie, „bitte komm herein!"

Eliza trat in ihr Zimmer, ein triumphierendes Lächeln auf den Lippen.

„Du errätst einfach nicht, was geschehen ist!" rief sie. „Ich habe Mme. de Rhins-Epitué getroffen, und sie erinnert sich an dich. Sie mag dich. Du mußt sie sehr beeindruckt haben. Ist das nicht fabelhaft? Sie hat versprochen, uns Einladungen zum Hofball zu besorgen. Langsam beginne ich zu glauben, daß das hier doch noch ein Erfolg wird. Stell dir nur vor, mit etwas Glück wirst du seiner Majestät vorgestellt! Ist das nicht eine glückliche Fügung? Wir werden die Crème de la Crème der bayerischen Gesellschaft treffen. Wenn wir unsere Trümpfe richtig ausspielen, wirst du die Frau eines reichen bayerischen Adligen sein, bevor die Ballsaison noch vorüber ist."

„Wunderbar!" erwiderte Corrisande, lächelte süß und blickte fröhlich und voller Vertrauen in die Welt, genauso wie man es von ihr erwartete. Einen Moment lang fürchtete sie, Eliza könnte ihre Schauspielerei durchschauen, schließlich kannte sie all ihre Tricks, doch die Dame war zu enthusiastisch, um aufmerksam zu sein.

„Ja, nicht wahr?" fuhr sie fort und setzte sich auf das Stühlchen vor der Frisierkommode. „Sie läßt dich grüßen und hofft, es geht dir bald besser. Ich habe ihr gesagt, du leidest an Reisekrankheit. Übrigens", fuhr sie fort, nachdem ihr nun doch irgend etwas als ungewöhnlich aufgefallen war, „warum in aller Welt trägst du dieses schreckliche Kleid? Du hättest es nie kaufen dürfen. So etwas tragen leichtlebige Frauen beim Glücksspiel und nicht artige junge Mädchen, die einen anständigen Mann heiraten wollen. Es gefällt mir nicht an dir. Es steht dir auch nicht, macht dich blaß. Was ist nur in Marie-Jeannette vorgegangen, daß sie dir dieses Kleid herausgesucht hat? Du mußt dich vor dem Abendessen umkleiden. Was ist aus dem hübschen Gelben geworden, das du heute morgen anhattest?"

„Tut mir leid. Ich mußte mich umziehen. Mir war übel, und ich habe das andere Kleid vollständig ruiniert. Also mußte ich mich umkleiden, und ich wollte etwas anhaben, das locker genug war, damit mir nicht wieder ..."

„Ach du liebe Zeit." Eliza klang etwas eingeschnappt. „Ich hoffe, du hast nicht vor, dir diese Gelegenheit entgehen zu lassen, indem du dich einem sinnlosen Schwächeanfall hingibst. Das sähe dir nicht ähnlich. Öffne lieber das Fenster, laß ein bißchen frische Luft herein und mach dich für das Dinner zurecht. Mme. de Rhins-Epitué beliebt früh zu speisen, sagte sie mir. Also werden wir das heute abend auch tun, damit du sie auch nicht verpaßt. Du mußt ihr dafür danken, daß sie die Einladungen besorgt. Wir können nicht riskieren, daß sie das etwa vergißt."

Sie musterte Corrisande mit einer Mischung aus Unbehagen und Sorge. „Du bist schrecklich blaß, meine Liebe. Marie-Jeannette muß dir dringend etwas Rouge auflegen. Was sollen die Leute denken, wenn ein junges Mädchen im heiratsfähigen Alter so einen Anblick von Gebrechlichkeit bietet? Schließlich", fuhr sie fort, „gibt es einen Unterschied zwischen vornehmer Blässe und kränklichem Siechtum. Dein Vater wäre nicht glücklich, wenn er dich so bläßlich herumstehen sähe."

„Natürlich“, erwiderte Corrisande. „Ich werde mir Mühe geben, besonders gut auszusehen. Wenn du bitte Marie-Jeannette hereinschicken könntest? Ich werde gleich anfangen, mich zurechtzumachen. Oh“, fügte sie dann hinzu, als hätte sie just einen neuen Gedanken gehabt, „vielleicht sollten wir noch eine Tasse Tee trinken, bevor wir nach unten gehen. Danach fühle ich mich sicher besser. Würdest du eine mittrinken?“

Mrs. Parslow konnte Tee nur selten widerstehen.

„Eine ausgezeichnete Idee. Wir werden zusammen Tee trinken, und du wirst dich gleich besser fühlen. Ich hole dieses nutzlose Mädchen. Schließlich ist es ihre Aufgabe, dich hübsch zu machen.“

Sie verließ Corrisandes Schlafraum und läutete nach Marie-Jeannette.

Corrisande schlüpfte aus ihrem grünen Gewand und warf Kleid und Fichu aufs Bett.

Marie-Jeannette trat ein und sah sie fragend an.

„Was meinst du“, fragte Corrisande. „Wird das kornblumenblaue Musselinkleid für ein Dinner mit Mme. de Rhins-Epitué angemessen sein?“

Marie-Jeannette sah sie fragend an, sah dann aber, wie sie mit dem Blick auf die halboffene Tür zum Salon deutete.

„Ja“, entgegnete sie. „Es paßt gut zu deinen Augen. Aber ich werde dich fester schnüren müssen.“

Corrisande nickte seufzend. Dann drehte sie sich um, in der Hoffnung, ihr würde nicht wieder übel werden. Sie hielt sich am Bettpfosten fest, während Marie-Jeannette ihre Taille zu einem entzückenden „Fastnichts“ zusammenzog. Hugo hatte behauptet, ihre Taille mit den Händen umspannen zu können, als sie dieses Kleid angehabt hatte. Sie hatte es ihm jedoch nie gestattet. Sie war stolz auf ihr Aussehen in diesem Kleid. Es machte sie noch zarter, als sie schon von Natur aus war.

Sie sagte nicht viel, während Marie-Jeannette sie in Kornblumenblau mit blaßgrüner Borte hüllte und ihr Haar hochsteckte. Die vermeintliche Zofe war so gut in ihrem Beruf, daß Corrisande bei einem Blick in den Spiegel feststellte, daß sie inzwischen gesund und frisch aussah.

„Danke", sagte sie. „Es ist gut. Bitte laß uns jetzt Tee kommen."

Als Marie-Jeannette das Zimmer verlassen hatte, betrachtete Corrisande sich noch einmal kritisch im Spiegel. Sie sah aus wie ein normaler Mensch. Nicht schuppig, nicht fischig. Sie wußte nicht, wie Nereiden tatsächlich aussahen, aber sicher nicht so wie sie. Sie sah nett und adrett aus, niedlich und sehr menschlich.

Gott sei Dank.

Sie wandte sich einer kleinen Ledertasche zu und öffnete diese. Vorsichtig holte sie eine daumengroße Glasphiole hervor und ließ sie in ihrem weiten Rock verschwinden. Drei Tropfen würden Eliza einen ungestörten Nachtschlaf bescheren. Die Mixtur war hochkonzentriert, und man mußte damit sehr vorsichtig sein. Zuviel, und die Person, die man schlafen schickte, erwachte nie mehr. Das durfte nicht geschehen.

Gleichwohl war es besser für alle Beteiligten, wenn Eliza schlief, anstatt sich einzumischen und die Dinge noch unerfreulicher zu machen. Vielleicht würde sie nicht einmal merken, daß man sie betäubt hatte.

Dummes Wunschdenken. Natürlich würde sie es merken. Das Gift gehörte ihr, und Corrisande wollte gar nicht wissen, warum ihre Anstandsdame das Fläschchen immer bei sich hatte. Eliza würde es merken. Doch das war nicht zu ändern. Bis sie wieder erwachte, hoffte Corrisande eine gute Ausrede dafür gefunden zu haben, daß sie ihre Vertraute schlafen schickte.

Drei Tropfen und kein einziger mehr. Es würde nicht leicht sein, mit solcher Präzision vorzugehen, während sie mit Eliza Tee trank und ihr ins Gesicht lächelte. Eliza kannte sie immerhin sehr genau.

Dennoch gab es Dinge, die Eliza nicht wissen mußte.

Sie lächelte in den Spiegel. Das Leben war plötzlich sehr kompliziert und unerquicklich geworden. Sie verabscheute die Aufregung, die den Weg in ihr Leben gefunden hatte. Aufregung war etwas, ohne das sie gut leben konnte. In den letzten Jahren hatte sie mehr als genug davon gehabt.

Das Ganze war unfair. Sie wollte doch nur ein ruhiges, bequemes Leben. Einen Ehemann, Kinder – Söhne. Auf alle Fälle Söhne. Keine kleinen Meerjungfrauen. War das so viel verlangt? Im Grunde nicht.

Kapitel 36

Pater Emanuele saß nur widerwillig in einem magischen Kreis. Nicht, daß er sein moralisches Recht, Magie für einen guten Zweck einzusetzen, bezweifelt hätte, er mochte nur das Gefühl nicht. Er war kein Magier, doch sein Wissen über die arkanen Künste war groß genug, ihn unter den Laien zum Spezialisten zu machen.

Er nahm es als gegeben hin, daß ein solcher Schutzkreis nötig war. Tatsächlich mußten sie sich nicht nur vor Einflüssen von außen schützen, sondern vor allem auch die Kreatur aus ihren Räumen fernhalten. Die drei Glaubensbrüder hatten zu oft mit Magie zu tun gehabt, um von ihrem Effekt unberührt zu sein, und damit gaben sie geradezu Zielscheiben für das Wesen ab, dessen Mächte Bruder Michael sorgfältig erklärt hatte.

Giuseppe hatte sich geweigert, in den Kreis zu kommen. Man konnte nur hoffen und beten, daß sein besonderes Naturell ihn schützen würde. Eben stand er auf, nachdem er lange kniend gebetet hatte, und Pater Emanuele lächelte. Der junge Mann war ebenso unerschütterlich wie feurig in seinem Glauben.

Bruder Michael wandte sich an den Priester.

„Sicher bin ich nicht", sagte er, „doch nach den Messungen, die ich vorgenommen habe, würde ich sagen, daß hier mehr als nur ein Sí-Phänomen am Werk ist. Vier unterschiedliche Signaturen meine ich zu messen."

„Vier? Das wäre ja unglaublich! Schließt das Miss Jarrencourt mit ein?"

„Da bin ich nicht sicher, doch es könnte gut sein."

„Wir könnten sie befragen", grübelte Pater Emanuele. „Aber ich bin nicht sicher, ob das ein guter Gedanke wäre. Ich habe die Archive um mehr Information über die Damen und ihre Familien antelegraphiert. Die Antwort sollte uns bald erreichen. Es wäre alles andere als vorteilhaft, wenn Giuseppe sie verhören würde und sie dann doch nichts anderes wäre als eine englische Miss, die zur Ballsaison gekommen ist. Der Name Jarrencourt ist in ‚Burke's Peerage' verzeichnet. Es ist kein erfundener Name oder Titel. Britischer Landadel. Leider sind unsere Möglichkeiten zur Einflußnahme in diesem irrgläubigen Land bedauerlich klein."

„Das Archiv weiß gewiß mehr", meinte Bruder Michael. „Unsere Brüder sind außerordentlich genau. Es gibt kaum etwas, das sie nicht dokumentiert haben. Bedauerlich, daß sich das gesammelte Wissen nicht mehr von einem Menschen allein aufnehmen läßt. Doch wir sind eben nur Menschen, und unser Gedächtnis ist nicht perfekt."

„Gott hat unser Gedächtnis so gemacht, wie wir es brauchen, Bruder Michael."

„Amen", pflichtete Bruder Giuseppe bei. „Erlauben Sie mir, sie zu befragen. Ich kann alles aus ihr herausholen. Mir kann sie nichts verschweigen."

„Das weiß ich", lächelte Pater Emanuele dünn. „Aber wir müssen uns vergewissern, daß wir kein unnötiges Aufsehen erregen. Ich will keinen Ärger. Wir warten, bis wir mehr wissen. Vielleicht müssen wir sie gar nicht belästigen, sollte sie ein Mensch sein."

Er fügte nicht hinzu, daß ihm das auch lieber gewesen wäre. Er hatte keine Bedenken, in Erfüllung seiner Pflicht alles zu tun, was notwendig war. Das war Teil ihres Kampfes gegen die dunklen Mächte. Doch die Vorstellung der jungen Dame in den Händen seines Bruders gefiel ihm nicht. Solange sie nicht hundertprozentig sicher waren, was sie war, durften sie sie nicht angehen.

Sollte sich der Verdacht freilich bestätigen, dann wußte er, was zu tun war. Ob ihm ein Gedanke gefiel oder nicht, spielte keine Rolle bei der Entscheidung, etwas zu tun, was erforderlich war. Sie waren zur Pflichterfüllung erzogen, und je nach Talent und Eignung taten sie das, was sie am besten konnten, auch gerne.

Er hatte damals große Hoffnungen in Delacroix gesetzt. Ein talentierter Junge. Doch er hatte nie zu ihnen gehört. Sein Skeptizismus verhinderte, daß man ihn zum uneingeschränkten Gehorsam zwingen konnte. Man hatte ihn nicht beugen und brechen können. Vielleicht lag es an seiner kriminellen Jugend, daß er sich keiner Macht unterwerfen konnte, vielleicht aber auch an einem geheimnisvollen Erbe, das er aus seinem Erlebnis davongetragen hatte. Jedenfalls hatte er ständig rebelliert. Es war ihnen nicht gelungen, ihm sein früheres Aussehen zurückzugeben. Auch seine Gesinnung hatten sie nicht ändern können. Er war wie Stahl.

Pater Emanuele schrak durch ein Geräusch von der Tür aus seinen Gedanken hoch. Giuseppe hatte den Raum verlassen. Er hätte ihm noch einmal eintrichtern sollen, seinen Enthusiasmus zu zügeln. Er tat Dinge, die gänzlich außerhalb des Planungskonzeptes lagen. Der junge Mönch machte sich nie Gedanken um die Folgen seines unbesonnenen Handelns. Folgen für den Orden zum Beispiel und für dessen Ruf. Er hatte ganz und gar kein Gespür für politisch günstige Konstellationen.

Seine Talente lagen definitiv anderswo.

„Wenn wir annehmen, daß Miss Jarrencourt eine der gesuchten Kreaturen ist und der Wiatruschod eine weitere, dann muß es noch zwei zusätzliche Dämonen geben, mit denen wir uns befassen müssen."

Bruder Michael nickte.

„Hinaus können sie nicht. Aber das heißt nicht, daß sie leicht aufzuspüren sind. Ich kann sie spüren, doch leider ist es mir nicht möglich, eine präzise Orts- oder Richtungsangabe zu machen. Sie können irgendwo hier drinnen sein, vielleicht sogar draußen, solange sie das Gebäude nicht loslassen. Ich kann nicht sagen, wie der Bann sie beeinträchtigt. Ich könnte natürlich den Bann noch undurchlässiger machen, aber das würde Delacroix' Magier merken. Obwohl er wahrscheinlich nicht sehr gut ist. Wenn ich ihm nicht bei der Aufrechterhaltung des Banns behilflich wäre, wäre dieser schon einige Male zusammengebrochen. Ich habe das Gefühl, er verläßt manchmal seinen Kreis und geht irgendwo anders hin, sei es physisch oder mental."

Pater Emanuele nickte.

„Das ist sehr eigenartig. Mir hat man versichert, der Meister des Arkanen, den man zur Unterstützung schicken wollte, sei durchaus kompetent. Man muß wohl annehmen, von der Pfordten kennt nicht die richtigen Leute. Er hätte die Sache uns überlassen sollen."

Bruder Michael lehnte sich zurück und lächelte ein wenig herablassend.

„Für Laien ist es schwierig, Unterschiede in der Beherrschung unserer Wissenschaft festzustellen. Vonderbrück mag mit seiner Kunst das erlauchte Publikum auf Soireen beeindrucken können und somit in dem Ruf stehen, ein mächtiger Magier zu sein. Die meisten Menschen glauben nicht an das Okkulte, und somit muß es für sie doppelt schwer sein, zwischen einem Salonzauberer und einem Großmeister zu unterscheiden – und ein Salonzauberer ist er nicht gerade. Er verfügt über einiges Können, wenn auch nicht über so viel, wie ich von einem offiziell von der Regierung abgestellten Magier erwarten würde."

Pater Emanuele verzog das Gesicht. Er mochte das alles nicht. Etwas stimmte nicht. Er hatte ein Talent für das Erfühlen von Handlungsmustern, und an diesem Muster war etwas faul. Sein Talent für Strategie war hervorragend. Er hatte ein Gespür für das, was Bruder Michael die Feldlinien der Macht nannte. Er liebte Macht, und das machte ihn empfänglich für deren Struktur und Vibration – und hier lief etwas falsch.

„Es gibt mehrere Deutungsmöglichkeiten", sagte er schließlich. „Der Mann könnte ein eingebildeter, gutbeleumundeter Scharlatan sein, der unseren wohlmeinenden Ministerpräsidenten an der Nase herumgeführt hat und ihn glauben machte, er sei die richtige Wahl. Er könnte aber auch ein Könner sein, der sein Können – aus welchen Gründen auch immer – nicht voll entfaltet, zum Beispiel, weil er seine eigenen Pläne verfolgt, Pläne, die mit denen der Gruppe gar nicht konform gehen."

„Das würde einige seiner Fehler genausogut erklären wie Inkompetenz", stimmte Bruder Michael zu. „Wenn er nicht mit dem Herzen bei der Sache ist, dann bleiben Patzer nicht aus.

Die Situation ist zu gefährlich und komplex, um Spielchen zu erlauben."

Die beiden sahen einander beunruhigt an.

„Wir müssen mehr über ihn wissen", fuhr Bruder Michael fort. „Das heißt, nehme ich an, wir müssen noch einmal ein Telegramm ans Archiv senden."

Pater Emanuele nickte.

„Das heißt außerdem, daß ich noch einmal um Audienz ersuchen muß. Ich muß wissen, welchen Hintergrund der Mann hat. Es wird nicht leicht sein, noch einen Audienztermin zu erhalten. Seine Majestät geruhen, uns nicht zu mögen, von der Pfordten ebenfalls, und seine Eminenz der Bischof täte am liebsten so, als gäbe es uns nicht. Er liebt es, wenn sein Leben in einfachen, ruhigen Bahnen verläuft."

„Nun", sagte Bruder Michael, „wenn er uns unterstützt, können wir dafür sorgen, daß sein Leben auch weiter in einfachen, ruhigen Bahnen verläuft."

Eine Zeitlang war es still, dann begann Pater Emanuele erneut die Konversation.

„Magier hin oder her, wir haben immer noch mindestens zwei dunkle Bestien, von denen wir rein gar nichts wissen. Wir ..."

Die Tür öffnete sich, und Giuseppe trat wieder ein. Er zerrte ein Mädchen herein, das sich heftig wehrte. Mit einer Hand hielt er ihm den Mund zu.

„Ach du lieber Himmel", rief Pater Emanuele aus. „Was hast du getan?"

Bruder Michael schloß geistesgegenwärtig die Tür hinter den Eintretenden.

„Ich habe das Weib im Korridor getroffen. Sie ist die Zofe der unnatürlichen Kreatur. Wir müssen sie verhören", sagte Giuseppe. Dann schlug er der jungen Frau schnell und hart ins Gesicht, denn sie hatte ihn in die Hand gebissen.

Ehe sie noch schreien konnte, hielt er ihr bereits wieder den Mund zu.

„Niemand hat mich gesehen", versicherte er. „Der Herr in seiner Gnade hat uns diese Möglichkeit geboten. Ich wußte, daß ich mich nicht so versündigen durfte, sie vorbeigehen zu lassen."

Die beiden anderen Männer sahen die Zofe unglücklich an. Man würde sie zum Schweigen bringen müssen. So oder so. Zu absolutem, anhaltendem Schweigen. Er wünschte, Giuseppe würde Dinge nicht spontan selbst entscheiden und hoffte, Bruder Michael möge eine Lösung parat haben, die sie nicht zwang, eine Leiche zu entsorgen. Er war ein Diener Gottes. Er mochte keine Morde, selbst wenn ihm klar war, daß sie bisweilen für einen höheren Zweck unerläßlich waren. Darum ging es schließlich immer, um den höheren Zweck.

Bruder Michael trat vor die Zofe und musterte sie neugierig. Sie war eine schöne junge Frau. Wenn sie das bleiben sollte, mußte er jetzt eingreifen.

„Mädchen", sagte er, „ich werde Giuseppe bitten, dich loszulassen, wenn du versprichst, still zu sein. Aber er wird dich töten, wenn du auch nur einen Laut von dir gibst oder versuchst wegzulaufen. Nicke, wenn du mich verstanden hast."

Das Mädchen nickte. Panik stand in ihren Augen. Ihr Häubchen war verrutscht, und tizianrotes Haar fiel ihr ins Gesicht. Sie keuchte, bekam nicht genug Luft hinter der Pranke, die sich über ihr Gesicht gelegt hatte.

Giuseppe nahm die Hand von ihrem Mund, hielt aber weiter ihre Schultern von hinten fest. Der Magier konnte beinahe sehen, wie sich blaue Flecke bildeten, wo die Finger seines Klosterbruders in ihr Fleisch kniffen.

„Sieh mich an", befahl Bruder Michael. „So ist's gut. Sieh mich an." Er gestikulierte vor ihrem Gesicht, und sie entspannte sich.

„So", sagte er und winkte mit kleinen, präzisen Bewegungen seiner Hand vor ihren Augen hin und her. „Du bist hier, und das können wir nicht ändern. Aber wenn du schon einmal hier bist, werde ich dir einige Fragen stellen, und du mußt sie wahrheitsgemäß beantworten. Alle Fragen, die ich dir stelle. Zu allem, was ich wissen will – und wenn wir hier fertig sind, schicke ich dich hinaus, und dort zählst du bis drei. Bei drei wirst du alles hier vergessen."

Immer noch bewegte er die Hand vor ihren Augen hin und her. Sie waren grün und rund und sahen ihn an, ohne zu blinzeln.

„Was wirst du jetzt tun?" fragte er fast freundlich und gab Giuseppe ein Zeichen, die junge Frau loszulassen.

„Fragen wahrheitsgemäß beantworten. Alle Fragen. Zu allem, was Sie wissen wollen", entgegnete Marie-Jeannette und schwankte wie eine junge Birke im Wind. Ein fremdartiges Lächeln lag auf ihrem Gesicht, euphorisch, hingerissen. Ihre vollen Lippen waren leicht geöffnet, die grünen Augen ohne Fokus.

„Gut", lobte Bruder Michael und nickte Pater Emanuele zu, damit er ihn bei der Befragung unterstützte. „Sehr gut. Fangen wir an."

Kapitel 37

Cérise betrachtete ihr Spiegelbild mit einiger Genugtuung. Was immer ihr geschehen war, hatte keine widrigen Spuren hinterlassen. Sie war schön wie eh und je. Schöner sogar. Liebe verlieh ihr besonderen Liebreiz, ja Glanz. Sie konnte diesen Glanz beinahe sehen. Sie strahlte Glück aus.

Leise begann sie, Tonleitern zu summen, rauf und runter, rauf und runter. Sie hatte nicht genug geübt. Sie übte nicht gern in Hotels. Zum einen fühlten Leute sich schnell gestört, zum anderen mißfiel ihr der Gedanke, ein – wenngleich auch völlig anonymes – Publikum zu haben, das ihre Kunst unfertig und unvollkommen hören konnte.

Es klopfte.

Sie öffnete, hoffte beinahe, es wäre der mysteriöse Fremde, den sie liebte, ohne sich an ihn erinnern zu können.

Es war aber nur Delacroix. Er hatte Kragen und Anzug gewechselt und sah nicht mehr ganz so abgekämpft und verletzt aus wie zuvor. Seine Hartnäckigkeit war erstaunlich. Vermutlich hatte er Schmerzen, doch sie wußte, daß er sich von derlei Nebensächlichkeiten nicht aufhalten ließ.

Nur – warum war er gekommen?

„Darf ich eintreten?“ fragte er, und seine Stimme war Beweis genug, daß vor kurzem jemand versucht hatte, ihn zu erdrosseln. Ein entsetzlicher Gedanke, dachte Cérise, wenn einem jemand die Stimme mit dem Atem aus dem Hals quetschen wollte. Zusammen mit dem Leben. Sie wollte lieber nicht darüber nachdenken.

„Bitte“, antwortete sie, nachdem sie sich mit einem Blick den Korridor hinunter vergewissert hatte, daß niemand sah, wie sie einen männlichen Besucher in ihr Zimmer ließ. Sie war immer wachsam. Ihr Ruf war nicht besser, als sie das als Sängerin erwarten konnte, doch einen offenen Skandal hatte sie sich nie geleistet, und so sollte es auch bleiben.

Sie schloß die Tür hinter ihm, und er stand linkisch mitten in ihrem Salon. Für einen Augenblick erschien er ihr zu groß, zu breitschultrig, zu wuchtig und muskulös. Es war, als sähe sie ihn mit neuen Augen und erwartete auf einmal eine schmalere Gestalt, mehr Eleganz, mehr Subtilität, nicht diesen Nimbus eines Felsens in der Brandung. Sie stellte sich nicht die Frage, was sie so denken ließ.

„Nimm doch Platz!" lud sie ihn ein, doch er setzte sich nicht, drehte sich lediglich zu ihr um. Sein Gesicht war eine steinerne Maske. Sie kannte diesen Ausdruck, Delacroix in frostigster Laune. Was nun folgte, würde weder leicht werden noch gemütlich.

„Du hast mich um Hilfe gebeten", sagte er, und seine Stimme klang indifferent. „Du hast gesagt, du hättest diese Hilfe verdient. Du hast mir das Leben gerettet, also hast du wahrscheinlich recht." Gelbliche Augen hielten starr ihren Blick. „Also: Was kann ich für dich tun?"

Man mußte ihn schon gut kennen, um zu merken, wie schwer ihm dies fiel, und sie kannte ihn gut und war sicher, daß er seine reservierte Art nicht lange würde aufrechterhalten können. Sie setzte sich und machte einen zweiten Versuch, ihn zum Sitzen einzuladen, doch er ignorierte auch diese Geste.

„Ich brauche Rat in einer delikaten Angelegenheit. Du weißt aus eigener Erfahrung etwas über das Okkulte. Du hast es mir selbst erzählt."

Seine Lippen kräuselten sich zu einem zynischen Lächeln.

„Das hätte ich besser nicht getan. Ich nehme an, es ist zu spät, dich zu bitten, die Geheimnisse meines Lebens wieder zu vergessen."

„Viel zu spät", antwortete sie ihm mit seinen eigenen Worten, „zumindest, sofern du nicht über das Talent meines neuesten Bewunderers verfügst, nämlich mich vergessen zu lassen." Sie lehnte sich vor und sah ihrem ehemaligen Liebsten direkt ins Gesicht.

„Du wirst mich vermutlich dafür hassen, aber ich bin verliebt, und ich kann mich nicht daran erinnern, in wen."

Sein Spott war fast mit Händen zu greifen.

„Hältst du das für einen gänzlich neuen Aspekt deines üblichen Verhaltens?"

Sie tappte erregt mit dem Fuß auf.

„*Mon Dieu*, Delacroix. Wenn du mir nicht helfen willst, dann sei so gut und geh gleich. Ich würde dich nicht mit *mes affaires* belästigen, wenn ich sie nicht zutiefst beunruhigend fände. Wir sind mitten in einer Gespensterjagd, wenn ich es mal so nennen darf, und was mir zugestoßen ist, kann damit zu tun haben. Also bitte spring über deinen Schatten, so wie ich es auch getan habe. Oder glaubst du, es macht Spaß, meine Herzensangelegenheiten vor einem Mann auszubreiten, der mich verlassen hat?"

Eine Weile schwieg Delacroix. Dann ließ er sich auf einem Stuhl am anderen Ende des Zimmers nieder.

„Es gab einen Grund, warum ich dich verlassen habe", sagte er schließlich und streckte seine langen Beine aus, als müsse er sie entkrampfen.

„Das mag sein. Wie auch immer, es hat nichts mit dem hier zu tun und ist *passé*. Du hättest mir vergeben können. Du hast dich entschlossen, es nicht zu tun. Wir werden das jetzt nicht erörtern. *Pas du tout*. Es ist aus und vorbei."

Wieder schwieg Delacroix, nur seine Brauen zogen sich ein wenig nach oben. Das Schweigen wurde bleiern. Plötzlich wußte Cérise nicht mehr, wie sie anfangen sollte. Sie rang die Hände und schaute auf den Boden. Sie spürte seinen eisern neutralen Blick. Er wartete, daß sie etwas sagte.

Sie wußte nicht, was.

Nach einer weiteren Weile beugte er sich vor.

„Du sagst, du seiest verliebt", begann er ein wenig wie ein Mediziner, der eine Krankheit zu diagnostizieren sucht.

„Ja", antwortete sie. „Sehr sogar. Ich bin heute nachmittag aufgewacht und war ... nun ja ... teilweise entkleidet. Ich bin sicher, daß jemand hier bei mir war. Aber ich kann mich nicht erinnern.

Ich habe nur das seltsame Gefühl, daß ich was immer auch geschehen ist mochte. Das ist alles. Das und dieses flatterige innere Singen, das man spürt, wenn man sehr verliebt ist. Es ist wirklich sehr verwirrend", sie lächelte wehmütig, „und ziemlich unfair, finde ich."

Er wirkte beunruhigt.

„Hattest du getrunken? Oder irgendein Mittelchen geschluckt?"

„Nein. Hatte ich nicht. Ich habe auch kein Angst. Nicht richtig. Wenn es hier nicht um unseren Auftrag ginge, würde ich so eine verruchte Liebelei eventuell sogar genießen. Aber unter den gegebenen Umständen ..."

„... war es durchaus richtig, mich darüber in Kenntnis zu setzen", sagte er. „Nur weiß ich nicht, wie ich dir helfen soll. Meister des Arkanen beherrschen die Kunst des Mesmerismus, sie können andere Dinge tun lassen, an die sie sich später nicht entsinnen können. Die Fey können das auch, oder zumindest manche. Genau weiß man es natürlich nicht – wie immer, wenn es um die Fey geht. Wir kennen weder ihre Talente und Möglichkeiten noch ihre Ziele. Manche Heilmittel und manche Geisteskrankheiten können ebenfalls zu Gedächtnisverlust führen."

„Willst du mir einreden, daß ich gerade wahnsinnig werde?" fragte sie empört.

„Ich halte das für unwahrscheinlich. Doch die anderen Möglichkeiten sind nicht besser. Wir haben schließlich mindestens zwei Magier im Haus ..."

„Zwei? Ich weiß nur von einem!" unterbrach Cérise. „Wer ist der andere?"

„Ich weiß nicht. Ich habe einen alten Bekannten getroffen. Er reist immer in Begleitung eines Meisters des Arkanen. Ich kann nicht behaupten, daß das diesmal auch so ist, aber ich würde drauf wetten. Ich glaube freilich nicht, daß er dich in solch einer Weise ... angreifen ... würde. Er unterliegt dem Zölibat. Dann gibt es auch noch den jungen Arzt, der meine Wunde versorgt hat. Er gab an, die arkanen Wissenschaften studiert zu haben. Er ist jung und gutaussehend. Möglicherweise hat er sein theoretisches Wissen bei der ‚Göttin der Sangeskunst' in die Praxis umgesetzt."

Er stand auf und trat näher.

„Darf ich?" fragte er und beugte sich zu ihr herunter. Er untersuchte ihr Gesicht und ihre Kehle. Es war nichts zu sehen.

„Wonach suchst du?" fragte Cérise beunruhigt durch seine plötzliche Nähe und die starken, prankengroßen Hände an ihrem Gesicht, deren Berührung alte Erinnerungen wachrief, und wieder dachte sie, daß seine Hände irgendwie zu groß waren und zu derb. Sie hätte lieber schmalere auf der Haut gefühlt. Lange, schlanke Hände mit ... irgendwas ...

„Ich weiß nicht. Irgendwelche Zeichen. Hast du deinen Körper kontrolliert? Spuren gesucht? Etwas Auffälliges gefunden?"

„Nein", entgegnete sie, „habe ich nicht. Da war nichts, glaube ich. Ich war ja auch nicht ... nicht völlig entkleidet, als ich erwachte. Es fühlte sich nicht so an, als hätte mich jemand … verletzt."

Er trat zurück.

„Ich weiß nicht, wie ich dir helfen soll", sagte er. „Aber du hast recht. Dein Abenteuer ist beunruhigend. Kann es sein, daß du einfach einen sehr lebhaften Traum hattest?"

Sie schnaubte äußerst undamenhaft.

„Delacroix", sagte sie, „ich bin kein kleines Mädchen. Ich träume nicht von Märchenprinzen, während ich neben meinem magischen Spinnrad im verwunschenen Schloß allein auf dem Bett liege. Die Gefühle und das Verlangen, die ich spürte, waren keine Backfischträume. Das war sehr körperlich. Leidenschaft, Delacroix, richtige, wahnsinnige Leidenschaft. Libido."

Er trat noch weiter zurück und starrte sie wütend an. Er wußte nichts zu sagen.

„Oh! Sieh mich nicht so an! Du weißt, ich bin eine leidenschaftliche Frau. So wie ich weiß, daß du ein leidenschaftlicher Mann bist. Über die Maßen leidenschaftlich. Irrsinnig, ungestüm, stürmisch und zügellos manchmal ..."

„Wir werden hier nicht meine Gefühle diskutieren, Cérise", unterbrach er. „Sie sind nicht das Thema."

„Dennoch“, lächelte sie und wußte, daß sie ihn jetzt verletzte, „sie war wirklich bemerkenswert, deine Leidenschaft, jenseits der Norm, wenn ich mal so sagen darf.“

„Darfst du nicht.“ Er versuchte, die Arme hinter seinem Körper zu verschränken, wobei er kurz vergaß, daß sein linker Arm noch in der Schlinge hing. Er zuckte zusammen.

Sie hob sarkastisch eine Augenbraue.

„Die Geste kenne ich“, sagte sie. „Du faltest immer die Hände hinter dem Rücken, wenn du so wütend wirst, daß du gerne jemandem den Hals umdrehen möchtest.“ Sie bedachte ihn mit einem süßen Lächeln.

Wieder senkte sich Stille über das Zimmer.

„Cérise“, begann er nach einer Weile, und sie spürte, daß sein distanzierter Ton ihn unendliche Beherrschung kostete. „Du warst bei unserer letzten Jagd nicht dabei. Miss Jarrencourt wurde von der Kreatur angegriffen. Ich bin sicher, daß die Bestie versucht hat, sie zu mißbrauchen. Sie sagt, sie sei unverletzt. Aber ich weiß nicht, ob sie es uns sagen würde, wenn das nicht der Fall wäre. Sie ist ein junges Mädchen und weiß vermutlich gar nichts über – Leidenschaft. Allerdings war ich dabei, als das Wesen versuchte, sie zu nehmen, und es hat ihr wahrlich kein Vergnügen bereitet. Selbst du mit all deiner Erfahrung auf dem Gebiet körperlicher Liebe hättest die Begegnung vermutlich als absolut widerlich empfunden.“

„Vielen Dank für diese Beurteilung“, bemerkte sie steif.

„Ich glaube deshalb nicht“, fuhr er fort, als hätte sie ihn gar nicht unterbrochen, „daß es unser Monster war, das dich bedrängt hat. Dennoch können wir es nicht ausschließen. Wir werden das Wesen heute abend wieder jagen, diesmal mit Miss Jarrencourts Hilfe. Wir werden unser gesamtes Geschick und viel Glück brauchen, um es zu fangen, ohne das Mädchen dabei preiszugeben. Die Gefahr, in der Miss Jarrencourt schwebt, ist groß. Doch ich weiß nicht, wie wir es ohne sie schaffen sollen.“

Sie sah ihn an, wußte nicht, was er sagen wollte.

„Ich werde euch helfen", sagte sie. „Es erstaunt mich freilich, daß das Mädchen noch da ist. Ich dachte, die Damen wären bereits abgereist. Ich werde mit auf die Jagd gehen. Die Kleine wird froh sein, wenigstens eine Frau dabeizuhaben."

Er zuckte die Achseln.

„Mag sein. Aber das ist nicht, was ich von dir will. Ich will, daß du abreist. Wir können nicht auf euch beide aufpassen. Ich würde mich wohler fühlen, wenn ich dich außer Reichweite irgendwelcher Übergriffe wüßte. Wir wissen nicht, was uns erwartet. Also zieh aus. Fang an zu packen."

Sie sah ihn entrüstet an.

„Aber Delacroix, das kann ich nicht. Seine Majestät der König hat mich ausdrücklich ..."

Er unterbrach sie heftig: „Seine Majestät, der König von Bayern, ist sehr jung – noch nicht einmal volljährig – und sehr enthusiastisch. Ich bin mir sicher, daß er nicht will, daß dir etwas zustößt. Ein Liebhaber ... der Oper, nicht wahr?"

Sein Spott machte sie noch ärgerlicher.

„Ich kann sehr gut auf mich selbst aufpassen, vielen Dank!" zischte sie ihn an.

„Ach ja?" zischte er zurück. Seine Bernsteinaugen spieen Feuer. „Du findest dich nach einem Besuch eines Liebhabers, an den du keine Erinnerung hast, halbnackt wieder und besitzt die Unverschämtheit zu behaupten, du könnest auf dich selbst aufpassen?"

„Du hast kein Recht, so mit mir zu reden!" fauchte sie. „Ich wollte deine Hilfe, keine Moralpredigt. Du hast jedes Recht, mir Vorschriften zu machen, verloren, als du davonstolziert bist, ohne mich jemals etwas erklären zu lassen."

„Die Situation bedurfte keiner Erklärung. Sie bedurfte einer Entscheidung, und die habe ich gefällt."

„Oh ja, natürlich. Du bist ja so gut im Entscheiden! Offizier und Gentleman, immer bereit, für andere zu entscheiden. Nichts sagen, nicht fragen – nur wacker drauflos. Liebende können Entscheidungen auch gemeinsam fällen. In Übereinstimmung."

„Danke für diese Lehrstunde, meine Liebe“, gab er zynisch zurück. „Wenn ich das damals schon gewußt hätte, hätte ich besagten jungen Mann für eine demokratische Abstimmung zurückgeholt.“

Jetzt sprang sie auf, warf die Arme in einer sehr gallischen Geste der Ohnmacht hoch.

„Es ist sinnlos, mit dir zu reden. Ich hätte es wissen müssen“, keifte sie. „Du kannst keine fünf Minuten reden, ohne eine alte Seelenpein auszugraben. Ich habe also deinen Stolz verletzt! Na und? Wir hatten eine Affäre. Nicht mehr. Du hast nie um meine Hand angehalten, nie von einer gemeinsamen Zukunft gesprochen. Nie. Es gibt Leute, die so etwas tun, weißt du!“

„Ich weiß“, gab er mit bissigem Grinsen zurück, „und kenne auch deine Antwort.“

Sie starrte ihn sprachlos an. Typisch Männer! Hockten sich zusammen und tauschten sich über Eroberungen und Enttäuschungen aus.

„Sieh mich nicht so an“, sagte Delacroix, und sein Grinsen wich einem amüsierten Lächeln. „Geheimnisse sind mein täglich Brot. Doch wir sind vom Thema abgekommen. Du hast mich um Hilfe gebeten. Ich kann dir keine geben. Ich weiß nicht, was dir zugestoßen ist, und ich kann dich weder bewachen noch beschützen.“

„Ich habe dich nicht um deinen Schutz gebeten“, unterbrach sie, wurde aber ignoriert.

„Deshalb ersuche ich dich dringend, das Hotel umgehend zu verlassen. Cérise, tu nur dieses eine Mal, was ich dir sage.“ Er blickte sie an, und sie registrierte, wie müde er war. „Bitte.“

Er senkte den Blick und wandte sich zur Tür. Eine Hand auf dem Türgriff drehte er sich noch einmal um.

„Cérise, wir haben Probleme miteinander, doch die Welt sollte eine Sängerin wie dich nicht verlieren.“

Sie lächelte melancholisch.

„Danke.“

Er wandte sich zum Gehen, hielt noch einmal inne.

„Wirst du abreisen?“ fragte er.

Sie vermied es, ihm in die Augen zu sehen.

„Ich werde auf alle Fälle darüber nachdenken.“

Da wußte er, daß sie bleiben würde. Es gab nichts, womit er sie umstimmen konnte.

Ungeschickt öffnete er seinen Kragen und zog ein Amulett hervor. Mit einer Hand zog er es sich über den Kopf, trat zu ihr und hielt es ihr entgegen.

„Wirst du das wenigstens tragen? Ich kann nicht garantieren, daß es wirkt, aber vielleicht hilft es. Nein, es ist kein Geschenk“, erklärte er rasch, als er in ihrem Gesicht sah, daß sie es ablehnen wollte. „Ich bin nicht wieder den Scharen von Verehrern beigetreten, die dich mit Schmuck überhäufen. Ich will es irgendwann zurück. Bitte trag es. Tu mir den Gefallen.“

Sie legte sich die Kette um und versteckte sie in ihrem Kleid. Das Amulett war warm auf ihrer Haut, aufgeheizt von seiner Körperwärme. Sie erinnerte sich, wie heiß sein Körper immer war, und fand, daß er eigentlich etwas kühler sein sollte. Der Gedanke kam ihr bizarr vor.

„Gut“, sagte sie, „wenn du meinst. Danke für die Leihgabe.“

Er nickte und öffnete die Tür.

„Sei vorsichtig“, sagte er. Dann ging er.

Als die Tür sich hinter ihm schloß, wurde ihr klar, daß er ihr seinen eigenen Schutzzauber gegeben hatte.

Sie hoffte, er würde ihn nicht brauchen.

Kapitel 38

Immer muß Er warten. In Seinem schwarzen Reich, in dem Zeit nur ein flüchtiger Gast ist, baut Er an Seinen eigenen Mustern, spinnt Sein Netz, sät Seine eisigen Burgen. Er weiß, daß Zeit vergeht, vorbeihuscht wie eine Fremde auf der Durchreise, die nicht hierhergehört und die Ihm nur den ungewollten Eindruck ihrer selbst hinterläßt. Er weiß, daß das, was Sein Gedächtnis bewohnt, schon vergangen ist und das, was Sein Begehr und Verlangen ausmacht, noch nicht geschehen sein kann.

Sein Leben ist ein Kreis. Wenn Er Seine Welt zum Zentrum gesponnen hat, räumt Er sie. Er bricht durch den Mittelpunkt aus klarem, schwarzem, glasigem Stein. Der Kreis ist immer gleich und doch angeordnet in immer neuen Variationen. Gäbe es bei Ihm Zeit, wäre es immer die gleiche, jeder Zeitpunkt identisch.

Er weiß, daß außerhalb Seiner Sphäre Zeit auf andere Weise verrinnt und sich anderen Gesetzen beugt. Er weiß, daß für die Geschöpfe, die Ihn wahrnehmen, wenn Er die Welt der Lebenden besucht, die kurzen Zeiträume, in denen Er ihnen erscheint, zu unterschiedlichen Intervallen auftreten. Sie nehmen Ihn wahr und sterben, unterliegen der Zeit. Er weiß, daß einige der Kreaturen das erforderliche Wissen besitzen, um Seine Rückkehr in ihre Welt zu berechnen. Sie will Er vernichten, denn sie kennen Sein Geheimnis. Doch Er kann nicht. Sie haben auch das erforderliche Wissen, um Ihn auf Abstand zu halten.

Er sitzt und webt in Seiner glasschartigen Welt aus Obsidian, plant und denkt und haßt. In Gedanken genießt Er schon den Untergang derer, die gegen Ihn antreten und derer, die die Kühnheit besitzen, Sein Tun berechnen zu wollen, als wären Seine Visionen etwas, was ihre kleinen, ungeordneten, zeitverseuchten Gehirne auch nur näherungsweise fassen könnten.

Er spürte die Präsenz der Jäger, als er das letzte Mal hervorbrach, erfaßte ihre Koordinaten in ihrer farbwunden Welt ebenso wie die Grenzen, die sie Ihm zu setzen suchten.

Gern hätte Er sie vernichtet, wäre mit einem schwarzen Schrei durch ihre Schutzhüllen aus Haut und Magie gebrochen, in ihre Körper gekrochen und hätte sie für sich beansprucht. Nur so kann Er sich in der Welt der Menschen frei bewegen, indem Er in die zerbrechlichen Körper derer dringt, die Ihn dann als ihre Last tragen und als ihren Herrn.

Von den einsamen Steppen, die einst Sein Zugang zur Farbenwelt waren, ist Er so gereist, durch das verwirrende Revier der Menschen. Viele Leben hat es Ihn – oder sie – gekostet, so weit zu kommen, aber Er hat sie nicht gezählt, die Leben der Menschen oder deren Zeitalter, denn Zeit und Leben bedeuten Ihm nichts. Noch kennt Er all die Menschen, die Er befiel und übernahm, um in ihren Leibern Seine Reise weiterzuführen, solange bis sie um Ihn zerfielen.

Schwach waren sie. Nur wenige überlebten Seine Invasion lange, und ihre Leichname waren Seine Wohnung, während Er in ihnen Seinem Ziel entgegenschritt.

Er hat so viele Wünsche, doch verläßt Er sich auf den Augenblick, der kommen wird, da sie sich erfüllen. Sein heißester, sehnlichster Wunsch ist es, jeden Menschen besetzen zu können. Noch muß Er warten, bis Er ein Geschöpf mit ausreichend arkanem Rückstand in seinem Sein antrifft. Nur diese stehen Ihm offen, wie Häuser, deren Türen nicht versperrt sind, wie Schiffe, deren Fallreep sie mit dem Land verbindet.

Fast war es vollbracht gewesen. Einen hatte Er gefunden, ein ungeschütztes Exemplar, das Er übernehmen konnte. Doch dann der Fluch von Kalteisen. Er hatte Seinen Schmerz gespürt, ein seltenes, ungewolltes Gefühl, das Ihn daran erinnerte, daß Er noch sterblich war.

Er würde die Kreatur vernichten, die Ihm zweimal getrotzt und beim zweiten Mal nicht nur geschützt gewesen war, sondern Ihm die Frau genommen hatte, die Er sich erkoren hatte. Zunächst hatte Er sie nicht als den Seinen zugehörig erkannt, ihr Erbe, ihr Feyon-Blut war zu schwach. Doch dann kostete Er von ihrer weißen Haut, und sie schmeckte süß, jung und verführerisch. Sie zu erforschen wurde Sein Ziel.

Er hatte die Erkundung noch nicht abgeschlossen, als Er gestört wurde. Wieder Kalteisen. Er hatte von ihr gelassen, ehe es zu gefährlich für Ihn wurde. So hatte Er sie nicht nehmen können, sie nicht in Sein Reich bringen können, um sie zur Brutstätte für Seinen Samen zu machen. Sie würde nicht lange überleben, nicht in Seiner Welt, nicht als der Mensch, der sie zum größten Teil war. Doch es würde reichen. Sie in dunkles, eiskaltes Glas zu bannen würde ihr gerade genug Leben erhalten, daß sie Ihm Nachkommen werfen konnte.

Er sehnte sich nach ihr, während Sein dunkles Verlangen mit Seinem Obsidianreich wuchs. Bald würde Er sie besitzen. So bald, daß Er fast schon ihre Haut unter Seiner Schattenberührung fühlte. Eine neue Empfindung war das, und Er fragte sich, ob es das war, was Menschen in ihrer Farbenwelt „Liebe“ nannten.

Ja, das mußte es sein. Er liebte. Er würde sie nehmen. Diesmal, dieses nächste Mal würde Er durch jeden Widerstand brechen. Er würde jeden Störenfried vernichten. Sterbliche waren leicht zu töten. Nicht so Er. Nicht Seinesgleichen. Doch selbst Seiner Art fühlte Er sich nicht verbunden. Ihr Dasein in der Farbenwelt hatte sie verdorben.

Sein Sehnen wob neue Muster in die Finsternis Seiner Sphäre. Er würde morden. Der Gedanke erfreute Ihn. Er liebte das Leben wegen der Möglichkeit, die es bot, genommen zu werden, und er liebte es, es zu nehmen.

Sie hatten Ihm viele Namen gegeben. Doch bald würde nur noch einer gelten. Herr.

Kapitel 39

Delacroix war wütend auf sich selbst und schloß seine Zimmertür mit mehr Schwung als nötig. Er hatte es versaut. Cérise hatte ein Talent dafür, ihn aus der Fassung zu bringen. Er war sich selbst gegenüber aufrichtig genug, um zuzugeben, daß seine Fassung ein außerordentlich empfindliches Ding war. Er war kein gelassener Mann, obgleich es ihm oft gelang, bei denen, die ihn nicht gut kannten, eben diesen Eindruck zu erwecken.

Cérise das Amulett zu geben war ein Spontanentschluß gewesen. Er hätte das nicht tun sollen. Wahrscheinlich würde er es selbst brauchen.

Doch obgleich er die Frau nicht mehr liebte, konnte er den Gedanken nicht ertragen, daß jemand sie mißbrauchte, und selbst wenn er die meiste Zeit auf sie wütend war, so schätzte er doch ihren Mut und ihre bisweilen sachliche und sehr direkte Art, Dinge anzugehen. Letztlich hatten diese Qualitäten ihn dazu gebracht, sich in sie zu verlieben, nicht ihr Liebreiz oder ihre sonstigen physischen Vorzüge. Das hatte sie nie verstanden. Sie hatte ihn nur für einen weiteren einfach zu handhabenden Bewunderer ihrer Kunst und ihrer Schönheit gehalten.

Sie hatte es selbst gesagt, all das war passé, und es war nur verletzter Stolz und nicht verletzte Liebe, der ihn so oft in ihrer Gegenwart zu einem Wutausbruch trieb.

Doch Stolz war wichtig, und Delacroix war stolz. Es hatte Zeiten gegeben, da war sein Stolz alles gewesen, was er hatte. Als Straßenkind in Syrakus war er stolz gewesen, weil er nur so von Tag zu Tag hatte überleben können. In den Jahren, in denen ihn die Bruderschaft erzogen hatte, die Armee des Lichts, wie sie sich selbst manchmal nannte, hatte er seinen Stolz eisern festgehalten, während man versucht hatte, seinen Willen zu brechen und ihn zu einem willigen Helfershelfer zu machen. Stolz war sein Rettungsanker gewesen. Durch eine nicht enden wollende Folge von Züchtigungen, Geißelungen und Erniedrigungen hatte er sich daran festgehalten, um sich nicht zu verlieren.

Verbohrt, starrköpfig und widerspenstig hatten sie ihn genannt, von Grund auf schlecht und wertlos. Mehr war er nicht für sie, solange er nicht lernte, sich zu unterwerfen. Doch das hatte er nie gelernt.

Es hatte ihn einige Zeit gekostet, herauszufinden, daß ein englischer Gentleman seine Ausbildung im Kloster bezahlte, der sich offiziell seiner angenommen hatte, und es hatte seiner gesamten Sprachkenntnisse bedurft, dem Mann einen Brief zu schreiben, nachdem er dessen Adresse in Erfahrung gebracht hatte. Dafür hatte er ins Hauptbüro des Ordens einbrechen müssen, ein Verbrechen, das – hätte man ihn dabei ertappt – ihn das Leben gekostet hätte. Um den Brief versenden zu können, mußte er aus dem Seminar ausbrechen, Geld für Porto zusammenstehlen und den Brief losschicken, bevor man ihn wieder einfing. Es war hart gewesen, doch er hatte es geschafft.

In weniger als einer Stunde hatten sie ihn wieder gefaßt. Das Seminar der Bruderschaft war gut bewacht. Schulflüchtlinge tolerierte man nicht, ebensowenig wie Kontakt zur Außenwelt. Novizen, die das Schulgelände verließen, bestrafte man mit brutaler Härte. Er hatte das gewußt. Doch er hatte es riskiert, für die winzige Chance, eine Antwort von dem Mann zu erhalten, der offiziell eine Art Vaterstelle angetreten hatte – aus welchen Gründen auch immer.

Sie hatten ihn halb totgeschlagen, denn sie glaubten, er hätte versucht, zu seinem Leben als Dieb zurückzukehren. Sie fanden jedoch nichts über den Brief heraus, obgleich Delacroix sich dessen lange nicht sicher war. Die Herren der Bruderschaft waren absonderliche, boshafte, verblendete Menschen, die versuchten, ihre Zöglinge ebenso absonderlich und boshaft zu machen. Ihre Taktik war, alles zu wissen, ohne je kundzutun, was sie alles wußten.

Vier Jahre hatte er im Seminar zugebracht und dabei viel gelernt. Beten lernte er allerdings erst, nachdem er den Brief abgesandt hatte. In einer für seine Jugend untypischen Klarsichtigkeit erkannte er, daß er fast am Ende seiner Ausdauer angelangt war. Er würde brechen und werden wie sie, eine gehetzte Menschenhülle voller Haß und Argwohn. Er würde Verschwörung und Ketzerei in jedem eigenständigen Gedanken sehen, in jeder Äußerung, die von der häßlichen, starren Welt, die sie sich geschaffen hatten, abwich.

Sie hatten ihn gerettet. Er war dafür dankbar. Doch seine Dankbarkeit hatte nie ausgereicht, war nie tief genug für sie gewesen, denn sie beinhaltete nicht seine völlige Unterwerfung, und das war es, was man von ihm verlangte.

Seine Weigerung deutete man als Zeichen einer dunkleren Macht, die vielleicht in ihm noch tätig war und die sie ihm austreiben mußten. Die Hand des Bösen hatte ihn berührt und verändert. Diese vermeintliche Andersartigkeit haßten sie, doch weder Stock noch Peitsche, egal in welchen Mengen verabreicht, konnten ihn zu dem zurückverwandeln, das er einst gewesen war. Seine Augen wurden nicht wieder dunkel, und er wurde nicht wieder der kleine, dürre Straßenjunge von damals.

Sein Warten auf Rettung dauerte viele Wochen, und beinahe hätte er aufgegeben. Dann, eines Tages, schleppte ihn ein wütender Bruder, der ihn fast den ganzen Weg prügelte, zum Abt. Dort sah er einen blonden, hellhäutigen Mann in Seemannsuniform. Er erinnerte sich. Er hatte ihn in jener schrecklichen Nacht gesehen, als er einen Teil von sich selbst verlor und zu etwas anderem wurde.

Der Mann musterte ihn, ohne etwas zu sagen. Delacroix stand nur da, war sich sehr bewußt, was der Mann vor sich sah, einen viel zu hochgeschossenen, schlaksigen Burschen mit unheimlichen Augen und dunklem Teint. Doch der Mann hatte noch mehr gesehen. Er hatte frische Wunden und alte Narben im Gesicht gesehen und wußte, was er davon zu halten hatte.

Am gleichen Tag noch hatte Delacroix das Seminar verlassen, jedoch nicht ohne vorher noch eine letzte Züchtigung erhalten zu haben, während sein neu erworbener Verwandter mit dem

Abt stritt und um einen Jungen schacherte, auf den er Anspruch erhob.

Der Mann nahm ihn mit auf sein Schiff. Er stellte sich als Charles Fairchild vor, doch Delacroix kannte den Namen schon, und gab Delacroix seinen neuen Namen, Philipp Fairchild. Der Mann war nicht glücklich darüber gewesen, einen Sohn angenommen zu haben, der nicht nur in einem obskuren Orden aufgewachsen war, sondern zudem auch noch eine kriminelle Vergangenheit hatte. Die Abstammung des Jungen war indiskutabel, seine Ausbildung ungenügend, und es mangelte ihm vollends an Manieren. Der Seemann bereute, daß er sich damals überhaupt die Verantwortung für einen wildfremden Knaben hatte aufschwatzen lassen. Er machte deutlich, daß er keinesfalls mit Vater angeredet werden wollte, und tatsächlich hatte Delacroix ihn auch nie anders angeredet als mit Kapitän Fairchild oder später Sir Charles.

Er war nie ein liebender Vater gewesen, und Delacroix hatte immer gewußt, daß er ohne Zögern seinen eigenen Sohn gerettet und den sizilianischen Bengel geopfert hätte, wenn er die Wahl gehabt hätte. Doch er hatte keine Wahl gehabt, und er war ein Mann, der seine Verpflichtungen ernstnahm.

Also tat er seine Pflicht dem Jungen gegenüber, dessen Vater er so unüberlegt geworden war, obwohl er weder verstand, wie dieser Kuckuck in sein Nest gekommen war, noch die Situation gutheißen konnte. Delacroix erhielt gute Lehrer, die sein nicht alltägliches Wissen und seine ungewöhnlichen Talente in konformere Bahnen lenkten.

Seine vielschichtige, unübliche Ausbildung verwehrte ihm den Weg nach Oxford, erwies sich jedoch als gute Basis für eine Karriere beim Militär. Allerdings schlug er nicht wie Sir Charles eine Laufbahn bei der Marine ein, sondern trat einem Kavallerieregiment bei. Im Krimkrieg hatte man seine besonderen Fähigkeiten dann zum ersten Mal für geheimdienstliche Tätigkeiten eingesetzt. Seitdem war er für Sondereinsätze freigestellt und selten daheim bei seinem Regiment.

Delacroix schreckte hoch, als es an der Tür klopfte. Das waren vermutlich die beiden bayerischen Leutnants – und tatsächlich, da standen sie, einer mit nachdenklicher und besorgter Miene, einer so draufgängerisch unbelastet aussehend wie immer.

Er bat sie herein. Es war an der Zeit, Vorgehensweisen zu diskutieren und soweit wie möglich einen „Schlachtplan" auszuarbeiten.

Sie setzten sich.

„Bevor wir anfangen", begann von Orven mit resignierter Stimme, „möchte ich noch einmal darauf aufmerksam machen, daß ich die Einbeziehung Miss Jarrencourts in die Jagd nicht gutheiße. Ich kann allerdings keinen besseren Plan anbieten und weiß, was auf dem Spiel steht. Ich möchte deshalb nur noch einmal deutlich machen, daß die junge Dame sich auf unseren Schutz verläßt." Er machte eine Pause und klang danach etwas kläglich. „Wenn ihr etwas zustößt, werde ich mir das nie verzeihen können."

Von Görenczy nickte kurz und dachte an das, was ihr bereits geschehen war, weil sie kaum in der Lage gewesen waren, sie zu schützen. Die Erinnerung kratzte an seiner Kämpferehre.

„Nach dem, was ihr bis jetzt passiert ist, würde es mich nicht wundern, wenn sie sich's anders überlegt und das Hasenpanier ergreift", bemerkte er.

„Es wäre verständlich", antwortete Delacroix, „aber ich glaube, sie wird es durchstehen. Ihr Verhalten nach dem Angriff legt den Schluß nahe, daß sie eine mutige junge Dame ist. Dennoch müssen wir uns überlegen, wie wir vorgehen."

Er nahm die Schlinge ab und schnitt dabei eine schmerzhafte Grimasse. Dann steckte er seinen Kalteisendolch in eine Gürtelscheide.

„Ich schlage vor", sagte er dabei, „daß Sie, Görenczy, wieder das Kästchen nehmen, während von Orven und ich versuchen, die Kreatur mit unseren Messern in die richtige Richtung zu zwingen. Als Sie das letzte Mal versuchten, das Wesen in der Schachtel zu fangen, schien es sehr stark zu sein, aber es hatte bereits Zeit gehabt, um zu wachsen. Ich hoffe, daß wir es diesmal gleich fangen können. Mit ein bißchen Glück haben wir es im Kasten, bevor es in die Nähe der jungen Dame kommt."

Von Orven nickte ernsthaft.

„Das wäre gut. Mir ist der Gedanke zuwider, daß dieses unreine Ding sie erneut bedroht."

Jedem war der Gedanken zuwider. Einen Moment lang fühlte sich Delacroix an seine eigene Vergangenheit erinnert, spürte den Altarstein unter sich und den Dolch, der sich langsam in sein Fleisch bohrte. Er wußte, wie es war, wenn eine äußere Macht den eigenen Körper und Geist übernahm. Er zwang sich, die Erinnerung zu unterdrücken. Doch ihm war, als legte er selbst diesmal die junge Frau als Opfer auf den Altar. Er hatte nur die Rolle getauscht, war jetzt der dunkle Priester, der den Dolch führte. Er gefiel sich nicht in der Rolle. Er erinnerte sich an ihre Augen, die zu ihm aufgesehen hatten und dann zu schwarzem Stein geworden waren. Er hatte ihre Panik so deutlich gespürt, als sei es seine eigene. Plötzlich hatte er Angst gehabt, sie zu verlieren.

Er schwieg. Es war taktisch wichtig, die Kampfgefährten nicht zu verunsichern.

„Ich möchte Sie noch einmal daran erinnern, was auf dem Spiel steht. Die Kreatur scheint der Schlüssel zu dem fehlenden Manuskript zu sein. Das Manuskript ermöglicht die Zerstörung unserer Welt. Ich weiß nicht wie, doch das hat man uns gesagt. Es würde nicht nur Miss Jarrencourt töten, sondern uns alle, Ihre Freunde, Ihre Familien, Ihr Königreich und meines, jeden, den wir lieben, und alles, was uns heilig ist. Es ist wichtig, sich das vor Augen zu halten. Es kann in diesem Kampf Verluste geben. Das darf uns jedoch nicht davon abhalten weiterzumachen."

Die beiden jungen Männer waren zu stolz, um irgend etwas zu erwidern. Delacroix war nicht sicher, ob sie ihn verstanden hatten, ob sie wirklich begriffen hatten, daß die Rettung des Mädchens nicht die höchste Priorität hatte. Wenn es nicht anders ging, mußten sie sie opfern. Er erwartete fast, daß Leutnant von Orven jetzt intervenieren und etwas zu seiner kleinen Ansprache bemerken, die Sicherheit des Mädchens vor alles andere stellen würde, doch der junge Mann sagte nichts, blickte nur ernst vor sich hin.

Es klopfte erneut. Von Görenczy stand auf und öffnete, woraufhin ein Polizist eintrat und zackig salutierte.

„Man hat mich geschickt, um Sie über die Ergebnisse unserer Ermittlungen in Kenntnis zu setzen“, sagte er und hielt ihnen ein Stück Pappe hin. Darauf war ein stark angekohlter Schnipsel Papier zu sehen, auf dem man Reste von Schrift erkennen konnte. „Man hat den Schurken, der Colonel Delacroix angegriffen hat, dabei beobachtet, wie er seine Zigarette mit diesem Papier anzündete. Er hat das brennende Papier in einen Aschenbecher geworfen. Der Portier hat aus Angst vor einem Feuer die Flammen gelöscht. Manches von dem Zettel ist noch lesbar. Der Kommissar läßt höflichst fragen, ob Sie mit der Mitteilung irgend etwas anfangen können.“

„Richten Sie Ihrem Vorgesetzten unseren Dank aus“, sagte von Görenczy und nahm die Pappe an sich, „und sagen Sie ihm, daß wir ihn auf alle Fälle informieren werden. Im Moment allerdings sind wir beschäftigt und bitten ihn um Aufschub.“

Der Mann salutierte und ging.

Udolf brachte das Papier an den Tisch. Die drei starrten gebannt darauf.

„Sehr geehrter Herr,

.... trauen auf Monsieur J.'s Voraussi... ...ge, ...nformiert, ... in Münch... ...nter seinem besonderen Schutz. Ic... unangenehmen Angelegenheit behilfli... ...nel Delacroix, ... magischen Fähig... ...icht zweifle, ...auberspruch belegt, ...ende Unterstützu... ...nkbar, ...ringend noch heute verlassen. Soweit ... überlebt ein Zauberspruch nicht den Zauberer, der ...“

Einige Teile waren verkohlt, andere noch gut lesbar. Eine Unterschrift fehlte. Statt dessen befand sich ein Wappen darunter, das eine Meerjungfrau zeigte. Der einzige Name, der sich entziffern ließ, war der Delacroix'.

„Nun“, sagte der, „mein Name steht da ganz deutlich, also können wir annehmen, daß dies der Mordbefehl ist. Keine Unterschrift. Nicht, daß ich bei einem Dokument dieser Art eine erwartet hätte. Über das Wappen können wir vielleicht später etwas herausfinden."

„Nur warum?" fragte Asko. „Der einzige andere Name hier ist Monsieur J. Kennen Sie einen Monsieur J.?"

„Im Moment fällt mir keiner ein. Aber es gibt viele Namen, die mit ‚J' anfangen, John, James, Jim, Jean, Jacques ..."

„Jarrencourt", ergänzte Udolf.

„Sei nicht albern", fuhr Asko ihn an. „Hier geht es um einen Monsieur J., nicht um eine ‚Miss', und warum sollte sie einen solchen Brief schreiben?"

In der Tat, dachte Delacroix. Das ergab keinerlei Sinn. Dennoch sah die Handschrift aus wie die einer Frau. Corrisande hatte ihn vor einem Anschlag gewarnt. Also mußte sie etwas wissen – nur woher? Er mußte sie fragen, aber besser nicht vor der Jagd. Niemand konnte wissen, wie relevant es danach noch sein würde.

Er sah auf die Uhr.

„Meine Herren", sagte er, „ich fürchte, uns fehlt jetzt die Zeit. Leutnant von Orven, Sie sind gut im Rätselraten. Bitte versuchen Sie, ob Sie aus den Überbleibseln der Nachricht auf die Schnelle etwas ablesen können. Wären Sie, Leutnant von Görenczy, so nett, Miss Jarrencourt aus den Klauen ihrer Tante zu befreien? Sie hatten sich erboten, es mit der formidablen Dame aufzunehmen. Waidmanns Heil! Laut unserem Magier haben wir noch genug Zeit, aber er hat sich ja schon ein paarmal verrechnet. Ich bin lieber zu früh dran als zu spät."

Von Görenczy nickte ihnen zu und verließ den Raum, von Orven versenkte sich in die verbrannte Nachricht und Delacroix dachte über das zierliche, blauäugige Mädchen nach, das auf einmal so eine vielschichtige Rolle in ihrem Leben spielte.

Kapitel 40

In Corrisandes Kopf tönte ein Gedicht, das sie als Kind von ihrem schottischen Kindermädchen gelernt hatte. Lange hatte sie nicht mehr daran gedacht. Doch während sie im Speisesaal des Nymphenburger Hotels saß und fortwährend Mme. de Rhins-Epitué und Eliza anlächelnd im Abendessen stocherte, tauchte es zeilenweise wieder in ihren Gedanken auf.

„Der beste Plan von Maus und Mann geht oft daneb'n", dachte sie bei sich und hörte noch den harten Akzent ihrer Kinderfrau. Sie hatte sie gerngehabt, aber nur kurz genossen. Die schottische Eigenart und vor allem der starke Akzent hatten ihren Vater dazu bewogen, rasch auf ihre Dienste zu verzichten, besonders, als er feststellte, daß seine kleine Tochter Robert Burns im originalen Hochland-Schottisch zitierte.

Ihr Plan war auch „daneb'n" gegangen oder wie es auch immer hieß. Als sie aus ihrem Zimmer gekommen war, perfekt hergerichtet in ihrem kornblumenblauen Kleid, hatte Eliza kurzerhand beschlossen, den Tee einfach ausfallen zu lassen und sich sofort in den Speisesaal zu begeben. Schließlich wollten sie Mme. de Rhins-Epitué nicht verpassen. Sie brauchten diese Einladungen. So eine wunderbare Gelegenheit konnte man sich nicht entgehen lassen, und Marie-Jeannette hatte den Tee ohnehin nicht rechtzeitig bestellt und war noch nicht zurück. Eliza war darüber verärgert und faßte ihre Beschwerden auf dem ganzen Weg nach unten in viele sorgfältig gewählte Worte.

Sie schob Corrisande einfach aus dem Zimmer und hatte so gar kein Ohr für ihre Gegenargumente, und Corrisande wollte nicht dadurch auffallen, daß sie sich allzusehr sträubte. Unter anderen Umständen hätte sie mit genau dem gleichen Eifer das hehre Ziel zweier erschlichener Einladungen zum Hofball verfolgt. Doch eben diese Umstände wollte sie um jeden Preis vor Eliza geheimhalten.

Sie würde viel zuviel erklären müssen, und manche Dinge konnte oder wollte sie nicht erklären. Also hatte sie gelächelt und war mitgegangen, während sich in ihrem Innersten die Befürchtung manifestierte, vor einem Kampf zu stehen, den sie nicht gewinnen konnte.

So viele Rätsel. So viele unbegreifliche Geheimnisse. Sie hatte sich schon kaum an den Gedanken gewöhnen können, daß sie die Tochter eines Erzkriminellen war, daß sie selbst kriminell war, wenn man ihre erfolgreichen jugendlichen Rechtsbrüche so werten wollte. Doch sie hatte sich entschieden, keine Diebin zu bleiben. Sie wollte kein Leben am Abgrund führen, wollte nicht außerhalb der Gesellschaft stehen. Sie hatte die Wahl. Zumindest hatte sie das bis jetzt geglaubt.

Nun war sie wieder „draußen“, schlimmer als je zuvor. Ihr Recht, ihr Leben frei zu bestimmen, verschwand im Nichts. Ihr neues Wissen über ihr bisher dunkelstes Geheimnis drückte sie. Feyon. Sie war eine Sí. Niemand durfte das je herausfinden.

Sie lächelte und sagte: „Genau das meine ich auch, Mme. de Rhins-Epitué.“ Sie hatte nicht zugehört, was die gute Dame erzählt hatte, doch es hatte geklungen, als warte diese auf Zustimmung, so hatte sie denn zugestimmt.

Sie lachte begeistert und doch züchtig-gedämpft über ein langweiliges Bonmot, das die Dame zum Besten gab. Ihr Gesicht tat vor Mühe weh, doch sie spielte ihre Rolle gut. Anständiges Benehmen muß man leben, nicht spielen, hatte sie Marie-Jeannette eingetrichtert. Angeboren oder anerzogen, ihr distinguiertes Wesen trug sie durch die Mahlzeit und die damit verbundene Konversation.

Sie war mit den Gedanken nicht bei der Sache, doch ihre Antworten verrieten ihre geteilte Aufmerksamkeit nicht. Sie wußte, sie sah niedlich und unschuldig aus und ihre Grübchen vertieften sich, wenn sie lächelte. Nur einmal hatte sie im rechten Augenblick unglücklich ausgesehen, als Mme. de Rhins-Epitué ihr gestand, daß sie selbst gedacht hätte, der nette, junge Comte de Lacy würde wohl irgendwann um Corrisandes Hand anhalten. Eine Tragödie. Ein so junger Mann, in der Blüte seines Lebens dahingerafft, und man hatte nicht einmal seinen Mörder gefunden. Furchtbar, einfach furchtbar.

Es hatte wenig Mühe gekostet, eine Träne hervorzupressen, die in ihren Wimpern glitzerte, aber das hatte gereicht, um die einflußreiche Dame davon zu überzeugen, das Thema zu wechseln. Sie war zu gutmütig, um über eine Angelegenheit zu sprechen, die dem jungen Mädchen Kummer bereitete, und schließlich waren sie ja nicht verlobt gewesen, nicht wahr?

So redeten sie wieder über den Ball. Ein herrlicher Ball. Großartig. Der junge König würde ihn eröffnen. Wie alt er jetzt war? Zwanzig? Einundzwanzig? Bestimmt war er derzeit der romantischste Souverän in ganz Europa.

Eliza holte Mme. de Rhins-Epitués Meinung dazu ein, wo am besten eine passende Garderobe für diesen Anlaß in Auftrag zu geben sei, und die Dame begann, ihre Meinung über die Mode auszubreiten, über den passenden Stil für sittsame, junge Damen und die beklagenswerte Tendenz junger Menschen im allgemeinen, sich zu freizügig zu geben.

Corrisande gelang es, an passender Stelle zu erröten und merkte, wie Mme. de Rhins-Epitué ihrem Charme immer weiter erlag. Sie hätte stolz sein sollen auf ihre Leistung und ihre Begabung, die ihr hierbei so förderlich war, doch ihre Gedanken waren mit einem anderen Thema beschäftigt, und das ließ sie vor Furcht beinahe beben.

Sie hatte Angst. Mit jeder Minute, die verstrich, wuchs die Angst, hüllte sie ein, griff mit Eisfingern nach ihrem Herzen. Burns' Gedicht kam ihr wieder in den Kopf. „Du kleine, arme Kreatur, Panik in deinem Herzen nur!"

Panik war in ihrem Herzen. Sie versuchte, die Furcht fortzuschieben, einzumauern in sich selbst. Doch das änderte nichts. Bald würde es Zeit sein. Dann würde das Schattenmonster sie wieder jagen, und sie wußte ohne jeden Zweifel, daß sie eine zweite Attacke wie die letzte nicht ertragen würde.

Er hatte versprochen, es nicht zuzulassen. Sie sah Delacroix' kantiges Gesicht vor ihrem geistigen Auge und wollte ihm so gerne glauben. Dann traf sie die Erkenntnis, daß sie nicht einmal wußte, ob er noch lebte. Männer im Dienste ihres Vaters waren Spezialisten, die ihr Handwerk verstanden. Der Colonel mochte schon tot sein. Der einzige Mann, dem sie zutraute, sie lebend durch die Pein zu bringen, war vielleicht schon ermordet.

Sie wußte nicht einmal, warum sie ihm mehr vertraute als den anderen. Sie zweifelte nicht an von Görenczys Tapferkeit und Geschick und an von Orvens aufopferungsvollem Kampfgeist. Doch konnte sie nicht so recht glauben, daß die beiden wissen würden, was zu tun war, um sie zu retten. Der eine war zu selbstbewußt und kühn, der andere zu beschäftigt mit den Feinheiten adäquaten Verhaltens, um so rücksichtslos entschlossen und tödlich zu sein, wie er wohl würde sein müssen.

„Finden Sie wirklich, ich sollte Weiß tragen?" fragte sie Mme. de Rhins-Epitué, die das eben vorgeschlagen hatte und nickte, als die beiden älteren Damen über die Vorteile eines cremefarbenen Kleides diskutierten, das ihren Status als Debütantin zwar andeutete, sie aber dennoch nicht in die Flut debütierender nobler Bayerinnen einreihte, die mit diesem Ball in die Gesellschaft eingeführt werden würden.

Sie wußte, daß Asko auf alle Fälle sein Leben für sie riskieren würde – weil es seine Pflicht war, aber auch, weil seine Gefühle ihr gegenüber ihn zwangen, sie zu beschützen. Sie hoffte, daß diese Gefühle ihn nicht hindern würden, auf das zu achten, was wichtig war, und das zu tun, was nötig war.

Delacroix tat immer, was nötig war. Das wußte sie intuitiv. Mit einem Mal fühlte sie wieder seine kräftige, knochige Hand im Gesicht, spürte seinen Daumen, mit der er ihr über die Wange gestreichelt hatte. Die Erinnerung an diese Berührung schoß ihr durch den Leib wie ein bittersüßer Speer. Es war ein Gefühl, das sie noch nie erlebt hatte. Sie sehnte sich danach, es zu analysieren.

Doch zunächst mußte sie dieses Mahl zu einem guten und schnellen Ende bringen, ohne daß es auffiel und sie unmöglich machte, und eine Gelegenheit finden, Eliza schlafen zu schicken, damit sie sich nicht einmischte. Außerdem mußte sie Marie-Jeannette wegschicken, obwohl das Mädchen natürlich um ihr anstehendes „Abenteuer" wußte. Aber mehr durfte sie nicht erfahren. Nichts wäre schlechter, als Marie-Jeannette Grund zu geben, über die Merkwürdigkeiten der letzten Stunden nachzusinnen und eventuell eins und eins zusammenzuzählen. Zwar würde sie Marie-Jeannette noch eher ein Geheimnis anvertrauen als Eliza, doch auch das Mädchen wäre vermutlich entsetzt und fassungslos gewesen, hätte es die beklemmende Wahrheit über ihre Arbeitgeberin erfahren.

So vieles war noch zu tun, so viele Probleme zu bedenken, alles nur, um etwas tun zu können, das sie gar nicht tun wollte, nämlich einer Gefahr zu begegnen, die sie nicht einmal wahrhaben wollte. Ein Abgrund tat sich unter ihr auf, und sie balancierte auf einem Strohhalm darüber. Sehnsuchtsvoll blickte sie auf die Ausgangstüren. Wenn sie nur hätte gehen können! Sie wäre schon im nächsten Augenblick verschwunden und nie wiedergekommen.

Doch sie konnte nicht weg. Die Türen sahen nur offen aus. Ihr waren sie verschlossen. Sie erinnerte sich an den brennenden Schmerz in der Hand, als sie versucht hatte, das Hotel zu verlassen. In ihren Gedanken lächelte wieder der Arzt, der sie berührt hatte und in ihr die Erinnerung an ein Ereignis geweckt hatte, das kein Teil ihres Lebens war. Mit ein paar freundlichen Worten hatte er ihr Leben auf den Kopf gestellt. Von ihrem Selbstbewußtsein war wenig übrig.

Sie spielte mit dem Essen. Genießen konnte sie es nicht, obgleich der Koch des Hotels in der Tat von erster Güte war. Eliza bemerkte ihren mangelnden Appetit, kommentierte ihn jedoch nicht. Viel aß sie in diesem Kleid ohnehin nicht. Dazu war es zu eng.

Mme. de Rhins-Epitué beendete ihre Mahlzeit. Das ließ Corrisande hoffen. Sie wollte diese Qual beenden, obgleich sie sich danach einer weit größeren würde stellen müssen. Mit deren beharrlichem Näherrücken stellte sie fest, daß immer mehr kunterbuntes Wissen sich in ihrem Kopf ansammelte, als käme es aus dem Nichts. Wie die Flut eroberte es Zoll für Zoll mehr Gebiet, um schließlich kaum bemerkt plötzlich den gesamten Strand zu bedecken. Fragmente eines allmählichen Verstehens, Gedanken und Gefühle ordneten sich wie von selbst an. Sie wußte plötzlich, wieviel Zeit sie noch hatte, bis das Monster wieder erschien. Sie wußte auch, wo es geschehen würde. Irgendwo im Keller. Sie würden darauf warten und versuchen, es zu fangen, während es noch klein genug dazu war.

Sie mußte ihnen genau sagen, wo es auftauchen würde. Ihr Leben hing davon ab.

„Danke, Mme. de Rhins-Epitué", sagte sie artig und lächelte schüchtern. „Tante Eliza hilft mir immer bei der Auswahl meiner Garderobe. Sie hat einen erlesenen Geschmack."

Die langatmige Konversation riß Wunden in ihr Nervenkostüm. Sie nahm ein Schlückchen Wein.

„Ja, mein Kind", sagte Mme. de Rhins-Epitué, „in Blau sehen Sie besonders hübsch aus. Es betont Ihre Augen. So ein heiteres Blau! Es läßt einen unwillkürlich an das Meer denken."

Corrisande verschluckte sich und begann zu husten, was ihr einen strafenden Blick Elizas einbrachte, die das Gespräch sofort von ihr ablenkte. Noch einen Tag zuvor hätte Corrisande die Beschreibung ihrer Augen für ein Kompliment gehalten, sogar für ein sehr nettes, und eigentlich hätte sie glücklich sein und sich freuen sollen, daß Mme. de Rhins-Epitué sie so selbstverständlich unter ihre Fittiche genommen hatte. Schließlich hatte sie keinen Anlaß, mehr zu sein als nur höflich. Doch die exzentrische Dame hatte Gefallen an ihr gefunden, und offenbar machte es ihr Spaß, sich dem Abenteuer zu verschreiben, ihrer jungen Bekannten eine gute Partie zu verschaffen. Manche Frauen waren so: nur glücklich, wenn sie jemanden unter die Haube bringen konnten. Dafür hätte sie dankbar sein sollen.

Doch ihre Angst zerriß sie. Wie einen körperlichen Schmerz konnte sie die Panik in sich wachsen, immer mehr Platz in ihrem Körper einnehmen spüren. Die Furcht preßte ihren Magen zusammen und zerquetschte ihr Herz in stählernem Griff.

Ihre Gedanken rasten. Mit absoluter Klarheit war da die Erinnerung an das Gefühl, als der aalglatte Schatten ihr in die Kleider geglitten war, sie gekost und mit lüsterner Zielstrebigkeit erforscht hatte. Diesmal würde er sie mit sich in seine Welt nehmen. Sie kannte den unfaßlichen, schwarzen Ort, an dem sie scheinbar in ihrer Ohnmacht geweilt hatte, und wußte, er würde sie dorthin mitnehmen.

Er würde sie wieder in Stein und Glas gießen, sie erstarren lassen in einer eigenen Art von Tod und sie in eine Realität des Entsetzens bringen, damit er dort für den Rest ihres Lebens, das keines mehr war, mit ihr tun konnte, was immer er wollte. Die Erkenntnis schnürte ihr den Hals zu.

Sie versuchte, die Gedanken von sich zu schieben, merkte, wie ihr Lächeln, ihre fröhliche und unschuldige Miene ihr gegen ihren Willen entglitten. Das Abendessen war beinahe vorüber. Nur eines mußte sie noch tun.

Sie machte eine ungeschickte Bewegung und schüttete dabei ihr halbvolles Glas um.

„Oh je“, rief sie entschuldigend und sprang sofort auf, um zu verhindern, daß der Wein auf Elizas Kleid tropfte. „Das tut mir leid! Wie ungeschickt von mir.“ Sie errötete, tupfte mit ihrer Serviette an dem feuchten Tischtuch herum und beförderte gleichzeitig einige Tröpfchen des Mittelchens aus der Phiole, die sie in ihrer Hand versteckt hielt, in Elizas Glas.

Nicht mehr als drei. Hoffentlich waren es nicht mehr gewesen. Genau konnte sie es nicht wissen. Sie wollte keinen Mord begehen. Vielleicht wäre es besser, Eliza davon abzuhalten, es zu trinken? Aber was dann? Es hatte ihr gesamtes Geschick erfordert, das Kunststück fertigzubringen, ohne daß ihre Begleiterinnen etwas merkten. Sie war sicher, sie hatten nichts gesehen. Doch sie selbst eben auch nicht. Sie konnte nur hoffen, daß sie ohne Hinzusehen korrekt kalkuliert hatte.

Ein Ober kam, um ihr behilflich zu sein und das Malheur zu beseitigen. Sie entschuldigte sich immer noch weitschweifig. Eliza blickte leicht irritiert. Corrisande neigte normalerweise nicht zum Ungeschick. Mme. de Rhins-Epitué war großmütig. Es machte doch nichts, wenn man etwas Wein vergoß. Das konnte jedem passieren. Vielleicht war Miss Jarrencourt ja ein bißchen nervös? Das war doch verständlich. Alles in München mußte ihr schließlich neu und fremd sein. Reisen war eine aufregende Sache für junge Damen.

Corrisande nickte und lächelte unablässig. In der Tat, es war alles schrecklich aufregend. All die Menschen und Dinge, die sie kennenlernte. Alles neu und so beeindruckend. Mme. de Rhins-Epitué erhob sich, und sie und Eliza standen ebenfalls auf, verabschiedeten sich und wünschten der älteren Dame eine gute Nacht.

„Wir sollten uns im Damensalon noch einen Kaffee bringen lassen“, schlug Eliza vor. Doch Corrisande lehnte dankend ab. Sie wollte im Zimmer sein, ehe der Schlaftrunk seine Wirkung tat. Sie wollte keinen Kaffee, und sie wollte keine Konversation mehr. Sie wollte nur, daß alles bald vorbei wäre.

„Gehen wir lieber nach oben. Da können wir ungezwungener reden“, schlug sie vor, und Eliza stimmte zu. Sie wandten sich der Treppe zu.

Als sie das untere Ende der Stufen erreichten, kam von Görenczy ihnen zielstrebigen Schritts entgegen. Er kam, um sie abzuholen, wußte sie und hoffte, er würde nicht anfangen, davon zu erzählen, was als nächstes auf der Agenda stand. Nichts konnte sie im Augenblick weniger gebrauchen.

Der Leutnant trat ihnen in den Weg und salutierte höflich. Eliza starrte ihn strafend an. Sie hatte sein Benehmen vom Abend zuvor nicht vergessen und schon gar nicht vergeben.

Also rauschte sie weiter auf die Treppe zu, ignorierte ihn und zwang ihn somit, zur Seite zu treten. Nur tat er das nicht. Empörte Anstandsdamen fanden sich nicht auf seiner Liste zu fürchtender Gefahren. Er stand direkt im Weg.

„Guten Abend", wünschte er. „Wie gut, daß ich Sie hier finde. Ich weiß nicht, ob Miss Jarrencourt ..."

Corrisande unterbrach ihn: „Haben Sie den Roten schon gefunden?"

Er sah sie verdutzt an.

„Den Roten?" fragte er und versuchte, ihrem Blick eine Erklärung zu entnehmen.

„Stell dir vor, Tante Eliza", sagte Corrisande, begann die Stufen zu erklimmen und zwang somit sowohl Udolf als auch ihre Anstandsdame, mit ihr mitzukommen, „Leutnant von Görenczy hat mir erzählt, im ganzen Hotel sei der Rotwein gestohlen worden. Burgunder. Suchen Sie ihn noch? Ich frage mich, was das mit Ihrem Mord zu tun hat? Seltsam, nicht wahr?"

„Oh. Das." Er hüstelte künstlich. „Das hatte ich ganz vergessen."

Eliza starrte ihn an.

„Wie bitte?" fragte sie eisig. „Wollen Sie mir erzählen, Sie haben uns gestern heimgesucht, weil ein paar Flaschen Burgunder verschwunden sind? Oder bedeutet Ihre kryptische Aussage, daß Ihre Abenteuer vom Vortag Sie am darauffolgenden Tage nicht mehr interessieren?"

„Nun", lächelte Corrisande und konnte es sich nicht verkneifen, Udolfs Unbehagen kräftig zu schüren. Es war, als könne sie ihm etwas von ihrem eigenen Leid abgeben. Es half ihr nicht sehr. Sie hatte immer noch genausoviel Angst wie vorher, doch nachdem sie ihrer falschen Tante nun bereits das Schlafmittel verabreicht hatte, fand sie, daß sie sich nicht trotzdem noch auf eine Diskussion einlassen wollte über Risiken, die sie einzugehen oder nicht einzugehen hatte – und schon gar nicht über die Gründe, die sie veranlaßten, diese Risiken einzugehen. „Genau das hat mir der Herr Leutnant heute morgen erzählt. Freilich ist es jetzt schon

Abend, und eventuell erinnert er sich nicht mehr so genau daran – und wenn er es vergessen hat, dann war das eben wahrscheinlich nicht einmal richtiger Burgunder. Nicht wahr, Herr Leutnant?"

„Ah ... nein", antwortete Udolf. Dann korrigierte er sich: „Oder vielmehr doch. Der Wein ist wieder aufgetaucht. Es handelte sich um ein Mißverständnis." Er hüstelte nervös und wußte nicht, was er sagen sollte. Immerhin hatte er verstanden, daß er Mrs. Parslow nicht mit den Plänen für den Abend konfrontieren durfte. Er fragte sich, wie Corrisande ihr Versprechen einlösen und ihnen helfen wollte, wenn sie das mit ihrer Tante noch nicht besprochen hatte.

Dann entschloß er sich mitzuspielen. Er lächelte höflich und wartete auf sein Stichwort.

„Wunderbar", kommentierte Corrisande. „Ich hatte mir schon fast Sorgen gemacht. Es geht doch nichts über ein Glas Burgunder, und ich wäre schon sehr enttäuscht gewesen, wenn dieses Hotel jetzt nur noch Bier ausgeschenkt hätte. Obwohl das in diesem Land wohl kein allzu unübliches Getränk ist." Sie schenkte ihm ein zauberhaftes Lächeln, und er bemerkte ihre Grübchen. Niedlich, das kleine Fräulein, das Asko so verlockend fand – und voller Überraschungen. Gänzlich unberechenbar.

Sie hatten den zweiten Stock erreicht, als Mrs. Parslow jäh zu schwanken anfing.

Corrisande ergriff ihren Arm, und von Görenczy war sofort an ihrer anderen Seite.

„Gute Güte!" beschwerte sich die Dame. „Ich fühle mich leicht desorientiert. Wie eigenartig."

„Dann sollten wir uns beeilen, daß wir auf unser Zimmer kommen", erwiderte Corrisande und gab Udolf ein Zeichen, Eliza zu stützen.

Er nahm ihren Arm, und obwohl es zunächst so aussah, als wolle sie sich nicht helfen lassen, ließ sie sich dann doch die Treppe hochgeleiten.

Als sie den dritten Stock erreichten, war sie bereits sehr unsicher auf den Beinen.

„Himmel“, murmelte Udolf, „vielleicht holen wir besser einen Arzt?“

„Das wird nicht nötig sein“, versicherte Corrisande, während sie sich darüber Sorgen machte, daß das Schlafmittel offenbar viel schneller und stärker wirkte als sie gedacht hatte. Das beunruhigte sie. „Meine Tante ist nur etwas müde. Sie muß einfach einmal richtig ausschlafen. Wenn Sie so nett wären, uns ins Zimmer zu begleiten? Das wäre sehr hilfreich.“

„Ach du liebe Zeit“, murmelte Eliza und sah Corrisande mit einem Blick an, der deutlich machte, daß ihr langsam klar wurde, was geschehen war. „Was hast du getan?“

„Beruhige dich, Tante Eliza. Es gibt keinen Grund, sich zu echauffieren.“

Udolf versuchte, der Unterhaltung zu folgen, fand aber, daß sie an ihm vorbeiging. Dann hatte er auch schon keine Muße mehr, sich damit zu befassen, denn kurz vor der Zimmersuite der Damen sank Eliza in die Knie.

„Bitte heben Sie sie auf, Herr Leutnant“, bat Corrisande und schloß die Tür für ihn auf. „Wenn Sie so freundlich wären, sie auf ihr Bett zu legen.“ Sie öffnete die Schlafzimmertür und ließ ihn ein. „Wie dumm, daß Marie-Jeannette nicht hier ist, um ihr zu helfen. Ich werde ihr eine Nachricht schreiben. Machen Sie sich keine Sorgen um Mrs. Parslow. Sie hat gestern nacht nicht geschlafen, und sie ist anfälliger, als man meinen sollte. Eine ungestörte Nachtruhe wird ihr sicher guttun.“

Lügen war einfach. Sie war immer gut darin gewesen. Nur fragte sie sich jetzt, ob ihre Falschheit nicht vielleicht ein Kennzeichen ihrer Herkunft war. Sie war eine Betrügerin, eine arglistige, begnadete Lügnerin. Sie schämte sich dafür.

Doch es half nichts. Es mußte sein.

„Wenn Sie mich jetzt bitte kurz allein lassen möchten, Herr Leutnant“, bat sie. „Ich werde gleich zu Ihnen stoßen. Wir haben ja noch Zeit, nicht wahr? Erlauben Sie mir, es meiner Tante vorher noch bequem zu machen.“

Er verbeugte sich kurz und ging.

Sie brauchte ihre ganze Kraft, um Eliza in eine Position zu bringen, die es ihr erlaubte, ihr Kleid und Korsett zu lockern. Wenn man schon betäubt wurde, sollte man wenigstens frei atmen können.

Sie beugte sich über Elizas Gesicht und lauschte deren Atem. Er war ruhig und regelmäßig. Sie schlief tief.

Corrisande ging zum Sekretär. Dort schrieb sie eine Nachricht für Marie-Jeannette.

„Gib gut auf Mrs. Parslow acht. Sie hat ein Schlafmittel genommen, und du mußt darauf achten, daß es ihr gutgeht und sie nicht etwa Probleme hat, Luft zu bekommen. Ich bin mit den Offizieren auf der Jagd. Sollte Mrs. Parslow erwachen, sag ihr nichts davon. Sie wäre nur im Weg."

Sie dachte daran, den Ring abzunehmen, der ein solch unbestreitbares Indiz für ihre Andersartigkeit geworden war. Ihr war, als sei er an ihrer Hand eine greifbare Einladung für das schwarze Ungeheuer. Doch er war auch der Schlüssel zu den Männern ihres Vaters, falls sie diese noch benötigte und sollte nicht in die falschen Hände fallen, wo er offenbar schon gewesen war. So behielt sie ihn an.

Sie eilte noch einmal in ihr Zimmer und öffnete einen Koffer. Sie nahm einen Dolch in einer Lederscheide heraus und versenkte ihn in einer tiefen Tasche, die in ihren Röcken versteckt war. Sie wußte, daß sie damit das Monster nicht würde bekämpfen können, aber sie fühlte sich dessenungeachtet jetzt, wo sie ihn einstecken hatte, sicherer.

Wie eine schwarze Flut überkam sie ganz plötzlich die Angst, und ihr wurden die Knie weich. Sie mußte sich einen Moment setzen, um nicht zu fallen.

Eine abscheuliche Situation. Ihr Vater sagte immer, man habe zu jeder Zeit die Wahl oder könne einen Ausweg finden, doch sie sah nichts als Konsequenzen. Sie hoffte, daß sie Eliza nicht vergiftet hatte. Sollte ihre Begleiterin an dem Schlaftrunk sterben, würde man sie des Mordes anklagen. Mörderinnen wurden gehängt, hier wie in jedem anderen Land, und trotzdem konnte es gut sein, daß sie nicht einmal mehr lange genug leben würde, um sich um die Folgen ihrer Tat Gedanken machen zu müssen. Ihr wurde klar, daß sie diese Nacht vielleicht nicht überleben würde. Ihr Tod war eine Möglichkeit. Ihre Chancen standen alles andere als gut ... und dann schoß ihr ein weiterer Gedanke durch den Kopf: Von allem, was ihr nun geschehen mochte, war ihr Tod noch nicht das Schlimmste.

Sie erhob sich mühsam und besah sich im Spiegel. Der Blick auf ihr angespanntes, blasses Gesicht half ihr, einen Weinkrampf zu schlucken, in den sie sich gerne geflüchtet hätte. Weinen machte häßlich, und ihre Aufgabe war es, hübsch auszusehen. Bis zum Vortag zumindest war das ihre Hauptaufgabe gewesen. Die Dinge hatten sich nachhaltig geändert. Sie holte tief Luft.

„Contenance, Corrisande!" flüsterte sie sich selbst zu und zwang ihren Gesichtsausdruck in eine Miene, die wenigstens annähernd nach ruhiger Gelassenheit aussah. Sollte sie wirklich in dieser Nacht sterben müssen, dann wollte sie dabei wenigstens präsentabel aussehen.

Sie wünschte, sie wäre ein religiöser Mensch und hätte irgendein Ritual, mit dem sie sich auf das Kommende vorbereiten könnte. Bayern war ein katholisches Land, und in jedem Zimmer hingen kleine Weihwasserspender aus Porzellan neben der Tür. Sie überlegte, sich mit der frommen Flüssigkeit zu bekreuzigen, ließ es dann aber. Sie atmete tief durch, blickte zurück auf ihr Zimmer, als nehme sie davon und auch von ihrem Leben Abschied.

Sie wußte nicht, ob sie es wiedersehen würde.

Sie trat auf den Gang. Die drei Offiziere standen bereits vor der Tür und warteten auf sie. Sie sahen sie zweifelnd an.

„Guten Abend", grüßte sie höflich, und zum ersten Mal in ihrem Leben schaffte sie es nicht, mit dem Gruß ein Lächeln zu verbinden.

Kapitel 41

Tränen liefen über Marie-Jeannettes Wangen. Es war ihr nicht bewußt, daß sie weinte, nichts war ihr bewußt, und tatsächlich weinte sie auch gar nicht wirklich, doch sie hatte ihre Augen so lange starr offengehalten, ohne ihre Lider zu senken, daß sie tränten. Sie stand nur da und beantwortete Fragen. Ihr Gedächtnis wurde von Experten in seine Bestandteile zerlegt. Wie Chirurgen mit Skalpellen schnitten sie immer tiefer, Lage für Lage, in ihre Gedanken und Erinnerungen, ihre Kenntnisse und Meinungen, ihre Pläne und ihren Charakter.

Sie wußten nun, daß sie das uneheliche Kind einer Frau von ehemals hohem Einkommen, aber niedriger Moral war. Sie kannten ihre Fähigkeiten und Pläne. Sie waren nicht schockiert. Das waren sie nie. Tugendhafte Entrüstung war etwas für Gemeindepfarrer, nicht für die Politiker der Bruderschaft des Lichts. Entgleisungen bedeuteten ihnen nur eine Art Spareinlage. Sünden waren Informationskapital, das man für späteren Gebrauch zurücklegte, so wie man Geld auf eine Bank trug. Marie-Jeannette war quasi schon Teil des Archivs. Alles, was in einer Welt der Geheimnisse ablief, ließ sich verwenden. Aus jeder kleinen Übertretung der Norm konnte man einen Hebel formen, mit dem man Dinge in Gang setzte, Menschen für jene zu handeln zwang, die über die Information verfügten.

So waren sie nicht schockiert gewesen über Marie-Jeannettes Ziel, eine hochkarätige Kurtisane zu werden, eine Dame mit Manieren, Witz und Charme für einflußreiche oder einfach nur reiche Männer, die Gastgeberin in einem eleganten Salon und einem teuren Bett. Im Gegenteil. Pater Emanuele sah deutlich, wie nützlich das wunderschöne Wesen ihnen sein würde. Sie würden ihren Werdegang mit Interesse verfolgen und ihr wenn nötig behilflich sein, die richtigen Verbindungen zu knüpfen. Das würde kein Problem darstellen, denn die Zofe war auffallend schön, und ihre körperlichen Attribute würden liebeshungrige Männer der höchsten Gesellschaft anziehen, wie ein Misthaufen die Fliegen. Sie war offenbar auch intelligent, lernte schnell und hatte nicht allzu viele moralische Skrupel.

Doch diese Information war nur das Nebenprodukt ihrer Anstrengungen. Die meisten Fragen, die sie ihrer Gefangenen stellten, befaßten sich mit ihrer Arbeitgeberin und deren Anstandsdame.

Wer waren Miss Jarrencourts Eltern? Waren sie Menschen? War sie sich da sicher? Hatte sie außergewöhnliche Fähigkeiten? Suchte sie die Gesellschaft von Geschöpfen der Finsternis, den Fey, den Sí? Was tat sie in München? Was wollte sie? Was waren ihre Pläne? Wie paßte sie in das Geschehen im Hotel?

Sie konnten kaum glauben, daß Corrisande Jarrencourts größtes Anliegen war, einen guten, wohlsituierten Mann zu heiraten und ruhig und friedlich zu leben. Da mußte Marie-Jeannette sich täuschen! Eine solche Kreatur. Die Ziele, die sie vorschützte, konnten doch nichts anderes sein als der Deckmantel für dunkle Machenschaften. Zog sie nicht eher Männer in ihren Bann, um sie dann für ihre eigenen Zwecke auszunutzen?

Tat sie nicht, sagte Marie-Jeannette. Sie war lieb und anständig, führte sich wohlerzogen auf. Sie log, wenn es um ihr Alter ging, denn sie war älter als sie zugab. Sie log, wenn es um ihren Vater ging, der der Kopf einer Verbrecherbande war und den man in seinen Kreisen den „König“ nannte.

Pater Emanuele hielt inne.

„Den König?“ fragte er leise. „Aufschlußreich. Wir benutzen manchmal sein Netzwerk, um Informationen zu erhalten. Er ist gut organisiert und hat keine Skrupel, absolut alles an den Meistbietenden zu verkaufen. Wir müssen vorsichtig sein. Wir könnten seinen Beistand noch einmal brauchen. Ich wußte, daß er einen Namen hat, aber ich dachte immer, der wäre Javrau. Jarrencourt heißt er also. Spannend. Wenn möglich, würde ich ihm lieber nicht in die Quere kommen. Obgleich die Bruderschaft es jederzeit mit ihm aufnehmen könnte. Dennoch. Unsere gelegentliche Zusammenarbeit war zu erfolgreich, um sie einfach so aufzugeben. Fragen Sie sie nach der Rolle der Tochter in der Organisation des Vaters."

Bruder Michael wandte sich wieder der Zofe zu und fuhr fort, sie zu befragen. Doch Marie-Jeannette wußte wenig. Sie wußte, daß Corrisande die übliche sorgfältige Erziehung genossen hatte, wie jede junge Dame von Stand. Als sie fünfzehn war, hatte ihr Vater sie in die Geheimnisse seines Doppellebens eingeführt und hatte ihre Ausbildung durch einige Fähigkeiten ergänzen lassen, die nicht zum Wissen einer höheren Tochter gehörten. Sie konnte Messer werfen, Schlösser knacken und an den Außenwänden von Häusern hochklettern. Ein Weilchen war sie Einbrecherin und Diebin gewesen. Aber sie hatte das bald nicht mehr gemocht. Tatsächlich zog sie ein geordnetes Leben in der guten Gesellschaft den Aufregungen einer kriminellen, wenngleich auch lukrativen Karriere vor.

„Das kann doch wohl nicht wahr sein", murrte Pater Emanuele.

„Nun", antwortete Bruder Michael, „die Zofe glaubt, daß das die Wahrheit ist, sonst würde sie es uns nicht erzählen. Das heißt aber nicht, daß sie die Wahrheit wirklich kennt. Vielleicht weiß sie genausowenig wie jeder andere. Warum sollte die Jarrencourt sich ihr anvertrauen?"

Marie-Jeannette hörte nichts von diesem Meinungsaustausch. Nichts, was nicht direkt an sie gerichtet war, erreichte sie.

„Das heißt, daß wir vielleicht gar nichts Nützliches aus der jungen Person herausholen können", sagte der Priester.

„Wir müssen die Unholdin selbst fangen und sie befragen", unterbrach Bruder Giuseppe, der die letzte halbe Stunde völlig still gewesen war. Jetzt allerdings klang er begeistert. „Sie kann meinen Fragen nicht standhalten. Ich werde ihr mit glühenden Zangen die dunklen Machenschaften aus dem Herzen und dem Hirn holen."

„Aber nicht gleich", protestierte Pater Emanuele. „Wir werden uns diese Möglichkeit bis zum Schluß aufheben. Wenn möglich, hätte ich lieber keinen Krieg mit der bestorganisierten Bande der französischen Unterwelt. Selbst wenn wir diesen Krieg gewännen."

Bruder Michael nickte.

„Es ist denkbar, daß die Zofe die Wahrheit sagt. Meinen Messungen entnehme ich, daß der Sí-Anteil in der Dame nur sehr gering sein kann. Kaum festzustellen. Ihre Eltern waren offenbar Christenmenschen, kriminell oder nicht. Feyon-Blut kann manchmal in einer Familie jahrhundertelang verborgen sein und dann plötzlich wieder an die Oberfläche kommen. Sie hat versucht, das Hotel zu verlassen. Das spricht dafür, daß sie nicht wußte, daß das Gebäude mit einem Feyon-Bann belegt war. Sie kann ihn nicht sehen. Vielleicht weiß sie selbst nichts über ihr Erbe." Er wandte sich wieder an Marie-Jeannette.

„Was hat deine Herrin gedacht, als sie das Hotel nicht verlassen konnte?"

Marie-Jeannette wußte es nicht. Corrisande war beunruhigt und bedrückt gewesen. Sie hatte deswegen Streit mit Mrs. Parslow gehabt, und letztere dachte wohl, es sei alles Delacroix' Schuld. Sie hatte eine Nachricht gesandt, um ihn beseitigen zu lassen.

„Die Anstandsdame hat einen Meuchelmörder gedungen? Bist du sicher, daß das nicht Miss Jarrencourt selbst war?"

Da war sie sicher. Miss Jarrencourt war furchtbar bestürzt gewesen und hatte dem Mann eine Warnung zukommen lassen.

Das fanden die Männer seltsam.

„Vielleicht braucht sie ihn noch", schlug Bruder Michael vor und fragte dann direkt: „Braucht sie ihn noch für irgend etwas?"

Nein, er brauchte sie. Für die Jagd auf das Monster. Sie wußte nicht viel darüber, nur daß es ihre Herrin angegriffen und sie zugestimmt hatte, bei der Jagd zu helfen. Es war ihr nicht gut gegangen, und Marie-Jeannette war unsicher, ob sie die richtige Entscheidung getroffen hatte. Doch so war es ausgemacht. Sie war dabeigewesen, als man es besprochen hatte und als ihrer Arbeitgeberin nach dem Überfall schlecht geworden war. Irgend etwas Schreckliches mußte passiert sein. Aber das hatte sie nicht gesehen. Sie hatte sich hinter einem Ohrensessel versteckt. Sie hatte nur Hilfeschreie gehört und Rufen.

„Seltsam“, kommentierte Bruder Michael.

„Wir dürfen ihr nicht erlauben, die Jagd zu stören“, sagte Bruder Giuseppe, erhob sich und lächelte verträumt. „Man muß ihr Einhalt gebieten, ehe sie Unheil anrichtet.“

„Im Gegenteil“, widersprach Pater Emanuele. „Sie wird genau das sein, was die Männer brauchen, und wenn sie dabei verletzt wird, werden die Herren damit beschäftigt sein, sich um sie zu kümmern. Dann dürfte es leicht sein, an das Manuskript heranzukommen, so sie es haben.“ Er wandte sich an Giuseppe. „Du faßt sie nicht an. Du mischst dich nicht ein. Du gehst nicht mal in ihre Nähe. Wir werden sie beobachten. Vielleicht ist sie ein Segen wider Willen, und sollte sie Pläne haben, das Manuskript für sich selbst zu beschaffen, sind wir ja da, sie aufzuhalten. Dann, Bruder Giuseppe, und erst dann werde ich sie dir übergeben, und du kannst aus ihr herausholen, von welchen Motiven sie getrieben wird. Ich bin sicher, daß sie deiner Entschlossenheit nichts entgegenzusetzen haben wird.“

Bruder Giuseppes Lächeln war voller süßer Sehnsucht und hatte doch auch etwas Raubtierhaftes. Bruder Michael hob die Hand und brachte sie zum Schweigen.

„Jemand lauscht“, zischte er und nahm einen Metallstab mit gabelartigen Enden auf. Langsam drehte er sich. Die bizarre Wünschelrute begann zu vibrieren und wies erst in die eine, dann in die andere Richtung.

„Finde ihn!“ befahl er Bruder Giuseppe leise.

Die Metallrute stand still. Giuseppe sprang auf und verließ blitzschnell den Raum.

Der Magier trat auf die Zofe zu.

„Ich muß sie freigeben“, sagte er, „oder ich kann unseren Lauscher nicht orten.“ Er nahm Marie-Jeannette bei den Schultern und drehte sie zur Tür, öffnete diese einen kleinen Spalt und blickte nach draußen. Nachdem er festgestellt hatte, daß dort niemand ihn beobachtete, schob er das Mädchen nach draußen.

„Zähl bis drei“, sagte er und schloß die Tür.

Dann stand er in der Mitte des Zimmers und drehte sich langsam um sich selbst. Seine Arme waren ausgestreckt, die Handflächen wiesen nach oben.

„Fey höchstwahrscheinlich“, sagte er. „Die Kennung nimmt schon ab. Es bewegt sich offenbar.“

„Konnten Sie erkennen, wer es war?“ fragte der Priester.

„Nein“, entgegnete Bruder Michael. „Aber die Ausstrahlung war verhältnismäßig stark. Stärker, als ich sie Miss Jarrencourt zutraue. Doch schließlich wissen wir, daß sich noch zwei weitere finstere Geschöpfe im Haus befinden, von denen wir noch nichts wissen. Eines von ihnen könnte es sein.“

Pater Emanuele sah besorgt drein.

„Das heißt, daß vermutlich mindestens eines von ihnen direkt involviert ist. Höchstwahrscheinlich beide. Sonst hätten sie keinen Grund, uns auszuspionieren. Diese Sache wird von Minute zu Minute komplizierter.“

Es war Pater Emanuele Mission und Vergnügen, Situationen wie diese zu lösen. Wenn Dinge zu einfach waren, machte ihn das mißtrauisch. Mit den Jahren war er in dem, was er tat, sehr gut geworden, und sein Mißtrauen war Tag um Tag gewachsen.

„Vielleicht sollten Sie den Abtrünnigen warnen“, schlug Bruder Michael vor. „Er wird mit ziemlicher Sicherheit mehr Kontrahenten vorfinden, als er erwartet.“

Ein leises Lächeln glitt über die Züge des Pfarrers.

„Er ist ein wackerer Haudegen, unser Ehemaliger, und seine Desertion hat ihn alle Privilegien gekostet, die er vielleicht einmal hatte. Keine Hilfe. Soll er seine Feinde selbst finden.“ Pater Emanuele schien der Gedanke zu gefallen. „Solange wir Grund zu der Annahme haben, daß hier mehr als nur zwei Parteien involviert sind, haben wir ihm gegenüber einen Informationsvorsprung. Monster jagen, Fey hetzen, Sí fangen – das ist diesmal nicht unser Hauptziel. Wir brauchen das Manuskript, und je mehr Gruppen darum kämpfen, desto einfacher wird es für uns, es letztlich zu erhaschen. Sollen sie sich gegenseitig umbringen. Das spart uns

Arbeit und schont unseren Ruf. Selbst wenn Giuseppe eine andere Gangart vorzöge. Er ist so leicht zu begeistern."

„Zu leicht", bemerkte Bruder Michael. „Er läßt sich von seinen Sehnsüchten und Leidenschaften treiben, nicht von seinem Verstand. Es gibt Augenblicke, wo selbst ich finde, daß er viel zu sehr darauf fixiert ist, jeden einzelnen Feyon auf der ganzen Welt eigenhändig und ganz allein niederzumachen."

„Das sollte Sie nicht beunruhigen", antwortete Pater Emanuele. „Talente verleiht der Herr aus einem bestimmten Grund, selbst seine. Informationen von jenen zu extrahieren, die sie nicht aus eigenem Antrieb geben möchten, gehörte schon immer zur Arbeit der Bruderschaft. Wenn man es mit den Anfängen der Inquisition vergleicht, haben wir die Sache inzwischen beinahe zu einer Kunstform erhoben. Stellen Sie sich vor, er sei Künstler. Er formt Leben – sein Handwerkszeug ist der Schmerz. Vorausgesetzt, man versündigt sich nicht, wenn man das Dasein eines Feyon als Leben beschreibt. Ein Privatmann mit Giuseppes Vorlieben gehörte hinter Gitter, aber in ihm bekommt seine besondere Neigung einen Zweck, einen heiligen und reinen Sinn. ‚Wir sind die Grenze zwischen dem Abgrund und dem Licht Gottes", zitierte er, „wir sind die Verteidiger der Kinder Gottes auf Erden. Wir stehen vereint gegen den Höllenschlund aus unnatürlicher Verderbtheit.' Sie kennen diese Worte, Bruder. Sie haben sie geschworen, so wie ich. So wie auch Giuseppe. Sie müssen sie auch glauben. Ich möchte nicht, daß es Ihnen an Glauben fehlt."

Nicht einmal ein Anflug einer Drohung schwang in der freundlichen Stimme. Gleichwohl beeilte sich Bruder Michael, ihm seine Bedenken zu nehmen.

„Natürlich. Vergeben Sie mir, wenn ich gesündigt habe. Wir tun alle, was wir am besten können, um dem einen Zweck zu dienen."

Pater Emanuele nickte lächelnd.

„Das tun wir, Bruder, und amen. Ich plane und mache, Sie lenken die Sache, und Giuseppe nimmt Rache." Er kicherte. „Verzeihen Sie meinen poetischen Ausbruch. Ich wollte durchaus keinen Witz machen. In der Tat verstehe ich Ihre Haltung gegenüber unserem Bruder. Er ist immer in Gefahr, etwas Unüberlegtes zu tun und uns in Mißkredit zu bringen. Ich hoffe, er tut nicht gerade jetzt irgend etwas schrecklich Dummes."

„Das bezweifle ich", sagte Bruder Michael. „Wer auch immer versuchte, uns zu belauschen, er – oder vielleicht sie – hat vermutlich kaum etwas von unserem Gespräch mitbekommen. Projiziertes Lauschen aus der Entfernung benötigt sehr viel Konzentration, und hohe magische Fertigkeiten. Aber wenn der Lauscher die zu Belauschenden erst einmal anvisiert hat, ist er von einem versierten Fachmann recht schnell wahrzunehmen."

Pater Emanuele nickte langsam.

„Sind Sie sicher, daß es nicht der Team-Magier war?"

Bruder Michael schüttelte den Kopf.

„Ich glaube nicht, Pater", entgegnete er. „Man konnte die Feyon-Aura recht deutlich spüren."

Bruder Giuseppe kam zurück, seine Miene geradezu herzzerreißend betrübt.

„Ich habe sie nicht gefunden", berichtete er enttäuscht.

„Oder ihn", berichtigte Bruder Michael.

Daraufhin wurde Bruder Giuseppes Ausdruck noch trauriger.

„Oder ihn", wiederholte er und lächelte dann plötzlich. „Oder sie."

Kapitel 42

„Unser Meister des Arkanen hat uns informiert, daß wir in den Keller müssen", erklärte Asko und lächelte Corrisande aufmunternd zu. Sie mochte sein Lächeln. Es war sanft und freundlich.

„Gehen wir", befahl Delacroix und wandte sich der Haupttreppe zu. Die beiden Offiziere folgten ihm.

Corrisande blieb stehen, wo sie war.

„Augenblick, bitte", sagte sie und hielt sie mit einer kleinen Handbewegung an. „Sie mögen meine Skrupel unter den gegebenen Umständen für müßig erachten, doch ich bitte Sie zu verstehen, daß ich mir nicht erlauben kann, gesehen zu werden, wie ich allein mit gleich drei Herren vom Militär durchs Hotel zu irgendwelchen Abenteuern aufbreche. Ohne den Schutz meiner Tante. Man fände ein solches Benehmen höchst fragwürdig."

Delacroix' Gesicht verzog sich genervt. Offensichtlich sah er das Problem nicht.

Asko hingegen schon. Er nickte, aber war nicht schnell genug, das, was er sagen wollte, auch von sich zu geben. Delacroix war mit einem einzigen Schritt wieder bei ihr. Er begann, ruhig auf sie einzusprechen und versuchte, seine Ungeduld nicht zu zeigen.

„Miss Jarrencourt, nachdem Ihre Tante so ausnehmend rasch und plötzlich in Morpheus' Arme gesunken ist, werden wir wohl ohne ihren moralischen Beistand auskommen müssen. Ihre Bedenken sind artig und keusch, doch in dieser Situation hinderlich." Er lächelte leicht amüsiert. „Irgendwann müssen Sie mir erzählen, wie Sie Ihre Verwandte davon überzeugen konnten, so ungemein müde zu werden – in so kurzer Zeit. Aber da sie nun zu ruhen geruht, fürchte ich, Sie müssen mit unserem Schutz vorliebnehmen."

Corrisande blickte ihn erzürnt an.

„Bitte, Sir“, gab sie zurück, „das ist nicht komisch. Die Situation – wie Sie sie nennen – ist schlimm genug, und ich weiß nur allzugut, wie schlecht meine Chancen stehen. Ich weiß es besser, als Sie glauben. Doch wenn ich das hier überlebe, will ich ungern aufgrund eines vermeintlichen Fehltritts, den eine kritisch-rügende Gesellschaft mir aus einem Mißverständnis heraus anlastet, meinen Ruf verlieren.“

„Selbstverständlich“, sagte von Orven. „Wir müssen unbedingt ...“

Delacroix unterbrach ihn: „Das Problem läßt sich ganz einfach beheben, Miss Jarrencourt. Die Herren Leutnants von Orven und von Görenczy werden jetzt die Haupttreppe nehmen, und wir beide schleichen uns unauffällig und leise die Hintertreppe hinunter. Jetzt, ohne weitere Verzögerung.“

Er ging achtlos an Askos wütendem Blick vorbei und führte Corrisande zur Tür zum Gesindetrakt.

„Sir!“ rief Asko entrüstet.

„Wir sehen uns unten, meine Herren“, sagte Delacroix und hielt der jungen Dame die Tür auf. Er sah sich nicht um. Erbost oder nicht, sie würden tun, was er sagte.

Die Treppe war leer. Zu dieser Stunde waren Köche und Kellner mit den Obliegenheiten des Abendessens beschäftigt, und die Hausmädchen mochten sich bereits zurückgezogen haben, denn sie mußten morgens noch lange vor Sonnenaufgang schon wieder fleißig sein.

Nebeneinander stiegen der Hüne und das zierliche Mädchen Stufe um Stufe die Treppen hinab. Delacroix suchte nach etwas Aufmunterndem, das er sagen konnte, doch sein Gehirn war sonderbar leer. Von Zeit zu Zeit spürte er den Blick der großen, blauen Augen, die ihn abwägend ansahen. Corrisande reichte ihm nicht einmal bis zur Schulter und mußte ihren Kopf seitlich nach oben drehen, um ihn anzusehen. Eigentlich machte das keinen Unterschied, aber es ließ sie noch fragiler wirken.

Auf dem zweiten Zwischenstock hielt sie an, wandte sich ihm zu und blockierte so sein Weiterkommen.

„Colonel", sagte sie ungewöhnlich angespannt. „Wir haben noch ein wenig Zeit. Fragen Sie nicht, woher ich das weiß, das ist unwichtig. Ich weiß es einfach. Hören Sie mir zu." Sie lief rot an, biß sich auf die Unterlippe und sah mit einem Mal sehr jung und verschämt aus. Er sah in ihr gepeinigtes Gesicht und stellte völlig überflüssig fest, daß er ihr Parfum riechen konnte. Wildblumen. Ein seltsames Benehmen, fand er, sich hübsch zu kleiden, Parfum aufzulegen – für eine solche Gelegenheit. Sogar ihr Haar war kunstvoll arrangiert.

„Colonel Delacroix", fing sie wieder an, und er merkte, daß sie Schwierigkeiten hatte, das auszudrücken, was sie sagen wollte.

„Was ist denn ...?" fragte er leise und schluckte eben noch die Anrede ‚Kind' hinunter. Sie wirkte so unbeschreiblich jung.

„Sie wissen, was es versucht hat, mir anzutun", sagte sie und wich seinem Blick dabei aus. „Bitte. Wir wollen nicht darüber reden", fügte sie rasch hinzu, und eine noch glühendere Röte ergoß sich über ihren Teint. „Sie wissen es, und ich weiß es. Ich habe eine Erkenntnis übrigbehalten, eine böse Ahnung. Ich weiß, daß es – das – erneut versuchen wird. Es wird auch nochmals versuchen, mich in Stein zu verwandeln ..." Sie hämmerte ihre Worte eines nach dem anderen heraus, als müsse sie sie durch eine Wand schlagen. „... so kann es mich mitnehmen. Wo immer es mich haben will. Um mich dort zu ... behalten. Um mich zu ... Sie haben mir versprochen, daß Sie das nicht zulassen würden ..."

Ihr blieben die Worte weg.

„Ich habe es Ihnen versprochen", sagte er, „und ich werde es nicht zulassen." Ein Meineid oder nur eine Lüge? Wie lange war es her, daß er ihre Prioritäten definiert hatte? Sie brauchten das Manuskript, auch wenn es Verluste gab.

Corrisande nickte.

„Ich zweifle nicht an Ihrer Tapferkeit oder Ihrer Unerschrokkenheit", sagte sie und biß sich ganz undamenhaft auf die Lippen. „Das müssen Sie mir glauben. Aber aus meiner letzten Begegnung weiß ich, daß Sie und Ihre Begleiter vielleicht nichts gegen die Kreatur ausrichten können."

Er versuchte, sie mit einem Lächeln und einer tröstenden Geste zu beruhigen, doch sie unterbrach ihn und fing sein Handgelenk mit ihrer kleinen Hand. Sie hielt es mit einiger Kraft fest, ein offenes, direktes Manöver, das ihn überraschte.

„Bitte!" sagte sie, und er sah, daß sie eisern bemüht war, ruhig und gefaßt zu wirken. „Erlauben Sie ihm nicht, mich mitzunehmen. Bitte! Das dürfen Sie nicht zulassen. Wenn es das versucht, dann dürfen Sie mich ihm nicht überlassen. Nicht lebend. Es darf mich nicht lebend bekommen. Verstehen Sie?"

Jetzt sah sie ihm direkt in die Augen.

Delacroix verstand. Er wußte nicht, was er sagen sollte. Niemand hatte ihn je um einen so grauenhaften Gefallen gebeten. Es gab ein Schicksal, das schlimmer war als der Tod, und sie hatte ihn gebeten, sie davor zu bewahren. Wahrscheinlich war das sogar eine Art Ehre, ein grotesker Vertrauensbeweis. Er schluckte.

Ihre zarte Hand war immer noch um sein Handgelenk gekrampft, viel zu klein, um es zu umfassen, und sie sah ihn immer noch an mit diesen unglaublich großen, blauen Augen, die aussahen wie das Meer. Ihm wurde plötzlich klar, daß man ihn nie um etwas Schwierigeres gebeten hatte. Er verabscheute seine Rolle in diesem makabren Stück. Der Mann mit dem Dolch am Opferstein war diesmal er. Es war ihm, als habe er eben erst verstanden, wieviel Angst sie haben mußte. Er hatte nicht darüber nachgedacht, hatte sich nur damit beschäftigt, ans Ziel zu kommen. Jetzt führte er sie wie ein Lamm zur Schlachtbank. Das Jungfernopfer. Asko hatte recht gehabt. Sie hatten dazu kein Recht.

Er war Offizier, und er war im Krieg gewesen. Er hatte getötet, in der Schlacht, in Notwehr und wenn es gar nicht anders ging, auch kaltblütig direkt. Doch dies ging ihm gegen die Moral. Es war noch keine Stunde her, da hatte er ruhig über mögliche Verluste gesprochen. Damit, selbst der Scharfrichter sein zu müssen, hatte er nicht gerechnet.

„Verstehen Sie?" fragte sie noch einmal und rang sichtlich um Fassung.

Er befreite sein Handgelenk und nahm ihre Hand. Sie verschwand vollständig in der seinen.

„Ich verstehe“, antwortete er schroff und drückte ihre Hand aufmunternd. „Versuchen Sie, keine Angst zu haben. Ich ... wir werden Sie beschützen.“

„Aber Colonel“, rief sie lauter und noch aufgeregter als zuvor, „haben Sie verstanden ... werden Sie ...“

Er unterbrach ihren Ansturm, indem er einen Finger auf ihren Mund legte. Sie schwieg, und er streichelte ihre Lippen, dann ihr Gesicht und dann wieder ihre Lippen, wo sein Daumen verweilte. Ihre Haut war zart und weich.

„Wenn es zum Ärgsten kommen sollte, Corrisande, dann können Sie sich auf mich verlassen“, versprach er und vergaß, daß sie ihm das Recht verwehrt hatte, sie beim Vornamen zu nennen. Ihre unfaßbare Bitte hatte sie einander nähergebracht. „Ich werde tun, was getan werden muß. Ich verspreche, es wird schnell gehen.“ Seine Hand lag an ihrer Wange, sein Daumen zwischen ihren Lippen. Er nahm sie fort. „Doch es wird nicht nötig sein“, versicherte er und hoffte, überzeugend zu klingen.

„Danke, Sir“, erwiderte sie höflich, als habe er sie gerade zum Tanz aufgefordert. Dann drehte sie sich schnell von ihm fort, und er erkannte an ihrer Bewegung, daß sie sich Tränen aus den Augen wischte. Hilflos stand er da, hätte sie gerne in die Arme genommen und aufgerichtet. Doch das war unmöglich. Schließlich brachte *er* sie in diese Gefahr. Er hatte entschieden, sie zum Spürhund dieser Hatz und zugleich zum Köder zu machen. Es gab keine andere Möglichkeit. Die Welt war wichtiger als Corrisande Jarrencourt. Auch wenn er sich in diesem Moment nicht vorstellen konnte, was genau auf der Welt wichtiger sein konnte als sie. Kein einziges Beispiel fiel ihm ein. Diese Einsicht durchfuhr ihn wie ein Schlag.

Als sie sich wieder umwandte, war keine Spur von Tränen auf ihrem Gesicht zu sehen. Sie lächelte nicht, doch sie wirkte gefaßt.

Er bot ihr höflich den Arm, und sie nahm ihn.

„Kommen Sie“, sagte er, und sie nickte nur. Sie gingen weiter.

Eine halbe Treppe höher stand Cérise und sah zu. Den Inhalt der Unterhaltung hatte sie nicht hören können, doch sie hatte Delacroix’ Gesicht gesehen. Der harte Kämpe und das Mädchen.

Fast machte es sie wütend. Wenn der sture Holzkopf sich schon noch einmal verlieben mußte, dann hätte es jemand ganz Besonderes sein sollen, eine verlockende, außergewöhnlich schöne Frau. Die Kleine war keine ebenbürtige Rivalin. Nun, eigentlich war sie überhaupt keine Rivalin. Schließlich wollte Cérise Delacroix keinesfalls zurück. Er war nicht mehr ihr Delacroix. Trotzdem, irgendwie ärgerte sie das Ganze genauso, wie es sie faszinierte.

Sie fragte sich, ob die Szene, deren Zeugin sie geworden war, ein Disput unter Liebenden gewesen war. Oder eher nicht? Irgend etwas war seltsam daran. Sehr seltsam. Sie würde es herausfinden. Sie folgte dem Paar. Diesmal würde sie das Auftauchen des Schattenwesens nicht verpassen. Schließlich hatte seine Majestät sie persönlich um Hilfe gebeten. Also würde sie dabeisein, auch wenn die Gruppe versäumt hatte, ihr Bescheid zu geben.

Es geschah nie, daß Delacroix nicht merkte, wenn er verfolgt wurde. Er mußte mit den Gedanken weit weg sein, wenn sie ihm einfach nachschleichen konnte, ohne daß er sie bemerkte. Er wurde nachlässig. Das sollte er besser nicht. Sie würde ihm das sagen müssen. Eindringlich. Einen Anschlag auf sein Leben hatte es bereits gegeben. Er konnte sich nicht darauf verlassen, daß sie immer dasein würde, um ihn zu retten, wenn ihm gerade jemand an den Kragen wollte. So wie er lebte, wäre das weiß Gott eine Vierundzwanzig-Stunden-Aufgabe gewesen.

Sie bemerkte den Mann nicht, der ihr folgte. Ein Stockwerk höher schlich er geräuschlos von Schatten zu Schatten. Sie hörte ihn nicht und spürte seine Gegenwart nicht. Sie war so beschäftigt mit der Analyse dessen, was sie beobachtet hatte, daß es ihr nicht in den Sinn kam, sich umzudrehen.

Sie merkte auch nicht, daß der Anhänger, den sie unter dem Kleid auf der Haut trug, wärmer wurde. Vielleicht irritierte es sie ein wenig, doch nicht genug, um ihr bewußt aufzufallen.

Eine unmögliche Verbindung, dachte sie wieder. Eine absolute *mésalliance* für beide. Irgend etwas störte sie an dem Mädchen. Der Puppencharme kam geradewegs aus dem Regelbuch für untadeliges Benehmen. Ein Klischee hatte sie die Kleine genannt, und Asko war wütend ob ihrer Einschätzung gewesen. Überhaupt, was war mit ihm? Er hatte deutlich den Eindruck hinterlassen, als wäre er hinter der zierlichen Miss her. Es war klar, warum sie ihm gefiel. Er war ein solcher Etepetete-Pedant, wenn es um Zucht und Anstand ging. Ihr wohlerzogenes Getue war vermutlich genau das, was er in einer Frau suchte.

Delacroix war anders. Seine Erziehung und seine militärische Karriere hatten es nicht geschafft, ihn zum perfekten Gentleman werden zu lassen, obgleich er die Regeln sehr wohl kannte. Nur hielt er sich selten daran. Sie wußte, er hatte durch seinen Stiefvater einen begüterten, wohlanständigen Familienhintergrund. Dennoch paßte er sich nicht an, obwohl er es konnte, wenn er wollte oder einen tieferen Zweck darin sah. Dann spielte er den Offizier und Gentleman, und das gut. Doch das Leben betrachtete er von einem anderen Standpunkt aus als die meisten. Deshalb reagierte er oft anders, als man es erwartete, und genau das war auch eine seiner aufregendsten Eigenschaften. Er unterwarf sein Leben keinen Konventionen. Es war eher, als sähe er dem täglichen Leben von außen zu wie ein gut orientierter Gast.

Was also sah er in diesem honigsüßen Jungfräulein? Das Mädchen war viel zu jung für ihn, dachte Cérise, und außerdem viel zu klein und zu dürr, und sie machte auch nicht den Eindruck, als könnte sie mit einem so ungemein leidenschaftlichen Mann wie Delacroix mithalten.

Doch das konnte man letztlich nie wissen. Cérise Denglot lächelte zynisch.

Kapitel 45

Von Orven war wütend. Er stürmte die Treppen in einer Geschwindigkeit hinunter, die schon an Unhöflichkeit grenzte, und zwang Gäste, ihm aus dem Weg zu gehen. Gott sei Dank waren nicht viele Menschen im Treppenhaus, ein Großteil der Gäste hatte das Hotel inzwischen verlassen. Leutnant von Görenczy hatte Mühe, seinem Sturmschritt zu folgen.

„Asko", rief er. „Es ist verdammt noch mal nicht nötig, die Treppen runterzufliegen. Wir haben laut dem Magier noch genug Zeit."

Von Orven drehte sich nicht einmal nach ihm um.

„Asko! Denk an den Eindruck, den du machst. Du wirkst, als wären alle Teufel der Hölle hinter dir her."

Diesmal wurde Asko langsamer, wandte sich sogar zu seinem Freund um. Seine hellblauen Augen funkelten, und von seiner üblicherweise besonnenen Ausstrahlung war nicht viel übrig.

„Das hat er mit Absicht gemacht!" zischte er, und seine Stimme klang erbost.

„Was hat wer mit Absicht gemacht?" fragte von Görenczy.

„Daß er Miss Jarrencourt allein die Dienertreppe hinunterführt. Er hat ihr nicht einmal Zeit gegeben, darüber nachzudenken. Er hat keine Ahnung, was in ihr vorgeht. Er ist eiskalt, ohne jedes Mitgefühl. Man kann doch so ein wohlanständiges Mädchen nicht einfach über die Hintertreppe schleppen. Das tut man nicht. Es ist unmöglich."

Außerdem war er mit ihr allein, und Asko war sicher, daß er das nicht sein sollte. Er wollte nicht, daß sie mit einem solchen Mann allein war.

„Asko, sie kennt die Hintertreppe. Sie war doch selbst schon da, und sie ist dort heute morgen ganz allein hochgestiegen, war sogar so frei, meinen Begleitschutz abzulehnen."

Asko blieb abrupt stehen.

„Wirklich? Wie befremdlich. Ich frage mich, was sie da wollte."

„Nun, sie sagte, sie wolle nicht, daß man denkt, sie würde sich heimlich mit Herren vom Militär treffen."

„Wie bitte? Wovon redest du überhaupt?"

„Davon, daß sie nicht von mir eskortiert werden wollte!"

Asko sah ihn böse an. Dann nahm er seinen Weg nach unten wieder auf, diesmal in etwas maßvollerem Schritt.

„Udolf", sagte er, „sie ist eine ehrbare junge Dame aus den besten Kreisen. Natürlich will sie sich nicht von dir begleiten lassen. Höchstwahrscheinlich hat sie sich auch ein bißchen vor dir gefürchtet. Immerhin sind deine Manieren ja etwas forsch zu nennen."

Von Görenczy schnaufte abfällig und zwirbelte seinen Schnurrbart.

„Angst vor mir hatte sie ganz sicher nicht. Warum auch, verdammt noch mal? Ein Mädchen, das genug Mut hat, sich zum zweiten Mal einem Monster zu stellen, das sie beinahe vergewaltigt hat, hat bestimmt keine Angst vor dem braven Udolf. Sie war wirklich so keck, mir zu sagen, sie wisse schließlich, daß ich ihre Zofe hübscher fände als sie."

„Was?" Von Orven hielt zum zweiten Mal an. Er starrte Udolf mit offenem Mund an und war dunkelrot angelaufen.

„Na, stimmt doch. Ich finde ihre Zofe hübscher als sie. Jeder fände ihre Zofe hübscher als sie. Hast du das Dekolleté gesehen? Und diese entzückenden grünen Augen, und diese süßen Unterschenk... hörst du jetzt auf damit!"

Asko hatte ihn an seinem prächtigen Uniformrock gepackt und schüttelte ihn.

„Was hast du da gesagt?"

„Ihre Zofe, Marie-Jeannette, ist ..."

„Nein. Vorher!"

Von Görenczy mußte feststellen, daß er einen Fehler gemacht hatte.

„Oh. Ah. Nichts", brummte er und verfluchte sich dafür, daß er die Kunst, erst zu denken und dann zu handeln, noch immer nicht beherrschte.

„Du sagst, das Ding hätte sie ... entehrt?"

„Nein. Hat es nicht. Ich meine, sie sagte, es hätte nicht. Nicht wirklich. Sie hätte gewiß ganz anders reagiert, wenn es hätte, oder? Schließlich hat Delacroix sie gefragt, ob es ..."

„Delacroix hat das gewußt? Du – hast das gewußt?"

„Asko – verdammt noch mal! Hör auf, mich zu schütteln, oder ich sehe mich genötigt, dir eins aufs Kinn zu verpassen. Laß mich los. Du weißt, ich habe Leute schon für weniger gefordert."

Asko von Orven trat einen Schritt von ihm zurück und starrte ihn fassungslos an.

„Du hast das gewußt?" fragte er erneut, steif vor mühsamer Selbstbeherrschung.

„Ja natürlich. Ich war doch dabei. Du im übrigen auch. Hast du nicht gesehen, wie das Ding ihr in die Kleider gefahren ist?"

Asko starrte ihn voller Bestürzung an.

„Nein", sagte er, „das habe ich nicht gesehen. Ich bin gestürzt und habe mir den Kopf gestoßen. Ich war leicht benommen." Er schluckte schwer. „Du hast das gewußt und mir nicht gesagt? Du hast das gewußt und erlaubt, daß sie sich dem nochmals aussetzt? Wenn dir deine eigene Ehre schon nichts gilt, sollte dir nicht wenigstens ihre etwas gelten? Von ihrer Sicherheit und ihrem Leben einmal abgesehen?"

„Das ist nicht fair!" klagte Udolf. „Sie hat sich aus eigenem Antrieb zur Verfügung gestellt. Du hast es doch gehört! Du warst dabei."

„Delacroix hat sie da hineinmanövriert. Großer Gott! Ich fange an zu begreifen!" Er war zornig auf sich selbst. „Ich muß blind gewesen sein! Das hat sie gemeint, als sie sagte, sie hätte diesen Teufel auf der Haut gespürt. Heilige Maria, Mutter Gottes! Bei dem Gedanken allein kann einem schlecht werden. Jedes Gefühl wird entwürdigt! Wenn wir das Wesen diesmal nicht aufhalten können – ich will mir die Folgen nicht einmal vorstellen. Ich werde mir nie verzeihen, wenn ihr etwas passiert. Ich meine, wie kann man einen gottverdammten Schatten davon abhalten, eine Frau zu ... man darf sich gar nicht vorstellen, daß so eine teuflische Kreatur sich ein Mädchen zur Kopula..." Er schaffte es nicht, seine Sätze zu vollenden.

Udolf schlug seinem Freund aufmunternd auf die Schulter.

„Asko, du machst viel zuviel Gewese darum. Wenn die Dame den Mut hat, dieser Gefahr erneut gegenüberzutreten, dann sollten wir die Standhaftigkeit haben, sie heil da durchzubringen. Ich wünschte, ich hätte nichts gesagt. Hoffentlich kannst du dich trotzdem konzentrieren. Wir müssen uns wirklich zusammenreißen. Ganz besonders, weil wir wissen, worum es geht."

„Natürlich, und der edelmütige Delacroix hat uns ja gesagt, worum es geht. Daß wir Verluste haben werden. Jetzt weiß ich, was er meinte." Er zischte vor Empörung. „Mir bleibt nur, hier meine Pflicht zu tun. Aber wenn das vorbei ist, werde ich Delacroix fordern. Er braucht dringend eine Lektion. Wirst du mir sekundieren?"

Sie liefen weiter, durch die Hotelhalle und die Küche. Von dort führte eine schmale Stiege in den Keller.

„Wenn du darauf bestehst, werde ich das", erwiderte von Görenczy. „Ich hoffe aber, du überlegst es dir noch mal. Zum einen tut der Mann nur seine Pflicht. Zum anderen, selbst wenn du das nicht gern hörst, bin ich mir nicht sicher, ob du ein Recht hast, ihn für sein Benehmen bezüglich einer Dame zu fordern, mit der du nicht verwandt und für die du auch in keiner Weise verantwortlich bist. Du könntest dein Leben für eine Sache geben, die dich gar nichts angeht, und weder dein noch Delacroix' verfrühtes Dahinscheiden würden Miss Jarrencourt in irgendeiner Weise helfen. Aber laß uns nicht daran denken. Wir müssen uns auf andere Dinge konzentrieren."

Er fügte nicht hinzu, daß Duelle verboten waren. Sie wußten es beide, und zumindest Udolf hatte das Gesetz längst gebrochen. Manche Gesetze ließen sich im Militär schlichtweg nicht durchsetzen. Solche Übertretungen pflegte man innerhalb des Regiments zu behandeln.

Aber da war noch etwas. Udolf wußte nicht, welche etwaigen Erfahrungen sein Freund auf dem Gebiet hatte, aber selbst wenn sie größer waren als er annahm, glaubte er nicht, daß es leicht sein würde, einen Kampf gegen Delacroix zu gewinnen. Das war jedoch kein Beweggrund, der einem Offizier von Rang und Stand etwas gelten durfte.

Sie erreichten den Fuß der Treppe. Die Kellertür war offen. Sie traten ein. Ein großer Raum führte zu einem Flur und der wieder tief in die Eingeweide des Hotels. In einigen Laternen brannten Kerzen, doch sie schienen mehr Schatten als Licht zu verbreiten. Asko gefiel das ganz und gar nicht.

Delacroix stand mit Corrisande im ersten Raum. Er schaute finster und grimmig, sein Kinn war entschlossen vorgereckt, sein Gesicht hart und verschlossen. Corrisande stand nur wenige Schritte von ihm entfernt. Irgend etwas war mit ihren Augen, bemerkte von Orven. Sie glitzerten. Dann wurde ihm klar, daß sie geweint haben mußte.

Pistolen oder Schwerter, fragte er sich, schießen oder fechten? Er war ein guter Schütze. Bei einem Fechtkampf würde er wahrscheinlich gegen den kräftigeren Mann verlieren. Der Colonel hatte die größere Reichweite und war trotz seiner Wuchtigkeit erstaunlich behende und flink auf den Füßen. Ein Ehrenmann würde genau aus diesem Grund nicht das Schwert wählen. Aber Asko war sich nicht sicher, ob Delacroix ein Ehrenmann war. Im Gegenteil.

Er lächelte Corrisande an.

„Geht es Ihnen gut?" fragte er und suchte verzweifelt nach etwas, das er zu ihrer Aufmunterung sagen konnte. Ihm fiel nichts ein. Er hätte sie gerne in die Arme genommen, um sie zu trösten. Das war allerdings undenkbar.

„Danke, Herr Leutnant, mir geht es gut", antwortete sie, erwiderte aber sein Lächeln nicht. Er sehnte sich nach ihrem Lächeln und nach den Grübchen, die sich dann in ihren Wangen bildeten. Doch er wußte, daß sie keinen Anlaß hatte zu lächeln.

Die Tür öffnete sich erneut, und Delacroix hatte sein Messer wurfbereit in der Hand, noch ehe ein Eindringling zu sehen war.

Es war jedoch nur Cérise.

„Sei so gut und erstich mich nicht gleich!“ sagte sie. „Ich bin gekommen, um zu helfen und nicht, um mich von dir aufspießen zu lassen.“

„Du solltest nicht hiersein“, antwortete Delacroix und senkte die Waffe. „Du kannst uns nicht helfen. Du wirst dich nur gefährden. Ich habe dir doch gesagt, wir können dich nicht schützen.“

Sie lächelte so süß, daß von Görenczy es sich nicht verkneifen konnte, etwas Gift zu versprühen.

„Sie werden nur im Weg sein. Warum gehen Sie nicht ein paar Tonleitern üben oder so was? Wir sind beschäftigt.“

Ihr Lächeln erlosch keine Sekunde lang.

„Das sehe ich. Furchtbar damit beschäftigt, Miss Jarrencourt zu bewachen. Aber wer, wenn ich fragen darf, schützt Miss Jarrencourt vor Ihnen? Drei Junggesellen zusammen mit einem unbegleiteten jungen Mädchen – Miss Jarrencourt wird gewiß dankbar sein, wenn wenigstens ich auf ihren Ruf achte. Nicht wahr, meine Liebe?“

Ein zynisches Lächeln kroch über Delacroix' Züge.

„Das ist einmalig“, schnaubte er. „Sag nicht, du hast dich hier herunterbemüht, um ihr deine Dienste als Anstandsdame anzutragen. *La fille mal gardée*, und der Bock wird zum Gärtner. Wie selbstlos von dir, uns zu Hilfe zu kommen.“

„Laß uns nicht streiten“, antwortete Cérise. „Sollten Sie alle sich nicht besser um irgendwelche übersinnlichen Phänomene kümmern?“ Sie stellte sich an die Wand neben der Tür und fegte ein Stäubchen von ihrem cremefarbenen Kleid mit zartgrüner Stickerei, das keinesfalls so aussah, als sei es für Einsätze im Keller gedacht. „Ich stelle mich einfach hier hin und komme Ihnen nicht in die Quere. So haben Sie genug Platz für das heroische Gekämpfe, auf das Sie sich schon freuen. Ich bin sicher, es wird spannend sein. Wir vom schwachen Geschlecht werden voller Bewunderung und Staunen zusehen, nicht wahr, Miss Jarrencourt?“

Kapitel 44

Corrisande hörte dem nutzlosen Geplänkel nicht zu. Es ging unter in etwas anderem. Langsam begann sie, sich um sich selbst zu drehen, die Hände seitlich ausgestreckt. Sie wußte nicht warum, aber es schien ihr irgendwie richtig. Sie spürte, wie der Stein dem dunklen Wasser entgegenfiel. Ihr Herz sank. Es kam. Es nahte. Die Barriere zwischen seiner Welt und ihrer zerplatzte wie eine Eierschale, und jeden einzelnen Sprung spürte sie direkt bis ins Mark.

„Es ist fast da", sagte sie tonlos, und ihre Stimme klang ihr fremd.

Die Unterhaltung endete schlagartig. Die Herren drehten sich um. Sie hielten die Waffen in den Händen und versuchten, in dem schattenverhangenen Keller irgend etwas wahrzunehmen. Die flackernden Kerzen woben Licht und Schatten zu immer neuen Mustern auf Wänden, Decke und Boden.

Corrisande drehte sich in der Mitte des Raumes, die Arme immer noch seitlich ausgestreckt. Sie verlor langsam ihre Orientierung. Das Atmen fiel ihr schwer. Die Luft war viel zu trocken, und ihr war, als zwänge man sie, Sand zu atmen, schwarze Kristallsplitter, die sie langsam erstickten. Sie wollte davonlaufen. Mit aller Kraft mußte sie sich zwingen, es nicht zu tun. Fliehen half nichts. Es würde sie finden. Es würde sie überwältigen, sie einfrieren lassen, noch bevor sie die Treppen wieder erklommen hatte.

Sie sah, daß die drei Offiziere ein Dreieck um sie gebildet hatten. Einer hielt einen schimmernden Kasten, die beiden anderen Messer, die im Dunkel des Raumes glühten. Sie hatte Angst vor diesen Waffen, doch diese Angst war nichts gegen den Terror, der sich um sie herum manifestierte und sie durchdrang.

Es kam. Die abscheulichste Kreatur, die man sich je vorstellen konnte, kam, um sie zu verschleppen und in ihrem schwarzen Abgrund gefangenzuhalten, und sie genoß den Schutz eines Mannes mit einer Schachtel, eines zweiten mit einem Obstmesser und eines dritten, der versprochen hatte, sie zu töten. Oh, und einer Opernsängerin, die um ihren guten Ruf besorgt war.

Die Absurdität der Lage traf sie mit Wucht, half ihr jedoch keinen Deut weiter. Sie war verloren. Das wußte sie jetzt. Sie konnte nur noch hoffen, daß es schnell gehen würde. Er hatte ihr versprochen, daß es schnell gehen würde. Sie bezweifelte nicht, daß er imstande war, schnell zu töten. Er sah aus, als könne er es.

Großer Gott, laß es schnell gehen.

Ihr wurde plötzlich bewußt, daß sie nicht sterben wollte. Natürlich hatte sie noch nie sterben wollen, doch sie hatte auch noch nie darüber nachgedacht. Ihr Leben war schließlich recht angenehm verlaufen. Sie hatte die Freiheit gehabt zu entscheiden, was sie wollte, und sie war wohlhabend genug, das, was sie wollte, auch umzusetzen – zumindest soweit es einer alleinstehenden Frau überhaupt möglich war. All ihre Ärgernisse und Nöte schienen ihr plötzlich nichtig. Müßige Klagen eines verhätschelten Fräuleins. Sie hatte ein gutes Leben gehabt. Sie lebte gern. Bis eben hatte sie gern gelebt.

Eine runde Welle schlug gegen ihr Denken und Fühlen, schwarz und ölig, unsichtbar und doch schmerzhaft existent. Sie durchflutete sie, berührte ihr Herz mit schwarzer Gischt.

Sie taumelte, fing sich, rang geräuschvoll nach Atmen. Dann deutete sie mit ihrer Hand. Sie flüsterte rauh: „Dort. Über der Laterne. Es kommt."

Sie spürte, wie Udolf an ihr vorbeieilte, sah ihn dann nicht mehr, weil ihre Knie einknickten. Sie stürzte, landete auf den Knien, krampfte sich zusammen. Dann fiel sie seitwärts, rollte auf den Rücken. Sie konnte sich nicht mehr regen, lag paralysiert da, so wie sie gestürzt war.

Sie konnte seinen Eintritt beinahe hören. Es klang, als klaffe im Wesen der Welt mit einem Mal ein Riß. Es brach hervor, voller Kraft und voller Abscheulichkeit. Schwärze legte sich über ihren Blick, und durch das, was wie ein Spalt im Leben selbst aussah, konnte sie schwarze Obsidianstalagmiten glänzen sehen. Sie warteten auf sie – in der Welt, in der man ihr die Seele nehmen würde.

Sie zwang sich, in dieser Sphäre zu sehen und nicht in jener. Aus ihrer Position heraus konnte sie beobachten, wie von Görenczy das Kästchen zwischen sie selbst und den Schattenfleck an der Wand hielt. Sie spürte, wie das Ding aus seiner Domäne in ihre Welt quoll. Wie eine hochviskose Salbe quetschte es sich in die Realität, nicht wie eine Lanze, nicht wie ein Schatten. Es umfloß den Behälter wie dickflüssiges Öl, verteilte sich dann schnell nach oben zur Decke, wo der Offizier es nicht mehr erreichen konnte.

Er hatte es nicht gefangen. Es war entkommen. Sie war verloren. Sie hörte ein angsterfülltes Stöhnen. Es war ihr eigenes.

Delacroix und Asko rannten gleichzeitig los. Sie sprangen vor sie, zwischen sie und das schwarze Wesen, das sich die ungefähre Gestalt eines Mannes gegeben hatte, der unter der Decke des Raumes schwebend lauerte. Die beiden Offiziere rannten ineinander, stießen zusammen, der kleinere Mann taumelte, vom Schwung des größeren umgeworfen.

Delacroix war verzweifelt. Wieder hatten sie falsch geplant. Es war noch stärker, schlauer und tödlicher, als sie angenommen hatten, und von Orven war ihm im Weg. Sie waren einander im Weg, während sie ihm beide ihre Messer entgegenstreckten und absolut verhindern wollten, daß das Geschöpf das Mädchen erreichte. Jeder von ihnen war fest entschlossen, das Ding sie nicht mehr berühren zu lassen, und jeder von ihnen wußte dennoch, daß es nicht viel gab, das sie dagegen tun konnten.

Wenn es sie erreichte, würde er sie töten müssen. Ihm wurde klar, daß er zunächst Asko unschädlich machen mußte, sonst würde der Mann mit seinem ausgeprägten Beschützerinstinkt ihn die Tat nicht ausführen lassen. Nicht, daß er sie ausführen wollte. Doch er hatte sein Wort gegeben.

Er war so sicher gewesen, daß sie es fangen konnten. Eine Unaufrichtigkeit, gestand er sich. Sicher war er nie gewesen, aber er hatte es gehofft. Nun hatten sie versagt.

Die Kreatur bewegte sich nicht, schwebte nur außer Reichweite an der Decke, wurde fest und schmolz, modellierte sich in unterschiedlichen männlichen Formen. Es wirkte, als mache es sich über sie lustig, und wenn das überhaupt möglich war, haßte Delacroix es dafür um so mehr. Es lauerte auf sein Vergnügen, erschuf sich menschenähnlich, formte sich im einen Augenblick grobe männliche Körperteile, um dann wieder in einem Wirbel von Schatten zu vergehen wie dunkles Wasser, das den Fluß mal hinauf und mal hinab rinnt.

Nun schoß es wie ein Speer die Decke entlang, wie ein Pfeil, zu schnell für die beiden Männer. Es streckte sich und flog über sie hinweg, zu hoch, als daß man es hätte erreichen können. Delacroix sprang, tauchte Corrisande entgegen, versuchte, sie mit dem eigenen Körper zu schützen, während von Orven über sie hinwegsetzte, der Bewegung des Schattens folgend, der seinen Kurs geradlinig bis zur gegenüberliegenden Wand fortsetzte – genau auf eine zu Tode erschrockene Cérise Denglot zu, die bewegungslos erstarrt neben der Tür stand.

Plötzlich bewegte sich ein zweiter Schatten. Eine geschmeidige, dunkle Gestalt tauchte vollständig aus dem Nichts auf und sprang vor Cérise. Dunkles Haar wehte durch die Geschwindigkeit, mit der der Mann auf einmal erschien. Das Schattenmonster hielt mitten in der Bewegung inne, als müsse es seine Taktik überdenken.

Der Fremde hielt ihm die Hände abwehrend entgegen. Er war unbewaffnet, doch das Wesen griff ihn nicht an. Vielmehr sah es aus, als starrten beide einander an. Genau diesen Eindruck vermittelten sie, obgleich Delacroix nicht wußte warum, denn der Schatten hatte nicht einmal Augen. Dennoch schienen die beiden Kontrahenten einander zu verstehen, vermittelten eine düstere Art gegenseitigen Abschätzens, die Delacroix an die unheimliche Nähe erinnerte, die man bei einem Duell fühlte.

Die Augen des Neuankömmlings zeigten nur abgrundtiefe Schwärze. Er hielt die Arme immer noch dem Feind entgegen. Seine Handflächen waren gegen das Monster gerichtet, die Finger ihm wie Klauen entgegengekrümmt. Es waren Klauen, stellte Delacroix dann fest, und mit einem Mal wußte er, wen er da sah. Cérises mysteriöser Bewunderer war gekommen, sie zu beschützen.

Er hatte aber keine Zeit, weiter darüber nachzudenken, denn nun hatte Asko den Schatten erreicht und stach mit seinem kleinen Kalteisendolch danach.

Er war zu schnell, viel zu schnell für ihn, zog sich in schattenhafte einzelne Strähnen auseinander, die wieder durch den Raum jagten. Im gleichen Schwung bewegte sich das Messer auf den Beschützer der Sängerin zu, der mit einem animalischen Knurren den Arm des Leutnants mit einer Hand ergriff, seinen Uniformrock mit der anderen, und schon flog der junge Offizier mehrere Meter durch den Raum, knallte mit einem atemlosen Fluch an die gegenüberliegende Wand. Delacroix nahm sich nicht die Zeit, sich nach ihm umzusehen.

Askos Messer fiel scheppernd und nutzlos auf den Boden.

Natürlich, dämmerte es Delacroix. Ein Feyon. Für ihn war die Waffe ebenso gefährlich wie für das Monster.

Mehr Zeit hatte er nicht, darüber nachzudenken, denn in diesem Augenblick stachen die Schattenarme herab. In weniger als einer Sekunde flitzten sie auf Corrisande zu, obgleich Delacroix versuchte, ihnen mit seinem Körper den Weg zu versperren. Eine sinnlose Tat, das war ihm klar, während er noch dabei war. Er war ungeschützt, und die Kreatur konnte ihn einfach durchbohren, mußte nur durch sein Fleisch fahren, wie sie es bereits einmal getan hatte.

Doch sie tat es nicht, floß nur vielarmig und aalglatt um ihn herum, strich schlängelnd an seinem Gesicht entlang, ohne auch nur seine Haut anzukratzen. Er schauderte und sah in Corrisandes Antlitz. Ihre Augen trafen sich, hielten einander in einem kurzen Augenblick geteilter Hoffnungslosigkeit.

Dann hatte das Ding sie erreicht, glitt um sie herum, in ihr Kleid, durch ihr Haar, über ihr Gesicht. Sie sah immer noch Delacroix an, während ihre Haut grau zu werden begann, sich kriechend zu Dunkelheit verfestigte. Allmählich verwandelte sie sich in Stein, in spiegelnden Obsidiankristall.

Delacroix hob sein Messer und stieß in einer schnellen, kraftvollen Bewegung nach ihrem Herzen. Er zögerte nicht. Sein Hirn war seltsam leer, und er sorgte dafür, daß es so blieb.

Die Messerklinge erreichte ihren Körper nicht. Jemand hielt seinen Arm, hinderte seine Bewegung. Von Orven, dachte er, doch es war Cérises unheimlicher Anbeter. Er war erstaunlich stark. Tatsächlich konnte Delacroix seinen Arm keinen Millimeter bewegen. Der Feyon hielt ihn wie eine Stahlklammer. Er hörte den Atem des Mannes, kurze, schmerzerfüllte Atemzüge.

Delacroix' Gedanken rasten. Er brach sein Wort. Mit jeder Sekunde, die verging, wurden die Chancen geringer, Corrisande zu erlösen, bevor sie verschleppt wurde und auf immer verschwand. Sie sah ihn immer noch an, mit weit offenen, starren Augen. Das Azur ihrer Iris wandelte sich nach und nach zu schimmerndem Obsidian. Er wußte nicht einmal, ob sie ihn noch sah.

„Loslassen!" brüllte er den Mann neben sich an, der, schmal wie er war, so unglaublich viel Kraft hatte, daß er ihn mitten im Stoß hatte aufhalten können. Delacroix hätte ihm gerne erklärt, was er tat und warum, doch es blieb keine Zeit dafür, und zudem hatte er das Gefühl, daß sein Gegner keiner Erklärung bedurfte.

Der Mann ließ nicht los. Delacroix kam der Gedanke, ob dies das Ergebnis der stillen Kommunikation zwischen den zwei unnatürlichen Kreaturen war. Das Mädchen nehmen, aber Cérise verschonen? Möglich war es, und er würde den schwarzhaarigen Feyon dafür töten.

Doch dann führte der Mann seine Hand nach unten, schob das Messer in Delacroix' Hand beinahe bis an den äußeren Rand des schwärzer werdenden Steins. Die Dolchspitze berührte fast die Umrisse der hilflosen, weiblichen Gestalt, aber bewegte sich nicht ein Jota weiter.

Die Schwärze platzte, zog sich zur Seite, wo die Klinge sie zu berühren drohte. Jetzt begriff Delacroix. Er ließ sich die Hand führen, zeichnete mit dem scharfen Stahl Corrisandes Körperform nach, und der Schatten wich zurück von ihr in dem Versuch, der Berührung mit dem Messer zu entgehen.

Er hatte es besiegt, dachte Delacroix. Er dachte es nur kurz. Dann bäumte sich der Schatten auf und ließ Corrisande auf dem Boden liegen wie einen grauen Sack Eis.

Das Geschöpf verfestigte sich zu einer kristallenen Lanze, glitzerte wie geschliffenes Glas oder wie ein gigantischer Diamant. Die Spitze zielte direkt auf Delacroix' Herz. Ganz am Rande nahm Delacroix wahr, daß Cérises Retter ihn losgelassen hatte und mit einem Mal weit von ihm entfernt stand. Er hatte ihn sich nicht entfernen sehen.

Delacroix fixierte die bedrohliche Lanze und überlegte, wie er sie nur mit einem Dolch bekämpfen könnte. Die Chancen standen schlecht. Ausgespielt. Niemand hätte auch nur einen Penny auf sein Überleben gesetzt.

Ein hoher Ton durchdrang den Raum. Er wußte nicht sofort, was da tönte, brauchte eine halbe Sekunde, um zu begreifen, daß es Cérise war, die die höchste Note sang, die sie mit ihrer Stimme erreichen konnte. Seine Trommelfelle vibrierten qualvoll. Ihr dunkler Feyon ging in die Knie, preßte die Hände auf die Ohren und gab einen sehr menschlich klingenden Schmerzenslaut von sich.

Die Lanze zersprang.

Sie zerplatzte in Einzelteile, die zu Boden fielen, was klang, als träfe ihn eine ganze Lawine von Eiszapfen. Die Scherben zersprangen in kleine Splitter und schossen durch die Aufschlagenergie durch den ganzen Raum. Scharfe Bruchstücke flogen wie Schrapnell, und Delacroix lehnte sich noch weiter nach unten über das Mädchen, um es vor den fliegenden Teilen zu schützen. Einen Moment lang sah es aus, als hätte jemand einen Kristallüster fallengelassen.

Dann war alles still. Cérises hoher Ton hallte noch in Delacroix' Ohren, doch es gab kein anderes Geräusch. Er sah, wie die scharfen Scherben überall auf dem Boden an Eckigkeit verloren, flüssig wurden, sich wandelten in bewegliche Tropfen, die wie schwarzes Quecksilber über den Fußboden krochen, um sich wieder zu einem ganzen Wesen zusammenzuziehen.

Sie sammelten sich zu einem kleinen, fahlen Häufchen. Mit einem Satz sprang Leutnant von Görenczy darauf zu und schaufelte es in seine Schachtel. Er bewegte sich so flink, daß Delacroix nicht sah, wie er die Schachtel schloß. Doch sie war verschlossen. Der Riegel klickte zu.

„Hab ich dich, verdammt noch mal!" rief Udolf, und seine zufriedene Stimme brach die angespannte Stille. Es war, als atme der Raum zusammen mit den Menschen in ihm erleichtert auf.

Delacroix sah sich um. Corrisande erlangte langsam ihre normale Gesichtsfarbe zurück. Ihre Augen waren nicht mehr schwarz. Sie blinzelte, doch das war die einzige Bewegung, die verriet, daß sie lebte. Ihr Atem klang wild und schmerzhaft. Sie rang nach Luft.

Cérise stand noch mit dem Rücken gegen die Wand gepreßt. Sie hatte aufgehört zu singen; ihr Gesicht war eine Maske des Schrekkens, ihre Augen waren weit aufgerissen, ihr Mund stand immer noch offen. Sie bemerkte Delacroix' Blick und riß sich zusammen, schloß den Mund und überprüfte ihr Aussehen, glättete ihr Kleid. Ganz die Frau, die wunderbar auf sich selbst aufpassen konnte.

Der schwarzhaarige Sí stand zögernd auf. Er schüttelte den Kopf, als versuche er, die Erinnerung an den Schrei, der ihn so unangenehm getroffen hatte, aus seinem Gedächtnis zu verbannen. Einen Augenblick später war er an Cérises Seite, etwas zu nah, etwas zu intensiv. Er flüsterte ihr etwas ins Ohr, berührte es dabei fast mit den Lippen. Sie sah verunsichert aus, ärgerlich. Einen Augenblick lang war Delacroix sicher, daß er intervenieren sollte. Irgend etwas an diesem Mann mochte er nicht, obwohl er seine Nützlichkeit nicht zu leugnen vermochte. Trotzdem. In seinen hintersten Gehirnwindungen regte sich ein Gefühl von Gefahr, ein instinktives Warnsignal, und er hatte über die Jahre gelernt, auf dieses Signal zu hören.

Der schmale junge Mann drehte sich zu ihm um, sah ihn an, und Delacroix' Blick wanderte weiter.

Udolf kniete immer noch hinter seiner Schachtel. Er hielt den Deckel nieder, obwohl er längst verschlossen und verriegelt war.

Ein triumphierendes Grinsen leuchtete auf seinen Zügen. Seine Schnurrbartzwirbel zitterten siegesgewiß. Er hatte gewonnen. Sein Herz war so voller Siegestaumel, daß er kaum etwas anderes wahrnahm.

„Hab dich, du Bastard", sagte er noch einmal, und Delacroix erwartete fast Askos Protest. Das war gewiß keine Art, sich in Gegenwart von Damen auszudrücken.

Ihm fiel auf, daß er von Asko gar nichts gehört hatte und wandte sich um, halb in der Befürchtung, ihn bewußtlos an der anderen Wand liegen zu sehen. Doch die Sorge hätte er sich sparen können. Der Leutnant stand hinter ihm. Ein Bluterguß verunstaltete sein Gesicht, wo es allzu plötzliche Bekanntschaft mit der Mauer gemacht hatte. Ansonsten wirkte er unversehrt.

Nur sehr, sehr erbost. Bevor Delacroix noch begriff, was passierte, hatte der kleinere Mann ihn an den Revers hochgezogen und gegen die Wand katapultiert.

„Sie haben versucht, sie umzubringen!" brüllte er. „Verdammt sollen Sie sein! Sie haben versucht, sie umzubringen! War das Ihr Plan? Sie zu benutzen wie ein Aas, mit dem man Aale fängt, und sie dann zusammen umzubringen?"

Die blauen Augen sprühten vor Wut und Empörung.

„Dafür werde ich Sie zur Verantwortung ziehen, Colonel!" sagte er. „Wählen Sie Ihre Waffen!"

Kapitel 45

Corrisandes Welt gewann nur langsam an Konturen. Sie versuchte, ihre wirren Gedanken zu sammeln. Bewußtlos war sie nicht gewesen, nicht wirklich. Doch ihre Sinne waren geschrumpft und verkümmert. Sie hatte Klänge und Stimmen gehört, doch sie nicht zuordnen können, weder den anwesenden Menschen noch irgendeiner Bedeutung. Sie hatte die meiste Zeit über sehen können, obgleich ihre Sehkraft immer weiter nachgelassen hatte, als die Welt dunkler und dunkler geworden war. Ihre Sinne waren nicht geschwunden, aber sie hatten kein Denken gefunden, das ihre Eindrücke in Verständnis hätte wandeln können. So zumindest hatte es sich angefühlt.

Wieder hatte sie die kalten Tentakel auf der Haut gespürt, als das Schattenwesen sie überwältigt hatte. Es war ihr in die Kleidung geglitten, hatte ihren Körper mit seinen schlangenartigen Armen gekost. Sie konnte noch die Eiseskälte an ihren Brüsten spüren, wo das Wesen lüstern verweilt hatte. Es hatte nicht gesprochen, doch sie hatte seine Lust gespürt, und ihr war davon beinahe übel geworden. Weit hatte es sie diesmal nicht erforscht. Stattdessen hatte es sich angeschickt, sie in seine Welt zu verfrachten, um dort ungestört und ohne Unterbrechung das mit ihr zu tun, was es vorhatte.

Sie hatte gefühlt, wie ihre Haut zu Stein erstarrte. Es war ein schmerzhafter Vorgang, als würde man eingefroren. Sie spürte, wie ihr Blut zum Stillstand gezwungen wurde, wie ihre Muskeln und Sehnen hart und spröde wurden, jeder einzelne Nerv vor Schmerz rebellierte. Von der Haut nach innen hatte sie gefühlt, wie sie zu kristallisieren begann.

Daß sie überleben würde, hatte sie nicht mehr geglaubt. Sie hatte Delacroix mit dem Messer über sich gesehen, und merkwürdigerweise hatte sie sich nicht vor ihm gefürchtet. Ihre Angst und Agonie waren aufgebraucht gewesen, und nichts davon hatte sie mehr für die Erkenntnis erübrigen können, daß sein Messer auf ihr Herz gerichtet war und er sie töten würde. Sie hatte ihm bedingungslos vertraut. Sein Gesicht über ihr hatte sie zusammen mit dem Schmerz und der Schuld in seinen gelben Wolfsaugen wahrgenommen, und in der kurzen Spanne, die ihr noch zum Denken und Fühlen blieb, hatte er ihr mit einem Mal leid getan.

Doch der Stich war ausgeblieben. Durch ihre sich verdunkelnde Sicht hatte sie den Fremden gesehen. Auf einmal war er dagewesen, hatte sich eingemischt. Seine dunklen Augen hatten sie an den Ort erinnert, an dem sie bald sein würde, und sein Eingreifen hatte sie um so mehr entsetzt, als sie ihn als Feyon erkannte. Er war wie ihr Peiniger. Er war wie sie. Sie hatte schreien wollen, war jedoch zu keiner Handlung mehr fähig gewesen. Gefangen in sich selbst war sie, konserviert und begraben in ihrem eigenen Körper.

Dann war alles nur noch schwarz gewesen. Für unendliche Sekunden, Minuten oder Stunden hatten ihre Sinne aufgehört wahrzunehmen, ihre Wahrnehmung zu existieren. Sie hatte nicht gehört, nicht gesehen, nicht einmal Schmerz gefühlt. Sie hatte gewußt, ihr Übergang in das andere Reich hatte begonnen. Sie hatte nichts tun können, nur auf das warten, was kommen, was ihr geschehen würde.

Nicht einmal weinen hatte sie können. Mit beunruhigender Klarheit hatte ihr die Erkenntnis vor Augen gestanden, daß jedes Mal, wenn sie der Kreatur begegnet war, ihr Bewußtsein dessen, was ihr geschehen würde, gewachsen war. Dieses Bewußtsein hatte ihr Angst gemacht. Was auch immer ihrer harrte, es würde unerträglich für Körper und Seele sein, und sie hatte sich inständig gewünscht, der Tortur ohne Bewußtsein zu begegnen.

Doch ihr Bewußtsein hatte sie zu keiner Zeit verloren.

Als sie das heiß-ätzende Glühen an ihrem Körper fühlte, dachte sie zuerst, die Kreatur habe begonnen, sie zu foltern. Es fühlte sich an, als kratze jemand mit einer glühenden Nadel ihren Körper entlang. Die Hitze der Glut spürte sie, nicht jedoch die

Nadelspitze. Doch auch so tat es weh, und sie rang verzweifelt nach Atem, wollte schreien vor Schmerz. Dann wußte sie, daß es nicht ihr Entführer war, der sie quälte. Hitze konnte er nicht entstehen lassen. Alles, was er ausstrahlte, war Kälte. Jemand anders verbrannte sie.

Es wurde heller um sie herum. Ihre Augen schmolzen von schwarzem Glas zu etwas anderem, und sie begann, verschwommene Lichter und Bewegung zu sehen, konnte jedoch nicht deren Bedeutung erfassen. Ihr armer, überlasteter Geist war unfähig, den Sinn zu begreifen.

Dann spürte sie den harten Boden unter sich und war dankbar dafür, denn er gab ihr einen Anhaltspunkt, und sie begriff, was er war.

Etwas Langes, Dünnes glitzerte über ihr. Ein entsetzlich hoher Ton stach Löcher in ihr Trommelfell, und erst jetzt wurde sie für einen Augenblick ohnmächtig, für ein paar Sekunden vielleicht nur. Als sie zu sich kam, spürte sie, daß ihr Peiniger verschwunden war. Statt dessen kniete der geheimnisvolle Sí neben ihr und beugte sich über sie. Er war bedenklich nah, und sein halblanges, seidiges Haar fiel ihr beinahe ins Gesicht. Sie konnte seine leicht spitzen Ohren sehen, die ihm ein dämonisches Aussehen verliehen.

Sie wußte nicht, was er wollte, und fürchtete sich vor seiner Nähe. Doch er lächelte, und sie erkannte, daß das Lächeln freundlich, beruhigend sein sollte. Dann griff er nach ihr, und sie wollte schreien, fand aber ihre Stimme nicht. Er berührte ihre Kehle, Daumen auf der einen, vier Finger mit langen, scharfen Nägeln auf der anderen Seite, gerade so, als wollte er sie würgen. Sie schluckte alarmiert.

Er tat ihr nicht weh. Seine Berührung war flüchtig und warm, seine Finger strichen über ihren Hals und Nacken, als kose er sie sanft. Sie erkannte, daß dies seine Art war festzustellen, wie es ihr ging. Atmen wurde plötzlich leichter.

„Du bist also wieder bei uns“, sagte er leise, und seine Stimme klang mitfühlend und tief. „Gut.“

Mit dem Daumen an ihrem Kinn drehte er ihren Kopf zur Seite und streichelte sacht ihr Haar von ihren Ohren. Das verwirrte sie. Dann verstand sie, was er prüfte. Sie merkte, wie sie dunkelrot anlief.

Er half ihr nicht auf, schenkte ihr nur ein Lächeln mit geschlossenen Lippen. Er ging zu Cérise, die ihn mit einer seltsam irritierten Miene ansah, die Corrisande nicht deuten konnte.

Erst jetzt hörte sie den Wortwechsel. Wenn man es Wortwechsel nennen konnte. Es war eher ein Streit, eine Schlacht. Sie sah hinüber zur Quelle der Stimmen.

Delacroix stand mit dem Rücken zur Wand, während Leutnant von Orven ihn lautstark angriff. Dabei hatte er seine Hände in die Kleidung des größeren Mannes gekrallt. Sie mußte sich konzentrieren, um der erregten Diskussion zu folgen.

„Natürlich nehme ich Ihre Herausforderung nicht an, Sie alberner Jungspund!“ zischte der Colonel. „Der falsche Ort, die falsche Zeit und die falsche Reaktion. Wir sind gemeinsam auf dieser Mission, Sie sind in keiner Weise für Miss Jarrencourt verantwortlich, und was mein Handeln angeht, so bin ich Ihnen keinerlei Rechenschaft schuldig.“

Der Leutnant war sehr rot im Gesicht. Fast spuckte er vor Empörung.

„Wenn Sie ein Gentleman wären, würden Sie nicht versuchen, sich aus diesem Kampf herauszuwinden. Sie stehen rangmäßig nicht so weit über mir, daß ich Sie nicht fordern könnte, und Miss Jarrencourt hat sonst keinen männlichen Beschützer. Sie wollten sie töten, versuchen Sie nicht, das zu leugnen. Ich habe es deutlich gesehen, und wenn Sie nicht ein ausgemachter Feigling sind, dann nennen Sie mir Ihre Waffen und Ihren Sekundanten.“

Delacroix’ Augen begannen, gefährlich zu glitzern.

„Sie sollten nicht darauf bestehen. Wirklich nicht. Aber wenn Sie es tun, werde ich Ihnen gerne für eine Lektion zur Verfügung stehen.“

„Halt!“ Corrisandes Stimme klang entschlossener und fester, als sie das für möglich erachtet hatte. Sie hatte sich halb aufgesetzt, stützte sich auf den Unterarmen ab, eine Aktion, die sie unendlich viel Kraft kostete.

Die Männer drehten sich zu ihr um, und dann knieten beide neben ihr, jeder auf einer Seite. Zwei höchsteigene Helden hatte sie. Einer unbedacht genug, sein Leben für sie wegzuwerfen, der andere entschlossen genug, sie vor einem Schicksal zu bewahren, das schlimmer war als der Tod. So besorgt um sie, alle beide, und doch waren sie mehr damit beschäftigt, einander zu bekriegen als nachzusehen, wie es ihr ging.

Beide blickten sie an, das harte, sonnengebräunte Gesicht zeigte die gleiche Sorge wie das entrüstete bleiche. Sie mußte sie davon abhalten zu kämpfen. Sie nahm es ihnen übel, daß sie ihr nicht die Zeit ließen sich zu erholen. Sie wollte zu Atem kommen, und sie mußte ihre Stimme erst wiederfinden. Sie sehnte sich nach etwas Stille, damit sie sich auf das konzentrieren konnte, was um sie herum geschah.

Ihr war nicht nach Reden, schon gar nicht danach, jemanden von irgend etwas zu überzeugen. Es war schwer genug, die trokkene, staubige Luft einzuatmen. Luft zu bekommen war harte Arbeit. Das letzte, das sie wollte, war Streitobjekt zweier Männer zu sein, die einander umbringen wollten. Doch sie wußte, sie durfte ihnen nicht erlauben, Dinge zu sagen, die sie nicht mehr ungeschehen machen konnten. Wenn sie sich erst einmal jenseits einer gewissen Grenze geredet hatten, würden sie kämpfen, um ihre Ehre nicht zu verlieren. Nichts, was sie dann noch sagte, würde irgend etwas bewirken.

„Bitte", sagte sie müde. „Das war alles schrecklich unangenehm. Machen Sie es nicht noch unangenehmer dadurch, daß Sie sich streiten."

Sie streckte die Hände aus, beiden entgegen, eine rechts, eine links. Gemeinsam halfen sie ihr auf, stützten sie beide vorsichtig.

„Geht es Ihnen gut, Miss Jarrencourt?" fragte Asko, und sie erinnerte sich daran, daß er sie das Gleiche schon einmal gefragt hatte, als er in den Keller kam. Das schien Äonen her.

„Danke, Herr Leutnant. Mir geht es gut“, log sie automatisch. „Aber ich bin etwas erschöpft und wäre dankbar, wenn ich mich zurückziehen dürfte.“

Delacroix schwieg, fand nur ihren Blick. Ein reuiger Ausdruck lag auf seinen Zügen. Sie verstand, daß er sich schuldig fühlte, weil er ihr nicht hatte helfen können. Er hatte sein Wort gebrochen. Er wußte nicht, was er sagen sollte.

„Haben Sie es gefangen?“ fragte sie, als die Stille drückend wurde.

„Haben wir, Miss, haben wir“, hörte sie Udolfs Stimme irgendwo hinter sich.

Sie lächelte, und dann sackte sie plötzlich in sich zusammen. Ihre Knie gaben nach, doch sie fiel nicht. Die beiden Männer hielten sie sicher fest. Dabei starrten sie einander wütend an. Schließlich ließ Delacroix sie los, und nur Asko hielt sie noch. Der Verlust von Delacroix' warmer Berührung schmerzte sie. Doch sie konnte ihn nicht gut bitten zurückzukommen.

„Von Orven“, sagte er kalt und unnahbar, „bitte geleiten Sie Miss Jarrencourt auf ihr Zimmer. Von Görenczy und ich werden mit unserem Fang zu Vonderbrück gehen. Mal sehen, was er dazu sagt. Wir erwarten Sie wieder bei uns, sobald Sie sich versichert haben, daß die junge Dame gut versorgt ist.“

Dann bückte er sich und hob etwas auf.

„Haben Sie Ihren Ring verloren?“ fragte er, und sie erkannte ihren Siegelring in seiner Hand. Sie mußte ihn während des Angriffs verloren haben. Kein Schmuckstück, das man leichtfertig verlieren sollte. Viel zu gefährlich. Ihr blieb fast das Herz stehen, als sie es in seinen Händen sah. Sie hätte es nicht tragen sollen.

„Oh ja. Das ist meiner“, sagte sie und streckte ihre Hand danach aus. Doch er gab ihn nicht her. Vielmehr nahm er ihre Hand und steckte ihr den Ring direkt an den Finger, so wie man es mit einem Ehering tat.

Die vertrauliche Geste löste den Verschlußmechanismus aus. Der Stein öffnete sich und gab den Blick auf die Nereide darunter frei. Delacroix hielt immer noch ihre Hand fest und hob sie nah an seine Augen. Dann sah er sie an, und sein Ausdruck wandelte sich von Verwirrung in langsames Begreifen. Seine Augen wurden hart, sein Gesichtsausdruck wurde wild und gefährlich. Er hatte das Wappen augenscheinlich schon einmal gesehen, und es gab nicht allzu viele Möglichkeiten, wo er es gesehen haben könnte. Er sah sie mit wachsendem Zorn an und trat einen Schritt von ihr zurück.

„Wir unterhalten uns später, Miss Jarrencourt“, sagte er kalt und verneigte sich. Dann wandte er sich ab. Sie wollte ihn fragen, was er meinte, ihn dazu bringen, sein Verhalten zu erklären, aber sie wußte nicht wie, wußte nicht auf welche Weise sie beginnen sollte. Sie sah ihn ängstlich an, doch er kniete bereits neben Leutnant von Görenczy und inspizierte die Eisenschachtel.

Er hatte ihr den Rücken gekehrt.

Kapitel 46

„Ich glaube, sie haben es“, verkündete Bruder Michael, während er mit den Augen Linien im Sand verfolgte, der auf dem Tisch des gemeinsamen Salons der drei Ordensmänner ausgeschüttet war. Sand war brauchbar als Hilfsmittel zur Konzentration auf das, was in der spirituellen Welt um einen herum geschah. Er reiste nie ohne Sand.

„Ist es tot?“ fragte Bruder Giuseppe begeistert.

„Nein, es scheint nicht tot zu sein. Absolut sicher kann ich es aber nicht sagen. Ich nehme an, daß sie es in einem kalteisenverstärkten Behältnis eingefangen haben. Hoffentlich ist es gut abgeschlossen.“

„Wir müssen es verhören“, sagte Bruder Giuseppe und erhob sich. Während der gesamten stillen Wartezeit hatte er gebetet, einen Rosenkranz nach dem anderen. Nun schien der Herr seine Gebete erhört zu haben. Eine Kreatur der Finsternis war den Ermittlern ins Netz gegangen. Es gab Arbeit, süße Arbeit.

Daß sie das Wesen nicht selbst gefangen hatten, war von minderer Bedeutung. Die Bruderschaft fühlte sich verantwortlich dafür, sich aller unnatürlichen Begebnisse anzunehmen. Sie würden eingreifen, wann immer es günstig war. Die Kreatur war schon so gut wie in ihrem Besitz.

„Niemand hat je einen Wiatruschod verhört“, gab Bruder Michael zu bedenken.

„Das muß nicht heißen, daß es nicht möglich ist“, antwortete Pater Emanuele, der bislang geschwiegen hatte. Er grübelte über die Möglichkeiten nach, die die Situation ihnen bot. Es gab mehr als einen Weg, den sie von hier aus einschlagen konnten, und jeder Schritt hatte Konsequenzen und mußte deshalb genau überlegt werden.

Bruder Michael nickte.

„Ich wüßte nicht, wie. Das Wesen hat nur eine Stimme, wenn es von einem Menschen Besitz ergriffen hat. Zumindest laut Archiv. Allerdings gibt es keine Abhandlungen, die darüber berichten, daß es jemand versucht hätte. Vielleicht kann sie mit anderen Geschöpfen der Finsternis kommunizieren. Wer weiß? Wenn wir es selbst versuchen wollten, beträten wir komplettes Neuland. Ich muß gestehen, daß ich das ungern ohne einen zweiten Meister täte, der mir zur Seite steht."

„Für einen guten Zweck nehmen wir unsere Risiken auf uns", zitierte Giuseppe. „Für einen guten Zweck tun wir, was wir tun. Für einen guten Zweck überwinden wir unsere Furcht und unsere Bedenken."

Bruder Michael sah ihn böse an.

„Sicher", sagte er knapp und wandte sich dann wieder an den Priester. „Wir wollen das Ding keinesfalls aus Versehen befreien. Es empfiehlt sich, sorgfältig zu planen. Es gibt viel zuviel, das wir nicht wissen. Wir sollten nicht überstürzt handeln."

„Dennoch", erwiderte der Padre, „müssen wir handeln. Sie haben es eingefangen. Sicher werden sie versuchen, es dazu zu bringen, das Manuskript freizugeben. Sie haben es noch nicht, oder?"

Der Magiewissenschaftler beugte sich über sein Sandpuzzle.

„Ich denke nicht", sagte er.

„Sie sollten sich besser sicher sein, Bruder", bemerkte der Priester kühl. „Wir brauchen dieses Manuskript. Es darf nicht in die falschen Hände geraten. Ich muß Sie wohl nicht daran erinnern, daß alle Hände außer den unseren die falschen sind."

Bruder Michael nickte, ohne aufzublicken.

„Das Manuskript ist ein mächtiges Instrument", sagte er. „Es hat eine Aura, die man wahrnehmen würde. In der Tat habe ich seine Präsenz in den letzten Tagen deutlich gespürt, irgendwo in der Nähe, knapp außer Reichweite. Es lauert im verborgenen, versteckt, ohne daß man es sehen kann. Dieser Eindruck ist noch unverändert."

Er hielt die offenen Hände über den Tisch, und ohne daß er den Sand berührte, bewegten sich die Sandkörner, hoben sich, senkten sich und bildeten winzige Wanderdünen.

„Aber wir sind nahe dran. Sie sagen, Delacroix wird nicht mit uns zusammenarbeiten. Doch eventuell ändert sich seine Meinung jetzt, wo er ein gefährliches Monster zu beaufsichtigen hat, aber immer noch kein Manuskript. Wir könnten unsere Hilfe anbieten."

„Nein", antwortete der Priester. „Wir haben ihm einmal Hilfe angeboten. Er hat abgelehnt. Wir biedern uns nicht an. Wir nehmen, was uns zusteht."

„Für einen guten Zweck", flüsterte Bruder Giuseppe.

„Genau", sagte Pater Emanuele. „Also müssen wir zu einer Entscheidung kommen. Zumindest sollten wir in der Nähe sein, wenn der Salonzauberer versucht, irgend etwas mit der Kreatur zu machen. Er könnte Glück haben und tatsächlich an das Manuskript kommen."

„Dann ist immer noch Zeit einzugreifen. Wollen Sie wirklich in der Nähe sein, wenn der Mann einen Fehler macht und die Kreatur wieder freisetzt?"

„Vielleicht sollten wir ab hier einfach übernehmen. Können Sie den Magier blockieren oder ausschalten?"

Bruder Michael sah sich zweifelnd um.

„Nicht von hier aus. Ich muß ihn dazu sehen. Das heißt, ich müßte ihn aufsuchen. Das wiederum hätte jedoch eine offene Konfrontation nicht nur mit dem Mann, sondern auch mit den Offizieren zur Folge – und mit mindestens einer weiteren Sí-Kreatur. Dabei zähle ich nicht den Wiatruschod. Ich habe eine starke Feypräsenz bei ihnen gespürt, als sie das Ding gefangen haben. Ich konnte sie nicht deutlich ausmachen. Wer immer es ist, versteht sich zu tarnen."

Pater Emanuele wirkte nachdenklich.

„Könnte es die Engländerin sein?"

Bruder Michael zuckte die Achseln.

„Das würde bedeuten, daß sie ihre Fähigkeiten bisher nachhaltig unter den Scheffel gestellt hat. Außerdem habe ich sie, glaube ich, während der Prozedur schwach wahrgenommen. Freilich nicht die gesamte Zeit. Dennoch, möglich ist es. Doch es ist nicht die einzige Möglichkeit. Was immer die Gruppe für finstere Hilfe erhalten hat, sie wird die Sache nicht einfacher machen. Wir wissen nicht, welche Pläne die Kreaturen im einzelnen haben, aber man kann mit Sicherheit davon ausgehen, daß sie uns feindlich gesinnt sind. Was sollten sie auch sonst sein?“

„Wir müssen sie alle erledigen. Jetzt gleich!“ sagte Bruder Giuseppe und wurde komplett ignoriert.

Es entstand eine nachdenkliche Pause. Dann sprach der Priester wieder: „Schade, daß Sie den Spezialisten der Offiziere nicht von hier aus ausschalten können. Es ist grundsätzlich möglich. Ich habe es schon gesehen.“

Die Stimme beinhaltete die Spur einer Kritik, doch Bruder Michael blickte sofort schuldbewußt.

„Es tut mir leid, Padre“, versicherte er reumütig, „man braucht sein ganzes Leben, um die arkanen Wissenschaften zu erlernen. Sie sind kein Handwerk, das man nach drei Jahren Lehre und drei Jahren Gesellenzeit vollständig beherrscht. Ein älterer, erfahrenerer Spezialist könnte eventuell mehr ausrichten.“

„Oder jemand mit einem größeren magischen Talent“, meinte Pater Emanuele mit einem widerlichen Lächeln.

Der Bruder wehrte sich nicht gegen diese kritische Bewertung, obgleich er wußte, daß nur wenige Menschen ihm an arkanem Talent gleichkamen. Genau dieses Talent war es letztlich gewesen, das die Bruderschaft auf ihn aufmerksam und ihn für sie interessant gemacht hatte. Sie suchten immer nach magischer Begabung. Sie brauchten die arkanen Künste, um ihre Aufgabe erfüllen zu können. Gegen die Sí mit ihren angeborenen magischen Kräften konnten andere Angriffe nicht bestehen.

„Wir können es nicht ändern. Welche anderen Möglichkeiten können Sie uns anbieten, damit wir dem Geschehen aus der Nähe folgen können, ohne bemerkt zu werden?“

„Ich kann mich für kurze Zeit unsichtbar machen. Ich kann einen Zauber weben, der andere daran hindert, uns bewußt wahrzunehmen, während wir uns dorthin begeben. Es ist allerdings zweifelhaft, ob diese Magie einen Feyon täuschen würde, und ich bin mir auch nicht sicher, wie gut sie bei einem Magierkollegen wirkt. Es ist also riskant. Außerdem", er sah plötzlich verlegen und peinlich berührt aus, „überprüfe ich zur Zeit gleichzeitig die Kraftlinien, prüfe Präsenzen, halte den Bann in Kraft und schirme unseren Raum ab so gut es geht. Ich fürchte, für weitere Parallelaktionen muß ich die eine oder andere Aktivität aufgeben."

Pater Emanuele nickte. Er mußte nicht erst aussprechen, daß dies schon wieder ein ärgerlicher Beweis der mangelnden Fähigkeiten seines Ordensbruders war. Er selbst war mit sich uneins in der Frage, ob er das schlecht fand oder gut. Das vertraute Dilemma. Auf der einen Seite war es ihm recht, daß auch ein guter Meister des Arkanen seine Grenzen hatte, auf der anderen hätte er genau jetzt gerne ein größeres magisches Kräftepotential zur Verfügung gehabt.

„Trotzdem. Ich bin sicher, wir sollten den Begebenheiten aus größerer Nähe folgen. Wenn wir diesen Raum verlassen, müssen wir ihn nicht abschirmen. Das ist schon einmal eine Erleichterung für Sie. Machen Sie uns unsichtbar!"

Bruder Michael wand sich.

„Das kann ich nicht. Nicht wirklich, und schon gar nicht Bruder Giuseppe. Sie wissen, er hat eine gewisse Magieresistenz. Diese hemmt auch meine Fähigkeit."

„Nun, dann tun Sie, was Sie können. Aber tun Sie es in Gottes Namen jetzt. Wir wissen nicht, wieviel Zeit wir haben, ehe uns die gesamte Unterwelt um die Ohren fliegt, nur weil ein paar irregeleitete Ketzer die Gefahr unterschätzen." Er machte eine kurze Pause. „Ich spreche dabei noch nicht einmal von irgendwelchen lauernden Kreaturen der Finsternis, von deren Plänen wir vielleicht noch gar nichts ahnen."

„Wir müssen sie alle beseitigen“, sagte Bruder Giuseppe. Ein entschlossenes Lächeln umspielte seine Züge. „Ich werde das Mädchen finden und ...“

„Du wirst bei uns bleiben und tun, was ich dir sage“, schnappte der Priester.

Bruder Michael stand auf und stellte sich dem Priester gegenüber.

„Padre“, sagte er, „Sie tragen ein Schutzamulett. Nehmen Sie es ab, oder der Zauber wird scheitern.“

Der Priester zog eher widerwillig das Kalteisenamulett über seinen Kopf. Er trug es nun schon so viele Jahre, daß er sich ohne den Anhänger nackt, verletzlich und angreifbar fühlte.

Mit gemischten Gefühlen ließ er es auf die Kommode sinken.

Bruder Michael malte ein Zeichen in die Luft. Dann wurden seine Augen weit, er keuchte, betastete seinen Hals. Seine Augen rollten hoch, und fiel um wie ein gefällter Baum. Krachend schlug er auf dem Boden auf.

Ehe er noch vollends lag, hatte Pater Emanuele bereits wieder sein Amulett ergriffen und sich die Kette über den Kopf geworfen.

Der erwartete Angriff blieb jedoch aus.

Er sah sich um.

Bruder Giuseppe war bereits halb zur Tür hinaus, um den Sünder, der dies getan hatte, dingfest zu machen.

Bruder Michael lag reglos auf dem Boden. Der Pater überlegte sich einen Moment lang, ob es nicht geraten schien, Giuseppe hinterherzueilen, um das Schlimmste zu verhindern, entschloß sich dann aber, zu bleiben und seinen Meister des Arkanen zu untersuchen.

Sein Puls war langsam, aber gleichmäßig, seine Atmung flach, aber stetig. Doch er ließ sich nicht aufwecken. Bruder Michael lag da wie eine Marmorstatue. Er sah aus wie ein Mann, den der Schlag getroffen hat.

Das war schlecht. Es bedeutete, daß jemand tatsächlich genau darauf gelauert hatte, daß sie den Schutzbann, der den Raum schützte, hoben. Der Lauschangriff war also nicht der einzige Angriff auf ihre Privatsphäre gewesen. Im gleichen Moment, in dem Bruder Michael seine Kräfte umverteilt hatte, war der Angriff erfolgt.

Ob er wieder erwachen würde, konnte nur ein weiterer Spezialist des Okkulten mit einer gewissen Präzision sagen, und der einzige andere, der in der Nähe war, war nicht ihr Verbündeter.

Vielleicht hatten sie den Mann unterschätzt. Das hieß, Michael hatte ihn unterschätzt. Zu selbstbewußt war er, zu arrogant, zu anmaßend in seinem Selbstverständnis als Meister des Arkanen, als daß er zugeben konnte, daß andere Spezialisten auch den einen oder anderen Trick auf Lager haben mochten. Sollte er aus diesem Schlaf aufwachen, so würde er Buße tun müssen. Etwas mehr gottgefällige Bescheidenheit hätte ihm gut angestanden.

Doch diese Gedanken waren müßig. Seine Prioritäten lagen anders. Ein Telegramm nach Rom und ein Bote zu ihrem bayerischen Refugium waren dringlicher. Zumindest letzteres mußte sofort geschehen. Das Domus Refugii der Bruderschaft lag im Nordosten Münchens, jenseits der ehemaligen Stadtmauern. Ein Nonnenkloster daneben diente als Tarnung des Hauses. St. Anna hieß das Gebiet. Es war freilich unwahrscheinlich, daß die anwesenden Brüder der Niederlassung einen Meister des Arkanen bei sich hatten. Doch sie wußten ziemlich sicher, wo schnell einer zu bekommen war, der mit ihnen kooperieren würde. Die örtlichen Vertretungen der Bruderschaft waren immer vorzüglich über ihr Umfeld und alles, was in ihrem Zuständigkeitsbereich geschah, informiert.

Delacroix würde dafür bezahlen. Pater Emanuele zweifelte nicht daran, daß er seinem einstigen Schützling diese Situation verdankte. Er schalt sich dafür, den Mann unterschätzt zu haben. Er war immerhin sein Schüler gewesen. Er hätte also damit rechnen müssen, daß der Abtrünnige Gegenmaßnahmen einleiten würde.

Er verließ den Raum und verschloß die Tür hinter sich. Er mußte hinunter zum Empfang, um seine Nachrichten abzusenden. Dann würde er versuchen, Giuseppe zu finden. Er hoffte sehr, der junge Mann war nicht sofort losgestürmt, um das Mädchen zu foltern oder ein Geständnis ihrer Schuld zu erpressen. Sicher konnte er natürlich nicht sein, doch er glaubte nicht daran, daß sie es war, die hinter dem Angriff steckte.

Er mußte sich beeilen und lief etwas schneller. Er bemerkte kaum den Mann, der aus dem Nebenzimmer kam. Der nickte ihm einen höflichen Gruß zu und begab sich ebenfalls zur Treppe. Allerdings stieg er von dort nach oben anstatt wie Pater Emanuele nach unten.

Oh, Delacroix würde bezahlen. Pater Emanuele wußte noch nicht wie, doch er würde einen Weg finden. Eine gute Gelegenheit, Giuseppe hinzuzuziehen. Schließlich gab es Dinge, in denen der junge Mönch weitaus anstelliger war als er selbst.

Er würde den Sturz seines ehemaligen Schülers genießen. Der Gedanke schoß ihm sozusagen entschädigend durch den Kopf. Bisher war es nicht ratsam gewesen, den Abtrünnigen, den Verräter, den Deserteur direkt anzugreifen. Unterdessen war es zur süßen Verpflichtung geworden. Sie waren alle dazu ausgebildet, ihre Pflicht zu tun, und je nach Befähigung und Talent genossen sie die Pflicht, die sie erfüllten.

Delacroix hingegen würde sie ganz und gar nicht genießen.

Kapitel 41

„Ich kann Sie hochtragen, wenn Sie mir das gestatten“, schlug von Orven vor.

Sie schüttelte den Kopf. Sie wollte selbst gehen. Sie wollte nichts, das ihre Bewegungsfreiheit einengte oder ihr Kontrolle entzog. Kontrolle war das, was sie jetzt am meisten brauchte. Dinge entwickelten sich um sie herum, trieben sie von einem Desaster zum nächsten, und alles, was ihr stets zu tun blieb, war darauf zu reagieren und auf die nächste Katastrophe zu warten. So mochte sie ihr Leben nicht. Sie war gewohnt zu planen und zu bestimmen, sicherzustellen, daß was immer auch geschah von ihr selbst gesteuert war.

Dieser Tag hatte nichts von alldem. Er war einfach schrecklich gewesen.

„Ich kann allein gehen, denke ich“, erwiderte sie. „Wenn Sie mir nur Ihren Arm reichen wollen, Herr Leutnant, das ist Hilfe genug.“

Sie sah, daß die Sängerin und der Feyon den Raum bereits verlassen hatten und wunderte sich, daß niemand sie zu vermissen schien.

Sie nahmen die Hintertreppe. Corrisandes ganzes Wollen war seltsam gespalten. Auf der einen Seite wünschte sie sich nichts so sehr, wie allein zu sein. Auf der anderen war sie froh, daß jemand bei ihr war und auf sie achtgab, falls sie stürzen sollte. Der Offizier erklomm halb hinter ihr die Stufen, damit sie nicht rückwärts fallen konnte. Die Treppe schien unendlich lang und steil, aber ihr war, als erhole sie sich von dieser Attacke schneller als von der vorigen. Sie fragte sich, warum das so war. Konnte man sich an solche Greuel gewöhnen? Oder hatte sie sich verändert? Hatte die Erkenntnis, daß sie kein Mensch war, irgend etwas in ihr ausgelöst? Oder hatte das eklige Ding, das sie zweimal überwältigt hatte, etwas mit ihr angestellt, sie verändert?

Keine der Möglichkeiten war sonderlich beruhigend. Sie wollte nicht darüber nachdenken, doch ihre Erinnerung kehrte immerfort zurück zu dem Grauen, das sie durchlebt hatte. Sie versuchte, sich zu sagen, sie sei nun sicher, doch obgleich die Gefahr zunächst beigelegt zu sein schien, kündigten sich die Vorboten weiterer Unbill bereits im Vorfeld an. Sie konnte sich nicht beruhigen. Viele Dinge schossen ihr durch den Kopf und kumulierten in einer Welle nagender, peinigender Gedanken.

Da war einmal das brachiale Lustgefühl, das sie von der schrecklichen Kreatur wahrgenommen hatte. Man hatte sie, was intime Dinge anging, zu einem braven, sittsamen Mädchen erzogen, und ihr höchsteigener Erfahrungshorizont, was fleischliche Angelegenheiten betraf, ging nicht über den einen Kuß Hugos hinaus, mit dem sie ihre heimliche Verlobung besiegelt hatten. Diesen Kuß hatte sie als angenehm empfunden. Dagegen war die heutige Begegnung auf einer ganz anderen Skala zu bewerten.

Sie sann darüber nach, ob Körperkontakt immer so widerlich und ekelerregend war. Sie konnte nicht gut jemanden fragen. Nun, vielleicht würde sie Eliza fragen können, wenn sie wieder wach war. Vorausgesetzt, die Dame sprach dann noch mit ihr. Es konnte sein, daß sie das zumindest für eine gewisse Zeit nicht mehr tun würde. Es würde Eliza nicht gefallen, daß man sie betäubt und mißachtet hatte. Sie würde entsprechend erbost sein.

Das hieß, wenn Corrisande Glück hatte, würde Eliza erbost sein. Erbost, aber lebendig. Sie konnte nur hoffen, daß es ihr gutging. Der Gedanke, zurück in ihr Zimmer zu kommen und ihre Anstandsdame – durch ihre Hand – tot aufzufinden, versetzte sie in Panik. Sie hätte das Gift nie verwenden dürfen. Sie fragte sich, warum Eliza es überhaupt überallhin mitschleppte. Sie hatte einen gesunden Schlaf und nahm nie irgendwelche Mittelchen.

„Geht es Ihnen nicht gut?“ fragte von Orven. Sie bemerkte, wie er sie beobachtete. Ihre ängstliche Miene hatte ihn beunruhigt.

Sie schüttelte den Kopf.

„Danke, Herr Leutnant. Sie machen sich zu viele Gedanken um mich. Ich bin nur müde. Etwas ungestörte Nachtruhe ist alles, was ich brauche", sagte sie und hoffte, ihn davon zu überzeugen, nicht allzusehr in eine Beschützerrolle zu fallen.

Doch ihr Einwand erwies sich als nutzlos.

„Ich mache mir keineswegs ‚zu viele Gedanken' um Sie. Andere Leute machen sich zu wenige Gedanken um Sie. Etwas so Grauenhaftes hätte man Ihnen nie aufbürden dürfen. Ich gebe mir die Schuld, daß ich Sie nicht sofort aus dem Hotel gebracht habe, als die Idee, Sie in die Jagd einzubringen, zum ersten Mal aufkam. Ich hoffe sehr, Sie können mir meine Pflichtvergessenheit vergeben."

Er klang zerknirscht, ehrlich und wahrhaftig voller Reue. Er war die Art Mann, die immer alle Sorgen von einer Frau fernhielt. Ein Mann, bei dem man es bequem und sicher haben konnte, denn er war freundlich und beschützte einen. Es war leicht, ihn zu mögen, dachte sie. Einen Augenblick lang überlegte sie sich, wie schön es sein mußte, einen solchen Beschützer zu haben. Wenn sie Zeit und Muße gehabt hätte, sich auf das zu konzentrieren, weswegen sie nach München gekommen war und all das anzuwenden, was ihr an Talenten und Möglichkeiten zur Verfügung stand, dann hätte sie ihn sogar dazu bringen können, sie um ihre Hand zu bitten. Eine leichte Aufgabe, wenn sie, Eliza und Marie-Jeannette ihre Kräfte auf dieses Ziel konzentrierten.

Dann wurde sie wieder unsicher. Er hatte sie in einer abscheulichen Situation gesehen. Wenn man die Gefahr, der sie ausgesetzt gewesen war, beiseite ließ, blieb nur noch der Fakt, daß die Kreatur sie in jedem Sinne des Wortes körperlich angegriffen hatte. Er konnte nicht wissen, wie weit dieser Angriff gegangen war, und sie konnte es ihm nicht sagen. Der Angriff mochte seine Haltung ihr gegenüber verändern. Männer mochten keine beschmutzte Ware, und sie fühlte sich schmutzig. Sie fühlte auch noch den brennenden Schmerz von der glühenden Nadel, die sie nur gespürt, aber nie gesehen hatte, auf ihrem Körper. Doch dieser Schmerz war nichts gegen die Scham, die sie empfand, wenn sie daran dachte, wie die Kreatur mit seinen Fangarmen ihre Brüste gestreichelt hatte.

Die Erinnerung daran ließ sie wanken, und seine Arme hielten sie sofort fest. Nett, dachte sie, ein Mann, der immer da war, wenn man stolperte, und einen auffing, wenn man fiel.

„Sind Sie sicher, daß Sie die Treppe allein bewältigen können, Miss Jarrencourt?" fragte er.

„Gewiß", gab sie zurück. „Ich bin dankbar für Ihre Unterstützung, aber Sie sollten mich nicht verwöhnen. Ich bin stärker, als Sie glauben."

So etwas hatte sie noch keinem Mann gesagt, und sie wußte nicht, warum sie es jetzt tat. Ein noch nie dagewesener Fall von übertriebener Ehrlichkeit.

Er lächelte schüchtern.

„Aber ich würde Sie sehr gerne verwöhnen", sagte er und wurde zart rot dabei. Es war kaum der richtige Moment für einen Flirt. Ein Weilchen schwieg er, dann fuhr er fort: „Ich weiß, wie furchtbar das alles für Sie ist. Sie mußten solch grauenhafte Dinge ertragen, und ich will keinesfalls zu Ihren Beschwerlichkeiten beitragen, doch ich hoffe sehr, daß Sie mir erlauben werden, zu einem opportuneren Zeitpunkt bei Ihnen vorzusprechen. München ist eine wundervolle Stadt, und ich würde mich freuen, wenn Sie mir gestatten würden, Sie und natürlich Mrs. Parslow ein wenig herumzuführen, sobald diese Geschichte hier vorbei ist."

Sie nickte höflich lächelnd. Es war nur wenige Minuten her, da war er drauf und dran gewesen, ein Duell bis zum Tod für sie auszufechten, und jetzt wollte er ihr die Stadt zeigen. Männer waren schon sehr seltsame Kreaturen.

„Wir werden Ihr Geleit gerne annehmen, sobald wir uns erholt haben. Ich meine, sobald ich mich erholt habe. Aber eines müssen Sie mir versprechen!"

„Was immer Sie wünschen."

„Kämpfen Sie nicht mit dem Colonel", bat sie und sah, wie seine Miene sich veränderte. Er wurde hart und unnahbar, voll beleidigten Ehrgefühls. Es stand ihr nicht zu, diese Sache zu kommentieren. Das war Männersache, ganz allein abzumachen zwischen zwei beleidigten Herren der Schöpfung. Seltsam, dachte sie, bei mindestens der Hälfte aller Duelle ging es um eine Dame, aber diesen gestand man nicht das Recht zu, eine Meinung dazu zu äußern. Männer!

„Belasten Sie sich damit nicht, Miss Jarrencourt. Das ist nichts, worum sich eine Dame kümmern müßte. Es tut mir leid, wenn ich Ihnen Grund zur Sorge gegeben habe."

Versprochen hatte er nichts, bemerkte sie. Sie mußte ihn aber daran hindern, seine Absicht auszuführen, auch wenn das nicht die damenhafte Art war, auf so etwas zu reagieren.

Sie hielt an. Sie hatten nun den dritten Stock erreicht und standen vor der Tür, die zu den Gästezimmern führte.

Sie wandte sich um.

„Leutnant von Orven. Sie haben natürlich recht, wenn Sie meinen, daß ich nichts über solche Dinge weiß", sagte sie und fragte sich, wie er wohl reagieren würde, wenn er wüßte, daß sie einige der größten Gesetzesbrecher Europas beim Namen kannte. „Doch Sie tun dem Colonel unrecht. Bitte zwingen Sie mich nicht, deutlicher zu werden, aber es gibt Schicksale, die schlimmer sind als der Tod, und ich wollte keinesfalls ein solches erleiden."

Diesmal brauchte sie sich keine Mühe zu geben, sie lief von allein rot an. „Ich weiß nicht, wie ich Ihnen das sagen soll, Herr Leutnant, aber Colonel Delacroix hat versucht, mich zu beschützen – auf die einzige Art und Weise, die ihm noch blieb."

Sie schwiegen beide eine Weile.

„Großer Gott", murmelte von Orven schließlich. Er war erbleicht. Seine Hand zuckte nach ihr, als wollte er nach ihr fassen, doch er hielt in der Bewegung inne.

Corrisande war sehr sicher, daß er sie verstanden hatte. Trotzdem wollte sie ihm die Sache noch deutlicher machen: „Wenn Sie in diesem Moment bei mir gewesen wären, hätte ich von Ihnen den gleichen Dienst erwartet."

Er starrte sie an, und sie sah, daß er ihr glaubte. Sie sah auch, daß er froh war, nicht in der Position gewesen zu sein, einen solchen Dienst leisten zu müssen und wußte, daß er dazu nicht in der Lage gewesen wäre. Vor ihrem geistigen Auge sah sie wieder Delacroix' Miene, als er das Messer gegen sie geführt hatte. Sie schluckte.

„Sie sind ein bemerkenswertes Mädchen, Miss Jarrencourt", sagte von Orven schließlich. „Ihr Anstand und Ihr Mut würden die meisten Männer beschämen."

„Wenn es Ihnen nichts ausmacht, will ich nicht mehr davon sprechen. Ich habe überlebt. Ich bin unversehrt. Nur versprechen Sie mir, daß Sie sich deswegen nicht mit dem Colonel schlagen werden."

Er nahm ihre Hand und preßte sie einen Augenblick lang an die Lippen, eine Geste, die für einen Mann seiner Zurückhaltung fast kühn und verwegen war.

„Ich verspreche es", sagte er, „und ich verneige mich vor Ihrem Mut. Ich verspreche, daß ich Sie nicht noch einmal unterschätzen werde."

„Danke", sagte Corrisande.

Sie gingen weiter. Sie spürte, daß er sie gerne nach Details gefragt hätte, es aber aufgrund seines Anstandsgefühls nicht vermochte. Von allein würde sie ihm nichts sagen. Sollte er denken, was er wollte. Hauptsache, er duellierte sich nicht mit Delacroix.

Es wurde ihr klar, daß sie sich mehr Sorgen um das Leben des Colonels machte als um das des Leutnants, obwohl sie sich gleichzeitig sicher war, daß die Chancen des letzteren in einem solchen Kampf nicht besonders hoch waren.

Sie fragte sich, warum sich ihr Mitgefühl so eigentümlich gewichtete und fand, sie sei sehr ungerecht dem jungen Mann gegenüber, der ihr nichts als Freundlichkeit entgegengebracht hatte.

Sie erreichten ihr Zimmer, und sie trat ein. Er folgte ihr, obwohl sie ihn nicht dazu eingeladen hatte. Das war vermessen. Er mußte sich ihr sehr nahe fühlen, wenn er von den Regeln, die ihm der Anstand gebot, so stark abwich.

Der kleine Salon war nicht leer. Marie-Jeanette saß auf dem Sofa. Sie hielt sich ein Kissen vors Gesicht und weinte schluchzend dicke Tränen hinein.

„Was um Himmels ...", hub Corrisande an, dann kam ihr ein Gedanke, und neue Bestürzung durchfuhr sie. Es konnte nur eines bedeuten. Sie hatte Eliza umgebracht.

Sie machte auf dem Absatz kehrt und rannte ins Schlafzimmer ihrer Gesellschafterin, flog förmlich zu deren Bett. Mrs. Parslow lag noch in der gleichen Stellung da, in der sie sie verlassen hatte. Sie hatte sich keinen Fingerbreit bewegt, war bleich und steif.

Corrisande fiel neben dem Bett auf die Knie. Vom anderen Zimmer her hörte sie noch immer das Schluchzen Marie-Jeanettes. Sie nahm Elizas Handgelenk und suchte fieberhaft nach einem Puls. Sie fand keinen. Sie drückte die bleischwere, leblose Hand linkisch, mit fliegenden Fingern, stöhnte leise vor Angst. Die Hand fühlte sich tot an.

Sie hatte sie getötet. Sie sah sich um. Von Orven war ihr nicht gefolgt. Das würde er auch nicht, solange sie ihn nicht rief. Sollte sie das tun?

Wenn man sie verhören würde, was würde sie sagen – und wo hatte sie das Gift gelassen? Sie konnte sich nicht erinnern. Sie hatte nicht darauf geachtet, war vor dem Treffen zu fahrig gewesen. Sie mußte es finden und verschwinden lassen. Sie fragte sich, wieviel Zeit ihr blieb, ehe man sie verfolgte. Sie mußte sich sofort aus dem Staub machen. Ihr Vater konnte sie sicher irgendwo in den Kolonien unterbringen. Da versteckten sich Mörder gemeinhin gerne, wenn sie die nötigen Mittel dazu hatten – und das war sie jetzt: eine Mörderin.

In diesem Augenblick begann Eliza, leise zu schnarchen.

Corrisande fiel fast hintenüber. Sie krallte sich am Bettrahmen fest und rappelte sich dann mühevoll hoch. Ihre Knie zitterten.

All das war ihr zuviel. Es fühlte sich an, als stieße sie jemand systematisch näher an die Grenze ihrer Belastbarkeit. Keine vierundzwanzig Stunden waren vergangen, seit sie auf dem Balkon gestanden und von Görenczy zum ersten Mal gesehen hatte. Da war ihr einziges Anliegen noch gewesen, einen reichen Gemahl zu finden.

Alles hatte sich in so kurzer Zeit verändert. Ihr Kopf schwirrte, und ihr war schwindlig vor lauter rasenden, wirren Gedanken. Sie fragte sich, wie es sein konnte, daß sie weitermachte, immer einfach weiterredete, weiterdachte, manchmal sogar etwas Sinnreiches von sich gab, während sie jedes Recht darauf hatte, vollends den Verstand zu verlieren. Ihr war nach Schreien. Vielleicht sollte sie das tun. Eventuell würde sie sich dann besser fühlen. Vielleicht sollte sie ihr Gesicht einfach in von Orvens bayerisch-blau uniformierter Schulter vergraben und in die Epauletten weinen, sich in seine sanfte Umarmung verkriechen und sich von ihm retten lassen. Die Aussicht, alle ihre Bürden und Ängste einfach ihm zu übergeben und sich so dieser schrecklichen Situation zu entziehen, hatte etwas Verführerisches. Er würde sie in die Arme nehmen, sie fortragen und dafür sorgen, daß ihr nichts mehr geschehen konnte.

Wenn allerdings der Bann noch auf dem Hotel lag, würde er mit ihr nicht durch die Tür kommen.

Marie-Jeannette weinte immer noch. Corrisande riß sich in einer fast körperlichen Anstrengung zusammen und versuchte, wenigstens ein Quentchen Vernunft und Ordnung in ihre Gedanken zu zwingen. Sie wischte sich etwas Staub vom Kleid. Sie deckte eine zweite Decke über Eliza. Sie öffnete das Fenster einen Spaltbreit, um frische Luft ins Zimmer zu lassen. Dann ging sie zurück in den Salon, ein frisch erzwungenes Lächeln auf den Lippen.

Von Orven sah sie fürsorglich an.

„Ist irgend etwas passiert?"

„Nein, alles in Ordnung." Gar nichts war in Ordnung. Überhaupt nichts. Das Lächeln kostete sie Mühe. „Ich mußte nur nach meiner Tante sehen. Ihr war nach dem Essen nicht gut. Aber es scheint alles in Ordnung zu sein." Schon wieder in Ordnung. Betäubt, beinahe vergiftet, aber in Ordnung. Alles war ja so in Ordnung ... und sie würde gleich in hysterische Schreie ausbrechen.

Statt dessen wandte sie sich ihrer Zofe zu.

„Was ist denn los?“ fragte sie und zog ihr dabei das Kissen vom Kopf. Ein großer blauer Fleck entstellte eine Seite des Gesichts.

„Was ist geschehen?“ fragte Corrisande erneut.

Marie-Jeannette weinte nur.

„Hat dir jemand weh getan?“ Sie setzte sich neben ihre Zofe. „Du mußt es mir sagen!“

Asko stand nun auch neben ihr und besah sich das Gesicht des Mädchens.

„Jemand hat sie geschlagen“, sagte er. „Man kann beinahe die Umrisse der Faust erkennen.“

„Wer war das?“ fragte Corrisande, doch Marie-Jeannette schüttelte nur den Kopf und schnüffelte unglücklich.

„Hat Sie jemand angegriffen?“ fragte Asko.

Marie-Jeannette blickte zu ihm auf.

„Ich weiß nicht mehr“, weinte sie. „Ich weiß es einfach nicht mehr. Ich war auf dem Weg nach unten zum Empfang, wegen Tee, und dann ...“ Sie schluchzte nochmals auf. „Weiß ich nichts mehr. Irgend etwas war. Aber ich erinnere mich überhaupt nicht, und die Zeit fehlt mir. Fast eine dreiviertel Stunde fehlt in meinem Kopf. Ich war auf dem Weg zum Empfang, und dann tat das auf einmal weh.“

„Das hört sich nicht gut an“, sagte Asko erzürnt. „Delacroix weiß über so etwas höchstwahrscheinlich mehr. Wir werden ihn befragen, und vielleicht auch unseren Magier. Sie sind jetzt ohnehin zusammen. Er hat das Zimmer am anderen Ende des Ganges. Herr Vonderbrück.“

„Vonderbrück“, wiederholte Corrisande. Der Name hatte sie schon beunruhigt, als sie ihn zum ersten Mal hörte. Irgend etwas war mit diesem Namen. Vonderbrück. Ein häufiger Name in diesem Land. ‚Von der Irgendwas‘ gab es meist als Adelsnamen. Aber warum ausgerechnet Brücke?

Wie Dupont.

Mit einem Mal wußte sie, daß die anderen zu dem gefährlichsten Verbrecher Münchens gegangen waren, zu einem Mann, der den Auftrag erhalten hatte, Delacroix zu töten – und er war nicht nur ein Mörder. Er war auch noch Meister des Arkanen.

Sie sprang auf und wurde blaß.

„Er ist in großer Gefahr!" flüsterte sie.

„Wer?" fragte Asko aufgeregt.

„Delacroix. Ich muß ihn warnen." Ihr wurde klar, wie verrückt das klang und daß ihr junger Held eine bessere Erklärung für ihr bizarres Benehmen benötigte.

„Ich habe Grund zu der Annahme, daß Ihr Herr Vonderbrück sehr viel gefährlicher ist, als Sie annehmen", sagte sie ungeduldig. „Wir müssen Ihre Freunde warnen."

Sie wirbelte herum und lief los, hörte einen Überraschungslaut von Asko. Seine Schritte folgten ihr durch die Tür, den Flur entlang.

„Sie müssen sich irren", rief er. „Er wurde uns von höchster Stelle gesandt. Miss Jarrencourt! Warten Sie! Das ist töricht!"

Er hatte sie eingeholt. Gemeinsam rannten Sie auf die Tür zu.

Während sie noch liefen, faßte er sie um die Taille und hob sie von der Tür weg, bevor sie sie öffnen konnte. In einem Schwung setzte er sie hinter sich ab.

„Ich versichere Ihnen, Miss Jarrencourt, daß Ihre Befürchtungen grundlos sind. Aber wenn Sie glauben, es könne gefährlich werden, dann bleiben Sie hinter mir."

Er öffnete die Tür und lief ins Zimmer, und Corrisande folgte dicht hinter ihm.

Kapitel 48

Leutnant Udolf von Görenczy gab erst gar nicht zu, daß er Angst hatte. Es war völlig undenkbar, sich vor einer Blechschachtel zu fürchten. Angst war ohnehin nichts, dessen Macht er anerkannte. Er war schon in manch übler Situation gewesen. Er hatte Duelle gefochten, die er sehr wohl hätte verlieren können, und schon Gefahren getrotzt, die über das Alltägliche hinausgingen.

Doch dies hier war ihm neu. Er fühlte sich überfordert. Es war eine Sache, zur Waffe zu greifen und ein Monster zu bekämpfen, aber eine ganz andere, mit dem gleichen Monster in einem Raum eingeschlossen zu sitzen, mit nur einer dünnen Metallwand zwischen ihm und dem Höllending.

Er wußte nicht, was vor sich ging, und das erboste ihn zusätzlich. Sie hatten den Keller kurz nach Asko und Miss Jarrencourt verlassen. Der Colonel war auffallend schweigsam gewesen und schien vor sich hin zu brüten. Udolf konnte den Grund dafür nicht erraten. Er glaubte nicht, daß es Askos Versuch war, den Mann zu fordern. Der Engländer hatte die Forderung nicht ernstgenommen.

Udolf konnte sich nicht im entferntesten vorstellen, was Delacroix so erzürnt hatte. Sie hatten alle überlebt. Sie hatten das Geschöpf gefangen. Sie waren schließlich und endlich erfolgreich gewesen, und soweit er das feststellen konnte, war sogar das Mädchen mit heiler Haut davongekommen. Die Kleine hatte allerdings bleich und aufgewühlt gewirkt. Verständlich. Es nahm einen vermutlich ziemlich mit, wenn man versteinert wurde. Wenn er so darüber nachdachte, war es höchstwahrscheinlich scheußlich. Er fragte sich, ob es weh tat. Sie hatte nicht geweint. Offenbar war sie keine Heulsuse.

Er hätte ihr wieder was von seinem Cognac anbieten sollen. Vielleicht hätte das geholfen. Das letzte Mal hatte es wohl geholfen, und das hatte Asko beinahe bestürzt. Wenn er so darüber nachdachte, war Asko viel zu schnell bestürzt. Entschieden zu schnell, und dann neigte er zu Überreaktionen. Ein Duell mit Delacroix – was für eine absurde Idee.

Obwohl – diesmal konnte Udolf die Reaktion seines Freundes beinahe verstehen. Auch er hatte gesehen, wie der Brite mit dem Dolch auf das Herz des Mädchens zielte und einen Moment lang überlegt, ob er eingreifen sollte. Doch er war nicht schnell genug gewesen, und letztlich war es auch nicht nötig geworden. Aus irgendeinem Grund, an den er sich im Moment nicht so recht entsinnen konnte.

Im Gegensatz zu seinem sonst viel sensibleren Freund hatte er sehr wohl verstanden, was der Colonel zu tun versuchte und warum. Er hatte den Gesichtsausdruck des Briten gesehen. Man mußte keine zartbesaitete Anstandsdame sein, um diesen Blick zu verstehen. Verdammt üble Situation. Nicht zu beneiden.

Auf dem Weg nach oben hatte Delacroix angehalten. Er horchte, ob jemand in der Nähe war, doch es gab nichts zu hören.

„Ich denke“, flüsterte er dann, „wir werden anders vorgehen. Ich bitte Sie, zunächst auf Ihr Zimmer zu gehen und mit dem Kasten dortzubleiben. Sie haben noch meine Waffe. Sie ist doch geladen? Behalten Sie sie schußbereit in der Hand. Schließen Sie hinter sich ab und erschießen Sie absolut jeden, der Sie besuchen kommt, außer von Orven und mich. Denken Sie nicht nach. Erst schießen, dann fragen. Ich werde Sie abholen, wenn ich mit unserem Magier gesprochen habe. Fragen Sie mich nicht nach dem Grund, aber ich traue dem Mann nicht. Mir ist wohler, wenn wir ihm unseren Fang nicht gleich aushändigen.“

Von Görenczy hatte das ohne Gegenrede akzeptiert. Er kannte Delacroix’ Instinkt und wußte, daß der Mann sich bei seinen Entscheidungen niemals von Panik oder Nervosität leiten ließ. Trotzdem hatten ihm die Argumente nicht eingeleuchtet. Doch schließlich war er Soldat. Er mußte nicht das Gesamtbild verstehen. Er tat, was zu tun war, und ging dorthin, wo er gebraucht wurde.

Im Augenblick wurde er offenbar in seinem Zimmer gebraucht, hinter verschlossener Tür, mit einer geladenen Waffe in der Hand, die er in Richtung eines möglichen Eindringlings hielt. Noch etwas hatte Delacroix gesagt, bevor sie sich trennten.

„Was immer auch passiert, schießen Sie. Denken Sie nicht nach, selbst wenn der Besucher harmlos aussieht, wie ein netter, kleiner Pfarrer oder wie Ihr Beichtvater. Ich nehme an, Sie sind katholisch?"

Natürlich war Udolf das. Das war man eben als Bayer. Meist zumindest. Protestanten wurden seit vierzig Jahren in Bayern toleriert und hatten sogar Bürgerrechte. Die religiöse Toleranz war ein Erbe Napoleons. Dessenungeachtet war das Konkordat, das diese Dinge regelte, letztlich nur ein Stück Papier. Bayern war katholisch, und die Minderheit von Protestanten mochte auf dem Papier die gleichen Rechte haben, genoß aber selten den gleichen Respekt.

Warum hatte Delacroix ihn gefragt, ob er katholisch war? Er konnte sich keinen Grund dafür vorstellen. Er hoffte inständig, daß er nicht seinen Beichtvater niederschießen mußte. Das hätte er nur höchst ungern getan. Seine Mutter hätte es ihm nie verziehen.

Dennoch, so wie Delacroix es gesagt hatte, hatte es nicht nach einem Schuß ins Blaue geklungen. Der Mann wußte etwas, das er weder ihm noch Asko mitgeteilt hatte, da war er sich sicher. Der Befehl war zu absurd, um auf einem zufälligen Gefühl zu basieren.

Er würde ihn das nächste Mal direkt darauf ansprechen, und das nächste Mal sollte besser bald sein. Das Warten machte ihn zappelig. Es dauerte aber auch wirklich lang. Viel zu lang. Worüber sprachen der Offizier und der Magier nur so endlos?

Die Sache stank zum Himmel. Er hatte keine Ahnung, was er davon halten sollte. Da war das erste Mordopfer mit der Kopfverletzung, das das verdammte Manuskript bei Delacroix hätte abliefern sollen, und da war Delacroix, der säumig gewesen war, weil sein Zug Verspätung gehabt oder weil ihn die Nachricht, wo er sie treffen sollte, nie erreicht hatte. Oder beides? Wäre er pünktlich gewesen, vielleicht hätte er den Mord verhindern können? Oder den Verlust des Dokumentes?

Außerdem gab es noch einen britischen Meister des Arkanen, der bei Ausbruch der Krise gänzlich unauffindbar gewesen war, niemand wußte, wo. Delacroix hätte ihn mitnehmen sollen, doch er hatte nicht auf ihn gewartet. Zu eilig und dringlich sei die Angelegenheit, hatte er gesagt und war allein losgereist.

Von Görenczy war sich nicht mehr sicher, wer eigentlich auf wessen Seite stand, und er hoffte inständig, dieser Einsatz werde bald vorüber sein. Er war Chevauleger und kein Politiker – und schon gar kein Magier. Er konnte in die Schlacht reiten und besser kämpfen als die meisten. Aber er konnte nichts mit geheimnisvollen Andeutungen anfangen und schon gar nichts damit, daß er irgendwelche Beichtväter erschießen sollte, inklusive seines eigenen. Er wußte auch nicht, warum er einem Spezialisten mißtrauen sollte, den seine Regierung zur Unterstützung geschickt hatte. Seine Majestät der König, oder doch zumindest dessen Ministerpräsident. Wenn er schon jemandem mißtrauen sollte, dann lieber einem Ausländer.

Überdies haßte er es, mit einem Satan in einer Schachtel in einem Zimmer zu hocken.

Er lauschte. Manchmal war ihm, als höre er ein zartes Wispern von der Metallkonstruktion, doch wenn er dann genau hinhörte, war da nichts. Er hoffte, das Schloß würde halten. Nach alldem, was das Geschöpf ihnen an Fähigkeiten offenbart hatte, glaubte er nicht, daß es ihm besonders schwerfallen würde, aus seinem Gefängnis auszubrechen. Sofern es überhaupt noch drin war. Er konnte schließlich gar nicht sehen, ob es noch drin war. Er fühlte einen jähen Drang, das Schloß zu öffnen und nachzusehen.

Eine blöde Idee. Sogar eine äußerst blöde. Doch seine Hände zuckten dem Behälter entgegen, und er mußte all seine Konzentration aufbieten, ihn nicht zu öffnen. Ein fast begehrlicher Wissensdurst nagte an ihm. Nur ein Blick? Den Behälter nur einen Spaltbreit öffnen und nachsehen, ob das Ding noch drinnen war?

Schließlich mußten sie es wissen, sollte es fort sein. Vielleicht bewachte er einen leeren Behälter. Vielleicht jagte der Dämon gerade wieder durchs Hotel, attackierte Menschen, überfiel Frauen, während er sich mit einer leeren Schachtel in sein Zimmer eingeschlossen hatte.

Er sollte nachsehen. Nur kurz.

Er fand sich plötzlich vor der Schatulle wieder. Seine Hände befingerten das Schloß.

Verdammt! Was tat er da eigentlich? Fast hätte er es freigelassen.

Er nahm die Hände von dem Kasten und bemerkte, daß sie vor Anstrengung dabei zitterten. Wo hatte er seine Pistole gelassen? Auf der Anrichte. Er hatte nicht gemerkt, daß er sie weggelegt hatte. Als Wache war er nicht zu gebrauchen.

Er fixierte den Behälter erbost und trat entschieden zwei Schritte zurück. Einen Moment lang glaubte er, wieder das Gezischel und das Flüstern zu vernehmen. Aber da war nichts.

Er nahm seine Waffe und prüfte, ob die Tür zum Gang noch abgeschlossen war. Dann ging er zum Fenster und starrte in die Nacht hinaus. Der Himmel war wolkenverhangen, und es war überaus dunkel. Auf der Straße brannten einige Gaslaternen, erleuchteten jedoch immer nur einen kleinen kreisförmigen Bereich. Schatten schienen die Hotelfassade entlangzukriechen. Es war nicht zu erkennen, ob wirklich jemand an den Wänden entlang hochkroch oder ob es nur Schemen waren, die mit seiner Wahrnehmung ein Verwirrspiel trieben.

Er wußte nicht, was er davon halten sollte, stellte sich aber trotzdem auf einen Angriff aus jeder Richtung ein. Er wich zurück zur Wand und versuchte, beide möglichen Zugänge im Auge und im Visier zu behalten. Eine schwere Aufgabe. Durch die Tür zum Flur konnte er nicht hindurchsehen, und was das Fenster und den Balkon anging, so lieferte er einem potentiellen Angreifer von dort eine hervorragende, wohlbeleuchtete Zielscheibe, während der Feind selbst unerkannt in der Dunkelheit lauern konnte.

Er drehte das Gaslicht herunter. Die schattige Dunkelheit erschien ihm mit einem Mal ominös. Sein Blick fiel wieder auf den Behälter, und er spürte, wie seine Finger zuckten. Da war es wieder, das nagende Gefühl in seinem Hinterkopf, das ihm sagte, er solle zum Behälter gehen und ihn aufmachen. Wie ein körperliches Bedürfnis zwang es ihn, und er brauchte seine gesamte Entschlossenheit, um ihm nicht nachzugeben.

Wo zum Teufel blieb Delacroix, und wo war dieser überschlaue Meister des Arkanen? Es war wirklich nicht die Aufgabe eines Kavalleristen, ein Monster zu bewachen, das einen verrückt machte. Wie willensstark es sein mußte, um ihn zu beeinflussen! Immerhin war die Schatulle gekonnt konstruiert, Eisen innen, Kalteisen außen. Ein Feyon konnte darin überleben, aber nicht entweichen.

Außer wenn er es öffnete. Doch das würde er nicht. Er würde nur das Schloß prüfen. Nur das Schloß. Er würde nur ein wenig daran rütteln, um zu sehen, ob es hielt. Er würde es nicht öffnen. Bestimmt nicht.

Er merkte, daß er seine Waffe schon wieder aus der Hand gelegt hatte und zurück am Metallkasten war. Seine Hände waren danach ausgestreckt.

Er sprang zurück, als hätte ihn eine Hornisse gestochen, nahm seine Waffe wieder auf.

Diesmal hatte es ihn beinahe erwischt. Herrgott noch mal. Das war zermürbend. Wozu brauchten die nur so lang? Was zur Hölle hatten Delacroix und Vonderbrück zu erörtern, und wo war Asko? Er konnte doch nicht gut immer noch bei Corrisande sein. Nicht Asko. Udolf wäre bei ihr geblieben, um sie zu trösten, doch Asko war viel zu wohlanständig und würde einen Moment der Schwäche bei einer Frau niemals dazu ausnutzen, um ihr näherzukommen.

Noch dazu eine Frau, deren sonst so wachsame Begleiterin so fest schlief, daß sie schon auf dem Weg nach oben damit angefangen hatte. Wer hätte das gedacht? Corrisande hatte es faustdick hinter den Ohren. Von Görenczy zweifelte keinen Augenblick daran, daß die Kleine ihrer Anstandsdame ein Schlafmittel verpaßt hatte. Nicht gerade das Benehmen, das man von einem zarten, braven Jungfräulein erwartete. Natürlich wäre ein Streitgespräch mit Mrs. Parslow ebenso zeitraubend wie sinnlos gewesen. Trotzdem, es gab einem zu denken. Oder zumindest ihm gab es zu denken, und Delacroix hatte es auch zu denken gegeben, soviel hatte er gesehen.

Asko war freilich überhaupt nicht erstaunt darüber gewesen, daß Mrs. Parslow sich so früh ins Bett zurückgezogen hatte, noch dazu mit der Hilfe eines Chevaulegers. Für ihn waren Frauen schwache, zarte Wesen, und plötzliche Anfälle körperlicher oder nervöser Schwäche waren jederzeit und überall zu erwarten.

Asko würde irgendwann einmal eine böse Überraschung erleben, dachte Udolf.

Von der Tür kam ein leises Geräusch. Er sah, wie sich der Türknauf langsam drehte. Er hätte gerne „Halt, wer da?" gebrüllt, entschloß sich aber dann dagegen.

Er würde genau das tun, was man ihm aufgetragen hatte. Auf die geringe Entfernung würde eine Kugel die Holztür durchschlagen, als sei sie aus Butter. Er schoß.

Kapitel 49

Colonel Delacroix nahm das Zimmer des Magiers durch einen Schleier kristallener Flammen wahr. Er war gegen die Wand geschleudert worden, stand dort wie angeklebt, zur Bewegungslosigkeit verurteilt, gelähmt, die Arme nach den Seiten ausgestreckt. Als hätte man ihn gekreuzigt. In der Mitte des Zimmers stand Vonderbrück und hielt die Finger gegen ihn gerichtet. Er lachte.

Sein Lachen war so durch und durch gehässig, daß Delacroix sich fragte, wie er diesem Mann je auch nur einen Zoll weit hatte trauen können.

„Sie haben es. Wo ist es?“ hatte Vonderbrück ihn bei seinem Eintritt mit übereifrigem, gierigem Blick begrüßt. Seine Züge hatten sich verändert, offenbarten eine neue Art von Intensität und Skrupellosigkeit. Seine Miene hatte Delacroix sagen lassen: „Wir haben das Geschöpf gefangen und müssen uns jetzt darüber unterhalten, welche weiteren Schritte zu unternehmen sind. Ich habe keinesfalls die Absicht, weiter blind in die Sache hineinzustolpern.“

An dieser Stelle hatte der Mann zu lachen begonnen, und ohne Warnung hob er die Hände und schleuderte Delacroix gegen die Wand, ohne auch nur in dessen Nähe zu kommen. Der massige Brite war bezwungen. Die Energie des Banns züngelte über seine Haut wie kleine, scharfe Flammen. Die Schmerzen waren erträglich, doch Delacroix war klar, daß dies nur der Anfang war. Wenn er sich nicht befreien konnte, würde er zum Spielball des Magiers werden. Der Mann konnte mit ihm machen, was er wollte.

Seine Schwäche machte ihn wütend. Er hätte dem Mann nie trauen dürfen. Er hatte ihn von Anfang an nicht gemocht, und er hätte sein Schutzamulett niemals aus der Hand geben dürfen. Er hätte es jetzt wirklich gut gebrauchen können. Es hätte ihn vielleicht nicht unverwundbar gemacht, aber ihm immerhin die

Möglichkeit gegeben, sich zu wehren. Diese Chance war ihm genommen. Er stand vollständig gelähmt da.

„Blind?“ wiederholte der Mann bissig. „Aber Sie sind alle blind. Kleine, taubblinde Geschöpfe, anmaßend genug, nach etwas zu greifen, mit dem Sie die Zukunft in Ihren ungeschickten, dummen Händen halten können. Nichts haben Sie begriffen, Delacroix, gar nichts. Sie sind nur Bauern auf einem viel zu großen Schachbrett. Entbehrlich. Von Anfang an ging es nur um mich. Sie waren ja sogar zu dumm zu prüfen, ob ich wirklich die von höchster Stelle gesandte Unterstützung war, und Ihr Kollege von Görenczy hat den designierten Magier sogar noch gefunden, und doch haben Sie nicht eins und eins zusammengezählt. Kreuzdumm, Delacroix, schlichtweg kreuzdumm. Geben Sie mir jetzt das Manuskript!“

Er war froh, daß er die Schriftrolle nicht hatte, und noch froher, daß dies Vonderbrück nicht klar war. Das hieß, der Magier wußte doch weniger, als er dachte.

Nur half das Delacroix momentan nicht. Gegen eine direkte magische Attacke konnte er nichts tun. Sein schmerzlich erkauftes Wissen auf diesem Gebiet war rein theoretischer Natur. Er brauchte die Hilfe eines Spezialisten. Nur gab es niemanden, der ihm jetzt helfen konnte.

Außer eventuell der Bruderschaft. Doch selbst wenn er nachgegeben und die Unterstützung des Ordens in Anspruch genommen hätte, hätte er sie immer noch nicht zu Hilfe rufen können. Er war auch nicht sicher, ob die Inquisitoren gekommen wären. Wahrscheinlich wußten sie sogar, was geschah. Er hatte ihr Eingreifen nach der Gefangennahme des Dings erwartet. Doch sie waren nicht aufgetaucht. Er kannte sie zu gut und wußte deshalb, daß er für sie inzwischen nicht mehr nur entbehrlich war, sondern sogar Ballast. Vermutlich würden sie zulassen, daß Vonderbrück seine Kräfte erschöpfte, um ihn umzubringen. Danach konnten sie sich ohne großes Risiko einschalten.

Höchstwahrscheinlich saß Pater Emanuele irgendwo behaglich zurückgelehnt mit einem triumphierenden Lächeln auf den überschlauen Zügen und ergötzte sich an dem Wissen, daß man seinen abtrünnigen Schützling langsam und quälend ermordete.

Die Wut in Delacroix stieg an und sammelte sich in seiner Seele wie siedendes Öl, das nicht entweichen konnte. Der Druck baute sich weiter auf.

„Ich will das Manuskript. Jetzt!" befahl Vonderbrück, und eine neue Entladung von Energie flammte gegen Delacroix, der qualvoll nach Luft rang.

„Wofür?" preßte er hervor. Vielleicht hatte er eine Chance, wenn es ihm gelang, den Mann lange genug zum Reden zu bringen. Von Orven mußte jeden Moment kommen. Das mochte die Konzentration des Magiers kurzzeitig brechen. Wenn der Leutnant schnell genug reagierte, konnte er vielleicht etwas tun, ehe der Feind sein Ziel erweiterte.

„‚Wofür', fragen Sie?" gluckste Vonderbrück. „Weil, mein lieber Colonel, das Manuskript so gewaltig ist, daß es jedem, der es besitzt, die Macht verleiht, die Welt zu verändern. Wissen Sie, ich überlege mir schon lange, ob ich nicht in die Politik gehen sollte, und am interessantesten ist eine solche Karriere, wenn man ganz oben anfängt. Alles andere ist Augenwischerei. Würden Sie sich freuen, mir als Monarchen zu huldigen?"

Er lachte.

„Allerdings wird Ihre Freude, mein Untertan zu sein, nicht von langer Dauer sein, wenn Sie nicht wirklich schnell das tun, was ich sage." Er bedachte Delacroix mit einem abwägenden Blick. „Sie sind ein starker Mann. Sie haben immer gern alles unter Kontrolle, nicht wahr? Ihre Anmaßung ist unfaßbar. Nun, Ihre Lehrzeit ist noch nicht vorüber. Ein paar Lektionen werde ich Ihnen noch erteilen. Wie würde es Ihnen gefallen, wenn ich Ihnen die Haut ganz langsam von Ihrem Körper schälte? Das habe ich noch nie versucht, doch ich bin sicher, es kann nicht besonders schwer sein. Alles, was man sich vorstellen kann, kann man auch erreichen, und meine Vorstellungskraft ist immens. Im Gegensatz zu der Meinung, die Sie frecherweise von mir haben, bin ich ein ausgezeichneter Magier. Ich mag Macht." Er fuhr sich mit der Zunge über die Zähne. „Man muß Macht sehr mögen, um in dieser Disziplin etwas zu erreichen, und ich liebe es, Macht zu haben."

Eine Bewegung seiner Finger, und etwas schien Delacroix' verwundete Schulter zu treffen wie ein Schlag. Er hätte aufgeschrien, bekam aber nicht genug Luft dafür. Der plötzliche Schmerz gekoppelt mit seiner völligen Hilflosigkeit ließ seine Wut ins Uferlose steigen. Sein Zorn überflügelte noch seine Furcht, fachte die Flammen seines Widerstandswillens an. Die rohen Empfindungen waren ein Rettungsanker. Er klammerte sich daran fest, und sie hielten ihn aufrecht. Haß loderte in ihm und ließ seine Gedanken tanzen wie auf einem Hexensabbat.

„Monarchen und Monarchinnen, Herzöge und Edelleute und jeder der hohen Herren, der denkt, er hätte ein Recht, unser Schicksal zu leiten", fuhr der Magier zynisch fort. „Sie sind nichts. Sogar die Könige der Unterwelt, die ihre eigenen unsichtbaren Horden befehligen, und ihre kleinen Hofdämchen müssen in den Staub vor mir. Ihre hübschen kleinen Prinzessinnen."

Delacroix rang um Worte. Er würgte sie hervor, einzeln, fast ohne Stimme. Diese war dem Ansturm arkaner Energie nicht gewachsen, der ihn an die Wand gequetscht hielt.

„Sie waren das? Sie haben mir den Meuchelmörder gesandt? Sie sind einer der Männer des ‚Königs'?" Sein Schmerz stachelte ihn an. Sein Grimm ließ ihn weitermachen, sein brennender, brodelnder Zorn ließ ihn nicht aufgeben.

Vonderbrück wirkte verwirrt. Er wußte offenbar nicht, worüber sein Gefangener sprach. Den Bruchteil einer Sekunde lang schien die Energie nachzulassen, doch nicht so sehr, als daß Delacroix das hätte nutzen können, um sich zu befreien.

„Ein Meuchelmörder? Ich habe Ihnen keinen geschickt. Da müssen Sie sich an eine andere Adresse wenden."

In diesem Augenblick flog die Tür auf, und von Orven stürmte ins Zimmer, dicht gefolgt von Miss Jarrencourt. Der Offizier brauchte einen Moment, um die Lage zu erfassen, genauso wie der Magier. Delacroix sah, wie Askos Augen sich vor Staunen weiteten. Der junge Bayer hielt inne, und das Mädchen hinter ihm, das wahrscheinlich nicht genau gesehen hatte, was vor sich ging, lief in ihn hinein.

Das lenkte den Leutnant für einen Sekundenbruchteil ab, doch es war alles, was Vonderbrück brauchte, um sich wieder zu fangen. Er streckte die Hand gegen die Neuankömmlinge aus, und beide flogen gegen die Wand hinter ihnen, während sich die Tür mit einem Knall schloß. Asko stieß einen erstickten Schrei aus, dann fielen er und die junge Frau in sich zusammen, wobei der Soldat rücklings auf ihr zu liegen kam. Fast verdeckte sein größerer, breiterer Körper ihre zarte Gestalt.

Sie lagen reglos da. So weit zur Verstärkung, dachte Delacroix und fluchte innerlich. Die Schlacht war verloren. Von Görenczy hatte Befehl, sich nicht aus dem Zimmer zu rühren, und von Orven lag bewußtlos oder gar tot auf dem Boden. Er war totenbleich, und der Colonel sah ihn nicht atmen.

Er fragte sich, wie es Corrisande ging. Vielleicht hatte ihr Glück sie jetzt verlassen. Nach zwei Attacken eines Dämonenwesens war sie schließlich einem Menschen zum Opfer gefallen. Sie regte sich nicht. War sie tot? Ein Gefühl von Verlust durchdrang ihn. Sie durfte nicht tot sein.

Jedenfalls hatte sie nicht tot zu sein, ehe sie die Angelegenheit mit dem Siegelring und dem Mordauftrag erklärt hatte. Seine Wut entzündete sich an der Erinnerung, erhielt neue Nahrung, verbrannte seine Besorgnis zu Asche. Vielleicht würde er sie dann höchstpersönlich töten wollen. Diesmal würde es leichter sein, dachte er bitter. Ein leichtes, sie zu ermorden, sollte er das hier überleben. Das war jedoch unwahrscheinlich. Seine Achtung vor dem Können des Meisters des Arkanen wuchs mit seiner Wut. Der Mann hatte gleich zwei neue Feinde unschädlich gemacht, ohne den Energiefluß, der Delacroix in Bann hielt, je zu verringern.

„A propos Prinzessinnen, hier ist auch schon unser hübscher kleiner Köder“, kommentierte Vonderbrück jetzt und fuhr sich lächelnd mit der Zunge über die Lippen. „Schade. Ich hätte mir gewünscht, daß sie das hier sieht. So ein wertvolles kleines Ding. Sehr exquisit, Delacroix – und wieder haben Sie keine Ahnung, worum es eigentlich geht, nicht wahr? Sie wissen nicht, wer sie ist, oder?“

Er lachte.

„Dame setzt König schachmatt. Sind Sie Schachspieler? Ich wette, Sie spielen Schach. Unwichtig. Ich will etwas von Ihnen, mein Freund, und Sie müssen aufhören, auf Hilfe von außen zu hoffen. Sie gehören jetzt mir. Also, wo ist das Manuskript?“

„Ich weiß nicht“, preßte Delacroix hervor. Es war nicht gelogen, doch auch nicht das, was der Magier hören wollte. Er schnalzte verächtlich mit der Zunge.

„Warum machen Sie es sich so schwer? Sie können nicht gewinnen. Warum also nicht kooperieren? Es müßte doch eine angenehme Vorstellung sein, wieder richtig atmen zu können.“

Delacroix rang verzweifelt nach Luft, während seine Luftröhre sich weiter zusammenzog.

Doch Vonderbrück brauchte ihn lebend. Der Offizier analysierte die Situation durch einen Schleier brennenden Hasses. Der Mann wollte Informationen und – da war Delacroix sicher – genoß die Situation. Er mochte Macht, hatte er gesagt. Seinen Gefangenen umzubringen würde bedeuten, ihn an den Tod zu verlieren.

Jetzt hoffte Delacroix auf die Intervention der Bruderschaft, was er sich nie hätte träumen lassen und was ihn tatsächlich noch wütender machte, sowohl auf sich selbst als auch auf seinen Widersacher. Doch der Orden war seine einzige Chance. Udolf würde nicht kommen, und Cérise auch nicht. Zumindest hoffte er das.

Unter dem Sturm der magischen Attacke erinnerte er sich wieder an Details der Szene im Keller, an den Sí, der eingegriffen und mit dazu beigetragen hatte, einen seiner widerlicheren Anverwandten zu überwinden. Der Mann war ihm völlig entfallen. Cérises Gast, der Menschen vergessen ließ.

Doch es wäre vermessen gewesen, auf ein erneutes Eingreifen seinerseits zu hoffen. Würde er es überhaupt wollen? War er eventuell Mitspieler in diesem vertrackten Szenarium? Sein Eingreifen ließ viele Lesarten zu. Delacroix mußte es herausfinden. Er mußte mehr in Erfahrung bringen und sehnte sich mit beinahe der gleichen finstren Heftigkeit danach, den Feyon auszuquetschen wie seinen Peiniger.

„Sie wollen mich töten. Warum sollte ich Ihnen helfen?" Die Sätze waren harte Arbeit. Er preßte die Worte mit der Energie verzweifelten Zorns durch seine eigene Hilflosigkeit. Er rang nach Luft. „Sagen Sie mir, worum es geht. Mein Wissen gegen Ihres."

„Immer noch frech und bockig? Was möchte der Herr denn wissen? Welche prämortale Erleuchtung hätten Sie denn gern, mein Lieber?"

Der Meister des Arkanen lächelte.

„Miss Jarrencourt." Das hatte er nicht fragen wollen. Andere Dinge waren von größerer Bedeutung. Doch er mußte es wissen, erstickte fast an den offenen Fragen. „Wie paßt sie in das alles?"

Der Mann begann zu lachen.

„Corrisande? Wer weiß, vielleicht paßt sie ja gar nicht ins Bild? Sie ist nicht sehr wichtig, außer vielleicht jemandem, der sich für allzu stark und mächtig hält. Seiner allerniedrigsten Majestät, und vielleicht nicht einmal ihm. Er dürfte mehr als ein Protegé haben. In seiner Umgebung sind anmutige, blutjunge Frauen eine leicht aufzufindende Ware."

Er lachte wieder und sah dem Colonel direkt in die Augen.

„Unser kleiner Lockvogel interessiert Sie? Ich dachte, unser daniederliegender Freund hier hätte ein Auge auf sie geworfen? Nun, es wäre sicher nur eine Frage des Preises. Nicht, daß Sie sich je an ihr erfreuen werden. Sie ..."

Er hielt mitten im Satz inne und starrte fast entrüstet auf das Messer, das plötzlich in seiner Brust steckte. Seine Augen wurden rund vor Erstaunen. Er drehte sich ein wenig in die Richtung, aus der es gekommen war.

Corrisande Jarrencourt versuchte, sich unter dem Leutnant hervorzuarbeiten, der immer noch leblos am Boden lag. Der schlaffe Körper war schwer, und es gelang ihr nicht, ihre Beine freizubekommen. Ihrer beider Gliedmaßen hatten sich in ihren weiten Röcken verfangen.

Sie hatte jedoch nur ihren rechten Arm gebraucht.

Vonderbrück brach wortlos in sich zusammen.

An der gegenüberliegenden Wand sank Delacroix keuchend und röchelnd in die Knie.

Kapitel 30

Sie hatte noch nie einen Menschen getötet. In Häuser war sie eingebrochen, hatte Juwelen gestohlen, hatte Mörder gekannt. Doch sie selbst hatte nie getötet. Der Mann, der sie Messerwerfen gelehrt hatte, war ein Meuchelmörder gewesen. Sie hatte es gewußt, hatte ihn jedoch nie danach gefragt. Als Messerwerfer im Zirkus hatte er angefangen, um dann einer gewinnbringenderen Beschäftigung im Dienste ihres Vaters den Vorzug zu geben.

Er hatte sie gut unterrichtet. Sie hatte nichts von der Kunst vergessen, obgleich sie nur selten übte. Mit einer einzigen präzisen Bewegung zielte sie und warf. Sie traf den Mann ins Herz. Es gab einen seltsamen Laut, als der Dolch ins Fleisch drang, und er hatte lange genug gelebt, um ihr noch in die Augen zu sehen.

Sie wünschte, sie könnte den Blick vergessen. Wie überrascht er gewesen war! Ihr Lehrer hatte sie auf diese Reaktion vorbereitet, doch sie hatte nie darüber nachgedacht – über das Erstaunen in den Gesichtern der Menschen, die man tötete. Erstaunen und ein wenig Empörung. Der mächtige Magier, gefällt durch die Hand der Jungfrau. Wie im Märchen.

Sie versuchte, sich zu sammeln. Ihr war unwohl, doch es ging ihr nicht richtig schlecht. Tatsächlich fühlte sie sich eher schläfrig. Vielleicht war das der Rest der arkanen Attacke. Allerdings hatte Asko den größten Teil davon abgefangen. Eventuell war es auch nur ihre eigene Ermattung nach einem Tag, der zu schrecklich war, um darüber nachzudenken.

Sie versuchte, den Leutnant von sich herunterzurollen, doch er war erstaunlich schwer. Er war genau auf sie gefallen, und sie spürte sein bleiernes Gewicht auf sich, seinen ganzen leblosen Körper. Zunächst hatte sie gefürchtet, er sei tot. Doch dann hatte sie seinen schwachen Atem gehört. Er lebte, und sie war dankbar dafür.

Als sie gestürzt waren, hatte sie nicht das Bewußtsein verloren. Eine lähmende Migräne war ihr durch den Kopf geschossen und hatte nur langsam wieder aufgehört, sie zu quälen. Anfangs waren ihr die Sinne regelrecht zerflossen, doch das hatte sich nach einigen Sekunden gegeben. Da hatte sich Vonderbrück bereits wieder von ihr abgewandt, glaubte sie besinnungslos oder tot. Sie bewegte sich nicht sofort, lag nur da, Askos Last auf sich. Sein blondes Haar fiel ihr ins Gesicht.

Viel konnte sie nicht sehen, doch sie begriff schnell, daß der Mann in der Mitte des Raumes nicht nur ein gewissenloser Verbrecher war, sondern auch jemand, dem es teuflische Freude bereitete, sich in seiner Macht zu suhlen. Grenzenlos böse. Er fragte Delacroix aus, und sie wußte, noch bevor er es ankündigte, daß er den Offizier zu Tode foltern würde. Doch sie verstand nicht, was er wollte. Ein Manuskript. Sie wußte nichts von einem Manuskript. Von einem Mord hatte sie gehört, eventuell von zweien. Was für ein Manuskript konnte er meinen?

Es war sekundär. Er mußte damit aufhören.

Sie schob die Hand behutsam zu ihrem Rock. Das Messer war noch darin. Es war schwer, es lautlos zuerst aus der Tasche und dann aus der Scheide zu ziehen, ohne ein Geräusch zu machen, ohne eine Bewegung erkennen zu lassen. Langsam. Ganz langsam. Währenddessen redete der Mann immer weiter, verleumdete sie als käufliches Frauenzimmer, brachte sie immer tiefer in Schwierigkeiten.

Von Orven hörte es nicht, doch sie hatte keine Zweifel, daß Delacroix es ihm erzählen würde, wenn er überlebte.

Er mußte überleben. Ihr war der Gedanke unerträglich, daß dieser Geisteskranke ihm mit seiner schwarzen Kunst das Leben aus dem Körper quetschte. Sie erinnerte sich daran, wie der Colonel auf der Treppe ihre Hand gehalten hatte, wie er ihr in die Augen gesehen, sie plötzlich ernstgenommen hatte wie noch nie ein Mensch zuvor.

Sie mußte etwas tun.

Sie hatte nur einen Versuch. Wenn sie ihn verfehlte, würde Vonderbrück sie ohne Zögern töten. Sie wischte die klammen Hände am Kleid ab, ehe sie das Messer warf. Im Liegen und halb begraben unter einem leblosen Körper hatte sie noch nie ein Messer geworfen. Sie hatte überhaupt noch nie ein Messer auf einen Menschen geworfen. Doch über ihre Chancen hatte sie nicht nachgedacht, sie hatte einfach gehandelt.

Jetzt erst gelang es ihr, Askos reglosen Körper gänzlich von ihrem eigenen fortzuschieben. Er rollte zur Seite, und sie kniete sich neben ihn, beugte sich über ihn und versuchte, seine Atmung auszumachen. Er atmete flach und langsam. Sie konnte sich vorstellen, was er durchmachte. Sie strich ihm hilflos und unsicher das blonde Haar aus den Augen.

Ein massiger Schatten fiel über sie. Sie blickte auf. Delacroix stand neben ihr und sah zu ihr herunter. Seine Wolfsaugen waren schmal und funkelten vor eisiger Wut. Sein Mund war zu einer zynischen Grimasse verzogen, sein Atem zischte vor Haß. Das Haar war wirr. Ein kleiner Blutfleck war an der Schulter durch seine Jacke gedrungen.

Mit einem Mal hatte sie große Angst vor ihm.

Er kniete sich neben sie, nahm Askos Handgelenk, fühlte seinen Puls. Dann stieß er ihre Hand, die auf der Stirn des jungen Mannes lag, brüsk fort.

„Danke für Ihre Bemühungen“, sagte er kalt, „aber Leutnant von Orven ist derzeit außerstande, Sie dafür zu entgelten.“

Sie schluckte, sah ihn an, wurde dunkelrot. Sie wußte nicht, was sie darauf antworten sollte. Was konnte sie schon sagen? Er würde ihr nicht glauben. Sie verstand nicht, daß er es so einfach fand, einem Mann zu glauben, der ihn verraten hatte. Wie konnte ein solcher Mensch überzeugender, glaubhafter sein als ihr eigenes Verhalten, ihre Manieren, ihr Stil und alles, was er bis jetzt von ihr gesehen hatte?

„Nun“, fuhr er fort, „Sie wissen ja hübsch mit dem Messer umzugehen. Ihre Fertigkeiten versetzen mich immer von neuem in Erstaunen.“

„Ist er tot?“ fragte sie verlegen. Ihr wurde bewußt, daß sie das nicht einmal nachgeprüft hatte. Sie war sich schlichtweg sicher gewesen.

„Oh ja“, antwortete Delacroix leichthin. „Mausetot. Sie haben ihm mit anerkennenswerter Präzision ein Loch ins Herz gestanzt. Tun Sie das regelmäßig? Ist das in den höchsten Kreisen, denen Sie offensichtlich angehören, plötzlich Mode geworden? Mein Beruf erlaubt mir nicht viel Muße in England, doch als ich das letzte Mal dort war, gehörte Messerwerfen noch nicht zum unerläßlichen Verhaltensrepertoire einer Dame von Stand. Aber“, er sah sie bissig an, „ich bin natürlich kein Fachmann auf diesem Gebiet.“

Jetzt wurde sie auch böse. Sein Zynismus tat weh.

„Ich habe noch nie jemanden ermordet“, begehrte sie auf. „Sie machen sich ein falsches Bild von mir. Was der Mann gesagt hat, ist gar nicht wahr.“ Das klang selbst in ihren eigenen Ohren nach einer dummen Ausrede. „Außerdem – wenn ich nicht eingegriffen hätte, wären Sie jetzt tot.“

Er beäugte sie mit einem schiefen Blick. Dann überprüfte er seine Schulter.

„Ob es wohl am Wetter liegt, daß ich heute schon zweimal von Damen mit zweifelhafter Moral gerettet wurde? Sie müssen wissen, Mlle. Denglot hat Ihrem Meuchelmörder den Garaus gemacht. Nur falls Sie sich gefragt haben, warum ich überhaupt noch am Leben bin.“

Die Bernsteinaugen konzentrierten sich wieder auf sie, glitzerten vor kaltem Zorn. Doch inzwischen war sie fast genauso wütend wie er.

„Die Frage brauche ich mir nicht zu stellen, Colonel. Sie leben noch, weil ich Ihnen gerade das Leben gerettet habe. Ich habe keinen Mörder auf Sie angesetzt. Wie Sie sehen, bin ich in der Lage, Menschen ohne Zuhilfenahme gedungener Verbrecher ins Jenseits zu befördern.“

Sie wußte sofort, daß sie mit dem letzten Satz einen Fehler gemacht hatte. Sie begriff nicht, wie sie das hatte sagen können.

Sie starrten einander böse an. Einen Augenblick lang hatte sie Angst, er würde sie packen und ihr den Hals umdrehen. Doch er rührte sich nicht, blieb völlig bewegungslos, wie erstarrt.

Sie wandte sich wieder von Orven zu.

„Wir sollten besser Ihrem Freund helfen, Colonel", sagte sie und versuchte, die Konversation von all der giftigen Bitterkeit zu lösen. Sie war zu müde, um die Intensität ihrer Gefühle auf diesem Niveau zu halten. „Wenn seine Ohnmacht Ähnlichkeit mit meiner gestrigen hat, dann ist sie sehr unangenehm."

Er schenkte ihr einen undurchdringlichen Blick. Sie fragte sich, ob er ihr überhaupt irgend etwas glaubte. Vielleicht glaubte er nicht einmal ihrer Aussage über die obsidianschwarze Hölle, von der sie gesprochen hatte. Sie hatte ihren Ruf durch ein paar dahingesagte Sätze eines Geisteskranken verloren. Er war wütend auf sie, und sie verstand nicht warum. Sie hatte ihm nichts getan.

Doch auch das glaubte er nicht.

„Er ist in einer magieinduzierten Bewußtlosigkeit", sagte er kalt, „ähnlich der Ihren von letzter Nacht. Eine tiefe Betäubung. Wir brauchen einen Fachmann, um ihn daraus zu befreien. Obwohl ..." Er kniete sich wieder neben sie und hob die Augenlider des jungen Offiziers. Corrisande sah, daß dessen Iris komplett nach oben gerollt war. „... vielleicht können Sie ihn ja da rausholen."

„Ich?" fragte sie. „Was muß ich dazu tun?"

Er grinste spöttisch.

„Etwas, was Sie zweifelsfrei gut können. Küssen Sie ihn. Stimulieren Sie seinen Körper. Sie werden ja wissen, wie man das tut. Sie haben doch sicher genug Übung. Werfen Sie ihm einen Rettungsanker zu, einen Anlaß zurückzufinden. Etwas anderes wird im Augenblick kaum wirken. Von der süßen, unschuldigen Miss Jarrencourt gekost zu werden mag ihn so schockieren, daß er freiwillig aus dem Koma hüpft."

Sie sprang auf, bleich vor Zorn.

„Hiermit möchte ich Sie wissen lassen, Colonel", zischte sie, „daß Sie sich ein falsches Bild machen, wenn Sie glauben, ich sei eine Frau von zweifelhafter Moral – wie Sie es nannten. Es tut mir leid, aber ich verfüge nicht über die Erfahrung, die sie mir zuschreiben, und ich bitte Sie, mich nicht weiter zu beleidigen!"

Nun stand auch er auf, trat an sie heran, sehr groß, sehr nah. Sie wich zurück, doch er kam ihr nach. Sie stieß mit dem Rücken gegen die Wand. Nun hatte sie wieder Angst vor ihm. Der Blick, den er ihr zuwarf, war nicht zu deuten. Sie sah zur Tür. Möglicherweise sollte sie davonlaufen. Davonlaufen war das Beste, das sie tun konnte.

Sie verpaßte den Augenblick, in dem das möglich gewesen wäre. Seine Hände ergriffen ihre Schultern, preßten sie zusammen wie Schraubstöcke. Sie atmete schmerzerfüllt ein.

„Ungeküßt, süße Corrisande?" fragte er beißend. „Erlauben Sie mir, diesen Zustand zu beheben. Man hat mich dazu erzogen, auch die außergewöhnlichsten Dinge zu tun – für einen guten Zweck."

Er beugte sich zu ihr nieder und küßte sie, bog ihren Körper und ihren Kopf dabei zurück. Sie versuchte sich zu wehren, doch er hielt sie in einer eisernen Umklammerung. Sein Mund preßte sich hart auf ihren, sie spürte, wie seine Zähne ihre Lippe aufkratzten. Seine Zunge stieß in ihren Mund.

Dies war ganz und gar nicht wie Hugos Kuß.

Sie kämpfte und wand sich verzweifelt, doch er hielt sie rücksichtslos fest. Sie fühlte seinen mächtigen Leib gegen ihren gepreßt, war eingekeilt zwischen ihm und der Wand. Eine Flucht war unmöglich.

Sie hatte sich einen Kuß von ihm gewünscht, das wußte sie jetzt. Seit sie gemeinsam die Treppe hinuntergegangen waren und seine Finger ihre Lippen berührt hatten, hatte sie sich danach gesehnt. Doch nicht so. Dies war falsch. Es war erniedrigend und brutal.

Zu ihrer eigenen Überraschung hörte sie auf, sich zu wehren, und begann zu weinen, konnte sich nicht zusammennehmen. Ihre Schultern zuckten. Tränen liefen ihr aus den Augen und übers Gesicht.

Sofort ließ er sie los und trat zurück. Er sah verunsichert aus. Er keuchte.

Sie konnte seinen Blick nicht ertragen und drehte sich zur Wand, versuchte, sich die Tränen abzuwischen, kämpfte um Fassung. Doch sie konnte nicht aufhören zu weinen. Die Schrecken der vergangenen vierundzwanzig Stunden waren über ihrem Kopf zusammengeschlagen. Der Damm war gebrochen. Sie zitterte am ganzen Leib und versteckte ihr Gesicht in den Händen.

Delacroix streckte die Hand nach ihr aus. Angst überfiel sie, und sie kauerte sich blitzschnell nieder, barg ihren Kopf in den Armen. Einen Moment lang hatte sie Angst, er wolle sie schlagen.

Er rührte sie nicht an.

„Großer Gott, Mädchen. Ich tue Ihnen nichts", hörte sie ihn mit sonderbarer Stimme sagen. Doch er hatte schon etwas getan. Er hatte ihr weh getan. Tief innen drin hatte er sie verletzt. Er hatte ihren Stolz gebrochen und ihrer Unverzagtheit ein Ende gemacht.

Sie schämte sich. Weinkrämpfe waren nicht ihr Stil. Sie zwang sich, ruhiger zu atmen, stand langsam auf. Sie wischte sich die Tränen aus dem Gesicht, drehte ihm dabei den Rücken zu. Seinen Blick fühlte sie auf sich wie eine Bürde.

Als sie sich wieder umwandte, hatte sie aufgehört zu weinen. Sie zitterte jedoch noch immer. Ihre Augen fanden seine für den Bruchteil einer Sekunde, dann blickte sie weg und lief dunkelrot an. Er musterte sie grüblerisch. Sie konnte seine Gefühle nicht einmal näherungsweise erahnen. Doch er sah nicht mehr wütend aus. Er wirkte verwirrt.

Das Schweigen wurde zur Last. Jetzt konnte sie ihn bitten, ihr zu glauben. Sie konnte ihn fragen, warum er einem Gesetzesbrecher und mordgierigen Irren mehr Glauben schenkte als ihr. Warum dieser vertrauenswürdiger war als sie. Warum er sie so verabscheute, nach all dem, was sie getan und erlitten hatte.

Sie konnte nichts davon tun. Ihre Erniedrigung konnte sie nicht noch steigern.

Sie knickste gesittet.

„Ich danke Ihnen für die Unterweisung, Colonel Delacroix", sagte sie so kühl wie möglich.

Während er sie noch erstaunt anstarrte, wandte sie sich von ihm ab und kniete sich wieder neben den bewußtlosen Leutnant. Sie nahm sein Gesicht in die Hände, beugte sich über ihn und küßte ihn sehr sanft und sehr lange.

Sie hörte, wie Delacroix hinter ihr nach Luft schnappte. Es klang fast wie ein Zischen. Er griff jedoch nicht ein. Er schwieg, aber sie konnte seinen Körper nur einen Schritt hinter sich spüren. Sie versuchte, ihn zu ignorieren, doch seine physische Präsenz war mit ihrer ganzen Intensität in ihr Bewußtsein gebrannt. Sie konnte nicht aufhören, an ihn zu denken, wie er da hinter ihr stand und sie aus zornigen gelben Augen anstarrte.

Es war schwer, sich auf das zu konzentrieren, was sie tat, um so mehr, als sie nicht genau wußte, wie sie es tun sollte. Askos Lippen waren kalt, genau wie sein Gesicht. Doch sie wärmte ihn, das spürte sie. Er hatte sich seit dem Frühstück nicht rasiert, und seine Haut fühlte sich rauh an und kratzte wie Sandpapier. Es war eine seltsame neue Erfahrung.

Seine Lippen aber waren weich. Sie hielt die Augen geschlossen. Ihre Position war unbequem. Sie kniete neben ihm, halb über seinen Oberkörper hingestreckt.

Dann regte er sich. Seine Arme umfaßten sie, und unerwartet reagierte sein Mund, koste ihren mit sanftem Eifer.

Sie öffnete die Augen und löste sich von seinem Gesicht.

Er sah sie irritiert an, während seine Augen sie langsam erfaßten.

Seine Hände lagen noch auf ihrem Rücken, doch er hielt sie nicht fest, wandte keinerlei Gewalt an. Es war eine milde Umarmung. Er blickte sie nur an.

Sie fühlte sich deplaziert und nahm ihre Hände von seinem Gesicht.

„Corrisande", flüsterte er schwärmerisch.

„Ja", antwortete sie. „Geht es Ihnen besser? Sie waren bewußtlos."

Er rang um Konzentration.

„Wir wurden angegriffen“, erinnerte er sich.

„Ja. Ihr Magier hat Sie außer Gefecht gesetzt. Colonel Delacroix“, sie erstickte fast an dem Namen, „hat diese Methode der Wiederbelebung empfohlen. Bitte verzeihen Sie mir, wenn ich Ihnen zu nahegetreten ...“ Sie konnte nicht weitersprechen, fühlte sich dumm und linkisch.

Er merkte, wie peinlich ihr dies alles war, und ließ sie los. Dann nahm er ihre rechte Hand und führte sie an die Lippen.

„Ich werde mich bemühen, öfter außer Gefecht gesetzt zu werden, wenn ich danach auf so entzückende Weise geweckt werde.“ Er küßte ihre Fingerspitzen, dann ihren Handrücken, glitt mit den Lippen an ihrer Haut entlang. Das war weit mehr als eine höfliche Geste.

Dann merkte er, daß er sich danebenbenahm, und riß sich zusammen. Er ließ ihre Hand los.

„Haben Sie sich erholt?“ hörte Corrisande Delacroix’ Stimme hinter sich. Sie klang süßlich neutral. „Wenn Sie dann soweit wären – wir müssen weitermachen. Es gibt einiges zu tun, und“, sein Lächeln erinnerte an Zähnefletschen, „ich möchte meinen, daß Miss Jarrencourt Ihnen alle Unterstützung hat angedeihen lassen, zu der sie im Moment fähig ist.“

Der Colonel streckte die Hand aus und zog von Orven hoch. Der blickte ihn erstaunt an, ließ sich aber aufhelfen. Er spannte die Muskeln an und schüttelte sich wie ein Hund, der aus dem Regen kommt. Dann blickte er zurück zu Corrisande, die immer noch auf dem Boden kniete, den Rücken Delacroix zugewandt.

„Geht es Ihnen gut, Miss Jarrencourt?“ fragte Asko zum dritten Mal an diesem Abend, und wie immer antwortete sie: „Danke, Herr Leutnant. Mir geht es gut.“

Er kommentierte ihre stereotype Erwiderung nicht, falls er sie denn bemerkte. Statt dessen trat er in die Mitte des Raumes und sah dort den Toten. Das Messer steckte noch in seiner Brust.

„Großer Gott, er ist tot!“ rief er.

Corrisande quälte sich langsam hoch. Ihre Knie zitterten immer noch, und sie war froh, daß man das unter ihren weiten Röcken nicht sah. Sie fragte sich, wie der bayerische Offizier reagieren würde, wenn er erfuhr, daß sie den Magier erstochen hatte und wußte, daß sie seine Reaktion gar nicht sehen wollte. Sie ging zur Tür, ohne sich umzudrehen. Inzwischen zitterte sie am ganzen Leib, ihr war eiskalt, und sie war unendlich müde.

„Sie haben ihn umgebracht!“ sagte Asko zu Delacroix.

Darauf folgte Schweigen. Es schien sich über Stunden zu erstrecken. Sie versuchte, die Tür zu öffnen, doch ihre Hände bebten so sehr, daß es schwierig war, den Türknauf zu fassen und zu drehen.

„Ja“, entgegnete Delacroix. „Es erschien mir angeraten.“

Kapitel 31

Cérise Denglot musterte den schlanken, eleganten jungen Mann, der auf ihrem Sofa saß. Nach der Begebenheit im Keller war er mit ihr die Treppen hochgestiegen, als gehöre er zu ihr. Er hatte sie bis zu ihrem Zimmer geleitet, und dort hatte er nicht etwa von ihr Abschied genommen, sondern war hinter ihr eingetreten, als wären dies seine eigenen Räume.

Sie wußte, wer er war. Ihre Erinnerung an seine bisherigen Stippvisiten kam langsam zurück. Als er sich zwischen sie und die angreifende Kreatur gestellt hatte, um sie zu beschützen, hatte sie fast sofort gewußt, daß er ihr geheimnisvoller Bewunderer war. Es war ihr dann klargeworden, daß ein Sí ihr Verehrer war, ein Feyon, an dessen Existenz sie vor einem Jahr noch nicht einmal geglaubt hätte. Es hatte sie damals einiges an Überwindung gekostet einzusehen, daß Mythen mehr waren als Kindermärchen. Sie zweifelte die Existenz mythischer Wesen nicht mehr an, doch mit einem zusammenzusein war noch einmal anders. Sie sollte Angst haben. In der Tat war sie nervös.

Sie hätte ihn fortschicken sollen, doch er bat sie höflich um eine Unterredung, und schließlich hatte er sie gerettet. Also konnte sie nicht so unhöflich sein, ihm diese Bitte abzuschlagen.

Er sah viel zu gut aus. Sie erinnerte sich, daß er sie geküßt hatte. Die Erinnerung sagte ihr auch, daß sie es weitaus mehr genossen hatte, als sie sich eingestehen wollte.

„Das waren Sie, gestern nacht und heute nachmittag“, bemerkte sie etwas feindselig.

„Ja, das war ich“, antwortete er lächelnd.

Das Amulett brannte plötzlich auf ihrer Haut. Sie schrie auf.

„Hören Sie auf!“ rief sie und sah ihn strafend an. „Das tut weh!“

„Womit soll ich aufhören?“ fragte er und streckte die Hände nach ihr aus.

„Was immer Sie da tun. Hören Sie auf!“

Sie versuchte, den Anhänger von ihrer Haut wegzuziehen, was schwierig war, denn er hing unter ihrem Kleid.

„Du trägst ein Schutzamulett. Das hätte ich merken sollen.“ Er lächelte sie etwas bekümmert an. „Hat Delacroix es dir gegeben?“

Sie starrte ihn böse an.

„Was wissen Sie über Delacroix?“ fragte sie.

„Alles, was du mir über ihn erzählt hast, Cérise. Alles, was ich dich gefragt habe.“

Sie erinnerte sich.

Sie hatte ihm viel erzählt, über ihr Leben, ihre Liebhaber und ihren Auftrag. Sie hatte ihm alles erzählt, was sie noch nie einem Menschen erzählt hatte, was sie weitaus lieber für immer für sich behalten hätte. Alle ihre Geheimnisse hatte er ihr genommen, hatte sie geöffnet wie ein Buch.

Sie kochte vor Wut.

„Sie haben mich ausspioniert!“ fuhr sie ihn an.

„Genaugenommen nicht“, entgegnete er. „Du wolltest immer schon mit jemandem über all das reden. Ich habe dir nur die Hemmungen genommen.“

Er beugte sich vor, stützte die Ellenbogen auf die Knie. Seine langen, schmalen Hände waren ordentlich gefaltet. Sie erinnerte sich an diese Hände. Ihre Berührung fuhr einem bis ins Innerste. Sie blickte auf die schmalen, langen Nägel.

„So nennen Sie das?“ antwortete sie giftig. „Sie haben mich gezwungen, Dinge zu tun ...“

„Nein.“ Er hielt ihren Blick mit seinen schwarzen Augen fest. „Ich hätte dich *Dinge* tun lassen können. Leicht, aber unnötig. Ich habe dir nur die Hemmungen genommen.“

Sie sprang auf und lief ärgerlich auf und ab.

„Dazu hatten Sie kein Recht“, schimpfte sie.

„Stimmt, überhaupt keines. Aber ihr Menschen habt ein Sprichwort: ‚In der Liebe und im Krieg ist alles erlaubt'. Ich liebe dich. Ich habe deine Triumphe verfolgt, dich unerkannt geleitet. Nicht erst seit gestern. Das weißt du."

Sie nickte.

„Die Orchideen." Sie drehte sich zu ihm um. „Haben Sie ... äh ... mir meine Hemmungen schon einmal genommen? Gibt es da etwas, das ich wissen sollte?"

Er lächelte beschämt.

„Nein, ich habe dir nur Orchideen gebracht. Manchmal habe ich dich beobachtet, ohne daß du es bemerkt hast. Erst gestern habe ich dich direkt angesprochen."

„Warum?"

„Dafür gibt es eine Reihe von Gründen."

„Ich bin neugierig. Seien Sie so nett und erleuchten Sie mich."

Er sah etwas peinlich berührt aus und sprach nicht gleich.

„Sollten wir nicht besser ..."

„Nein", unterbrach sie ihn. „Ich will eine Antwort, und es sollte besser eine ehrliche sein. Dieses Amulett brennt auf meiner Haut, aber wenigstens können Sie mich nicht anlügen."

Er lehnte sich zurück, faltete die Hände hinter dem Kopf.

„Natürlich kann ich dich anlügen. Lügen ist einfach und absolut nicht magisch. Ich kann dich nicht magisch manipulieren. Dein Amulett schützt dich vor Magie, mehr nicht."

„Dann bitte ich Sie dringend, mich nicht anzulügen. Sagen Sie mir einfach und geradeheraus die Wahrheit."

Er lachte.

„Wann wäre die Wahrheit je einfach und geradeheraus gewesen, meine Schöne? Die Wahrheit ist vielschichtig."

„Wissen Sie", erwiderte Cérise und ließ sich in dem Sessel am anderen Ende des Zimmers nieder, „Sie haben eine wundervolle, wohlklingende Stimme, und ich könnte Ihnen stundenlang einfach nur zuhören. *Mais vraiment*, ich werde mir dieses Vergnügen versagen, wenn Sie nicht damit aufhören, nutzlos herumzuphilosophieren und mir statt dessen meine Fragen beantworten."

„Aber was ist, wenn meine Antworten nicht das sein können, was du gern hättest: einfach und geradeheraus? Hast du dir schon überlegt, was du gerne hören möchtest?“

„Ich glaube, Graf Arpad, es ist höchste Zeit, daß Sie Ihre eigenen Räumlichkeiten aufsuchen“, sagte sie mit unverbindlicher Freundlichkeit. „Es ist spät. Ich hatte einen anstrengenden Abend, und Ihr Zauber funktioniert heute auch nicht. So ein Pech. Gute Nacht und herzlichen Dank noch dafür, daß Sie mich gerettet haben. Adieu.“

Er stand auf. Dann, schneller als sie es mit den Augen erfassen konnte, war er vor ihr, ließ sich auf ein Knie nieder.

„Bitte schick mich nicht fort! Nicht so.“

Er sah so anrührend aus, daß sie annahm, er wirke wieder einen Zauber. Doch ihr Amulett blieb kalt.

Sie mußte sich zusammennehmen, ihn nicht zu berühren.

„Die Wahrheit“, fuhr er seufzend fort, „lautet: Ich habe dir nicht das Leben gerettet. Das Amulett, das du trägst, hätte dich wohl auch geschützt. Ich hätte merken müssen, daß du es trägst, aber ich habe nicht richtig zugehört. Meine Konzentration galt anderen Dingen.“

„Zugehört? Macht es ein Geräusch?“

„Nein, aber Menschen verfügen nicht über den besonderen Sinn, den ich – den wir haben. Deshalb habt ihr kein Wort dafür. Vermutlich hätte ich ‚zugespürt‘ sagen sollen. Wie auch immer, ich kann mir deine Rettung nicht auf die Fahnen schreiben. Ich wollte dir gerne das Leben retten, denn es ist mir über alle Maßen wertvoll. Der Kleinen habe ich allerdings tatsächlich diesen Dienst erwiesen. Delacroix war dabei, sie umzubringen. Mit Kalteisen.“ Seine Stimme klang hart. „Aber du willst mehr wissen. Ich habe dich heute nachmittag und gestern abend besucht, weil meine Begierde größer war als meine Vernunft und weil ich auch mehr darüber wissen wollte, was hier vor sich ging.“

„Sie haben also das Angenehme mit dem Nützlichen verbunden. Wie eminent praktisch“, gab sie zurück.

„Das ist die Wahrheit, schwierig und ungerade“, sagte er. „Bleibt zu sagen, daß ich dich liebe. Zählt das?“

Sie sah ihn an. Es ging ihr durch den Kopf, daß er wahrscheinlich enorm gefährlich war. Er hatte Delacroix mitten in der Bewegung gestoppt. Das hieß, er war stärker als der Brite. Nicht viele Menschen konnten das von sich sagen. Er sah gar nicht stärker aus. Doch er war auch kein Mensch. Er konnte Dinge, von denen sie keine Ahnung hatte. Allein sein Tempo war atemberaubend. Wenn er ihr weh tun wollte, würde sie sich nicht einmal wehren können.

„Ich weiß nicht“, antwortet sie. „Sollte es denn zählen? Ich weiß fast nichts über Ihre Art und gar nichts über Sie selbst. Woher soll ich wissen, ob Sie überhaupt lieben können?“

Er erhob sich und trat einen Schritt zurück.

„Oh, natürlich können wir lieben. Wir haben Empfindungen wie ihr. Wir besitzen Verstand wie ihr. Wir sind uns aber in vielem auch unähnlich. Unsere Lebensdauer ist länger als eure. Ich habe mehr Sinne als du. Ich spüre deutlich, daß du Angst vor mir hast. Hab keine Angst! Ich habe nicht vor, dir etwas zu tun.“

„Das ist die Wahrheit – schwierig und ungerade?“

Er lachte.

„Das ist die Wahrheit. Wenn ich dich ermorden wollte, dann wärst du schon tot, und das ist die Wahrheit, einfach und geradeheraus.“

„Sie vergessen das Amulett“, sagte sie selbstsicher.

„Nein. Das Amulett schützt dich vor den Kräften, die ihr Magie nennt, aber nicht vor physischer Gewalt. Wenn man bedenkt, wie wenig du mir traust – und du hast letztlich auch keinen Grund dazu –, dann muß ich sagen, du bist sehr unvorsichtig. Ich wünschte, du würdest besser auf dich aufpassen.“

„Sie raten mir also, Sie fortzuschicken?“

„Nein, ich hoffe, du wirst mir erlauben zu bleiben.“

Er sah ihr in die Augen, und sie wußte, daß sie sich in dem dunklen Blick vollständig verlieren konnte. Sie erinnerte sich, wie er sie aus ihrem Kleid geschält und wie sie seine zärtliche Berührung ihrer Haut genossen hatte.

„Warum sollte ich das tun?“ fragte sie leichthin.

Er stand neben ihrem Sessel, nahm ihre Hand und küßte sie.

„Du hast viele himmlische Charakterzüge. Naivität gehört nicht dazu.“

Sie merkte, wie sie errötete. Das war ihr lange nicht mehr passiert.

Eine Nacht mit einem Feyon. Das klang verboten, beklemmend und aufregend. Viel zu aufregend vielleicht.

Seine Lippen auf ihrer Haut beschworen eine weitere Erinnerung herauf. Sie atmete erschrocken ein und entzog ihm die Hand.

„Sie haben mich gebissen!“ Sie schrie es fast. „Sie ...“

Er sah einen Atemzug lang beunruhigt und verletzt aus. Dann lächelte er reuig.

„Ja“, bekannte er, „ich habe dich gebissen und dein Blut getrunken. Nur ein kleines bißchen, nicht mehr, als du problemlos ertragen konntest, und ich liebe den Geschmack deines Blutes. Du bist exquisit – in jeder Hinsicht.“

Sie wollte aufspringen und zurückweichen, doch er stand jetzt genau vor ihrem Sessel und lehnte sich über sie.

Sie wich in ihren Sitz zurück. Er war ein Vampir. Sie hatte von solchen Geschöpfen gehört. Was tat man gegen Vampire? Sie versuchte, sich daran zu erinnern. Knoblauch – aber sie hatte keinen. Sie mochte Knoblauch nicht einmal, aß keinen, wenn es sich verhindern ließ. Kreuze? Sie hatte eines in ihrem Schmuckkästchen. Zu weit weg. Was sonst? Tageslicht? Er hatte sie am Nachmittag besucht. Sie erinnerte sich an seine dunkle Brille.

„Fürchtest du dich? Das mußt du nicht. Die meisten Dinge, die man sich über meinesgleichen erzählt, sind falsch.“

„Ihresgleichen“, wiederholte sie und versuchte, noch weiter in ihrem Sitz zu verschwinden. „Sie sind ein Vampir, nicht wahr?“

„Ja, das ist der Name, den ihr meinesgleichen gabt.“ Er beugte sich noch weiter zu ihr, stützte die Hände auf den Armlehnen ihres Sessels ab. Damit hatte er ihr jede Fluchtmöglichkeit genommen. „Er bedeutet nicht viel, ist so platt wie der ganze Aberglaube, mit dem ihr mich aufladet. Ich lebe. Das solltest du wissen. Ich pflege nicht Nacht für Nacht aus einem muffigen Grab aufzuerstehen. Ich reise auch nicht mit einer höchsteigenen Rattenhorde. Ich lebe, sogar sehr, und ich liebe, sogar sehr, nämlich dich, und obwohl ich den Geschmack deines Blutes außerordentlich mag, liebe ich den Duft deines Lebens noch viel mehr. Du bist so voller wunderbaren Lebens, und ich liebe dich dafür. Ich würde es nie nehmen, es *dir* nie nehmen, und", er sah, wie sie ihr Amulett hilfesuchend umklammerte, „dein magisches Kleinod wird dich auch nicht vor dem beschützen, was ich bin. Du mußt mir vertrauen, mußt mir glauben, daß ich dich nicht töten will. Kannst du das?"

Sie überlegte, ob ihr jemand zu Hilfe kommen würde, wenn sie jetzt anfinge, laut zu schreien. Doch niemand würde sie schnell genug erreichen.

„Sie morden Menschen!" flüsterte sie nach einer Weile.

„Selten. Nur wenn ich muß", antwortete er. „Wenn ich jede Nacht ein paar meiner Opfer tot zurückließe, dann würdet ihr mich – oder meinesgleichen – schon seit Jahrhunderten mit allem jagen, was ihr hättet. Halte dir einfach die Logik der Angelegenheit vor Augen. Wenn euer Vampirmythos recht hätte, hätten wir euch längst ausgerottet. Wenn jedes unserer Opfer zum Vampir würde, gäbe es schon keine Menschen mehr."

„Aber Sie haben schon Menschen getötet!" sagte sie, wußte es auf einmal mit absoluter Sicherheit.

„Ja, genau wie dein Delacroix. Cérise, ihr Menschen seid viel versierter in der Kunst des Tötens als wir. Ihr könnt es besser als wir Sí. Ihr habt es durchorganisiert und strukturiert. Ihr habt Heere ausgehoben und das Töten zur Kunstform erhoben. Die Kunst des Krieges. Ich bin nur ein Mann, der Blut braucht, um zu überleben, und wenn ich die Wahl habe, und meist habe ich die, dann morde ich nicht."

Er entfernte sich unerheblich von ihr.

„Hier geht es nicht ums Töten, Cérise", sagte er. „Hier geht es um Mut. Liebe verlangt Mut. Wenn du in dir die gleiche Liebe für mich finden könntest, die ich für dich empfinde, dann wärst du mutiger als je zuvor, und ich glaube, du besitzt diesen Mut."

Beide schwiegen. Cérise wußte nichts zu sagen. Sie wußte nicht einmal, was sie denken sollte, und das machte es schwer, überhaupt etwas zu sagen. Ihr Detektivhobby war ein Nebenprodukt ihrer Affäre mit Delacroix. Seit sie diesem Hobby nachging, waren ihr die Gefahren, die sie allenthalben umgaben, um einiges bewußter. Doch auch ihr Bewußtsein, Gefahren allein meistern zu können, war entsprechend gewachsen.

Nur – dies war anders. Sie wußte nicht genug, um sich über das Risiko eine Meinung bilden zu können. Sie wußte nichts über seine Ziele, seine Begabungen oder seine Aufrichtigkeit. Sie wußte, daß sie Männer gut einschätzen konnte. Doch war er ein Mann?

„Mut", flüsterte sie nach einer Weile. „Ich weiß so wenig über Sie. Ich weiß nicht, was ich denken soll. Sie sind ausnehmend attraktiv und verführerisch – das wissen Sie. Sie sagen, Sie lieben mich. Aber Sie könnten mich einfach töten."

„Das stimmt", antwortete er. „Doch das könnte jeder. Jeder Mann, der dich – den du geliebt hast, hätte das tun können. Immer. Ich weiß, du kannst gut mit deiner Pistole umgehen. Aber hattest du sie griffbereit, wenn du mit anderen Männern zusammen warst? Wohl nicht. Jeder einzelne von ihnen hätte deinen wunderschönen, einladenden, weißen Hals nehmen und zudrücken können, wenn er es gewollt hätte – und versuch nicht, mir zu erzählen, du hättest etwas dagegen ausrichten oder den Angreifer besiegen können. Es ist unerheblich. Sie wollten dich nicht töten, und ich will es auch nicht."

Einen halben Augenblick später stand er neben der Kommode, in der sie ihre Pistole aufhob, und holte sie hervor. Ihr fiel plötzlich ein, daß sie ihm erzählt hatte, wo die Waffe war. Er schmunzelte. Es war ein sehr eigentümlicher Gesichtsausdruck, und sie mußte sich zusammennehmen, sich nicht vollends in den Ritzen ihres Sessels zu verkriechen, als er wieder zu ihr zurückkam und die Waffe, die er so leicht gefunden hatte, in der Hand hielt.

Er gab sie ihr mit dem Griff voran. Sie nahm sie.

„So, nun bist du bewaffnet. Gegen eine Flut von Übeln." Er lachte und klang fast ein wenig nervös. „Fühlst du dich jetzt sicherer?"

Sie fühlte sich wirklich sicherer. Er stand vor ihr, und es war schwierig, nicht auf ihn zu zielen.

„Höchstwahrscheinlich kann man Sie damit nicht einmal verwunden", sagte sie mißtrauisch.

„Doch, kann man", versicherte er ihr. „Es wird mich nicht umbringen. Aber du kannst mir schwere Verletzungen damit beibringen. Meine Selbstheilungsfähigkeit ist weitaus besser ausgeprägt als die der Menschen, doch eine Kugel durch die Lunge würde meinen Annäherungsversuchen zunächst mal ein häßliches Ende bereiten."

Er stand nun neben ihrem Sessel, ein liebenswertes Lächeln auf den Lippen.

„Weißt du, wir werden deinen und meinen Mut gemeinsam testen", sagte er und setzte sich ihr zugewandt seitlich auf die Armlehne ihres Sessels, balancierte seinen schlanken Körper elegant darauf. Seine Rechte stützte er auf der gegenüberliegenden Lehne ab. Er war zu nah.

Er nahm ihre rechte Hand, die immer noch die Waffe umklammerte, und führte sie an seine Schläfe.

„Wenn du jetzt mein Hirn gleichmäßig über den Teppich verteilst, wird das meinem Wohlbefinden abträglich sein. Aber die Chance biete ich dir. Es ist an dir zu entscheiden, ob du davon Gebrauch machen möchtest. Denn", sein Gesicht näherte sich ihrem, während er mit einer Hand immer noch ihre Rechte mit der Schußwaffe an seine Schläfe drückte, „ich werde dich jetzt küssen."

Er ließ ihre Hand los, hob ihr Kinn an und folgte seiner Ankündigung. Seine Lippen waren behutsam, fast vorsichtig, doch sie spürte seine Intensität und seine wachsende Erregung. Mit jeder

Sekunde, die verging, wurde der Kuß ein klein wenig fordernder, intensiver, süßer. Sie spürte, wie ihr Widerstand schmolz. Sein feines, seidiges Haar kitzelte ihr Gesicht. Sein Mund glitt ihre Wange entlang, dann küßte er ihre Augen und Brauen.

Der laute Knall eines Schusses zerriß die Stille. Sie ließ die Waffe fallen und begann zu schreien.

Kapitel 52

Asko von Orven und Delacroix knieten neben dem Leichnam ihres ehemaligen Gefährten. Delacroix durchsuchte die Taschen des Toten wie ein geübter Dieb, ein Verhalten, das der Leutnant einigermaßen degoutant fand. Doch er sagte nichts, beobachtete nur, wie der ranghöhere Offizier systematisch alle Besitztümer des Getöteten hervorholte, sie dann sorgfältig überprüfte und schließlich einiges davon einfach einsteckte.

Ihre Kommunikation war mehr als nur gezwungen.

„Er war nicht der für uns abgestellte Magier", erklärte Delacroix, als er sich mit dem Vorwurf konfrontiert sah, daß er den Meister des Arkanen, den seine Majestät König Ludwig II. persönlich ausgesandt hatte, umgebracht hatte. „Von Görenczy ist über den echten gestolpert. Wortwörtlich. Wir hätten eins und eins zusammenzählen sollen."

Asko stierte ihn an. Man sah seinem Gesicht regelrecht an, wie die Tatsachen sich in seinem Geist zu einem Ganzen zusammenfügten.

„Das haben wir übersehen", antwortete er ernüchtert. „Die Wahrheit hat uns ins Gesicht gestarrt, aber wir haben sie nicht erkannt. Blind und dumm muß ich gewesen sein. Als er uns sein Einführungsschreiben überreichte, habe ich mich noch gewundert, daß der Herr Ministerpräsident es nicht gesiegelt hatte. Es war eine Fälschung. Das hätte ich merken müssen. Doch er war dem Hotelpersonal bekannt. Er muß hier schon früher gewohnt haben. Ich sah das automatisch als Beweis für seine Identität an. Aber das war es nicht. Von der Pfordten konnte uns nicht gleich sagen, wen er uns schicken würde. Es war leicht für ihn, den Platz des uns zugedachten Magiers einzunehmen. Er mußte nicht mal seinen Namen ändern."

Er stand auf. Er dachte darüber nach, warum Corrisande sich so sicher gewesen war, daß der Magier eine Bedrohung war. Frauen hatten ab und zu einen sechsten Sinn für Gefahren. Das war nur gerecht, wenn man bedachte, wieviel zarter sie waren. Die Natur hatte sie so eingerichtet, sie aber offenbar mit einem Warninstinkt ausgestattet.

Er schob den Gedanken von sich und untersuchte den Leichnam.

„Nun, Sie haben ihn mit großer Präzision aufgespießt. Ich nehme an, ich sollte mich bedanken."

„Danken Sie mir nicht", antwortete Delacroix unwirsch. „Es wäre mir lieber, er lebte noch und könnte uns ein paar Fragen beantworten. Es gibt vieles, das wir noch nicht wissen. Wir sind so blind und unwissend wie vorher. Nur haben wir jetzt noch einen Gefangenen in einem Behälter und wissen nicht, was wir damit tun sollen."

„Man könnte vielleicht einen anderen Meister des Arkanen konsultieren."

„Es ist einer unterwegs. McMullen kommt. Doch ich weiß nicht, wann. Morgen, übermorgen, irgendwann – und ohne ihn sind wir nicht in der Lage, die Situation adäquat zu meistern. Wir haben die Bestie, aber immer noch kein Manuskript."

Asko blickte hinunter auf den Toten. Er hatte recht behalten, ihn nicht zu mögen. Magier waren generell von Übel. Alles Geheimnisvolle und Unnatürliche machte ihn nervös und mißtrauisch. Es war nicht einmal so, daß er sich davor fürchtete, doch alles, was den Naturgesetzen von Logik und Physik widersprach, war ihm zutiefst zuwider.

„Hat er noch etwas Verwendbares gesagt?"

Er hat viel zuviel gesagt, dachte Delacroix. Das meiste davon unzusammenhängend und verrückt, und doch ergab manches eine üble Art von Sinn.

„Er sagte, er wolle mit Hilfe des Manuskriptes die Welt regieren und die Kräfte, die der Schriftrolle innewohnten, würden ihm dies ermöglichen. Ich weiß nicht, ob er damit recht hat, aber wenn das so ist, dann können wir damit rechnen, daß die machthungrigen Irren der ganzen Welt inzwischen auf dem Weg hierher sind."

Genau wie die Bruderschaft. Es sah ihr ähnlich, daß sie ein solches Artefakt in ihre Hände zu bekommen suchte. Ihre Mitgliederzahl war über die Jahrhunderte und besonders nach dem Zeitalter der Vernunft und im jetzigen Zeitalter des technischen Fortschritts so weit geschrumpft, daß ein solches Werkzeug ihr nur allzu nützlich gewesen wäre. Es hätte ihr die Möglichkeit gegeben, die Welt in ein Paradies ihrer eigenen Machart zu verwandeln. Eine Hölle für die meisten anderen Menschen.

„Kein aufmunternder Gedanke", sagte von Orven. Er litt noch unter der Tatsache, daß er Miss Jarrencourt unbegleitet zu ihrem Zimmer hatte gehen lassen. Aber er war ein wenig unsicher gewesen, welches Verhalten unter den Umständen angemessen war. Sie hatte nicht ausgesehen, als wünschte sie Begleitung, und sie wohnte letztlich nur schräg gegenüber. Zudem hatte Delacroix sehr deutlich gemacht, daß er ihn hier brauchte.

Gleichwohl wurde er das Gefühl nicht los, daß er sich für sein Benehmen entschuldigen sollte – obgleich nicht primär er es gewesen war, der sich danebenbenommen hatte. Er war in einer traumlos schwarzen Ohnmacht gefangen gewesen, als sich plötzlich sein Körper meldete, ihn zu wecken und zurück in die wirkliche Welt zu ziehen schien. Aufzuwachen, während er von ihr geküßt wurde, war ausgesprochen angenehm gewesen. Er hatte nicht gewußt, was da geschah, doch sein Körper hatte verstanden, wie zu reagieren war, und hatte sie zurückgeküßt, bevor sein Verstand noch begriff, was vor sich ging.

„Colonel", sagte er, „ich will Sie nicht kritisieren – wir hatten heute schon mehr als genug Meinungsverschiedenheiten –, aber warum haben Sie Miss Jarrencourt aufgetragen, mich zu küssen?"

Der Colonel musterte konzentriert die Leiche und sah nicht auf, als er antwortete.

„Magisch induzierte Bewußtlosigkeiten können sehr tief sein, beinahe wie ein Koma. Ich war sicher, daß Ihr Körper und Ihr

Geist so schnell wie möglich einen Weg zurückfinden mußten, und habe darauf gebaut, daß ein Kuß Miss Jarrencourts zumindest Ihren Körper ansprechen würde. Ich hoffe sehr, es war keine unangenehme Erfahrung?"

Von Orven errötete.

„Durchaus nicht", versicherte er. „Ich bin nur erstaunt, daß Sie sie dazu bringen konnten, eine so außergewöhnliche Maßnahme zu ergreifen. Ich hoffe, Sie haben sie nicht zu etwas gezwungen, das ihr widerstrebte."

Delacroix antwortete nicht sofort.

„Ich habe sie nicht gezwungen, Sie zu küssen", sagte er nach einer Weile. „Miss Jarrencourt ist eine sehr ... großzügige junge Dame. Ihr Wohlbefinden lag ihr offenbar am Herzen, und zudem", er blickte mit einem Mal dem jüngeren Mann giftig erheitert in dessen hellblaue Augen, „mag es ja sein, daß ihr selbst das Heilmittel auch nicht völlig unangenehm war."

Er registrierte Askos erneutes Erröten mit einem kleinen, bösen Lächeln. Der jüngere Mann wollte etwas sagen, überlegte es sich jedoch dann anders. Höchstwahrscheinlich war er sich nicht ganz sicher, ob die Kommentare des Colonels beleidigend waren oder nicht. Also entschloß er sich, nicht nachzuhaken.

„Ich werde morgen früh die Situation in Ordnung bringen", sagte der junge Offizier statt dessen.

Er würde ihr einen Antrag machen, wurde Delacroix klar. Die Reaktion eines jungen, dummen Bilderbuch-Ehrenmannes auf eine peinliche Situation. Die Dame hatte die Grenze zulässigen Verhaltens überschritten, und er war bereit, dafür die Konsequenzen zu tragen. Wahrscheinlich kam er sich dabei auch noch großartig vor.

Delacroix wußte nicht, was er davon halten sollte. Er wollte nicht, daß von Orven sich an dem Mädchen „erfreute" – wie Vonderbrück es taktloserweise ausgedrückt hatte. Es gab eine große Menge guter Gründe, warum er es nicht wollte, und auch eine große Menge anderer Gründe.

„Leutnant, ich habe absolut kein Recht, mich in Ihre Angelegenheiten einzumischen, aber ich meine, Sie sollten nichts überstürzen. Sie könnten eine übereilte Entscheidung in einem weniger angespannten Moment bedauern", mahnte er.

„Sie haben tatsächlich kein Recht, sich in meine Angelegenheiten zu mischen", gab Asko zurück. „Ich weiß, daß Ihre eigenen Anschauungen von Anstand und Sitte nicht mit den meinen konform gehen – ganz besonders bezüglich Personen des schwächeren Geschlechts. Ich bin in der Überzeugung aufgewachsen, daß es die Pflicht eines Gentlemans ist, eine Dame zu respektieren und zu beschützen. Daß man sich an Regeln hält, damit man Frauen und Mädchen nicht schadet oder sie ins Unglück stürzt. Ich habe nicht die Absicht, Sie zu beleidigen, aber Ihr eigenes Verhalten Frauen gegenüber scheint mir auf eine Erziehung hinzuweisen, die der, die ich genossen habe, recht unähnlich ist."

Sollte er damit gerechnet haben, Delacroix mit dieser Kritik zu kränken, so wurde er enttäuscht. Der gab nur ein kurzes, freudloses Lachen von sich.

„Gut gesagt und weitgehend richtig. Meine eigene Erziehung ist tatsächlich anders verlaufen als Ihre. Ich glaube, daß die meisten Frauen weitaus robuster sind, als Sie annehmen, und daß man ihren Geist und ihre Intelligenz beleidigt, wenn man darauf besteht, sie seien schwächliche, hilflose Kreaturen. Ich respektiere Frauen, aber aus anderen Gründen als Sie. Frauen sind zu viel mehr imstande, als Sie glauben. Zu Gutem und Schlechtem. Ich hoffe, daß Sie diese Erkenntnis nicht irgendwann auf sehr unangenehme Weise trifft."

Delacroix spielte mit dem Gedanken, dem jüngeren Mann von den Anschuldigungen und Anspielungen zu berichten, die Vonderbrück über das Mädchen gemacht hatte, und die Tatsache, daß sie den Magier getötet hatte, war immerhin ein aussagekräftiger Beweis dafür, daß irgend etwas an ihr nicht mit dem Bild einer wohlerzogenen, tugendsamen kleinen Dame übereinstimmte. Prostituierte und leichte Mädchen wußten sich im allgemeinen gut zu verteidigen.

Doch er war nicht mehr sicher, ob sie wirklich zu dieser Gattung Frau gehörte. Er war voller Zorn und Wut gewesen, auf sie, auf sich selbst und auf die Gefühle, die er für sie empfand. Er hatte sich dumm gefühlt, tölpelhaft und verraten. Ihre Reaktion auf seinen Angriff hatte ihn jedoch überrascht. Er wußte nicht, ob jemand wirklich imstande war, diese Art jungfräulicher Panik so gut nachzuahmen. Wie eine Ohrfeige hatte er ihre Reaktion gefühlt.

Das ließ ihm zwei Lesarten offen. Entweder war sie wirklich ein anständiges Mädchen, oder sie war ein so durchtriebenes Frauenzimmer, daß ihr gespieltes Entsetzen sogar ihn getäuscht hatte. Er würde es herausfinden, genauso wie er herausfinden mußte, warum der Mordauftrag mit ihrem Ring gesiegelt war und woher sie so gut Messer werfen konnte. Wenn man die beiden letzten Dinge bedachte, so schien die erste Lesart ihres Charakters unwahrscheinlich.

Ein Schuß ertönte vom Korridor her. Der Knall war ohrenbetäubend, und im Nachhall konnte man sehr gedämpft eine Frau aufschreien hören.

Beide Männer hasteten zur Tür.

„Miss Jarrencourt!" rief Asko. Sein Gesicht zeigte Schuld und Bestürzung.

„Von Görenczy!" schrie Delacroix. „Wir müssen ihm helfen."

Sie hasteten los, und der Colonel schaffte es gerade noch, den Leutnant an der Tür abzufangen, bevor der übereifrig hinausstürmen konnte. Er öffnete die Tür behutsam. Der Gang war durch Gaslichtlampen hellerleuchtet und fast leer. In Udolfs Tür klaffte ein schartiges Loch. Holzsplitter waren über den Flur verteilt.

Von Udolf war nichts zu sehen. Statt dessen stand ein großer Mönch in dunkler Kutte vor der Tür zu Miss Jarrencourts Zimmer. Er sah sehr wütend aus, und Delacroix war nicht minder wütend. Er sprang den Mönch an wie ein Tiger, ergriff ihn bei der Brust an der Kutte und wirbelte ihn mit solcher Wucht gegen die Wand, daß man hören konnte, wie es dem Mann den Atem aus der Lunge trieb.

„Kriech zurück unter den Stein, unter dem du hervorgekrochen bist, oder ich schwöre bei Gott, ich breche dir den Hals!" brüllte Delacroix. Seine Augen glitzerten.

Von Orven lief ihm hinterher und besah sich das Geschehen fassungslos.

„Was tun Sie da? Colonel! Hören Sie auf! Sie können doch nicht einem Mann der Kirche zu Leibe rücken!"

In diesem Augenblick hatte der Mann der Kirche seine Sinne wieder beisammen und seine Atmung wieder unter Kontrolle. Seine riesigen Hände fuhren nach oben, klammerten sich wie Schraubstöcke um Delacroix' Hals und drückten zu. Von Orven, eben noch unterwegs, dem Geistlichen zu Hilfe zu eilen, blieb stocksteif stehen und starrte verblüfft den Mann an, der sich so gänzlich anders verhielt, als man das von einem frommen Bruder erwarten mochte.

Die kämpfenden Männer waren beide größer und kräftiger als der Durchschnitt. Dem Leutnant schien es, als brenne in den Augen des Mönches der gleiche fanatische Zorn, den er mitunter in den Augen des Colonels gesehen hatte. Beinahe waren die Männer einander ähnlich.

Dennoch mußte er sich jetzt schnell entscheiden, auf welcher Seite er in den Kampf eingreifen sollte. Er war ein guter Katholik, und es widerstrebte ihm, einen Kirchenmann anzugreifen.

Doch es war immerhin möglich, daß er nur verkleidet war. Vielleicht gehörte er ja zu der zu erwartenden Phalanx machthungriger Irrer, die auf dem Weg zu ihnen waren, um das Manuskript zu erbeuten.

Delacroix hatte es geschafft, die kleinen Finger seines Angreifers von seinem Hals zu lösen, und bog sie entgegen ihrer Gelenke von sich weg, wobei er die Hände des Angreifers wie mit einem Hebel löste. Der Mann hielt jedoch keinen Moment lang inne. In Null Komma nichts hatte er seine Hände befreit und rammte seine geballte Faust ins Gesicht des Colonels.

Der tänzelte zur Seite, und der Hieb ging fehl. Asko stand immer noch neben den Kämpfenden und tat nichts. Er hatte das sonderbare Gefühl, daß keine der kämpfenden Parteien sein Eingreifen schätzen würde. Irgendwie wirkte der Kampf sehr persönlich. Asko blickte den Gang auf und ab, um zu sehen, ob weitere Gegner im Anmarsch waren, doch er sah niemanden kommen. Außerhalb von von Görenczys Tür waren dunkle Flecke auf dem Boden zu erkennen. Blut. Irgend jemand hatte Blut verloren.

In der anderen Richtung öffnete sich die Tür zu Mademoiselle Denglots Gemächern, und er konnte sehen, wie jemand vorsichtig hinausspähte. Nicht Cérise. Sie hatte einen Mann bei sich. Die Moral der Sängerin war nicht über jeden Zweifel erhaben. Er verstand seine Geschlechtsgenossen nicht. Wer sollte schon eine Frau wollen, die ihre Gunst an so viele verteilte?

Er konnte den Mann nicht gut erkennen, doch sein schwarzes Haar erinnerte ihn an etwas. Er berührte den Bluterguß in seinem Gesicht. Es war ihm entfallen. Er konnte sich nicht erinnern. Dann schloß sich die Tür.

Corrisande. Wie hatte er sie vergessen können? Er hoffte, ihr sei nichts geschehen, und schaute sehnsuchtsvoll zu ihrer Tür, doch die blieb verschlossen, und es war in der Tat zu spät, um zu klopfen und Einlaß zu begehren. Es war ein ermüdender und schrecklicher Tag für sie gewesen. Wahrscheinlich schlief sie schon. Nach ihrer letzten, so intimen Begegnung wäre es sicher nicht korrekt von ihm gewesen, sie zu wecken.

Ein Gedanke fuhr ungebeten und unpassend durch sein Gehirn. Sie zu wecken, so wie sie ihn geweckt hatte. Mit einem Kuß, der ihr Herz berührte. Er erinnerte sich klar und deutlich an ihre weichen Lippen, konnte sie fast noch spüren.

Im nächsten Moment schlug er zu, denn der Herr in der dunklen Kutte war ihm in einem Ausweichmanöver plötzlich in den Weg gekommen und hatte versucht, ihm einen Boxhieb in den Magen zu verpassen. Askos Reflexe übernahmen. Er war ein geübter Boxer, zog aber einen regulären Kampf nach den Regeln von Pierce Egans „Boxiana“ vor. Handgemenge schätzte er nicht. Er tänzelte zur Seite und plazierte einen linken Haken auf das Kinn des weitaus größeren Gegners.

Der Mann fiel. Wie ein Fels kippte er um.

Delacroix' Faust traf nur noch die leere Luft über ihm.

Beide Männer besahen sich den gefallenen Feind.

„Sie sind ja ein richtiger Teufelskerl", sagte Delacroix nach einigen Momenten. „Würde Sie gerne mal im Ring sehen. Sie boxen wohl häufiger?"

„Ab und zu", entgegnete er knapp. „Wer ist das? Sie schienen ihn zu kennen?"

„Nicht persönlich", sagte Delacroix. „Er gehört zu einer Gruppe sehr gefährlicher und uneinsichtiger Irrer."

„Ach, und Sie kennen diese Gruppe?" erklang von Görenczys Stimme von dessen Tür her. Er stand im Türrahmen und lud seine Schußwaffe. „Wissen Sie, Delacroix, es ist Zeit, daß Sie uns ein bißchen mehr über das alles erzählen. Sie haben seinen Besuch erwartet, nicht?"

„Seinen und den anderer", antwortete Delacroix. „Es wird schwer sein, Ihnen alles zu erklären, und wir gehen dazu besser in unser Zimmer. Was machen wir mit dem hier? Hier liegenlassen können wir ihn nicht, und ihn einfach umzubringen wäre auch nicht passend, obwohl ich es wirklich gerne täte." Er klang erzürnt.

„Vielleicht können wir ihn der Polizei übergeben", schlug von Orven vor. „Sie muß sowieso informiert werden und den anderen Leichnam abtransportieren."

„Noch eine Leiche?" fragte von Görenczy. „Wer ist denn jetzt wieder tot? Hat Vonderbrück davon berichtet?"

„Nein. Vonderbrück ist der Tote", antwortete Asko. „Wir erzählen dir gleich alles – und wir werden die Polizei informieren. Die kann uns dann den falschen Mönch gleich mit abnehmen."

„Oh, er ist ein echter Mönch", sagte Delacroix. „Bruder in einem ausgesprochen frommen Orden. Dem schlimmsten, den es gibt."

Leutnant Asko von Orven starrte ihn fassungslos an. Dann begann er sich darüber Gedanken zu machen, was genau er bei seiner nächsten Beichte zu berichten hatte.

Kapitel 53

Graf Arpad schloß die Tür und versperrte sie.

„Was ist passiert?“ fragte Cérise Denglot.

Arpad hatte den Mönch erkannt und war dankbar dafür, daß der Mann zu sehr mit seinem Kampf beschäftigt gewesen war, um ihn wahrzunehmen. Er war sicher, daß die beiden Offiziere ihn mit der Zeit schon besiegen würden.

Er wandte sich Cérise zu. Sie stand dicht hinter ihm, erpicht darauf, auf den Flur zu laufen und selbst nachzusehen, was geschah. Er ließ sie nicht vorbei. Als der Schuß gefallen war, war sie in Panik ausgebrochen, hatte gedacht, sie hätte aus Versehen geschossen. Irgendwie war es ihr gelungen, aufzuspringen und ihn mit sich zu ziehen. Ihre unerwartete Bestürzung hatte ihr Kräfte verliehen, mit denen er nicht gerechnet hatte.

Er hatte sie aufgehalten und umarmt. In der sicheren, engen Umarmung hatte er sie gehalten, bis sie sich wieder einigermaßen gefangen hatte. Er konnte ihre Angst noch riechen, wünschte, er könne ihren Geist mit einem seiner Gedanken streicheln und beruhigen. Doch im Moment konnte er sie so nicht erreichen, nicht, ohne ihr Amulett auszulösen. Das hätte sie dann erneut geängstigt.

Er wandte sich wieder seiner Gastgeberin zu.

„Sie kämpfen“, sagte er. „Dein Delacroix ist ein starker, sehr entschlossener Mann.“

„Er ist nicht ‚mein‘ Delacroix“, entgegnete sie und fühlte sich unwohl, weil er so viel über sie wußte, weil er sogar zu durchschauen schien, wieviel mehr ihr Delacroix bedeutet hatte als die anderen Männer, mit denen sie gelegentlich eine Romanze gehabt hatte.

„Nein“, sagte er. „Nicht mehr. Ich weiß.“ Er schwieg einen Augenblick lang. „Er kämpft gegen einen gefährlichen Widersacher, doch er ist nicht allein, und ich glaube, wir brauchen uns keine Sorgen um ihn machen."

„Könnten Sie ihm nicht helfen?" fragte Cérise und dachte an die Leichtigkeit, mit der ihr Gast Asko quer durch den Raum geworfen hatte. Als es geschah, hatte sie nicht darüber nachgedacht, war zu konzentriert gewesen auf die Ereignisse und die Gefahr, in der sie sich selbst befunden hatte. Doch wenn sie jetzt darüber nachdachte, war er vermutlich stärker als alle, die sie je getroffen hatte.

„Nein", antwortete er. „Es ist besser, wenn sein Widersacher mich nicht sieht."

Sie standen in der Mitte ihres Salons, blickten einander still an. Der Schuß hatte ihrem bizarren Tête-à-tête ein gewaltsames Ende bereitet. Sie sah in das ernste, schöne Gesicht und erinnerte sich an seine Küsse und die unheimliche Taktik, mit der er versucht hatte, ihr ein Gefühl der Sicherheit zu vermitteln. Ihre Pistole lag noch hinter ihr auf dem Boden, geladen und nicht abgefeuert.

Er trat näher, nahm ihre Hände. Sie blickte zu Boden, fühlte sich mit einem Mal sehr unsicher. Das Zimmer war angefüllt mit seiner Präsenz, er dominierte die gesamte Atmosphäre.

„Ich dachte, ich hätte Sie umgebracht", flüsterte sie. Ihre Stimme klang seltsam in ihren Ohren.

Er zog sie wieder an sich und hielt sie fest. Sie spürte seinen geschmeidigen Körper, fühlte seine Kraft.

„Du hast mir nichts getan, Schönste. Ruhig, keine Angst. Wir sind beide lebendig und gesund."

Seine Lippen glitten über ihr Gesicht, fanden ihren Mund, und dann spürte sie, wie seine Hände an den Häkchen ihres Kleides nestelten. Das hatte sie nicht gestattet. Er nahm sich viel zuviel heraus, war viel zu forsch und fordernd. Er schien manches für völlig selbstverständlich zu erachten. Sie hatte ihm nie gestattet, sie zu duzen. Sie hatte ihm nicht erlaubt, ihr nahezukommen, hatte ihn nicht gebeten zu bleiben, und sie war sich ganz und gar nicht sicher, ob eine Nacht mit einem Vampir etwas sein mochte, was in irgendeiner Weise erstrebenswert war.

Dann wußte sie plötzlich, daß sie sich bereits entschieden hatte. Ihr Körper hatte ihr die Entscheidung abgenommen, setzte seinen Willen durch. Es gab kein Zurück, und selbst wenn – sie wollte gar keinen Fluchtweg.

Sie öffnete den Mund und ließ seine Zunge ihn erobern. Er schmeckte anders als andere Männer. Das war befremdend. Ihr wurde klar, daß sie nicht wußte, was sie erwartete. Sie hatte nicht einmal eine vage Vorstellung davon, was nun kommen würde. Das machte sie nervös.

Er hörte auf, sie zu küssen, lehnte sein Gesicht an ihres.

„Du hast doch keine Angst vor mir, oder?“ fragte er, während er ihr die Haarnadeln aus der Frisur zog und mit seinen Händen durch ihre Locken fuhr.

„Ich bin nervös“, sagte sie und war beeindruckt davon, wie er ihre Gefühle zu lesen wußte. „Du hattest viele menschliche Frauen. Ich war noch nie mit einem Sí zusammen.“

Er küßte sie sanft auf die Stirn.

„Meine süße Jungfrau!“ neckte er und lachte in sich hinein.

„Nun“, gab sie zurück und fühlte sich ein wenig dumm dabei, was sie nicht sehr mochte, „ich weiß nicht, was mich erwartet. Ich weiß ja nicht einmal, wie ... auf welche Weise ...“

Er legte die Hände an ihre Hüften und zog sie dicht an seinen Körper.

„Ich bin nicht sehr anders“, sagte er mit einer kleinen Provokation in der Stimme. „Einfach ein Mann.“

„Oh“, antwortete sie atemlos, „ja. Ich kann es deutlich fühlen.“

Sie begann, seine Weste und sein Hemd zu öffnen. Ausziehen dauerte plötzlich viel zu lange. Er öffnete ihr das Korsett und pellte sie aus Unterkleid und Krinoline, und sein Geschick und seine Geschwindigkeit dabei verriet, daß er darin einiges an Übung hatte. Jahrhundertelange Übung in der Verführung von Frauen. Der Gedanke hatte etwas Beunruhigendes.

Sie half ihm aus seinen Sachen und streichelte seine weiche Haut, genoß jede einzelne Berührung. Mit den Armen umschlang sie seinen nackten Oberkörper und fuhr mit den Händen sein Rückgrat entlang. Er hatte den gleichen Knochenbau wie ein Mensch, die gleichen beweglichen Muskeln, und irgendwie überraschte sie das.

Dann waren sie beide nackt, ihre Sachen lagen wirr im Zimmer verstreut. Sie trat einen Schritt zurück und sah ihn an. Seine Haut war blaß, und er wirkte schmaler und schlanker als angezogen. Er war gut gebaut, athletisch, allerdings nicht wie ein Kämpfer, eher wie ein Tänzer.

Manche Dinge unterschieden sich in der Tat wenig von menschlichen Männern. Seine Freude an ihr war deutlich zu sehen. Sie spürte in sich das Echo seiner Erregung. Einige Augenblicke lang standen sie nur da und bewunderten die körperliche Schönheit des anderen. Seine dunklen Augen glitzerten im Licht. Ihre langen, goldblonden Locken fielen über ihre Brüste, und er griff nach den Strähnen und schob sie beiseite, eine fast zufällige Liebkosung an sensibler Stelle.

„Du bist wunderschön", sagte er. „Ich will dich haben und lieben – und beißen, wenn du mich läßt." Er fragte sie nicht weiter um Erlaubnis, sondern hob sie hoch und trug sie ins Schlafzimmer. Sie schien für ihn kaum Gewicht zu haben. Er setzte sie nicht einmal ab, als er die Vorhänge schloß.

Dann legte er sie aufs Bett, streckte sich neben ihr aus, zog sie an sich. Seine Hände und sein Mund bereisten ihren Körper wie ein Forscher, der versucht, auch noch den geheimnisvollsten Winkel einer wundervollen, neuen Welt zu ergründen. Ein sehr erfahrener Reisender war er, geschickt und erregend, und sie wiederum kostete und ertastete jeden Winkel seiner Haut und seines Körpers mit all den Sinnen, die ihr zur Verfügung standen und wünschte sich noch mehr Sinne, um ihn in jedem Aspekt begreifen zu können.

Er ließ sich Zeit, und sie spürte, wie sie sich in seinen Küssen verlor, wie ihre Gedanken sich einkapselten, alles beiseite schoben, was nicht unmittelbar mit den Empfindungen ihres Körpers und ihrer Seele zu tun hatte. Nichts mehr gab es außerhalb der Flut körperlicher Reaktionen. Nichts von Bedeutung.

Sie bewegten sich wie Tänzer in einem Pas de deux in vollkommener Harmonie. Es gab keine Scheu, kein Gefühl, dieser Mann sei ein Fremder. Sie kannte ihn und er kannte sie. Als er in sie eindrang, trieben sie in perfektem Rhythmus dahin, bewegten sich im Einklang zu einer Musik, die nur einen Herzschlag entfernt war. Er füllte sie mit seiner Begierde und mit seiner ungeheuren Intensität, mit seiner gesamten männlichen Lust. Sie schmolzen, und sie hörte ihre eigene Stimme laut stöhnen und aufschreien, als wäre sie weit weg. Er selbst war viel leiser. Sie hörte nur seinen keuchenden Atem.

Dann lagen sie beieinander. Er hielt sie fest in den Armen, wiegte sie sanft. Sein dichtes, weiches Haar fiel ihr über das Gesicht und war so fedrig wie das eines Kindes. Sein Leib war warm und angenehm, aber nicht heiß. Sie spürte seinen Atem auf ihrem Gesicht, und sie küßten einander lange. Dann sank sie für kurze Zeit in Schlaf, und als sie wieder erwachte, hatte er die Decke über sie beide gezogen. Er streichelte immer noch ihr Haar.

Die heruntergedrehte Gaslampe gab nicht allzuviel Licht ab, gerade genug, um seine Gesichtszüge erkennen zu können. Er sah sanftmütig aus, friedlich, schön und vertrauenswürdig. Und seine Augen waren nicht vollständig schwarz. So nah wie sie bei ihm lag, konnte sie sehen, daß die Iris von sehr dunklem Anthrazitgrau war. Ihre Blicke trafen sich, und er lächelte.

„Habe ich dich geweckt?“

„Nein“, entgegnete sie.

„Bist du sehr müde?“ fragte er darauf, und sie schmunzelte, weil sie wußte, was er eigentlich damit fragen wollte.

„Nein. Ich fühle mich glänzend. Ich glaube nicht, daß ich mich schon je so gefühlt habe.“

Er zog sie noch näher zu sich heran.

„Gut“, sagte er und klang fast erleichtert.

„Hattest du gefürchtet, es wäre nicht so?“ fragte sie und konnte kaum glauben, daß er darüber beunruhigt war. Er wirkte nicht wie ein Mann, der an seiner Fähigkeit, eine Frau zu erfreuen, zweifelte.

„Ich habe gehofft, es wäre so. Aber ich konnte dich nur mit meinem Körper kosen. Normalerweise nehme ich auch meine Gedanken zu Hilfe."

Sie sah ihn überrascht an.

„Der Anhänger", erklärte er und klang dabei leicht peinlich berührt.

Sie küßte sein feingeschnittenes Gesicht.

„Ich weiß noch nicht einmal, wie ich dich nennen soll. Graf Arpad scheint mir ein wenig steif, oder?" Sie lachte und fühlte sich etwas albern. „Das ist mir noch nie passiert. Ich meine, es ist mir noch nie passiert, daß ich nicht wußte, wie ich jemanden anreden sollte, mit dem ich schon zusammen war. Oder bestehst du auf Eure Gnaden? Erlaucht?"

Er gab ein glucksendes Gelächter von sich.

„Nein, meine Schönste. Diese Form der Anrede erscheint mir doch etwas zu unintim. Mein eigentlicher Name ist Torlyn. Nur wenige Menschen wissen das, und ich vertraue darauf, daß du diesen Namen genau hier drin für dich behältst." Seine Hand fuhr über ihre Brust und hielt über dem Herzen inne. Sie fühlte die Berührung auf der Haut, dann unter der Haut und schließlich direkt auf dem Herzen, spürte, wie es gegen seine Handfläche schlug, fühlte, wie seine Finger sich um ihr schlagendes Innerstes legten. Leichtsinnig. Großartig. Intim. Bedenklich.

„In Liebe und Ehre?" fragte er. „Willst du?"

„Ja", sagte sie. „Oh ja. Ich will."

Kapitel 54

Sie verschnürten den Klosterbruder wie ein Paket und deponierten ihn in einem der leeren Zimmer. Delacroix verschloß die Tür mit seinem Passepartout. Ihm war klar, daß das den Mann nur auf Zeit festsetzte. Er war nicht allein. Da gab es noch den Pater, und Delacroix war sehr sicher, daß auch ein Meister des Arkanen mit im Boot war. Wenn man die Macht des Manuskriptes bedachte, war zu erwarten, daß die Bruderschaft ihre besten Leute geschickt hatte.

Er war aufgewühlt. Es gab nichts, womit er einer magischen Attacke begegnen konnte. Er hatte nicht einmal mehr sein Amulett. Kurz sinnierte er, ob es Cérise gegen ihren rätselhaften Bewunderer geholfen haben mochte. Der Mann, der gekommen war, ihr das Leben zu retten. Der Mann, der dann aber Corrisande Jarrencourt das Leben gerettet hatte. Wäre er nicht gewesen, wäre die junge Frau durch seine Hand gestorben.

Vielleicht wäre es besser so gewesen. Er sah in Gedanken wieder ihren Blick, als er mit dem Dolch auf ihr Herz gezielt hatte. Dieser Blick war voller absurden Vertrauens gewesen. Sie wäre gestorben, er hätte sie betrauert, und von Orven hätte versucht, ihn bei einem Duell zu erschießen.

Wer wußte schon, was dann geschehen wäre? Ihr Ableben hätte den Spuk nicht davon abgehalten, weiter zu erscheinen. Es hätte Delacroix nur davor bewahrt, wütend auf eine Situation zu sein, die er nicht vollends verstand. Wütend, daß er sich komplett zum Narren gemacht hatte, auch wenn niemand außer ihm selbst das wußte.

Er erinnerte sich an die vergangene Nacht, als er das Mädchen geschüttelt hatte, bis es aus seiner Ohnmacht erwachte. Jetzt wollte er die junge Frau wieder schütteln, bis das letzte Quentchen Wahrheit aus ihr herauspurzelte. Sie war wie eine hübsche, schillernde Muschel, fest eingeschlossen in einer Muschelschale voller unergründlicher Geheimnisse, und man wußte nicht so recht, ob man eine Perle finden würde oder nur verfaulten, stinkenden Fisch.

Trotzdem hatte sie ihm leid getan. Als sie mit fliegenden, zitternden Händen die Tür nicht aufbekam, hatte sie ihm leid getan. Also hatte er den Tod Vonderbrücks auf sich genommen. Er war Soldat in offizieller Mission. Es würde Fragen geben, aber keine Schwierigkeiten. Bei ihr wäre das anders gewesen.

Doch dann hätte die Polizei die Möglichkeit gehabt, einiges über sie in Erfahrung zu bringen; all die Dinge, die er gerne gewußt hätte. Die Obrigkeit hatte ihre Mittel und Wege.

Sie verließen Udolfs Zimmer und begaben sich zu Askos. Die Eisenschachtel nahmen sie mit. In diesem Zimmer konnten sie wenigstens die Tür schließen.

„Sehen Sie!“ Von Orven deutete auf den Boden vor von Görenczys Tür. „Das ist Blut. Es muß doch jemandem gehören. Der Mönch war nicht verletzt. Udolf muß jemanden getroffen haben.“

Es war nicht viel Blut, aber doch genug, daß man annehmen konnte, daß seinen Besitzer entweder die Kugel des Chevaulegers oder ein Türsplitter getroffen hatte.

Sie traten ein. Von Orven setzte das Kästchen auf dem Tisch ab, und von Görenczy stand davor und sah es wütend an. Er hielt immer noch Delacroix' Pistole in der Hand.

„Es ruft dauernd nach mir“, klagte er. „Ich habe es schon beinahe aufgemacht. Es kommt in meine Gedanken und sagt mir, ich solle die Schachtel aufmachen.“

„Dann ist es noch gefährlicher, als wir angenommen haben“, antwortete Delacroix. „Wenn es Menschen durch eine Schicht Kalteisen hindurch beeinflussen kann, muß es sehr mächtig sein. Wir müssen gut aufpassen, und keiner von uns sollte dabei allein sein. Es ist zu riskant.“

Sie setzten sich. Delacroix nahm eine kleine Waffe aus der Innentasche.

„Ich glaube, die gehört Ihnen", sagte er und hielt sie Udolf hin. „Unser toter Magier hatte sie."

„Oh! Meine Pepperbox", freute sich Udolf und klang, als hätte er einen guten alten Freund wiedergetroffen. „Habe nicht geglaubt, daß ich die noch einmal wiedersehe. Wieso hatte er sie – und wieso ist er tot?"

„Ich fürchte, wir mußten ihn eliminieren. Er war ein Gauner und hinter dem Manuskript her. Er hat uns magisch angegriffen. Da hatten wir keine andere Wahl."

„Großer Gott!" rief von Görenczy. „Was wollte er mit dem Manuskript?"

„Die Welt beherrschen, soweit ich gehört habe", entgegnete Asko. „Der Traum aller megalomanen Strategen sämtlicher Zeitalter. Nun. Jetzt hat er den letzten Rubikon überschritten."

„Wer war denn der Tote im Keller? Weiß man das? Wenn Vonderbrück meine Pistole hatte, hat er mich wahrscheinlich niedergeschlagen."

„Höchstwahrscheinlich", sagte Delacroix und lehnte sich zurück. Er war müde und erschöpft. „Der Tote war wohl der echte, von der Regierung geschickte Magier. Wir müssen Vonderbrück der Polizei übergeben. Aber das kann warten. Er läuft uns nicht mehr weg."

Er wußte, er sollte ihnen alles erzählen, was der Mann gesagt hatte. Doch er tat es nicht. Er war sich nicht einmal mehr sicher, ob er sich noch Wort für Wort an die wirren Details erinnern konnte, die ihm Vonderbrück zusammen mit seiner Magie und seiner Verachtung entgegengeschleudert hatte. Königin setzt König matt. Seine allerniedrigste Majestät, in dessen Umgebung hübsche, junge Frauen eine leicht aufzufindende Ware darstellten. Prinzessinnen, deren Gunst käuflich war. Die Interpretation der wirren Aussagen deutete nur in eine Richtung.

Egal jetzt. Er öffnete seinen Rock und versuchte, ein weiteres Taschentuch über seine Schulterwunde zu schieben.

Von Orven beobachtete ihn.

„Wir sollten Ihren Verband erneuern“, sagte er sachlich und holte ein sauberes Handtuch von seiner Waschkommode.

„Sie sind sehr freundlich“, bemerkte Delacroix mit einem trokkenen Lächeln, „wenn man bedenkt, daß Sie noch vor gar nicht langer Zeit eine Kugel in mich expedieren wollten. Darf ich annehmen, daß Sie von diesem Vorhaben Abstand genommen haben?“

Asko errötete.

„Miss Jarrencourt hat mich über meinen Fehler aufgeklärt. Ich habe Ihre Verhaltensweise mißdeutet. Ich entschuldige mich, Sir.“

Delacroix' Lächeln wurde spöttisch.

„Wollte sie mich vor Ihnen retten? Oder eher umgekehrt?“

Die beiden Männer starrten einander böse an. Dann senkte Delacroix den Blick.

„Tut mir leid, Herr Leutnant“, sagte er. „Ich sollte Sie nicht angreifen. Ich bin müde, und wenn ich müde bin, neige ich dazu, giftig zu werden. Ignorieren Sie mich. Wir haben Wichtigeres zu diskutieren.“

„Das ist wohl so“, antwortete Asko steif. „Seien wir dankbar, daß Sie Miss Jarrencourt nicht getötet haben. Ziehen Sie den Rock aus. Ich will mir die Schulter ansehen.“

Delacroix mochte es nicht, sich von dem Jüngeren herumkommandieren zu lassen, doch er gehorchte ohne Widerwort.

„Ich frage mich, was aus diesem Dr. Steinberg geworden ist“, warf Udolf ein. „Er scheint sich in Luft aufgelöst zu haben.“

„Vielleicht ist er einfach in seine Praxis zurückgegangen. Aber er kann auch noch hiersein. Merkwürdig, was hier alles verschwindet. Leichname, Pistolen, Manuskripte, Reputationen. Warum also nicht Mediziner?“ Delacroix klang bitter.

„Stillhalten!“ befahl Asko und nahm den alten Verband ab. Er besah sich die Wunde, und Delacroix blickte auch auf seine Schulter.

Es sah nicht schlimm aus. An einer Stelle, dort, wo Vonderbrücks Angriff ihn getroffen hatte, hatte es geblutet, doch es sah aus, als heile es gut.

„Das heilt schnell“, bemerkte von Orven. „Heute morgen wirkte es noch um einiges schlimmer.“ Er riß das Handtuch in Stücke und erneuerte den Verband. „Morgen sollten Sie vielleicht noch mal einen Arzt aufsuchen.“

„Gehen Sie von der Schachtel weg!“ befahl Delacroix Udolf, der plötzlich genau davorstand und verträumt lächelte.

Udolf schauderte.

„Verdammt. Es hat mich fast wieder erwischt“, fluchte er. „Es hat so etwas ...“

„Wir werden Sie nicht mehr allein lassen. Offenbar müssen wir auch aufeinander achtgeben, und wir müssen uns auf einen Angriff vorbereiten.“ Delacroix blickte finster.

„Ich wollte schon fragen, wann Sie uns endlich mehr über die Gefahr sagen, die Sie offenbar erwarten und von der wir noch gar nichts wissen“, erwiderte von Görenczy trocken. „Es ist verdammt noch mal an der Zeit. Ich bin niemand, der sich sklavisch ans Protokoll hält, aber wir sind im Moment eine Kampftruppe, und Sie, Colonel, sind Gast in unserem Land. Asko kann Ihnen höchstwahrscheinlich besser als ich erklären, welche Verpflichtungen damit einhergehen.“

Asko sah einen Augenblick lang bestürzt aus. Dann nickte er.

„Sie haben diesen Klosterbruder erwartet.“ Er setzte sich. „Udolf hat recht. Sie müssen uns alles sagen.“

Delacroix gähnte. Er war unendlich müde. Sitzen machte es schlimmer. Seine Wut und Aggression, sein Gefahreninstinkt hatten ihn bis jetzt immer weitermachen lassen. Doch nun schrie sein Körper nach Ruhe.

„Ich sage Ihnen, was ich weiß. Viel ist es nicht – und dann schlage ich vor, daß zwei von uns wach bleiben und das Wesen und einander bewachen. Der Dritte kann ein wenig schlafen. Wenn wir die Wache so einteilen, bekommen wir alle ein bißchen Ruhe. Wir werden sie brauchen. Dies ist noch nicht vorbei.“

Er lehnte sich zurück.

„Das wird jetzt nicht einfach, Gentlemen", sagte er zu ihnen, „denn ich muß Sie bitten, mir offen und vorurteilslos zuzuhören. Ich nehme an, Sie sind beide Katholiken?"

Er hielt inne und sah, wie sie nickten. Natürlich waren sie katholisch. Das machte die Sache schwieriger. Er war nicht besonders voreingenommen, was unterschiedliche Konfessionen anging, doch im Moment wären ihm zwei ausgemachte antipapistische Presbyterianer lieber gewesen. Denen hätte er alles erklären können, ohne sie in ein Loyalitätsdilemma zu stürzen.

„Sie wissen ja, dieses Manuskript ist jahrhundertelang im Besitz und unter dem Schutz der Kirche Englands gewesen, bevor man es entwendet hat. Die anglikanische Kirche – England – will es zurück. Wir kennen die Gefahr, die von der Schrift ausgeht. Darüber müssen wir nicht reden. Also", er beugte sich vor, „die katholische Kirche ist mehr als nur eine Glaubensrichtung. In dieser unserer Welt ist sie auch eine politische Macht und setzt sich zusammen aus den unterschiedlichsten religiösen Aspekten und Orden. Güte und Sanftmut mag ein Hauptanliegen christlicher Lebensart sein, doch ich denke, auch wenn wir nicht der gleichen Religion angehören, werden Sie mir recht geben, daß die Kirche als politische Institution weder mild noch sanft ist. Von Görenczy, Sie kommen gerade wieder dieser Schachtel zu nah. Setzen Sie sich." Er klang wie ein Lehrer. „Die Inquisition hat, wie Sie sicher wissen, über die Jahrhunderte eine große Menge Menschen verdammt und getötet."

Er blickte die beiden an. Von Görenczy sah angespannt aus, von Orven blickte verächtlich.

„Kommen Sie auf den Punkt", sagte er. „Wir leben im Zeitalter der Vernunft und des Fortschritts. Die Inquisition ist tot."

Delacroix sah ihn stirnrunzelnd an.

„Das ist nicht ganz richtig. Eine kleine Untergruppierung, die sich Bruderschaft des Lichts oder Fraternitas Lucis nennt, führt die guten, alten Traditionen noch immer fort. Über die Jahrhunderte haben ihre Angehörigen die Gruppe zu einer kleinen, aber eindrucksvollen Einsatztruppe ausgebaut, die sich primär mit der Verfolgung von Magie und Fey-Angelegenheiten befaßt. Wenn ich sage ‚befaßt', meine ich damit in letaler Art und Weise. Sie denken vielleicht, daß es sei hundert Jahre her, seit die letzte Hexe oder der letzte Hexer verbrannt wurde. Ich kann Ihnen versichern, daß die Scheiterhaufen noch brennen. Ich habe es selbst gesehen."

„Das ist lächerlich. Nichts als üble Nachrede!" Leutnant von Orven war nicht amüsiert.

„Bitte lassen Sie mich zu Ende erzählen. Dieser Orden hat mich einige Jahre lang aufgezogen. Es würde jetzt zu weit führen, Ihnen zu erklären, wie es dazu kam, aber ich weiß Bescheid. Sie mögen das nicht glauben wollen, doch das macht es nicht weniger wahr. Einer meiner ... Lehrer ... hat mich heute vormittag besucht. Er sieht aus wie ein kleiner, einfältiger italienischer Pater – Sie haben ihn selbst aus meinem Zimmer kommen sehen. Er ist ein abgrundtief fanatischer, gefährlicher Mensch. Er hat das Manuskript verlangt. Ich habe ihn zum Teufel geschickt. Der Mönch, den wir gefangen haben, ist einer seiner Männer, und ich bin mir sicher, daß er auch noch einen ‚christlichen Zauberer' dabeihat."

Sie schwiegen.

„Nun", sagte Asko schließlich, „wenn das, was Sie uns da erzählen, tatsächlich wahr sein sollte, dann weiß ich nicht, wie wir eine magische Attacke abwehren sollten. Bekämpfen können wir sie nicht, und ich frage mich zudem, ob das Manuskript nicht wirklich sicherer in den Händen von entschlossenen Christen wäre, die es vor dem Zugriff von Monstren und machtgierigen Irren bewahren. Ich könnte mir vorstellen, daß wir gut daran täten, diese Gruppe um Hilfe zu bitten, anstatt sie zu bekämpfen oder gefesselt in leeren Zimmern zu verstauen, und wenn sie schon dabei sind, können sie dies verdammte Ding hier auch gleich mitnehmen. Udolf, nimm dich doch um Gottes Willen zusammen. Du siehst aus, als erzähle die Schachtel dir ein Märchen."

„So ähnlich wird es auch sein", erklärte Delacroix.

„Ich kann es jedenfalls nicht hören, und Sie, Colonel, scheinen auch nicht darauf zu reagieren. Ich mache mir nichts aus Magie und den Fey. Von mir aus kann dieser Orden damit machen, was er will – und auch mit jeder anderen unnatürlichen Kreatur unter Gottes Firmament.“

Delacroix blickte ihn fassungslos an.

„Für jemanden, der so sensibel im Umgang mit anderen Menschen, besonders weiblichen Geschlechts, ist, sind Sie ein harter Mann, wenn es um mythische Kreaturen geht, Herr Leutnant. Nicht alle Menschen sind ausnahmslos gut und moralisch, und nicht alle Fey sind ausnahmslos böse und verworfen. Was das Verbrennen von Frauen angeht, die vielleicht manchen nicht unterwürfig oder sittlich genug sind, so sollte man meinen, daß einem ordentlichen, logischen Verstand wie dem Ihren so etwas zuwider sein müßte. Ich bin Soldat und habe so manchen Feind getötet. Aber ich hasse Folter und verabscheue die Arroganz einer selbsternannten Instanz, die glaubt, sie hätte das Recht, all jene zu quälen, zu verstümmeln oder zu töten, die nicht in ihr Konzept davon passen, wie ein ‚Kind Gottes‘ aussehen, handeln oder denken sollte.“

Leutnant von Orven sah nach dieser Rede etwas erschüttert aus. Seine tiefe Ablehnung alles Magischen und Unnatürlichen hatte ihn mehr sagen lassen, als er gewollt hatte.

„Davon abgesehen“, fuhr Delacroix fort, „möchte ich Sie daran erinnern, daß Sie den Befehl erhalten haben, mit mir und für mich dieses Manuskript zu finden, damit ich es zurück nach England bringen kann. Sollten sich Ihre Instruktionen in dieser Hinsicht geändert haben, dann wäre es jetzt an der Zeit, mir dies mitzuteilen.“

Von Orven blickte zerknirscht und sagte eine Weile nichts.

Udolf mischte sich ein.

„Unsere Instruktionen haben sich nicht geändert. Da brauchen Sie sich keine Sorgen machen. Ich selbst bin auch nicht froh darüber, die Welt mit Viechern wie diesem verdammten Etwas in der Schachtel teilen zu müssen, aber vielleicht gibt uns der Ekel davor nicht das Recht, alles auszumerzen, das anders ist als wir. Gut – ich habe Schwierigkeiten, mir einen ‚guten Feyon‘ vorzustellen.

Die ganze verdammte Brut ist mir suspekt, ganz ehrlich. Allein der Gedanke, daß sie mehr sind als ein Aberglaube, ist alles andere als erbaulich. Doch was ich dazu meine ist völlig unerheblich. Wenn man uns magisch attackiert, können wir nur verlieren. Wir haben dem nichts entgegenzusetzen. Meine Waffe ist geladen, und ich bin bereit, jedem eine Kugel in den Kopf zu jagen, der unser frischgefangenes Monster stehlen will. Aber ich wäre trotzdem froh, es los zu sein. Es treibt mich nämlich in den Wahnsinn."

„Sie können sich darauf verlassen, daß wir unsere Pflicht tun werden", fügte Asko hinzu. „Wenn es jedoch darum geht, auf Priester zu schießen, dann müssen Sie mich bitte entschuldigen. Ich kann es nicht mit meinem Gewissen vereinbaren, einen Mann der Kirche zu ermorden, um ein Monster zu schützen. Ich bin zudem sicher, daß ich Ihre großzügige Definition von ‚guten Sí' und ‚bösen Sí' nicht unterschreiben kann. Vielleicht habe ich ja unrecht, doch von einem ‚guten Sí' habe ich mein Lebtag noch nichts gehört."

„Wie würden Sie den bezeichnen, der gerade Miss Jarrencourt gerettet hat? Erinnern Sie sich? Sie waren außer sich, daß ich versuchte, sie zu töten. Warum, meinen Sie, lebt sie noch? Durchforschen Sie Ihr Gedächtnis. Die Erinnerung muß irgendwo verschüttet sein."

Die beiden Offiziere blickten einander sehr irritiert an.

„Ich weiß nicht, wovon Sie reden", sagte Asko. „Ich habe keinen ..." Er verstummte, und sein Gesichtsausdruck wandelte sich in ungläubiges Erstaunen.

„Im Keller war ein Sí, meine Herren. Er hat zunächst Cérise vor einem Angriff bewahrt, dann mir Einhalt geboten, als ich", Delacroix fand es schwer, die Aktion in Worte zu fassen, „... als ich versucht habe, Miss Jarrencourt zu erstechen, ehe sie ..."

„Schon gut", unterbrach von Orven. „Ich habe ein vages Bild vor Augen. Unklar. Etwas warf mich quer durch den Raum. Äußerst stark. Ungeheuer stark. Hat mir beinahe den Arm gebrochen, als er mich packte. Er hat Sie davon abgehalten, Miss Jarrencourt zu töten. Aber seine Beweggründe kennen wir nicht.

Vielleicht wollte er sie ja seinem ‚Verwandten' gönnen, und was Mlle. Denglot angeht, verfolgt er wohl auch eigene Ziele. Wir sollten sie warnen. Obwohl es möglicherweise schon zu spät ist. Ich meine mich zu entsinnen, daß ich ihn vorhin sah, wie er aus ihrem Zimmer lugte."

Er sprang auf und lief zur Tür. Die beiden anderen Männer versuchten noch, die Nachricht zu verdauen, daß die hübsche Sängerin um diese Nachtzeit Besuch hatte. Keiner von ihnen mochte den Gedanken, doch keiner von ihnen sprang auf.

„Sie braucht eventuell unsere Hilfe", drängte Asko und wartete darauf, daß die anderen sich zu ihm gesellten. „Wer weiß, was das Ding ihr antut?"

„Bitte", sagte Delacroix und blickte stur geradeaus, „verschwenden wir nicht unsere Zeit mit Mlle. Denglot. Das ‚Ding', wie Sie es nennen, ist ein Mann, und Cérise wird damit umzugehen wissen. Ich denke nicht", fuhr er mit trockenem Ton fort, „daß Mlle. Denglot Ihnen für Ihre Einmischung danken würde. Sie ist eine selbstbewußte Frau, die weiß, was sie tut – oder bildet es sich zumindest ein. Sie hat außerdem ein Schutzamulett von mir, das sie vor arkanen Beeinflussungen schützt. Glauben Sie mir, Ihre Einmischung würde Ihnen keine Dankbarkeit einbringen."

Von Orven blickte ihn ungläubig an.

„Aber das können Sie doch nicht wissen! Es ist mitten in der Nacht, und dieses Geschöpf ist in ihrem Zimmer!" Von Orven war bestürzt. „Sie können sie doch nicht einfach ihrem Schicksal überlassen! Mich verbindet keine gemeinsame Vergangenheit mit ihr, aber ich finde, als Mitglied dieses Teams verdient sie unseren Schutz!"

Leutnant von Görenczy lachte freudlos.

„Asko, das ist vielleicht schwer für dich zu verstehen, aber die Dame ist selbst in der Lage zu entscheiden, wer zu ihr ins Schlafzimmer darf und wer nicht. Du magst ihre Wahl geschmacklos finden, aber ihr Geschmack ..."

„Ist für uns völlig unerheblich“, unterbrach der Colonel. „Sie findet den Gedanken, von einem Fabelwesen umbuhlt zu werden, wahrscheinlich spannend. Oder verlockend.“

„Frauen sind romantisch, viel zu sentimental in solchen Dingen“, tadelte ihn Asko. „Man kann nicht davon ausgehen, daß sie in Herzensangelegenheiten Logik walten lassen. Ich denke immer noch, wir sollten ...“

„Nein. Sollten wir nicht. Zum einen gibt es Dringenderes für uns zu tun, als die Tugend einer allzu sinnlichen Operndiva zu bewachen, und zum anderen geht uns das gar nichts an.“ Delacroix sah erzürnt aus. „Auf gar keinen Fall, von Orven, geht es Sie etwas an. Also bitte ich Sie herzlich, Ihre perfekte Erziehung dahingehend zu verwenden, den Fehltritt der Dame gänzlich zu ignorieren. Vergessen Sie's.“

Doch diesmal war das Asko von Orven nicht möglich. Er war zu bestürzt.

„Colonel, Sie haben ja vielleicht einen Grund dafür, sich in dieser delikaten Angelegenheit nicht einmischen zu wollen – und Udolf, du auch. Ich will den Grund nicht wissen, aber es ist mir nicht verborgen geblieben, daß Mlle. Denglot eine Frau mit Vergangenheit ist und daß Sie Teil dieser Vergangenheit sind. Doch ich bin sicher, sie weiß nicht, worauf sie sich da einläßt. Sie hofft eventuell bereits sehnsüchtigst auf unsere Hilfe! Meine Herren! Denken Sie nach! Die Kreatur gehört nicht mal ihrer eigenen Art an. Das ist ... das wäre ...“ Seine Stimme senkte sich zu einem empörten Flüstern: „Sodomie!“

Er schien Probleme zu haben, das letzte Wort auszusprechen.

„Wissen Sie“, antwortete Delacroix giftig, „die Bruderschaft des Lichts wäre ganz Ihrer Ansicht. Deshalb ersuche ich Sie noch einmal – um der Sicherheit Mlle. Denglots und auch unserer eigenen willen –, dieses Intermezzo zu vergessen. Sie mögen ihr Verhalten geschmacklos finden, doch Sie sind nicht ihr Hüter. Genausowenig wie von Görenczy oder ich. Wir haben nicht allzuviel gemeinsam, und so wird es Ihnen vielleicht schwerfallen, das zu glauben, aber selbst wenn ich Cérises Benehmen beklagenswert finde, so möchte ich dennoch nicht, daß sie durch üble Nachrede zu Schaden kommt. Also reden wir nicht mehr davon. Wir müssen dem Mann dafür dankbar sein, daß er Miss Jarrencourts Leben gerettet hat – und meins. Denn Sie hätten ihr Ableben mit Sicherheit nicht ungerächt gelassen, nicht wahr?"

Leutnant von Orven antwortete nicht.

„So schlimm kann er nicht sein", versicherte Leutnant von Görenczy. „Ich meine, mich zu erinnern, daß er neben dem Mädchen kniete und ihr half, als du und der Colonel mit eurer Duell-Geschichte beschäftigt wart."

„Er hat sie berührt?" Asko war bestürzt.

„Natürlich. Du hättest ihr auch selbst helfen können, aber du warst ja mit Streiten beschäftigt, und ich hatte mit der verdammten Schachtel zu tun." Er trat einen Schritt zurück und merkte, daß er sich ihr schon wieder genähert hatte.

„Heilige Maria!" rief von Orven schuldbewußt. „Ich war völlig pflichtvergessen! Wie kann sie mir das je verzeihen? Als ob es nicht schlimm genug wäre, daß *ein* ekliges, widernatürliches Wesen sie angefallen hat, obwohl ich ihr versprochen hatte, sie zu beschützen!"

„Können wir uns jetzt wieder unseren eigentlichen Problemen zuwenden?" unterbrach Delacroix die Selbstvorwürfe des jungen Mannes. „Zum Beispiel, wie wir reagieren, wenn wir angegriffen werden? Was jeden Moment geschehen kann?"

Die drei schwiegen. Nach kurzer Zeit sprach von Görenczy.

„Haben Sie eine Vorstellung, wie so ein Angriff aussehen könnte?"

„Ich fürchte nein. Es könnte beinahe alles passieren", antwortete Delacroix.

Es klopfte. Die drei Männer hoben ihre Waffen.

Kapitel 55

Es war mitten in der Nacht, als Corrisande erwachte. Sie fror. Etwas hatte sie aus dem furchtbaren Alptraum gerissen, der sie heimgesucht hatte, doch sie wußte nicht was.

Sie spürte Tränen auf ihrem Gesicht. Sie hatte im Traum geweint. Ihre Hände waren in die Kissen gekrampft, und sie lag halb ausgezogen auf ihrem Hotelbett.

Vielleicht hatte sie das geweckt. Sie fühlte sich unwohl. Sie zog die Decke hoch. Im ersten Moment konnte sie sich nicht erinnern, warum sie so unvollständig entkleidet im Bett lag. Dann brach eine Lawine von Eindrücken in ihre Gedanken ein. Ihr furchtbarer schwarzer Traum verebbte und räumte das Feld für eine ebenso schreckliche Realität. Einige Augenblicke lang wußte sie nicht, wo der Horror des letzten Tages endete und das Entsetzen ihres allzu bösen Traumes anfing.

Sie war ein Feyon. Zumindest teilweise. Das war Realität. Der Gedanke kam immer wieder in ihr hoch. Er war nicht Teil des Alptraums und würde nicht ins Vergessen gehen, wenn der Tag anbrach. Sie war anders. Sie war abartig. Widerlich, verachtungswürdig und abscheulich. Menschen würden sie hassen, weil sie war, was sie war, und dabei wußte sie noch nicht einmal, was es hieß, so zu sein.

Sie war ruiniert. Ihr sorgfältig gehüteter Ruf war wegen eines Mannes, der ihren Vater und sie selbst verraten hatte, dahin. Der versucht hatte, Delacroix umzubringen – und natürlich Leutnant von Orven.

Ein wertvolles kleines Ding hatte er sie genannt. Sehr exquisit. Ein schöner Lockvogel. Niemandem wichtig außer einem, der sich für allzu stark und mächtig hielt. Ein Protegé vieler. Leicht zu habende Ware. „Nicht, daß Sie sich je an ihr erfreuen werden“, hatte er Delacroix prophezeit.

Der letzte Satz stimmte. Erfreut hatte sie Delacroix nicht. Er haßte ihre Gegenwart und alles, was er durch den machtgierigen Irren erfahren hatte. Er haßte es, doch er zweifelte nicht daran.

In gewisser Weise hatte Dupont recht. Sie war wertvoll. Der „König" hatte ihm wahrscheinlich nicht einmal gesagt, wer da nach München kam, nur daß es einer seiner weiblichen Schützlinge war und daß er sie unterstützen sollte, wenn nötig. Höchstwahrscheinlich fiel es einem Mann mit so grauenhaftem Charakter leichter zu glauben, es handele sich um eine der Mätressen des Königs und nicht um die Tochter, und selbst wenn er vielleicht gewußt haben sollte, daß sie seine Tochter war, so mochte sie für ihn trotzdem nichts anderes sein als eine Frau, deren Gunst käuflich zu erwerben war.

Sie wußte um solche Frauen. Doch an dieser Facette halbweltlicher Aktivitäten hatte ihr Vater nie besonderes Interesse gezeigt. Er achtete darauf, daß die allzu bekannten Dämchen seine Edelspielhölle nicht betraten. Seine Ansprüche lagen höher. Diese Art von Dienstleistung war nicht seine Spezialität.

Ihr Vater hatte sie bewußt aus dieser Seite der Kriminalität herausgehalten. Er hatte ihr auch keine tiefergehenden Erklärungen für das Treiben angeboten, und Eliza war ohnehin der Meinung, daß Detailwissen über körperliche Liebe einem die Unschuldsmiene verdarb. Corrisande war Diebin – eine ziemlich gute sogar –, doch sie hatte nie auch nur im entferntesten mit dem Gedanken gespielt, Geld mit ihrem Körper zu verdienen. Der Gedanke war ihr widerwärtig, und das, obgleich sie nicht wußte, was eine solche Laufbahn im einzelnen beinhaltete. Unmöglich. Es widersprach allem, was sie in ihrer frühen Jugend in England von ihren hochbezahlten, moralisch einwandfreien Gouvernanten gelernt hatte, und der Gedanke war noch viel abscheulicher, seit sie die unwillkommenen und ekelerregenden Annäherungsversuche eines Wesens hatte erdulden müssen, das sie gegen ihren Willen hatte überwältigen wollen.

Dann hatte Delacroix das gleiche versucht. Vielleicht nicht genau das gleiche. Sie hatte seinen gierigen Körper an ihrem gefühlt, brennend und leidenschaftlich anstatt kalt und ekelhaft. Doch in der groben Mißachtung ihrer Wünsche und Gefühle unterschied er sich nicht von dem Monster, zeigte dieselbe wilde Verachtung für sie als denkende, fühlende Person.

Delacroix' Angriff hatte sie nicht so angeekelt wie die Übergriffe des vielarmigen Monstrums. Er hatte ihr anders weh getan. Er hatte sie rücksichtslos festgehalten, doch es war nicht primär der körperliche Schmerz, der sie belastete. Der würde vergehen. Es war die Demütigung, das plötzliche Gefühl, etwas in ihr sei zerbrochen, als wäre ihr Stolz aus Glas gewesen. Seine Scherben schmerzten sie und schnitten ihr ins Herz.

Sie fing wieder an, geräuschlos zu weinen. Sie hatte geweint, als sie ins Zimmer zurückgekommen war, und Marie-Jeannette auch. Sie hatten sich aneinander festgehalten wie noch nie und hatten beide aus Furcht und Enttäuschung geweint.

Plötzlich hatte Corrisandes Ermüdung einen neuen Höhepunkt erreicht, und sie hatte sich auf dem Boden wiedergefunden, war nicht in der Lage gewesen, wieder aufzustehen. Sie war nicht ohnmächtig geworden, hatte einfach alle Kraft verloren. Das hatte Marie-Jeannette noch mehr erschreckt. Sie war es nicht gewohnt, daß ihre Arbeitgeberin Schwäche zeigte. So zierlich sie war, war sie doch im allgemeinen weitaus zäher, als man meinte.

Doch Corrisande war energielos, gebrochen und verstört. Es hatte Marie-Jeannettes gesamter Kraft bedurft, sie in ihr Schlafzimmer zu verfrachten und wenigstens aus ein paar Kleidungsstücken zu schälen. Corrisande hatte so gezittert, daß es ihrer Zofe kaum gelungen war, ihr Korsett zu öffnen.

Die Erinnerungen an den letzten Tag strömten durch ihren Kopf, von ganz allein, ungeordnet und ungewollt. Worte, Satzbruchstücke, Stimmen hallten in ihrem Gedächtnis wider wie Musikfetzen, die man nicht aus dem Ohr bekommt. „Ungeküßt, süße Corrisande? Erlauben Sie mir, diesen Zustand beheben." – „Geht es Ihnen gut, Miss Jarrencourt?" – „Wenn es zum Ärgsten kommen sollte, Corrisande, dann können Sie sich auf mich verlassen. Ich verspreche, es wird schnell gehen." – „Geht es Ihnen gut, Miss Jarrencourt?"

Er hätte sie töten sollen. Doch dann wäre er jetzt auch tot. In dramatischen Literaturergüssen würde eine Heldin, die man so erniedrigt hatte, einfach sterben. Das erwartete man von Frauen, die ihre Ehre verloren hatten, egal ob sie daran schuld waren oder nicht. Man erwartete, daß sie fein säuberlich starben und der Gesellschaft nicht weiter peinlich waren. Daß sie ihre Lebensfreude verloren und an gebrochenem Herzen starben – oder die höchste Klippe eines verbotenen Berges erklommen, um ihren geschändeten Leib in die gnadenlose Schlucht zu stürzen.

Oder Gift nahmen.

Gift hatte sie.

Ob es schnell gehen würde? Sie wußte es nicht. Doch es würde sicher nicht weh tun. Ihr erschöpfter Geist klammerte sich einen Augenblick lang an der Idee fest, alle Stimmen zum Schweigen zu bringen, die hinter ihren Schläfen dröhnten, all die Gedanken und Ängste zu verjagen, ob sie weitermachen konnte wie sie weiterleben würde, ob sie ihren Anblick im Spiegel ertragen würde in dem Bewußtsein, was sie war.

Stille. „Zu sterben und zu schlafen und sonst nichts."

„Zitiere mir bitte nicht Shakespeare. Das ist unmädchenhaft."

Sie konnte sich nicht daran erinnern, wo sie die Phiole gelassen hatte, und sie war zu erschöpft, um aufzustehen. Also lag sie nur da und grübelte der ultimativen Fluchtmöglichkeit nach, war jedoch zu müde, um aufzustehen oder auch nur ihre Hand zu heben. Ihre Gliedmaßen schienen bleiern, zu schwer, um bewegt zu werden. Jeder Muskel in ihrem Körper war entkräftet, überanstrengt und überfordert. Wie betäubt lag sie da und fror.

In dieser Nacht würde sie nicht sterben, wußte sie. Nicht in dieser. Sofern nicht Delacroix selbst kam, um ihr doch noch sein Messer ins Herz zu bohren oder sie mit seinen bloßen Händen zu ermorden – und sie wußte, daß er nicht kommen würde.

Er würde sie nie mehr mit seinen glitzernden Bernsteinaugen ansehen.

Sie ihn auch nicht. Er konnte sie mit einem nachlässigen Wort oder einer spöttischen Bemerkung ruinieren, und sie würde es zulassen, anstatt ihrem Vater Bescheid zu geben, der das Gefahrenpotential forträumen würde und sich auf ihre töchterliche Loyalität verließ, was Ereignisse anging, die ihn gefährdeten.

Doch in dieser Nacht würde sie nicht sterben. Sterben kostete Kraft, und sie hatte keine mehr. Keine Kraft, sich zu entkleiden und in ihr Nachthemd zu schlüpfen, keine, um ihre Frisur zu entwirren und all die Nadeln aus dem Haar zu ziehen, die ihr in die Kopfhaut kratzten. Nicht einmal Kraft genug, um aufzustehen und das Gift zu suchen. Gift war der Ausweg von Feiglingen. Sie war kein Feigling.

Sie wollte auch gar nicht sterben. Sie wollte leben. Sie wollte in die vergangene Woche zurückfliehen und sich entschließen, doch noch etwas in Paris zu bleiben. Oder statt nach München nach London zu fahren, wo eine noch strengere Gesellschaft ihr Sitten und Gewohnheiten aufzwingen würde, die sie mit Leichtigkeit meistern konnte, auf denen sie spielte wie auf ihrer Harfe, mit sicheren Fingern an den vielen Saiten.

Oder sie würde wieder Diebin sein. Sie erinnerte sich daran, wie sie an Häusern hochgeklettert war. Es war leicht gewesen. Sie hatte immer gedacht, es wäre gefährlich. Doch das war es nicht. Man mußte aufpassen, keinen Fehltritt zu tun, aber niemand erfand welche für einen. Man konnte sein Leben verlieren, aber nicht sein Herz.

Selbstmitleid. Nichts anderes. Blödes, unsinniges Selbstmitleid. Sie verabscheute sich dafür. All das Grübeln führte zu nichts. Sie mochte Feyon-Blut in den Adern haben, doch sie konnte weder die Zeit zurückdrehen, noch das Schicksal nachträglich ändern.

Morgen und wieder morgen. Morgen früh würde sie neuen Mut finden, und den Morgen danach auch. „Es mangelt Ihnen offensichtlich nicht an Mut“, hörte sie wieder seine Stimme sagen. Hoffentlich behielt er recht. In so vielen anderen Dingen hatte er unrecht.

Ihre Orientierung verschwamm, und das Zimmer drehte sich um sie. Es war, als trudle ihr Bett außerhalb von Raum und Zeit. Ihre Gedanken zerrannen zu Einzelfetzen. Sie driftete an der Grenze des Erschöpfungsschlafes. Doch sie war wach. Sie sah ihr Gesicht wie im Spiegel, und dann war es nicht ihres. Große, meerblaue Augen blickten sie von der anderen Seite einer spiegelglatten See an, Haar wie Seetang floß um ihren Kopf. Ihre Doppelgängerin sagte etwas, doch es verhallte im Meeresrauschen. Welle für Welle schlug qualvoll an die harte Küste. Der furchtbare Schmerz trocknen Landes und welker Luft, das Gefühl, glassplitternden Sand zu atmen. Für die Liebe zu einem Mann.

Für nichts und wieder nichts.

Kapitel 36

Delacroix zielte mit seiner Pistole auf die Tür, die er von seiner Position auf dem Sofa aus der Schräge deckte. Die beiden Offiziere hatten sich schnell auf je eine Seite des Eingangs gestellt, jeder von ihnen mit der Waffe in der Hand. Sie machten sich bereit für was immer nun kommen würde, verrieten jedoch mit nichts ihre Erregung.

Gute Leute, dachte Delacroix. Was immer sie dachten oder fühlten, sie taten, was zu tun war.

„Herein!" rief Delacroix. Die Tür öffnete sich, und ein kleiner, kräftiger Herr mittleren Alters trat einen Schritt vor, um dann mitten in der Bewegung innezuhalten. Er war etwas ungewöhnlich gekleidet: Er trug karierte Hosen zu einem normalen schwarzen Rock und einer grünlichen Weste.

„Großer Gott, Delacroix", rief er und grinste von einem Ohr zum anderen. „Erschießen Sie mich nicht. Ich wäre allen Ernstes beleidigt." Seine Aussprache verriet den Schotten.

Delacroix senkte seine Waffe.

„McMullen", sagte er und bedachte den Neuankömmling mit einem müden Lächeln. „Ich habe mich noch nie so gefreut, Sie zu sehen. Kommen Sie rein."

Der Mann trat ein und ließ eine große Reisetasche fallen. Sein Lächeln wurde dünner, als er der beiden Bayern, die inzwischen hinter ihm standen und immer noch auf ihn zielten, gewahr wurde. Er blieb stocksteif stehen.

„Worauf warten Sie?" fragte er. „Auf einen Raubüberfall?"

Delacroix stand auf und ließ seine Waffe in seinem Jackett verschwinden. Er streckte dem Mann die Hand entgegen.

„Willkommen, McMullen. Äußerst willkommen sogar, und um Ihre Frage zu beantworten: Wir haben die Bruderschaft erwartet. Wir haben unseren ‚Hilfsmagier' verloren. Somit blieb uns außer

Waffengewalt nicht viel.“ Er lachte gehässig und gab den beiden Bayern ein Zeichen. „Meine Herren, unser Meister der Arkanen Künste ist da. Mr. McMullen, darf ich Ihnen meine Kampfgefährten für diesen Einsatz vorstellen. Leutnant Asko von Orven, und hier haben wir Leutnant Udolf von Görenczy. Sie waren ausnehmend hilfsbereit, auch wenn sie Probleme haben, mir zu glauben, daß es die Bruderschaft des Lichts tatsächlich gibt und was sie will.“

Delacroix forderte den Neuankömmling mit einer Geste auf, Platz zu nehmen. Der setzte sich und streckte die kurzen Beine aus.

„Nun“, sagte er. „Dann berichten Sie mal. Haben Sie das Manuskript?“

Delacroix lachte freudlos.

„Nein. Ihr Kollege, Herr Müller, hatte es und sollte es an mich übergeben. Er wurde ermordet, noch bevor ich ankam. Mein Zug hatte Verspätung, und dann gab es auch noch ein Mißverständnis. Als ich ihn erreichte, lag er mit einer Kopfverletzung tot auf dem Boden. Kein Manuskript. Statt dessen sucht das Hotel eine Art Spukgebilde heim. Unser verblichener Magiespezialist nahm an, die beiden Vorkommnisse seien miteinander verbunden und wir müßten das Wesen fangen, um an das Manuskript zu kommen. Wir haben es gefangen.“ Er wies auf das Kästchen. „Da ist es drin. Man sagte uns, es sei ein Wiatruschod. Ziemlich abscheuliche Kreatur.“

Der Magier sprang bei der Erwähnung des Namens auf.

„Wiatruschod? Die existieren wirklich? Sind Sie sicher?“

„Wir sind uns bei nichts mehr sicher, Sir“, bemerkte von Orven trocken. „Unser Magier hat sich als geistesgestörter Mörder herausgestellt. Das Monster konnte sich in Menschen bohren und hat zudem eine junge Dame auf besonders verwerfliche Weise angefallen. Wir haben das Biest gefangen, aber das Manuskript ist nirgends aufgetaucht, und jetzt erzählt uns Colonel Delacroix, unsere eigene katholische Kirche sende Leute aus, die wir bekämpfen sollen. Also fragen Sie bitte nicht, ob wir uns sicher sind.

Vielleicht können Sie ja Licht ins Dunkel bringen. Wir wären dankbar dafür."

Er trat zwischen die Schachtel und Udolf, blockierte damit den Weg des Offiziers und wedelte mit einer Hand vor dessen Gesicht herum.

„Laß das, Udolf! Du schlafwandelst schon wieder."

Von Görenczy trat einen Schritt zurück und grinste ein bißchen verschämt.

„Verdammte Bestie. Vielleicht", er wandte sich an den Neuankömmling, „können Sie da ja was tun, Sir. Das Ding scheint mich anzuziehen. Es kann wohl meine Gedanken beeinflussen."

McMullen nickte.

„Das können die meisten Fey. Obwohl es ungewohnt ist, daß es das durch Kalteisen hindurch kann. Wie haben Sie es eigentlich gefangen? Ich hätte nicht gedacht, daß das geht." Er hob kurz die Hand und ließ die Männer innehalten, ehe sie anfingen, Einzelheiten zu erklären. „Moment. Wir sollten uns wohl besser erst um die Gefahren kümmern und dann in Details gehen."

Er umrundete den Tisch, auf dem die Schachtel stand, und zeichnete mit den Fingern in die Luft. Eine Art Kristallschimmer blinkte kurz um das Kästchen auf und wurde dann unsichtbar.

Von Görenczy rang nach Luft und sank knieweich in seinen Sessel. Er blickte seine Kampfgefährten verlegen an und hoffte, daß sie es nicht bemerkt hatten. Keiner von ihnen kommentierte seine Reaktion.

Nur der Schotte trat zu ihm und fischte einen Gegenstand aus der Tasche.

„Gestatten Sie, Leutnant", sagte er und preßte ihn ohne weiteres Fragen gegen Udolfs Stirn.

Nichts geschah.

Er steckte das Artefakt wieder ein.

„Sie sind sicher, Leutnant von Görenczy. Es hat Sie nicht berührt. Keine Aurenrückstände."

„Woher wissen Sie das?“ fragte von Görenczy besorgt, aber auch ein wenig unglücklich ob der Aufmerksamkeit, die er plötzlich auf sich zog.

„Weil Sie sonst vermutlich sehr heftig reagiert hätten. Wäre qualvoll gewesen.“

„Höchstwahrscheinlich hätten Sie unserem Spezialisten ein paar Schläge verabreicht“, kommentierte Delacroix mit leichtem Lächeln. „Versuchen Sie's bei mir. Ich möchte es genau wissen. Die Bestie ist nämlich in mich hineingekrochen.“

„Du lieber Himmel!“ rief der kleine Schotte. „Wie konnten Sie es denn dazu überreden, sein weitläufiges Domizil wieder zu verlassen?“

„Colonel Delacroix hat sich einen Kalteisendolch in die Schulter gerammt“, erklärte von Orven.

Der Meister nickte.

„Böse Sache. Aber wohl die einzige Möglichkeit. Junger Mann“, er sprach Asko direkt an, „bitte seien Sie doch so gut und halten Sie den Colonel fest, wenn ich ihn berühre. Sehen Sie“, er grinste fröhlich, „ich habe ihn schon Leute verprügeln gesehen, und ich habe gar keine Lust, Empfänger seiner wilden Reflexe zu werden.“

Von Orven stellte sich wortlos hinter das Sofa und legte seine Hände auf Delacroix' Schultern. Dabei hielt er die rechte Schulter mit einiger Kraft fest, während er die linke nur leicht berührte, um im Fall einer plötzlichen Bewegung zupacken und den massigen Mann aufs Sofa zurückdrücken zu können.

Delacroix machte sich bereit. Doch es gab keinen Schmerz. Das Metall an seiner Stirn war kühl.

„Auch kein Rückstand“, kommentierte der Magier. „Sie sind soweit in Ordnung, auch wenn Sie im Moment aussehen wie zerkochtes Haggis. Ich wette, Sie haben nicht geschlafen.“

„Wir haben alle nicht geschlafen“, erwiderte Delacroix. „Wir hatten zwei ereignisreiche Tage und Nächte.“ Ja, und ein paar gottverdammte Rätsel zu lösen. Seine Gedanken flogen unwillkürlich zurück zu Corrisande, zu dem zarten Körper, den er mit so brutaler Gewalt in seinen Händen gehalten hatte und zu den Tränen, die von ihrem über sein Gesicht gelaufen waren. Ein leichtes Mädchen hätte gewußt, wohin es ihn treten mußte, damit er von ihr abließ. Auch das konnte alles gespielt sein, eine perfekte Darstellung der *jeune fille innocente*. Er schob die Erinnerung weg. Sie gehörte nicht hierher.

Der Zivilist beobachtete ihn mit beunruhigter Miene. Dann wandte er sich den anderen Offizieren zu.

„Ist einer von Ihnen verletzt?" Er musterte Asko. „Das ist ein häßlicher Bluterguß."

„Nur ein blauer Fleck. Nichts, worüber man sich Sorgen machen müßte." Asko war peinlich berührt. Jetzt, wo er sich an die Einzelheiten erinnerte, fühlte er sich unzulänglich. Es hätte gar nicht möglich sein dürfen, ihn einfach hochzuheben und durch den Raum zu werfen. Der Gedanke, von einem solchen Geschöpf berührt worden zu sein, bereitete ihm Unbehagen.

„Wir müssen uns vorbereiten, wenn Sie eine magische Attacke erwarten. Es wäre mir lieber, jeder von Ihnen würde ein wenig schlafen. Abwechselnd. Ich werde Ihre Hilfe brauchen, und ich brauche Sie wach und aufmerksam. Außerdem müssen Sie mich noch über die Details informieren." Er wandte sich Delacroix zu.

„Sie sollten als erster schlafen gehen. Ich werde Ihre Tür und Ihre Fenster magisch sichern. Ich will, daß Sie ein paar Stunden schlafen." Er trat nahe an den Colonel heran und gestikulierte in Richtung dessen Schulter. „Ich kann die Wunde nicht heilen, aber in den nächsten zwei Tagen sollte sie Ihnen keine allzu großen Schwierigkeiten bereiten. Also gehen Sie schlafen. Wir wecken Sie, wenn wir Sie brauchen. Haben Sie Ihr Schutzamulett an?"

„Nein."

„Warum nicht? Das ist genau die Art Situation, für die ich es Ihnen gegeben habe. Ich weiß, es stört Sie. Aber Sie sollten vernünftig sein."

Von Orven war überrascht, wie der kleine Mann einen furchterregenden Kämpen wie Delacroix behandelte. Die vorbehaltlose Art wies auf eine lange Freundschaft hin.

„Ich habe es Cérise gegeben. Sie brauchte es."

„Oh. Sie ist auch hier? Wunderbar. Da habe ich ja jede Menge Spaß und Aufregung verpaßt", bemerkte er trocken. „Ich schätze, Sie haben hervorragend harmonisiert."

Delacroix verkniff sich eine Antwort.

„Dann will ich mal schlafen gehen", sagte er. „Meine Herren, geben Sie Mr. McMullen Bericht über alles, was geschehen ist. Ich werde ihn später über die restlichen Details informieren. Wenn ich wieder wach bin."

„Es kann keine restlichen Details geben", bemerkte von Orven mit eisiger Höflichkeit, „es sei denn, Sie hätten uns immer noch etwas verschwiegen."

„Da haben Sie recht", antwortete Delacroix, ohne sich zu einem Streitgespräch verleiten zu lassen. „Sie können ihm alles sagen. Ich gehe schlafen."

Er stand auf. „Wecken Sie mich in zwei Stunden. Dann kann einer von Ihnen ruhen. Wir haben alle etwas Ruhe redlich verdient. Gute Arbeit, meine Herren." Er hatte die Tür fast erreicht und drehte sich noch einmal zu dem Magier um. „Noch was. Vielleicht könnten Sie ja herausfinden, was mit dem Blut vor von Görenczys Tür ist. Wir scheinen jemanden verletzt zu haben, wissen aber nicht wen. Ich denke, es ..."

„Gute Nacht", sagte McMullen. „Als ich kam, war kein Blut vor dieser Tür, und außerdem können mir Ihre Freunde alles erzählen."

Nicht alles, dachte Delacroix. Nicht alles. Sie wußten nichts über die messerwerfende Prinzessin der Unterwelt und deren mögliche Verstrickung in die Sache. Er würde es McMullen berichten, wenn sie allein waren. Er brachte es nicht über sich, sie zu verraten. Skrupel, die er normalerweise nicht hatte.

Er wußte nicht, was er davon halten sollte. Er war ratlos und unentschlossen, und das behagte ihm nicht. Der Ärger darüber schwelte dicht unter der Oberfläche müder Beherrschung.

Er öffnete die Tür und trat auf den Korridor.

Kapitel 37

Pater Emanuele war wütend. Er war auch zutiefst enttäuscht. Als er in sein Zimmer zurückgekommen war, hatte Bruder Michael immer noch besinnungslos dort gelegen. Er hatte ihn geschüttelt, Wasser über ihn gegossen, doch keine dieser Maßnahmen zeigte ein Resultat. Der christliche Magier war weit fort, halb im Koma, unerreichbar.

Er kannte magisch erzeugte Bewußtlosigkeit. Er würde einen Meister des Arkanen benötigen, um Bruder Michael zu wecken. Oder er würde zu radikalen Mitteln greifen müssen. Unerträgliche Schmerzen halfen. Etwas, das den Körper instinktiv reagieren ließ.

Er hatte schon erlebt, daß Menschen durch extreme Mißhandlungen aufwachten. Doch er wollte die Maßnahme eher ungern anwenden. Bruder Michael war ein wertvolles Mitglied der Bruderschaft. Er wollte sein Leben nicht riskieren.

Der Angriff hatte ihn in eine mißliche Situation gebracht. Diesmal hatte er nicht die Möglichkeit, die Geschehnisse um ihn herum zu manipulieren und nach seinem Willen zu formen. Er brauchte einen Meister des Arkanen. Giuseppe allein war ihm zu wenig Hilfe. Er war zu unzuverlässig in seinem extremen Haß, der ihn sich immer nur auf eine einzige Sache konzentrieren ließ.

Außerdem war er fort. Vermutlich war er im dritten Stock und suchte das Mädchen. Seine einfältige Zielstrebigkeit war zutiefst beklagenswert und gefährlich. Der Pater hatte immer wieder versucht, ihm klarzumachen, daß ein direktes Eingreifen im Augenblick nicht gut wäre. Er konnte nur hoffen, daß der junge Mönch sich daran erinnerte. Nur – wo war er?

Pater Emanuele verabscheute Hindernisse. Er mochte es, wenn Pläne reibungslos funktionierten. Meist war das so. Diesmal nicht. Er hatte seinen Magier verloren, und der Inquisitor trieb sich irgendwo herum. Das schwächte seine Position. Delacroix' Gruppe hatte nicht nur einen Magier, sie bestand zudem auch noch aus drei kampferprobten Männern. Nun, vielleicht würde es ihm gelingen, die beiden Bayern auf seine Seite zu ziehen. Bayern waren katholisch. Das hieß, man konnte sie angehen. Sie würden sich um ihr Seelenheil Gedanken machen. Sie glaubten an die Vorherrschaft der katholischen Kirche.

Er mußte sie allein sprechen. Delacroix bekehren zu wollen war sinnlos. Er hatte es versucht und war gescheitert, und ein hitziges Streitgespräch vor seinen Männern – falls man sie so bezeichnen konnte – würde kaum die gewünschten Ergebnisse erzielen. Einen nach dem anderen würde er sich holen müssen.

Er überflog noch einmal die Dossiers, die er zu den Beteiligten hatte. Es war nicht ausreichend Zeit gewesen, detaillierte Analysen durchzuführen, doch die Münchner Niederlassung der Bruderschaft hatte ihr Bestes getan, um wenigstens ein Minimum an Information zu liefern. Leutnant von Orven war vielversprechend. Er war ein absolut braver, geradliniger junger Mann. Er hatte immer getan, was korrekt war, sein Lebenslauf war fleckenlos, seine Karriere blütenrein. Er hatte keine heimlichen Affären, keine wirklichen Laster. Er tat seine Pflicht, weil das so seine Art war, und er hatte Grund dazu, Magie und alles Widernatürliche nicht zu mögen. Hier ließ sich ansetzen. Es würde leicht sein, ihn für sich zu gewinnen. Ausgezeichnetes Ausgangsmaterial für einen zukünftigen Freund und Unterstützer der Bruderschaft.

Von Görenczy war komplizierter. Sein Leben rankte sich entlang seiner spontanen Bedürfnisse und Wünsche. Er war kein moralischer Mensch, aber vermutlich war er auch nicht allzu auffällig oder verworfen. Er ging das Leben einfach mit einer gewissen Nonchalance an. Er hatte viele Affären, und man konnte diesen weiß Gott nicht die Ehre antun, sie heimlich zu nennen. Er prahlte nicht mit seinen Eroberungen, doch er gab sich auch keine Mühe, sie zu bemänteln. Er hatte Duelle gefochten, ein Verbrechen sowohl nach Staats- als auch nach Kirchenrecht. Beides war ihm egal gewesen. Er begegnete jeder Gefahr vorbehaltlos und stellte *hinterher* Fragen. Ihn davon zu überzeugen, die Seiten zu wechseln, würde schwierig werden, denn sein Ehrgefühl war stärker als sein religiös-moralisches Empfinden. Vielleicht konnte man ihn erpressen. Eine Gerichtsverhandlung würde ihm und auch seiner ganzen Familie schaden.

Die Sängerin war vermutlich auch Katholikin. Doch der Pater glaubte nicht, daß sie genügend Einfluß hatte, um den weiteren Ablauf der Ereignisse zu manipulieren. Auch war sie zu berühmt. Es zahlte sich aus, Menschen anzugehen, die nicht allzusehr vermißt wurden, wenn etwas schiefging. Letztlich gab es immer die Möglichkeit, daß jemand nicht kooperieren wollte und man ihn davon abhalten mußte, Dinge preiszugeben, die besser im dunkeln blieben.

Es widerstrebte ihm, die Sängerin in Ruhe zu lassen, babylonische Hure, die sie war. Doch die Risiken waren größer als der Nutzen. Man mußte logisch vorgehen. Vielleicht konnte man sie mit ihren Affären erpressen, aber letztlich erstaunte es die meisten Menschen nicht zu hören, daß Theaterleute einen anstößigen Lebenswandel führten. Das konservativere Publikum mochte entrüstet sein, doch ihrem Erfolg als Sängerin würden Enthüllungen vermutlich keinen Abbruch tun. Schade. Es war durchaus denkbar, daß die ehemalige Geliebte Delacroix' schon einiges über die Arbeit der Bruderschaft gehört hatte. Man konnte nicht wissen, was er ihr erzählt hatte und wie voreingenommen sie war.

Er sah von seinen Aufzeichnungen auf. Wie immer er sich entschied, erst einmal mußte er Giuseppe finden. Er hoffte, daß der Bruder ihn oder sie alle nicht in Schwierigkeiten gebracht hatte. Man konnte nie wissen, was er getrieben von seinem lustvollen Wüten alles anstellte.

Er legte die Aufzeichnungen beiseite, schloß sie in seinen Koffer ein. Auf weitere Antworten auf seine Fragen würde er ein Weilchen warten müssen. Selbst die hiesige Niederlassung der Bruderschaft würde eine Zeitlang brauchen, um zu reagieren. Ihr Zufluchtsort lag in der Vorstadt im Nordosten, in einem Viertel, das nach der dortigen Kirche und einem Kloster St. Anna hieß.

Die Nähe dieser Kirche und der frommen Frauen verliehen dem bayerischen Zentrum der Bruderschaft eine gute Tarnung. Es schien nichts weiter zu sein als eine von vielen kirchlichen Institutionen, und wer tatsächlich ihr Motto ‚Nam mysterium iam operatur iniquitatis' über dem Tor erkannte, der hatte Grund, es zu kennen.

Er wußte allerdings auch, daß sich dort im Moment nur eine kleine Gruppe von Brüdern aufhielt, von denen nur einer auch nur eine Spur magischen Talents hatte. Mit Bruder Michael war er auf keinen Fall zu vergleichen. Mit Glück mochte es vielleicht ausreichen, den bewußtlosen Magier aus der Ohnmacht zu wekken. Dazu mußte man diesen nach St. Anna expedieren. Ein Priester und zwei Mönche in einem erstklassigen Hotel zogen schon mehr als genug erstaunte Aufmerksamkeit auf sich, und obwohl das Hotel sich langsam leerte, wollte er doch vermeiden, allzusehr aufzufallen.

Es klopfte. Langsam erhob er sich, überprüfte sein Schutzamulett und öffnete dann vorsichtig die Tür gerade so weit, daß man von außen nicht ins Zimmer blicken und Bruder Michael liegen sehen konnte. Ein Page stand auf dem Flur. Er sah sehr beunruhigt aus.

„Hochwürden", sagte er. „Eine Dame ist sehr krank. Die Eltern verlangen nach einem Priester."

Er war Priester. Er mußte damit rechnen, dann und wann pastorale Obliegenheiten übernehmen zu müssen. Nur im Moment paßte das nicht in seine Pläne.

„Gibt es keinen Gemeindepfarrer, der für diese Pfarre zuständig ist?"

„Hochwürden, die Familie ist sehr aufgeregt und hat Angst, das könne zu lange dauern. Die Dame ist sehr krank."

Der Bursche war ausgesprochen nervös. Seine sonstigen Pflichten als Kofferträger und Nachrichtenübermittler hatten ihn auf eine solche Situation nicht vorbereitet.

Pater Emanuele schloß die Tür hinter sich und schloß ab. Der Junge war bereits einige Schritte den Gang hinuntergelaufen.

„Bitte, Hochwürden", rief er. „Hier entlang bitte sehr. Es ist auf dieser Etage. Wenn Sie mir bitte folgen wollen." Seine Sätze klangen affektiert und etwas zu altklug für sein Alter.

„Ich komme, mein Sohn", versicherte er. „Geh nur voraus!"

Der Bursche lief voran, den Gang entlang, und wandte sich nach rechts. In einer offenen Tür stand ein Mann und sah beunruhigt den Korridor hinunter. Er war etwa fünfzig, und die Unruhe in seinem Gesicht ließ vermuten, daß es sich um einen Verwandten der Kranken handelte.

Tatsächlich stellte er sich sofort vor.

„Grotian. Mein Name ist Grotian. Danke, daß Sie gleich gekommen sind, Hochwürden. Wir sind äußerst besorgt. Meine Tochter. Wir waren zum Tee unten, da ging es ihr noch gut. Später wollte sie sich zum Souper fertigmachen und ging dazu auf ihr Zimmer. Sie kam nicht zurück. Als sie ausblieb, hat meine Frau nach ihr gesehen und fand sie leblos daliegend. Wir machen uns sehr große Sorgen."

Er führte den Pater in das Hotelzimmer. Eine junge, hübsche Frau lag auf dem Bett. Ihr Kleid hatte man geöffnet, um ihr das Atmen zu erleichtern. Eine teuer gekleidete Dame mittleren Alters saß tränenüberströmt neben ihr und klammerte sich an einen Rosenkranz.

„Wir haben nach einem Arzt geschickt, aber meine Frau wollte unbedingt ..." Der Vater des Mädchens ließ den Satz unbeendet verklingen.

Pater Emanuele sah die junge Frau an. Ihr Brustkorb hob und senkte sich beim Atmen, doch der Atem ging flach und schwer. Sie war außergewöhnlich blaß, fast totenbleich.

Er berührte ihre Stirn und segnete sie. Dann begann er, seine Gerätschaften auszupacken.

„Ich glaube, sie stirbt", klagte die Mutter. „Ich weiß nicht, was ich tun soll. Sie stirbt! Wir haben sie doch gar nicht lange allein gelassen. Was kann nur geschehen sein?"

Sie versuchte, das Mädchen zu schütteln, und der Priester protestierte.

„Lassen Sie sie", sagte er. „Gehen Sie nach nebenan und warten Sie da. Beten Sie. Ich hole Sie dann."

Sie blickte ihn ungläubig an.

„Sie können mich nicht wegschicken, Hochwürden!" stieß sie hervor. „Das ist mein Kind, und es liegt im Sterben. Ich kann es doch nicht alleine lassen!"

„Der Arzt wird gleich dasein, und sie wird ganz gewiß nicht sterben", versuchte Grotian seine Frau zu beruhigen.

„Allein wird sie auch nicht sein. Der Herr ist bei ihr. Also bitte begeben Sie sich jetzt nach nebenan und beten Sie für Ihre Tochter!" befahl Pater Emanuele und entließ das ängstliche Elternpaar mit einer frommen Geste.

Sie verließen das Zimmer, Grotian zog seine Frau durch die Tür. Seltsam, dachte Pater Emanuele, Frauen galten als das schwächere Geschlecht, doch sie waren meist schwerer zu handhaben. Männer neigten dazu, einer fest ausgesprochenen Anweisung sofort Folge zu leisten.

Die letzte Ölung. Darin hatte er Übung. Seine besondere Aufgabe innerhalb der Kirche ließ ihn dieses Sakrament häufiger spenden als andere. Er hatte noch nie eine Trauung vollzogen, und er konnte sich kaum erinnern, wann er zum letzten Mal getauft hatte. Delacroix hatte er getauft. Doch der war schon ein Knabe von neun oder zehn Jahren gewesen. Er erinnerte sich nicht, warum er genau diesen Namen für ihn ausgesucht hatte. Er schien zu passen. Er hatte den Jungen ins Refugium der Bruderschaft gebracht, nachdem sie den Tempel erstürmt und das menschliche Opfer befreit hatten. Das Taufbecken der Bruderschaft wurde häufiger für Erwachsene als für Kinder gebraucht. Es war eher ein Schwimmbecken als ein Bassin. Er hatte den kleinen Felipe dreimal komplett darin versenkt und ihn jedes Mal mehrere Minuten im Weihwasser festgehalten, um sicherzugehen, daß durch die spirituelle Reinigung alles Üble und Böse aus ihm herausgewaschen wurde. Der Junge hatte das mit Gottes Hilfe überlebt, und Pater Emanuele hatte große Hoffnungen in ihn gesetzt.

Doch die Taufe war nicht seine Hauptaufgabe.

Der Tod fiel mehr in sein Gebiet. Indes glaubte er nicht, daß die junge Frau im Sterben lag. Sie war ohnmächtig und vielleicht etwas schwach, doch ihre Lippen umspielte ein eigenartiges Lächeln. Ihr Gesicht war schweißnaß.

Er nahm sein Vergrößerungsglas und untersuchte ihren Hals. Da waren sie, zwei Löchlein, nichts als Flohbisse für jemanden, der keine speziellen Kenntnisse hatte. Sie war gebissen worden. Ausgesaugt. Nicht völlig, aber erheblich. Wer immer es getan hatte, hatte Vorsicht walten lassen. Die Wunden waren verheilt, und sie lebte noch. Gerade noch.

Ein Vampir. Von allen Sí haßte er die am meisten. Sündige, verführerische Geschöpfe, die vom Blute anderer lebten und ihre eigene verworfene Lust in ihnen installierten. Sie lebten nur für den Genuß, waren die Schlange, die weniger verführte als überwältigte. Sie gehörten ausgemerzt, denn sie waren Schädlinge. Sie vergifteten den Leib und den Geist, den sie bezauberten. Sie fielen ihre Opfer an und belästigten sie ungebeten, ohne Erlaubnis, füllten sie an mit verdorbenen, fleischlichen Gelüsten und Begierden, sogen am Blut und am Leben ihrer Buhlen. Manchmal waren sie klug genug, nur so wenig zu nehmen, daß es den Arglosen nicht auffiel. Dieser Übergriff allerdings war rücksichtslos gewesen.

Das Mädchen wäre besser tot. Doch sie würde dies überleben, da war er sicher. Sie würde überleben, sich nicht des Angriffs entsinnen. Ihr Körper jedoch würde sich an die Lust erinnern, und würde sie mit immer anderen Männern stets neu erleben wollen. Das Laster war in sie gefahren. Sie war verdorben, ihre Unschuld dahin.

Während er neben ihr kniete und sie segnete, um ihre Seele zu reinigen, überlegte er gleichzeitig, ob es nicht besser für sie wäre, jetzt zu sterben. Nach der letzten Ölung wäre sie im Stand der Gnade. Einen besseren Zeitpunkt, diese Welt zu verlassen und zu Gott zu gehen, konnte es nicht geben. Bis jetzt war sie nur Opfer gewesen. Doch was würde aus ihr werden, wenn sie lebte?

Er sah zu der geschlossenen Tür, die ihn von den Eltern trennte, die um ihre Rettung beteten. Rettung konnte er bringen. Sie konnte sich nicht wehren. Ein Kissen aufs Gesicht gepreßt würde reichen, sie zu retten. Es war seine Bestimmung, Menschen von dem Einfluß des Unheiligen zu erlösen. Er mochte die Idee nicht, es selbst tun zu müssen, doch das war uninteressant. Was immer er tat, was immer er tun mußte, er tat es für einen guten Zweck.

Eventuell würde er ihren Tod auf den Vampir schieben können. Wenn er die Leute davon überzeugen konnte, würden sie ihm vermutlich bei einer hotelweiten Jagd helfen. Unterstützung von außen brauchte er jetzt. Bayern war katholisch. Die Menschen würden ihm glauben und folgen. Eine empörte Menge zu manipulieren war nicht schwierig, wenn einem die Technik geläufig war, und er hatte im Manipulieren von Menschen eine gewisse Perfektion erreicht.

Er nahm das Kissen und blickte noch einmal in ihr Gesicht. Ein attraktives Ding. Vampire hatten Geschmack. Jung und natürlich, eine knospende Schönheit, gerade reif genug, um verdorben werden zu können. Er fragte sich, was außer Blut das Geschöpf dem Mädchen noch gestohlen haben mochte. Mit der Rechten schlug er das Kreuz über sie, mit der Linken drückte er ihr das Kissen aufs Gesicht. Sie wehrte sich nicht.

Es klopfte, und er hatte gerade noch Zeit, das Kissen wieder unter ihrem Kopf zu deponieren. Ihr Atem war rauh und heftig geworden.

Die Tür öffnete sich, und ein älterer Herr trat ein.

„Der Arzt ist da“, sagte Grotian.

„Gut“, antwortete Pater Emanuele und lächelte, „dann sollten wir jetzt alle um ihre Genesung beten.“ Er stand auf und ging mit Grotian ins andere Zimmer, während die Mutter beim Arzt blieb.

Er hatte versagt. Oder doch nicht? Wer wußte schon, wozu es gut war? Die Wege des Herrn waren unergründlich.

Kapitel 38

Der Morgen dämmerte, als Cérise wieder erwachte. Ein Spalt in den Vorhängen ließ diffuses, graues Licht ein. Das schien ihn nicht zu stören.

Sie fühlte die Hand des dunklen Mannes auf ihrer Brust, warm, beschützend, sanft. Im nächsten Moment wurde ihr bewußt, wie laut ihr Herz schlug, wie es Blut durch ihren Körper pumpte, das er irgendwann würde trinken wollen.

„Torlyn", flüsterte sie, genoß es, wie er ihre Brüste liebkoste.

„Ja, meine Schöne?"

Sie strich ihm durchs Haar.

„Du hast mich nicht gebissen", sagte sie. Es klang etwas gepreßt. Die Angelegenheit machte ihr zu schaffen. Doch auch das gehörte zu ihm.

„Nein, habe ich nicht."

„Möchtest du nicht?"

Sie hörte, wie sein Atem schneller ging.

„Doch, sehr sogar. Aber du trägst den Anhänger."

„Ich dachte, das hindert dich nicht?" Sie hatte plötzlich Angst, er könne sie belogen haben. Wo eine Lüge war, konnten auch andere sein.

„Es hindert mich nicht daran, dich zu beißen. Es hindert mich daran, deine Gefühle zu manipulieren und dir den Schmerz zu nehmen. Zähne sind weitaus dicker als Nadeln. Ungeschützt durch meine Kunst würde es dir sehr weh tun."

„Du hast mich schon einmal gebissen. Das hat im ersten Moment auch weh getan."

„Aber dann hast du es genossen." Eine Diagnose, keine Frage. Sein Lächeln wirkte etwas sonderbar.

„Ja", sagte sie, „dann habe ich es genossen."

Sie hob die Hand an seinen Mund, streichelte ihn mit der Innenseite ihres Handgelenks. Er atmete schaudernd ein.

„Tu es!“ forderte sie. „Ich will wissen, was du Menschen antust.“

Seine Hand ergriff ihren Unterarm, zog ihn von seinen Lippen fort.

„Das ist töricht, Cérise. Das tut dir nur weh, und ich will dir nicht weh tun. Führe mich nicht in Versuchung. Ich bin nicht aus Granit.“

„Tu es!“ sagte sie erneut. „Ich will es wissen.“

„Ich denke, du unterschätzt die Wunden, die es reißt, Liebste.“

„Du sagtest, hier ginge es um Mut, oder nicht?“

„Ich habe aber nicht von Übermut gesprochen. Ich will nicht, daß du wieder Angst vor mir hast.“

Er ließ ihren Arm los, strich ihr durchs Haar. Augenblicke vergingen.

„Kostet es dich viel Beherrschung, mich nicht zu beißen?“ fragte sie nach einer Weile. Sie mußte mehr darüber wissen, obwohl sie überzeugt war, daß sie sich weit sicherer fühlen würde, wenn sie dieser Sache nicht durch Worte mehr Wirklichkeit verlieh, wenn sie sie einfach ignorieren könnte. Nur war es nichts, das man ignorieren sollte.

„Es kostet mich schon Überwindung“, gab er zu. „Doch ich habe gestern gejagt. Ich bin nicht ausgehungert. Im Augenblick spüre ich Lust, nicht Appetit.“

Sie zitterte. Der Gedanke, er könne sie nur als Nahrung sehen, als Mahl oder Speise, war nicht eben angenehm. War sie vielleicht nur ein wohlgefülltes Gefäß voller Blut?

„Jetzt habe ich dir Angst gemacht“, sagte er, strich über ihr Gesicht mit der Rückseite seiner Fingernägel.

„Ein bißchen“, gab sie zu und versuchte, nicht daran zu denken, wen er gebissen haben könnte und was mit seinen Opfern geschehen war, seiner Beute, seinem Mahl. Er hatte gesagt, er töte nicht grundlos. Sie hoffte, er hatte keinen Grund dazu gehabt. „Dennoch will ich es wissen."

Sie hob ihre Hand erneut an sein Gesicht, versuchte, ihm in die Augen zu sehen, ohne darin unterzugehen.

„Du sagst, du liebst mich", fuhr sie fort, „und ich glaube, ich dich auch. Doch ich will nicht blind lieben. Ich will wissen, wer du bist, was du tust."

Er nahm wieder ihren Arm. Diesmal schob er ihn nicht fort.

„Bist du dir sicher?" fragte er.

„Absolument", antwortete sie und stellte fest, daß sie log.

Sein Blick schweifte von ihrem Gesicht zu ihrer Hand. Er küßte ihre Fingerspitzen, dann die Handfläche. Dann erreichte er ihren Puls. Seine Augen suchten ihre. Sie schienen noch rätselhafter geworden zu sein. Er lächelte, und sie sah, daß seine Zähne sich verändert hatten. Seine geraden, weißen Zähne wirkten plötzlich gefährlich. Die Eckzähne waren gewachsen, hatten sich in lange, spitze Fänge verwandelt. Sie schluckte.

Dann schrie sie.

Es fühlte sich an, als habe ihr jemand eine Schere in den Arm gestoßen. Ihr Fleisch riß. Der Schmerz war unerträglich.

Er ließ von ihr ab, und sie schlug mit fliegenden Armen um sich. Ihr Herz war voller Furcht, und sie wand sich, versuchte, von ihm loszukommen. Plötzlich wurde ihr schrecklich klar, daß sie nicht neben einem menschlichen Mann lag. Er war ein Raubtier, das sie zerfetzen und ihr Blut trinken würde. Sie wollte fliehen, doch ihre Angst machte ihre Bewegungen unkontrolliert und langsam. Es gelang ihr nicht, aus dem Bett zu kommen.

Er ergriff sie und hielt sie fest.

„Nicht wehren", sagte er. Seine Intensität ließ die Worte zum Befehl werden. „Es ist vorbei. Es ist alles gut. Keine Angst!"

Sie versuchte, sich zu lösen, doch er hielt sie umklammert, ließ sie nicht von sich, ließ ihr keine Chance zur Flucht. Sie hatte gewußt, wie stark er war, doch sie hatte nicht damit gerechnet, so vollständig hilflos zu sein. Sie konnte kaum atmen. Sie versuchte, ihren Arm aus seiner Reichweite zu halten. Die Löcher in ihrem

Handgelenk bluteten heftig. Das Blut lief ihr den Unterarm entlang.

„Gib her“, befahl er, erwischte den Arm ohne Schwierigkeiten. „Wehr dich nicht. Hör auf. Nicht mehr kämpfen. Du bist in Sicherheit. Bitte. Du mußt mir vertrauen.“

Er zog den Arm zurück an seinen Mund, und fast hätte sie wieder zu schreien begonnen. Doch er biß sie nicht.

„Ich muß die Blutung stillen“, sagte er. „Du blutest das ganze Bett voll.“

Er leckte ihr Handgelenk, und die Blessuren schlossen sich. Sein Mund glitt über ihren Arm, leckte das Blut auf. Seine Zähne kratzen über ihre Haut, er verletzte sie aber nicht.

„Tut mir leid“, sagte er. „Glaub mir, es tut mir leid. Ich hatte dich gewarnt.“

Langsam kam sie wieder zu Atem.

„*Mon Dieu*“, stieß sie hervor, verirrte sich vor Schreck unabsichtlich in ihre Lieblingssprache. Dann atmete sie langsam aus. „Großer Gott.“

Sie lagen eine Weile reglos da, seine Arme hielten sie in stählernem Griff umfaßt.

„Geht es dir besser?“ fragte er dann.

Sie nickte unsicher.

„Du bist ein beängstigender Mann, Torlyn“, sagte sie schließlich.

Seine Umarmung wurde sanfter.

„Ich weiß.“ Er küßte sie. „Ich bin auch ein gefährlicher Mann. Führe mich nie wieder so in Versuchung.“

Sie griff nach dem Verschluß ihrer Kette, konnte ihn aber nicht öffnen. Ihre Hände zitterten zu sehr.

„Hilf mir“, bat sie.

Er sah sie überrascht an.

„Bist du sicher?“

„Ganz sicher.“ Schon wieder eine Lüge. Sie war sich nicht sicher, daß sie nicht die größte Dummheit ihres Lebens beging. Fast konnte sie Delacroix’ Stimme in ihrem Kopf hören, die sie warnte, es sein zu lassen, sich nicht wie eine absolute Närrin aufzuführen. Doch sie mußte es wissen.

Er hatte die Kette in einer halben Sekunde offen, und schon fiel der Schmuck hinter ihm auf das Nachttischchen.

„Eines nur", fuhr sie fort, „versprich mir, daß du mich nicht wieder alles vergessen läßt! Schwöre!"

„Bei meiner Ehre als Sí. Ich will, daß du diese Nacht nie vergißt."

Er rollte sie auf den Rücken, ließ sich auf ihr nieder. Dann nahm er je ein Handgelenk in eine Hand und hielt sie neben ihrem Kopf fest. Nun konnte sie sich nicht mehr bewegen und kämpfte ihre aufsteigende Angst nieder. Sie war hilflos, vollständig in seiner Gewalt. Sie konnte sich nicht mehr umentscheiden, konnte ihn auch nicht davon abhalten, das zu tun, was er vorhatte. Es war falsch gewesen. Sie hätte es nie tun sollen. Seine Beine suchten sich ihren Platz zwischen ihren, schoben sie auseinander, und obgleich sie seinen Körper kannte, ihn bereits in ihr willkommen geheißen hatte, fühlte sie sich jetzt völlig hilflos.

Sein Lächeln wandelte sich mit seinen Zähnen.

Dann beugte er den Kopf zu ihrem Hals. Seine Augen funkelten vor hungrigem Verlangen. Sie sahen anders aus, fokussiert, zielstrebig und gierig.

Einen Moment lang wollte sie wieder schreien vor Entsetzen. Ihr Herz krampfte sich in Panik zusammen, schlug laut und empört, als ahnte es, daß das Blut, das es durch sie pumpte, gleich einem anderen gehören würde.

Dann war ihre Angst von einer Sekunde zur nächsten verschwunden. Sie drehte den Kopf zur Seite, bot ihm ihren Hals, machte es ihm leicht, ihre Ader zu erreichen. Er küßte ihre Kehle, seine Lippen kosten ihre Haut sanft, und schließlich spürte sie ein Kratzen, einen winzigen Schmerz gefolgt von einer Invasion, die überwältigend erotisch war. Ihr Puls schlug im Rhythmus ihrer Erregung. Sie spürte ein maßloses Verlangen nach ihm, sehnte sich danach, von ihm erobert zu werden, ihm alles zu geben. Sie hoffte, dies Gefühl würde nie aufhören, nur immer weitergehen, weiter, immer weiter ihrer Erfüllung entgegen, einer Erfüllung, die ihren ganzen Leib vor wilder Erwartung und maßloser Begierde pulsieren ließ.

Er küßte ihre Kehle, hatte die Wunde mit seiner Zunge geheilt. Sie glaubte zu spüren, wie er ihre Gedanken verließ.

Auf seinen Lippen schimmerten Blutstropfen. Ihr Blut. Er leckte es ab und lächelte sie mit langen Zähnen an.

Dann ließ er ihre Handgelenke los, rollte sich auf den Rücken, während er sie im Arm hielt, um sie schließlich auf ihm liegend loszulassen. Es stand ihr frei wegzulaufen, wenn sie das wollte, eine Geste, die gleichermaßen verriet, wie sicher er sich war, ihr gefallen zu haben, und wie sehr er auf ihren Mut vertraute.

Eine Weile lang lag sie reglos da.

„Das war außergewöhnlich", sagte sie schließlich, „und sehr beängstigend."

Er lachte, und seine Zähne waren gerade, regelmäßig – und vor allem klein. Er liebkoste Cérise, streichelte langsam ihren Rücken und bewegte dabei seine Hände immer weiter nach unten, über ihr Hinterteil zu neuen Gefilden.

„Du bist ausgesprochen lecker", sagte er. „Ich danke dir."

Sie setzte sich auf, kniete rittlings über ihm, berührte ihren Hals. Die Stelle, wo er sie gebissen hatte, war ein wenig empfindlich. Dann untersuchte sie ihr Handgelenk. Zwei kleine Mückenstiche waren auf der blaugeäderten Haut zu sehen.

„Du läßt Leute deinen Biß genießen", sagte sie. „Genießen sie es alle so sehr?"

Er zuckte die Achseln, und sein Lächeln wurde breiter.

„Ich denke, wenn sie mir Blut geben, dann verdienen sie im Austausch wenigstens ein bißchen Freude, findest du nicht? Im Gegensatz zu dir erinnern sie sich nicht daran, was ihnen geschehen ist. Sie schrecken nur auf einmal aus ihren Gedanken hoch und fühlen sich leicht benommen, ein bißchen erschöpft und ein bißchen lüstern."

„Sie kämpfen nie gegen dich an, sondern geben dir freiwillig alles, was sie haben. Ich hätte dir gerade mein Leben geschenkt."

„Ich will dein Leben nicht, Cérise." Die Milde seiner Stimme paßte zur Zärtlichkeit seiner Hände, die sich gerade langsam ihre Schenkel entlang zum designierten Ziel bewegten.

„Das hast du schon einmal gesagt. Dennoch hältst du mein Leben in den Händen. Du bist noch furchteinflößender, als ich gedacht habe, Torlyn."

„Wahrscheinlich bin ich auch gefährlicher, als du dir vorstellen kannst. Aber ich werde gut auf dich aufpassen, meine Schöne."

Sie sah hinunter in sein makelloses, ebenmäßiges Gesicht. Seine geheimnisvollen Augen waren halb geschlossen, lange, gebogene Wimpern warfen Schatten auf seine Wangenknochen. Seine Nase war aristokratisch. Er war unwiderstehlich.

Sie beugte sich vor, um ihn zu küssen, bewegte dann plötzlich den Kopf zur Seite und biß ihm mit aller Kraft in die Schulter. Er stieß einen kleinen Erschreckenslaut aus, wehrte sich jedoch nicht, und so biß sie einfach so fest sie konnte und ließ ihn eine ganze Weile nicht los.

Als sie ihren Kopf wieder hob, sah sie, daß sie seine Haut verletzt hatte. Tiefe Zahnspuren und sogar einige Tropfen hellen Blutes waren auf seiner Schulter zu sehen, wo sie ihn gebissen hatte.

Er sah belustigt aus.

„Ich nehme an, das habe ich verdient", sagte er und blickte in ihr Gesicht. „Du hast Blut an den Lippen, Schönste. Steht dir."

Sie leckte sich die Lippen.

„Das war", sie machte eine nachdenkliche Pause, „absolut abscheulich."

Er lachte, und sie sah, daß sich die Kratzer bereits wieder geschlossen hatten. Keine Spur mehr von den Bißwunden, die sie ihm eben beigebracht hatte.

„Wir können nicht alle solche Delikatessen sein wie du, Süße." Er leckte sich die Lippen.

Er manövrierte sich unter ihr in Position, machte sich bereit für sie. Äußerst bereit, wie sie feststellte.

Sie wußte, daß sie ihn über alle Maßen liebte. Es war ein überwältigendes Gefühl von Lust, Liebe und der Einsicht, daß sie nie mehr ohne ihn sein wollte. Die Erkenntnis der Tiefe ihrer Gefühle traf sie unvermittelt, und sie rang nach Luft.

„Hör sofort auf!“ sagte sie.

„Womit?“ fragte er verunsichert.

„Du wirkst Zauber!“

„Nein.“ Er griff hinter sich auf den Nachttisch und gab ihr das Amulett. „Schütze dich, meine Schöne“, sagte er, und sie nahm die Kette und legte sie wieder um.

Es machte keinen Unterschied. Sie liebte ihn mit der gleichen Intensität wie vorher und wußte, daß es nie mehr anders sein würde. Was hatte er mit ihr gemacht?

Er beobachtete ihr Gesicht mit einem unlesbaren Ausdruck. Er hatte sie erobert, eingenommen – für sich. Das war ihr plötzlich klar, und sie war sich sicher, daß sie empört sein sollte. Statt dessen hatte sie es geschehen lassen, freudig klein beigegeben. Sie schämte sich ein wenig, daß sie ihre Freiheit so einfach losgelassen hatte; jene Freiheit, die sie bislang gegenüber jedermann – oder jedem Mann – so nachhaltig verteidigt hatte.

„Das kann nicht richtig sein“, flüsterte sie. „Ich sollte dich nicht so übermäßig lieben.“

„Du kannst nicht erwarten, daß ich dir zustimme.“

„Ich bin niemandes Spielzeug!“

„Ich achte und ehre deinen freien Willen. Bist du frei … und willens …?“

In ihrer gegenwärtigen Position wäre „Nein“ eine dumme Antwort gewesen.

Später erwachte Cérise durch ein Klopfen an der Tür. Es war ihre Zofe. Sie war klug genug, nicht einzutreten. Das Durcheinander im Salon mußte ihr verraten haben, daß ihre Herrin nicht allein war. Sie wußte, wie sie sich in einem solchen Fall zu verhalten hatte. Es kam vor, daß Cérise nächtliche Besucher hatte, und Madeleine, ihre zuverlässige Zofe und Reisebegleiterin, war sehr gut darin, diese Herren gar nicht zu sehen.

Madeleines hervorragendste Eigenschaft war gelassene Toleranz, gepaart mit einem schweigsamen Wesen. Sie tratschte nicht. Sie war vielleicht älter, als Zofen gemeinhin sein mochten, doch das machte sie nicht zur moralisierenden Matrone. Diese Disposition, gepaart mit der großen Bewunderung, die sie ihrer Herrin entgegenbrachte, garantierte ihr auf Jahre hinaus ein festes und wohlbezahltes Anstellungsverhältnis.

Cérise sah den Mann neben sich an. Er war wach, vielleicht auch durch das Klopfen. Auf seinem Gesicht lag ein Lächeln, zufrieden, glücklich. Befriedigt.

Das hatte er besser zu sein. Seine Energie war unbeschreiblich gewesen. Sie war müde, und obgleich ihr Liebesnächte weiß Gott nicht fremd waren, beschwerte sich ihr Körper über den Mangel an Schlaf und das Übermaß an körperlicher Anstrengung. Sie war noch nie mit einem Mann zusammengewesen, der einfach nicht müde wurde.

Er rollte sich herum und küßte sie. Es war ein zarter Kuß, nicht allzu leidenschaftlich.

„Müde?“ fragte er und strich ihr das Haar aus dem Gesicht.

„Ja“, gab sie zu. „Du hast mich müdegeliebt. Ich glaube, ich könnte eine Woche schlafen. Leider geht das nicht. Ich habe Probe.“

Er streichelte ihr das Haar.

„Meine arme Cérise“, lachte er leise, „ganz zerstört durch einen nimmersatten Liebhaber. Du mußt mir Einhalt gebieten. Meine körperliche Ausdauer schlägt die menschlicher Männer – und Frauen – bei weitem. Ich vergesse einfach, daß du mehr Schlaf und Ruhe brauchst als ich. Ich will dich lieben, nicht ermatten.“

Sie lachte.

„In diesem Fall sollten Euer Hochwohlgeboren die erlauchte Hand da wegnehmen, wo sie schon wieder hingewandert ist. Wir sollten aufstehen und frühstücken. Ich *brauche* jetzt ein Frühstück.“

Schuldbewußt sah er sie an – und nahm die Hände von ihr. Der Verlust seiner Berührung war beinahe schmerzhaft.

Er schwang die Beine aus dem Bett, stand mit geschmeidiger Grazie auf und streckte sich wie eine Katze.

„Das war eine wunderbare Nacht, Liebste", sagte er, ohne sich zu ihr umzudrehen. „Ich liebe jedes einzelne Eckchen von dir, und das wirklich Schöne dabei ist, daß ich auch jedes einzelne Eckchen persönlich kennengelernt habe. Doch du hast recht. Du mußt essen und trinken, damit du deinem Körper das zurückgeben kannst, was ich dir genommen habe und weiterhin nehmen werde."

Er drehte sich zu ihr um, hob sie aus dem Bett und stellte sie wie eine Puppe auf die Füße. Im Zimmer war es kalt, wenn man nackt dastand, und sie fröstelte.

„Soll ich dich wärmen?" fragte er.

Sie schüttelte den Kopf.

„Nein, *mon amour*, ich weiß genau, wo das enden würde, und ich brauche wirklich mein Frühstück."

Sie ging zum Waschgeschirr und stand da, während er Wasser für sie in die Schüssel goß. Sie wuschen sich, wobei sie jede Berührung peinlich vermieden.

Es klopfte erneut.

„Was gibt's?" fragte Cérise.

„Mademoiselle, wenn es konvenabel ist, ich könnte ein paar Dinge hineinreichen, die ich im Salon auf dem Fußboden gefunden habe." Madeleines Stimme klang durch die Tür so neutral und unbeeindruckt wie immer.

„*Un moment*", entgegnete Cérise. Sie sah sich nach ihrem nächtlichen Besucher um und erblickte ihn zunächst nicht. Er war mit den Schatten neben ihrem Schrank verwoben. Hätte sie nicht gewußt, daß er irgendwo sein mußte, sie hätte ihn nicht wahrgenommen.

Sie zog ihren Brokatmorgenmantel über, begab sich zur Tür und öffnete sie einen Spaltbreit. Als sie sie wieder schloß, hielt sie ein Bündel sorgfältig gefalteter und frisch gebügelter Herrenbekleidung in Händen.

Torlyn nahm es ihr ab.

„Deine Zofe ist ein Juwel", kommentierte er und begann, sich anzuziehen. Sie sah ihm zu, erfreute sich am Anblick seines Körpers, seiner Schönheit und seines eleganten Stils, als er fertig war. Plötzlich wurde sie traurig. Da war er, der einzige Mann, mit dem einem nie langweilig werden würde, und sie würde ihn nie ehelichen, kein normales Eheleben führen, keine Kinder haben. Bisher hatte sie das nicht vermißt. Ihr Gesang stand an erster Stelle. Das hatte sich nicht geändert. Doch der Mann hatte einen Platz in ihren Gefühlen erobert, der zu wichtig war, um ihn zu ignorieren. Er wirkte so jung. Ihr Herz flog ihm entgegen.

„Was ist?“ fragte er sanft.

„Oh, nichts. Ich habe nur nachgedacht und ... es ist nicht wichtig.“

Er stand vor ihr, streichelte ihre Wange mit der Rückseite seiner glatten Fingernägel.

„Habe ich dir weh getan?“ Er spürte anscheinend genau, wie sie sich fühlte.

„Nein. Du hast mich dazu gebracht, dich zu lieben. Das ist großartig. Aber ich werde altern, und du wirst jung bleiben und weiterziehen. Das ist mir gerade klargeworden.“

Er lachte und nahm sie in die Arme.

„Wir hatten doch gerade erst eine Nacht zusammen. Es wird noch viele Nächte geben. Doch es stimmt, was du sagst. Das ist der Schmerz, den wir beide erdulden müssen. Denk jetzt nicht nach. Gehen wir frühstücken.“

Er küßte sie auf die Nasenspitze.

„Was frühstückst du?“ fragte sie.

„Ich frühstücke ... nicht. Ich will dir nicht noch mehr Blut nehmen. Nicht schon wieder – und es ist zu hell, um hinauszugehen und zu jagen. Ich werde einfach etwas warten. Heute abend kann ich auf die Jagd. Der Bann ist fort.“

„Oh“, sagte sie. „Vonderbrück muß ihn beendet haben. Ich muß fragen, was letzte Nacht noch geschehen ist. Ich gehöre zu der Gruppe, weißt du.“

„Ich weiß“, sagte er, und sie warf ihm einen kurzen Blick zu.

„Du weißt viel zuviel", entgegnete sie unruhig. „Ich weiß fast nichts. Du könntest mir wahrscheinlich über vieles Auskunft geben, das ich ... das wir noch nicht wissen."

„Frag mich", sagte er. „Wenn ich kann, werde ich antworten."

Sie gingen in den Salon. Cérise betrat ihn zuerst und schloß die Vorhänge. Der Raum war sauber. Der Tisch war für zwei Personen gedeckt, und auf dem Teewagen standen Kaffee, Croissants, Saft, Südfrüchte und Eier mit Speck.

Madeleine war nirgends zu sehen. Sie war bereits wieder in ihrer eigenen Kammer.

„Weißt du, Speck und Eier sind für dich gedacht. Madeleine ist der Meinung, Männer bräuchten nach einer anstrengenden Nacht eine kräftige Mahlzeit."

„Das ist nett", erwiderte er und setzte sich zu ihr. Er nahm die Kanne und schenkte ihr Kaffee ein. „Du wolltest mich etwas fragen."

Einen Moment lang schwieg sie, versuchte, ihre wirren Gedanken in eine sinnvolle Reihenfolge zu bringen.

„Nimm doch etwas Saft", schlug er vor. „Der tut dir bestimmt gut."

Sie gehorchte.

„Ich werde dir einige Fragen stellen, doch ich scheine sie nicht logisch ordnen zu können. Tut mir leid."

„Oh", entgegnete er mit einem leichten Lächeln. „Logik wird überschätzt, meine Schöne. Ich erwarte nicht besonders viel davon. Fang an."

„Das, das wir gestern gefangen haben. Was ist es?"

Er lehnte sich zurück.

„Ein Sí wie ich. Eine andere Art, aber wir stammen beide von den Na Daoine-maithe. Menschen haben mannigfache Namen für ihn. Meist lebt er in seiner eigenen Welt, außerhalb eurer Realität. In gewissen Abständen kann er die Ebenen wechseln, in diese Welt kommen und Unheil anrichten. Ihr habt ein Konzept für Gut und Böse, moralisch oder unmoralisch – obgleich letzteres der Mode der jeweiligen Zeit unterworfen ist. Unser Konzept ist anders. Wir lieben und erhalten Leben – oder zerstören es. Schwer zu erklären in eurer Sprache. Doch er gehört zu den Zerstörern."

„Was ist mit dir? Wohin gehörst du?" Die Frage verließ ihre Lippen, ehe sie darüber nachgedacht hatte. Er senkte den Blick, schwieg für einen Moment. Ein seltsames Lächeln umspielte seine Lippen.

„Ich bin neutral", sagte er. „Ich schätze und behüte Leben, ich liebe es und brauche es, doch es liegt auch in meiner Natur, es zu nehmen. Ich versuche, mich zurückzuhalten. Ab und zu ist das schwierig. Gestern habe ich fast getötet. Ich ging in meinem Hunger ein wenig zu weit. Aber sie wird überleben. Sie ist jung und stark."

Das hatte sie nicht wissen wollen. Das Croissant schmeckte plötzlich wie Sand. Sie blickte auf ihren Teller und dann wieder hoch.

„Du hast gefragt", sagte er. „Es gehört zu mir wie die Liebe für dich. Ich muß Blut trinken. Ich muß satt sein, wenn ich zu dir komme. Das verstehst du doch, oder?"

Es wurde ihr plötzlich klar. Wann immer er sie besuchte, würde er von einer anderen Frau kommen, die er behelligt, diskreditiert, überwältigt oder sogar ermordet hatte. Sie schluckte. Sie wußte plötzlich nicht, ob sie das ertragen konnte.

Er sah sie an.

„Tut es dir leid, daß du mich liebst?" fragte er. „Du hast die Wahl. Ich kann dich vergessen machen. Es tut nicht weh. Dir nicht. Wenn es dich zu sehr schmerzt ..."

Sie dachte darüber nach. Es würde nicht weh tun? Es würde weh tun, ihn zu verlieren, genauso wie es weh tun würde, sich daran zu erinnern, was er war.

„Nein", sagte sie nach einer Weile. „Vielleicht wäre es moralisch richtig. Doch ich will dich nicht vergessen. Nie mehr. Wir wollen nicht darüber reden. Ich will nichts von den Frauen wissen, die du ... denen du ... ich will nicht wissen, wo du dich ernährst." Sie hielt inne. „Ich will dir noch andere Fragen stellen."

„Ja." Er klang resigniert.

„Das Wesen griff Miss Jarrencourt an. Delacroix wollte, daß sie es beizeiten ausmacht, aber letztlich war sie eher ein Köder. Was wollte es?"

„Sich paaren. Dazu braucht es fast immer zwei. Er kann allein kein Leben schaffen – nicht einmal seine eigene Art Leben. Auch er braucht Weibchen dafür. Einen Körper, in dem seine Nachkommen heranreifen können. Miss Jarrencourt war ideal dafür. Sie ist gerade genug Sí, daß sie seine Saat empfangen kann, und doch so sehr Mensch, daß sie ihn nicht zu bekämpfen vermag."

Sie starrte ihn mit offenem Mund an.

„Sie ist was?"

„Oh", brummte er bedrückt, „ich dachte, du wüßtest das. Ich hätte sonst geschwiegen. Für mich ist es so eindeutig, daß ich vergessen habe, daß du es nicht spüren kannst."

Cérise zwang sich, noch etwas Kaffee zu trinken, ehe sie weitersprach. Der Kaffee war nicht mehr richtig heiß, doch das war ihr in diesem Moment egal.

„Sie ist also wie du?" fragte sie scheinbar desinteressiert und dachte daran, wie Delacroix das Mädchen angesehen hatte. Ihm stand eine nette kleine Überraschung bevor.

Der Vampir wirkte bedrückt.

„Nein. Zum einen sind nicht alle Sí wie ich. Es gibt viele unterschiedliche Arten. Dryaden, Meerjungfrauen, Spektralerscheinungen, Luftgeister, Elementare – wir sind eine weitaus vielseitigere Gattung als ihr Menschen, und alle zusammen sind wir dennoch nur sehr wenige. Miss Jarrencourt ist ein Mensch. Vor Hunderten von Jahren muß mal ein Sí in der Ahnenreihe gewesen sein. Ohne sie näher zu untersuchen, kann ich manches nur erraten, doch ich schätze, sie hat kaum übersinnliche Talente. Höchstwahrscheinlich spürt sie nur die Nachteile. Ich vermute, sie konnte das Haus nicht verlassen, während der Bann aktiv war."

„Das muß es sein. Ich habe mich schon gefragt, warum sie geblieben ist und eingewilligt hat, sich an der Spukjagd zu beteiligen. Solange der Bann aktiv war, konnte sie nicht weg, und der Bann würde nicht verschwinden, bevor das Ding gefangen war."

„Armes Mädchen", sagte er aufrichtig bedauernd.

„Armes Mädchen? Von einer Gruppe von drei Männern laufen ihr bereits zwei völlig hirnlos nach! Orven, dieser spießige Dummkopf, hat Delacroix ihretwegen fast zu einem Duell gefordert. Nicht, daß er das überlebt hätte. Udolf läuft ihr vermutlich nur deshalb nicht auch noch nach, weil er ins Dekolleté ihrer Zofe gefallen ist und nicht mehr herausfindet – und die Kleine ist noch nicht einmal eine Schönheit!"

„Natürlich ist sie nicht so schön wie du, meine Liebste, und du hast keinen Grund zur Eifersucht. Laß ihr doch den einen oder anderen Offizier – oder beide. Was tut das zur Sache? Der tapfere Leutnant würde dich bald langweilen, und mit Delacroix bist du fertig. Sie hat viel Böses durchlitten. Mach es nicht noch schlimmer. Ich habe dir ihr Geheimnis offenbart – damit kannst du sie vernichten. Doch ich glaube nicht, daß du das tun würdest. Sie gehört nicht zu meinesgleichen. Wenn du sie aus der menschlichen Gesellschaft ausstößt, indem du sie verrätst, würde sie das auf immer zerstören."

„Du beschützt sie!" Sie fühlte erneut Eifersucht in sich aufsteigen.

„Ich kann sie nicht schützen. Es ist nicht meine Aufgabe. Doch ich kann auch nicht glauben, daß du sie ans Messer liefern würdest für einen ‚Fehler' in der Ahnenreihe, der Jahrhunderte zurückliegt. Wir haben alle unsere Geheimnisse. Du auch! Du würdest nicht wollen, daß deine allgemein bekannt würden, und sie kann das auch nicht wollen. Es gibt Menschen, die uns zu vernichten suchen, nur weil wir sind, was wir sind. Ich habe die Kraft und die Kenntnisse, diese Menschen zu bekämpfen oder zu meiden. Corrisande fiele ihnen einfach nur zum Opfer."

Sie schwieg eine Weile.

„Du meinst die Bruderschaft?" fragte sie dann.

Sein Kinn sackte vor Überraschung herunter.

„Du kennst sie?"

„Delacroix hat mir davon berichtet. Er gehörte als Kind eine Weile zu ihr."

Ihr wurde klar, daß sie soeben Delacroix' Geheimnis ausgeplaudert hatte, ohne darüber nachzudenken. Er wäre wütend gewesen, hätte er es gewußt.

„Delacroix gehört zur Bruderschaft?" Die Stimme des Grafen hatte sich leicht geändert. Er klang argwöhnisch und gefährlich zugleich.

„Oh nein", versicherte sie. „Er hat sie mit vierzehn verlassen. Er verabscheut sie."

„Guter Mann. Ich glaube, ich fange an, Delacroix zu mögen. Ich wußte freilich nicht, daß man die Bruderschaft verlassen kann – und überleben. Jedenfalls sind im Hotel Mitglieder des Ordens unterwegs. Das Manuskript ist eine zu wertvolle Beute, als daß solch machthungrige Eiferer es sich entgehen lassen könnten."

„Darüber weißt du also auch Bescheid", sagte sie bedrückt. Er wußte zuviel. Sie hatte seine Rolle in den Geschehnissen wahrscheinlich unterschätzt.

„Ja. Ich weiß, was es ist, und ich hoffe, daß es wieder dorthin zurückkehrt, wo es war. Es war dort einigermaßen sicher. Doch ich liebe die Welt schließlich so, wie sie ist und möchte sie gar nicht ändern." Ein sonderbares Lächeln spielte um seine Lippen.

„Weißt du, wo es ist?" fragte sie.

„Nicht genau. Es wurde von drei verschiedenen Magiequellen magisch verborgen. Jede einzelne versuchte, es vor den beiden anderen in Sicherheit zu bringen. Solange einer der Protagonisten es noch zu verbergen sucht, wird es allen anderen auch verborgen bleiben."

„Woher weißt du das?" fragte sie und fühlte, wie ihr Zutrauen langsam schwand.

Er lächelte aufmunternd.

„Ich war nicht dabei. Man hat mir davon berichtet. Ich kann dir nichts über die betreffenden Leute verraten. Sie sind bereits abgereist. Sie haben versucht, das Manuskript zu stehlen und sind gescheitert."

„Du mußt Delacroix erzählen, was du weißt", bat Cérise. „Vielleicht beantwortet es ja einige seiner Fragen."

Er warf ihr einen gepeinigten Blick zu.

„Ich glaube nicht, daß ein Treffen zwischen mir und deinem Colonel eine besonders gute Idee ist. So wie ich ihn einschätze, würde er überreagieren, und dann müßte ich ihn vielleicht töten."

Sie lachte.

„Ich glaube nicht, daß er so leicht umzubringen ist."

Er lachte zurück.

„Ich glaube gern, daß er ein wackerer Kämpe ist. Doch er kann es nicht mit mir aufnehmen."

Sie musterte den schlanken, höflichen Mann und fand das schwer zu glauben. Doch es mußte stimmen. Sie wußte plötzlich, daß er recht hatte.

„Bitte nicht", bat sie. „Er und ich haben unsere Meinungsverschiedenheiten, doch ich möchte nicht, daß er stirbt, und schon gar nicht durch deine Hand."

Er nickte.

Sie legte ihr Besteck weg. Sie würde Delacroix berichten müssen, was sie herausgefunden hatte. Kein Gang, auf den sie sich freute. Bevor sie das Haus verließ, würde sie ihm berichten müssen.

„Es gäbe noch so viel zu sagen, aber ich muß mich fertigmachen und zur Probe gehen. Tut mir leid." Es klang wie ein Rauswurf. Doch sie hatte keine Wahl. „Kommst du heute abend?"

Sie wollte die Hände nach ihm ausstrecken, aber schon kniete er neben ihrem Stuhl und hatte sie in die Arme genommen.

„Ich komme, wenn ich kann, meine Schöne." Er küßte ihren Hals und hielt sie fest. Sie spürte, wie seine Zähne über ihre Haut fuhren, doch er verletzte sie nicht. „Dann kannst du mir noch mehr Fragen stellen, deren Antworten du lieber auch nicht hören würdest."

Er ließ sie los und wandte sich zur Tür, während er seine Sonnenbrille aufsetzte.

„Torlyn", fragte sie, ehe er die Tür öffnete. „Ich hätte dich das schon gestern fragen sollen, aber ich ... war ... abgelenkt. Kannst du ... äh ... menschliche Frauen schwängern?"

„Wenn ich will“, antwortete er und lächelte. „*Au revoir*, meine Schöne.“

Die Tür schloß sich. Sie hoffte, daß er es nicht gewollt hatte.

Kapitel 39

Sie hatten Delacroix nicht geweckt, und er hatte fast fünf Stunden geschlafen, anstatt nur zwei. Er war fast sofort eingeschlafen, sein geschundener Körper nahm die Gelegenheit zur Ruhe wahr, wann immer sie sich bot. Eine Begabung, die ihn sein Soldatenleben gelehrt hatte. Während eines Feldzuges wußte man nicht, wann oder ob man wieder schlafen konnte, und wenn sich die Möglichkeit ergab, ergriff man sie und verplemperte nicht noch lange Zeit mit Grübeln.

Somit hatte er nicht mehr über die Jagd nachgedacht, nicht über den Angriff auf ihn und nicht darüber, wie er sich das Messer ins Fleisch gerammt hatte, und er hatte auch nicht über das Mädchen mit den himmelblauen Augen und den unerwarteten Tränen nachgedacht. Zumindest nicht lange. Nicht sehr lange.

Er hatte geträumt. Sein Traum war düster und grausam gewesen. Er befand sich wieder in der dunklen Weltkugel, in der obsidianschwarze Stalagmiten um ihn herum aus dem Boden emporwuchsen. Es gab keine Sonne, doch ein irreales Licht fiel aus den unterschiedlichsten Richtungen auf seinen Weg. Es war schwierig, Richtungen auszumachen, denn er erkannte weder oben noch unten. Doch er fühlte den Boden unter seinen Füßen, und seine Schritte definierten einen plötzlichen Pfad durch die schwarze Säulenhalle. Die sechseckigen Formen stiegen an ihm vorbei in die Höhe, als wollten sie ihm ihre Ehrerbietung bekunden. Sie wuchsen in einen fast sakralen Säulengang, falschwinklige, gotische Pfeiler und Bogengänge, schön und schimmernd.

Diesmal fühlte er keine Angst, denn er war nicht der Gefangene. Er war der Herr dieser Welt. Er hatte sie annektiert und gewonnen. Sie gehörte ihm, war sein Preis, sein Reich, sein Kosmos. Er hatte nie einen Kosmos besitzen wollen, doch jetzt, wo er ihm gehörte, fühlte sich das gut und richtig an. Ein ungeheuerliches

Machtgefühl durchströmte ihn, zutiefst befriedigend. Es schien ihn selbst größer zu machen, stärker, mächtiger und voller Gier. Gelbliche Punkte schimmerten ihm von der glatten, schwarzen Oberfläche des Steins entgegen, und er verstand, daß es sich um Spiegelbilder seiner eigenen gierigen Augen handelte, die seinen Blick erwiderten.

Er erreichte das Herz des Tempels. Hier stand ein Opfertisch. Er erkannte das blaue Kleid, noch ehe er das Gesicht des zu opfernden Wesens sah. Sie gehörte ihm. Er konnte mit ihr tun, was er wollte. Er fühlte Gier und Lust in sich hochsteigen, sein Körper reagierte heftig, wollüstig. Sie lag bewegungslos da, lief nicht fort, lag nur und wartete. Etwas anderes blieb ihr nicht, denn sie war ganz aus weißem Marmor. Doch er mußte sie nur berühren, um sie zum Leben zu erwecken, dann konnte er sie nehmen, sie erobern und in sie stoßen wie ein Feind in neues Gebiet. Er konnte sie für ihre zierliche Hilflosigkeit bestrafen und für das irritierende Schuldgefühl, das sich tief unten in ihm rührte und mit dem er nichts zu tun haben wollte.

Er erstieg den Altar, kniete über ihr, klemmte ihren zarten Körper zwischen seinen Knien ein. Seine starken Hände berührten ihre Marmorbrüste. Unter ihnen wurde sie lebendig. Er spürte ihre Körperwärme, ihre Atmung und die sanften Rundungen unter seinen Handflächen. Tränen strömten aus ihren Augen, rieselten zu Boden, den sie als perfekte Perlen trafen. Sie klangen wie kleine Glöckchen, wenn sie auf den Steinboden aufschlugen. Ihre blauen Augen sahen ihn an. Ihre Lippen bewegten sich. Sie flehte: „Bitte nicht!“, und er erinnerte sich, wo er diese Bitte schon gehört hatte.

Plötzlich hielt er einen brennenden Dolch über sie. Er mußte sie töten. Es war notwendig. Das Messer berührte sie, glitt in ihr Fleisch, und sie begann lichterloh zu brennen. Sie schmolz wie Wachs, strömte von ihm fort in wäßrigen, tränengleichen Bächen, und er kniete auf einem leeren Opfertisch und blickte hinab auf einen brennenden Ozean aus geschmolzenem Fleisch, das sich ausbreitete, um ihn herumfloß und seine schwarzsteinerne Insel mit steigender Flut umspülte. Tosende Wellen brachen sich am Stein. Er würde in ihr ertrinken. Wasser war mächtiger als Stein.

Dann erwachte er. Es war früher Morgen. Man hatte ihn schlafen lassen. Er brauchte eine Weile, seine Gedanken von dem Traum zu lösen. Ihre bittende Stimme hallte in seinem Geist wider, zusammen mit dem Glockenschlag ihrer Tränen.

Was für ein Alptraum. Er hatte schon geraume Zeit keinen wirklich schlimmen mehr gehabt. Seit seinem schrecklichen Erlebnis als Kind suchten ihn gelegentlich Alpträume der widerlichsten Art heim. Oft versuchten sie, ihm etwas zu sagen, das er weder verstand noch zu deuten gelernt hatte. Dann und wann begriff er die wilde Symbolik, wenn das Ereignis eintraf oder wenn das Verständnis nicht mehr wichtig war.

Er haßte diese Träume. Sie stellten ihn stets als wilde, reißende Bestie dar, als brutalen Gewaltmenschen und rücksichtslosen Mörder. Er sah sich nicht so. Er tötete nicht ohne Anlaß und schon gar nicht arglistig. Er war Soldat, kein Meuchelmörder.

Er stand auf und wusch sich, genoß das erfrischende Wasser auf der Haut. Ihm war heiß. Jedes Mal, wenn er einen solchen Traum hatte, lief er fiebrig heiß an, als lodere etwas tief in ihm. Er rasierte sich, zog sich an und sah auf seine Taschenuhr. Es war Zeit, ins andere Zimmer zu gehen und seinen Teil der Wache zu übernehmen. Sie mußten zu einer Entscheidung kommen, wie es weitergehen sollte. Sie brauchten das Manuskript, und das Wesen, das sie gefangen hatten, besaß den Schlüssel dazu. Nur – wie kommunizierte man mit einem Scheusal in einer Schachtel?

Er trat aus seinem Zimmer und schloß es ab. Vielleicht war das unnötig, denn die Tür war noch magisch gesichert.

Er klopfte an der anderen Tür und rief: „Ich bin's. Lassen Sie mich rein."

Es dauerte ein wenig, dann öffnete sich die Tür. Udolf stand im Rahmen und zielte mit der Pepperbox direkt auf sein Herz.

„Sie sind es wirklich", sagte er und ließ die Waffe sinken. Er sah todmüde und unrasiert aus, sein Gesicht war dunkel vor Bartstoppeln. Er trat zur Seite und ließ Delacroix ein.

Der Behälter stand noch auf dem Tisch, und ein feiner, kaum wahrnehmbarer Schimmer umgab ihn. McMullen döste im Sessel und wachte eben auf.

„Muß eingenickt sein", sagte er und lächelte schuldbewußt. „Wir hatten eine ruhige Nacht. Der Wiatruschod ist geblieben, wo er hingehört, und kein einziger machthungriger Geistesgestörter hat versucht, ihn zu entwenden. Haben Sie gut geschlafen?"

Delacroix nickte.

„Danke der Nachfrage. Sie haben mich zu lange schlafen lassen. Es hat mir gutgetan. Wenngleich ich auch ..." Er brach ab. „Jedenfalls werde ich jetzt übernehmen. Sie können gehen und sich ausruhen, meine Herren", sagte er zu den beiden Leutnants, die sehr müde wirkten. Der Bluterguß in Askos Gesicht hatte sich lila verfärbt und bis unter sein Auge ausgebreitet.

Die jungen Offiziere widersprachen nicht, standen nur auf und wandten sich zur Tür.

„Gute Nacht", sagte von Görenczy.

„Süße Träume", wünschte Delacroix lächelnd.

„Oh ja", antwortete der Chevauleger, wollte noch etwas sagen, überlegte es sich dann aber doch anders. Er schmunzelte. Delacroix hoffte, daß er so viel Verstand haben würde, die Zeit für etwas Ruhe zu verwenden und nicht für einen Besuch bei Miss Jarrencourts Zofe. Groß war die Hoffnung allerdings nicht.

Von Orven nickte nur. Er brauchte Schlaf. Er hatte immerhin noch etwas vor an diesem Tag – Miss Jarrencourt in allen Ehren von seinen noblen Absichten zu überzeugen.

Der Colonel holte Luft, sog sie zwischen den Zähnen ein.

Die beiden verließen den Raum und schlossen die Tür hinter sich.

„Was ist Ihnen denn über die Leber gelaufen?" fragte McMullen. „Die Miene kenne ich nur zu gut. Irgend etwas läuft nicht nach Plan."

Delacroix prüfte seine Waffe und ließ sich auf einem strategisch günstigen Platz nieder, von dem aus er sowohl die Tür als auch den Balkon beobachten konnte. Er streckte seine langen Beine aus.

„Sie kennen mich viel zu gut", sagte er, „um darauf eine Antwort zu erwarten."

„Ich bekomme meine Antwort schon noch. Ich bekomme sie immer. Wer ist die *femme fatale*? Die entzückende Miss Jarrencourt? Einer der Jungs scheint sie ja sehr zu verehren."

„Oh ja", kommentierte Delacroix trocken, „und er hat keine Ahnung, worauf er sich einläßt. Ich nehme an, ich sollte es Ihnen sagen." Er holte tief Luft und sagte dann nichts, wußte nicht, wie er anfangen sollte.

Das Schweigen zog sich.

„So schlimm?" fragte McMullen nach einiger Zeit. „Hat sie das Löwenherz des harten, kalten Delacroix berührt? Sie müssen sie mir unbedingt vorstellen."

„Nun", entgegnete Delacroix grimmig. „Egal, was sie mit meinem Herz gemacht hat, das unseres Magiers hat sie sehr elegant mit einem Messer durchbohrt. Ich habe schon lange niemanden mehr so gut Messer werfen sehen."

McMullen starrte ihn verblüfft an.

„Ich dachte, Sie hätten ihn getötet?"

„Nein. Er hatte mich in seiner Gewalt. Ich konnte mich nicht rühren. Er war damit beschäftigt, mir langsam und genüßlich den Garaus zu machen."

„Aber von Orven sagte ..."

„Von Orven weiß es nicht, und wenn ich es ihm sagen würde, er würde es mir nicht glauben. Er hält sie für eine rührende kleine Unschuld. Ich hingegen habe Grund zu der Annahme ... ach, ich weiß nicht, was ich glauben soll."

Er wiederholte, so gut er konnte, die einseitige Konversation, die er mit Vonderbrück gehabt hatte, und beschrieb die Szene.

„Haben Sie sie denn mit den Anschuldigungen Vonderbrücks konfrontiert?"

Konfrontiert ja – auf gewisse Weise. Doch er wußte nicht, wie er diese Art von Konfrontation in Worte fassen sollte. So schwieg er zunächst.

„Ah", sagte McMullen, „offenbar ist sie nicht zusammengebrochen und hat Ihnen alles über sich gebeichtet."

„Sie ist zusammengebrochen und hat geweint. Gesagt hat sie nichts."

„So was." McMullen lächelte amüsiert. „Ist sie so hartnäckig oder haben Ihre inquisitorischen Maßnahmen diesmal nicht richtig gewirkt? Ich habe immer geglaubt, Sie könnten selbst einem Stein noch Informationen entlocken."

Delacroix sah ihn wütend an. McMullen und er arbeiteten schon lange zusammen. Seit dem Krimkrieg hatten sie gemeinsam Sondereinsätze bestritten, und so war ihre Freundschaft über die Jahre zu etwas Besonderem herangereift. Dennoch war der Meister des Arkanen immer wieder erschreckend klug. Seine hochempfindlichen Instinkte gehörten zu seiner Ausbildung, doch die Art und Weise, wie er Menschen – auch Delacroix – durchschaute, war mitunter maßlos irritierend.

„Selbst ich habe meine Grenzen. Miss Jarrencourt hatte einen schweren Tag. Sie wurde auf ekelhafte Weise von diesem Wesen attackiert. Ich spreche von Vergewaltigung – oder zumindest versuchter Vergewaltigung. Sie wurde zweimal versteinert. Ich selbst habe sie beinahe erstochen, und nach Vonderbrücks Tod war ich nicht eben sanft zu ihr."

„Oh je. Hat der wilde Krieger wieder mal über den Ehrenmann obsiegt? Haben Sie ihr sehr weh getan?"

Die Frage klang neutral, doch wieder fand Delacroix es schwierig, sie zu beantworten. Es gelang ihm nicht, McMullen in allen Details zu berichten, was geschehen war. Wahrscheinlich, weil es nie hätte geschehen dürfen. Unter dem neugierigen Blick des älteren Kameraden riß er sich zusammen und erwiderte mit fast klinischer Reserviertheit: „Körperlich nicht. Vielleicht hat sie ein paar blaue Flecken an den Schultern davongetragen." Er hatte sie außerdem in die Lippe gebissen, dort würde sie auch eine

Kampfspur aufweisen. Doch er sagte nichts dazu, fletschte nur die Zähne in einem Ausdruck, den man auch unter den großzügigsten Gesichtspunkten nicht mehr als Lächeln bezeichnen konnte.

McMullen sah ihn mit hochgezogener Braue an.

„Wenn Sie ihr körperlich nicht weh getan haben, wie dann?"

Delacroix schwieg. Er sah wieder vor sich, wie sie sich unerwartet weinend hingekauert hatte, die Arme über dem Kopf, wie beim ersten Angriff des Monsters. Sie hatte Angst gehabt, er würde sie schlagen. Er hatte ihr keine Knochen gebrochen, doch zumindest für einige Minuten hatte er ihren Mut und ihren Stolz verletzt. Sie hatte sich wieder gefangen. Verwundet, doch nicht besiegt.

„Nun", sagte McMullen, als Delacroix nicht antwortete, „ich werde heute noch mit ihr reden müssen. Sie muß mir mehr über den Angriff erzählen. Den des Monsters", fügte er mit einem spöttischen Lächeln hinzu. „Ich möchte mit ihr auch über ihr ungewöhnliches Talent sprechen. Sehr befremdend."

„Seien Sie vorsichtig. Sie wirkt harmlos, aber sie ist gefährlich."

McMullen sah ihn nachdenklich an. Dann blickte er auf seine Hände und konzentrierte sich darauf, seine Pfeife zu stopfen.

„Wenn sie gefährlich ist, dann hat sie ihre Tarnung für Sie auffliegen lassen."

Der Satz verletzte Delacroix' Stolz. So hatte er das noch nicht gesehen. Er fühlte sich unwohl.

„Möglich", erwiderte er. „Vielleicht war es aber auch einfacher, Vonderbrück zu erstechen, während er noch auf mich konzentriert war, als abzuwarten, bis ich tot war. Seine Machtdemonstration hat ihm soviel Spaß bereitet, daß er gar nicht in ihre Richtung sah."

„Wir werden sehen. Ich kann sie mesmerisieren, dann muß sie mir alles erzählen, was wir wissen wollen. Das heißt allerdings, daß ich dazu eine Gelegenheit finden muß, bei der ihr glühender Bewunderer nicht in der Nähe ist. Als anständiger junger Mann, der er nun mal ist, würde er sie gewiß beschützen wollen, und das heißt auch, daß Sie sie mir zuführen müssen. Würden Sie das tun?"

Delacroix schaute bedrückt.

„Wenn es sein muß", sagte er. „Können wir ohne sie auskommen?"

„Nur, wenn Sie ohne jeden Zweifel sicher sind, daß sie nichts mit unserer Sache zu tun hat. Sind Sie sich da sicher?"

Er schüttelte den Kopf. Sicher war er nicht. Er wußte nur, daß er sie nicht entführen und zu McMullen schleppen wollte. Dabei fand er noch nicht einmal seinen eigenen Beitrag an der Sache am schlimmsten. Schlimmer war der Gedanke, daß der Meister des Arkanen sie unter einen Bann setzen würde, der ihren Willen lähmte, um die Antworten direkt aus ihrem Geist zu reißen, während sie völlig hilflos und wehrlos war. Dieser Angriff wäre fast noch entsetzlicher als der, den sie durch ihn erlitten hatte. Es war eine Art Gewalt, die man ihr antat.

Er merkte, daß McMullen ihn gespannt betrachtete. Verdammt. Seine Instinkte waren zu fein.

„Wir haben andere Probleme als Miss Jarrencourt. Da ist noch die Bruderschaft. Ich muß sagen, ich bin überrascht, daß sie uns noch nicht angegriffen hat."

„Wir haben noch nicht das, was sie wollen", entgegnete McMullen. „Zweifellos möchten sie lieber warten, bis wir das Manuskript haben. Allerdings muß ich gestehen, daß ich im Moment nicht weiß, wie wir es ergattern sollen. Ich spüre seine Nähe, doch es ist unerreichbar. Wenn der Wiatruschod es magisch verborgen hat, weiß ich nicht, wie wir das Wesen zur Herausgabe zwingen sollen. Sein Tod mag den Bann aufheben, aber nicht einmal dabei bin ich mir sicher, und ich wüßte auch nicht, wie man es tötet. Sie haben es in die Schachtel gebannt, doch während es da drin ist, können wir ihm nichts tun, und es freizulassen wäre gewiß falsch. Ich bin keineswegs sicher, daß mein Bannkreis es ohne die Schachtel festhalten kann. Ganz ehrlich – wir haben ein Problem."

„Vielleicht sollten wir Dr. Steinberg befragen. Er sagte, er sei Experte auf dem Gebiet. Es ist allerdings möglich, daß auch er in die Sache verstrickt ist, obgleich ich ihn seit seinem Besuch nicht mehr gesehen habe. Die Art, wie er Udolf durch die Finger geflutscht ist, war erstaunlich. Ich habe bei der Rezeption gefragt. Ein Dr. Steinberg hat seine Praxisräume ganz in der Nähe und wird gelegentlich gerufen, wenn ein Hotelgast medizinische Hilfe braucht. Dieser Teil der Geschichte stimmt also."

„Aber Sie trauen ihm nicht?"

„Er war zu freundlich und viel zu interessiert", bemerkte Delacroix bissig.

„Ich hätte gedacht, ‚freundlich und interessiert' wäre eine Grundvoraussetzung für einen Arzt", gab McMullen zurück. „Doch ich vertraue Ihren Instinkten. Wenn Sie sagen, mit ihm stimmt etwas nicht, dann sollten wir vorsichtig sein. Wir könnten meine Loge konsultieren, doch meine Kollegen und wissenshungrigen Logenbrüder würden sich wohl kaum auf Abstand halten lassen – oder von Ihnen befehlen lassen, was wie zu geschehen hat."

Es klopfte.

Delacroix zielte auf den Eingang und rief: „Herein!"

Die Tür öffnete sich, und Cérise Denglot trat ein. Sie trug ein lila Kleid mit schwarzen Zierspitzen und einen unglaublich feschen Hut voller wippender exotischer Federn. Sie hielt sofort an, als sie sah, daß ihr ehemaliger Liebhaber auf ihr Herz zielte.

„Wirklich, Delacroix", beschwerte sie sich, „du mußt aufhören, Waffen auf mich zu richten, wann immer ich einen Raum betrete. Es sieht fast aus, als machtest du das mit Absicht. Guten Morgen, Mr. McMullen, wie schön, Sie zu sehen."

„Guten Morgen, Mlle. Denglot", entgegnete der Schotte. „Sie sehen wie immer betörend aus."

Das tat sie wirklich, bemerkte Delacroix. Sie strahlte geradezu. Er wußte, was das bedeutete, und starrte sie höhnisch an. Der Magier hatte es beinahe richtig formuliert. Nur die grammatische Form war falsch. ‚Betört' traf die Wahrheit eher als ‚betörend'. Sie sah aus, als hätte sie eine außerordentlich gute Nacht hinter sich.

„Danke. Sie sind zu freundlich. Ich wollte Ihnen nur schnell noch etwas mitteilen."

„Tatsächlich“, murmelte Delacroix.

„Tatsächlich!“ wiederholte Cérise und lächelte süß und nur ein klein wenig boshaft. „Wegen des Manuskripts. Es ist von drei verschiedenen Magiequellen weggezaubert worden, und man kann es nicht zurückbekommen, solange noch auch nur eine der Quellen es versteckt halten möchte.“

Die beiden Männer starrten sie an.

„Woher wissen Sie das, Mlle. Denglot?“ fragte McMullen.

Sie schenkte ihm ein rätselhaftes Lächeln.

„Ich habe da meine Mittel und Wege ...“

„Da möchte ich wetten“, antwortete Delacroix. „Kannst du dich diesmal an deine Mittel und Wege erinnern?“

„Sehr sogar. Gern sogar. Ausnehmend gern sogar.“

„Da bin ich ja froh.“ Er sprang auf und stürmte auf sie zu.

„Meine lieben jungen Freunde!“ verhinderte McMullen den drohenden Wortwechsel. „Verderben Sie mir nicht diesen friedlichen Morgen. Mlle. Denglot, Sie wissen ganz genau, daß ich die Quelle Ihrer Information kennen muß. Wenn Sie den Herrn nicht nennen möchten, dann bringen Sie ihn das nächste Mal mit. Wenn Sie darüber nachdenken, werden Sie einsehen – da bin ich mir sicher –, daß ich Ihnen das nicht ersparen kann. Delacroix, nehmen Sie wieder Platz und richten Sie Ihre Waffe in eine andere Richtung. Sie werden doch nicht einen von uns niederschießen wollen.“

„Aber sicher sind Sie sich da nicht, nicht wahr?“ kommentierte Cérise giftig, drehte sich auf dem Absatz um, während ihre weiten Seidenröcke raschelnd um sie schwangen. „Ich komme nach der Probe wieder vorbei.“ Sie war durch die Tür und davon, ehe Delacroix sie erreichen konnte. Er versuchte, ihr zu folgen, um sie zurückzuholen, doch die Tür war mit einem Mal aus Stein. Er konnte sie nicht öffnen.

„Nehmen Sie Platz, mein Freund“, befahl der Magier freundlich, „und erzählen Sie mir, was das jetzt gerade zu bedeuten hatte.“

Kapitel 60

Corrisande fuhr schreiend aus dem Schlaf hoch, als jemand sie an den Schultern packte und schüttelte. Die Realität des neuen Tages brach mit schmerzhafter Vehemenz über sie herein, und nach einem Augenblick desorientierter Verwirrung war alles, was sie über sich herausgefunden hatte und was ihr am Tag zuvor geschehen war, wieder mit einem Schlag in ihren Gedanken. Einen Augenblick lang glaubte sie, Delacroix sei da und griffe sie erneut an. Doch ihr Blick fand Eliza, deren erbostes Gesicht viel zu nah über dem ihren schwebte. Ihre Begleiterin hielt sie bei den Schultern, und ihre dünnen, eleganten Finger bohrten beinahe Löcher in ihre Blutergüsse.

„Was hast du nur getan!" zischte die Dame. „Du hast mir Gift gegeben! Du hättest mich umbringen können, du dummes Mädchen!" Ihre grauen Augen funkelten vor Wut, und ihre Lippen waren zu einem dünnen Strich zusammengezogen.

„Laß mich los. Ich erkläre dir alles", antwortete sie. „Du tust mir weh. Ich bin voller blauer Flecken."

„Gut, und ich war voller Schlafpulver. Wie konntest du! Gute Güte! Wie konntest du nur!"

„Es tut mir leid. Wirklich, es tut mir sehr leid. Aber ich hatte keine Wahl. Also laß mich jetzt los! Du bohrst mit den Fingern genau in meine Blutergüsse."

„Blutergüsse?" fragte Eliza. „Wo hast du die her? Was hast du getan?"

„Das ist eine lange Geschichte. Wie spät ist es?"

„Schon nach zwölf. Ich habe über achtzehn Stunden geschlafen!"

„Schön", entgegnete Corrisande trocken, „das erklärt, warum du jetzt so furchtbar lebhaft und fidel bist."

Elizas Hände lösten sich von ihren Schultern und schwebten einen Moment neben ihrem Gesicht. Corrisande war sicher, daß ihre Nenntante ihr gleich eine Ohrfeige geben würde. Doch sie riß sich zusammen. Ihr gutes Benehmen hielt jeder Herausforderung stand.

Corrisande sah sie an. Eliza war angekleidet und ausgehfertig. Sie sah forsch und rege aus – und sehr ärgerlich. Doch offenbar ging es ihr gut. Sie sah weder krank aus noch irgendwie leidend. Im Gegenteil. Sie wirkte weitaus munterer, stärker und bereiter für den Tag als Corrisande.

„Du siehst abscheulich aus", sagte Mrs. Parslow und bemerkte erst jetzt, daß ihr Schützling halb angekleidet im Bett lag. „Warum um alles in der Welt hast du kein Nachthemd an? Dein Haar ist völlig verwüstet. Du hast es gestern wohl nicht gebürstet? Deine Augen sind verquollen, und du hast einen kleinen Kratzer an der Lippe. Letzterer", sie klang ein wenig spöttisch, „verleiht dem Rest deines Aussehens eine gewisse Pikanterie und interessiert mich deshalb besonders. Wer war das?"

„Ich erzähle dir gleich alles", versprach Corrisande im Versuch, Zeit zu schinden. „Laß mich mich erst einmal waschen und anziehen. Ich fühle mich furchtbar."

„Das freut mich ungemein. Manche Dinge tragen ihre eigene Bestrafung in sich, und seine Freundin zu vergiften ist weder fein noch vornehm, meine liebe Corrisande. Du hast noch den ganzen Nachmittag Zeit, dich anzuziehen. Jetzt will ich erst einmal Antworten hören. Warum hast du mich betäubt?"

Sie hätte sich längst eine gute Ausrede einfallen lassen sollen. Doch sie hatte schlichtweg keine Zeit dazu gehabt, und jetzt war ihr Gehirn völlig leer. Üblicherweise war sie eine begnadete Lügnerin. Entschuldigungen und plausible Erklärungen für selbst die bizarrsten Ereignisse waren etwas, das sie sonst jederzeit parat hatte.

Nur jetzt war nicht eine Idee in ihrem Kopf, und Eliza ließ ihr keine Zeit zum Nachdenken.

„Raus damit. Nur nicht zu lange grübeln, sonst glaube ich dir gar nichts. Ich will die Wahrheit!“

Corrisande seufzte.

„Ich habe dir einen Schlaftrunk verabreicht, damit ich mit den Offizieren die Bestie jagen gehen konnte. Ich hatte weder Zeit noch Lust, das auszudiskutieren, und ich wußte, wir würden uns nur darüber streiten, wenn ich versuchen würde, dir die Notwendigkeit meiner Präsenz bei der Sache klarzumachen. Ich hätte dich auch nicht mitnehmen können. Du wärst nur im Weg gewesen. Es war alles auch ohne zusätzliche Querelen schlimm genug.“

„Schlimm genug?“ antwortete Eliza in eisigem Ton. „Weswegen bestand denn die ‚Notwendigkeit deiner Präsenz bei dieser Sache‘, und was hat das damit zu tun, daß du heute morgen ein so seltsames Bild abgibst?“

Corrisande setzte sich auf und begann, sich auszuziehen. Das veranlaßte Eliza keineswegs, den Raum zu verlassen. Sie ignorierte es vollständig. Sie hatte offenbar beschlossen, daß es nicht geschah.

„Als du gestern unterwegs warst, kam das Wesen zurück und hat mich auf ekelhafte Weise angegriffen. Körperlich. Es ist mir mit seinen Tentakeln in die Kleider und die Beine hochgefahren.“

Sie wunderte sich, daß sie das Erlebte so einfach hatte sagen können. Der Bericht klang so sachlich, geradezu kühl. Sie fühlte sich jedoch weder sachlich und noch kühl. Der Gedanke allein widerte sie an.

„Du lieber Gott!“ rief Eliza entsetzt aus. „Hat es …? Was hat es …?“

„Es hat versucht, mich zu …“ Schänden. Sie wollte es genauso unemotional aussprechen, doch es gelang ihr nicht. Manche Worte waren unsagbar. Zumindest vor Eliza – und auch vor jedem anderen. „Es hat versucht, mich zu … nötigen … es hat versucht, mich zu rauben, mich in sein Reich mitzunehmen, um dort mit mir … Delacroix, ich meine, die Offiziere haben ihr Leben riskiert, um mich zu retten. Dafür schuldete ich ihnen etwas.“

„Gar nichts hast du ihnen geschuldet. Wenn du hättest abreisen können, wärst du gar nicht erst angegriffen worden, und erzähl mir nicht, daß sie damit nichts zu tun hatten!"

Corrisande stand auf und ging hinter den Paravent, um sich fertig auszukleiden und zu waschen. Doch auch das veranlaßte Eliza nicht, sie allein zu lassen.

„Nicht direkt. Sie hatten einen Magier mit im Team, und er mag wohl verantwortlich dafür gewesen sein – und noch eins, Eliza. Solltest du noch einmal in meinem Namen einen Mord in Auftrag geben, wirst du mehr als nur drei Tropfen Schlafmittel in deinem Tee finden. Das meine ich bitterernst."

Sie musterte ihre Gesellschafterin durch die Scharnierspalten des Paravents, wurde jedoch enttäuscht. Eliza lächelte nur.

„Droh mir nicht. Was ich tat, habe ich für dich getan. Dein Vater hätte genauso gehandelt. Manchmal bist du einfach zu weich und nachgiebig, um zu tun, was nötig ist. Ungewöhnliche Situationen erfordern ungewöhnliche Maßnahmen."

Corrisande wäre gerne hinter ihrem kleinen Schutzwall hervorgesprungen, um ihrer Gesellschafterin in ihr selbstzufriedenes Gesicht zu schreien. Doch sie war inzwischen vollständig nackt und zu schamhaft, um so ihr Versteck zu verlassen.

„Ich bin vielleicht weich und nachgiebig, doch wenigstens morde ich nicht ohne Gewissensbisse."

Das stimmte nicht. Sie hatte in der vergangenen Nacht einen Menschen getötet, und ihr Gewissen drückte sie nicht. Sie verspürte eher ein Gefühl von Verlust, als hätte sie ihre innere Reinheit verloren. Der Mann, den sie ermordet hatte, tat ihr nicht leid, vielmehr bedauerte sie, zu so einer Tat gezwungen gewesen zu sein. Sie hätte diese Erfahrung in ihrem Leben nie machen wollen.

„Wen beschuldigst du hier des Mordes?" zischte Eliza. „Ich habe niemanden ermordet. Ich habe einen Brief geschrieben. Das war alles."

„Das war alles, was nötig war. Jedenfalls hat Delacroix überlebt, und zudem weiß er von dem Brief. Du hast alles nur noch schlimmer gemacht."

„Wenn er von dem Brief weiß, muß man ihn zum Schweigen bringen. Dein Vater würde ihm keinesfalls gestatten, mit einem solchen Wissen weiterzuleben, und ich werde es auch nicht erlauben."

Corrisande fühlte, wie ihr kalt ums Herz wurde.

„Wenn du dem Mann auch nur ein einziges Haar krümmst, Eliza, dann verspreche ich dir, daß meine Weichheit und Nachgiebigkeit schnell an ihre Grenzen stoßen. Laß ihn in Ruhe. Delacroix ist mein Problem. Hörst du? Meines!"

Eliza rümpfte verdrießlich die Nase.

„So, so", sagte sie und glättete mit der Hand ihr Kleid. „Es klingt, als sei er wirklich dein Problem. Hat er dir dieses Liebesmal auf die Lippen gesiegelt? Halte mich bitte nicht für beschränkt, mein Engel. Ich weiß, was es ist. Ich war einmal eine verheiratete Frau. Ich kenne mich aus. Also, was ist mit diesem Delacroix?"

Corrisande schwieg.

„Nichts", sagte sie nach einer Weile. „Gar nichts. Laß ihn in Ruhe. Er würde nur noch gefährlicher, als er schon ist, wenn du noch einmal versuchst, ihn beseitigen zu lassen. Unterschätze ihn nicht. Zum einen ist er nicht allein, zum anderen ..." Sie hielt inne, wußte nicht, was sie sagen sollte. Daß sie nicht wollte, daß er starb? Daß sie den Gedanken, sein Blut an den Händen zu haben, nicht ertragen konnte? „Laß ihn zufrieden. Sie haben ihr Monster gefangen. Also werden sie bald abreisen, und dann können wir wieder zur Tagesordnung übergehen und mit unseren Plänen weitermachen. Wir können all das hier vergessen."

Ihr wurde klar, daß sie es nie mehr vergessen würde. Der vergangene Tag war in ihr Gedächtnis eingestanzt und würde für immer dort bleiben, mit all seinem Schmerz, seiner Angst und seiner Erniedrigung. Das konnte sie Eliza jedoch nicht sagen.

Sie sah unverwandt in den Spiegel über dem Waschtisch, versuchte, ihr Gesicht mit der Unvoreingenommenheit eines völlig

Fremden zu betrachten. Sie hatte sich verändert. Natürlich spielten ihr zerwühlter Zustand und ihre geschwollenen Augen eine Rolle dabei. Doch sie fand den süßen Unschuldsblick, den sie so lange kunstfertig der Welt gezeigt hatte, nicht mehr in ihren Zügen. Ihre Augen wirkten argwöhnisch und gejagt. Die Wunde an ihrer Lippe war winzig, konnte wirklich nur jemandem mit einem allzu mißtrauischen Naturell auffallen. Marie-Jeannette konnte sie überpudern, und wenn sie dann überhaupt noch sichtbar war, würde von Orven wahrscheinlich denken, er sei es gewesen und würde vor Peinlichkeit sterben.

Sie musterte ihre Schultern. Dunkelblaue Flecken hatten sich gebildet, wo Delacroix' Finger sich in ihr Fleisch gepreßt hatten. Seine Pranken waren wie Waffen. Sie wußte nicht, ob er ihr mutwillig weh getan hatte oder ob er in seiner bitteren Wut weitergegangen war, als er wollte, und plötzlich liefen ihr wieder Tränen übers Gesicht, und sie stand reglos vor dem Spiegel und rang um Fassung. Eliza durfte nichts merken.

Sie atmete tief ein und rieb sich ihr Gesicht mit einem Waschlappen ab. Dabei verschwanden alle Tränenspuren.

Aus dem Hintergrund hörte sie wieder Elizas verärgerte Stimme: „Vergessen? Du sagst, ich soll alles vergessen? Bevor ich anfange zu vergessen, wüßte ich gerne erst einmal, was eigentlich geschehen ist." Ihre Stimme klang abgehackt und bestimmt. „Ich bin nicht so dumm, wie du glaubst, mein Kind. Was bedeutet dir dieser Mensch?"

Was für eine Frage. Sie konnte sie nicht beantworten, wußte nicht wie. Was bedeutete er ihr? Ein Mann, der erst am Vorabend in ihr Leben getreten war und dessen Berührung etwas in ihr geweckt hatte. Anfangs.

„Raus damit!" drängte Eliza. „Hat er sich danebenbenommen? Ist er aufdringlich geworden? Intim? Zärtlich?"

Intim? Zärtlich? Das waren kaum die richtigen Worte. Intimität und Zärtlichkeit mußten etwas anderes sein, nicht so ein gewalttätiger Übergriff. Sie wußte es nicht. Vielleicht war Leidenschaft immer gewalttätig. Irgendwann würde sie Eliza fragen. Nur nicht heute. Auf keinen Fall heute.

„Er hat mich geküßt."

„Geküßt? Das hast du zugelassen?" Eliza klang weniger schokkiert als verärgert.

„Glaub mir, er hat mich nicht um Genehmigung ersucht. Sprechen wir von etwas anderem. Es ist unwichtig."

Natürlich war es wichtig. Es konnte nicht unwichtig sein.

„Heißt das, er hat dich gegen deinen Willen angesprungen? Oder macht er dir den Hof? Wird er dir einen Antrag machen?"

„Nein." Sie hielt mitten in der Bewegung inne und starrte auf den Waschlappen. Dann schmunzelte sie. „Von Orven wird mir vielleicht einen machen."

Sie lachte, als sie das überraschte Schnaufen von der anderen Seite des Paravents hörte.

„Von Orven? Der blonde Jüngling? Warum?"

„Weil ich ihn geküßt habe. Es war die einzige Möglichkeit, ihn aus einer magischen Betäubung zu holen, hat man mir gesagt."

„Hat wer gesagt?"

„Delacroix."

„Also wirklich!" Elizas Stimme bebte vor Entrüstung. „Hat er dich sonst noch irgend jemandem angeboten? Oder ist das schon das Ende der Liste?"

Er hatte sie einem Dämon als Lockvogel angeboten, dachte Corrisande, doch sie sagte es nicht. Es gab so vieles, das besser ungesagt blieb, und noch mehr, bei dem sie sehr vorsichtig sein mußte. Vor allem mußte sie sicherstellen, daß Eliza nicht einfach über ihren Kopf hinweg entschied und tat, was immer sie für richtig hielt.

„Nein, das war alles. Ich hatte gestern einen schauderhaften, ermüdenden und nervenaufreibenden Tag. Ich will das alles so schnell wie möglich vergessen. Wenn du mich läßt."

Sie begann, sich frische Wäsche anzuziehen.

Eliza war noch nicht fertig.

„Was wirst du tun, wenn dieser junge Mann herkommt, um über seine eventuell ernsten Absichten zu sprechen? Wirst du ihm Hoffnungen machen?“

„Ich weiß es nicht. Er ist hübsch, fürsorglich und sehr hingebungsvoll. Ich werde um Bedenkzeit bitten. Er kann ja kaum erwarten, daß ich mich nach einem Tag Bekanntschaft entscheide. Nicht einmal nach einem solchen Tag. Er ist anständig und lieb. Er wird geduldig warten.“

„Darf ich dich daran erinnern, mein Engel, daß wir nicht hergekommen sind, um dich an einen liebeskranken kleinen Leutnant zu verschwenden? Du bist hergekommen, um eine wirklich gute Partie zu machen, und du hast das Zeug dazu, eine brillante Verbindung einzugehen, wenn du dich erst ein wenig erholt hast. Ich kann nicht behaupten, daß dieser junge Mann irgendwie auf unserer Liste der in Frage kommenden Aspiranten auf deine Hand stünde.“

Nein, das tat er wahrlich nicht. Sie glaubte nicht, daß er reich war. Vielleicht nicht arm, aber gewiß nicht wohlhabend und einflußreich. Höchstwahrscheinlich verfügte sie selbst über größere Ressourcen, selbst wenn sie die Mitgift, die ihr Vater ihr versprochen hatte, nicht mitzählte.

Doch machte das einen Unterschied? Als sie ihre kurze, recht erfolgreiche kriminelle Karriere beendet hatte, um zu heiraten und ein normales Leben zu führen, hatte sie es nicht primär um des Geldes willen getan. Sie wollte ein friedliches, sicheres Leben und Liebe – oder doch zumindest Verständnis und Respekt. Jemanden, auf den man sich verlassen konnte, einen Mann, dessen Kinder man gebären wollte.

Sie konnte immer noch zu ihrem Leben als Diebin zurückkehren. Sie war gut, und sie mochte Juwelen. Sie war sich nur sicher, daß sie ein Leben ohne Angst vorzog. Falls sie überhaupt noch die Wahl hatte. Möglicherweise hatte sie längst keine mehr. Falls Delacroix die verleumderischen Worte, sie sei eine käufliche Dirne auf der Suche nach einem begüterten Idioten, schon weitergegeben hatte, dann würde ihr nichts weiter übrigbleiben, als zu ihrem Vater und zu einem Leben, von dem sie sicher war, daß es irgendwann im Desaster enden würde, zurückzukehren.

Sie zog ihren Morgenrock an und trat hinter dem Paravent hervor.

„Er mag kein großer Fang sein, aber er ist ein netter, fürsorglicher Mann. Doch das alles“, fuhr sie fort, „ist nebensächlich. Zum einen hat er mich bis jetzt noch gar nicht gefragt, und zum anderen habe ich mich noch nicht entschieden. Ich bin todmüde und verwirrt. Ich werde jetzt gewiß keine lebensverändernden Entscheidungen treffen. Sie wären doch nur falsch.“

Eliza betrachtete sie eingehend.

„Mein Kind, du siehst so alt aus, wie du bist – vielleicht sogar älter. Marie-Jeannette muß etwas gegen deine geschwollenen Augen tun. Ich hoffe, du hast nicht dieses unmöglichen Colonels wegen geweint. Er ist keine Träne wert. Sag Marie-Jeannette, sie soll unbedingt auch die Blessur an deiner Lippe abdecken. Ein wirklich leidenschaftlicher Mann, dein Delacroix, nicht wahr? Blaue Flecken und Lustblessuren auf den Lippen. Ich muß schon sagen. Oder stammen die Blutergüsse noch mal von jemand anderem?“

Corrisande wurde dunkelrot. Eliza lächelte jedoch nur bissig.

„Mein Engel, spar dir das Erröten. Ich weiß, daß du das zu jedem Zeitpunkt einfach so kannst. In der Tat hast du so viele Talente, daß dein kleiner Leutnant dich nicht verdient. Pure Verschwendung. Ich schlage vor, daß du dich nach dem Frühstück vor deinen Spiegel setzt und dein süßes, unschuldiges Lächeln wieder übst. Es scheint dir abhanden gekommen zu sein, und das werden wir nicht so hinnehmen. Also streng dich an, damit es sich wieder einstellt. Ich werde inzwischen dem Repräsentanten deines Papas ein Briefchen schreiben, um mehr über deinen jungen Verehrer herauszufinden. Wir sollten mehr über seinen Hintergrund wissen. Ich werde nicht erlauben, daß du dich an einen mittellosen Niemand wegwirfst, ganz egal ob er nett aussieht oder fürsorglich ist.“

Corrisandes Herz sank erneut. Hier wurde es riskant. Sie lächelte ihre Gesellschafterin herzlich an.

„Nun, dann mußt du wohl selbst zu Papas hiesiger Zentrale gehen, denn ich habe Marie-Jeannette strikte Anweisungen gegeben, dir irgendwelche Botengänge in diesem Zusammenhang nicht mehr abzunehmen." Das hatte sie zwar nicht, doch sie würde es noch tun. „Es kann sein, daß es schwer sein wird, Herrn Dupont und Konsorten dort anzutreffen. Oder überhaupt irgendwen. Dein Meuchelmörder hat seinen Angriff auf Delacroix gestern nämlich nicht überlebt, und was Dupont persönlich angeht, so muß ich leider gestehen, daß ich ihn erstochen habe. Tut mir wirklich außerordentlich leid."

Die plötzliche Stille war voller Emotionen. Corrisande fühlte eine warme Welle der Befriedigung durch sich hindurchfließen, als sie sah, daß Elizas gönnerhaftes Lächeln mit einem Mal von ihrem Gesicht verschwunden war.

„Du hast was?"

Kapitel 61

Es war früher Nachmittag, als die beiden Bayern wieder den Raum betraten, in dem sie ihr Monster in dem Behälter aufbewahrten. Von Görenczy hatte die Geistesgegenwart besessen, ihnen etwas zu essen und zu trinken zu besorgen, etwas, das er selbst mit von der Küche nach oben expedierte, damit es nicht unterwegs etwelche unerwünschten Zutaten erhielt.

Von Orven musterte die schimmernde Box mit zweifelndem Blick. Der Bluterguß in seinem Gesicht war noch so farbenprächtig wie zuvor, aber rasiert und frisch gewaschen sah der Offizier dennoch geziemend und adrett aus.

„Sind Sie sicher, daß das Ding da drin sicher verstaut ist, Sir?" fragte er McMullen, den er ganz gegen seinen Willen mochte. Der Mann hatte etwas Vertraueneinflößendes. Das allerdings konnte genausogut ein falscher Zauber sein. Schließlich war er Magier.

„Nein", antwortete der Schotte wahrheitsgemäß. „Keineswegs. Ich weiß fast nichts über dieses Geschöpf. Doch diese Maßnahme ist dazu angetan, auch stärkere Sí zu bannen. Ich hoffe, sie reicht aus. Die Kreatur ist ausnehmend mächtig. Deshalb habe ich die Bannsphäre entsprechend klein gewählt, um den Energiefokus zu intensivieren."

Von Görenczy, der noch genau wußte, welchen Einfluß der Gefangene in dem Behälter auf ihn ausgeübt hatte, hielt sich in respektvoller Distanz.

„Es sieht anders aus als vorher", bemerkte er, und so war es auch. Das kugelige Schimmern war fast sichtbar, reflektierte sein Licht nach innen gegen die Schachtel, die darin golden glänzte und kostbar aussah.

„Ich habe den Bann enger konzentriert und die Parameter verändert. Doch ich muß Sie warnen. Um möglichst viel Kraft nach innen abzugeben, ist der Bann von außen her eher instabil. Kommen Sie ihm nicht zu nah."

Beide Leutnants traten einen Schritt zurück.

„Was jetzt? Werden wir es töten? Oder können wir damit Kontakt aufnehmen?" Asko hatte diese Fragen einige Stunden zuvor schon einmal gestellt, und McMullen hatte noch keine Antwort gewußt. Er hatte gesagt, er wolle erst mit Delacroix darüber reden. Dazu hatte er nun Zeit gehabt. Mit einer Schachtel auf dem Tisch – selbst wenn sie gut geschützt war – herumzusitzen schien weder sinnvoll noch zweckdienlich.

„Ich weiß, was Sie denken", sagte McMullen und nahm einen Schluck Tee. „Ich würde auch lieber handeln als zu warten. Doch wir müssen äußerst vorsichtig vorgehen. Wenn wir das Wesen aus Unachtsamkeit wieder freisetzen sollten, würde das mit ziemlicher Sicherheit unseren Tod und Miss Jarrencourts Untergang bedeuten. Ich weiß nicht, wie man es besiegen kann, obgleich wahrscheinlich Kalteisen dazu nötig ist. Doch um es mit einer solchen Waffe zu bekämpfen, müßten wir den Behälter öffnen, und bevor ich das tue, möchte ich noch mehr über die Kreatur in Erfahrung bringen. Aus dem, was ich bislang weiß, kann ich immerhin schließen, daß wir weder mit seiner Beweglichkeit noch mit seiner Schnelligkeit und ziemlich sicher auch nicht mit seinen magischen Fähigkeiten konkurrieren können. Zudem haben wir eine Information erhalten, daß das Manuskript eventuell nicht von dem Wesen allein, sondern von drei verschiedenen Machtsprüchen versteckt gehalten wird. Bevor wir etwas tun, müssen wir mehr darüber erfahren."

„Allerdings stammt diese Information nicht eben aus zuverlässiger Quelle", bemerkte Delacroix mit sorgfältig neutraler Stimme. Er hatte sich über einen Teller mit Brot und Fleisch hergemacht und biß mit einigem Genuß in die Erfindung des edlen Earl of Sandwich. Es war ihm eben erst klargeworden, wie hungrig er war.

„Schön und gut, aber was tun wir jetzt?" fragte von Orven erneut. „Tut mir leid, wenn ich mich wiederhole."

„Wir warten auf die unzuverlässige Quelle“, entgegnete Delacroix und wischte sich die Hände an einer Serviette ab. „Die Welt hält den Atem an, die Helden stehen dumm herum, das Gespenst langweilt sich in einer Schachtel – und wir warten auf die göttliche Cérise Denglot, auf daß sie irgendwann von ihrer offensichtlich viel zu langen Probe zurückkehrt und die Gnade hat, uns zu erklären, was sie mit den kryptischen Bemerkungen gemeint hat, die sie heute morgen im Vorbeigehen hat fallenlassen wie das Taschentuch einer Kokotte.“ Er sah McMullen strafend an. „Sie hätten mich nicht daran hindern sollen, sie zurückzuholen. Ich hätte ganz schnell alles aus ihr herausgeholt.“

Der Schotte zuckte die Achseln.

„Da bin ich nicht so sicher. Zum einen ist sie ebenso stur wie Sie, Delacroix, und hätte vermutlich geschwiegen, nur um uns zu ärgern – oder um Sie zu ärgern, um genau zu sein. Zum anderen wollte ich wirklich nicht, daß Sie eine Jagd durch das halbe Hotel veranstalten, um die göttliche Mlle. Denglot dann keifend und tobend ins Zimmer zu schleifen. Sie wird viel zugänglicher sein, wenn sie weiß, daß hier gebannt und voller Vorfreude ein Publikum auf sie wartet. Schließlich ist sie ein Stern am Opernhimmel und liebt ihr Publikum.“

„Was hat sie gesagt?“ fragte von Görenczy neugierig.

„Sie hat gesagt, sie sei informiert, daß das Manuskript von drei unterschiedlichen Magiequellen versteckt wurde. Da sie auf diesen Gedanken nicht von alleine gekommen sein kann, muß ihr das jemand verraten haben, und wir müssen herausfinden, wer und dann, wenn's geht, mit demjenigen sprechen.“

„Der Sí in ihrem Zimmer“, konstatierte Asko.

„Der Feyon, der in die Jagd eingegriffen hat“, bestätigte McMullen. „Er mag längst nicht mehr im Hotel sein. Ich habe die Kraftlinien nach Sí-Präsenz vermessen, aber der kleine Kerl da in der Schachtel scheint die Ergebnisse zu verfälschen. Die Anzeige lautet auf vier verschiedene Feyon-Auren unterschiedlicher Stärke und Beschaffenheit, und das halte ich für ziemlich ausgeschlossen.“

„Jedenfalls ist es unwahrscheinlich", pflichtete Delacroix bei. Die Fey waren so selten, daß die meisten Menschen nie einen Feyon zu Gesicht bekamen, und wenn sie es doch taten, wußten sie es zumeist nicht einmal. Wer modern dachte, glaubte nicht an ihre Existenz. Vier Sí in einem Gebäude waren mehr als unwahrscheinlich. „Sollte es außer unserem Gefangenen noch drei weitere Fey hier geben, muß man davon ausgehen, daß sie eine Gefahr darstellen. Ihrer Macht hätten wir nichts entgegenzusetzen. Daß sie uns noch nicht angegriffen haben, spricht dafür, daß die arkane Messung falsch war, genau wie McMullen sagt."

„Wir haben an der Rezeption eine Nachricht für Mlle. Denglot hinterlassen mit der Bitte, uns mit ihrer Anwesenheit zu beehren, sobald sie zurückkommt", sagte der.

„Ich hätte es anders formuliert, aber so ist es", fügte Delacroix hinzu. „Keine erstrebenswerte Lage. Doch wenigstens scheinen wir im Moment sicher zu sein, konnten uns ausruhen und haben dank Leutnant von Görenczys guter Idee auch wieder etwas zu essen. Das Darben hat ein Ende."

Er schob sich eine der Süßigkeiten, die von Görenczy mitgebracht hatte, in den Mund.

„Ausgesprochen deliziös", kommentierte er zufrieden, „Marzipan. Meine Herren, probieren Sie mal die hier. Die sind vorzüglich."

Von Orven starrte ihn ärgerlich an.

„Ich begreife nicht, wie Sie hier so einfach sitzen und naschen können, mit einem gefährlichen Monster im Kasten, einem gefährlichen, weltzerstörenden Manuskript im Umlauf, einem gefährlichen, gefesselten Mönch im Nebenraum und einer überfälligen Operndiva, die uns auf notwendige Informationen warten läßt", brauste er auf. „Ich muß sagen, ich wundere mich, daß Sie das so ruhig hinnehmen. Nach dem, was ich bislang von Ihrem Temperament gesehen habe, hätte ich mit etwas mehr Indignation gerechnet."

Delacroix schenkte ihm einen amüsierten Blick.

„Leutnant von Orven, wenn Sie erst in mein Alter kommen und so viele Jahre Soldat gewesen sind wie ich, dann wird Ihnen der Stellenwert von Marzipan innerhalb des Weltgefüges auch noch bewußt werden."

Asko starrte ihn verärgert an. Er haßte es, wenn man ihn nicht ernstnahm. Von einem Mann herablassend behandelt zu werden, der seiner Meinung nach die grundlegendsten Anstandsregeln nicht beherrschte, freute ihn noch weniger.

„Was den Mönch angeht", fuhr Delacroix fort, „so fürchte ich, er ist uns abhanden gekommen. Als ich vor kurzem nach ihm sehen wollte, war er verschwunden. Das magische Sperrfeld, das McMullen um die Tür erstellt hat, hat ihn nicht an der Flucht gehindert. Vielleicht hätten wir ihn bei uns behalten sollen. Doch er hätte uns sicher beschäftigt gehalten. Jedenfalls, entweder hat er sich selbst befreit, oder er hatte Hilfe. Ärgerlich", fügte Delacroix mit einem sauren Lächeln hinzu, „aber so ist es."

McMullen verstand dieses Lächeln und warf von Orven einen warnenden Blick zu. Wenn man Delacroix nicht gut kannte, mochte man die hauchdünne Grenze zwischen Zynismus und Zorn nicht gleich erkennen. Der Colonel lächelte, doch er war unglücklich. Ein falsches Wort, eine verkehrte Geste, und seine Laune mochte urplötzlich in heiße Wut kippen.

Delacroix hatte es nicht gefallen, seinen Feind frei zu wissen. Er machte sich die größten Vorwürfe, daß er ihn nicht gleich ins Jenseits befördert hatte. Es hätte ihnen viel Ärger erspart. Seine Skrupel hatten nur eines bewirkt: Sie hatten einen Feind mehr, mit dem sie rechnen mußten, und sie hatten auch ohne ihn schon genug Feinde. Sie wußten nicht einmal, wo und wie viele. Wenn McMullens Messung stimmte und noch weitere drei Sí auf einen guten Augenblick zum Angriff warteten, dann saßen sie in der Klemme. Ein einzelner Meister des Arkanen würde keinesfalls dazu ausreichen, Gleisnerei und Bannsprüche von gleich drei Sí-Kreaturen abzuwehren.

Doch es war so eine Sache mit den Sí. Ihre Kräfte waren mannigfach. Sie lebten und kämpften gemeinhin nicht in Gruppen, waren – soweit bekannt – Individualisten, eigenbrötlerisch und egozentrisch, und hatten Ziele, die niemand verstand. Es war denkbar, daß sie einander feind und gänzlich damit beschäftigt waren, sich gegenseitig zu bekämpfen. Es war sogar denkbar, daß der eine oder andere Feyon auf ihrer Seite war, und es konnte sein, daß man es nie herausfinden würde. Möglicherweise würden sie gar nicht auftauchen. Oder sie würden kommen, und die Truppe würde überhaupt nicht wissen, was sie da plötzlich getroffen hatte.

Delacroix mochte die Situation nicht, und sein Ärger über Cérises Verhalten steigerte sich von Minute zu Minute. Ihre Dreistigkeit, ihnen ein paar Worte zuzuwerfen wie einem Hund Knochen und dann einfach zu verschwinden, noch dazu in solch einer Situation, verstärkte seinen latent immer vorhandenen Wunsch, ihr ihren hübschen Hals umzudrehen. Warum mußte sie ausgerechnet jetzt eine Affäre mit einem Sí haben? Es wirkte fast, als täte sie es mit Absicht, um ihn wütend zu machen. Er war nicht eifersüchtig. Auf keinen Fall. Ihre Beziehung war längst vorbei. Er wollte sie nicht zurück, und das hieß, daß sie Affären haben konnte, mit wem sie wollte. Auch mit einem Feyon. Es machte ihm nichts aus. Absolut nichts.

Nur sollte sie so etwas nicht tun. Er war sicher, sie wußte nicht, worauf sie sich einließ. Sie konnte nicht einmal eine Ahnung von den Gefahren haben, die damit verknüpft waren. Es war typisch für sie, sich von der Bewunderung eines Mannes blenden zu lassen, der mehr als nur ein wenig außergewöhnlich war. Doch ihre Unfähigkeit, sich an die erste oder ersten Begegnungen zu erinnern, verhieß nichts Gutes für eine innigere Beziehung, die auf gegenseitigem Vertrauen aufbaute. Sie war dem Mann – wenn er denn ein Mann war – nicht gewachsen. Er existierte außerhalb dessen, was zu beurteilen sie imstande war.

Oh, Delacroix verstand sie. Er hatte den Mann gesehen. Er sah gut aus, mußte Frauen gefallen, und tatsächlich hatte er Cérise beschützt, warum auch immer. Delacroix fühlte sich zudem in seiner Schuld, da er ihn davor bewahrt hatte, das Mädchen zu töten. Wenn der Feyon nicht gewesen wäre, wäre Corrisande Jarrencourt jetzt tot.

Der Gedanke suchte ihn mit abscheulicher Regelmäßigkeit heim. Er hatte McMullen berichtet, wie die junge Frau ihn gebeten hatte, sie vor der Gefangennahme durch die Kreatur zu bewahren; auch daß er es versucht hatte, es beinahe getan hatte. McMullen hatte ihn mit einem seltsamen Blick bedacht, jedoch nichts gesagt. Die Intervention des Sí konnte er auch nicht erklären, tendierte jedoch dazu, das Verhalten der Gutherzigkeit der Kreatur zuzuschreiben.

Das ergab durchaus Sinn. Doch irgendwo im hintersten Winkel seines argwöhnischen Hirns vermochte Delacroix nicht, an den reinen Altruismus des Mannes zu glauben. Vielleicht lag das an der Erziehung, die er als Knabe erhalten hatte, obwohl er einen gewissen Stolz dabei empfand, die Vorurteile, die die Bruderschaft ihm eingetrichtert hatte, aus seinem Geist verbannt zu haben. Er verabscheute den Einfluß der Eiferer so sehr, daß er vielmehr dazu neigte, liberaler und freizügiger zu denken, als es Sitte war. Seine Moralvorstellungen basierten weder auf fixen Vorurteilen noch auf unreflektierten Gesellschaftsnormen. Er versuchte, fair zu sein. Es gelang ihm nicht immer.

„Der Mönch ist also weg“, sagte von Görenczy. „Schade. Er hätte uns vielleicht sagen können ...“

„Er hätte Ihnen nie etwas gesagt, Herr Leutnant“, unterbrach Delacroix, „zumindest nichts, was wir hätten gebrauchen können. Er hätte allenfalls versucht, Sie auf seine Seite zu ziehen.“

Ein Verdacht keimte in ihm auf. War es möglich, daß einer der bayerischen Offiziere ihn freigelassen hatte? Möglich war es. Sie waren beide schockiert gewesen, sich unerwartet auf der Seite der Gegner ihrer eigenen Kirche wiederzufinden. Es war schwer zu begreifen, daß die Bruderschaft zwar tatsächlich eine Position innerhalb der katholischen Kirche hatte, in dieser Kirche aber nicht weitreichend anerkannt, sondern vielmehr umstritten war. Nur wenige wußten um die Aktivitäten des Ordens, und von diesen wenigen waren weiß Gott nicht alle Befürworter dessen

Vorgehensweise. Es war zu einfach, die katholische Kirche für die Geschehnisse zu verdammen. Die Realität war weit komplexer. Doch Fakt blieb, die Bruderschaft des Lichts gehörte dazu.

Delacroix musterte Asko. Er trug einen besonders unschuldigen Blick zur Schau, den Delacroix im Verdacht hatte, nur Verschleierungstaktik zu sein. Vielleicht war er es gewesen. Er konnte ihn fragen. Eventuell würde er eine ehrliche Antwort bekommen. Der Mann war kein Schwindler, dazu war er zu geradlinig. Aber was dann? Was würde ihm das bringen? Hätte der junge Mann sich tatsächlich beschwert, daß sie den Mönch gefesselt gefangenhielten, wenn er ihn selbst befreit hätte? Diese Art von Falschheit paßte nicht zu Asko.

Höchstwahrscheinlich war es besser, seinen Argwohn nicht auszusprechen. Wenn er den Mönch befreit hatte, dann sicher nicht in einem bewußten Versuch, sie zu verraten, sondern eher in einem Anfall von religiösen Skrupeln. Vielleicht konnte McMullen es unbemerkt herausfinden, ohne daß sie sich erneut in eine Diskussion um Religion, Verantwortung und Schuld verstrickten. Einerlei. Es war geschehen, und es gab noch genug andere Verdächtige, deren Motivation völlig unbekannt war. Fey, Diener Gottes und süße Mädchen.

Er wechselte das Thema.

„Sie werden sich freuen zu hören, daß die Polizei Vonderbrücks Leiche abtransportiert hat. Sie war sehr diskret. Langsam bekommt sie Übung darin."

Er hatte die Mordwaffe behalten, und die Beamten hatten sie ihm gelassen, obwohl sie es erst nicht wollten. Augenscheinlich hatten sie Order, allen Wünschen des Teams Folge zu leisten.

„Wissen Sie, wer er war?"

„Sie sagen, er sei ein Magier, der in München lebt und Wahrsagerei und ähnliche Dinge anbietet. Man wird versuchen, mehr herauszufinden."

Von Orven blickte etwas unbehaglich drein.

„Vielleicht sollte man Miss Jarrencourt fragen", murmelte er und musterte intensiv seine eigenen Stiefel. „Ich hatte sie gestern auf ihr Zimmer gebracht. Als ich seinen Namen erwähnte, hat sie darauf bestanden, daß wir Sie warnen gehen, denn er sei gefährlich."

„Ach", kommentierte Delacroix scharf. „Wirklich. Ist ja nett, daß Sie uns das wissen lassen."

„Großer Gott", rief von Görenczy, „das hättest du uns verdammt noch mal schon vor Stunden sagen sollen. Warum erst jetzt?"

„Gute Frage", unterbrach McMullen mit einem leichten Lächeln.

„Ich dachte, es wäre vielleicht nicht ... es ist mir gänzlich entfallen." Er sah ein wenig wie ein Junge aus, den man mit der Hand in der Keksschale erwischt hatte.

„Entfallen? Verdammt! Hältst du uns für Dummköpfe?" Von Görenczy klang ärgerlich.

„Meine Herren!" intervenierte McMullen. „Ich denke, Leutnant von Orvens schlechtes Gedächtnis basiert auf seinem verständlichen, wenngleich irregeleiteten Wunsch, die junge Dame zu beschützen. Sie werden sicher einsehen, Herr Leutnant, daß es hier um mehr geht als nur um Miss Jarrencourts Wohlbefinden. Also erzählen Sie uns die ganze Geschichte."

Einen Augenblick lang war es still. Asko sah unglücklich auf und fand Delacroix' zornigen Blick. Er wünschte sich, er hätte nichts gesagt. Doch nun war es zu spät.

„Ich habe sie nach der Attacke durch das Wesen zu ihrem Zimmer geleitet. Sie war überraschend gefaßt. Auf der Treppe dachte ich, sie würde umfallen, doch sie hielt sich tapfer. Ich habe sie in ihren Salon gebracht, bin mit hineingegangen." Er blickte verschämt in die Runde, als erwarte er eine Rüge für sein zu forsches Benehmen. „Ich wollte sichergehen, daß es ihr gutging. Sie war jedoch besorgter um ihre Begleiterin und ihre Zofe als um sich selbst. Sie hat geweint."

„Miss Jarrencourt?"

„Nein, die Zofe. Sie hatte einen Bluterguß im Gesicht und konnte sich nicht entsinnen, woher sie ihn hatte. Sie hat gesagt, sie habe keine Erinnerung daran, was geschehen sei, sie sei auf dem Weg zum Foyer gewesen war und habe Zeit verloren. Etwa eine Dreiviertelstunde fehlte in ihrem Gedächtnis, und ich meinte daraufhin, daß wir Vonderbrück in der Sache konsultieren sollten. Weil es klang, als wäre daran etwas extrem faul. Also würde Vonderbrück vielleicht etwas dazu sagen können."

„... weil er wie ich ein Meister des Extrem-Faulen war", ergänzte McMullen spöttisch, und der Offizier wand sich unter seinem Blick beinahe vor Peinlichkeit.

„Nun, als ich später so drüber nachdachte, war es natürlich klar, daß es vermutlich Vonderbrück selbst gewesen sein mußte, der dem Mädchen das angetan hat. Jedenfalls: Als ich seinen Namen erwähnte, ist Miss Jarrencourt ganz aufgeregt aufgesprungen und hat gesagt, Sie", er zeigte auf Delacroix und Udolf, „seien in größter Gefahr. Sie sagte, sie hätte Grund zu der Annahme, Herr Vonderbrück sei gefährlicher, als wir wüßten, und wir müßten Sie sofort warnen. Damit rannte sie auch schon aus dem Zimmer. Sie war so schnell, daß ich sie erst an Vonderbrücks Tür zu fassen kriegte. Ich habe ihr natürlich nicht geglaubt, aber trotzdem darauf bestanden, daß sie hinter mir eintritt. Den Rest kennen Sie."

Schweigen legte sich erneut auf die Zusammenkunft.

„Auf jeden Fall ist es interessant", sagte McMullen schließlich. „Sehr sogar. Wir können wohl davon ausgehen, daß sie nicht Vonderbrücks Komplizin war."

„Natürlich nicht!" Asko war empört.

„Dennoch können wir nicht ignorieren, daß sie mehr über ihn wußte als wir", sagte Delacroix. „Wir müssen ihr ein paar Fragen stellen."

Leutnant von Orven blickte unglücklich drein. Er selbst hatte ihr auch noch einige Fragen stellen wollen, insbesondere eine, doch keine davon hatte mit Vonderbrück zu tun.

„Das werden wir auch", versprach McMullen. „Doch jetzt lassen wir ein bißchen frische Luft ins Zimmer. Es ist randvoll mit heftigen Gefühlen. Das ist schlecht für die Konzentration."

Er trat zur Balkontür und öffnete sie. Damit machte er deutlich, daß er nicht mehr daran interessiert war zu diskutieren, ob der Leutnant richtig oder falsch gehandelt hatte, und so brach auch die Diskussion darüber ab.

McMullen trat auf den Balkon, atmete die frische Frühlingsluft ein. Es war kein schöner Tag. Kalter Nieselregen fiel unablässig. Der Himmel war wolkenverhangen. Es war kalt.

Zwei Balkone weiter bemerkte er eine Dame, die auch auf ihren Balkon getreten war. Er musterte sie, erwartete fast, endlich die berühmte Miss Jarrencourt zu sehen zu bekommen, die so ungeahnte Instinkte hatte, was nahende Ungeheuer und gefährliche Magier anging. Doch die Dame war um einiges zu alt, um einen Mann wie Asko oder einen wie Delacroix zu interessieren. Sie war in den Vierzigern. Ihr graues Haar war strikt, aber modisch hochgesteckt. Sie ignorierte ihn, drehte sich nicht einmal in seine Richtung, obgleich sie ihn bemerkt haben mußte.

Die Anstandsdame also – und plötzlich wußte er, daß er sie kannte. Eliza Worringham. Er trat in den Schatten des Türrahmens und musterte sie genauer. Er hatte sie fast fünfundzwanzig Jahre lang nicht gesehen, doch er war sich trotzdem sicher. Die Frau, die sein Freund Earnest Worringham so abgöttisch geliebt hatte. Völlig verrückt war er nach ihr gewesen. Damals war sie jung und schön gewesen. Allerdings auch ehrgeizig und anspruchsvoll. Worringham mit seinem bescheidenen Vermögen und seinem unsteten Lebenswandel hatte keine Aussichten, sie für sich zu gewinnen. Das hatte ihm schwer zu schaffen gemacht. In der Tat war er so außer sich gewesen, daß McMullen sich ernstlich Sorgen gemacht hatte, er würde sich aus Kummer entweder zu Tode saufen oder die Kugel geben, wenn er die Frau nicht bekam.

Also hatte er ihm geholfen. Stolz war er nicht darauf. Was er getan hatte, war ein Bruch der Logengesetze, die ihn – wie alle ernstzunehmenden und charakterfesten Magier – banden. Meister war er noch nicht gewesen zu der Zeit, hatte nur den Rang eines Adepten des Arkanen erreicht, doch sein Können hatte ausgereicht. Er hatte sie mit einem Zauber belegt, der bewirkte, daß sie sich unsterblich in Worringham verliebte. Es war ein starker Zauber gewesen. Er hielt eine ganze Weile, und so hatte sie ihn geheiratet.

Ein Jahr später war sein Freund plötzlich und unerwartet gestorben. Eine Herzattacke im Schlaf, stellten die Mediziner fest. Die junge, attraktive Witwe war wieder frei, um sich einen neuen Gatten zu suchen, einen, der ihr ein besseres Leben bieten konnte.

Er hatte sie nie wiedergesehen. Sein schlechtes Gewissen hatte ihn davon abgehalten, ihr zu begegnen. Doch er hatte beim plötzlichen Ableben seines Freundes nie ein gutes Gefühl gehabt.

Miss Jarrencourts Beschützerin. Außerordentlich interessant. Delacroix würde er davon berichten müssen. Die Leutnants in diese Erkenntnis einzuweihen hatte er nicht vor. Zum einen wollte er nicht, daß sie von seinem Fehltritt wußten, selbst wenn er schon eine Weile her war; zum anderen konnte er nicht einschätzen, wie sie auf die Information reagieren würden. Wenn es um Corrisande ging, dachte zumindest von Orven mit dem Herzen und nicht mit dem Gehirn.

Allerdings verwendete Delacroix auch nicht primär den Kopf dazu.

Kapitel 62

Corrisande fühlte sich wie ein Jongleur. Sie hatte einen solchen Zirkuskünstler einmal gesehen. Er hatte Stilette, Schwerter und brennende Fackeln gleichzeitig durch die Luft gewirbelt. Seine Geschicktlichkeit war beeindruckend gewesen, und nun spürte sie, daß sie fast das gleiche tat.

Nett angezogen war sie und frisch frisiert. Ihre geschwollene Lippe war unter Reispuder versteckt, ihr Haar zu einer süßen, wenn auch ein wenig schulmädchenhaften Frisur geflochten. Marie-Jeannette und Eliza hatten ihr Bestes getan, sie wieder zu dem braven, sittsamen Mädchen zu machen, das sie einen Tag zuvor noch gewesen war, und sie hatte lächeln geübt, bis ihr Gesicht weh tat. Lächeln war schwierig geworden.

Sie hatte Marie-Jeannette eingeschärft, keine Anweisungen von Eliza mehr entgegenzunehmen, ohne nachzufragen. Die Schuld daran, daß sie das Hotel nicht verlassen konnte, hatte sie auf Dupont abgewälzt, und im Augenblick war sie damit beschäftigt zu erklären, weshalb es nötig gewesen war, den Mann zu töten. Das stellte sich auch als schwierig heraus.

„Er war dabei, Papa und mich zu verraten. Ich verstehe wirklich nicht, warum Papa ihn als seinen Repräsentanten hier in München ausgesucht hat. Papa macht sich nichts aus Magie. Wahrscheinlich hat er gar nicht gewußt, daß der Mann Meister des Arkanen war. Jedenfalls hat Dupont nur seine eigenen Ziele verfolgt, nicht die Papas."

„Da hast du dich einfach entschlossen, ihn zu erstechen? Einfach so?" Eliza saß auf dem Sofa ihres kleinen Salons, hielt ihre Stickerei in Händen und sah Corrisande ungläubig an. „Willst du mir wirklich erzählen, daß hier im Hotel irgendwo eine Leiche liegt, mit deinem Messer in der Brust, und wir jeden Moment die Gendarmerie erwarten müssen?"

Das Messer. Sie hatte das Messer nicht sichergestellt. Das war eine der Hauptlektionen ihres Lehrmeisters gewesen. Immer die Waffe verschwinden lassen.

Sie hatte nicht einmal daran gedacht. Ihre Gedanken waren mit anderen Dingen beschäftigt gewesen. Doch über die konnte sie auch nicht sprechen, und jetzt, da sie sich des Dolches entsann, war sie sicher, daß sie keine Lust verspürte, ihn dem Toten aus dem Herz zu ziehen. Allein der Gedanke daran verursachte ihr Übelkeit.

„Außerdem", fuhr Eliza fort, „wenn er gerade dabei war, dich und deinen Papa zu verraten – an wen denn bitte, und was ist mit dem Empfänger der Information? Hast du seinetwegen etwas unternommen?"

Delacroix. Alles drehte sich um ihn. Sie hätte nichts von dem Toten sagen sollen. Doch Eliza auch nur für Sekunden völlig sprachlos zu sehen, hatte sie für einiges entschädigt. Nur bohrte sie jetzt, getrieben von ihrem scharfen Intellekt, immer weiter, und alles, was sie Corrisandes vorsichtigen und mitunter völlig erlogenen Antworten entnahm, drehte sie so lange hin und her, bis sie einen neuen Angelpunkt fand, von dem aus sie weiterbohren konnte.

Corrisande verzweifelte unter ihrer gespielten Fassung. Sollte ihr Vater davon erfahren, daß einer seiner Leute Geheimnisse, die ihn betrafen, ausgeplaudert hatte, würde er ihr für ihr rasches und nachhaltiges Eingreifen danken. Doch er würde den Mitwisser keinesfalls unbehelligt lassen. Es bedurfte nur eines Briefes von Eliza, und Delacroix war so gut wie tot. Ein Schuß, ein Messer oder Gift. Mehr brauchte es nicht.

„Keine Sorge. Er war kryptisch in seinen Bemerkungen. Das kann niemand begriffen haben."

„Wer kann was nicht begriffen haben?" Elizas Blick spießte sie fast auf. „Kann es sein, daß wir wieder bei deinem geheimnisumwitterten und ach so leidenschaftlichen Delacroix sind? Du darfst ihn nicht schonen. Das darfst du nicht. Er wird dich auch nicht schonen. Das wird er nicht. Ahnt er, daß du Dupont getötet hast?“

Schlimmer. Er hatte es gesehen.

„Er …“ Ihr blieb die Stimme weg. „Er hat die Sache auf sich genommen.“

Eliza schwieg eine ganze Weile.

„Da steckt doch noch mehr dahinter, nicht wahr, Kind?“ fragte sie nach ein oder zwei Minuten. „Ich kann dich in gewisser Hinsicht durchaus verstehen. Glaube mir. Ich bin eine Frau, und er ist ein wirklich beeindruckendes Exemplar der Gattung Mann, groß, stark und ungewöhnlich. Ich weiß nicht, ob dir seine Vertraulichkeiten angenehm waren oder nicht, doch das ist einerlei. Er hat dich nicht genug respektiert, um dich bei dieser ‚Jagd‘ aus der Schußlinie zu halten. Sein Respekt wird mit den Bemerkungen Duponts – egal wie kryptisch sie gewesen sein mögen – nicht gewachsen sein, und die Art, wie er dich angegriffen hat, spricht auch nicht für Ehrerbietung. Der Mann ist gefährlich. Er wird dich in den Staub treten wie ein Gänseblümchen, ohne einen Augenblick zu zögern. Ich gebe gern zu, seine maskuline Ausstrahlung und sein ungewöhnliches Auftreten haben etwas für sich – wenn man so etwas mag. Doch sie machen ihn nur noch gefährlicher. Du hast kein Recht, uns alle zu gefährden – für einen Mann, dem du vollkommen gleichgültig bist. Oh“, sie schenkte Corrisande ein gönnerhaftes Lächeln, „ich will gerne glauben, daß er dich attraktiv findet. Das würden die meisten Männer. Er würde dich nehmen, wenn er könnte, würde dich lieben auf seine rücksichtslose Art, eventuell mit Gewalt, und dann würde er dich trotzdem verraten. Ich kenne die Männer. Glaub mir. Ich kenne die Männer, und dieser Mann wird dich verraten.“

Corrisande konnte nicht sprechen. Ihre Kehle war wie zugeschnürt. Sie fand keine Worte.

Eliza wußte viel über Männer. Möglicherweise hatte sie recht. Wahrscheinlich hatte sie recht. Sie hatte allerdings auch eigene Motive, das zu sagen, was sie sagte. Ihre eigene Sicherheit und ihr Wohlleben waren ihr wichtiger als alles andere, und sie machte sich Sorgen um beides. Corrisande kannte ihre Begleiterin gut genug, um zu wissen, daß ihr jedes Mittel recht sein würde, das sie sicher und bequem weiterleben ließ. Eliza war alles andere als selbstlos, und was sie tat, tat sie primär für sich.

„Du versteigst dich da in etwas", sagte sie nach einer Weile, als sie ihrer Stimme wieder trauen konnte. „Meine Begegnung mit Delacroix ist vorbei und vorüber. Ich werde ihn nicht wiedersehen und – das hast du ganz richtig erkannt – bin ihm vollkommen egal." Es tat weh, das zu sagen. „Er hat Grund, mir dankbar zu sein, denn ich habe ihm das Leben gerettet, und er weiß weder über mich noch über dich noch über Papa irgend etwas, das uns in irgendeiner Weise gefährlich werden könnte. Ich weiß nicht, was seine Rolle in diesem – Abenteuer – ist, doch ich bin absolut sicher, daß sein plötzliches Dahinscheiden weitaus mehr Staub aufwirbeln würde als Duponts verworrene Gleichnisse. Es kann sein, daß du da anderer Meinung bist. Aber ich möchte, daß du weißt", sie versuchte, entschlossen zu klingen, „daß – solltest du diesen Mann ermorden lassen, von Papas Leuten oder sonstwem – du mit mir eine Art Ärger bekommst, die du nicht mögen wirst. Ich kann auch kurzen Prozeß machen."

Sie starrten einander böse an.

„Es ist Zeit, daß du heiratest und dich mit Ehe und Familie beschäftigst. Unsere Zusammenarbeit wird wohl kaum prosperieren, wenn du dir angewöhnst, in regelmäßigen Abständen mein Leben zu bedrohen."

„Dann bedroh meines nicht!" fuhr Corrisande auf und merkte erst hinterher, was sie gesagt und wie sie es gemeint hatte.

Sie stand auf und schritt zur Balkontür. Sie sah hinaus in den grauen Tag. Es regnete ununterbrochen, und es war sehr kalt geworden. Dafür war sie dankbar, denn das hieß, daß sie nicht nach draußen brauchte und nicht versuchen mußte, ob sie inzwischen durch die Hoteltür kam oder immer noch an dem Zauber hängenblieb. Einem Zauber, den sie nicht sehen und nicht wahrnehmen konnte, bis sie in ihm festhing. Vielleicht war er ja fort. Vielleicht war er mit Dupont gestorben. Sie wußte es nicht.

Sie hatten nach einer guten Modistin geschickt, einer Frau, die Mme. de Rhins-Epitué empfohlen hatte. Morgen würde sie kommen und Vorschläge für eine *grande toilette* für den Ball machen. Ein elfenbeinfarbenes Ballkleid für ihre erste Ballsaison in München. Perlen würde sie dazu tragen und Saphire, ein hübsches Juwelenset, das sie sich aus gesammelter Beute hatte fertigen lassen. Steine, die sie sich aneignete, ließ sie immer neu fassen.

Sie sollte sich auf das alles freuen, doch es schien ihr im Moment nicht erstrebenswert.

„Es tut mir leid, daß wir so aneinandergeraten sind. Ich weiß nicht, wie ich dich überzeugen soll. All unsere Geheimnisse sind sicher. Niemand kennt sie. Bitte glaube mir. Ich habe überhaupt kein Interesse, mich oder Papa in Schwierigkeiten zu bringen, und dir kann doch im Grunde gar nichts passieren, du bist viel sicherer als wir. Ich würde für meine Diebstähle in den Kerker geworfen oder deportiert. Für den Tod Duponts könnte man mich hinrichten. Wenn ich dir sage, es gibt keine Gefahr, dann mußt du mir das glauben. Ich habe noch viel vor, und Colonel Delacroix ist kein Teil dieser Pläne. Nicht einmal ein kleiner. Mach die Sache nicht schlimmer, als sie ist. Und dein Eingreifen würde sie nur schlimmer machen. Bitte glaub mir. Alles, was wir wollen, ist, eine gute Saison haben, und das werden wir. Ich werde einen charmanten, höflichen Mann heiraten, du wirst deine Provision einstreichen, und dann leben wir alle fröhlich bis an der Welt Ende, und niemand wird etwas erfahren. Ich bin Diebin und Einbrecherin. Ich weiß, wie man Risiken einschätzt, und hier gibt es kein Risiko." Sie log bewußt. „Ich bin doch kein Kretin. Nichts und niemand könnte mich dazu bringen, mich – oder dich oder Papa – zu verraten. Was hätte ich davon? Welchen Vorteil?" Das war eine Sprache, die Eliza verstand. „Konzentrieren wir uns lieber auf unsere Ziele und besprechen wir die Garderobe, die wir möglichenfalls noch ordern müssen. Das ist wichtiger, und es wird unsere Gedanken von diesen unerfreulichen Dingen ablenken. Delacroix wird aus unserem Leben verschwunden sein, bevor die Schneiderin noch unsere Ballkleider liefert."

Es klopfte kurz, und Marie-Jeannette trat ein. Auch sie sah todmüde und abgekämpft aus, obgleich auch sie ihren Bluterguß mit einer großen Menge Reispuder überdeckt hatte. Corrisande sah ihr an, daß sie immer noch sehr verunsichert war. Ihre natürliche Art, ihre kecke Sorglosigkeit war kaum mehr zu merken. Sie wirkte verzagt.

„Dieses Hotel ist zum Fürchten", sagte sie und setzte sich in einen der Sessel. „Es sind nur so wenige Leute da. Das macht einen ganz nervös. Ich habe mit Herrn Hinterhuber gesprochen. Er sagt, sie nehmen im Moment keine neuen Gäste auf. Er weiß auch nicht warum, doch man hat ihm aufgetragen, allen Leuten zu sagen, das Hotel sei ausgebucht. Leute reisen ab, weil sie denken, es spuke hier. Hat es ja auch – und dann ist da noch eine junge Dame, die ganz unerklärlich und plötzlich krank geworden ist. Aber es geht ihr schon besser. Hinterhuber hat gesagt, der Vorfall mache alles noch schlimmer. Mme. de Rhins-Epitué ist noch da. Ich habe extra gefragt. Sie bleibt, und außerdem", sie lächelte und hielt einen Umschlag hoch, „hat sie die Einladungen für den Ball geschickt."

„Oh, gut", antwortete Corrisande. „Wenigstens etwas, das planmäßig läuft. Nett von ihr, so schnell zu reagieren. Ich muß ihr unbedingt danken."

„Wir werden wieder mit ihr speisen", sagte Eliza. „Aber besser nicht heute. Ich möchte, daß du dich erst noch von deinen ... neuen Erfahrungen erholst, bevor wir ihr wieder unter die Augen treten."

„Gute Idee", antwortete Corrisande ein wenig trocken. Sie wußte, daß sie mehr als einen Tag brauchen würde, um sich von eben diesen neuen Erfahrungen zu erholen. Vergessen würde sie sie nie. Doch sie konnte allen etwas vorspielen, darin war sie gut. Sie würde ihr Lächeln üben und viel Gelegenheit haben, ihr Talent, an der Wahrheit vorbei ihre Realität aufzubauen, zu trainieren, und niemand, absolut niemand würde je erfahren, daß ein kleiner Anteil Feyon in ihr steckte.

Es klopfte erneut.

Kapitel 63

Von Orven war es nicht gelungen, innerhalb der kurzen Zeit, die ihm zur Verfügung stand, Blumen zu besorgen. Er hatte weder Zeit auszugehen, um selbst welche zu kaufen, noch dazu, lange auf einen Pagen zu warten, der ihm welche bringen würde. Er hatte gebeten, für kurze Zeit von seiner Pflicht entbunden zu werden, und das hatte man ihm gewährt. Jedoch nur für eine kurze Zeit. Delacroix hatte überhaupt nicht zufrieden ausgesehen, aber er hatte ihn dann doch gehen lassen.

Er fand, es gehöre sich nicht, sein Anliegen weiter zu verschieben. Er erwartete keine Antwort von Miss Jarrencourt. Nicht sofort. Er kannte sie erst seit einem Tag, und die Umstände ihres Zusammentreffens waren alles andere als günstig zu nennen. Doch er wollte, daß sie wußte, daß er für sie da war. Daß er bereit und willens war, die Konsequenzen der Geschehnisse des Vorabends auf sich zu nehmen. Sie mußte wissen, daß er ein Ehrenmann war und auch stets als solcher handelte.

Im Flur hing ein Spiegel, in dem er sich abschließend begutachtete. Er hatte sich die Uniform ausbürsten lassen, damit kein Stäubchen und vor allem kein Dreck aus dem Keller, wo er damit auf dem Boden gelandet war, daran zu sehen war. Sein Haar war gekämmt und linealgerade seitengescheitelt. Er sah präsentabel aus, vielleicht etwas erregt. Doch das war zu erwarten. Der Bluterguß auf der einen Seite seines Gesichtes ließ sein Aussehen nicht besser werden, verlieh ihm jedoch ein tollkühnes Flair. Er grinste sein Spiegelbild an und versuchte, sich zu entscheiden, ob es opportuner sei zu lächeln oder sich ernst und würdig zu geben. Sein fröhliches Lächeln ließ ihn ein wenig dümmlich aussehen, fand er, und es war immerhin von allergrößter Bedeutung, bei dem, was er vorhatte, den richtigen Eindruck zu machen.

Er klopfte an die Tür des Salons der Jarrencourt-Suite.

„Herein“, antwortete eine Stimme, die er als Mrs. Parslows erkannte. Er öffnete die Tür und trat ein.

Mrs. Parslow saß auf der Couch und hielt ihre Stickerei in Händen. Sie wirkte streng und schicklich und sah ihn an wie eine Lehrerin, die ihren schlechtesten Schüler prüft. Corrisande stand an der Balkontür und sah hinaus in den grauen Tag. Ihre Zofe verschwand gerade im Nebenzimmer.

„Guten Tag, Mrs. Parslow, guten Tag, Miss Jarrencourt“, grüßte er und verneigte sich. „Ich hoffe, Sie haben sich von den gestrigen Ärgernissen erholt.“

Mrs. Parslow lächelte höflich, doch er sah, daß ihr Lächeln nicht bis zu ihren Augen reichte. Höchstwahrscheinlich war sie ihm böse, dachte er. Sie hatten ohne Genehmigung ihre junge Schutzbefohlene mit auf eine Jagd genommen, die viel zu gefährlich für sie war, und es war ihr mehr passiert, als hätte passieren dürfen. Sie hatte überlebt, und es hätte schlimmer kommen können. Doch was geschehen war, war schlimm genug.

Ihm wurde klar, daß er sich für all das entschuldigen sollte, doch wußte er nicht, was Corrisande ihrer Gesellschafterin erzählt hatte. Nicht, daß er sie für unehrlich hielt, doch die Geschehnisse des letzten Tages waren nicht nur gefährlich gewesen, sondern auch zutiefst peinlich, was die körperliche Komponente anging. Vielleicht war sie ja zu schüchtern gewesen, der Anstandsdame alle Details zu beichten. Schließlich war sie noch jung. Sie konnte in dieser Richtung keine Erfahrung haben.

„Wir danken Ihnen für die freundliche Nachfrage“, antwortete Mrs. Parslow. „Wir sind etwas erschöpft, aber ansonsten wohlauf.“

„Das freut mich“, sagte er verlegen. Dann blickte er von der älteren Dame, die ihn intensiv musterte, zu Corrisande, die immer noch am Fenster stand, obgleich sie sich inzwischen zu ihm umgedreht hatte. Sie sah wirklich müde aus, und er sah, daß sie geweint haben mußte. Ihre Augen erinnerten an die seiner Schwester, wenn diese sich nachts einem Weinkrampf hingegeben hatte.

Ansonsten erschien sie ihm entzückend wie immer. Sie trug ein blaßgrau kariertes Kleid mit blauen Samtschleifen und sah damit sehr jung und verwundbar aus. Ihr Lächeln wirkte etwas wehmütig, schien von einem Hauch Traurigkeit durchdrungen. Es rührte sein Herz.

„Was können wir für Sie tun, Herr Leutnant?" fragte Mrs. Parslow, und er zwang seinen Blick von dem Mädchen fort und sah wieder zu dessen Tante.

Er atmete tief ein, stand kerzengrade da, fast als wolle er salutieren.

„Mrs. Parslow", begann er, „ich bin mir vollständig der Irregularität der Umstände unseres Zusammentreffens bewußt, doch ich hege die Hoffnung, daß Sie mir gestatten werden, einige Worte an Miss Jarrencourt zu richten. Bitte seien Sie versichert, daß meine Absichten ehrenhafter Natur sind."

Ihre Brauen zuckten ein wenig, doch sie nickte ihm zu.

„Bitte sagen Sie, was zu sagen Sie gekommen sind." Sie machte keine Anstalten, sie alleine zu lassen.

Das hatte er auch nicht erwartet. Er verbeugte sich höflich und schritt zum Fenster, zu Corrisande, die dort immer noch stand mit einem unsicheren Lächeln auf den Lippen. Das Licht, das von draußen in den Raum drang, betonte ihre zarte Silhouette. Sie streckte ihm ihre kleine Hand entgegen, er beugte sich darüber und dachte dabei, wie er mit den Lippen über ihre Haut geglitten war. Er sehnte sich danach, es wieder zu tun.

„Miss Jarrencourt", sagte er und hielt ihre Hand fest in der seinen, ließ sie nicht los. Sie tat nichts, sie ihm zu entziehen, hielt nur umgekehrt seine Hand fest und sah ihm in die Augen.

„Leutnant von Orven. Guten Tag. Ich hoffe, es geht Ihnen gut?"

Er hatte plötzlich das Gefühl, in ihren Augen zu ertrinken. Ohne darüber nachzudenken, zog er ihre Hand zu sich und legte sie an sein Herz, überwältigt von dem plötzlichen Gefühl für sie. Sie ließ ihn gewähren, doch er hörte, wie Mrs. Parslow sich im Hintergrund räusperte. Er ließ sie los.

„Miss Jarrencourt, ich bin gekommen, um Ihnen noch einmal für meine Rettung und für die selbstlose Hilfe zu danken." Er versuchte, sich so neutral wie möglich auszudrücken, um nicht eine weitere Intervention Mrs. Parslows auszulösen. „... die Sie mir so tapfer zuteil werden ließen."

Sie errötete und blickte verschämt beiseite. Dann sah sie zu ihm auf.

„Leutnant von Orven, ich freue mich, daß ich Ihnen behilflich sein konnte. Ich hatte Angst, dieser entsetzliche Magier hätte Sie so schwer verletzt, daß wir Ihnen nicht mehr helfen könnten."

„Dennoch", sagte er und stellte fest, daß sie nicht nur von sich sprach, sondern Delacroix mit einbezog. Es irritierte ihn, denn er fühlte, daß weder der Mann noch sein Name in dieser Unterredung irgendeine Rolle spielen sollte. „Es bedurfte schon einiges an Tapferkeit und Selbstlosigkeit, um zu reagieren wie Sie, und nur Sie allein konnten es tun. Sie haben mein Herz berührt und mich zurückgeholt."

Sie lächelte, vermied es aber, ihm in die Augen zu sehen.

„Ihr Herz war gar nicht weit weg, Herr Leutnant", sagte sie. „Es ist ein großes Herz und leicht zu finden." Daraufhin errötete sie abermals, sah schüchtern in seine Augen und fügte hinzu: „Bitte verzeihen Sie. Das hätte ich nicht sagen sollen. Was müssen Sie nur von mir denken!"

„Nur das Beste, meine süße Miss Jarrencourt!" Er ignorierte ein weiteres Räuspern aus der Richtung des Sofas. „Sie haben recht, mein Herz war gar nicht weit weg von Ihnen. Das ist es nie. Ich möchte Ihnen sagen, daß ich mich verantwortlich für Ihr Wohlergehen fühle. Ich möchte, daß Sie wissen, daß ich alles in meiner Macht Stehende tun werde, Sie zu beschützen, und daß ich sehr hoffe, es nicht nur hier und jetzt tun zu dürfen, sondern für ... eine lange Zeit."

„Leutnant von Orven, ich fühle mich geehrt. Ich will jedoch keinesfalls, daß Sie sich verpflichtet fühlen, mir gegenüber eine bestimmte Haltung einzunehmen. Was immer ich getan habe, tat ich gern und freiwillig. Keiner wird je davon wissen. Eliza weiß es natürlich, und sie war, wie Sie sich denken können, nicht angetan. Doch das ist einerlei. Mir ist nichts geschehen, und Sie unterliegen keiner Verpflichtung, meine Ehre zu retten."

Diesmal errötete sie so sehr, daß sie ihren Blick zu Boden wandte. Was für unendlich lange, schöne Wimpern sie hatte!

„Ihre Ehre ist unangetastet, Miss Jarrencourt, und was Sie eine Verpflichtung nennen, ist mein Vergnügen und mein größter Wunsch."

Sie schwiegen eine Weile.

„Ich verstehe, Miss Jarrencourt, daß Sie mich nicht gut genug kennen, um mir eine Antwort zu geben, und ich werde Sie keinesfalls drängen. Ich hoffe nur, daß Sie mir erlauben werden, daß wir uns in den nächsten Wochen besser kennenlernen. Wenn es Ihnen recht ist, werde ich die Erlaubnis dazu bei Ihrem Vater einholen."

„Das ist anständig von Ihnen, Herr Leutnant", unterbrach Mrs. Parslow, „und sobald Sie etwas mehr Zeit haben, würde auch ich gerne ein Gespräch mit Ihnen führen."

Er lächelte und verbeugte sich in ihre Richtung, wobei er hoffte, daß dieses Gespräch weniger schrecklich sein würde, als er befürchtete. Doch letztlich war es die Aufgabe von Anstandsdamen, Tanten und Müttern, genau so zu sein. Sie waren verantwortlich für das Wohlergehen ihrer Schützlinge, und das war auch richtig so. Er hätte es nicht anders gewollt.

„Mir ist bewußt, Sie wissen wenig, ja eigentlich nichts über mich", sagte er und blickte von Corrisande zu ihrer Tante und wieder zurück. „Aber ich werde Ihnen natürlich Aufklärung über meine Befindlichkeiten geben. Am besten schicke ich unseren Anwalt vorbei." Jetzt sah er Mrs. Parslow an. „Er kann Ihnen über meine Lage und meinen familiären Hintergrund Auskunft geben. Ich werde ihn anweisen, ganz offen zu sprechen."

Corrisande unterbrach ihn.

„Leutnant von Orven", sagte sie. „Ich danke Ihnen von Herzen für Ihren Antrag und fühle mich geehrt. Ich weiß, Sie werden verstehen, daß ich Ihnen nach nur einem Tag Bekanntschaft keinerlei

Antwort darauf geben kann. Meine Gedanken sind so durcheinander und es gibt vieles, worüber ich mir klar werden muß. Die Welt, wie ich sie immer gesehen habe, hat sich an nur einem Tag vollständig verändert, und das ängstigt mich ein wenig."

„Natürlich", antwortete er. „Ich verstehe vollkommen. Sie können noch keinen Eindruck von der schlechten Seite der Welt gewonnen haben, und es tut mir in der Seele weh, daß ich zu den Menschen gehört habe, die Sie mit den Übeln des Lebens konfrontiert haben, die Sie bis dato nicht kannten. Ich hoffe, Sie werden mir Gelegenheit geben, es wieder gutzumachen. Sie waren tapfer und haben einen Durchhaltewillen gezeigt, der mich zutiefst beeindruckt hat. Ich bewundere Sie sehr. Aber persönlich hätte ich Sie lieber an einem Ort, wo die Unbill solcher Ereignisse Sie nicht erreichen kann und ich Sie vor all dem beschützen könnte."

Sie lächelte und streckte ihm dann plötzlich ihre Hand entgegen. Er nahm sie. Sie war weich und zart.

„Sie sind viel zu nett." Ihre Augen funkelten, und dann blickte sie auf ihrer beider Hände. „Nicht alles, was ich gestern erlebte, war ausschließlich schrecklich."

Diesmal liefen sie beide rot an. Asko fühlte Mrs. Parslows Blick sich in seinen Rücken bohren. Sollte sie doch hingehen, wo der Pfeffer wuchs. Er wollte mit dem Mädchen allein sein, nur ein bißchen. Das war allerdings undenkbar. Er wollte sie umarmen und küssen. Er spürte fast noch Corrisandes Lippen auf seinen, so stark war die Erinnerung an den Augenblick, in dem sie ihn geweckt hatte.

Er drückte sanft ihre Hand.

Hinter sich hörte er Mrs. Parslows Stimme.

„Herr Leutnant, wir danken Ihnen für Ihren Besuch. Bitte haben Sie Verständnis, daß Corrisande sich nach dem gestrigen Tag ausruhen muß. Sie soll sich von der Erinnerung an die schrecklichen Ereignisse erholen."

Er schlug die Hacken zusammen und verbeugte sich vor der Gesellschafterin.

„Selbstverständlich!“

Er wandte sich nochmals Corrisande zu, hob ihre Hand, beugte sich darüber und plazierte seine Lippen vorsichtig auf ihrer Haut. Sie war so zart. Er ließ sie nur widerwillig los.

Dann nahm er Abschied und verließ den Raum mit angemessen heiterem Lächeln.

Als die Tür sich hinter ihm geschlossen hatte, schwiegen die Damen eine Weile. Dann begann Mrs. Parslow zu kichern.

„Gratuliere“, sagte sie. „Du hast nichts von deinen Fertigkeiten verlernt. Wie erfreulich. ‚Nicht alles, was ich gestern erlebte, war ausschließlich schrecklich.‘ Unbezahlbar, mein Engel. Unbezahlbar – und so herrlich inszeniert.“

Corrisande drehte sich wieder zum Fenster und blickte hinaus auf den kalten Nieselregen. Er war ein so charmanter junger Mann, gutmütig und lieb, und sie war ein grauenhaftes Biest. Im Grunde tat er ihr leid.

„Nun schau nicht so schuldbewußt. Er hat bekommen, was er wollte. Männer – immer wollen sie was, wollen und wollen, und meist bekommen sie es. Sie regieren diese Welt mit groben, ungeschlachten Händen, tun, was sie wollen, greifen sich, was sie haben möchten, nehmen sich jedes Recht heraus und lassen uns Frauen nur die Pflicht. So ist es unser Privileg, sie mit jedem Mittel zu belügen und zu betrügen und ihnen die bunten Bildchen ihrer seichten Phantasien auszumalen – und sei es nur, um ihnen ihre eigene krumme Weltsicht zu erhalten, damit sie nicht aus Angst vor ihrer eigenen Unzulänglichkeit vergehen. Mitleid ist an sie verschwendet.“

Kapitel 64

Pater Emanuele war verärgert. Nichts lief, wie er es wollte. Er hatte Fräulein Grotian nicht vor den Folgen ihrer Begegnung mit dem Dämon schützen können. Statt dessen war ihm nichts anderes übriggeblieben, als mit den Eltern um die Genesung und das Wohlergehen der Tochter zu beten, deren Seele er um das Opfer ihrer körperlichen Existenz hätte retten mögen. Viel hatte nicht gefehlt, und es wäre ihm gelungen. Das Beten um ein Ergebnis, das er gar nicht ersehnte, hatte ihn fast zwei Stunden gekostet.

So nutzte er die Momente stillen Gebets dafür, sich um die Folgen seiner Entdeckung Gedanken zu machen. Ein Wiatruschod und ein Blutsauger. So gefährlich und ekelhaft ersterer mit seiner dämonischen Fähigkeit, Menschen als Hüllen zu übernehmen und in ihren Leichen einherzuspazieren, war, so war dieses Wesen doch so selten und durch Gottes Willen so sehr an arkane Regeln von Raum und Zeit gebunden, daß es dem Pater im Vergleich zu einem Vampir fast angenehmer war. Ein berechenbarer Feind – egal wie mächtig.

Anders war das mit den Blutsaugern. Sie waren schleichendes Gift. Nichts hinderte sie, alle und jeden anzugreifen und zu verderben, Männer wie Frauen, sie waren da nicht wählerisch. Sie verkörperten unentwegte Hinterlist, wandelnde Lüge und lockende Sünde. Sie waren ein Teil der Schlange aus dem Paradies, und zusammen gaben die Fähigkeiten der beiden Sí einen Schierlingsbecher an süßer Verderbtheit, dem kein menschliches Wesen gewachsen war.

Die junge Dame war mit Hilfe des Arztes schnell zu sich gekommen und hatte nicht gewußt, was ihr geschehen war. Ohnmächtig war sie geworden. Mehr wußte sie nicht. Sie war schwach und sehr durstig, es ging ihr jedoch oberflächlich gesehen gut, wenn man nicht wußte, welchen Schaden sie tatsächlich genommen hatte, und natürlich hatte der Arzt es nicht gewußt, sondern war der übliche fortschrittsgläubige Materialist, der unter Lebensrettung allein den Körper und nicht auch die Seele verstand.

Als der Pater endlich in sein Zimmer zurückkehren konnte, war Giuseppe noch nicht dort. Doch die drei Glaubensbrüder aus St. Anna waren angekommen und warteten schon geraume Zeit auf ihn. Er entschuldigte sich nicht für sein Zuspätkommen. Die Dinge waren eben so, und zudem war er der Ranghöhere, hatte sich in der Hierarchie der Bruderschaft sehr weit nach oben gearbeitet.

Einer der Mönche war ein Akolyth des Arkanen. Ein Anfänger in der Wissenschaft der Magie. Er konnte Bruder Michael nicht wecken, hoffte aber, im Refugium bessere Aussichten darauf zu haben. Er konnte die Kraftlinien nicht nach Machtverschiebungen untersuchen, konnte nicht erfassen, ob das Manuskript schon gefunden worden war oder nicht, glaubte aber, er werde es möglicherweise schon spüren, wenn ein so mächtiges Artefakt in greifbarer Nähe wäre. Eventuell. Vielleicht. Nach Fey-Signaturen zu suchen war ihm auch nicht möglich. Er versuchte es, erzielte aber kein Ergebnis. Seinen Bemühungen nach gab es keine Fey im Hotel, und das war unwahrscheinlich.

Der junge Klosterbruder war ein Nervenbündel. Pater Emanueles beißende Kommentare über seine mangelnden Fähigkeiten halfen ihm nicht, sich zu entspannen. Er konnte nichts von dem, was Emanuele von ihm verlangte. Er könne Menschen ein wenig beeinflussen, sagte er, und wenn eine dunkle Kreatur in wirklich greifbarer Nähe war, vermochte er sie als solche zu erkennen, und vielleicht konnte er sich auch ein wenig vor ihr schützen.

„Ein wenig?“ fragte der Pater. Immer würde es nicht funktionieren, meinte er. Er habe keine Erfahrung. Das war es, was ihm fehlte. Erfahrung, und man sammelte nur Erfahrung, wenn man geheimnisvolle Kreaturen hatte, an denen man üben konnte. Doch in München hatte es seit vielen Jahren keine vergleichbaren Vorkommnisse gegeben. Das letzte war Jahrzehnte her.

Letztlich hatte Pater Emanuele die beiden anderen Klosterbrüder mit Bruder Michael nach St. Anna geschickt. Sie trugen ihren Mitbruder zur Hintertür hinaus. Den Akolythen hatte er dabehalten.

„Wer bildet Sie aus?" fragte er den unscheinbaren jungen Mann, der ihm noch kein einziges Mal direkt in die Augen gesehen hatte.

Niemand. Man hatte ihm in Rom eine Grundausbildung gegeben und ihn dann nach München versetzt. Er hatte natürlich Bücher. Es war auch nicht so, daß er faul sei. Doch ohne Mentor, ohne Ausbilder konnte man wenig tun. Es war zu gefährlich. Er konnte nicht einfach zur Probe ein paar große Zauber versuchen. Dazu brauchte man einen Meister, der einen sicherte und berichtigte, und da war kein Meister weit und breit. Es tat ihm sehr leid, daß er all das nicht konnte, was der Pater von ihm erwartete. Aber es war wirklich nicht seine Schuld. Sein magisches Talent war nie groß gewesen, und seine Ausbildung war eben nicht abgeschlossen.

Eventuell konnte ja Hochwürden seinen Einfluß geltend machen, damit man ihn zurück nach Rom versetzte? Oder damit man ihn in einem Betätigungsfeld einsetzte, das seiner Eignung besser entsprach? Dem Archiv zum Beispiel? Das Archiv war ein wunderbarer Ort. Er liebte Bücher und besaß einen ausgeprägten Ordnungssinn. Tatsächlich war er in aller Bescheidenheit der Meinung, im Archiv weitaus nützlichere Arbeit verrichten zu können.

Natürlich wußte er, daß alles, was sie taten, zu einem guten Zweck geschah. Aber welchen guten Zweck konnte es haben, daß er mit einer ungenügenden Ausbildung hier in München saß? Es war eine schöne Stadt, doch immerhin war er Mönch und verließ das Refugium nur selten. Das Weltliche interessierte ihn nicht. Darauf konnte sich Hochwürden verlassen.

„Nun", sagte Pater Emanuele, nachdem er den wehleidigen Entschuldigungen des jungen Mannes eine Weile gelauscht hatte, „wenn Sie keine Zauber beherrschen, können Sie ja vielleicht auf andere Weise behilflich sein."

Er öffnete den Schrank in Bruder Michels Schlafraum und entnahm ihm einen Satz ziviler Kleidung.

„Probieren Sie das an. Ich will, daß Sie durchs Hotel gehen und Informationen und Eindrücke für mich sammeln. Versuchen Sie es mit Klatsch. Schwatzen scheint Ihnen zu liegen. Finden Sie eine Ausrede, um in die Hotelküche zu kommen, reden Sie mit den Pagen und Mädchen. Ich will wissen, was los ist, und einem Priester werden sie weniger erzählen als Ihnen. Wenn Sie eine geheimnisvolle Kreatur wahrnehmen – falls zufällig eine direkt neben Ihnen stehen sollte –, dann folgen Sie ihr sehr vorsichtig. Tun Sie nichts. Lassen Sie sich nicht erwischen. Finden Sie nur heraus, wohin sie geht."

Bruder Michaels Kleidung sah an dem Zauberlehrling nicht wirklich überzeugend aus, doch es würde gehen. Der junge Mann begann seine Patrouille mit einem hoffnungsvollen Lächeln und dem Versprechen, sofort zurückzukommen, wenn er etwas herausfand. Dann schloß er die Tür hinter sich, und Pater Emanuele dankte dem Herrn für die plötzliche erholsame Stille.

Der Akolyth war noch nicht zurück, als sich die Tür wieder öffnete und ein recht zerzauster, niedergeschlagener Giuseppe eintrat. Er hatte blaue Flecken im Gesicht und an den Händen. Er war wütend, aber auch zutiefst beschämt. Man hatte ihn erwischt.

„Erwischt? Wobei?" fragte der Pater frostig. „Raus damit, sofort, und zwar alles!"

„Ich habe versucht, die Kreatur der Finsternis zu erreichen", sagte er schuldbewußt.

„Mit ‚Kreatur der Finsternis' ist, so nehme ich an, Miss Jarrencourt gemeint?" Pater Emanueles Stimme war sanft und höflich. Menschen, die ihn gut kannten, suchten gemeinhin das Weite, wenn er so besonders gefaßt und freundlich wirkte. Für diese Art von Subtilität fehlte Giuseppe jedoch das Einfühlungsvermögen.

Ja, das Dämonenweib habe er gesucht. Er war sicher, daß man ihr nicht noch eine einzige Nacht in ihrem Bett gönnen durfte, ihr stand kein friedlicher Schlaf zu und nicht der Luxus von Freiheit.

Man mußte sie fangen, man mußte sie verhören, man mußte sie aufhalten – und er war der Mann, es zu tun.

Fast hatte er sie erreicht. Er wußte ihre Zimmernummer, und sicher hätte er sie gefangensetzen können, ohne daß man ihn gesehen hätte. Er war ganz allein auf dem Flur gewesen. Niemand war da außer ihm. Doch dann war ein Schuß gefallen. Zwei Türen entfernt von Miss Jarrencourts Suite knallte ein Schuß und schlug ein großes, splittriges Loch in die Tür, und zwar aus Richtung des Zimmers. Der Herr hatte ihn beschützt. Er war schon an dieser Tür vorbei gewesen, als es geschah. Sekunden vorher hatte er sie gerade erst passiert.

Er hatte noch mehr wahrgenommen. In einem der Räume weiter den Gang hinunter hatte er eine Frau schreien hören, und hinter ihm kam aus der Richtung der explodierenden Tür ein qualvolles Aufzischen. Blut troff aus dem Nichts auf den Boden, und dann sah er ihn, nur kurz, nur Sekunden, einen Mann. Einen Augenblick lang war er vollständig sichtbar, zu kurz, um ihn beschreiben zu können. Eine kaum wahrnehmbare Gestalt. Doch wenn er sich anstrengte, konnte er weiter den Umriß eines Mannes erkennen. Groß? Vermutlich.

Wer immer er war, er war nicht ganz sichtbar geworden, blieb der schemenhafte Eindruck einer männlichen Gestalt. Giuseppe war sicher, daß es seinem besonderen Talent zu verdanken war, daß er ihn überhaupt wahrgenommen hatte. Gott war auf seiner Seite, schärfte seine Sinne und schenkte ihm Einsicht.

Er hatte leise Schritte auf dem Teppich gehört, die sich von der Tür entfernten. Er stand bereits an Miss Jarrencourts Tür, da entschied er sich, ihre Bestrafung zu verschieben und zunächst dem unnatürlichen Phänomen zu folgen, das sich mit kaum hörbaren Schritten entfernte.

Da flog die Tür gegenüber auf, und Delacroix und einer seiner Offiziere stürzten aus dem Raum.

Sie hatten gekämpft, und er hatte versagt, hatte den Kampf verloren. Die Schuld darüber drückte ihn nieder. Erst später war er erwacht, wieviel später wußte er nicht. Er hatte einige Zeit gefangen in einem leeren Raum gelegen. Lange hatte er um Gottes Hilfe gebetet.

Er streckte die blutigen Handgelenke vor, sie waren zerscheuert und zerschunden. Magie hatte er gespürt, doch sie hatte ihn nicht behindert. Der Herr war auf seiner Seite gewesen.

Pater Emanuele musterte die verletzten Handgelenke.

„Interessant", sagte er. „Recht interessant. Das Ergebnis rechtfertigt fast schon den Ungehorsam. Aber nur beinahe. Du erinnerst dich an meine Anordnung? Oder hast du sie vergessen?"

Der Klosterbruder nickte.

„Dann wiederhole sie!"

„Ich sollte die Dämonin nicht ohne Ihre ausdrückliche Anweisung angehen."

„Die Anordnung steht noch. Genau so. Wiederhole!"

„Ich darf ohne Ihre ausdrückliche Anweisung Miss Jarrencourt nicht angehen."

Der Diener Gottes nickte.

„Verstehst du, was du da sagst?" fragte er sanft.

„Ja, Pater", entgegnete der Mönch.

„Hast du es das erst Mal auch verstanden?"

„Ja. Ich dachte nur ..."

„Du bist nicht hier, um zu denken. Ich bin hier, um zu denken, du bist hier, um zu gehorchen. So ist die Aufteilung, die göttliche Ordnung der Dinge. Verstanden?"

„Ja, Pater."

„Hattest du das bereits verstanden, als du diesen Raum verließest?"

„Ja, Pater."

„Dann weißt du um deine Sünde und wirst Buße tun."

„Ja, Pater."

„Die Buße werde ich dir auferlegen, wenn dies vorüber ist. Du mußt geduldig darauf harren. Erstklassige Hotels haben eine unchristliche Einstellung zu Blutflecken und Flagellantenspuren."

„Ja, Pater."

„Gut", sagte Pater Emanuele. „Du wirst Miss Jarrencourt in Frieden lassen, bis ich dir sage, daß du sie holen darfst."

„Ja, Pater."

„Gut", sagte Pater Emanuele. „Dann kann ich dir in christlicher Nächstenliebe versichern, daß dir demnächst verziehen werden wird. Nach deiner Sühne."

„Danke, Pater."

Die Tür öffnete sich wieder, und der Akolyth kam zurück. Er strahlte vor Begeisterung.

„Pater", sagte er und ignorierte den Bruder vollständig. „Ich habe etwas herausgefunden. Ich glaube, es ist wichtig!"

Er lächelte fröhlich und machte eine kleine Pause, um die Spannung zu erhöhen.

„Nämlich?" fragte Pater Emanuele, süße Geduld in der Stimme.

„Ein Mann ihres Teams ist tot. Ihr Magier, denke ich. Erstochen. Niemand weiß wie, aber die Polizei hat heute die Leiche abgeholt. Das heißt, sie sind ohne magische Unterstützung."

Der Priester lächelte.

„Gut gemacht", sagte er. „Ausgezeichnet, Bruder. Ihre Talente liegen in der Informationsbeschaffung. Ich werde sehen, was ich für Sie tun kann. Nun möchte ich, daß Sie Ihr Talent dahingehend verwenden, herauszufinden, was mit den Offizieren ist und ob sie das Manuskript bereits haben. Ich bin sicher, daß Sie mich auch hierin nicht enttäuschen möchten."

„Danke, Hochwürden", sagte Bruder Ignatius und wußte nicht so recht, warum seine beiden Münchner Brüder so nervös wurden bei dem Gedanken an diesen großherzigen, netten Pfarrer.

Kapitel 65

Eliza war nach unten gegangen, um Kaffee zu trinken. Corrisande hatte nicht gewußt, wie sie sie davon abhalten sollte, und es war auch sinnlos. Wenn Eliza wirklich einen weiteren Anschlag auf Delacroix' Leben planen wollte, so konnte sie entsprechende Schritte mit Leichtigkeit jederzeit ergreifen, wenn sie gerade allein war. Corrisande konnte nicht ewig bei ihr bleiben, um das zu verhindern. Sie konnte nur hoffen, daß sie sich nicht einmischen würde, denn ihre Einmischung würde alles nur schlimmer machen. Keinen Augenblick lang kam ihr der Gedanke, daß Eliza recht haben könnte und das spurlose Verschwinden des Colonels eine ganze Reihe von Problemen ein für allemal lösen würde.

Sie konnte so nicht denken. Es widerstrebte ihr zutiefst.

Marie-Jeannette war nach oben gegangen, um versäumten Schlaf nachzuholen. Corrisande hatte ihr versichert, sie könne ungestört schlummern, denn der Meister des Arkanen, der sie mit ziemlicher Sicherheit attackiert hatte, war verstorben.

Noch immer fand sie es widerlich, daß der Mann ihre Zofe so behandelt hatte, und wollte nicht darüber nachdenken, was Marie-Jeannette eventuell noch vergessen haben mochte. Der Angriff auf Marie-Jeannette allein wäre Grund genug für ihren Vater gewesen, den Mann für alle Zeiten und unwiderruflich zu maßregeln. Nun, er würde es nicht mehr tun müssen. Sie hatte es selbst getan.

Es klopfte. Sie öffnete selbst, erwartete keinen Besuch. Ein Page brachte ihr ein gefaltetes Schriftstück und ließ sie allein.

Sie las: „Miss Jarrencourt, wir müssen unsere Unterhaltung fortsetzen. Es gibt einiges zu klären. Ich überlasse Ihnen, ob Sie mich in meinem Zimmer (309) aufsuchen möchten oder ob Sie lieber in zwei Minuten von mir abgeholt und zum Team eskortiert werden möchten. Unser neuer Meister des Arkanen würde Sie in letzterem Fall mesmerisieren und Sie in unser aller Gegenwart befragen. Entscheiden Sie sich. Delacroix."

Sie stand starr vor Schrecken. Er ließ ihr die Wahl? Was für eine Wahl war das? Sie hatte von Mesmerismus gehört. Sie hatte den Effekt vermutlich bei Marie-Jeannette gesehen, und Asko würde dabeisein und alles hören, was sie von sich gab.

Sie hatte keine Wahl. Die Folgen ließen ihr keine. Es war gut, daß Eliza nicht da war, um nachzufragen, wohin sie ging.

Sie verließ das Zimmer und ging den Gang hinunter. Zögernd. Es schien ein weiter Weg zu sein, doch sie hätte ihn gerne noch weiter gehabt. Sie war sich auf einmal der Geräusche, die sie beim Gehen machte, sehr bewußt, leise Schritte auf dem Teppich, das Flüstern ihres Kleides auf den Unterröcken und ihr eigenes Atmen. All das mußte ihre Angst jedem im Haus verkünden.

Er stand in der Tür und wartete auf sie, füllte mit seiner massigen Gestalt beinahe den Türrahmen. Er dirigierte sie in sein Zimmer und schloß die Tür. Niemand hatte gesehen, daß sie etwas Unglaubliches getan, eine gesellschaftliche Verfehlung erster Kategorie begangen hatte. Niemand wußte, wo sie war. Sie besuchte einen Mann in seinem Zimmer – seinem Schlafzimmer, bemerkte sie und wurde noch aufgeregter. Es war ein großer Raum mit Tisch, Anrichte und Stühlen, und da war das Bett, sie blickte direkt darauf.

Sein Angriff vom Vortag war plötzlich wieder frisch und qualvoll in ihrem Gedächtnis, seine Attacke und ihre Unfähigkeit, sich gegen die Gewalt, mit der er vorgegangen war, zu wehren. Sie drehte sich auf dem Absatz um.

Er stand direkt hinter ihr, blockierte die Tür.

„Bitte nehmen Sie Platz", sagte er. Seine Stimme klang ruhig. Sein Gesicht sah ernst aus, nicht bedrohlich.

Er deutete auf einen der Stühle, und sie sprang rückwärts, fort von seiner ausgestreckten Hand.

„Nehmen Sie Platz, Miss Jarrencourt", sagte er nochmals, sehr ruhig. „Ich will mit Ihnen reden, nicht Sie angreifen."

Sie wich vor ihm zurück, fiel beinahe über den Stuhl, als ihr weiter Rock sich damit verhedderte. Er streckte die Arme aus, um sie zu fangen, doch sie tauchte darunter weg und setzte sich. Er zog sich den zweiten Stuhl heran, ließ sich ihr gegenüber nieder, so nah, daß ihre Knie sich berührten. Sie wich weiter zurück in den Stuhl, preßte sich gegen die Lehne.

„Tut mir leid, daß ich Ihnen solche Angst gemacht habe", sagte er. „Doch Sie müssen zugeben, daß Sie nicht aufrichtig waren. Wir befinden uns in einer sehr gefährlichen Situation, und ich muß die Wahrheit wissen. Lügen Sie mich bitte nicht an. Ich merke, wenn man mich belügt."

Er rückte seinen Stuhl noch näher, ihre Knie waren jetzt zwischen seinen. Er war viel zu nah, innerhalb ihres eigenen Körperbereichs. Eine solche Nähe war sie nicht gewohnt. Anständige Menschen hielten Abstand, ganz besonders Männer. Es war eine der Grundregeln des Anstands. Er ließ ihr überhaupt keinen Platz zum Manövrieren. Davonlaufen konnte sie nicht. Sie würde erst über seine Beine klettern müssen. In einem weiten Kleid war das quasi unmöglich.

Er beugte sich vor und nahm ihre Hände in seine. Seine Berührung und die Nähe seines Körpers machten ihr Angst. Fast wäre sie wieder aufgesprungen, wand sich auf ihrem Stuhl, blieb dann aber sitzen. Diese kräftigen Hände konnten einem so weh tun. Sie versuchte, die Erinnerung daran und auch an die brutale Rücksichtslosigkeit, mit der er sie angegriffen hatte, aus ihrem Gedächtnis zu vertreiben.

Sein Blick war nicht unfreundlich. Von der gewalttätigen Wut, die sie darin gesehen hatte, schien nichts übrig. Seine gelblichen Augen blickten direkt in ihre. Er lächelte nicht, doch ein Lächeln schien nicht allzuweit entfernt.

„Menschen können einem ins Gesicht lügen, aber ihre Hände sagen oft genug die Wahrheit."

Seine großen Hände hielten ihre behutsam, und sie wußte, was er meinte. Sie fühlte die Wärme seiner Haut, die Kraft seiner Muskeln und Sehnen. Eine enge Verbindung war zwischen ihnen geknüpft. Das machte Lügen schwer. Noch schwerer würde es sein, ihn dazu zu bringen, irgend etwas zu glauben. Sie mußte genau aufpassen, oder ihre eigene Angst würde ihm helfen, sie zu überlisten.

„Sie tragen Ihren Ring gar nicht", bemerkte er.

Darauf gab sie keine Antwort. Es war keine Frage gewesen.

„Wo haben Sie ihn her?"

„Er ist seit Generationen in meiner Familie", entgegnete sie wahrheitsgemäß.

„Ja", sagte er. „Er sah aus wie ein alter Ring. Von welcher Familie sprechen Sie?"

„Ich bin Corrisande Jarrencourt. Von Jarrencourt Hall. Sie können das im entsprechenden Band von Burke's Peerage nachlesen. Corrisande Jarrencourt. Das bin ich."

Seine Bernsteinaugen suchten ihren Blick. Seine Gedanken zu erraten war unmöglich.

„Was bedeutet die Meerjungfrau?" fragte er.

„Die Nereide ist unser Wappen. War unser Wappen. Das ist zweihundert Jahre her. Man hat es zu Cromwells Zeiten geändert."

Er nickte. Das war nicht ungewöhnlich.

„Wie sieht Ihr Wappen heute aus?"

„Ein Buch und ein Schwert."

„Wie kam Ihre Nereide auf den Mordauftrag?"

„Das weiß ich nicht."

Ihr wurde bewußt, daß sie versuchte, ihm ihre Hände zu entziehen, und sie kämpfte mit einem Mal gegen ihre Panik an.

„Jetzt lügen Sie mich an, Mädchen", sagte er leise. „Sie sollen doch nicht lügen!"

„Bitte nicht!" flehte sie, und sein Ausdruck veränderte sich einen Augenblick lang.

„Ich tue Ihnen doch nicht weh, oder?" fragte er.

Sie brauchte einen Moment, um zu begreifen, daß dies keine Drohung, sondern eine echte Frage war. Er erwartete eine Antwort.

„Nein. Sie tun mir nicht weh. Sie machen mir Angst."

„Sie machen mir auch Angst, Miss Jarrencourt. Haben Sie meinen Tod bestellt?"

„Nein. Kann ich jetzt gehen?"

„Nein. Ich lasse Sie nicht gehen, bevor Sie nicht alle meine Fragen beantwortet haben. Wie ist Ihre Wappen-Nereide auf den Mordauftrag gekommen?"

„Jemand muß den Ring benutzt haben. Ich trage ihn nicht immer. Jeder hätte ihn nehmen können. Er liegt manchmal auf meinem Nachttisch oder auf meinem Sekretär."

„Warum auf Ihrem Sekretär? Weil Sie ihn zum Siegeln verwenden?"

„Ja. Nein."

„Sie lügen mich schon wieder an, Miss Jarrencourt."

Sie wußte nicht, warum sie plötzlich so schreckliche Angst vor ihm hatte. Er hatte ihr bisher nichts getan, und er würde ihr auch gar nichts tun können. Sie konnte um Hilfe schreien. Von Orven mußte gleich nebenan sein. Er würde ihr helfen.

Sie würde nicht schreien, das wußte sie. Sie wollte nicht in Delacroix' Schlafzimmer gefunden werden, und das wußte er auch.

„Sie verwenden also das Wappen zum Siegeln." Eine Frage war das nicht.

Sie nickte.

„Warum wollten Sie meinen Tod?"

„Ich wollte Ihren Tod nicht."

„Wer dann?"

Sie beantwortete die Frage nicht.

„Sie wissen es", schloß er. „Sagen Sie es mir."

„Das kann ich nicht."

„Doch, das können Sie, und das werden Sie."

Sie nahm all ihren Mut zusammen, wie man Scherben eines zerbrochenen Glases aufsammelte.

„Dann werden Sie mich doch wieder attackieren müssen, Colonel. Es ist nicht mein Geheimnis, und ich kann Ihnen nichts sagen."

Sie versuchte, sich auf einen Angriff vorzubereiten, aber er blieb aus. Der Offizier wirkte ärgerlich, tat aber nichts, um sie tätlich anzugreifen. Er hatte geblufft, und sie hatte sich nicht bluffen lassen. Außer ihren Händen hatte er nichts in der Hand.

„Warum hat Vonderbrück Sie Prinzessin genannt?" fragte er, und sie fühlte sich etwas mutiger, weil es ihm bislang nicht gelungen war, sie zu einer Antwort zu zwingen.

„Ich nehme an, es hat mit seiner Art von Humor zu tun. Vielleicht fand er es amüsant?"

Seine Hände schlossen sich fester um ihre. Er tat ihr nicht weh, doch sie spürte Delacroix' Stärke und seinen wachsenden Ärger.

„Er wußte etwas über Sie. Was?"

„Woher soll ich wissen, was er wußte? Ich hatte den Mann nie zuvor gesehen!"

„Dennoch haben Sie gewußt, daß er gefährlich war. Wir wußten es nicht – und er wußte, wer Sie wirklich sind. Eine Prinzessin, ein wertvolles kleines Ding, Protegé seiner allerniedrigsten Majestät", zitierte er.

Es war keine Frage, und so entgegnete sie auch nichts. Sie versuchte, seinem Blick auszuweichen, doch sie saßen so nah beieinander, daß das schwierig war. Sie blickte konzentriert auf seine Krawatte. Sie war nur locker gebunden und saß schief.

Er fuhr fort: „Das wertvolle Eigentum eines Königs, wertvoll genug, um ihn schachmatt zu setzen. Man kann wohl davon ausgehen, daß er nicht seine Majestät König Ludwig II. von Bayern gemeint hat. Sie antworten gar nicht, mein Kind?"

„Sie haben mir keine Frage gestellt."

„Stimmt", antwortete er. „Äußerst gescheit. Hat man Sie schon häufiger verhört?"

„Nein. Sie sind mein erster Inquisitor."

Fast wäre er aufgesprungen. Seine Augen blickten wild. Sie kroch zurück in ihren Stuhl, während ihr eben erst gefundener Mut sie wieder verließ. Doch er sprach einfach nur weiter: „Der König, das ist, wie man mir sagt, der Spitzname für den Hauptmann einer Verbrecherbande. Ich kann wohl davon ausgehen, daß Sie zu seinem Gefolge gehören?“

„Ich kann Sie nicht davon abhalten, von irgend etwas auszugehen, Colonel Delacroix.“

„Miss Jarrencourt, Sie machen es mir schwer, und das sollten Sie nicht. Ich bin nicht für meine Geduld bekannt.“ Seine Augen funkelten. Das war weder Heiterkeit noch Zorn. Es war eine Warnung.

„Das glaube ich gern, Colonel Delacroix. Aber ich kann Ihnen nichts von dem sagen, was Sie wissen wollen, und nichts von alledem, was Sie mich fragen oder auch nur andeuten, hat etwas mit dem Dämon zu tun, den wir gestern gejagt haben. Es hat gar nichts damit zu tun.“

„Sind Sie die Geliebte von Europas größtem Verbrecher?“

„Nein, und das war ich auch nie. Das schwöre ich. Bitte hören Sie jetzt auf. Lassen Sie mich gehen.“

„Miss Jarrencourt, das hier bereitet mir sicherlich keine Freude.“

„Nun“, sagte sie, „dann hat Herr Vonderbrück ja recht behalten damit, daß Sie sich nicht an mir erfreuen werden.“

Er lächelte mit einem Mal, und sein Gesicht hellte sich auf. Er ließ eine ihrer Hände los und legte seine Hand liebevoll an ihre Wange.

„Mein liebes Kind“, sagte er, „ich denke, das hat er anders gemeint.“

Sie wurde puterrot.

Seine rechte Hand blieb, wo sie war, während seine Linke ihre beiden Hände umfaßte.

Er schmunzelte noch immer, als er ihr die nächste Frage stellte, geradeso, als amüsiere ihn die Sache zutiefst.

„Wo haben Sie gelernt, Messer zu werfen?“

„Ein Mann vom Zirkus gab mir Stunden.“

„Warum haben Sie Stunden genommen?“

„Weil ich in der Lage sein wollte, mich zu wehren.“

„Gegen wen?“

„Räuber, Kriminelle, Unholde ..."

„Wenn einen ein Stärkerer angreift, ist es nicht hilfreich, wenn man Messer werfen kann."

„Das stelle ich gerade fest."

Diesmal sprang er tatsächlich auf, und sie auch – sie hastete zur Tür. Sie erreichte sie nicht. Sein Arm legte sich von hinten um ihre Taille, und er hob sie wie eine Puppe hoch und setzte sie am anderen Ende des Zimmers ab, jenseits der Stühle, die zu sehr im Weg standen, um eine schnelle Flucht zu ermöglichen. Sie fühlte, daß sie um Hilfe schreien wollte. Doch sie tat es nicht. Natürlich nicht. Die Situation war zu abenteuerlich.

Er drehte sie dem Tisch zu, und sie sah, daß ihr Dolch neben seinem lag, neben dem unheimlichen Messer, das rot glühte und tödlicher wirkte als alles andere. An ihrem Dolch waren noch Blutspuren auszumachen, Vonderbrücks Blut. Er hatte das Messer nicht gereinigt. Sie bildete sich ein, das Blut riechen zu können, und ihr wurde ein wenig mulmig.

Sie wich zurück, doch er stand direkt hinter ihr. Sein Körper berührte sie, seine Arme rahmten sie ein. Seine Hände griffen nicht nach ihr, lagen vielmehr auf dem Tisch. Sie spürte seinen Torso an ihrem Rücken, sogar seine Beine direkt hinter ihren. Er war so groß, daß er über sie hinwegsehen konnte. Er verströmte Körperwärme und war viel zu nah, näher als ihr ein anderer Mann je gewesen war.

„Sie verstehen sich auf Taschenspielertricks wie eine professionelle Diebin. Sie werfen Messer wie eine Mörderin. Sie werden verstehen, daß ich ein paar Antworten brauche", sagte er ihr ins Ohr.

„Colonel Delacroix, treten Sie zurück. Sie machen mir Angst."

„Offenbar nicht genug." Er machte keine Anstalten, sich von ihr zu entfernen. Sein Oberkörper beugte sich vor, und es blieb ihr gar nichts anderes übrig, als die Bewegung mitzumachen. So lehnte sie sich über den Tisch, die beiden Messer lagen vor ihr, zum Greifen nah.

Sie würde sie ergreifen können, das wußte sie. Sie hatte genug Bewegungsfreiheit. Sie ahnte, dies war ein Test. Wenn sie ihn jetzt mit dem Messer angriff, machte sie seinen Verdacht zur Gewißheit. Er bot ihr die Chance, etwas ausnehmend Dummes zu tun.

„Sie sagen, Sie haben gelernt, mit einem Messer umzugehen, damit Sie sich wehren können. Also wehren Sie sich!“ befahl er. „Oder beantworten Sie meine Fragen.“

Er faßte um sie herum und nahm sein Messer auf.

„Nehmen Sie mein Messer, wenn Sie sich scheuen, Ihres anzufassen.“

Es leuchtete hell. Es sah aus wie Eisen, das der Schmied frisch aus den Kohlen gezogen hatte, nicht mehr rot, schon fast gelb. Sie begriff nicht, wie er es anfassen konnte. Sie wußte, daß es eine tödliche Gefahr war, viel tödlicher als ihr eigener Dolch. Sie wich zurück, fast rückwärts in ihn hinein, in seine bedrohliche Umarmung, und rang vor Panik nach Luft.

Mit der anderen Hand ergriff er ihr Handgelenk.

„Nehmen Sie es“, sagte er. „Zeigen Sie mir, was Sie können.“

Sie wand sich in seinem Griff, krümmte sich fast, um freizukommen, um davonzulaufen. Sie wünschte sich, einen Weg um ihn herum oder auch durch ihn hindurch zu finden. Nur weg hier. Doch er hielt ihre Hand fest wie in einem Schraubstock und versuchte immer noch, ihr das Messer aufzuzwingen.

Sie stolperte über seine Füße, fiel halb, verlor das Gleichgewicht, verhedderte sich in dem weiten, langen Kleid. Er hielt ihr Handgelenk und versuchte, ihr den Dolch zuzustecken.

„Soviel Angst? Gestern hatten Sie nicht soviel Angst. Mein Dolch ist vergleichsweise harmlos gegen Ihren. Nur ein kleiner Kalteisen...“ Er hielt inne, kurz bevor er sie berührte.

Sie röchelte, konnte plötzlich nicht mehr atmen. Unerträglicher Schmerz durchfuhr ihre Hand. Er zündete sie an, steckte sie in Brand, sie spürte die Flammen, die durch sie hindurchschlugen und sie zu Asche verbrannten. Dabei berührte das Messer sie noch nicht einmal.

„Bitte nicht!“ flehte sie, stöhnte vor Schmerz. Dann schloß sich ihre Kehle mit einem trockenen, nach innen gerichteten Ächzen und schnürte ihr die Luft vollständig ab. Einen Augenblick lang wurde die Welt um sie herum klein, wie durch das falsche Ende eines Fernrohrs gesehen. Immer kleiner. Sie sah, wie er das Messer wegwarf, hörte seine Stimme von ganz weit weg.

„Großer Gott! Du dummes Kind! Warum hast du nichts gesagt?“

Er bewegte sich pfeilschnell. Sie begriff nicht, was geschah. Die Welt wurde schwarz, dann wieder hell und verbrannt und vertrocknet und voller Schmerz. Er hatte reagiert. Sie saß auf dem Boden, er hatte sie mit dem Rücken an die Wand gelehnt. Sie rang um Atemluft, doch ihre Kehle war geschlossen, und sie hörte nur ihr eigenes pfeifendes Keuchen. Sie bekam keine Luft. Sie atmete Sand, trockene Erde, felsigen Staub. Sie erstickte. Ihre Lunge brannte und wehrte sich, etwas hatte die Zufuhr unterbunden. Sie würde sterben, starb bereits, war so gut wie tot. Angst tobte in ihr. Keine Luft! Sie bekam keine Luft!

Er kniete neben ihr, hielt sie senkrecht, zwang ihren Kopf zurück, öffnete ihren Mund mit den Fingern weit, drückte ihre Zunge nach vorn. Dann spürte sie, wie seine Hände um den Ausschnitt ihre Knöpfe öffneten. Ihre Lunge glühte. Es war wie auf dem Flur und im Keller, als das Monster sie holen wollte. Nur viel schlimmer. Etwas hatte ihre Luftröhre zugeschnürt. Sie erstickte, schlug um sich, krallte sich in seinen Gehrock.

Sie sah sein wütendes Gesicht direkt vor sich.

„Atmen Sie, Corrisande!“ befahl er mit einer Stimme, die ganze Heere in die Schlacht beordert hätte. „Los, atmen!“

Langsam, zu langsam schien die Luft, an der sie nutzlos sog, einen Weg in sie hinein zu finden.

„So ist's gut. Jetzt atmen Sie aus, ehe Sie einatmen!“

Er nahm ihren Arm, untersuchte ihre brennende Hand. Sie war krebsrot, als hätte man sie in kochendes Wasser gehalten. Blasen bildeten sich, Haut löste sich, und der Schmerz erreichte sie durch die Panik hindurch, floß durch ihren Arm wie Gift.

„Verdammt! Sie hätten es mir sagen müssen“, fauchte er. Seine Stimme klang dunkel und erbost. „Es macht mir keinen Spaß, Sí zu quälen.“

Er strich ihr Haar von ihren Ohren. Sie wußte, was er suchte, aber da war nichts, was sie hätte verraten können, keine spitzen Ohren.

Er stand auf und war ein paar Augenblicke aus ihrem Blickfeld verschwunden, das vor Schmerz tunnelhaft eingeschränkt war. Sie hörte ihn mit Wasser hantieren. Er kam zurück, hatte eine Rasierschüssel mit Wasser gefüllt und weichte ein Handtuch darin ein, das er vorsichtig um ihre Hand wand. Sie stöhnte auf.

Jetzt tauchte er sein Taschentuch in das kalte Naß und legte es ihr in den Nacken. Sie wußte nicht, wozu er das tat, aber es fühlte sich gut an.

„Es tut mir wirklich leid“, fuhr er mit scharfer, ärgerlicher Stimme fort. „Sie hätten es mir sagen müssen. Das habe ich nicht gewußt.“

Sie sagte gar nichts, traute ihrer Stimme nicht.

„Aber wenigstens“, sagte er, „wissen wir jetzt etwas mehr über Sie. Wieder eine Fey-Signatur entziffert. Was sind Sie, und was haben Sie mit all dem zu tun?“

Sie ignorierte seine Fragen und konzentrierte sich darauf, wieder Luft zu bekommen. Sie klang, als wäre sie gerannt. Aber sie starb nicht. Sie lag nicht im Sterben.

Sie versuchte, mit der linken Hand ihre Knöpfe zu schließen. Es gelang ihr nicht. Er griff ein, sah dann erst die rote Stelle an ihrem Hals, das Brandmal vom Vortag.

„War ich das?“ fragte er.

Sie nickte.

„Ja“, keuchte sie. „Gestern, als Sie ...“ Sie rang nach mehr Luft. „Als Sie die Kreatur von mir weg ...“ Ihre Stimme klang belegt und ausgetrocknet. „Ich wußte nichts über Kalteisen.“ Jedes einzelne Wort raspelte gegen ihre Luftröhre. „Nicht, bevor Sie es erklärt haben.“

„Dann müssen Sie die einzige Sí auf der Welt sein, die Kalteisen nicht kennt. Seine Berührung tötet Sie. Seine Nähe verletzt oder lähmt Sie."

„Ich bin keine Sí", sagte sie.

Er schnaubte verächtlich.

„Sie müssen wirklich aufhören, so unglaublich zu lügen. Wenn Sie ein Mensch wären, wäre das nicht passiert."

„Ich bin keine Sí!" Sie hatte nicht ausreichend Luft, um ihn anzuschreien, und es klang eher nach einem weinerlichen Gezischel. „Ich war ein normales Mädchen, ehe Sie mich hier mit hineingezogen haben. Meine Eltern sind Menschen, und meine Großeltern waren es auch, und alle Vorfahren von mir. So weit der Stammbaum reicht."

„Man kann niemanden in einen Feyon verwandeln", antwortete er. „Das ist unmöglich. Wenn Sie schon lügen, dann lügen Sie wenigstens überzeugend."

Sie blickte ihn erbost an. Dann versuchte sie aufzustehen. Er hob sie wortlos hoch und führte sie dann zurück zu ihrem Stuhl, half ihr, sich zu setzen.

„Geht es Ihnen besser?" fragte er.

„Ich bekomme wieder Luft", sagte sie.

„Gut. Keine Luft bekommen ist häßlich." Er öffnete seinen Kragen und zeigte ihr einen Bluterguß, der als waagerechte Linie um seinen Hals lief. Das Mal war von abscheulichem Violett und sah schlimm aus. „Ich weiß, wovon ich rede. Ihr Meuchelmörder hat versucht, mich mit einem Draht zu erwürgen. Keine schöne Art abzutreten."

Sie blickte ihn entsetzt an.

„Das tut mir sehr leid", entgegnete sie. „Aber er war nicht mein Meuchelmörder."

„Also sind wir wieder am Anfang."

„Nein", sagte sie. „Ich werde jetzt gehen. Sie glauben ja doch nichts, was ich sage, und deshalb ist jedes weitere Wort überflüssig, und ich möchte nicht, daß Sie mir weiter weh tun."

Er stand neben ihr, die Hand locker auf ihrer Schulter. Sie war warm und groß.

„Es bereitet mir keine Freude, Ihnen weh zu tun. Wenn ich die Wahl hätte, würde ich ganz anders mit Ihnen umgehen. Ganz anders.“ Er hielt kurz inne und atmete tief und qualvoll ein. „Doch ich habe hier eine Pflicht zu erfüllen, und ich kann und werde nicht zulassen, daß irgend etwas zwischen mich und diese Pflicht kommt. Egal wie süß und liebenswert es auch sein mag.“

„Danke, Sir“, sagte sie und stand auf, „dafür, daß Sie mich süß und liebenswert genannt haben. Ich nehme es als Kompliment, auch wenn es nicht so gemeint war.“

Er schwieg einen Augenblick lang.

„Es war so gemeint“, sagte er dann, „und ich wünschte, wir wären uns unter anderen Umständen begegnet.“

„Sind wir aber nicht.“ Sie wandte sich ab. Wieder war er direkt hinter ihr, hielt sie an den Oberarmen fest. Sie merkte, wie behutsam er dabei war. Wie ein Stück Meissner Porzellan hielt er sie, als könne sie plötzlich in seinen Händen zerbrechen. Fast fühlten sich diese Hände sicher an und nicht gefährlich.

„Wir sind noch nicht fertig.“ Seine Stimme war dicht an ihrem Ohr. Sie spürte seine Körperwärme, und für einen Augenblick wollte sie aufgeben. Es wäre so einfach. Sie brauchte sich nur zurückzulehnen und ihm alles erzählen, über sich und über ihren Vater und Eliza.

Statt dessen trat sie einen Schritt vor. Was würde es helfen? Er würde ihr zuhören, nichts verstehen und sie für das, was sie war, verachten. Anders konnte er nicht reagieren. Er nicht und auch sonst niemand.

Sie war froh, daß sie ihm nicht ins Gesicht blicken mußte und er nicht ihres sah. Sie holte tief Luft und spürte wieder das zugeschnürte Gefühl in der Kehle.

„Colonel, Sie wollen, daß ich Ihnen gegenüber aufrichtig bin, und das werde ich sein, soweit ich das kann. Ich habe von meinem Fey-Erbe bis gestern nichts gewußt, und es hat mich tief getroffen. Ich bin in Ihren Feyon-Bann gelaufen und wußte nicht einmal, was es war. Jemand hat es mir später erklärt. Es tut mir leid, daß Sie jemand angegriffen hat, aber ich habe dies nicht in Auftrag gegeben. Allerdings kann ich nicht garantieren, daß es nicht noch einmal vorkommt, obwohl ich mein Bestes tue, es zu verhindern. Also seien Sie vorsichtig. Solange wir miteinander zu tun haben, gibt es Leute, die glauben, Sie seien eine Gefahr für mich – oder für sie –, und letztlich haben sie recht. Sie sind ungefragt in mein Leben getreten, haben mich einem Monster vorgeworfen, mich – und meine Ehre – angegriffen und mich mit Kalteisen gebrandmarkt. Sie sind ein starker, machtvoller Mann, Colonel Delacroix, und ich möchte nicht zertreten unter Ihrem Stiefel enden. Sie haben es in der Hand, mich zu ruinieren, und ich kann nur beten, daß Sie es nicht tun. Tun Sie es nicht! Bitte nicht! Sie sagen, Sie würden lieber ganz anders mit mir umgehen, und bei Gott, ich wünschte, Sie hätten es getan. Oder täten es." Seine Hände legten sich fester um ihre Arme. „Doch die Umstände sind eben so und nicht anders. Und deshalb werde ich jetzt gehen. Ich schwöre, daß ich nichts mit Ihrer Aufgabe zu tun habe. Ich weiß nicht einmal, was das für eine Aufgabe ist. Doch für unser beider Sicherheit ist es wichtig, daß wir einander nicht mehr begegnen. Lassen Sie mich los. Ich werde Ihr Zimmer, Ihren Einflußbereich und Ihre Pflicht verlassen – was immer sie sein mag –, und wir werden beide dafür sorgen, daß sich unsere Wege niemals mehr kreuzen, Colonel Delacroix. Weil ich das hier überleben möchte und weil ich will, daß auch Sie überleben. Lassen Sie mich gehen."

Er hatte ihr still zugehört, sagte nichts. Dann zog er sie plötzlich an sich, und seine Lippen berührten ihr Ohr. Warmer Atem streifte ihr Haar. Er ließ sie los und trat zurück.

„Gehen Sie!" befahl er. „Jetzt gleich."

Sie sah sich nicht mehr um, sondern lief zur Tür, öffnete sie, trat hindurch und schloß sie zwischen seiner Welt und ihrer.

Kapitel 66

Es war schon spät am Nachmittag, als Cérise Denglot ins Hotel zurückkam. Eine lange Probe war es gewesen, intensiv, anstrengend, doch auch befriedigend. Sie hatte gesungen wie noch nie in ihrem Leben. Ihre Stimme hatte jedes Mitglied des Ensembles berührt, und das hatte sie glücklich gemacht. Herr Valerius, der Tenor, litt noch unter seiner abklingenden Erkältung, doch er war ein guter Sänger, und sie würde in ihm letztlich einen ausgezeichneten Partner haben.

Manchmal, nur manchmal war sie ins Träumen gekommen, und einmal hatte sie ihren Einsatz verpaßt. Doch im großen und ganzen waren alle begeistert gewesen, und sie wußte, daß diese Art von kollegialer Anerkennung schnell die Runde machen würde. Der König würde die Premiere nicht versäumen.

Sie hatte versucht, nicht an das zu denken, was in der Nacht geschehen war. Wann immer ihre Gedanken dorthin abschweiften, hatte sie sich zu mehr Konzentration gezwungen. Leicht war es nicht gewesen. Manchmal war es ihr, als könnte sie seine Berührung noch spüren, seinen Körper auf ihrer Haut, sein weiches, flaumiges Haar in ihrem Gesicht. Seine großzügige und zugleich fordernde Präsenz in ihr.

Sie fragte sich, ob alle Sí so liebten. Höchstwahrscheinlich nicht, dachte sie, oder Frauen hätten längst aufgehört, mit Menschenmännern zu schlafen. Sie sehnte sich nach Torlyn. Doch sie war zu sehr professionelle Künstlerin, als daß sie sich von diesen Gedanken hätte ablenken lassen – und singen? Sie *wollte* singen.

Eine lange Probe. Viel länger als erwartet. Sie war müde, als sie aus dem Operngebäude trat. Sie freute sich darauf, wieder in ihrem Zimmer zu sein. Vorher allerdings mußte sie mit Delacroix sprechen, und der würde ihr vermutlich den Hals umdrehen wollen dafür, daß sie am Morgen einfach davongelaufen war. Was für ein schwieriger Mann er doch war. Trotzdem schien es ihr an diesem Tage leichter zu fallen, ihm gegenüberzutreten als noch am Tag zuvor.

Sie lehnte das Angebot einer Droschke ab und entschloß sich, die kurze Strecke zu Fuß zu gehen, obgleich der Tag feucht und kalt war. Doch die Luft war frisch und tat ihr gut, und bestimmt ging sie nicht zu Fuß, nur um ein unwillkommenes Gespräch weiter hinauszuschieben.

Am liebsten hätte sie McMullen alles allein berichtet, doch er war vermutlich damit beschäftigt, den Fang zu bewachen und nicht allein, und sie war sich ganz sicher, daß sie ihr Liebesleben nicht in der Gegenwart der beiden Leutnants diskutieren wollte. Der eine wäre nur beleidigt und der andere schockiert. Also blieb nur Delacroix.

Vielleicht waren sie die Bestie ja inzwischen losgeworden. Sie fragte sich kurz, wo eigentlich Vonderbrück abgeblieben war. Vielleicht hatte er sich ausgeruht? Mit zwei Meistern des Arkanen konnte die Lösung ihres Problems nicht lange auf sich warten lassen.

Sie erreichte das Hotel schneller als gedacht und ließ sich an der Rezeption ihre Post geben, wobei der junge zweite Hotelportier sie mit runden, bewundernden Augen anstarrte. Sie erklomm die Treppe zum dritten Stock. Große Hoffnung, Delacroix in seinem Raum allein zu finden, hatte sie nicht, doch sie würde es versuchen. Als sie ihr Stockwerk erreicht hatte, sah sie Corrisande Jarrencourt gerade ihre Zimmertür öffnen. Irgendwie wirkte es seltsam, wie sie ihre Hände hielt.

Die junge Frau nickte ihr kurz zu und verschwand ohne ein weiteres Wort in ihrem Zimmer. Cérise hätte etwas mehr Freundlichkeit erwartet. Doch schließlich kannte das Mädchen sie so gut wie nicht.

Sie ging weiter zu Delacroix' Tür und klopfte, ohne eine Antwort zu erwarten.

„Herein“, ertönte seine Stimme, und sie bereitete sich auf einen üblen Disput vor und öffnete die Tür.

Er sah sie einen Augenblick lang irritiert an, als hätte er jemand anderen erwartet. Dann wandte er sich nur ab und blickte wortlos aus dem Fenster. Er hielt seinen Dolch in der Hand und drehte ihn gedankenverloren hin und her. Sie kannte die Waffe, und es beunruhigte sie ein wenig, daß er bewaffnet dastand.

Sie schloß die Tür hinter sich.

„Guten Abend. Bevor du irgend etwas Unüberlegtes tust, möchte ich dir sagen, daß ich nicht mit dir streiten will. Ihr wolltet mit mir sprechen, und ich möchte lieber mit dir dabei allein sein, als das ganze Team als Publikum dabeizuhaben."

„Gut", sagte er, drehte sich aber nicht zu ihr um.

„Willst du mich nicht bitten, Platz zu nehmen?"

„Bitte nimm Platz."

„Wenn du mir nicht zuhören willst, kann ich auch wieder gehen. Allerdings hast du heute morgen sehr viel Wirbel um die Sache gemacht." Sie fand sein Desinteresse beleidigend und fast irritierender als den erwarteten Streit.

„Schon möglich", brummte er.

Jetzt begann sie, sich Sorgen zu machen, trat zu ihm und blickte ebenfalls aus dem Fenster, um zu sehen, was ihn dort so fesselte. Sie konnte nichts erkennen.

Sie drehte sich zu ihm um.

„*Mon Dieu*, Delacroix, du siehst furchtbar aus."

Er antwortete ihr nicht.

„Ich habe sie fast getötet", sagte er nach einer Weile sehr ruhig und sehr bitter.

Sie fragte nicht, wen.

„Belastet dich das noch? T... mein Freund hat dich doch davor bewahrt. Es geht ihr gut. Sie lebt. Ich habe sie gerade gesehen. Schweigsam und hochmütig. Sie hielt ihr Kinn so hoch, daß ich Angst hatte, sie würde über ihre eigenen Füße stolpern."

Er sah sie an, konsterniert zuerst, dann schüttelte er den Kopf.

„Nicht gestern. Eben. Ich hätte sie beinahe getötet." Seine Stimme klang düster und viel zu ruhig.

„Warum?"

„Nicht mit Absicht. Nicht diesmal. Ich wußte nicht ..."

„Was wußtest du nicht? Oh Gott, du hast sie doch nicht mit dem Kalteisendolch angegriffen?"

Diesmal drehte er sich zu ihr um. Seine Augen sprühten vor Wut.

„Willst du mir etwa sagen, daß du gewußt hast, was sie ist?"

„Allzuviel habe ich nicht gewußt. Nur, daß Kalteisen", sie benutzte Torlyns Worte, „ihrer Gesundheit vermutlich abträglich sein würde."

Er rammte das Messer in die Tischplatte, wo es bebend stecken blieb.

„Verflucht noch mal, Cérise, das ist kein Spiel! Wenn du solche Dinge weißt, mußt du sie mir sagen!" Er sah aus, als wollte er sie umbringen.

„Es ist aber nicht mein Geheimnis, und ..."

Er packte sie an den Armen und schüttelte sie.

„Ich habe die Nase gestrichen voll von Geheimnissen!" fauchte er. „Ich will klare Antworten, und ich will sie jetzt gleich!"

„Laß mich sofort los, oder ich schreie sehr, sehr laut um Hilfe. Ich weiß nicht, was passiert ist, das dich so aggressiv gemacht hat, aber ich bin sicher, daß es nichts mit mir zu tun hat."

Er ließ sie los.

„Was weißt du über sie?" fragte er und faltete die Hände hinter seinem Rücken.

„Ich weiß fast nichts. Mein Freund sagt, in ihrer Ahnenreihe müsse irgendwann mal ein Feyon gewesen sein. Deshalb war das Monster hinter ihr her. Es wollte sich mit ihr paaren. T... mein Freund sagt, sie sei vollkommen für das Ding, genug Feyon, um seine Nachkommenschaft zu empfangen, und zu menschlich, um sich dagegen wehren zu können."

„Wer ist ‚T'?"

„Timothy."

„Timothy?"

„Das ist ein schöner Name", sagte sie.

„Aber nicht seiner."

„Er muß reichen."

„Timothy ist der dunkelhaarige junge Mann – oder Sí – , dessen nächtliche Präsenz für deinen frühmorgendlichen Glanz verantwortlich war?" fragte er höhnisch.

„Er hat mich glücklich gemacht."

„Das war mehr als offensichtlich."

„Das hingegen war unnötig."

„Wirklich, Cérise, du weißt nichts über diesen Mann. Deine Sorglosigkeit ist unglaublich. Wie kannst du dich in einen Sí verlieben?"

„Nun", erwiderte sie und schenkte ihm ihr süßestes Lächeln, „wenigstens stehe ich damit nicht allein, nicht wahr?"

Seine Hände zuckten nach ihr, und sie trat einen Schritt zurück.

„Wage es nicht, mich anzurühren, Delacroix!" warnte sie.

„Natürlich nicht." Er verbeugte sich und lud sie dann mit einer Geste ein, sich zu setzen. „Nimm doch bitte Platz. Mach es dir bequem. Laß uns plaudern." Auf seinen Zügen lag ein Lächeln, das Cérise als besonders gefährlich kannte.

Sie setzte sich.

Er holte sich einen Stuhl, und sie sprang wieder auf.

„Mit mir spielst du deine kleinen Machtspielchen nicht. Ich kenne deine Tricks."

Er antwortete nicht, zwang sie aber auch nicht, sich wieder zu setzen.

„War sie eben bei dir?" fragte sie und vertauschte die Rollen, ohne es zu merken.

„Ja, ich hatte ein paar Fragen an sie."

„Ich möchte wissen, wie du es geschafft hast, sie dazu zu bringen, hierherzukommen. Ich hätte sie nicht als Mädchen eingeschätzt, das Männer in ihren Schlafzimmern besucht. Was wolltest du denn wissen?"

„Ich wollte wissen, warum der Auftrag, mich zu töten, mit ihrem Ring gesiegelt war und woher sie Taschenspielertricks kann, die so manchen Beutelschneider vor Neid erblassen lassen würden.

Ich wollte außerdem wissen, wo sie gelernt hat, so zielsicher mit einem Messer zu töten."

Diesmal setzte sich Cérise von allein.

„*Mon Dieu*", sagte sie, „was für eine vielseitige junge Dame. Ich verstehe, daß du gerne mehr wissen wolltest. Aber mußtest du sie deshalb mit dem Messer bearbeiten? Soweit ich mich an deine absonderlichen Moralvorstellungen erinnern kann, hast du Folter immer verabscheut."

Er lief vor ihr auf und ab, die Augen zu schmalen, gelbfeurigen Schlitzen zusammengezogen.

„Ich habe sie nicht angegriffen. Ich habe versucht, sie zu zwingen, es zu nehmen. Eins meiner kleinen Machtspielchen, wie du es so trefflich nanntest. Ich habe ihr die Hand verbrannt, und sie ist mir hier fast erstickt." Seine Stimme klang beherrscht und neutral, aber sie kannte ihn zu gut und spürte den Schmerz darin trotzdem.

„Großer Gott."

„Aber jetzt ist es Zeit, daß du ein paar Fragen beantwortest. Wer ist der Mann, der dich so glücklich macht?"

„Graf Arpad. Ungar, glaube ich. Nicht, daß das wichtig wäre. Er verehrt mich schon länger."

„Aber du hast dich bisher nicht daran erinnert?"

„Aber er hat sich bisher nicht persönlich vorgestellt." Sie öffnete ihren Kragen und zog das Amulett hervor. „Das kannst du wiederhaben."

Er nahm es und hängte es sich um.

„Ich werde McMullen bitten, dir auch eins zu besprechen", sagte er und erwartete, daß sie das ablehnte. Doch das tat sie nicht.

„Ja bitte, das wäre sehr nett."

„Graf Arpad. Wie paßt er in diese Geschichte? Oder wart ihr zu beschäftigt, um miteinander zu reden?"

„Er weiß von dem Manuskript, und er weiß über das Wiatru-Ding Bescheid. Wie auch nicht? Er war ja dabei, als wir es fingen. Er sagt, es ist ein Zerstörer."

„Böse?"

„Ich weiß nicht, ob er die Welt in Gut und Böse einteilt. Er sagt, er hat keine Vorstellung davon."

„Bestürzt dich das nicht?"

„Kaum. Er schätzt und erhält Leben." Sie fügte nicht hinzu, daß er es auch nahm. „Die Bestie zerstört Leben."

„Du denkst, er ist auf unserer Seite?" In Delacroix' Stimme schwangen Zweifel.

„Nein, er ist auf seiner eigenen Seite. Möglicherweise noch auf meiner."

„Wirst du ihn heute sehen?"

„Eventuell", sagte sie und dachte daran, daß er kommen würde, wenn er das Blut einer anderen Frau getrunken hatte. Dann überlegte sie, daß Delacroix vermutlich einen Anfall bekommen würde, wenn er das wüßte. Sie grinste.

„Sag ihm, wir müssen ihn sprechen. Ich schwöre, ich werde ihm nichts tun", gelobte er.

Sie lachte.

„Mein lieber Delacroix, sei versichert, er hat keine Angst vor dir. Er ist kein Mädchen, mit dem man Machtspielchen spielen kann. Du kämst nicht dazu, auch nur dein Messer zu ziehen."

„Ist er so gefährlich?"

Diesmal antwortete sie nicht, lächelte nur. Nach einer Weile sprach sie wieder: „Du sagtest, sie hätte mit dem Messer jemanden getötet. Wen?"

„Vonderbrück. Sehr schön und professionell."

Sie starrte ihn an.

„Du hast sie nicht festnehmen lassen?"

„Nein. Vonderbrück war ein Betrüger, Verräter und gefährlicher Irrer, und er war dabei, mich umzubringen. Sie hat mir das Leben gerettet."

„Und dafür hast du sie dann fast ermordet. Delacroix, du bist ein Idiot."

Er sah sie wütend an.

„Du mußt zugeben, daß ich das Recht hatte, ein paar Antworten zu fordern", verteidigte er sich. „Ich wollte einfach diese glatte

Fassade durchbrechen, um der Wahrheit auf die Spur zu kommen. Vonderbrück hat angedeutet, sie gehöre zu einer kriminellen Bande, die von einem Mann mit dem Beinamen ‚der König' geleitet wird. Er hat durchblicken lassen, sie stünde ihm nahe, sei vielleicht seine Mätresse. ‚Die Prinzessin' nannte er sie."

„Mätressen kommt ein solcher Titel nicht zu. Er ist Königstöchtern vorbehalten."

Er stierte sie an und setzte sich aufs Bett.

„Du könntest recht haben", sagte er. „Aber Vonderbrück sagte, sie sei ... käuflich."

„Der gleiche Vonderbrück, den du eben als Betrüger, Verräter und gefährlichen Irren bezeichnet hast?"

Delacroix antwortete nicht.

Cérise ließ sich neben ihm nieder.

„Tut es sehr weh?" fragte sie sanft.

„Was mir weh tut oder nicht hat dich nicht zu interessieren", zischte er. „Ich tue, was ich tun muß. Genau das und nichts anderes. Ausnahmslos."

„Ich weiß. Du bist und bleibst ein *crétin*."

Sie stand auf und glättete ihren Rock.

„Ich werde Timothy bitten, dich aufzusuchen. Ich kann dir aber nicht versprechen, daß er es tun wird."

Ein letzter Blick zeigte ihr, daß er das Erlebnis noch nicht verwunden hatte, obgleich die maskengleiche Unbeweglichkeit seiner Züge einem anderen seine Gefühle nicht verraten hätte.

Sie nickte ihm zu, verließ den Raum und schloß die Tür mit einem wohltuenden Knall.

Verdammter Kerl. Er war einfach nicht in der Lage, seine eigene Strenge und Bärbeißigkeit zu besiegen. Armer Delacroix. Sie begann zu lächeln, als ihr klar wurde, was sie da gedacht hatte. Vermutlich würde er ihr den Hals umdrehen, wenn er wüßte, daß sie ihn als „armen Delacroix" titulierte.

Sie ging grinsend den Flur entlang. Dann dachte sie an das Mädchen. Was mochte sie von alldem halten? Sie war erstaunlich robust. Delacroix hatte sie fast umgebracht, und als Cérise sie gesehen hatte, hatte sie im Gesicht der jungen Frau kein Anzeichen der Begegnung erkennen können. Sehr gefaßt. Ein Gesicht wie Porzellan.

Vielleicht sollte sie sie besuchen und sie trösten? Sie hielt vor Miss Jarrencourts Zimmer an und legte ihr Ohr an die Tür. Sie hörte nichts. Sie hatte erwartet, sie weinen zu hören. Sie war so jung, und Delacroix war ein beängstigender Mann, wenn man ihn nicht kannte und seine Bluffs nicht durchschaute.

Doch es war kein Weinen zu hören. Sie ging weiter. Es ging sie schließlich nichts an. Delacroix war alt genug zu entscheiden, was ihm im Leben wichtig war und wie er damit umging, und so, wie er mit der Kleinen umgegangen war, würde sie wohl kaum noch etwas mit ihm zu tun haben wollen. Wer wollte schließlich von jemandem geliebt werden, dessen Launen und Leidenschaft so intensiv waren, daß er von einer Sekunde zur nächsten zur lebensbedrohlichen Gefahr werden konnte?

Sie öffnete ihre Tür und trat ins Zimmer. Hinter ihr schloß sich die Tür, der Türgriff glitt ihr aus der Hand. Sie drehte sich überrascht um, und da war er, zog sie in die Arme, glitt mit seinem Mund zu ihrem Hals.

Sie hatte den Anhänger zurückgegeben, erinnerte sie sich. Sie war sich sicher gewesen, ihn nicht zu brauchen.

Seine Gedanken liebkosten ihre, und schon legte sie den Kopf zur Seite und zurück, bot ihm leichten Zugriff auf ihr Blut. Sie merkte, was sie tat, konnte es jedoch nicht verhindern. Er befehligte ihren Leib. Sie wollte schreien, aber auch das war ihr nicht möglich. Er zeigte ihr ein langzahniges Lächeln, beugte sich dann wieder über ihren Hals und küßte ihn sanft.

„Habe ich dir Angst gemacht?" flüsterte er, während er sie fest an sich preßte. Seine Zähne waren wieder klein, und ein Lächeln spielte um seine Lippen.

„Ja", gab sie zu und versuchte, sich wieder zu fangen. Der plötzliche Schreck war ihr in die Glieder gefahren und ließ ihre Nervenenden schrillen. Ihr Körper zitterte vor Spannung. „Ich dachte, du wolltest nicht, daß ich Angst vor dir habe?"

„Stimmt", sagte er. „Wenn ich satt bin, kannst du mir trauen. Wenn ich bin wie jetzt, mußt du vorsichtig sein. Sehr vorsichtig."

„Was kann ich tun, um dich dann abzuwehren?"

„Nichts. Absolut nichts."

„Das ist nicht sehr hilfreich."

Er gluckste amüsiert.

„Bis bald, meine Schöne", sagte er. „Ich gehe jagen."

Plötzlich nahm er ihre rechte Hand in seine Linke, streckte sie seitlich aus, während sein rechter Arm sich um ihre Taille schlang und sie in Walzerposition zog. Er wirbelte sie im Dreivierteltakt durch den Raum und drehte sie mit einer Pirouette in den Sessel.

Er küßte ihr die Hand, drehte die Hand dann um, mit dem Puls nach oben. Und wieder biß er nicht zu, küßte nur die feinen Adern ihrer weißen Haut.

Einen Moment später war er zur Balkontür hinaus.

„Warte", rief sie ihm nach, ehe er vollends im düsteren Abendlicht verschwand. „Delacroix will mit dir reden. Bitte geh zu ihm. Oder zu ihnen. Ich nehme an, du weißt, wo sie zu finden sind."

„Ja. Aber ich muß erst jagen. Ich möchte nicht den falschen Eindruck bei deinen Freunden hinterlassen. Ich werde nach dem Dîner viel zivilisierter sein."

Dann war er verschwunden.

Kapitel 67

Eliza hatte den Brief, den sie schreiben wollte, noch nicht geschrieben. Statt dessen hatte sie mit einigen bezaubernden Damen eine freundliche Unterhaltung genossen. Die Damen waren an diesem Tag extra nach München gekommen, ruhten von ihren Einkäufen im Café des Hotels aus und sprachen über das Wetter.

Eliza sprach gern über das Wetter. Es war ein wunderbar neutrales Thema, und man konnte so viel erfahren, während man just darüber sprach. Die Damen gehörten zum bayerischen Landadel, Mütter und Töchter. Sie waren nach München gekommen, um die Töchter für den nächsten Ball einzukleiden. Die meisten lebten nicht in der Stadt, und auf dem Land spielte das Wetter eine bedeutende Rolle. Viel mehr als in München. Denn die Hauptstadt war auch bei Regen schön und aufregend.

Nieselregen fiel schon den ganzen Tag, und es wurde schnell kälter. Eine der Damen sagte einen verspäteten Wintereinbruch voraus. Schnee, meinte sie. Bald würde es schneien. Sie waren nicht entzückt darüber, denn es ruinierte einem die Schuhe, und hauptsächlich die jungen Damen verabscheuten den Gedanken, auf dem Weg zu einem Ball oder einer Gesellschaft Galoschen tragen zu müssen.

Ende März Schnee? fragte Eliza. Natürlich! Bayern konnte sehr kalt sein. München lag recht hoch, das Land hob sich den Alpen entgegen, und das Wetter kam nur allzuoft von den eisigen Bergpässen. Die Isar und ihre Nebenflüsse wurden aus den Gletschern gespeist und waren eisig kalt. Man konnte sich nicht darauf verlassen, daß der Frühling eine Jahreszeit von Blumen und Sonnenschein war. Blumen und Sonnenschein konnte es an einem Tag geben und am nächsten wieder Eis und Schnee.

So erfuhr Eliza eine Menge über das bayerische Wetter und war dabei eine eifrige Zuhörerin, von der niemand geglaubt hätte, daß ihr Interesse für die meteorologischen Charakteristika ihres Gastlandes nur peripherer Natur war. Doch die Unterhaltung bereitete ihr Freude. Ohne einmal vom Thema abzukommen, gelang es ihr, durch Nebensätze und wortfeine Andeutungen bestimmte Informationen in den Köpfen der kaffeetrinkenden Gesprächspartnerinnen zu verankern. Gewiß sagte sie nie, sie sei die Tante der noblen Erbin eines außerordentlichen Vermögens, die – wohlbekannt und geachtet sowohl von der Londoner als auch der Pariser Gesellschaft – diese Saison im Königreichen Bayern verbringen wollte. Im Grunde sprach sie nur über das Wetter und über die Schwierigkeit, passende und inspirierte Kleidung für jede Art von Klima zu erstehen.

Dennoch: Als die Damen ihre Habseligkeiten einsammelten und das Café verließen, um sich auf den Nachhauseweg zu machen, war sie nicht nur sehr gut Freund mit allen geworden, sondern hatte auch noch zwei sehr interessierte Mütter von Söhnen im heiratsfähigen Alter kennengelernt. Natürlich würde man sich auf dem Ball wiedersehen. Dafür war man ja unter anderem gekommen. Ihre Verwandte in Possenhofen bestand darauf, sie einigen hochrangigen Nachbarn vorzustellen. Eliza sagte nicht, wem. Doch das war auch nicht notwendig. Die Nennung des kleinen Ortes am Starnberger See ließ die Damen ausschließlich an die Familie des Wittelsbacher Herzogs in Bayern denken, die dort lebte.

Der Nachmittag war gut angelegt, fand Eliza und trank ihren Kaffee aus. Das Schreiben an Corrisandes Vater konnte sie immer noch abfassen. Er mußte wissen, was hier vor sich ging. Zum einen würde er ungehalten sein, sollte er irgendwann von allein herausfinden, daß jemand seine Tochter mißhandelt hatte. Zum anderen konnte man niemanden mit einem solchen Wissen oder auch nur Verdacht ignorieren und weiterleben lassen. Es konnte nur in den Ruin führen. Corrisande war ein kluges Mädchen. Sie würde es einsehen, und wenn Eliza Fakten schuf, bevor Corrisande sich noch tiefer in die Angelegenheit verstrickte, konnte das die Dinge nur vereinfachen.

Es war ihre Aufgabe, auf das Mädchen zu achten. Bisher war das leicht gewesen, da Corrisande und sie was ihre Vorgehensweise betraf weitgehend übereinstimmten. Aber sich in einen solchen Mann zu verlieben war ein Unding. Eliza mußte einschreiten, für das Mädchen und seinen Vater, und natürlich auch nicht zuletzt für sich selbst.

Ein Schatten fiel auf sie. Sie blickte auf. Vor ihr stand ein kleiner, sehniger Mann in einer Priesterrobe. Er lächelte und verbeugte sich höflich.

„Mrs. Parslow, nehme ich an?" fragte er und klang recht freundlich dabei. „Bitte verzeihen Sie mir, daß ich mich Ihnen vorstelle, doch ich muß wirklich dringend mit Ihnen sprechen. Darf ich mich zu Ihnen setzen?"

Eliza mochte Pfarrer nicht besonders und machte dabei wenig Unterschiede, welcher Konfession sie angehörten. Natürlich hatte die Kirche ihre Vorzüge und ihren Platz in der Gesellschaft. Sie bot eine Plattform, andere Menschen zu treffen, und hatte zudem die Aufgabe, der ärmeren Bevölkerungsschicht Maß und Ziel zu geben – und möglicherweise eine Erziehung.

Doch sie selbst hielt nichts davon. Dennoch ging sie regelmäßig in die Kirche. Dieser Pfarrer war allerdings ein römisch-katholischer Kleriker, und sie verspürte gar keine Lust, sich mit ihm zu befassen. Vermutlich wollte er sie bekehren. Sie konnte Glaubenseiferer nicht ausstehen. Er trug eine kleine Ledermappe voller Papiere.

Sie wollte aber nicht unfreundlich erscheinen. Bayern war katholisch, und es zahlte sich nie aus, die religiösen Gefühle anderer zu beleidigen. Also lud sie ihn mit einer Geste an den Tisch ein, während sie sich bereits überlegte, welche Ausrede sie benutzen würde, um ihn zu verlassen, wenn sie ihren Kaffee ausgetrunken hatte.

„Ich bin Pater Emanuele", sagte er. „Vielleicht möchten Sie so nett sein und sich einen Moment lang diese Papiere ansehen. Ich bin sicher, Sie finden sie interessant."

Jetzt war sie verstimmt. Er öffnete die Mappe und legte ihr einige Seiten vor. Bibelverse, dachte sie, und lehnte dankend ab.

„Nein danke, Hochwürden“, sagte sie. „Ihre Beflissenheit ehrt mich, aber ich habe meinen eigenen Glauben.“

Er lächelte höflich und sagte dann ganz langsam: „Ich weiß, meine Tochter, und Ihr Katechismus beinhaltet das äußerst plötzliche Dahinscheiden von immerhin drei Ehegatten. Sie sollten lesen, was da vor Ihnen liegt. Sonst müßte ich mir Leser bei der Polizei suchen. Das sind nur Zweitschriften. Dennoch sollten Sie sie nicht herumliegen lassen. Das könnte unangenehm werden. Wenn Sie mit Ihrer Lektüre fertig sind, erwarte ich Sie in meinem Zimmer auf eine kleine Unterhaltung. Zimmer 122.“

Er erhob sich, bedachte sie mit einer akkuraten Verbeugung und entfernte sich mit einem freundlichen Lächeln auf den Lippen. Sie starrte ihm nach, bis er den Raum verlassen hatte. Dann schloß sie den Mund mit fast hörbarem Schnappen. Ein eisiger Stein schien in ihrem Magen zu liegen, als hätte sie jemand dorthin geschlagen. Er bluffte. Natürlich bluffte er. Er konnte keine Beweise haben – und wer war er überhaupt?

Sie las. Es begann mit einem kurzen Report über Earnest Worringhams Tod, eine Zusammenfassung eines Arztberichtes. Ein weiterer Bericht handelte von ihrer Ehe mit Adrian Fothercombe und von dessen Tod in Rom während einer Reise, die sie gemeinsam unternommen hatten. Ein dritter beleuchtete ihr Leben in Rom und ihre finanziellen Umstände zu dieser Zeit.

Es gab noch mehr Seiten, die sie aber nur kurz überflog. Jemand hatte sich große Mühe gegeben, aus sehr wenigen tatsächlichen Fakten eine glaubwürdige Übersicht über ihr Leben und ihre Ehen zu erstellen. Manches, sogar das meiste, war reine Spekulation. Doch einige Einzelheiten waren erstaunlich akkurat und verliehen dem Rest eine gewisse Glaubwürdigkeit. Dennoch war es ein Bluff – ein guter Bluff, aber eben nur ein Bluff.

Die letzte Seite war beängstigend. Sie erwähnte den Brief, den sie geschrieben hatte, um Delacroix aus dem Weg zu schaffen und enthielt sogar den Adressaten. Außerordentlich präzise Information.

Sie konnte es einfach ignorieren und die Seiten den Flammen übergeben. Sie enthielten keine Beweise. Sie war viel zu umsichtig, um Beweise zu hinterlassen, und das Verscheiden ihrer drei Gatten war schon lange her. Es war unwahrscheinlich, daß irgend jemand nur auf solch zusammengewürfelte Verdächtigungen hin jetzt eine polizeiliche Untersuchung gegen sie einleiten würde.

Dennoch war es möglich. Männer regierten die Welt, und die Gesetzgebung und Gerichtsbarkeit eines jeden Landes dieser Welt oblagen wiederum einzig und allein Männern. Frauen konnte man leicht zugrunde richten. Der Verdacht, die Andeutung allein, sie könnte ihre Ehemänner umgebracht haben, mochte schon ausreichen, um ihr Leben in der Gesellschaft unmöglich zu machen, selbst wenn kein Richter und keine Geschworenen sie je für schuldig befanden.

Richter und Geschworene waren jedoch auch Männer, und Männer wurden immer sehr unversöhnlich, wenn sie eine Frau verdächtigten, zu frei, zu stark oder zu unabhängig zu sein. Ob sie ihre Gatten umgebracht hatte, mochte für sie nicht so ausschlaggebend sein wie die Tatsache, daß sie eine Männerwelt an der Nase herumgeführt hatte, die das nicht bemerkt hatte.

Der Priester wollte etwas von ihr. Vielleicht sollte sie herausfinden, was es war. Sie war nicht sicher. Sie konnte ihn auch ignorieren. Eventuell war das besser. Wenn sie zu ihm ging, war das schon ein Eingeständnis, daß er irgendeine Macht über sie besaß. Besser würde es sein, nicht zu reagieren.

Sie fragte sich, wie sie sich verhalten hätte, wäre sie tatsächlich unschuldig am Tod der Männer gewesen. Hätte sie den Mann ignoriert und wäre einfach nur über seine Vorwürfe empört gewesen? Oder hätte sie sich Sorgen gemacht und ihm ihre Unschuld darlegen wollen?

Sie wußte es nicht. Letztlich hatte sie alle drei vergiftet. Mit dem Gift, das Corrisande verwendet hatte, um sie zu betäuben.

Das war das Schöne an dem Stoff. Er konnte einfach nur ein sehr starkes Schlafmittel sein. Nahm man zuviel, lähmte er das Herz.

Er hatte nett gewirkt, doch sie wußte genug von der Welt, um sich darauf nicht zu verlassen. Ein Diener Gottes. Vielleicht war das eine Verkleidung? Kleriker liefen üblicherweise nicht herum und erpreßten Damen der besseren Gesellschaft, und auf Erpressung lief es hinaus, da war sie sich sicher. Eine kleine Unterhaltung, hatte er gesagt, und er hatte nicht so ausgesehen, als machte er sich Sorgen, sie könne eventuell nicht kommen. Sie glaubte nicht, daß die kleine Unterhaltung die Rettung ihrer Seele zum Inhalt haben würde.

Sie konnte einfach nach oben gehen und Corrisande überzeugen, zu packen und abzureisen. München war mißglückt. Es wäre schade, jetzt, wo sie bereits begonnen hatten, ein vielversprechendes Netzwerk aufzubauen.

Allein, sie konnten nicht bleiben. Vielleicht würde der Mann im Priesterkostüm ihr ja nicht folgen, wenn sie abreiste.

Oder doch? Sie fragte sich, wie er an die Berichte gekommen war. Er mußte sie schon lange verfolgen, um sie zu sammeln. Sie hatte nie bemerkt, daß ihr jemand nachspionierte. Also wo konnte er die Berichte herhaben?

Höchstwahrscheinlich waren es nichts als reine Mutmaßungen. Er hatte ausnehmend klug ausgesehen.

Wie auch immer, es wurde immer wichtiger, schnell den „König" zu informieren. Er würde wissen, was zu tun war. Ein Unglück, daß sein Repräsentant nun tot war. Damit schied der direkteste Weg einer schnellen Problembeseitigung aus, und die war von größter Wichtigkeit. Sie hatte den Brief hier im Café schreiben wollen. Das war nun unmöglich. Briefe konnte man finden und lesen, und sie hatte nicht vor, das dünne Material über sich selbsttätig zu ergänzen.

Das ließ sie wieder an ihr ursprüngliches Problem denken. Sie fragte sich, ob Delacroix mit dieser Attacke zu tun hatte. Wenn er einen Verdacht gegen Corrisande und sie hegte, konnte es sein, daß er Schritte unternommen hatte, um mehr über sie herauszufinden.

Doch in so kurzer Zeit? Das schien unmöglich. Es war in der Tat schade, daß er dem Mordanschlag entgangen war. Die Dinge wären ohne den Mann wirklich einfacher gewesen. Sie hatte sich sogar überlegt, ihn selbst zu töten. Schwierig wäre es nicht. Wahrscheinlich dachte er nicht daran, seine Speisen und Getränke zu kontrollieren.

Jetzt war ihr diese Möglichkeit genommen. Noch ein Mann in ihrem Umfeld, der plötzlich an einer Herzattacke im Schlaf dahinschied, das war mehr, als sie riskieren konnte. Er war also sicher, bis der „König" sich seiner annahm, und selbst da mußte sie jetzt gut achtgeben, was sie schrieb. Es mußte dem klugen Bandenkopf alles an Informationen geben, ohne einem Fremden etwas zu verraten. Das mußte gewissenhaft vorbereitet werden.

Sie fragte sich, ob der Priester allein arbeitete. Wahrscheinlich ja. Erpresser gingen sparsam mit ihrem Wissen um. Es war ihre Ware und nur so lange wertvoll, wie es unbekannt war. Geheimnisse bedeuteten Geld. Nur hatte der Mann nicht ausgesehen, als sei er hinter Geld her. Tatsächlich hatte er wie ein Priester ausgesehen. Schlecht gekleidet. Mit veralteter, frommer Liebenswürdigkeit. Nur was konnte er wollen, wenn nicht Geld?

Den „König". Das mußte es sein. Vielleicht versuchte er, über sie mehr Informationen über ihren ultimativen Arbeitgeber zu bekommen. Wenn das alles war – darüber konnte sie verhandeln. Sie hatte ausgesprochenes Geschick im Verhandeln, und sie war auch gut darin, Menschen in die gewünschte Richtung zu manipulieren. Allerdings hatte sie das Gefühl, dieser Mann würde nur schwer zu manipulieren sein.

Sie würde ihn ignorieren. Das war das Beste, was sie tun konnte.

Sie packte die kleine Mappe zusammen und hielt sie gut fest. Sie überprüfte den Tisch, ob da nicht noch etwas lag, ein Papier, das sie übersehen hatte. Dann verließ sie das Café, die Mappe in der Hand. Sie mußte sich jetzt um Corrisande kümmern.

Kapitel 68

McMullen saß da, halb verborgen zwischen seinen Büchern. Er hatte einen Freund, der in der Königlichen Bibliothek arbeitete, die vor einigen Jahren nicht allzuweit von der Residenz auf der Ostseite der Ludwigstraße erbaut worden war. Diesem hatte er eine Nachricht zukommen lassen, und der hatte ihm ein ganzes Paket Bücher über Ungeheuer und ungewöhnliche Fey zukommen lassen. Das meiste war untauglicher Nonsens. Wenn er hier nicht fündig würde, würde er als nächstes seine Loge um Hilfe bitten müssen. Bisher hatte er das vermieden.

Er las konzentriert, versuchte, eine Antwort zu finden, eine Lösung für ihr Problem. Das Kästchen stand immer noch auf dem Tisch, und die Offiziere machten einen Bogen darum, wenn sie durch das Zimmer gingen.

Von Görenczy hing halb dösend in seinem Sessel. Es langweilte ihn, auf Antworten zu warten, die eines größeren Zeitaufwandes bedurften. Von Orven summte ein fröhliches Liedchen und lächelte verträumt vor sich hin. Wenn er sich bewegte, schien sein Schritt etwas Tänzelndes zu haben. In der Tat tänzelte er im Zimmer mal hierhin, mal dorthin. Seine Augen strahlten vor Glück.

Delacroix bedachte ihn mit einem giftigen Blick.

„Leutnant von Orven“, bemerkte er. „Warum machen Sie nicht ein Päuschen und vertreten sich die Füße? Außerhalb dieses Raumes? Sie könnten dort zu Ende singen und dann zurückkommen, und wenn Sie schon dabei sind, könnten Sie uns etwas zu essen bringen lassen. Das wäre nett. Vielleicht mögen die hiesigen Küchenangestellten Ihre Musik.“

Asko lächelte.

„Natürlich“, sagte er. „Tut mir leid, daß ich Sie gestört habe. Aber ich bin sehr glücklich. Sie können sich nicht vorstellen, wie glücklich.“

„Offenbar kann ich das nicht“, gab der Colonel zurück. „Obwohl ich gerne zugestehe, daß Ihr Glück kaum zu ignorieren ist.“ Er fragte sich, was der glückliche Leutnant wohl zu dem Umstand gesagt hätte, daß kurz nach seinem Besuch bei Miss Jarrencourt die nämliche junge Dame zu ihm ins Schlafzimmer gekommen war, um dort beinahe zu sterben.

Er fragte sich außerdem, was von Orven dazu gesagt hätte, hätte er gewußt, daß er gerade die ersten Schritte für eine Bindung zu einem Wesen unternommen hatte, das immerhin entfernt verwandt war mit dem Ding in der Schachtel auf dem Tisch, das die Verwandtschaft erkannt und die Wunschgattin des Bayern zu koitieren versucht hatte.

Er konnte es ihm nicht sagen. Gern hätte er gefragt, ob der junge Mann tatsächlich um die Hand der hübschen Corrisande angehalten und welche Antwort sie ihm gegeben hatte. Doch er konnte es nicht. Es war völlig unmöglich. Es ging ihn nichts an.

„Hat sie ja gesagt?“

Jetzt hatte er doch gefragt. Am liebsten hätte er sich getreten. Asko starrte ihn erstaunt an. Eine so persönliche Frage hatte er nicht erwartet, und Delacroix hatte kein Recht, sie zu stellen. Es sollte ihn nicht einmal interessieren.

„Nun“, antwortete Asko. „Sie hat mir Grund zur Hoffnung gegeben, wenn Sie es genau wissen wollen. Mehr habe ich nach einem Tag Bekanntschaft auch nicht erwartet.“

McMullen blickte mit einem seltsamen Gesichtsausdruck von einem Mann zum anderen.

„Verzeihung“, sagte Delacroix. „Ich hätte nicht fragen sollen. Geht mich nichts an. Gratuliere.“

„Zu früh für Gratulationen“, antwortete Asko mit einem Lächeln. „Aber dennoch vielen Dank. Ich gehe dann mal und lasse uns etwas zu essen bringen – und singe dem Koch etwas vor.“

Er verließ den Raum. Es wurde auffallend still.

McMullen sah Delacroix an, als versuche er, Antworten in dessen Miene zu finden.

„Ich werde das Gefühl nicht los, Sie sollten mir etwas erklären", brummte er, und Delacroix nickte, deutete aber mit dem Kopf auf von Görenczy, der in seinem Sessel döste und die Augen geschlossen hielt. Sein Kopf war ihm auf die Brust gesunken.

McMullen machte eine Geste in Richtung des Chevaulegers, und der begann, sanft zu schnarchen.

„Also", sagte er, „Sie haben sie nicht hergebracht. Daraus schließe ich, Sie haben sie selbst ausgehorcht. Was haben Sie herausgefunden?"

„Sie ist zum Teil Sí." McMullens Brauen schossen in die Höhe. „Sie sagt, sie hätte den Attentäter nicht gedungen, doch sie weiß, wer es war. Sie sagt, darüber", er wies auf die Box, „weiß sie nichts."

„Glauben Sie ihr?"

„Sie ist eine Schwindlerin, aber das glaube ich ihr."

„Sie ist eine Feyon? Wie das? Ich meine, wie kann es sein, daß Sie das nicht bemerkt haben?"

„Nach dem, was Cérise oder besser Timothy – Cérises Fey-Liebhaber – sagte, muß es vor langer Zeit einen Fehltritt in der Ahnenreihe gegeben haben. Sie hat keine äußerlich sichtbaren Kennzeichen. Ich habe sie mit dem Kalteisendolch fast umgebracht. Ich habe sie schwer verletzt."

„Schon wieder?"

„Schon wieder. Ich wußte es nicht. Können Sie etwas für sie tun? Sie hat eine schwere Verbrennung an der Hand. Es muß abscheulich weh tun."

„Ich bin kein Mediziner. Meine Heilkräfte sind begrenzt, und sie funktionieren bei Menschen, nicht notwendigerweise bei Sí."

„Sie sagte, sie wußte nichts von ihrem Erbe, bis sie in den Feyon-Bann gelaufen ist. Sie wußte nicht mal, was es war. Jemand hat es ihr erklärt."

„Wer?"

Er hatte sie nicht gefragt. Die einzige logische Frage, und er hatte sie nicht gestellt.

„Ich weiß es nicht. Ich war unkonzentriert. Sie ist mir beinahe unter den Händen weggestorben. Mein Hirn hat nicht richtig gearbeitet. Cérise hat mich einen Idioten genannt. Höchstwahrscheinlich zu Recht."

„Cérise ist eine kluge Frau – wenn sie will", erwiderte McMullen.

„Cérise ist eine nervenzerfetzende, egoistische ..."

„Aber, aber. Ihr Ärger richtet sich doch nicht gegen Mlle. Denglot, oder? Was machen wir jetzt mit Miss Jarrencourt?"

Delacroix ließ sich auf einen Sessel fallen, stützte die Ellenbogen auf die Knie und vergrub sein Gesicht einen Augenblick lang in den Händen.

„Nichts", sagte er dann. „Gar nichts. Ich hoffe, sie ist vernünftig genug, sich nicht von unserem Leutnant vor den Traualtar schleppen zu lassen, und wenn sie es doch tut, hoffe ich inständig, daß er nie herausfindet, was sie wirklich ist. Er haßt alle Sí mit jeder Faser seines wohlanständigen, überbraven Wesens, und er ist ein ehrlicher und geradliniger Trottel, während ich sie im Verdacht habe, eventuell aus einem kriminellen Umfeld zu stammen."

„Du liebe Güte." McMullen klang besorgt. „Was ist mit Ihnen?"

„Was soll mit mir sein?"

„Ich hatte den Eindruck, daß Sie gegen Miss Jarrencourts Charme auch nicht vollständig immun sind."

„Ich werde mich ihr nicht wieder aufbürden. Nie mehr."

McMullen ließ es dabei bewenden und wechselte das Thema.

„Sie haben mit Cérise gesprochen? Was hat sie gesagt – außer daß Sie ein Idiot sind?"

„Sie hat gesagt, ihr – Timothy – wisse von dem Manuskript. Sie sagte nicht, er sei auf unserer Seite, doch sie ließ durchblicken, daß er nicht gegen uns arbeitet. Sie wollte ihn bitten, uns zu berichten, was er weiß. Ich wünschte nur, sie gäbe besser auf sich acht."

„Sie ist eine erwachsene, unabhängige Frau. Die Risiken, die sie eingeht, sind ihr Problem. Nicht Ihres, Delacroix."

„Vorausgesetzt, sie tut es nicht mitten in einer meiner Kampagnen." Delacroix sprang wieder auf und lief unruhig auf und ab.

„Das ist auch wieder wahr."

Sie schwiegen.

Kapitel 69

Ein Mönch stand am Fuße der Treppe und lächelte Eliza auf seltsame Weise an. Sie war keine Frau, die sich schnell fürchtete, doch bei dem Lächeln stellten sich ihr die Nackenhaare hoch. Es hatte etwas erstaunlich Abartiges. Er begann, direkt hinter ihr die Treppen hochzusteigen, und als sie den ersten Stock erreichten, trat er ihr plötzlich in den Weg.

„Prego, Signora", sagte er, streckte seine Arme seitwärts aus und blockierte ihr weiteres Fortkommen. Sie starrte ihm ins Gesicht und wußte mit einem Mal, daß er nur darauf wartete, daß sie sich ihm widersetzte. Er wartete gebannt, daß sie etwas gegen ihn unternahm und ihm die Möglichkeit gab, sie anzufassen. Gegen seinen Willen würde sie ihr Zimmer nie erreichen.

Also lächelte sie und blieb reglos stehen.

„Zimmer 122?" fragte sie, und er nickte. Sie lächelte noch einmal und neigte ihr Haupt in manierlicher Dankbarkeit, während sie ihn mit ganzer Seele haßte. Er hatte ihr jede Entscheidungsfreiheit genommen. Sie konnte um Hilfe rufen, doch auch ihr war aufgefallen, wie leer das Hotel inzwischen war. Gerade eben waren wieder einige Gäste abgereist. Was, wenn er wirklich ein echter Mönch war? Würde man ihr glauben, daß er sie angegriffen oder irgendwie belästigt hatte? Wahrscheinlich nicht.

Er führte sie den Flur entlang, ohne sie zu berühren, aber sie spürte seine Präsenz, und das machte sie nervös. Durch die Verbindung zu Corrisandes Vater hatte sie schon ab und zu den einen oder anderen unerklecklichen oder gefährlichen Menschen getroffen, doch dieser erschien ihr schlimmer als der übelste Schieber in der Bande des „Königs". Es war etwas Bestialisches an ihm, etwas Wildes, Rasendes, Reißendes. Er hatte die Ausstrahlung eines tollen Hundes.

Er öffnete die Tür und zwang sie, einzutreten, indem er einfach so nah von hinten an sie herantrat, daß sie sofort versuchte von ihm fortzukommen. Sie fühlte sich wie ein Schaf, das ein Wolf trieb.

Der Priester saß auf dem Stuhl hinter dem Tisch und sah ihr entgegen.

„Wie nett von Ihnen, uns zu besuchen", sagte er und lächelte freundlich. „Bitte nehmen Sie doch Platz."

Sie hörte, wie die Tür sich hinter ihr schloß. Der Mönch rückte ihr einen Stuhl gegenüber dem Priester zurecht, und als sie sich gesetzt hatte, stellte er sich direkt hinter sie. Fast spürte sie seinen Atem in ihrem Nacken. Nein, das konnte sie nicht, schalt sie sich nach kurzer Überlegung. Doch er vermittelte allzusehr das Gefühl, sie sei nur Beute.

Sie legte die Mappe vor sich auf den Tisch und lächelte ihr Gegenüber an. Sie schwieg. Im Zimmer herrschte vollständige Stille.

„Ich frage mich gerade, ob es Caesar war, der in dem Shakespearestück seine Frau als ‚meine süße Stille' bezeichnete?" überlegte der Pfarrer laut mit einem freundlichen Lächeln. „Persönlich schätze ich Schweigen sehr, als Element besserer Umgangsformen und als frommes Grundprinzip. Ganz besonders bei Frauen, denn da findet man es selten. Aber übertreiben Sie es nicht ein wenig?"

Sie faltete die Hände ordentlich in ihrem Schoß und lächelte zurück, wobei sie die Art seines Lächelns so gut wie möglich kopierte.

„Sir – oder Hochwürden –, ich kenne Sie nicht, wir sind einander nicht vorgestellt worden, und Sie haben mich mit Methoden in dieses Zimmer gezwungen, die am Rande der Gewalt angesiedelt sind. Es sollte Sie nicht erstaunen, daß ich nicht besonders entgegenkommend bin. Ich finde Ihre Haltung ebenso unverständlich wie unerhört."

„Ach je", antwortete der Mann, als sei er tatsächlich verstört. „Das tut mir leid. Ich habe Bruder Giuseppe angewiesen, keine

Gewalt anzuwenden. Leider hört er manchmal nicht auf mich. Das ist bedauerlich. Wissen Sie, er mag Gewalt." Er lächelte erneut. „Was mich angeht, ich bin Pater Emanuele, das hatte ich bereits erwähnt, und ich habe Sie nicht hierher gebeten, um mit Ihnen Ihre religiösen Präferenzen zu diskutieren – und ebensowenig irgendwelche Umgangsformen."

Er lehnte sich zurück, wartete darauf, daß sie ihm antwortete, was sie jedoch nicht tat. Sie saß ihm nur unbeweglich gegenüber und studierte seinen Gesichtsausdruck.

„Wissen Sie, eine Mörderin wie Sie gehört gehenkt. Unser Herr wird jedoch dafür sorgen, daß der Lohn für Ihre Taten nicht ausbleibt, und in seiner unermeßlichen Gnade hat er Ihnen sogar die Möglichkeit gegeben, mir um Ihrer Vergebung willen ein wenig behilflich zu sein. Ich finde, Sie haben Grund, dem Himmel dankbar zu sein."

„Sie irren sich, Hochwürden", sagte sie jetzt, wobei sie sorgsam darauf achtete, daß ihr ihr Lächeln nicht abhanden kam. „Ich habe Ihre Papiere durchgesehen, und sie sind gewiß recht unterhaltsam. Tatsächlich hatte ich drei Ehemänner, die alle drei verstorben sind. Das ist eine Tragödie. Doch wie Sie wissen, hat keiner dieser traurigen und frühen Todesfälle Anlaß zu Argwohn gegeben. Sie sind alle drei eines natürlichen Todes gestorben. Ihr Märchenbüchlein ist nicht nur unwahr, sondern auch verleumderisch. Ich wäre nicht einmal gekommen, um diesen Unsinn mit Ihnen zu diskutieren, wenn Ihr Assistent mich nicht zu diesem Besuch gezwungen hätte."

Er nickte.

„In der Tat haben Sie keine Angst vor mir. Das ist klug. Ich sehe schon, ich habe in Ihnen einen Menschen mit Intelligenz und Mut vor mir. Das war mir bereits klar. Wenn Sie nicht klug und mutig wären, wären Sie mit drei Morden nicht durchgekommen." Er winkte ab, als sie etwas sagen wollte. „Bitte unterbrechen Sie mich nicht. Hören Sie einfach zu. Wir müssen das Ob oder Wie der Morde nicht erörtern. Auch nicht Ihre Unschuld. Ich bin nicht daran interessiert, mir Ihre Proteste und Ehrenworte anzuhören. Ich weiß, daß Sie es waren, genauso, wie Sie es wissen. Zugegeben, die Beweislage ist dürftig. Doch das läßt sich ändern, wenn wir uns genügend Mühe geben, und wir sind in der Lage, uns sogar sehr viel Mühe zu geben und all das auszugraben, was wir an weiteren Beweisen benötigen. Im Notfall fälschen wir die Beweise. Niemand wird sie in Frage stellen."

Er beugte sich vor und blickte in ihr eingefrorenes Lächeln.

„Ich selbst bin allerdings nicht daran interessiert, eine Mörderin der Justiz zuzuführen, ich bin kein Polizist."

„Was wollen Sie?" fragte sie eisig.

„Ich sehe, wir verstehen uns. Ich will Ihre Kooperation. Ihre vollständige, absolut verläßliche Kooperation. Wenn Sie meinen Ansprüchen genügen, wird Ihre Vergangenheit in unserem Archiv verschwinden und dort bleiben. Wenn nicht, werden Sie Bekanntschaft mit dem Henker machen. Ich kann Ihnen versprechen, daß Sie bei einer Flucht nicht mal bis zur bayerischen Grenze kämen. Dies ist ein katholisches Land, und ich bin ein einflußreicher Mann. Ich versichere Ihnen, ich werde Sie persönlich zum Galgen geleiten, wenn Sie heute die falsche Entscheidung fällen. Ich würde es als meine Christenpflicht ansehen, Ihnen in Ihren letzten Stunden mit Gebet und Zuspruch beizustehen, ehe man Ihnen die Schlinge um den Hals legt."

Sie schwieg. Es gab keine schickliche Antwort.

„Sie reisen mit Miss Jarrencourt. Was ist Ihre Verbindung zu dieser Frau?"

„Ich fungiere als ihre Anstandsdame. Ihr Vater ist Invalide, und mir bleibt die Aufgabe, sie in die Gesellschaft einzuführen. Wie alle jungen Damen hofft sie auf eine gute Ehe mit einem entsprechenden Herrn."

„Ah", sagte der Diener Gottes. „Wir werden Herrn ‚Javrau' – oder wie immer er sich gerade nennt – einmal beiseite lassen. Ich kenne ihn persönlich, und als ich ihn das letzte Mal getroffen habe, da erfreute er sich bester Gesundheit." Er lächelte, und sie erbleichte. „Wie kam er zu einer solchen Tochter?"

Diese Frage verstand sie nicht.

„Corrisande ist das legitime Kind aus seiner standesgemäßen Ehe. Was meinen Sie?"

„Kann es tatsächlich sein, daß Sie nicht wissen, daß Sie zumindest teilweise eine Feyon ist?"

Einen Augenblick lang verlor Eliza die Fassung, und sie starrte den Mann nur mit offenem Mund an.

„Bitte?"

„Sie wußten es wirklich nicht? Nun, es ist wahrscheinlich nichts, das man einer bloßen Reisegefährtin erzählt. Wie hat sie sich denn an die drei Offiziere herangemacht? Was sind ihre Pläne? Trifft sie sich mit anderen abartigen Geschöpfen? Gehört sie einer Verschwörung an?"

„Bitte?"

„Wirklich, Mrs. Parslow, Sie müssen aufhören, sich so sinnlos zu wiederholen. Ich kann mir nicht vorstellen, daß Sie ich weiß nicht wie lange mit dem Mädchen unterwegs sind und nicht wissen, was sie vorhat. Sie schaden sich nur selbst. Ich kann schon deutlich den Abdruck eines Hanfseiles auf Ihrem Hals erkennen. Seien Sie bitte ein wenig kommunikativer."

Eliza schloß den Mund mit einem plötzlichen Schnappen.

„Hochwürden", sagte sie dann, „was Sie über Corrisande sagen, muß völliger Unsinn sein. Ich kenne Sie nun schon Jahre, und ich habe nicht einen einzigen Hinweis darauf gesehen, daß sie kein Mensch wäre. Wenn Ihnen ihr Vater bekannt ist, dann wissen Sie, daß ihr Werdegang ungewöhnlich sein mußte. Doch weder Monsieur Javrau noch Corrisande haben irgendeine Verbindung zu übernatürlichen Dingen, und ich selbst habe an das Okkulte nie geglaubt. Ich kann kaum verstehen, daß Sie als Mann der Kirche sich mit so etwas abgeben. Corrisande mag Fehler haben. Aber Komplotte mit abartigen Bestien gehören nicht dazu. Das wüßte ich. Wir sind lange genug zusammen. Sie lernte die Offiziere kennen, als vorgestern abend ein Phänomen unser Zimmer durchquerte. Sie fiel in Ohnmacht, und einer der Herren hat sie wiederbelebt."

„Warum hat sie bei der Jagd mitgeholfen? Doch nicht grundlos? Aus Altruismus? Das kann ich nicht glauben, Mrs. Parslow."

„Dazu", sagte sie, „kann ich Ihnen wenig Details nennen, denn ich habe währenddessen geschlafen. Sie hatte mir ein starkes Schlafmittel verabreicht."

Der Mann schmunzelte.

„In die eigene Grube gefallen?"

„Wohl kaum", entgegnete sie und schwieg dann.

„Unerhört", sagte er. „Was für ein unmädchenhaftes Verhalten, einfach seine Anstandsdame zu betäuben und mit drei jungen Offizieren auf die Jagd zu gehen. Warum haben die sie mitgenommen? Wenn sie so harmlos ist, wie Sie sagen, dann muß sie doch eher eine Last als eine Hilfe gewesen sein."

„Sie konnte das Nahen des Wesens spüren, ehe es in Erscheinung trat. Dieses Talent haben die Herren genutzt."

„Hat dieses Talent Sie nicht stutzig gemacht?"

Nein. Hatte es nicht. Sie hatte nicht darüber nachgedacht. Sie blickte ins Gesicht ihres Gegenübers und sah, daß er ihren konsternierten Ausdruck zu deuten wußte.

„Ihr junges, unschuldiges Mädchen mit diesem ungewöhnlichen Talent hat sich also entschlossen, Sie mit einem Schlaftrunk außer Gefecht zu setzen, um dann mit ein paar Herren auf Gespensterjagd zu gehen. Sie haben die Kreatur übrigens gefangen. Das wissen wir. Was können Sie mir sonst noch berichten?"

Sie wollte ihm gar nichts erzählen. Doch was sie wollte, war im Moment nicht relevant. Sie mußte lebend aus dieser Sache rauskommen. Es war schade um Corrisande, allerdings war sie tatsächlich nicht besonders nett zu ihr gewesen, und so fühlte Eliza sich ihr nicht allzusehr verpflichtet. Hier ging es um sie, nicht um ihren Schützling.

„Sie hat sich in Colonel Delacroix verliebt. Ich weiß nicht, ob er ihre Gefühle erwidert, doch hat er sie – denke ich – zu seinem Vorteil zu nutzen gewußt. Es gibt da noch einen weiteren Offizier, von Orven. Er hat die Absicht, um ihre Hand anzuhalten, angedeutet. Er würde sie gerne heiraten. Sie hat ihm noch keine Antwort gegeben."

„Da war sie ja rege. Wir werden uns später um sie kümmern."

„Hochwürden, ich widerspreche nur ungern, aber ich möchte doch darauf aufmerksam machen, daß ihr Vater nicht ohne einen gewissen Einfluß ist. Wenn ihr durch meine Indiskretion etwas zustieße, wäre das für mich mehr als unangenehm."

Er nickte nur.

„Das ist richtig. Er wäre Ihnen gewiß nicht wohlgesonnen. Doch er muß von Ihrer Verwicklung in diese Dinge ja nicht erfahren. Ich werde ihm nichts verraten, solange Sie tun, was ich will."

Sie starrte ihn an.

„Was wäre das denn?" fragte sie.

„Wir werden sehen. Sie können damit rechnen, daß ich ein oder zwei kleine Aufgaben für Sie haben werde. Sie können die Offiziere angehen, ohne daß es auffällt. Sie könnten sogar in ihr Zimmer. Sie sind einfallsreich und unbehelligt durch Bedenken. Deshalb werden Sie gewiß Mittel und Wege finden, das zu tun, was ich von Ihnen will, und wenn wir damit fertig sind, bringen Sie mir Miss Jarrencourt."

Sie nickte.

„Was werden Sie mit ihr machen?"

Er sah ihr direkt in die Augen.

„Das, was wir mit allen unnatürlichen Fey machen, die wir fangen. Bestehen Sie auf Details?"

Sie fröstelte, plötzlich war ihr sehr kalt.

„Nein", sagte sie. „Ich möchte lieber keine Details wissen." Sie atmete tief durch. Arme Corrisande. So jung zu sterben. Sie hoffte inständig, Corrisandes Vater würde ihre Rolle in der Geschichte nie erfahren.

„Was soll ich tun?" fragte sie.

„Ich warte auf Informationen von einem weiteren Mitglied meines Ordens. Sobald ich die Informationen habe, werde ich es

Ihnen sagen. Bis dahin hoffe ich, daß Sie meine Gastfreundschaft akzeptieren. Machen Sie es sich bequem. Spielen Sie Schach?"

Sie stierte ihn nur an.

„Schade", sagte er. „Sie hätten höchstwahrscheinlich die Voraussetzungen dafür. Sie sollten es lernen. Nur für den Fall, daß wir uns jetzt häufiger begegnen. Wissen Sie was? Ich werde es Ihnen beibringen."

Kapitel 10

Von Görenczy schnarchte ganz leise. Es war das einzige Geräusch, das im Moment im Zimmer zu hören war. McMullen hatte sich wieder in seine Bücher vergraben. Delacroix lief im Zimmer auf und ab wie ein Panther im Käfig, doch seine Schritte waren auf dem weichen Teppich nicht zu hören.

Es klopfte. Delacroix hielt mitten in der Bewegung inne, und seine Haltung änderte sich von einem Augenblick zum nächsten. Er weckte von Görenczy.

„Ich werde öffnen. Seien Sie bereit, wenn nötig einzugreifen."

Er hob die Waffe und öffnete die Tür abrupt und schnell, in dem Wissen, daß von Görenczy den Eingang ebenfalls mit einer Waffe in der Hand beobachtete.

Der schlanke junge Mann, der vor der Tür stand, blickte in die Mündung von Delacroix' Pistole. Er schmunzelte.

„Colonel Delacroix?" fragte er freundlich. „Cérise hat mich gebeten, Sie aufzusuchen. Doch wenn ich störe, kann ich später wiederkommen. Graf Arpad." Er verbeugte sich.

Delacroix musterte ihn eingehend. Sein fast schulterlanges schwarzes Haar fiel über seine Ohren, und er sah harmlos aus. Äußerst menschlich. Seine Manieren waren einwandfrei, und sein Auftreten war gewinnend. Ein gutaussehender Mann mit freundlichem Lächeln. Er war tadellos und elegant gekleidet, eine Nadel mit einem Diamanten glitzerte in seiner modisch gebundenen Krawatte. Seine dunklen Augen blickten offen und direkt in die Delacroix'. In ihnen war keine Arglist zu erkennen, nur freundliche Beflissenheit.

Konnte er das Risiko eingehen, ihn hereinzubitten? Er hatte seinen Kalteisendolch griffbereit im Gehrock, doch er dachte an Cérises Worte. Er wäre nie schnell genug, die Waffe zu ziehen. Er erinnerte sich auch an die pfeilschnellen, präzisen Bewegungen des Mannes, die er im Keller beobachtet hatte. Sie hatte wahrscheinlich recht.

McMullens Stimme drang aus dem Raum hinter ihm.

„Bitten Sie Graf Arpad doch herein, Delacroix."

Delacroix trat beiseite und ließ seinen Gast eintreten. Der junge Mann hielt plötzlich an, und seine Brauen zuckten nach oben. Er verbeugte sich fast ehrfurchtsvoll vor McMullen.

Der Meister verneigte sich genauso tief und schmunzelte.

„Aengus McMullen, zu Ihren Diensten", sagte er.

„Ich sehe, Sie gehen kein Risiko ein", bemerkte der Sí trocken, und Delacroix versuchte vergeblich zu verstehen, was er meinte.

Er wies auf einen Stuhl und lud seinen Gast ein, Platz zu nehmen, doch der Feyon lächelte nur.

„Wenn ich mich setzen soll, müssen Sie den Stuhl zu mir bringen. Ich fürchte, ich kann diese Linie nicht übertreten."

Delacroix sah nicht, auf welche Linie er anspielte, doch er fragte auch nicht. Er holte den Stuhl und bot ihn dem Gast an. Der Mann setzte sich. Er schlug ein schlankes Bein über das andere und faltete die Hände ordentlich über dem Knie, wobei er seine Finger so verschränkte, daß man seine Fingernägel nicht sah. Dann verneigte er sich sitzend vor von Görenczy, der immer noch mit der Waffe auf sein Herz zielte.

„Udolf von Görenczy, nehme ich an", sagte er und lächelte den Chevauleger an, der ihm zunickte, ein wenig verlegen grinste, aber dennoch seine Waffe keinen Millimeter senkte. „Hätten Sie gerne, daß ich die Hände hebe? Oder soll ich meine Waffen abgeben? Ich trage keine. Aber Sie können mich gern durchsuchen. Ich werde ganz stillhalten."

„Es tut mir leid, wenn Ihnen unsere Sicherheitsvorkehrungen etwas harsch vorkommen", sagte Delacroix, „doch Sie werden verstehen, daß wir so wenig Risiken eingehen möchten wie möglich."

„Das verstehe ich. Sie haben da ein sehr gefährliches Individuum gefangen, und über mich wissen Sie auch nichts weiter. Ich möchte nur bitten, daß der Herr Leutnant mich nicht etwa aus Versehen erschießt. Ich bin hier, um zu helfen."

Delacroix sah McMullen an und dann wieder den Sí.

„Individuum?“ fragte er. „Sie sprechen bei dem Ding von einem Individuum?“

Dunkle Augen sahen zu ihm auf. In ihnen war ein schelmisch amüsiertes Glitzern zu sehen, und Delacroix konnte mit einem Mal verstehen, was Cérise in diesem Mann sah.

„Er lebt, hat die Fähigkeit zu denken und zu planen und eine physische Erscheinungsform, die Sie schon in Aktion gesehen haben. Für mich klassifiziert ihn das als Individuum. Oder finden Sie, nur Menschen können das sein? Dann müßte ich Sie fragen, als was Sie mich sehen.“

Darauf gab es keine Antwort. Schweigen senkte sich über den Raum.

McMullen, der hinter dem Tisch mit dem Kasten stand, sprach als nächster.

„Sie haben Mlle. Denglot etwas über das Manuskript verraten. Bitte erklären Sie uns das. Wir müssen mehr darüber wissen.“

Der Sí beugte sich vor und blickte dem Magier in die Augen. All seine Bewegungen waren maßvoll und langsam. Delacroix verstand, daß er versuchte, eine Überreaktion ihrerseits zu verhindern. Es wäre vielleicht angemessen gewesen, von Görenczy zu bitten, die Waffe herunterzunehmen, aber er bat ihn nicht darum. Es war zwar unhöflich, einen Gast, von dem man Hilfe erwartete, einzuladen und ihn dann vor eine geladene Waffe zu setzen, doch Delacroix hatte immer nach der Maxime „besser unhöflich als tot“ gelebt.

Trotzdem konnte er nicht anders, er fand den jungen Mann nett. Er hatte Stil und eine gewisse kühne Nonchalance, die einem gefallen mußte. Man mußte sich sorgfältig daran erinnern, was da vor einem saß, eine Kreatur, die stark genug war, gut trainierte Soldaten quer durch einen ganzen Raum zu werfen, und schnell genug, daß man seine Bewegungen kaum wahrnehmen konnte.

„Ich bin mit einigen Herren bekannt, Menschen, um genau zu sein, die die absurde Idee hatten, das Mutar-Manuskript an sich zu bringen, um damit die Regierung eines bestimmten Landes zu erpressen. Ich bitte Sie, mich zu Details nicht zu fragen, denn ich bin durch mein Wort gebunden, keine preiszugeben. Jedenfalls haben sie Herrn Müller aufgesucht, um ihr Ziel zu erreichen. Hätte ich von ihrem Plan vorher gewußt, ich hätte sie gewiß davon abgehalten. Sie haben mich jedoch nicht konsultiert. Ihr Plan mißlang. Sie hatten nicht mit Herrn Müllers arkanen Fähigkeiten gerechnet, und sie hatten auch nicht damit gerechnet, nicht die einzigen Spieler in diesem Machtkampf zu sein. Da keiner von ihnen arkane Begabungen besaß, blieb ihnen nur, hilflos zuzusehen, wie der sterbende Herr Müller das Manuskript mit einem Bann zu verstecken suchte, während Ihr Gefangener ihn angriff und gleichzeitig ein weiterer Interessent – der mir als helleuchtende Gestalt beschrieben wurde – intervenierte. Drei arkane Quellen versuchten also, das Manuskript zu erreichen und gleichzeitig vor den beiden anderen in Sicherheit zu bringen. Es entschwand. Ihr Gefangener entschwand ebenfalls, genau wie die dritte Gestalt. Müller verstarb, doch ich habe keine Zweifel, daß sein Bannspruch mit in die Gesamtheit der Sprüche verwoben ist. Wenn Sie möchten, kann ich versuchen, eine mögliche Interpretation anzubieten, aber ich denke, Mr. McMullen ist sehr wohl in der Lage, seine eigenen Schlußfolgerungen zu ziehen."

Er schwieg, und die drei Menschen sagten eine Zeitlang auch nichts.

„Sie sind Ungar?" fragte Delacroix nach einer Weile.

„Schon geraume Zeit. Ich habe Ländereien dort."

„Ja, und einen Titel."

„Ein Titel ist nicht schwer zu bekommen, wenn man lange genug lebt. Er bedeutet mir weniger als Ihnen."

„Sie halten es mit den ungarischen Nationalisten?"

„Meine politischen Neigungen stehen hier nicht zur Debatte, Colonel. Wir werden sie nicht erörtern."

Wieder wurde es still. Nach einer Weile klopfte es erneut, und Askos fröhliche Stimme erklang.

„Ich bin's. Lassen Sie mich rein."

Delacroix ging zur Tür, öffnete sie ebenso vorsichtig wie zuvor und zielte dabei auf den, der vor der Tür wartete. Der Leutnant grinste verständnisvoll. Er hatte einen Mann bei sich, der ein Tablett mit Brot, kaltem Braten und einer Flasche Rotwein trug.

„Gut", sagte Delacroix. „Kommen Sie herein – und singen Sie nicht."

Der Leutnant nahm das Tablett und trug es ins Zimmer. Dort ließ er es fast fallen. Er starrte den geheimnisvollen Gast mit unverhohlener Feindseligkeit an und stellte das Tablett auf der Anrichte ab. Dann zog er die Waffe und richtete sie auf den Sí. Sein Gesicht war starr vor Ablehnung.

Delacroix steckte seine eigene Waffe demonstrativ weg.

„Graf Arpad", begann er die Vorstellung, „darf ich Ihnen Leutnant von Orven vorstellen. Ich fürchte, er ist erheblich gegen Ihre Spezies eingenommen. Ich würde Ihnen deshalb raten, von raschen Bewegungen Abstand zu nehmen. Ich möchte nicht, daß Sie verletzt werden, und bin mir keinesfalls sicher, ob ich den Herrn Leutnant von einer Überreaktion abhalten könnte."

Der schwarzäugige Feyon verneigte sich höflich vor dem Leutnant, der den Gruß nicht erwiderte.

„Was macht der hier?" fragte er statt dessen und musterte den Gast mißtrauisch.

„Er hat sich erboten, uns sein Wissen zur Verfügung zu stellen. Freiwillig und freimütig. Er ist unser Gast." In Delacroix' Stimme schwang eine eindringliche Note.

Von Orven schnaubte verächtlich. Seine blauen Augen waren voller Ablehnung. Eine tiefe, ärgerliche Furche zog sich über seine Stirn.

„Was für Informationen will er uns geben?"

McMullen nahm den Faden auf.

„Darüber sprechen wir gerade", sagte er und informierte Asko über das eben Gesagte. Dann wandte er sich wieder an den Sí.

„Gehe ich recht in der Annahme, daß die drei Bannsprüche einander binden und daß der Spruch des bereits verblichenen Herrn Müller die beiden anderen beieinanderhält?"

„Das ist auch meine Deutung. Solange Sie nicht wissen, wer der dritte Spieler ist, können Sie nichts ausrichten. Sobald Sie einen der beiden noch Lebenden töten, kann der andere eventuell das

Manuskript befreien. Herr Müller ist nicht mehr in der Lage, das zu verhindern."

„Na großartig", unterbrach von Orven eisig. „Sie sagen uns also, daß wir diesem Ungeheuer um unsretwillen nichts tun dürfen. Das sieht für mich eher so aus, als wollten Sie es schützen."

„Ihn", korrigierte Arpad mit einem spöttischen Lächeln. „Unbedingt ihn. Nicht es. Wie Sie an dem großen Interesse, das er Miss Jarrencourt entgegenbrachte, hätten erraten können."

Von Orven ging wütend auf ihn zu, fand aber seinen Weg durch Delacroix blockiert.

„Ich will nicht, daß Sie unseren Gast angreifen", sagte der nachdrücklich. „Bitte halten Sie Ihre Antipathie im Zaum. Ihre Abneigungen sind im Moment nicht von Bedeutung."

„Wie nett", kommentierte der Feyon sarkastisch. „Ich werde beschützt. Das ist eine ganz neue Erfahrung."

„Meine Herren, wir wollen nicht streiten. Es steht zuviel auf dem Spiel", unterbrach McMullen.

„Aber das müssen Sie doch sehen!" Von Orvens Stimme klang laut und empört. „Diese andere Gestalt kann doch durchaus er selbst sein. Er wartet nur darauf, daß wir einen Fehler machen, dann kann er sich das Manuskript holen."

Von Görenczy intervenierte.

„Asko! Bitte benutz deinen Kopf. Wenn er die Gestalt wäre, würde er uns raten, das Ding ... ich meine, die Person umzubringen. Denn nur so käme er an das Manuskript."

„Vielleicht stecken sie ja unter einer Decke? Was er erzählt, braucht doch nicht zu stimmen! Die ganze Geschichte von einer unbekannten hellen Gestalt kann doch kompletter Humbug sein. Wer sagt uns, daß er nicht genauso schlimm ist wie das Ungeheuer in der Schachtel – oder schlimmer? Wir sollten ihn nicht gehen lassen."

Der Sí erhob sich sehr langsam.

„Schlagen Sie gerade vor, mich einzuschließen? So wie ihn?" Er wies auf den Tisch. „In einer Kalteisenschachtel?" Er machte einen Schritt auf den Leutnant zu, der unbeirrt auf seinen Kopf zielte.

Delacroix versuchte, zwischen die beiden Kontrahenten zu treten, doch der dunkle junge Mann schob ihn mit einem Arm zurück.

„Das hier geht nur mich und den Leutnant etwas an, Delacroix, mischen Sie sich bitte nicht ein." Der Mann sah plötzlich anders aus. Seine geheimnisvollen Augen glitzerten, und er wirkte intensiv und gespannt wie ein Panther vor dem Sprung. Seine Aufmerksamkeit war so fokussiert, daß er die Realität um sich herum dominierte. Seine Schönheit war fast ins Furchterregende gesteigert. Die dunklen Augen erschienen mit einem Mal noch dunkler.

Der Leutnant trat ihm ohne Zaudern oder Zagen entgegen. Falls er Angst hatte, so zeigte er es nicht. Seine himmelblauen Augen sprühten vor Temperament.

„Aufhören, sofort!" ermahnte McMullen die Männer. „Wir dürfen nicht streiten, und wenn Sie, Herr Leutnant, unseren Gast angreifen, werden Sie Ärger mit mir bekommen. Jetzt entspannen Sie sich. Alle. Nehmen Sie wieder Platz, Graf Arpad. Sie auch, Herr Leutnant."

Der Sí drehte sich in einer schnellen, kaum wahrnehmbaren Bewegung zu ihm um.

„Glauben Sie, ich bin weniger gefährlich, wenn ich sitze?"

„Mir ist vollkommen bewußt, wie gefährlich Sie sind. Ich weiß nicht, was genau Sie sind. Aber ich habe eine ziemlich genaue Vorstellung von Ihren Fähigkeiten und Talenten."

„Das ist schlecht, Mr. McMullen. Wollen Sie das nicht vielleicht wieder vergessen?"

„Mir ist klar, daß Sie Menschen vergessen lassen können, Graf Arpad. Sie könnten unseren Leutnant vergessen lassen, was er eigentlich tun wollte, noch während er im Begriff ist, es zu tun und auch, wen hier im Raum er gerade erschießen wollte. Aber ich muß klar denken können, um eine Gefahr abzuwenden, die größer ist als Sie. Also wagen Sie es nicht, in meinem Kopf herumzuspuken."

„Das werde ich nicht, Mr. McMullen, Sie sind doch schließlich gut geschützt. Wie auch der Colonel." Er lächelte die beiden Leutnants spöttisch an, die soeben begriffen hatten, daß sie selbst nicht geschützt waren. Dann nahm er Platz.

„Versuchen wir, uns gesittet aufzuführen", sagte er. „Ich habe nicht vor, Ihnen etwas zu tun. Ich weiß um die Wirkung, die man dem Manuskript gemeinhin nachsagt, und was sie für die Welt bedeuten könnte, und ich mag die Welt, so wie sie ist. Genau so, wie sie ist, und zwar genau jetzt. Ich weiß nicht, wer der andere Gegenspieler sein mag. Es könnte natürlich die Bruderschaft sein. Dennoch tendiere ich dazu, nach der Beschreibung, die ich erhalten habe, eher einen von uns, von den Na Daoine-maithe, zu erwarten, als einen Inquisitor mit magischem Talent."

„Wenn es die Bruderschaft wäre, hätten sie bereits versucht, das Di... unseren Gefangenen zu töten", warf Delacroix ein, der sich unauffällig zwischen Leutnant von Orven und den Sí manövriert hatte.

„Vielleicht wissen sie ja nicht wie", meinte von Görenczy, und Asko starrte ihn so böse an, als habe er ein Staatsgeheimnis ausgeplaudert.

„Das ist möglich", antwortete der Feyon ihm. „Ich denke nicht, daß es viele Menschen geben kann – falls es überhaupt welche gibt –, die wissen, wie man ihn tötet. Höchstwahrscheinlich wissen Sie es genausowenig."

„Werden Sie uns in dieser Sache mit Rat und Tat zur Seite stehen?" fragte von Orven etwas süßlich.

„Leutnant von Orven, wenn Sie sich selbst als Gefangener – oder meinethalben als Gast – in einer Gesellschaft von Na Daoine-maithe wiederfänden und träfen dort einen Mann, einen Gefangenen, einen Menschen wie Sie, von dem Sie wüßten, er wäre ein gewohnheitsmäßiger Mörder, würden Sie Ihren unerleuchteten Gastgebern verraten, wie er zu töten sei?"

Der Leutnant schwieg. Delacroix sagte: „Eventuell, wenn ich genug über die Verbrechen des Mannes wüßte."

„Eventuell", antwortete der Graf. „Sie schon. Der Leutnant nie."

„Was ist mit Ihnen?" fragte McMullen. „Werden Sie es tun?"

Der junge Mann sah plötzlich unglücklich aus. Er schwieg.

„Das ist lächerlich", schimpfte der blonde Leutnant. „Er ist vermutlich gekommen, um das widerliche Ungeheuer zu befreien, und Sie halten moralische Grundsatzdiskussionen mit ihm. Wie können Sie denn erwarten, daß er überhaupt die Wahrheit sagt? Er kann jeden Moment aufstehen und das verdammte Ding befreien."

„Kann er nicht", antwortete Delacroix. „Er kann die Schatulle nicht anfassen."

„Das muß er nicht. Er muß nur uns dazu bringen, es zu tun."

„Ganz offensichtlich können Sie ihm nichts tun, solange er in der Schachtel ist", gab Graf Arpad zurück und lächelte den Leutnant zynisch an. „Auf der anderen Seite kann ich Ihnen nicht empfehlen, ihn herauszulassen. Er ist zu schnell für Sie und Ihre Kalteisenwaffen. Er ist auch schneller und gefährlicher als ich. Er würde Ihnen entkommen, ehe Sie es verhindern könnten. Er würde durch die Mauer dort verschwinden und das zu Ende bringen, was er mit der hübschen Kleinen vorhatte, und danach würde er weiter durchs Hotel ziehen auf der Suche nach der anderen Magiequelle – und sobald er das Manuskript hat, würde er diese Welt in ein Abbild der seinen verwandeln. So er kann."

„Sie würden das zulassen? Statt uns zu helfen?" fragte McMullen.

Wieder schwieg Arpad eine Weile.

„Sie scheinen anzunehmen, ich könne Ihnen einfach so eine Lösung aus dem Hut zaubern. Eine Lösung, die der Herr Leutnant noch nicht einmal annehmen würde, wenn ich eine hätte. Ich kenne nur eine Art, einen wie ihn zu erlegen, und dazu muß er sich eines menschlichen Körpers bemächtigt haben. Das kann er. Doch ich rate Ihnen nicht, sich freiwillig zu melden. Menschen überleben das nicht. Die menschliche Rasse ist verwundbar und zerbrechlich."

Er erhob sich.

„Ich werde Sie jetzt verlassen. Sie mögen es mir nicht glauben, doch ich habe Ihnen so weit geholfen, wie ich das vermag, und Ihnen mehr gesagt, als ich vorhatte. Seien Sie wachsam."

Er verneigte sich und wandte sich zur Tür.

„Eine Frage noch", sagte von Orven und vermied es, den Feyon anzusehen. „Warum haben Sie Miss Jarrencourt gerettet?"

Der Besucher lächelte ein wenig herablassend.

„Weil sie eine ...“ Er sah Delacroix’ Blick und begriff die dringende Bitte darin. Er hatte nicht vorgehabt, sie zu verraten. Sein Lächeln wurde breiter, und er hub noch einmal an: „Weil sie ein unschuldiges Mädchen ist und mein grauer Bruder sie sehr langsam zu Tode terrorisiert hätte, weil ich das deutliche Gefühl hatte, daß Ihr Colonel seine Aufgabe nicht genoß und weil“, er blickte von den Augen des Colonels in die des Leutnants, „die Welt ärmer wäre ohne sie, nicht wahr?“

Er verließ den Raum und schloß die Tür hinter sich.

Die vier Männer schwiegen eine Weile. Die jähe Abwesenheit des Gastes hatte fast ein Vakuum hinterlassen. Sein Fehlen war so deutlich zu spüren wie vorher seine Präsenz.

„Was meinten Sie damit, Sie wüßten nicht, was er sei, aber Sie hätten eine ziemlich gute Vorstellung von seinen Fähigkeiten und Talenten?“ fragte Delacroix und wandte sich McMullen zu.

„Ein Schuß ins Blaue. Ich habe keine Ahnung. Doch ich würde lieber nicht gegen ihn antreten müssen.“

„Da werden wir aber möglicherweise keine Wahl haben“, sagte Asko. „Obgleich ich von der Aufrichtigkeit seiner letzten Worte überrascht war.“

McMullen ignorierte ihn.

„Wir werden nicht umhin können, die zweite Magiequelle zu finden.“

„Nun“, sagte Asko. „Sie haben gesagt, im Hotel seien vier Sí-Emanationen festzustellen. Zwei haben wir schon getroffen. Also müssen wir noch einmal zwei treffen und überwältigen – wenn das möglich ist und sofern sie nicht alle zusammenarbeiten, was denkbar ist.“

Delacroix sagte nichts, sah nur unglücklich aus. McMullen nickte.

„Möglich. Aber unwahrscheinlich.“

Unwahrscheinlich, dachte Delacroix, sehr unwahrscheinlich. Aber sehr gut möglich.

Kapitel 71

Corrisande stand vor ihrem Waschgeschirr und kühlte ihre verbrannte Hand. Alle paar Minuten goß sie kaltes Wasser nach, denn dann wurde es warm. Sie erhitzte es mit dem Feuer, das ihre Hand verbrannt hatte. Der Schmerz war durchdringend und gnadenlos. Er hörte keine Sekunde lang auf und schabte Rillen in ihre Widerstandskraft. Ihre Hand war roh und aufgeschwollen.

Seltsamerweise fühlte sie sich nicht schwach. Ihre Begegnung mit der Kalteisenklinge war schlimm gewesen, und sie hatte versucht, sich hinzulegen. Doch sie konnte nicht ruhen, weil der Schmerz sie umtrieb.

Er hatte es nicht mit Absicht getan. Er hatte sie nicht ermorden wollen. Höchstwahrscheinlich hatte er ihr nicht einmal weh tun wollen. Doch das spielte keine Rolle. Sie war zerrissen und außer sich vor innerlichem und äußerlichem Schmerz. Sie erinnerte sich an die furchtbaren Minuten, in denen sie verzweifelt und sinnlos um Luft gekämpft hatte, in denen sie sicher gewesen war zu erstikken. In Zukunft würde sie sehr darauf achten, Kalteisen nie mehr nahezukommen. Schwer konnte das nicht sein. Vermutlich gab es nicht viel davon. Sie hatte noch nie davon gehört.

Die Hand würde heilen ... oder? Ihr wurde klar, daß sie nicht wußte, ob die Brandwunde je heilen würde. Wenn es eine magische Waffe gegen Sí war, war es immerhin möglich, daß sie immer weiter schmerzen würde. Dann stünde ihr ein Leben voller Agonie bevor, als hielte sie unablässig eine Hand in kochendes Wasser.

Es mußte aufhören. Jeder Schmerz mußte das.

Es würde heilen.

Vielleicht ...

Zweifel hatte sich in ihrem Kopf breit gemacht. Es war schwer, Schmerz zu erleiden. Ihn zu fühlen und zu glauben, er werde niemals mehr aufhören, war unerträglich.

Sie überlegte, zu Delacroix zu gehen und ihn zu fragen. Er mußte es wissen. Er würde ihr die Wahrheit sagen. Doch sie konnte nicht zurück. Ihre Wege würden sich nie mehr kreuzen. Das hatte sie gelobt.

Aber sie mußte etwas tun. Diese Tantalusqual zerrte an ihr, riß Löcher in ihre Duldsamkeit. Er unterschied sich von anderem Schmerz. Was immer ihr bisher weh getan hatte, war überhaupt nicht vergleichbar gewesen. Es war immer schnell vorbei gewesen. Sie heilte schnell und problemlos. Sie war immer viel widerstandsfähiger und unverwüstlicher gewesen, als andere gemeint hatten.

Das mußte ihr Fey-Erbe sein. Sie war robuster als andere Frauen, nicht weil ihre Erziehung einige ungewöhnliche Züge trug, sondern weil sie selbst anders war. Sie hatte das zerbrechliche, hilfsbedürftige Mädchen gespielt und angenommen, auch andere Frauen spielten ihre Zartheit nur. Eventuell war das gar nicht so? Eventuell war sie selbst einfach stärker?

Natürlich war sie nicht körperlich kräftiger. Aber die Menge dessen, was sie erdulden konnte, war überdurchschnittlich groß.

Doch jetzt war das Maß voll. Sie brauchte einen Arzt. Sie brauchte etwas, jemanden, der ihr diesen Schmerz nehmen oder ihn lindern konnte, und es mußte jemand sein, der wußte, worum es sich handelte.

Dr. Steinbergs Visitenkarte! Sie hatte sie in ihrem gelben Kleid gehabt, das zu verbrennen sie Marie-Jeannette aufgetragen hatte. Vielleicht hatte die Zofe ja soviel Verstand gehabt, zuerst das Täschchen im Rock auszuräumen? Sie begann, danach zu suchen. Wo würde Marie-Jeannette so etwas deponieren? Auf dem Frisiertisch? Auf dem Sekretär?

Am Sekretär wurde sie fündig. Sie sog den Atem zwischen die Zähne. Jede Abwesenheit des kalten Wassers machte alles sofort noch schmerzhafter.

Vielleicht würde er ihr helfen können. Er wohnte im Hotel, hatte er gesagt. Zumindest hatte sie es so aufgefaßt. Er konnte nicht durch den Feyon-Bann, also mußte es so sein. Sie war an diesem

Tag schon einmal im Schlafzimmer eines Mannes gewesen, und der war kein Arzt gewesen.

Sie verließ hastig den Salon, nahm nur für alle Fälle ihr Täschchen mit. Sie stieg die Treppe hinunter, zählte jede einzelne Stufe dabei, um sich von ihrer Hand abzulenken. Sie fühlte sich, als hätte sie die Alpen zu Fuß überquert, als sie in der Lobby ankam. Der Portier war nicht anwesend, nur ein junger Mann, vermutlich Marie-Jeannettes Herr Hinterhuber. Sie zeigte ihm Steinbergs Karte, sagte, er hätte ihr gesagt, daß er hier wohne. Da sei sie ganz sicher.

Doch Hinterhuber zuckte nur die Achseln. Nein, Dr. Steinberg hatte seine Praxis einige Häuser weiter. Er errötete ein wenig, als sie insistierte, der Arzt habe ihr etwas anderes erzählt. Er blickte verschämt auf ihre rote Hand. Schuld. Er fühlte sich schuldig. Dazu hatte er keinen Anlaß, außer er log.

Sie faßte in ihr Täschchen und zog einen Geldschein hervor. Sie achtete nicht auf den Betrag. Er nahm ihn und errötete noch mehr.

„214", flüsterte er und: „Das wissen Sie nicht von mir. Er will nicht gestört werden. Das hat er betont." Dann steckte er das Geld ein, und Corrisande ging zurück zur Treppe. Zwei Etagen. Sie begann wieder, Stufen zu zählen. Irgend etwas mußte sie tun, um sich von der Agonie abzulenken.

Es war ein langer Weg. Sie stieg eine nahezu endlose Zeit. Die zweite Etage konnte doch nicht so weit weg sein? Sie setzte einen Fuß vor den anderen. Sie würde bald dasein. Gleich würde sie da sein, und er würde ihr helfen können.

Dann stand sie vor der Tür. Was, wenn er nicht da war? Sie lehnte sich gegen den Türrahmen, versuchte, zu Atem zu kommen, klopfte.

Keine Antwort. Sie klopfte erneut.

„Dr. Steinberg?" rief sie, versuchte, ihre Stimme durch die schwere Tür klingen zu lassen. „Sind Sie da? Hier ist Corrisande Jarrencourt. Ich ... brauche Sie."

Die Tür öffnete sich einen Spaltbreit. Er hielt etwas in der Hand, sie konnte nicht erkennen, was.

„Sind Sie allein?“ fragte er. Eine seltsame Frage. Dann sah er ihre Hand.

„Ach du lieber Himmel.“ Er öffnete die Tür etwas weiter, blickte vorsichtig den Flur entlang. Niemand war auf dem Gang. Daraufhin zog er sie ins Zimmer und verschloß die Tür hinter ihr. Sie fiel fast, als er sie zu einem Sessel dirigierte.

„Kalteisen?“ fragte er, und sie nickte nur. Er hatte es erkannt. Er würde ihr helfen.

„Es tut so furchtbar weh“, flüsterte sie. „Können Sie mir helfen?“

„Kalteisen“, wiederholte er, sie hörte den Haß in seiner Stimme. Er wühlte in seiner Tasche, und sie hatte Zeit, sich umzusehen. Sie befand sich in einem kleinen Salon mit einer Tür, die vermutlich in den Schlafraum führte. Auf dem Tisch lag Sand verstreut, und eine Reihe von Messingstäben balancierte auf Kristallfüßchen, drehte sich mal in die eine, mal in die andere Richtung wie Nadeln eines Kompasses. Vom Leuchter hingen weitere Kristalle an Schnüren, die sich wie im Wind bewegten und leise klirrten, wenn sie aneinanderstießen. Es sah alles sehr sonderbar aus. Sie hatte keine Vorstellung, zu was das gut sein mochte – und es war auch einerlei.

„Wer hat Ihnen das angetan?“ fragte er.

Sie schüttelte den Kopf.

„Es war ein Unfall“, sagte sie, wollte nicht schon wieder eine Diskussion über Delacroix’ Motive und potentielle Gefährlichkeit führen.

„Es ist nie ein Unfall“, protestierte er. „Menschen fügen uns gern Schmerzen zu. Haben Sie das noch nicht erfahren? Sie werden es schnell merken. Wenn sie wissen, was Sie sind, werden sie nicht mehr aufhören, Sie zu schurigeln. Das ist erst der Anfang. Sie sind alle so.“

Er klang fast drohend. Auf jeden Fall machte er einen anderen Eindruck als zuvor, als sie ihm auf der Treppe begegnet war. Vielleicht hätte sie nicht kommen sollen. Sie wußte schließlich nur über ihn, was er ihr selbst erzählt hatte, und sie wußte von sich selbst, daß das nicht notwendigerweise zu stimmen brauchte.

Ihr Blick glitt abermals durch den Raum. Es schien, als läge eine Art Energie auf ihm, etwas was sie nicht greifen oder begreifen konnte. Doch sie spürte es auf der Haut. Es baute sich auf wie ein Unwetter, fühlte sich an wie lauernde Blitze an einem schwülen Tag.

In einer Ecke lag Kleidung achtlos auf einem Haufen. Sie sah Blutflecke darauf. Seine Sachen. Er mußte verletzt sein.

Ein Schauer lief ihr über den Rücken.

Dann stand er wieder vor ihr, nahm ihr Handgelenk. Seine Finger waren kalt. Er schmierte eine Arznei auf ihre Hand, und es fühlte sich kühl an und linderte ihren Schmerz.

„Es wird noch eine Weile weh tun, tut mir leid. Aber es wird heilen", versicherte er. „Ich werde Sie nicht noch einmal fragen, wer das war. Wenn der heutige Tag vorbei ist, spielt es ohnehin keine Rolle mehr. Fast bin ich dankbar, daß Ihnen das passiert ist, denn es hat Sie zu mir geführt, und genau hier sollten Sie auch sein. Das Schicksal ist auf meiner Seite."

In seinen Augen glänzte es seltsam, wie ein Fieber. Fast erinnerte der Blick sie in seiner intensiven Begehrlichkeit an den Vonderbrücks. Ihr stellten sich die Nackenhaare; sie konnte fast fühlen, wie sich jedes einzelne hob.

„Ich danke Ihnen", sagte sie artig und lächelte ihn an. „Es ist schon viel besser. Ich denke, ich werde hinaufgehen und mich hinlegen." Sie versuchte, sich zu erheben.

Seine Hände legten sich auf ihre Schultern, hielten sie nieder. Er stand sehr nah bei ihr, beugte sich über sie.

„Sie können jetzt nicht gehen", sagte er ruhig und freundlich. „Sie sind ein Teil all dessen geworden. Als ich Sie gestern fand, Miss Jarrencourt, habe ich nicht im Traum daran gedacht, daß das Schicksal uns am Anbruch eines neuen Zeitalters zusammenführen würde. Sie sind wie wir, wie ich, ein Bindeglied zweier schwächerer Rassen. Sie müssen bei mir bleiben."

„Bitte, Sir", sagte sie in ihrer arglosesten Stimme, „meine Tante wartet auf mich, Sie wird mich gleich suchen kommen, wenn ich nicht rasch zurück bin."

„Ihre Tante ist im Moment beschäftigt, Miss Jarrencourt, und auch nicht in Ihren Räumen. Ich weiß, wo sie ist. Ich weiß einigermaßen genau, wo jeder ist, und Sie müssen bleiben. Keine Angst. Ich werde Ihnen nichts tun. Ich werde Sie nicht mit Kalteisen verbrennen, und ich werde Sie nicht einem abscheulichen Monster auf dem Silbertablett servieren. Ich bin kein Mensch. Deshalb sind Sie bei mir auch sicher. Völlig sicher ... und ab morgen brauchen Sie sich keine Sorgen mehr zu machen, daß Menschen Ihnen weh tun oder Sí Sie angreifen. Morgen ist es vorbei."

Er klang immer noch charmant, doch seine Worte machten sie frösteln. Dennoch lächelte sie weiter. Sie wußte nicht, was er meinte, doch er klang, als sei er sich sehr sicher. Mehr als sicher, fanatisch. Komm nie zwischen einen Mann und sein fanatischstes Begehr, hatte ihr Vater ihr einmal gesagt. Er wußte Bescheid über unberechenbare, unverantwortliche Menschen.

„Ich weiß nicht, was Sie meinen, Dr. Steinberg. Aber ich denke, ich sollte jetzt gehen. Ich danke Ihnen für ..." Sie stöhnte auf.

Er hatte die Hände an ihre Schläfen gelegt und drang in ihr Sein ein. Es fühlte sich an wie zuvor, als er versucht hatte, mehr über ihre Herkunft zu ergründen. Es war zu nah, zu privat, zu intim, als griffe er direkt in ihren Körper und ihre Seele. Sie wünschte, sie könnte ihn davon abhalten, ihn abweisen, sich vor seinem Ansturm retten. Doch sie war machtlos, hatte keinerlei Idee, wie man ihm beikommen konnte. Sie fühlte sich hilflos.

Einen Moment lang hatte sie Angst, er könne ihre Gedanken lesen, ihre Angst vor ihm erkennen, ihren Widerwillen, doch dann spürte sie mit unbegreiflicher Klarheit, daß er das nicht vermochte. Ihr innerstes Wesen konnte er nicht ergründen, ihm fehlte der Zugang. Dennoch tat er etwas mit ihr, etwas, das sie nicht wollte. Sie hatte es ihm nicht gestattet, und ihr Kopf begann vor plötzlicher Migräne zu hämmern.

„Was tun Sie?" fragte sie verzweifelt, und ihre Angst wuchs.

„Ich suche nach dem Fey-Erbe in Ihnen, und es ist da. Ja. Es ist klein, doch es wird reichen. Sie werden zu uns gehören."

Reichen? Inwiefern?

Seine Hände verließen ihre Schläfen, schwebten neben ihrem Gesicht, senkten sich ihren Schultern zu, ohne diese zu berühren, und mit einem Mal bewegten sie sich abwärts und legten sich auf ihren Bauch. Sie blickte ihn entsetzt und sprachlos an.

„Sie werden eine der Mütter einer neuen Art werden. Eines neuen Herrschergeschlechts. Das wird Sie erfreuen."

Nichts erfreute sie, und schon gar nicht seine Übergriffe. Sie mochte nicht, was oder wie er sprach, doch seine Augen blickten glänzend in die ihren, und sie lächelte, denn sie wußte, daß sie weder seiner Körperkraft noch seiner Magie irgend etwas entgegenzusetzen hatte. Eine falsche Reaktion würde sie nicht überleben.

„Was tun Sie da, Dr. Steinberg?" fragte sie nur und riß sich eisern zusammen. Sie mußte ruhig bleiben.

Er hatte sie bereits losgelassen, er führte eine kleine Geste aus, und mit einem Mal konnte sie sich kaum mehr bewegen. Ihr Schädel hämmerte.

„Sie sind teilweise Sí, so wie ich auch. Wir sind nichts. Für diese Welt sind wir nur ein peinlicher Fehltritt. Menschen mit ihrem begrenzten Begriffsvermögen und ihrer beschränkten Intelligenz jagen uns, verachten uns und bringen uns um, wo immer sie uns finden, und die Sí interessieren sich nicht für uns. Dann und wann lassen sie sich herab und paaren sich mit Sterblichen. Dann setzen sie Kinder in eine Welt voller Haß. Dabei sind wir Menschen weit überlegen, meine liebe Miss Jarrencourt. Wir sind stärker, widerstandsfähiger, intelligenter und talentierter. Das wissen Sie, oder nicht? Soviel müssen Sie doch verstanden haben! Man sollte uns nicht hetzen und töten. Wir sind viel anpassungsfähiger und vielseitiger als die Fey, die sich ihr Leben und ihre Ziele kaum aussuchen können. Eine Dryade muß bei ihrem Baum bleiben und ein Wiatruschod bis auf die kurzen Besuche, die die Ordnung des Universums ihm gestattet, in seiner hohlen Welt. Die Natur hat ihnen Grenzen auferlegt, um ihre Macht einzuschränken. Wir aber haben die Freiheit der Wahl, die den Menschen eigen ist, und verfügen über Kräfte der Fey. Wir sollten diese Welt beherrschen. Eine von uns beherrschte wäre eine bessere Welt."

Er war geisteskrank. Er war komplett geistesgestört. Irrsinnig. Schlimmer als Vonderbrück.

„Wie wollen Sie dieses Ziel erreichen?" fragte sie ganz ruhig, als diskutiere sie das Wetter. Er sah sie erstaunt an, als habe er nicht erwartet, daß sie noch sprechen konnte. Er gestikulierte noch einmal in ihre Richtung, und sie schrie kurz auf, hob die Hand an die Stirn. Die Kopfschmerzen wurden unerträglich.

Dann waren sie auf einmal fort.

„Oh", sagte er, „das tut mir leid. Es war mir nicht klar, daß mein Bann Ihnen Schmerzen bereitet. Doch das ist ein gutes Zeichen. Es heißt, man kann Sie nicht manipulieren, ohne daß Sie es bemerken, und offenbar haben Sie sogar eine kleine Abwehrkraft dagegen. Es wird uns viel Freude bereiten, zusammen Ihre versteckten Talente zu entdecken, Miss Jarrencourt."

Jetzt hielt er sie nicht mehr fest, schien sich sicher, daß sie nicht davonlaufen würde. Sie fragte sich, ob sie es bis zur Tür schaffen könnte, wenn sie aufsprang und losrannte. Doch sie wußte, das war ausgeschlossen. Sie mußte mitspielen. Eventuell konnte sie ihm irgend etwas über den Kopf schlagen, wenn er nicht hinsah. Sie fragte sich, wo er verletzt war. Eventuell wäre es nützlich, das zu wissen.

„Ich habe mein Ziel beinahe erreicht", fuhr er fort. „Das Manuskript gehört quasi mir. Sobald diese Dummköpfe die Kreatur töten, die Sie so tapfer für mich erjagt haben, mein hübsche, kleine Komplizin, wird es mein sein. Es enthält den Schlüssel zur Realität. Das heißt, jeder, der es besitzt, kann die Wirklichkeit nach seinem Willen verändern. Diese abergläubischen Simpel denken, es öffne die Pforten zur Hölle. Da liegen sie falsch. Meine Erkenntnisse besagen, es dient einem völlig anderen Zweck, und Sie werden Teil dieser Verwandlung sein." Er sah ihr in die Augen. „Sie werden herrlich aussehen mit einer Krone im Haar. Freuen

Sie sich darauf? Wir werden die Könige der Erde sein, die Mittler zwischen zwei Welten."

Ein nervöses Surren ertönte von einem der Aufbauten, die überall im Raum verstreut standen. Er sah sich um, leichte Besorgnis auf seinen Zügen.

„Doch jetzt habe ich keine Zeit für Sie. Es tut mir leid. Sie müssen warten, bis ich mit allem fertig bin, und ich bin untröstlich", er klang aufrichtig traurig, „aber ich werde Sie wohl fesseln müssen. Meine Kräfte brauche ich für andere Dinge, und wenn ich einen so starken Bann über Sie spräche, daß er Sie für Stunden lähmt, würde Ihnen das vermutlich sehr, sehr weh tun. Ich lasse Sie frei, sobald dies vorüber ist. Dann komme ich zu Ihnen. Wir werden zusammensein und all jene um uns versammeln, die so sind wie wir. Stellen Sie sich das vor! Es wird fabelhaft."

Er forderte sie mit einer Geste auf aufzustehen, und sie gehorchte, wohl wissend, daß er ihren Willen beugen und ihr Schmerzen zufügen würde, wenn sie nicht gehorchte. Sie folgte ihm wortlos ins andere Zimmer. Er hielt eine Rolle Seil in der Hand, dasselbe Seil, mit dem er die bizarren Gerätschaften im Zimmer aufgehängt hatte.

„Dr. Steinberg, bitte tun Sie das nicht", bat sie. „Ich werde Sie nicht stören. Ich werde Ihnen nicht im Weg sein. Ich verspreche es." Ein gebrochenes Versprechen konnte nicht so schlimm sein wie eine gebrochene Welt.

„Verzeihen Sie", sagte er nur, und eine neuerliche Migräneattacke schoß durch ihren Kopf und ließ sie schwanken.

Sie beobachtete sich dabei, wie sie ihm die Arme entgegenstreckte. Er band die Handgelenke zusammen, gab sorgsam acht, nicht ihre Brandwunde zu berühren.

„Hinlegen", befahl er und wies mit dem Kopf auf sein Bett. Sie weigerte sich. Sie mußte ihre ganze Kraft zusammennehmen, doch es gelang ihr, den Kopf zu schütteln.

„Bitte nicht", bettelte sie und merkte, daß ihre Aussprache unklar war. Sie wollte nicht ins Bett dieses Mannes.

„Gut“, sagte er mit einem einsichtigen Lächeln, das ihn nett und normal aussehen ließ. „Ich werde Sie nicht zwingen. Ich achte Ihr Bedürfnis nach Anstand. Obgleich es morgen früh obsolet sein wird. Unsere neue Welt wird ohne zwecklose Hemmungen und falsche Moral auskommen. Setzen Sie sich auf den Boden. Hier.“

Er führte sie ans Fußende des Bettes und fesselte ihre Hände über ihrem Kopf ans Bettgestell. Dann nahm er ein sauberes Taschentuch aus dem Sakko, öffnete ihren Mund, stopfte es mit unsicheren Fingern hinein und band einen Schal darum. Er fesselte ihre Fußknöchel zusammen und schob dabei ihre Röcke nur so hoch, daß sie ihn dabei nicht störten. Ein gesitteter, wohlerzogener Mann. Wahnsinnig, aber höflich und kultiviert.

Sein Bann verließ sie, sie fühlte, wie der Schmerz verschwand. Ihr Kopf war frei.

„Ich bin untröstlich“, sprach er. „Bitte beunruhigen Sie sich nicht. Alles wird morgen ganz wunderbar sein. Das schwöre ich. Ich werde zu Ihnen kommen, wenn alles vorbei ist, und ich werde Ihnen die Angst vor mir zu nehmen wissen. Das Schicksal ist auf unserer Seite. Ich dachte immer, ich würde allein auf die anderen unserer Art warten, doch die Vorsehung meint es gut mit mir. Sie werden an meiner Seite sein. Sie sind der Beweis, daß ich das Richtige tue. Ängstigen Sie sich nicht. Von morgen an gibt es nur mehr uns, unsere Art, eine Horde unwichtiger Sklaven und nirgends einen einzigen Sí auf der ganzen Welt.“

Er hob die Hände zu ihrem Gesicht, rührte sie aber nicht an. Sie saß ganz still da.

Dann ergriff er seine Toiletten-Utensilien und wandte sich der Tür zu. Er nahm sein Rasiermesser mit – nicht, daß sie es etwa hätte erreichen können. Doch er ging kein Risiko ein.

Er löschte das Licht und schloß die Tür. Sie hörte, wie er von außen den Schlüssel im Schloß drehte.

Kapitel 12

Eliza starrte auf das Schachbrett.

„Kommen Sie, meine Tochter“, schalt der Priester auf recht freundliche Weise. „Sie konzentrieren sich nicht richtig, und das sollten Sie schon. Ich habe Ihnen doch gerade erklärt, wie die Dame zieht. Damen ziehen ist einfach. Das haben Sie ja gerade gesehen, und auch Könige stellen keine allzu große Gefahr dar. Mit den richtigen Zügen kann man sie immer schachmatt setzen.“

Er kicherte.

„Sie sagen also, die kleine Corrisande mag Delacroix? Mag sie ihn sehr?“

Er wartete nicht auf eine Antwort, sondern fuhr fort: „Ich habe sie im Speisesaal gesehen. Ein hübsches Ding. Wirkt wohlerzogen und charmant, wenn man nicht weiß, was sie wirklich ist. Glauben Sie nicht, daß Delacroix vielleicht doch ihre Gefühle erwidert?“

Eliza schob eine zufällige Schachfigur ein Feld weiter.

„Er hat sich ihr gegenüber nicht untadelig verhalten. Doch mit Liebe hat das von seiner Seite aus sicher nichts zu tun, zumindest würde mich das sehr verblüffen. Keine Liebe, aber Libido, Leidenschaft“, sagte sie bedächtig. Es machte ihr keinen Spaß, Details aus Corrisandes Leben mit diesem Mann zu diskutieren. Aber Spaß hatte nichts damit zu tun. Sie mußte sehen, wo sie blieb.

„Libido und Leidenschaft“, wiederholte er. „Das ist gut. Das trübt das Denken. Delacroix wird leichter zu handhaben sein, wenn seine Gedanken sich mit etwas anderem beschäftigen. Sie sagten, von Orven hätte um ihre Hand angehalten?“

„Nein, faktisch nicht. Nach nur einem Tag bittet man niemanden um seine Hand. Er hat feierlich darum ersucht, sie besser kennenlernen zu dürfen. Ich habe keinen Zweifel, daß er eine

Verbindung anstrebt. Er ist die Sorte Mann. Zuverlässig und achtbar."

„Schachmatt", sagte Pater Emanuele und schnippte den König um. „Sie haben nicht aufgepaßt. Ich weiß, das Spiel ist Ihnen neu, aber ich muß sagen, Sie enttäuschen mich ein wenig. Ich hätte erwartet, daß Sie schneller lernen. Sie können das. Sie müssen sich nur konzentrieren. Also. Ein zuverlässiger, achtbarer Mann, der um ihre Hand anhalten will. Man muß ihm sagen, was sie ist. Doch wahrscheinlich macht es keinen Unterschied mehr."

Eliza lehnte sich zurück.

„Hochwürden", sagte sie. „Ich kann mir nicht vorstellen, daß Sie mich für immer hier festhalten wollen. Ich habe mich einverstanden erklärt, für Sie zu arbeiten. Warum lassen Sie mich nicht einfach gehen? Man wird mich vermissen."

„Das ist denkbar, Mrs. Parslow. Aber ich will Sie doch lieber hier haben, wenn ich die Informationen bekomme, auf die ich warte. Stellen Sie die Schachfiguren wieder auf. Wir werden es noch einmal versuchen, und diesmal bitte ich Sie herzlich, sich zu konzentrieren. Stellen Sie sich vor, Sie spielten um Ihr Leben. Vielleicht hilft Ihnen das, Ihre Gedanken zusammenzuhalten. Sie fangen an."

Sie haßte das Spiel wie alle Spiele, die zu nichts führten. Der Mann ihr gegenüber hatte Spaß daran, weil er die Sache genoß. Doch sie hatte noch nie etwas genießen können, das kein faßbares Ziel hatte. Er hatte fast recht. Wenn es bei diesem Spiel um ihr Leben oder um den Erfolg ihrer Pläne gegangen wäre, hätte sie anders gespielt. Sie hätte gespielt, um zu gewinnen.

Sie haßte auch den Mann. Sie mochte vertrauensselige, leicht zu beeinflussende Männer. Dieser war nichts davon. Sein Geist war wie eine Klinge. Er hatte keine Skrupel. Er hatte gesagt, er arbeite für ein höheres Ziel. Doch sie kannte seinesgleichen ganz genau. Was immer er tat, tat er allein für die Befriedigung, Macht ausüben zu können.

Das konnte sie bis zu einem gewissen Grad verstehen. Menschen zu manipulieren hatte etwas Anregendes. Es war amüsant.

Ein wenig, als trainierte man einen Hund, auf Kommando das Richtige zu tun. Für diesen Mann bestand die Welt aus kleinen Hunden, die er Stöckchen holen ließ. Ein Peitschenknall, und sie standen auf den Hinterbeinen und machten Männchen.

Mit Religion hatte das allerdings kaum etwas zu tun. Da war sie sicher. Ebenso sicher war sie, daß er wiederum den religiösen Hintergrund seines Handelns nicht bezweifelte. Er brauchte die Bestätigung, eine wichtige und außergewöhnliche Aufgabe zu erfüllen. Doch wie er über die Eliminierung Corrisandes sprach, war zutiefst beunruhigend. Er sah sie nicht als Mensch. Für ihn war sie Ungeziefer. Er war stolz auf das, was er tat: morden für einen höheren Zweck und dabei fest sein im Glauben an die moralische Unabdingbarkeit seines Handelns.

Ein Vorwand für das Gewissen. So etwas hatte sie nie gebraucht. Ihr hatte es stets genügt, Erfolg zu haben. Zugegeben, sie hatte ihre Karriere mit einem Fehler angefangen. Earnest zu heiraten war kreuzdumm gewesen, einfältig, töricht und unvorsichtig. Warum sie es getan hatte, hatte sie nie verstanden. Ihr Leben wäre in völlig anderen Bahnen verlaufen, hätte sie es nicht getan. Sie wäre nie in Bedrängnis geraten, hätte nie töten müssen, hätte sie nicht diesen großen Fehler gemacht.

Ein Herzog hatte sie umworben. Ein echter Herzog. Sie hatte sorgfältig geplant und agiert, um den Mann auf sich aufmerksam zu machen, und schließlich zeigte er tatsächlich Interesse, begann zu glauben, sie sei die Frau seines Lebens. Ihn so weit zu bringen war nicht leicht gewesen und hatte genauer Strategie und vorsichtiger Taktik bedurft. Bauern, Läufer, Türme und Damen hatte sie auf dem Schachbrett ihrer Ambition herumgeschoben und war ihrem Ziel erstaunlich nahe gekommen, und dann, eines Tages, hatte sie Worringham in die Augen gesehen und war verloren gewesen, vor Liebe blind. Bis dahin hatte sie ihn noch nicht einmal bemerkt.

Sie heirateten schon zwei Wochen später und setzten damit alle Tratschzungen in Gang. Einige Monate lang waren sie glücklich, bis sie eines Morgens erwachte und wußte, daß sie diesen Mann nicht liebte. Das wäre nicht so schlimm gewesen, doch er war finanziell am Ende, machte Schulden und war zu unbeholfen, um irgend etwas richtig anzufangen.

Es blieb ihr nichts übrig, als ihn loszuwerden, ehe er sie ganz ruinierte und alle Chancen auf ein anderes Leben dahin waren. Also war er gestorben. Er hatte nicht gelitten. Er war zu Bett gegangen, wie er das eben tat, mit einem Glas Portwein auf dem Nachttisch.

Er war neben ihr eingeschlafen, hatte zunächst leise geschnarcht. Später hatte das Schnarchen aufgehört. Sie war neben dem Leichnam im Bett liegengeblieben bis zum Morgen, als der Butler kam, um sie zu wecken. Erst dann hatte sie mit dem Angestellten zusammen festgestellt, was geschehen war.

Es war zu spät gewesen. Der Herzog, der noch Monate zuvor an ihr Interesse gezeigt hatte, hatte sich inzwischen anderen jungen Damen zugewandt. Gebrauchte Ware interessierte ihn nicht. Witwen standen nicht auf dem Plan erstrebenswerter und wohlhabender Herren.

Viel Geld hatte ihr Mann ihr nicht hinterlassen, und sie hatte von Anfang an gewußt, daß sie wieder würde heiraten müssen, um ihren Lebensstandard halten zu können und ihr Verbleiben in den Kreisen zu sichern, in denen sie sich gerne bewegte. Während der Trauerzeit war eine Eheschließung undenkbar, das behinderte sie bei der Suche.

Ihr nächster Mann war noch schlimmer gewesen als der erste. Doch länger hatte sie nicht warten können. Ihre finanzielle Situation hatte ihr nur die Wahl zwischen diesem Ehebund oder einer Rückkehr in den Schoß der Familie gelassen, wo sie als arme Witwe geduldet, genährt und mit ziemlicher Sicherheit ausgebeutet worden wäre. Allein weiterzuleben war weder finanziell noch gesellschaftlich akzeptabel.

Sie war mit ihm nach Rom gezogen, hatte dort eine Weile gelebt und jeden Augenblick gehaßt. Sie haßte die Hitze, den Staub und das laute, unsubtile Umfeld. Ihr Ehemann hielt sich für einen großen Künstler und gab mit vollen Händen sein Geld für Künstlerkollegen aus, als könnte deren echtes Talent bei näherer Bekanntschaft auf ihn abfärben. Ihn zu ermorden war einfach gewesen. Er trank zuviel, und sein Tod verwunderte absolut niemanden. Er starb, und sein Verscheiden gab bestenfalls seinen nassauernden Künstlerkollegen irgendeinen Anlaß zur Trauer.

Sie selbst hatte sich am Anfang wiedergefunden, als Witwe Ende zwanzig mit schrumpfenden finanziellen Mitteln und genauso schrumpfenden Aussichten. Wieder blieb ihr nur die Wahl, ihrer Familie zur Last zu fallen oder sich aus der Gesellschaft zurückzuziehen.

„Sie sind dran. Konzentrieren Sie sich!"

Sie lächelte den Diener Gottes vergebungheischend an. „Tut mir leid", schien der Blick zu sagen, „das kann ich nicht. Ich bin nur eine arme, schwache Frau und kann mit männlicher Brillanz nicht konkurrieren."

Er lächelte, verstand genau, was sie ihn glauben zu machen versuchte. Es amüsierte, aber überzeugte ihn nicht.

Es klopfte, und ein Mann in Zivilkleidung trat ein. Er sah etwas unsicher aus und wirkte wie ein wohltrainiertes Frettchen.

„Ah", sagte Pater Emanuele. „Was haben Sie herausgefunden?"

Der Mann reckte sich eifrig in die Höhe, und wieder hatte Eliza den Eindruck, als stünde ein Hündchen auf den Hinterbeinen, um ein allzu strenges Herrchen zu beeindrucken.

„Hochwürden", sagte er. „Ich habe ihnen das Essen hochgetragen. Sie sind alle in einem Zimmer. Ich konnte zwar nicht hinein, aber ich habe einen sehr großen, dunklen Mann gesehen ..."

„Delacroix", fügte der Diener Gottes ein.

„... und einen Mann in einer bayerischen Chevauleger-Uniform. Der Mann, der das Essen in Auftrag gegeben hatte, war auch bayerischer Offizier. Sehr weit konnte ich nicht ins Zimmer schauen. Es kann sein, daß noch weitere Personen darin waren. Außerdem sah ich einen goldenen Behälter auf dem Tisch. Vielleicht haben sie das Manuskript darin?"

Der Diener Gottes schwieg einen Moment lang.

„Denkbar. Nur – warum sind sie nicht abgereist, wenn sie es schon haben?“

„Vielleicht erwarten sie ja Geleitschutz. Schließlich ist ihr Magier tot.“

„Guter Gedanke“, lobte Pater Emanuele. „Das ist denkbar. Ich würde mich auch ungern mit diesem Dokument auf Reisen begeben, ohne arkanen Schutz dabeizuhaben. Vielleicht warten sie auf einen neuen Meister. Das würde heißen, wir müßten am besten gleich zuschlagen.“

Er wandte sich an Eliza.

„Ihre Zeit ist gekommen. Freuen Sie sich, Sie können endlich etwas für die Menschheit tun. Ich hoffe, Sie sind mir für diese Chance dankbar.“

„Was möchten Sie, daß ich tue, Hochwürden?“ fragte Eliza höflich. Was würde wohl geschehen, wenn der Mann sie erst einmal nicht mehr brauchte?

„Sorgen Sie für eine Ablenkung. Giuseppe, willst du nicht vielleicht direkt außerhalb des Zimmers der Herren jemanden angreifen? Miss Jarrencourt vielleicht? Oder wie steht es mit der kleinen Zofe? Wer von den beiden Mädchen würde lauter schreien?“

„Zweifellos Marie-Jeannette. Corrisande ist nicht der Typ für lautes Schreien. Aber ich werde sehen, wen von beiden ich mobilisieren kann. Ist das alles?“ Sie lächelte ihn an wie ein Ober, der eine Bestellung aufnimmt.

„Nein, das ist nur der Anfang. Die Herren werden herausgestürzt kommen, um zu helfen. Junge Männer haben ihre Instinkte, die sie treiben, und Sie gehen in den Raum. Lassen Sie es so aussehen, als leite der Kampf Sie dorthin. Tun Sie, als wollten Sie sich dort verstecken. Wenn Sie können, nehmen Sie den Behälter und bringen ihn her. Wenn das nicht geht, prägen Sie sich wenigstens genau alles ein. Die Männer werden es nicht eigenartig finden, daß sich eine Dame vor einer Rauferei versteckt. Versuchen Sie, keinen Verdacht zu erwecken. Darin sind Sie doch gut, nicht wahr?“

Er wandte sich an den großen Mönch.

„Wen immer Mrs. Parslow auf den Korridor schickt, ich will, daß sie es überlebt. Hast du verstanden? Unsere Priorität ist, die Männer in einen Kampf zu verwickeln. Ich will hinterher keine toten Mädchen herumliegen haben. Ich will also nicht, daß du gar so brutal bist. Mach ihr Angst, tu ihr weh, wenn es sein muß. Hauptsache sie schreit. Mehr aber nicht."

Er wandte sich wieder Eliza zu.

„Ich gebe Ihnen fünf Minuten, eines der beiden Mädchen in den Flur zu bekommen. Sie werden mich nicht verraten! So dumm sind Sie nicht, sonst kostet es Sie Ihren Kopf. Ist Ihnen das klar?"

Eliza nickte.

„Vollständig, Hochwürden", schnappte sie zurück. „Ich tue, was Sie sagen. Vergessen Sie nur nicht, hinterher Ihr Wort zu halten."

Sie stand auf und verließ den Raum.

Kapitel 13

Der Arzt überprüfte die Feldlinien. Nichts änderte sich. Die Lage war stabil, fast statisch, auf irritierende Art reglos. Der Wiatruschod war immer noch im gleichen Raum gefangen. Seine Signatur zu lesen war fast unmöglich. Die Kalteisenschachtel beeinträchtigte die Messungen.

Die Männer waren auch noch im Zimmer. Er spürte sie, konnte sie jedoch nicht einzeln erfassen. So weit reichte seine Fertigkeit nicht. Doch er war sicher, daß sie dort waren, zusammen mit dem Magier. Er hatte versucht, sie zu belauschen, aber der Meister des Arkanen verstand sein Handwerk. Der Raum war gut geschützt.

Es mußte noch ein Feyon im Hotel sein. Er konnte seine Gegenwart spüren, ohne einschätzen zu können, wo er sich aufhielt und was er tat. Seine Ziele lagen im Dunkeln. Seine Anwesenheit beunruhigte ihn jedoch nicht sehr. Am nächsten Morgen würde er nie existiert haben.

Der Meister der Bruderschaft war nicht mehr im Haus. Er hatte es jedoch nicht auf den eigenen Füßen verlassen, und das freute den jungen Mann enorm. Es würde lange dauern, ihn wiederzubeleben, falls es überhaupt jemandem gelang, und es war gut möglich, daß die tiefe Bewußtlosigkeit die magischen Fähigkeiten beeinträchtigen würde. So etwas konnte passieren.

Auch das war bedeutungslos, denn schon morgen würde alles anders sein. Keinen Moment lang zweifelte er daran. Er war sich durchaus bewußt, wie es in den Ohren eines jungen, arglosen Mädchens klingen mußte, das ohne das belastende Wissen seiner Andersartigkeit aufgewachsen war. Sie hatte nie den schmerzhaften Haß und den Argwohn ertragen müssen, die ihm Menschen entgegengebracht hatten, wann immer sie sein Geheimnis ergründet hatten. Natürlich hatten nur wenige es je herausgefunden. Er war mächtig genug, ihre Wahrnehmung zu beeinflussen. Es kam immer darauf an, wie konzentriert er war.

Doch es genügte einer, der etwas über ihn herausfand, der sich dessen entsann, was er vergessen oder nie gemerkt haben sollte. Es brauchte so viel Kraft, immer und dauernd die Täuschung aufrechtzuerhalten. Immer und dauernd. Wie Sisyphus hatte er den Fels immer wieder den gleichen Berg hochgerollt, seine Kraft und seine Gedanken auf diese eine Sache gerichtet, wieder und wieder und wieder. Er hatte den Gipfel nie erreicht. Er hatte mit Ursache und Wirkung jongliert, nur um mit immer neuer Kraft den Fels dorthin zu zwingen, wo er ihn haben wollte. Doch der Stein gehorchte nicht ihm, sondern nur der Schwerkraft.

Er war des Kämpfens müde. Eine Schlacht nach der anderen hatte er geschlagen und verloren, und deshalb hatte er sich entschlossen, den Sisyphus-Felsen nirgends mehr hochzuwuchten, sondern den Berg in ein Tal zu verwandeln.

Er war Mediziner, weil man ihm nicht gestattet hatte, seine Ausbildung zum Meister des Arkanen zu beenden. Er war gern Arzt. Helfen zu können war auch sein Ziel bei seiner ursprünglichen Berufswahl gewesen. Damals hatte er noch keine finsteren Pläne gehabt.

Aber sie hatten ihn nicht weitermachen lassen, als sie merkten, wie gut er war, wieviel mächtiger und talentierter als menschliche Magier. Der Grund, den sie ihm genannt hatten, war freilich ein anderer gewesen. Alle Gründe, die man ihm nannte, waren immer vorgeschoben, daran glaubte er fest. Eigentlich lief es immer auf das gleiche hinaus. Er hatte Fey-Blut, und wenn Menschen das entdeckten, reagierten sie. Sie scheuten ihn, bedrängten ihn, trachteten ihm nach dem Leben, haßten ihn oder griffen ihn an.

Du bist mimosenhaft, hatte seine Mutter gesagt. Du willst, daß jeder dich liebt, und wir Menschen sind eben nicht so. Respekt muß man sich verdienen. Er fällt nicht vom Himmel. Du bildest dir nur ein, es wüßten alle. Niemand weiß es. Niemand hat es je gewußt. Die meisten würden es gar nicht glauben.

Er verabscheute sie. Sie war an allem schuld. Sie hatte dem verführerischen Buhlen eines Feyon nachgegeben. So etwas geschah nicht oft. Die Sí waren nicht daran interessiert, die Welt mit halbblütigen Bastarden zu bevölkern. Sie aber hatte ihn empfangen, hatte ihn geboren und war von ihrer Familie verstoßen worden. Da sie aufgrund eines Erbes über eigenes Einkommen verfügte, war es ihr möglich gewesen, ihn aufzuziehen und ihm eine gute Erziehung angedeihen zu lassen. Unter falschem Namen allerdings, als angebliche Witwe hatte sie gelebt. Immer wieder hatten sie den Wohnort gewechselt. Immer wenn das Geheimnis aufzufliegen drohte oder – wie er meinte – bereits keines mehr war, waren sie umgezogen.

Dennoch hatte sie darüber nie geklagt. Sie hatte es als eine Art Buße für eine Beziehung jenseits dessen, was erlaubt war, akzeptiert. Sie liebte das Geschöpf, das ihr das angetan hatte, hatte nie damit aufgehört, obgleich das Wesen sie nie wieder besucht hatte. Steinberg kannte seinen Vater nicht. Er wußte nur, daß es sich um eine Wasserkreatur handelte, wie bei Miss Jarrencourts Vorfahren. Er und das Mädchen hatten etwas gemeinsam.

Sie war nicht das, was er sich gewünscht hatte. Ihr Sí-Erbe war zu schwach, ihre Talente mochten sich jetzt, wo sie um ihre Abstammung wußte, vielleicht zeigen, doch er erwartete nicht viel. Zu viele Generationen lagen zwischen ihrer Fey-Vorfahrin und ihr.

Sie war nicht der Stoff, aus dem er die Herrscherklasse der neuen Welt gestalten wollte. Sie war anmutig, jedoch nicht strahlend schön. Sie wußte, was sie wollte, verfügte aber über kein übernatürliches Talent, es auch zu erreichen. Doch sie würde ihm oder anderen wie ihm Kinder gebären können, und all ihre schamhafte Zurückhaltung würde in der Erkenntnis darüber vergehen, was sie war, nämlich übermenschlich.

Vielleicht würde sie ihn am nächsten Morgen sogar willkommen heißen, am Anbruch einer neuen Ära. Die Vermehrung einer neuen Art – das war sein Ziel. Eventuell machte es nicht viel aus, ob er es sein würde oder ein anderer. Eventuell würde er ihr die

Wahl lassen. Vielleicht verdiente sie eine Wahl. Menschliche Mädchen hatten oft genug keine.

Diana hatte nie eine Wahl gehabt. Seine süße, liebe Diana. Ihre Familie hatte ihn nicht als Schwiegersohn haben wollen, wollte niemanden, dessen Stammbaum sich nicht nachvollziehen ließ, dessen Vater unbekannt war. Er hatte sie so geliebt. Doch sie hatten ihr verboten, ihn wiederzusehen.

Ein einziges Mal noch hatten sie sich getroffen, heimlich des Nachts, an dem See, an den ihre Eltern sich im Sommer zurückzogen. Sie erzählte ihm, man habe einen anderen Mann für sie ausgesucht. Den würde sie ehelichen. Eine Wahl hatte sie nicht. Nicht einmal das Recht zu wählen hatte sie mit ihm erörtern wollen. Die Dinge waren eben so. Er hatte sie gebeten, mit ihm zu fliehen, alles hinter sich zu lassen, doch sie war zu furchtsam und zu artig und zu sehr ein schwacher Mensch.

Er hatte sie verlassen, und man hatte sie am nächsten Tag ertrunken im See gefunden. Der Verdacht war auf ihn gefallen. Doch sie hatte ihrem Leben selbst ein Ende gesetzt. Da war er sich sehr sicher.

Es war nicht schwer gewesen zu entkommen. Eine neue Stadt, ein neuer Name. Neue Leute, die irgendwann darüber zu flüstern beginnen würden, daß er anders war. Sie lächelten ihm ins Gesicht, und doch fühlte er sich gemieden. So sammelte er Wissen, lebte mit seinen Büchern und suchte nach einer Möglichkeit, die Dinge eben nicht so sein zu lassen.

Das Mutar-Manuskript galt als Mythos. Er hatte lange gebraucht, um herauszufinden, daß es das nicht war. Daß es vielmehr in England versteckt war, wohlbehütet und außer Reichweite. Er las alles dazu, was er fand. Die Meinungen gingen auseinander. Die kleinste Gruppe der Gelehrten hielt es für einen Bubenstreich, ein verlogenes Stück Papier, nichts weiter. Die meisten dagegen waren absolut sicher, daß es ein Artefakt höchster okkulter Bedeutung und Macht war. Viele glaubten, es öffne die Tore zur Hölle. Um dieser Interpretation Glauben zu schenken, half es, wenn man an eine Hölle und an eine christliche Weltordnung glaubte. Sein

Glaube war ihm jedoch längst abhanden gekommen. Wer sagte, daß es so war und nicht ganz anders?

Je länger er die Überlieferungen studierte, desto mehr Hinweise fand er, daß das Wissen, das das Manuskript barg, rein gar nichts mit religiösen Konzepten zu tun hatte. Vielleicht war es möglich, die Pforten der Hölle damit zu öffnen, und sei es nur dadurch, daß man sowohl die Pforten als auch die Hölle primär als Realität darstellte. Wenn man fest daran glaubte, dann waren die höllischen Kreaturen, die den geöffneten Pforten entsprangen, genauso das eigene Phantasieprodukt wie die Pforten selbst. Was man erwartete, was man wollte, das trat auch ein.

In dem Moment, da ihm dies klar wurde, wußte er, daß er nur noch daran feilen mußte, das zu erwarten, was er haben wollte. Dann konnte er das Manuskript dazu verwenden, seine Pläne zu verwirklichen. Eine Welt ohne Sí war erstrebenswert. Sie hatten nicht das Recht, auf so rücksichts- und gedankenlose Weise in das Leben der Menschen einzugreifen.

Nur waren die Menschen nicht besser. Sie waren voreingenommen, voller Intoleranz, herzlos und ohne Gnade. Seine Welt würde schöner werden. Die Menschen würden glücklich sein, eine zufriedene Sklavenherde im Dienst der Hybridwesen, die soviel mehr vermochten als sie.

Es mußte viele wie ihn geben. Sie würden zu ihm kommen und sein Gefolge bilden. Menschen würden lächeln und gehorsam sein. Eine freundliche Welt, er hatte sie sehr genau durchgeplant, hatte an alles gedacht.

Nur das Manuskript mußte er noch haben.

Er hatte Jahre gebraucht, das Versteck zu finden, und es hatte sorgfältigen Planens bedurft, es stehlen zu lassen. Er selbst hatte sich im Hintergrund gehalten, sich darauf beschränkt, die magischen Barrieren zu überwinden und aus dem Weg zu räumen. Fast hatte er es gehabt, doch da war ein Toter gekommen und hatte versucht, es ihm wegzunehmen. Der Wiatruschod in seiner anderen Erscheinungsform. Während sie noch um die Vormacht gerungen hatten, war es schon wieder aus ihrer beider Griff verschwunden. Ihren Kampf hatten sie nicht zu Ende gekämpft, sondern waren jeder für sich der Spur des Artefakts gefolgt. Es war ihm gelungen, den Dieb nach München zu lotsen. Doch dort hatte der es wiederum an einen Magier namens Müller verloren, den man beauftragt hatte, es zu sichern.

Herr Müller hatte zum Glück ohne sein Zutun das Zeitliche gesegnet, und das Manuskript selbst vibrierte im Zwischenraum, nur einen Atemzug von ihm entfernt und doch unerreichbar, bis der Bann sich mit dem Tod des Wiatruschod lösen würde. Es war nur noch eine Frage der Zeit. Sie würden die Bestie töten. Nur dazu hatten sie sie gefangen. Was wußten sie schon von ihr? Höchstwahrscheinlich nahmen sie an, sie müßten sie nur vernichten, und dann würde das Artefakt vor ihnen erscheinen.

Er hätte ihnen sagen sollen, wie sie zu töten war. Doch das wäre zu auffällig gewesen. Er war ohnehin mehr aufgefallen, als er wollte. Bisher hatte ihn aber keiner gesucht, und das konnte nur heißen, daß sie nicht mit ihm rechneten. Schließlich war er leicht zu finden. Sogar das Mädchen hatte ihn gefunden, getrieben von ihrer Qual.

Sie war süß. Ihre Weigerung, sich auf sein Bett zu legen, wenn sie doch wissen mußte, daß sie schon am nächsten Morgen ihm gehören würde, hatte etwas Rührendes. So viel jugendliche Schamhaftigkeit. Sie war behütet aufgewachsen, wahrscheinlich in einer guten, altmodischen Familie. Ihr Entsetzen über die Erkenntnis, so zu sein wie er, war echt gewesen. Doch sie hatte sich damit abgefunden; ihre Charakterstärke war ein weiterer Hinweis für ihre angeborene Vornehmheit.

Sollte er nach ihr sehen? Er hatte keine Zeit dafür. Anderes hatte Vorrang. Es gab viel zu tun. Er mußte die Bruderschaft weiter belauschen, selbst wenn diese mit ihrem christlichen Magier auch ihre Gefährlichkeit eingebüßt hatte.

Dennoch, es konnte nicht schaden. Die Bruderschaft war der übelste Feind, den man haben konnte. Allein um sie auszumerzen, würde sich die Wandlung der Welt schon lohnen. Er fragte sich kurz, ob sie es gewesen waren, die Miss Jarrencourt so verletzt hatten. Doch sie konnten es nicht gewesen sein. Sie hätten sie einfach nur ermordet. Letztlich war das ihr Lebensinhalt. Sie ermordeten Sí.

Nein, sie mußte wohl einen anderen Angreifer getroffen haben. Wer das war, war nicht mehr wichtig. Vielleicht war es der gleiche Mann, der den Kalteisendolch gegen sich selbst geführt hatte. Schon morgen würde er ein Sklave unter vielen sein. Sollte er ihn ihr als Diener lassen? Vielleicht würde sie das freuen. Rache war letztlich eines der wenigen Konzepte, das sie alle verstanden, Sí, Hybriden und Menschen.

Er gähnte. Draußen war es dunkel geworden. Er war müde. Er hatte viele Tage kaum mehr geschlafen. Seiner übermenschlichen Natur machte das nicht besonders viel aus, er ertrug viel mehr als Menschen. Er konnte einfach weitermachen. Er mußte jetzt nicht ruhen, brauchte nicht zu schlafen, gewiß nicht.

Er konzentrierte sich wieder auf seine Aufgabe. Alles andere konnte warten. Bis morgen.

Nur setzen wollte er sich, wenigstens für einen Moment. Corrisande hatte seine Konzentration gestört. Die Schußwunde heilte gut und schnell, doch sie war noch da und hatte ihn viel Blut gekostet. Mehr Blut, als selbst für ihn gesund war.

Dennoch würde er nicht schlafen. Ganz bestimmt nicht. Er würde nur einen Moment ruhig dasitzen, ein paar Minuten ausspannen, nicht länger, und danach würde er nach dem Mädchen sehen.

Nur schlafen würde er nicht. Gewiß nicht.

Kapitel 14

Marie-Jeannette war dabei, einen Riß in Corrisandes Kornblumenkleid zuzunähen. Das Kleidungsstück sah recht mitgenommen aus. Es hatte auf der Jagd im Keller gelitten, und Corrisande hatte darin geschlafen.

Sie mußte aufhören, Kleider zu ruinieren. Die Sache mit dem gelben Kleid war schon unerfreulich gewesen. Marie-Jeannette hatte es nicht über sich gebracht, es zu verbrennen. Sie hatte es einem Dienstmädchen gegeben, das auch unter dem Dach logierte. Das Mädchen würde es in Ordnung bringen und veräußern können. Es war immerhin ein kostspieliges Kleid gewesen. Miss Jarrencourts Garderobe war edel und teuer.

Die Tür öffnete sich, und Mrs. Parslow trat ein. Marie-Jeannette stand nicht von der Arbeit auf, nickte nur kurz zum Gruß. Sie mochte die hochnäsige Gesellschafterin nicht, hatte sie nie gemocht und verstand nicht, wie Corrisande sich mit ihr belasten konnte. Sie war ja vielleicht nützlich, aber ihre kalte Art machte sie unangenehm.

Seltsamerweise empfanden die meisten Leute das nicht so. Sie fanden sie freundlich und charmant. Sie war eine kluge Frau, belesen und, wenn sie wollte, sogar humorvoll. In einem literarischen Salon wäre sie die ungekrönte Königin gewesen, hätte sie die Möglichkeit gehabt, eine solche Institution zu initiieren. Die perfekte Gastgeberin, die ihre Gäste unterhielt, sie den richtigen Leuten vorstellte und Mittelpunkt eines kulturellen Treibens war, zu dem sie selbst nichts beizutragen hatte.

Da sie sich aber in der Wahl ihrer Gemahle vergriffen hatte, war diese Karriere an ihr vorbeigegangen. Jungen Künstlern eine Gastgeberin zu sein, dazu brauchte man Geld, und wenn Mrs. Parslow Geld gehabt hätte, hätte sie nicht die Anstandsdame für Corrisande gespielt und sich älter gemacht, als sie war.

„Wo ist Miss Jarrencourt?“ fragte Mrs. Parslow. Sie klang besorgt.

„Ich weiß nicht. Vielleicht ist sie ausgegangen. Ich bin selbst eben erst wiedergekommen. Vielleicht ist sie nur für ein paar Minuten nach unten gegangen?“

„Du liebe Zeit“, jammerte Mrs. Parslow. „Sie sollte wirklich eine Nachricht hinterlassen. Man macht sich ja Sorgen. Gestern erst hat dieser Kerl sie so übel angegriffen. Sie sollte nicht allein das Zimmer verlassen, solange er noch in der Nähe ist. Was tun wir nur? Wir sollten sie suchen!“

„Sie kann nicht weit weg sein. Ihr Mantel ist noch da. Warum sollte sie auch um diese Zeit draußen im Regen spazierengehen? Sie kommt gewiß gleich wieder“, sagte Marie-Jeannette. „Vielleicht hat sie ja den netten Leutnant getroffen. Wahrscheinlich stehen sie in irgendeiner dunklen Ecke, küssen sich und wollen nicht gefunden werden.“

Mrs. Parslow warf ihr einen entrüsteten Blick zu.

„Gewiß nicht. Im Gegensatz zu dir weiß sie sich zu benehmen, und Leutnant von Orven ist ein ehrenhafter junger Mann. Er würde ihr nicht so zu nahe treten.“ Sie sah sich angespannt um. „Nein. Du kommst besser mit. Wir werden sie suchen. Es gibt so viele Orte hier im Hotel, an denen sie sich aufhalten könnte. Ich möchte nicht, daß ihr etwas zustößt. Das, was sie gestern erleben mußte, war weiß Gott schlimm genug. Also, bitte, komm jetzt!“

Der letzte Satz war eindeutig eine Anweisung, und Marie-Jeannette seufzte. Sie wußte, daß Corrisande sie nicht auf die Straße setzen würde, wenn sie einem Befehl von Mrs. Parslow nicht Folge leistete, doch es war wahrscheinlich weniger beschwerlich, das ganze Hotel von oben bis unten zu durchsuchen als sich auf einen heftigen Streit mit der Gesellschafterin einzulassen.

Mrs. Parslow öffnete die Tür und dirigierte Marie-Jeannette nach draußen.

„Wir sollten uns beeilen“, sagte sie. „Ich will nicht, daß ihr etwas passiert.“

Sie eilte den Flur entlang, und Marie-Jeannette folgte ihr. Einen Augenblick später trat ihr ein großer, dunkler Mann in einer Kutte in den Weg. Sie glaubte für nur eine Sekunde, sich an ihn zu erinnern, doch dann war der Gedanke wieder verschwunden. Sie wußte aber instinktiv, daß sie nichts mit ihm zu tun haben wollte. Er war wie ein Alptraum, dem man plötzlich in natura begegnete. Sie erschrak und versuchte, ihm auszuweichen.

Er ergriff sie, hielt sie fest und drehte ihr die Arme nach hinten, so daß sie fast brachen.

Sie begann, vor Schmerz zu schreien. Halb erwartete sie, daß Mrs. Parslow sich einmischen würde, doch die Dame kam ihr nicht zu Hilfe. Sie stand nur gegenüber an die Wand gepreßt, direkt neben einer Tür.

Diese Tür öffnete sich behutsam, und von Görenczy spitzte heraus, zielte mit seiner Schußwaffe auf mögliche Angreifer. Er sah, wie der Mönch Marie-Jeannette in quälendem Griff gefangenhielt. Sie schrie immer noch vor Angst und vor Schmerz.

„Helfen Sie uns", sagte eine Stimme direkt neben ihm, und Udolf erkannte Miss Jarrencourts Gesellschafterin. „Bitte. Dieser Mann hat uns ohne Grund angegriffen!"

Er stürmte aus dem Zimmer, die Waffe in der Hand. Von irgendwoher aus dem Flur traf ihn etwas am Kopf, und er wirbelte herum, konnte jedoch keinen Angreifer ausmachen, nur eine Türöffnung, von der aus man ihn beworfen hatte.

Inzwischen stand auch von Orven an der Tür. Seine Augen waren groß vor Überraschung. Ihr einstiger Gefangener war wieder aktiv.

„Lassen Sie das Mädchen los!" rief er und sah, wie sein Kamerad schon auf dem Weg zu einer halboffenen Tür war. Chevaulegers waren entschieden zu unüberlegt.

„Nein", antwortete der Klosterbruder. Er hatte einen fremdartigen Akzent. Er hielt die junge Frau vor sich und bog ihr mit einer Hand die Arme auf den Rücken, während die zweite sie brutal am Nacken gepackt hatte. Die Zofe war dunkelrot im Gesicht, Tränen liefen ihr über die Wangen. Offenbar tat er ihr sehr weh, denn sie schrie noch immer.

„Lassen Sie sie los, oder ich schieße!" befahl von Orven und fühlte sich zerrissen dabei. Er sollte schießen und nicht lange reden. Aber es widerstrebte ihm, einen Mann der Kirche niederzuschießen. Das wollte er vermeiden. Er verstand nicht, was vor sich ging, nur daß er reagieren mußte und nicht wußte, wie und worauf genau.

Doch er mußte dem Mädchen helfen. Er trat auf den Hünen zu, der das Mädchen daraufhin wie ein Stück flüchtigen Unrat von sich schleuderte. Sie fiel hart direkt hinter Udolf, der sich darauf zu ihr umdrehte.

Eine neue Stimme ertönte: „Hören Sie mit dem Unsinn auf und kommen Sie zurück! Das ist eine Falle."

Weder der eine noch der andere Leutnant war jedoch in der Lage, dem Befehl sofort Folge zu leisten. Von Orven war gerade mit einer einzigen flinken Bewegung entwaffnet worden und befand sich seitdem im Nahkampf mit einem Mann, der weitaus größer und kräftiger war als er. Ringkampf war nicht seine Stärke, und er hatte es verpaßt, seinen Gegner mit einem gezielten Boxhieb außer Gefecht zu setzen.

Von Görenczy hatte sich nur einen Augenblick lang zu dem Mädchen umgedreht, und schon fiel er, als eine Art Knüppel ihn in den Kniekehlen traf. Es gelang ihm gerade noch, sich im Fallen zu drehen, was ihm einen weiteren Hieb mit einem Holzstück auf den Kopf ersparte. Dafür stürzte er auf die Zofe, und ihre erneuten Schreie veranlaßten ihn, sich mit ihr zusammen rasch zur Seite zu rollen und sie somit zumindest vor weiteren Wurfgeschossen zu behüten, die sein verborgener Angreifer auf ihn niederprasseln ließ.

Delacroix stand an der Tür. Er hatte die Pistole in der Hand, konnte jedoch nicht schießen, ohne Gefahr zu laufen, einen seiner eigenen Männer in dem Durcheinander zu treffen. Neben der Tür sah er Mrs. Parslow, die mit angstgeweiteten Augen an der Wand kauerte. Er zog sie hinter sich ins Zimmer, um sie zu schützen.

Dann griff er in den Kampf ein, in der Hoffnung, ihn zu beenden.

Eliza unterdrückte ein Lächeln. Das war leicht gewesen. Sie sah sich um und erstarrte. Es war noch ein Mann im Raum. Das hatte sie nicht erwartet. Ihre Blicke kreuzten sich, und plötzlich wußte sie, daß sie ihn schon einmal getroffen hatte, vor langen Jahren.

Der damals angehende Magier war ein Freund ihres ersten Mannes gewesen. Worringham hatte ihn ihr vorgestellt. Doch der Mann war vollständig aus ihrem Leben verschwunden. Er hatte sie nicht gemocht, dessen war sie sich sicher, und sie hatte mit einem Mann, der einen so übelbeleumdeten Beruf erlernte, keinen Umgang pflegen wollen.

Sie spürte, daß er wußte, wer sie war. Sie starrten einander in die Augen, und sie erkannte die Schuld in seinen. Er fühlte sich schuldig. Schuldig ihr gegenüber.

„Mrs. Worringham", sagte er mit einem fast schamhaften, reuigen Lächeln und verneigte sich. Eine plötzliche Erkenntnis überflutete ihre Erinnerungen. Sie hatte fünfundzwanzig Jahre dazu gebraucht, doch nun verstand sie. Er war es gewesen. Er hatte damals eingegriffen, sich an ihrem Denken zu schaffen gemacht, ihr Wollen und Wünschen verdreht. Er hatte ihr Leben verändert. Er war mit seiner abscheulichen Magie gegen sie vorgegangen, und sie hatte all das verloren, was sie sich aufgebaut und wonach sie gestrebt hatte. Ihre momentane Lage war ganz allein seine Schuld.

„Sie!" fauchte Eliza. „Sie waren das. Ich weiß es!"

Sie trat blitzschnell auf ihn zu, die Hand erhoben, als wollte sie ihn ohrfeigen, und wünschte sich nichts so sehr, wie ihn tatsächlich zu schlagen. Sie wollte ihm weh tun, ihm all den Schmerz und die Enttäuschung zurückgeben, die er verursacht hatte.

„Ja", entgegnete er. „Aengus McMullen. Wir haben uns vor langer Zeit kennengelernt."

Er stand neben einem Tisch, auf dem die goldschimmernde Schachtel stand, die sie stehlen sollte. Nur konnte sie sie nicht stehlen, denn er stand direkt daneben. Der Kleriker war falsch informiert gewesen. Er hatte gesagt, sie hätten keinen Magier, doch sie hatten sehr wohl einen.

„Sie haben mir das angetan", zischte sie. „Leugnen Sie nicht! Das waren Sie. Sie haben mich dazu gebracht, diesen erfolglosen Dummkopf zu heiraten."

Er räusperte sich peinlich berührt und nickte dann, sah sie bekümmert an.

„Es tut mir leid. Ich hätte es nie tun dürfen. Aber ich hatte nicht geahnt, daß Sie ihm eine so schlechte Gattin sein würden. Sie haben ihn getötet." Es klang nicht wie eine Frage.

„Das ist Ihre Schuld! Sie hatten kein Recht, sich einzumischen", zischte sie, dachte gar nicht daran, seine Anschuldigung abzustreiten. „Alles, was mir im Leben passiert ist, ist mir Ihretwegen geschehen. Sie haben all das losgetreten mit Ihrem abscheulichen, unnatürlichen Gepfusche. Sogar dies!"

Sie ergriff die Schachtel, ehe er sie davon abhalten konnte, schwang sie mit einer wütenden, runden Bewegung. Sie traf ihn an der Schläfe, und er fiel lautlos.

Der Riegel des Kastens sprang auf, und ein schimmernder, wabernder Schatten floß daraus hervor, hob sich, wuchs zu einer großen Gestalt. Direkt vor ihr stand er. Sie erschrak, war zu überrascht, um aufzuschreien. Kein Manuskript – nur die Bestie, die die Männer gejagt hatten. Sie stand flimmernd zwischen ihr und dem ohnmächtigen Magier und sah aus, als müsse sie erst eine Entscheidung fällen.

Dann bäumte sie sich auf, wurde zu einer dünnen Linie und schoß sich selbst pfeilschnell in weiches Fleisch.

„Du lieber Himmel!" rief Mrs. Parslow aus.

Kapitel 15

Warum nur passierten ihr all diese Dinge, fragte sich Corrisande. War es eine göttliche Strafe für das Leben, das sie geführt hatte? Sie hatte gestohlen, doch im Vergleich zu dem anderer Menschen war ihr Leben beinahe makellos gewesen. Wenn sie Schmuck stahl, beraubte sie niemanden seines Auskommens. Die Menschen, deren Juwelen sie an sich nahm, waren reich. Schuldig hatte sie sich nie gefühlt.

Nun hatte sie getötet, aber nur ein Mal und nur, um einen anderen zu retten. Sie fand, sie habe eine so massive Bestrafung nicht verdient. Doch das war unerheblich. Selbstmitleid würde ihr nicht helfen.

Ihre Gedanken rasten. Dagegen also kämpften Delacroix und seine Männer. Das hatte Delacroix aus ihr herauszuholen versucht, ohne zu wissen, ob sie dem Komplott angehörte oder nicht. Nun war sie ein Teil davon geworden, und nur deshalb, weil sie war, was sie war.

Sie fragte sich, warum Delacroix sie hatte gehen lassen. Wahrscheinlich wußte er gar nicht, was hier geschah. Er hatte keine Vorstellung von den Einzelheiten des Plans, hatte nichts als ein paar dünne Verdachtsmomente. Wenn er mehr gewußt hätte, hätte er sie gar nicht erst verdächtigt. Das hieß, über dies hier wußte er nichts.

Er suchte das Manuskript, und alle möglichen Irren sahen in dem Artefakt ihre Rettung und ihr Glück. Erst Vonderbrück und jetzt Steinberg. Beide waren Magier.

Sie mußte die Offiziere warnen. Steinberg hatte sie gefesselt, aber behutsam, um ihr nicht weh zu tun. Sie begann, sich zu winden, versuchte, ihre Beine unter sich zu ziehen, in eine kniende Position zu kommen. Um den Knebel zu entfernen, mußte sie mit den Fingern den Schal erreichen. Doch das war schwierig. So vorsichtig der Mann auch gewesen war, er hatte sie wie ein Paket verschnürt. Er hatte keinesfalls ein Risiko eingehen wollen.

Der Mann war wahnsinnig. Er konnte doch nicht die ganze Welt verändern wollen? Wie konnte das jemand wollen? Wie konnte jemand überhaupt nur annehmen, daß sein Verstand groß und umfassend genug dazu war, aus Alpträumen und Wunschträumen eine ganze Welt erstehen zu lassen? Es war lästerlich. Es war undenkbar, jenseits ihres Begriffsvermögens.

Alle Fey ermorden. Was mochte geschehen sein, daß er sie so haßte? Was hatten sie ihm getan, daß er ihre gesamte Gattung ausrotten wollte? Eine Gattung, der er selbst angehörte. So wie sie. Sie fühlte sich ihr nicht nah, doch in ihren Gedanken war keine Abneigung, nur offene Fragen.

Sie wußte so wenig. Nichts wußte sie über ihre unheimliche Abstammung, und die einzigen Fey, die sie je getroffen hatte, waren in diesem Hotel. Das Schattenwesen hatte versucht, sie zu rauben und zu mißbrauchen. Der dunkeläugige Mann, der Delacroix' Hand festgehalten hatte, hatte ihr Leben gerettet.

Das mußte ihm Schmerzen bereitet haben, begriff sie auf einmal. Er hatte Delacroix am Handgelenk gehalten, während der den Kalteisendolch in der Hand hatte. Er hatte das ertragen, um sie zu schützen. Sie konnten nicht alle schlecht und böse sein. Sie glaubte nicht daran.

Inzwischen hatte sie es auf ihre Knie geschafft. Ihre Knöchel waren fest verschnürt, ihre Füße gefühllos. Sie versuchte, sich seitwärts zum Bettgestell zu drehen. Die Handgelenke konnte sie nicht bewegen, doch ihre Finger waren frei. Sie hob ihr Gesicht an ihre Hände. Sie konnte die Finger bewegen, allerdings nur ein wenig, und sie brauchte eine lange Zeit, um an dem Schal zu ziehen, oder genauer, den Schal festzuhalten, während sie versuchte, das Gesicht darunter hervorzuziehen. Er hatte den Schal fest um ihr Haupt gewunden, hatte damit das widerliche Tüchlein in ihrem Mund fixiert. Kaum konnte sie atmen, und weinen durfte sie schon gar nicht. Wenn sie weinte, würde ihre Nase sich zusetzen, und sie würde ersticken. Ein guter Grund, nicht die Beherrschung zu verlieren.

Ihre Finger zogen und rutschten ab, zerrten erneut und rutschten wieder ab. Der Seidenstoff war glitschig, und der Mann hatte den Schal so fest um sie gebunden, daß er sich an allen Teilen ihres Gesichts festzukrallen schien. Sie wußte nicht, wie lange ihre tauben Finger brauchten, bis es ihr endlich gelang, den Stoff vom Gesicht zu ziehen und das Taschentuch auszuspucken.

Jetzt konnte sie schreien.

Nützen würde ihr das nichts. Er war nebenan, und niemand würde sie so schnell erreichen können wie er. Ein zweites Mal würde er sie nicht unterschätzen. Vielleicht würde er sie töten oder mit Magie lähmen, sie in eine paralysierende Migräne schicken, würde sie erneut versteinern. Das konnte sie nicht riskieren. Diese Art von Angst konnte sie nicht mehr ertragen.

Schreien war keine Lösung. Sie tastete mit dem Mund nach den Schnüren, die ihre Handgelenke banden. Es war zu dunkel, um sie zu erkennen, doch ihre Lippen fanden einen Knoten, und sie begann, daran zu knabbern und zu ziehen. Sie mußte sich beeilen, denn sie wußte nicht, wann er nach ihr sehen würde. Er war Mediziner, und auf eine verschrobene Weise lag ihm ihr Wohl am Herzen. Vielleicht würde er überprüfen wollen, ob es ihr gut ginge. Ein freundlicher Geistesgestörter. Schwer einzuschätzen. Sie biß in die Schnur, zog sie mal in die eine, mal in die andere Richtung. Manchmal stieß sie gegen die Verbrennung an ihrer Hand und unterdrückte einen Schrei. Die Hand fühlte sich besser an als vor der Behandlung, doch wenn sie die Wunde berührte, schoß ihr pure Agonie durch den Arm.

Ihre Füße waren inzwischen komplett eingeschlafen. Ihre Zehen kribbelten erbärmlich. Nicht, daß er sie zu fest gebunden hatte, er hatte nur nicht damit gerechnet, daß sie sich drehen und darauf knien würde.

Eine Schnur löste sich, und ihre Hände waren nicht mehr ans Bettgestell gebunden. Sie stellte fest, daß ihre Handgelenke trotzdem noch gefesselt waren. Sie hob sie an die Lippen und suchte auch hier nach einem Knoten, fand aber keinen. Er hatte die Fesseln unter ihren Handgelenken verknotet, und sie kam nicht dran – und die Kordel durchzubeißen würde viel zu lange dauern.

Doch vielleicht konnte sie die Fußfesseln auch mit gefesselten Handgelenken lösen. Sie drehte sich und setzte sich wieder auf den Boden, zog die Knie an. Sie faßte nach unten und verfluchte Frauenkleidung. Ihre weiten Röcke und Unterröcke waren im Weg, und ihr Korsett verhinderte, daß sie sich allzuleicht vornüberbeugen konnte.

Als Einbrecherin hatte sie immer Knabenkleidung getragen. In einem Reifrock die Wände hochzuklettern war unmöglich. Die Freiheit, die Männerkleidung bot, hatte sie genossen, obgleich sie in den Sachen natürlich nicht hübsch ausgesehen hatte. Die Aussicht, bei einer Inhaftnahme zu allem Überfluß auch noch unpassend gekleidet zu sein, hatte sie immer beunruhigt.

Sie konnte den Knoten, der das Seil um ihre Knöchel hielt, nicht erreichen. Sie krümmte und wand sich mal in die, mal in jene Richtung, aber egal wie sie sich drehte und wand, sie kam nicht dran.

Doch an die Schnürsenkel kam sie. Sie öffnete sie und versuchte, die Schuhe an den Füßen zu lockern. Stiefeletten. Es hätte schlimmer sein können, aber auch besser. Warum hatte sie nur keine Tanzschuhe angezogen? Aus denen herauszukommen wäre leicht gewesen.

Sie brauchte einige Zeit und schrie fast auf, als sie abrutschte und ihre Verbrennung über ihre Schuhe rieb. Den gleichbleibenden Schmerz hatte sie wieder eine Weile verdrängen können. Die Salbe war ausgezeichnet. Er war ein guter Mediziner. Warum konnte er nicht einfach nur ein guter Mediziner sein – und sonst nichts?

Plötzlich schaffte sie es, ihre Füße aus den Stiefeln zu ziehen. Sie rappelte sich auf, stand in Strümpfen da und schwankte. Ihre Füße waren taub. Sie bewegte probehalber die Zehen. In die Stiefel würde sie nicht wieder passen, selbst wenn es jetzt leicht war, die Fesseln von ihnen herunterzuziehen.

Es war dunkel. Sie versuchte, sich an den Schnitt des Raumes zu erinnern. Sie hatte nur eine Tür gesehen, die, die in seinen Salon führte. Die hatte er versperrt. Ein Schloß zu knacken war leicht, doch sie benötigte Hilfsmittel dafür, und ihre gefesselten Handgelenke würden sie zudem behindern.

Blieb nur das Fenster. Sie hörte den Regen gegen die Scheibe trommeln. Sie befand sich im zweiten Stock. Sie dachte an ihr Kleid, weit und lang. Mit den gefesselten Händen hob sie die Röcke Stück für Stück, bis sie drunter greifen konnte. Wenigstens den Reifrock und die ausladenden Unterkleider mußte sie loswerden. Sie zog sie um ihre Taille, bis sie an die Knöpfe und Haken kam, und öffnete sie. Sie zappelte und wand ihren Körper, und die Unterwäsche fiel ihr zu Füßen.

Vorsichtig stieg sie heraus, stieß sie mit dem Fuß aus dem Weg, damit sie sich nicht darin verfing und fiel. Der Rock ihres Kleides war nun, ohne Schuhe mit Absätzen und ohne Unterröcke, zu lang für sie. Aber dagegen konnte sie nichts tun, konnte sich nicht weiter auskleiden. Trotzdem würde der Stoff im Weg sein, wenn sie aus dem Fenster stieg. Sie hob das Material an den Mund, hielt es mit den Zähnen, und es gelang ihr, vorne einen Knoten in den Stoff zu machen, der einen Großteil des umfangreichen Kleides zusammenhielt.

Besonders gut klappte das nicht. Doch wenigstens hatte sie jetzt Beinfreiheit. Wahrscheinlich sah sie völlig unmöglich aus, wie sie dastand in knöchellangen, spitzenverzierten „Unerwähnbaren" mit einem hochgeknoteten Rock. Doch das war jetzt unwichtig.

Sie lauschte, ob sie aus dem anderen Raum Geräusche vernehmen konnte, und hörte Schritte. Sie mußte sich beeilen. Jeden Augenblick konnte er zurückkommen. Sie trat zum Fenster und öffnete lautlos beide Flügel. Davor war kein Balkon. Das Sims war feucht. Während ihrer Klettermaxe-Karriere hatte sie darauf geachtet, nicht bei strömendem Regen zu arbeiten, und schon gar nicht mit gefesselten Händen.

Nur wenig Licht kam von den beiden Gaslaternen, die weit unter ihr den Haupteingang flankierten. Nichts bewegte sich auf der Straße. Es war ruhig, eine dunkle, stille, verregnete, kalte Nacht.

Sie versuchte, sich an den Aufbau des Gebäudes zu erinnern. Neben jedem dritten Fenster gab es einen Balkon. Sie hatte einfach Pech, daß ihr Fenster keinen hatte. Doch nebenan war einer. Sie sah nach unten und stellte fest, daß es im ersten Stock keine Balkone gab. Wenn sie nach unten kletterte, würde sie irgendwann ins Dunkel springen müssen – und dann? Ins Hotel laufen und um Hilfe schreien? Würde man ihr helfen oder sie abtransportieren lassen wie eine entflohene Irre? Wer würde sie zuerst erreichen, der Arzt oder die Offiziere? Wen würde man schon holen, wenn plötzlich eine aufgeregte, verletzte Frau in die Lobby stürmte? Den Arzt, nicht das Militär.

Nach unten konnte sie also nicht. Sie mußte hinauf. Sie wußte nicht genau, was über diesem Zimmer war, aber es mochte durchaus ihre eigene Schlafkammer sein.

Sie setzte sich aufs Fenstersims und drehte sich mit den Beinen nach außen. Ihre schuhlosen Füße baumelten hoch über der Straße. In der Mitte des Fensters war ein Mittelholm, den sie ergriff. Dann schob sie sich nach draußen, drehte sich dabei vollends der Wand zu. Sie wußte, daß horizontale Zierrillen die Außenwand entlangliefen, vielleicht einen, vielleicht zwei Zoll tief. Sie wünschte, es wären zwei Zoll und sie würde eine solche Verzierung mit ihren Füßen finden.

Ihre Zehen tasteten die Wand ab. Ihre Körpermitte und ihr Oberkörper ruhten noch auf dem Sims. Vielleicht hätte sie von dort aus stehend ihre Kletterpartie beginnen sollen. Wenn sie jetzt fiel, dann brauchte sie sich weder um die Welt noch um den Wahnsinnigen von nebenan Gedanken zu machen. Sie würde auf die schwarze Straße klatschen und tot sein. Vielleicht nicht gleich, doch ob man sie rechtzeitig finden würde, war fraglich.

Ihre verbrannte Hand quälte sie inzwischen wieder sehr. Sie gab nicht gut genug acht darauf, und die Hand mußte Aufgaben übernehmen, die kaum eine gesunde Hand vermochte. Corrisande verbot sich, laut zu stöhnen und versuchte, den Schmerz aus ihrem Bewußtsein zu verbannen. Ihre Füße fanden eine Rille in der Wand. Sie war schmal und glitschig. Corrisandes Strümpfe waren sofort durchnäßt.

Seitlich von ihr unter dem nächsten Fenster sah sie den dunklen Schatten eines Balkons. Wahrscheinlich lag er vor dem Zimmer des Arztes, und sie würde sehr leise sein müssen, wenn sie ihn überhaupt erreichen konnte. Zoll für Zoll bewegten sich ihre seidenbestrumpften Füße an dem Vorsprung entlang. Der Regen hatte ihr Kleid durchnäßt, und ihr war kalt. Sie preßte ihr Gesicht an die Wand, die rauhe Oberfläche zerkratzte ihre Haut. Sie bewegte sich immer weiter seitlich, bis zu dem Punkt, an dem sie den Fensterrahmen loslassen mußte.

Es gelang ihr nicht, ihre Finger zu lösen, denn mit einem Mal war ihr klar, daß sie im gleichen Moment fallen würde. Es war unmöglich, sich allein mit den Zehen auf einem winzigen Vorsprung zu halten. Ihre gefesselten Hände konnte sie nicht vor sich nehmen, denn sie würden zuviel Platz zwischen ihrem Körper und der Wand benötigen. Einen solchen Winkel konnte sie nicht ausbalancieren. Sie würde rückwärts fallen.

Noch konnte sie zurück. Es war möglich, wieder durchs Fenster zu kriechen. Er mochte sie dabei hören. Er würde kommen, sie erneut fesseln, sie unter einen Bannspruch legen und ihr Dinge antun. Rätselhafte Dinge, unbegreifliche Dinge oder vielleicht auch nur anstößige Dinge, und sie würde es ihm erlauben. Vielleicht machte es wirklich keinen Unterschied mehr. Welchen auch? Vielleicht würde er ihr ja nichts tun. Bisher hatte er das weitgehend vermieden. Er war netter zu ihr gewesen als der Colonel. Vielleicht ließ sich aushalten, was immer er mit ihr vorhatte. Es war auf alle Fälle einfacher und sicherer als das, was sie im Moment tat. Ungefährlicher. Weniger lebensbedrohlich.

Sie erinnerte sich an die Bernstein-Augen und schien seine harsche Stimme zu hören: „Atmen Sie, Corrisande! Los! Atmen!"

Sie konzentrierte sich und atmete ein, wobei ihr sehr bewußt war, daß dies eventuell ihr letzter Atemzug sein mochte. Dann ließ sie los, ließ sich fallen, rutschte seitlich an der Hauswand entlang, hoffte, dieser gezielte Sturz werde ihr ermöglichen, irgendeinen Teil des schmiedeeisernen Balkongeländers nebenan zu erhaschen. Es war nicht weit, nur ein, zwei Schritte, die sie aber nicht tun konnte.

Sie schlug ihr Gesicht an einem spitzen Eisenstück an und spürte, wie sich etwas in ihre Wange bohrte und durch ihr Gesicht riß. Der plötzliche Schmerz ließ sie beinahe den Moment verpassen, den sie hatte, um sich festzuhalten. Doch ihr Kletterinstinkt ließ sie nicht im Stich, und schon hatte sie ihre Hände durch die Eisenornamente geschlungen, fand irgend etwas zum Festhalten, kratzte über ihre Brandwunde, klammerte sich an rissiges Metall. Sie unterdrückte einen Schrei. Ihre Füße verloren den Halt am Mauervorsprung, und nun hing sie über der Straße, hielt sich nur mit den gefesselten Händen am nassen, kalten Eisen fest.

Sie dachte plötzlich, daß sie wahrscheinlich abgestürzt wäre, wäre sie ein reinblütiger Mensch gewesen. Doch ihre Finger hielten die Metallstreben umfaßt, und sie war nicht schwer. Sie war stark und unverwüstlich. Sie würde das schaffen. Eine Alternative gab es nicht. Es mußte gelingen.

Sie fühlte, wie ihr warmes Blut vom Gesicht über den Hals in den Kragen lief. Sie konnte es riechen, salzig-metallisch, ihr unreines Feyon-Blut. Offenbar hatte sie sich schwerer verletzt, als sie ursprünglich gedacht hatte. Sie versuchte, auch daran nicht zu denken, schob den Gedanken an Schmerz gezielt von sich weg. Sie schwang die Beine hoch, klemmte sie zwischen die Eisenstreben. Man konnte außerhalb des Balkons stehen. Sie hatte es bereits getan. Es war einfach gewesen.

Sie zwang sich, ihr Gewicht auf die Füße zu verlagern. Jetzt kauerte sie außerhalb des verzierten Gitters, die Füße unter ihr, ihre Hände an einer Strebe festgekrallt. Ihr Körper hing in einer engen Hocke über der Straße.

Hoch. Sie mußte hoch, und zwar lautlos. Emporsteigen konnte nicht so schwer sein. Die Architektur machte das Haus zu einem Einbrecherparadies. Zumindest hatte sie das gedacht, als sie es zum ersten Mal gesehen hatte. Horizontale Rillen im Mauerwerk, Stuckfiguren über den Fensteröffnungen und schmiedeeiserne Balkone, deren ausladende Einfriedungen verspielt von einem zum nächsten Stockwerk wuchsen. Normalerweise war das leicht. Wenn man nicht gefesselt und verwundet war.

Sie schob ihre Finger an den Eisenstreben entlang nach oben. Empor. Wann immer sie die Hände bewegte, versuchte sie, mit den Füßen die Balance zuhalten, und einmal hielt sie sich mit den Zähnen fest, bis ihre Hände wieder einen Halt gefunden hatten.

Das feuchte Eisen war glitschig unter ihren Füßen. Sie bewegte sich vorsichtig. Sie mußte sich beeilen, doch wenn sie fiel, war alles zu spät. Sie hatte nur diese eine Chance, und sie konnte gut klettern. Sehr gut sogar. Selbst mit gefesselten Händen.

Höher und höher kroch sie, ihre schuhlosen Füße balancierten auf den scharfkantigen Eisenornamenten, die in sie hineinkratzten und -schnitten, ihre Hände krochen Zoll für Zoll nach oben.

Nun stand sie auf der Balustrade. Sie mußte mit den Händen nach oben, nach dem nächsten Halt greifen, balancierte auf dem schmalen Geländer. Ein kalter Wind riß an ihrem Kleid und lokkerte den Knoten, den sie in den langen Rock geknüpft hatte. Ihre Hände ergriffen die Gitter des nächsten Balkons über ihr. Wieder versuchte sie, die Beine nach oben zu schwingen, so wie sie es auf dem Balkon gemacht hatte, von dem sie soeben hochgeklettert war, und es gelang ihr fast. Doch dann schnitt mit lähmender Gewalt Schmerz durch ihren Kopf, stach durch ihre Gedanken, und sie wäre fast gefallen, hing nur noch an den Fingerspitzen, spürte, wie ihre Finger langsam vom feuchten Eisen rutschten. Alle Kraft verließ sie.

Beinahe hätte sie es geschafft, dachte sie. Beinahe. Aber nicht ganz.

Kapitel 76

Ihr Liebhaber war in einer zynischen Stimmung, als er an ihre Tür klopfte, und blieb einsilbig, als sie ihn zu seinem Treffen mit dem Team befragte.

„Wir wollen keinen Gedanken daran verschwenden", sagte er und bestürmte sie mit unerwartet aggressiver Leidenschaft, drängte sie mit seinem Körper durch den Raum. Seine Hände verschwanden ohne Vorwarnung in ihrem Kleid. Er küßte sie mit ungeduldiger Härte. Doch nur für einen Augenblick, dann schmolz seine Angriffslust.

„Es tut mir leid", entschuldigte er sich. „Ich sollte mein Unbehagen nicht an dir auslassen. Laß uns noch einmal beginnen." Er küßte sie erneut, sehr sanft diesmal, und noch einmal.

„Du trägst den Anhänger nicht", bemerkte er. „Das solltest du aber. Er schützt dich, und ein wenig wird er auch mich schützen, wenn dich niemand dazu manipulieren kann, über mich zu sprechen."

Seine Hand lag über ihren Brüsten, dort, wo sie den Anhänger zuletzt getragen hatte.

„Ich habe ihn nicht mehr", antwortete sie. „Er hat mir nie gehört. Er gehört Delacroix. McMullen wird mir einen eigenen anfertigen."

Er nickte und strich mit den Zähnen an ihrem Dekolleté entlang, streichelte sie auf diese seltsame Weise, ohne sie zu verletzen. Seine Hände wanderten in ihr Haar, zogen Klemmen und Zierkämme heraus.

Eine Frau schrie auf dem Flur, laut und anhaltend. Der Vampir bugsierte Cérise hinter dem Sofa in Deckung. In der gleichen Sekunde war er an der Tür und lugte durch einen Spalt hinaus.

„Verwünschte Bruderschaft. Bleib, wo du bist. Ich will nicht, daß du ihnen auffällst. Sie würden dich mit Feuer und Schwert von meinem Einfluß reinigen – ganz wörtlich. Sie haben eine Vorliebe für Klischees, besonders, wenn sie Schmerzen bereiten."

„Ich muß den Offizieren helfen!" widersprach sie. „Sie gehören zu meiner Gruppe." Sie glitt hinter der Couch hervor, lief zur Kommode, um ihre Waffe zu holen – und fand sich auf der nämlichen Couch sitzend wieder.

„Tu das nicht, Torlyn!" schimpfte sie. „Ich habe Pflichten. Ich hatte sie schon, bevor du in mein Leben getreten bist, und ich habe sie immer noch."

„Ich auch, meine Schöne, und trotzdem sollte keiner von uns sich freiwillig mit der Bruderschaft anlegen. Deine Gruppe besteht aus drei kampferprobten Offizieren und einem hochklassigen Meister des Arkanen, und ich konnte nur zwei Angreifer ausmachen. Wenn ich Delacroix korrekt bewerte, wird er ganz allein mit ihnen fertig. Sie kommen ohne dich zurecht."

„Aber ich ...", begann sie, doch er bedeutete ihr zu schweigen.

„In Deckung. Jemand kommt die Außenwand hoch."

Sie sah nicht, wie er sich bewegte, doch im nächsten Augenblick war er an der Balkontür. Seine Hände waren zu Klauen verformt, seine langen Fingernägel aus dem Nagelbett hervorgeschossen. Eine Bestie. Ihr stockte angesichts seiner wilden Ausstrahlung der Atem.

Dann hörte sie es auch, ein winziges Geräusch, begleitet von einem kleinen Stöhnen.

Er stand draußen, und sie hatte nicht gesehen, wie er die Tür geöffnet hatte. Dennoch war sie offen. Sie fragte sich, ob sie ihn kämpfen sehen würde und wie das wohl aussähe.

Draußen glitt das Eisen durch Corrisandes Finger, während ihr eigenes Gewicht sie nach unten zog und zu schwer für sie wurde. Sie fiel.

Jemand ergriff ihre Handgelenke und zog sie hoch.

Sie konnte die Gestalt in der Dunkelheit nicht sehen, doch die Stärke des Mannes war eindrucksvoll. Er hob sie über das Geländer, legte einen Arm um ihren Körper und stellte sie vor sich. Sie schwankte, fiel, und schon hatte er sie in die Arme genommen und wie ein Kind hochgehoben.

Sie hatte ihn nicht erkannt in den wenigen Augenblicken zwischen Todesangst und Dunkelheit, beschäftigt mit der Erkenntnis, daß sie eben zu Tode stürzte. Ihr Kopf explodierte fast vor Schmerz. Es mußte der Arzt sein. Sie war so weit geklettert, und er hatte sie doch wieder erwischt.

Sie stöhnte, und die Migräne verschwand spurlos. Der starke Mann setzte sie auf eine Couch und trat zurück.

Der geheimnisvolle Sí. Es war seine Magie gewesen. Er hatte ihre Gedanken erreichen wollen, und sie hatte alle Kraft verloren und sich nicht mehr halten können.

„Was um Himmels Willen ...?“ Sie hörte Cérise, ehe sie sie sah. Die Sängerin saß neben ihr, Haar und Kleid zum Teil offen, der Stoff des Kleides über die nackte Schulter heruntergezogen. Sie sah alles andere als achtbar und zivilisiert aus.

Doch sie selbst, stellte Corrisande fest, sah auch alles andere als achtbar und zivilisiert aus. Ihr Kleid war zerfetzt und klebte feucht an ihr, ihre Unterwäsche war sichtbar. Ihre Kleidung war voller Blut. Um ihren Hals hing noch der Herrenschal, mit dem Steinberg sie geknebelt hatte. Auch der war rot von Blut. Ihre Hände waren noch gefesselt, ihre Finger voller Schrammen und Schnitte, die Brandwunde dunkelrot. Ihre Strümpfe waren zerrissen, und Blut quoll durch die regennasse Seide.

Der dunkle Mann stand direkt vor ihr. Seine schwarzen Augenbrauen waren besorgt hochgezogen, und sein Gesicht war ebenfalls blutverschmiert. Sie brauchte einen Moment, um zu begreifen, daß es ihr Blut war. Es floß aus der Wunde in ihrem Gesicht, deren Präsenz nun ihren Weg zurück in ihr Bewußtsein gefunden hatte. Sie war so konzentriert darauf gewesen, den oberen Balkon zu erreichen, daß sie den Schmerz verdrängt hatte.

Er sah sie fassungslos an. Dann wischte er sich das Blut mit den Fingern ab und leckte daran. Sie schreckte zurück.

Aber es war egal.

„Sie müssen sie warnen“, stieß sie ohne Einleitung oder Erklärung hervor. Sie war noch vollkommen atemlos. „Ein Dr. Steinberg ist im Zimmer unter uns. Er will die Welt mit einem Manuskript ändern. Er will alle Sí ermorden und alle Menschen versklaven. Er ist ein Magier und ein Halb-Feyon.“

Sie sah den Ausdruck auf ihren Gesichtern.

„Ich weiß, wie das klingt, aber das hat er vor!“

„Ihre Hände sind gefesselt“, bemerkte Cérise, und der Sí nahm die Hände in seine, zerschnitt die Schnur mit seinen messerscharfen Klauen und massierte behutsam ihre Handgelenke, wobei er die Krallen einzog wie eine Katze.

„Bist du wirklich mit gefesselten Händen im Dunkeln die Wand hochgeklettert?“ fragte er.

„Vom Schlafzimmerfenster aus. Er hatte mich dort eingeschlossen.“

„Warum hat er Sie nicht einfach getötet?“ fragte die Sängerin und klang ein wenig herzlos, ein wenig wie Delacroix.

„Er hat andere Pläne. Er will eine Welt schaffen, in der Mensch-Feyon-Hybriden als Elite regieren. Bitte! Sie müssen den Colonel warnen. Steinberg ist vollkommen wahnsinnig. Er hat gesagt, morgen ginge die Welt unter.“

„Woher kennen Sie den Mann?“ fragte die Sängerin unerbittlich weiter.

„Ich habe ihn gestern getroffen. Er hat mir erläutert, warum ich das Hotel nicht verlassen konnte. Ich wußte es nicht. Ich wußte nicht, daß auch ich ... und ich bin zu ihm gegangen, weil er Mediziner ist. Damit er mir mit der Verbrennung hilft.“

„Eine Kalteisenverletzung“, sagte der Sí. „Wer war das?“

„Das ist doch jetzt einerlei!“ Sie wurde aggressiv. „Sie müssen hinübergehen und sie warnen!“

Sie hörten ihr nicht zu. Sie versuchte, die Welt zu retten, und diese Leute hörten ihr nicht zu.

„Delacroix hat sie verbrannt“, sagte Cérise.

„Der Mann braucht eine Lektion“, kündigte der Sí mit bitter entschlossener Stimme an.

„Er hat es nicht mit Absicht getan. Er ahnte nicht, was sie ist“, sagte die Sängerin, und Corrisande erschrak zutiefst, daß sie es wußte. Delacroix mußte ihr alles erzählt haben. Vielleicht hatte er es allen gesagt, und sie hatte geglaubt, er würde das nicht tun. Eliza hatte Recht behalten. Er hatte sie verraten. Am gleichen Tag. Kaum, daß sie gegangen war.

Sie schluckte, um ihre Tränen zurückzuhalten. Ihr war nach weinen.

„War es sehr schlimm?“ fragte der Mann einfühlsam. Er schien ihre Verzweiflung zu spüren, wußte um ihren Kampf gegen die Tränen. Er behandelte sie wie ein Kind. Sie war kein Kind.

„Bitte! Sie müssen mir zuhören! Sie ...“ Sie wimmerte beinahe, als der jähe, furchtbare Schmerz erneut in ihrem Kopf explodierte. „Bitte nicht! Tun Sie das nicht! Bitte!“

Er kniete plötzlich vor ihr, hatte die Arme um sie gelegt. Sie spürte seine warmen Hände auf dem Rücken.

„Es tut mir leid“, murmelte er und wiegte sie sanft in seinen Armen. Sie spürte den kritisch-kalkulierenden Blick der Sängerin auf sich.

„Liebling“, sagte diese ein wenig zu süß. „Du machst dem Kind Angst mit deiner Nähe.“

„Ich habe versucht, ihr den Schmerz zu nehmen“, erklärte er, und seine mitleidige Stimme erklang direkt neben ihrem Ohr. „Doch sie kann es nicht ertragen, wenn Magie auf sie gewirkt wird. Das ist ein Schutz, den sie hat. Ein Sí-Erbe.“ Er löste die Umarmung, hielt sie nur an den Armen. „Bist du meinetwegen gefallen?“

Sein Gesicht war wieder voller Blut.

„Ja. Ich dachte, es sei Steinberg. Er kann meine Gedanken bestimmen, aber es tut weh. Ihre Manipulation allerdings schmerzt noch viel intensiver.“

Er nickte und besah sich ihr unglückliches Gesicht, hielt ihr Kinn in seinen Fingern.

„Ich bin stärker als dieser Steinberg", sagte er. „Das ist eine garstige Wunde, die du da hast. Ich werde sie heilen. Ich verspreche, es wird nicht sehr weh tun."

„Mein Liebling, denkst du wirklich, du solltest das ...", unterbrach die Sängerin nervös.

„Sie wird einen greulichen Schmiß im Gesicht zurückbehalten, wenn ich das nicht gleich heile. Du würdest so eine Narbe nicht haben wollen, und sie will es auch nicht."

„Na gut", schnappte Cérise. „Aber versuch gar nicht erst, mir weismachen zu wollen, du tätest das aus reiner Selbstlosigkeit."

Er lachte sonderbar und nahm Corrisandes Gesicht in die Hände.

„Ganz ruhig", sagte er. „Ich kann dich nicht mit meinen Gedanken berühren, ohne dir weh zu tun. Versuch, keine Angst zu haben. Vertrau mir. Schließ die Augen."

Sie schloß gehorsam ihre Augen und hörte Mlle. Denglots sarkastische Stimme: „Ja, und denken Sie dabei an England. So macht man das doch bei Ihnen."

Sie spürte zuerst seine Lippen auf der Haut, dann seine Zunge. Sein Mund glitt über ihre Wange, ganz zart. Er leckte, trank ihr Blut. Das sollte sie eigentlich mit Widerwillen erfüllen, dachte sie, doch so war es nicht. Sie fühlte keinerlei Ekel, war vielmehr erstaunt und nur ein wenig ängstlich. Er hielt ihren Kopf fest, als wisse er, daß ihr danach war davonzulaufen. Die Empfindung veränderte sich. Die Zärtlichkeit seiner Heilmethode war erregend. Der Schmerz in ihrem Gesicht war fast fort, nur noch ein Echo dessen, was er gewesen war. Sie sehnte sich danach, seine Lippen auf den ihren zu fühlen, und schalt sich für diesen eigentümlichen Wunsch. Sie dachte an einen anderen Mund, der ihren bestürmt hatte, und wünschte sich, er sei so verführerisch und sanft fordernd wie dieser gewesen. Der Mann küßte ihre Finger, leckte sie, fuhr mit seiner Zunge darüber.

Als er aufhörte, begriff sie, warum Cérise ihn nicht teilen wollte. Sie lief puterrot an.

„Besser?“ fragte er, und sie konnte ein zufriedenes Lächeln in seiner Stimme hören.

Sie nickte, öffnete die Augen wieder und blickte direkt in seine, die ganz nah und ganz dunkel waren, wie ein sternenbeschienenes Meer, in dem man ertrinken konnte.

„Ja“, sagte sie und versuchte, nicht atemlos zu klingen. Sie sah, wie Mlle. Denglot sie mit hochgezogenen Brauen musterte, ein zynisch-saures Lächeln auf den Lippen. Corrisande riß sich zusammen und schüttelte das Echo der Lust aus Leib und Seele, gemeinsam mit dem unglaublichen Wunsch, sich in seinen Armen zu verlieren. Zuviel. Es war alles viel zuviel.

„Danke“, sagte sie höflich und zog ihre Fassung um sich wie eine Decke. Sie mußte beherrscht und gelassen bleiben. Oder genauer, sie mußte beherrscht und gelassen werden. Beherrschtheit und Gelassenheit waren nicht genau das, was sie im Moment empfand. „Sie müssen mir zuhören. Ich weiß, ich klinge verrückt, aber ...“

„Gar nicht. Viele Menschen glauben, das Mutar-Manuskript könne die Welt von Grund auf ändern. Es gibt genug Hinweise darauf. Genau wie es Gründe gibt zu glauben, es hebe die Grenzen zwischen den Welten auf, stürze diese und andere Welten ins Chaos. Eure Kirche würde das als das Öffnen der Höllenpforten bezeichnen, und auch das mag wieder nur ein Mythos sein. Niemand weiß es. Niemand hat es erprobt, und wenn, dann wüßten wir vielleicht gar nichts davon. Keine Angst. Steinberg kann nichts tun, solange der Feyon, der dich angegriffen hat, noch lebt, und er ist noch am Leben.“

Corrisande wollte keinen Hypothesen lauschen. Sie wollte, daß etwas geschah. All das Reden schien ihr die Situation nur noch gefährlicher zu machen. Sie kam sich vor, als trieben sie in einem winzigen Boot im wilden Ozean, steuerten auf ein Riff zu und diskutierten dabei nautische Theorien, anstatt den Kurs zu ändern.

„Sie müssen es ihnen sagen. Jetzt! Bitte gehen Sie und sagen Sie es ihnen. Ich weiß nicht, was Steinberg tun wird, wenn er herausfindet, daß ich entkommen bin. Sie sagen, Sie sind stärker als er. Aber er wirkte sehr willensstark und selbstsicher auf mich. Er ist ein starker Mann und hat keine Zweifel an seiner überwältigenden Kraft."

„Seiner Zauberkraft oder seiner Manneskraft?" fragte die Sängerin süßlich. Ihr Liebhaber schenkte ihr ein vielsagendes Lächeln.

Corrisande erhob sich.

„Ich freue mich, daß Sie mich so amüsant finden. Wenn Sie mich bitte entschuldigen, ich werde jetzt Marie-Jeannette zu den Offizieren schicken."

Sie tat einen Schritt, stolperte über ihren zerrissenen Kleidersaum und fiel. Der Mann fing sie, ehe sie noch auf den Boden aufschlug, und sie begann zu weinen. Ihre Fassung brach wie Glas.

Die Sängerin stand jetzt neben ihm.

„Leg sie auf die Couch", sagte sie, und er hob sie hoch und tat eben dies. Die schöne Frau kniete sich neben sie.

„Haben Sie keine Angst. Wir werden ihn informieren. Wir werden ihm sagen, daß Sie im strömenden Regen in dunkler Nacht mit gefesselten Händen die Mauer hochgeklettert sind, nur um uns das zu sagen. Keine Angst."

„Das ist doch nebensächlich", rief sie erbost und entrüstet, und ihr war mit einem Mal so kalt, daß ihre Zähne klappernd aufeinanderschlugen. „Sagen sie ihm, was er wissen muß. Über mich muß er nichts wissen. Gar nichts. Nur sagen sie es ihm!"

Cérise fixierte sie.

„Sie lieben ihn ja wirklich", sagte sie und sah sie ruhig an. „Oder fürchten Sie ihn? Das müssen Sie nicht. Er bellt öfter, als er beißt. Dagegen ..." Sie sah den Mann neben sich an, der ihr aufhalf, seinen Arm um sie legte und sie mit geschlossenen Lippen anlächelte. Sein Blick war gesenkt, seine schweren Lider verbargen nur unvollständig ein erregtes Glitzern in seinen Augen.

Corrisande wußte nicht, was sie sagen sollte. Sie wußte nicht, warum ihre Worte den Eindruck hinterlassen hatten, sie sei in Delacroix verliebt – oder fürchte sich vor ihm. Sie hatte nichts davon gesagt. Sie drehte den Kopf zur Seite und trocknete ihre Tränen. Sie hatte sich nicht genügend in acht genommen. Wie in einem Buch hatten sie in ihr gelesen. Sie verabscheute ihre mangelnde Selbstkontrolle.

Sie riß sich zusammen und setzte sich auf.

„Mlle. Denglot, was ich empfinde oder nicht ist unerheblich. Es ist egal, vorbei und unnütz. Ich will ihm nicht mehr begegnen. Bitte gehen Sie! Bitte. Ich würde selbst gehen, wenn ich könnte. Aber ich kann nicht."

Der schlanke Mann hatte eine Decke geholt und wickelte sie um ihre Schultern.

„Ich lasse dich nicht gerne allein hier", sagte er und klang ein bißchen wie ein älterer Bruder. „Doch wir sind bald zurück, und dann bringen wir dich in dein Zimmer und zu Bett." Er streichelte ihr über die Stirn. „Versuch, dich ein bißchen zu erholen und stell nichts Dummes an, Kleines."

Kapitel 77

Ganz sicher war Er sich nicht, daß Er die richtige Entscheidung getroffen hatte. Er hatte nicht genug Zeit zum Nachdenken gehabt. Zeit war ein Konzept, das Ihm fremd war. Doch Er mußte sich an die Abfolge der Geschehnisse halten. In dieser Welt stand die Ursache stets vor der Wirkung.

Eine Frau hatte Er noch nie übernommen. Sie waren Ihm immer zu verweichlicht, zu wenig ausdauernd vorgekommen. Ihr Einfluß in der Welt beziehungsweise der Mangel daran hatte sie weitgehend unbrauchbar für Seine Zwecke gemacht.

Diese hier war gut. Sie zeichnete sich durch eine gewisse Zähigkeit aus. Sie war nicht mehr jung, doch auch noch nicht alt und schwach. Die Kraft ihrer Gedanken war eindrucksvoll, ebenso ihr Nervenkostüm. Sie hatte überlebt, lebte noch. Vielleicht konnte Er sie eine Zeitlang am Leben erhalten. Die meisten Menschen starben am Schock, wenn Er sie übernahm. Er ließ Sein Lächeln über ihre Züge gleiten. Die Frau kämpfte, versuchte, Ihn aus ihrem Geist zu entfernen, Ihm die Macht über ihre Gedanken zu entreißen.

Ein unsinniges Unterfangen. Menschen waren dazu zu schwach. Er bemächtigte sich ihrer Erinnerungen und freute sich. Es würde leicht sein, wirklich leicht. Er konnte auf diesen Erinnerungen aufbauen, sie zu einem Ganzen verweben, mit ihnen die Art von Halbwirklichkeiten bauen, aus denen Seine Welt bestand.

Er sah sich durch die neuen Augen, die nun für Ihn ihre Arbeit taten, um. Sein Blickfeld war nicht mehr kreisförmig. Nur was vor Ihm war, konnte Er sehen, nicht, was sich hinter Ihm abspielte. Ein Nachteil. Die Welt war entsetzlich vierdimensional. Doch das war sie immer, wenn Er im Körper eines Menschen weilte. Er bückte sich zu der Metallschachtel, die auf den Boden gefallen war, und übte ein Lächeln. Kalteisen.

Er konnte es berühren. Diese Hände, die jetzt Ihm gehörten, konnten es. Er positionierte den Kasten wieder auf dem Tisch, dort, wo er den Angaben Seines neu gefundenen Gedächtnisses nach gestanden hatte. Er schloß ihn sanft. Er leuchtete nicht mehr so, wie er das getan hatte. Es gelang Ihm nicht, den Glanz zu simulieren. Schade.

Doch vielleicht war es egal. Der Denkapparat, den Er erobert hatte, war ausgezeichnet. Es wunderte Ihn, denn die Gedanken, die Er früheren Körpern genommen hatte, hatten ein anderes Bild vermittelt – nämlich, daß Frauen beschränkt und leichtgläubig waren. Das waren sie keinesfalls. Zumindest diese hier war weder das eine noch das andere. Ihre Realität war in unterschiedliche Zonen eingeteilt. Sie sah die Welt als ihr Revier, das sie beeinflussen konnte. Sie übte Einfluß aus. Das mochte Er. Ausflüchte und unehrliche Begründungen trieben in ihrem Geist Blüten, tauschten Ursache und Wirkung willkürlich aus, und doch sah sie klar.

Eine Frau nach Seinem Herzen. Nicht, daß Er eins hatte. Sofern Er nicht ihres zählte. Er lauschte seinem Schlag. Es schlug ungestüm, aber regelmäßig. Sie kämpfte, und Er genoß ihre Niederlagen, freute sich über ihre wachsende Verzweiflung. Ausgesprochen brauchbare Verzweiflung, voller nützlicher Wut.

Von draußen erreichten Ihn Geräusche. Kampfeslärm, den kannte Er. Eine Frau schrie. Er kramte in Seinem neu erworbenen Gedächtnis. Die Zofe. Dann schnelle Schritte, die sich entfernten. Jemand floh. Wieder durchwühlte Er die einverleibten Erinnerungen. Der Klosterbruder und sein kleiner Helfer. Die Bruderschaft zog sich zurück. Diese Menschen jagten Sí. Doch im Moment war Er keiner. Er war eine zarte, einfältige Frau.

Er kniete sich neben den bewegungslosen Mann und fragte sich, ob Er ihn mit bloßen Händen töten konnte. Sicher gab es da Möglichkeiten. Doch Seine Hände wirkten zu schwach und klein. Vielleicht würden sie ausreichen, ihm die Kehle zuzudrücken? Die Hände fanden den Hals des Mannes.

Stimmen ertönten. Sie kamen zurück ins Zimmer.

„Hilfe!“ rief Er. „Hilfe!“ Seine Stimme klang sanft und feminin. Seine Hände ließen vom Hals ab.

Der Mann, der fast Sein Heim geworden wäre, kam angerannt. Delacroix hieß er. Ein gefährlicher Mann. Ein wilder, leidenschaftlicher Mensch. Es würde Spaß machen, ihn zu töten, um ihn für den Schmerz zu strafen, den er verursacht hatte.

„Was ist geschehen?“ fragte der Mann.

„Jemand war auf dem Balkon“, sagte das Wesen. „Auf einmal hat die Schachtel ihren Glanz verloren, und dieser Herr ist zusammengebrochen. Ich war gerade dabei, ihm zu helfen. Aber er scheint sich den Kopf gestoßen zu haben.“

„Ich wünschte, die Mitglieder dieses Teams würden aufhören, sich andauernd die Köpfe einzurennen“, fauchte der Mann und ging zum Balkon. Er blickte hinaus in die Dunkelheit. Es war nichts zu sehen. Natürlich war nichts zu sehen. Er überprüfte die Lage sorgfältig, und Mrs. Parslow lächelte hinter ihm.

Da war nichts.

Nun kamen auch die beiden anderen Offiziere. Beide sahen angenehm abgekämpft und zerbeult aus. Und ein wenig bekümmert und verschämt. Einer von ihnen stützte eine weinende junge Frau und half ihr zu einem Stuhl. Ein hübsches Weibchen, doch nicht brauchbar für Seine Zwecke, dachte Mrs. Parslow.

„Nun“, bemerkte Delacroix eisig, „da haben sie eine nette Falle für uns aufgebaut, und wir sind brav hineingetappt. Wenn ich Ihnen das nächste Mal befehle, nicht loszupreschen, erwarte ich, daß Sie meinem Befehl Folge leisten.“

„Jedenfalls sind sie weg“, antwortete von Görenczy. „Wir haben sie verjagt. Außerdem haben sie eine Frau angegriffen. Wahrscheinlich haben Sie nicht gesehen, was der Kerl mit ihr gemacht hat.“

„Sie waren nicht wichtig. Nur ein Ablenkungsmanöver. Wir wurden vom Fenster aus angegriffen“, kritisierte Delacroix bitter. Er kniete sich nun neben die Frau und untersuchte den Bewußtlosen. Ein blauer Fleck war deutlich an seiner Schläfe zu erkennen.

„McMullen! Wachen Sie auf!“ rief Delacroix und schüttelte den Mann vorsichtig, verabreichte ihm kleine Patscher auf die Wange.

McMullen rührte sich nicht.

„Ist er tot?“ fragte von Orven. Er klang ebenso besorgt wie schuldbewußt.

„Nein, nur völlig weggetreten. Mrs. Parslow hat gesehen, daß er sich den Kopf gestoßen hat, als er gefallen ist – und irgendwas ist mit der Schachtel. Der Bann scheint gebrochen.“

„Verdammt“, schimpfte Udolf, „dann wird das verfluchte Ding wieder anfangen, mit mir zu reden. Sie geben besser gut auf mich acht. Wir wollen ja nicht, daß das Ding uns entwischt.“

„Ich frage mich, was das sollte. Was wollten sie erreichen?“ überlegte Leutnant von Orven. „Wenn das das einzige Resultat ist, dann war ein solches Ablenkungsmanöver reichlich übertrieben. Welchen Grund könnte die Bruderschaft haben, den Wiatruschod zu befreien? Das erscheint mir unlogisch.“

„Da haben Sie recht, und ich wünschte, Sie hätten Ihre Logik bemüht, bevor Sie sich auf dem Korridor in eine fröhliche Rauferei verwickeln ließen“, erwiderte der Colonel, immer noch damit beschäftigt, den Meister des Arkanen wiederzubeleben. „Gemeinhin wissen diese Leute genau, was sie tun. Ich kann mir kaum vorstellen, daß Pater Emanuele einen so eklatanten Fehler gemacht hätte. Ich denke eher, wir haben irgend etwas noch nicht bemerkt. Ich hoffe sehr, es fällt uns bald auf.“

„Meine Herren, ich danke Ihnen für Ihre kühne Hilfe“, sagte Mrs. Parslow. „Wir werden uns zurückziehen. Ich glaube, Marie-Jeannette hat sich sehr erschrocken. Vielleicht sollten wir einen Arzt holen.“

Er wartete nicht auf eine Antwort, sondern ging in Richtung Tür, wobei Er die Zofe mit einer herrischen Geste aufforderte, Ihm zu folgen. Er zog das Mädchen aus dem Zimmer und schloß die Tür hinter sich. Dann schritt Er den Flur hinunter und ignorierte das Mädchen völlig.

„Meinen Sie wirklich, ich sollte einen Arzt aufsuchen?" fragte das Mädchen, das vor seiner eigenen Tür stehengeblieben war. Es weinte nicht mehr, bewegte sich aber vorsichtig, als täte ihm noch alles weh.

„Ich werde dir einen suchen. Da kannst du ganz beruhigt sein", versprach Mrs. Parslow und lächelte sie an. „Geh nur ins Zimmer und ruh dich aus, und wenn Corrisande kommt, sorge dafür, daß sie nicht wieder irgendwohin verschwindet. Ich möchte zu gern heute noch mit ihr reden."

Genau das würde Er tun. Mit ihr reden. So wie Er schon mit ihr geredet hatte. Er konnte es nicht in diesem Körper tun, doch das Mädchen würde Er dennoch mitnehmen. Sie würde Ihm trauen, weil Er in diesem Körper war, den Er jederzeit verlassen konnte, um sie zu nehmen. Diesmal würde Er sie bekommen, in Seine Welt ziehen und sie zu dem Zweck verwenden, den Er ihr zugedacht hatte. Er fühlte Leidenschaft in Seinem neuen Körper hochsteigen, nutzlose Begierde, ein angenehmes Gefühl. Er fragte sich, wie es sein mochte, Leidenschaft in einem Frauenkörper zu erleben.

Doch zuerst mußte Er seinen Feind auskundschaften. Er hatte ihn bislang nicht finden können, hatte seine Präsenz in dem Gebäude aber deutlich gespürt. In diesem Körper konnte Er jetzt jeden Raum betreten. Magische Barrieren oder ein Schutzbann bedeuteten nicht mehr viel.

Es machte Ihm Spaß. Das Vokabular, das Er verwendete, hatte anfänglich der Frau gehört. Es waren ihre Ideen, die Ihn weiterbrachten. Auch Spaß und Freude gehörten dazu und waren spannende Vorstellungen. So neu. Sie hatte einen fabelhaften Geist, Er freute sich, wand sich noch fester um ihr Hirn. Möglicherweise würde sie ja halten, wenigstens ein paar Stunden. Eine gute Imitation ihres Wesens abzugeben würde viel schwieriger werden, wenn sie erst tot war.

Mit dem Erdgeschoß beginnend würde Er von Zimmer zu Zimmer gehen. Er brauchte Zimmerschlüssel, erinnerte Ihn Sein neu gefundenes Wissen. Er konnte nicht mehr durch Wände gehen, durch geschlossene Türen schlüpfen. Er brauchte Schlüssel. Er würde sie am Empfang bekommen. Einen Hauptschlüssel würde Ihm keiner aus freien Stücken geben, doch Er konnte ihn sich immer nehmen, zum Beispiel von einem toten Portier.

Das Morden selbst mußte Er gut planen. Einen offenen Kampf zu gewinnen, dazu war der Frauenkörper möglicherweise nicht stark genug.

Er lief die Treppen hinab. Er suchte die Rezeption. Alle Information war dort gespeichert. Er mußte sie sich nur nehmen. Schwierig würde es nicht werden.

Sein Gegner hatte Ihm nun schon mehr als einmal Seine Ziele verbaut, und Er war nicht länger willens, das hinzunehmen. Freilich hatten sie unterschiedliche Endziele. Doch die Art und Weise, diese zu erreichen, und das Artefakt, das dazu nötig war, waren die gleichen. Er fragte sich nur kurz, was der andere Jäger des Manuskripts vorhatte. Er hatte seine Aura gerochen. Er war ein Hybrid, ein Halbblut, eine jener schimpflichen Mischungen, die niemand wollte. Er war eine Störung im Gefüge des Seins.

Der Mann würde zu schwach sein, Ihm zu widerstehen. Allein die Anmaßung, es zu versuchen, setzte ihn schon auf die Liste zu eliminierenden Lebens. Er würde sich ihm in dieser Form stellen und ihn in Seinem menschlichen Körper bekämpfen. Der Körper der Frau würde das nicht überleben. Seine eigenen Möglichkeiten waren nur so lange beschränkt, wie Ihm das Überleben des Menschen, den Er bewohnte, ein Bedürfnis war. Gleichwohl würde Er vorsichtig sein. Vielleicht wußte der Mann ja, was Ihm gefährlich werden konnte. Er konnte Kalteisen anfassen, doch eine entsprechende Klinge, die Seinen geborgten Körper an einer ganz bestimmten Stelle traf, würde Ihn erreichen, und innerhalb des Körpers konnte Er quasi nicht ausweichen.

Er würde gut daran tun, sich das vor Augen zu halten. Zeit stellte kein Problem dar, Er alterte nicht, wurde nicht schwach oder gebrechlich, Er konnte ewig weiterexistieren, hatte nur diese eine Gefahr zu fürchten.

Gleichwohl war es immer wieder befriedigend, in einem menschlichen Körper zu reisen.

Er bog um eine Ecke und sah den Klosterbruder, das Frettchen und den Kleriker, die dort auf Mrs. Parslow warteten.

„Sie haben sich Zeit gelassen“, kritisierte der kleine Priester, und die neue Mrs. Parslow schmeckte eine verwandte Seele.

„Tut mir leid“, sagte Er und bemühte sich, ernsthaft zerknirscht zu wirken. „Die Neuigkeiten, die ich bringe, mögen nicht das sein, was Sie erhofft haben. Die Männer haben das Manuskript nicht. Ich konnte es deshalb nicht holen. Aber ich habe mein Bestes getan. Das müssen Sie mir glauben.“

„Dann muß Ihr Bestes noch besser werden“, antwortete der Priester trocken.

„Ich denke freilich, etwas herausgefunden zu haben, das Sie interessieren könnte. Es gibt noch eine zweite Macht in diesem Hotel, die sucht, was Sie suchen. Wir müssen ihn nur finden. Irgendwo hier muß er sein, und wir sollten ihn ausfindig machen, bevor die anderen das tun. Ich werde Ihnen dabei helfen, und danach werde ich meinen Beitrag als erbracht betrachten.“

Spaß. Wieder dieses Wort, das Er zuvor nicht gekannt hatte. Es würde Spaß machen, die Bruderschaft dazu zu bringen, einem der dunkelsten aller Sí zu helfen, Seinen Feind zu erlegen.

Er lächelte gesittet und ließ sie jene Einzelheiten wissen, die sie dafür brauchten.

Kapitel 18

Corrisande kroch die Angst in den Leib. Ihr war furchtbar kalt. Die Decke wärmte sie nicht. Ihr Kleid war naß und klebte auf ihrer Haut. Sie zitterte.

Die Kälte. Es war bestimmt nur die Kälte. Sie zwang sich aufzustehen und ging zu einem Zierspiegel an der Zimmerwand. Sie sah hinein und schrak zurück. Ihr feuchtes Haar klebte strähnig an ihrem Kopf. Eine helle Zickzacklinie lief über ihr Gesicht, dort wo sie verletzt gewesen war. Keine Narbe, nur neue Haut, weiß und durchscheinend.

Wo seine Zunge sie nicht berührt hatte, war noch Blut auf der Haut. Sie roch es. Es waren nur Kratzer, ungefährlich, nur häßlich. Sie atmete bei der Erinnerung an seine eigentümliche Liebkosung tief durch. Auf irgendeine Weise war sie mit ihm verwandt. Nach außen hin hatte er sie behandelt wie eine kleine Schwester oder Nichte. Doch seine körperliche Nähe hatte eine andere Wirklichkeit besungen.

Sie wünschte, er wäre wieder da. In seiner Nähe fühlte sie sich sicher. Selbst wenn ihr Blut ihm schmeckte. Doch er gehörte ihr nicht, sie durfte nicht so denken. Sie hatte genug Probleme, ohne sich einem Feyon zu ergeben, dessen berauschende Körperlichkeit ihre Sinne so heftig und unerwartet berührt hatte.

Sie fragte sich, ob Cérise klar war, worauf sie sich einließ. Doch dann fühlte sie, daß die Denglot genau wußte, was sie tat. Sie hatte sie singen gehört. Die Leidenschaft, die die Diva allein mit ihrer Kunst ausdrücken konnte, war sicher nur ein Teil des Ganzen, gab dem sensiblen Hörer jedoch einen guten Eindruck ihres Feuers. Es gab bestimmt viele gute Sänger und Sängerinnen, doch nur wenige verfügten über das Talent, auch die tiefsten Gefühle in ihre Zuhörerschaft hineinsingen zu können. Corrisande konnte die Reaktion des Sí auf die schöne blonde Frau verstehen.

Sie wußte nicht einmal seinen Namen, war aber sicher, daß er ihren kannte. ‚Kleines' hatte er sie genannt. Vielleicht war sie das wirklich für ihn, klein, unscheinbar und bedeutungslos, bemüht, eine Welt zu retten, die eventuell nicht einmal in Gefahr war. Ein dummes Kind.

Gönnerhaft war er nicht gewesen. Nur besser informiert. Er hatte sie nicht von oben herab behandelt, hatte nur sein Wissen und seine Heilkraft weitergegeben.

Sie musterte noch einmal ihr Spiegelbild. Zerschellt sah sie aus. Es war allzu deutlich sichtbar, und es lag nicht einmal primär an ihren Kratzern und Wunden und all dem Blut auf Haut und Kleidung. Sie war am Ende ihrer Möglichkeiten. Jetzt wußte sie nicht weiter. Alle Ängste waren ihr geblieben. Vielleicht standen sie nicht mehr so im Vordergrund, trieben sie nicht mehr die Wände hoch, klangen nur wie mißtönende Begleitmusik, die sie nicht aus ihrem Kopf und auch nicht aus ihren Gefühlen vertreiben konnte.

Die körperlichen Schmerzen waren erträglich. Die Kratzer taten noch weh, auch ihre Wange pochte noch im Takt ihres Pulsschlags. Ihre Muskeln brannten. Ihre Füße schmerzten, wo sie auf den Eisenornamenten balanciert hatten. Doch das alles war nicht so schlimm. Ihre Hand brannte, doch Steinbergs Salbe hatte gut gewirkt, und auch dieser Schmerz war zu einem andauernden Hintergrundsummen geworden. Er störte, aber sie konnte ihn aushalten.

Was viel mehr schmerzte, war die Erkenntnis, daß sie nun nicht mehr so weitermachen konnte wie bisher. Es gelang ihr aber nicht, auch nur im entferntesten darüber nachzudenken, was sie sonst mit ihrem Leben anfangen sollte. Es schien unwichtig. Eventuell würde die Welt am nächsten Morgen eine andere sein, und sie würde zur ersten Sklavin des neuen Herrschers oder zum ersten Opfer eines neuen weltweiten Strafgerichts. Der Mann würde sie für ihren Verrat töten, wenn er sie zu fassen bekam. Sie wußte nicht wie, war aber sicher, daß er eine ausnehmend häßliche Methode aussuchen würde. Beinahe konnte sie seinen wirren Geist spüren, wie er ihren fing und bog und brach.

Sie wandte sich vom Spiegel ab und dem Balkon zu. Vielleicht sollte sie den Raum verlassen, wie sie ihn betreten hatte, indem sie einfach nur die Wand nach oben kletterte, mit nichts im Sinn außer einem nutzlos hohlen Zweck. Der Gedanke hatte etwas Verführerisches. Einfach in die Nacht, die Dunkelheit und in die Nässe zu verschwinden, als wären diese ein geographisches Ziel. Ihre Hände waren frei. Sie konnte gut klettern. Besser als sonst jemand. Niemand hatte je geschafft, was ihr heute gelungen war. Sie konnte es, und wenn nicht, war es auch einerlei. „Stell nichts Dummes an, Kleines", hatte er gesagt. Hatte er es gewußt?

Entsetzen durchflutete sie einige Sekunden lang. Sie rang nach Luft, unterdrückte das Gefühl, sich erbrechen zu müssen. Atmen Sie, Corrisande, los. Atmen. Der Moment abgrundtiefen Terrors verebbte langsam, und sie wußte, daß sie sich vor ihrer Verantwortung nicht drücken konnte. Sie hatte dies angefangen, sie war nun Teil davon. Sie hatte wie die anderen eine Aufgabe, und sie mußte etwas tun.

Sie wickelte die Decke fester um sich und versuchte, ihr zerrissenes Kleid so einzuhüllen, daß man nicht ihre zerkratzte, nackte Haut und ihre Unterwäsche sehen konnte. Sie versuchte, der Decke wenigstens ein wenig Wärme zu entlocken in einer Welt, die in jeder Hinsicht soviel kälter war als noch vor einigen Tagen. Sie ging zur Tür, ließ den Balkon mit seinen Möglichkeiten hinter sich. Wenn Steinberg sie töten wollte, mußte er sie erst finden, und dann würde er sich mit ihr auseinandersetzen müssen.

Sie wollte ihr Messer wieder. Sie würde es brauchen. Doch sie hatte mehr als eins.

Sie trat auf den Flur. Vom anderen Ende hörte sie laute, ärgerliche Stimmen. Sie stritten. Sie verschwendeten kostbare Zeit. Sie lief auf die Tür zu, hinter der die Stimmen erklangen. Sie würde es ihnen erzählen müssen. Sie glaubten weder der Sängerin noch dem Sí. Daran hätte sie denken sollen. Es war ja auch unbegreiflich.

Sie öffnete die Tür, ohne anzuklopfen, denn für solche Nettigkeiten war es längst zu spät. Sie trat ein, und im nächsten Moment fühlte sie die kalte Mündung einer Pistole an der Schläfe. Sie schloß die Augen und wartete auf den Schuß.

Er kam nicht.

„Herr im Himmel!" Es war von Orvens Stimme. Auch seine Waffe. Im Zimmer war es mit einem Mal totenstill, und sie öffnete vorsichtig blinzelnd die Augen und blickte in ein Paar bersteinfarbene am anderen Ende des Raums, das sie bestürzt musterte. Sie lenkte den Blick rasch in eine andere Richtung, fand ein Paar braune Augen, Udolfs, deren geschockter Blick immer noch die nahende Katastrophe spiegelte.

Sie stand ganz still. Eine unendlich lange Sekunde verstrich. Die Mündung verschwand von ihrer Schläfe.

„Sie dürfen nicht streiten", sagte sie. Die Decke glitt ihr von einer Schulter und gab den Blick auf ein blutverschmiertes, zerrissenes Kleid und auf die Schrammen auf ihrer Haut frei. Es war unwesentlich. „Sie müssen jetzt gleich zu ihm. Ehe er Maßnahmen gegen Sie ergreifen kann. Gegen uns alle."

Dann sah sie, daß einer der Herren bewegungslos am Boden lag. Der neue Meister des Arkanen. Der Mann, der sie mesmerisiert und befragt hätte. Er würde sagen können, was zu tun war. Er mußte es wissen, und er würde ihr glauben. Er hatte alle Mittel, sie die Wahrheit sagen zu lassen, und seine Fähigkeiten würden auch für das gebraucht, was jetzt auf sie zukam.

Sie wandte sich an den Sí.

„Können Sie ihn erwecken?" fragte sie.

„Eventuell", antwortete er. „Wenn die Herren willens sind, mich nach seinem Bewußtsein suchen zu lassen."

„Ganz sicher nicht", hörte sie Askos Stimme hinter sich und drehte sich zu ihm um. Inzwischen zielte er auf den Sí. Auf seinen Zügen lag ein unangenehmer, zynischer Ausdruck. Die Lippen, die sie einen Tag zuvor geküßt hatte, hatten sich verändert. Seine Augen waren zusammengekniffen und kalt. Er zielte auf den

Feyon, und sie spürte deutlich, daß er keinen Augenblick zögern würde, auch zu schießen. Sie trat in die Schußlinie.

„Herr Leutnant, Sie müssen es ihn versuchen lassen. Er hat ganz außergewöhnliche Kräfte ...“ Sie konnte nicht weitersprechen, wollte weder den Sí noch sich selbst verraten.

„Treten Sie zur Seite, Miss Jarrencourt“, sagte er, und seine eisige Entschlossenheit ließ ihn einen ganz anderen Mann werden als der, der sie erst vor wenigen Stunden so romantisch umworben hatte. „Sie sind zu jung und unerfahren, um zu wissen, was für eine Gefahr er darstellt.“

Sie lächelte. Er errötete leicht und senkte die Waffe ein wenig. Er wußte nichts von ihrem Sí-Erbe, das zumindest war deutlich. Wenigstens ihm hatte Delacroix noch nichts gesagt.

„Das stimmt“, sagte sie. „Ich weiß nicht, welche Begabungen und Talente er haben mag, aber wir müssen sie nutzen. Sehen Sie denn nicht, Herr Leutnant ... Asko ...“, sie sprach ihn mit Vornamen an, obwohl sie dazu noch kein Recht hatte, „daß das hier wichtiger ist? Sie haben gesagt, Sie wollen mich beschützen und Schaden von mir wenden. Dann tun Sie das auch. Sie müssen jetzt gleich etwas tun, und Sie brauchen Ihren Magier dazu. Ich weiß fast nichts über all dies, aber ich weiß, was der Mann in der Etage unter uns für Sie, für uns alle, geplant hat, und wenn Sie ihn nicht aufhalten, dann werden Sie mich nicht beschützen können – niemals –, und deshalb werde ich auch nicht beiseite treten.“

Er sah sie bestürzt an, sein Blick wanderte von ihrem Gesicht und ihren Händen, die voller Kratzer waren, über ihr blutiges, zerrissenes Kleid zu ihren schuhlosen Füßen in blutbefleckten Strümpfen. Sie wußte, daß sie jetzt anders aussah als das brave, unschuldige Mädchen, das errötet war, als er ihr die Hand küßte. Er wäre sehr viel glücklicher gewesen, wenn sie nicht hiergewesen wäre, nicht so zerzaust und aufgelöst, und wenn sie ihm nicht widersprochen hätte. Das konnte er ihrethalben später alles haben. Wenn sie überlebten. Wenn er sie wirklich wollte, dann würde sie versuchen zu sein, was er sich wünschte, brav und sanftmütig, artig und hübsch. Sie würde sich einfach in seine Idealvorstellung von ihr hineinbiegen. Das konnte nicht so schwer sein. Ehefrauen machten das überall so und dauernd. Also mußte es leicht sein, leichter, als mit gefesselten Händen eine Mauer zu erklimmen.

Nur nicht jetzt. In diesem Augenblick war es nebensächlich, ob ihre augenblickliche Erscheinung oder ihr halsstarriger Eigenwille ihn schockierte. Er hielt sie nur auf, und sie hatten keine Zeit für so etwas.

Sie hörte Delacroix' schroffe Stimme.

„Miss Jarrencourt hat recht", sagte er und stand plötzlich neben ihr. Seine dominante körperliche Präsenz beanspruchte einen eigenen Raum in ihrem Sinn, machte sich in ihren Gefühlen breit. Sie ignorierte es. „Wir haben Prioritäten, Herr Leutnant. Überwinden Sie Ihre Vorurteile, wir haben keine Zeit dafür."

Der Hüne sah zu ihr herunter, und sie senkte ihren Blick, um ihm nicht in die Augen sehen zu müssen. Sie errötete bei dem Gedanken, er könnte sehen, auf welche Weise sie geheilt worden war. Es war ein dummer Gedanke. Er konnte nicht wissen, was geschehen war und was sie dabei empfunden hatte, und selbst wenn er es ahnte, war es nicht seine Angelegenheit, jetzt nicht und überhaupt nie. Die Wolldecke entglitt ihr.

Er hob sie auf und legte sie wieder um sie. Seine Hände auf ihren eisigkalten Schultern fühlten sich heiß an.

„Graf Arpad", sagte er, während er ihr half, sich wieder zu bedecken und ihre zerrissene Kleidung und all das Blut zu verstekken, „bitte versuchen Sie, ihn zu wecken."

„Dann ziehen Sie ihn zu mir her", hörte sie die weiche Stimme des Sí. „Er liegt unerträglich nahe bei der Kalteisenschachtel."

Die flammenden Hände verließen ihre Schultern. Sie hatte erwartet, daß er sie aus der Schußlinie ziehen würde, doch das hatte er nicht. Es war ihre Entscheidung gewesen zu tun, was sie getan hatte, und er tat nichts, diese Entscheidung in Frage zu stellen. Er ließ sie in der Gefahr, in die sie sich freiwillig begeben hatte.

Sie trat auf Asko zu, der sie bekümmert anstarrte.

„Es tut mir leid", sagte sie und sah in seine blaßblauen Augen. „Aber ich bin nicht die Außenwand des Hotels hochgeklettert, um zuzusehen, wie die Welt endet, während Sie speziesrelevante Moralvorstellungen diskutieren. Tut mir leid, wenn ich Sie enttäuscht habe. Es tut mir sogar sehr leid."

Er hielt die Waffe noch in der Hand, doch sie war nicht mehr auf sie gerichtet.

„Sie können mich nicht enttäuschen", sagte er und erwiderte ihren Blick ernst. „Sie haben für uns alle gelitten, und Ihr Mut ist bewundernswert. Doch Sie wissen nur wenig von all dem hier, und die Erfahrungen, die Sie in Ihrem jungen Leben bislang gesammelt haben, können Sie nicht adäquat auf eine solche Situation vorbereitet haben. Sie sind ein süßes junges Mädchen und haben nicht den Erfahrungshorizont, Entscheidungen dieser Art zu fällen, und das ist richtig so, das brauchen Sie auch nicht, es ist nicht Ihre Aufgabe. Ich verstehe, daß Sie glauben, das Richtige zu tun, und ich weiß auch, daß Sie mich nicht tun lassen werden, was ich für das Richtige halte, selbst auf die Gefahr hin, daß ich Sie verletze. Doch das würde ich nie tun."

Seine freie Hand wanderte zu ihrem Gesicht, berührte es aber nicht.

„Haben Sie Schmerzen?" fragte er, und etwas von der höflichen Sanftheit fand den Weg zurück in seine Stimme.

„Es geht", sagte sie ehrlich. „Egal – es wird heilen."

Mit einem Finger fuhr er an der weißen Zickzacklinie in ihrem Gesicht entlang, an der Stelle, die geheilt worden war. Er sah konsterniert aus, wußte offenbar nicht, was er davon halten sollte. Sie würde es ihm nicht sagen. Hätte er gewußt, was der Feyon – Graf Arpad, korrigierte sie in ihren Gedanken – mit ihr gemacht hatte, hätte er ihn sogleich erschossen, und hätte er auch nur geahnt, daß sie die Intimität dieser Heilung genossen hätte, wäre er vor Schock umgefallen.

Sie stand still, ließ zu, daß er sie anfaßte und konzentrierte sich auf seine rechte Hand, die immer noch die Waffe hielt. Sie streckte die Linke danach aus und berührte sie.

„Bitte", sagte sie. Die Hand, die die Pistole hielt, fühlte sich kalt an. Hinter sich hörte sie ein erschrecktes Einatmen und ein

Stöhnen. Sie drehte sich nicht um, hielt nur weiter den Blick des jungen Offiziers fest, als könnte sie ihn mit ihren Augen vollständig bannen.

„Er erwacht", sagte Delacroix' Stimme, und dann: „McMullen! Wachen Sie auf! Wir brauchen Sie!"

Kapitel 19

Cérise Denglot stand in einer Ecke des Raumes. Sie fühlte sich unverzeihlich unbeachtet. Sie hatten ihr nicht geglaubt, weder die Information noch wie sie sie erhalten hatte. Es war ja auch unfaßbar, daß das zierliche Mädchen das, was sie erzählten, tatsächlich geschafft haben sollte. Die Außenwand des Hotels hochzuklettern, in der Dunkelheit, in strömendem Regen und mit gefesselten Händen. Es war kaum zu glauben, daß sie überlebt hatte.

Zuerst war Cérise wütend auf sie gewesen, weil sie in die intime Atmosphäre ihres Zimmers eingebrochen war. Sie hatte sich nicht nach einer weiteren Unterbrechung gefühlt, und zuzusehen, wie Torlyn sie in seinen Armen ins Zimmer trug, hatte geschmerzt. Er war unsagbar sanft und zärtlich mit ihr umgegangen.

Seine Taktik, das Mädchen wie ein Kind zu behandeln, hatte sie keinen Augenblick lang getäuscht. Er tat das, um ihr etwas vorzuspielen, denn wegen eines Kindes mußte man nicht eifersüchtig sein. Doch Corrisande war eine junge Frau und kein Kind. Das hatte Cérise in ihrem, aber auch in Torlyns Antlitz gesehen. Eventuell waren ihr Sinnlichkeit und Erotik noch neu, das konnte gut sein. Reagiert hatte sie jedenfalls.

Höchstwahrscheinlich tat das jeder. Wenn nicht aus eigenem Antrieb, dann im Bann von Torlyns Zauber. Nur konnte er seine Magie nicht gegen die Kleine wirken, nicht ohne ihr weh zu tun, und das hieß – was immer es hieß, sie wollte gar nicht darüber nachdenken. Es sollte ihr nichts ausmachen. Er hatte es deutlich gemacht: Cérise war die Frau, die er liebte, und das Mädchen nur ein Kind, das Hilfe brauchte.

Dennoch hatte die junge Frau etwas an sich. Die Entschlossenheit, mit der sie in die Schußlinie getreten war, mit der sie diesen Anstandsfanatiker, diesen zugeknöpften, bornierten Bilderbuch-Gentleman von Orven, konfrontiert hatte, das war mutig gewesen. Cérise ärgerte sich, daß sie es nicht selbst getan hatte. Es wäre ihre Aufgabe gewesen. Für den Mann, den sie liebte, hätte sie es tun müssen. Es hatte wunderbar melodramatisch gewirkt. In einer Oper hätte die Aktion den Zenith des Spannungsbogens bedeutet, und außerdem – und da war sich Cérise ganz sicher – hätte sie selbst die Szene besser, professioneller und mit weitaus mehr Stil und Eleganz gespielt.

Allerdings konnte es sein, daß gerade der Mangel an Stil und Eleganz im Moment für das Mädchen arbeitete. Ihr blutiges Kleid, ihre Verletzungen – selbst wenn sie dank Torlyns kunstvoller Zungenfertigkeit inzwischen nur noch oberflächlich waren – ließen sie wie eine verflixte kleine Heldin aussehen, und vielleicht sollte sie ihr das Recht, so zu wirken, auch zugestehen. Sie hatte es verdient. Cérise in der gleichen Lage hätte eher versucht, den Kerkermeister zu verführen, als ihm die Mauer hoch zu entkommen, und obgleich das ein anderes Konzept war, an die Sache heranzugehen, wäre es nicht minder gefährlich gewesen.

Doch das war eine Option, die der Kleinen nicht offenstand. Eifersüchtelei beiseite hatte das Mädchen höchstwahrscheinlich wirklich keine Ahnung, wie man aktiv, nachhaltig und direkt einen Mann verführte. Männer wie von Orven reagierten auf andere Stimuli, und auch Delacroix, obwohl ihr das immer noch seltsam vorkam; untypisch. Es wollte nicht zu der wilden Leidenschaftlichkeit passen, an die sie sich noch gut erinnern konnte. Er war normalerweise in etwa so romantisch wie eine Ziegelmauer.

Sie beobachtete ihren Vampirliebhaber, der neben McMullen kniete. Er hatte seine Hände auf dessen Schläfen gelegt und wirkte sehr konzentriert. Seine feingeschwungenen Brauen waren zusammengezogen, seine Augen geschlossen, seine langen Wimpern warfen feine Schatten auf seine Wangenknochen. Seine Lippen waren schmal. Sie fragte sich, was er da tat. Was immer es war, es schien zu helfen. McMullens Körper reagierte, seine Hände griffen ins Leere, seine Augenlider zuckten.

Er würde erbost sein. Der Einflußnahme eines Feyon hilflos ausgesetzt zu sein, das konnte er als Meister des Arkanen nicht mögen. Torlyn hatte ihm sein Amulett abgenommen, es achtlos fallen gelassen. Das würde McMullen noch zusätzlich verstimmen. Er mochte vielleicht glauben, keine Vorurteile gegen die Fey zu haben, dennoch war er sich stets ihrer Gefährlichkeit bewußt, und Torlyn war gefährlich. Cérise wußte es nur allzugut. Es machte ihn fast noch charmanter. Sie sehnte sich mit einem Mal danach, sein ernstes, konzentriertes Gesicht zu küssen und mit den Händen durch sein seidiges Haar zu fahren.

McMullen schlug die Augen auf, und sein Blick traf den Torlyns. Er schrak zusammen, und die Hände des Feyons verließen seine Schläfen. Er entfernte sich von dem Meister und hob das Amulett auf. Er hielte es dem Mann hin und lächelte gesittet.

„Ich glaube, das gehört Ihnen, Mr. McMullen", sagte er.

„Was zur Hölle ..." Der Schotte berührte seinen Kopf und zuckte zusammen.

Delacroix kauerte sich neben ihn, half ihm, sich aufzusetzen.

„McMullen", sagte er kurz, „ich weiß, Sie sind verletzt, aber wir brauchen Sie, und zwar dringend."

Der Meister des Arkanen sah konsterniert und verwirrt aus.

„Was um Himmels willen ...", fing er wieder an.

„Graf Arpad hat geholfen, Sie zu wecken. Mehr hat er nicht getan."

„Mehr habe ich nicht getan", bestätigte der Sí und ließ das Amulett in McMullens Hand gleiten.

„Aber warum ... was ..."

„Sie sind gefallen und haben sich den Kopf angeschlagen", fuhr Delacroix fort. „Versuchen Sie, sich zu erinnern. Man hat uns angegriffen. Seitdem ist viel passiert. Dr. Steinberg, der hinter dem Manuskript her ist, hatte Miss Jarrencourt gefangengenommen. Sie sagt, er wolle die Welt verändern, alle Menschen versklaven, alle Sí ermorden. Sie hat daran keinen Zweifel. Er ist Magier und Halb-Feyon. Das macht ihn wahrscheinlich recht stark."

„O ja", bestätigte Graf Arpad, während er zu Cérise trat und sie in seinen Arm zog, „das macht ihn sogar ausnehmend stark. Kenntnisse und Talent zweier verschiedener Welten."

„Was?" fragte McMullen. Er sah nicht aus, als habe er verstanden, was ihm Delacroix da erzählt hatte.

„Hören Sie, McMullen. Ich würde Ihnen wirklich gern mehr Erholungszeit zugestehen. Doch wir haben keine. Ich weiß nicht, wer Sie angegriffen hat, als die Bruderschaft ihre Flankenschlacht inszenierte, und ich weiß auch nicht, was ..."

„Eliza Worringham", sagte McMullen.

Nun wußte niemand im Raum mehr, worum es ging.

„Die Anstandsdame", erklärte McMullen dem verwirrt schweigenden Gremium. „Eliza Worringham. Sie hat mir die Schachtel übergezogen."

Corrisande drehte sich zu ihm um.

„Eliza hat Sie mit einem Behälter geschlagen? Weshalb? Das kann ich mir nicht vorstellen. Warum sollte sie?"

Niemand hörte ihr zu.

„Die Schachtel!" rief McMullen erschrocken. „Ich muß den Behälter überprüfen." Er versuchte, sich aufzurappeln, und Delacroix wuchtete ihn auf die Füße.

Alle starrten jetzt die Schatulle an.

„Er ist weg", sagte der Magier.

„Wer ist weg?" fragte Udolf.

„Der Wiatruschod. Er ist nicht mehr in dem Behälter. Seine Präsenz ist verschwunden, und der Bann, der um den Behälter lag, ist gebrochen."

„Kalteisen muß ihn auch ohne Bann halten", sagte Arpad. „Die Schachtel ist noch zu."

„Mir hat das Ding auch immer eingeflüstert, es sei nicht mehr da", sagte von Görenczy. „Es hat versucht, mich dazu zu bringen, die Schachtel aufzumachen und nachzusehen. Sie irren sich gewiß."

„Nein. Ich trage das Schutzamulett, das mir Graf Arpad ... freundlicherweise ... wieder überlassen hat. Nein. Mrs. Worringham nahm die Schatulle und schlug mich damit. Höchstwahrscheinlich ist die Kreatur dabei entkommen. Eventuell hat sie den Behälter ja aus Versehen aufgemacht?"

Es wurde ganz still. Die Stille war fast mit einem Messer zu schneiden.

„Sie meinen, es ist wieder unterwegs?“ fragte Corrisande, während neue Angst in ihr aufkam. Es war noch nicht vorbei. „Es wird wieder hinter mir her sein? Es wird mich ...“ Sie stockte, und ihre Knie wurden weich, wenn auch nur für einen kleinen Moment. Von Orven fing sie, indem er von hinten mit dem linken Arm um ihre Taille faßte. Er legte seine Waffe weg, schlang auch seinen rechten Arm um sie und stützte sie, bis ihre wackligen Knie ihren Dienst wieder versahen. Auch dann ließ er sie nicht mehr los, sondern hielt sie von hinten in den Armen und zog sie näher zu sich heran.

Es war eine beschützende Geste, doch sie konnte sie kaum aushalten. Er hatte Kalteisen im Uniformrock. Sie konnte es fast auf der Haut spüren. Fast fühlte sie, wie es sich in ihre Seele brennen wollte. Sie atmete vorsichtig ein, als hätte sie Angst zu vergessen, wie man es tat. Sie wollte Asko wegstoßen, wollte davonlaufen. Sie sah sich wild um, und ihr Blick fand den Graf Arpads. Er beobachtete sie besorgt. Er wußte, was sie spürte.

Doch sie konnte es aushalten. Mehrere Schichten Kleidung trennten sie und die Waffe. Nur das Atmen wurde schwer, sie fühlte sich, als sei sie gerannt.

Delacroix tat einen Schritt zu ihr hin, hielt inne und sah zu, wie sie sich aus der Umarmung wand. Er sah McMullen an.

„Ist es tatsächlich das, was Sie meinen?“

„Es ist nicht mehr in dem Behälter. Glauben Sie mir, ich bin mir sicher. Die Frau hat mir den Kasten auf den Kopf geschlagen, aber ich bin weder tot noch beschränkt. Es ist entschlüpft. Sie wissen alle, daß es durch Mauern gehen kann.“

„Er ist nicht durch die Mauer entkommen“, widersprach Arpad, ließ Cérise los und ging auf McMullen zu. „Miss Jarrencourt wäre nicht mehr bei uns, wenn er diesen Weg gewählt hätte. Sein Verlangen nach ihr war viel zu intensiv, als daß er es ignoriert hätte. Er hätte sie haben wollen und sie genommen. Sie war ungeschützt.

Nichts und niemand hätte ihn gehindert, sie mitzunehmen und zu schwängern."

Wieder legte von Orven seine Arme beschützend um Corrisande, und sie wand sich in der Umarmung.

„Ich ersuche Sie dringlichst, vor Miss Jarrencourt nicht in dieser Façon zu sprechen", mahnte er eisig. „Sie steht unter meinem Schutz, und ich werde nicht zulassen, daß Sie sie mit Ihren Worten beschmutzen. Bitte mäßigen Sie Ihre Ausdrucksweise."

„*Monsieur von Orven, vous êtes un idiot*", giftete Cérise ihn an. „Graf Arpad beleidigt Ihre Gefühle? Um die geht es nicht, und Miss Jarrencourt weiß sehr wohl, wovon er spricht. Sie hat Grund, es zu wissen. Sie war dabei."

„Der Raum war durch einen Bann geschützt", fuhr Arpad fort und ignorierte Asko. „Ich konnte nur eintreten, weil Sie es mir erlaubt hatten. Der ... Wiatruschod müßte die gleichen Probleme haben, das Zimmer zu verlassen. Sofern er nicht ..."

„Sofern er nicht in einen menschlichen Körper gefahren ist. Einen von uns, zum Beispiel." McMullen sah sich um. Die Offiziere betrachteten einander argwöhnisch.

„Nein", widersprach Arpad. „Hier ist er nicht. Das wüßte ich."

„Sie haben nicht einmal gewußt, daß er weg war. Oder Sie haben es uns verschwiegen", sagte von Görenczy.

„Ich kann nicht durch Kalteisen sehen. Es *ansehen* zu müssen ist schon schlimm genug."

„Also Mrs. Worringham", schloß McMullen.

„Mrs. Parslow", berichtigte Delacroix, „so nennt sie sich jetzt."

„Ich kannte sie als Mrs. Worringham", erläuterte McMullen.

„Sie war dreimal verheiratet", beantwortete Corrisande die unausgesprochene Frage. „Aber ist das nicht ziemlich gleichgültig?"

McMullen wandte sich an Arpad.

„Welche Möglichkeiten hat er, wenn er einen Menschen übernommen hat? Können Sie uns das sagen?"

Der dunkelhaarige Mann senkte den Blick und schaute nachdenklich zu Boden. Er wirkte besorgt, unentschlossen und sehr menschlich. Er brauchte eine Weile, bis er sich entschließen konnte, über seinen Verwandten zu sprechen. Seine Hände fuhren zögernd durch das schwarze Haar und entblößten ein spitzes Ohr.

„Er kann Kalteisen anfassen, ohne daß es ihn tötet, und er kann Schutzzauber, die gegen uns Sí gerichtet sind, weitgehend ignorieren. Höchstwahrscheinlich hat er Zugang zu den Erinnerungen seines Opfers, zumindest für eine Weile. Der besessene Mensch stirbt immer. Wenn sie nicht schon tot ist, wird sie es bald sein. Doch das hindert ihn nicht daran, den Körper weiterzuverwenden, solange er beweglich und nicht zu verwest ist."

Die Anwesenden schwiegen einen Augenblick lang.

„Wo kann er hingegangen sein?" fragte Udolf.

„Zu Steinberg", entgegnete Delacroix. „Der Mann ist Magier. Er wird sein Zimmer gegen Sí-Zauber geschützt haben."

„Aber vielleicht erwartet er nicht den Besuch einer Anstandsdame", meinte McMullen.

„Meine Herren", drängte Arpad, „wir sollten uns beeilen. Wenn sie miteinander kämpfen, wird das einen von ihnen das Leben kosten. Dem Überlebenden wird das Manuskript zufallen. Corrisande, zeigen Sie uns, wo er ist."

Sie wand sich aus Askos behutsamer Umarmung. Er wußte nicht, daß er ihr Beklemmungen und Schmerzen bereitete, und sie konnte es ihm nicht sagen. Er streckte die Hand nach ihr aus und versuchte, sie am Arm festzuhalten.

„Ich kann nicht zulassen ...", begann er, und sie drehte sich ihm zu und unterbrach ihn ungeduldig.

„Ich werde bestimmt nicht allein hier darauf warten, wie es ausgeht, oder was das Schicksal noch mit mir vorhat, Herr Leutnant."

„Sie wird bei uns sicherer sein als allein", sagte Delacroix und nahm seinen Kalteisendolch aus der Hülle. Graf Arpad verschwand so schnell aus seiner Nähe, daß niemand die Bewegung wahrnahm.

Von Orven blickte Corrisande unglücklich an.

„Wahrscheinlich haben Sie recht“, sagte er, nahm seine Pistole auf und holte mit der anderen Hand seine Spezialwaffe hervor. Corrisande eilte fort von ihm zur Tür.

„Bleiben Sie in meiner Nähe“, sagte er, doch sie rannte bereits, hielt ihr zerrissenes Kleid zusammen, so gut sie konnte, damit sie nicht darüber fiel.

Die Männer folgten ihr in den Korridor und die Treppen hinunter, und Asko wurde klar, daß es diesmal seine Aufgabe sein würde zu verhindern, daß das Ungeheuer sie verschleppte. Mit allen Mitteln mußte er es verhindern. Es war nun seine Aufgabe geworden, sie zu töten, ehe es zu spät war.

Der Gedanke widerte ihn an. Sí – verfluchte, widernatürliche Kreaturen alle miteinander!

Kapitel 80

Er war auf der Jagd. Nicht wie der rücksichtslose Räuber, der Er war, nicht wie der unsichtbare Verfolger, nicht wie die reißende Bestie, sondern höflich, mit angemessenem, wohlerzogenem Lächeln. Entschlossen, aber nicht aggressiv. Seine Bewegungen waren bestimmt und stilvoll. Die Bewegungen einer Dame von Stand, die ein Ziel verfolgte. Sein Gesichtsausdruck zeigte nichts als Freundlichkeit und Güte.

Ihre Seidenröcke raschelten, wenn Er sich bewegte. Grau war eine Farbe, die Er mochte. Sie tat Seinem Sinn nicht weh, schrie Ihn nicht grell an. Er wünschte sich immer mehr, Er könne diesen Körper behalten, als Gefährt, als Gefäß, als Heim, das Er beziehen konnte, wann immer Er sich in der materiellen Welt bewegen mußte. Sie war, was Er brauchte, akzeptiert und doch unauffällig. Kein Mensch würde sie für gefährlich halten. Niemand würde denken, sie strebte nach etwas anderem, als es Frauen ihrer Art und ihres Alters gemeinhin wollten. Nicht einmal die Jäger der Bruderschaft verstanden sie. Sie wußten, daß hinter ihr mehr steckte, als eine oberflächliche Betrachtung zutage treten ließ, wußten, daß sie ohne Reue oder Zögern getötet hatte. Doch sie ahnten nicht, über welche außerordentliche Intelligenz sie verfügte und unterschätzten ihren Überlebenswillen.

Dennoch spürte Er, daß Er sie zu verlieren begann. Sie würde nun bald verenden. Menschliche Herzen hatten nicht die Kraft, einer Macht zu widerstehen, die aus den eigenen Gedanken auf sie einwirkte. Ihre Schutzmechanismen waren nach außen gerichtet, nicht nach drinnen. Sie kämpfte in die falsche Richtung und verzehrte sich dabei. Sie verlor die Schlacht, und ihre Verzweiflung nährte Ihn, während Seine glitschigen Fangarme ihr Gehirn und ihre Gedanken umschlossen, an ihren Blutgefäßen entlang durch ihren Sinn und ihr Sein glitten. Bald würde ihr Leben verlöschen wie eine Kerze. Das tat Ihm leid, nicht ihretwegen, sondern wegen

Seines Verlustes. Er würde ihre aufrührerischen Gedanken vermissen und die Inspiration ihres prägnanten, eleganten Denkens, das Er wohl zu nutzen verstanden hatte. Er würde wieder auf sich selbst angewiesen sein.

Ihr Wissen hatte Er jedoch bereits gespeichert, wie ein Lexikon oder ein Nachschlagewerk, das einem Fragen beantwortete, wenn man Antworten suchte. Dennoch war die Essenz ihres Wesens in seiner Unnachgiebigkeit erfreulich, und ihre menschlichen Reflexe funktionierten. Er mußte nicht daran denken, in den richtigen Abständen die Lider zu senken oder den Menschen, mit dem Er sprach, interessiert anzusehen. Der menschliche Körper war ein recht gut gelungenes Objekt. Kein Kunstwerk vielleicht, aber doch solide zusammengefügt. Flexibel wie nichts anderes. Verwendbar.

Sein eigener Körper war anders. Besser natürlich, alle Körper der Na Daoine-maithe waren äußerst angepaßt an die Ziele und die Umwelt, in der sie sich befanden. Sie waren spezialisiert. Er konnte Seine Größe und Form frei bestimmen, Seine Konsistenz, konnte stark und zäh sein oder winzig und nadelspitz. Schwerkraft war Ihm so nebensächlich wie Zeit.

Die Frau konnte immer nur sein, was sie war, und selbst das würde sie bald nicht mehr sein, denn ihre Lebenskraft verzehrte sich in dem Wunsch, Ihn zu begreifen und zu besiegen. Er kostete diese Kraft und fand sie wohlschmeckend. So viel Fähigkeit, Talent und Entschlossenheit.

Auch konnte sie lesen. Das war günstig. Während Er die Einträge im Gästebuch las, wurde Ihm allerdings klar, daß diese besondere Fähigkeit nur dann von Nutzen war, wenn die Information in dem tintenschwarzen Geschreibsel etwas enthielt, was man brauchen konnte. Er kannte den Namen Seines Gegners. Namen waren wichtig, und das Halbblut hatte seinen nicht geheimgehalten. Seinen eigenen Namen würde Er nie so unüberlegt preisgeben. Nur wenige Seiner Artgenossen kannten ihn und würden ihn doch nicht aussprechen, und die Menschenwesen hatten in ihrem Bestreben, Worte für alles in der Welt zu finden, egal ob es verstehbar war oder unverständlich oder nichts als völlige Verständnislosigkeit ausdrückte, eigene Namen für Ihn gefunden.

Manche Namen, die sie Ihm gegeben hatten, kannte Er. Klangkonglomerate, Buchstabenkombinationen, die nichts über Ihn aussagten als das, daß niemand Ihn begriff, und das war gut so. Unbegreiflich sein bedeutete für Ihn unangreifbar sein. Geist nannten sie Ihn, Spuk, Phänomen oder Wiatruschod. Letzteres bedeutete Ostwind in einer ihrer Sprachen. Doch die Essenz Seines Seins klang in keinem dieser Namen. Er war ein Wesen, ein physisch existentes Wesen, Er hatte Wünsche, Begierden und Pläne, hatte Sinn und Geist, sich Strategien auszudenken, um an Sein Ziel zu gelangen.

Freilich war es für Ihn schwer, sich in Seiner eigenen Welt, in der Leben wenig Bestand hatte und Zeit etwas war, das nicht stattfand, immer als Mann, als männliches Geschöpf zu verstehen. Nicht einmal Er war in der Lage, sich abschließend zu definieren. Sein Geschlecht bestimmte sich aus der Rolle, die Er spielte. Die höheren Angehörigen der Na Daoine-maithe hatten oft genug freien Zugriff auf diese Spielarten der Existenz.

Er war jedoch nicht physisch genug, um selbst Nachkommen Leben zu schenken. Seine Aufgabe war es, die Essenz Seines Seins in einen empfangenden Körper abzulegen, um sie dort wachsen und sich nähren zu lassen. Das machte Ihn zu einer Art Vater.

Was dies anging, war Er in der Tat unentschlossen. Das logische Vorgehen wäre gewesen, das Manuskript zu nehmen und diese laute Welt zu einer stillen zu machen, die Seinen Wünschen und Bedürfnissen entsprach, damit Er sie jederzeit heimsuchen und als Sein Heim finden konnte. Wenn es machbar war, konnte Er es machen. Das Manuskript, das Er suchte, war ein Artefakt der Macht. Diese Dinge waren nicht von allein und ohne Grund im Universum vorhanden. Irgendwie waren sie von irgendwem erschaffen worden, hatten ihren Weg in die Welt der Menschen genommen und lagen dort versteckt unter Staub und Aberglaube. Einbildung, Glaube und Wahrheit konnten eins sein. Auf irgendeiner Ebene der Realität waren sie dasselbe. Ob sie es im Hier und Jetzt waren, war eine andere Frage. Das Hier und Jetzt war nicht Sein Spezialgebiet, zumindest nicht, solange es im Gegensatz zum Irgendwo und Irgendwann stand. Sein Wunsch und Wille, die Linien der Wirklichkeit sich in Wellen brechen zu lassen, mochten vielleicht nicht ganz ausreichen, um den Glauben, man könne die Welt Seinen Gedanken gemäß verändern, zur Gewißheit werden zu lassen.

Menschen liebten Fakten, und deshalb war bei ihnen vieles kompliziert. Als die unterentwickelten und jungen Kreaturen, die sie waren, glaubten sie, eine Tatsache sei ausschließlich etwas, für das man Worte finden und einen Beweis führen konnte. Doch selbst ihre neumodischsten Wörter reichten nicht aus, das komplexe Beziehungsgefüge allumfassender Existenz zu begreifen. Sie wußten nichts von Zeit, dachten, sie hätten sie meßbar gemacht, indem sie sie in winzige Einzelteile der Ewigkeit aufteilten. Doch die Ewigkeit war unteilbar, und sie wußten nichts darüber.

Sie maßen Raum, indem sie den Abstand von einem nichtigen Punkt einer beweglichen Welt zum nächsten bestimmten. Was, wenn die Wahrheit des Manuskripts so irrelevant und falsch war wie das menschliche Verständnis um die Welt an sich?

Es war uninteressant. Er spürte, daß die Körperlichkeit der geborgten Frauengestalt Ihn veranlaßte, Seine Gedanken von Seinem Endziel weg zu jener physisch befriedigenden Variante zu wenden, zu etwas, das näher und erreichbarer war. Das Weibchen. Der Körper hatte Ihn wissen lassen, daß es im Moment wahrscheinlich unbewacht war. Er konnte die Frau haben, sie kosen, in sie eindringen und Seinen Samen in sie pflanzen. Er stellte interessiert fest, daß Sein Atem raste. Der Gedanke, ihre warme, nackte Haut zu berühren und ihre Angst, ihren Schmerz und ihren Schrecken zu erleben, ließ Seine geliehene Hülle reagieren, und Ihm gefiel die Reaktion.

Zeit. Er mußte sich daran erinnern, Zeit war noch von großer Bedeutung in dieser Welt. Er konnte nicht zwei Dinge gleichzeitig tun. Er mußte eine Reihenfolge festlegen. Er lauschte der Platitüde in Seinem gestohlenen Geist: eines nach dem anderen.

Den Schlüssel zu bekommen war leichter gewesen, als Er gedacht hatte. Der junge Mann an der Rezeption war kein Geistesriese gewesen.

Kurz hatte Er sich überlegt, den Körper zu wechseln, denn ein Hotelangestellter würde auf einer Odyssee durchs Haus kaum auffallen und konnte überall klopfen, ohne Verdacht zu erregen. Er war dann doch in dem Frauenkörper geblieben. Niemand würde sich vor der Frau fürchten.

Ein wenig überrascht war Er gewesen, als Er auf die Bruderschaft traf. Doch die Männer hatten Ihm geglaubt, zumindest das meiste. Er hatte den bitteren Argwohn des Priesters bis in dessen Herz gespürt und sich gefreut, daß Er so weit blicken konnte. Der Mann traute Ihm nicht ganz oder genauer, ihr nicht ganz. Aber das war unwesentlich. Der Priester hatte die Aussage der Frau nicht prüfen können. Also blieb ihm nur zu glauben oder nicht. Eine dritte Möglichkeit gab es nicht, und obgleich die Religion des Priesters ihn darauf vorbereitet haben müßte, ohne Arg und Zweifel zu glauben, ließ das sein mißtrauisches Wesen nicht zu.

Sie hatten sich verteilt, nachdem Er Seine Geschichte erzählt hatte. Sie waren in den ersten Stock gegangen, Er in den zweiten. Von Tür zu Tür, horchend, spürend. Das Geräusch, das Sein Kleid machte, störte Ihn. Ihr Kleid. Ein unpraktisches Ding. Es war zu eng um die Taille, und der hohe Spitzenkragen kratzte am Hals. Er fragte sich, warum Frauen sich mit so etwas belasteten. Das Korsett zwang Ihn, gerade zu stehen, und der Kragen ließ Ihn ihr Kinn in die Höhe strecken.

Frauenkörper waren Gefangene ihrer Bekleidung. Er war es gewohnt, sich frei zu bewegen, wo immer Ihn Sein Wille hintrug. Nun stellte Er fest, daß Er die menschliche Bereitschaft, aus unbedeutenden Gründen zu leiden, unterschätzt hatte. Natürlich litt Er nicht. Das überließ Er ihr. Sie war es gewohnt, und Er konnte sich sogar an ihrem Leiden erfreuen.

Er lauschte den Machtlinien in der Luft, den Kraftfeldern kosmischen Seins. Er schnupperte nach der Erregung eines beanspruchten Sinns. Er tastete nach dem flüchtigen Hinweis auf eine Richtung. Nichts. Wie zuvor konnte Er den Gegner nicht ausmachen, obwohl dieser schwächer sein müßte als Er. Er hatte sich zu gut geschützt. Es würde Zeit brauchen, ihn zu finden.

Da war sie wieder: Zeit. Er begann, sie als Feind wahrzunehmen. Ihre Belanglosigkeit in Seiner eigenen Welt ließ Ihn immer wieder vergessen, welche Macht sie andernorts besaß. Doch hier durfte Er sie nicht vernachlässigen. Sie gehörte zu dieser Art Leben. Zu der Art, die Er ändern würde – und bevor Er sie vernachlässigen konnte, mußte Er erst etwas ändern.

Wieder fiel es Ihm schwer, sich an die logische Abfolge von Ereignissen zu halten. Dinge, die geschehen mußten, sollten geschehen, indem Er sie wollte. Damit hätte Er die Gewißheit, daß das, was Er wollte, immer so war, wie Er es wollte, einen unendlichen einzigen Moment lang.

So ging Er den Flur des zweiten Stockwerks entlang, nachdem Er das erste der Bruderschaft überlassen hatte. Vielleicht war es keine gute Idee gewesen, sie nach dem Feind suchen zu lassen, doch Er hatte der Versuchung nicht widerstehen können, sie für sich arbeiten zu lassen. Er hatte sie nie gefürchtet. Sie jagten meist nur Seine schwächeren Artgenossen, die, die kontinuierlich in der Welt der Menschen lebten, die einmal ihnen allen gehört hatte. Jetzt war sie eine Welt verstreichender Zeit, geprägt vom Zyklus von Geburt, Altwerden und Tod. Die Art, wie Sí in diese Welt kamen, war so unterschiedlich wie mysteriös, und ihr Alterungsvorgang wurde in Tausenden von Jahren statt in Dekaden gemessen. Sie starben selten, und um sie zu ermorden, mußte man über spezielles Wissen verfügen. Trotzdem waren sie Kinder dieser Welt, gehorchten der Zeit und unterlagen der Vergänglichkeit.

Er hatte nicht viel mit ihnen gemein. Sie interessierten Ihn nicht. Pläne hatte Er auch nicht für sie. Pläne schmiedete Er nur für sich.

Diese Pläne trugen Ihn von Tür zu Tür.

Er lauschte.

Er spürte.

Er suchte nach einer Fährte – und dann roch Er sie, eine winzige Brise aufgestauten Ozons. Ein Gewitter dräute hinter einer Tür. Blitze hingen im Moment vor ihrer Entladung fest. Er roch die Macht des Mannes, und damit konnte Er dessen Schwäche riechen.

Er strich ihren Rock glatt, setzte ein Lächeln auf und klopfte.

Kapitel 81

„Das ist Unsinn", sagte der Priester. „Wir wissen nicht, wen wir suchen. Die Frau mag das erfunden haben, um uns zu verwirren, und selbst wenn sie es nicht erfunden hat, ist es immer noch sinnlos."

Er war zutiefst verärgert. Mrs. Parslow hatte eine solche Dringlichkeit, schnell zu handeln, ausgestrahlt, daß er ihren Vorschlägen gefolgt war, statt sie seinen folgen zu lassen. Ein Fehler. Führung abzugeben war immer ein Fehler. Eine zweite Macht, hatte sie gesagt und einen Namen genannt. Sie hatte sogar eine grobe Beschreibung liefern können. Natürlich gab es eine zweite Macht. Das hatten sie gewußt.

Gleichwohl lief hier etwas falsch. Woher konnte sie das wissen? Wie konnte sie all das in so kurzer Zeit in Erfahrung gebracht haben? Wenn die Offiziere ihr das alles gesagt hatten, mußten auch sie schon unterwegs zum Feind sein. Nur, wo blieben sie? Warteten sie noch auf arkane Unterstützung? Hofften sie gegen alle Vernunft, „die zweite Macht" werde nicht zuschlagen, bis sie so weit waren?

Irgend etwas hatte die Frau ihm verschwiegen. Sie hatte ihre Informationen bei ihm abgeladen und war zum Hotelportier geeilt. Sie war zurückgekommen, um sie zu informieren, daß der Mann nicht unter seinem eigenen Namen im Gästebuch zu finden war. Dann war sie in den zweiten Stock gestiegen, während er und seine Brüder den ersten untersuchten.

Etwas war da faul. Die Mrs. Parslow, die er kennengelernt und die so rasch die Regeln des Schach verstanden hatte, hätte nie Informationen so bereitwillig geteilt, nie freiwillig angeboten zu helfen. Sie hätte nie die Führung in einer Angelegenheit übernommen, von der sie nicht profitieren konnte, und die Dringlichkeit, mit der sie bei der Sache vorgegangen war, legte den Schluß nahe, daß sie um dessen Gefährlichkeit wußte.

Die Frau war nicht uneigennützig. Sie war nicht der Typ, der für ein höheres Ziel oder aus Gottesfürchtigkeit Wagnisse auf sich nahm. Ihr eigener Erfolg, ihr Gewinn trieben sie, und welchen Vorteil versprach sie sich von all dem hier? Das wollte er wissen. Was war ihr Ziel?

Das Manuskript konnte es nicht sein. Natürlich wußte er nicht so viel über Mrs. Parslow, wie er gerne gewußt hätte. Es hatte ihn einiges an Phantasie und Fleiß gekostet, die kargen telegraphischen Informationen aus dem Archiv zusammen mit den Aussagen der Zofe zu etwas zu verarbeiten, das er in die Mappe stecken konnte, die er ihr gegeben hatte. Doch er konnte sich weder vorstellen, daß es zwischen ihr und der Logenwelt der Magier eine Verbindung geben sollte, noch daß es ein Abkommen zwischen ihr und den Sí gab. Sie war eine Mörderin, aber keine Hexe. Dazu war sie zu geradlinig. Selbst ihre Morde waren unkompliziert und praktisch. Sie waren präzise, jedoch kein bißchen mystisch.

„Irgend etwas ist uns entgangen – und ich weiß nicht, was."

Bruder Giuseppe stand da, und es juckte ihn augenscheinlich in den Fingern. Er wollte etwas tun. Sinnlose Herumlauferei war nicht nach seinem Geschmack. Der Nachwuchsmagier stand neben ihm und blickte naiv drein.

„Vielleicht ...", begann der nutzlose Akolyth und hielt inne.

„Was?"

„Vielleicht hat sie die Herren um Hilfe gegen uns gebeten. Vielleicht ist das ein Trick, um uns beschäftigt zu halten?"

Das hatte auch der Priester schon bei sich gedacht. Ein Ablenkungsmanöver, so wie er selbst eines inszeniert hatte, um die Frau in das Zimmer zu bekommen. Nur konnte sie kaum Zeit gehabt haben, Pläne zu bereden. Sie konnte kaum Zeit gehabt haben, ihre eigene Geschichte – entsprechend geschönt – darzutun, geschweige denn eine Lösung zu finden. Irgend etwas war hier falsch.

„Ich freue mich, daß Ihr Gehirn offenbar funktioniert", sagte er.

Es funktionierte, aber es war nicht brillant. Er erinnerte sich an Bruder Giuseppes Bericht über den Unsichtbaren, den jemand vor dem Raum eines der Offiziere angeschossen hatte. Dem hatten sie nicht genügend Aufmerksamkeit geschenkt. Dabei war es deutlich, daß es sich bei ihm um die zweite Macht handeln mußte. Höchstwahrscheinlich hatte er sich den Räumen genähert, um das Manuskript zu erbeuten. Doch dann hatte man auf ihn geschossen.

Das hieß, auch er hatte das Manuskript noch nicht. Menschen oder Dinge vollständig unsichtbar zu machen war schwierig, hatte Bruder Michael gesagt. Ein schwerer Zauber, sogar für einen großen Meister. Also ein starker Magier. Oder ein Sí. Wahrscheinlich ein Sí. Es gab in diesem Hotel entschieden zu viele davon, als daß das Zufall sein konnte, und er konnte das Manuskript noch nicht haben, sonst hätte er schon gehandelt.

Man hatte ihn freilich mit einer gewöhnlichen Pistole verletzt. Bei manchen Fey ging das gar nicht. Andere konnte man damit verwunden, aber nicht töten. Die Selbstheilungskräfte dieser Geschöpfe waren so hoch, daß eine Schußwunde sie nicht lange aufhielt. Die Folterkunst der Bruderschaft hatte sich über die Jahrhunderte an diesen Selbstheilungskräften gemessen und weiterentwickelt.

Die Kugel hatte ihn aber aufgehalten – zumindest für eine bestimmte Zeit, soweit sie das wußten. Er verfluchte den Verlust seines Magiers. Sein Wissen wäre genau jetzt nicht nur hilfreich, sondern unverzichtbar. Er fühlte sich blind, taub und stumm. So gehemmt zu sein machte ihn aggressiv.

„Sehen wir nach, was sie tut. Leise, damit sie uns nicht sieht. Wir nehmen den Dienstbotenaufgang."

Sie gingen los. Der Akolyth eilte beflissen und reuig hinter ihm her. Er war sich im klaren darüber, daß er nicht das war, was sie brauchten und was er hätte sein sollen. Sein Versagen in diesem Fall war beinahe eine Todsünde. Es konnte bedeuten, daß sie die Schlacht verlieren würden, die sie für ihren Orden gewinnen mußten – und für Gott.

Das Antlitz des anderen Mönchs war voller grimmer Vorfreude. Er hoffte auf einen Kampf. Doch sie würden sich nicht in einen

Kampf verwickeln lassen. Gegen eine solche Übermacht konnten sie nicht an. Sie konnten gegen einen Feyon nichts ausrichten, und gegen drei wehrhafte, kampferprobte Offiziere konnten sie auch nicht gewinnen. Sie würden verlieren.

Vorausgesetzt, ihm fiel nicht noch etwas ein. Doch für neue Ideen brauchte er mehr Informationen, und sie hatten nichts in der Hand.

Es war ihm nie in den Sinn gekommen, daß er gegen Delacroix verlieren könnte, gegen den Abtrünnigen, der das gefährliche Artefakt in sein ketzerisches Land zurückbringen wollte. Er schalt sich dafür, denn er hatte die Gefahr unterschätzt. Genaugenommen hatte Bruder Michael die Gefahr unterschätzt, doch er selbst hatte sich zu sehr auf dessen Einschätzung verlassen.

Wenn ihnen außer einer direkten Konfrontation nichts übrigblieb, konnten sie sogar in Lebensgefahr geraten. Er war wie sie alle prinzipiell bereit, für die Sache zu sterben. Man erzog sie dazu, hämmerte es ihnen ein. Die höchste Form der Askese war, für die heilige Sache zu sterben.

Nur war er lebend weitaus nützlicher, und im Moment war er auch noch nicht bereit für die Seligkeit. Erst wenn Delacroix bestraft war, und vielleicht wollte er auch dann noch nicht sterben, sondern lieber noch ein wenig in dem demütigen Bewußtsein leben, eine gute Tat vollbracht zu haben. Gutes tun bescherte seinen eigenen Lohn.

Er war nicht bereit. Er hatte den Brüdern aus St. Anna nur eine ungefähre Idee dessen vermittelt, was sich hier abspielte. Er hielt nichts davon, während einer heiligen Kampagne Informationen aus der Hand zu geben. Zuviel freies Wissen hatte die Tendenz, sich selbständig zu machen, ohne daß irgendwer wußte, wie oder durch wen. Es war schlichtweg ein Naturgesetz. Niemand sagte etwas, und trotzdem pfiffen alsbald die Spatzen die Geheimnisse von den Dächern. Also gab er Außenstehenden kein Wissen preis, und wer nicht direkt zum Projekt gehörte, war ein Außenstehender und wurde nicht detailliert informiert. Es war ohnehin besser, hinterher einen Abschlußbericht zu verfassen, wenn er die Dinge klarer sah und die Berichtsversion aus dem Blickwinkel des Siegers formulieren konnte. Geschichte wurde immer von den Siegern geschrieben, und das Wissen, das im Archiv letztlich verwahrt wurde, mußte das richtige sein.

So mußte es sein. Doch es hatte auch Nachteile. Es hieß, daß er sich keiner allzu großen Gefahr aussetzen durfte, sonst hinterließe sein Tod ein unbehebbares Informationsdefizit. Zum ersten Mal im Leben gestand er sich ein, daß er gut daran getan hätte, behutsamer und offener zu sein. Doch man konnte nicht herrschen, ohne zu teilen. Das galt für Wissen wie für alles andere.

Jetzt hatten sie den zweiten Stock erreicht und linsten vorsichtig vom Bedienstetentrakt her in den Korridor. Sie sahen sie. Mrs. Parslow schritt von einer Tür zur nächsten. Vor jeder stand sie und lauschte aufmerksam. Manchmal beugte sie sich zum Schlüsselloch hinunter und versuchte, etwas zu erspähen. Manchmal stand sie einfach nur da, die Hände seitlich abgespreizt. Sie sah sehr fokussiert und konzentriert aus. Wie eine Schachspielerin, die ihren nächsten Zug überdenkt.

Kurz überlegte er, ob er sie jetzt angehen sollte, entschied sich dann aber dagegen. Sie unauffällig zu beobachten war nützlicher. Sie hatte die Männer noch nicht bemerkt. Seltsam. Sie war so sehr darauf aus, etwas zu bemerken, daß es unbegreiflich schien, daß ihr die Ordensbrüder entgangen waren.

Er stand reglos da, wußte, daß die Brüder hinter ihm kaum etwas sehen konnten, aber darauf brannten, loszupreschen und etwas zu *tun*. Zumindest Giuseppe. Er wollte immer lospreschen und etwas tun, und nur eine Art von Unternehmung bereitete ihm wirklich Freude, wenn man seine frommen Übungen nicht rechnete. Delacroix, dachte Pater Emanuele manchmal, hätte einen besseren Mann fürs Grobe abgegeben. Sein Geist war scharf, seine Auffassungsgabe rasch, dabei verfügte er über die gleiche außergewöhnliche Körperkraft. Doch er hatte nicht gehorchen gelernt und konnte sich nicht unter das Joch größerer Macht oder größerer Weisheit beugen.

Es war müßig, darüber nachzudenken. Sie brauchten das Manuskript und wußten letztlich nicht, ob es schon gefunden war oder nicht. Höchstwahrscheinlich nicht, aber das konnte er nur raten. Irgendwie war alles zu still, fand er und wußte nicht, warum er das plötzlich dachte. Das Manuskript war ein Artefakt der Macht. Es zu erwerben konnte nicht unbemerkt vonstatten gehen.

Die Frau hielt vor einer Tür an. Sie legte die Hände ans Holz, und einen Moment lang wirkten sie wie Krallen. Ihr Gesichtsausdruck stellte dem Priester alle Nackenhaare. Sie sah anders aus, beinahe hungrig. Die offene Erregung in ihrem Antlitz ließ es roh und gierig aussehen. Ihre Zähne waren gefletscht. Seine Schachpartnerin in grauer Seide vermittelte den Eindruck eines tollwütigen Raubtieres.

Im nächsten Moment entspannte sie sich bewußt und mit sichtbarer Anstrengung. Ihre Hand fuhr zum Haar, das sie mit einer ökonomischen Geste richtete, dann zu ihrem Kleid, das sie ordentlich glattstrich. Sie warf sich gleichmütige Gelassenheit über wie einen Umhang. Ein freundliches Lächeln lag auf ihren Zügen. Sie trat einen Schritt vor und klopfte.

Alles blieb still.

Sie klopfte ein zweites Mal.

„Dr. Steinberg", sagte sie durch die geschlossene Tür. „Bitte, Dr. Steinberg. Mein Name ist Eliza Parslow. Es handelt sich um einen Notfall. Ich muß dringend mit Ihnen sprechen."

Keine Antwort.

„Dr. Steinberg, ich brauche Sie dringend. Ich wäre Ihnen ausnehmend dankbar, wenn Sie mir ein paar Augenblicke Ihrer kostbaren Zeit widmen würden. Bitte seien Sie versichert, daß ich Sie nicht belästigen würde, wenn es nicht absolut wichtig wäre."

Eventuell war es doch die falsche Tür. Oder der Mann war überhaupt nicht im Raum, dachte der Kleriker. Vermutlich war das alles Zeitverschwendung.

Vielleicht aber auch nicht. Er beschloß, noch etwas zu warten. Was immer auch geschah, zumindest würde er mehr wissen als vorher.

Wissen war das, was ihn letztlich antrieb. Wenn sie sich irrte, war auch ihr Irrtum Information, und wenn nicht, würde Giuseppe eine kleine Aufgabe bekommen. Eine nette kleine Aufgabe.

Kapitel 82

Corrisande hatte beileibe nicht vorgehabt, in der vordersten Linie des Angriffs zu laufen. Doch sie lief voran und zeigte ihnen den Weg, und von Orven rannte direkt hinter ihr und hatte sein Kalteisenmesser in der Hand. Das motivierte sie, ihre Schritte weiter zu beschleunigen.

In einem zerrissenen Kleid zu rennen war nicht einfach, schon gar nicht, wenn es durchnäßt war und der klamme Stoff an den Beinen klebte. Auch war das Gefühl, nur in Strümpfen durch das exquisite Hotel zu laufen, sehr sonderbar. Ihre Zehen sanken in die weichen Läufer. Eine Dame hatte nicht oft Gelegenheit zu rennen. Ihre ganze Jugend hindurch hatten ihre Kindermädchen und Gouvernanten ihr eingetrichtert: nicht rennen, Corrisande, eine Dame rennt nicht, sie geht.

Es hätte genügt, den Offizieren die Zimmernummer zu sagen, und sie hätte hinter ihnen sein sollen, nicht vor ihnen. Doch zwei Männer mit Kalteisenwaffen liefen hinter ihr, und von Görenczy hatte den schrecklichen Kasten mitgenommen und hielt ihn in der Linken. Sie zweifelte nicht daran, daß auch dieses Ding sie verletzen oder töten konnte, genauso wie die Messer. Sie mußte Arpad fragen. Sie mußte ihn so vieles fragen. Er würde ihr alles erklären. Immer vorausgesetzt, daß sie das hier überlebten, und das war unwahrscheinlich.

Was für eine blöde Situation. Sie rannte vor ihren eigenen Beschützern davon, auf ihre Feinde zu, von denen jeder sie schon einmal gefangen hatte und die beide so gefährlich waren, daß ihr Hirn sich weigerte, das schiere Ausmaß der Bedrohung zu begreifen. Das Schattenmonster würde sie wieder besitzen wollen, und sie hatte eine ziemlich klare Vorstellung davon, was es mit ihr vorhatte. Sie stöhnte auf und spürte, wie von Orven ihr näherkam. Sein Beschützerinstinkt wurde zum Problem.

Also rannte sie noch schneller, um dem brennenden Gefühl im Rücken zu entkommen. Dabei war sie sich nicht einmal sicher, ob es wirklich das Messer war oder einfach nur ihre Furcht davor. Die Aussicht, durch die glühende Waffe verletzt zu werden oder zu ersticken, blockierte andere Ängste, die sich in ihren Gedanken festgesetzt hatten. Kalteisen beanspruchte in ihrer Panik viel Raum.

Sie wünschte, sie wäre bewaffnet. Sie wünschte sich ein Messer, eine Pistole, etwas, womit sie sich verteidigen konnte. Doch sie hatte nichts. Nichts, um sich zu wehren, nichts, um sich einen Ausweg zu erkaufen, wenn alles andere versagte. Sie wollte leben, überleben. Aber sie hätte trotzdem gerne die Möglichkeit gehabt, einen Fluchtweg aus dem ultimativen Grauen zu haben, selbst wenn er ihren Tod bedeutete. Doch es gab kein Entrinnen.

Sie erreichte den Treppenabsatz des zweiten Stocks und bog in den Korridor ab. Ohne ihr Begreifen abzuwarten, hielten ihre Beine bei dem Anblick, der sich ihr bot, ungefragt an. Ihre Füße rutschten noch steif über den Teppich, vom Schwung getragen, und Leutnant von Orven rempelte sie beinahe, hätte sie überrannt, wenn nicht ein Paar Hände sie mit unglaublicher Geschwindigkeit gepackt und zur Seite gegen die Wand gedreht hätte. So lief der Offizier an ihr vorbei, sein Messer nur Zentimeter von ihr entfernt.

Arpad. Er hatte ihr Problem erkannt und reagiert, obwohl das Messer ihm genauso gefährlich werden konnte wie ihr. Doch er war außerordentlich schnell. Er wirbelte sie aus dem Weg und lief dann weiter, während er sie keuchend und nach Atem ringend an der Wand lehnen ließ.

Sie versuchte zu erfassen, was sie sah. Es mußte Steinberg sein, obgleich er aussah wie eine weiße, schimmernde Lichtgestalt. Eine Gottheit. Er stand in seinem Türrahmen, hielt die Hände ausgestreckt, und es schien, als flösse Energie von ihnen. Die Luft knisterte. Sein Antlitz war verzerrt, doch der helle Schein darum ließ ihn wie einen Heiligen aussehen. Oder einen Erzengel.

Einen gefallenen Erzengel.

Er stand Mrs. Parslow zugewandt, deren Kleid wie Segel in einer scharfen Brise gebläht war. Auf sie ging der Sturm einer Attacke nieder, und sie lächelte. Es war ein fremdartiges Lächeln, das ihre Augen nicht erreichte. Ihre Hände waren ebenfalls ausgestreckt, und Energie entfloß ihnen, wobei sie Feuer fingen. Der Gestank verbrannten Fleisches hing in der Luft, und Corrisande sah, wie die Hände ihrer Gesellschafterin von den Fingerspitzen nach innen schwarz wurden durch die intensive Hitze des Feuers, das sie abgaben. Asche krümelte in Fetzen von ihren Nägeln, und die Knochen brachen durch das schwarze Fleisch.

Die Offiziere hatten Corrisande überholt und vor ihr angehalten. Cérise stand neben ihr, hielt sich ebenfalls aus der Frontlinie zurück. Sie murmelte etwas auf Französisch, von dem sie annahm, daß das Vokabular einer wohlerzogenen, jungen Engländerin nicht geläufig sein würde. Da lag sie falsch.

Corrisande starrte mit offenem Mund nach vorne und sank auf die Knie. Ihre Anstandsdame und Nenn-Tante hatte sie gesehen. Ein Auge blickte zu ihr, und sie sah die Gier darin und das unbändige Verlangen sowie auch die Ankündigung, daß er zu ihr kommen würde, wenn dies vorbei war. Doch jetzt war die Kreatur damit beschäftigt, in einem gestohlenen Körper den Ansturm von Steinbergs magischem Angriff abzufangen. Wenn sie damit fertig war, würde sie zu ihr kommen. Sie konnte ihr Versprechen spüren, ihre Entschlossenheit und Vorfreude. Sie sehnte sich bereits danach, und dieses Sehnen ließ sie noch entschiedener handeln. All das las Corrisande noch in Mrs. Parslows linkem Auge, bevor es im Feuer schmolz und in rauchenden, klebrigen Strömen über ihr Gesicht lief.

Cérise begann neben ihr zu würgen. Die Sängerin wandte sich ab und stolperte zurück zur Treppe, die Hand fest auf den Mund gepreßt.

„Wir dürfen nicht zwischen sie geraten“, rief der Meister des Arkanen. „Wir sollten sie einander schwächen lassen. Machen Sie sich bereit einzugreifen, wenn einer von ihnen wankt.“

Arpad nickte und glitt aus dem Weg der Kalteisenträger. Er fiel zurück, überließ den Offizieren die Frontlinie. Er sah sich nach den Damen um, bedachte beide mit einem Lächeln. Corrisande konnte spüren, wie sich Cérise mühsam zusammenriß. Die Sängerin saß auf den Stufen, halb verdeckt. Sie hielt einen Derringer in der Hand und sah diesen zweifelnd und argwöhnisch an.

Corrisande konnte sich nicht regen. Sie lag wie gelähmt auf den Knien, vor Schrecken starr. Die Hände hielt sie vor Mund und Nase. Vielleicht würde Steinberg gewinnen und das Schattenwesen ermorden. Dann mußte sie nicht ertragen, von ihm angegriffen und verschleppt zu werden. Beinahe wünschte sie ihm den Sieg, doch auch er hatte sie inzwischen gesehen und erkannt, und sie wußte, daß er sie nach ihrem Verrat nicht würde leben lassen. Es war müßig, sich zu fragen, ob der Tod, den er ihr zudachte, genauso furchtbar sein würde wie das Leben, das ihr durch das Schattenwesen drohte.

Plötzlich drehte sich die Welt.

Beide Kämpfer wandten sich gleichzeitig ihren neuen Feinden zu, als hätten sie soeben eine Allianz geschlossen. Rohe Energie explodierte wie ein Orkan den Korridor entlang und versengte Corrisandes Haut. Ihr Kopf wollte bersten. Ihr Haar wehte in einem kochenden Wüstenwind, und sie machte sich klein und krallte sich an der Wand fest, um nicht umgeweht zu werden. Sie kniff die Augen zusammen, hatte Angst, sie könnten platzen und verbrennen, so wie die Elizas, und hörte Schreie, erkannte die Stimmen der Männer, die vor Angst und Schrecken brüllten. Sie hörte sie fallen und an ihr vorbeitrudeln wie trockenes Stroh im Wind.

Der Sturm verebbte so plötzlich, wie er gekommen war. Der Geruch von Unwetter und Blitzen lag in der Luft. Sie zwang sich, die Augen zu öffnen, obgleich sie sich vor dem fürchtete, was sie sehen würde.

Arpad stand als einziger noch. Sein vornehmer Anzug saß makellos und unberührt, wenn er auch ein wenig rauchte. Kein Haar aus der Frisur hatte sich verschoben. Sein Blick drückte eisige Ruhe aus, seine Augen schienen dunkler geworden zu sein.

Auf seinen gleichmäßigen Zügen lag nicht einmal die Andeutung eines Lächelns.

Die Offiziere waren gefallen. Niedergestürzt. Sie krochen auf dem Boden entlang, und Rauch stieg aus ihren Uniformen. Sie rochen wie Wäsche, die man viel zu heiß gebügelt hatte, und sie konnte beinahe greifbar fühlen, wie die Männer eisern ihre Sinne zusammensuchten, die Reste ihres zerbrochenen Muts sammelten und sich an ihrem Selbstverständnis festhielten, das ihnen sagte, sie seien kühne und verantwortungsbewußte Männer, die nichts fürchten durften.

Dennoch fürchteten sie sich. Ihre Tapferkeit, stellte sie fest, entsprang nicht der Abwesenheit von Angst, sondern der Entschlossenheit, nicht aufzugeben. Sie tasteten nach ihren Waffen, die ebenfalls davongeflogen waren. Sie hoben die erhitzten Messer auf, fluchten dabei still und beinahe wortlos. Udolf überprüfte seine Pistole mit der gleichen einstudierten Routine, mit der er das immer tat. Asko und Delacroix schoben ihre Messer von der einen Hand in die andere, um das sengend heiße Material ertragen zu können.

McMullen lehnte an der Wand, sank gerade langsam auf die Knie. Seine Linke umklammerte seinen Anhänger. Er rang nach Atem, und Blut floß aus seiner Nase, über sein Kinn hinunter und tropfte ihm auf Hemd und Weste. Er sah kläglich und fragil aus.

„Bewundernswert“, bemerkte Graf Arpad. „Wer hätte gedacht, daß Sie so gut sind? Das werde ich mir merken.“

„Danke“, japste der Meister. „Oh, und danke!“

Corrisande verstand nicht, warum er ihm zweimal dankte, doch anscheinend hatte er einen Grund dafür.

Der Magier sackte zusammen und schnappte röchelnd nach Luft.

Sie begriff, daß er sie wohl geschützt hatte und daß der Feyon seinen Beitrag dazu geleistet haben mußte. Sie wollte nicht darüber nachdenken, was geschehen wäre, hätte er das nicht getan.

Die Offiziere rappelten sich knieweich hoch. Ihre Gesichter und Hände waren rot, wie von der Sonne verbrannt. Delacroix sah zu ihr herüber, musterte sie eine winzige Sekunde lang besorgt, suchte ihren Blick und fand ihn, und in dieser winzigen Sekunde lächelte sie ihn an. Sie hatte das nicht geplant und hatte weiß Gott keinen Grund dafür, aber sie war so froh, daß er lebte. Daß sie alle lebten, korrigierte sie ihre Gedanken.

Er sah weg, konzentrierte sich auf den Feind. Er wirkte aufgeregt und sogar unsicher, seine grimme Entschlossenheit überschattet von Zweifel und Unwissen. Er wußte nicht, was sie tun sollten, was geschehen mußte – oder auch nur geschehen konnte. Höchstwahrscheinlich widerfuhr ihm das nicht allzu häufig.

Die beiden Fey hatten ihren Kampf wieder aufgenommen und ignorierten die Bedrohung, die da im Flur ihrer harrte, mit derselben Gleichgültigkeit, mit der sie auf einen Schwarm Mücken reagiert hätten. Corrisande verstand, daß das alles war, was die Männer ihnen bedeuteten. Eine bedeutungslose Störung, ein zu vernachlässigendes Ärgernis. Sie fragte sich, wie sie hatte glauben können, daß auch nur einer von ihnen von Menschen besiegt werden könnte. Aber sie hatte es geglaubt, und die Männer auch. Mücken mit Kalteisenmessern, Waffen, die Corrisande ohne Probleme töten, doch gegen einen wirklichen Feind nichts ausrichten konnten.

Mrs. Parslows Kleid brannte. Blaue Flammen leckten langsam daran, sanken durch den Stoff. Wo man ihre Haut sah, war diese schwarz und schälte sich knisternd und brutzelnd vom Fleisch darunter, das aussah wie gekocht. Ascheblättchen brachen von ihren Lippen. Ihre Zähne rauchten. Finger, zu brüchiger Holzkohle gebacken, fielen stückchenweise von ihr ab.

Corrisande begriff, daß sie tot war. Längst verstorben. Sie konnte nichts von all dem überlebt haben. Nur die Bestie in ihr hielt ihren Leib aufrecht wie ein Symbol weiblicher Zerbrechlichkeit. Sie würde das Bild nie mehr vergessen können. Ihre Gesellschafterin und sie waren eher Kolleginnen mit dem gleichen Ziel gewesen denn Freundinnen, doch selbst wenn die Frau ihre schlimmste Feindin gewesen wäre, hätte sie das empfunden, was sie jetzt für sie empfand.

Sie betete. Lieber Gott, mach, daß sie nicht so leiden mußte. Mach ein Ende. Mach, daß es vorbei ist.

Kapitel 83

Die Offiziere wußten nicht, wie sie eingreifen sollten. Die Energiewolke, die die beiden Gegner einschloß, wirkte beinahe wie eine Barriere, wobei Corrisande nicht wußte, ob die Barriere ihren Angriff oder ihre Entschlossenheit bremste. Die Kalteisendolche sahen plötzlich sehr harmlos aus, wie Spielzeugwaffen gegen einen übermächtigen Feind. Zweckloser Tand. Unwillkürlich erinnerte sie sich an das Tennyson-Gedicht vom Angriff der leichten Brigade. Wieder eine Truppe, die sinnlos ihre kleinen Säbel gegen eine mächtige Artillerie schwang. Sie spürte die Furcht der Männer, konnte sie fast riechen, so als seien ihre eigenen Sinne durch ihre Panik geschärft. Die Soldaten hatten keine Chance. Sie würden sterben, so wie Eliza gestorben war, zu Asche verbrennen. Sie wußte das jetzt, und sie würde zusehen müssen, wie sie fielen und verkohlten.

Sie stöhnte bei dem Bild, das sich deutlich vor ihrem geistigen Auge aufbaute. Wie in einer Vision sah sie, wie von Görenczys dunkles Haar in Flammen aufging und Delacroix' starke Hände zu verbrannter Holzkohle zerbröckelten. Arpad stand neben ihr. Sie spürte seine Präsenz, ohne zu ihm aufzublicken.

„Sie werden sterben", murmelte sie. „Tun Sie etwas. Bitte!"

Er zog sie hoch.

„Steinberg wird verlieren", flüsterte er so leise, daß ihr war, als erreichten seine Worte sie ohne den Umweg über die Ohren. „Letztlich wird er verlieren. Aber solange sie so kämpfen, sind sie verbunden. Wir müßten ihre gemeinsame Kraft überbieten, wenn wir sie angreifen. Im Moment habe ich nicht einmal annähernd genug Macht, sie aufzuhalten."

„Dann müssen Sie das den Männern sagen", bettelte sie. „Sie gehen nutzlos in den Tod."

Er hielt sie mit einem Arm fest.

„Nicht nutzlos. Wann immer sie gemeinsam angreifen, werden die beiden Kraft verlieren. Vielleicht kann ich sie angehen, wenn sie schwächer sind."

Sie starrte den attraktiven Mann an, der so außerordentlich zärtlich und liebevoll zu ihr gewesen war, der selbst so voller Liebe zu sein schien.

„Sie meinen, Sie lassen die Offiziere für diese Chance in den Tod gehen?" fragte sie entsetzt und begann zu verstehen, was sein Plan war.

Er blickte zu ihr hinunter.

„Das mag der einzige Ausweg sein", sagte er sanft. „Sie sind Soldaten. Sie kennen das Risiko. Töten und sterben ist das, was sie gelernt haben. Sie haben es freiwillig zu ihrem Lebensinhalt gewählt. Ich muß derjenige sein, der zum Schluß versucht, das hier zu Ende zu bringen, und ihnen fällt die Aufgabe der Vorhut beim Erstürmen der feindlichen Linien zu. Das ist grausam. Aber so ist es nun mal. Vielleicht solltest du nicht zusehen. Es wird unangenehm werden."

Sie krallte sich in seinen Arm.

„Es muß einen anderen Weg geben", flehte sie. „Es gibt immer Alternativen, sagt mein Vater. Es muß irgendwie noch anders gehen."

Er sah sie an, sein Gesicht einen Augenblick lang voller Sorge und Mitgefühl.

„Es gibt eine andere Möglichkeit. Doch besser ist sie nicht."

Die Art, wie er sie ansah, machte ihr klar, daß diese Möglichkeit eine Rolle für sie vorsah. Sie begann zu beben, und er legte die Arme fester um sie.

„Du kannst zum Schatten gehen und ihn ablenken. Seine Gier nach dir ist so groß, daß es seine Konzentration vielleicht bricht, wenn du aus eigenem Antrieb zu ihm kommst. Aber ..."

Er verstumme, hielt sie nur fest, als ihr die Knie weich wurden bei dem Gedanken an das, was er nicht aussprach.

„Was muß ich tun?" fragte sie, sah von ihm fort, konnte ihm nicht in die anteilnehmenden Augen sehen.

„Geh zu ihm und berühre ihn. Paß auf, daß die Männer dich nicht aufhalten."

Wird es sehr weh tun, wollte sie fragen. Sie fragte nicht. Sie wußte, wie es sein würde. Sie blickte zu den Offizieren, die sich Zoll für Zoll den Feinden näherten.

Dann ging sie los. Schnell, hatte er gesagt. Sie würde sich beeilen müssen, ehe ihr persönlicher Schutzengel von Orven sich einmischen konnte. Oder Delacroix. Oder vielleicht gar von Görenczy. Oder ehe der Mut sie wieder verließ. Sie betete wieder. Bitte, lieber Gott, hilf mir. Mach ein Ende, mach, daß es vorbei ist.

Es waren nur wenige Schritte notwendig, und schon war sie an den Soldaten vorbei, zu überraschend, als daß sie sie hätten aufhalten können. Sie hörte ihre Stimmen.

„Corrisande!"

„Bleiben Sie zurück!"

„Lassen Sie mich los!"

Sie ignorierte sie, eilte weiter. Fast fühlte sie die Präsenz des Schattens jetzt in ihrem Körper. Noch war er nicht da, doch sein Geist hatte sie erfaßt, hielt sie und holte sie zu sich. Sie spürte die Hitze der brennenden Kleidung und der brennenden Frau, die sie als Eliza gekannt hatte, und sie fühlte die Hitze von Gier und Lust auf sich gerichtet, so bedrohlich wie die blauen Flammen und genauso zerstörerisch und tödlich.

Einen Augenblick lang fragte sie sich, warum keiner der Männer ihr gefolgt war. Halb hatte sie erwartet, aufgehalten zu werden. Trauer zerriß sie beinahe, als sie nach dem verkohlten Stummel von Elizas Hand griff. Sie berührte ihn und verbrannte sich die Finger dabei. Der Rest von Elizas Hand zerkrümelte bei der Berührung zu Asche. Die Frau oder das, was noch von ihr übrig war, wandte sich ihr zu, lächelte immer noch ihr grauenhaftes lippenloses Lächeln; eine breite Reihe schwarzer Zähne, die aus verkohlten Kiefern ragten.

Die Zeit stand still. Sie fühlte das Knistern der arkanen Energie auf der Haut. Es war, als öffne sich jede einzelne Pore, als richte sich jedes Haar einzeln auf. Ihr Kopf dröhnte und hämmerte, machte jede weitere Handlung unmöglich. Sie konnte nicht zurück, aber auch nicht weiter. Sie konnte nicht einmal den Blick von dem grausigen Anblick wenden. Sie stand reglos, unfähig zu schreien, fühlte, wie obsidianschwarzes Dunkel in sie einbrach, sie eroberte und in sie vorstieß. Immer dunkler, immer noch dunkler. Sie wußte nicht mehr, warum sie das tat. Warum nur? Es hatte einst einen Grund gegeben. Sie erinnerte sich nicht mehr an ihn, ihr Verstand erlag der Übermacht einer feindlichen Attacke.

Elizas zerschmolzene Augen schienen sie anzusehen, doch es war das Wesen in ihr, das sie erkannte. Es streckte sich nach ihr aus, schwoll ihr entgegen. Sie spürte, wie es sie gegen das Gemetzel schützte, in das sie hineingelaufen war. Es hatte seine eigenen Pläne mit ihr, und diese Pläne beinhalteten nicht ihren Tod durch Steinbergs Attacke.

Steinberg erneuerte seinen Angriff. Sie fühlte seinen Haß und seine Verwirrung. Sie spürte, wie ihre Haut immer heißer brannte. Ihre feuchten Kleider dampften. Sie würde in Flammen aufgehen – es konnte nur noch Sekunden dauern. Sie würde sehen, wie sie zu Asche verbrannte, konnte bereits vorausahnen, wie sie zu schmutzigem Staub wurde. Warum war sie hier?

„Jetzt", befahl eine Stimme, und ein Schuß fiel.

Aus dem Augenwinkel sah sie Steinberg fallen, nicht länger der strahlende Engel. Dann umfaßte sie ein Paar Arme und zog sie rückwärts fort. Sie wußte nicht, wem sie gehörten. Nicht Delacroix. Der sprang gerade vor, direkt auf den flammenden Feind zu, ein Messer in der Hand. Sein Blick loderte fast vor Haß und wilder Entschlossenheit, und sie wußte wieder, warum sie es getan hatte.

„Ins Hirn", sagte eine Stimme unmittelbar an ihrem Ohr. „Sie müssen ihn treffen, solange er noch in ihr ist!"

Das Messer schoß vor, so schnell und sicher wie zuvor, als er auf ihr Herz gezielt hatte. Doch diesmal griff niemand ein. Er stieß es mit großer Wucht in Mrs. Parslows Gesicht, und die Klinge drang tief in ihre Augenhöhle ein. Eliza schrie schmerzverzerrt auf und brach vor dem Colonel zusammen, sank nieder wie die Karikatur einer hilflosen Dame. Das Messer ragte aus ihrem verstümmelten Gesicht, wo es bis zum Anschlag feststeckte.

Der Schrei hallte lange nach, und die Stimme bohrte sich in Corrisandes Seele. Sie versuchte, sich die Ohren zuzuhalten, doch sie hörte sie trotzdem, laut, schmerzerfüllt und sterbend. „Das ist sie nicht", sagte sie sich, „das ist der Schatten. Er schreit, nicht Eliza. Sie ist schon lange tot."

Doch die Erinnerung an die Stimme war zu genau. Corrisande schluchzte. Ganz genau so hätte Eliza geschrien, hätte jemand sie erstochen. Sie lag zusammengekrümmt auf dem Boden, die Flammen ihres Kleides änderten die Farbe, von blau zu rot und gelb. Sie starb. Schwarzes Öl kochte aus ihrem Kopf, strömte aus Augen, Nase, Mund und Ohren. Es sammelte sich träge in einer Pfütze um den verstümmelten Kopf wie ein schwarzer Heiligenschein. Corrisande sah, wie von Görenczy vortrat und sich mit seiner Schachtel neben sie kniete.

„Wie soll ich das verdammt noch mal anstellen?" fragte er und schluckte seinen Ekel herunter. Offenbar war es ihm zuwider, die Substanz mit bloßen Händen anzufassen. Verständlicher Argwohn. Delacroix kniete sich neben ihn. Er hatte ein neues Messer in der Hand, mit dem er die dickflüssige Masse in die Schachtel schob. Seine Muskeln waren angespannt, bereit zu reagieren, abwehrbereit, wenn es nötig werden würde.

„Er ist tot", sagte Arpad dicht an ihrem Ohr. Sie spürte seine Lippenbewegungen auf der Haut. „Er ist nicht mehr. Mit Kalteisen vernichtet." Seine Stimme klang angespannt.

„Dennoch", sagte McMullen, der nun auch bei den Toten stand. Er hielt sich ein blutiges Taschentuch vors Gesicht und sah erschöpft aus. „Wir werden es entfernen, und ich gebe zu, ich fühle mich sicherer, wenn es wieder in der Schachtel ist."

„Tun Sie, was Sie tun müssen", kommentierte Graf Arpad zynisch. Er hielt Corrisande immer noch von hinten in den Armen, hatte sie dicht an seinen Körper gezogen, als könne seine Nähe ihr etwas von seiner Kraft abgeben. Oder vielleicht hielt er sie ganz einfach gerne so. Sie lehnte sich an ihn, energielos und dankbar für die Stütze. Sie fragte sich, wann Cérise einschreiten würde. Sie war sicher, daß es der Sängerin ein Anliegen war, andere Frauen aus den Armen ihres Liebhabers fernzuhalten, selbst in Extremsituationen.

Doch die Intervention kam aus anderer Quelle.

„Lassen Sie Miss Jarrencourt sofort los!“ befahl von Orven eisig.

Er trat vor sie, sein kleines, glühendes Messer in der Hand.

„Nehmen Sie Ihre Hände von ihr, oder ich bringe Sie um!“

Sie versuchte, seinen Blick zu erhaschen, doch er sah sie gar nicht an, nur den Mann, der sie hielt.

„Asko, beruhigen Sie sich. Graf Arpad hat mich nur aus der Gefahrenzone gezogen“, bat sie ihn und hoffte, daß er mit seinem Messer weggehen würde. Er wußte es nicht, doch sie konnte dessen Nähe so wenig ertragen wie der Sí, und im Augenblick diente sie dem Mann hinter ihr faktisch als Deckung, so wie sie direkt vor ihm stand.

„Nachdem er Sie zuvor in die Gefahrenzone geschickt hatte“, antwortete der Offizier, ohne sie dabei anzusehen. „Er hat mich festgehalten, als ich versuchte, Sie zurückzuziehen. Er war bereit, Sie dem Ding zu opfern.“

Nein, dachte sie, er war bereit, die Offiziere zu opfern. Doch er hatte ihr die Wahl gelassen. Nur gab es keine Möglichkeit, dem erbosten Mann das zu erklären.

„Sie auch, als Sie mich auf der Jagd einsetzten“, erwiderte sie, selbst wütend, daß er ihr wieder nicht die Möglichkeit ließ, sich von einem Erlebnis zu erholen, das sie bis ins Mark erschüttert hatte. Er meinte es gut, aber es nur gut zu meinen, reichte bisweilen nicht aus.

Sie spürte Graf Arpads Hände an ihrer Taille. Er schob sie beiseite. Wahrscheinlich konnte er sich besser verteidigen, wenn sie nicht im Weg stand. Sie machte sich keine Sorgen um ihn. Askos Tapferkeit und Standhaftigkeit mochten vielleicht nicht ausreichen, es mit dem gewandten, dunklen Mann aufzunehmen.

Doch höchstwahrscheinlich mußte er mit seiner Waffe nur nahe genug kommen, um den Sí kampfunfähig zu machen. Sie wußte es nicht. Bei ihr hätte es ausgereicht.

„Es tut mir leid", sprach der Leutnant nun ärgerlich zu ihr, ohne dabei den Blick von seinem eigentlichen Widersacher zu nehmen. „Aber ich habe geschworen, Sie zu verteidigen, und Sie haben mir zu verstehen gegeben, daß Sie meinen Schutz annehmen – und ich möchte die Frau, die ich heimführen will, nicht in den Armen einer solchen Kreatur sehen. Egal aus was für Gründen."

Seine hellen Augen waren nur noch schmale Schlitze, und er war rot angelaufen vor Zorn. Oder war das noch die Reaktion auf die flammende magische Attacke? Sein blondes Haar sah angesengt aus.

Er streckte die Hand mit der Waffe aus.

„Treten Sie zurück!" befahl er. Sie traten beide zurück, Corrisande mit mehr Angst als der Mann an ihrer Seite, der auch jetzt noch an ihrer Seite war, denn sie hatten sich beide in die gleiche Richtung bewegt.

Leutnant von Orven tat einen Schritt nach vorne und schwang sein Messer, nicht um zu töten, dessen war sie sich sicher, doch um seinem Wunsch Nachdruck zu verleihen, um klarzumachen, daß es ihm ernst war.

Die Klinge kam nicht einmal in ihre Nähe, aber die Panik ging mit ihr durch, und sie wich zurück und rang nach Atem.

Er wandte sich verwirrt ihr zu, merkte zum ersten Mal, daß er ihr Angst gemacht hatte. Damen Angst einzujagen war etwas, das ganz gegen seine Art war. Es gehörte sich nicht. Sein Ausdruck wurde reuig. Es tat ihm leid.

„Bitte verzeihen Sie, wenn ich Sie geängstigt habe", bat er und kam ihr nach, das Messer immer noch in der Hand. Sie wich weiter zurück, bis ihr Rücken an die Gangwand stieß. Er konnte die Furcht in ihrem Antlitz erkennen und vergaß für den Augenblick den Mann, den er bedroht hatte. Sie fürchtete sich vor ihm, und das hatte er nicht gewollt.

„Miss Jarrencourt, ich mache Ihnen keinen Vorwurf. Haben Sie keine Angst. Es tut mir leid, wenn ich ...“ Sie hörte den Rest des Satzes nicht, denn ihre Angst schlug wie Wellen über ihrem Kopf zusammen. Er war fast bei ihr, und sie konnte nichts sehen als die glühende Klinge in seiner Hand, die er in seinen Bemühungen, sie zu beruhigen, einfach vergessen hatte.

Die Luft wurde sandig, und sie begann zu kämpfen. Sie hörte seine eindringliche Stimme.

„Es tut mir leid. Ängstigen Sie sich nicht. Ich tue Ihnen nichts, und ihm auch nicht. Ich verspreche es. Nehmen Sie das Messer, wenn Sie sich dann sicherer fühlen.“

Er streckte ihr die Waffe hin, kam noch näher, und fast konnte sie fühlen, was nun kommen würde, das Brennen, der Schmerz, das Ersticken. Eine Hand ergriff sein Handgelenk. Delacroix.

„Nehmen Sie sofort das Ding von ihr weg!“

Delacroix zerrte Asko mit brutaler Kraft von ihr fort. Sie atmete aus, das erste Mal seit Minuten, wie es ihr schien. Sie bebte am ganzen Körper.

Asko versuchte, den Griff des größeren Mannes zu brechen.

„Ich wollte ihr doch gar nichts tun“, versicherte er seinem Angreifer. „Ich würde doch nie ...“ Er hielt inne, blickte sie an, suchte ihre Augen, und dann konnte sie sehen, wie seine mit einem Mal groß vor Schock wurden. Sein Ausdruck änderte sich langsam, zeigte Verwirrung, dann Bedenken, dann Begreifen, dann Ekel. Er trat einen Schritt zurück, dann noch einen. Delacroix ließ ihn los.

„Großer Gott“, zischte er und sah angeekelt aus.

Ich bin keine Sí, wollte sie ihm sagen. Nicht richtig. Ich bin ein Mensch. Fast ganz ein Mensch.

Doch sie konnte nichts sagen, konnte nur zusehen, wie Ekel und Entsetzen sich in seinem Gesicht breitmachten. Ihm kam zu Bewußtsein, was er getan hatte. Er hatte etwas, mit dem er nicht einmal die Welt teilen wollte, gebeten, sein Leben mit ihm zu teilen. Ihm wurde klar, daß er seine Ehre verlor, egal, ob er eine nicht-menschliche Kreatur heiratete, die er nur verabscheuen konnte, oder ob er sein Wort brach, etwas, das er nie tun würde.

Einige Sekunden lang herrschte Stille. Der Korridor war voller Rauch und stank nach verbranntem Fleisch. Auch nach Blut. Corrisande roch es, genau wie den scharfen Duft magischer Energie. Sie sah von einem zum nächsten. Delacroix wirkte wütend, von Görenczy verblüfft, Graf Arpad zynisch, McMullen resigniert und Cérise Denglot, die noch bei der Treppe stand, ärgerlich.

Von Orven sah aus, als würde ihm im nächsten Moment schlecht werden. Sie rang nach Fassung. Es war zu spät. Sie konnte nichts anderes sein, als sie eben war.

„Leutnant von Orven“, begann sie und versuchte, seinem Blick zu begegnen, doch er sah fort. „Sie haben mir die Ehre erwiesen, mir den Schutz Ihres Arms und, wie ich glaube, auch den Ihres Namens anzubieten. Ich fürchte aber, wir passen nicht zusammen. Ich bitte um Verständnis, daß ich nicht das für Sie sein kann, was Sie gerne hätten. Ich entlasse Sie aus aller Verpflichtung mir gegenüber und entbinde Sie von jeglichem Versprechen, das Sie glauben gemacht zu haben. Ich übernehme die Verantwortung für die Lösung dieser Verbindung. Sie tragen keine Schuld. Bitte akzeptieren Sie meine Entscheidung. Ich habe Verständnis dafür, wenn Sie mich nicht mehr sehen möchten.“

Sie spürte jeden einzelnen Blick auf sich gerichtet. Viel zuviel Interesse. Sie drehte sich um und ging, ohne sich noch einmal umzudrehen. Ihr war nach rennen, doch sie zwang sich zu einem ruhigen Schritt und hielt ihren Kopf hocherhoben. Nicht rennen, Corrisande, eine Dame rennt nicht, sie geht. Zurück in ihr Zimmer. Zurück in ein Alleinsein, wo sie zusammenbrechen konnte, ohne daß es jemand sah.

Sie erreichte die Treppe. Cérise stand dort, Mitleid im Gesicht. Die Sängerin sprach sie nicht an, und Corrisande wollte auch nicht angesprochen werden. Sie wollte auch kein Mitleid. Also ging sie einfach an ihr vorbei, ohne Cérise ins Gesicht zu sehen. Die Bedienstetentreppe war genausogut. Sie sah, daß die Tür am Ende des Korridors ein Stück offen war. Es war einfacher, ungesehen in ihr Zimmer zu kommen, ohne den Blicken irgendwelcher noch übrigen Hotelgäste ausgesetzt zu sein, denen sie auf der Haupttreppe vielleicht doch noch begegnen mochte.

Kapitel 84

Graf Arpad stand dicht vor von Orven und blickte ihm direkt ins Gesicht. Der Offizier hatte nicht gesehen, wie der Feyon plötzlich vor ihn getreten war, er war mit einem Mal dagewesen. Geheimnisvolle Augen fixierten ihn, und der Mann sah so irreführend menschlich aus, daß Asko gar nicht der Gedanke kam, ihn anzugreifen.

„Gehen Sie ihr nach", sagte der Mann leise und eindringlich. „Sie ist ein Mensch, keine Si. Sie ist verletzt, hat Schmerzen, und sie hätte soeben beinahe ihr Leben für Sie geopfert. Für Sie alle."

Der Offizier starrte ihn an, dann dem Mädchen nach, verstand nichts, wußte nicht, was er tun sollte. Mit unsicheren Bewegungen steckte er sein Messer weg. Er wußte weder, was er sagen noch was er fühlen sollte. Sein Seelenleben war in Aufruhr.

„Das kann ich nicht", murmelte er und löste seinen Blick von der Tür am Ende des Ganges, hinter der die junge Frau verschwand, die er zu der Seinen hatte machen wollen. „Ich kann es nicht."

Die Tür schloß sich.

Cérise Denglot war nun zur Gruppe gekommen. Sie ging auf den Leutnant zu. Ihr liebreizendes Antlitz sprühte vor Wut.

„Sie sind ein Dummkopf, von Orven", schalt sie bitter. „Das wird Ihnen leid tun. Sie werden das bereuen."

Er antwortete nicht, starrte nur unglücklich auf den Teppich. Er konnte ihr nicht in die Augen sehen. Hinter seinem selbstgefälligen Zorn regten sich Reue und Scham. Diesmal war er sich nicht sicher, sich korrekt verhalten zu haben.

„Sie lassen sie einfach gehen?" fragte Graf Arpad die Gruppe, die wie betäubt dastand. „Hat sie nicht genug für Sie getan? Sie war Ihre Jägerin, Ihr Lockvogel, sie ist Wände hochgeklettert, um Sie zu warnen, sie ist ohne Zögern in ihren Untergang gegangen, um Sie alle zu retten. Reicht das alles nicht, daß Sie sie als das akzeptieren können, was sie ist?"

In seiner Stimme schwang kalte Wut.

„Sie sind so stolz darauf, menschlich zu sein. War das menschlich? Ist das die Art menschlichen Betragens, das Sie so stolz sein läßt? Was ist aus Ihren ach so christlichen Grundsätzen geworden, aus Barmherzigkeit, Vergebung und Humanität? Verdammte Philister!"

Er sah beunruhigend gefährlich aus. Etwas in seiner Wut erreichte sie alle. Ein Schweigen aus gemischten Gefühlen senkte sich über die Gruppe.

Schließlich trat McMullen vor, streckte die Hände in einer beruhigenden Geste aus.

„Graf Arpad, wir müssen das hier zu Ende bringen. Wir werden uns dann um sie kümmern. Ich verspreche es."

Delacroix nickte.

„Ich gehe", sagte er. Seine Miene war unlesbar.

Der Sí trat ihm in den Weg, sah ihn an wie ein Tiger, der seine Beute abschätzt.

„Sie nicht!" befahl er und blickte dem größeren Mann in die Augen. „Sie haben sie schon mal mit Kalteisen verbrannt. Ich erlaube nicht, daß Sie ihr wieder etwas tun."

Cérise trat neben ihren Liebsten, berührte seinen Arm. Bei ihrer Berührung entspannte er sich.

„Laß ihn", sagte sie. „Er wird ihr nicht noch einmal weh tun. Ich weiß es."

„Woher willst du das wissen? Ich bin mir nicht so sicher. Die Kleine steht nicht unter meinem Schutz, und das kann sie auch nicht. Aber was Sie alle ihr antun, ist grausam." Er klang bitter und leidenschaftlich. „Wenn das, was ihr widerfährt, ein Spiegel dessen ist, was Steinberg sein Leben lang erdulden mußte, kann ich verstehen, warum er die Welt ändern wollte."

„Meine Herren", McMullen unterbrach ihn mit ruhiger, fester Stimme. „Wir sind hier, um das Manuskript zu bergen, und noch ist es nicht aufgetaucht. Die Welt ist noch in Gefahr. Denken Sie an unsere Prioritäten."

Es wurde ihnen plötzlich klar, daß sie den Krieg noch nicht gewonnen hatten. Sie sahen sich ein wenig verunsichert um.

„Ich dachte, es würde einfach auftauchen", sagte Udolf, „sobald wir die beiden vernichtet hätten. Ich meine, ich hatte es gehofft." Er hielt immer noch die Pistole, mit der er Steinberg erschossen hatte. Er wußte nicht, woher er plötzlich die Gewißheit genommen hatte, daß er das nun tun mußte, daß dies genau der richtige und einzige Moment war, in dem es möglich war. Er hatte das Mädchen in die Flammen gehen sehen, und danach hatte sich die Ausrichtung der arkanen Energie verändert. Er hatte auf den Doktor gefeuert, weil Miss Jarrencourt die andere Gestalt verdeckt hatte. Corrisande Jarrencourt, die eine Feyon war. Oder etwas Ähnliches.

Er begriff das noch immer nicht. Nichts hatte ihn darauf vorbereitet. Sie war ein Mensch, hatte Arpad gesagt. Warum wurde ihr dann Kalteisen gefährlich, und wie hatte Delacroix das herausgefunden? Hatte er sie nur so zur Probe verletzt?

Von Görenczy hatte die Verbrennung an ihrer Hand gesehen. Wären die Umstände anders gewesen, hätte er sie wohl gefragt, wie sie sich so hatte verletzten können. Nur war dazu gar keine Zeit gewesen.

Sie hätte es ihm auch nicht gesagt. Er sah hinüber zu Asko. Sein Freund stand zerrissen und verloren herum. Groll war in seinem Antlitz zu sehen, aber auch Schuld und Schamgefühl. Er hatte sie ebensowenig verdächtigt wie Udolf. Sie hatten gewußt, daß etwas Besonderes an dem Mädchen war, oder sie hätte ihnen von vornherein gar nicht helfen können. Doch sie hatten nicht verstanden, was.

Es war schon nicht einfach, überhaupt an die Existenz der Fey zu glauben, obwohl er den lebenden Beweis direkt vor sich sah. Zu glauben, daß etwas so rührend Süßes, das sogar Askos zugeknöpftes Herz erreicht hatte, zu diesen Wesen gehörte, war schlichtweg undenkbar, und für Asko vermutlich zweimal.

Ein wenig geschah es ihm recht. Asko liebte und haßte mit so viel beharrlicher Intensität, seine Überzeugungen und seine moralischen Wertvorstellungen waren so streng und unverrückbar, daß ihm so etwas einfach passieren mußte. Vielleicht würde er aus der Begebenheit ja lernen, etwas lockerer zu sein. Doch im Grunde bezweifelte von Görenczy es. Er würde sich wahrscheinlich nur noch weiter in sein Schneckenhaus aus überkorrekter Selbstgerechtigkeit zurückziehen.

„Brauchen Sie mich gerade?" fragte Cérise. Sie hielt immer noch ihre Pistole in der Hand. „Wenn nicht, dann gehe ich zu ihr. Sie sollte jetzt nicht allein sein."

Delacroix sah sie dankbar an, seine gelblichen Augen bohrten sich schier in ihren Blick.

„Tu das. Bitte sag ihr ..." Er hielt inne. „Was auch immer. Du wirst schon wissen, was du ihr sagen mußt."

Sie nickte, lächelte ihn belustigt an.

„Verlaß dich auf mich", sagte sie und wandte sich zum Gehen. Sie sahen ihr nach, wie sie zur Treppe ging und nach oben verschwand.

Alle sahen ihr nach. Alle hatten sich von dem Kampffeld weggedreht. Keiner blickte in die entgegengesetzte Richtung.

Graf Arpad schrie plötzlich und fiel auf die Knie. Er wand sich während er noch fiel wie eine Katze, rollte sich zur Seite und stieß von Orven um, der ihm am nächsten stand.

Sie drehten sich um.

Leutnant von Görenczy und Delacroix warfen sich in dem Bemühen, Deckung zu finden, gleichzeitig auf den Boden.

Steinberg lag noch, wo er gefallen war, doch er hatte sich teilweise am Türrahmen hochgezogen, den Rücken dagegen gelehnt. Aus dem Loch in seiner Brust floß noch immer Blut. Es hatte ihn aber nicht getötet. Er atmete nur schwer, und jedes Mal, wenn er ausatmete, sprühten Blutstropfen von seinen Lippen.

Udolf verfluchte sich. Er war absolut sicher gewesen, den Mann ins Herz getroffen zu haben. Er hatte es nicht überprüft, und sonst auch keiner. Sie hatten schlichtweg angenommen, daß eine Kugel durchs Herz reichen würde, einen Mann zu töten. Doch entweder hatte dieser Mann sein Herz nicht auf dem rechten Fleck, oder sein Sí-Erbe ließ ihn eine Wunde überleben, die jeden anderen sofort getötet hätte.

Der blonde Arzt hielt die Hände ausgestreckt. Energieblitze zuckten aus seinen Fingern. Sie sahen aus wie feurige, faustgroße Felsbrocken oder Vierpfünder-Kanonenkugeln. Sie flogen ihm mit großer Geschwindigkeit aus den Händen. Gott sei Dank zielte er schlecht. Dem Anschein nach behinderte ihn die Wunde beim Zielen, jedoch nicht so sehr wie von Görenczy sich das gewünscht hätte. Sie waren unter Artilleriefeuer oder etwas Vergleichbarem. Wo die Kugelblitze die Wände trafen, explodierten große Stücke Ziegel und Mörtel und schossen als Schrapnelltrümmer durch den Gang. Wo die magischen Geschosse Türen trafen, hinterließen sie große, qualmende Löcher. Niemand kam aus den Zimmern, um nachzusehen, was im Gange war. Die Männer waren dankbar, daß das Hotel fast leer war.

Der Flur bot keine Deckung außer einem kleinen Seitentisch, auf dem normalerweise Blumen in eine Vase standen. Diese Dekoration war jedoch gleich der ersten Energiesalve zum Opfer gefallen. Verkohlte Reste von Dekorspitze hatten sich in die Holzoberfläche gebrannt.

Delacroix warf den Tisch um, um mehr Deckung zu haben, zog McMullen mit sich, doch ein weiterer Angriff traf das Möbelstück, und es zersplitterte zu Kleinholz. Fast hätte es den Colonel und den Meister getroffen, die beide laut fluchten. Gemeinsam sprangen sie in die Nähe der Wand, an der ihr Feind immer noch lehnte. Sie versuchten, sich in eine Türöffnung zu schieben. Dann brach McMullen zusammen. Er konnte nicht getroffen sein, doch er wankte, und Delacroix mußte ihn festhalten und in Sicherheit ziehen, bevor er direkt in die Schußlinie taumelte. In der Türöffnung mußten sie vor den Geschossen sicher sein, vorausgesetzt, Steinberg beherrschte nicht die Kunst, um die Ecke zu schießen. Ob er das konnte, wußte Delacroix nicht, und der einzige, den er hätte fragen können, war nicht in dem Zustand, ihm die Frage zu beantworten.

Von Görenczy war ihnen sofort gefolgt, hatte sich über den Boden gerollt und im unsicheren Schutz der Wand wieder hochgezogen. Zu langsam. Ein Geschoß streifte seinen linken Arm, und die Geschwindigkeit des Aufpralls ließ ihn unkontrolliert nach hinten stürzen, obwohl der Kugelblitz nur seinen Ärmel und nicht direkt seinen Arm getroffen hatte. Er rollte seitlich und rückwärts durch den Gang, und Delacroix sah ihm besorgt nach. Doch Udolf schaffte es, sich in die nächste Türöffnung zu rollen und dort Deckung zu suchen. Seine unflätigen Flüche machten deutlich, daß er sich weh getan hatte, aber nicht in einer lebensbedrohlichen Situation war.

Von Orven und Graf Arpad lagen noch direkt in der Feuerlinie. Der geheimnisvolle Sí lag auf dem Boden, ein Bein unterhalb des Knies auf unnatürliche Weise verdreht. Sein Gesicht war schmerzverzerrt, als er versuchte, sich umzudrehen. Er hatte die Hände gehoben, und die Kugelblitze verfehlten ihn um Haaresbreite. Sie verfehlten auch von Orven.

Zuerst hatte der Leutnant versucht, wieder aufzustehen, nachdem der Sí ihn mit zu Boden gerissen hatte. Doch nun kniete er neben dem Feyon, der offenbar versuchte, sie beide zu schützen. Von Orvens Gesicht zeigte Besorgtheit und völlige Verwirrung.

„In Deckung!" rief der Colonel, und der Leutnant sah sich hektisch um nach einer Möglichkeit, wohin er in Sicherheit springen konnte. Er war durchaus nicht sicher, ob er nicht doch noch getroffen werden würde, wo er ein solch einladendes Ziel abgab, nur ein paar Schritte vom Ursprung der Geschosse entfernt und ohne irgendeine Deckung zwischen ihm und dem Unheil. Er blickte in das verzerrte Gesicht des Lebewesens neben ihm, das er selbst erst vor einigen Minuten bedroht hatte. Die Gesichtshaut des Feyons war vor Anstrengung und Schmerz straff gespannt.

Es war der Schmerz, der von Orven schließlich in Aktion versetzte. Er legte dem schmalen Mann neben sich seine Arme von hinten um die Brust und warf sich auf die andere Seite des Flurs, indem er den anderen mit sich mit riß. Delacroix streckte die Hand aus und zog die beiden durch die Tür, die er inzwischen geöffnet hatte, in Sicherheit.

Von Orven ließ seine Last im Zimmer wie einen Sack zu Boden gleiten, und der Verletzte zischte.

„Wunder über Wunder“, murmelte Delacroix, ohne sich umzudrehen. „Arpad, wie kommen wir an den Mann ran? Können Sie uns helfen?“ Er fragte ihn nicht nach seiner Verletzung.

Der Sí setzte sich halb auf, stützte seinen Oberkörper auf den Ellenbogen ab.

„Viel kann ich nicht tun“, preßte er zwischen seinen Zähnen hervor. „Einen Schutzschild gegen magische Geschosse aufzubauen und aufrechtzuerhalten braucht viel Kraft. Ich kann uns nicht alle gleichzeitig beschirmen, nicht einmal, wenn ich jetzt stehen könnte. Er hat kein Leben mehr ausgestrahlt, als er getroffen wurde. Ich hätte damit rechnen sollen, daß die Kugel ihn nicht erledigen würde. Ich hätte es in Betracht ziehen müssen.“

„Das hätten Sie wohl, und ich auch. Wir haben uns ablenken lassen. Ist jetzt auch unwesentlich. Was tun? Warten wir, ob er die Güte besitzt, nachträglich noch das Zeitliche zu segnen?“

„Ich weiß nicht, wie schnell er heilt. Mischlinge sind schwer einzuschätzen, und er ist zudem Magier. Darin ist er besser als ich. Fast alles, was er wirkt, ist menschliche Magie. Sehr weit entwickelt.“

„Er kann sich von einem Schuß ins Herz selbst heilen?“ fragte von Orven.

„Das Herz ist ein Muskel, und Muskeln kann man heilen“, entgegnete Graf Arpad. „Wo ist Ihr Kalteisenmesser, Colonel?“

„In Mrs. Parslows Kopf. Ich habe die erste Regel des Messerwerfens verletzt. Immer die Waffe holen.“

„Schlecht. Können Sie das Messer des Leutnants werfen? Oder ist es zu klein?“

Von Orven fummelte sein Messer aus der Tasche und streckte es Delacroix hin, der es nahm und skeptisch ansah.

„Schlecht gewichtet", sagte er. „Ich werde kaum Zeit haben, anständig zu zielen. Die Chancen, daß ich nicht treffe, sind hoch."

„Dann wären wir vollständig waffenlos", bemerkte von Orven. „Haben wir noch eine andere Möglichkeit?"

„Wir können versuchen, McMullen zu wecken", sagte Delacroix.

„Er hat einiges abbekommen, als er Sie vor der Energieentladung schützte", erwiderte Graf Arpad. „Selbst wenn es uns gelänge, ihn zu wecken, wäre er vermutlich recht schwach. Es wird ihm besser bekommen, wenn sein Körper sich die Erholungszeit nimmt, die er braucht."

Er saß auf dem Boden, lehnte sich nach vorne und betrachtete sein gebrochenes Bein. „Wenn ich gehen könnte, könnte ich ein Ablenkungsmanöver starten", sagte er ärgerlich, während Delacroix um die Ecke spitzte und nur um Haaresbreite einem Geschoß entging, das an seinem Kinn vorbei pfiff. Die Menge der fliegenden Geschosse war zurückgegangen. Doch noch war Steinberg offensichtlich lebendig und aktiv.

„Der Bruch wird Sie eine Weile beschäftigen", sagte Delacroix zu Graf Arpad, fuhr sich über den Kopf und schüttelte den Staub, der ihn getroffen hatte, aus seinem Haar.

„Nein. Ich heile schnell. Ich muß nur den Knochen richten. Ich weiß nicht, ob ich das allein kann. Es ist ein glatter Bruch, nicht gesplittert. Sollte einfach sein. Man kommt nur nicht wirklich gut an seinen eigenen Unterschenkel heran." Er wandte sich mit einem sarkastischen, schmerzhaften Lächeln von Orven zu. „Können Sie das versuchen, Herr Leutnant? Für einen guten Zweck?"

Delacroix zuckte bei der Formulierung zusammen.

Von Orven starrte Arpad an.

„Ich weiß nichts über die Knochenstruktur der Fey", sagte er, und seine Stimme klang unnachgiebig neutral.

„Sie unterscheidet sich nicht sehr von Ihrer eigenen, Herr Leutnant. Ich bin nur widerstandsfähiger."

„Das muß wohl so sein. Wenn so ein Ding mein Bein getroffen hätte ..."

„... hätten Sie jetzt keins mehr. Ich weiß. Ich kann Ihnen jedoch versichern, daß es alles andere als angenehm war, und ich möchte Ihnen auch dafür danken, daß Sie mich in Deckung gebracht haben. Ich gestehe, ich war verblüfft."

„Oh, bitte." Askos Mißbehagen war nun deutlicher sichtbar. Trotzdem kniete er sich neben das Geschöpf. „Sagen Sie mir, was ich tun muß."

Graf Arpad hob erstaunt die Brauen.

„Sie wollen mir wirklich helfen?"

„Ich habe eine Pflicht zu erfüllen. Es ist uninteressant, ob sie mir angenehm ist oder nicht."

Helle Augen trafen auf schwarze. Asko fiel es schwer, sich zu konzentrieren. Er fühlte sich, als wögen die dunklen Augen einen Moment lang seine Seele. Dann senkte Arpad den Blick.

„Nehmen Sie meinen Fuß und ziehen Sie. Gerade. Mein Körper wird den Rest erledigen."

Der Schwarzhaarige seufzte schmerzvoll auf, als der Soldat sein Knie mit der einen und sein Fußgelenk mit der anderen Hand nahm und den zerbrochenen Knochen mit einer schnellen, starken Bewegung auseinanderzog. Er hielt die geheimnisvollen Augen geschlossen und sah ein wenig blaß aus, und Asko wunderte sich, wie verletzlich und menschlich er in diesem Moment wirkte. Die Fähigkeit, Schmerz zu empfinden, war etwas, was ihn und das Wesen verband.

Dann war das Bein gerade, und der zischende Atem des verletzten Feyons wurde langsam ruhiger. Sein Gesicht war zu einer starren Maske der Selbstbeherrschung verzogen.

„Geben Sie mir einen Augenblick", flüsterte Arpad ohne aufzusehen. Seine Augen waren vor Konzentration geschlossen. Er atmete ein paarmal kräftig durch. „Nur kurz."

Einen Augenblick später zog er sich hoch, nahm dabei als Krükke einen Sessel zu Hilfe.

„Besser", sagte er. „Viel besser. Danke, Herr Leutnant." Dann wagte er den ersten zögernden Schritt.

Der Offizier rechnete mit einem erneuten Sturz des Feyon, doch der zuckte nur ein wenig zusammen.

„Gut“, sagte er. „Ich werde wohl nicht so schnell sein, wie ich das gerne wäre, aber wir können es probieren, Delacroix. Versprechen Sie mir nur, daß Sie sich mit dem verdammten Messer nicht vertun. Es macht auch mich nicht gerade gesünder.“

„Ich werde mein Bestes tun“, versprach Delacroix.

„Das wird wohl ausreichen müssen“, entgegnete der Sí. „Also dann. Für eine Welt voller freier Menschen und Sí!“ Er schenkte den Offizieren noch ein trockenes Lächeln und sprang in die Schußlinie.

Kapitel 85

Corrisande rührte sich nicht. Das Messer berührte ihre Kehle, und sie fühlte, wie es die Oberfläche ihrer Haut ritzte. Es war keine Kalteisenwaffe, sonst wäre sie schon erstickt. Es war ein rasiermesserscharfer Dolch mit einer langen, gebogenen Klinge.

Der Hüne hielt ihre Handgelenke auf dem Rücken fest und bog sie dabei qualvoll nach oben. Der Schmerz trieb sie nach vorn, doch das Messer unterband jede Vorwärtsbewegung. Sie konnte sich nicht vorbeugen. Sie konnte auch nicht fliehen, und er war dabei, ihr die Arme zu brechen.

Sie begriff nicht, was geschah. Das einzige, das sie begriff, war, daß dieser Mann sich danach sehnte, sie zu ermorden. Ihm fehlte nur noch ein winziger Grund.

Er hatte seine Befehle. Sie verstand genug Italienisch, um zu wissen, daß man ihm befohlen hatte, sie am Leben, unverletzt und still zu halten, bis der andere Mann ein Transportmittel besorgt hatte. Sie wurde verschleppt. Das, wovor man junge Frauen immer warnte, widerfuhr ihr. Geh nicht allein aus, du könntest verschleppt werden. Böse Männer kommen und rauben junge Mädchen.

Sie hatte jedoch nicht damit gerechnet, daß es sich bei den bösen Männern um Mönche handeln würde. Wahrscheinlich hatten sie sie nur verwechselt. Sie mußten hinter jemand anderem her sein. Vielleicht aber auch nicht. Ihr Vater war reich, vielleicht hatten sie es auf sein Geld abgesehen. Sie fand keinen logischen Zusammenhang zwischen dieser neuen Notlage und all den Erlebnissen der letzten Tage.

Doch nach allem, was ihr widerfahren war, konnte sie diese Möglichkeit nicht ausschließen. Nur wußte sie wieder nicht, was eigentlich geschah. Sie war ins Gesindetreppenhaus getreten, und da waren sie schon gewesen, ein drahtiger Priester, ein riesiger

Mönch und ein rattiger Mann in Zivilkleidung. Es war ihr unangenehm gewesen, ihnen so abgerissen, blutig und ungepflegt zu begegnen, aber das hatte sie nicht gestört.

Der Priester hatte nur eine Bewegung mit dem Kopf gemacht, und eine riesige Hand hielt ihr den Mund zu. Sie hatte sich gewehrt, doch der Griff war wie aus Eisen gewesen, und eine zweite Hand hatte sie ins Gesicht geschlagen. Dann war der Befehl gekommen – lebendig, gesund und still.

Sie hatten sie die Treppe hinuntergeschleppt und in die leere Wäscherei geschoben. Um diese Zeit wusch hier niemand etwas, und zudem war das Hotel beinahe leer. Es gab niemanden, der ihr helfen würde. Als der Mann sein Messer gezogen hatte, war sie sicher gewesen, er würde sie niederstechen.

Doch er hielt sie nur.

Sie stand ganz still. Ihre Gedanken rasten. Er stand so, daß sie ihn nicht einmal treten konnte. Er konnte ihr mit einer Bewegung die Arme brechen. Er würde ihr ohne zu zögern die Kehle durchschneiden.

Also regte sie sich nicht. Vielleicht würde es später eine bessere Gelegenheit geben, ihm zu entschlüpfen. Jetzt würde sie sterben, wenn sie sich wehrte.

So stand sie bewegungslos, rührte sich nicht, wartete nur auf die Rückkehr des anderen Mannes, der sie am Leben, gesund und still haben wollte. Sie war still. Vielleicht würde sie ja auch gesund und am Leben bleiben.

Ruhig war sie freilich nicht. Ihr standen die Haare zu Berge. Sie spürte deutlich das absonderliche Wesen ihres Wächters, die Freude, die es ihm bereitete, ihr Schmerzen zuzufügen. Sie wußte, daß alles, was zwischen ihr und diesen Schmerzen stand, nur dieser eine spärliche Befehl war.

Sie konnte nicht ermessen, wie lange sie so gelähmt dastand. Es erschien ihr endlos lange. Sie konzentrierte sich darauf, ruhig zu atmen und keinen Finger zu regen. Sie versuchte sogar, nicht zu zwinkern. Den Schmerz in ihren verdrehten Armen versuchte sie fortzuschieben. Seine großen Pratzen hielten sie an ihrer Verbrennung. Es schmerzte. Es schmerzte entsetzlich, und er wußte das. Er tat es mit Absicht, und wenn sie darauf reagierte, würde er ihr die Kehle durchschneiden. Er wartete ganz deutlich auf einen Fehler von ihr, sehnte sich nach dem, was er dann mit ihr machen konnte.

Sie fragte sich unablässig, ob nicht doch jemand ihr zu Hilfe eilen würde, doch wer? Niemand vermißte sie. Marie-Jeannette würde erst nach einer Weile anfangen, sich Sorgen zu machen. Mrs. Parslow war nicht mehr. Asko haßte sie, sie hatte ihn und seinen Schutz verloren. Er würde sie nicht vermissen – und Delacroix würde ihre Gegenwart nicht mehr suchen. Selbst der Feyon hatte andere Prioritäten, zudem hatte sie ihn gerade erst kennengelernt. Warum sollte er sich um sie kümmern?

Sie war allein. Der einzige Mensch, der ihr hätte helfen können, war der Repräsentant ihres Vaters, und den hatte sie ermordet. Wenn der Grobian, der sie festhielt, ihr jetzt den Dolch durch die Kehle zog, würde das niemanden interessieren.

Die Tür öffnete sich, und der sehnige Priester trat wieder ein.

„Miss Jarrencourt", sagte er, und nun wußte sie, daß man sie nicht verwechselt hatte. Ob sie darüber beglückt sein sollte, wußte sie nicht. „Hören Sie mir genau zu. Wir gehören der Bruderschaft des Lichts an. Sie haben höchstwahrscheinlich von uns gehört."

„Nein", flüsterte sie und versuchte, den Kopf beim Sprechen nicht zu bewegen, denn die Klinge drückte immer noch gegen ihren Hals.

Er sah sie skeptisch an.

„Seltsam", sagte er, „ich dachte, unser Ruhm hätte sich bis zum letzten Sí auf der Welt verbreitet."

Sie überlegte, ob es einen Sinn ergab zu leugnen, was sie war. Sie entschied sich dagegen. Er wußte Bescheid. Kein Zweifel schwang in seiner Stimme.

„Ich habe erst gestern von den Spuren meines Sí-Erbes erfahren", sagte sie. „Ich wußte es nicht."

„Du lieber Himmel", sagte der Priester und schnalzte mit der Zunge. „Das muß ein Schock gewesen sein."

„Ja“, flüsterte sie.

„Nun“, fuhr er fort, „es kann Ihnen aber nicht entgangen sein, daß Sie anders sind als andere Menschen. Brave, fromme Mädchen werden keine Diebinnen.“

Sie leugnete auch das nicht, schwieg nur, regte sich nicht.

„Aber ich werde Ihre Bildung vervollkommnen. Die Bruderschaft des Lichts oder auch Fraternitas Lucis hütet die Interessen des Menschengeschlechts, der Kinder Gottes. Sie, Miss Jarrencourt, gehören nicht zu dieser Gemeinschaft. Sie sind kein Mensch. Sie sind nichts. Sie werden sich jedoch freuen zu erfahren, daß Sie als Austauschobjekt einen gewissen Wert für uns haben. Es besteht also die Möglichkeit, daß Sie das hier überleben, wenn Sie sich an das halten, was ich Ihnen sage. Sie werden mir gehorchen, mir bis aufs Iota folgen. Verstanden?“

„Ja.“

„Sie werden meine Fragen wahrheitsgemäß und knapp beantworten. Ihre Worte seien ‚Ja‘ und ‚Nein‘. Verschonen Sie uns mit Gerede. Ich bin nicht daran interessiert, Entschuldigungen zu hören, Betteln und Flehen langweilen mich, und Klagen werde ich bestrafen. Verstanden?“

„Ja“, entgegnete sie.

„Der fromme Mann, der Sie im Moment festhält, hat sehr viel Erfahrung darin, Informationen aus finstren Kreaturen wie Ihnen zu extrahieren. Er versteht sich ganz ausgezeichnet darauf, Ihresgleichen über eine lange Zeit Schmerzen zuzufügen. Sie werden mich nicht verstimmen, Miss Jarrencourt, oder Sie werden seine Kunst zu spüren bekommen. Ist das klar?“

„Ja. Darf ich eine Frage stellen?“

„Gestattet. Wie lautet sie?“

„Gegen was möchten Sie mich tauschen?“

„Das Manuskript. Sobald Delacroix es hat, werde ich ihm diesen Tausch vorschlagen: das Artefakt gegen Ihr Leben. Ich habe einen meiner Brüder im Hotel gelassen, damit er ihn informiert. Ich habe den Blick gesehen, den Sie Delacroix zugeworfen haben. Ihr sündhaftes Begehren ist mir nicht entgangen, und Ihre hochgeschätzte Mrs. Parslow hatte mir berichtet, daß es da eine leidenschaftliche Begegnung gab. Sie haben eine Affäre mit ihm?"

Nein, dachte sie.

„Ja", sagte sie.

„Gut. Dann wird er den Tausch in Betracht ziehen."

Ausgeschlossen, dachte sie.

„Ja", sagte sie verzagt.

„Ich habe hier eine Pflicht zu erfüllen, und ich werde es nicht zulassen, daß irgend etwas zwischen mich und diese Pflicht kommt. Egal wie süß und liebenswert es auch sein mag", hörte sie noch seine Stimme. Sie war quasi schon tot.

„Sie werden jetzt ganz ruhig mitkommen. Im Hof wartet eine Droschke. Bruder Giuseppe wird Sie niederstechen, wenn Sie auch nur einen einzigen Schritt von uns fort machen. Tot sind sie mir lieber als entflohen. Haben Sie das verstanden?"

„Absolut", sagte sie.

Sie machten sich auf. Der breitgebaute Klosterbruder ergriff sie an einem Arm und nahm sein Messer von ihrem Hals, um es mit der Spitze gegen ihre linke Brust zu setzen. Sie spürte sein Verlangen, es von dort in ihr Fleisch zu senken. Sie würde ihm keinen Anlaß dazu geben. Sie lief neben ihm, zahm, brav, gehorsam und in totaler Panik.

Es hatte zu schneien begonnen. Ihre schuhlosen Füße sanken in eine weiche, nasse Schneedecke. Kalte Füße hatte sie vorher schon gehabt, inzwischen waren sie eiskalt. Schneeflocken tanzten im spärlichen Licht einer Laterne. Der Kutscher sah absichtlich in die andere Richtung, als sie ankamen. Er war geschmiert, wurde ihr klar. Wenn man ihn befragte, würde er von nichts wissen. Er würde sie durch die Nacht fahren und dann die Sache vergessen. Das Ganze war nie geschehen.

Es war kalt. Ihr zerrissenes, feuchtes Kleid schützte sie nicht vor der intensiven Kälte. Sie fröstelte, bebte in den Händen ihres Aufpassers. Sie spürte, daß ihm das Freude bereitete.

Steifbeinig stieg sie zwischen den beiden Männern in die Droschke. Sie hatten die Ledervorhänge über den Fenstern heruntergelassen, eine entbehrliche Vorsichtsmaßname zu dieser Nachtzeit. Der Hüne setzte sich neben sie, und die Spitze seines Messers ritzte in die Haut ihrer Brust. Nur ein wenig. Sie hätte gerne etwas gesagt, ließ es aber. Klagen würde der Hüne bestrafen.

Als die Droschke ruckartig anfuhr, schnitt er sie erneut. Er lächelte – sie konnte es in der Dunkelheit kaum sehen, aber deutlich fühlen. Sie fragte sich, wohin man sie brachte. Weit konnte es nicht sein, nicht im Dunkeln, nicht bei Schneetreiben. Doch es mußte auch nicht weit sein. Niemand würde sie finden, weil niemand sie suchte. Marie-Jeannette mochte geistesgegenwärtig genug sein, ihren Vater zu informieren, doch es würde einige Zeit dauern, eine Reaktion aus Frankreich zu erhalten. Zuviel Zeit.

Die Räder rumpelten über das Kopfsteinpflaster. Sie hörte, wie die Pferde auf dem nassen, eisigen Boden nur unsicher ihre Schritte setzten. Vielleicht würden sie ausrutschen? Vielleicht würde die Kutsche in der Dunkelheit gegen irgend etwas fahren? Vielleicht würde sie in dem Durcheinander entkommen können?

Sicher nicht. Beim ersten Zeichen von Schwierigkeiten würde man sie umbringen. Die Spitze des Messers zeichnete die Form ihrer Brust nach. Der Mann liebkoste sie auf seine Weise. Sie hörte wieder Delacroix' Stimme in ihrem Geist. „Es macht mir keinen Spaß, Sí zu quälen." Anderen offenbar schon.

Sie fragte sie nicht, wohin man sie brachte. Die beiden hätten es ihr ohnedies nicht gesagt. Der Priester war nicht der Typ, der hämisch seine Überlegenheit zur Schau stellte. Er würde ihr nichts sagen, nur um seine Macht deutlich zu machen. Er war sachlich, vielleicht sogar fromm. Er sah sie nur nicht als Mensch an.

Durch den Spalt zwischen Vorhang und Fenster sah sie einen winzigen Teil Außenwelt. Der Schnee machte die Nacht etwas heller. Ab und zu passierten sie eine Gaslaterne, die ein nutzlosgeisterhaftes Licht von sich gab.

Niemand würde ihr zu Hilfe kommen. Wenn sie überleben wollte, mußte sie einen Weg finden, allein und ohne Hilfe zu entkommen. Doch mit dem Monster gleich neben ihr war das undenkbar. Er würde sie auseinandernehmen, in Stücke reißen,

Glied für Glied. Es war schade, daß sie über ihre Diebeskünste Bescheid wußten. Sie würden sie sehr sorgfältig einsperren.

Aber vielleicht immerhin allein. Ohne den abscheulichen Irren neben ihr, dessen eisige Waffe sie immer noch berührte und durch ihre zerrissene Kleidung an ihrer Haut entlangfuhr, die Konturen ihres Körpers auf seine Weise erforschte. Solange er in ihrer Nähe war, würde sie gehorchen, würde alles tun, was man von ihr verlangte.

Ihr war übel. Seit dem Frühstück hatte sie nichts mehr gegessen, und es war so viel geschehen seitdem. Zuviel. Sie hatte das formelle Werben eines Mannes erhört, war in Delacroix' Händen fast gestorben, war gefangengenommen und eingesperrt worden, eine Mauer hochgeklettert, hatte sich von einem Feyon küssen lassen, war dem widerlichsten aller Fey freiwillig entgegengegangen, hatte Elizas Feuertod beobachtet und war dann wie Unrat von ihrem Anbeter fallengelassen worden. Sie war nichts, hatte der Priester gesagt, und der junge Mann, der zuerst so nett zu ihr gewesen war, war der gleichen Meinung.

Ihr war klar, daß sie diese endlose Reihe schmerzhafter Verletzungen dadurch beenden konnte, daß sie sich einfach nur nach vorne bewegte. Wenn sie es schnell genug täte, würde er sie erstechen, und es wäre vorbei. Diesmal hatte niemand versprochen, daß es schnell gehen würde, aber sie wußte genug über Messer und ihre Wirkung, um zu ahnen, daß sie nicht lange leben würde.

Doch sie wollte nicht das Zeitliche segnen. Mit jedem Schmerz, den sie durchlitten hatte, war ihr Wunsch zu leben gewachsen, als hätte all die Not ihre Sturheit und ihren Lebenswillen nur angespornt. Erst im Unglück hatte sie den Wert des Lebens erfaßt. Sie wollte überleben. Sie wußte noch nicht wie, aber sie würde es versuchen. Sie würde nicht klein beigeben, und sie würde nicht ohne einen Kampf aus der Welt scheiden. Auch wenn sie nicht gewinnen konnte.

Sie ächzte leise. Fast erwartete sie von Orvens Stimme ... „Geht es Ihnen gut, Miss Jarrencourt?“ Doch er würde sie das nie mehr fragen. Er haßte die Sí so sehr, daß es ihm gleichgültig sein mußte, was mit ihr geschah. Vielleicht würde es sogar seine Zustimmung finden.

Nein. Er war nicht die Sorte Mann, die aus Spaß Schmerz zufügte. Er hatte sie anders verletzt, mit dem Ekel in seinem Gesicht.

„Still, Miss Jarrencourt!“

„Ja“, antwortete sie.

Die Kutsche ratterte um eine Ecke, der Klang des Hufschlags änderte sich kurz. Ein Echo hallte von den Wänden wider. Sie hatten das alte München verlassen und befanden sich in der Vorstadt. Die Welt der guten Gesellschaft, der Reichen und der Schönen lag hinter ihr. Vielleicht hatte sie nie dazugehört. Oder doch?

Kapitel 86

Er nahm sich viel Zeit zum Sterben. Von dem Moment an, in dem die Kugel sein Herz getroffen hatte, bis zu dem, als ein kleines Kalteisenmesser aus seiner Kehle ragte, hatte er Gelegenheit genug, den Korridor in einen Trümmerhaufen zu verwandeln. Einschlagskrater in den Wänden. Rauchende Läufer. Zersplitterte Türen, die schief in den Angeln hingen. Was an Möbeln auf dem Gang gestanden hatte, lag in Stücken und Scherben.

„Ist er jetzt tot?“ fragte Delacroix.

„Er ist tot“, entgegnete Arpad. Sein Antlitz war starr vor Trauer. Er sah voller Zerknirschung auf den blutüberströmten Leichnam ihres Feindes. „Es tut mir leid“, sagte er leise. „Es tut mir so leid.“

Von Orven schnaubte verächtlich.

„Dann wundert es mich, daß Sie nicht die Seiten gewechselt haben“, sagte er.

„Er wollte uns alle auslöschen. *Sie* wären nur versklavt worden. Er haßte meine Art mehr als Ihre, obgleich ich sicher bin, daß ihn von uns niemand so schlecht behandelt hat wie Ihre Rasse, Herr Leutnant.“

Graf Arpad lehnte sich an die Wand, um sich abzustützen. Er war den Geschossen mit fast schmerzlicher Geschwindigkeit ausgewichen. Seine schnellen Bewegungen hatten sowohl Steinbergs Konzentration als auch sein Feuer von den Menschen abgelenkt. Doch er war noch verletzt. Er humpelte ein wenig und senkte seine Augenlider über einem Blick, der in seiner Intensität etwas Raubtierhaftes hatte.

McMullen trat zu ihm. Er sah müde und blaß aus und massierte sich die Schläfen.

„Ich scheine eine spannende Schlacht versäumt zu haben“, kommentierte er und besah sich die Zerstörung um sie herum.

„Ich frage mich, ob die bayerische Obrigkeit die Renovierungskosten übernehmen wird."

„Oder die britische", schoß von Görenczy zurück. Er hatte vorsichtig den Uniformrock abgelegt und besah sich seinen Arm. Das Geschoß hatte tatsächlich nur den Stoff durchschlagen. Trotzdem hatte er einen gewaltigen schwarzen Bluterguß unterhalb des Bizeps. Er sah übel aus.

„Tut weh, was?" fragte Asko.

„Ja. Hätte aber schlimmer kommen können. Einen Zentimeter näher, und ich hätte keinen Arm mehr. Das hätte doch gestört", entgegnete Udolf. „Trotzdem werde ich wohl eine Weile mit Links schießen und fechten müssen."

„Wenn wir Glück haben, werden wir ein Weilchen gar nicht schießen und fechten müssen", sagte Delacroix.

McMullen streckte die Hände aus. Im gleichen Augenblick lag eine Schriftrolle darin. Stille senkte sich über die Gruppe. Sie sahen das Artefakt, das aus dem Nichts gefallen war, nervös an. Das Manuskript, das die Tore der Hölle öffnete oder die Welt komplett veränderte. Die drei Offiziere traten einen Schritt zurück, ohne darüber nachzudenken, und der Sí musterte es interessiert, hielt dabei aber seinen Blick sorgfältig indifferent. Es sah unspektakulär aus. Ein zusammengerolltes Pergament. Die Enden waren mit gestempeltem Wachs gesiegelt.

„Das ist es also", sagte Delacroix. „Es hat viele Leute das Leben gekostet."

„Es hätte unseres kosten können", gab McMullen zurück und besah sich das Pergament. „Ich kann mich an die zweite Hälfte dieses Kampfes nur undeutlich erinnern, doch ich muß sagen, ich bin erstaunt, daß wir noch am Leben und beinahe unverletzt sind." Er hielt inne. „Was natürlich gut ist, denn wir müssen dieses Ding ja noch nach England expedieren, und wer weiß, wer sonst noch darauf Wert legt. Wir sind noch nicht fertig."

Wieder war es still.

„Was machen wir jetzt?" fragte von Orven.

„Zuerst schauen wir uns dieses Zimmer an. Der Mann war ein Meister des Arkanen – vielleicht nicht offiziell, aber doch seiner Begabung nach. Ich muß prüfen, was er hier alles vorbereitet hat. Ich denke nicht, daß es noch gefährlich wird, aber man weiß nie. Delacroix, nehmen Sie solange das Manuskript, während ich das Zimmer untersuche. Es wäre mir lieb, wenn einer von Ihnen mir beistünde, während ich Steinbergs Höhle inspiziere." Er reichte die Rolle Delacroix, der sie mit einem Blick entgegennahm, als gäbe man ihm glühende Kohlen zu halten.

„Ich komme mit Ihnen mit, wenn Sie möchten", bot sich Graf Arpad an.

McMullen sah ihn mit hochgezogenen Brauen an. Dann nickte er.

„Danke. Ich bin dankbar für Ihre Hilfe. Für all Ihre Hilfe. Ausnehmend dankbar."

Fast erwartete er, daß von Orven sich gegen eine Einmischung des Sí äußern würde, doch der junge Mann schwieg. Er war damit beschäftigt, sein Messer an sich zu nehmen. Er reinigte es akribisch mit einem Taschentuch und sah dabei angewidert aus.

McMullen ging zur Tür, öffnete sie und spähte in den Raum. Dann kletterte er über den am Boden liegenden Leichnam ihres Feindes. Im Zimmer herrschte wilde Unordnung. Kupferstücke an Schnüren kreisten rasend durch die Luft, andere waren geschmolzen. Der Teppich schwelte, wo das geschmolzene Kupfer ihn getroffen hatte. Auf dem Tisch lag Sand. Er war zu einem hohen, steilen Kegel aufgeworfen, der in einer erstaunlichen Spitze endete.

McMullen trat näher.

„Nicht anfassen", erinnerte ihn der Sí.

„Hatte ich nicht vor", antwortete McMullen. „Das hätte einstürzen müssen. Sand hält nicht von allein so. Das ist unnatürlich."

Sie umkreisten den Tisch behutsam. Graf Arpad wirkte wie ein Raubtier vor dem Sprung – und dann sprang er auch schon, allerdings seitwärts, und fing McMullen ab, der auf seinen Füßen schwankte.

„Lieber Himmel", sagte McMullen. „Fühlen Sie das auch?"

„Ja", sagte der Sí und schnitt eine schmerzliche Grimasse. Vielleicht hatte der Sprung seinem Bein noch nicht gut getan. „Doch ich muß gestehen, daß ich nicht ermessen kann, wozu es gut sein soll."

„Ich auch nicht. Das Problem ist, machen wir es kaputt oder sollen wir es so lassen und erst einmal seinen Zweck ermitteln?"

Graf Arpad zuckte die Achseln.

„Ich weiß nicht", sagte er. „Ich habe Ihre Wissenschaft nicht studiert. Steinberg schon. Sand ist – für mich – nur Sand, kein Konzentrationsmedium, keine Substanz, um damit Zauber zu weben. Der Gebrauch von Hilfsobjekten zum Erreichen eines magischen Ziels ist eine menschliche Praxis. Eventuell ist das einer der Hauptunterschiede zwischen unseren Kräften. Menschliche Meister des Arkanen sind Wissenschaftler. Für uns ist das Verschieben der physikalischen Gesetze zu einem bestimmten Zweck eher eine persönliche Kunst, keine studierbare Wissenschaft. Wir forschen nicht, bauen keine Experimente oder Versuchsanordnungen auf. Wir wissen, was wir wissen, und alles andere ist uns unwichtig. Doch ich gebe zu, daß diese kleine Pyramide recht ominös ist."

„Eine Kunst, keine Wissenschaft", wiederholte McMullen fasziniert. „Das klingt spannend. Wenn das hier vorbei ist, freue ich mich auf eine gute Diskussion mit Ihnen. Ich weiß wenig über Sie und Ihre Kunst."

Der Feyon lächelte böse.

„Dabei werden wir es auch bewenden lassen. Wissen über uns wird immer gegen uns verwendet. Wenn das hier vorbei ist, werden wir beide wieder unserer Wege gehen, in unterschiedliche Richtungen. Ich bin kein wirklich ... geselliger Mann."

„Was sind Sie ... wirklich?" fragte McMullen und lächelte den Mann an, den er zu respektieren begonnen hatte.

„Der Mann, der Cérise Denglot liebt. Sie ist Teil dieses Ganzen, und so mußte ich es auch werden, und sei es nur, um sie aus

Problemen herauszuhalten. Sie hat ein Talent, sich in Gefahr zu begeben."

McMullen grinste.

„Das kann ich bestätigen", sagte er und schenkte dem geheimnisvollen Mann einen sprechenden Blick.

Dann sagten beide vollkommen gleichzeitig: „Bleiben Sie, wo Sie sind, Delacroix, kommen Sie mit dem Manuskript nicht näher."

Keiner der beiden hatte sich auch nur zur Tür umgewandt.

„Wir brauchen einen Plan", sagte Delacroix von der Tür her. „Ich würde gerne schon morgen den Zug nach Paris nehmen und von dort aus nach England fahren. Der erste Zug geht am späten Vormittag. Können wir das schaffen? Die Herren Leutnants haben Order, mich nach England zu begleiten, um mir Rückendeckung zu geben, genauer gesagt, uns."

Ohne sich zu seinem Kameraden umzudrehen antwortete McMullen: „Ich möchte nicht abreisen, ehe ich diesen Raum gesichert habe. Ich weiß nicht, wieviel Zeit ich dafür benötige. Auf der anderen Seite sollten Sie nicht ohne mich abfahren. Vielleicht können wir die Entscheidung noch etwas verschieben."

„Wie werden wir es heute nacht machen? Können Sie das Manuskript sichern oder verstecken?"

„Nicht so gut, wie es versteckt war. Doch ich werde mein Bestes tun. Wir sollten uns einen Raum aussuchen, den so gut wie möglich sichern und uns mit der Überwachung ablösen." Er wandte sich an den Sí. „Können wir mit Ihrer Unterstützung rechnen?"

„Ich werde Sie nicht nach London begleiten", erwiderte der Feyon, „und wenn wir mit diesem Zimmer fertig sind, würde ich gerne einen Bissen zu mir nehmen. Der Angriff und meine Verletzung haben mich Kraft gekostet, und ich neige dazu, ein wenig launisch zu werden, wenn ich hungrig bin."

„Tun wir das nicht alle?" fragte McMullen, und der schmale junge Mann lächelte ihn mit geschlossenen Lippen belustigt an.

„Wir haben noch Essen auf unserem Zimmer", sagte Delacroix.

Der Feyon drehte sich zu ihm um, sein Lächeln war unverändert.

„Danke, Colonel, aber ich halte mich lieber an meine eigene Fourage. Ich bin ein bißchen eigen. Für mich muß Nahrung besonders frisch sein."

„Wie Sie wollen", erwiderte Delacroix. „Von Görenczy ist losgegangen, um die Polizei zu informieren, daß es noch einmal zwei Leichen abzuholen gibt, und die Hotelleitung sollte erfahren, daß sie ein Stockwerk renovieren muß. Was machen wir jetzt mit diesem Zimmer?"

McMullen fixierte den Tisch wie ein Kaninchen die Schlange.

„Wenn ich das wüßte!" brummte er. „Wenn ich das wüßte."

Vom Gang waren Schritte zu vernehmen. Es war Cérise. Delacroix beobachtete, wie sie vorsichtig auf sie zu kam und dabei ihre Röcke gerafft hielt, um sie in der Verwüstung nicht schmutzig zu machen. Sie sah sich irritiert um.

„*Mon Dieu*", sagte sie zu den Männern. „Kann man Sie denn keine halbe Stunde allein lassen, ohne daß Sie das beste Hotel der Stadt in Schutt und Asche legen? Was ist denn geschehen?"

„Steinberg war etwas weniger tot, als wir gehofft hatten. Die Kugel in seinem Herzen hat ihn nicht gesund, aber doch äußerst munter gemacht", antwortete Delacroix.

„Du lieber Himmel. Es sieht auch munter aus. Das ist ja ein Schlachtfeld. Ist jemand verletzt?

„Nun, von Görenczy hat einen Bluterguß am Arm, und Graf Arpad ..."

„Was?" rief sie, und da war er auch schon, nahm sie in die Arme und scherte sich nicht darum, daß Asko und Delacroix zusahen.

„Es geht mir gut, meine Schöne", murmelte er und küßte sie, „keine Sorge. Ich bin in Ordnung und – rechtschaffen hungrig."

Mit Mühe löste er sich wieder von ihr, und von Orven wandte seinen Blick ab, pikiert ob der Zurschaustellung viel zu privater Leidenschaft. Das Benehmen des Feyons wies eine Zügellosigkeit auf, die ihm zutiefst zuwider war. Es war so weit entfernt von normaler Zucht und Ordnung, daß er es nicht einmal diskutieren mochte.

Delacroix sagte auch nichts.

„Was ist mit Miss Jarrencourt?“ fragte er. „Wie geht es ihr?“

„Oh“, sagte Cérise und stand Hand in Hand mit ihrem Liebhaber. „Tut mir leid. Ich war abgelenkt. Ich habe sie nicht gefunden.“

„Nicht gefunden?“ Delacroix klang mißbilligend.

„In ihrem Zimmer ist sie nicht. Ihre Zofe hat sie nicht gesehen und ist sie in den Bedienstetenquartieren suchen gegangen. Schließlich kann sie ja nicht so, wie sie war, das Haus verlassen haben, nicht wahr? Sie hatte keine Schuhe an, es schneit, und ihr Kleid war blutbefleckt und völlig zerrissen. Sie kann also nicht weit sein. Höchstwahrscheinlich versteckt sie sich irgendwo und will nicht gefunden werden. Verständlich unter den gegebenen Umständen.“ Sie fixierte Asko vorwurfsvoll, der vernünftig genug war, seinen Blick zu senken und rot anzulaufen.

Sie schwiegen.

„Wir müssen sie suchen“, sagte Delacroix. „Bist du sicher, daß die Zofe nicht weiß, wo sie ist?“

„Sie sagte, sie glaube, sie sollte es wissen, könne sich aber nicht erinnern. Sie war durcheinander und nicht klar zu verstehen.“

Asko wandte sich ihr zu.

„Sie hatte gestern einen Gedächtnisausfall. Jemand hatte sie geschlagen, und sie konnte sich nicht entsinnen wer. Ich hatte Sie davon informiert. Sie hat gesagt, ihr fehle etwa eine halbe Stunde aus ihrem Gedächtnis.“

McMullen war nun auch wieder am Türrahmen.

„Das hätten wir gleich untersuchen sollen“, sagte er.

„Gewiß. Aber es ist soviel geschehen, und da ist es mir wieder entfallen. Außerdem war ich gar nicht sicher, ob sie die Wahrheit gesagt hat. Ich wollte Vonderbrück fragen, aber der ...“

„Aber es war wichtig! Wenn jemand mit ihrem Erinnerungsvermögen herumgespielt hat, dann entweder ein Meister des Arkanen oder ein Sí.“

Alle sahen Arpad an, doch der schüttelte den Kopf und hob die freie Hand in einer abwehrenden Geste.

„Ich nicht. Doch ich bin Fachmann, was Erinnerungen angeht. Ich werde zu ihr gehen und mit ihr reden." Er wandte sich Cérise zu. „In den Gesindequartieren hast du gesagt?"

„Ja. Ich komme mit."

„Nein. Du bleibst hier bei Delacroix."

„Ich bleibe bei Delacroix", wiederholte sie träumerisch und stellte sich neben ihren Ex-Liebhaber, der ihren Gehorsam mit rundäugigem Erstaunen quittierte.

Humpelnd verschwand der dunkle Mann die Treppen nach oben.

„Ich muß sagen", erklärte Delacroix, „er scheint der richtige Mann für dich zu sein. Bei mir hast du nie getan, was ich gesagt habe."

Die Sängerin sah ihn verständnislos an und schwieg. Er war nicht sicher, ob sie ihn verstanden hatte.

„Jedenfalls", fuhr Delacroix fort, „mache ich mir Sorgen um Corrisande ... Miss Jarrencourt." Er wandte sich an McMullen. „Können Sie sie nicht spüren? Ihre Aura finden?"

„Nicht von hier aus und nicht jetzt gleich", war die Antwort. „Die gesamte Atmosphäre des Gebäudes ist nach dieser Schlacht in Aufruhr."

Ein surrendes Geräusch ertönte, und er drehte sich wieder dem Raum zu. Die kreisenden Objekte kamen zum Stillstand. Der Sandkegel hob vom Tisch ab und drehte sich immer schneller um die eigene Achse. Im nächsten Augenblick flog er mit der Spitze voran wie ein Geschoß durchs Fenster und verschwand in der Nacht. Bis das letzte Geräusch splitternden Glases verklungen war, war das Gebilde vollständig und spurlos verschwunden.

„Oh je", sagte McMullen. „Ich wüßte zu gern, was es jetzt tun wird."

Kapitel 87

Graf Arpad wußte, wo Marie-Jeannette logierte. Eine so wundervolle junge Frau wäre ihm nie entgangen. Sie war eine lebendige, blühende, sprühende Einladung – nicht nur für Kreaturen wie ihn. Ihr Herzschlag trommelte bereits einen Willkommensgruß. Sein heißhungriger Sinn war auf Nahrungsaufnahme fokussiert. Er war froh, daß er einen Grund gefunden hatte, der Gruppe zu entkommen. Sogar sehr froh. Er war bereits so unvorsichtig gewesen, über seinen Hunger zu sprechen. Doch der Kampf hatte ihn ausgezehrt, ausgedörrt und gierig gemacht, und es ging ihm wider die Natur, dann den Anschein des freundlichen, harmlosen und charmanten Mannes aufrechtzuerhalten. Jetzt konnte er trinken.

Vorher mußte er ihr noch ein paar Fragen stellen. Darauf mußte er sich konzentrieren, und er durfte ihr auch nicht zuviel nehmen. Sie würden sie brauchen, und zwar munter und kohärent. Ohnmächtig oder erschöpft schlafend war sie keine Hilfe.

Er brauchte ihr Blut. Er hatte seinen Bruch geheilt, und das hatte ihn mehr Kraft gekostet, als er an Blut am Abend zu sich genommen hatte, ehe er noch zu Cérises Teamgefährten gegangen war.

Ein bißchen schmerzte sein Bein noch, aber es war weitgehend geheilt. Dennoch störte ihn dieser kleine Schmerz. Jeden störte Schmerz. Doch er war zudem nicht daran gewöhnt. Es war schwer, ihn zu verletzen. Was er sonst als Schmerz wahrnahm, war Hunger, Durst und Begierde. Diese Kombination trieb ihn fortdauernd an. Sie trieb ihn jetzt. Sie war eine harte Meisterin.

Er mußte trinken, und er hatte eine Aufgabe. Es war sowohl angenehm als auch quälend, daß er beides miteinander verbinden konnte, auch wenn er keineswegs von der kleinen Menge Blutes, die er ihr risikolos rauben mochte, seine übermächtige Gier befriedigen können würde. Eine jämmerlich geringe kleine

Menge. Oder vielleicht keine ganz so kleine? Etwas mehr? Nur ein bißchen?

Längst hatte er ihre Fährte aufgenommen. Er roch ihre Anwesenheit – die des im Haus untergebrachten Personals und der Dienstmädchen des Hotels sowie auch der wenigen Bediensteten der Gäste unterm Dach. Er hörte mit seinen überscharfen Sinnen die ungleichen Schläge vieler Herzen. Es war höchste Zeit zu trinken, zu nehmen, zu genießen. Die letzten Minuten hatten ihn viel Willenskraft gekostet. Seine gesamte Konzentration hatte er in die Darstellung des munteren, zuvorkommenden Mannes gesteckt, als den das Team ihn hoffentlich sah. Manchmal war er das auch. Jedoch nur manchmal.

Jetzt war er es nicht. Er hatte mitten in dem Durcheinander von Eindrücken und nachklingenden Emotionen bereits den Duft und die Aura des rothaarigen Mädchens gespürt. Er glitt direkt zu ihrer Tür wie ein Raubtier auf der Jagd. Fast konnte er ihre samtweiche Haut an seinem Mund spüren. Er leckte sich die Lippen. Es gab Prioritäten, eine Reihenfolge. Sie benötigten Informationen.

Eben trat sie aus ihrer Kammer. Sie sah besorgt aus.

„Marie-Jeannette", sagte er, und sie sah zu ihm auf, lächelte unsicher, fing sich in seinem Blick. So schön. Ihr rotes Haar lugte unter ihrem Häubchen hervor. Ihr Dekolleté war tiefer geschnitten, als gemeinhin einer anständigen Zofe gestattet wurde, und ihr Hals, ihr Hals war fast schon göttlich.

In weniger als einer Sekunde hatte er sie ins Zimmer gedrängt. Seine Willenskraft und seine guten Vorsätze blieben auf der Strekke. Sein Geist hielt ihren, liebkoste ihre Gedanken. Seine Hände faßten ihren Körper, herzten ihn. Sie seufzte, und ihre Lippen öffneten sich. Er mußte sie befragen. Es war wichtig ... und schon hatten seine Zähne ihren Hals gefunden und bohrten sich in das weiße Fleisch. Sie war köstlich. Sie war wohlschmeckend und zauberhaft, und er wollte mehr von ihr.

Er fühlte ihren rasenden Puls an seinem eigenen Leib, der Schlag trommelte ihm ihr Vergnügen in ungestümem Rhythmus entgegen, ihre weichen Brüste schmiegten sich an ihn. Sie keuchte.

Er leckte ihre Wunden und schloß sie. Auch er keuchte, rang darum, seine Atmung unter Kontrolle zu bekommen. Er wollte mehr, sehr viel mehr. Er kämpfte, focht gegen seinen Drang; seinen Instinkt, gegen alles, was ihn ausmachte.

Nicht jetzt. Jetzt nicht. Später. Morgen. Er setzte sie aufs Bett und trat mit größter Mühe von ihr zurück. Sanft ließ er ihre Gedanken frei.

Ihre Augen begannen, ihn bewußt wahrzunehmen. Sie wirkte verlegen und mißtrauisch.

„Keine Angst", sagte er. „Ich bin ein Freund – Graf Arpad." Er verneigte sich förmlich. Das irritierte sie noch mehr. „Ich bin ein Freund Mlle. Denglots. Wir suchen Miss Jarrencourt."

Er spürte, wie sie selbst nach Fassung rang, las ihre eigene körperliche Reaktion auf ihn, eine Reaktion, die sie nicht verstand, da sie nicht wußte, was geschehen war, was sie hervorgerufen hatte. Sie war eine junge Frau, die keine Angst vor Leidenschaft hatte. Ihre Augen waren weit aufgerissen, und sie verzehrte sich nach ihm, überlegte sich ernsthaft, ihn anzufassen, nach ihm zu greifen. Er konnte es deutlich fühlen. Eine großmütige Frau, die sich ihrer Wünsche und Begierden bewußt war – und auch der Freuden, die sie eines Tages genießen würde. Wie ein junges Kätzchen, so verspielt war sie, und doch war ihre Leidenschaft längst erwachsen.

Sie faßte nicht nach ihm. Schade. Oder vielleicht besser so. Besser für sie. Besser für sie alle.

„Ich weiß nicht, wo sie hin ist", sagte sie. „Ich habe sie schon seit ein paar Stunden nicht gesehen. Ich war die letzte Zeit im Salon der Damen. Ich habe mich nicht herausgetraut, weil mich dieser brutale Kerl im Flur angegriffen hatte. Er hat mir beinahe den Arm gebrochen." Sie hielt ihm den Arm entgegen – er war grün und blau vor Blessuren, und der Feyon spürte ihren appetitlichen Puls ganz nah. „Mrs. Parslow sagte, sie würde nach einem Arzt suchen. Vielleicht hat sie keinen gefunden."

„Oh", erwiderte der Sí trocken, „sie hat einen gefunden." Er wurde wieder ernst. „Es tut mir leid, aber was ich dir jetzt sagen muß, ist unangenehm. Mrs. Parslow ist tot, und der Arzt auch. Tut dein Arm sehr weh?"

„Es geht. Es ist schon besser geworden. Ist sie wirklich tot?" Das Mädchen klang eher neugierig als bekümmert.

„Ja, und Miss Jarrencourt ist verschwunden. Wir können sie nirgends finden. Leutnant von Orven sagte, du bist gestern angegriffen worden?"

Sie wirkte nun aufgeregt und leicht peinlich berührt.

„Ich kann mich nicht erinnern", flüsterte sie.

„Ich werde dir helfen", sagte er höflich und zog sich einen Schemel an ihr Bett. „Darf ich mich setzen?" Er nahm Platz, als sie ihn mit einer Geste dazu einlud.

„Sieh mir in die Augen", befahl er, und sie tat es. „Sag mir, wo hat man dich geschlagen?"

Sie berührte ihr Gesicht, auf dem der blaue Fleck noch deutlich sichtbar war.

„Spürst du, wie dich jemand schlägt?"

Sie zuckte zusammen.

„Ja", sagte sie, „ja, ganz genau."

„Denk an die Hand, folge der Hand mit dem Blick, den Arm entlang zur Schulter. Kannst du den Mann sehen?"

„Ein Mönch!" Sie erschrak, als sie ihn in der Erinnerung erkannte. „Es war der Ordensbruder. Der, der mich auch heute angegriffen hat. Er zog mich in ein Zimmer und schlug mich, als ich ihn gebissen habe."

Graf Arpad nickte. Er hatte befürchtet, daß die Bruderschaft hinter der Sache steckte.

„Wer war noch da? Sieh mich an, Marie-Jeannette, schau mir direkt in die Augen!"

„Ein Kleriker und ein Privatmann. Er hat mit den Händen Zeichen vor mir gemacht und dann ..." Sie schwieg plötzlich.

„Was dann?"

„Er hat mir Fragen gestellt." Sie begann zu weinen, Tränen kullerten ihr übers Gesicht. „Er hat mich über Corr... über Miss Jarrencourt ausgefragt, und ich habe ihm alles gesagt, was ich weiß, über sie und über ihren Vater und Mrs. Parslow und ihre Pläne und so. Ich hätte ihm nie alles gesagt! Nie. Bestimmt nicht. Er hat mich dazu gezwungen."

Sie barg ihr Gesicht in den Händen und weinte wie ein Kind. Ihre Schultern zuckten vor Schluchzen. Sie war tief beschämt über ihr Versagen, ein Geheimnis zu bewahren. Etwas von ihrer erotischen Anziehung verschwand. Sie schien mit einem Mal jung, hilflos und nicht mehr ganz die verführerische junge Frau.

„Was für Pläne hatte sie?" fragte er und bemerkte, wie sie versuchte, sich gegen seine Fragen abzuschotten. Er war ein Fremder. Sie hatte keinen Anlaß, ihm zu trauen. Er war einfach vor ihr aufgetaucht.

Er beruhigte sie mit einem freundlichen Gedanken. Sie sah nicht auf, hielt ihr Gesicht noch immer in den Händen verborgen. „Du mußt es mir sagen", drängte er. „Es ist wichtig."

„Sie wollte einen guten Mann finden und heiraten. Sie wollte keine ..." Wieder hielt sie inne und sah ihn einen Moment lang an, und wieder streichelte er ihren ängstlichen Sinn. „... keine Diebin mehr sein. Wir sind zur Ballsaison hergekommen. Aber das haben sie nicht geglaubt. Gewiß nicht."

„Was haben sie gesagt?"

„Ich weiß nicht. Sie haben gesprochen, aber ich scheine sie nicht verstanden zu haben."

Er nahm sie bei den Handgelenken und zog ihre Hände vom Gesicht weg. Sie ließ es zu. Er war sicher, daß er soviel Vertrauen nicht verdiente.

Ihr Gesicht war tränennaß. Ihre Lippen bebten, weiche, zauberhafte Lippen.

„Gestatte mir, dich anzufassen. Wir werden versuchen, uns gemeinsam zu erinnern." Er nahm ihr Gesicht in die Hände und hob es seinem entgegen. „Konzentriere dich auf meine Augen und fang an zu reden. Sieh nicht weg!"

Sie zitterte.

„Mir ist schwindlig", jammerte sie.

„Ich weiß. Achte nicht darauf. Du kannst nicht fallen. Ich halte dich."

Ihre Haut war zart, ihr Haar seidig. Sie sprach pausenlos, und er registrierte jede Information, doch er war nicht ganz bei der Sache. Sein Blick wanderte über sie. Er spürte ihr Blut unter ihrer Haut fließen, fühlte seine Wärme in seinen Händen. So viele kleine purpurne Flüsse, die sie durchflossen, nur um ihn zu locken. Er fühlte ihr pulsierendes Leben und überlegte, noch einmal von ihr zu kosten. Nur ein wenig.

Nein, besser nicht. Für den Moment mußte er sich das versagen. Am nächsten Tag. Am nächsten Tag ganz gewiß.

Nach einer Weile verstummte sie und sah ihn verängstigt an. Sie hatte keine Angst um sich. Sie sorgte sich um ihre Herrin, die auch eine Freundin zu sein schien. Sie machte sich große Sorgen.

Sie hatte allen Grund dazu. Er beugte sich vor und wischte ihr mit dem Daumen die Tränen von den Wangen.

Die Tür flog auf.

„Das machst du nicht noch einmal mit mir!" rief Cérise entrüstet. Sie stürmte in die Kammer und warf die Tür hinter sich krachend ins Schloß. Ihre Wangen glühten vor Zorn, und ihre grünen Augen blitzten so wütend, daß sie fast noch schöner aussah als sonst. Sie war offensichtlich mehr als nur gelinde verärgert. „Du hast mich da stehenlassen wie eine hirnlose Idiotin! Wenn McMullen mich nicht befreit hätte, würde ich genau da noch immer stehen und feixen!"

Inzwischen hatte sie die Szene im Raum erfaßt. Das Mädchen saß heulend auf dem Bett. Torlyn saß allzu dicht vor ihr, hielt ihr Gesicht in Händen.

„Was hast du mit ihr gemacht?" schimpfte sie.

Er stand vor ihr.

„Cérise, beruhige dich."

„Ich denke gar nicht daran, mich zu beruhigen, T..."

Er ergriff ihren Geist mit voller Kraft und nahm ihr die Worte, stoppte ihre Gedanken. Im nächsten Augenblick ließ er sie wieder los, und sie starrte ihn mit offenem Mund an.

„Marie-Jeannette“, sagte er, ohne sich zu dem Mädchen umzudrehen. „Sei so nett und warte draußen auf uns. Wir haben etwas zu klären. Es dauert nicht lange. Ich weiß, das ist deine Kammer, aber ich bitte dich um etwas Geduld.“

Das Mädchen nickte und erhob sich.

„Ich warte draußen“, sagte sie und ging. Sie hatte zu viele Auseinandersetzungen zwischen Liebenden gesehen, um an dieser besonders interessiert zu sein.

Die Tür schloß sich hinter ihr.

„Es tut mir leid“, sagte der Sí, „wenn ich dir weh getan habe.“

Cérise starrte ihn erbost an. Dann wurde ihr Blick weich. Sie standen voreinander, ohne einander zu berühren.

„Mir tut es leid“, sagte sie schließlich. „Ich hätte nicht vor ihr sprechen sollen. Aber ... du hast sie ... du hast ihr Blut getrunken, nicht wahr?“ Sie klang unzufrieden.

„Ja. Ich mußte. Cérise, du weißt, was ich bin und wie ich lebe. Ich habe mein Geheimnis mit dir geteilt. Ich greife Menschen nicht zum Spaß an. Es ist meine Art zu überleben, das weißt du.“

„Ich weiß. Ich weiß.“ Sie klang nun aufgewühlt und ungeduldig. „Aber es ist anders, wenn ich sie kenne – und sie ist außerdem so hübsch.“

„Ja. Sie ist sehr attraktiv, und ich habe ihr Blut getrunken. Viel habe ich nicht genommen. Ich bin sehr hungrig, Cérise, und nicht sehr sicher im Moment. Mach das nicht schwieriger, als es ist. Du darfst nicht eifersüchtig sein wegen der Menschen, von denen ich trinke. Du machst uns beiden das Leben schwer, wenn du das nicht akzeptieren kannst.“ Er klang rauh und ärgerlich. „Versuche, es zu vergessen, oder ich helfe dir dabei.“

Sie kaute an einer Antwort, nickte dann.

„Ich dachte, du hättest schon ... heute.“

„Ich hatte, aber meine Verletzung und der Kampf haben mich sehr viel Energie gekostet.“

Sie trat auf ihn zu und zog ihn in ihre Arme, und sein Groll schmolz.

„Dann trink, mein Liebster", sagte sie und bog ihren Kopf zur Seite. Sie hielt ihn fest. Er spürte, daß sie eine Diskussion erwartete, doch er war nicht in der Lage, ihrem Reiz zu widerstehen. Er strich an ihren Gedanken entlang und biß zu. Sie schrak ob der schnellen Attacke zusammen. Er nahm ihr den Schmerz, aber mehr nicht. Keine Magie führte sie in die Gärten der Leidenschaft. Sie fühlte, was er tat, nur das. Er trank ihr Blut. Sie war nur Nahrung, nichts weiter. Er wollte, daß sie das verstand, daß sie den Gegensatz durchschaute. Dann spürte er, wie sie in seinen Armen erschauerte, und übermittelte seine Liebe direkt in ihre Gedanken.

Schließlich nahm er sie bei den Schultern und schob sie von sich. Ihre Wunden hatte er geschlossen, doch er keuchte.

Sie streckte die Arme nach ihm aus, doch er trat zurück.

„Nein", sagte er. „Nicht mehr. Das muß reichen, bis ich noch jemand anderen haben kann."

Er ergriff ihre Hand und fuhr fort: „Gehen wir!"

Er öffnete ohne ein weiteres Wort die Tür.

„Du mußt jetzt mitkommen, Marie-Jeannette", sagte er und lud das Mädchen mit einer Geste ein, ihm zu folgen.

„Sie sind in Delacroix' Zimmer", berichtete Cérise sachlich. Beherrscht war sie, gleichmütig, unerschütterlich. Eine fabelhafte Frau. Eine wundervolle Frau.

Sie gingen schweigend die Treppe hinunter, jeder von ihnen beschäftigt mit seinen eigenen Ängsten und dunklen Gedanken.

Am Fuß der Treppe fragte Cérise: „Wo ist Miss Jarrencourt?"

„Die Bruderschaft hat sie mit ziemlicher Sicherheit", entgegnete er. „Ich weiß nicht, ob du gläubig bist, aber wenn ja, dann solltest du für sie beten. Mehr bleibt nicht mehr zu tun."

„Oh Gott", sagte Cérise. In ihrer Stimme schwangen Mitgefühl und Sorge. „Das wird ihn zerreißen."

Torlyn sah sie verblüfft an, fragte jedoch nicht, wen sie meinte. Er hatte es begriffen.

Marie-Jeannette fing wieder an zu weinen.

Kapitel 88

McMullen hatte Schutzzauber über den Raum gelegt. Die Schriftrolle war vor jedem Blick verborgen. Sie wußten ja, daß sie da war. Sie hatten sie erobert, doch keinem war nach Feiern. Es war ein Pyrrhussieg gewesen. Sie waren müde, und es war noch nicht vorbei.

Der Meister versuchte, ein wenig auszuruhen. Er hatte sich in voller Bekleidung auf dem Bett ausgestreckt. Er war müde und erschöpft. Es gab so viel, worüber er gründlich nachdenken mußte. Er war ein starker, mächtiger Magier, doch ohne den Sí und das Mädchen hätte er diese Schlacht zweifellos verloren. Das Mädchen – was immer es war. Er wußte es nicht. Doch er begriff Delacroix' Faszination jetzt eher. Sie war für sie in die magische Schlacht gezogen. Sie hatte nicht wissen können, daß sie überleben würde. Sie hatte ihre ärgsten Ängste bewußt auf sich genommen, hatte Schmerz und grausamen Tod freiwillig ins Auge gesehen. Er fragte sich, für wen sie es getan hatte. Für die Welt? Für Colonel Delacroix? Für Asko von Orven? Er fragte sich außerdem, ob seinen Mitstreitern überhaupt klar war, wie unendlich knapp sie an einer Niederlage vorbeigeschrammt waren. Viel zu knapp.

Leutnant von Orven saß am Tisch, wo er sein Kalteisenmesser abgelegt hatte. Er fixierte es ärgerlich. Es hatte den Feind getötet. Es hatte Corrisande verraten. Die Szene lief immer wieder in seinem Kopf rund, wie sie vor ihm zurückgewichen war, wieviel Angst sie vor ihm gehabt und die Worte, die sie gefunden hatte, um ihn von einem Versprechen zu entbinden, das zu halten ihm schwierig, ja gänzlich unmöglich gewesen wäre.

Er sah noch den Schmerz in ihren Augen, als er begriffen hatte. Dann sah er sie in Gedanken für sie alle in den Kampfkreis der monströsen Kreaturen treten.

Seine Gedanken und Gefühle wirbelten durcheinander. Gern hätte er mehr gewußt, hätte wissen wollen, wie sie ihm so menschlich hatte erscheinen können, ohne daß er das Geringste gemerkt hatte. Doch niemand bot ihm eine Erklärung an, und er brachte es nicht über sich, seine Fragen laut zu stellen. So saß er wie versteinert da, starrte sein Messer an und wußte nicht mehr, ob es gut oder schlecht war, daß er ihr Geheimnis ergründet hatte.

Von Görenczy war eben erst wieder zu ihnen gestoßen. Die Polizei war informiert, und er hatte sie zum Tatort geführt, ohne viel zu begründen. Ein Irrer hatte eine Frau angegriffen. Beide waren tot. Der Mann hieß Dr. Steinberg. Die Dame hieß Mrs. Eliza Parslow. Weitere Aufschlüsse würden sie auf dem Dienstweg erhalten. Möglicherweise. Man hatte die Polizisten angewiesen, sich nicht einzumischen und die Anweisungen des Teams zu befolgen. Also fragten die Beamten ihn auch nichts, doch er sah, daß sie ihre Seligkeit gegeben hätten, um Einzelheiten zu erfahren.

Er saß wieder auf seinem Stuhl, in dem er einige Stunden vorher eingeschlummert war. Delacroix war nun wieder an der Reihe, sich eine Pause zu gönnen, doch er lief nur im Zimmer auf und ab wie ein Panther im Käfig. Er schwieg. Er wartete.

Es klopfte. Cérises Stimme drang durch die Tür.

„Wir sind es. Lassen Sie uns ein."

Delacroix war notorisch vorsichtig und machte seine Waffe schußbereit, bevor er die Tür öffnete. Er sah in drei unglückliche Gesichter. Sie hatten nichts ausrichten können, und die beiden Damen waren ausgesprochen bleich.

Er trat beiseite und ließ sie ein.

Sie hatten Corrisande nicht gefunden. Schlimmer noch: Irgend etwas stimmte nicht. Er konnte es in ihren Gesichtern lesen.

„Was?" fragte er.

Der Feyon sah hart und angespannt aus. Seine schwarzen Augenbrauen waren zusammengezogen, seine Lippen schmal wie Klingen.

„Die Bruderschaft hat sie. Sie haben Marie-Jeannette ausgefragt und sie dann das Gespräch vergessen lassen. Sie wußten etwas über Corrisandes Vorfahren. Sie müssen sie aufgegriffen haben, als sie von uns wegging. Sie hat es nicht mehr bis zu ihrem Zimmer geschafft."

Delacroix stand reglos, sein sonst so dunkles Gesicht war kreidebleich. Er sagte nichts, atmete nur, konzentrierte sich darauf, etwas so Einfaches nicht falsch zu machen. Die Luft um ihn herum war stickig. Es schien ihm, als sei es plötzlich dunkler geworden.

Im Zimmer herrschte Totenstille. Nur Marie-Jeannettes gedämpftes Weinen war zu hören.

„Sie müssen sie zurückholen, Sir", beschwor sie ihn nach einer Weile. „Bitte! Sie hat doch nichts getan! Oder fast nichts. Graf Arpad sagt, wir können nur beten. Aber Sie können sie zurückholen, nicht wahr?"

Die hübschen grünen Augen blickten voller Vertrauen zu ihm auf. Er wandte sich ab.

„Niemand kann sie zurückholen, Marie-Jeannette", sagte er zögernd. „Ich weiß nicht, wo sie ist. Ich nehme nicht an, daß einer von Ihnen", er sprach die beiden bayerischen Offiziere an, „weiß, wo sich die Bruderschaft des Lichts in München verschanzt?"

„Ich hatte vor Ihrem Bericht noch nie von ihnen gehört", entgegnete Udolf.

„Ich auch nicht", bestätigte Asko. „Aber das sind doch fromme Männer. Sie werden ihr gewiß nichts tun. Warum sollten sie?"

Graf Arpad schnaubte verdrießlich.

Delacroix entgegnete: „Weil sie einen Fehltritt in ihrer Ahnenreihe hat, Herr Leutnant. Einen Fehltritt, den Sie auch nicht ertragen konnten. Ich habe Ihnen doch gesagt, was diese Leute tun. Sie töten Fey. Wann immer sie sie zu fassen bekommen."

Der Leutnant wich in seinem Stuhl ein wenig zurück. Delacroix' Stimme war nicht drohend, doch ihr Klang war beunruhigend. Sie stellte ihm die Haare hoch.

„Sie zu ‚fassen zu bekommen' war einfach", erklärte Graf Arpad. „Sie wußte bis vor zwei Tagen selbst nichts über ihre Abstammung. Sie hat kein spezielles Talent, verfügt nicht über die Fähigkeit, sich zu schützen oder unauffällig zu machen. Sie halten sie nun schon über eine Stunde fest. Sie ist höchstwahrscheinlich schon tot. Hoffen wir es für sie."

Delacroix wandte sich dem Sí zu und packte ihn bei den Schultern. Der Mann hätte ihm mit Leichtigkeit ausweichen können, doch er tat keinen Schritt.

„Wie können Sie so etwas sagen!“ fauchte der Colonel. Seine Augen blitzten.

„Sie kennen die Bruderschaft. Muß ich Ihnen erklären, was sie meinesgleichen antun? Ich hoffe von ganzem Herzen, daß sie schon tot ist, und das ist ein freundlicher, mitfühlender Wunsch. Soll ich Ihnen schildern, was sie tun?“

Delacroix ließ ihn los. Er wandte sich ab.

„Nein. Ich habe es gesehen.“

Er setzte sich lethargisch, stützte die Ellenbogen auf die Knie, das Gesicht in die Hände. Es war seine Schuld. Er hätte sie nicht aus den Augen lassen dürfen. Er hatte um ihre Abstammung und von der Anwesenheit der Bruderschaft gewußt. Er hatte sie nicht gewarnt. Er hatte versagt.

Von Orven war aufgestanden.

„Das können Sie doch nicht ernst meinen“, protestierte er. Ärger schwang in seiner Stimme, doch auch Reue. „Das glaube ich nicht. Sie wollen doch nicht andeuten ...“

„Sie quälen uns, um mehr Informationen über uns zu erhalten. Diese können sie dann wieder gegen uns verwenden. Miss Jarrencourt hat keine Informationen. Sie weiß nichts. Sie ist – bis auf ihre Unverträglichkeit Kalteisen gegenüber – ein Mensch. Sie kann ihnen nichts sagen, kann ihrem Drängen nicht nachgeben. Also wird sie früher oder später sterben. Früher, wenn sie Glück hat.“ Graf Arpads Stimme klang hart.

„Aber das ist unmöglich!“ rief Asko. „Das kann ich nicht glauben. Unser Glaube ...“ Er blickte den Feyon vor sich an. „... unsere Religion ist eine Religion der Liebe und der Vergebung, nicht der ... der ...“ Er brachte seinen Satz nicht zu Ende.

McMullen hatte sich zwischen sie gestellt.

„Die Bruderschaft ist eine sehr kleine Gruppierung. Sie wird jedes Jahr kleiner. Sie arbeitet schon sehr lange im verborgenen. Selbst in Ihrer Kirche, Herr Leutnant, wissen die meisten Menschen nicht um ihre Existenz, und sie wären wahrscheinlich entsetzt, wenn sie wüßten, was da alles im Namen Gottes und der Kirche geschieht. Dennoch. Die Bruderschaft existiert, und sie tut genau das, was Graf Arpad beschrieben hat."

Cérise kniete sich vor Delacroix hin. Ihre Röcke fielen in achtlosen Falten um sie herum. Sie faßte ihn nicht an, wußte nicht, wie er reagieren würde, wenn ihn jemand berührte. Sie wollte es lieber nicht ausprobieren und sich den Hals brechen lassen. Doch sie sprach zu ihm.

„Delacroix, du mußt versuchen, sie zu finden. Für deinen eigenen Seelenfrieden, versuch es!"

Er sah ihr in die Augen.

„Wie denn? Ich kann nicht weg. Meine Pflicht ist hier. Ich kann das verdammte Manuskript nicht allein lassen, und Graf Arpad hat wahrscheinlich vollkommen recht. Sie ist wohl schon tot. Sie wird sicher tot sein, ehe ich sie in einer Stadt finden kann, in der ich noch nicht einmal weiß, wo ich zu suchen anfangen soll!"

„Das weißt du doch nicht! Vielleicht ... vielleicht ... der König. Ludwig II. Er muß doch über diese Information verfügen, nicht wahr? Ich kann sicher Zutritt oder eine Audienz bekommen."

„Es ist mitten in der Nacht."

„Na und? Opernsängerinnen sind dafür bekannt, mitten in der Nacht Herrenbesuche zu machen. Das erwartet man von uns. Du würdest jetzt keine Audienz bekommen, ich schon. Eventuell."

Sie wandte sich um.

„T...imothy, kannst du nichts tun? Kannst du nicht ihre Spur ausfindig machen? Eine Richtung? Irgend etwas? McMullen?"

„Sie ist nicht im Hotel", entgegnete McMullen. Er hielt ein Pendel in der Hand, dessen Kreise in Graf Arpads Richtung ellipsenförmig ausschlugen. „Sie ist nicht in der Nähe. Mehr weiß ich nicht. Schwierig. Ihre Fey-Ausstrahlung ist zu schwach. Ich muß ihr relativ nahe sein, um sie überhaupt wahrnehmen zu können."

„Sie ist aus Steinbergs Zimmer ausgebrochen", sagte Udolf. Er hatte Marie-Jeannette in den Arm genommen, und das Mädchen weinte ihm in die Schulter. „Sie haben gesagt, sie sei mit gefesselten Händen die Außenwand hochgeklettert. Ich habe das natürlich nicht geglaubt, doch vielleicht ..."

„Es stimmt aber", antwortete Graf Arpad. „Ich weiß nicht, wie sie es geschafft hat, doch sie hat. Ihre Ausdauer und ihre Beharrlichkeit sind Ausdruck ihres Erbes. Woher sie so gut klettern kann, weiß ich nicht."

„Sie ist ... einfach ... eine gute Kletterin", murmelte Marie-Jeannette. „Ihr Vater hat sie ungewöhnliche Dinge lernen lassen. Er ist – ein außerordentlicher Mann. Aber sie hat sich entschieden, so ein Leben nicht zu führen."

„Was für ein Leben?" fragte Asko.

„Unwesentlich", unterbrach Delacroix. „Im Moment durch und durch nebensächlich. Hat ihr Vater Repräsentanten hier in München, die uns helfen könnten?"

Marie-Jeannette sah ihn ängstlich an, als ihr klar wurde, daß er mehr wußte, als er sollte.

„Ich dachte, er läge kränkelnd in der Normandie?" fragte von Görenczy, doch niemand hörte ihm zu.

„Dupont oder auf deutsch Vonderbrück", flüsterte Marie-Jeannette und starrte schuldbewußt auf den Boden, „und noch einen. Er ..." Sie hielt inne und lief dunkelrot an.

„Er hat versucht, mich umzubringen?" half Delacroix.

Das Mädchen nickte.

„Bitte – ich wußte nicht, was in dem Brief stand. Ich wußte es nicht! Mrs. Parslow hat es mir nicht gesagt."

„Hat sie ihn geschrieben?"

„Ja. Corrisande war außer sich, als sie es herausgefunden hat."

„Also hat sie mir eine Warnung zugesteckt?"

Das Mädchen nickte und starrte zu Boden.

Im Zimmer herrschte Schweigen. Die beiden Leutnants musterten Delacroix verständnislos.

„Ich verstehe gar nichts mehr", sagte von Görenczy nach einer Weile. „Aber es hilft uns nicht weiter, und vielleicht sollten wir später darauf zurückkommen. Ich bin gespannt auf den Rest der Geschichte."

Delacroix erhob sich, sein Antlitz eine Studie harscher Entschlossenheit. Nur in seinen Augen war ein Hauch von Verzweiflung sichtbar.

„Cérise, kann ich dich bitten, deinen Charme einzusetzen und herauszufinden, ob einer der Hotelangestellten weiß, wo der Priester und der Mönch abgeblieben sind? Würdest du das tun? Wenn sie eben erst abgereist sind, müssen sie ein Gefährt gehabt haben. Sie konnten nicht gut ein junges Mädchen ohne Schuhe in einem völlig zerrissenen Kleid zu Fuß quer durch die Stadt schleppen, ohne aufzufallen."

„Natürlich", versprach sie und ließ sich von Graf Arpad hochhelfen.

„Ich komme mit", sagte er. „Wenn sie zu abgebrüht für deinen Charme sind, dann werde ich sie etwas zutraulicher machen."

Sie machten sich sofort auf. Cérise sah sich nicht einmal mehr um. Sie wollte Delacroix' Miene nicht sehen. Sie hatte sich oft maßlos über ihn geärgert, war wütend auf ihn gewesen, hatte sich manchmal eingeredet, ihn zu hassen. Doch sein versteinerter Gesichtsausdruck war fast mehr, als sie ertragen konnte. Er tat ihr furchtbar leid. Sie war ihm trotz allem so nah, daß sie seinen Schmerz fast selbst spürte.

Als die Tür sich hinter ihnen schloß, standen sie einen Augenblick überrascht da. Der Flur war nicht leer. Ein Hotelangestellter wartete draußen, ein fahriger Mann mit unstetem Blick. Der rattige kleine Kerl trug eine schlechtsitzende Kellnerjacke, hielt ein kleines Tablett in den Händen, auf dem ein Brief lag. Er wirkte unentschlossen, und sein höfliches Lächeln war ebenso verkrampft wie unsicher.

„Was ist?" fragte Cérise.

„Eine Nachricht für Herrn Dela..." Er hielt inne, sein Blick schweifte zu dem Mann neben ihr, und er begriff eindeutig, wen er da vor sich hatte. Er ließ das Tablett fallen, machte auf dem Absatz kehrt und floh.

Kaum eine Sekunde später hob der Sí ihn wie ein Gepäckstück vom Boden. Krallen schossen aus den Fingern des geheimnisvollen

Mannes und schlitzten das Hemd des Kellners auf. Ein Amulett kam zum Vorschein. Cérise sah, daß es nicht aus Silber war wie das, das sie getragen hatte, sondern aus dunkelgrauem Eisen. Ihr Liebhaber sog schmerzerfüllt die Luft ein, ließ jedoch seinen Gefangenen nicht los, hielt ihn nun rückwärts bei den Armen.

„Nimm ihm das Ding ab!“ befahl er. Seine Stimme klang rauh und gepreßt. „Wir haben gerade jemanden gefunden, der uns ein paar Fragen beantworten kann.“

Sie öffnete die Kette mit fliegenden Händen, ließ das Schmuckstück fallen und schob es mit dem Fuß von Torlyn weg.

Der Gefangene öffnete den Mund, um zu schreien, fand jedoch weder Worte noch Stimme.

„Kontrolliere das Schreiben“, drängte Graf Arpad.

Sie hob es auf und war sich nicht sicher, ob sie es mochte, so herumkommandiert zu werden. Doch es war der falsche Zeitpunkt, um kommunikative Formen zu diskutieren.

„Er ist an Delacroix.“

„Mach ihn auf!“

„Aber er ist an ...“

„Lies es. Du kannst ihn ihm später geben, wenn ich mit diesem Stück Dreck fertig bin. Ich habe bessere Chancen, die Wahrheit aus ihm herauszubekommen als Delacroix. Warte hier.“

Er hob den Mann wieder hoch und schleppte ihn zu dem Raum, den Vonderbrück bewohnt hatte und der nun leer war.

Er hielt an der Zimmertür inne und wandte sich noch einmal Cérise zu.

„Sie fordern einen Tausch“, sagte sie und faltete den Brief wieder. „Das Mädchen gegen das Manuskript. Sie haben die Bedingungen für den Austausch aufgelistet.“

„Verdammt sollen sie sein, gefühllose Lügner und Irre!“

„Aber Schatz, das heißt, sie lebt noch! Wir müssen es Delacroix sagen!“

„Das heißt gar nichts, außer daß sie Delacroix’ Pflichtgefühl unterschätzen. Vermutlich ist es eine Falle.“

Kapitel 89

Der Grobian hatte Corrisande während der Fahrt nicht noch einmal geschlagen. Doch er hätte es gerne getan, das spürte sie. Sein Messer hatte Spuren in ihre Brust gekratzt, doch nie tief. Sie war kaum verletzt. Sie versuchte, sich an diesem Gedanken festzuhalten. Sie war fast unversehrt. Wenn es ihr gelang, so zu bleiben wie jetzt, dann würde ihr das eine Flucht erleichtern. Sie würde einen Ausweg finden.

Als die Kutsche schließlich hielt, zog ihr Bewacher sie so heftig aus dem Gefährt, daß sie fiel und sich das Knie aufschlug. Doch sie hatte sich nichts gebrochen, hatte sich keinen Knöchel verstaucht, das war gut. Sie konnte noch funktionieren. Sie konnte noch selbst laufen. Und sie würde auch noch fortlaufen können. Seine grobe Hand griff nach ihrem Oberarm, umfaßte ihn komplett. Er drückte hart zu, es tat weh.

Sie klagte nicht. Sie beeilte sich nur aufzustehen und ihre Füße unter sich zu sammeln, doch sie waren so kalt, daß sie sie kaum mehr spürte. Es schneite immer noch. Sie versuchte sich zu orientieren, blickte um sich, um zu erkennen wohin sie gingen. Viel war nicht zu sehen. Eine Kirche stand in der Nähe, auch einige Häuser, die vielleicht Klostergebäude waren. Sie konnte sie kaum erkennen.

Und schon traf sein Schlag ihren Hinterkopf. Er krallte seine Finger in ihr Haar, drückte ihren Kopf mit einer heftigen Bewegung nach unten. Schnee. Es schneite immer noch. Wie konnte sie das zu ihrem Vorteil nutzen? Ihr fiel nichts ein.

Sie zerrten sie durch ein Tor, und sie schnappte verzweifelt nach Luft, unterdrückte einen Schmerzenslaut, als sie das Kalteisen darin spürte. Vielleicht hatten sie es nicht gemerkt? Ihre Hoffnung zerbrach. Natürlich hatten sie es gemerkt. Sie hatten schon auf ihre Reaktion gewartet. Diese Tür würde sie noch nicht einmal allein öffnen können. Sie hörte, wie hinter ihr abgeschlossen wurde, ein Schlüssel und ein Riegel. Sie fiel fast über eine Türschwelle. Der Korridor, in dem sie sich nun befand, wurde von einer Petroleumlampe erleuchtet. Ihre nassen Füße fühlten kalte Steinfliesen. Die Wände waren holzgetäfelt. Ein großes Kruzifix dominierte den Gang. Neben jeder Tür hing ein kleines Weihwassergefäß. Es war ein frommer Ort, zu dem man sie gebracht hatte. Ein Ort, an dem man hilfsbereite, liebenswerte Menschen erwarten mochte.

Ein älterer Mönch mit einem freundlichen Gesicht ließ sie ein. Er sprach italienisch mit den beiden, die sie gefangengenommen hatten, und sie hoffte inständig, er würde eingreifen. Doch das tat er nicht. Sie verstand nicht, wie Menschen so vollkommen ohne jedes Mitleid sein konnten. Sie schlotterte vor Kälte. Ihr Haar war naß, ihr Kleid feucht. Wie war es möglich, daß diese Männer nicht die Spur eines menschlichen Gefühls zeigten?

Weil sie kein Mensch war, wußte sie dann. Sie war ein Nichts für sie. Der Priester hatte es ihr gesagt. Nichts. Und Steinberg hatte die gleichen Worte benutzt. Er hatte damit recht behalten. Er hatte sie retten wollen vor genau diesem Schicksal, und sie hatte ihn dafür verraten. Und trotzdem glaubte sie immer noch, daß es die richtige Entscheidung gewesen war. Und wenn nicht, nun war es zu spät.

Wir sind nichts, hörte sie seine Worte wieder. Für diese Welt sind wir nur ein peinlicher Fehltritt. Ihr einziger Wert lag darin, daß man sie gegen etwas eintauschen konnte, was man haben wollte. Und sie wußte bereits, daß das nicht geschehen würde. Also hatte sie keinen Wert für diese Leute. Nur für den grobschlächtigen Mönch vielleicht. Er würde seine Freude an ihr haben, auf seine Weise.

Sie mußte bald entkommen. Es konnte nicht lange dauern, bis sie eine Antwort erhielten. Kein Austausch. Dann würden sie sie umbringen. Sie linste nach der Seite und traf auf den Blick des großen Mannes, der sie festhielt. Er war voller kaum verhohlener Vorfreude.

Er würde sie nicht schnell töten. Er würde sich Zeit dabei lassen. Der Blick, den er ihr zuwarf, zählte schon die Ideen auf, die er für sie hatte. Wie lange konnte eine Stunde werden? Oder ein Tag? Oder auch nur eine Minute? Sie schauderte.

„Bitte Hochwürden", sprach sie den Priester an, der sie begleitet hatte. Er sah so vernünftig aus, so klug, so kultiviert. Vielleicht konnte man doch mit ihm reden.

„Schweigen Sie, Miss Jarrencourt", antwortete er. „Ich bin an nichts interessiert, was Sie mir im Moment sagen möchten. Sparen Sie sich Ihre Bitten auf für was auch immer monströse Götzen Sie anbeten. Sie werden Ihnen nicht helfen."

„Wir beten zu dem gleichen Gott", erwiderte sie. Und schon fand sie sich auf dem Bauche liegend auf dem Boden wieder. Ein wohlgezielter Hieb in die Nieren raubte ihr vor Schmerz den Atem. Sie stöhnte, Tränen liefen ihr über die Wangen. Sie konnte sehen, wie der große Mönch seinen Fuß hob, um ihr ins Gesicht zu treten, doch der Priester hielt ihn mit einem einzigen Blick auf.

„Ich dachte, Sie hätten mich verstanden, Miss Jarrencourt. Verschonen Sie uns mit Gerede. Ich bin nicht daran interessiert, Entschuldigungen zu hören, Betteln und Flehen langweilt mich, und Klagen werde ich bestrafen. Im Moment sind Sie sicher. Fast sicher. Strapazieren Sie nicht meine Geduld und auch nicht die von Bruder Giuseppe. Er hat nicht viel davon zu geben. Sie möchten dies doch überleben, nicht wahr?"

Sie würde es nicht überleben, soviel war ihr klar. Sie rappelte sich hoch, als die Finger des Mönches sie wieder an ihrem Haar in die Höhe zerrten.

„Ja, Pater", sagte sie.

Der Priester trat nahe an sie heran.

„Und wagen Sie es nicht, mich als Vater zu bezeichnen. Ich bin Ihnen kein Vater, denn Sie sind kein Mensch."

„Ja, Sir", sagte sie.

Sie zerrten sie eine Treppe hinunter in den Keller, und sie stürzte beinahe, nur die Hand in ihrem Haarschopf hielt sie noch.

Ein oder zwei Regale konnte sie sehen, die die üblichen Dinge, die man in einem Keller verstaute, beinhalteten. Ein Gestell mit Weinflaschen stand daneben. Und dann war da ein Käfig.

Metallstreben vom Boden bis zur Decke teilten einen Bereich des Kellers ab, machten ihn zu einer Art Zelle. Ein kleines hohes Fenster in der Außenwand war zu hoch, um es zu erreichen. Das Glas darin war zerbrochen, und ein kalter Wind fuhr durch die Schlitze. Das Fenster war mit einem Drahtgeflecht verstärkt. Es glühte. Kalteisen. Sie waren gut ausgerüstet. Aus diesem Fenster würde sie nicht einmal entkommen können, wenn es ihr tatsächlich gelänge, die glatten, steilen Wände hochzuklettern.

Die Tür war auch aus Metall, und das Schloß glühte ebenfalls. Wieder Kalteisen. Dieses Schloß konnte sie nicht aufbekommen. An eine solche Möglichkeit hatte sie nicht gedacht. Sie kämpfte ihre aufkeimende Verzweiflung nieder.

Sie warfen sie in die Zelle, und sie fiel und schlug sich erneut die Knie an. Sie hörte, wie der Schlüssel im Schloß gedreht wurde. Außerhalb ihres Käfigs stand ein einzelner Messingkerzenleuchter mit einer Kerze, die nur wenig Licht spendete. Fast war es, als täte die Flamme nichts, als die Schatten intensiver werden zu lassen.

Die Männer verließen den Keller, ließen sie allein. Nicht einmal eine Wache ließen sie da. Das brauchten sie auch nicht. Kalteisen war alles, was sie brauchten. Wenn sie sich in die Nähe begab, würde sie leiden. Vielleicht würde sie ersticken. Vielleicht würde es ihr einziger Fluchtweg werden.

Ihr war so kalt. Der winterliche Wind wehte durch das zerbrochene Fenster, und ihr feuchtes Kleid klebte eisig an ihr. Auch ihre Haut fühlte sich an wie vereist. Sie konnte fühlen, wie die Kälte sich nach ihren Knochen streckte. Ihre Bewegungen waren langsam und schmerzhaft. Wie lange brauchte man, um an Lungenentzündung zu sterben? Nun, Lungenentzündung, da war sie sich sicher, würde nicht ihre Todesursache sein. Bis jetzt spürte sie nicht einmal Anzeichen einer Erkältung.

Ihr wurde klar, wie außergewöhnlich das war. Sie war ihr Leben lang so gut wie nie erkältet gewesen, war immer unglaublich gesund und widerstandsfähig gewesen. Doch im Eisregen eine Wand hochzuklettern und stundenlang nicht aus den nassen Kleidern zu kommen, sondern darin in einem plötzlichen Wintereinbruch zu stehen, das hätte sie krank machen müssen. Sie hatte nicht einmal eine verstopfte Nase. Jeder andere hätte längst eine Erkältung. Die Kälte, der sie ausgesetzt war, war hart und schmerzhaft, aber sie machte sie nicht krank.

Sie fuhr sich mit den Händen durch ihr Haar und versuchte noch eine übriggebliebene Haarnadel zu finden. Sie fand drei. Ein normales Schloß konnte sie damit knacken, aber an dieses konnte sie nicht einmal nahe genug heran. Sie steckte die Nadeln in ihr Kleid an unterschiedliche Stellen. Vielleicht konnte man sie als Waffe verwenden? Natürlich waren sie keine effektive Waffe, doch wenn es ihr gelingen mochte, damit in die Augen eines Angreifers zu stechen, vielleicht würde sie ihn blenden können?

Eine andere Lösung fiel ihr nicht ein. Sie war erschöpft. Ihr Verstand stand kurz davor, einfach aufzugeben und unter der Last der Ereignisse zusammenzubrechen. Sie rollte sich zu einem Ball zusammen, in der Hoffnung, so etwas wärmer zu werden. Vielleicht sollte sie versuchen zu schlafen. Vielleicht würde ihr das etwas Kraft zurückgeben, wenn sie jetzt schlafen konnte.

Die Bilder dessen, was ihr an diesem Tag geschehen war, liefen vor ihrem Auge ab. Sie sah wieder Steinbergs intensives, doch im Grunde freundliches Gesicht. Er war so behutsam mit ihr umgegangen, hatte versucht ihr nicht weh zu tun. Und sie hatte ihn verraten. Sie sah ihn wieder im Türrahmen liegen, Blut floß aus seiner Brust. Sie hatte ihn ermordet. Sie hatte nicht den Abzug betätigt, aber sie hatte ihn dennoch auf dem Gewissen.

Sie versuchte, die Schuld von sich zu schieben. Was er hatte tun wollen war gotteslästerlich und wahnsinnig. Es war richtig gewesen, das zu tun, was sie getan hatte, selbst wenn sie jetzt den Preis dafür zahlte. Es war gewiß ein hoher Preis dafür, daß sie die Welt gerettet hatte.

Sie wünschte sich, es gelänge ihr, an etwas Nettes, etwas Freundliches und Warmes zu denken. Eine wärmende Erinnerung in dieser Eishölle. Sie durchforstete ihr Gedächtnis. Sie fühlte wieder Graf Arpads Liebkosung, die Art, wie er sie geküßt hatte, wie seine Zunge über ihr Gesicht geglitten war. Sie erinnerte sich an ihre Gefühle, die Wärme, die er in ihr entfacht, das Feuer, das er geschürt hatte. In ihrem Sinn verwoben sich die Erinnerungen, und sie spürte nicht mehr seinen Mund, sondern den von Delacroix.

Sie begann zu weinen.

Kapitel 10

Der Sí schubste den Mann in das leere Zimmer und hielt ihn dabei sowohl mit seinen Gedanken als auch in seinen Klauen fest.

„Nein, Cérise, du kannst nicht mitkommen. Ich möchte nicht, daß du das hier siehst. Warte draußen! Bitte."

„Ich werde Delacroix den Brief bringen", sagte die Sängerin.

„Nein. Warte noch. Er wird selbst mit ihm sprechen wollen, und er wäre jetzt nur im Weg. Er weiß ohnehin schon viel zuviel über mich."

Sie gab nach. Nicht weil er es angeordnet hatte, sondern weil sie sich sicher war, daß sie nicht sehen wollte, was nun geschah. Manche Dinge wußte man besser nicht. Ihr Liebster sah in seiner Intensität furchterregend aus, kaum mehr menschlich. Der Mann, den er gefangen hatte, war einer seiner schlimmsten Feinde, und Cérise begriff, daß er diese Begegnung nicht überleben würde.

Sie wollte nicht sehen, wie ihr liebevoller Liebster einen Mord beging.

Draußen zu warten war jedoch nicht einfacher. Ihr Gewissen lag schwer auf ihr in dem Bewußtsein, daß sie sich gleichgültig abkehrte, während ein Mitmensch den Tod erlitt.

Der schlanke Feyon schloß nachdrücklich die Tür zwischen sich und seiner Liebsten. Sein Gefangener bebte. Noch hielt er den Willen des Menschen gefangen, so daß er nicht einmal schreien konnte.

Nun ließ er ein wenig nach.

„Sprich zu mir", forderte er ihn fast freundlich auf.

„Bitte!" flehte der Mann. „Bitte tun Sie mir nichts!"

„Oh, du solltest keine Gnade von mir erwarten. Zumindest nicht mehr Gnade, als ich im umgekehrten Fall von dir zu erwarten hätte. Und wieviel Gnade wäre das? Wo ist Miss Jarrencourt?"

Er verbog den Sinn seines Gefangenen wie dünnes Blech, und der Mann begann, in schmerzverzerrten Sätzen zu reden. Die Vorstadt, St. Anna. Ein Gebäude nahe der Kirche. Es sah aus, als würde es zum Kloster nebenan gehören. Nur dazu gehörte es nicht.

„Welche Richtung?"

An der Oper vorbei. Es war nicht allzuweit. Östlich die neue Maximilianstraße entlang, dann nach dem Hofküchengarten nach Norden. Es war nur ein, höchstens zwei Meilen vom Englischen Garten, dem großen Landschaftspark, entfernt. Er beschrieb den Weg genau.

„Wer bist du?"

Er war ein Akolyth des Arkanen.

„Sie haben einen lumpigen Akolythen geschickt? Gegen ein Team aus drei Soldaten, einem Meister und einem ... mir?"

Er hätte doch nur den Brief expedieren sollen. Nicht mehr. Die meisten Angestellten waren seit dem Kampf im zweiten Stock nicht mehr im Haus. Also hatte er die Botschaft selbst bringen wollen. Genauso wie er mit Leutnant von Orven das Essen gebracht hatte. Er hatte gedacht, er wäre unverdächtig. Der Leutnant hatte ihn nicht einen Moment lang verdächtigt. Er hatte gedacht, man würde glauben, daß er Kellner sei.

„Eine üble Fehleinschätzung. Beschreibe mir das Gebäude! Wie ist es aufgebaut? Gib mir Details!"

Er brauchte einige Zeit, um alles zu beschreiben.

„Wie viele von euch sind dort?"

Nicht viele. Der große Meister des Arkanen lag im Koma. Pater Emanuele und Bruder Giuseppe, die Gesandten aus Rom, hatten hier im Hotel gewohnt. Außerdem waren da noch zwei Brüder. Normalerweise mehr, doch sie hatten eben erst ein Team bestehend aus vier Inquisitoren nach Würzburg geschickt, auf eine Mission. Diese waren wahrscheinlich noch nicht zurück. Genau wußte er es nicht.

„Wo in dem Gebäude werden sie das Mädchen festhalten?"

Wahrscheinlich im Keller. Sie hatten dort eine kalteisenverstärkte Zelle für solche Fälle.

„Mit ‚solche Fälle' meinst du wohl ein junges, unschuldiges Mädchen, das vor achtundvierzig Stunden noch nicht einmal wußte, daß sie sich in irgendeiner Weise von anderen Menschenfrauen unterscheidet?"

Der Mann antwortete nicht, kauerte sich nur ängstlich nach unten.

„Lebt sie noch?"

Er antwortete nicht.

„Lebt sie noch?" Torlyn drehte den Sinn des Mannes zu einem schmerzhaften Knoten, und er schrie lautlos, denn eine Stimme dazu war ihm nicht vergönnt.

„Ich weiß es nicht. Ich weiß es nicht. Wirklich. Ich weiß es nicht", stöhnte er. „Es hieß, sie sollte am Leben bleiben bis zum Austausch. Aber Bruder Giuseppe war schon so wild auf sie. Vielleicht hat er sie trotzdem getötet. Pater Emanuele hat nicht soviel Einfluß auf ihn, wie er gerne hätte. Bitte! Ich flehe Sie an! Hören Sie auf! Ich habe Ihnen alles gesagt! Alles, was ich weiß. Bitte lassen Sie mich jetzt gehen! Bitte!"

„Das ist alles, was du weißt? Du hast mir alles gesagt?"

„Ja. Das habe ich: Ich schwöre bei Gott, das habe ich."

„Ich weiß, daß du mir alles gesagt hast", lobte Torlyn sanftmütig. „Und deshalb wird es dich freuen, daß du mir nun in einer letzten Sache von Nutzen sein kannst."

Er packte den Verstand des Mannes mit erneuter Kraft, und der Möchtegern-Kellner öffnete sich selbst den Kragen. Seine Hände zitterten stark. Doch es blieb ihm keine Wahl. Er trat scheinbar freiwillig vor, in eine schaurige Umarmung, und schrie lautlos, als die Zähne des dunklen Feyon sich grob in seinen Hals bohrten.

Graf Arpad trank gierig. Er hielt den Mann in seinen Armen, und seine scharfen, spitzen Fingernägel waren in dessen Rücken gekrallt. Auch den Willen des Mannes hielt er umklammert, um ihn davon abzuhalten sich zu wehren. Doch das war alles, was er tat. Dem Mann war bewußt, was mit ihm geschah, ebenso wie dem Sí bewußt war, wie grausam das war, was er tat. Von Natur aus war er nicht übermäßig grausam, fand er. Und vielleicht bereitete es ihm noch nicht einmal Freude. Nicht mehr Freude, als es einem machte, Gerechtigkeit walten zu lassen. Und nicht mehr Freude, als einem sehr hungrigen Mann ein kaum mittelmäßiges Mal bereiten konnte.

In seinen Gedanken hielt er das Bild des Mädchens, wie es auf Cérises Couch gesessen hatte, verletzt, aufgeregt und voller Blut. Er erinnerte sich daran, wie er sie küßte, ihr Blut schmeckte, Menschenblut mit nur einem winzigen, irritierenden Anteil von Nereide, wie sie ihm vertraute, ohne einen Grund dafür zu haben. Ihr Mut und ihre Verletzlichkeit hatten ihn berührt.

Die Tür flog auf. Delacroix stürmte vor, hielt schockiert am Eingang inne, versuchte zu begreifen, was er da sah. Der Brief, den er eben noch in der Hand gehalten hatte, entglitt seinen Fingern und fiel zu Boden. Sein Gesicht spiegelte sein Entsetzen wider.

Der Sí ließ sein Opfer los, das haltlos auf den Boden glitt. In seinem Hals waren unverheilte Löcher deutlich sichtbar. Blut sickerte langsam daraus hervor. Der Feyon drehte sich vollends um, seine Zähne waren lang und bedrohlich. Er blickte direkt den Eindringling an, der seinerseits reglos vor Schock zurückstarrte.

„Was zur Hölle ..."

Cérise Denglot trat zwischen die beiden Männer.

„Hört zu", sagte sie drängend. Doch sie hörten nicht zu. Beide winkten sie nur zur Seite.

„Großer Gott", rief Delacroix angeekelt aus. „Sie sind ein Vampir!"

Er hatte seinen Kalteisendolch gezogen, bevor ihn sein Bewußtsein von der Notwendigkeit dieser Maßnahme noch überzeugt hatte.

„Nein!" schrie Cérise und ergriff seinen Arm. Er schleuderte sie mit einer machtvollen Bewegung zur Seite, und sie fiel hart zu Boden.

Graf Arpad kniete schon neben ihr, bevor sie noch vollends aufgeschlagen war und sich verletzen konnte, und fing sie auf. Seine Arme hielten sie beschützend, dann verharrte er mit einem Mal reglos. Das Messer zeigte direkt auf seinen Hals. Er stöhnte vor Schmerz auf.

„Nein, Delacroix! Tu's nicht!" schrie die Sängerin.

Der Feyon bewegte sich nicht, blieb nur ganz still und steif knien. Seine Augen waren halb geschlossen. Sein Atem kam in stoßweiser Agonie. Eine dünne, rote Linie brannte sich in die Haut seines Halses. Er sog Luft durch gefletschte Zähne ein.

„Wenn Sie mich jetzt töten, Delacroix, werden Sie nie erfahren, was der Mann mir über Miss Jarrencourts Verbleib berichtet hat", zischte er, hämmerte die Worte durch seinen Schmerz. „Er fühlt sich nicht mehr gut genug, Ihnen selbst Auskunft zu geben."

Das Messer wich ein Stück zurück.

„Bewegen Sie sich nicht, Graf Arpad. Ich weiß, wie schnell Sie sind."

„Sie haben guten Grund, das zu wissen, Delacroix. Meine Geschwindigkeit hat Ihnen allen Ihre Haut gerettet. Ein Fehler meinerseits, offenbar." Seine Augen suchten Cérises Blick. „Hat er dir weh getan, meine Schöne?"

„Nein, hat er nicht. Und dir wird er auch nicht weh tun, oder ich schieß ihm sein beschränktes Gehirn aus seinem Sturschädel, bei der nächsten Gelegenheit. Ich schwöre, ich tu's. Hörst du mich, Delacroix. Ich schwöre, ich bring dich um – und wenn es das letzte ist, was ich auf Erden tue!"

Der wuchtige Mann focht – mit sich selbst. Kämpferische Entschlossenheit und vorwurfsvolle Ratlosigkeit waren beide in seinem Blick zu finden, wenn man ihn gut genug kannte. All seine Instinkte und in Schlachten erprobte Vorsicht sagten ihm, daß er den Vorteil, den er im Moment hatte, sofort für sich umsetzen mußte. Noch konnte er den Vampir mit nur einer Bewegung töten. Wenn er es jetzt nicht tat, würde er den Kampf verlieren. Verlieren, besiegt werden, untergehen und als Nachtisch eines schwarzhaarigen Monsters enden.

Er trat zurück. Er steckte seinen Dolch weg. Es war ihm deutlich anzumerken, daß er das nur widerstrebend tat. Doch darüber hinaus war auch Verwirrung in seinen Zügen zu erkennen. Er wußte nicht, was er tun sollte. Und er haßte es, unsicher zu sein, nicht zu wissen, wie er mit einer Situation umzugehen hatte. Er blickte von der Sängerin zu ihrem dunklen Liebhaber.

„Cérise, wie konntest du nur?“ fragte er.

„Du weißt überhaupt nicht, wovon du redest“, antwortete sie heftig. „Alles, was du weißt, ist nur Mythos und Märchen. Er ist nicht so wie du denkst.“

„Er wird dich irgendwann umbringen.“

„Er wird mir niemals weh tun. Vielleicht wird er irgendwann meiner müde und wird mich vergessen machen. Das ist das Schlimmste, was ich von ihm zu befürchten habe. Es ist überhaupt das Schlimmste, das ich mir in meinem Leben vorstellen kann.“

Der Sí küßte ihr sanft ihre Stirn.

„Dürfen wir uns erheben, Delacroix, oder haben Sie vor, uns wieder anzugreifen, wenn wir uns bewegen?“ fragte er höflich.

Der große Mann trat noch weiter zurück.

„Ich entschuldige mich“, sagte er. „Ich hätte Sie nicht angreifen sollen. Aber das hier war allzu ...“

Der Vampir stand langsam auf, hob Cérise mit sich empor und stellte sie auf die Füße.

„Ich denke, du solltest jetzt gehen, meine Schöne. Colonel Delacroix und ich müssen eine kleine Diskussion führen.“

„Wage nicht, mich wegzuschicken! Ich lasse nicht zu, daß ihr beide euch gegenseitig bis aufs Blut ...“ Ihr wurde bewußt, was sie gesagt hatte, und sie wurde mit einem Mal blaß und lehnte sich knieweich in den Arm des Sí.

Einen Moment lang war es still. Das einzige, was die Stille unterbrach, war das Röcheln des bewußtlosen Opfers, das noch am Boden lag. Sie hatten sich in eine Sackgasse manövriert.

„Cérise“, sagte Delacroix schließlich, seine Stimme klang hart und angespannt. Er faltete seine Hände hinter seinem Kopf. „Faß in die Jackentasche und hol das Messer raus. Nimm es mir weg.“

„Was …“

„Tu es einfach. Bitte!“

Die Sängerin tat, wie ihr geheißen, und trat dann zurück, entfernte sich von beiden Männern.

„Graf Arpad. Es tut mir leid, daß ich Ihnen Schmerzen zugefügt habe. Vielleicht verstehen Sie ja, was es für Instinkte auslöst, wenn man als Mensch zusehen muß, wie einem anderen Menschen von einem Vampir das Blut ausgesaugt wird. Sie sehen dabei weder zivilisiert, noch besonders freundlich oder charmant aus.“

Der Vampir schenkte ihm ein trockenes Lächeln, erwiderte jedoch nichts.

„Jedoch muß ich zugeben, daß Sie uns sehr wertvoll waren. Ich habe keine andere Wahl, als Ihnen zu vertrauen. Ich bin jetzt unbewaffnet, und wir wissen beide, daß mein Leben ohne diese Waffe in einem Kampf gegen Sie keinen Pfifferling wert ist. Wenn Sie darauf bestehen, werde ich mein Schutzamulett abnehmen. Es ist weiß Gott nicht so, daß ich Ihnen so weit vertraue, aber ich werde alles tun, um Miss Jarrencourt zu befreien – und wir haben genug Zeit vertan. Ich bitte Sie in aller Form, mir zu sagen, was Sie herausgefunden haben. Ich schwöre, daß ich Sie weder verraten noch wieder angreifen werde. Bei meinem Leben schwöre ich das – und bei ihrem. Akzeptieren Sie meine Kapitulation?“

Der dunkle Mann musterte ihn skeptisch.

„Sie liefern sich mir aus? Soll ich das glauben?“ fragte er, während seine schwarzen Augen Delacroix’ gelbe festhielten.

„Ich werde alles tun, was nötig ist“, erwiderte Delacroix und hielt weiter seine Arme hoch und seine Hände hinter dem Kopf verschränkt. Er stand reglos. Nur seine Augen bewegten sich, folgten den Bewegungen des Mannes ihm gegenüber.

Der Sí trat sehr nah an den größeren Mann heran, bis auf Tuchfühlung, bis ihre Körper sich berührten. Er lächelte, zeigte dabei seine spitzen, langen Zähne, die nur wenige Zoll von Delacroix’ Hals entfernt waren. Er streckte seine krallenbewehrte Hand aus und faßte dem Colonel sehr sanft unter das Kinn, strich mit den Fingern bis zur Seite des Halses.

Cérise atmete erschrocken ein.

„Geh nicht zu weit, Liebster“, warnte sie. Sie wußte nur allzugut, daß man den großen Mann nur bis zu einer bestimmten Schwelle herausfordern durfte, danach würde er nur noch reagieren. Doch der Colonel stand weiter unbeweglich da, wie in Stein gemeißelt.

„Lieben Sie sie so sehr?“ fragte Graf Arpad und folgte liebkosend mit seinen Fingerspitzen Delacroix’ Blutgefäßen am Hals. Es war eine innige Geste, sanft und doch fordernd. Eine Geste, die mehr versprach. Eine Berührung voller Begierde und Eroberungswillen.

Der Colonel schloß einen Augenblick lang schmerzerfüllt seine Augen, kämpfte um Worte und Erklärungen, die ihm beide nicht leicht fielen.

„Ja“, sagte er schließlich nur.

Der Sí lächelte.

„Wer hätte das gedacht?“ sagte er leichthin, trat zurück und schenkte ihm ein warmherziges und charmantes Lächeln. „Ich werde Ihnen alles sagen, und dann können wir einen Plan schmieden. Und danach werde ich diese ... Angelegenheit hier ... ordentlich beenden. Es ist wahrlich keine Art, seine Leichen mit Löchern in den Hälsen einfach so herumliegen zu lassen.“

Er warf dem wuchtigen Mann einen herausfordernden Blick zu, als warte er nur darauf, daß dieser nun doch intervenieren würde.

Doch es war die Sängerin, die aus dem Zimmer stolperte, kreidebleich, ihre Hand gegen den Mund gepreßt.

Kapitel 91

Sie hatte natürlich nicht schlafen können. Sie saß nur da, die Augen geschlossen, ihren Körper möglichst klein zusammengerollt, die Arme um die Knie geschlungen, als ob sie so sich selbst wärmen könnte, und sei es nur dadurch, daß sie möglichst wenig mit dem kalten Boden in Berührung kam.

Wieviel Zeit vergangen war wußte sie nicht. Die Kerze war schnell heruntergebrannt, und danach hatte sie in der Dunkelheit gesessen. Sie konnte das Glühen des Kalteisens sehen, doch es machte ihre Zelle nicht heller. Die Dunkelheit griff nach ihren Gedanken, fraß jegliche Hoffnung, die sie entgegen besseren Wissens doch noch gehabt hatte, daß jemand kommen würde, um sie zu befreien.

Niemand war gekommen. Und es würde auch niemand kommen.

Sie hatte gebetet. Sie konnte nicht glauben, daß diese Menschen recht hatten und sie nicht Gottes Kind war, sondern eine Abscheulichkeit, ein Fehler der Natur, der korrigiert werden mußte. Sie wünschte, sie wüßte mehr über ihre Abstammung, und sei es nur, um irgendeine Vorstellung davon zu haben, wofür sie sterben mußte.

Als sie das Licht die Kellertreppe hinunter scheinen sah, dachte sie, sie würden sie nun doch austauschen. Vielleicht war jemand gekommen? Delacroix? Er war zu ihr gekommen. Doch dann sah sie, daß es der große, wuchtige Mönch war. Sein breitschultriger Körperbau hatte einen Schatten an die Wand geworfen, den sie für einen Augenblick mißdeutet hatte. Er war so groß wie der Colonel. Und auch so dunkel. Ihr Herz krampfte sich vor Enttäuschung zusammen. Ihre plötzliche Hoffnung starb im gleichen Moment. Es tat weh, als hätte ihr jemand ins Herz gestochen.

Er hielt eine Petroleumlampe in einer Hand und irgend etwas Undefinierbares in der anderen. Sie konnte nicht erkennen, was es war. Aber er lächelte. Selbst durch die Dunkelheit konnte sie sein Lächeln erkennen.

Er war allein. Niemand war da, um ihn zurückzuhalten. Er näherte sich ihrem Käfig langsam und musterte sie, tastete sie mit seinem Blick ab. Sie rappelte sich hoch, wollte ihm nicht sitzend begegnen. Sie überlegte sich, ob sie um Hilfe schreien sollte. Vielleicht würde jemand kommen? Vielleicht brauchten sie sie ja noch lebend? Vielleicht war er ohne Erlaubnis hier?

Sie schrie nicht. Statt dessen sprach sie ihn an.

„Sind Sie gekommen, um mir weh zu tun?" fragte sie ihn und versuchte, seinen Blick zu treffen, doch die dunkeln Augen bewegten sich unstet hin und her, von ihrem Antlitz über ihren Körper und zurück zur Treppe. Die Lampe erleuchtete sein Gesicht von unten her, und seine Züge hatten etwas Diabolisches, waren voller unnatürlicher Schatten.

Er setzte die Lampe ab und schloß den Käfig auf. Jetzt konnte sie sehen, was er hielt. Es war eine Art Messer, nicht der lange, geschwungene Dolch, mit dem er sie schon bedroht hatte, sondern ein seltsam aussehendes Ding mit einer extrem kurzen Klinge. Sie verstand, daß dies etwas war, um Wunden zu schlagen, die nicht töteten. Und sie begriff nicht, wie Menschen sich so etwas ausdenken konnten, solche Gerätschaften bauen konnten, ihre gottgegebene Phantasie für solche Grausamkeiten gebrauchten.

Er hatte ihr nicht auf ihre Frage geantwortet, doch jetzt trat er zu ihr und sagte etwas auf Italienisch. Sie verstand, daß er sie aufforderte, sich bei ihm zu bedanken dafür, daß er sie nun einer Reinigung unterziehen würde.

Die Haarnadel war in ihrer Hand, wohlversteckt. Sie war nur eine winzige Waffe gegen einen Mann, der die Kraft hatte, ihr mit bloßen Händen die Knochen zu brechen. Sie wich vor ihm zurück, und er folgte ihr gemächlich. Es machte ihm offenbar Freude, und er hatte es nicht eilig. Sie konnte seine ganze Vorfreude fühlen. Ihre Haare stellten sich im Nacken hoch. Die Angst hetzte ihre Gedanken von einem unmöglichen Ausweg zum nächsten. Er hatte die Tür nicht wieder verschlossen. Vielleicht würde sie entkommen können?

Rückwärts wich sie, rückwärts in einem kleinen Kreis, immer in dem Versuch, nicht zu nah an die Wand zu geraten, damit er sie nicht dagegen drücken, sie einklemmen konnte zwischen sich und der Mauer. Er wiederum gab acht, daß er immer zwischen der Tür und ihr war. Sie erkannte, daß er die Tür mit Absicht offengelassen hatte, um sie zu schmähen, um ihr eine Hoffnung vorzugaukeln, die er zerschlagen konnte. Er wußte nicht, daß ihm das schon allein mit seinem Schatten an der Treppenwand gelungen war.

Nun griff er nach ihr, und sie entwand sich in einer Drehung, seine große Hand verpaßte sie, berührte sie nur kurz, griff nach ihrer Kleidung, die dabei quer über ihrer Brust kaputtriß. Mehr passierte nicht. Ein Stück weißer Spitze von ihrem Unterkleid flatterte zu Boden. Sie rang nach Atem. Sie war ihm entkommen. Einen Moment lang hatte sie gesiegt.

Im nächsten Augenblick hatte er sie schon in seinem Griff, und nun schrie sie vor Angst und vor Verzweiflung. Er hielt ihr die Arme mit einer Hand hinter ihrem Rücken, bog sie rückwärts, und sie sah, wie seine zweite Hand ganz langsam auf ihr Gesicht zukam. Die kurze Klinge war auf ihr rechtes Auge gerichtet. Er nahm sich Zeit, hielt sie noch ein wenig fester, klemmte sie zwischen sich und die Außenwand. Sein Körper rammte hart gegen ihren.

Sie konnte sich überhaupt nicht rühren. Sie konnte sich nicht entwinden, nicht wehren, war vollständig bewegungsunfähig. Kein Ausweg bot sich. Er würde sie blenden, ihr die Augen ausstechen, fast konnte sie den Schmerz schon fühlen, sah Elizas verstümmeltes, augenloses Gesicht vor sich, wußte, daß sie das gleiche Schicksal ereilen würde. Nur war sie dabei noch am Leben.

Sie fühlte den eisigen Wind auf ihrem Gesicht, der durch das zerbrochene Fenster wehte. Das letzte, was sie sehen würde, war das glühende Drahtgitter aus Kalteisen.

Sie schrie immer weiter, und dann traf es ihre Augen, brannte in sie hinein, und sie konnte nichts mehr sehen. Beide auf einmal hatte er ihr genommen, dachte sie, doch sie hörte ihn fluchen, sein Griff wurde locker, und sie begriff, daß es nicht seine Klinge gewesen war, die sie getroffen hatte. Tränen strömten aus ihren Augen. Tränen, kein Blut. Und ganz langsam konnte sie den Kalteisenschimmer über sich wieder sehen.

Sand. Sie waren von Sand getroffen worden. Mitten im Spätwinter, während es draußen schneite, hatte trockener Sand sie getroffen. Teilweise war er ihr in den offenen Mund gefallen, und ihre Zähne schliffen sich daran. Ein weiterer Teil war ihr in die Nase gekommen und in die Augen, aus denen nun die Tränen liefen.

Jemand hatte Sand nach ihr geworfen, nach ihnen beiden, verstand sie mit einem Mal, denn er hatte sie losgelassen, kratzte an seinem Gesicht herum, fluchte und spuckte, rieb sich die Augen. Es tat ihm weh. Und ihr nicht. Zumindest nicht so weh, wie sie erwartet hatte. Dies war nichts im Vergleich. Sie hatte noch ihre Augen, was bedeutete da Sand? Er hatte sie ihr nicht ausgestochen, hatte seine Klinge nicht hindurch geschrammt, hatte sie nicht in zwei Hälften gespalten, wie er – und das wußte sie jetzt – das vorgehabt hatte.

Der Sand schmeckte nach Eisen, wie ferne Blitze, kribbelte auf ihrer Haut und ihrer Zunge. Sie mußte an Steinberg denken und an den Sand auf seinem Tisch, fühlte plötzlich den unwiderstehlichen Drang, zu ihm zu gehen, bei ihm zu bleiben. Er rief sie zu sich. Nur wußte sie, daß er bereits tot war.

In diesem Moment trat sie zu. Und er klappte in der Mitte zusammen. Man hatte ihr beigebracht, welches die Stellen waren, die man treten mußte, wenn man sich gegen einen männlichen Angreifer verteidigte. Bislang hatte sie dieses Wissen nie gebraucht. Und ihr war auch niemals bewußt gewesen, wie stark sie war. Er grabschte mit einer Hand nach ihr, und sie rammte die Haarnadel in sein Fleisch, durchbohrte die Hand mit einem Stoß. Sie wußte nicht, wie sie das hatte tun können, doch die Kraft war mit einem Mal dagewesen, aus dem Nichts erstanden.

Er ließ vor Schreck sein kleines Messer fallen, und sie fing es, während es noch fiel, entwickelte eine Geschwindigkeit, die sie noch nie zuvor gehabt hatte. Er faßte noch einmal nach ihr, und sie schnitt ihm mit der kurzen Klinge quer über die Hand, bevor er das Messer fing und ihr die Klinge wieder aus der Hand riß. Sie drehte sich um und rannte.

Aus dem Käfig rannte sie, vorsichtig, damit sie keinen Teil der Tür berührte. Am liebsten hätte sie ihn eingesperrt, doch sie konnte das Schloß immer noch nicht anfassen. Und das Kalteisen schien an Intensität zugenommen zu haben, leuchtete heller als je zuvor. Aber er würde sie nicht bekommen. Sie war schnell, sie war mächtig, sie war Sí, und sie gehörte zu einer neuen Rasse. Und er war nichts.

Sie stürmte die Treppen hinauf, flog fast die Stufen hoch, und als sie oben angekommen war, verließ sie die plötzliche Macht. Das Gefühl der Unbesiegbarkeit war fort – verschwunden mit dem letzten Sandkorn, das sie sich aus den Augen geweint hatte. Und auch die Kraft war fort, ebenso ihre unglaubliche Schnelligkeit. Sie war einfach nur wieder Corrisande, klein und unscheinbar, zart und schwach gegen einen solch riesigen Kerl. Und sie war in Schwierigkeiten. Sie sah sich um. Er kam ihr bereits hinterher. Seine blutenden Hände waren ihr entgegengestreckt.

Mit seiner Linken zog er die Haarnadel aus der Rechten. Blut tropfte auf den Boden. Sie hatte die Kellertür erreicht, schaffte es nicht, sie zu öffnen. Sie war versperrt. Sie rüttelte daran, während er näher kam. Ihre Verzweiflung und Angst kostete sie wertvolle Sekunden, doch dann sah sie, daß er sie von innen eingesperrt hatte, und sie drehte den Schlüssel im Schloß. Sie hätte gerne den Schlüssel abgezogen und von außen wieder zugesperrt, aber er steckte fest, ließ sich nicht von ihren fliegenden Händen herausziehen. Und so verließ sie den Keller, warf die Tür ins Schloß, ohne abschließen zu können.

Sie hatte gehofft, einen Riegel vorzufinden. Doch da gab es keinen Riegel. Der Schlüssel bot die einzige Möglichkeit, die Tür zu verriegeln. Sie hätte sich die Zeit nehmen sollen, ihn innen aus dem Schloß zu ziehen. Zu spät jetzt. Sie konnte nur noch weglaufen. Sie hörte bereits, wie er auf der anderen Seite der Tür näher kam. Er war schon fast da.

Und sie rannte auch bereits. Die Haupteingangstür war verschlossen. Das wußte sie, sie hatte gesehen, wie sie verschlossen wurde. Keine Zeit, das Schloß zu knacken. Und selbst wenn sie die Zeit gehabt hätte, wäre sie nur in einen geschlossenen Hof gelangt mit einer Kalteisentür, die ebenfalls verschlossen war. Keine Zeit dafür, und keine Chance in dieser Richtung.

Sie nahm sich nicht die Zeit, weiter darüber nachzugrübeln, rannte bereits die Stufen hoch, hielt dabei ihre zerrissenen Röcke hoch, um nicht darüber zu fallen. Ein Korridor öffnete sich, mit Teppichen wohnlich gemacht, getäfelt, gemütlich und behaglich. Bestickte Vorhänge unterteilten ihn. Das Leben von Heiligen war darauf abgebildet. Und ein weiteres großes Kruzifix hing an der Wand.

Sie griff nach dem schweren Holz, zerrte es von der Wand.

„Vergib mir, bitte, vergib mir", betete sie und warf es in einer schwungvollen Bewegung hinter sich, in der Hoffnung, es möge ihn treffen oder ihn auf der Treppe zum Stolpern bringen.

Doch sie hatte schlecht gezielt. Ein Kruzifix war kein Wurfmesser, und sie traf nicht. Es schlug gegen die Wand, drehte sich und warf eine Petroleumlampe um, die dort stand und ein wenig Licht gab. Sie fiel auf den Boden, und der Zylinder zerbrach in zwei Hälften. Flammen breiteten sich auf dem Teppich aus, züngelten orangerot darüber hinweg, erreichten den Vorhang, griffen nach den trockenen Holzwänden. Sie verlor eine wertvolle Sekunde, während sie betrachtete, was sie angestellt hatte.

Da war er auch schon. Er hatte den Treppenabsatz erreicht, sprang über die Flammen, irritiert doch unbeirrbar. Er wurde nicht einmal langsamer. Sie rannte schon wieder, obgleich sie wußte, daß es nur noch eine Frage von Sekunden war, bis er sie erreichen würde. Mit seinen langen Beinen war er viel schneller. Ihre Panik trug sie weiter, und sie versuchte, im Vorbeilaufen Gegenstände aufzunehmen und hinter sich zu werfen, in der vagen Hoffnung, er würde darüber stolpern oder fallen.

Er fluchte hinter ihr. Und er war schon so nah. Fast hatte er sie erreicht. Eine Tür öffnete sich auf der rechten Seite, und sie wirbelte drumherum, duckte sich daran vorbei. Sie war klein und behende, es ging. Der Schwung des schweren Mannes trug ihn direkt in die Tür. Ein ärgerlicher Schwall Italienisch erschallte hinter ihr, und sie erkannte die Stimme des Priesters, hatte jedoch keine Zeit und keine Energie zu lauschen, ob sie mehr als nur ein paar Worte verstehen würde.

Die Hintertreppe war nun vor ihr, und sie sah den alten Mönch von unten her hochsteigen. Er hielt nun auch einen glühenden Gegenstand in seiner runzligen Hand, und ihr wurde klar, daß er genauso gefährlich war, wie die anderen. Runter und an ihm vorbeizurennen hatte keinen Zweck, also rannte sie hoch, die Röcke in einer Hand, zwei Stufen auf einmal nehmend. Hoch, in panischer Hast, höher und höher. Dann endete die Treppe, sie hatte den obersten Stock erreicht, und sie jagten sie noch immer, blockierten den Weg nach unten.

Von der Vordertreppe konnte sie auch Lärm hören und lautes Knallen. Sie schossen auf sie? Oder nicht? Sie konnte den Schützen nicht sehen, aber sie wartete auch nicht darauf.

Sie öffnete die Tür zu einem Zimmer, sprang hinein und schloß sie hastig hinter sich. Auch hier keine Rettung, kein Versteck. Nicht einmal ein Schlüssel war in der Tür. Mit einer Hand stemmte sie einen Stuhl unter die Klinke, in der Hoffnung, das würde ihre Verfolger wenigstens einen Moment lang behindern. Wieder eine Petroleumlampe neben einem Bett, auf dem ein Mann hingestreckt lag. Seine Augen waren halb geöffnet, und sie fürchtete, er könnte jeden Moment aufspringen, um sie zu fangen. Doch er schien sie nicht wahrzunehmen, starrte nur leer und ausdruckslos gegen die Wand. Noch ein Opfer?

Sie ergriff die Lampe, nahm sie mit sich zum Fenster. Eine Waffe. Das Fenster war schnell geöffnet, und in der nächsten Sekunde stand sie auf dem Fensterbrett. Draußen war es dunkel, und sie konnte fast nichts sehen. Sie mußte im zweiten Stock sein, oder im dritten? Sie wußte es nicht. Allzu hoch konnte das Gebäude nicht sein. Sie hatte es in der Dunkelheit von draußen kaum gesehen. Jedenfalls war es zu hoch, um zu springen. Und außerdem konnte sie nicht erkennen, wohin sie sprang.

Also weiter nach oben. Sie warf die Lampe gegen die Tür, wo sie zerbarst und Feuer wie eine Wand an ihr hochstieg. Eine sehr kleine Wand. Keine Barriere, die ihre Verfolger aufhalten würde. Doch sie war schon draußen, fingerte blind an der Fassade entlang nach einem Halt, fand Efeu.

Efeu war nicht stark genug, sie zu halten, das wußte sie. Doch eben barst die Tür hinter ihr, und so versuchte sie es trotzdem, zog sich an den glitschigen, schneefeuchten Blättern hoch, suchte nach einem Halt für ihre Zehen. Wieder kletterte sie um ihr Leben. Und diesmal wußte sie nicht, was sie tun würde, wenn sie erst das Dach erreicht hatte.

Wahrscheinlich würde ihr doch nichts anderes übrigbleiben, als davon hinunterzuspringen.

Kapitel 92

Von Görenczys Pferd rutschte immer wieder auf dem nassen, schneebedeckten Kopfsteinpflaster. Es war nervös und launisch und nicht an einen Reiter gewöhnt, der um einiges schwerer war als der Chevauleger, den es normalerweise trug. Und es hatte auch keine Lust, bei Wind und Wetter und Schneesturm aus dem Stall geholt zu werden.

Delacroix war ein guter Reiter. Er gehörte selbst einem Kavallerieregiment an, also konnte er kein schlechter Reiter sein. Doch die Umstände waren schwierig. Seine eigene nervöse Ungeduld und die dringende Notwendigkeit, sich zu beeilen, setzte sich in der Laune der geborgten Stute fort, und es bedurfte des Einsatzes seiner ganzen Geschicklichkeit, um das unwillige, scheuende Tier im Griff zu halten.

Er wäre lieber schneller vorangekommen, doch Leutnant von Orven ritt voran, und er war ein umsichtiger Mann. Er hatte durchaus recht. Es war dunkel und rutschig, und nichts wäre gewonnen, wenn sie stürzten oder sich verletzten, oder auch nur die Pferde verletzten. Trotzdem zerrte das langsame Vorankommen an den Nerven des Briten. Er sagte nichts dazu, hielt nur sein Pferd mit einer Art wohltrainierter Brutalität unter Kontrolle, die er normalerweise nicht auf Tiere anwendete. Er war ein eleganter und eher sanfter Reiter, trotz seiner Dimensionen und seiner ungeheueren Körperkraft.

Sie waren unterwegs. Endlich waren sie unterwegs. Es schien Äonen gedauert zu haben. Scheinbar stundenlange Diskussionen, was getan werden mußte oder nicht, waren vorausgegangen. Er versuchte zu verdrängen, daß er soeben seine Pflicht verriet. Er hatte den Raum verlassen, in dem es seine Aufgabe gewesen wäre, das Manuskript zu bewachen. Es war eine Pflichtverletzung der schlimmsten Art, denn er hatte die vielleicht größte Bedrohung, der die Menschheit je ausgesetzt war, einer Gruppe zur Bewachung überlassen, die aus einem erschöpften Magier bestand sowie aus einem verletzten Chevauleger, der nur seinen linken Arm gut einsetzen konnte, einer Opernsängerin, die sich ständig überschätzte, und einem Vampir.

Einem gottverdammten Vampir.

Doch er hatte nur diese eine Wahl, es so zu machen oder selbst zu bleiben und an das Mädchen zu denken, wie es langsam und qualvoll zu Tode gefoltert wurde. An Corrisande Jarrencourt zu denken und sich dabei vorzustellen, was sie ihr antun würden. Er brauchte nicht einmal eine besonders intensive Vorstellungskraft dafür, er wußte es zu genau, und sein Magen krampfte sich bei dem Gedanken zusammen.

Er hatte nicht bleiben können. Er hätte den Gedanken nicht ertragen, nur dazusitzen und auf den Morgen zu warten, immer wissend, daß er sie vielleicht hätte retten können, wenn er es nur versucht hätte.

Seltsamerweise hatte seine Entscheidung keiner Erklärung bedurft. Jeder verstand sie. Cérise hatte sie verstanden. Und die beiden Leutnants hatten sie auch verstanden. Und selbst der Vampir hatte verstanden und ihm ein Lächeln geschenkt, das so voll von warmherzigem Mitgefühl war, daß Delacroix sich zusammennehmen mußte, dem Mann nicht ins Gesicht zu schlagen.

Er hatte es nicht getan. Vielmehr hatte er gehofft, daß der Sí ihn auf diesem Ritt begleiten würde. Er konnte im Dunkeln viel besser sehen, und seine unglaubliche Körperkraft wäre hilfreich gewesen. Doch freilich das war nicht möglich. Wenn es eine Person gab, die ihn nicht auf seinem Weg ins Refugium begleiten konnte, dann war es der Feyon. Diese Gebäude waren gegen Sí-Attacken bestens gesichert. Wahrscheinlich waren sie bis unters Dach mit Kalteisen vernagelt.

Also wollte er allein reiten, aber Leutnant Asko von Orven hatte sich freiwillig gemeldet, ihn zu unterstützen. „Sie müssen das nicht tun“, hatte er dem jungen Mann gesagt. Der hatte darauf bestanden. Er hatte dem Mädchen versprochen, es zu beschützen, und er war vielleicht sogar schuld, daß man die junge Dame ergriffen hatte. Sie hatte ihn von seinen Versprechen entbunden, aber seine Ehre forderte, daß er half.

Der junge Mann war ein lebendiges Abbild schuldbewußter Verwirrung. Delacroix konnte es fühlen. Der Gedanke, ein Kloster angreifen zu müssen, behagte ihm nicht. Es ging ihm gegen den Strich, seine eigene Kirche zu bekämpfen. Er mochte die Pflicht, die er sich selbst auferlegt hatte, keineswegs. Doch er konnte sich auch nicht mit der Vorstellung abfinden, daß jemand das Mädchen, das ihm so gut gefallen hatte, langsam ermordete. Und wie groß seine Abneigung gegen die Fey auch sein mochte, so schien er doch verstanden zu haben, daß er etwas Wertvolles verloren hatte. Er war vielleicht ein Tor. Aber er war ein geradliniger, pflichtbewußter Tor.

Von Orven hatte ein wenig gebraucht, um zu begreifen, daß er nicht der einzige Bewunderer der jungen Frau war. Zuerst hatte ihn das irritiert, dann wirkte er beinahe erleichtert. Mit keinem Wort hatte er es kommentiert. Er hatte die Situation mit einer Art Interesse akzeptiert, mit dem man einer neuen wissenschaftlichen Theorie begegnete. Interessant, noch nicht bewiesen, aber vielleicht nicht von der Hand zu weisen.

Als sie losgeritten waren, hatte es heftig geschneit, doch inzwischen hatte das Schneegestöber nachgelassen. Ein eisiger, stürmischer Wind blies die Wolken über den Himmel, und die Wolkendecke brach auf. Ein kalter Halbmond war manchmal zwischen den Wolkenfetzen sichtbar und manchmal auch vereinzelte Sterne. Delacroix war dankbar für seinen wollenen Mantel. Das dicke Material schützte ihn vor der größten Kälte.

Die Bruderschaft hatte Corrisande in nichts als einem nassen, zerrissenen Kleid gefangengenommen. Sie mußte am Erfrieren sein. Wenn sie noch lebte. Vielleicht hatten witterungsbedingte Umstände ja längst aufgehört, eine Rolle in ihrem Dasein zu spielen. Vielleicht hatten sie angefangen, ihr weh zu tun, sie zu quälen und zu verstümmeln.

Sein Pferd tänzelte nervös, ging in den Galopp. Er verschaffte sich sofort wieder Kontrolle. Er mußte aufhören, solche Dinge zu denken. Es war sinnlos, darüber nachzugrübeln. Er mußte daran glauben, daß sie ihr noch nichts getan hatten. Sie wollten sie austauschen. Dafür mußte sie wenigstens halbwegs bei Gesundheit sein, sonst konnte ein Austausch nicht stattfinden.

Doch das setzte voraus, daß sie wirklich an einem Austausch interessiert waren. Vielleicht war das Manöver jedoch nichts als ein Trick, ihn von dem Manuskript fortzulocken. Sie hatten alle gewußt, daß das sehr gut möglich war. Der Akolyth, den sie gefangen hatten, – den der Vampir gefangen hatte, korrigierte sich Delacroix – hatte ihnen die Wahrheit gesagt. „Er konnte mich nicht anlügen", hatte Graf Arpad versichert. „Er könnte mich nicht einmal anlügen, wenn sein Leben davon abhinge." Und das hatte es schließlich getan, oder nicht?

Also hatte der Mann die Wahrheit gesagt. Und er hatte sogar überlebt, was er vermutlich Cérises angeekelter Reaktion zu verdanken hatte. Jedenfalls nicht Graf Arpads Sinn für Gnade. Er hatte den Mann am Leben gelassen, schwach und anämisch, und mit einem Gedächtnis, das so weit gelöscht war, daß es nur noch Dinge aus seiner frühesten Jugend beinhaltete. Delacroix war sich nicht sicher, ob diese Gnade wirklich eine war. Doch das war nun einerlei. Er hatte ihnen die Informationen gegeben, die sie brauchten.

Es war allerdings durchaus denkbar, daß er die tatsächliche Wahrheit selbst gar nicht wußte. Er war vielleicht nur ein Bauer auf Pater Emanueles persönlichem Schachbrett. Der Priester würde wenig Hemmungen haben, einen nutzlosen Akolythen einem wirklich guten Zweck zu opfern. Immerhin würde der Bruder für eine höhere Sache sterben. Es lag in der Tat sehr nahe, daß der Pater genau so vorgegangen war. Damit hätte er die Kampfstärke seiner Feinde in zwei Hälften geteilt, eine davon in die Irre geschickt, oder sogar in eine Falle, während er den „Rest" nun einfach im Hotel angreifen konnte. Divide et impera, es würde dem Pater ähnlich sehen.

Sie hatten alle verstanden, daß es so sein mochte, gewußt, in welcher Gefahr sie waren. „Machen Sie sich keine Sorgen“, hatte Graf Arpad gesagt, „ich passe auf alle auf.“ Er hatte wieder eines seiner charmanten Lächeln in die Runde gesandt, und vor Delacroix’ geistigem Auge war im Gegenzug das Bild aufgetaucht, wie der Vampir dem Klosterbruder die langen Zähne aus dem Hals gezogen hatte, um ihn dann wie ein Stück tote Beute einfach fallenzulassen. Er sah noch, wie der Feyon sich zu ihm umgedreht hatte, die Lippen blutverschmiert, die Reißzähne lang und scharf. Er hatte keinesfalls wie ein Mensch gewirkt und schon gar nicht charmant.

Irgendwann würde es Delacroix vielleicht noch leid tun, daß er ihn nicht vernichtet hatte, als er die Möglichkeit dazu gehabt hatte. Eine zweite Möglichkeit würde er nie erhalten. Doch er hatte sich dem Mann unterworfen, weil er nicht wußte, was er sonst hätte tun können. Und eine Weile, während der schmalgliedrige Sí seinen Hals streichelte, als melde er ein Besitzrecht an für alle Zukunft, hatte er geglaubt, er würde ihn nun aussaugen. Doch das war nicht seine Absicht gewesen. Er hatte sich nur eine kleine Rache erlaubt dafür, daß Delacroix ihn mit Kalteisen gebannt hatte. Ein Machtspielchen von der Art, wie auch er selbst es hätte spielen können. Er hatte eine Rangordnung aufgestellt, und Delacroix hatte seine niedrigere Position zähneknirschend akzeptiert. Leicht war ihm das nicht gefallen.

Dennoch verstand er die Kreatur ganz gut. Sie waren beide Jäger, auf unterschiedliche Art. Ihre rücksichtslose Kämpfernatur war nur von einer dünnen Lackschicht Zivilisation überdeckt. Sie waren das, was sie sein mußten. Und er hatte sein Wort gegeben, den Vampir nicht zu verraten. Er würde sein Wort halten, auch wenn es ihm mehr als nur schwerfiel. Und auch wenn er glaubte, daß Cérise doch eine weitaus einfältigere Frau war als er angenommen hatte.

Doch die Hilfsbereitschaft und die Nützlichkeit des Mannes konnte er nicht leugnen. Er hatte ihnen sein Wissen mitgeteilt, hatte an ihrer Seite gefochten, war dabei verwundet worden, hatte herausgefunden, was wirklich geschehen war. Vielleicht machte es keinen Unterschied, wie.

Er hatte ihm auch gesagt, was Corrisande war, eine menschliche Frau mit einem Fünkchen Nereidenblut. Sie hatte keine besonderen Fähigkeiten, die sie vor der Bruderschaft schützen würden, doch ihr Durchhaltevermögen war stark. Ihr Stehvermögen übertraf das einer rein menschlichen Frau. Die junge Dame war zäh. Vielleicht würde ihr das helfen.

Vielleicht aber auch nicht, dachte Delacroix. Vielleicht würde es nur ihr Leiden verlängern.

„Wir sind fast da", raunte Leutnant von Orven, und ritt langsamer. „Den Rest des Wegs sollten wir zu Fuß zurücklegen. Da fallen wir weniger auf."

Sie stiegen ab und banden die Zügel ihrer Pferde an einen Eisenring, der sich an einer Hauswand befand. Sie waren bewaffnet, trugen Pistolen, und Delacroix hatte einige Messer in seiner Kleidung verborgen. Kein Kalteisen. Nur einfache, tödliche Klingen. Von Orven steckte eine geschlossene Blendlaterne an, die ihr Licht nur in eine Richtung abgab, und das nur, wenn man die Klappe wegdrückte.

„Die Kirche ist um die Ecke. Das Haus, das Graf Arpad beschrieben hat, muß gegenüber davon sein.

Sie näherten sich im Schutz der Dunkelheit, bis sie ein verschlossenes Metalltor in einer Mauer fanden, die ein hohes, schmales Gebäude einschloß. Tatsächlich sah es aus, als gehörte es zum Kloster, das sich in der Nähe der Kirche befand. Die Mauer war höher als man von einem normalen Haus erwarten mochte, glatt und steil, ohne irgendwelche Verzierungen, die man zum Klettern verwenden konnte. Eine Reihe scharfer Spitzen lief oben auf der Mauer entlang, kaum erkennbar in der Dunkelheit. Vermutlich waren sie aus Kalteisen, dachte Delacroix. Sie waren dazu da, Sí drinnen oder draußen zu halten, je nach Bedarf. Doch mit menschlichen Eindringlingen hatten die Erbauer des Refugiums weniger gerechnet.

„Leuchten Sie mir mal“, sagte er und bückte sich hinunter zum Schloß. Er nahm ein Bund Dietriche aus der Tasche und ging im mickrigen Schein der Laterne zu Werk. Das Schloß ließ sich nicht sehr einfach knacken. Es war ein gutes Schloß, sicher und von bester handwerklicher Qualität. Delacroix brauchte einige Zeit, um es zu öffnen, während er vor Ungeduld am liebsten gebrüllt hätte.

Doch dann gab es ein leises Klicken, und das Werkzeug drehte sich im Schloß.

Von Orven wollte sofort die Tür öffnen, doch Delacroix hielt ihn zurück.

„Warten Sie“, flüsterte er. „Das war zu einfach.“

Die beiden Offiziere traten ein wenig von der Tür zurück, und Delacroix drückte mit seinem Pistolenlauf vorsichtig die Klinke herunter. Die Tür bewegte sich nicht.

„Zusätzlich von innen verriegelt, verdammt. Die Tür geht nach innen auf, sonst würde ich die Pferde holen, um sie aufzuziehen.“

„Wir könnten uns dagegen werfen. Vielleicht bekommen wir sie so auf“, schlug der Leutnant wenig überzeugt vor.

„Sie ist aus Eisen. Wir würden uns nur die Schultern daran brechen. Nein. Wir müssen es wohl aufgeben, leise und unbemerkt hineinzukommen. Ich werde versuchen, die Scharniere fortzuschießen. Das ist wahrscheinlich wirkungsvoller als auf einen Riegel zu schießen, den wir nicht sehen. Treten Sie zurück!“

„Das war's dann mit unserem Überraschungsangriff“, murmelte von Orven unglücklich.

„Es kann gut sein, daß sie mich ohnehin schon erwarten. Unser einziges Überraschungsmoment sind Sie. Ich möchte, daß Sie von mir wegbleiben. Wenn ich falle, bitte versuchen Sie, sie zu holen. Werden Sie das tun?“

„Selbstverständlich.“

„Dann gehen Sie jetzt in Deckung. Das hier könnte Querschläger geben.“

Der Leutnant trat zurück und verschmolz mit den Schatten. Delacroix setzte den Lauf seiner Pistole gegen die Stelle, wo er das obere Scharnier auf der anderen Seite vermutete. Dann feuerte er.

Der Schuß gellte durch die Nacht, hallte zwischen Kirche und anliegenden Gebäuden wider, war unüberhörbar und mußte wohl jeden Schläfer in mindestens einer Meile Umkreis geweckt haben.

Die Tür hing nun an dem unteren Scharnier und dem Riegel. Der obere Teil war nach innen gebogen. Der Colonel trat wütend danach, wobei sie sich noch ein bißchen mehr verbog. Doch sie war immer noch zu stabil und zu gut konstruiert und einfach zu sehr im Weg.

Der Engländer schoß noch ein zweites Mal, dankbar dafür, daß er eine zweischüssige Pistole hatte. Fortschritt war eine gute Sache. Das untere Scharnier brach nun ebenfalls.

In einigen Fenstern der umliegenden Gebäude konnten sie nun Kerzenlicht sehen. Die Menschen waren aufgewacht und versuchten vorsichtig herauszufinden, was in dieser frommen Umgebung vor sich ging. Den Männern ging die Zeit aus.

Er lud seine Waffe mit fliegenden Händen. Er konnte es im Dunkeln, hatte oft genug Gelegenheit gehabt, eben diese Fähigkeit zu üben. Er trat heftig gegen die Tür. Diesmal war ein lautes Knacken zu hören, und er kletterte durch die Öffnung.

Er sprang mit einem Satz in den Hof wie ein Löwe, doch es war niemand zu sehen, der ihn aufhalten wollte. Das war eigentümlich – und ziemlich unerwartet. Er blickte zurück zur Tür und sah, daß ein kleines Fäßchen am Innenriegel, den er aus der Verankerung gerissen hatte, befestigt war. Schwarzpulver. Wenn er auf den Riegel geschossen hätte, hätte er sich und den Bayern direkt in den Himmel katapultiert. Nun, zumindest sich. Der Bayer hatte sich ja kurz zuvor zurückgezogen.

Inzwischen mußten die Männer im Haus festgestellt haben, daß sie angegriffen wurden und daß ihre kleine Bombe nicht funktioniert hatte. Trotzdem. Eine nette Idee, dachte Delacroix. Es sah dem Pater ähnlich, Feinde sich selbst in die Luft sprengen zu lassen. Effektiv und sparsam.

Von Orven glitt jetzt auch in den Hof, doch blieb weit hinter dem Colonel im Schatten. Er war die Nachhut. Und wenn man seine Existenz nicht wahrnahm, konnte das nur von Nutzen sein.

Delacroix hörte nun Schimpfen und Geschrei aus dem Haus. Italienisch. Er trat vorsichtig auf den Haupteingang zu und unterdrückte den Drang, die Tür einfach zu erstürmen. Sie mochte ganz genauso gesichert sein. Er sprang behende auf ein Gesims, das um das unterste Stockwerk des Gebäudes lief, zog sich zu einem Fenster hoch. Er balancierte auf dem Fenstersims, verfluchte seine Größe und Breite und wünschte sich, wieder zehn Jahre alt zu sein und ein dürrer, kleiner Einbrecherjunge.

Er fiel nicht. Er öffnete das Fenster mit seinem Messer. Manche Fähigkeiten vergaß man nicht. Zudem hatte er gelegentlich schon auf anderen Einsätzen Anlaß gehabt, seine Kenntnisse aus Kindertagen gewinnbringend einzusetzen.

Just in diesem Augenblick kam es ihm in den Sinn, daß er den Leutnant nicht mit in die Gleichung genommen hatte. Der Mann wartete immer noch irgendwo in der Dunkelheit, war nicht mit ihm nach vorne zum Haus gekommen. Plötzlich mußte er wieder an das unerklärliche Verschwinden des Klosterbruders denken, an den Mann, der befreit worden war. Er begriff mit einem Mal, daß es gut möglich war, daß er einen Feind an seiner Seite hatte. Einen Verräter in der Truppe. Die heftige Art, mit der von Orven sowohl auf Graf Arpad als auch auf Corrisande reagiert hatte, ließ es nicht unwahrscheinlich erscheinen, daß der Mann andere Ziele hatte, als einen katholischen Orden zu erstürmen, der die Fey jagte.

Er blickte zurück, konnte ihn in der Dunkelheit jedoch nicht ausmachen. Er war verschwunden. Delacroix verfluchte sich ob seiner Leichtsinnigkeit. Doch es nützte nichts. Er hatte dies begonnen, er mußte es zu Ende bringen.

Er glitt in den dunklen Raum. Eine Laterne hätte er jetzt gut gebrauchen können, doch die hatte der Leutnant. Und der war fort. Delacroix konnte sich jedoch nicht des Gefühls erwehren, daß er ihn sehr bald wieder treffen würde.

Er tastete sich in der Dunkelheit an Möbeln entlang und fand schließlich eine Tür. Leise öffnete er sie und lugte vorsichtig hinaus.

Der Korridor war ein wenig besser ausgeleuchtet. Hier lagen Steinfliesen, und die Wände waren holzgetäfelt. Er konnte Rauch riechen. Der Geruch kam die Haupttreppe herunter. Irgendwo in diesem Haus brannte ein großes Feuer. Vielleicht waren die Ordensbrüder, die hier lebten, damit beschäftigt, es zu löschen. Vielleicht hatten sie auch nur eine Möglichkeit gefunden, Scheiterhaufen im Hause versteckt abzubrennen.

Er verbot sich das Bild, das sich dazu in seinen Gedanken formte.

Er konnte nun einzelne Worte des Geschreis verstehen, obwohl es von weiter oben kommen mußte. Es war dennoch laut genug. Irgend jemand wurde massiv dafür gescholten, daß er seinen Posten verlassen und den Eingang nicht gegen Eindringlinge verteidigt hatte. Und dann gab es den Befehl, mehr Wasser zu bringen und zwar schnell. Er erkannte die Stimme des Paters, obgleich sie aufgeregter klang als normal.

Mehr hörte er nicht. Aus der Richtung des Haupteingangs sah er von Orven auf ihn zutreten. Sein Gesicht war angespannt und unglücklich. Er hielt seine Pistole vor sich, zielte in Delacroix' Richtung. Das war es also.

Er drückte ab, noch bevor Delacroix auch nur die Zeit hatte zu reagieren. Die Kugel flog so dicht an ihm vorbei, daß er meinte den Zug zu spüren. Hinter ihm fiel etwas zu Boden.

Delacroix drehte sich um. Ein junger Mann in einer Kutte lag reglos auf dem Boden, unter ihm halb verdeckt eine Muskete, die er in der Hand gehabt haben mußte.

Der Colonel atmete tief durch und nickte von Orven zu, der zurücknickte und seine Waffe neu lud. Sein Gesicht war grimmig und verschlossen.

Seine Loyalität schien nun außer Frage zu stehen.

Kapitel 93

Leutnant Asko von Orven wußte absolut nicht, wie er diese letzte Tat würde beichten können. Er war froh darüber, daß er als Soldat gelernt hatte zu reagieren, ohne sich allzulange Gedanken über moralische Grundfragen zu machen. Er hatte also reagiert. Und er hatte es weiß Gott nicht gemocht.

Der Gesichtsausdruck des Colonels hatte ihn allerdings erstaunt. Die Art, wie der Mann ihn angeblickt hatte, kurz bevor Asko gefeuert hatte, spiegelte so gar kein Gefühl von Vertrauen oder Kameradschaft wider. Er hatte so gefährlich, wild und entschlossen ausgesehen, daß es schon beinahe unfaßbar war, wie er den Mönch, der hinter ihm aus einer Tür getreten war, nicht hatte wahrnehmen können.

Wahrscheinlich war er mit seinen Gedanken woanders. Doch das sollte er nicht. Dies war ein gefährliches Geschäft. Die clevere Schießpulverfalle am Tor hatte das bewiesen sowie auch die Wache, die offenbar nur darauf gewartet hatte, daß ein Eindringling ihr den Rücken zuwandte.

Wenn sie miteinander auf dem gleichen Weg ins Haus gekommen wären, hätte er sie vermutlich gut erschießen können. Doch Asko war zum Seiteneingang geschlichen und hatte diesen ohne große Schwierigkeiten auftreten können. Niemand hatte ihn aufgehalten. Möglicherweise stimmte die Information, das Refugium wäre derzeit unterbesetzt, tatsächlich. Es war ihm freilich nicht geheuer, wie der Feyon das herausgefunden haben mochte. Aber wer wußte schon, über welche Mittel diese Wesen verfügten? Vielleicht hatte er die Fähigkeit, direkt in die Gedanken von Menschen zu sehen?

Und diese dann zu verwirren und zu zerstören. Er hatte dem Mönch das Gedächtnis gelöscht. Das hatte der Sí ganz freimütig zugegeben. Eine schreckliche Tat, einen frommen, wenngleich vielleicht auch irregeleiteten Mann in den geistigen Zustand eines Kleinkindes zurückzuversetzen. Für Asko kam das einem Mord gleich. Diese Tat an sich schien ihm durchaus die Existenz einer Institution zu rechtfertigen, die die Aktivitäten solcher Kreaturen in Schach hielt.

Doch die Mittel, die der Orden anwandte, schienen mehr als fragwürdig. Es fiel ihm gleichwohl schwer zu glauben, daß die christlichen Fratres so rücksichtslos waren, wie man ihn hatte glauben machen wollen. Immerhin, die Falle an der Tür und der Versuch, Delacroix von hinten zu erschießen, verlieh der Aussage eine gewisse Glaubwürdigkeit. Und eine junge Dame zu verschleppen, die nichts getan hatte, um ihren Unwillen auf sich zu ziehen, das war inakzeptabel. Selbst wenn sie kein vollständiger Mensch war. – Und darüber wollte er gar nicht nachdenken.

Sie öffneten nun vorsichtig eine Tür nach der anderen, und während Delacroix nach einem Weg in den Keller suchte, deckte Asko die Aktion, indem er nach Angreifern Ausschau hielt. Seltsamerweise kam jedoch niemand.

Der Gestank von Rauch und brennendem Holz wurde nun intensiver, und er fragte sich, was geschehen sein mochte. Bald würde es vor dem Haus von Menschen nur so wimmeln, die das Feuer beobachten wollten oder kamen, um zu helfen. Delacroix und er hatten sich den Weg in das Gebäude mit Waffengewalt erzwungen. Ihre Schüsse mußte man meilenweit gehört haben. Also würde man ihnen mit ziemlicher Sicherheit den Ausbruch des Feuers zur Last legen. Sie konnten keineswegs beweisen, daß sie es nicht gewesen waren. Dies galt als ein frommer Ort. Asko hoffte, daß er sich auf dem Weg nach draußen – mit oder ohne Corrisande Jarrencourt – nicht einem aufgebrachten katholischen Lynchmob gegenübersehen würde.

Doch jetzt hieß es, schnell zu sein. Er wunderte sich, daß noch niemand versucht hatte, das Gebäude zu verlassen. Wenn er eine Wahl gehabt hätte, wäre er längst draußen.

„Hier ist es", sagte Delacroix. „Ich gehe runter und sehe nach. Bitte bleiben Sie hier und bewachen Sie die Tür."

Er verschwand die Stufen hinunter, und Asko sah, daß unten Licht war. Vielleicht hatten sie sie ja schon gefunden und konnten verschwinden, bevor er mehr Geistliche bekämpfen mußte – oder eine ganze aufgebrachte Menschenmenge. In welchem Zustand sie sie finden würden, darüber wollte er gar nicht erst nachgrübeln. Er verdrängte verbissen den letzten Gedanken.

Er hätte keinen Abkömmling der Fey heiraten können. Das konnte er nicht. Seine Abscheu gegen alles, das gegen die Logik physikalischer Gesetze verstieß, war schlichtweg zu groß. Sie sagten ihm immer wieder, daß sie ein Mensch war, doch der Fehler in ihrer Abstammung hatte sich über Jahrhunderte gehalten, und er hätte es keinesfalls über sich gebracht, diesen Fehler an seine Kinder weiterzugeben. Seiner Familie hätte er sie auch nicht gut zumuten können. Die gesamte Sache war zu furchtbar und irgendwie nicht richtig.

Dennoch waren seine Gefühle in Aufruhr. Das Wissen darüber, was sie war, hatte er mit seinem Kopf verstanden, doch sein Herz wußte nicht so recht, was es davon halten sollte. Er erinnerte sich an ihre blauen Augen, so wie sie zu ihm hochgesehen hatte, süß und voller Vertrauen. Und er sah wieder, wie sie ihn angeblickt hatte, als er vor ihr zurückgewichen war, sah den Schmerz und die Furcht in ihren Augen. Und dann diese Geste, die Worte, die sie gefunden hatte, um ihn freizugeben. Er wünschte, er könnte den moralischen Werten, an die er glaubte, mit demselben Gleichmut begegnen wie Delacroix. Doch er konnte es nicht.

Er schob es mit Macht aus seinen Gedanken. Er mußte sich besser konzentrieren.

Er hörte eilige Schritte von unten kommen. Das mußte Delacroix sein. Aber er ging kein Risiko ein.

Er senkte seine Waffe sofort, als der große Mann aus der Tür trat.

„Sie ist nicht da. Aber sie war unten." Er hielt ein zerrissenes und blutiges Stück Spitze in der Hand, das offenbar vom Untergewand einer Dame stammte. „Es sind Blutspuren auf dem Boden."

Delacroix atmete tief ein und fuhr dann ganz sachlich fort. „Sie müssen sie woanders hingebracht haben. Vielleicht ist sie oben."

Jetzt erst sahen sie es, gelegentliche Blutstropfen, die den Korridor entlangführten zur Treppe und hinauf.

„Bleiben Sie hier", befahl der Colonel. „Nur für den Fall, daß sie die Hintertreppe runterkommen. Ich gehe hoch."

Der Rauch war inzwischen dicht geworden, und die Hitze des Feuers war deutlich zu spüren.

Delacroix rannte die Treppe hoch. Asko sah ihn im Rauch verschwinden. Er blickte nach oben und entdeckte, wie der Rauch schon aus den Deckenbalken kroch. Sie konnten nicht mehr lange hierbleiben. Es wurde zu gefährlich.

Von draußen war Glockengeläut zu hören. Vermutlich von der Kirche, jemand läutete um Hilfe. Die Feuerwehr würde eine Weile brauchen, um hierherzukommen, die Gendarmerie war auch nicht näher. Sie waren zu weit in der Vorstadt. Und das war gut so. Er hatte keine Lust wegen Brandstiftung verhaftet zu werden. Es würde schwierig werden, die Angelegenheit zu erklären. Ihr Sonderauftrag betraf das Hotel und nicht die Vorstadt.

Er hörte den Colonel husten, bevor er ihn noch sah. Sein Gesicht war dunkel vor Schweiß und Ruß, und seine gelben Augen tränten.

„Verflucht! Ich bin nicht durchgekommen. Der erste Stock steht in Flammen. Doch es sind noch Menschen im Haus. Ich habe jemanden schreien hören. Einen Mann." Er rannte den Korridor entlang. „Ich versuche es über die Hintertreppe", rief er.

„Warten Sie! Nicht! Das ist doch sinnlos! Das ganze Haus wird bald auf uns runterkommen!" rief ihm Asko hinterher in dem Versuch, ihn von dem Wahnwitz abzuhalten. Doch der Colonel war bereits im Rauch verschwunden.

Asko blickte zweifelnd an die qualmende Decke. In der Täfelung bildeten sich laut knallend Risse. Fast klang es nach Gewehrschüssen. Die Hitze dehnte und barst das Holz. Vorhänge und altes Holz, nichts brannte besser.

Er begab sich eilig zum Haupteingang und sah, daß auch hier eine weitere Falle aufgestellt war. Ein schlaues Arrangement von Schnüren und einem mit Schrot geladenen Tromblon war aufgebaut. Wenn sie durch diese Tür gekommen wären, hätten sie einen Schuß auf sich selbst ausgelöst.

Seltsamerweise hatten sie nicht erwartet, daß jemand zum Seiteneingang hereinkommen würde, oder er hatte eine Falle dort einfach nicht ausgelöst. Vielleicht hatte er unglaubliches Glück gehabt. Trotzdem würde er nicht dorthin zurückgehen, um mehr darüber herauszufinden.

Er nahm sein Messer und zerschnitt die Schnüre. Das Tromblon würde ihnen vielleicht helfen, unbelästigt zu ihren Pferden zu kommen. Auf kurze Entfernung war es eine beeindruckende, weit streuende Waffe. Trotzdem ließ er es, wo es war. Zu unhandlich im Nahkampf. Er öffnete die Tür und lugte hinaus. Im Hof war niemand, doch er konnte auf der Straße aufgeregte Stimmen hören. Die meisten davon gehörten Frauen und klangen ängstlich und besorgt. Natürlich. Die Nonnen des Klosters würden versuchen zu helfen. Allmächtiger Gott! Jetzt würde er gegen ein paar Dutzend frommer Frauen antreten müssen.

Ihm fiel das Fäßchen mit dem Schwarzpulver ein. So wie die Flammen sich ausbreiteten, standen die Chancen hoch, daß ein fliegender Funke das Pulver entzünden würde.

Er rannte aus dem Haus und rutschte beinahe auf der Schwelle aus. Der matschige Schnee hatte den Hof in eine Rutschbahn verwandelt. Es gelang ihm trotzdem, das Tor zu erreichen, noch bevor irgendeine der nahenden Helferinnen über die Reste der verbogenen Tür kletterte. Er schnitt die Schnur, mit der das Fäßchen befestigt war, durch und nahm es in die Hände.

Was tun damit?

Dann hörte er es. Ein Bach. Das mußte der Eisbach sein, einer der vielen Stadtbäche, die durch München flossen. Er nahm einen Umweg durch diesen Teil der Vorstadt. Man hatte ihn umgeleitet, damit er durch den Englischen Garten floß, den großen Park, der nur ein oder zwei Meilen nördlich von ihnen lag. Der Gartenarchitekt hatte einen romantischen, wilden Bach haben wollen und einen kleinen See. Beides hatte der Park nun.

Er lief auf den reißenden kleinen Strom zu und warf das Faß hinein. Es traf mit einem lauten Klatschen auf die Wasseroberfläche und verschwand im dunklen Naß. Diese Gefahr war gebannt.

Er rutschte plötzlich aus und landete beinahe zusammen mit dem Pulver im Bach. Es gelang ihm gerade noch, sich auszubalancieren, doch ihm fiel dabei seine Pistole auf den Boden und landete in einer Pfütze. Er hob sie hoch. Naß. Ob sie noch schußbereit war, konnte niemand wissen.

Er sah zurück zum Haus. Der erste und zweite Stock brannten nun lichterloh. Die Scheiben zersprangen in der Hitze. Die Flammen warfen ein unwirklich flackerndes Licht auf die Szenerie. Sie tanzten anmutig um schwarze Schatten. Der Rauch begann ihm den Atem zu nehmen. Sie mußten hier verschwinden, und zwar schnell. Hier konnten sie nichts mehr ausrichten. Mit all dem trockenen Holz, das er im Haus gesehen hatte, würde es herunterbrennen wie Zunder.

Inzwischen waren Frauen in den Hof geklettert. Sie trugen Eimer. Jetzt hätte er gerne seine Uniform angehabt. Man konnte Zivilisten gegenüber immer aus einer Position der Stärke heraus auftreten, wenn man eine Offiziersuniform trug. Doch er hatte nicht als königlich bayerischer Offizier in ein Kloster einbrechen wollen. Die Schande hatte seine Uniform nicht verdient.

Die Frauen blickten ihn ängstlich an, waren sich nicht sicher, welche Rolle er hier spielte.

„Gehen Sie zurück", forderte er sie in seiner besten Offiziersstimme auf. „Hier können Sie nichts mehr ausrichten. Wir haben es schon versucht. Das Haus muß jeden Augenblick einstürzen."

Wo blieb Delacroix? Asko hoffte, daß der wild entschlossene Mann sich bei dem Versuch, das Mädchen zu befreien, nicht selbst umgebracht hatte. Von allem, was er gesehen hatte, wurde der Colonel derzeit mehr von seinem Herzen als von seinem Verstand getrieben. Kaum zu glauben. Wer hätte gedacht, daß ein Mann, der eine Affäre mit einer Frau gehabt hatte, die man gemeinhin als die „Göttin“ bezeichnete, sich in ein liebes, nettes Mädchen verlieben konnte. Doch sie war eben nicht nur das. Offenbar umgab sie mehr als nur ein Geheimnis, dachte Asko. Er hatte die Anspielungen auf ihren Vater nicht verstanden. Und er brauchte sie auch nicht zu verstehen. Am besten wußte er gar nichts darüber.

Sich allerdings von seinen Gefühlen treiben zu lassen, wie Delacroix, von wilder Not, anstatt von kühlem Kalkül, war im Moment nicht opportun. Der Mann war nicht halb so kaltherzig und kühl berechnend wie er im ersten Moment schien.

Und da war er. Er kam hustend aus dem Haus gestolpert. Rauch stieg von seinem Mantel auf, und er trug eine leblose Gestalt über der Schulter. Er hatte sie gefunden.

Als er jedoch die Last auf dem Boden ablegte, erkannte Asko, daß er einen Mönch getragen hatte. Einen alten Mann. Dieser röchelte schmerzhaft nach Luft, was er an Haaren noch gehabt haben mochte, war bis zur Kopfhaut verbrannt, und auch über das Gesicht zogen sich offene Brandwunden, die ihn übel aussehen ließen.

Einige der Frauen näherten sich, um zu helfen. Sie redeten schnell und nervös untereinander.

Delacroix schlug die Flammen auf seinem Mantel aus. Dann packte er den alten Mann vorne an der Kutte, zog ihn daran hoch.

„Wo ist sie? Was habt ihr mit ihr gemacht?“ Er schüttelte die hilflose Gestalt, und Asko griff ein, zog ihm die Hände von dem alten Mann fort, bevor die gaffenden Menschen kommen würden, um den Colonel geradewegs zu lynchen.

„Lassen Sie ihn in Ruhe! Er ist alt und gebrechlich!“ rief er und hörte die ärgerlichen Kommentare der umstehenden Frauen

Doch zwischen Hustenanfällen, die ihn fast zerrissen, und verzweifeltem Luftschnappen begann der Alte zu sprechen.

„Er hat ihn ermordet!“ murmelte er. „Giuseppe hat ihn ermordet.“ Dann sank er vollständig in sich zusammen. Im Feuerschein des Hauses konnten sie sehen, daß er tot war. Delacroix fauchte vor Wut und Frustration, sah beinahe so aus, als wollte er den Mann mit Gewalt dazu zwingen weiterzuleben. Seine Hände krallten sich noch einmal in die schwelenden Überreste seiner Kutte, und er schüttelte die schlaffe Gestalt wütend.

„Wo ist sie?“ zischte er den Toten an. Diesmal unterließ Asko es einzugreifen. Nicht, daß er sich vor Delacroix fürchtete, doch der Brite sah im Moment schon beinahe nicht mehr menschlich aus. Sogar die Nonnen wichen vor ihm zurück, manche riefen nach ihrer Äbtissin, als hätte sie die Autorität, zu verhindern, was hier geschah. Andere beteten, und ihre Stimmen klangen hoch und panisch. Asko konnte sie gut verstehen. Der Colonel wirkte wie der Teufel höchstpersönlich, riesengroß, sein Gesicht rot von der Hitze der Flammen, schwarz vor Ruß, sein Mantel rauchte immer noch, und seine gelben Augen sprühten vor Wut.

Eine der Nonnen deutete aufs Dach. Auf der einen Seite des Hauses schlugen bereits Flammen durch den Dachstuhl, leckten entlang der Ziegel und ließen Balken krachen, daß es sich anhörte wie Schüsse.

Corrisande.

Sie sahen, wie sie über die rauchenden, brüchigen Ziegel balancierte wie eine Tänzerin im Sturm. Bei jedem Schritt ihrer schuhlosen Füße sah es so aus, als würde sie rutschen und abstürzen, aber sie hielt sich eisern, gegen jede Erwartung und jede Vernunft. Ein- oder zweimal rutschte sie ein Stück nach unten, doch sie schaffte es, sich zu fangen, bevor sie vollends abstürzte. Der starke, eisige Wind blies ihr das wirre Haar ins Gesicht. Ihr zerrissenes Kleid war wie ein Segel gebläht und zerrte an der zarten Gestalt. Doch noch stand sie, bewegte sich über die dampfenden Ziegel.

Sie war nicht allein auf dem Dach. Der riesige Mönch, mit dem sie auf dem Hotelkorridor gekämpft hatten, kam ihr hinterher. Er war kein so geschickter Kletterer, doch seine Entschlossenheit trieb ihn an. Er brüllte sie auf Italienisch an. Seine haßerfüllte Stimme durchdrang sogar den Lärm des Feuers. Asko verstand nicht, was er rief, doch Delacroix offenbar schon, denn auch er begann nun aus voller Brust auf Italienisch zu brüllen. Keine der beiden Gestalten auf dem Dach schien ihn jedoch wahrzunehmen. Keine hatte Augen oder Ohren für irgend etwas anderes als das Dach. Sie waren vollständig damit beschäftigt, nicht abzustürzen und sich zu entkommen – oder zu fangen.

Es war zu spät, sie durch das brennende Haus herauszuholen. Die Flammen hatten nun fast das ganze Dach erreicht, und es konnte sich nur noch um Minuten handeln, bis das gesamte Haus einstürzen würde.

„Eine Leiter!" brüllte Delacroix. „Ich brauche eine Leiter!" Er schrie es den Nonnen in ihre Gesichter, und sie rannten vor ihm davon, kletterten in Panik über das zerstörte Tor zurück nach draußen.

Es gab keine Leiter. Und es war nicht mehr genug Zeit, eine suchen zu gehen. Alles was zu tun blieb, war zuzusehen.

Nicht alles. Delacroix zielte auf den Mönch. Er feuerte zweimal. Und traf daneben. Der Mann war just in dem Moment, als die Schüsse fielen, einen Schritt nach unten gerutscht. Gottverdammtes Glück für den Mönch. Delacroix' vielsprachige Flüche gellten jähzornig durch den Hof und überzeugten noch die letzte Klosterfrau, daß diese Kreatur direkt aus der Hölle stammte.

Das Mädchen befand sich nun genau zwischen den Flammen und ihrem Verfolger. Das Gebäude war zu hoch, um herunterzuspringen. Doch das war eine ihrer Möglichkeiten. In die Dunkelheit springen, sich von dem Mann hinter ihr fangen zu lassen oder in die Flammen zu gehen.

Asko begann, leise zu beten. Er betete für eine Frau, die kein Mensch war. Gott würde wissen, wie er es meinte. Er selbst wollte nicht darüber nachdenken.

Dann rutschte sie aus, noch bevor sie sich entscheiden konnte. Sie glitt die Ziegel hinunter und schrie, und Delacroix warf seine leere Waffe weg und rannte nach vorn, versuchte dorthin zu gelangen, wo sie landen würde, als ob er eine Chance hätte, sie aufzufangen.

Doch sie fiel nicht. Ihre Hände fanden einen Halt, und sie baumelte schon halb über dem Rand des Daches. Ihre Beine schwangen frei, der Rest ihres Rocks flatterte im Wind und zerrte an ihr.

Der große Mönch erreichte sie ohne Schwierigkeiten.

„Corrisande!“ schrie Delacroix, doch nur der Klosterbruder schien ihn zu hören, grinste hinunter, beugte sich über die Frau und legte ihr etwas ums Handgelenk. Sie konnten nicht genau erkennen, was es war, doch er zog sie brutal daran in die Höhe, zerrte sie an einem Arm hoch, faßte in ihr fliegendes Haar und zog sie weiter zu sich her. Er zwang sie mit sich, am Rand des Daches entlang, dem Feuer entgegen zum anderen Ende des Gebäudes.

Asko hatte den Moment verpaßt, in dem er ihn hätte erschießen können. Jetzt war er durch das Mädchen gedeckt. Er würde es trotzdem versuchen. Sie war zu klein und zierlich, um ihn vollständig zu verdecken. Asko zielte sorgfältig. Ihre Stimme hallte ihm durch den Kopf – „es gibt Schicksale, die schlimmer sind als der Tod.“ und „Wenn Sie in diesem Moment bei mir gewesen wären, hätte ich von Ihnen den gleichen Dienst erwartet.“ Wenn er den Mönch verfehlte und sie traf, war vielleicht auch das eine Rettung. Seltsamerweise war der Gedanke nicht leichter geworden, obwohl er nun wußte, was sie war.

Er drückte ab, doch kein Knall erfolgte. Die Pistole war zu naß, und das Wasser hatte das Pulver ruiniert. Er begann neu zu laden, wußte aber bereits, daß es umsonst war. Er tat es trotzdem, genauso schnell wie Delacroix.

Sie fielen, noch bevor er damit fertig war.

Der große Mönch hatte das Gleichgewicht verloren. Er hatte die Schwierigkeit unterschätzt, am Rande eines brennenden Daches zu balancieren und dabei ein sich wehrendes Mädchen mit sich zu ziehen. Sie schienen endlos lange zu fallen. Diesmal schrie der Mann. Die Frau konnte man nicht mehr hören. Sie blieb still.

Das klatschende Geräusch verriet Asko, daß sie in den Eisbach gefallen und nicht auf dem harten Boden aufgekommen waren. Er und Delacroix rannten gleichzeitig los. Sie liefen durch den feuerbeschienenen Hof und sprangen dabei den fallenden, brennenden Schindeln aus dem Weg. Das Dach gab nach und fiel in sich zusammen. Funken sprühten wie böswilliges Feuerwerk.

Sie erreichten den Bach, und Asko hielt den großen Briten mit beiden Armen fest, damit er nicht den Gestürzten ins Wasser hinterdrein sprang. Einen Moment lang überlegte er sich, ihn niederzuschlagen. Doch es war nicht notwendig.

Das brennende Haus erleuchtete ungleichmäßig die dunklen Wellen des reißenden Baches, dessen Strömung seine beiden Opfer bereits verschlungen und davongetragen hatte. Hinter dem flammenden Gebäude verschwand der Bach in einen unterirdischen Tunnel. Die schwarzen Wellen gurgelten laut.

Delacroix fiel auf die Knie. Er rang hustend nach Atem. Er versuchte nicht mehr hinterherzuspringen.

„Wo führt das hin?“ fragte er tonlos. Und dann noch einmal: „Wo kommt das wieder raus?“

Eine Frauenstimme antwortete ihm.

„Was immer du auch bist, jetzt kannst du sie nicht mehr verderben“, sagte sie. Eine würdevolle und gebieterische Frau stand da in einem schwarzen Habit, ihr kurzes, graues Haar unter einer Nachtmütze versteckt. Sie hielt ein Kruzifix vor sich, als könnte es sie vor dem schwarzen Feind vor ihr beschützen.

Asko stellte sich zwischen ihn und die Nonne, nur so aus Vorsicht. Doch der Engländer griff sie nicht an, starrte sie nur mit blindem, verständnislosem Blick an.

„Es kommt im Park wieder an die Oberfläche“, sagte Asko. „Ich kann Sie hinbringen. Aber ich fürchte ...“ er brachte es nicht über sich, die Worte auszusprechen. Das Wasser lief in einem unterirdischen Tunnelrohrsystem, mindestens eine Meile weit. In dieser Jahreszeit waren diese Tunnel randvoll mit Wasser. Es gab keine Luft zum Atmen.

Er drehte sich um zu der Klosterfrau.

„Ehrwürdige Mutter“, sagte er, „ihr Name ist Corrisande. Bitte beten Sie für sie.“

Die Frau nickte.

Delacroix war jedoch schon wieder aufgesprungen und rannte in langen Sätzen auf das Tor zu.

„Kommen Sie!“ rief er. „Es ist keine Zeit zu verlieren.“

Asko rannte hinter ihm her.

Kapitel 94

Der Morgen war nicht mehr fern. Delacroix sah dem Tag gleichermaßen mit Hoffen und Bangen entgegen. Je mehr Zeit sie verloren, desto geringer war die Aussicht, sie noch zu finden. Doch im Hellen würden sie sie wenigstens sehen können, würden nicht einfach in der Dunkelheit blind an ihr vorbeireiten.

Durch die Ansammlung von Nonnen zu rennen hatte etwas von einem Lauf über einen Hühnerhof gehabt. Sie waren vor seinem wilden Auftreten ängstlich gackernd auseinandergestoben. Und von Orven war hinter ihm drein gelaufen und hatte sich den ganzen Weg über bis zu ihren Pferden bei den Damen entschuldigt. Zu irgendeinem anderen Zeitpunkt hätte Delacroix das tatsächlich komisch gefunden.

Niemand hatte sich an ihren Reittieren zu schaffen gemacht, was er insgeheim befürchtet hatte. Doch die Zuschauer hatten nur gebannt dem Feuer, dem Tod der Klosterbrüder und dem Schicksal der Menschen auf dem Dach zugesehen. Allerdings waren die Pferde sehr nervös. Sie zerrten an ihren Zügeln und rollten mit den Augen. Von Görenczys Pferd schlug aus und verfehlte ihn nur knapp. Das Feuer ließ sie panisch werden. Zudem hatten sie nach einem anstrengenden Ritt in der Kälte gestanden. So ging man nicht mit Pferden um. Doch eine Wahl hatte es nicht gegeben.

Er mußte sie finden. Er hatte kaum mehr Hoffnung, daß er sie lebend finden würde. Doch wenigstens mußte er es versuchen. Er konnte nicht anders. Er bemühte sich, nicht daran zu denken, wie gering seine Aussichten waren. Wie gering ihre waren. Er konnte jetzt nicht aufgeben. Wenn sie nur ein wenig früher gekommen wären, wenn er ihr nur nachgegangen wäre, als sie sie alle im Korridor hatte stehenlassen. Doch es half kein Wenn und Aber. Sein Magen hatte sich zu einem Steinklumpen verwandelt, seine Zähne waren so hart aufeinandergepreßt, daß sie schmerzten.

Leutnant von Orven ritt wieder voran. Mit seiner mickrigen Laterne versuchte er, mal in diese, mal in jene Richtung zu leuchten. Das brennende Haus lag hinter ihnen, sein Schein erleuchtete den Nachthimmel und färbte ihn dunkelrot. Das Münchner Refugium der Bruderschaft brannte aus. Nicht einer war entkommen. Letztlich waren sie so gestorben wie die Ketzer, die sie seit Jahrhunderten jagten: auf einem riesigen Scheiterhaufen.

Im Haus hatte er schnell umkehren müssen, ohne sie zu finden. Zwischen Rauch und Flammen hatte er den alten Mann gesehen, wie der versuchte, in Sicherheit zu kriechen, das Kalteisenmesser noch in der Hand. Er hatte den gleichen Satz immer wiederholt. Giuseppe hatte den Pater ermordet.

Delacroix wußte nicht, wer Giuseppe war, vermutlich der große Mann auf dem Dach. Und der Pater würde Emanuele sein. Einen der Mönche hatten sie im Erdgeschoß erschossen. Den Alten hatte er selbst aus den Flammen getragen. Den Magier hatte er gar nicht gesehen. Vielleicht war er im Feuer umgekommen.

Er fragte sich, wie es zu dem Feuer gekommen sein mochte. Und wie Corrisande es bis aufs Dach geschafft hatte. Sie kann einfach gut klettern, hatte Marie-Jeanette gesagt. Er war sich sicher, sie hatte dabei einiges unerwähnt gelassen.

Doch das war jetzt nebensächlich. Es hatte ihr nicht geholfen. Die Szene, wie sie in die Dunkelheit gestürzt war, ließ ihn nicht los. Wie eine Puppe war sie gefallen, still und stumm, gekettet an das Handgelenk ihres Peinigers. Keine Hoffnung zu entkommen.

So nah war sie gewesen. So verdammt nah. Dennoch hatte er ihr nicht helfen können. Er war nicht einmal sicher, ob sie ihn bemerkt hatte. Es machte vermutlich keinen Unterschied mehr, doch er hätte gewünscht, sie wüßte, daß er gekommen war, daß er da war.

Die Häuser, an denen sie vorbeiritten, waren noch dunkel. Sie standen frei, waren nicht so eng aneinander gebaut wie im Stadtzentrum. An manchen Fenstern konnte er Menschen sehen, die besorgt nach draußen schauten. Feuer in der Stadt war eine gefährliche Sache. Ein großes Feuer konnte auf ein ganzes Viertel übergreifen.

Doch das Feuer war nicht sein Problem. Es war Sache der hier ansässigen Bevölkerung, sich damit zu befassen. Er konnte nicht helfen, selbst wenn er es gewollt hätte.

Sie hörten den Bach nun wieder und ritten dem Klang entgegen. Der Tunnel öffnete sich, und Delacroix erblickte eine Art Wasserkreuzung. Zwei kleinere Rinnsale wurden abgeteilt und flossen nach rechts und nach links, wo sie wiederum in gemauerten Tunneln verschwanden. Diese schienen kaum breit genug, als daß ein Mensch hindurchgepaßt hätte. Schon gar nicht zwei Menschen. Zusammengekettet.

Der Leutnant schwenkte seine Laterne.

„Der linke Kanal versorgt die Kasernen mit Wasser“, sagte er. „Der rechte führt ins Dianabad. Ich glaube aber nicht ...“

„Nein. Zu schmal. Wohin führt der Hauptarm?“

„In den Englischen Garten. Das ist ein künstlich angelegter Lustpark. Ziemlich groß. Hat einen See. Der Bach fließt dort überirdisch. Vielleicht finden wir sie da.“

Es war klar, daß von Orven nicht erwartete, sie noch lebend zu finden. Doch er hatte nie begriffen, wie stark und mutig sie war. Für ihn war sie nur ein kleines, niedliches, liebes Mädchen gewesen.

„Reiten Sie zum Hotel zurück“, ordnete der Colonel an. „Sie können hier nichts mehr tun. Ich muß versuchen, sie zu finden. Sie müssen das nicht. Die anderen werden Sie vielleicht brauchen. Und“, er hielt kurz inne, „ich danke Ihnen, Herr Leutnant. Ich weiß sehr wohl, wieviel Mut und Überwindung Sie das alles heute nacht gekostet hat. Ich werde es nicht vergessen.“

Der junge Offizier salutierte. Dann reichte er Delacroix die Laterne.

„Bringen Sie sie zurück“, sagte er nur. „Lebendig“ fügte er nicht hinzu. Er ritt davon.

Delacroix spornte sein Pferd an und ritt weiter nordwärts am Bach entlang. Im Osten konnte er den ersten grauen Hinweis auf den anbrechenden Morgen sehen. Er ritt langsam, blieb so nah wie möglich am Ufer des Baches, der schnell und turbulent an ihm vorbei floß. Er konnte in der Dunkelheit nicht allzu viel erkennen, aber zumindest sah er, daß keine Menschen ans Ufer angeschwemmt worden waren, und sah auch keine Körper, die im Wasser an ihm vorbeitrieben.

Das Tauwetter des Frühlings hatte den kleinen Strom zu einer ernsten Gefahr anschwellen lassen. Er floß so reißend dahin, daß Delacroix sich sicher war, es würde nicht leicht sein, sich aus dem Gewässer an Land zu ziehen. Die Strömung war weitaus schneller als Delacroix, der nebenher ritt, und er erwartete jeden Moment in der Dunkelheit schwarze Schemen an sich vorbeitreiben zu sehen.

Er sah nichts. Manchmal, wenn eine besonders hohe Welle sich neben ihm erhob, dachte er, daß sie darunter versteckt sein mochten. Doch dann brach sich die Welle, eine andere stieg hoch oder verlor sich in der Strömung. Und er sprang nicht in die eisigen Fluten, um zu sehen, ob sie es nicht doch war. Das Licht war so schlecht. Er konnte nicht genug erkennen.

Sicher war er sich nie. Vielleicht waren sie längst an ihm vorbeigespült worden, und er hatte es gar nicht bemerkt. Vielleicht trieb sie am Grund entlang, Seite an Seite mit ihrem Peiniger. Vielleicht hatten sie den Tunnel nie verlassen, waren dort steckengeblieben und würden dortbleiben, bis ihre Leichen sich im Wasser zersetzten. Dann würde er sie nie finden. Der Gedanke schmerzte. Seine Phantasie lief ihm davon, zeigte ihm Wassernager und Fische, die ihren toten Körper in der Dunkelheit anfressen würden. Er fluchte und schob das Bild gewaltsam aus seinem Bewußtsein.

Er ritt weiter, suchte die beiden Ufer des schmalen Stroms ab. Wo war sie?

Sie hatten ihr nicht schnell genug folgen können. Sie hätten viel schneller bei den Pferden sein müssen, doch ein überwältigendes Gefühl von Verlust, Zorn und Selbstvorwürfen hatte ihn kurzfristig gelähmt, als er gesehen hatte, wie der Bach in der gemauerten Tunnelröhre verschwand. Er erinnerte sich dunkel daran, daß eine

Frau zu ihm gesprochen hatte. „Jetzt kannst du sie nicht mehr verderben“ hatte sie gesagt. Eine Sybille, eine Cassandra, die seinen Verlust voraussagte. Sie hatte ihn für einen Mörder gehalten, für einen Brandstifter, für einen Dämon vielleicht sogar. Und wahrscheinlich hielt sie die Bruderschaft für einen freundlichen Orden frommer und hilfsbereiter Brüder.

Er zwang sich, langsam zu reiten. Das Licht wurde schon grauer, seine körnige Substanz ließ die Welt unwirklich erschienen. Trotzdem war es immer noch zu dunkel, um gut zu sehen. Der Schnee begann zu schmelzen, doch noch strahlte die Umgebung in weißem Glanz. Knospende Bäume und Büsche faßten das Ufer ein, und er mußte immer wieder anhalten und unter dem Gebüsch nachsehen, das bis ins Wasser ragte. Leichen konnten sich in so etwas verhaken.

Es war früh am Morgen, und er war allein im Park. Es war eiskalt. Sein dicker, wollener Mantel versagte zusehends dabei, ihn warm zu halten. Der eisige Nachtwind schnitt durch das schwere Material. Ihm war nur selten kalt, doch heute fror er.

Er verstand genug Deutsch, um die Bedeutung des Wortes „Eisbach“ zu verstehen. Vermutlich hatte man ihn nach seinen Temperaturen so getauft. Er konnte nicht viel wärmer sein als eben getautes Eis. Wie lange überlebte man in solcher Kälte, ehe einem das Herz stehenblieb? Sekunden? Minuten? Wie lange ritt er nun schon dem Strom hinterher? Zehn Minuten? Eine halbe Stunde?

Er hatte keine Chance. Nein. Sie hatte keine Chance. Dennoch konnte er nicht aufgeben. Ihm fiel wieder die Szene im Korridor vor Steinbergs Zimmer ein. Ihr plötzliches, unerwartetes Lächeln hatte ihn tief berührt und gewärmt. Warum hatte sie gelächelt? Er wußte es nicht. Einen guten Grund konnte es kaum geben. Doch er hatte Kraft aus diesem Lächeln gezogen, den sturen Willen weiterzumachen, weiterzukämpfen, die gottverdammte Welt zu retten und vielleicht sogar für sie.

Er fühlte noch den Schock, als sie plötzlich zu der brennenden Gestalt trat, die einst Mrs. Parslow gewesen war. Erst verstand er nicht, was sie da machte. Dann wußte er, daß sie es für sie alle tat. Als er das Ausmaß ihres Opfers begriff, hätte er beinahe vor Schmerz und Wut getobt. Es war verdammt noch mal nicht ihre Aufgabe, für ihn zu sterben.

Der Bach floß nach rechts weg in einen kleinen See. Eine winzige, runde Insel war in die Mitte des Weihers gesetzt. Um den See führte ein Spazierpfad. Er ritt hin. Der See sah flach aus. Im Sommer war er vermutlich die Heimat von Wasservögeln aller Art. Ein hübscher Ort für Spaziergänge.

An der Insel mit den winternackten Weiden ritt er vorbei. Und dann sah er sie. Angeschwemmt am anderen Ende des Sees lagen zwei menschliche Körper im Wasser. Sie bewegten sich nicht.

Er galoppierte den kurzen Weg auf die andere Seite des Sees. Er sprang vom Pferd, warf die Zügel über eine Parkbank, die gleich in der Nähe stand. Er würde die Stute noch brauchen.

Das Ufer war flach, und er erreichte den See ohne Probleme. Der Boden war schneeglatt, doch gefährlich war es nicht. Und selbst wenn, hätte er es nicht bemerkt.

Der Mönch lag dem Ufer am nächsten. Mit dem Bauch nach unten lag er im flachen Wasser, genau wie das Mädchen. Ihre Gesichter waren unter Wasser. Der Arm des Bruders schwamm unter der Oberfläche, mit Handschellen immer noch an Corrisandes schmalem Handgelenk befestigt. Ihr Haar trieb im See wie Tang. Ihr zerrissenes Kleid klebte an ihrem zierlichen Körper. Eiskristalle hatten sich auf ihrem weißen Nacken gebildet.

Delacroix kam nicht an sie heran, ohne den riesigen Mann zuerst aus dem Wasser zu ziehen. Leicht war das nicht. Der Mann war sperrig und schwer und sehr, sehr tot. Und der Untergrund war glitschig, und Delacroix beabsichtigte nicht, auch noch ins Wasser zu fallen.

Er rollte den toten Körper aufs Ufer. Die offenen Augen waren dunkel und leblos. Sein Gesicht war in einer haßerfüllten Grimasse erstarrt. Sein Arm war quer über seinen Körper gestreckt, und Delacroix zog daran, bekam die Ketten zu fassen, dann ihr Handgelenk, faßte zu und zog erneut. Er rollte sie über den Leichnam des Mannes und legte sie im Schnee auf den Rücken neben ihren Peiniger. Ihre Hände waren immer noch zusammengekettet.

Ihre Augen waren geschlossen. Ihr Kleid war zerfetzt und gab den Blick frei auf die obere Hälfte ihrer Brüste. Sie sahen leicht blau aus vor Kälte.

Er beugte sich über sie. Sie atmete nicht.

Sie atmete nicht!

„Corrisande", rief er und schüttelte sie heftig an den Schultern. „Mach das nicht mit mir! Bitte!"

Er berührte ihr eisiges Gesicht, ihren Hals, ihre Schlagader. Kein Leben war zu merken, und er wünschte sich das Talent des Vampirs einen Puls zu fühlen. Er beugte sich hinunter zu ihrem Herz, legte sein Ohr an ihre kalte Brust.

Das Herz schlug. Es schlug langsam und leise, aber es schlug.

„Corrisande!"

Sie reagierte nicht. Und sie atmete nicht. Ihr Gesicht bekam langsam einen bläulichen Schimmer. Sie starb. Sie konnte nicht atmen. Es war mehr als ein Wunder, daß ihr Herz noch schlug.

„Corrisande! Verdammt noch mal! Atmen Sie!" Das hatte er ihr schon einmal befohlen. Damals hatte es geholfen.

Er holte sein Schlüsselbund mit den Dietrichen aus der Tasche und versuchte, die Handschellen aufzuschließen. Sie waren aus normalem Stahl, nicht aus Kalteisen. Seine Hände zitterten. Die Kälte. Es mußte die verdammte Kälte sein, deshalb zitterte er.

Ein Jahrzehnt schien zu vergehen, bis er das Schloß aufbekam, und er sprach die ganze Zeit zu ihr, rief ihren Namen.

Als er sie von der Kette zu ihrem Peiniger befreit hatte, zog er sie hoch. Sie hing schlaff in seinen Händen, ein toter Körper, mehr nicht.

Er legte sie rückwärts gegen seinen Oberkörper, schlang den linken Arm unterhalb ihrer Brüste um sie herum. Ihr Kopf hing nach vorne herunter. Nasses Haar wehte im eisigen Wind. Mit seiner anderen Hand öffnete er ihren Mund. Nereide, hatte der Sí gesagt. Nereiden waren Wasserkreaturen. Wasserkreaturen lebten in kalten Ozeanen. Er betete darum, daß sie nicht so menschlich war, wie sie aussah.

Er schlug ihr mit der flachen Hand auf den Rücken, zog sie ruckartig mit der Linken zu sich heran. Einmal, zweimal, dreimal, und wieder. Dann beugte er sie vor, hielt sie mit dem linken Arm um die Taille. Ihr Kopf hing herunter, ihr Körper war von der Taille ab nach unten gebeugt.

Er schlug sie noch einmal auf den Rücken. Und plötzlich begann sie zu husten und zu würgen. Hauptsächlich spuckte sie Wasser. Zunächst dachte er, es wäre Wasser, das sie geschluckt hatte, dann begriff er, daß sie ihre Lungen leerte. Sie kämpfte um Luft, doch ihre Atmungsorgane waren noch voller Wasser.

Er schlug wieder zu, und sie hustete und röchelte schmerzerfüllt, Wasser floß ihr aus Mund und Nase. Es dauerte eine lange Weile an. Ihre Atmung kam nicht in Gang. Wie am Tag zuvor, als er sie gebrandmarkt hatte, hatte sie die Lungen gegen Luft verschlossen.

„Atmen Sie, Corrisande! Erinnern Sie sich daran, wie das geht! Es ist einfach. Es ist einfacher als Wasser zu atmen."

Vielleicht stimmte das nicht. Vielleicht war es schwieriger, trokkene Luft zu atmen. Er wußte es nicht.

Er hob sie in seine Arme, hielt sie fest, drehte sie zu sich um. Ihre Augen waren halb geöffnet, doch ihr Blick ging ins Leere. Sie sah ihn nicht. Ihr Atem gurgelte. Sie war so kalt wie Eis.

Ganz kurz setzte er sie ab, zog seinen Mantel aus und wickelte sie darin ein. Mit seinem Taschentuch wischte er ihr Mund und Nase ab. Dann hob er sie wieder hoch wie ein Bündel Lumpen.

„Wir gehen jetzt nach Hause", sagte er und trug sie zurück zu seinem Pferd. „Ich möchte, daß Sie wach bleiben. Sprechen Sie mit mir. Sagen Sie was! Los. Irgendwas! Reden Sie! Tun Sie's für mich!"

Er hatte das Pferd fast erreicht, als er sie flüstern hörte.

„Kal..."

„Ja, es ist kalt. Wir reiten jetzt nach Hause, und dort bekommen wir Sie wieder warm. Marie-Jeannette wird Ihnen viele schöne Wärmflaschen machen. Aber zuerst müssen wir nach Hause."

Sie antwortete nicht, und er war sich nicht sicher, ob sie ihn gehört hatte. Er legte sie sich über die Schulter, während er aufstieg. Dann setzte er sie vor sich hin, ergriff ihren rechten Oberschenkel, zog ihn rüber. So war es leichter, sie zu halten, leichter als im Damensitz. Ihre Kleidung war so zerrissen, daß er die eisige Haut ihres Schenkels berührte.

Sie lehnte schlaff und reglos an seiner Brust. Er hielt sie mit dem rechten Arm. Sie war so entsetzlich kalt. Wie konnte jemand so kalt sein und noch am Leben? Er setzte sein Pferd in Bewegung. Er konnte nur langsam reiten oder sie würde ihm entgleiten. Sie hing wie eine Stoffpuppe in seinem Arm.

„Reden Sie mit mir, Corrisande! Schlafen Sie nicht ein! Ich will, daß Sie wach bleiben. Nehmen Sie sich zusammen!"

Doch sie sagte nichts, und er fürchtete plötzlich, sie könnte in seinem Arm gestorben sein.

„Corrisande! Na los! Reden Sie mit mir. Sagen Sie etwas!"

Ihr Kopf rollte gegen seine Brust. Mit einem Arm hielt er sie fest, der zweite hielt die Zügel. Er konnte sie nicht noch untersuchen.

Doch er konnte sie noch atmen hören, langsam und unter Schmerzen. Ihr Körper bebte vor Kälte. Ihm war auch kalt, doch keinesfalls so kalt wie ihr sein mußte. Er wünschte sich, er könnte sie dadurch wärmen, daß er sie nahe an sich heranzog, doch auch er war nicht mehr warm genug dafür. Ihre Zähne klapperten.

Nicht wichtig. Solange sie zitterte, lebte sie noch.

Und im nächsten Moment erschlaffte sie wieder in seinem Griff. Er kämpfte seine aufsteigende Panik nieder.

Der Morgen zog langsam herauf, und er konnte erkennen, wohin sie ritten. Am liebsten wäre er galoppiert, doch er zwang sich selbst zur Ruhe. Sie war nur ohnmächtig, redete er sich ein. Nur das. Sie konnte jetzt nicht gestorben sein, nicht nachdem sie all das andere überlebt hatte.

„Corrisande! Aufwachen! Los jetzt! Sie müssen kämpfen!“

Ihr Kopf bewegte sich auf seiner Brust.

„Das ist gut, mein Mädchen! Schön kämpfen. Denken Sie an das warme Bett, das auf Sie wartet. Durchhalten!“

Sie versuchte zu sprechen, doch ihre Worte waren undeutlich und verwischt.

„Sie sind da...“

„Natürlich bin da. Ich habe Sie gesucht. Ich wünschte, ich wäre schneller gewesen. Ich wünschte, ich hätte Ihnen das alles ersparen können, meine arme, kleine Nixe.“

Ganz plötzlich sagte sie deutlich:

„Ich bin nichts.“

Er kannte die Aussage. Er wußte, wo sie sie zu hören bekommen hatte.

„Sie sind mein Leben“, antwortete er.

Sie fiel wieder schlaff in seinem Arm zusammen.

Kapitel 95

Zum Osten hin begann der Himmel sich rot zu färben. Der Sonnenaufgang war nicht mehr weit. Delacroix konnte die Pfade im Park ohne seine Laterne ausmachen. Es blieb ihm auch nichts anderes übrig, denn er hätte keinen Arm freigehabt, um sie zu halten. Er hatte sie am See zurückgelassen.

Die ersten Vögel begannen zu singen und klangen ein wenig unglücklich über den plötzlichen Wintereinbruch zu einer Zeit, die schon dem Frühling gehörte. Der Tritt seines Pferdes war nur gedämpft zu hören in dem Schneematsch, der die Spazierwege in Schlammbäder verwandelt hatte. Die Hufe des Tieres schleuderten bei jedem Schritt nassen Dreck hoch, der seine Stiefel und Hosenbeine bespritzte und auch ihre Beine in den zerrissenen Strümpfen.

Er wußte ziemlich genau, in welche Richtung er mußte. Zwar kannte er München nicht besonders gut, aber doch gut genug, um sich nicht zu verirren. Die Residenz und die Innenstadt lagen südwestlich von ihm. Es war nicht allzuweit, oder wäre nicht weit, wenn er nicht ein erfrierendes Mädchen bei sich hätte, das irgendwo zwischen Leben und Tod schwebte. Jede Minute zählte.

Er sprach unablässig zu ihr, selbst wenn er kein Lebenszeichen wahrnahm. Er versuchte die Möglichkeit zu ignorieren, daß sie auf dem Nachhauseweg in seinen Armen sterben würde. Das würde nicht geschehen, versprach er sich. Er würde es nicht erlauben. Er würde sie nach Hause bringen.

„Corrisande, aufwachen! Augen auf! Sprechen Sie mit mir. Sagen Sie mir, wieso das Refugium abgebrannt ist."

Er stellte ihr immer wieder Fragen. Meistens reagierte sie nicht darauf. Manchmal stöhnte und murmelte sie etwas, das er nicht verstehen konnte. Doch das war nicht wichtig.

Ihre Atmung ging nun etwas regelmäßiger und hörte sich nicht mehr gar so rasselnd an. Sie atmete wieder Luft. Er konnte kaum fassen, daß sie Wasser geatmet hatte. Ihr Wärter war ertrunken, und sie hatte Wasser geatmet. Er fragte sich, ob sie gewußt hatte, daß sie das konnte, und begriff, daß sie das keinesfalls hatte wissen können. Sie hatte vermutlich Wasser eingeatmet, als sie im Tunnel ihre Luft nicht mehr anhalten konnte.

„Lampe geworf..." murmelte sie.

„Man hat eine Lampe nach Ihnen geworfen? Eine Petroleumlampe?"

„Ich ..."

„Sie haben die Lampe geworfen?"

Wieder antwortete sie nicht gleich. Plötzlich, ein paar Minuten später:

„Zwei."

„Zwei Lampen? Wer hat noch eine geworfen?"

Sie schwieg, und er begann zu begreifen, daß sie zwei Lampen geworfen hatte. Petroleumlampen waren gefährliche Dinge. In einem Haus mit viel Holz, Papier und Stoffvorhängen, würden zwei solche Lampen ein Feuer entfachen, das schnell außer Kontrolle geriet. Es wunderte ihn, daß die Bruderschaft noch mit so alter Ausrüstung lebte. Doch vermutlich hatten sie lieber ihre Ressourcen für eine eigene Telegraphenstation verwendet und wie immer – noch mehr teures Kalteisen.

Sie hatte das Refugium abgebrannt. Sie mußte ihnen dazu irgendwie entwischt sein, sonst hätte sie auch das Dach nie erreicht. Der große Mönch, der vermutlich Pater Emanuele ermordet hatte, hatte die falschen Prioritäten gehabt. Er hätte das Feuer bekämpfen müssen. Statt dessen war er dem Mädchen hinterhergejagt. Da der Pater schon tot und der junge Mönch von dem bayerischen Offizier erschossen worden war, blieb nur der alte Mann, um allein zu löschen. Zwei Feuer.

„Das haben Sie gut gemacht", sagte er ihr. „Die Fey-Population dieser Erde wird Ihnen gewiß einen Orden verleihen wollen. Graf Arpad wird begeistert sein. Aber vielleicht behalten wir es doch lieber für uns und sagen es niemandem. Es wird unser kleines Geheimnis sein. Ich hoffe, daß man da jetzt etwas Hübscheres hinbauen wird. Etwas Nützliches vielleicht, ein Krankenhaus oder eine Schule für erfinderische Mädchen wie Sie."

Wieder antwortete sie nicht.

Sie verließen den Park. Eine schmale, kopfsteingepflasterte Gasse führte zwischen Gebäuden hindurch; sie waren zurück in der Stadt. Die Pflastersteine waren eisig überfroren im frühmorgendlichen Frost, und sein Pferd tat sich schwer damit, auf dem unregelmäßigen, glatten Grund nicht zu rutschen.

„Wir sind wieder in der Stadt. Fast zu Hause. Jetzt müssen Sie nicht mehr lange durchhalten. Sprechen Sie mit mir. Es sind nur noch ein paar Minuten"

Das war eine Lüge. Die schmale Straße führte zwischen den Gebäuden der Universität hindurch und endete auf einem weitläufigen Platz mit architektonisch beinahe gleichen Strukturen zu beiden Seiten der Prachtstraße. Er hatte die Ludwigstraße erreicht, die Hauptader nach Norden, wenn man von der Residenz kam. Er mußte nun nur noch in südliche Richtung reiten.

Er war nicht mehr allein. In den frühen Morgenstunden waren Arbeiter und Handwerker auf der Straße, vielleicht auf dem Weg zur Arbeit. Er überlegte sich kurz, einen davon anzuhalten und nach einem Ort zum Aufwärmen oder einer Decke zu fragen. Doch das wäre aussichtslos. An dieser Straße wohnte niemand, sie war von öffentlichen Prachtbauten flankiert. Er kannte die Universität, die königliche Bibliothek, das Kriegsministerium, einige Kasernen. Hier würde er keine Hilfe bekommen.

So ritt er einfach weiter und ignorierte die neugierigen Blikke, die ihm die Passanten zuwarfen. Sie boten vermutlich ein seltsames Bild. Ein dunkler, rußverschmierter Mann, der eine bewußtlose, in einen Herrenmantel gewickelte Frau festhielt. Ihre Kleiderfetzen hingen herunter, und ihre zerrissene Unterkleidung gab den Blick frei auf ihre Beine. Durch ihre löchrigen Strümpfe lugten die Zehen vor. Sie waren bläulich vor Kälte.

Es war nicht mehr weit. Er passierte den Hofgarten und ritt nun die engere Schwabinger Straße entlang. Er kam am Museum vorbei und wandte sich nach rechts.

„Wir sind fast da, mein Mädchen“, sagte er. „Wir sind schon fast zu Hause.“

„So kalt“, murmelte sie.

„Ihnen wird gleich warm werden. Das verspreche ich. Wir sind beinahe da.“

Er ritt direkt zum Hinterhof des Hotels und brüllte nach einem Stallburschen. Er glitt vom Pferd und zog sie dabei mit sich. Sie hatte das Bewußtsein wieder verloren. Ein Hotelangestellter kam zur Hintertür heraus und starrte ihn ungläubig an, als er das Mädchen schulterte. So war sie leichter zu tragen, und er hatte keine Zeit zu verlieren.

„Kümmern Sie sich um mein Pferd“, befahl er kurz und stürmte durch die Hintertür in das Hotel. Der Mann starrte ihm nach. Wahrscheinlich hatte er ihn aufhalten wollen, ihn nicht als Gast des Hauses erkannt. Gäste sahen gemeinhin nicht so aus, mit Dreck beschmiert, rußig, naß und ziemlich angesengt. Und Gäste hatten sich vermutlich auch keine bewußtlosen Frauen in zerfetzter Kleidung über die Schulter geworfen. Und schon gar nicht um eine solche Zeit. Doch niemand hielt Delacroix auf. Der Mann hatte Angst vor ihm gehabt.

Schon erklomm er die Hintertreppe im Laufschritt, keuchte unter der Last. So leicht sie auch war, sie drei Stockwerke hochzutragen, und das noch schnell, war harte Arbeit. Jemand hatte die Gesindetür im dritten Stock abgeschlossen. Er machte sich nicht die Mühe, sein Schlüsselbund hervorzuziehen, trat nur mit voller Wucht gegen die Tür, und sie sprang auf, krachte gegen die Wand. Er rannte in den Korridor.

„Marie-Jeannette! Hierher! Sofort!“ brüllte er in seiner besten Kasernenhofstimme. Die Tür seines eigenen Zimmers öffnete sich vorsichtig, und Leutnant von Görenczy lugte heraus, die Waffe schußbereit in der Hand.

„Ich bin’s. Schicken Sie mir Marie-Jeannette! Gleich.“

Er ließ Corrisande von seiner Schulter gleiten und hielt sie in seinen Armen. Sie hing schlaff darin. Ihr Kopf fiel zurück.

Marie-Jeannette schlüpfte aus dem Zimmer gefolgt von Graf Arpad und Leutnant von Orven.

„Ist sie ..." fragte Marie-Jeannette ängstlich. „Ist sie ..."

„Sie lebt", sagte der Sí. „Geh rüber und hilf ihr!"

Das Mädchen rannte los und öffnete die Tür zu Corrisandes Suite.

„Das ist nicht möglich", sagte Leutnant von Orven.

Delacroix sagte nichts dazu, sondern betrat die Suite.

„Bring mir eine Schere. Und Decken. Schnell!"

„Eine Schere?"

Er zischte die Zofe an.

„Tu einfach, was ich sage!" Sie lief los.

Er legte Corrisande auf das Sofa und schälte sie aus seinem Mantel. Er überprüfte ihre Atmung, obwohl er dem Feyon Glauben schenkte. Sie lebte. Der Vampir hatte es auf die Distanz gefühlt.

Er klatschte ihr ein paarmal unsanft gegen die Wange und erinnerte sich, daß er genau das vor nur drei Tagen schon einmal gemacht hatte, auf dem nämlichen Sofa.

Sie öffnete ihre Augen einen Spalt.

„Wir sind da, Corrisande. Jetzt wird Ihnen gleich warm werden."

Die Zofe hatte eine Schere gebracht, und er erteilte ihr die nächsten Anordnungen.

„Jetzt holst du Decken. Am besten von Mrs. Parslows Bett. Breite sie hier gleich auf dem Boden aus. Wenn du damit fertig bist, holst du Wärmflaschen. So viele du vom Hotel bekommen kannst."

Er drehte Corrisande auf den Bauch, wobei er darauf achtete, daß sie genug Raum zum Atmen hatte. Er fing an, durch die Schnürung ihres Kleides zu schneiden, durch ihr Korsett und alle Unterkleidung.

„Sir!“ Marie-Jeannette stand verunsichert da und offenbar ein wenig schockiert. „Sir, Sie können doch nicht ...“

„Kümmere dich nicht darum“, herrschte er sie an. „Tu, was ich dir gesagt habe, verdammt!“

Sie stieß ein erschrockenes Wimmern aus und rannte los. Er hatte ihr keine Angst machen wollen, aber es war unwichtig.

Corrisandes Kleidung war nun offen, und er schälte sie aus den nassen, überfrorenen Sachen, zerrte ihr das Kleid von den Schultern, drehte sie wieder um. Sie sah ihn jetzt an. Ihre Augen waren halb geöffnet, auf ihrem Gesicht lag ein verwirrter, erschrockener Ausdruck. Sie brauchte eine kleine Weile, um zu verstehen, was er mit ihr anstellte. Ihre Hand bewegte sich ganz langsam auf seine zu, um ihn aufzuhalten. Ein schwacher Protest gegen seinen Übergriff.

„Nein...“, flüsterte sie.

Er zog sie weiter aus, warf die zerrissenen Fetzen ihrer Kleidung einfach auf den Boden.

„Vertrauen Sie mir, Mädchen. Vertrauen Sie mir einfach. Ich will nur, daß Ihnen warm wird. Ich tue Ihnen nichts. Nicht wehren! Sparen Sie Ihre Kräfte.“

Sie hörte auf zu protestieren, sah ihn nur aus den halbgeschlossenen Augen an. So schnell hatte er noch nie eine Frau ausgezogen. Noch die Strümpfe runterziehen, und schon lag sie vor ihm, zierlich und ganz nackt und sehr weiß. Fast hatte ihre eisige Haut einen kleinen Blauschimmer.

Er nahm ihr Gesicht in seine Hände und tastete ihren Kopf mit seinen Fingern ab. Die Knochenstruktur des Schädels schien intakt zu sein. Auf einer Seite ihres Gesichts war ein großer blauer Fleck. Jemand mußte sie heftig geschlagen haben. Sie hatte Kratzer im Gesicht, doch die hatte sie schon am Abend zuvor gehabt. Und sie hatte einen winzigen Kratzer auf der Lippe. Er selbst hatte das getan.

Er wanderte mit seinen Händen weiter. Sie fühlte sich an wie Eis. Er fragte sich wieder, wie sie das hatte überleben können. Doch sie hatte überlebt. Und vielleicht war es einerlei, wie.

Kratzer an der Kehle waren Beweis dafür, daß jemand ein Messer dagegengehalten hatte. Sie waren nicht tief, doch er mußte sich ein ärgerliches Knurren verbeißen. Die halbverheilten Blutergüsse an ihren Schultern waren wieder sein Werk, doch die dunklen Ringe um ihre Oberarme waren neu. Er fuhr die Arme mit seinen Händen ab. Sie fühlten sich nicht gebrochen an. Ihre Hände waren stark zerkratzt, aber nicht schwer verletzt, selbst die Verbrennung sah nicht mehr so schlimm aus. Auch die hatte er ihr zugefügt.

„Breite die Decken gleich hinter mir auf dem Boden aus", befahl er ohne hochzusehen, als er Marie-Jeannette hinter sich rumoren hörte. „Und bring mir ein Handtuch für ihre Haare!"

Er bemerkte kleine, oberflächliche Schnitte um eine Brust. Eine Messerspitze. Er fühlte, wie der Zorn kochend in ihm hochstieg, und zwang sich zur Ruhe. Es waren nur Kratzer, nichts Gefährliches.

Seine Hände glitten weiter. Sein Verstand versuchte, all jene Informationen über ihren Körper, die nicht notwendig oder medizinisch waren, auszublenden. Das bedurfte einiger Konzentration. Seine Hände inspizierten sie rasch, mit sturer klinischer Distanz. Wahrscheinlich keine Rippen gebrochen. Hüftknochen intakt, Beine in Ordnung, wenn man von blauen Flecken und einem aufgeschlagenen Knie absah. Ihre Füße sahen schlimmer aus, zerkratzt und zerschunden, doch die Knochenstruktur schien intakt zu sein.

Er drehte sie in seinem Arm um. Ein Bluterguß genau über ihren Nieren. Eine Faust oder ein Tritt, schloß er. Das mußte sehr weh getan haben.

Doch es hätte schlimmer sein können. Es hätte sogar sehr viel schlimmer sein können. Keine Knochen gebrochen, keine offenen Wunden. Nichts, was nicht schnell wieder heilen würde.

Er hob sie vom Sofa, wandte sich um und legte sie auf die Decken. Er streckte ihre Arme neben ihrem Körper aus. Dann schlug er die Wolldecken um sie herum, rollte sie fest ein, wie in einen Kokon.

Wieder hob er sie auf und trug sie in ihr Schlafzimmer. Dort legte er sie aufs Bett und setzte sich neben sie. Marie-Jeannette reichte ihm zwei Handtücher.

„Ich geh jetzt die Wärmflaschen abholen", sagte sie und eilte davon.

„Gut gemacht!" lobte er, doch sie war schon fort. Er wickelte eines der Handtücher um Corrisandes nasses Haar und rubbelte damit an ihrem Kopf, in der Hoffnung, ihn ein wenig trockener zu bekommen. Als das Handtuch naß war, wickelte er sie in das andere, hob ihre Schultern ein wenig an und lehnte sie dann mit dem Kopf gegen ihr Kissen.

Sie blickte ihn an, direkt und offenbar bei vollem Bewußtsein. Ihre blauen Augen waren weit geöffnet.

„Sie sind wach", sagte er und streichelte ihr ganz vorsichtig mit den Fingerrücken über ihre kalte Wange.

„Ja", antwortete sie.

Kapitel 96

„Sie sind mein Leben“, hatte er gesagt, und daran hatte sie sich festgehalten. Als sie vom Dach gestürzt war, war sie sich sicher gewesen, daß dies nun das Ende sein würde. Erst als sie fiel, hatte sie Delacroix eine Sekunde lang im Hof erblickt. Das Feuer hatte ihn rot angestrahlt. Nur für einen Moment hatte sie ihn gesehen und gewußt, daß dieser Moment der ganze Abschied war, den sie von ihm nehmen konnte. Dann war sie auf das schwarze Wasser aufgeschlagen.

Daß Wasser so hart sein konnte, hatte sie nicht gewußt. Der Aufschlag preßte ihr die Luft aus den Lungen. Das Wasser war eisig, schnitt ihr in die Haut, faßte mit gefrorener Faust nach ihrem schlagenden Herzen. Wie Steine waren sie beide gesunken, bis hinunter zum Bachbett, und nur das Wasser fing ihre Wucht ab. Die Strömung hatte sie sofort im Griff, zerrte sie weiter, und schon wurde es vollständig schwarz um sie herum. Sie hatte versucht aufzutauchen. Beide hatten sie es versucht. Doch sie schlugen sich nur ihre Köpfe an der Tunneldecke an. In der Röhre gab es keine Luft.

Sie hielt ihren Atem an, aber lange ging das nicht. Als ihre Lungen brannten und nach Luft schrien, gab sie auf. Sie atmete ein, in der Hoffnung, daß sie schnell ertrinken würde. Ihre Lungen füllten sich mit eisigem Wasser, und der Schmerz war so groß, daß sie glaubte, ihr Brustkorb würde von innen heraus bersten.

Doch sie war nicht gestorben. Sie hatte eine Weile gebraucht, um zu merken, daß sie tatsächlich immer noch atmete. Wie das gehen sollte, wußte sie nicht, aber sie konnte es, und mit der Zeit hörte der Schmerz in ihren Lungen auf, und sie überantwortete sich dem Wasser.

Die Handschellen zerrten an ihrem Handgelenk, wann immer die Strömung versuchte, sie und den Mönch mit unterschiedlicher

Geschwindigkeit fortzureißen. Doch nach einiger Zeit verging auch dieser Schmerz. Sie fühlte nichts mehr, nicht einmal die Kälte. Sie fragte sich, ob sie gestorben war. Vielleicht nahm man die Welt so wahr, wenn man tot war. Man trieb dahin ohne Empfindung, wie betäubt, unfähig sich zu bewegen, ohne Schmerz. Ihr Denken verlangsamte sich, ihr Verstand schloß sich um sie herum ab, bis nichts mehr in ihm übrig war als der eine Wunsch, auf den Grund zu sinken und dort zu bleiben, ein Teil des Wassers zu werden, das Bett des Baches unter sich zu spüren und alle Erinnerungen den Wellen preiszugeben. Teil des Stromes wollte sie sein, eine kalte Königin des Sees. Die letzte Erinnerung, die davonspülte, war die an Delacroix, wie er im Schein des Feuers gestanden hatte, verzweifelt und von Zorn zerrissen. Dann löste sich auch dieses Bild in den Fluten auf.

Zeit verging, doch sie verstand den Fluß der Zeit nicht mehr. Stunden oder Jahre lag sie im Wasser, es machte keinen Unterschied. Und plötzlich konnte sie nicht mehr atmen. All das Wasser hatte man ihr genommen, das sanfte, liebliche Wasser, ihre Heimat war mit einem Mal fort. Seine Stimme hatte sie dann vernommen, so weit weg, und sie verstand nicht, warum er sie so quälte, ihr so weh tat. Warum wollte er sie töten?

Die Eiseskälte kam wie Folter über sie und stach in sie hinein, biß in ihre Haut, durch ihre Knochen bis in ihr Sein. Ihr Bewußtsein kam und ging in Wellen, und sie wollte wieder wegtauchen, zurück in die lockende Dunkelheit, um dort alle Schmerzen zu verlieren, die sie quälten, wenn sie wach war.

Seine tiefe, schroffe Stimme wurde ihr zum Anker. Der Klang allein ließ sie sich wehren – gegen ihren eigenen Wunsch, sich aufzugeben und der Ewigkeit zu überantworten. Sie wollte diese Stimme hören. Manchmal hatte sie versucht zu antworten, aber sie war sich nicht sicher, ob das, was ihre wirren Gedanken zu Worten formten, irgendeinen Sinn ergab.

„Sie sind mein Leben", hatte er gesagt, und das hatte sie verstanden und sich als Verantwortung auferlegt. Sie mußte sich zwingen, wieder die harte, trockene Luft zu atmen, die so kalt war und so schmerzhaft durch ihre Brust schnitt. Alles war kalt. Nicht einmal der Arm, den er um sie gelegt hatte, half, nicht sein Körper, gegen den sie lehnte. Stundenlang ritten sie dahin, so kam es ihr vor, Stunden und Tage durch das Eis, das sie scharfgratig durchquälte und ihr weh tat. Und sie hielt sich an seiner Stimme fest, als wäre sie das einzig Warme im gesamten Universum.

Ihre Seele trudelte noch immer auf den Wellen der Unwirklichkeit, schwebte im Grenzbereich zwischen Leben und einladender Dunkelheit. Sie verlor sich wieder und wieder in der Tiefe, um dann erneut in die Kälte hervorzubrechen. Es wäre so schön gewesen, einfach nur loszulassen. Doch er zog sie immer wieder hoch zu sich und zurück, ohne Gnade, ohne Einsehen.

Die erste vollständig bewußte Wahrnehmung war die gewesen, als er angefangen hatte, sie auszuziehen. Die Konditionierung einer wohlanständigen Erziehung saß zu tief in ihrem Bewußtsein, als daß sie sich ignorieren ließ, und so war es ihr äußerst peinlich gewesen, als er ihr einen kalten Stoffetzen nach dem anderen von der Haut gezogen hatte. Heiße Scham schoß durch ihren Körper und Geist.

Er hatte sie gebeten, ihm zu vertrauen. Und das hatte sie getan. Sie hatte ihn gewähren lassen. Seine Hände waren so warm gewesen, als sie über ihren Körper geglitten waren. Sie hatte einige Sekunden gebraucht, um zu verstehen, daß er sie nach Verletzungen absuchte, nichts weiter als das. So unendlich sanft hatte er sie berührt. Ihr Körper erwachte. Ihr Verstand begann, die Ereignisse wahrzunehmen und zu verarbeiten. Ihr Bewußtsein hakte sich ins Hier und Jetzt. Die schwarze Tiefe hatte ihre Anziehungskraft verloren."

Er streichelte ihre Wange.

„Sie sind wach", sagte er, und seine gelben Augen blickten sie erleichtert und freundlich an. Er sah furchtbar aus. Sein Haar war angesengt, an einer Schläfe hatte er Brandblasen, die Haut darum war rot angelaufen und sein ganzes Gesicht rußverschmiert. Die Schwärze von Rauch und Asche mischte sich mit seinem schwarzen Stoppelbart.

„Ja.“ Er hatte sie so fest eingepackt, daß sie sich gar nicht bewegen konnte. Doch das machte ihr nichts aus. Er war da, um sie zu befreien, wenn sie befreit werden wollte. Er war da, um sie zu wärmen. Er war einfach da.

„Gut.“ Er rollte sie vorsichtig auf den Bauch, wobei er auf ihren Kopf achtgab, und ihn so positionierte, daß sie gut atmen konnte. „Ich werde Sie warmrubbeln. Entspannen Sie sich. Haben Sie keine Angst. Sagen Sie mir gleich, falls ich Ihnen weh tun sollte.“

Er begann an ihren Schultern und Schulterknochen, seine großen, starken Hände rieben sie mit einiger Kraft, massierten ihre Haut durch mehrere Lagen rauhe Wolle. Sie fühlte, wie das Leben dort, wo er am Werk war, wieder in ihr erwachte. Sie spürte ein Kribbeln, ihre Haut prickelte wie eingeschlafen, und das Gefühl lag irgendwo jenseits von Schmerz und Kitzeln. Sie konzentrierte sich darauf, ja nicht zu jammern, denn sie wußte, er würde sonst aufhören.

Und sie wollte nicht, daß er aufhörte. Also lag sie ganz still da, nahm seine starke Berührung in sich auf und genoß die Wärme, die durch ihre Haut und ihre Knochen floß. Leben durchströmte sie und auch der Wille zu leben, die Sehnsucht, in seinen Händen zum Leben zu erwachen. Sie schloß die Augen. Er hörte auf.

„Corrisande! Sind Sie wach?“

„Ich bin wach“, antwortete sie.

Seine Hände arbeiteten sich ihren Rücken hinunter und ihre Arme entlang, die neben ihrem Körper ausgestreckt waren. Sie zuckte zusammen, als er an ihre blauen Flecken kam.“

„Verzeihen Sie mir!“ Er klang zerknirscht.

Jetzt hatte er ihre Taille erreicht, seine Hände hielten einen Augenblick lang inne und wanderten dann weiter zu ihrer Hinterfront, und sie zuckte erneut zusammen, diesmal aus Peinlichkeit über diesen Angriff auf allzu Privates.

„Keine Angst“, sagte er ruhig. „Entspannen Sie sich. Sie sind ganz sicher bei mir. Ich will Sie nur warm bekommen.“

Das allerdings gelang ihm ausgesprochen gut. Ihre Haut, ihr ganzer Körper schien wieder zum Leben zu erwachen, und die

Wärme durchlief sie. Er hatte nun ihre Oberschenkel erreicht, rieb sie, bewegte seine Hände um sie herum und zwischen sie, soweit die festgezurrten Decken das erlaubten.

Sie versenkte ihr feuerrot angelaufenes Gesicht in ihrem Kissen und biß hilflos hinein. Schon waren seine Hände in ihren Kniekehlen und dann an den Waden und Fesseln.

Dann kam er zurück ans Kopfende, setzte sich neben sie, drehte sie wie eine Puppe wieder auf den Rücken.

Es klopfte an der Tür. Marie-Jeannette brachte einen Korb und legte zwei Wärmflaschen und einen heißen Stein neben sie aufs Bett, alles eingeschlagen in Stoffhüllen.

„Versuche etwas heißen Tee mit Cognac zu bekommen“, befahl er ihr. „Und sag den anderen, daß sie lebt und es ihr den Umständen entsprechend gutgeht. Keine schlimmen Verletzungen. Ich werde noch eine kleine Weile hierbleiben, so lange wie ich gebraucht werde. Dann löse ich die Herren drüben ab.“

Die Zofe nickte, knickste und verschwand.

Seine heißen Hände umfaßten ihr Gesicht und blieben dort einige Sekunden.

„Geht es Ihnen gut genug, daß wir sprechen können?“ fragte er, und sie nickte.

Seine großen Pranken faßten nach ihren Schultern und wanderten von dort weiter, erneut bestrebt, sie trocken und warm zu reiben. Nun war es an ihm, peinlich berührt beiseite zu sehen, als er seine Hände von außen zu ihren Brüsten zusammenführte.

„Keine Angst!“ sagte er, ohne ihr in die Augen zu blicken.

„Ich habe keine Angst vor Ihnen, Colonel Delacroix!“ antwortete sie, und nun sahen sie sich doch in die Augen, während seine Hände über ihren Brustkorb strichen. Sie konnte deren Hitze durch die Decken hindurch fühlen. Sie schloß die Augen, unfähig ihn dabei zu beobachten, wie er sie berührte.

„Gut“, sagte er sachlich. „Sie sollen keine Angst vor mir haben. Aber ich habe Sie bislang nicht gut behandelt. Ich möchte, daß Sie wissen, daß Sie mir vertrauen können.“

„Ich vertraue Ihnen, Colonel“, erwiderte sie und konzentrierte sich darauf, ihre Atmung unter Kontrolle zu halten. „Ich bin ... ganz in Ihrer Hand.“

Er hielt in der Bewegung inne, und sie blickte wieder zu ihm hoch. Seine Hände reisten weiter, zu ihrer Taille. Ein etwas schiefes Lächeln lag auf seinen Zügen. Er wirkte ein wenig betreten, und das sah ungewöhnlich aus. Er drehte sich nun um in Richtung ihrer Beine, wandte ihr seinen Rücken zu.

„Gut“, sagte er wieder. „Corrisande – Miss Jarrencourt – Sie sollten auf keinen Fall allein in München bleiben. Mrs. Parslow ist tot, und wenn ich auch im Moment keine direkte Gefährdung durch die Bruderschaft erwarte, sollten Sie doch nicht allein hiersein nach allem, was geschehen ist.“ Er rubbelte sie kräftig, seine Hände wanderten von ihrem Bauch zu ihren Oberschenkeln. Seine Stimme war sachlich und knapp. „Ich möchte, daß Sie mit uns kommen. Ich nehme Sie mit zurück mit mir nach England. Ich möchte Sie unter meinem Schutz wissen.“

Sie verstand die Umschreibung. Er schlug ihr vor, seine Geliebte zu werden. So umschrieben es Herren gemeinhin, wenn sie sagten, eine Dame lebte unter ihrem Schutz.

Eine eigenartige Empfindung stieg in ihr hoch. Eine Flut gemischter Gefühle durchspülte sie. Die Aussicht, von ihm geliebt zu werden, war einladend und verführerisch. Seine Berührung löste Empfindungen in ihr aus, die weit, weit unter die Haut gingen. Doch so ein Mädchen war sie nie gewesen. Sie war keine Kurtisane. Er wußte das nicht. Seine kräftige Berührung änderte sich plötzlich in ihrer Art, war nicht mehr das, was sie sein sollte.

„Ich werde nicht Ihre Geliebte sein, Colonel“, erwiderte sie so sachlich wie möglich. Seine Hände hielten mitten in der Bewegung inne, dann machte er weiter, rieb kräftig an ihren Beinen entlang nach unten.

„Ich will Sie nicht als meine Geliebte, Corrisande. Ich will, daß Sie mich heiraten. Heute. Es wird weitaus einfacher sein, die vielen Landesgrenzen in diesem multideutschen Flickenteppich zu passieren, wenn Sie als meine Frau reisen, anstatt als ein junges

Mädchen, das aus unerfindlichen Gründen mit einer Gruppe Soldaten herumzieht. Wir können per Sondergenehmigung noch heute nachmittag heiraten, bevor wir abreisen. Die Sondergenehmigung wird der britische Gesandte ausstellen. Er schuldet mir mindestens einen Gefallen. Es gibt auch einen anglikanischen Geistlichen, der zur Botschaft gehört. Er wird die Zeremonie durchführen. So was läßt sich rasch arrangieren."

Er schwieg einen Moment lang. Seine Hände hatten ihre Füße erreicht. Er wickelte sie aus der Decke und massierte sie sorgsam und vorsichtig. Er hatte ihr gerade einen Heiratsantrag gemacht. Nun, vielleicht nicht wirklich einen Antrag, eher einen Heiratsbefehl gegeben. Seine Pläne waren schon fertiggestellt, und er hatte sie über die Details informiert. Sie konnte nicht verstehen, was da geschah.

„Sie wollen mich heiraten – wegen der Grenzkontrollen?" fragte sie verwirrt. So viele Worte, so viel Neues und so viele versteckte Bedeutungen, die sie nicht erfassen konnte. Sie begriff nicht ganz. Und ihr war schwindlig.

„Ich will Sie heiraten, weil ich nicht mehr ohne Sie sein will. Und ich will es heute tun, weil das alles erheblich vereinfachen wird." Er hielt einen ihrer Füße in der Hand. „Süß. Die sind ja wirklich winzig. Wie schaffen Sie es eigentlich, darauf zu laufen?"

In ihren kühnsten Träumen hätte sie sich nie vorgestellt, daß der Mann, der sie dereinst um ihre Hand bitten würde, ihr dabei den Rücken zukehren und ihre nackten Füße kommentieren würde. Auf welche Frage sollte sie jetzt eigentlich antworten? Sie war verwirrt. Und ziemlich nervös.

Er rieb ihre Füße sanft zwischen seinen Händen. Seine Stimme klang kühl und beinahe unbeteiligt, während er fortfuhr.

„Ich verstehe vollkommen, wenn Sie mich lieber nicht ehelichen möchten. In diesem Fall biete ich Ihnen meinen Schutz und meine Freundschaft – ohne Bedingungen oder Hintergedanken. Ich kann es durchaus begreifen, wenn Sie mich nicht lieben können, wenn Ihnen der Gedanke, meine Frau zu werden, nicht behagt. Sie haben guten Grund, Angst vor mir zu haben. Oder mich vielleicht sogar zu hassen. Ich habe mich Ihnen gegenüber abscheulich benommen. Was Ihnen geschehen ist, ist mein Fehler. Es tut mir so leid."

Er wickelte ihre Füße wieder in die Decke, legte den heißen Stein dazu und setzte sich wieder weiter oben an ihr Bett, ihr zugewandt. Ihre Gedanken wirbelten unstet herum, Worte, ganze Sätze und Gefühle zogen ihr durch Kopf und Herz, und weder Vernunft, noch Einsicht geboten ihnen Einhalt. Sie wußte nicht, was sie tun oder sagen sollte.

„Haben die Ihnen sehr weh getan?" fragte er nur, völlig aus dem Zusammenhang gerissen, und legte seine warme Hand an ihre Wange. Die freundliche Geste ließ mit einem Mal ihre Beherrschung zersplittern. Die Erinnerungen der schrecklichen Nacht brachen über sie herein, überwältigten sie vollständig. Sie schluckte einmal, zweimal und zerbrach wie Glas. Wellen von Panik und Grauen schlugen über ihrer Fassung zusammen. Tränen liefen ihr über die Wangen, und sie schniefte und rang nach Luft. Plötzlich zitterte sie am ganzen Leib.

Er sah sie besorgt und erschrocken an, beinahe unsicher. Er hatte sie nicht zum Weinen bringen wollen. Schließlich hob er ihre Schultern an und zog sie in seine Arme, streichelte ihr den Rücken.

„Ist schon gut", sagte er rauh. „Es ist vorbei. Lassen Sie es raus." Er hielt sie ganz fest, wiegte sie in der Umarmung hin und her. „Erzählen Sie's mir!"

Sie keuchte und schluchzte und fühlte dann seine Lippen auf ihrer Stirn, nur eine Sekunde lang.

„Raus damit", wiederholte er. „Nichts auf der Welt kann so schlimm sein, daß Sie es mir nicht anvertrauen könnten."

Sie fand keine Worte. Ihr gesamter Wortschatz hatte sie verlassen, als ob das Grauen dessen, was sie erlebt hatte, sie stumm und sprachlos gemacht hatte, gerade als gäbe es nicht genug Wörter auf der Welt, um zu beschreiben, was ihr geschehen war. So weinte sie einfach weiter in seinen vom Feuer mitgenommenen Gehrock.

Sie zitterte in seinen Armen. Er hielt sie fest und streichelte ihr weiter den Rücken.

„Und jetzt erzählen Sie es mir", sagte er nach einiger Zeit. „Ich will alles wissen!"

„Er hat versucht, mich zu blenden", murmelte sie in seine Schulter. „Er hat versucht, mir die Augen auszustechen. Er hat mich festgehalten, mich nach hinten gebogen, und ich konnte mich überhaupt nicht bewegen. Und er wollte mit seinem Messer meine Augen zerschneiden. Es hat ihm solche Freude bereitet. Jeder einzelne Schmerz, den er mir zugefügt hat, hat ihm Freude bereitet. So viel Freude. – Ich bin nichts, haben sie gesagt. Und ich war nichts, für die war ich nichts, gar nichts, nur etwas, das man zerstören, ausmerzen und vernichten muß, dreckiges Ungeziefer, das niemand will und niemand vermißt und das in der Welt der Menschen nicht einmal eine leere Stelle zurücklassen würde. Einfach nur nichts."

Sein Mund war über ihrem Ohr, und er murmelte hinein. Sie konnte spüren, wie sich seine Lippen an ihrer Haut bewegten.

„Sie sind nicht nichts, meine kleine Nixe. Sie sind eine mutige und wunderbare junge Frau. Sie haben viele Menschenleben gerettet. Und wir würden Sie alle vermissen. Ich würde Sie vermissen. Ich würde Sie mehr vermissen, als ich zu sagen vermag. Ich dachte, ich hätte Sie verloren."

„Ich sollte tot sein", schluchzte sie und verlor sich in verwirrter, weinerlicher Verzweiflung. „Es ist nicht natürlich, daß ich noch lebe. Das Wasser hat mich irgendwie verwandelt, und ich weiß nicht in was. Ich hatte solche Angst. Und er hätte mir die Augen ausgestochen ohne Steinbergs Sand. Der hat uns getroffen, und dann war ich mit einem Mal stark, aber nur ganz kurz. Und ... und ich dachte, Sie würden nicht kommen."

Sie konnte nicht mehr weitersprechen, wußte, daß er ihre wirren Sätze nicht begreifen konnte, war jedoch auch nicht in der Lage, klar darzulegen, was geschehen war. Ihre Gedanken flogen ungeordnet umher.

Doch er schien sie trotzdem zu verstehen. Er hatte sogar ihre letzte Angst begriffen.

„Aber ich bin gekommen, Corrisande. Und der Mann hat Sie nicht geblendet. Und das Wasser hat Sie auch nicht behalten. Und Sie sollten nicht tot sein, denn ich will, daß Sie am Leben sind." Er zog ihr den Kopf von seiner Schulter weg und küßte ihr die Tränen von den Wangen und dann von den Augen. Dann legte er sie zurück ins Kissen, streichelte ihr sanft das Gesicht mit seiner großen Hand.

„Sie sind jetzt sicher", sagte er. „Bei mir sind Sie absolut sicher. Diese Leute können Ihnen nichts mehr tun. Es gibt sie nicht mehr. Sie sind an ihrer eigenen mörderischen Verbohrtheit gestorben."

Mit dem Daumen wischte er weitere Tränen fort. Sein Gesicht wirkte angespannt, voller schmerzhaftem Mitgefühl, doch auch voller Schuld. Er fühlte sich schuldig, wußte um seine Verantwortung an all dem, was ihr geschehen war.

Sie rang um Fassung. Ihr Zwerchfell zuckte vor unterdrücktem Schluchzen wie bei Schluckauf. Er legte seine heiße Hand auf ihren Bauch unterhalb ihrer Brüste. Nach einer Weile wurde sie ruhiger. Mit den Fingerspitzen der anderen Hand fuhr er an ihrem Gesicht entlang und erhaschte die letzten vereinzelten Tränen. Ein, zwei Minuten lang sagte er nichts.

„Besser jetzt?" fragte er dann.

„Bitte verzeihen Sie mir", murmelte sie, rot vor Scham. „Tränenreiche Szenen sind sonst nicht mein Stil. Ich verabscheue Hysterie. Ich habe in den letzten zwanzig Jahren zusammen nicht so viel geweint, wie in den letzten drei Tagen."

Er grinste sie amüsiert an, und sein Gesicht hellte sich auf. Das Lächeln in seinen Augen wärmte geradeso wie seine Hände das getan hatten.

„Corrisande, Sie haben allen Grund aufgeregt zu sein. Sie sind von Monstern und Idioten angegriffen worden – und da muß ich mich hinzuzählen. Sie wurden von Wahnsinnigen gefangen, von irren Fanatikern verschleppt und gequält. Wenn Sie sich danach fühlen zu weinen, dann weinen Sie nur. Sie werden noch Monate lang Alpträume von alldem hier haben. Ich kann nichts davon ungeschehen machen. Ich wünschte, ich könnte es. Ich kann auch nicht dafür sorgen, daß Sie keine Alpträume bekommen. Aber ich kann bei Ihnen sein, wenn Sie sie bekommen. Und ich kann Sie in die Arme nehmen und festhalten. Wenn Sie das möchten. Wenn Sie meine Frau werden."

Sie schwieg eine Weile. Er hatte das Gespräch geschickt wieder zum Ausgangspunkt zurückmanövriert. Sie holte tief Luft.

„Sie können mich nicht wirklich heiraten wollen, Colonel Delacroix. Ich bin kein Mensch", sagte sie sachlich und mied seinen Blick.

„Sie sind menschlich genug für mich, kleine Nixe. Ich bin froh, daß Sie sind, was Sie sind, sonst wären Sie jetzt nämlich tot." Das klang kaum romantisch, eher ein wenig herzlos.

„Ich bin nach München gekommen, um einen reichen Idioten zu finden, den ich dazu bringen wollte, mich zu ehelichen", fuhr sie fort, und diesmal sah sie ihm kurz in die Augen. Er lächelte. Immer noch lächelte er.

„Ich bin einigermaßen wohlhabend", sagte er. „Mein Vater besitzt eine kleine Reederei. Und daß ich ein Idiot bin, habe ich hinreichend bewiesen. Sie würden also das erhalten, wofür Sie gekommen sind."

„Aber ich bin eine Kriminelle", protestierte sie. „Sie kennen mich doch gar nicht! Ich bin eine Diebin und Einbrecherin. Oder war es zumindest früher."

„Das trifft sich ausgezeichnet, mein kleiner Liebling." Er grinste inzwischen breit. „Ich war immer schon der Meinung, daß Eheleute irgend etwas gemeinsam haben sollten. Was stehlen Sie denn so?"

„Juwelen meistens", erwiderte sie und lief dunkelrot an.

„Nun, da ich ein wohlhabender Idiot bin, kann ich Ihnen die Umstände ersparen und Ihnen einfach Juwelen schenken. Dann müßten Sie nicht mehr einbrechen."

Er lachte in sich hinein, und sie war sich nicht sicher, ob sie die Situation wirklich komisch fand.

„Ich werfe Messer“, sagte sie herausfordernd.

„Gut! Ich auch. Wir können im Sommer hinter unserem Landhaus Wettkämpfe austragen. Es ist ein recht hübsches Landhaus, wissen Sie. Ausgesprochen geeignet fürs Messerwerfen.“

„Sie sollten sich nicht über mich lustig machen, Colonel. Es ist gefährlich, mich zu kennen. Mein Vater ...“ Sie hielt inne und sprach nicht weiter.

„Ja“, sagte er, ein wenig ernster geworden, „ich weiß. Ihr Vater ist ein wenig problematisch, meine kleine Prinzessin. Aber vielleicht ist er ja vernünftig? Schließlich hat er Sie zu einer wunderbaren, mutigen, wohlanständigen und sehr findigen jungen Dame erzogen. Vielleicht können wir ein Abkommen treffen? Ich lasse ihn in Frieden – und er läßt mich in Frieden. Glauben Sie, das ließe sich arrangieren?“

Sie dachte darüber nach, stellte sich das Gesicht ihres Vaters vor, wenn man ihm sagte, was für eine Art Mann sie da geheiratet hatte. Sie hoffte inständig, daß Eliza keine Zeit mehr gehabt hatte, ihn noch über ihre Liebe zu informieren. Wissen konnte sie es nicht.

„Vielleicht“, erwiderte sie. „Er liebt mich sehr auf seine Weise, wissen Sie, selbst wenn er als Vater ein wenig ungewöhnlich ist. Die meiste Zeit meines Lebens hat er mich von sich ferngehalten. Doch ...“

„Gut. Dann ist das erledigt.“ Plötzlich änderte sich seine Stimme und wurde sehr ernst. „Corrisande. Ich habe Ihnen gesagt, daß Sie nicht gezwungen sind, mich zu heiraten, wenn Sie das nicht möchten. Mein Angebot für eine Freundschaft steht. Aber wenn Sie sich entschließen, mich nicht zu heiraten, dann bitte aus den richtigen Gründen. Wenn Sie mich nicht lieben können, ist das ein Grund. Wenn Sie nicht mit mir zusammensein möchten, weil ich Sie zu sehr verletzt habe, ist das ein Grund. Wenn Sie hoffnungslos und über beide Ohren in Leutnant von Orven verliebt sind, ist das auch ein Grund. Alles andere läßt sich regeln.“

„Ich bin nicht in Leutnant von Orven verliebt“, sagte sie.

„Gut. Sie hätten nicht zusammengepaßt.“ Er klang ein wenig schroff.

„Ich ...“ Es war nicht einfach, die richtigen Worte zu finden. „Ich liebe Sie“, sagte sie dann, und sah von seinem Gesicht fort. Ihre Wangen brannten. „Mehr als ich Worte finden kann. Ich habe die heimelige Dunkelheit des Wassers verlassen, nur weil ich Ihre Stimme hören und Ihre Arme um mich fühlen wollte. Aber ich will nicht aus Mitleid geheiratet werden, nicht als Sühneopfer, nicht weil Sie sich mir gegenüber schuldig fühlen. Das könnte ich nicht ertragen. Wenn Sie mich heiraten, dann will auch ich, daß es aus den richtigen Gründen geschieht. Es tut mir leid, aber weniger kann ich nicht akzeptieren. Jetzt nicht mehr. Ich habe einfach nicht mehr die Kraft oder die wohlerzogene Duldsamkeit, mich mit weniger abzufinden. Höfliche Toleranz oder eine Regelung à la convenance sind mir nicht genug.“

Sie hatte mit einem Mal unbändige Angst, daß sie zu weit gegangen war. Seine Bernsteinaugen glitzerten. Ein harscher, schroffer Ausdruck lag auf seinen Zügen. Sie konnte ihn nicht interpretieren. Doch er sah zumindest nicht ärgerlich aus.

Er nahm wieder ihr Gesicht zwischen seine Hände.

„Corrisande. Ich liebe Sie mit meinem Herzen, meinem Verstand und auch mit meinem Körper. Ich will Sie haben und halten. Und ich will, daß Sie zu mir ein Leben lang so ehrlich sind, wie Sie es eben waren. Ist Ihnen das genug?“

Sie wand sich aus dem engen Deckenkokon und versuchte, einen Arm freizubekommen. Ihr war viel zu heiß. Er hatte sie so fest eingepackt, daß sie sich kaum bewegen konnte.

„Was machen Sie denn da, mein Liebes? Ich will, daß Ihnen warm wird. Bleiben Sie unter der Decke.“

„Mir ist warm“, sagte sie. „Mir ist wirklich sehr warm, Colonel Delacroix.“

„Philip“, korrigierte er. „Ich heiße Philip Fairchild. Delacroix ist mein Deckname, wenn ich unterwegs bin.“

Jetzt hatte sie sich einen Arm freigekämpft und streckte ihn nach oben zu seinem Gesicht. Seine Wangen waren bartstoppelig, stachlig und rauh. Sie strich darüber entlang bis zu seinen Lippen, fuhr sie mit ihren Fingern langsam ab. Er saß ganz still da. Dann griff sie mit ihrer Hand in seine kurzen, schwarzen Locken.

„Ich bin erfreut, Sie kennenzulernen, Mr. Philip Fairchild", sagte sie und zog seinen Kopf zu sich hinunter. Er widerstand der Bewegung nicht, begann sie zu küssen, sanft und vorsichtig zuerst, dann mit wachsender Leidenschaft. Seine Zunge glitt über ihre Lippen und eroberte schließlich ihren Mund. Seine Hand liebkoste ihre nackte Schulter, streichelte ihr Schlüsselbein, ihren Hals, glitt auf ihrer Haut entlang überall dort, wo sie außerhalb der Decken zu erreichen war. Sie fühlte seine Leidenschaft, hörte seinen Atem gehen. In ihrem wollenen Deckenkokon wurde die Hitze beinahe unerträglich. Sie fühlte sich lebendig, lebendiger denn je zuvor, sehnte sich nach ihm. Sie küßte ihn, legte ihre ganze Sehnsucht in diese Liebkosung, war erstaunt, daß es so einfach war, daß sie so genau wußte, was sie tat und was sie wollte. Ihre Hand war immer noch in seinem Haar. Seine Bartstoppeln kratzten auf ihrem Gesicht und fühlten sich unsagbar männlich an.

Nach einer Weile nahm er ihr Handgelenk und zog ihre Hand sanft von seinem Kopf fort. Er löste sich von ihr. Sein Gesicht war sehr nah über dem ihren, er sah wild aus, raubtierhaft und fast ein wenig gefährlich. Seine Augen waren halb geschlossen.

„Du weckst das ganze Wolfsrudel, mein Liebes", sagte er und klang außer Atem. Zunächst verwirrte sie der Satz, dann verstand sie die seltsam unsinnige Äußerung. „Ich sollte besser gehen und dich schlafen lassen. Du mußt völlig erschöpft sein. Und ich brauche dich wach und stark für die Reise. Es gibt noch so viel zu tun. Das Team muß ..."

„Bleib", bat sie, „Philip." Der Name klang fremd von ihren Lippen. Ihn auszusprechen war das „Ja" auf seinen Antrag. Seinen Name zu sagen war wie eine innige Liebkosung. „Bitte bleib. Laß mich nicht allein."

Er schloß kurz seine Augen und atmete tief durch. Sie sehnte sich danach, ihm wieder in die Haare zu fahren und ihn zu sich hinunterzuziehen, doch er hielt ihr Handgelenk immer noch in seiner Pranke fest.

„Du weißt nicht, worum du da bittest, mein Kleines", sagte er allzu leichthin.

Sie blickte in sein Gesicht. Der Ruß war an manchen Stellen weggewischt. Vermutlich war ihre Haut jetzt damit befleckt. Er sah sie mit einer Intensität an, die beängstigend war.

„Das stimmt", sagte sie einfach. „Ich weiß wirklich nicht genau, worum ich bitte. Meine Kenntnisse über ... auf manchen Gebieten sind theoretischer Natur und vermutlich äußerst oberflächlich. Eliza, Gott hab' sie selig, fand es strategisch günstiger, mich unwissend zu halten, was gewisse ... Details angeht. Ich wünschte, ich könnte sie fragen ..."

Nun sah er ein wenig irritiert aus. Dann verzog sich sein Gesicht zu einem amüsierten Grinsen.

„Kleines, wir werden die kundige Dame wirklich nicht brauchen. Ich bin sicher, daß ich in der Lage bin, dir alles Nötige zu erklären. Das werde ich ... liebend ... gern tun. Detailliert. Mit genug Möglichkeiten zum Üben – das verspreche ich. Es wird mir in jeder Hinsicht ein Vergnügen sein. Aber nicht jetzt. Du bist überreizt und verwirrt. Wenn man große Gefahr überstanden hat, bekommt man schon mal so ein besonderes körperliches Hochgefühl. Ich habe dir mein Wort gegeben, daß du mir vertrauen kannst. Ich wäre ein übler Schurke, wenn ich diese Situation jetzt ausnützen würde."

Er stand vorsichtig auf und wandte sich dabei von ihr ab. Und ihr selbst fiel es schwer, ihn anzusehen. Er trat auf die Tür zu.

„Schlaf ein bißchen, meine kleine Nixe. Ich werde ..."

„Philip!" unterbrach sie ihn und riß ihren gesamten Mut zusammen. „Ich bin eine Diebin und Einbrecherin. Ich mag üble Schurken!"

Er protestierte nicht noch einmal. Statt dessen begann er sich auszuziehen. Er öffnete seinen Kragen, warf seinen Rock von sich, knöpfte sein Hemd auf. Das flog achtlos dem Rock hinterher. Sie beobachtete ihn mit brennenden Wangen, schämte sich zutiefst ob ihrer Unverfrorenheit. Wohlerzogene junge Damen taten so etwas gewiß nicht. Hoffentlich hatte sie ihn nun nicht mit ihrem Verhalten enttäuscht. Er sah nicht enttäuscht aus.

Er zog sich rasch aus. Es schien nur wenige Momente zu dauern, und dann war sein Oberkörper nackt. Sie musterte seinen muskulösen Körperbau. Ein kleiner Teppich schwarzer Haare wuchs auf seiner Brust und von dort in einer dünnen Linie nach unten. Sie hatte sich nie darüber Gedanken gemacht, wo Männer überall behaart sein könnten. Ein Verband war um eine Schulter gewickelt. Sie hatte ganz vergessen, daß er verletzt war. Er hatte kein Wort zu den Schmerzen verloren, die er fühlen mußte.

Seine Stiefel fielen klappernd auf den Boden. Er stieg aus seinen Hosen. Und kurz danach stand er nackt vor ihr. Völlig und beängstigend nackt. Er lächelte, doch ihr Blick lag nicht auf seinem Gesicht. Sie musterte etwas beunruhigt seine Männlichkeit und dachte darüber nach, daß er ein wirklich großgewachsener Mann war – und sie nur eine sehr zierliche Frau. Sie lief feuerrot an, versuchte woanders hinzusehen, fand seinen Blick. Er grinste breit.

„Lektion Nummer eins", sagte er und kniete sich neben sie aufs Bett. „Das – nennt man eine Erektion." Er hielt kurz inne, suchte erneut ihren Blick. „Das bedeutet, daß ich dich liebe und daß ich dich will."

Wie eine Praline wickelte er sie aus ihren Decken. Eine kurze Zeitlang musterte er reglos ihren Körper.

„Du bist so schön", sagte er. Er legte sich neben sie und zog sie in seine Umarmung, eine große Hand an ihrem Po, um sie nahe, ganz nahe an seine Hüften zu ziehen. Sie fühlte, wie seine Haut die ihre berührte auf der ganzen Länge ihres Körpers. Seine Haut war so heiß wie ihre. Seine Erektion preßte gegen ihren Bauch. Er sah ihr von ganz nah ins Gesicht.

„Jetzt hast du Angst vor deiner eigenen Courage, nicht wahr?" fragte er freundlich amüsiert.

„Nein", log sie.

„Lügnerin!“ schalt er etwas heiser, grinste, während seine Hände sich über ihren Körper bewegten. „Du brauchst keine Angst zu haben. Du hast bösen Ungeheuern und üblen Wahnsinnigen getrotzt. Ein bißchen Leidenschaft erfordert weit weniger Mut.“

„Ein bißchen Leidenschaft“ beschrieb ihn nicht wirklich gut. Er küßte sie noch einmal auf den Mund, dann begann er mit seinen Lippen ihren Körper zu bereisen. Und kam bei ihren Brüsten an. Er war sanft. Fast. Doch sie konnte gerade noch seine Zähne spüren, und eine ganze Flut neuer Gefühle brach in ihr los und sie schnappte bebend nach Luft. Seine Hand reiste liebkosend weiter ihren Körper hinab.

Es klopfte an der Tür.

„Oh nein“, keuchte sie rauh. „Geh weg, Marie-Jeannette. Nicht jetzt!“ Ihre Stimme war unkenntlich, harsch und heiser.

Sein Gesicht hob sich ihrem entgegen. Er lachte.

„Sieh an!“ Er atmete selbst nicht minder heftig. „Da laufen ja die Wölfe.“ Mit seiner Zunge liebkoste er ihren Körper. Seine Hand streichelte die Innenseite ihrer Schenkel. „Dann lassen wir die mal gemeinsam so richtig durch den Wald jagen.“

Sie ignorierten beide Cérise Denglots Stimme von der anderen Seite der Tür.

„Wirklich, Delacroix, du bist einfach völlig *impossible*!“

Epilog

Reverend Arnold Smythe-Jenkins war ungehalten. An dieser ganzen Geschichte war irgend etwas schrecklich falsch. Eine Hochzeit per Sondergenehmigung, die der Botschafter ausgestellt hatte, schien schon unorthodox genug, doch die unchristliche Eile, mit der diese Zeremonie hier ablief, war vollkommen unpassend und dem Ernst eines solchen Anlasses nicht würdig.

Zum einen war es schon sehr absonderlich, ein Paar in einem Hotelzimmer in den heiligen Stand der Ehe zu versetzen. Gott war freilich omnipräsent, doch eine Kirche war eine Kirche. Und ein Hotelzimmer war eben keine Kirche. Ein abgedunkelter Hotelraum, in dem die Vorhänge zugezogen waren, obgleich es eben erst Mittag war! Er hätte sich von vornherein weigern sollen. Und das hätte er auch getan, wenn seine Excellenz der Herr Botschafter ihn nicht persönlich zu dieser Sache gedrängt hätte. Eine unglückselige Angelegenheit. Natürlich konnte er sich einer solchen Aufforderung nicht entziehen. Doch es war ihm zuwider. Er fühlte sich wie ein Mitverschwörer bei einem etwas schlüpfrigen Verbrechen.

Er sah sich noch einmal um.

„Wir haben uns hier zusammengefunden ...“, fing er an und ließ sich von der Routine treiben, während sein Unwille seine Stimme säuerlich einfärbte.

Da war schon einmal die Braut. Sie sah viel zu jung aus. Natürlich hatte er schon jüngere Bräute gesehen, aber doch nicht ohne ihre Eltern. Miss Jarrencourt war hier ohne die schützende Hand von Vater und Mutter. Nicht einmal eine Anstandsdame hatte sie. Die einzige Dame, die den Schein von Respektabilität hätte wahren können, war ausgerechnet eine Opernsängerin. Und über Opernsängerinnen sagte man besser erst gar nichts. Jeder wußte, wie die lebten. Die Anwesenheit der Dame war wohl kaum dazu angetan, für die moralische Korrektheit dieser Angelegenheit zu bürgen.

Er hätte es rundheraus ablehnen sollen. Doch da gab es den Botschafter und die Sondergenehmigung. Dennoch, all das war eigentümlich, absonderlich gar. In einer Zimmerecke standen Gepäckstücke aufeinandergestapelt. Die Braut trug ein Reisekleid. Sie sah aus, als wäre sie in eine Schlägerei verwickelt gewesen. Kratzer und blaue Flecken verunstalteten das hübsche, junge Gesicht, und Reverend Smythe-Jenkins hatte zudem gesehen, daß sie an einer Hand eine Verbrennung hatte. Sie trug keine Blumen im Haar, keinen besonderen Schmuck, nicht einmal einen Schleier. Sie machte einen erhitzten und gleichzeitig erschöpften Eindruck, und die Blicke, die sie bisweilen dem Bräutigam zuwarf, waren so deutlich intim, wie man sie von einem jungen Mädchen gegenüber einem Mann, der noch nicht ihr Gatte war, keinesfalls erwarten durfte. Sollte. Er war sich sicher, diese Braut hatte ihre Jungfräulichkeit bereits verschenkt.

Ein Blick auf den Bräutigam machte ihn da noch sicherer. Der wahrlich hünenhafte Mann war furchteinflößend in seiner wuchtigen Intensität und Wildheit. Sein linker Arm lag in einer Schlinge, doch dieses Handicap schien ihn nicht zu behindern. Er musterte seine Zukünftige mit einer Art hungriger Gier, die bei einem Gentleman seiner jungen Braut gegenüber gänzlich deplaziert war. Seine Leidenschaftlichkeit war allzu augenscheinlich. Mit seinen beunruhigenden Wolfsaugen sog er ihren Anblick förmlich in sich auf. Sein Benehmen war mehr als nur unpassend für eine religiöse Zeremonie. Doch der kräftige Mann war vermutlich niemand, den man verärgern sollte. Smythe-Jenkins war sich da ganz sicher.

Als Freund der Oper hatte er die französische Sängerin erkannt. Sie saß auf einem der Sessel und schmollte. Zu Beginn der Zeremonie hatte sie vorgeschlagen, nein – eigentlich gefordert, daß man ein Klavier in das Zimmer befördern sollte, damit sie, um die Angelegenheit entsprechend zu schmücken, ein Liebeslied zum Besten geben könnte. Dieses noble Ansinnen hatte beim

Bräutigam einen gänzlich unpassenden, wilden Lachanfall ausgelöst, während die Braut ihr artig für das Angebot dankte. Sie würde es nur allzugerne annehmen, sagte sie, um in den Genuß der göttlichen Stimme zu kommen, fuhr dann aber fort, daß sie wohl den Zug versäumen würden, wenn sie warteten, bis das Hotelmanagement den Flügel aus dem Ballsaal nach oben geschafft hätte. Sie drückte ihr tiefes Bedauern darüber aus, daß sie nun nicht das unvergleichliche Vergnügen haben würde, die schönste Sopranstimme der Welt zu hören, äußerte jedoch die Hoffnung, daß Mlle. Denglot sie in ihrem Heim in London besuchen möge, vielleicht für eine musikalische Soiree? An dieser Stelle hatte der Bräutigam erneut losgeprustet. Und Mlle. Cérise Denglot hatte sich auf einen Sessel verzogen und ihn fürderhin ignoriert.

Die Brautjungfer war schlichtweg eine Katastrophe. Sie war noch nicht einmal eine Dame, sondern offenbar ein Dienstmädchen. Ihr Ausschnitt gab noch mehr preis als der der Sängerin, und die ebenso unanständigen wie üppigen Rundungen wurden mit einer Freizügigkeit zur Schau gestellt, die ihn erröten ließ. Die junge Person stand neben der Braut, also beinahe direkt vor ihm, und er mußte seine gesamte Konzentration zusammennehmen, um nicht unwillkürlich in ihr Kleid zu blicken. Immer wenn seine Augen sich verirrten, stolperte er über die Worte. Seine Unfähigkeit, das irregeleitete Weib und dessen physische Attribute einfach zu ignorieren, machte ihn sowohl unsicher als auch ärgerlich. Noch wütender machte ihn das wissende Lächeln, das das Frauenzimmer ihm gelegentlich schenkte.

Doch das war immer noch nicht das Schlimmste. Das Allerschlimmste war eindeutig der Brautführer, der Mann, der den nicht anwesenden Vater der Braut vertrat. Dieser Mann war nicht einmal ein Mensch! Mit einem freundlich spöttischen Lächeln auf seinen unnatürlich ebenmäßigen Zügen hatte er die Braut zu dem zum Altar umfunktionierten Salontisch geführt. Als sie den Bräutigam erreicht hatten, hatte der Unhold ihr die Hand mit einer lüsternen Begeisterung geküßt, die weit jenseits von akzeptablem Betragen lag. Nicht genug, daraufhin hatte er das

Gesicht der Braut zwischen seine schmalkralligen Hände genommen und ihr andächtig die Stirn geküßt. An dieser Stelle war der Bräutigam dann eingeschritten und hatte der Kreatur versichert, daß seine Braut entsprechende Zuwendungen in ausreichender Anzahl von ihrem Gatten-in-spe erhalten würde und weitere Mithilfe nicht vonnöten sei und vielen Dank auch. Und jetzt stand das unnatürliche Wesen hinter der Sängerin und liebkoste ihren Nacken auf eine Art, die in keinster Weise dieser Gelegenheit – oder irgendeiner anderen außerhalb einer ehelichen Zweisamkeit – angepaßt war.

Der Trauzeuge war zumindest auffällig in seiner Farbigkeit. Es gab freilich viele Dinge, die man mit schottischem Tartanmuster machen konnte. Die beste Idee war aber immer, es irgendwo tief in einem schottischen Sumpf zu vergraben. Als Kleidungsstück konnte es nur selten oder nie zur Würde des Trägers beitragen. Der Träger war in diesem Fall klein und untersetzt und hielt seine beiden Hände um eine Art zylindrisches Objekt gekrallt, dem er weit mehr Aufmerksamkeit schenkte als der Hochzeit. Offenbar hörte er nicht einmal zu, und die Ringe hatte er auch nicht.

Als es daran ging, die Ringe zu tauschen, nahmen beide Brautleute ihre Siegelringe ab und tauschten sie aus. Daraufhin fingen sie an zu kichern und Witze zu reißen, als sie versuchten, wenigstens irgendeinen Finger zu finden, auf den der jeweilig andere Ring passen würde. Smythe-Jenkins konnte deutlich hören, wie der Bräutigam der Braut ins Ohr flüsterte:

„Er ist ein bißchen zu groß für dich, aber jetzt tut's nicht mehr weh."

Nach einigem ungeschickten Herumgesuche, steckten sie sich schließlich gegenseitig ihre eigenen Ringe an die Finger.

Zwei weitere Herren befanden sich noch im Raum, beide königlich bayerische Offiziere. Einer bewachte das Fenster, einer die Tür, und Smythe-Jenkins sah, daß sie beide bewaffnet waren. Einer von ihnen ließ sich gelegentlich vom Körperbau des Dienstmädchens ablenken und musterte dessen Kurven mit einer gewissen zuversichtlichen Verträumtheit. Der andere wandte der

Zeremonie beinahe die gesamte Zeit den Rücken zu. Beide Verhaltensweisen waren ausgesprochen unorthodox.

„... erkläre ich Sie zu Mann und Frau", endete er und segnete das Paar. Die Zeremonie war vorbei, und die Frischverheirateten küßten sich. Wenn man die Eile bedachte, mit der sie diese Zeremonie hatten vorüberziehen lassen, mußte man sagen, daß dieser Kuß entschieden zu lange dauerte. Der riesige Bräutigam mußte sich zu seiner kleinen Frau hinunterbücken, doch das hinderte ihn nicht daran, sie auf eine Weise zu küssen, die an Unmoral nichts zu wünschen übrig ließ. Und die Art, wie seine junge Gattin die Liebkosung erwiderte, war definitiv schockierend. Am besten, man verlor überhaupt kein weiteres Wort darüber.

Er versuchte, nicht hinzusehen, und sein Blick schweifte zum Dekolleté der Brautjungfer und dann entsetzt weiter in den Raum hinein, wo die Sängerin und ihr unnatürlicher Gefährte standen. Letzterer küßte sie mit einer Inbrunst, die schon beinahe an heidnische Anbetung grenzte.

Der Pfarrer packte seine Sachen zusammen und nickte den Anwesenden einen kurzen Gruß zu. Er hätte dem jungen Paar gerne gratuliert, doch das war vollständig mit sich selbst beschäftigt. Also strebte er schweigend der Tür zu. Einer der bewaffneten Offiziere trat beiseite, um ihn hinauszulassen, und der finstere Feyon stand plötzlich vor ihm, lächelte ihn höflich an und schenkte ihm über dunkle Brillengläser hinweg einen freundlich aufmunternden Blick.

Smythe-Jenkins trat in den Korridor. Eine erhebende Zeremonie. Und so ein entzückendes Brautpaar. Nett, die gesamte Gemeinde. Er war glücklich, daß er hatte helfen können. So nett. Und charmant. Ganz besonders der Brautführer.

Glossar

Sí [sprich: Schih]	Mythische Kreatur/Kreaturen (Irisch-Gälisch; andere Schreibweise: Sidhe)
Augsburger Bahnhof	Heute: Hauptbahnhof
à la mode	Modisch
Chevauleger	Leichte Kavallerie
Haut ton	High Society, gute Gesellschaft
Très dégoûtant	Sehr geschmacklos, abstoßend (Französisch)
Na Daoine-maithe [sprich: na Dihnimah]	Die guten Leute (die Sí)
miraculeux	Wundersam, erstaunlich (Französisch)
n'est-ce pas	Nicht wahr? (Französisch)
Je suis désolée	Es tut mir sehr leid. (Französisch)
de trop	Im Weg, überflüssig (Französisch)
Au revoir, ma belle	Auf wiedersehen, meine Schöne (Französisch)
Incroyable	Unglaublich (Französisch)
S'il vous plaît	Bitte (Französisch)
Alors	Also dann (Französisch)
dérangé	Derangiert (Französisch)
Vraiment	Wirklich (Französisch)
Air d'innocence	Unschuldige Ausstrahlung (Französisch)
Certainement	Selbstverständlich (Französisch)
Cocotte	Unmoralische Frau, Dirne (Französisch)
Burke's Peerage	Englisches Adelsverzeichnis
Actualiter	Tatsächlich (Latein)
Absolument	Absolut (Französisch)
Fichu	Hals, oder Brusttuch; Zieraccessoire, um den Ausschnitt zu bedecken
Mes affaires	Meine Sachen/Affären (Französisch)

Passé	Vorbei (Französisch)
Pas du tout	Überhaupt nicht (Französisch)
„The best-laid schemes o' mice and men gang aft a'gley"	Aus dem Gedicht „To a Mouse" von Robert Burns (1785)
„Wee, sleekit, cow'rin, tim'rous beastie, Oh, what a panic's in thy breastie ..."	Aus dem Gedicht „To a Mouse" von Robert Burns (1785)
Contenance	Fassung (Französisch)
le Roi lui-même	Der König selbst (Französisch)
Des conventions	Die Konventionen (Französisch)
La fille mal gardée	Das schlecht behütete Mädchen (Französisch); auch Titel eines Balletts aus dem 18. Jh.
Nam mysterium iam operatur iniquitatis	Das geheime Böse ist immer aktiv (Latein)
Mon amour	Mein Lieber, mein Geliebter (Französisch)
Un moment	Einen Moment (Französisch)
divide et impera	Teile und herrsche (Latein)
Fratres	Brüder(Latein)
vous êtes un idiot	Sie sind ein Idiot (Französisch)
Tromblon	„Donnerbüchse", großkalibrige Schrotflinte mit trompetenförmigem, nach vorne weiter werdendem Lauf
à la convenance	Vernunftehe, Ehe, die aus gesellschaftlichen Gründen geschlossen wird (Französisch)
impossible	Unmöglich (Französisch)

Außerdem in der origin-Reihe ...

„Oliver Plaschka entführt uns in eine Stadt voll verschlungener Geschichten, deren Faszination man sich unmöglich entziehen kann. Rätsel, Träume, Spiegel, Irrsinn – wer den Aufenthalt in Twin Peaks und Castle Rock genossen hat, der sollte es nicht versäumen, ein Ticket nach Fairwater zu lösen.“

– Christoph Marzi,
Träger des Deutschen Phantastik-Preises 2005 für *Lycidas*

ISBN 978-3-86762-011-6

Fairwater, das Venedig Marylands mit seinen dunklen Flüßchen und steinernen Brücken, ist eine Stadt, die Sie auf keiner Karte finden werden. Ihre Bewohner bewahren die Erinnerungen an längst verlorene Zeiten und halten an ihren Träumen fest, doch finstere Kräfte wirken deren Verwirklichung entgegen. Wie ein Hofstaat scharen sich die Hauptfiguren dieses Spiels um den rätselhaften Cosmo van Bergen, den Herrscher über das mysteriöse Netzwerk von Fabriken, die Fairwaters kleinen Talkessel durchwuchern. Birgt seine Tochter Stella, die schlafende Prinzessin, den Schlüssel zum Geheimnis der Stadt – oder ist es Marvin, der in einer von sprechenden Tieren bevölkerten Traumwelt lebt? Der alte Stadtstreicher Sam? Oder gar Lucia, das Kindermädchen? Jeder hat seinen Teil zu erzählen, und jeder hat etwas zu verbergen ...

Fairwater oder Die Spiegel des Herrn Bartholomew erzählt von der Suche nach dem Wunderbaren im Alltäglichen, aber es ist auch die Geschichte eines Verbrechens und einer unfaßlichen Wahrheit.

ISBN 978-3-937255-80-4

ISBN 978-3-937255-96-5

ISBN 978-3-937255-97-2

Henry Fitzroy, Bastardsohn Heinrichs VIII., ist Vampir und Autor von Liebesromanen, der, unterstützt von seinem Freund Tony Foster und weiteren Verbündeten, bereits mehrere okkulte Fälle in Toronto aufklären konnte (s. Tanya Huff, „Chroniken des Blutes").

Als Tony in Vancouver einen Job als Produktionsassistent bei „Darkest Night" findet, einer TV-Serie über – ausgerechnet – die Abenteuer eines Vampirdetektivs, kehren die beiden Freunde Toronto den Rücken. Doch das Grauen ist ihnen auf den Fersen.

978-3-937255-82-8

978-3-937255-22-4

978-3-937255-23-1

978-3-937255-83-5

Die Chroniken der Blutes

978-3-86762-024-6

Privatdetektivin Vicki Nelson, einst eine der besten Ermittlerinnen bei der Mordkommission, hat die Polizeiarbeit vor einiger Zeit aufgegeben, und an Vampire glaubt sie schon gar nicht. Dennoch weckt die Aufklärung einer geheimnisvollen Mordserie in Toronto ihr Interesse, und im Auftrag einer Klientin macht sie sich schließlich auf die Suche nach dem Mörder.

Schon bald steht sie allerdings vor unerwarteten Schwierigkeiten, denn an den Tatorten finden sich keine Spuren, die Zeugenaussagen erweisen sich als wenig aufschlußreich, und darüber hinaus scheint alles darauf hinzudeuten, daß der Mörder tatsächlich übermenschliche Fähigkeiten besitzt. Durch Zufall begegnet Vicki dem attraktiven Schriftsteller Henry Fitzroy, und dieser vertraut ihr ein Geheimnis an, das ihr gesamtes Weltbild ins Wanken bringt. Fortan ermitteln der Liebesromane schreibende Vampir und die Detektivin gemeinsam in übernatürlichen Fällen ...

978-3-935282-88-8

Die Chroniken der Hüter

Als Normalsterbliche leben wir in gesegneter Ahnungslosigkeit in den Tag hinein. Nichts läßt uns vermuten, daß unsere Fehltritte Risse im Universum verursachen – denn schließlich gibt es ja die Hüterinnen, deren Aufgabe es ist, eben diese zu flicken. Die Hüterinnen stammen von Adam und seiner ersten Gemahlin Lilith ab und werden immer wieder an Gefahrenherde gerufen, an denen die Dämonen aus der Hölle entkommen könnten, um unsere Welt in Schutt und Asche zu legen.

978-3-937255-89-5

Claire Hansen, Protagonistin der vorliegenden Trilogie, ist eine der Hüterinnen. Sie und ihren fetten, faulen, philosophisch interessierten Kater Austin erreicht der Ruf in ein Hotel, das sie plötzlich leiten muß, während in Zimmer Sechs seit fünfzig Jahren eine böse Hüterin schläft, die man dazu verwendet hat, einen Höllenschlund im Heizungsraum zu verstopfen. Außerdem stellt sich die Frage, warum Zimmer Vier keine Fenster hat ...

978-3-937255-90-1